«Wie in unserem Licht
der Keim der Finsternis ruht,
so neigt sich die Finsternis
zu unserem Licht
und liebkost es.»

. . . .

Der himmlische Auftrag ist unmißverständlich: Hole den
«Gottespakt», die Gesetzestafeln mit den Zehn Geboten,
die im Rausch der technologischen Entwicklung der Welt
verlorengegangen sind und die niemand mehr beachtet, in
den Himmel zurück! Was tut der so beauftragte Engel? Er
muß auf der Erde eine Konstellation ins Leben rufen, aus
der ein Mensch hervorgeht, der diesen göttlichen Auftrag
ausführt. Der Leser verläßt mit ihm den Himmel und be-
gibt sich in die Finsternis der Welt, um in Amsterdam, Rom
und Jerusalem Zeuge einer Geschichte zu werden, in der
zur Sprache kommt, was uns ein Leben lang beschäftigt.
Zwei Männer, die gegensätzlicher kaum sein könnten, entwickeln eine tiefe Freundschaft zueinander. Max liebt Autos, Frauen, elegante Kleidung, und er ist ein exzellenter,
geistreicher Redner. Onno, calvinistisch-steif erzogen, lei-
denschaftslos und uneitel, soll als Verteidigungsexperte
Karriere machen, weil seine vornehme und steinreiche Familie schon immer in der Politik mitgemischt hat. Die beiden fühlen sich sehr zueinander hingezogen, bis ihnen die
Liebe zu einer Frau dazwischenkommt. Der Don Juan Max
beginnt eine Liaison mit der schönen Cellistin Ada, die sich
jedoch bald Onno zuwendet. Als die drei nach einer Kuba-
Reise wieder nach Amsterdam zurückgekehrt sind, ist Ada
schwanger – aber wer ist der Vater?
Nach der Geburt von Quinten, einem Kind mit einer sehr

starken, ungewöhnlichen Ausstrahlung, beginnt die Zeit der Umbrüche, der Unsicherheiten, des Zweifels, die alle ansteckt und aus den Angeln hebt. Harry Mulisch hat die Schicksalskarten seiner Figuren so raffiniert gemischt, daß jede Begegnung, jede Berührung eine neue Konstellation eröffnet. Seine große Kunst, Lebensgeschichten in Weltgeschichte zu spiegeln, erfährt der Leser wie ein Kaleidoskop: bei der winzigsten Drehung der Perspektive ordnet sich das Geschehen neu. Immer drängender wird die Frage, wer dieser Quinten eigentlich ist. Ist dieser aufgeweckte Junge, der alle verkorksten Biographien durchkreuzt, von einem anderen Stern, der bei der zweiten Entdeckung des Himmels gesichtet wurde?

Harry Mulisch, 1927 in Haarlem geboren, ist der Sohn eines ehemaligen Offiziers aus Österreich-Ungarn, der im Zweiten Weltkrieg mit den deutschen Besatzern kollaborierte, und einer Jüdin aus einer Frankfurter Familie. Mit seinem in 21 Sprachen übersetzten Roman «Das Attentat» gelang ihm der internationale Durchbruch. Harry Mulisch lebt in Amsterdam.

ro
ro
ro

HARRY MULISCH

Die Entdeckung des Himmels

Aus dem Niederländischen von
Martina den Hertog-Vogt

ROMAN

ROWOHLT TASCHENBUCH VERLAG

Die Originalausgabe erschien unter dem Titel
De ontdekking van de hemel
bei De Bezige Bij, Amsterdam 1992

Die deutsche Ausgabe wurde vom Autor durchgesehen.

Die Übersetzung des Romans wurde von der
Kommission der Europäischen Gemeinschaft (Brüssel)
und dem Nederlands Literair Produktie- en
Vertalingenfonds (Amsterdam) gefördert

Einmalige Sonderausgabe September 1998

Veröffentlicht im
Rowohlt Taschenbuch Verlag GmbH,
Reinbek bei Hamburg, September 1995
Lizenzausgabe mit Genehmigung des
Carl Hanser Verlag München Wien
Copyright © 1993 by Carl Hanser Verlag München Wien
De ontdekking van de hemel
Copyright © 1992 by Harry Mulisch
Umschlaggestaltung Barbara Hanke/Cordula Schmidt
Abbildung: Ausschnitt aus dem Gemälde «Der Kuß»
von Gustav Klimt, Archiv für Kunst und Geschichte, Berlin
Autorenfoto Seite 1: © Ekko von Schwichow
Gesamtherstellung Clausen & Bosse, Leck
Printed in Germany
ISBN 3 499 22503 4

Erster Teil
Der Anfang vom Anfang

Prolog

Augenblick!

Was ist?

Auftrag ausgeführt. Die Sache ist rund.

Welche Sache?

Ja, entschuldigen Sie bitte. Das Allerwichtigste. Die Hauptsache.

Die Hauptsache? Wovon redest du?

Vom Testimonium.

Ach, natürlich! Lieber Himmel, es ist doch schrecklich. Ununterbrochen widmet man sich den wesentlichen Dingen und verwendet sein ganzes Können darauf, und dann kommt der Augenblick, in dem man sie schlichtweg vergißt oder eben im Handumdrehen erledigt.

Vielleicht sollten Sie langsam etwas mehr delegieren.

Und du vielleicht wissen, was sich gehört, wenn jemand mal ein Geständnis macht! Mehr delegieren! Du scheinst noch immer nicht zu wissen, was uns bevorsteht. Warum, meinst du wohl, ist dieses Projekt gestartet worden? Da wir gerade von zwingen sprechen … sag mir bitte, wie lange hast du dich mit diesem Dossier beschäftigt?

Gut siebzig Jahre Menschenzeit.

Laß hören.

Wo soll ich anfangen?

Das weißt du selbst am besten. Auf jeden Fall erst mal kurz etwas über das Vorspiel.

Ich habe selten ein derartig kompliziertes Programm bearbeitet. Gott sei Dank lassen wir die Dinge im allgemeinen ihren Lauf nehmen, und bei früheren Aufgaben hatte ich genügend Zeit zur Verfügung. Da die Angelegenheit jedoch aus irgendeinem Grund vor dem Ende des Jahrtausends aus der Welt sein sollte, verfügte ich diesmal über höchstens vier Generationen, um jemanden zu finden, der den Auftrag ausführen könnte. Bei einem mehr oder weniger normalen Verlauf war in so kurzer Zeit absolut keine Lösung zu finden. Den Auftrag hätten wir im Grunde genommen jedem beliebigen Funken geben können, aber das wäre sinnlos gewesen. Das Problem bestand darin, daß er sich, wenn er tatsächlich unser Abgesandter sein sollte, auch dann noch an den Auftrag erinnern können mußte, wenn er sich in Geist und Fleisch materialisiert hatte. Das heißt, er mußte auf diese ausgefallene Idee kommen können und obendrein den Willen und den Mut besitzen, sie aus- zuführen. Ich sage »er«, denn für eine »sie« schien mir das nichts zu sein. Natürlich befand sich unter den unendlichen menschli- chen Möglichkeiten, über die wir hier verfügen, ein Funke, der die Voraussetzungen erfüllte, aber wie sollten wir ihn auf die Erde be- kommen? Zuerst mußten wir also diese eine DNS-Sequenz her- ausfinden, mit der er sich materialisieren konnte. Ich brauche Ihnen nicht zu erzählen, daß eine gerollte DNS-Doppelspirale mit der Information für einen ganzen Menschen, die sich in jedem Kern jeder der hunderttausend Milliarden von Zellen befindet, insgesamt nicht mehr als ein hunderttausendstel Gramm wiegt, daß dieser hermetische Caduceus aber ausgerollt etwa genauso lang ist wie der Mensch selbst: Die Anzahl der möglichen Kombi- nationen auf molekularer Ebene ist gigantisch. Geschrieben in den Drei-Buchstaben-Worten des Vier-Buchstaben-Alphabets wird ein Mensch von einer genetischen Geschichte bestimmt, mit der ein Äquivalent von fünfhundert Bibeln gefüllt werden kann. Das haben die Menschen inzwischen auch herausgefunden.

So ist es. Sie haben unser ausgefuchstestes Konzept entschlüsselt, nämlich daß Leben letztendlich Lesen heißt. Sie selber sind das Buch der Bücher. Im Jahr 1869 ihrer Zeitrechnung entdeckten diese verflixten Wesen die DNS im Zellkern, und wir redeten uns damals ein, daß das wenig zu bedeuten habe, weil sie nie auf die Idee ver- fallen würden, diese Säure könnte einen Code enthalten, den sie würden knacken können – aber hundert Menschenjahre später hatten sie die genetische Geheimschrift bis in die letzten Feinheiten entziffert. Mit genau diesem Code haben wir sie viel zu schlau ge- macht.

Aber hundert Menschenjahre später hatte auch ich meine Hausaufgaben gemacht. Zunächst gelang es uns, den geheimen Namen unseres Mannes aufzuschreiben – aber das war noch nichts im Vergleich zu dem, was danach noch auf uns zukam. Wir mußten nämlich auch die Großeltern und Eltern ausfindig machen, die die erwünschte Kombination innerhalb von fünfzig Jahren zustande bringen würden. In seiner unergründlichen Weisheit, die ihn zuweilen ja wohl auch selbst befremdet, hat der Chef es nun einmal so eingerichtet, daß wir in unserem Unendlichen Licht für jede mögliche Kombination aus einer Samenzelle und einer Eizelle jeweils einen Funken haben. Bei jedem Samenerguß wirft ein Mann dreihundert Millionen Spermien aus: im Hinblick auf eine weibliche Eizelle ist das bereits eine ebensolche Zahl möglicher Menschen, denen ebenso viele Funken entsprechen. Aber wir brauchten auch für jede Kombination jedes Spermatozoons aus jedem Erguß jedes Mannes der Gegenwart, der Vergangenheit und der Zukunft mit jeder Eizelle jeder Frau der Gegenwart, der Vergangenheit und der Zukunft einen Funken. Das war nötig, weil auch hier niemand wissen konnte, wann der Mensch etwas erfinden würde, was sein Leben um Hunderte oder Tausende von Jahren verlängert. Es gibt also auch einen Funken für ein ganz bestimmtes Spermatozoon aus einem ganz bestimmten Samenerguß von Julius Cäsar, der mit einer ganz bestimmten Eizelle von Marilyn Monroe hätte verschmelzen können. Und jedes Spermatozoon in den zahllosen Samenergüssen des möglichen Sohnes aus dieser Mesalliance hätte sich folglich mit jeder Eizelle der zahllosen möglichen Töchter von John F. Kennedy und Kleopatra verbinden können, oder die eines beliebigen Steinmetzen unter Cheops mit der einer Toilettenfrau zehntausend Jahre später – und all diese Möglichkeiten und ihre Nachkommen hätten sich wiederum verbinden können mit allen anderen Möglichkeiten und deren Nachkommen in Raum und Zeit, und so weiter und so fort und ohne Ende. So existieren neben den Funken für die Kombinationen aus allen Spermatozoen – die über die Jahrhunderte unentwegt literweise ausgestoßen werden – mit allen Eizellen aus allen Zeiten auch noch die der alternativen, sich hyperunendlich gabelnden und verzweigenden Generationen, die je hätten sein können: Siehe da, der Logos Spermatikos – das Absolut Unendliche Licht!

Darf ich fragen, ob du mir das alles erzählst, um mir etwas beizubringen?

Heilig, heilig und nochmals heilig! Ich spreche, weil mir der Gedanke an unser Licht noch immer die Sprache verschlägt.

Das ehrt dich. Vermutlich willst du nur sagen, daß es viel ist.

Ja, so kann man es auch formulieren.

Aber es ist dir ja wohl gelungen.

Fragen Sie mich nur nicht, wie. Das Dekodieren des Genoms, der vollständige geheime Name des Menschen, ist für diese Schlaumeier jetzt nur noch eine Frage des Geldes, einen Dollar pro Nukleotiden, um genau zu sein, also von drei Milliarden Dollar, und überall auf der Welt wird an diesem Projekt gearbeitet. Mit ihrer Biotechnologie werden sie die genetische Essenz einer bestimmten Eizelle, und damit auch eines bestimmten Zellkerns mit einem Schwänzchen, in absehbarer Zeit viel schneller und einfacher produzieren als wir hier mit unserer romantischen, reichlich altmodischen Züchterei – aber es muß unbedingt vor dem Jahr Zweitausend sein.

Genau. Und könnte vielleicht auch das etwas damit zu tun haben? Geht dir vielleicht jetzt ein Licht auf? Auch wir haben vor gerade mal fünfundsiebzig Menschenjahren mit Entsetzen festgestellt, wie schnell die technischen Fähigkeiten dort unten zunehmen und was die Menschen damit machen – und zwar nicht nur auf biotechnischem Gebiet, sondern auf allen anderen Gebieten auch. In absehbarer Zeit ist von unserer Organisation nur noch eine Leichenhauskonstruktion übrig, danach wird der Himmel zugeklappt wie ein Buch. Aber erzähl, wie hast du das hingekriegt?

Trotz aller Probleme sah ich vor siebzig Menschenjahren plötzlich die Möglichkeit, den gewünschten Funken nicht erst in vier, sondern bereits in drei Generationen in Geist und Fleisch zu materialisieren.

Sieh an. Deine kreativen Fähigkeiten sind größer, als ich dachte.

Nur, ohne Einbußen würde es nicht gehen. Ich mußte deshalb etwas Schreckliches in die Welt setzen.

Nämlich?

Den Ersten Weltkrieg.

Ja, das ist in der Tat ein Aspekt ein und derselben Sache. Es war eben auch dieses sinnlose Abschlachten, das uns dazu brachte, uns zunehmend mehr mit der technologischen Wende der Menschheitsgeschichte auseinanderzusetzen.

Ich habe diesem Krieg also noch einen Sinn zu geben gewußt. Und zwar wie folgt: Als meine 301 655 722 Angestellten auf meine Anweisungen hin von der erforderlichen Sequenz an Aminosäuren zu einem möglichen Großvater zurückrechneten, stießen sie auf einen Österreicher, einen gewissen Wolfgang Delius, der 1892 ohne bestimmte Absicht geboren wurde. Es stellte sich heraus, daß die Großmutter väterlicherseits nur eine gewisse Eva Weiß sein konnte, ebenfalls ohne bestimmte Absicht geboren, aber erst 1908, in Brüssel.

Weiß klingt nicht gerade flämisch. Sollte es nicht De Witte sein?

Ihre Eltern waren deutschsprachige Juden aus Frankfurt und Wien. Eine Diamanthändlerfamilie.

Fromm?

Völlig agnostisch. Die lachten über uns.

Hm.

Der Glaube, das ist für Menschen ziemlich kompliziert, davon können wir uns kaum eine Vorstellung machen. Für uns gibt es schließlich keinen Glauben, nur Wissen.

Ja, ja, ich merke schon, daß du nur am äußersten Rand des Lichts operierst. Aber mach weiter.

Im April 1914 bekam ich Ihre Anweisung, und bereits im Juni sprang in Sarajevo ein Student aus der Nische, ein gewisser Gavrilo Princip, und erschoß den österreichischen Erzherzog. Beim Hören des Vornamens und des Nachnamens werden Sie eine gewisse innere Freude nicht unterdrücken können. Er war ein Anhänger Nietzsches, des unheimlichsten aller Gäste.

Auch der Name Nietzsche scheint mir nicht ohne zusätzliche Bedeutung zu sein. Nitschewo. *Das war dieser Nihilist, der seinerzeit die Geschichte verbreitete, der Chef sei tot. Nun, er war nicht weit*

von der Wahrheit entfernt, aber daß der Boss nicht sterben kann, ist
nun gerade die abscheulichste Einschränkung seiner Allmacht. Er
existiert durch das Paradoxon, aber dadurch muß er auch ewig exi-
stieren, ewig sterben.

Innerhalb weniger Monate war das Gemetzel in vollem Gange.
Ich konnte das Spektakel nicht nur dazu verwenden, um Wolfgang
Delius und Eva Weiß miteinander in Kontakt zu bringen, sondern
es auch für die nächste Generation nutzen, in der Niederländer
eine Rolle spielen sollten.

Niederländer? Ist das nicht ein wenig zu abwegig?

Es war die einzige Möglichkeit. Der deutsche und österreichische Generalstab holten den alten Schlieffenplan hervor, der den
Bruch der niederländischen und belgischen Neutralität vorsah, um
so über einen Umweg Frankreich angreifen zu können. Aber für
mein Projekt war die niederländische Neutralität ebenso essentiell
wie der Bruch der belgischen, und über delikate Einflüsterungen
in das Hirn von Moltke ist es mir gelungen, daß der Plan nur im
Hinblick auf Belgien durchgeführt wurde.

Mein Gedächtnis in Menschenangelegenheiten ist mittlerweile
wie ein Sieb. Moltke?

Generalfeldmarschall von Moltke, der deutsche Oberbefehlsha-
ber. Wolfgang Delius – oder, wie er entsprechend den Gewohnheiten in seiner Heimat zu sagen pflegte: Delius, Wolfgang –, der
gerade einen Titel an der Wiener Handelsakademie erworben
hatte, wurde Berufssoldat und kämpfte an der italienischen, der
russischen und der französischen Front. In Brüssel wurde er bei
der Familie Weiß einquartiert, wo seine zukünftige Ehefrau noch
mit einer Puppe am Boden spielte. Mit dieser Puppe übte sie praktisch schon. Delius war ein gutaussehender junger Offizier der be-
rittenen Artillerie, hochdekoriert und mit silbernen Sporen an den
Stiefeln, aber mit etwas außergewöhnlich Traurigem in seinem
Blick, das jeder seinen Kriegserfahrungen zuschrieb und das damit
auch tatsächlich etwas zu tun hatte, aber nicht nur. Es steckte eine
noch tiefere, grundsätzlichere Niedergeschlagenheit in ihm. In seinem Ranzen hatte er Stirners *Der Einzige und sein Eigentum.* Der

alte Weiß, längst froh, daß er wieder mit Landes- und Sprachgenossen zusammen war, fuhr inzwischen mit dem Militärgouverneur in einem offenen Auto über den Boulevard Anspach, und das entging den Brüsselern nicht. Der Krieg hatte seine Schuldigkeit getan, und als Österreich und Deutschland kapitulierten, geriet Weiß, wie vorgesehen, in ernsthafte Schwierigkeiten. Am Tag nach dem Waffenstillstand wurde sein gesamter Besitz konfisziert, und um einer Verhaftung zu entgehen, mußte er mit seiner Familie Hals über Kopf fliehen. In die Niederlande, wo ich sie haben wollte, es gab keine andere Möglichkeit. Mittlerweile zog Delius, zu Pferd und an der Spitze seiner Kompanie, in Richtung Deutschland.

Aber sie kannten sich jetzt.

Die Grundlage war gelegt. Zurück im kalten, hungernden Wien, bekam Delius eine Anstellung als Lehrer für Handelsrechnen an einer Privatschule für höhere Töchter und blieb immer in brieflichem Kontakt mit Weiß. Dem ging es in Amsterdam schon bald wieder gut. Zu Beginn der zwanziger Jahre ließ er seinen jüngeren Freund in die Niederlande kommen und gab ihm eine vorläufige Stelle als Buchhalter in seiner Diamanthandelsfirma. Mit der Unterstützung von Weiß gründete Delius wenig später ein eigenes Büro für Handelsvermittlungen mit Deutschland und Österreich. Innerhalb weniger Jahre wuchs es zu einem nicht unansehnlichen Unternehmen heran, Delius ließ sich naturalisieren und heiratete 1926 Eva Weiß, die sechzehn Jahre jüngere Tochter seines Wohltäters. Dieses Kind war damals achtzehn, und im Jahr darauf bekam sie ein Baby – aber infolge eines Schreibfehlers in meiner Abteilung starb dieser engelsgleiche Junge schon nach zwei Wochen den Wiegentod. Es wurde eine abscheuliche Ehe, es tut mir leid, das zu sagen. Es machte mir einmal mehr klar, was für ein Vorrecht wir genießen, weder Mann noch Frau zu sein. Aber der Fehler war notwendig für den zweiten Sohn, der 1933 geboren wurde, und den ich brauchte als Vater für unseren Mann auf Erden.

Warum war die Ehe so abscheulich?

Ohne Ihre Instruktionen hätte sie nie geschlossen werden dürfen. Die Leute heiraten ohnehin immer den Falschen, das ist be-

kannt, aber selten haben zwei Menschen schlechter zueinander ge-
paßt als diese beiden. Irgendwie müssen sich die junge Frau und
ihr viel älterer Mann auf nicht mehr rückgängig zu machende
Weise verletzt haben – gar nicht, weil sie etwas Bestimmtes sagten
oder taten oder unterließen, sondern weil sie genau die waren, die
sie waren. Sie haben geheiratet, weil wir das so wollten, aber sie
selbst hatten davon natürlich keine Ahnung. Für Eva war das Entscheidende wahrscheinlich der interessante, düstere Hintergrund
von Wolfgangs hellblauen Augen, die sich schließlich gegen sie
wenden würden, und für Wolfgang war es gerade das Freie in ihr,
das er letztlich nicht ertrug. Ihr Geist war zehnmal leichter und
schneller als seiner, der schwer und verschlungen war wie ein Ankertau in einer Schiffsschraube – wie bei fast allen Österreichern
seit 1918, die vor Haß und Selbsthaß in der Sadosachermasochtorte
ihrer in Stücke gerissenen Doppelmonarchie erstickten, und die,
dank der Raserei eines anderen Österreichers, einige Jahre später
schon nicht mehr existierte. Wenn sie abends ausgehen wollte, vertiefte er sich lieber in Max Stirner. Während sie sich mit ihren gleich-
altrigen jüdischen Freunden und Freundinnen amüsierte, las er,
der Germane mit einem Monokel im Auge, über das Individuum
als dem Einzigen und über sein Eigentum: die Welt. Nach Stirner
brauchte sich niemand etwas vorschreiben zu lassen, durch wen
oder was auch immer: das einzigartige Ego war souverän bis zum
Verbrechen. Wenn sie nachts nach Hause kam, fand sie ihn manchmal schreiend im Schlaf, mit dem Kissen gegen die Italiener kämp-
fend. Vielleicht hätte sie etwas daran ändern können, bevor es ver-
hängnisvoll wurde, aber sie tat es nicht. Vielleicht, weil sie dazu
noch zu jung war; vielleicht auch, weil sie im Grunde viel mehr *einzig* war als er. 1939 verließ Eva ihren Wolfgang und nahm den
sechsjährigen Sohn mit.

Schön. Und jetzt kommen wir zur werdenden Mutter.

Da brauchte ich glücklicherweise nicht so umständlich vorzuge-
hen. Es gab eigentlich keine besonderen Probleme, und schon gar
keine internationalen. Es betraf hier ausschließlich Niederländer,
und bei diesem braven, geschäftstüchtigen Völkchen läuft alles et-

was weniger heftig ab. Ich bestreite nicht, daß das auch daher kommt, weil ich sie aus dem Ersten Weltkrieg herauszuhalten gewußt habe; der Zweite war eigentlich ihr erster, nach dem im sechzehnten Jahrhundert gegen Spanien, das damals übrigens auch von einem halben Österreicher regiert wurde. Wenn sie auch noch vom Zweiten Weltkrieg verschont geblieben wären, wären sie wahrscheinlich genauso unzufriedene Jungfrauen geworden wie die Bewohner der Schweizer Täler.

Ich bin mir nicht ganz sicher, ob diese Betrachtungsweise einen angenehmen Eindruck bei mir hinterläßt.

Wenn Sie wollen, nehme ich die Äußerung zurück und behaupte das Gegenteil.

Das ist nun auch wieder nicht nötig.

Ich mußte nur ein wenig gegenlenken, um sie ins Leben zu rufen. Wieder ausgehend von demjenigen, den wir am Ende haben mußten, entdeckten wir in Kombination mit dem Erbmaterial von Delius junior als möglichen Großvater mütterlicherseits einen Kustos des Niederländischen Historischen Naturwissenschaftlichen Museums in Leiden: einen gewissen Oswald Brons, ohne bestimmte Absicht 1921 geboren. Die notwendige Großmutter mütterlicherseits, Sophia Haken, lebte rein zufällig ganz in der Nähe, in Delft, wo sie 1923 zur Welt gekommen war, ebenfalls ohne bestimmte Absicht. Wegen seines Alters war Brons am Ende des Krieges im Museum mehr oder weniger untergetaucht; oft schlief er auch dort, im Saal mit dem surrealistischen Gerät von Kamerlingh Onnes, mit dem Helium verflüssigt wurde und das genauso aussieht wie das Ungetüm auf dem rechten Seitenpaneel von Hieronymus Boschs *Garten der Lüste*, das musikalische Inferno, oder auch wie die obere Figur von Marcel Duchamps *Großem Glas*.

Was erzählst du da bloß für Zeug?

Achten Sie nicht darauf. Durch das ganze genetische Gefummel fährt immer noch eine Spule in mir hin und her, wie in einem Webstuhl. Ende 1944, im letzten Kriegswinter, postierte die deutsche Besatzung am Bahnhof in Leiden, genau südlich der Universitätsklinik, regelmäßig Züge mit V2-Raketen, in der Hoffnung, das würde die Engländer von Luftangriffen abhalten. Von einer Abschußbase in der Nähe wurden sie auf London abgefeuert. Aber eines Tages im Dezember wurde der Bahnhof um zwölf Uhr mittags dennoch schwer bombardiert; kurz darauf kursierte in Delft das Gerücht, das Krankenhaus brenne. Obwohl vom Hunger geschwächt und trotz der Kälte, fuhr Sophia sofort mit dem Fahrrad nach Leiden, um zu sehen, ob ihrer besten Freundin, einer Krankenschwesterkollegin, etwas passiert war. Als sie am Museum vorbeikam, einige hundert Meter südlich des Bahnhofs, erfolgte der zweite Angriff, und sie suchte Schutz in einem Hauseingang. Aber da die Engländer unter meinem günstigen Einfluß befürchteten, das Krankenhaus zu treffen, regnete es plötzlich Bomben um sie herum. Eine verwüstete einen Flügel des Museums, in dem die Messingteleskope aus dem achtzehnten und neunzehnten Jahrhundert ausgestellt waren. In dem Chaos aus Feuer, Lärm, Staub, Geschrei in Niederländisch und Deutsch, Feuerwehr, Krankenwagen und Polizei traf sie auf Oswald Brons. Verwirrt, mit zerrissenen Kleidern und von Schrammen übersät, irrte er durch die Trümmer und hielt eine kolossale Linse wie ein Baby in den Armen; da kümmerte sie sich um ihn.

Kleiner Eingriff. Günstiger Einfluß: wie viele Tote?
Vierundfünfzig.
Ein wenig gegenlenken, sagtest du?
Jetzt hören Sie mal gut zu, was wollen Sie eigentlich? Ich habe es mir nicht ausgedacht, dieses Manipulieren, ich führe nur Ihren cherubinischen Willen aus. Immerhin habe ich verhindert, daß das Krankenhaus in Schutt und Asche gelegt wurde. Es erscheint so einfach, den natürlichen Lauf der Dinge zu beeinflussen, aber die Realität ist wie Wasser: flüssig und beweglich und nur mit sehr viel Kraftaufwand ein klein wenig zusammenzupressen. Wenn ein Mensch aus großer Höhe auf diese Oberfläche fällt, ist sie so hart wie der Fels, aus dem Moses das Wasser schlug.

Ach, unser Moses… Da berührst du eine empfindliche Saite.
Verzeihen Sie.

Wann kam ihre Tochter zur Welt?
1946, während der Geburtenwelle.
Wann lernte sie den jungen Delius kennen?
Im März 1967.
Erzähl mir von diesem Moment an die ganze Geschichte. Am liebsten ohne Kommentar. Und am besten ausführlich und detailliert, damit ich die Wahl habe, wenn ich meinerseits den Bericht erstatte.
Für ein besseres Verständnis wäre es besser, etwas früher zu beginnen.
Wann?
Am Montag, dem 13. Februar 1967, um zwölf Uhr abends.
Also eigentlich am 14. Februar.
Ja, die Menschenzeit ist ein großes Paradoxon.
Welches Jahr schreiben die da unten jetzt?
1985.
Fang an. Ich höre.

I

Die Familienfeier

Genau um Mitternacht sorgte ich für einen Kurzschluß. Wer durch
die stille Haager Allee ging, gegen den Frost tief in seinen Mantel
gehüllt (aber so jemanden gab es in diesem Moment nicht), sah im
frei stehenden Patrizierhaus plötzlich alle Lichter ausgehen, als ob
dort drinnen eine riesige Kerze ausgeblasen worden wäre. Für die
Bewohner des Viertels hatte die Villa eine einigermaßen zweifelhafte Ehre: dort wohnte der legendäre Staatsminister, der streng
reformierte Hendrikus Quist. In den Zimmern unten im Erdgeschoß, wo die Feier stattfand, wurde die plötzliche Dunkelheit
und das Verklingen der Musik in einer unendlich tiefen Höhle mit
Lachen begrüßt. »Jetzt ist das Jungvolk dran«, rief eine schon nicht
mehr so junge Frauenstimme.

»Wer ist hier technisch versiert?«

»Ich mache das schon. Wo sind die Sicherungen, Großmutter?«

»Auf dem Stromzähler, in dem Schränkchen neben der Keller-
treppe.«

»Jemand muß mit irgend etwas herumgepfuscht haben, einen
Kurzschluß gibt es doch nicht einfach so.«

»Ich sehe kurz nach den Kleinen auf dem Dachboden.«

»Au!«

»Irgend jemand hat natürlich wieder diesen verdammten Toaster benutzt. Coba?«

»Ja, gnädige Frau?«

»Hast du den Toaster benutzt?«

»Nein, gnädige Frau.«

»Schau nach, ob im Wandschrank noch Kerzen sind.«

»Ja, gnädige Frau.«

Nur die Straßenlaterne warf noch etwas Licht herein. Im dunklen Wintergarten auf der Rückseite erhob sich eine große Person
aus einem Korbsessel. Mit einem Glas in der Hand überblickte sie
die Dutzende Schemen.

»Nein, Mutter!« rief der Mann laut und betonte jedes Wort: »Es hat nichts mit Toastern zu tun. Es hat begonnen.«

»Was hat begonnen?«

»*Es*!« Er rief es mit dem Kopf im Nacken, ekstatisch wie ein erleuchteter Mystiker.

»Jetzt fängt er schon wieder damit an«, sagte eine Männerstimme. »Setz dich hin und hör auf zu trinken.«

»Es!«

»Ja, ja. Es. Es ist schon in Ordnung.«

»Genau! Es ist in Ordnung. Es ist auch dunkel, und draußen friert es. Es wurde höchste Zeit, daß es endlich anfängt, aber jetzt ist es Gott sei Dank soweit. So sei es. *Amen* – auf daß auch die Christenhunde es verstehen.«

»Onno, du bist unerträglich.«

Der Mann wurde geradezu inspiriert vom Widerstand, den er hervorrief. Er wußte, daß er schauspielerte, aber er wurde von seinen eigenen Worten mitgerissen.

»Hört mein Ohr da etwa die keineswegs wohlklingende Stimme meines ältesten Bruders? Des bigottesten unter den Kalvinisten? Was gibt es Schrecklicheres, als der älteste Bruder zu sein? Das werde ich den zusammengebissenen Zähnen jetzt entwischen lassen: einen ältesten Bruder zu haben! Vater, verbiete diesem losen Kerl den Mund!«

»Ich weiß nicht, ob du es noch weißt«, sagte eine Frau im Dunkeln, »aber wir feiern hier Vaters Geburtstag. Er wird fünfundsiebzig, falls du es vergessen hast. Das hier war als Feier gedacht.«

»Und das, das ist meine jüngste Schwester? *The fair Ophelia*. Ja, ich weiß es noch, ich weiß es noch. Ich bin dreiunddreißig – erinnert das vielleicht jemanden in dieser Gesellschaft aus Angebern und Eiferern an etwas? Ich weiß alles noch ganz genau, denn ich vergesse nie etwas. Ist das hier nicht schon das zweite Mal innerhalb einer Woche, daß wir Vaters Geburtstag feiern? Vater, wo sind Sie? Ich suche Sie, aber ich schaue nur durch einen Spiegel in einen düsteren Verstand. Sie, vorgestern am Kopf der Tafel, im Schloß Wittenburg: zur Rechten die Königin, zur Linken die Kronprinzessin; am anderen Ende, zehn Minuten zu Fuß entfernt, unsere arme Mutter, eingeklemmt zwischen Prinz und Premierminister; und dazwischen das gesamte Kabinett, sechsundachtzig Minister a.D., hundertachtundsechzigtausend Generale, Prälaten, Bankiers, Politiker und Industrielle, so weit das Auge reichte; und ihr hier, alles Paschas und Großwesire und angeheiratete Mogule und Satrapen. *Hic sunt monstra.* Wenn doch nur mein schrecklicher älterer Bruder nicht da wäre, Kommissar der Königin in dieser zurückgebliebenen Provinz, jetzt hab ich den Namen schon wieder vergessen.«

»Jetzt habe ich aber genug, ich werde ihm gleich ein paar in die Fresse hauen!«

»Beherrsch dich, Diederic. Was bist du doch für ein ekelhafter Kerl, Onno. Du hast dich doch eben ganz kleinlaut mit Freule Bob unterhalten in deinem Smoking.«

»Ach Gott, Freule Bob, dieser Schatz. Ich habe sie sexuell aufgeklärt. Es war alles absolut neu für sie.«

Onno genoß es. Es war vor allem seine eigene Generation, die sich gegen ihn wandte. Die vorige sagte nicht viel; die nächste, die noch aufs Gymnasium ging, amüsierte sich voller Bewunderung. So sollte man sein. So sollte man sich trauen zu sein.

»Ich kann nirgendwo Kerzen finden, gnädige Frau.«

Ein Junge kam herein mit einer Taschenlampe, die noch weniger hergab als eine Kerze.

»Es sind keine Sicherungen mehr da.«

Er stellte die Taschenlampe auf den Tisch, wodurch sich die Gesichtszüge einiger älterer Damen, die ihren Likör tranken und runde, braune Mandelkekse knabberten, in die transsylvanischer Hexen verwandelten. Aber die Augen gewöhnten sich allmählich an die Dunkelheit, so daß es den Anschein hatte, als würde es doch langsam heller. Onno stand noch immer in der Pose eines Feldherrn da, der das Schlachtfeld überblickt.

»Geh schnell nach nebenan, Coba«, sagte seine Mutter, »zu Frau Van Pallandt. Vielleicht kann sie uns helfen. Aber nur, wenn noch Licht brennt.«

»Ja, gnädige Frau.«

»Der Geburtstag des Herrn Jesus ist noch keine zwei Monate her«, rief Onno, »und schon ist in dieser antirevolutionären Bastion keine Kerze mehr zu finden!«

»Ist jetzt vielleicht bald Schluß mit diesem himmelschreienden Gequatsche?« fragte der Mann seiner ältesten Schwester. »Hau doch ab, Mann. Geh nach Amsterdam, wo du hingehörst.«

»Ja, der Himmel sei gepriesen, daß ich in Amsterdam wohne und nicht in den Niederlanden.«

»Dein wievielter Cola-Rum ist das, Onno?«

»Dieses Getränk«, sagte Onno und hob sein Glas, »nennen wir in Amsterdam nicht Cola-Rum. In Amsterdam heißt das *Cuba-Libre*, aber das werdet ihr in den Niederlanden auch noch merken. Deshalb bringe ich jetzt einen Toast aus auf *el líder máximo. Patria o muerte – venceremos!*« In einem Zug trank er sein Glas aus.

»Es lebe Che Guevara!« rief ein Junge.

»Sag mal, Maarten, bist du verrückt geworden?«

»Jetzt kommt alles raus!«

»Hütet euch vor ihm! Er wird kurzen Prozeß machen mit euch und euren schrecklichen Niederlanden. Bald hat Coba hier das Sagen, und dann ist es der Ex-Kommissar der Ex-Königin, der Kerzen holen muß bei den Nachbarn, die dann auch nicht mehr Van Pallandt heißen werden, sondern was weiß ich – Gortzak, oder irgendein anderer ehrlicher Name aus der Arbeiterklasse. Ihr *seid* die Niederlande. Ohne die Quists gäbe es die Niederlande überhaupt nicht. Was für ein Segen wäre das für die Menschheit.«

»Onno –«

»Ignorieren. Einfach ignorieren, dann hört er von ganz allein auf.«

»Du bist allerdings auch ein Quist, oder?«

»Ich? *Ich*, ein Quist? Was für eine unverzeihliche Beleidigung. Ich bin ein Bastard«, sagte er feierlich, »ein Kuckucksjunges – das bin ich, und nichts anderes.«

»Hol's der Kuckuck«, sagte eine seiner Tanten am Tisch mit der Taschenlampe, die immer schwächer wurde.

»Und wer war dieser Kuckuck?« fragte seine älteste Schwester.

»Das werden Mutter und ich nie verraten. Nie! Stimmt's, Mutter? Das haben wir geschworen.«

»Was haben wir geschworen?«

»Ja, jetzt stellen Sie sich dumm. Erinnern Sie sich nicht an diesen bildschönen Prinzen aus dem fernen Land, der auf einem weißen Roß in die Niederlande kam?«

»Wovon redet er eigentlich?«

»Wenn ihr mich fragt, ist diese Person nicht mehr ganz *compos mentis*.«

Onno legte seine Hand aufs Herz.

»Vom siebenten Gebot, die Dame.«

»Hatte dieser Prinz vielleicht einen schwarzen Bart?« fragte sein anderer Bruder, der Dozent für Strafrecht in Groningen war. »Hatte er vielleicht eine grüne Uniform an und eine Pistole bei sich?«

Onno stockte, stellte sein Glas hin, legte beide Hände an die Wand und schüttelte sich vor Lachen.

»Das gefällt ihm, dem Sprücheklopfer.«

»Mutter!« rief Onno mit erstickter Stimme. »Sie wissen es! Es ist herausgekommen!«

»Was ist herausgekommen?«

»Daß Sie Vater betrogen haben mit Fidel Castro.«

»Ich soll Vater betrogen haben? Wie kommst du darauf? Ich kenne diesen Mann gar nicht.«

»Ein Witz, haha, ein Witz!«

»Merkwürdige Witze werden hier gerissen. Ich habe Vater nie betrogen.«

»Mich haben Sie betrogen!« rief Onno, richtete sich auf und hob den Zeigefinger wie ein Prophet. »Mit Vater! Indem ihr mich gezeugt habt!«

In diesem Augenblick tauchte die jüngste Schwester vor ihm auf, zwei Köpfe kleiner als er, und nahm seine Hand. Wie ein gutmütiger Zirkusbär ließ er sich zur Seite nehmen.

»Jetzt muß aber wirklich Schluß sein, Onno«, sagte sie leise. »Es gibt Grenzen.«

»Von wem hast du das denn?«

»Mir soll's ja recht sein, ich vertrage eins in die Rippen, aber du bringst Mutter in Verlegenheit. Sie kann deinem merkwürdigen Humor nicht folgen.«

»Merkwürdiger Humor?« wiederholte er. »Es ist mir Ernst damit. Versteht das denn keiner? Nicht mal du? Wenn nicht einmal du mich verstehst, wer versteht mich denn dann? Oje, wo ist der, der mich versteht!«

»Hör doch auf, du provozierst einfach, und das macht dir Spaß.«

»Natürlich macht es mir Spaß, aber es ist mir auch Ernst damit. Ich meine auch ernst, was ich nicht ernst meine.«

»Ja, du kannst mir viel erzählen.«

»Nein, ich kann dir eben nicht viel erzählen. Wenn ich im Sterben liege, werde ich auf Knien zu dir kriechen, aber du verstehst ja auch nichts. Keiner versteht mich!« rief er pathetisch und plötzlich wieder in voller Lautstärke.

»So ist es«, sagte der Mann seiner ältesten Schwester. »Und deshalb solltest du schnell wieder zurückkehren zu deinen Kryptogrammen, dann werden wir hier in den Niederlanden schon dafür sorgen, daß du ruhig weiterpuzzeln kannst.«

Onno legte die Hand hinter sein Ohr.

»Höre ich da einen schrillen Ton? Kommt das vielleicht daher, daß niemand glauben will, daß ein gewisser mickriger Oberstaatsanwalt aus der Provinz der Schwager des großen, unvergeßlichen, *weltberühmten* Onno Quist ist?«

Während er sich mit beiden Fäusten auf die Brust trommelte, ging die Tür auf und ließ eine Horde Kinder herein, allen voran ein kleines, etwa siebenjähriges Mädchen. Sie hatte ein weißes Nachthemd an, das ihr bis zu den nackten Füßen reichte, und rief:

»Wer ist das, der betrunkene Mann da?«

Mit einem Blick voller Abscheu nahm Onno sie in Augenschein.

»Schlangenbrut! Sollen denn auch sie alle wieder Minister und Richter und Botschaftergattinnen werden? O Gott, nehmt diese Kinder und zerschmettert sie an den Felsen! Sonst hört das nie auf!«

»Onkel Onno! Onkel Onno!«

»Ich bin niemandes Onkel. Wie könnt ihr es wagen? Ich bin nur mein eigener Onkel. Unverstanden, von jedem verlacht und in die Ecke gedrückt, schwebe ich einsam und gewaltig in den dünnen Sphären des Ganz Anderen.«

»Mir wird so langsam ziemlich übel von diesem Pausenclown«, sagte der Kommissar der Königin. »Vater, reden Sie doch bitte ein Machtwort.«

Es wurde still. Auch Onno schwieg plötzlich. Weit weg, im Vorderzimmer, bei den Plüschgardinen, saß Quist. Onno konnte ihn nicht sehen, er sah in seine Richtung, mit tastenden Augen, wie wenn man einen schwachen Stern auf die Netzhaut zu bekommen versucht.

»Ach«, sagte Quist, »das kommt schon wieder in Ordnung mit dem Jungen.«

Als Onno das hörte, stellte er sein Glas auf die Fensterbank und suchte zwischen den schweren Möbeln und den ausgestreckten Beinen seinen Weg in das Vorderzimmer – ein Gang, bei dem das Durchschnittsalter der Gäste stetig zunahm. Am anderen Ende der Suite saß sein Vater in einem Ohrensessel: ein abgelegener, zum Stillstand gekommener Findling, vorwärtsgetrieben von der Endmoräne seines Zeitalters. Neben ihm das eichene Stehpult mit der massiven Staatsbibel aus dem siebzehnten Jahrhundert, groß wie ein Koffer, mit silbernen Beschlägen und zwei schweren Schlössern. Er saß mit dem Rücken zur Straßenlaterne, so daß Onno sein Gesicht nicht sehen konnte. Er ließ sich auf die Knie sinken und drückte die Lippen auf die hohen, schwarzen Schuhe seines Vaters. Das Leder war warm von den Füßen, die es barg. Er stand wieder auf, und in einem plötzlich leichten Ton sagte er:

»Adieu allerseits. Ich gehe nach Hause.«

»Wie spät ist es?« fragte seine Mutter. »Jetzt fährt doch kein Zug mehr?«

»Ich fahre per Anhalter.«

»Was für ein Unsinn, du kannst doch hier übernachten.«

Onnos Schwager lachte. »Es würde mir nicht im Traum einfal-

len, so eine zweifelhafte Person mitzunehmen, mitten in der
Nacht.«

»Wir haben auch noch ein Bett frei. Wir gehen alle nach Hause,
es ist schon halb eins.«

»Ich fahre nach Amsterdam, ich habe noch eine Verabredung.«

»Stell dich nicht so an, du hast gar keine Verabredung.«

»Laßt ihn doch«, sagte der Oberstaatsanwalt.

Waren die Beleidigungen vielleicht schon wieder vergessen? Offenbar betrachteten ihn seine Verwandten als eine Naturerschei-
nung: nach dem Sturm werden die abgerissenen Zweige aufgeräumt, und damit hat sich's.

Onno breitete die Arme zum Abschied aus und ging leise pfeifend zur Diele.

»Hier kannst du nichts finden«, sagte seine jüngste Schwester
mit der nahezu erloschenen Taschenlampe in der Hand, »in dieser
ägyptischen Finsternis.«

Während er in den Stapeln von Mänteln herumwühlte, knirschte
ein Schlüssel im Schloß.

»Lieber Himmel, Sie bringen ja alles durcheinander«, sagte
Coba und zog im Vorbeigehen seinen Mantel hervor.

»Soll ich dich schnell zum Wassenaarseweg fahren?« fragte seine
Schwester, während er seinen Mantel noch einmal auf- und dies-
mal richtig wieder zuknöpfte. »Es tut gut, eine halbe Stunde zu
Fuß.«

»Ich möchte jetzt ein wenig laufen.«

»Du bist ruhelos.«

Er gab ihr einen Kuß auf die Stirn und ging hinaus. Als er das
Gartentor schloß, gingen im Haus die Lichter wieder an.

Den Haag lag still in der Nacht. Es fuhren kaum noch Autos. Die
Häuser hatten eine hellere Farbe als die in Amsterdam, aber fast
alle Fenster waren dunkel. Die Beamten schliefen – und träumten
davon, die Unruhen in der Hauptstadt, die jetzt schon Jahre andau-
erten, gewaltsam niederzuschlagen, mit Panzern an den Straßen-
ecken und Sturzkampfbombern, die Raketen auf die Universitäts-

institute abfeuerten, woraufhin sie selbst zu Regierungskommissaren der befriedeten Stadt ernannt wurden.

In seinem schweren langen Wintermantel ging Onno zur Ausfallstraße Richtung Leiden. Obwohl es fror, trug er keine Handschuhe, aber er steckte die Hände auch nicht in die Taschen; er hielt sie hinter dem Rücken verschränkt, wo sie allmählich violett wurden vor Kälte, ohne daß er es bemerkte. Hier, wo er seine ganze Jugend verbracht hatte, kannte er jeden Stein, aber er ging ohne nostalgische Gefühle, sah sich nicht um und dachte auch nicht an den vergangenen Abend. Leicht vornübergebeugt, mit etwas mühsamen Schritten in plumpen, nie geputzten Schuhen ging er durch die verlassenen Straßen und hatte dabei ununterbrochen eine runde Tontafel vor Augen, mal die eine Seite, mal die andere.

Es schien, als sei er plötzlich ein anderer Mensch. Er hielt die Zunge auf der linken Seite seines Mundes zwischen den Backenzähnen und biß leicht darauf, wie immer, wenn er nachdachte. Sein Gesicht hatte einen leicht schläfrigen Ausdruck angenommen, aber nicht vor Müdigkeit oder vom Alkohol, es war die Schläfrigkeit des Denkens. Denken ist nie Aktion, ist nie vorwärts und drauflos, wie die Leute meinen, die nicht wissen, was Denken ist; es funktioniert nicht wie ein sich durch Lianen schlagender Waldläufer, sondern eher wie jemand, der sich entspannt in ein warmes Bad gleiten läßt.

Die Tontafel hatte die Größe eines Desserttellers. Beide Seiten zeigten ein Muster, das noch am ehesten Ähnlichkeit mit einer Hüpfbahn hatte, wie sie Kinder mit Kreide auf die Straße malen: eine Spirale, die sich im Uhrzeigersinn von außen nach innen dreht und im Mittelpunkt endet. Es hatte auch Ähnlichkeit mit einem Labyrinth, aber genau das war es nicht; man konnte sich unmöglich darin verirren, es gab nur einen einzigen Weg, und dieser Weg führte zum Zentrum. Die Bahn war in Kästchen unterteilt, angefüllt mit primitiven Zeichen, zum Beispiel einem behelmten Kopf, einigen Menschen- und Tierfiguren im Profil, einem Beil, einer Art tragbarem Käfig und vielen anderen Abbildungen. Onno sah sich das Bilderrätsel, dessen 242 Zeichen und 45 Silben in den

61 Kompartimenten er besser kannte als seinen eigenen Körper, genau an, es war auf seine Weise vielleicht doch ein Labyrinth – während vor seinem Auge immer wieder neue Zusammenhänge entstanden, verschwanden, verändert wieder auftauchten, sich mit anderen linguistischen Daten und Zeichen verknüpften, philistinischen, lykischen, semitischen ...

Es herrschte nun eine große Stille um ihn herum.

2
Ihre Begegnung

Als Onno Quist sein Elternhaus verließ, hatte in einem anderen, wesentlich weniger noblen Viertel von Den Haag ein Mann gleichen Alters mit vier, fünf laut herausgeschrienen Stößen seinen Orgasmus.

»Meine Güte!« sagte er schwer atmend und zugleich verwundert und anerkennend, als der Orgasmus verebbt war. »Ich danke Ihnen.«

Er lag am Boden und streichelte mit geschlossenen Augen die Frau, die auf ihm zusammengesunken war wie ein halbleerer Luftballon, und auf irgendeine Weise stimmte etwas nicht. Er spürte ein Bein, wo sich eigentlich kein Bein befinden konnte, und ihr Kopf war an einem Platz, wo er eher einen Fuß vermutet hätte. Er streichelte über eine Wölbung, die vermutlich ein Brustansatz war, vielleicht aber auch der einer Pobacke, zog gelassen die Augenbrauen hoch, seufzte und schlummerte ein ...

Einige Stunden zuvor war er der Frau in Rotterdam begegnet. Studenten der Wirtschaftshochschule hatten dort einen »revolutionären Karneval« organisiert; er hatte die Ankündigung an einem Schwarzen Brett in Leiden gelesen, wo er arbeitete. Er wohnte in Amsterdam, aber weil er nach der Arbeit nichts zu tun hatte, war er später am Abend zu dem Fest gefahren. Laute Musik in geschmückten Sälen, überall wurde getanzt, sogar die Treppen waren voller Menschen. In einem improvisierten kubanischen Restaurant, »Moncada«, aß er ein Stück Fleisch, und in einer flämischen Bierkneipe, »In de Racebroek«, bestellte er sich einen Orangensaft. In einem Nebensaal war ein okkulter Markt eingerichtet worden: an auf Böcken gelegten Tischplatten boten junge Leute mit Tarotkarten, Horoskopen, Pendeln, Kristallkugeln und I-Ging-Gerät kostenlos ihre Dienste an. Im Gedränge suchte er nach Frauen, mit denen man etwas unternehmen konnte, aber alle waren in Begleitung – Dutzende Jungen hatten sich mit Baretten à la Che Guevara verkleidet – und amüsierten sich; die entspannte, völlig unerotische Atmosphäre ging ihm schon bald auf die Nerven. Der Mensch war nicht zu seinem Vergnügen auf der Welt, fand er, es mußte gefickt werden – und nach einer Stunde beschloß er, zum Auto zu gehen. Er war müde, aber auch dem durfte nicht nachgegeben werden; in Amsterdam gab es bestimmt noch unternehmungslustige Frauen.

Auf dem Weg zum Ausgang kam er wieder durch den Saal mit den Zauberern und Zauberhexen, aber dort war es inzwischen nahezu leer. Je höher das Stimmungsbarometer gestiegen war, desto mehr war das Interesse für das Höhere geschwunden; die meisten waren gerade dabei, ihr übersinnliches Instrumentarium einzupacken. Nur am Stand eines Fräuleins in einem lila Pullover saß noch ein Mädchen, die Hand mit der Innenseite nach oben in der Hand des Fräuleins, wie eine Heilige, die ihr Stigma zeigt.

Es war ein attraktives Mädchen. Sie war nicht älter als vielleicht neunzehn, das blonde Haar zu einem Pferdeschwanz zusammengebunden. Mit geheucheltem Interesse blieb er stehen und hörte zu, was die Chiromantin zu sagen hatte. Mit einem dünnen Filzstift zeichnete sie auf bedeutungsvolle Kapriolen der Handlinien Krümmungen, Kreuze und Kreise, was ihn an Markierungen auf astronomischen Aufnahmen erinnerte. Insgesamt gab das Muster Anlaß zu guten Hoffnungen, aber einige Verzweigungen der Lebenslinie deuteten offenbar dennoch auf eine ernsthafte Erkrankung um das vierzigste Lebensjahr herum hin; auch Gitter auf dem Sonnenhügel sollte man besser nicht haben. Das Mädchen schaute auf ihre Hand und nickte verstehend.

»Ich finde das ziemlich unverschämt, was Sie da machen«, sagte er plötzlich – in erster Linie natürlich, um sich dem Mädchen anzubieten, aber er meinte es zugleich auch ernst. »Hoffentlich hält sie das alles für Unsinn, denn das ist es in der Tat, aber jetzt muß sie es mit sich herumtragen, diese Drohung mit der Krankheit, die Sie ausgesprochen haben. Und zwar zwanzig Jahre lang.«

Die beiden Frauen sahen zu ihm auf: das Mädchen amüsiert, die Wünschelrutenfrau mit einem maroden Blick über ihre Halbmondbrille. Sie war in seinem Alter, vielleicht etwas älter; ihr üppiges dunkelbraunes Haar lag in merkwürdigen Wülsten über ihrem Kopf, als ob sich dort eine riesige Eidechse eingenistet hätte, ein Leguan. In ihrem Gesicht war etwas, das ihn plötzlich ergriff. Unter ihrem Pullover zeichneten sich ihre kleinen Brüste ab, dazwischen ein Anhänger, eine flache Hand aus Metall – und im selben Augenblick wußte er, daß er nicht mit ihrer Kundin ins Bett wollte, sondern mit ihr.

»Eine Schande«, sagte er, während er sie weiterhin ansah.

Vielleicht hatte das Mädchen den Sinneswechsel gesehen; sie stand auf, grüßte freundlich und ging weg.

»Ich glaube, daß wir ein ernsthaftes Wörtchen miteinander zu reden haben«, sagte er streng.

Als sie aufstand, um ihre Sachen einzupacken, zeigte sich, daß sie sehr zierlich war: mit ihrem animalischen Schopf reichte sie ihm nicht einmal bis zu den Schultern. Ohne ein Wort zog sie den Mantel an und ging hinaus. Er fragte sich, wie er dieses Schweigen brechen sollte, und folgte ihr zum Parkplatz. Als sie den Schlüssel in die Tür eines Kleinwagens gesteckt hatte, drehte sie sich plötzlich zu ihm um und machte eine einladende Geste. Er lachte.

»Ich habe selbst so ein Ding, ich werde hinter dir herfahren.«

In seinem dunkelgrünen Sportwagen mit dem weißen Segeltuchverdeck, der viel schneller fahren wollte, tuckerte er kurz darauf auf der Straße nach Den Haag hinter ihr her, aufgrund der Lage ständig mit einer halben Erektion.

»Eine Wahrsagerin!« rief er auf der Höhe von Delft und hieb auf das Holzlenkrad ein. »Das fehlt gerade noch!« Er fühlte sich in seinem Element und begann zu singen, ein Lied von Mahler: *Wenn mein Schatz Hochzeit macht, fröhliche Hochzeit macht* ... Tränen schossen ihm in die Augen. Melancholie, Geilheit, Musik, alles überwältigte ihn plötzlich, während er auf die roten Rückleuchten vor sich sah.

»Ich lebe!« rief er. »Ich lebe!«

Sie wohnte in einem phantasielosen Hochhaus, das man in einer Straße mit Arbeiterwohnungen aus dem neunzehnten Jahrhundert brutal aus dem Boden gestampft hatte. Als sie auf der Rückseite des Hauses über die Galerie gingen, schwieg sie noch immer. In einem kleinen, warmen Appartement zündete sie Kerzen und Räucherstäbchen an und reichte ihm eine Flasche Wein mit einem Etikett, das ihm wenig Vertrauen einflößte. Während er die Flasche zwischen die Knie nahm und den Stahl in den Korken trieb, füllte plötzlich Sitarmusik das Zimmer.

»Wie sich's gehört«, sagte er. »Ravi Shankar.«

Sie stießen an, tranken und sahen sich an. Der Wein schmeckte ihm nicht, und er stellte sein Glas weg. Was jetzt? Er saß in einem zu kleinen Sessel, sie auf der Couch. Er stand auf, kniete sich vor sie hin und legte seine rechte Hand offen in ihren Schoß.

»So, jetzt zeig mal, was du kannst.«

Er spürte die Wärme ihrer Oberschenkel, aber sie legte seine Hand beiseite wie ein Buch, das sie nicht lesen wollte, und nahm seine linke. Sie lag wie ein gefundener Gegenstand in der ihren; ihre kleine Hand war viel wärmer als seine, was ihn noch mehr erregte. Noch immer hatte sie kein Wort gesprochen; sie wußten voneinander nicht einmal die Namen. Nachdem sie einen Blick auf seinen kurzen, leicht verformten Daumen geworfen hatte, begann sie wieder mit einem Filzstift Kreuze und Kreise zu malen, hielt aber plötzlich inne und sah ihn erschrocken an. Auch er erschrak jetzt. In ihrem Blick war etwas, das er zwar nicht glauben würde, aber dennoch nicht hören wollte. Er zog seine Hand zurück und legte sie auf ihre Hüfte, legte die andere in ihren Nacken, drang mit den Fingern in ihr dickes Haar und zog ihren Kopf leicht zu sich, was sie willig geschehen ließ. Er grunzte kurz, sprang dann plötzlich nach vorne, über sie, während sie augenblicklich die Beine spreizte. Im selben Moment wälzten und bissen sie sich wie kämpfende Hunde, rissen sich gegenseitig die Kleider vom Leib, jaulten, schrien, wurden von einem Strudel erfaßt und mitgerissen in eine Tiefe, an die es gewöhnlich keine Erinnerung gibt.

Mit einem Ruck wachte er auf. Länger als eine Minute hatte er nicht geschlafen. Er drehte den Kopf zur Seite. Über der langsam herabsinkenden Glut eines Räucherstäbchens neigte sich ein dünnes, weißes Aschetürmchen immer weiter nach vorn und brach schließlich ab.

»Ich muß los«, sagte er.

Wieder studierte er den topologischen Zustand der Handleserin. Es schien, daß sie auch Schlangenmensch war; die Haltung war unmöglich, wie eine Zeichnung von Escher, die Wülste hatten sich gelöst und lagen jetzt wie geronnene Lava über Schultern und Rükken, aber es konnte auch ihre Brust sein. Ohne sie aufzuwecken, kroch er unter ihr hervor und öffnete eine Tür, hinter der er das Schlafzimmer vermutete. Dann hob er sie hoch, sie war so leicht wie ein Kind, legte sie vorsichtig auf das Bett und deckte sie zu. Sie war nicht aufgewacht. Da er sich gehetzt fühlte, als ob er in Eile wäre, duschte er nicht; in der Küche wusch er sich mit kaltem Wasser, trocknete sich mit einem klammen Geschirrtuch ab, zog sich rasch an und sah sich suchend um. In einem Bücherregal aus hellem, schwedischem Holz stand eine Ansichtskarte mit einer Abbildung von Jan van Eycks *Arnolfini-Hochzeit*: vielleicht wegen der Hand der schwangeren Braut, die mit der Innenseite nach oben in der des Bräutigams lag. Die Rückseite war nicht beschrieben. Aus der Innentasche seines Jacketts zog er einen gelben Bleistift mit einem Radiergummi am Ende, nahm aus der Seitentasche einen kleinen Bleistiftspitzer, spitzte den Stift sorgfältig über einem Aschenbecher und schrieb: *Das vergesse ich nie. – Max.* Er überlegte kurz, ob er seine Telefonnummer dazuschreiben sollte, unterließ es dann aber. Sorgfältig lehnte er die Karte auf ihrem kleinen Schreibtisch an einen geschliffenen, geäderten rosa Stein, der vielleicht beseelt war von magischen Kräften, vielleicht aber auch einfach nur ein Andenken an einen südlichen Strand. Dann blies er die Kerzen aus, ließ den Weihrauch brennen und zog leise die Tür hinter sich zu.

Er fühlte sich bis in die Fingerspitzen gereinigt und mußte an einen Urlaub in Venedig denken, als nach einem Gewitter plötzlich violette Berge am Horizont zu sehen waren. Seine Müdigkeit war verschwunden, und mit der *Ersten* von Schubert im Radio – vermutlich die Berliner Philharmoniker unter Böhm – fuhr er aufs Geratewohl durch die leeren, winterlichen Straßen. Er war frei! Er war wunschlos! Das war ebenso herrlich wie das Ficken oder die Sicherheit vorher, daß es passieren würde. Oder war es vielleicht sogar schöner? Lag der Grund dafür, daß er jeden Tag mit einer Frau schlafen wollte, letztlich vielleicht nur im Erreichen dieses Ziels: daß er es für kurze Zeit nicht mehr wollte? Was für ein glücklicher Greis er dann werden würde. Aber so war es natürlich nicht; bis dahin würde er sich wünschen, daß er wollte, was er nicht mehr konnte. Das Glück war nicht die Freiheit von Ketten, sondern die Befreiung von Ketten, sie waren für das Glück unentbehrlich!

Er hatte keine Ahnung, wo er war, aber wenn er versuchte, möglichst immer geradeaus zu fahren, mußte er irgendwann den Stadtrand erreichen, so groß war Den Haag ja nicht. Plötzlich erkannte er eine Kreuzung. Auf dem verlassenen Bürgersteig stand ein großer Mann in einem langen Mantel, der die Hand hob.

Ein Räuber, dachte er, würde bestimmt nicht jetzt sein Opfer suchen, um ein Uhr nachts und bei Frost. Er gab Lichtzeichen, schwenkte mit einer schnellen Bewegung auf den Fahrbahnrand zu und hielt an. Im Spiegel sah er den Mann trabend näher kommen; er schaltete das Radio aus, lehnte sich über den Beifahrersitz und kurbelte das Fenster herunter.

Onno beugte sich tief hinunter und sah in das schmale, fanatische Gesicht von Max. Es erinnerte ihn an einen Ibis, den ägyptischen *Ibis religiosa* mit dünnem Hals und gebogenem Schnabel; es ging etwas Gefährliches von ihm aus, wie von einer Axt. Max hingegen sah in das volle, herrschsüchtige Antlitz Onnos. Klassisch, ohne Wölbung, ging die Stirn über in eine gerade Nase; darunter befand sich ein ebenso klassischer, kleiner Mund mit gewölbten Lippen, kaum breiter als seine Nasenflügel. Das Gesicht kam ihm entfernt bekannt vor.

»Wohin wollen Sie?«

»Fahren Sie Richtung Amsterdam?«

»Steigen Sie ein.«

Onno machte einen Schritt zurück und nahm das Auto abfällig in Augenschein.

»Aber nur unter Protest!«

»Ich flehe Sie an«, sagte Max amüsiert.

Als er nach einigen Mühen im Wagen saß, oder besser: lag, gab Max Vollgas, und das Auto raste davon wie ein Rennpferd.

»Nette Karre«, sagte Onno mit einem Gesicht, in dem zu lesen war, daß er seinen Wohltäter für nicht ganz bei Trost hielt.

Max lachte.

»Ach, das ist noch gar nichts. Wenn ich einmal groß bin, kaufe ich mir einen weißen, offenen Rolls-Royce. Dann setze ich mich in einem weißen Pelzmantel in den Fond, und ans Steuer eine bildschöne Frau.«

Mit schiefem Mund mußte auch Onno jetzt lachen und drehte den Kopf zur Seite. Er hatte bereits den Ansatz eines Doppelkinns.

»Warum kaufen Sie nicht gleich einen Kinderwagen?«

Max sah ihn kurz an. Sie hatten einander gefunden – das war der Moment. Wußten sie es, wußten sie es beide? Mit diesen wenigen Worten war eine Brücke geschlagen worden. Max wußte sich von Onno durchschaut wie von nie jemandem zuvor, und Onno fühlte sich von Max verstanden, weil seine aggressive Ironie nicht wie sonst immer auf Widerstand gestoßen war, sondern aufgefangen wurde von einem Lachen, das etwas Unverletzliches hatte. Sie hatten einander erkannt. Ein wenig verlegen schwiegen sie für einige

Minuten. Als sie die pompöse Allee durch Wassenaar hinter sich gelassen hatten und auf die dunkle Autobahn kamen, beschleunigte Max auf hundertsechzig und sagte:

»Ich habe das Gefühl, daß ich Sie von irgendwoher kenne. War Ihr Bild nicht vor kurzem in der Zeitung?«

»*Natürlich* war mein Bild vor kurzem in der Zeitung«, sagte Onno in einem Ton, als ob er gefragt wurde, ob er lesen könne.

»Aus welchem Anlaß?«

»Das wissen Sie nicht mehr? Das haben Sie schon wieder vergessen?«

»Ich bekenne, daß ich versagt habe.«

»Mein Bild war in der Zeitung«, sagte Onno pathetisch, »weil ich in Uppsala einen Ehrendoktor erhalten habe.«

»Darf ich Ihnen nachträglich gratulieren? Und wofür war der Ehrendoktor?«

»Das wissen Sie also auch nicht mehr. Sagen Sie mal, was wissen Sie denn überhaupt?«

»Fast nichts.«

»Das war deshalb, weil ich das Etruskische verständlich gemacht habe. Die größten Geister der Welt waren dazu nicht in der Lage, sogar Professor Massimo Pellegrini in Rom war zu dumm dazu, also habe ich es eben gemacht.«

Max nickte. Er erinnerte sich jetzt. Der große Mann im Rock, der mit gespielter Verwunderung den Pokal von einer Dame mit einem Barett auf dem Kopf entgegennahm, als ob es eine vollkommene Überraschung für ihn sei.

Onno sah zur Seite.

»Und Sie?« fragte er. »Womit verdienen Sie Ihre Brötchen? Ich kann mich nicht entsinnen, von Ihnen je ein Foto in einer Zeitung gesehen zu haben.«

»Was für ein Schuft Sie sind«, lachte Max. »Ich arbeite in der Sternkunde.« Er deutete mit dem Kopf nach rechts. »Dort. In Leiden.«

Onno schaute über die kahlen Felder zur Stadt hinüber.

»Müssen Sie hier denn nicht abbiegen?«

»Gott sei Dank lebe ich in Amsterdam. Dafür habe ich ein
Auto.«

Onno streckte die Hand aus und sagte:

»Onno Quist.«

Max drückte die Hand.

»Delius, Max.«

3
Nach Hause bringen

Auf interessierte Fragen nach seiner Entdeckung gab Onno nie
eine Antwort. »Lies es nach«, pflegte er zu sagen, »im *Journal of
Near Eastern Studies*. Ich mache nicht gerne Überstunden.« Aber
jetzt, auf die Frage, wie er diese Schrift entziffert habe, erklärte er
geduldig, daß keine Rede sein könne von Entziffern, da sie seit Jahr
und Tag lesbar gewesen sei. Sie bestehe in groben Zügen aus dem
griechischen Alphabet, aber es sei kein Griechisch, es sei unbegreiflich. Es sei, wie wenn jemand, der kein Griechisch könne, das
griechische Alphabet lerne und dann versuche, die Ilias zu lesen.
Die Etrusker seien ein italienisches Volk, dozierte er, das in der
heutigen Toskana gelebt habe: *Tusci* nannten sie die römischen Eroberer. Das Lateinische sei voller etruskischer Lehnwörter, wie
zum Beispiel *persona* für Maske, aber ansonsten sei nur von wenigen Wörtern die Bedeutung bekannt, zum Beispiel die für Gott,
Frau und Sohn. Das Problem sei, daß es eine größere ›bilingue‹ wie
Champollions Stein von Rosette nicht gebe, mit demselben Text jeweils im Etruskischen und in einer bekannten Sprache. Die Etrusker hätten wohl etwas mit den Griechen zu tun, ihre Sprache
jedoch nichts mit dem Griechischen. Sie schrieben ihre Sprache
phonetisch, mit griechischen Buchstaben, wie Gymnasiasten der
ersten Klasse ihre Namen oder Niederländer die lateinischen

Buchstaben. Das Volk sei etwa im neunten Jahrhundert vor Christi Geburt von irgendwoher gekommen, wo auch Griechen gewesen seien. Aber – und das sei der entscheidende Einfall gewesen – es sei natürlich auch möglich, daß die Griechen irgendwann *ihr* Alphabet von den Etruskern übernommen hätten, um damit ihre eigene Sprache phonetisch zu schreiben: Griechisch. Das sei jedoch ziemlich abwegig; aber über diesen Gedankengang sei er, gestützt von allerlei archäologischen Überlegungen, auf die kretischen Sprachen gekommen: Linear B aus dem fünfzehnten Jahrhundert vor Christus, vor fünfzehn Jahren durch seinen Kollegen Michael Ventris entziffert, und Linear A aus dem achtzehnten Jahrhundert, hinter denen sich wiederum semitische Ursprünge verbargen ...

»Kurz, mein bester Watson«, sagte er, als sie an Schiphol vorbeifuhren, »durch Kombinieren und Deduzieren und eine ganze Menge Glück und Weisheit kam ich dahinter. Der hochgelehrte Pellegrini hält mich zwar immer noch für einen Phantasten und Scharlatan, aber das deutet hauptsächlich auf seine autistische Art hin.«

»Was hast du studiert?«

»Jura.«

»Jura?«

»Das ist ein Familienleiden.«

»Aber all die Sprachen ...«

»Liebhaberei. Ich bin Amateur, wie der große Ventris, der von Haus aus Architekt war. Wenn es sein muß, lerne ich eine Sprache in einem Monat. Ich konnte bereits lesen, als ich drei Jahre alt war.«

»Und wie viele Sprachen beherrschst du?«

»Im Zählen bin ich schlecht. Das ist wahrscheinlich eher dein Metier. Wie viele Sterne gibt es?«

»Wir haben sie noch nicht alle gezählt. Die Zahl ist übrigens nicht konstant. Schon allein in unserem eigenen Milchstraßensystem gibt es etwa einhundert Milliarden. Genauso viele, wie der Mensch Gehirnzellen hat.«

»*Speak for yourself.*«

»Darüber hinaus sind auch noch etwa hundert Milliarden extragalaktische Systeme bekannt, das sind genauso viele, wie ich Gehirnzellen habe, also kannst du es dir ausrechnen. Eine Eins mit zweiundzwanzig Nullen. Wie viele Sprachen gibt es?«

»Nicht der Rede wert. Rund fünftausendzweihundert.«

»Kannst du auch Hieroglyphen lesen?«

»Welche Hieroglyphen?«

»Ägyptische.«

»Ist ganz einfach. Aufsagen kann ich sie auch. *Paut neteroe her resch sep sen ini Asar sa Heroe men ab maä kheroe sa Ast auau Asar.* Was soviel heißt wie: ›Der Paut der Götter ist erfreut über die Ankunft von Osiris' Sohn Horus, aufrecht im Herzen, dessen Wort absolut ist, Sohn der Isis, Erbe des Osiris‹.«

»Nur zu. Was bedeutet *Paut*?«

»Ja, das ist ein bißchen schwierig. Zu dumm, daß du das fragst. Nach Meinung der meisten Kenner meint es wohl die Ursubstanz, aus der die Götter gemacht sind; aber eigentlich ist es noch komplizierter, denn im Totenbuch sagt der Schöpfergott: Ich brachte mich selbst hervor aus der Ursubstanz, die ich erschuf. Aber laß dich nicht ermüden mit solchen archaischen Paradoxa.«

»Sie kommen mir aber ziemlich modern vor«, sagte Max. »Wo wohnst du? Ich setze dich vor deiner Tür ab.«

Es stellte sich heraus, daß sie beide im Zentrum wohnten, nicht sehr weit voneinander entfernt. Während sie in die Stadt hineinfuhren, erzählte Onno, daß er die Hieroglyphen bereits lesen konnte, als er elf Jahre alt war. Er hatte es sich selbst beigebracht mit Hilfe eines alten englischen Lehrbuchs, das er für zwei Groschen auf dem Markt erstanden hatte, und auf diese Weise, mit einem Wörterbuch, hatte er zugleich auch Englisch gelernt. Das sei im letzten Kriegswinter gewesen, sagte er, in dem ihm Hunger und Kälte definitiv den Rest gegeben hätten – aber er frage sich gerade, warum er das jetzt einem Wildfremden erzähle. Zu Hause, als Junge, habe er nie über seine Sprachstudien gesprochen. Er hatte gedacht, jeder, der sich nur die Mühe machte, könnte das auch. So ging es wohl immer mit dem Talent: einem Dichter war es unvorstellbar, daß jemand nicht schreiben konnte. Daß es trotzdem nicht

jeder konnte, wurde ihm erst nach dem Krieg klar, als die Familie
einmal Urlaub in Finnland machte. Sie waren in ihrem Hotel in
Hämeenlinna, irgendwo zwischen den trübsinnigen Seen und Na-
delwäldern, und am Abend vor ihrer Abreise war das Essen kalt
oder bestenfalls lauwarm. Der Vater rief den Geschäftsführer, der
daraufhin tat, als ob er den Ober maßregelte; tatsächlich aber sagte
er, daß er sich von diesen popeligen Käseköpfen nichts gefallen zu
lassen brauche, denn morgen würden sie ohnehin verschwinden zu
ihren stumpfsinnigen Tulpen und Windmühlen. Woraufhin er,
Onno, den Geschäftsführer fragte, ob vielleicht er nicht ganz richtig im Kopf sei, in dieser Form über seine Gäste zu sprechen, und
ob er vielleicht wolle, daß ihm der Schädel eingeschlagen werde mit
einem echten holländischen Holzschuh. Alle waren sprachlos. Er
konnte Finnisch sprechen! Nach drei Wochen! Eine ugrische Sprache! Und als er das perplexe Gesicht seines Vaters sah, hatte er gedacht: – Ich bin dir überlegen, Exzellenz.

»Bist du der Sohn von *jenem* Quist?« fragte Max überrascht.

»Ja, von *jenem* Quist.«

»War er vor dem Krieg nicht Premierminister oder so was?«

»Würdest du vielleicht etwas weniger salopp von meinem Vater
sprechen, Delius, Max? Die vier Jahre Kabinett Quist gehören zu
den dunkelsten der menschlichen Kultur. Das niederländische
Volk ächzte unter der theokratischen Schreckensherrschaft meines
Herrn Vaters, über den ich kein schlechtes Wort hören möchte –
und schon gar nicht aus dem Mund von jemandem mit einem derart lächerlichen Automobil.«

»Es hat uns zumindest nach Hause gebracht«, sagte Max und
hielt an. »Du selbst kannst gar nicht Auto fahren, wenn du mich
fragst.«

»Natürlich nicht! Wofür hältst du mich? Für einen Chauffeur?
Es gibt Dinge, die man nicht können darf. Was man zum Beispiel
auch nicht können darf, ist, das Essen mit Gabel und Löffel zwischen den Fingern einer Hand vorzulegen, denn dann ist man ein
Ober. Das kannst du natürlich auch, aber ein Gentleman wie ich
tut das ganz ungeschickt mit zwei Händen, und dann lasse ich

noch immer die Hälfte auf das Tischtuch fallen, und so gehört sich das auch.«

Im Licht der Straßenlaternen in der schmalen Gasse konnten sie einander jetzt besser sehen. Onno fand, daß Max eigentlich viel zu gepflegt aussah, um ernst genommen werden zu können; er trug eine Art angelsächsisches, bourgeoises Outfit, mit Jackett und kariertem Hemd, das ihm bei seinen Brüdern und Schwägern über die Maßen zuwider war. Max seinerseits fand, daß Onno keine schlechte Figur als Leierkastenmann machen würde; zudem gab es um seine Ohren und am Kinn einige Stellen, die er beim Rasieren ausgelassen hatte. Vielleicht war er beim Stieren auf seine Ideogramme kurzsichtig geworden.

Onno schlug vor, zu Max' Haus zu fahren, er würde dann zu Fuß zurückgehen. Zufrieden stellten sie fest, daß noch Leute auf der Straße waren und überall in den Häusern noch Licht brannte, während in Den Haag schon alles Leben vollständig verschwunden war. Vor dem hohen Zaun am Park schloß Max sein Auto ab und zog seinen Mantel an; Onno sah, daß er auch noch Wildlederschuhe trug. Er wollte sich verabschieden, aber jetzt war es Max, der sagte:

»Komm, ich begleite dich ein Stück.«

Aus der Richtung des Leidseplein waren Polizeisirenen zu hören: es war etwas im Gange, vielleicht Nachgeplänkel einer Demonstration gegen die Amerikaner in Vietnam.

»Bist du etwa auch Ehrendoktor der Universität von Uppsala?« erkundigte sich Onno.

»So weit habe ich es noch nicht gebracht.«

»Du bist also *kein* Ehrendoktor an der Universität von Uppsala?« rief Onno entsetzt und blieb stehen. »Kann jemand wie ich sich dann eigentlich mit dir unterhalten?« Plötzlich veränderte er den Ton, während er Max weiterhin ansah. »Weißt du, daß dein Gesicht überhaupt nicht zusammenpaßt? Du hast stahlharte, äußerst unsympathische blaue Augen, aber zugleich einen lächerlich weichen Mund, mit dem ich mich nur ungern zeigen würde.«

Max sah zu ihm auf. Onno war fast um einen Kopf größer als er.

»Das stimmt«, sagte er nach einem kurzen Zögern.

»Nein, das stimmt *nicht*.«

»Es stimmt, daß es nicht stimmt.«

»Und deine Nase sollte am besten mit dem Mantel der Liebe zugedeckt werden.«

»Jagdhunde haben immer lange Nasen, denn damit kann man besser riechen. Du solltest es nicht persönlich nehmen, aber ein Pekinese riecht gar nichts. Und übrigens, ich bin kein *doctor cum grano salis*, so wie du, dafür aber ein echter, so richtig mit Dissertation und so.«

»Ich höre schon. Du bist einer von diesen armen Typen, die meinen, daß die Leistung ein größeres Verdienst ist als das Talent. Worüber hast du promoviert?«

»Über Wasserstofflinien.«

»Was um alles in der Welt ist das denn?«

»Das kannst du nicht verstehen. Dafür muß man sehr gescheit sein.«

Max vermeldete, er sei Astronom an der Sternwarte in Leiden. Er habe unlängst ein Angebot bekommen, *fellow* am Mount Palomar Observatorium in Kalifornien zu werden, wo ein Leidener Kollege von ihm mittlerweile das Sagen habe, der Entdecker der Quasare; aber er interessiere sich mehr für Radio-Astronomie, mit der man das Unsichtbare sehen könne, sogar tagsüber. Optische Astronomen seien blasse Nachtwächter, und wenn eine Wolke aufziehe, könnten sie sich wieder aufs Fahrrad setzen und gegen den Wind nach Hause radeln; außerdem habe er nachts etwas Besseres zu tun. Er fahre regelmäßig nach Dwingeloo in Drenthe, zum Radioteleskop. Bei Westerbork werde jetzt ein riesiges Synthese-Radioteleskop gebaut, das aus zwölf Spiegeln bestehe, von denen einer bereits fertig sei. Es werde das größte Instrument der Welt, von dem er sich viel verspreche.

»Übrigens, du sagtest gerade, daß bei dir eigentlich alles im Krieg angefangen hätte – bei mir ist das vielleicht auch so. Mitten in der Stadt war der Himmel damals so klar wie jetzt vielleicht nur noch auf hoher See, oder auf dem Mount Palomar. Ich war irgend-

wann in einem Internat, bei den Patres. Wenn die nachts in der Kapelle die Messe sangen, wachte ich manchmal auf und lehnte mich
aus dem Fenster. Ich glaube, daß diese stillen Nächte und die Sterne
und dieses Gregorianische und dieser Krieg damals den Grundstein gelegt haben für meine Berufswahl, um es einfach mal so zu
nennen. Vielleicht, weil die Sterne nichts mit dem Krieg zu tun hatten.« Bei dem Wort ›Sterne‹ schaute er kurz hinauf zum Himmel,
aber vor der grauen Wolkendecke war jetzt nur der Widerschein
der Stadt zu sehen.

»Du bist also von Haus aus römisch-katholisch. Oder bist du es
immer noch?«

»Von Haus aus bin ich gar nichts.«

»Wie bist du dann in diese Anstalt geraten?«

Max schwieg. Er schlug den Kragen seines kamelfarbenen *Bri-
tish Warm* hoch, zog das Revers übereinander und hielt es mit seiner behandschuhten Hand fest.

Unten in der Kapelle die Patres:

Kyrie eleison, Kyrie eleison,
Christe eleison, Christe eleison.

Am Himmel der Große Bär und Kassiopeia, der Polarstern – in
dem die Achse des Himmelsgewölbes rotierte. Wo war seine Mutter?

Er sah zu Onno.

»Soll ich es dir erzählen?«

Onno sah, daß er einen Nerv getroffen hatte.

»Wenn es nicht für meine Ohren bestimmt ist, will ich es nicht
hören.«

Max wunderte sich jetzt über sich selbst. Nicht, daß er etwas zu
verbergen hätte, aber es war für ihn nicht gerade ein Thema, um
Konversation zu machen. Mit seinen Kollegen und Freunden
sprach er nie darüber, von seinen Freundinnen ganz zu schweigen,
und auch er selbst dachte eigentlich selten daran. Es war wie mit
dem Talent, über das Onno gesprochen hatte: jeder Mensch war

natürlich einzigartig, und das entdeckte er erst, wenn ein anderer sich in ihn verliebte, oder wenn sich nie jemand in ihn verliebte – aber auch außergewöhnliche Umstände konnten selbstverständlich erscheinen, einfach weil sie waren, wie sie waren; und auch dann entstand das Bewußtsein ihrer Außergewöhnlichkeit erst, wenn andere sie außergewöhnlich fanden. Auch ein Königssohn brauchte einige Zeit, bis er begriff, daß nicht für jeden im Land die Fahnen gehißt wurden, wenn er Geburtstag hatte.

Die Grachten waren gefroren. In den verschatteten Tiefen waren noch Schlittschuhläufer unterwegs; schweigende Gestalten glitten mit den Händen auf dem Rücken vorbei und bremsten kratzend vor den Brücken, unter denen dem Eis nicht zu trauen war. Während Max und Onno durch die Stadt gingen, am Rijksmuseum vorbei und über Brücken mit bizarren Dekorationen aus Sandstein und Gußeisen von Meeresungeheuern, die über die Dünen gekrochen waren, erzählte Max, wie es seine Eltern in den Wirren des Ersten Weltkriegs nach Amsterdam verschlagen hatte, wie sie zueinander fanden, wie sie sich voneinander trennten und seine Mutter dann in Amsterdam-Süd lebte, hinter dem Concertgebouw. Sein Vater wollte sie beide nie wiedersehen, und als der Zweite Weltkrieg kam, mußte etwas in ihn gefahren sein. Er kam wieder in Kontakt mit den alten österreichischen Freunden aus dem Ersten Weltkrieg, die inzwischen, nach dem *Anschluß*, großdeutsche Generale und SS-Obersturmbannführer geworden waren. Er, Max, wußte das alles eigentlich nur vom Hörensagen; er hatte sich nie darum gekümmert. Vielleicht mußte sein Vater einen Beweis für seine deutschfreundliche Gesinnung erbringen. Er war noch immer mit einer Jüdin verheiratet, hatte »Rassenschande« begangen, sogar ein Kind mit ihr gezeugt: vielleicht mußte er das erst klären. Jedenfalls spielte er, was die Handelsbeziehungen mit der Besatzungsmacht anging, eine führende Rolle, sein Büro entwickelte sich zu einer halboffiziellen Regierungsstelle, die auf Raub, vor allem jüdischer Güter, spezialisiert war, und über einen Rechtsanwalt ließ er Eva Delius-Weiß wissen, daß er die Scheidung wünschte. Sie ging nicht darauf ein: ihre Ehe mit einem Arier schützte sie vor Deportation, vielleicht mehr noch als das Kind, das sie von ihm hatte. Das Drängen auf eine Scheidung lief im Grunde auf einen verkappten Mordanschlag hinaus. Wie sich nach dem Krieg herausstellte, schaltete Delius in dieser Sache schließlich seine früheren Kameraden ein.

An einem Morgen im Jahre 1942, erzählte Max, er wurde in diesem Jahr neun, holte ihn der Hausmeister aus der Klasse; im Zimmer des Direktors stand ein Militärpolizist mit einer hohen Mütze, Stiefeln und einer weißen Tresse über der Schulter. Max wurde mitgeteilt, daß seine Mutter plötzlich mit unbekanntem Ziel abgereist sei, er solle mitkommen und seine Sachen zusammensuchen. Als er zu Hause ankam, stand vor dem Haus bereits ein Umzugslaster, der in riesigen Buchstaben die Aufschrift *Puls* trug, daran erinnere er sich noch genau; einige Männer trugen das Klavier hinaus, in der Wohnung gingen Männer mit Listen umher, um all das zu registrieren, was sie nicht in die eigene Tasche steckten. Deutsche waren nirgends zu sehen, nur zwei Beamte der Gemeindepolizei. Alles war durchwühlt worden, im Schlafzimmer seiner Mutter waren alle Schubläden und Schränke offen, ihre Kleider lagen auf einem Haufen am Boden. Er bekam fünf Minuten, um seine Besitztümer zu sammeln, danach wurde er in ein römisch-katholisches Kolleg gebracht. In seiner Unschuld sagte er, er wolle zu seinem Vater: er wußte noch nicht, daß er Gift war für ihn. Die Großeltern, die einzigen Verwandten, die er noch hatte in den Niederlanden, waren irgendwo untergetaucht, er wußte nicht, wo – und er wußte auch nicht, daß sein Vater inzwischen auch deren Adresse verraten hatte und sie sich wie seine Mutter via Durchgangslager Westerbork auf dem Transport nach Auschwitz befanden, von wo keiner von ihnen zurückkehrte. Der Kollaborateur war ein Kriegsverbrecher geworden. Alles, was den Namen Weiß trug, mußte ausgelöscht werden – und Gott weiß, wer sonst noch. Max erzählte, daß die Patres ihn nach einigen Wochen bei einem kinderlosen, schon etwas älteren katholischen Ehepaar unterbrachten, das nicht einmal von ihm verlangte, vor dem Essen ein Kreuz zu machen. Manchmal radelte er an dem Haus, in dem er gewohnt hatte, vorbei: die Eingangstür und die Fenster waren mit Backsteinen zugemauert. Von seinem Vater hörte er erst wieder nach dem Krieg, als er vor Gericht stand – und danach noch einmal: ein kurzer Zeitungsbericht meldete seine Hinrichtung.

»Gütiger Himmel!« rief Onno. »Du bist ein Sohn von *diesem* Delius? Da muß dir wohl viel nachgesehen werden, glaube ich.«

Sie standen wieder in der Kerkstraat. Kleine, schmale Häuser mit Holztreppen zu den Türen der Beletage und steinerne Stufen hinunter zu den Türen der Souterrains.

»Mein Großvater stand im Ersten Weltkrieg auf der falschen Seite«, sagte Max, »und mein Vater im Zweiten, und um die Familientradition in Ehren zu halten, werde ich also im Dritten auf der falschen Seite stehen müssen.« Während er sich eine Zigarette anzündete, drehte er kurz den Kopf, um die Waden einer vorbeigehenden Frau zu inspizieren.

»Sehe ich das richtig«, fragte Onno, »daß du über den Tod deiner Mutter sprichst, dann einen zweifelhaften Witz machst und dann einer Frau nachschaust? Was bist du nur für ein Mensch?«

»Wohl jemand, der einer Frau nachschaut, wenn er vom Tod seiner Mutter spricht. Ich sprach übrigens auch vom Tod meines Vaters.«

Onno wollte etwas sagen, tat es aber dann doch nicht. Es war ihm unbegreiflich, wie jemand so kühl über solche Erfahrungen reden konnte. Er versuchte sich vorzustellen: seine eigene Mutter – vergast in einem Vernichtungslager, sein Vater – nach dem Krieg von einem Hinrichtungskommando erschossen – aber die Vorstellung nahm keine Gestalt an. Er wußte nur so viel, daß sein Vater anderthalb Jahre als Geisel in einer Art VIP-Abteilung des Konzentrationslagers Buchenwald gesessen hatte, wo er mit den führenden Köpfen Pläne für die Niederlande nach dem Krieg schmiedete – und das fing an mit der Gründung einer »Außerordentlichen Rechtspflege-Abteilung« und der Wiedereinführung der Todesstrafe für den schlimmsten Abschaum. Auch seine beiden Brüder waren im Widerstand aktiv gewesen. Er sah zu Max und fühlte sich ausgeliefert. Es war ausgeschlossen, jetzt seine Hand auszustrecken, sich zu verabschieden und hineinzugehen.

»Ich bringe dich zurück«, sagte er.

Minutenlang gingen sie schweigend nebeneinander durch die Winternacht, umgeben von der kalten Gewalt, die Max hervorgerufen hatte, unvermutet wie ein Fausthieb. Er hatte seine paradoxe Geschichte anders erzählt als bei den wenigen Malen zuvor. Wenn man unterschiedlichen Leuten dasselbe erzählte, dann erzählte man es doch auf so unterschiedliche Weise, wie sich diese Leute voneinander unterscheiden, aber jetzt schien es ihm, als ob er die Geschichte, seine Geschichte, zum ersten Mal sich selbst erzählt hätte. Das hatte ihn im gleichen Maße erleichtert, wie es Onno belastet hatte. Um etwas zu sagen, zeigte er auf das Brot, das hier und da am Fuß der Bäume hingestreut war.

»Es gibt noch gute Seelen auf der Welt.«

Onno hatte darauf gewartet, daß Max das Schweigen brechen würde, aber da er sich nicht dazu berechtigt fühlte, nach Einzelheiten seiner Geschichte zu fragen, sagte er: »Soll ich dir mal was sagen? Dein Vater ist unter der Verantwortlichkeit meines Vaters naturalisiert worden. Das war während seiner Legislaturperiode, in den zwanziger Jahren.«

Mit einem Lachen sah Max Onno an.

»Ein sehr schönes Band, das uns da verbindet. Lebt er noch?«

»*Natürlich* lebt mein Vater noch. Er wird nie nicht mehr leben.«

»Dann erzähl ihm das bei Gelegenheit. Es war der größte Fehler seiner gesamten Laufbahn.«

Onno wollte sagen, daß folglich auch sein eigener Vater die Kugel verdient habe, aber er nahm sich zusammen; er war sich nicht ganz sicher, ob auch er so flapsig damit umgehen durfte, weil er nicht wußte, wie dick die Eisschicht bei diesem Mann eigentlich war. Vielleicht lag darunter etwas ganz anderes.

»Wenn deine Mutter Jüdin war«, sagte er, »dann bist du selbst also auch Jude.« Sofort war es ihm unangenehm, das Wort »Jude« aus seinem eigenen Mund zu hören. Vielleicht durften es nur Ju-

den gebrauchen, nach allem, was geschehen war, vielleicht ruhte ein
Tabu darauf – aber andererseits: sollte er sich jetzt noch immer den
Mund verbieten lassen von den Faschisten?

»Nach Meinung der Rabbiner schon. Nach Meinung der Nazis
war ich Gott sei Dank nur Halbjude, sonst hätte auch ich es nicht
überlebt. Man fragt sich übrigens: welche Hälfte? Die obere? Die
untere? Links? Rechts?«

»Die Nazis waren Biologen. Für sie warst du so etwas wie ein
verdünnter Jude; bei dir war fünfzig Prozent arisches Wasser in
den jüdischen Wein gemischt.«

»Heißt das nicht ›verschneiden‹?« fragte Max mit einem Lachen.
»Weißt du übrigens, warum das so ist, daß man nach Meinung der
Orthodoxen nur Jude ist mit einer jüdischen Mutter, und kein
Jude, wenn man einen jüdischen Vater hat?«

»Erzähl.«

»Das hat auch etwas mit der Biologie zu tun. Weil ein Mann sich
nie zu hundert Prozent sicher sein kann, daß er der wirkliche Vater
des Kindes ist. Eine Mutter kann sich eventuell auch nicht ganz sicher sein, wer der Vater ist, aber eines ist immer zu hundert Prozent sicher: daß sie die Mutter ist.«

»Das zeugt von einer tiefen Einsicht in die spezifische Lügen-
haftigkeit des Weibes an sich.«

Max lachte auf.

»Bist du etwa verheiratet? Hast du Kinder?«

Onno war froh, daß die dunkle Wolke verscheucht wurde.

»Kinder! Ich und Kinder! So grausam bin ich nun auch wieder
nicht. Ab und zu wohne ich bei einer Freundin, wenn du das wissen willst. Auch eine gute Seele, die Brot streut.« Er beschloß, nicht
nach Max' erotischem Status zu fragen, denn auch der war vermutlich zu schrecklich, um darüber zu reden. »Übrigens, sagtest du
nicht, daß du im Jahr 1942 neun Jahre alt wurdest? Dann sind wir
gleich alt. Wann hast du Geburtstag?«

»Am siebenundzwanzigsten November.«

»Ich am sechsten. Ich betrachte dich also von jetzt an als meinen
jüngeren Freund, der noch viel von mir lernen kann. Oder, warte

mal ...« Er blieb stehen. »Ich wurde drei Wochen zu früh geboren: dann sind wir also am selben Tag gezeugt worden!«

Überrascht sahen sie einander an.

»Im selben Augenblick!« rief Max.

Beide, sowohl der Autofahrer als auch der Anhalter, hatten mit einem Mal das Gefühl, als ob sie jetzt die Erklärung für den Schock ihres Erkennens gefunden hatten – als ob sie einander schon immer gekannt hätten. Feierlich reichten sie sich die Hand.

»Nur der Tod kann uns noch trennen«, sagte Max in erhabenem Ton, den er mit Winnetou und Old Shatterhand assoziierte. Im selben Moment dachte er an die Blutsvermischung in den Indianerbüchern: jeder machte sich einen Schnitt in den Finger, und dann wurden die Wunden aufeinandergedrückt. Es lag ihm auf der Zungenspitze zu sagen: »Wir sollten eigentlich ...«, aber er tat es nicht.

Sie standen wieder vor seinem Haus in der noblen Vossiusstraat und verabredeten, einander am nächsten Tag anzurufen. Max bot an, ihn mit dem Auto nach Hause zu fahren, aber Onno lehnte ab. Während er im Davongehen seine Schlüssel hervorholte, sah Max ihm nach für den Fall, daß er sich umdrehen und ihm zuwinken würde. Als er dann am Schlüsselbund seinen Wohnungsschlüssel suchte, sah er in der Innenseite seiner linken Hand wieder die Kreise und Kreuze.

4
Freundschaft

Wenn sie nicht gerade beruflich im Ausland waren, verging in den darauffolgenden Monaten kein Tag, an dem sie sich nicht sahen. Max war jemandem wie Onno nie begegnet, Onno nie jemandem wie Max, als selbsternannte Zwillinge hörten sie nicht auf, sich übereinander zu freuen. Jeder fühlte sich dem anderen unterlegen, jeder war Knecht und zugleich Herr, wodurch eine Art von Unendlichkeit entstand, wie zwischen zwei Spiegeln, die sich ineinander spiegelten. Wegen ihres unzertrennlichen Auftretens auf der Straße und in den Cafés und Kneipen wurde manchmal über sie gesprochen wie über »Homo-Intellektuelle«. Sie waren von Unverständnis und Mißtrauen umgeben, denn das war bedrohlich: zwei erwachsene Männer, die offenbar keine Homosexuelle waren, nichts miteinander gemein zu haben schienen und auf rätselhafte Weise gerade deshalb nahezu symbiotisch ineinander aufgingen. Wären sie nur Schwuchteln gewesen, hätte das niemanden weiter beschäftigt, dann wären sie eben ein verliebtes Pärchen gewesen. Aber so konfrontierten sie jeden mit einer Eigenart, die sich manchmal als unangenehme Mischung aus Mißgunst und Aggression äußerte: dann war der eine ein ewiger Student und der andere ein arroganter Widerling. Um diesen Eindruck zu neutralisieren, sprachen sie ganz offen darüber und setzten so noch eins obendrauf. Die Frage, was nun eigentlich war zwischen ihnen, würden sie später erörtern, wenn all die Tage in ihrer Erinnerung zu einem einzigen, für immer unvergeßlichen Tag zusammengeflossen sein würden. Auch die Griechen, wußte Onno, die die Grundlage für die westliche Kultur gelegt hatten, besaßen kein Wort für »Kultur«. Die Wörter entstanden erst, wenn die Sache verschwunden war.

Jeder von ihnen hatte natürlich Freunde, die sich jetzt auch untereinander kennenlernten, aber zugleich wurden sie Max und Onno fremd, drifteten von ihnen weg und ließen sie mit einem gemeinschaftlichen Kopfschütteln zurück. Sie trafen sich meistens am Lesetisch im Café Américain, unter Jugendstillampen und umgeben von Wandmalereien mit Szenen aus Wagneropern; Max hatte meist schon in Leiden gegessen oder sich zu Hause schnell etwas zubereitet, während Onno noch bei seinem Diner saß – das heißt, neben seiner Zeitung stand jedesmal ein Teller mit vier oder fünf Fleischkroketten, zu denen er vier oder fünf Gläser Milch trank. Gemüse aß er nie: »Salat ist für Kaninchen.« Zu seinem Körper schien er nicht das geringste Verhältnis zu haben, vielleicht war er deshalb so gewaltig anwesend; seine Mahlzeiten waren ebenso schmuddelig wie seine ungeputzten Zähne und seine Kleider. Als sein Gesicht einmal troff vor Schweiß, sagte Max: »Onno, du hast Fieber« – woraufhin Onno sich über die Stirn strich, seine glänzende Hand betrachtete und sagte: »Verdammt, du hast recht!« – um es in der nächsten Sekunde wieder zu vergessen. Max hingegen saß zu festen Terminen im Wartezimmer seines kommunistischen Hausarztes und stierte auf das große Foto streikender belgischer Arbeiter mit Baskenmützen, die sich Auge in Auge mit einem schwerbewaffneten Zug von Soldaten gegenüberstanden, doch es fehlte ihm nie etwas, von einem gelegentlichen Tripper einmal abgesehen; und so groß seine eingebildete Todesangst auch war, seine Krawatte war farblich immer auf seine Socken abgestimmt.

Einmal kam Max auf den Tod zu sprechen, was Onno sofort maßlos irritierte:

»Über den Tod zu reden heißt, Zeit zu verschwenden. Solange du lebst, bist du nicht tot, und wenn du nicht mehr lebst, bist du nur für andere tot.«

Aber so meinte es Max nicht. Er sagte, er sei einerseits davon überzeugt, eines Tages unter schrecklichen Schmerzen an einem Herzinfarkt zu sterben, andererseits jedoch sei er möglicherweise unsterblich. Jeder könne nämlich seine Lebenserwartung errechnen aufgrund des Alters, in dem seine Eltern gestorben seien: zusammenzählen und dann durch zwei teilen. Seine beiden Eltern seien eines gewaltsamen Todes gestorben; wäre das nicht passiert, wären sie möglicherweise unsterblich gewesen. Und weil, nach Cantor, unendlich plus unendlich geteilt durch zwei ebenfalls unendlich sei, sei die These damit bewiesen.

»Äußerst peinlicher Denkfehler für einen Naturwissenschaftler«, sagte Onno. »In Wirklichkeit hast du eine fünfzigprozentige Chance, umgebracht zu werden, und eine fünfzigprozentige Chance, hingerichtet zu werden, das heißt, es ist zu hundert Prozent sicher, daß du einen gewaltsamen Tod sterben wirst.«

Sobald die Kroketten verzehrt waren, spazierten Max und

Onno in die Stadt, wo die winterliche Kälte aus der Luft gewichen
war. Manchmal gingen sie ins Kino, in einen James-Bond-Film
oder in den neuesten Stanley Kubrick, *2001: A Space Odyssey*, in
dem ein Computer, »HAL« genannt, die Macht in einem Raum-
schiff übernahm. Als sie wieder auf der Straße standen – in dem
ausgelaugten Zustand, in dem man dann draußen auf die Realität
stößt wie auf eine graue Feile –, fragte Onno, warum dieser Computer nach Max' Meinung »HAL« heiße. Wegen der Assoziation
mit »hell«, schlug Max vor. Daran hatte nun Onno wieder nicht gedacht, aber Max solle doch von den Buchstaben H, A, und L jeweils einen Buchstaben im Alphabet weiterzählen.

»I«, sagte Max, »B, M. IBM! Hut ab!«

Onno machte eine bescheidene Miene.

»Es ist eine Gabe.«

Als sie irgendwo eine Tasse Kaffee tranken mitten im Gekreische von Little Richard aus der Jukebox, behauptete Onno, daß
sein Blick für solche Dinge eine Folge seiner kalvinistischen Erziehung sei, eine Folge des Bibellesens, »die ganze Heilige Schrift«.
Die Wahrheit könne für ihn nur im Geschriebenen liegen und beispielsweise nie durch ein Teleskop gesehen werden. Dieses an-
spruchsvolle Lesen hätten die Kalvinisten mit den Juden gemein:
Katholiken läsen nie in der Bibel, besäßen meistens nicht einmal
eine, alles Analphabeten. Außerdem hätten die Kalvinisten es
mehr mit dem Alten Testament, im Gegensatz zu den Katholiken,
die, Gipfel der Primitivität, die Texte aus dem Neuen Testament
dann auch noch *sangen*. Als die Juden verfolgt wurden, seien die
Kalvinisten deshalb auch wesentlich öfter in den Widerstand gegangen als die Katholiken, die im übrigen die Erfinder des Antisemitismus seien, ebensooft wie die Kommunisten, die die Wahrheit
auch aus einem Buch hätten, nämlich von Marx, ebenfalls einem
Juden.

Es war Max, als ob er die Argumentation seines Freundes durch
die Luft schweben sah wie die lange Peitsche eines Dompteurs.
Und dann brachte sie ihn darauf:

»Ist dir schon einmal aufgefallen«, fragte er, »daß das Gebiet des

Protestantismus mit dem glazialen Gebiet während der Eiszeit zusammenfällt? In den Niederlanden verläuft die Grenze genau in der Mitte: wo das Eis war, befindet sich das protestantische Territorium, bis nach Hammerfest, und wo das Gras wuchs, das katholische, bis nach Palermo. Und wo wohnte Calvin?« fiel ihm plötzlich ein. »In der Schweiz! Das einzige protestantische Land im katholischen Gebiet, wo es noch immer Gletscher gibt!«

»Mich schaudert's«, sagte Onno. »Mir läuft es kalt den Rücken hinunter. Nur jemand, der kein Niederländer ist, kann eine so schändliche Entdeckung machen. *Vade retro, Satan!* Du gehörst hier nicht her.«

»Wo gehöre ich dann hin?«

Onno machte eine weite Bewegung mit dem Arm.

»In den Weltraum. Du betrachtest die Niederlande vom Weltraum aus, wie ein Astronaut; aber ich stecke mittendrin, erfroren im kalvinistischen Eis, wie ein Mammut. Zwinge mich nicht zu reden. Die Niederlande gehören mir, und nicht so einem verirrten zentraleuropäischen Forstmeister wie dir.«

Es stimmte. Max konnte sich keine Vorstellung davon machen, wie man sich fühlte, wenn man Teil eines Volkes war, einer Nation, einer Rasse, einer Religion – kurzum, wenn man nicht allein war. Er war Niederländer, Österreicher, Jude, Arier, alles zugleich und deshalb nichts von alledem. Er gehörte ganz und gar zu denjenigen, die nirgends dazugehörten.

»Ich fühle mich genauso niederländisch«, sagte er, »wie Spinoza.«

»Warum gerade Spinoza?«

»Aus verschiedenen Gründen. Unter anderem deshalb, weil er Linsenschleifer war.«

Ihr ununterbrochener Strom von Theorien, Witzen, Betrachtungen und Anekdoten bildete nicht das eigentliche Gespräch: das eigentliche Gespräch fand darunter statt, ohne Worte, und handelte von ihnen selbst. Manchmal wurde es über einen Umweg sichtbar, wie früher der Schwarm Heringe, den die Nordseefischer durch den silbrigen Widerschein an den Wolken entdeckten.

In einem Café im Zeitungsviertel, in dem die Journalisten der Morgenzeitungen und immer noch die der Abendzeitungen saßen und er seinen ersten Cola-Rum bestellte, erzählte Onno einmal vom Gilgamesch-Epos: der ältesten Geschichte der Menschheit, im vorigen Jahrhundert vom Kollegen Rawlinson entziffert und genau so lange vor Christi Geburt geschrieben, wie sie jetzt nach Christus hier saßen. Die Cheopspyramide stand bereits; aber Moses, der Trojanische Krieg, das alles würde noch kommen. Diese allererste Geschichte war eine Erzählung über eine Freundschaft. Der babylonische König träumte von einem unruhestiftenden Beil, in das er sich verliebte und auf das er »sich legte wie auf eine Frau«. Seine Mutter, offenbar durchdrungen von den Freudschen Lehren, deutete dieses Beil als Mann, auf den er sich lege wie auf eine Frau. Kurz darauf war er da: Enkidu, ein gezähmter Naturmensch, mit dem er auszog und das Monster Chuwawa tötete. Aber diese Tat führte schließlich auch zum Tode Enkidus. In seiner Verzweiflung machte sich Gilgamesch auf die Suche nach dem Unsterblichkeitselixier, und als ihm das schließlich von einer Schlange geraubt wurde, schickte er sich wie eine Candide *avant la lettre* schließlich in das Unvermeidliche und fand seine Lebenserfüllung als Baumeister der Mauern von Uruk.

»Wunderbar«, sagte Max. »Warum weiß ich das alles nicht? Warum liest das keiner?«

»Weil nicht jeder mich kennt.«

»Ein schreckliches Los, dich nicht zu kennen.«

»Allein schon der Gedanke erscheint mir unerträglich.«

»Ich habe ja auch lange in dieser Hölle gelebt.«

Mit der vorab berechneten Präzision von jemandem, der zuviel getrunken hat, ließ sich ein Mann auf einen Stuhl an ihrem Tisch fallen.

»Darf ich fragen, worüber *les boys* sich unterhalten?«

Mit Ekel sah Onno in das zynische Gesicht des Journalisten.

»*Natürlich* nicht. Das würde dich auf fatale Weise mit deiner abgrundtiefen Nichtswürdigkeit konfrontieren, du Tagelöhner. Dein historisches Bewußtsein reicht nicht weiter als die Abendzeitung

von gestern, aber wir – wir überblicken *Äonen*! Wirt!« rief er zu
einem Bodybuilder, der hier Ober war. »Große Bestellung! Noch
einen Cuba-Libre und einen frisch gepreßten Orangensaft!«

Max beugte sich vertraulich zu dem Mann ihm gegenüber vor.

»Ich persönlich kann dich ja leiden«, sagte er leise. »Aber wie
kommt es, daß dich alle anderen nicht mögen?«

Der Mann starrte ihn kurz an, um die Beleidigung zu verarbeiten. Dann schoß er vor und packte Max am Revers; vielleicht wollte
er ihn über den Tisch ziehen, aber während Max seinem Griff hilflos ausgeliefert war, sprang Onno auf und ließ dieses Schicksal nun
dem Journalisten zuteil werden, wobei Max von seinem Stuhl pur-
zelte. Während er den Mann mit der Linken auf den Tisch gedrückt hielt, hob er die Rechte hoch in die Luft, wie zu einem tödlichen Karateschlag in den Nacken, sah durch das still gewordene
Café und sagte:

»Er hat sich an meinem Freund vergriffen, er muß sterben!«

Max wußte nichts von Gilgamesch und Enkidu, obwohl in derselben Zeit und an demselben Ort auch die Astronomie entstanden
war; aber er wußte etwas von einer anderen Sorte Männer, Loeb
und Leopold zum Beispiel. Während sie an diesem Tag – oder an
einem anderen – in einem Café mit roten Aktivisten debattiert hatten und nach Mitternacht wieder durch die Stadt gingen, über den
Platz mit den verfallenen Synagogen, erzählte er von den zwei amerikanischen Jurastudenten, Busenfreunden, achtzehn und neunzehn Jahre alt, Sprößlinge aus vermögenden Familien Chicagos.
Sie lasen Nietzsche, *Thus spoke Zarathustra, Beyond Good and
Evil*, und kamen zu dem Schluß, daß sie *Übermenschen* waren, allen menschlichen Gesetzen enthoben. Um das zu sanktionieren,
beschlossen sie 1924, ein perfektes Verbrechen zu verüben, ohne
Motiv – außer dem, daß sie eben Übermenschen waren. Sie ermordeten einen vierzehnjährigen Jungen, machten sein Gesicht mit
Salzsäure unkenntlich, verbargen seine Leiche im Abflußrohr und
dinierten anschließend in einem noblen Restaurant. Aber Leopold, ein Vogelkenner, hatte seine Brille verloren, und alles kam ans
Licht. Jeder bekam lebenslänglich plus neunundneunzig Jahre.

Loeb, der Charmeur der beiden, wurde später bei einem Kampf im Gefängnis getötet; Leopold, der Kopf, kam vor etwa zehn Jahren frei und war jetzt zweiundsechzig, wenn er noch lebte.

Onno sagte nichts. Er verstand sofort, wovon Max eigentlich sprach. Nach dem Abend ihrer ersten Begegnung hatten sie nicht mehr von seinem Vater gesprochen; sie würden schon wieder darauf zurückkommen, aber Onno fand, daß es nicht seine Sache war, diesen Augenblick zu bestimmen. Max begriff sofort, was Onno begriffen hatte, aber auch er berührte das Thema nicht. Statt dessen sagte er:

»Wen sollen *wir* denn mal ermorden, Onno?«

Er erhielt keine Antwort. Onno atmete die Nachtluft tief ein und sagte:

»Ich rieche eine Ahnung von Frühling.«

Knirschend und Funken sprühend näherte sich über den verlassenen Platz in den Trambahnschienen ein Schleifwagen. Als er vorbeifuhr, riefen sie »Bravo!« und applaudierten, woraufhin der Wagen hielt und einer der Arbeiter sie einlud, mitzufahren. Im eisernen Inneren, das voll war mit schwerem und schmutzigem Werkzeug, saß noch ein weiterer Fahrgast: ein Mädchen mit verschmiertem Make-up, abgefüllt mit Schnaps oder etwas anderem, die auf einer Kiste saß und unverständliche Worte vor sich hin redete. Als Onno bemerkte, wie Max sie ansah, sagte er streng:

»Und du läßt die Finger davon, du Widerling!«

Mit einem Gefühl, als ob er ein freiwilliges Opfer brächte, schien dies auch Max ratsam zu sein, zumindest in diesem Fall.

»Hü, Kutscher!« rief Onno zum Fahrer.

Schleifend und Funken sprühend setzte sich der Wagen in Bewegung. Onno stellte sich breitbeinig hin, stemmte die Hände in die Seiten, hob das Kinn, und mit einem heldenhaften Blick wie dem von Bismarck rief er aus:

»Ich bin der Gott der Stadt!«

So sah Max ihn am liebsten, solche Augenblicke würde er nie vergessen. Für die Arbeiter des Beförderungsunternehmens war er mit Sicherheit ein komischer Kauz, einer von denen, die sich in der

Nacht auf der Straße herumtrieben, aber Max begriff, daß er nicht einfach nur daherredete, sondern tatsächlich einen Gott personifizierte, mit Feuer unter den Füßen, einem phytischen Orakel auf einer Kiste und umgeben von drei oder vier Synagogen – und Onno wußte, daß Max das begriff, als einziger.

Und als sich nachts um vier plötzlich herausstellte – im Café Het Sterretje, umgeben von zweifelhaften Taxifahrern, Huren, Zuhältern, Dieben und Mördern –, daß Onno Kafkas *Brief an den Vater* nie gelesen hatte, gingen sie zu Max, um dieses Versäumnis nachzuholen.

Als Onno zum ersten Mal die drei Treppen erklommen hatte und Max' Appartement sah, sagte er, noch in der Türöffnung:

»Jetzt bin ich mir ganz sicher, daß du wahnsinnig bist.«

»In Ordnung. Laß uns jetzt ein für allemal die Rollen verteilen: ich bin verrückt und du bist dumm.«

»Abgemacht!«

Onno hatte auf den ersten Blick gesehen, daß nichts stand oder lag, wie es zufällig dort hingestellt oder hingekommen war. Nicht, daß es im ästhetischen Sinn leer war oder penibel aufgeräumt; die ganze Wohnung war eher voll, mit Büchern und Ordnern, auch auf dem Boden und dem kleinen Flügel, aber nie lag ein größeres Buch auf einem kleineren oder ein Ordner auf einem Buch, nichts schien an einem anderen Platz liegen zu können – wie auf einem Gemälde. Die harmonische Komposition dehnte sich ungezwungen über den gesamten Wohnraum aus; von einem bestimmten Stil konnte keine Rede sein, es gab Modernes, Antikes, Halbantikes, aber alles paßte zusammen, und nirgends stieß das Auge auf eine Beleidigung, zum Beispiel etwas aus buntem Kunststoff oder eine Werbebroschüre oder auch nur einen Kugelschreiber. Auch der Schreibtisch lag voll mit Büchern und Unterlagen, aber alles war sorgfältig geordnet, parallel, rechtwinklig, ohne daß es einen zwanghaften Eindruck erweckte. Was Onno »Wahnsinn« nannte, war Bewunderung für etwas, das er in seinem eigenen Alltag völlig vermißte.

Die menschliche Natur ist derart konservativ, daß man sich als Besucher immer wieder da hinsetzt, wo man sich beim ersten Mal hingesetzt hat. Onno ließ sich also im olivgrünen Chesterfield-Sessel nieder, bekam eine Flasche Bacardi, eine Literflasche Cola und eine Schüssel mit Eiswürfeln neben sich hingestellt, und Max ging zu seinem »Ehrenregal« auf dem Kaminsims. Zwischen zwei bronzenen Buchstützen, belorbeerten Satyren mit Bocksbeinen, standen zehn oder fünfzehn Bücher, die zur Zeit für ihn das Höchste verkörperten. Ab und zu fanden Wechsel statt, was aber immer dort stand, war das Exemplar seines Vaters von *Der Einzige und sein Eigentum*, signiert mit *Wolfgang Delius – Im Felde 1917, das seine Pflegeeltern zusammen mit einigen wenigen Kleidungsstücken* 1946 aus dem Strafgefängnis in Scheveningen zugeschickt bekommen hatten; alle sonstigen Besitztümer waren gepfändet worden und verschwunden. Auch Kafkas *Hochzeitsvorbereitungen auf dem Lande* stand im Ehrenregal; darin enthalten dessen *Brief an den Vater*, den er nie abgeschickt hatte.

Die beiden, diese drei eigentlich, mitten in der Nacht mit ihren Vätern! Stundenlang, immer unterbrochen von ihrer beider Kommentare, las Max den Brief ohne holländischen Akzent vor. Kafka, der sich die Haut abstreifte, heiraten wollte, nicht heiraten konnte im Schlagschatten seines Erzeugers, der bereits früh angekündigt hatte, »daß er ihn zerreißen werde wie einen Fisch« – immer, wenn eine solche Furchtbarkeit kam, rutschte Onno tiefer in seinen Sessel, als würde er von einer Salve getroffen, bis er schließlich euphorisch zuckend am Boden lag. Max war zuletzt aufgestanden mit dem Buch und feuerte die Worte aus der Höhe senkrecht zu Onno hinunter, der rief:

»Hab Erbarmen, Vater! Nicht das Schlimmste! Ja, ich werde sogar das *Sacrificium intellectus* für Sie erbringen, ja, ewig werde ich Sie anbeten wie der Geringste der Schöpfungen, ich, Wurm, nicht wert, Ihre Füße zu küssen, zermalme mich, auf daß die Gerechtigkeit ihren Lauf nehme!«

Mit einem Knall schlug Max das Buch zu und drückte es gegen seinen Bauch vor Lachen. Einzigartig, unsterblich waren sie! Nie-

mand würde es je verstehen, aber es war auch nicht nötig, daß es
jemand verstand. Onno hievte sich wieder in seinen Sessel und
schenkte sich ein weiteres Glas halb Rum, halb Cola ein. Max
sagte, dieser Brief sei der Schlüssel zu Kafkas gesamtem Werk.
Nur über diesen Brief könne *Der Prozeß* verstanden werden.
Josef K.!

»Du bist zwar so genial gewesen, die Herkunft der Abkürzung
›HAL‹ herauszufinden, aber ich habe entdeckt, woher dieses ›Josef‹ stammt. ›K.‹ steht natürlich für Kafka, und der Mann, der
gleich zu Anfang in sein Zimmer tritt, um ihn festzunehmen, heißt
Franz, wie Kafka selbst; aber warum heißt K. selbst Josef, und
nicht Max, nach seinem Freund Brod, oder Moritz?«

»Franz Joseph!« rief Onno.

»So ist es. Der Festnehmende, sein Festzunehmender und Kafka
selbst bilden die Dreieinigkeit *Seiner kaiserlichen und königlichen
apostolischen Majestät.*«

Die Nacht schritt voran, die Erde drehte sich um ihre Achse,
und sie sprachen über das Problem, weshalb eine Fahne im Wind
– in einem straffen Luftstrom – *weht*; und warum die Wellen in
Max' Haar sich nicht mit dem Wuchs fortbewegten, sondern an
derselben Stelle blieben, genau umgekehrt wie auf See, wo die Wellen sich horizontal fortbewegten, das Wasser aber an derselben
Stelle blieb; und über den Krieg, über Adolf Hitler, den sie das
A.H.-Erlebnis nannten; und über die Zwillingstöchter von Max
Planck, dem Entdecker der Quantenmechanik: die eine gebar eine
Tochter und starb im Kindbett, die andere sorgte für das Kind und
heiratete den Witwer, bekam zwei Jahre später selbst ein Kind von
ihm und starb ebenfalls im Kindbett – außerdem fiel sein erster
Sohn im Ersten Weltkrieg, während sein zweiter im Zweiten hin-
gerichtet wurde. Die Plancksche Konstante!

Später würde es ihnen vielleicht einmal leid tun, keine Notizen
von diesen Tagen gemacht zu haben; aber wenn sie Notizen gemacht hätten, wäre nichts so gewesen, wie es war. Onno hätte dann
vielleicht nicht erzählt, was er im Morgengrauen erzählte: daß
seine Mutter gehofft hatte, er wäre ein Mädchen gewesen. Er war

ein Nachzügler und bis zu seinem vierten Lebensjahr mit langen Korkenzieherlöckchen herumgelaufen und in rosa Kleidchen mit Schleifchen. Die Beweise dafür hatte er systematisch vernichtet; es war nicht nur im Fotoalbum seiner Eltern kein süßes Bildchen mehr davon zu finden, auch die Alben seiner Geschwister hatte er unter gerissenen Vorwänden gefilzt.

Nickend sah Max ihn an.

»Dann erzähl mir jetzt«, sagte er, »was du *wirklich* nie jemandem erzählen wirst.«

Soviel Onno auch getrunken hatte, es gab immer einen Punkt, an dem er nüchtern war. Er stellte sein Glas ab.

»Es war entsetzlich! Als Student hatte ich ein Zimmer und versuchte dort, die Philosophie der Gesetzesidee in meinen Kopf zu pauken. Neben mir wohnte eine alleinstehende Mutter, ein Mädchen mit einem Baby, das ununterbrochen schrie. Gott weiß, was in mich gefahren war. An einem Winterabend rannte ich gereizt zu ihr ins Zimmer, sie saß am Tisch und nähte Kleider, das Baby kreischte. Ja, nach einem Vater, natürlich! An der Wand stand ein altmodischer Kohleofen, rotglühend. Ich riß das Wurm aus seiner Wiege, hielt es mit meiner Rechten an einem Knöchel hoch, ergriff mit der Linken den Schürhaken, hob den Deckel vom Ofen und hielt das Kind mit dem Kopf nach unten über die Glut. Ich sagte nichts und sah die Mutter nur an. Sie war erstarrt und sah aus wie ein Foto ihrer selbst. Auch das Baby war zum ersten Mal still. Entsetzlich! Dafür hätte ich festgenommen und ins Gefängnis geworfen werden müssen!«

Er ließ Max' Augen nicht los.

»So«, sagte er dann. »Das weißt du jetzt also. Aber du hast mich das nicht einfach nur so gefragt, denn du wußtest, daß die Gegenfrage kommen würde. Du hast gefragt, weil du selbst erzählen willst, was du nie jemandem erzählen wirst. Also beichte.«

Max nickte.

»Als mein Pflegevater letztes Jahr im Sterben lag«, sagte er ziemlich tonlos, »bekam ich einen Brief von meiner Pflegemutter. Ich sah sie nur noch selten, denn es scheint offenbar unverzeihlich zu sein, wenn jemand gut zu einem gewesen ist. Sie schrieb, er wolle mich noch einmal sehen, bevor er sterben müsse.«

»Du kannst schon aufhören«, sagte Onno.

Der Alkohol hatte schlagartig seine Wirkung verloren. Nach einiger Zeit stand Max auf und stellte das Buch von Kafka wieder an seinen Platz. Unschlüssig blieb er stehen, zündete dann einer Eingebung folgend eine Kerze an, die auf dem Eßtisch stand. Er drehte sich um, sah auf die Uhr und sagte:

»Es ist sieben Uhr. Ich habe Appetit. Laß uns im American Hotel frühstücken. Außerdem habe ich mittlerweile wieder das Bedürfnis nach einer zärtlichen Eskapade. Vielleicht sitzt dort schon ein *Early Bird*, man kann nie wissen.«

5
Draußen spielen

Die siamesischen Zwillinge hatten ihre Bezeichnung von den Brüdern Eng und Chang, die im vorigen Jahrhundert dreiundsechzig Jahre lang gelebt hatten: um Onno zu amüsieren, hatte Max in einer Enzyklopädie nachgeschlagen. Da sie an der Brust zusammengewachsen waren, wurden sie in der medizinischen Terminologie als *Thoracopagus* bezeichnet; Onno wußte sofort, daß sie, weil sie mit Inbrunst zusammengewachsen waren, folglich ein *Mentopagus* waren.

Die Folge war, daß sie jeweils das Leben des anderen zu verändern begannen.

Ende März wohnte Onno wieder für einige Tage bei seiner Freundin; wie immer hatte er die schmutzige Wäsche mitgenommen. Sie wohnte an einer ruhigen Seitengracht über einem Trödelladen, der in der Regel geschlossen hatte, in einem schmalen Haus aus dem siebzehnten Jahrhundert mit einem Giebelstein: *Das Ein-*

horn. Vor einigen Jahren war er ihr am kunsthistorischen Institut begegnet, wo sie als Bibliothekarin arbeitete. Er hatte sich augenblicklich in sie verliebt, weil sie genau so aussah, wie er sich Bibliothekarinnen – fälschlicherweise – vorstellte: groß, schlank, mit hochgestecktem Haar und einem strengen holländischen Gesicht, wie die Regentin eines Waisenhauses auf einem Gemälde von Frans Hals, nur jünger.

Ab und zu räumte sie die Souterrainwohnung auf, in der er hauste wie ein Hamster in seiner Höhle. Von Zeit zu Zeit verdiente er mit Artikeln und Vorträgen ein wenig, brauchte dieses Geld jedoch nicht wirklich; er gab wenig aus und kam mit einer Zulage aus seinem künftigen Erbteil aus. Während eines Familiendiners hatte ein sechsjähriger Neffe ihn einmal gefragt: »Onkel Onno, was willst du später einmal werden?« Nachdem sich das Gelächter gelegt hatte, hatten alle ihn erwartungsvoll angesehen, worauf er gesagt hatte: »Diese Frage ist zu gut, um sie mit einer Antwort zu verderben.« Wenn er gewollt hätte, wäre er schon längst Dozent an der einen oder anderen Universität im In- oder Ausland geworden, es kamen immer wieder Angebote; aber er hatte keine Lust, seine Art zu leben aufzugeben. Er sah sich lieber als Kammergelehrten aus dem achtzehnten Jahrhundert; der Lehrbetrieb war ihm zu profan. Professoren waren seiner Meinung nach so etwas wie Schwimmlehrer – und wer hatte je einen Schwimmlehrer im Wasser gesehen? Niemand, denn sie konnten gar nicht schwimmen, hatten nur vom Rand aus immer viel zu erzählen; er jedoch durchschnitt das Wasser mit einem nichts und niemanden schonenden Schmetterlingsschlag.

Es begann an einem sonnigen Samstagnachmittag, der Frühling war mit einem grandiosen Spagat aus den Kulissen zum Vorschein gekommen, die Fenster standen offen, und die milde Luft füllte das Wohnzimmer. Onno hatte einige Papiere zum Einhorn mitgenommen, aber die Arbeit wollte schon seit Wochen nicht vorangehen. Wie ein gestrandetes Schiff lag sein großer Körper auf der Couch.

»Dieser widerliche Pernier«, stöhnte er. »Ich wollte, er hätte dieses Ungetüm von Schrifttafel 1908 sofort in tausend Stücke zerspringen lassen. Aber dann hätte er sie wahrscheinlich wieder zusammengeklebt. Da hält sich irgendwo ein ganzes Volk mit Helmen und Äxten versteckt und rührt sich nicht von der Stelle.«

Helga nahm die Lesebrille ab und sah von ihrem Buch auf.

»Warum läßt du die Sache nicht eine Weile ruhen? Nimm dir was anderes vor.«

»Weißt du eigentlich, was du da sagst? Ich weiß genau, wer alles an diesem Thema arbeitet, die fassen zwischendurch auch nichts anderes an. Was liest du?«

Als ob sie es nicht wüßte, sah sie auf den Umschlag.

»*Progress in Library Science.*«

»Dieses Buch, liebe Helga, ist *gedruckt*, nicht wahr? Und all die Bücher, von denen es handelt, sind auch gedruckt. Jeder denkt, daß das Drucken mit losen Stempeln vor tausend Jahren in China erfunden wurde, aber weißt du, wer es wirklich erfunden hat?« Er wedelte mit einem Foto des Diskos von Phaistos. »Die Menschen, die das hier gemacht haben. Vor viertausend Jahren! Das hier ist gestempelt! Wenn es also wirklich solche präalphabetischen Genies waren, dann wird hier doch wohl auch etwas Interessantes stehen! Und dann sollte *ich*, finde ich, der erste sein, der es lesen kann, nicht wahr? Das Elend besteht darin, daß wir nur dieses eine Exemplar haben und man sicher keine Stempel macht nur für eine einzige Tafel. Es muß viel mehr geben, aber auf Kreta wurde nichts weiter gefunden. Es ist übrigens nichts minoisches, schau, diese komische Sänfte hier, was ist das für ein Ding? Was bedeutet es? Vielleicht müssen wir woanders suchen, aber wo? In welcher Sprachenfamilie?«

»Aber hast du denn keinen einzigen Anhaltspunkt?«

»Ich werde dir erklären, in welcher Position ich mich befinde.« Er hob die Zeitung vom Boden auf und kritzelte etwas auf den Rand. »Schreib folgende Zahl auf: dreiundachtzigmilliardeneinhundert neun und fünfzig millionen sechs hundert vier und siebzig tausendeinhundertzwei.« Und als sie sie notiert hatte auf dem Blatt, auf dem sie ihre Notizen machte: »Stell dir jetzt einen eingeborenen Kryptographen im australischen Urwald vor, der nicht weiß, daß das Zahlen sind; er sieht nur elf unbegreifliche Zeichen:

8 3 1 5 9 6 7 4 1 0 2. Sie unterscheiden sich alle voneinander, nur zweimal kommt das Zeichen 1 vor. Was kann er daraus schließen? Gar nichts. Das ist der Punkt, an dem ich mich jetzt befinde. Angenommen, er hat den genialen Einfall, daß es sich um Zahlen handelt, wie soll er dann dahinterkommen, daß es die alphabetisch geordneten deutschen Zahlwörter von ›eins‹ bis ›zehn‹ sind? Am Anfang das A für ›acht‹, am Ende das Z für ›zwei‹. Wie soll er dahinterkommen, daß das Zahlwort ›acht‹ die Bezeichnung für die Zahl 8 ist? Er kennt nicht einmal das Dezimalsystem, und erst recht nicht die deutsche Sprache. Wie, in Gottes Namen, soll er dahinterkommen, daß er hier Doktor Quists unvergeßliche *Erzählung von A bis Z* vor sich hat? Was ist der Schlüssel? Und trotzdem soll und wird er dahinterkommen! *Wie bitte?*« sagte er plötzlich laut zum Foto. »Hallo! Ist da jemand? Ich kann Sie nicht verstehen! Die Verbindung ist so schlecht!« Er warf das Bild auf den Boden und legte die Hände vors Gesicht. »Ich bin total blockiert.«

Mit einem Zeigefinger zwischen den Seiten schlug Helga das Buch zu.

»Wie kommt's?« fragte sie mit einem singenden Ton in der Stimme.

»Ich weiß es nicht«, sagte er gespielt heulend, »ich weiß es nicht. Vielleicht kann man eben nur einmal im Leben eine richtige Entdeckung machen.«

»Könnte das vielleicht an den durchwachten Nächten mit deinem neuen Freund liegen?«

Die Pose verschwand aus Onnos Gesicht; er setzte sich gerade hin und sah sie an.

»Das ist nicht dein Ernst.«

»Das ist sehr wohl mein Ernst. Bist du dir eigentlich bewußt, was für ein überspannter Zustand das ist?«

»Helga!« sagte er entsetzt. »Was meinst du damit?«

»Ich weiß nicht, was du jetzt meinst, ich weiß nur, daß du vollkommen blockiert bist, seit du ihn kennst. Du müßtest mal sehen, wie du dich in letzter Zeit verändert hast.«

»In welcher Hinsicht?«

Sie legte das Buch weg und kreuzte die Arme.

»Wenn du mich fragst, bist du mit deinen Gedanken mehr bei ihm als bei deiner Arbeit. Du kommst nach Hause, wenn ich ins Institut gehe. Wie macht er das eigentlich? Er ist doch Sternenkundler? Muß er sich nachts denn nicht die Sterne ansehen?«

»Ich brauche doch auch nicht in das Museum in Heraklion zu gehen, um die Zeichen zu studieren? Und ich kann doch ausschlafen?«

Er stand von der Couch auf und stellte sich ans Fenster. Natürlich dachte er weniger an seine Arbeit, aber was war daran so schlimm? Auf diese Weise wurde das Denken nicht zum Brüten, und Brüten war viel schädlicher für das Denken, als gar nicht zu denken. Sein Austausch mit Max war doch in gewisser Weise schon das »andere«, das er in Angriff genommen hatte.

»Bist du etwa eifersüchtig?«

»Ich möchte, daß es dir gutgeht.«

Er seufzte tief und drehte sich um.

»Hör zu. Was zwischen Max und mir ist, kann *nie* zwischen dir und mir sein; und was zwischen dir und mir ist, kann *nie* zwischen Max und mir sein. Das ist sonnenklar, darüber braucht weiter kein Wort verschwendet zu werden. Ehrlich gesagt, finde ich, daß wir schon zu viele Worte darüber verschwendet haben.«

Sie stand auf, machte einige Schritte, blieb stehen und sagte:

»Onno, sei vorsichtig.«

»Weshalb sollte ich denn um Himmels willen vorsichtig sein?« fragte er erstaunt.

Sie machte eine hilflose Geste. »Ich weiß es nicht.«

»Aha«, sagte er und ging auf sie zu, »die weibliche Intuition.« Ungeschickt drückte er sie an sich. »Es ist ein Jammer. Frauen haben alles, Verstand, Gefühl, Willen, aber nur Männer haben Intuition. Deshalb existiert keine einzige weibliche Schöpfung von einiger Bedeutung, und das kommt nicht daher, daß die Frauen immer in der Küche haben stehen müssen, denn die besten Köche sind Männer. Mit Widerwillen muß das einmal festgestellt werden.

Aber sie können eines, was Männer nicht können, und das ist Männer gebären. Das reicht doch voll und ganz.«

Sie machte sich los.

»Warum fängst du wieder an zu schwafeln, wenn ich versuche, mit dir zu reden?«

»Du weißt doch, was Napoleon gesagt hat? Daß all seine Kriege eine Bagatelle gewesen seien im Vergleich zu dem Krieg, der eines Tages zwischen Männern und Frauen ausbrechen wird. Ich schwöre deshalb hier vor dir den heiligen Eid, daß ich bis dahin der erste Geschlechtsverräter werde, obwohl ich weiß, daß es mich teuer zu stehen kommen wird.«

»Ach, Onno, laß nur. Du bist unmöglich.« Mit zwei Händen fummelte sie am Hinterkopf die gelösten Haarsträhnen unter die Spangen. »Wollen wir in den Vondelpark gehen?«

In diesem Augenblick erklang draußen ein Schrei:

»He, Onno!«

Sie warfen sich kurz einen Blick zu und hängten sich aus jeweils einem Fenster. Mit den Händen in den Hosentaschen und einer Zeitschrift unter dem Arm lehnte Max an der Telefonzelle am Rande der Gracht.

»Darf Onno bitte mit mir draußen spielen, Frau Hartmann?« rief er mit imitierender, quengeliger Jungenstimme.

Sie sahen sich wieder an, diesmal draußen, am Giebel vorbei. Die Katastrophe. Im selben Augenblick wußten beide, daß dies das Ende war – daß Max in seiner Unschuld plötzlich den Kern ihrer Beziehung bloßgelegt hatte.

Nach einer Viertelstunde kam Onno endlich aus dem Haus.

»Mußtest wohl erst noch deine Hausaufgaben machen?« fragte Max.

Onno sah ihn nicht an. Wütend ging er neben ihm her.

»Was du deinen Freunden antust ... Es ist aus. Deine Schuld. Ich habe den Hausschlüssel auf den Tisch gelegt.«

»Meine Schuld? Was habe ich denn getan?«

»Das geht dich nichts an. Ich rede nicht mehr mit dir.« Er blieb

stehen und sah ihn angewidert an. »Weißt du, was mit dir los ist?«
Und als Max seinen Blick fragend erwiderte: »Weißt du das nicht?«
»Nein, das weiß ich nicht.«

»Weißt du es *wirklich* nicht? Dann werde ich es dir sagen: Deine
Intuition gefällt mir nicht. Deine Intuition gefällt mir *ganz und gar*
nicht.«

Max hatte keine Ahnung, auf was er anspielte; er wußte kaum etwas über Onnos Verhältnis zu Helga. Sie sprachen nie über Frauen,
auch nicht über Autos oder Geld oder Sport. Höchstens über *das
Weib an sich*, wie Onno sich auszudrücken pflegte, aber über ihre
Freundinnen nie. Max nicht über die seinen, weil er sich nie die
Zeit nahm, sie wirklich kennenzulernen und Onno es widerlich
finden würde, zuzuhören, und Onno nicht über Helga, weil man
das nicht tat. Die wenigen Male, die Max sie gesehen hatte, hatten
sie kaum ein Wort gewechselt, nicht, weil er sie nicht mochte, sondern weil sie für sein Empfinden aus einer anderen Welt kam. Sie
wäre ihm nie aufgefallen, selbst wenn sie ihm im Zug eine Stunde
gegenübergesessen hätte; an ihr merkte er, wie sehr er sich von
Onno unterschied. Er konnte sich keine Frau vorstellen, auf die sie
beide ihren Blick richten würden.

Er war weder in Helgas Appartement gewesen, noch bei Onno
zu Hause, in der Kerkstraat. Onno war der Meinung, die Menschheit sei unterteilt in Gäste und Gastgeber, und er selbst gehöre von
Natur aus nun mal zur ersten Kategorie; zudem sei das für ihn
günstiger. Natürlich war das nicht der wahre Grund. Daß er Max
in sein Elternhaus einführen und seiner Familie, seinem Vater vorstellen würde, war schlicht undenkbar, obwohl man in Den Haag
schon längst – mit hochgezogenen Augenbrauen – von seiner
merkwürdigen Freundschaft mit dem Sohn von Delius gehört
hatte, und natürlich hätte man diesen Herrn gerne einmal aus der
Nähe angeschaut. Nein, der wahre Grund war, daß es auch in ihm
selbst einen Bereich gab, in den er keinen hineinschauen ließ, nicht
nur Max und auch Helga nicht, sondern auch sich selbst. Dort, in
einer inneren unwegsamen Region, gab es eine Einsiedlerhöhle,
eine Kartäuserklause, wo bleiernes Schweigen herrschte, etwas,

das drohend auf ihn zu warten schien, an das er lieber nicht dachte und über das er noch nie mit Max gesprochen hatte.

Klagend ging er am Wasser entlang, mit hängenden Schultern, wie ein gebrochener Mann.

»Was soll ich jetzt machen? Du hast mein Leben ruiniert. Ich bin unbehaust im Gegensatz zu dir, ich habe nur einen dürftigen Schutz vor Regen und Wind. Wer sorgt jetzt für meine Bewaschung? Du hast mich endgültig zugrunde gerichtet, und das lag natürlich immer in deiner Absicht. Ich werde in der Gosse enden und mit wirren Haaren, einem Bart und wahnsinnigem Blick in den Augen um ein Almosen betteln. Was wolltest du eigentlich, du Schuft?«

»Ich komme nie mit einer Absicht«, sagte Max, »aber jetzt habe ich große Neuigkeiten. Ich war gerade beim Zahnarzt, und im Wartezimmer lag eine alte Ausgabe der *Time*. Darin steht ein wichtiger Artikel über uns.«

»Über uns?« wiederholte Onno. »In der *Time*?«

Max schlug die Zeitschrift auf und zeigte auf einen Gedenkartikel über den Reichstagsbrand, der in zwei Tagen, am 27. Februar, vierunddreißig Jahre her war.

»Was ist damit?«

»Mann, ich bin am 27. November geboren, und du solltest auch am 27. November geboren werden. Wir haben doch festgestellt, daß wir ein zweieiiger Einling sind? Verstehst du? Neun Monate! Wir wurden während des Reichstagsbrands gezeugt! Während Van der Lubbe in Berlin die Gardinen anzündete, krochen in Den Haag und in Amsterdam unsere Eltern aufeinander!«

Onno blieb stehen, reckte sich zu seiner vollen Länge und breitete im Triumph die Arme aus, während ein breites Grinsen über sein Gesicht zog.

»Tod, wo ist dein Schrecken?« rief er. »Jetzt kann ich das Leben wieder bewältigen!«

6
Noch eine Begegnung

Zwei Monate später – die Freundschaft zeigte noch immer kein Zeichen der Abkühlung – traf sich Onno mit einem Kollegen aus Jerusalem im Rijksmuseum von Natuurlijke Historie in Leiden. Mit der Entzifferung war er noch keinen Schritt weitergekommen, und der Israeli war genauso neugierig auf seine Fortschritte wie umgekehrt. Als Onno am späteren Nachmittag aus dem kolossalen Gebäude kam, wartete Max draußen in der Sonne mit geschlossenen Augen und dem Kopf im Nacken in einer merkwürdigen kleinen Grünanlage neben dem naturwissenschaftlichen Museum auf ihn. Sie hatten vereinbart, daß er ihm die Sternwarte zeigen würde.

Onno ließ sich herablassend über die Schwachköpfe aus, die in der Sonne lagen – sein eigenes weißes reformiertes Fleisch hatte noch nie die Sonne gesehen –, aber Max sagte, es gehöre zu seinem Beruf: die Sonne sei schließlich ein Stern. Sie gingen in die Stadt, um vorher irgendwo einen Kaffee zu trinken. Erleichtert erzählte Onno, daß Landau, sein wichtigster Konkurrent, offenbar auch keine Fortschritte gemacht habe, diese Bedrohung sei also bis auf weiteres ausgeschaltet. Die kleine Stadt mit ihren niedrigen Häusern wirkte anders auf sie als Amsterdam: sie empfanden fast so etwas wie Zärtlichkeit, wie jemand aus London oder New York, der zum ersten Mal nach Amsterdam kommt.

»Hier gehen *wir* jetzt«, sagte Max, »und während ich auf dich wartete, fielen mir zwei andere Männer ein, die auch hier gegangen sind.«

»Alle sind hier gegangen. Auch Einstein.«

»Mit Lorentz, ja, und mit De Sitter; aber die meine ich nicht.«

Er meinte Freud und Mahler. Soweit er sich aus Biographien erinnern könne, sei das im Sommer 1908 gewesen. Freud wohnte in einer Pension in Noordwijk, von wo aus er nach Italien reisen wollte, als er ein Telegramm aus Wien erhielt: Mahler hatte Probleme, er litt an Impotenz und konnte nicht mehr mit seiner Frau Alma schlafen (die später auch noch Franz Werfel, Walter Gropius und Oskar Kokoschka verrückt machen sollte). Ihm mußte unverzüglich geholfen werden. Mahler nahm den Zug nach Leiden, wo er Freud in einem Hotel traf. Während eines vierstündigen Spaziergangs durch die Stadt wurde Mahler einer Art Erste-Hilfe-Analyse unterzogen, die auch tatsächlich ein Ergebnis gezeitigt haben soll.

Ein kleines Mädchen bindet ein Seil an einen Laternenpfahl, sie schwingt das Seil, ein zweites Mädchen bewegt seinen Oberkörper einige Male im selben Rhythmus vor und zurück, springt in das imaginäre Ei hinein, und schon springen die beiden – mit genau dieser Geschmeidigkeit ging Onno auf ihrem Spaziergang auf die Anekdote ein.

»So, so, Herr Obermusikdirektor, Sie leiden also an einer Überpotenz. In meiner Psychoanalyse habe ich hierfür den Terminus ›astronomische Satyriasis‹ geprägt. Es ist ein Krankheitsbild, das sogar bei Spezialisten, die nun wirklich mit der Schattenseite der menschlichen Natur vertraut sind, den größtmöglichen Ekel hervorruft.«

»Aber wenn es mir nun gefällt«, sagte Max klagend. »Heilen Sie mich, Herr Professor. Ich will nicht mehr, daß es mir gefällt. Ich will monogam sein, wie Sie, oder impotent, was von beidem sind Sie eigentlich? Ich werde Ihr Honorar verdoppeln.«

»Daß Sie gleich auf das Geld zu sprechen kommen, deutet auf eine analerotische Fixierung hin, die vor meinem geistigen Auge Szenen hervorruft, vor denen sogar Dante zurückweichen würde. Habe ich richtig gehört, daß es Ihnen *gefällt*? Das kann doch nicht wahr sein!«

»Doch!«

»Vereinzelt steht sogar ein erfahrener Alpinist vor einem Abgrund, von dem er sagt: Nein, das geht zu weit. Wenn ich das meinem Freund Ferenczi erzähle, wird er sagen: Du kannst mir viel erzählen, Sigi, aber das gibt es nicht.«

»Aber es gibt mich!«

»Daß es Sie gibt, ist in der Tat das ultimative *Mysterium tremendum ac fascinans*. Ich habe in meiner Praxis viel erlebt, den kleinen Hans, den Wolfsmenschen, alles Vollidioten, aber eine Erscheinung wie die Ihre nimmt mir den letzten Rest meines Glaubens an den Menschen. Aus Ihrem verpönten Lebenswandel schließe ich, daß Sie in Ihrer Sexualhysterie eigentlich alle Frauen bespringen möchten, wobei sich Ihre liederliche Pansbrunst in machtloser Raserei auf die Lebenden beschränkt sieht. Die Frauen aus der Vergangenheit sind an Ihrer außergewöhnlichen Nase bereits vorbeigegangen, und die in der Zukunft werden Ihnen ebenfalls vorenthalten bleiben. Am liebsten würden Sie alle Frauen in Raum und Zeit auf einen Schlag besitzen, in Gestalt der Frau der Frauen: der Urfrau. Trifft es zu, wenn ich davon ausgehe, mein Lieber, daß der Vorname Ihrer Frau Mutter Eva ist?«

»Donnerwetter!« lachte Max. »Das hat gesessen. Jetzt verstehe ich, warum mir mein Nervenarzt geraten hat, Sie zu konsultieren.« Er hatte Onno den Namen seiner Mutter einmal gesagt, aber diese Wendung versetzte ihm doch einen leichten Schock.

»Ich kann in Sie hineinschauen, Herr Generalkapellmeister.«

»Aber wenn Eva also meine Mutter ist, verehrter Herr Doktor, bin ich dann Kain oder Abel?«

Jetzt schien Onno kurz aus dem Konzept, aber es dauerte nicht lange, und er blieb stehen und rief:

»Der Herr wird dein Opfer nicht anerkennen, siebenfach Verfluchter! Nur das meine wird anerkannt werden!«

Während er das sagte, mit dem Aplomb, deren Geheimnis nur er besaß, fiel Max' Auge auf einen Buchumschlag im Schaufenster eines Antiquariats. Sie standen in einer schmalen Straße hinter der Pieterskerk, die als die Jungfrau über die niedrigen Häuser der Altstadt hinausragte.

»Da schau her. Wenn man vom Teufel spricht, ist er nicht weit.« Er zeigte auf ein Exemplar von Alma Mahlers *Mein Leben.* »Komm«, sagte er und legte seine Hand auf die Türklinke, »das schenke ich dir. Als Honorar für deine Analyse.«

In einer Welt, die voll ist mit Krieg, Hungersnot, Unterdrückung, Betrug und Langeweile – was ist in dieser Welt, abgesehen von der ewigen Unschuld der Tiere, ein Bild der Hoffnung? Eine Mutter mit einem Neugeborenen im Arm? Aber das Kind endet vielleicht als Mörder oder als Ermordeter, so daß das Bild nur eine Vorweg-projektion einer *pietà* war: eine Mutter mit ihrem gerade gestorbe-nen Kind im Arm. Nein, das Bild der Hoffnung ist jemand, der mit einem Musikinstrument in einem Futteral vorbeikommt. Es trägt nicht zur Unterdrückung bei, und auch nicht zur Befreiung, son-dern zu etwas, das tiefer liegt. Der Junge auf seinem Fahrrad, mit einer Gitarre in ausgebleichtem Kunstleder auf dem Rücken, das Mädchen, das mit einem zerschrammten Geigenkasten auf die Straßenbahn wartet. Die heiligen Hallen unter den Konzertbüh-nen, wo die Orchestermusiker auf Tischen und Stühlen und auf dem Boden ihre Futterale und Kästen öffnen und ihre glänzenden und blinkenden Instrumente herausnehmen und die Hohlformen dieser Instrumente zurückbleiben: ›negative‹ Klarinetten, Quer-flöten und Fagotte mit ihren Mund- und Zwischenstücken, ausge-spart in weichem, ausgeformtem Samt; der Raum füllt sich allmäh-lich mit der gedämpften Kakophonie der Instrumente, die sich um das *a* bewegt wie Spatzen und Möwen und Stare und Drosseln um ein Stück Brot, und die Deckel der mannshohen Behausungen der Kontrabässe stehen offen wie Türen zu einer anderen Welt ...

Oder die junge Frau, die nach der Probe ihr Cello in den Kasten bettet und den Deckel schließt?

Sie nimmt die auseinandergefallene Partitur vom Notenständer und ordnet die Blätter, bis die Titelseite ordentlich obenauf liegt: *Pohádka*. Festes, fast japanisch schwarzes Haar mit einem Pony rahmt ihr blasses Gesicht in einem Viereck ein; seidig glänzend folgt es jeder Bewegung ihres Kopfes, um immer wieder in der geo-metrischen Ordnung des Vierecks zur Ruhe zu kommen. Ihr Ge-sicht ist unbewegt, die Lippen leicht zusammengekniffen wie bei jemandem, der weiß, was er will. Ihr Begleiter, ein untersetzter Mann mit dünnem, rötlichblondem Haar und einem ausdrucksло-sen Gesicht, sitzt vornübergebeugt, seine Arme auf dem Flügel ge-

kreuzt und das Kinn in die Hand gestützt, und sieht zu ihren tiefbraunen Augen unter den dunklen, scharf gezeichneten Augenbrauen auf.

»Woran denkst du, Ada?«

Sein Studio, ein großer, rechteckiger Raum in einem ehemaligen
Schulgebäude, ist voll mit Sammlerstücken: ein altes Koffergrammophon neben dem anderen auf einem Bord an der Wand, daneben verstaubte Trompeten, Geigen und andere Musikinstrumente,
überladene Bücherregale, schwere Tische vom Flohmarkt mit Par-
tituren alter Kammermusik, Reihen von 78er-Platten in beschädigten Papierhüllen, verschlissene Perserteppiche und einige große
braune Ledersessel, um darin ein Buch zur Hand zu nehmen und
nichts mehr mit der Außenwelt zu tun zu haben.

»Daß die Koda noch immer nicht klappt! So können wir ganz
bestimmt nicht auftreten.«

Sie ist jünger als er und hat erst vor kurzem das Konservatorium
absolviert, an dem er Klavierunterricht erteilt, aber es ist klar, daß
sie die erste Geige spielt im Duo. Er ist ein guter Pianist, was ihn
selbst weniger interessiert als zum Beispiel die Geschichte der Unterhaltungsmusik. Er hat ein Ensemble zusammengestellt, das
solche Unterhaltungsmusik aufführt; den Konzerten jedoch wird
zugehört mit einem Unernst, der mit der Ernsthaftigkeit des musikalischen Engagements nicht übereinstimmt. Er selbst kann übrigens nur ernst sein, zumindest lacht er nie; er hat seine Persönlichkeit um den Beschluß herum aufgebaut, nie zu lachen. Darüber
wird oft gelacht (obwohl man selten weint um jemanden, der nie
weint). Der Ehrgeiz, es als Pianist zu etwas zu bringen, fehlt ihm;
daß er mit Ada auftritt, hat eher etwas mit Ada zu tun als mit der
Musik, und sie weiß das. Aber sie läßt es über sich ergehen. Sie sind
einige Male aufgetreten, vor irgendwelchen Studentenvereinigun-
gen, aber schon allein das hat ihnen eine wohlwollende Kritik in
der Zeitung eingetragen. Sie sieht für sich als Solistin die größten
Perspektiven, und zwar internationale, in denen Cellokonzerte
eine große Rolle spielen, berühmte Dirigenten, Bühnen in Paris
und Mailand. Rostropowitsch! Pablo Casals!

»Wollen wir nachher in der Stadt zusammen essen gehen?«

Eine Frage wie diese hat sie erwartet, und sie nimmt es ihm übel, daß er sie wieder in Verlegenheit bringt. Er sollte allmählich wissen, daß sie dafür nicht zu haben ist. Sie könnte natürlich sagen, daß sie nicht mit ihm schlafen will, aber dann würde er antworten, daß er darum auch nicht gebeten habe, obwohl es in Wahrheit natürlich auf nichts anderes hinausgelaufen wäre. Er wird sie wahrscheinlich für frigide halten, und vielleicht ist sie das auch, trotz ihrer einundzwanzig Jahre hat sie noch nie mit einem Mann geschlafen, aber es sollte doch möglich sein, mit jemandem zusammenzuarbeiten, ohne daß es gleich zu derartigen Konsequenzen führt. Oder sollten sie ihre Zusammenarbeit lieber sein lassen, wenn die Dinge so liegen, wie sie liegen? Was sie als nächstes will, ist ein Trio oder ein Quartett; es gibt zuwenig Literatur für Violoncello und Klavier, um ewig in dieser Besetzung weiterzumachen. Was sie sucht, sind *musikalisch* motivierte Menschen; aber solange sie die nicht gefunden hat, braucht sie ihn.

»Hast du etwas dagegen, wenn ich einfach nach Hause gehe, Bruno? Ich übe lieber noch ein wenig.«

»Das eine schließt das andere doch nicht aus? Essen mußt du ohnehin.«

Sie nickt.

»Das stimmt. Aber du weißt, wie das geht.«

»Wie denn?«

Sie will diese Unterhaltung nicht. Wie in einer Ehe nach zehn Jahren, wenn der eine nichts mehr vom anderen will: Drängen, Hoffen, Verzweifeln – und am Horizont die Drohung von Gewalt.

»Ach, laß doch.« Sie ist fertig und will gehen, die eine Hand am Griff des Kastens, die andere zu einer unglücklichen Faust geballt, vier Finger um den Daumen, damit niemand sieht, daß sie auf den Fingernägeln kaut, aber gerade dadurch sieht man es noch viel besser. »Bis morgen.«

Sie nimmt den Cellokasten wie einen Sarkophag in die Arme und geht die Treppe hinunter auf die Straße. Brunos Studio ist nicht weit von ihrem Elternhaus entfernt, wo sie noch immer wohnt, und unterwegs kommt ihr plötzlich eine Szene aus einem Traum der letzten Nacht vor Augen: eine weite Bucht, und über dem Meer eine schmale, hohe, bernsteinfarbene Wolke in Form eines uralten verschlungenen Baumstamms, der langsam seine Gestalt verändert... Sie versucht, dieses Bild festzuhalten, ganz kurz noch sieht sie den Schatten einer schwarzen, fremdartig in die Breite gestreckten Gestalt mit einer Zipfelmütze und einer langen Lanze, aber dann machen eine Hupe und ein bremsendes Auto sowie ein an die Stirn tippender Zeigefinger dem Traumbild ein Ende.

Sie geht durch den Vorgarten nach hinten und durch die Küchentür ins Haus, wo ihre Mutter den bleichen, geköpften Leib eines Huhns mit einem weißen Faden verschnürt. Sie ist etwas größer als ihre Tochter und steht aufrecht und gerade da. Unter schwarzem, hochgestecktem Haar blicken sie Augen an, die aussehen wie ihre eigenen, nur kühler, argwöhnischer, ohne daß es hierfür einen bestimmten Grund gäbe.

»Wie war es?«

»Gut.«

»Eine Tasse Tee?«

»Gerne.«

Sie will die Treppe hinaufgehen, aber ihre Mutter sagt:

»Du kannst nicht nach oben, Papa streicht gerade dein Zimmer.«

Ärgerlich nimmt Ada den Fuß von der unteren Stufe.

»Was ist denn das schon wieder für ein Blödsinn? Habe ich ihn vielleicht darum gebeten?«

»Sei doch nicht immer so harsch, er tut es schließlich für dich. Setz dich halt solange unten hin. In einer Stunde ist er fertig.«

»Wie kommt er so plötzlich dazu, mein Zimmer zu streichen? Hat er nichts Besseres zu tun?«

»Das mußt du ihn fragen, das weiß ich auch nicht. Er ist nach oben gegangen und meinte, daß dein Zimmer dringend etwas Farbe bräuchte.«

»Verrückt ist lästig«, sagt Ada und schleppt ihr Instrument ins hintere Zimmer, in dem sie essen und wohnen.

Sie wird froh sein, wenn sie hier weg ist und ihr eigenes Leben

leben kann. Das schlimmste sind die guten Absichten, sie machen
einen machtlos. Ihre Mutter ist eine Fuchtel, aber ihr Vater ein braver Freidenker, der niemandem etwas zuleide tut. Wenn etwas Böses in ihm wäre, würde er das Böse immerhin verstehen. Seine Frau
beispielsweise. Ihr größter Wunsch sind jetzt eigene vier Wände, in
die sie sich vollkommen zurückziehen kann. Sie will üben, reisen,
auftreten, Triumphe feiern, aber dann immer wieder in ihr Appartement zurückkehren, Türklingel und Telefon abstellen, Radio
und Fernseher nicht anstellen oder nicht einmal in der Wohnung
haben und sich ganz und gar der Musik und dem Lesen von Poesie
hingeben oder einfach stundenlang nichts tun und nachdenken,
ohne daß jemand plötzlich unbedingt ihr Zimmer streichen muß.
Aber vorläufig hat sie dazu nicht das Geld; auch ihr Vater kommt
gerade so mit seinem Geld aus.

Sie schreckt hoch, als ihre Mutter Tee und eine Scheibe Kuchen
für sie hinstellt.

»Woran denkst du, Ada?«

»An gar nichts.«

»Wie war es mit Bruno?«

»Gut.« Verärgert merkt sie, daß ihre Mutter sie fortwährend an-
sieht. »Was ist?«

»Warum gehst du nicht einmal mit ihm aus? Er ist so ein netter
Junge.«

»Also, halt dich bitte da heraus. Gehst du vielleicht mit Papa
aus?«

»Trotzdem brauchst du nicht gleich so gereizt zu sein. Es täte dir
sicher gut, einmal auszuspannen.«

»Laß das mal meine Sorge sein.«

Sobald ihre Mutter aus dem Zimmer gegangen ist, schlägt sie die
Partitur auf und studiert mit einem Bleistift in der Hand die Noten. Sie hält die Blätter kurz verkehrt herum, und auch dann sieht
sie, daß es ein wunderbares Stück ist. Es ist nicht nur so, daß sie
»hört«, was sie sieht, sie sieht eher, was der Zuhörer sieht, wenn er
lauscht: eine strukturelle Schönheit, die als Partiturblatt im Raum
existiert, als gehörte Musik nur der Zeit. Deshalb mag sie Romane

nicht besonders, sie werden in aller Stille gelesen, im Gegensatz zu Gedichten, die auch einen Klang bekommen, weil sie klingen müssen. Nicht, daß sie dies alles Wort für Wort denkt; aber alles, was sich in ihrem Kopf abspielt, während sie die Noten betrachtet und ab und zu mit der Linken den imaginären Takt schlägt, beruht darauf – wie bei einem Kind, das sprechen kann, ohne die Grammatik zu kennen.

Sie legt die Partitur auf den Boden, hebt das Violoncello aus dem Kasten und schraubt den Fuß an. Während sie den Bogen spannt, geht sie zur Tür und schiebt sie mit der Schulter auf; in dem kleinen Raum fühlt sie sich beengt. Sie nimmt das Instrument zwischen die Beine, stimmt es, und mit den Augen seitwärts auf die Noten gerichtet beginnt sie zu spielen, während sie zugleich hört, was Bruno jetzt nicht spielt, und hier und dort mitsummt.

Max öffnete die Ladentür, und ohne die Klinke loszulassen, stockte er. Lauschend hob er einen Zeigefinger.

»Janáček«, sagte er nach einigen Sekunden. »Das ist keine Platte. Da spielt jemand.«

Eine Klingel war nicht zu hören. Er legte seinen Finger auf die Lippen, und sie gingen leise hinein. Der Klang des Cellos hing in dem schmalen Raum, der von Büchern überquoll. Sie füllten nicht nur die roh gezimmerten Regale bis zur Decke, sondern standen auch links und rechts und in der Mitte in hohen Türmen – ein Gestrüpp aus Büchern, mit schmalen Pfaden dazwischen. Onno blieb stehen, aber Max arbeitete sich weiter vor, Stufen hinauf, Stufen hinunter, vorbei an Stapeln, Kartons, Zeitschriften, *Architektur, Mädchenbücher, Judaika, Reiseführer*, um eine Ecke herum, wieder einige Stufen hinauf – und sah Ada im Hinterzimmer sitzen: in einer weiten, weißen Bluse mit breiten Manschetten und einem kleinen Stehkragen, mit abgewandtem Kopf, das Cello zwischen den gespreizten Beinen. Elegant stand ihr linker Fuß etwas vor; ihr weiter, schwarzer Rock war hochgerutscht, und er sah ein schmales Knie und dann den Übergang ihrer Strümpfe zum hellen Fleisch ihrer Oberschenkel.

Ich werde verrückt, dachte er. Ich will auch so befingert und gestreichelt werden von dieser Frau.

Sie hatte ihn nicht bemerkt. Auf Zehenspitzen ging er zurück und flüsterte:

»Die Pflicht ruft. Ich sehe dich nachher in De Vergulde Turk.«

Onno nickte mitleidsvoll.

»Adieu, du Unglücklicher.«

Max' Herz schlug heftig. Jedesmal war es wieder so neu wie beim ersten Mal. Er stellte sich jetzt so hin, daß er nicht gesehen werden konnte. Aber während er lauschte und sie betrachtete, veränderte sich etwas in ihm. Seine Erregung schwand nicht, aber es war, als öffnete sich dahinter langsam ein Raum, als ob sich im Theater der Vorhang höbe. Da sie so völlig in sich selbst versunken war, schien es ihm, als ob die Musik eigentlich aus einer hörbaren Stille bestand, einer geformten Stille: eine geometrische Figur, die sich darum herum aufbaute. Ab und zu stockte die Cellistin kurz und suchte mit dem Bogen in der Partitur: dann entstand eine Stille in der Stille. Ihr schwarz eingerahmtes Gesicht; das rötlich glänzende Holz des schlanken Klangkörpers zwischen ihren Beinen, die linke Hand am Hals; neben ihr der offene Kasten. Ein Vers von Mallarmé fiel ihm ein: *Musicienne du silence...* Warum fiel ihm ein Vers von Mallarmé ein? Er wollte mit ihr schlafen, aber das war nichts Besonderes, das war sein täglich Brot, aber es war seltsam, daß ihm ein Vers von Mallarmé einfiel. Natürlich konnte er einige hersagen, wie *Un coup de dés n' abolira pas le hasard*, aber das war eigentlich eher ein Titel, der an das erinnerte, was Einstein einmal gesagt hatte, vielleicht hier in Leiden: *Der liebe Gott würfelt nicht.*

Versteckt zwischen den Büchern, sah er ihr zu. Über sich hörte er ein Rumpeln. Wollte er noch etwas anderes als ein- oder zweimal mit ihr schlafen?

Einer Eingebung folgend, stand er plötzlich im Zimmer.

Seine Erscheinung erschreckte sie so heftig, daß sie zusammenfuhr. Mit geweiteten Augen starrte sie ihn an. Die Reaktion ihres Körpers – wie etwas, das stärker war als sie und dem sie ausgeliefert war – bewirkte, daß er ihr noch mehr verfiel.

»Ich möchte ein Buch kaufen«, sagte er, »aber es kam keiner. Also habe ich dich einfach belauscht. *Ein Märchen*.«

So lautete der Titel des Stücks: das wußte er offenbar. Aber noch erstaunter war sie über die ungezwungene Art, in der er zu ihr sprach. Männer hatten immer ein wenig Angst vor ihr, wie sie vor ihrer Mutter, aber dieser hier schien davon nichts zu spüren.

»Belauschen ist aber sehr unhöflich.«

Max lachte.

»Und das sagt eine *musicienne*! Die Musikanlage als Abhörgerät!«

Mit einem Fleischmesser in der Hand kam ihre Mutter ins Zimmer: eine hübsche, schlanke Frau, die etwas Strenges ausstrahlte; sie hatte einen breiten Unterkiefer und einen schmalen Mund. Wenn sie ein schwarzes Nonnengewand angehabt hätte, hätte sie eine beeindruckende Äbtissin abgegeben.

»Höre ich Stimmen?«

Ada zeigte mit ihrem Bogen auf Max.

»Kundschaft.«

»Guten Tag.«

Er bekam einen mißbilligenden Blick aus dunklen Augen unter schwarzen Augenbrauen, die an den Seiten leicht aufwärts verliefen.

»Funktioniert die Klingel denn nicht?« Sie entschuldigte sich und rief im Gang nach oben: »Oswald! Jemand im Laden!«

»Gemütlicher Laden«, sagte Max, während er die Treppe hinunterstieg und sich umsah. »Aber du wohnst hier, du stöberst hier natürlich nie.«

»Mein Vater weiß meistens schon, was ich haben möchte.«

Sein Blick fiel auf einen Kunstband mit Farbabbildungen: die blendenden, mit Juwelen eingelegten goldenen Eier von Fabergé, die der Zar zu Ostern der Zarin zu schenken pflegte.

»Kennst du Fabergé?« fragte er ohne aufzublicken.

»Ist das ein Komponist?«

Die Art, wie sie sofort antwortete, überzeugte ihn davon, daß er auf dem richtigen Weg war.

»So was Ähnliches. Ein Goldschmied.«

Während er in dem Band blätterte, erschien der Buchhändler. Ein unauffälliger Mann Ende Vierzig, mit welligem, graublondem Haar, etwas kleiner als seine Frau; nur sein Mund hatte Ähnlichkeit mit dem seiner Tochter. Auch er entschuldigte sich, gerade noch habe die Klingel funktioniert. Max sagte, er wolle das Buch von Fabergé und das von Alma Mahler im Schaufenster. Schüchtern lachend sah der Antiquar auf seine Hände; vielleicht wolle es der Herr selbst herausnehmen? Auch sein Gesicht war voller Farbe. Während Max zur Auslage ging, las er auf der Schaufensterscheibe spiegelverkehrt:

Antiquariat
»Lob der Torheit«

Er zeigte auf das Preisschild auf dem Schutzumschlag und sagte, daß die Bücher nicht eingepackt zu werden brauchten. Nachdem er bezahlt hatte, sah er wieder hinüber zum Hinterzimmer. Das Mädchen saß noch immer in derselben Haltung mit ihrem Cello da und beantwortete seinen Blick. Er ging zu ihr und reichte ihr das Buch von Fabergé.

»Für dich. Ein Geschenk für die Koda.«

Nein, wirklich, sie errötete. Sie legte das Cello zur Seite und stand auf, um das Buch entgegenzunehmen.

»Wie nett …«, sagte sie mit einem Lachen. Die beiden oberen Schneidezähne waren etwas breiter und länger als die anderen.

Max wandte sich ihrem Vater zu.

»Darf ich Ihre Tochter zu einer Tasse Kaffee entführen?«

Bei seinen Bemühungen, die Kasse nicht zu beschmieren, war ihm die Szene mehr oder weniger entgangen. Er murmelte, daß sie das selbst entscheiden müsse.

Max streckte die Hand aus.

»Delius, Max.«

Ada legte ihre Hand hinein.

»Ada Brons.«

7
Die Sternwarte

De Vergulde Turk war ganz in der Nähe, in der Breestraat. Ironisch, wie ein Kavalier der alten Schule, hatte Max ihr auf der Straße seinen Arm gereicht; sie hatte sich eingehängt, und so spazierten sie jetzt plötzlich zu ihrer eigenen Verwunderung durch die Stadt, und sie redete mit einem Wildfremden über Janáček. Sie hoffte, daß Bruno sie nicht sehen würde. Max warnte sie vor seinem Freund, der auf ihn wartete: ein Tiermensch, den sie nicht ganz ernst nehmen dürfe.

Im großen Café herrschte Hochbetrieb; hinten im Lokal randalierte eine Gruppe Studenten in Blazern, mit Biergläsern in den Händen. Sie fanden Onno am Lesetisch, wieder mit einem Glas Milch und einer halben Fleischkrokette neben seiner Zeitung.

»Bitte«, sagte Max und legte das Buch neben ihn. »*Mein Leben.* Für dich.«

»Genau.« Onno sah auf, um ihm zu danken, und sah, daß er in Begleitung war.

»Onno Quist«, sagte Max. »Ada Brons.«

Im selben Augenblick ließ irgendwo ein Ober ein Tablett mit Geschirr fallen, gefolgt von Beifall und Bravo-Rufen der Studenten. Onno stand auf und gab ihr die Hand und sah dann Max mit einem kurzen Blick an, der sich kaum von dem unterschied, mit dem Max auf die halbe Krokette geschaut hatte. Sie zogen Stühle heran, und für einen Augenblick hatte es den Anschein, als ob Onno, moralisch entrüstet, weiter in seiner Zeitung lesen würde; doch er lehnte sich zurück, schlug ein Bein über das andere, so daß das blauweiße Fleisch über der zu kurzen Socke sichtbar wurde, und fragte wie ein von sich eingenommener Landpsychiater:

»Kennt ihr euch schon lange?«

»Wir haben uns nie *nicht* gekannt«, sagte Max und sah, in Erwartung eines Zeichens der Zustimmung, zu Ada.

Als es nicht kam, begann Ada Onno zu gefallen.

»Ich verstehe nicht, wie ein vernünftiges Mädchen wie du es mit
so einem eine Ewigkeit aushalten kann. Aber vielleicht hat er ja
eine geheime Seite, die er mir bis jetzt geschickt verheimlicht hat.
Was möchtest du trinken?«

»Ein Mineralwasser, bitte.«

»Wasser«, wiederholte Onno und verzog das Gesicht. »Wasser
ist zum Zähneputzen da.«

»So ist es«, sagte Max. »Denk dran.«

Ada wußte nicht, was sie sagen sollte. Sie mußte sich an den Um-
gangston der beiden erst gewöhnen. Es klang alles ziemlich stu-
dentisch, aber doch anders als das, was sie von den Korpsstudenten
aus Leiden gewohnt war, bei denen der Ton zugleich der Inhalt der
Konversation war. Vielleicht war die Art und Weise des Umgangs
jungenhaft: die übermütige Übertreibung kleiner Jungs aus der
Volksschule. Wenn das so weiterging, schienen die beiden ein an-
strengendes Paar zu sein. Sie neckten sich, natürlich, weil sie sich
mochten. In diesem Onno vor allem hatte sich wohl einiges ange-
staut; Max war anders, leichter: wenn Onno der Felsen war, dann
war Max das Wasser. Die Art, wie er sie eingeladen hatte, war un-
widerstehlich gewesen, aber auch routiniert, mit Sicherheit hatte er
es schon hundertmal so gemacht, und obendrein sah er ein wenig
zu gepflegt aus. Oder war das Weltläufigkeit? Sie selbst kam sich
vor wie eine steife Tante. Und schon redeten die beiden wieder innig miteinander, über ihre geheimen Seiten, wobei die des einen
noch furchterregender zu sein schien als die des anderen, und sie
saß dazwischen wie bestellt und nicht abgeholt. Sie fanden sie mit
Sicherheit spießig, und damit hatten sie wohl recht, sie war ihnen
unterlegen: gleich würde sie einen Handkuß bekommen, einen
blitzenden Aphorismus zum Nachdenken, und dann auf Wiedersehen ... Plötzlich begannen ihre Augen zu brennen, sie murmelte
eine Entschuldigung und ging auf die Toilette.

Sie schloß die Tür ab und setzte sich aufs Klo. Was war nur mit
ihr los? Sie kannte diesen Charmeur gerade zehn Minuten, und
schon jetzt kamen ihr die Tränen bei der Vorstellung, ihn vielleicht
nicht mehr wiederzusehen. Sie wußte nichts von ihm, außer daß er

sich in musikalischen Dingen auskannte; sie hatte ihn noch nicht einmal fragen können, ob er vielleicht selbst in der Musikbranche tätig war. War sie etwa verliebt? Oder vielleicht nur überempfindlich, bekam sie ihre Regel? Jede Regel bedeutete: *wieder kein Kind*; aber sie hatte ihre gerade erst gehabt. Was war es dann? Er war nicht hübsch und auch nicht häßlich, aber sehr ungewöhnlich. Vielleicht lag es an seinem Blick, mit dem er sie so direkt und ohne Umschweife angesehen hatte. Er war so unvermittelt in ihr Leben getreten wie eine Sternschnuppe, ein Meteorit in die Atmosphäre – – er glühte aus, und dann durfte man sich etwas wünschen. Ihr Wunsch war, daß er nicht verglühen würde! Die Vorstellung, daß sie nachher nach Hause gehen mußte, zu ihrem Cello und ihren Eltern, und dann alles wieder so sein würde, wie es immer gewesen war, war ihr plötzlich unerträglich. Also schnell zurück, bevor die beiden verschwunden sein würden!

Nachdem sie aufgestanden war, stützte sich Max mit einer Hand auf den Sitz ihres Stuhls und sagte zu Onno:

»Ich werde dich nicht fragen, was du von ihr hältst, weil du keine Ahnung davon hast.«

Mit einem Geräusch, als müßte er sich übergeben, sah Onno auf Max' Hand auf dem warmen Sitz.

»Ich habe dich genau durchschaut, du Schwein.«

War es nur das? Oder vielleicht doch anders, als Onno oder er selbst dachten?

»Hast du dich schon einmal gefragt«, sagte er, »wie es kommt, daß man einen Stuhl, auf dem gerade jemand anders gesessen hat, als warm empfindet, aber nie den eigenen Stuhl, wenn man kurz aufgestanden ist?«

»Interessante Frage. Und woher kommt das?«

»Darüber gibt es sogar schon eine Veröffentlichung. Es kommt daher, daß jeder seine individuelle Wärme produziert. Wärme ist nicht gleich Wärme, wie man früher dachte, nicht einfach nur die Brownsche Bewegung unbeseelter Moleküle, sondern jeder gibt eine Wärme ab, die eine Funktion seiner unverwechselbaren Persönlichkeit ist. Und das ist beweisbar. Wenn wir jetzt aufstehen, und ich schaue in eine andere Richtung, und du vertauschst die Stühle oder auch nicht, dann werde ich dir trotzdem sagen können, welcher dein Stuhl war.«

»Wahnsinniger!« rief Onno. »Steh sofort auf!«

Max stand auf und wandte sich ab. Mißtrauisch beobachtet von Damen, die ihren Tee tranken, begann Onno mit den Stühlen zu rücken und irreführende Bewegungen zu machen.

»So«, sagte er nach kurzem Geschiebe mit einladender Geste, »setz dich. Welcher war mein Stuhl?«

Max deutete auf Ada, die zwischen den Tischen auf sie zukam.

»Wir müssen gehen, sonst ist keiner mehr da. Sternwarten sind nachts geschlossen. Gehst du mit?« fragte er sie.

»Wohin?«

»Das ist eine Überraschung.«

Während sie zwischen beiden über das Rapenburg spazierte, immer am Wasser der ehrwürdigen, akademischen Gracht entlang, kam sie mehr oder weniger dahinter, in wessen Gesellschaft sie sich befand, nicht zuletzt aufgrund der Rätsel und Wortspiele der beiden über Himmelstürmer und Enigmatiker. Beim Akademiegebäude bogen sie rechts ab und kamen in den Botanischen Garten, wo sie zuletzt als Kind mit ihrem Vater gewesen war. Als ob Max das gespürt hätte, nahm er ihre Hand. Es war Mai, viele Bäume und Sträucher waren schon grün, und die Nadelbäume in ihren exotischen Formen verwiesen melancholisch auf ihren tropischen Ursprung (wie Schwarze, die auch im Norden schwarz sind, jedoch ohne den tiefen Glanz der Haut, den sie in der afrikanischen Hitze haben). Die Schilder an jedem Baum und neben jeder Pflanze entlockten Onno die Bemerkung, sie befänden sich hier offenbar im Paradies, wo Adam seinen Auftrag zur Namensgebung ausgeführt habe.

»Der Mensch ist zum Gärtner wie geschaffen!« rief er mit auslandender Geste.

Am Ende des Gartens kam die Sternwarte in Sicht: ein zweistöckiges Hauptgebäude, das eine Kuppel krönte, mit zwei niedrigen Seitenflügeln – alles in hellen Farben, stilistisch etwa eine Mischung aus einem Hafenbüro aus dem neunzehnten Jahrhundert und einer Kirche aus der Renaissance. Weiter hinten befanden sich zwei weitere, kleinere Kuppeln. Aber all die Fernrohre, vermeldete Max, seien mittlerweile nur noch Relikte, die am Wochenende von astronomischen Amateurvereinen benutzt würden; Licht und Staub der Stadt machten eine zuverlässige Wahrnehmung unmöglich. Sie selbst arbeiteten nur noch mit Messungen des Radioteleskops.

Im Hauptgebäude wurde er von Kollegen gegrüßt, die im Treppenhaus Lochstreifen entwirrten; im zweiten Stock hielt sie jemand auf, während dritte am Treppengeländer des ersten Stocks und im Erdgeschoß versuchten, die braunen Spaghettifäden zu entwirren. Sie sollten im zentralen Recheninstitut eingelesen werden, wohin sie jemand mit dem Fahrrad bringen sollte.

»Kannst du das nicht gleich machen mit deinem pfeilschnellen Rennwagen, Max?«

»Natürlich.«

Auch im Hörsaal herrschte Chaos: tags zuvor war die Bibliothek durch die Decke gebrochen, und Studenten und Techniker zogen die Bücher nun aus dem Schuttberg.

»So fühle ich mich manchmal auch«, sagte Onno.

Auf dem Gang rief eine Dame durch eine offene Tür, Floris habe aus Dwingeloo angerufen: er hätte die $H166\alpha$-Rekombinationslinie auf 1424,7 MHz gemessen.

»Danke, Til.«

Max führte sie durch das Gebäude, zeigte ihnen die alten Instrumente und erzählte Ada, daß die gesamte Materie ihres Körpers in den Sternen angefertigt worden sei, woraufhin er ihre Hand nahm und sie galant küßte.

»Wenn du nur nicht glaubst«, sagte Onno, »daß das auch für meine Materie gilt, denn die wurde von meiner Frau Mama hergestellt.«

Im Rechnerzimmer wurde ihnen ein musterndes Kopfnicken von einem hochgewachsenen, aristokratischen Herrn Ende Sechzig mit kahl werdendem Schädel und scharf gezeichnetem Gesicht zugeworfen. Max schien kurz eingeschüchtert. Das sei der Direktor gewesen, erzählte er, als sie die Treppe zum ersten Stock hinaufgingen, der nicht nur bewiesen habe, daß das Milchstraßensystem rotiere, sondern auch, daß es eine spiralförmige Struktur habe.

In seinem Büro mit Blick auf den Botanischen Garten erzählte er von dem Forschungsprogramm, an dem er selbst arbeitete, über die Verteilung von neutralem Wasserstoff im zentralen Teil des Milchstraßensystems, aber Ada verstand davon kein Wort. Sie sah die ordentlich gestapelten Mappen auf den Regalen hinter seinem Schreibtisch und die Schemata und Formeln auf der grünen Tafel. Daß das derselbe Mann war, der sie gerade eingeladen hatte, war ihr ein Rätsel, und sie fragte sich, ob sie jemals so etwas wie Menschenkenntnis haben würde. Sie hörte schweigend zu.

Onno hatte sich mit hoher Stimme erkundigt, ob in diesem Gebäude, in dem offenbar alles schiefging, vielleicht auch an Gottes Schöpfung gezweifelt werde. Mit einer entschuldigenden Geste sagte Max, es stehe leider seit drei Jahren fest, daß vor fünfzehn bis zwanzig Milliarden Jahren zwar ein Weltanfang stattgefunden, dieser jedoch aus einem *Big Bang* bestanden habe: der Explosion eines mathematischen Punktes unendlicher Dichte und unendlich hoher Temperatur, der nicht nur die gesamte Energie und Materie hervorgebracht habe, sondern auch Raum und Zeit. Das Echo dieser Explosion sei 1964 wahrgenommen worden.

»Vor diesem gotteslästerlichen Big Bang, von dem du da erzählst, gab es also nichts«, sagte Onno.

»Genau. Nicht einmal die Zeit.«

»Es ist also nichts explodiert.«

»So könnte man sagen.«

»Also gab es keinen Big Bang. Gut. Das Hohngelächter über diese lächerliche Theorie wird noch Jahre durch die Astronomie hallen. Hör lieber nicht auf diesen Irren«, sagte Onno zu Ada. »Himmel und Erde sind am Freitag, dem ersten April des Jahres viertausendundvier vor Christus, von Gott erschaffen worden, und zwar um Viertel nach zehn vormittags, und danach sah er, daß es gut war. Zumindest nicht schlecht für einen Anfänger.«

Max lachte.

»Dir traue ich zu, aus rein logischen Gründen religiös zu werden.«

»Ja!« rief Onno ekstatisch. »Gott ist die Logik! Die Logik ist Gott! Ja, das glaube ich – weil es absurd ist.«

»Erinnerst du dich noch, was du mir einmal erzählt hast über den *Paut* der Götter? Die Geschichte von dem Schöpfergott, der sich in seiner Schöpfung selbst erschuf?«

»Ich werde dir nie mehr etwas erzählen, denn du wirst es immer gegen mich verwenden.«

»Gewöhne du dir erst deine Scheu vor Paradoxa ab. Soll ich dir sagen, was vielleicht auf deinem Diskos steht?«

»Jetzt bin ich aber wirklich gespannt.«

»Da steht: *Was hier steht, ist unlesbar.*«

»Sehr gut«, grinste Onno, »sehr gut. Vielleicht wurde er von Epimenides beschriftet, der behauptete, alle Kreter lögen.«

Ada schwindelte. Ihr war, als sei sie Zeugin eines intellektuellen Florettgefechts, das blitzende Leuchten der Waffen kam zu schnell, als daß sie ihnen hätte folgen können. Wie könnte sie bei diesem Tempo je mithalten? Aber vielleicht war das gar nicht nötig, vielleicht sogar gar nicht erwünscht; vielleicht sollte es ganz und gar ihre Sache bleiben.

Als Max wegen der jüngsten Messungen Floris' in Dwingeloo anrief, stellte Onno sich ans Fenster, steckte die Hände in die Hosentaschen und sagte halb zu sich selbst, halb zu Ada:

»Das ist gar kein botanischer Garten, das ist ein *hortus conclusus*, wenn du weißt, was das ist.«

»Es tut mir leid, ich war nur auf dem Konservatorium.«

»Der ›geschlossene Garten‹, in dem ein Einhorn lebt. Das ist ein schrecklich wildes Tier, das nur mit Hilfe einer Jungfrau gefangen werden kann, denn dann bettet es seinen Kopf in ihren Schoß. In der Ikonographie steht das für die unbefleckte Empfängnis.« Er drehte sich um, lächelte ihr zu und sagte: »Paß nur gut auf dich auf, Mädchen.«

Daß sie mitgehen würde nach Amsterdam, war offenbar für alle selbstverständlich, auch für sie. Als Max fragte, ob sie nicht vielleicht kurz zu Hause anrufen wolle, sagte sie:

»Aber nein.«

»Rechnen denn deine Eltern nicht zum Essen mit dir?«

»Vielleicht schon.«

Max' Auto stand auf dem Vorplatz, der Beifahrersitz wurde nach vorne geklappt, und sie konnte sehen, wie sie quer hinter den beiden Sitzen Platz fand. Der Wind hatte kräftig aufgefrischt, und nachdem sie die Trommeln mit den Lochstreifen im Recheninstitut abgeliefert hatten, fuhren sie aus der Stadt. Unterwegs erkundigte sich Onno behutsam, ob Max keine Probleme damit habe, daß er irgendwann nach Westerbork müsse, wenn die Spiegel dort fertiggestellt seien.

»Ist das in der Nähe des ehemaligen Durchgangslagers?«

»Es ist auf dem Lagergelände«, sagte Max und spürte, daß etwas in seinen Wangen sich spannte. »Da sind jetzt Molukker untergebracht.«

»Wann ist es soweit?«

»Vermutlich Ende nächsten Jahres.«

Onno nickte. Sie sahen sich kurz an und schwiegen.

Nachdem Onno in der Kerkstraat abgesetzt worden war, gingen Max und Ada in einem italienischen Restaurant, L'Arca, wo man beim Eintreten dem Besitzer die Hand gab, essen. Unter einer Decke voller Plastiktrauben und leerer Chiantiflaschen unterhielten sie sich über Onno, über ihre Eltern, über die Arbeit, und als sie den Spaghetti mit dem Messer zu Leibe rücken wollte, brachte er ihr bei, die Nudeln mit der Gabel aufzurollen, ohne den Löffel zu Hilfe zu nehmen. Danach ging sie mit ihm nach Hause.

Alles verlief mit der unerbittlichen Präzision einer Variation von Bach. Sie wußte, daß es jetzt plötzlich soweit war. Jetzt würde es geschehen, und das war es auch, was sie wollte – was sie vom ersten Augenblick an gewollt hatte. Natürlich hatte sie hin und wieder einen Freund gehabt, und auch zu Knutschereien war es gekommen, zu schwitzendem Ringen auf dem Bett, Studentenhände hatten versucht, in ihr Höschen zu schlüpfen, und Musikantenknie wollten sich zwischen ihre Schenkel zwängen, aber das Ende kam immer, wenn einer mit bebenden Fingern versuchte, dabei seine Hose aufzuknöpfen, es war jedesmal der Beginn von atemlosen Streitereien mit wirren Haaren und zerknitterten Kleidern, und manchmal setzte es zum Abschluß sogar Ohrfeigen. Nie war es wirklich *dazu* gekommen. Der Gedanke daran hatte in ihr eher ein leichtes Ekelgefühl hervorgerufen als ein Gefühl des Verlangens. Daß Männer immer darauf aus waren, lag in ihrer Natur, in ihrem ›positiven‹, nach außen gestülpten Bau begründet: ein Penis war wie der Finger eines Handschuhs, aber eine Vagina war wie ein nach innen gezogener Handschuhfinger, und daß auch manche Frauen so triebhaft waren, war ihr ein Rätsel. Es war wie der Unterschied zwischen einen Besuch abstatten und Besuch bekommen: man konnte, wenn man wollte, jeden besuchen, aber man ließ doch nicht jeden zu sich herein! Warum sollte man eigentlich überhaupt jemals jemanden zu sich hereinlassen? Ohne viele Gedanken darüber zu verschwenden, hatte sie sich fast schon damit abgefunden, nie einen Gast in sich zu empfangen – und jetzt war sie plötzlich Gast und Gastgeberin zugleich bei jemandem, den sie noch nicht einmal einen halben Tag kannte. Was war es? Sein Duft? Die samtige Struktur seiner Haut?

»Mach es dir bequem«, sagte Max, nachdem er die Vorhänge zugezogen und sich in einen grünen Sessel gesetzt hatte.

Er war raffiniert. Die meisten Männer waren dumm und setzten sich auf die Couch, so daß sich später das Problem ergab, wie sie den Damenbesuch neben sich plazieren sollten. Sie hingegen hatte nun die Wahl zwischen dem zweiten Sessel und der Couch. Wenn sie sich in den Sessel setzen würde, würden sie beide auf merkwürdige Weise auf eine seltsam leere Couch schauen, und dann hätte sie zwar gezeigt, was sie im Grunde nicht wollte, daß sie ja ach so anständig war, aber auch, wo ihre Gedanken waren. Setzte sie sich dagegen auf die Couch, könnte das bedeuten, daß sie an absolut nichts Verwerfliches dachte, aber er konnte sich dann um so leichter mit seinem Fotoalbum oder seiner Briefmarkensammlung neben sie setzen. Anders als sein Freund Onno, der vermutlich keinen Sensus für derartige Dinge besaß, registrierte er das alles natürlich ganz genau. Sie war neugierig auf seine Verführungskünste; hoffentlich machte er sich nicht lächerlich.

Mit schief gehaltenem Kopf sah sie sich kurz die umfangreiche, chronologisch geordnete Plattensammlung an und betrachtete eine Reproduktion von Magritte an der Wand: ein Mann, der in den Spiegel sah und sich selbst auf den Rücken blickte. Auf dem Flügel schlug sie ein *a* an, dann das hohe *d* und wieder das *a*.

»Ein poetisches Thema«, nickte Max. »Schade, daß es auf der Tastatur kein *m* und kein *x* gibt. Die gibt es nur in den allerhöchsten Obertönen einer Stradivari.«

»So siehst du dich selbst also«, sagte Ada und setzte sich auf die Couch.

»Onno würde sagen: ich verkehre in den ultimen, metaphysischen Regionen des vollkommen Unkennbaren.«

»Und was würdest du selbst sagen?«

»Nichts.«

Sie wurde getroffen von einer plötzlichen Veränderung in seinem Blick, der wirkte wie eine Brille, die beim Betreten eines warmen Zimmers beschlägt. Es war ihr nicht klar, was geschah, aber sie spürte, daß etwas berührt worden war, das vielleicht auch er selbst nicht ganz begriff. Sie beantwortete seinen Blick, und es entstand eine Stille im Zimmer; draußen ging der Wind, und in der Ferne erklang leise das dreitönige Signal eines Rettungswagens.

»Sollen wir uns ausziehen«, fragte er, »und uns ins Bett legen?«

Sie nickte.

»Gut.«

So einfach war das also. Nicht einmal ein Kuß war für die Einleitung nötig, und es war trotzdem nicht kalt und sachlich – ein Kuß wäre vielleicht sogar kälter und sachlicher gewesen: das Einfache war zugleich das Komplizierte. Sie erinnerte sich an ein Gedicht von Brecht, an eine Melodie von Eisler, über *das Einfache, das schwer zu machen ist*, eine Art Liebeslied an die Adresse des Kom-

munismus; jetzt ging es zwar nicht um den Kommunismus, aber
vielleicht hing ein Liebeslied in der Luft.

Max führte sie ins Badezimmer, legte einen weißen Bademantel
über den Badewannenrand und schloß die Tür hinter sich. Es gab
keine Fenster, durch das Lüftungsgitter in der Decke hörte sie den
kräftigen Wind. Auch hier herrschte die bestimmte, aber nicht
peinliche Ordnung, die ihr schon im Wohnzimmer aufgefallen war;
die Fläschchen und Tiegel waren zwar nicht nach Größe geordnet,
aber nach Art ihres Inhalts, alle Deckel waren an ihrem Platz, und
die Zahnpastatube war keine überfahrene Schlange, sondern aufge-
rollt bis zum richtigen Punkt. Sie zog sich aus und stellte sich kurz
vor den mannshohen Spiegel – und pries sich glücklich, nicht die
Szenen sehen zu müssen, die sich früher zweifellos darin abgespielt hatten. Ihr schmaler Körper mit den kleinen Brüsten und die
umgekehrte schwarze Pyramide, die sie so oft verunsichert betrachtet hatte, schienen sich jetzt gewandelt zu haben in etwas Ge-
weihtes: es war jetzt auf einmal für etwas da, für das es *auch* gemacht war. Drinnen legte Max das *Vorspiel* von *Tristan und Isolde*
auf, eine ziemlich schwermütige Wahl. Sie legte ihre rechte Hand
auf das Herz und ihre linke auf den Bauch und bekam dabei ein
Gefühl, als stünde sie in einer offenen Muschelschale.

Als sie ins Zimmer trat, wurde sie von Wagners *Grundmeere*
empfangen. Max lag im Bett; mit dem Kopf auf den verschränkten
Armen lächelte er ihr zu.

»Oder bist du antideutsch? Hörst du lieber Purcell?«

»Mich selbst kenne ich bereits.«

»Wie meinst du das?«

»Daß ich lieber dich kennenlerne.«

Als sie zögernd den Gürtel des Bademantels löste, legte er sich
die Hände über die Augen, bis sie neben ihm unter dem Laken lag.
Auf einem Ellbogen richtete er sich auf und sah sie an. Sie sah, daß
er eigentlich etwas sagen wollte, aber obwohl er nichts sagte, kam
es ihr später so vor, als hätte er es doch gesagt; dann drückte er seinen Mund auf den ihren, nahm sie fest in die Arme und schob sich
halb über sie. Sie begann zu zittern und flüsterte:

»Bitte, sei vorsichtig, tu mir nicht weh ...«

Max begriff sofort, daß es für sie das erste Mal war. Er mußte sie also entjungfern, und bei jeder anderen hätte er jetzt einen Vorwand gefunden, um sich der Sache zu entziehen. Kopfschmerzen. Morgen früh aufstehen. Jedesmal, wenn er es auf sich genommen hatte, war es ihm sauer hochgekommen: monatelang hörten die in Frauen verwandelten Mädchen nicht auf, ihn anzurufen oder zu besuchen, selbst wenn er sie eigentlich schon vergessen hatte. Wer eine Frau entjungferte, nahm in ihrem Leben einen Platz ein, der nur zu vergleichen war mit dem des Arztes, der sie zur Welt gebracht hatte, oder desjenigen, der ihr beim Sterben half. Aber jetzt, mit Ada, fiel ihm im Traum nicht ein, aufzuhören.

Wie ihr Cello hatte sie ihn zwischen den Schenkeln, und langsam, Millimeter für Millimeter, zurück und dann wieder vor, fühlte sie ihn in sich eindringen, und zugleich kam es ihr so vor, als legte er sich *um* sie, die immer weiter in ihm verschwand. Als sie spürte, daß er ihr Hymen berührte, klammerte sie sich ängstlich an ihn, es fühlte sich an wie ein Auge, wie die Blende eines Fotoapparats. Sie wollte nach ihrer Mutter rufen, aber plötzlich füllte Max sie vollständig aus. Schluchzend und lachend begann sie ihn zu küssen, und er hielt inne und bewegte sich nicht mehr. Tief in ihrem Bauch spürte sie sein Blut pulsieren, offenbar versuchte er, seiner Erregung Herr zu bleiben; als das zu scheitern drohte, verschwand er aus ihr, legte sich neben sie und nahm sie in den Arm.

»Vielleicht sollten wir es für heute dabei belassen.«

Sein väterlicher Ton verblüffte sie, aber sie war ihm dankbar. Sie sagte nichts, die Platte war zu Ende, und sie lauschte dem Heulen des Windes in den Bäumen vor dem Haus. Da lag sie nun plötzlich in Amsterdam mit einem Astronom im Bett, der ihr einen Strich durch die dummen Gedanken der letzten Jahre gemacht und einen neuen Abschnitt ihres Lebens eingeleitet hatte. Sie schmiegte sich enger an ihn und seufzte tief.

Auch er horchte dem Wind nach. Er sah das Haus: hell und warm von innen, und draußen die nasse, kalte Nacht.

»Was meinst du«, fragte er, »wenn wir jetzt aufs Dach steigen, und ich drücke aus meinen Füller einen Tropfen Tinte und lasse ihn gegen ein Blatt Papier wehen: wie groß ist dann die Wahrscheinlichkeit, daß in meiner Schrift dasteht: *Ich will nicht, daß Ada bei mir bleibt?*«

»Es ist unmöglich.«

»Die Wahrscheinlichkeit ist zwar nicht gleich Null, aber vermutlich ist das All zu klein, um die Tinte zu enthalten, ehe es geschieht.«

8
Eine Idylle

In den darauffolgenden Wochen sahen sie sich täglich in Leiden, spazierten in der Mittagspause durch den Botanischen Garten, tranken in der Kantine der Sternwarte Kaffee oder aßen abends in der Stadt chinesisch. Am Wochenende nahm er sie mit nach Amsterdam, manchmal mit dem Cello auf dem Rücksitz. Diese Samstage und Sonntage gaben ihm eine Ruhe, die neu war. Er hatte schon mehrmals längere Verhältnisse gehabt, aber sie hatten an seiner Unruhe nichts geändert; wenn die Freundinnen bei ihm waren, wollte er am liebsten weg, auf die Straße, in die Kneipe – nicht um zu trinken, das interessierte ihn nicht, oder um entspannt mit jemandem zu plaudern, sondern um nach einer anderen Ausschau zu halten. Der Gedanke, daß irgendwo in der Stadt eine Frau unterwegs war oder allein an einem Kneipentisch saß, während er zu Hause seine Zeit mit seiner Freundin vertat, war unerträglich. Manchmal erschien ihm eine solche Frau sogar in einer Art Vision: er sah genau, wie sie aussah und wo sie war, in welcher Kneipe, an welchem Tisch. Es war schon vorgekommen, daß er unter einem Vorwand aus dem Haus ging und hinrannte, und wenn sie dann nicht dort saß, kam das schlicht daher, daß er gerade zu spät gekommen war – woraufhin er sich draußen auf die Zehenspitzen stellte und die Straße hinauf und hinunter absuchte.

Auch jetzt verwandelte er sich nicht schlagartig in einen monogamen Liebhaber: von Montag bis Freitag setzte er sein zeitraubendes erotisches Leben auf die gewohnte Art und Weise fort. Aber am Wochenende, wenn Ada bei ihm war, löste er sich von dieser Zwangsvorstellung. Nicht, daß er dann entspannt vor dem Fernseher saß oder einen Krimi las oder sich um häusliche Dinge kümmerte, denn was sich entspannen bedeutete, hatte er nie verstanden und würde es auch nie verstehen. Daß er je ein Spiel spielen oder sich sportlich betätigen oder auch nur einen Spaziergang machen würde, war undenkbar. Selbst in den Urlaub nahm er ausschließlich Studienmaterial mit und ließ keine Kirche und kein Museum unbesichtigt; und wenn er in der Sonne lag, dann nicht, weil er es angenehm fand, sondern weil er braun werden mußte: es war weniger das Sonnenbaden als vielmehr die Bestrahlung seines ganzen Körpers, seiner Seitenflächen inklusive der Innenseiten der Arme und Beine, nach einem genauen Schema. Auch das war Arbeit. Wenn er nicht arbeitete oder hinter irgendwelchen Frauen her war, sah er in eine bedrohliche Leere, die mehr war als nur Langeweile. Aber wenn er hinter den Frauen her war, wollte er eigentlich arbeiten, und wenn er arbeitete, wollte er lieber Frauen aufreißen, mit dem Ergebnis, daß er nie zur Ruhe kam. Wenn jemand darüber eine Bemerkung machte, sagte er: »Die ewige Ruhe kommt schon noch – darauf brauche ich keinen Vorschuß.« Aber jetzt, mit Ada, lebte er auf entspannte, fast spießige Weise, er wollte nichts mehr und machte sich darüber manchmal Gedanken. War er dabei, in Richtung Ehe zu degenerieren? Auf sein Drängen hin nahm Ada jetzt die Pille.

Seine Gespräche mit Onno gehörten zu seiner Leidenschaft, aber mit Ada lag die Sache anders. Er war nicht verliebt. Verliebt war er sozusagen in alle Frauen, außer nun gerade in Ada. Wenn er eine Frau ansah, so war es ihm fast immer, als könne er mit seinen blauen Augen auf den Grund ihrer Seele schauen; und vielleicht war das tatsächlich so, vielleicht spürten die Frauen das, und vielleicht lag hier der Schlüssel zu seinen Erfolgen, derentwegen er in den Kneipen beneidet und gehaßt wurde. Wenn er jedoch Ada ansah, schien dies seinen Abstand zu ihr eher zu vergrößern. Er begriff nichts von ihr, für ihn hatte sie den undurchdringlichen Blick eines Wesens aus einer anderen Welt, und genau das war es, was ihn an sie band. Er empfand ihre Anwesenheit in seinem Haus nicht als die eines Hundes, der keine Geheimnisse vor dem Menschen hat, sondern als die einer Katze, die per se ein Geheimnis ist, und eben deshalb fühlte er sich frei und unbedroht. Und wie ein Hund zu einem Menschen gehört, die Katze aber zu einem Haus, so fügte sich Ada in die Ordnung seines Appartements ein und wurde ein Teil von ihr. Hunde werfen Tische um, graben Kissen aus den Sesseln und tragen mit erhobenem Kopf alles mögliche aus dem Wohnzimmer; Katzen berühren nicht einmal das, was sie berühren, es sei denn, sie schlagen die Krallen in den Teppich. Wenn Ada ein Buch auf den Tisch legte, lag es so, als ob er es hingelegt hätte: mit dem Titel nach oben, nicht auf einem anderen Buch, das kleiner war, und nicht schief, sondern im goldenen Schnitt zwischen Aschenbecher und Tischrand, und parallel zu diesem Rand. Nie würde sie eine Zeitung nicht zusammenlegen. Wenn er von seinem Schreibtisch aufblickte und sie auf der Couch sitzen sah, wie sie Gedichte von Rilke las, saß sie genau so, wie sie sitzen sollte. Das hatte er noch nie erlebt, daß jemand, zwanglos und ohne daß es in eine verkniffene Ordentlichkeit ausartete, dasselbe natürliche Empfinden für Proportionen hatte.

Sie redeten wenig, und auch das gefiel ihm. *Musicienne du silence*. Reden konnte man mit jedem, fand er, zusammen zu schweigen, ohne daß es peinlich wurde, war wesentlich seltener. Nur wenn Onno da war, wurde ununterbrochen geredet. Wenn er etwas an seinem Schreibtisch zu tun hatte, führte Onno in einem leicht väterlichen Ton lange Gespräche mit Ada, das war die einzige Möglichkeit, wie er seine Sympathie ausdrücken konnte – oder vielleicht war es eher der Ton eines Schwiegervaters. Ada fiel jedesmal auf, daß auch Max viel mehr mit ihr redete, wenn Onno da war: es schien, als würde sie in Onnos Beisein jemand anderer für ihn. Ohne Onno hätte er ihr zum Beispiel nie so geduldig erklärt, daß in der modernen Physik das Wahrgenommene nicht mehr losgelöst vom Wahrnehmenden betrachtet werden könne, da der Wahrnehmende das Wahrgenommene verändere, indem er es wahrnehme. Max wußte, daß sie diese Dinge nicht im geringsten interessierten, aber er tat es trotzdem: wohl für Onno – und sie hatte ihn deshalb lieber, wenn er ohne ihn war.

Auch sie selbst war nicht gerade gesprächig. Stundenlang konnte sie am offenen Fenster sitzen und in den Vondelpark schauen, in dem Kinder und Hunde ausgeführt wurden, Hippies in fernöstlichen Gewändern singend und blumengeschmückt vorbeitanzten und immer derselbe Junge auf dem Rasen das Jonglieren übte, dabei aber offenbar nur die Kunst des Bückens lernte. Auf der anderen Seite, hinter Sträuchern und Bäumen vom Park aus nahezu unsichtbar, befand sich ein niedriges Gebäude, mehrmals am Tag fuhren Leichenwagen vor, und bedrückt wirkende Menschen gingen ein und aus. Aus irgendeinem Grund fand sie, daß diese Aussicht zu Max paßte: auch in ihm spürte sie eine ähnlich schrille Kombination von Leben und Tod. Er hatte eigentlich immer gute Laune, aber es schien ihr, als fiele das nur so auf, weil er sich von einem dunklen Hintergrund abhob.

Erst als Max sie einmal danach fragte, erzählte sie ihm etwas über ihre Eltern, wie sie sich während des Bombardements auf Leiden kennengelernt und später ihr Antiquariat aufgebaut hatten. Sie habe, sagte sie, nie das Gefühl gehabt, das Kind dieser beiden Menschen zu sein, die so völlig anders seien als sie, sondern eher ein Ziehkind, ein Findelkind, das eigentlich nichts mit ihnen zu tun habe. Nicht, daß sie romantische Gedanken in dieser Richtung hege, sie brauche nur in den Spiegel zu schauen und sähe sofort ihre Mutter.

»Das Umgekehrte wird manchmal auch vorkommen«, sagte Max, »daß jemand denkt, seine Eltern sind seine Eltern, und es stimmt gar nicht.«

Nach diesem einen Mal ganz am Anfang war er ihren Eltern nicht mehr begegnet. Auch er fand, daß er nichts mit ihnen zu tun

hatte, und Ada bat ihn nicht darum, obwohl ihre Eltern einige
Male hatten durchblicken lassen, daß sie den Freund ihrer Tochter
gerne einmal treffen würden. Er wußte, daß sie ihm dankbar war,
daß er sie zumindest zwei Tage in der Woche aus dem Haus holte.
Und was seine eigenen Eltern betraf: wenn Ada ihn danach gefragt
hätte, hätte er ihr seine Geschichte erzählt, da dies aber nicht geschah, rührte er nicht daran.

Häusliches Glück lag in der Luft! Es gehörte, wenn er allein war,
zu seinen Gewohnheiten, in den Zimmern auf und ab zu gehen,
um nachzudenken; Ada war die erste, deren Gegenwart ihn nicht
davon abhielt. Dieses Aufundabgehen war nicht einfach ein Aufundabgehen, ebensowenig wie es das bei eingesperrten Eisbären
oder Löwen ist, sondern wurde von einem genauen geometrischen
Muster bestimmt, das ihm selbst vage bewußt war und von dem er
keinen Fußbreit abwich. Es wurde von unsichtbaren Linien gebildet, die von seinen Möbeln ausgingen: von Verlängerungen der
Seiten, von Diagonalen und Mittelsenkrechten. Seine Stühle, Tische und Schränke waren in Kombination mit den Winkelhalbierenden der Zimmerecken Brennpunkte eines komplizierten Netz-
werks, ein imaginärer Garten im Lenôtre-Stil, der ihm die Gelegenheit bot, den Fuß auf viele Stellen zu setzen, aber nicht auf alle.
Und während er, die Hände auf dem Rücken, auf und ab ging, ertappte er sich manchmal bei Gedanken an die Zukunft. Wenn in einigen Jahren die Anlage in Westerbork fertig sein würde, würde er
vermutlich noch öfter nach Drenthe fahren müssen als jetzt. Diese
trostlosen Abende dort, meilenweit im Umkreis nichts los. Billard
spielende Bauerntölpel, komische Frauen, die er kaum verstand
und mit denen nichts anzufangen war, weil man mit der Mistgabel
ermordet wurde. Wäre es dann nicht schön, wenn Ada ab und zu
mitkäme? Sie könnten beim örtlichen Notar ein *pied à terre* mieten und nach ihrem Geschmack einrichten. Ada würde natürlich
auch ihre Arbeit haben, aber mit dem Auto war man in einer
Stunde, anderthalb vielleicht, in Amsterdam...

Seit Bruno klar war, daß Ada einen Freund hatte, war er bei den
Proben plötzlich regelmäßig verhindert; sie übte deshalb ein neues

Stück von Xenakis für Solo-Cello ein: *Nomos alpha*. Max störte
das nicht bei seiner Arbeit – im Gegenteil: Daß auch sie etwas tat,
enthob ihn der Pflicht, hin und wieder etwas zu sagen. Manchmal
musizierten sie auch gemeinsam. Während des Krieges hatte ihm
seine Mutter ab und zu Klavierstunden gegeben, später hatten ihn
seine Pflegeeltern auf eine Musikschule geschickt, aber viel machte
das nicht her; den Flügel hatte er aus einer Laune heraus auf einer
Versteigerung gekauft, vielleicht nur, um zu sehen, wie er in sein
Haus getragen wurde. Womit wieder etwas geradegerückt worden
war. Die wenigen Male, da er mit Ada spielte, geschahen zwei völlig unterschiedliche Dinge: Sie hatte das Konservatorium in Den
Haag besucht und war Fachfrau, die wußte, daß es beim Musizieren nicht um das Ausdrücken von Emotionen ging, sondern um
das Erzeugen von solchen: das konnte nur gelingen, wenn es
professionell geschah, das heißt, unbewegt wie ein Chirurg; wie
theatralisch die Mienen der Dirigenten und Solisten auch immer
waren, wenn sie wußten, daß man ihnen zusah: zu Hause oder
während der Proben machten sie diese Faxen nie. Max hingegen
war in einem solchen Maße kein Musiker, daß es ihm nahezu unmöglich war zu musizieren, und zwar nicht, weil es ihn nicht
berührte, sondern weil es ihn zu sehr berührte. Er besaß eine umfangreiche Plattensammlung, vier Meter Platten von Machaut und
Dufay bis Boulez und Riley, aber für sich selbst legte er eigentlich
nie eine auf. Wenn er auf seinem Flügel eine Taste anschlug und danach die Oktavtaste, ergriff ihn das schon heftig und eröffnete
einen Abgrund in ihm, vor dem er Höhenangst bekam. Wenn der
Klavierstimmer da war, tat er, als läse er die Zeitung; tatsächlich
aber wurde er von Emotionen zerrissen, und das fast noch mehr,
als wenn ein großer Solist spielte, denn jetzt war es die Harmonie
selbst, die erklang, in Reinkultur, ohne Zutun eines Komponisten
– zu Hause schmeckte der Teig immer besser als der Kuchen, aber
er durfte davon nicht naschen, auch wenn er tausendmal versicherte, daß er keinen Kuchen wollte. Milch, Eier, Butter, Mehl und
Zucker – im Ofen wurde dieses göttliche Gemisch zwar in ein
Kunstwerk verwandelt, aber zugleich auch verpfuscht. Dutzende

Male wiederholte er mit Ada die ersten vier Takte von Schuberts vierhändiger *Fantasie in F* am Klavier: und was geschah? Es wurde ein Nest eingerichtet, es erklangen einige wenige Töne – und zugleich war die absolute Schönheit erreicht, das Allerhöchste, das Allerkomplizierteste und das Allerunbegreiflichste in Gestalt des Allereinfachsten. Auch nach dem hundertsten Mal hatte es nichts an Glanz eingebüßt und nichts von seinem Geheimnis preisgegeben.

»Was ist es?« rief Max verzweifelt aus. »Was ist es, in Gottes Namen? Plötzlich erinnert es mich an etwas. Ja, ich hab's: an Mendelssohns *Hebriden*.« Er stand auf, zog eine Platte heraus und legte sie auf den Plattenteller. »Hier, hör dir das an, irgendwo in der Nähe von Takt hundertundfünfzehn.« Er hob den Zeigefinger. »Hörst du? Das ist doch fast dasselbe, genauso eingebettet.«

Ada küßte ihn auf die Wange.

»Du hast ein gnadenloses Melodien-Gedächtnis«, sagte sie.

Er legte einen Arm um ihre Schultern.

»Mit dir kann ich wenigstens darüber sprechen, obwohl du auch keine blasse Ahnung hast, aber das hat niemand. Weißt du, was Onno einmal sagte, als ich über Musik zu reden anfing? Er schüttelte den großen Kopf und sagte: ›Musik ist für Mädchen.‹ Nun, dieses Mädchen ist jetzt also da. Das hat er richtig gespürt.«

»Warum soll Musik nur etwas für Mädchen sein?«

»Du darfst das nicht so wörtlich nehmen. Als ich mir einmal ein Eis kaufte, sagte er: ›Eis ist für Pastoren‹. Musik gibt es nicht für ihn, er hält sie für Klang ohne Bedeutung. Für ihn haben nur Worte Bedeutung. Was er gegen die Musik hat, ist wahrscheinlich, daß sie für viele Menschen ein Fluchtweg ist, eine Art Zauberformel zum Entkommen, nach dem Motto: die Musik, die gibt es *auch* noch. Vielleicht hält er Musik für einen feigen Trost. Er hat mir übrigens einmal erzählt, daß das griechische *mousikè technè* – die ›Kunst der Muse‹ – im Mittelalter vom altägyptischen Wort *moys* abgeleitet wurde, das ›Wasser‹ bedeutet. Damit wurde Moses zum Erfinder der Musik, denn sein Name bedeutet nach derselben falschen Etymologie ›aus dem Wasser errettet‹. Du weißt schon, der Schilfkorb, in dem er als Säugling im Nil gefunden wurde. Derselbe Moses, der Wasser aus dem Fels schlug und Gott in der Genesis Himmel und Erde erschaffen ließ mit dem Wort, demzufolge sein Geist über den Wassern schwebte. Es stimmt immer alles. Du übst also die mosaische Kunst aus.«

»Mit Sicherheit. Zeig mir mal deine Daumen.«

Er legte seine Hände in die ihren: sie waren wohlgeformt, wie auch der Rest seines Körpers, nicht zu breit und nicht zu schlank, nur seine Daumen waren beide kurz und spatelförmig.

»Daraus sauge ich mir das alles«, sagte er.

»Von wem hast du das?«

»Keine Ahnung. Vielleicht von meinem Vater. Vielleicht auch von mir selbst. Dadurch kann ich gerade eine Oktave anschlagen, aber weiter komme ich nicht. Wie heißt noch mal dieser Pianist, der sich die Hände operieren ließ, um größere Akkorde fassen zu können, und danach nicht mehr spielen konnte?«

»Keine Ahnung«, sagte Ada und legte seine Hände in seinen Schoß. »Und warum ist Eis für Pastoren?«

»Weil sie sich selbst was Gutes tun müssen natürlich, weil es sonst niemand tut.«

Ada sah ihn weiterhin an und nickte.

»Du liebst ihn, nicht?«

»Natürlich liebe ich ihn.«

Max' Augen wurden plötzlich feucht. Erstaunt sah Ada es geschehen. Sie wußte nicht, was sie davon halten sollte, aber plötzlich hatte sie das Gefühl, die Mutter der beiden zu sein.

»Sagt ihr euch alles?«

»Alles.« Glücklicherweise fragte sie nicht, ob er ihn mehr liebe als sie. »Wir erzählen uns sogar, was wir nie jemandem erzählen würden. Das ist wahre Freundschaft.«

9
Die Dämonen

Als die Sonne ihren höchsten Stand im Wendekreis des Krebses erreichte, am Anfang des Sommers also, wurde in Amsterdam zum Abschluß der unruhigen Saison und in froher Erwartung noch unruhigerer Zeiten eine politisch-musikalische Kundgebung veranstaltet. Seit dem Aufstand im letzten Jahr war Amsterdam, um es mit Onnos Worten zu sagen, besetzt von niederländischen Truppen; uniformierte Bauernsöhne christlicher Herkunft beherrschten vorübergehend die Stadt, und jetzt war die Befreiung fällig, auf die die unwiderrufliche Unterwerfung der Niederlande von seiten Amsterdams folgen würde. Unter den Organisatoren des Festes war offenbar jemand, der einmal ein Konzert von Ada und Bruno gehört hatte, denn auch sie wurden eingeladen. Es würde ihr erster Auftritt in Amsterdam sein, und obwohl es kein richtiges Konzert war, schien es immerhin eine große Ehre. Ada sträubte sich dagegen, vor einem Publikum zu spielen, das mit ihrer Art von Musik erwartungsgemäß wenig anfangen konnte, aber sie mußte den Sprung irgendwann wagen und brachte Bruno so weit, das gemeinsame Musizieren wiederaufzunehmen. Jeder würde dasein, versicherte ihr Max. Die Politik sei das neue Volksamüsement, wie es seit dem Krieg nicht mehr dagewesen sei und so bald wohl auch nicht wiederkommen werde; er schätzte den Zeitraum auf 22 Jahre: 1945, 1967, 1989... Vor dem Auftritt wollte Ada mit anderen Musikern noch etwas essen gehen, Max würde sie nachher im Künstlerfoyer treffen, und sie würde dann bei ihm übernachten.

Auch Onno kam mit. Seit er mit dem Diskos von Phaistos in eine Sackgasse geraten war, war sein Interesse an der Politik allmählich gewachsen; schließlich beschäftigte sich auch Chomsky mittlerweile mehr mit der Politik als mit der Sprachwissenschaft, er befand sich also in bester Gesellschaft. Seine instinktive Sympathie lag bei den anarchistischen Provokateuren und Revolutionären, und Max ging es genauso, aber er wußte von Haus aus, daß sie mit ihren rabiaten Auffassungen nicht den Hauch einer Chance hatten. Die Niederlande haßten die Radikalität; radikale Theorien aus dem Sumpfdelta der Rheinmündung waren unschädlich gemacht worden, die Praxis bestand in der Theologie, aus Handeln und Feilschen – Max, mit seinem gefährlichen, auswärtigen Charakter, brauchte sich darüber keinerlei Illusionen zu machen: Erasmus hatte hier das Sagen, es gab in den Niederlanden nur einen Weg, und das war der Mittelweg. Und in der Politik ging es um die Macht, und um nichts anderes. Was blieb dann noch übrig? Die Sozialdemokraten waren mittlerweile ebenso erstarrt wie die christlichen Parteien. Eine Splitterpartei wie die Kommunisten oder die Sozialpazifisten vielleicht? Aber das war ja wohl, Verzeihung, ein ganz anderer Menschenschlag. Zwar war eine linksliberale Partei gegründet worden, die vor einigen Monaten bei den Wahlen großen Erfolg und nun sieben Sitze im Parlament hatte, aber obwohl sie von einem Onno sehr ähnlichen Menschen geführt wurde, auch aus derselben Generation, kam ihm dieser Klub zu unhistorisch vor; zudem verdächtigte er die Partei, sich für kosmetische staatliche Reformen nur deshalb einzusetzen, um sozialökonomische zu verhindern.

»Du wirst doch nicht *tatsächlich* in die Politik gehen, Onno?« fragte Max, während sie auf dem Weg zur Kundgebung waren.

Unsicher sah Onno ihn an.

»Vielleicht ist das mein Schicksal?«

»Dein Schicksal? Das hast du doch selbst in der Hand!«

»Meinst du? Du bist auf jeden Fall vollkommen ungeeignet für die Politik, denn dazu muß man aus einer großen Familie kommen. Dieses Fach lernt man nur im Streit auf Leben und Tod, mit vielen Geschwistern. Wer diese Schule aus Intrige, Betrug und Einschüchterung nicht durchlaufen hat, aus dem wird nie etwas. Ich bin also ausgezeichnet qualifiziert, aber du bist Einzelkind, du hast dir die Gunst deiner Eltern nie erkämpfen müssen.«

»Aber nur um Haaresbreite. Ich hatte einen älteren Bruder, aber der ist den Krippentod gestorben.«

»Das sieht dir ähnlich. Du duldest keinen neben dir. Aber wie

die Dinge für dich liegen, eignest du dich nur noch zum König. Wer
weiß, wenn das so weitergeht, wird die Stelle bald frei.«

»Dann werde ich dich augenblicklich zum Gestalter meines ersten und einzigen Kabinetts ernennen, denn dann schaffe ich die
Demokratie ab und rufe die absolute Monarchie aus.«

Onno krümmte den Rücken und faltete flehend die Hände.

»*Eure kaiserliche und königliche apostolische Majestät*, würden
Sie vielleicht nicht doch –«

»Das ist mein letztes Wort, die Audienz ist beendet, dort ist die
Tür. Oder besser: dort ist das Fenster.«

»Sire, soll ich wirklich ...«

»Spring!«

»Verdammt«, sagte Onno und richtete sich auf, »ich weiß nicht,
ob du es weißt, aber das ist die böhmische *Defenestration*, die in
deinem verseuchten Gehirn hochwallt. Im Hradschin in Prag wurden mißliebige Politiker immer schon aus dem Fenster geworfen.«
Kopfschüttelnd sah er plötzlich auf Max' eleganten Sommeranzug
mit Stecktuch. »Für eine subversive Zusammenrottung bist du
denkbar schlecht gekleidet.«

»Robespierre ging auch nach der Mode des Ancien régime.«

»Ja, bis sein Kopf vom Spitzenkragen geschlagen wurde.«

»Und du hast deinen Pullover verkehrt herum an. Du siehst
lächerlich aus mit diesem Etikett im Nacken.«

»Du würdest so was wahrscheinlich mit Absicht tun.«

In den Seitenstraßen standen dunkelblaue Polizeibusse mit bewaffneten Provinzlern, die wie geduldige Katzen neben dem Mauseloch warteten. An der Drehtür herrschte großes Gedränge. Der
Theatersaal, ein provisorisch umgebauter Versteigerungssaal, war
mit roten Fahnen und Postern von Marx, Lenin, Bakunin, Mao,
Ho Tschi Minh und natürlich von *El Che* drapiert, dem Held der
Helden, der seinen kubanischen Ministerposten aufgegeben hatte
und jetzt im Urwald wahrscheinlich von Bolivien am Guerilla-
krieg zur Befreiung des lateinamerikanischen Kontinents teilnahm. Es herrschte eine vergnügliche Betriebsamkeit, nach der jeder mittlerweile süchtig war. Zwischen den gußeisernen Säulen der

überdachten Galerie ringsum gab es Stände, an denen die Revolution in allen Geschmacksrichtungen und Ausführungen angepriesen wurde: moskautreue Kommunisten, abgespaltene Kommunisten, Trotzkisten, Anarchisten, Maoisten, die Sozialistische Jugend, die Rote Jugend, die Studentengewerkschaft, das medizinische Komitee Niederlande – Vietnam, Provo, Die Vereinigung Niederlande – UdSSR, Niederlande – DDR, Niederlande – Polen, Niederlande – Rumänien... Niederlande – Weltall! Der schickste Stand auf dem Jahrmarkt des Umschwungs war zweifellos der des Komitees der Solidarität mit Kuba, denn dort verfügte man über Ernesto Che Guevara selbst, dessen Porträt in der Stadt sogar die Schaufenster der besseren Herrenausstatter zierte. Mit einer Mischung aus Spott und Respekt sah man den bekannten Schriftsteller, den illustren Schachgroßmeister und einen führenden Komponisten auf einfachen Küchenstühlen sitzen, die in ein Gespräch mit zwei dunkelhäutigen Männern verwickelt waren, beide zwar ohne Bart und Zigarre, aber zweifellos Kubaner. Zudem waren überall Typen mit besonders vertrauenerweckender, aufwiegelnder, extrem linker Lektüre unter dem Arm zu sehen, die das Ganze beobachteten, deren Frisur und Gesichtszüge allerdings eine andere Sprache sprachen: Fahnder, Nationaler Sicherheitsdienst, Spione der Reaktion. Selbst die Gänge waren bald mit halb übereinanderliegendem Publikum gefüllt, und allmählich verbreitete sich die metaphysische Süße von Hanfdüften.

Der Abend wurde von einem beliebten Studentenführer eröffnet, Bart Bork, einem Soziologen, der den amerikanischen Imperialismus verurteilte und zur Aktion drängte. Während er sprach, zog er seine unteren Augenlider auf merkwürdig lauernde Weise zu den Pupillen hoch, was einen ziemlich bedrohlichen Eindruck machte, aber diese Drohung galt ausschließlich den Feinden des Volkes. Er redete zu lang, wie fast jeder, aber er wurde von reichlichem Applaus belohnt, danach spielte ein Ensemble Musik von Charles Ives und riß den Saal mit militanten Melodien von Hanns Eisler zu Begeisterungsstürmen hin, der hier, nach einem Dornröschenschlaf von vierzig Jahren, vom Zeitgeist wachgeküßt wurde.

Danach erschien ein Gast aus Berlin am Rednerpult, Rudi Dutschke höchstpersönlich, und von ihm wurde ein anderer Ton angeschlagen. Er war etwa siebenundzwanzig Jahre alt, klein, zierlich, und schlug mit dem glühendem Blick seiner Augen den gesamten Saal in seinen Bann. Neben ihm, vor einem gesonderten Mikrofon, postierte sich eine gesetzte Dame mittleren Alters, die seine Mutter hätte sein können und ihn nicht aus den Augen ließ. Mit rauher Stimme begann er zu sprechen, Stakkato, ins Blaue, nach einigen Sätzen jeweils ungeduldig auf die Übersetzung wartend: es war klar, daß das Abbremsen seiner Gedanken ihn mehr Anstrengung kostete als ihre Entwicklung. Mit einer theoretischen Raserei, die den praktischen Holländern fremd war, legte er, Marcuse, Rosa Luxemburg und Plechanov zitierend, dar, daß die radikale soziale Veränderung subjektiv von den Massen nicht gewollt, objektiv gesehen aber immer notwendiger werde. Die spätkapitalistische Arbeiterklasse, noch immer ausgebeutet bis hin zum Verlust ihrer Identität, füge sich bewußtlos dem relativen Wohlstand und den formal demokratischen Strukturen, die ausschließlich dazu dienten, die Gewalttätigkeit des Imperialismus zu verschleiern. Wie sollte in dieser Situation die außerparlamentarische Opposition von Studenten und Intellektuellen in den Metropolen – die ja doch nicht am Produktionsprozeß teilnahm – ihre Isolation durchbrechen und sich die notwendige Massenbasis schaffen? Er fragte es mit einer eleganten Geste seiner schmalen, feingliedrigen Hand; und die Dolmetscherin imitierte auch das mit ihren beringten Fingern. Sie befinde sich ausschließlich in der Dritten Welt, nur dort gebe es ein neues Proletariat, das nicht korrumpiert sei von falschem Bewußtsein – und nur aus der Solidarität mit den Befreiungsbewegungen in Asien, Afrika und Lateinamerika, mit dem Völkermord in Vietnam als Katalysator, könne als radikale Negation des Weltkapitalismus eine Praxis entstehen und zugleich Anstoß für eine neue Anthropologie sein. Auf diese Weise könne dann auch die Pervertierung der Revolution in der Sowjetunion und ihrer Satelliten verhindert werden, wo die Diktatur des Proletariats zuerst zu einer Diktatur der bolschewistischen

Partei, dann zu der des bürokratischen Staatsapparates und schließlich zu der eines einzigen Mannes entartet sei, Stalins, und zwar mit aller dazugehörigen Unterdrückung, Brutalität, Folter und Grausamkeit; es sei dies eine Demonstration des Unterschieds zwischen despotischem und demokratischem Kommunismus, auf die Marx in seinen *Ökonomisch-philosophischen Manuscripten* bereits hingewiesen habe.

Es war für die Dolmetscherin zu schnell gegangen, sie stammelte nur noch etwas von »Pervertierung« und »Stalin«, aber man hatte Dutschke auch so verstanden. Er erhielt kräftigen Applaus, für den er sich nicht einmal mit einem Kopfnicken bedankte, stieg vom Podium, um sich zu seinen Genossen in der ersten Reihe zu setzen – und plötzlich gab es einen Zwischenfall. Es ging so schnell, daß weder Max noch Onno die Szene hatten verfolgen können. Plötzlich war der deutsche Ideologe unsichtbar, zu Boden geworfen von einem schreienden und um sich schlagenden Mann; andere eilten hinzu, der ganze Saal erhob sich. Im Tumult rief jemand, daß er den Kerl kenne, es sei ein berüchtigter Faschist aus Amsterdam-West, den er gestern noch in der Nähe der belgischen Grenze gesehen habe, einem anderen zufolge handelte es sich jedoch um einen Parteikommunisten aus Ost-Groningen.

»Wenn man zwei so verschiedene Feinde haben kann«, sagte Onno lakonisch, »dann muß man einfach recht haben.«

Max' Gedanken waren bei Ada, die als nächste auftreten sollte. Er überlegte, nach hinten zu gehen, um vorzuschlagen, daß das Duo mit dem Orchester, das den Abend beschließen sollte, tauschte, aber die Bühnenarbeiter schoben bereits einen Flügel auf die Bühne und stellten einen Stuhl und einen Notenständer daneben. Während der noch immer lauthals schimpfende Angreifer mit schmerzhaft verrenkten Armen zu einer Seitentür transportiert wurde, erschienen Bruno und Ada, sie mit ihrem Cello. Dieser Anblick hatte sofort eine beruhigende Wirkung, und alle nahmen Platz. Der Gastredner schien glücklicherweise nur geringfügige Verletzungen davongetragen zu haben, denn er blieb im Saal. Ada, jetzt in Jeans und in einem weißen Hemd aus Max' Kleiderschrank, nahm das Cello zwischen die Beine und ordnete die Partitur, legte den Bogen an die Saiten, sah Bruno an, hob den Kopf für den Einsatz...

Janáček. Sofort, bei den ersten Tönen, war es Max, als ob sich ein Riß auftat in all dem Politischen und Vergänglichen hier, ein Spalt, durch den etwas Ewiges sichtbar wurde – als drehe er sich in Platons Grotte um. Onno hatte recht mit seiner Auffassung von der Musik, sie war nicht von dieser Welt; und er dachte daran, woran der deutsche Aktivist jetzt wohl denken mochte, nachdem er gerade getreten und geschlagen worden war. Vielleicht an Lenins Worte: Auch ich würde gerne gerührt von der Appassionata, aber es ist keine Zeit, um von der Appassionata gerührt zu werden, es ist Zeit, um Köpfe abzuschlagen. Die Musik – vielleicht nicht die Eislers, wohl aber die Schuberts oder Janáčeks – war offenbar die Stimme der schwärzesten Reaktion, Erzfeind der progressiven Menschheit, Volksfeind Nummer eins. Der Saal, soeben noch ganz in Aufruhr, lauschte wie ein geübtes Konzertpublikum. Viele hörten diese Musik wohl zum ersten Mal in ihrem Leben: während sie zu Hause im Radio sofort abgedreht und durch etwas Leichteres ersetzt wurde, empfing sie hier ihren künstlerischen Ritterschlag.

Stolz sah Max, wie Ada sich verbeugte und mit Bruno noch einmal auf die Bühne zurückgerufen wurde.

»Sei du nur sehr umsichtig mit diesem Mädchen«, sagte Onno. »Du hast das eigentlich gar nicht verdient.«

Etwas daran stimmte, fand Max. Schon den ganzen Abend schweiften seine Augen ab zu einem Hinterkopf in der dritten Reihe mit wilden roten Locken; die Frau, der er gehörte, schien das zu spüren, denn ab und zu sah sie zur Seite, nicht direkt zu ihm, aber dennoch so, daß er sich am Rande ihres Gesichtsfeldes befinden mußte, denn er bemerkte, daß sie etwas sah, wohin sie aber nicht schaute: ihn nämlich. Daran war nichts zu ändern. Es mußte geschehen, ob er nun wollte oder nicht.

Flügel und Notenständer waren verschwunden, und hinter dem langen Tisch nahm das Forum Platz. Es bestand aus der linken Elite des Kuba-Komitees, dem Schriftsteller, dem Schachmeister und dem Komponisten, ergänzt von einer vornehm dreinschauen-

den alten Dame, die während des spanischen Bürgerkriegs Kran-
kenschwester bei den Roten gewesen war und die niederländische
Staatsbürgerschaft noch immer nicht zurückbekommen hatte.
Vorsitzender war ein allgemein geachteter Journalist und Publi-
zist, auch nicht mehr ganz jung, früher Anarchist, jetzt wieder
Anarchist. Jeder gab eine kurze Erklärung ab, worauf sich eine
Diskussion über all das entspann, was der rabiate Deutsche eigentlich bereits erschöpfend behandelt hatte. Die alte Dame lenkte die
Aufmerksamkeit auf die Tatsache, daß das höchste Interesse der
pharmazeutischen Industrie in einer kapitalistischen Wirtschaft
natürlich darin bestehe, die Patienten *nicht* genesen zu lassen, und
es sei klar, welche Konsequenzen dies für die Qualität der Arznei-
mittel und somit für die Volksgesundheit habe, woraufhin der
serielle Komponist die Hände über den Kopf hob und die chinesische Heilkunst lobte, die unter der beseelten Leitung des Vorsit-
zenden Mao sogar bei schweren Operationen auf eine Narkose
verzichten könne.

Onno konnte sich plötzlich nicht mehr zurückhalten und rief:

»Hysteriker! Du bist in zehn Jahren genauso rechts wie ein amerikanischer General!«

»Dem möchte ich widersprechen«, lachte der Komponist, woraufhin Onno sich hinstellte und würdig erklärte:

»Ich wünsche nicht, daß man mir widerspricht, ich wünsche,
daß man mich niederschlägt.«

Jetzt kam allmählich Stimmung auf. Auch der Schriftsteller
mußte eine Unterbrechung verarbeiten: Als er nicht allzu überzeugt seiner Sorge Ausdruck verlieh, daß die Arbeiter die Intellektuellen im Stich ließen, rief jemand:

»Zieh Leine, Mann! Geh doch Zuckerrohr auf Kuba schlagen.«

»Ich *habe* auf Kuba Zuckerrohr geschlagen.«

»Ja, eine Zweihundertfünfzigstelsekunde – für den Fotografen.«

Mit einem überlegenen Lächeln lehnte der Schriftsteller sich zurück und schwieg.

»So ein Unsympath«, sagte Max.

Onno nickte.

»Du hast eine gewisse Ähnlichkeit mit ihm.«

Dann stand im Saal jemand auf und sagte mit dröhnender Stimme:

»Ich bin ein Arbeiter!«

Alle Köpfe drehten sich zu ihm. Tatsächlich. Da stand er. Kein Zweifel: ein Arbeiter. Schwerindustrie vermutlich. Hochöfen. Auf dem Kopf eine Baskenmütze mit einem Stielchen, sein zerfurchtes Gesicht von der Ausbeutung verwüstet, die Hände leicht geöffnet in Höhe der Hüften, bereit, jede Arbeit zu erledigen. Hier und da wurde applaudiert; die alte Dame beugte sich über ihr Mikrofon und lud ihn ein, am Tisch Platz zu nehmen. Der Vorsitzende versuchte es noch zu verhindern, aber der Arbeiter war bereits unterwegs, mit nach vorn gestrecktem Kinn strahlte er eine tiefe Verachtung aus für jeden, der kein Arbeiter war.

»Das ist ein Verrückter«, sagte Onno. »Das sieht man sofort. Der hat sein Leben lang noch keinen Finger krumm gemacht.«

Jeder mit Erfahrung wußte, daß der Abend jetzt in einem Desaster enden würde. Der Arbeiter würdigte die Forumsmitglieder keines Blickes; er zog das Mikrofon der alten Dame zu sich heran und begann mit starrem Blick darzulegen, daß die Jesuiten unter den Straßen und Plätzen Amsterdams ein unterirdisches Netzwerk von Gängen angelegt hätten, um von da aus eines Tages erbarmungslos zuzuschlagen. Unzählige Briefe habe er geschrieben, an den Gemeinderat, an die Regierung, an die Königin, an die Vereinten Nationen, aber nie ...

»Ich danke Ihnen für Ihre klaren Erläuterungen«, fiel ihm der Vorsitzende ins Wort. »Und jetzt ein ganz anderes Thema: der aktuelle Überfall Israels auf –«

»Halt den Mund, wenn ich rede«, sagte der Arbeiter, ohne auch nur den Kopf zu drehen. Während die Forumsmitglieder einander verblüfft ansahen und die Stimmung im Publikum immer ausgelassener wurde, fuhr er unerschütterlich fort: »Es ist kein Zufall, daß der General der Jesuiten ein Niederländer ist. Er hat sein Hauptquartier in Spanien, das seit dem Achtzigjährigen Krieg und der Inquisition –«

Wieder stand jemand im Saal auf und rief:

»Ach hör doch auf, Mann, mit diesem Unsinn!« Er lieferte den Beweis, daß auch Leibesfülle zu geistiger Überlegenheit beitragen kann, denn nun schwieg sogar der Arbeiter. Der übermäßig dicke, kahle Zwischenrufer, ein bekannter Restaurator, wandte sich mit ausgestreckten Armen an das Publikum, das ihn jubelnd anfeuerte. »Was sollen wir denn mit diesem Quatsch? Das weiß doch jeder, daß Amsterdam das Zweite Jerusalem ist: begnadet mit der verschärften hyperbiogeometrischen Ethik Dantes, Goethes und Königin Esthers mit ihren sechsunddreißig Essenern und sechsunddreißig Zaddikim und der neuen, alles erneuernden messianisch-pythagoräischen Weltmathematik, der Urmathematik der Allwissenheit der Vorwelt, als Auslegung des Alten und des Neuen Testaments, und zwar der neuen jüdischen Harmoniegesetze der Primzahlen und Primzwillinge Moses, Davids und Salomons, die neue Bio-Algebra, Bio-Geometrie und Bio-Gleichgewichtslehre von Willem de Zwijger, Spinoza, Erasmus, Simon Stevin, Christiaan Huygens, Descartes und Rembrandt und die neue bildende Mathematik von Teilhard de Chardin, Mondrian, Steiner, Thomas von Aquin, Mersenne, Fermat, Aristoteles, Nikolaus Cusanus, Wittgenstein, Weinreb –«

Aber er bekam nicht die Gelegenheit, seine Liste abzuschließen: hinten im Saal flog plötzlich eine Tür auf, durch die der Angreifer von vorhin wieder hereinstürmte.

»Wo ist dieser dreckige Deutsche?« schrie er und sah wild um sich. »Gebt ihn mir, und er bekommt einen Todestritt!«

Damit war die kritische Grenze überschritten: der Saal kippte und versank in einem dröhnenden Gelächter. Der Vorsitzende verschränkte die Hände vor der Brust, lehnte sich zurück und betrachtete gelassen das Pandämonium.

»Es ist kein Zufall«, nahm der Arbeiter unbewegt den Faden seiner Enthüllungen wieder auf, »daß Prinzessin Irene vor drei Jahren einen französischen Erbschleicher, der spanischer König werden will, römisch-katholisch geheiratet hat.«

»Augustinus!« rief der Restaurateur. »Einstein! Euklid!«

»Gebt mir den Schuft! Ich schlage ihm den Kopf ab!«

»Prinzessin Beatrix muß Königin von Israel werden!«

»Gute Idee! Republik! Republik!«

Kurz darauf stellte sich heraus, daß die Organisatoren einen guten Einfall gehabt hatten, denn nun traten von zwei Seiten Musiker aus den Kulissen, die auf Saxophonen, Trompeten, Klarinetten, Fagotten und Tuben bliesen: eine laute, langsame, fremdartig-orientalische Melodie, während sich aus dem hinteren Teil des Saales durch den Mittelgang ein Mann mit einem Schaf auf den Weg zur Bühne machte.

»Ein Schaf! Ein Schaf!«

Es war nicht ganz klar, was gemeint war, eine symbolische Opfergabe vielleicht, der Schock jedenfalls war groß, und möglicherweise war Max der einzige, der plötzlich Tränen in den Augen hatte beim Anblick des entsetzt zappelnden Tiers, des tiefen Ernstes und der Innigkeit, mit der es mit dem Bauern verbunden war, der es führte und der vielleicht schon wußte, daß es im nächsten Augenblick an einem Schock sterben würde.

10

Die Zigeuner

Im Gedränge am Ende der Veranstaltung hatte Max Gelegenheit, noch schnell eine Verabredung mit der Rothaarigen aus der dritten Reihe zu treffen, und ging dann zum Künstlerfoyer hinter der Bühne. Auch andere Personen aus dem Publikum hatten sich dahin Zutritt zu verschaffen gewußt; an der Bar stand ein langer, hellblonder junger Mann im Regenmantel und mit Regenschirm: der ›Regenmacher‹ der ehemaligen Provo-Bewegung, der auf magischem Wege für Niederschlag sorgte, wenn das die Polizei behindern konnte; lachend hörte er einem blassen Jungen zu, der einen

Verband am Kopf hatte: mit einem Zahnarztbohrer habe er sich
ein Loch in den Schädel gemacht, so daß er, wie er in Interviews erklärte, durch diese neue Fontanelle permanent *high* sei wie ein
Baby. Der Schriftsteller notierte etwas, während er noch vor Lachen gluckste. Im Vorbeigehen hörte Max ihn zum Schachmeister
sagen, daß sie wohl noch oft an diese Zeit zurückdenken würden;
aber der Großmeister beugte sich abwesend über ein Taschen-
schachspiel, mit dem er vielleicht eine Variante für sein kommen-
des Match gegen Smyslow in Palma de Mallorca durchspielte.

Ada saß mit Bruno, einigen anderen Musikern, dem Komponisten aus dem Forum, dem Studentenführer Bart Bork und Onno
an einem großen, runden Tisch. Er küßte sie und setzte sich neben
sie auf denselben Stuhl.

»Gratuliere«, sagte er. »Ihr wart die einzigen, die den Saal wirklich gefesselt haben. Bist du müde?«

»Todmüde. Ich möchte nicht lang bleiben.«

Max grüßte Bruno mit erhobener Hand, der ihm mit unbewegtem Gesicht zunickte. Sie waren einander einige Male begegnet, jedoch ohne daß es je zu einem Gespräch gekommen wäre.

Onno erläuterte dem Komponisten, warum er, als ein zweiter
Richard Wagner, in zehn Jahren so rechts sein werde wie ein amerikanischer General und daß er, wie alle Maoisten, auf seinem Sterbebett die heilige Mutter Kirche umarmen werde, das nämlich sei
genau das, was er eigentlich suche: den Heiligen Vater.

»Genosse Kaninchen ist für dich nur ein Trittbrett.«

»Genosse Kaninchen?«

»Das ist es, was *mao* auf chinesisch bedeutet. Aber wenn es dich
tröstet, es ist dort auch der Name für ein Sternzeichen. Ich hingegen«, sagte er, »werde nach der Revolution Präsident der Niederländischen Volksrepublik, und in dieser Eigenschaft werde ich auf
Staatsbesuch nach Peking gehen.«

Mit leicht vorgeneigtem Kopf sah Bork ihn aus den Augenwinkeln an.

»Nach der Revolution«, sagte er langsam, »wirst du Strandläufer
auf Ameland.«

Schockiert erwiderte Onno seinen Blick. Da saß jemand, dem
mit etwas Ernst war. Ihm war, als fühle er die Bemerkung in sich
versinken wie einen in die Gracht geworfenen Revolver, der durch
das trübe Wasser dem Schlamm entgegentrudelt. Lief es in *die*
Richtung? Angenommen, dieser Bart Bork würde einmal das Sagen haben! Und wenn aus allem nichts würde, was doch am wahr-
scheinlichsten war, so wie er die Niederlande kannte, was würden
Leute wie er dann unternehmen? Wie würden sie das verdauen?
Jetzt wurden sie noch getragen von massenhaftem, gutgelauntem
Wohlwollen – aber wenn das wegfiel, und sie wären plötzlich allein? Was taten sie in ihrer Verzweiflung? Verwandelten sie sich
dann in Terroristen? Er war erschrocken. Vielleicht sollte er tatsächlich in die Politik gehen, um auch *dagegen* etwas zu tun.

»Onno, kannst du uns mal helfen?«

Ada, Max und Bruno waren aufgestanden und unterhielten sich
mit einem der Kubaner. Erleichtert schaltete dieser von seinem
mühsamen, amerikanischen Englisch um auf Spanisch, oder besser
zu dem schlampigen lateinamerikanischen Dialekt in seiner kubanischen Variante. Er sei sehr beeindruckt von dem Duo und wolle
jetzt gerne die Adresse der niederländischen Musikervereinigung
haben; vielleicht ergebe sich einmal die Gelegenheit einer Einladung, aber die *compañera* wolle ihm nur ihre eigene Adresse geben.
Sein Machtinstinkt hatte ihm offenbar gesagt, daß er sich an Ada
wenden sollte und nicht an Bruno. Über Onno erklärte Ada ihm,
sie habe nichts mit einer derartigen Instanz zu tun, so sei das musikalische Leben in den Niederlanden nicht organisiert, und mit
einer gewissen Befremdung notierte der Kubaner jetzt ihren Namen und ihre Anschrift.

»Das wäre doch was«, sagte Max, als der Kubaner verschwunden war.

»Ich kenne das«, sagte Bruno. »Von denen hört man nie mehr etwas. Der will sich nur wichtig machen.«

»Meinst du nun wirklich«, fragte Ada, »daß wir nach Kuba eingeladen werden? Es gibt Tausende besserer Duos.«

»Aber die treten nicht bei linken Veranstaltungen auf.«

»Ich muß das alles erst sehen, ich will jetzt nicht daran denken. Wollen wir gehen?«

Die Stühle wurden bereits auf die Tische gestellt, und jeder machte Anstalten aufzubrechen. Bruno sagte, er wolle noch in die Stadt: es trete ein Zigeunerorchester auf, das er hören wolle. Ada sah Max an.

»Ich sehe dir an, daß du mitgehen möchtest. Geh nur, ich muß jetzt ohnehin schlafen gehen.«

»Darf ich auch mitkommen, darf ich auch mitkommen?« quengelte Onno wie ein kleiner Junge mit gerecktem Zeigefinger.

»Ja, Liebling«, sagte Max, »du darfst auch mitkommen.«

»Sag mal!« rief Onno. »Bist du völlig verrückt geworden!«

Max gab Ada den Hausschlüssel, und während er sie fest ansah, sagte er:

»Geh die Stufen hinauf und zähle bis vier. Ganz rechts findest du dann einen halben Ziegelstein, der locker ist. Heb ihn hoch, leg den Schlüssel hin und leg den Stein wieder an seinen Platz.«

Das Zigeunerorchester spielte in einer dunklen Bar hinter dem Rembrandtplein. Bruno kannte die Musiker offenbar. Er begrüßte den *Primasch*, der, gefolgt von der zweiten Geige, durch das Publikum ging, und winkte dem Zimbalisten und dem Baß in der Ecke zu. Der zweite Geiger hob fragend sein Instrument, woraufhin Bruno ihm die Geige abnahm und sich als gewandter Stehgeiger entpuppte, der keine Mühe hatte mit dem Csárdás und auch nicht mit den »Hopp-hopp«-Rufen.

Als Max die Musik hörte, zerschmolz sofort etwas in ihm. Niemand brauchte ihm etwas über den Status dieser Musik und ihr Verhältnis zu beispielsweise der *Großen Fuge* zu erzählen: das drückten schon die glänzenden Hemden mit den weiten Ärmeln aus. Aber zugleich hielt sich etwas darin verborgen, das bei Beethoven nicht vorkam und auch nicht bei Bach, und das er schon empfand, wenn er zu Hause auf dem Flügel die harmonische Zigeunertonleiter mit der erhöhten vierten Note spielte: den mitteleuropäisch-jüdisch-zigeunerhaften Schluchzer, der ihn wehrlos machte.

Als eine langsame Nummer gespielt wurde, beugte sich der *Primasch* an ihrem Tisch über ihn und Onno, die Freunde seines Freundes. Er war um die Fünfzig; in seinem außergewöhnlich großen, fleischigen Gesicht waren die Augenlider dick und schwer vor Melancholie, wie Schirme, so daß er sie kaum über die Pupillen heben konnte. An den Schläfen wuchs sein schwarzes Haar bis hinunter zum Unterkiefer; eine *façon*, die in Max' Studentenzeit ›Bumslatten‹ genannt wurde, weil die holde Weiblichkeit sich während der Arbeit daran festhalten konnte. Onno, der weniger die Musik als die bedrohliche Verbannung nach Ameland im Ohr hatte, wandte sich geniert ab und zündete sich eine Zigarette an. Max, der dem Blick des Geigers standhielt, mußte plötzlich an seinen Vater denken.

Auch der hatte diese Musik gehört, da, wo sie herkam, in österreichisch-ungarischen Gefilden, Wien, Prag, Budapest, als er von den Niederlanden gerade so viel Vages gehört hatte wie sein Sohn heute von Island: etwas, das weit weg war, *Ultima Thule*, wo er bei Gelegenheit durchaus einige Tage verbringen wollte. In einer taillierten weinroten Habsburger Uniform mit Ziersäbel, an jedem Arm eine ihn herausfordernde Freundin, vor ihm eine Flasche Tokajer, hatte er 1914 dem Vater dieses Geigers in irgendeinem Café Hungaria zugehört, seine Gedanken hatten sich finster im Kreis gedreht, aus dem sie sich nie hatten lösen können, während Österreich Serbien den Krieg erklärte – *Serbien muß sterbien!* – und in Brüssel die Mutter seines Sohnes eingeschult wurde ...

Als das Lied zu Ende war, bestellte Max eine Flasche Weißwein für das Orchester und fragte Bruno, welche Sprache der Leiter spreche: er wolle ihm etwas sagen. Bruno meinte, er spreche nur einige Worte Deutsch.

»Onno?«

»Wenn du nur nicht meinst, daß ich die fünfundsechzigtausend Dialekte dieser Leute spreche.«

Er versuchte es auf ungarisch, aber das führte zu nichts. Dann versuchte er es anders, und plötzlich hellte sich das Gesicht des Geigers auf und zeigte ein breites Lachen. Er legte eine Hand auf

Onnos Schulter und wandte sich in derselben Sprache an seine Freunde, die »Bravo!« und »Hopp, hopp!« riefen.

»Was hast du jetzt gesprochen?« fragte Max.

»Keine Ahnung. Eine Art Serbokroatisch, glaube ich. Er versteht es auf jeden Fall. Was wolltest du ihm sagen?«

In Diktiergeschwindigkeit sagte Max:

»Sage ihm, daß Zigeuner für mich heilig sind, weil sie das einzige Volk auf Erden sind, das nie einen Krieg geführt hat.«

Onno tat, um was er gebeten worden war, und das Lachen wich aus dem großen Gesicht.

»Das war's?«

»Nein. Sag ihm, daß sie nur deshalb, weil sie keine Mörder sind, von allen für Diebe gehalten werden, daß wir ihnen aber sogar ihren Tod gestohlen haben.«

»Was meinst du denn damit?«

»Daß sie ebenso vergast und ausgerottet worden sind wie die Juden, daß das aber verschwiegen wird, um sie weiterhin schikanieren zu können, auch in den Niederlanden.«

»Bist du dir ganz sicher, daß ich das sagen soll?«

»Ja.«

Die Wirkung war erschütternd. Mit dem Instrument unter dem Arm sah der Geiger Max unentwegt an, während seine Augen sich mit Tränen füllten. Er drehte sich um und rief den anderen mit erstickter Stimme etwas zu, das Onno übersetzte als: »Roma! Sammeln!« Auch der Bassist kam jetzt, und auch der Zimbalist mit seinem Instrument, wofür Gäste aufstehen und Tische verrückt werden mußten; der zweite Geiger ließ sich von Bruno sein Instrument wiedergeben. Kurz darauf hatte sich das Orchester in einem Halbkreis um Max aufgestellt und begann für ihn zu spielen und zu singen – in ihrer eigenen Sprache, wie Onno vermutete: irgendeine neuindische Variante des Hindi, soweit er hören konnte, mit Elementen aus dem Iranischen, dem Armenischen, dem Neugriechischen und dem Südslawischen, der Himmel mochte wissen, was noch alles.

Man kann jemanden, der auf einem Stuhl sitzt, umstellen und

vernichten mit Drohungen, Schlägen und Stromstößen, aber hier
wurde jemand mit Dankbarkeit in Form von Musik zerlegt. Max
liefen die Tränen – zum zweiten Mal an diesem Abend. Mit einer
entschuldigenden Geste sah er kurz zu Onno, der merkte, daß ihn
die Musiker jetzt erbarmungslos zu seinem Ursprung zurückmu-
sizierten, ohne sich dessen bewußt zu sein. Es war Onno völlig
fremd, was da geschah, ein musikalischer Skandal, am liebsten
hätte er dem Ganzen sofort ein Ende gemacht. Andererseits wurde
seine Zuneigung für Max nur noch größer. Was war das für ein
Mann, der mit wenigen Worten ein kitschiges Streichensemble in
einer Nebengasse in ein Orchester verwandeln konnte, das eine
Missa Solemnis für die Toten zelebrierte? Er sah zu Bruno und sah
auf dessen Gesicht einen Ausdruck, der besagte: Ada steht ihm zu.

Nach der Litanei hob Max die Hände in einer rituellen Geste des
Dankes. Die Musiker zogen sich zurück, er nahm einen Schluck
von seinem Orangensaft und sagte aufgewühlt:

»Heute ist es genau einundzwanzig Jahre her, daß mein Vater
hingerichtet wurde.«

Als Bruno das hörte, stand er auf und ging. Onno wollte das
Glas an seinen Mund setzen, stellte es aber wieder ab. Da war es.
Die Zigeuner hatten den Kern getroffen. Jetzt mußte er sehr vor-
sichtig sein, aber er konnte es sich nicht verbeißen zu fragen:

»Hast du eine Kerze für ihn angezündet?«

»Es fällt mir jetzt erst ein.«

»Kannst du dich noch daran erinnern, als du es erfahren hast?«

»Kaum. Ich war zwölf. Ich glaube auch nicht, daß es mich sehr
berührte. Ich hatte ihn zuletzt gesehen, als ich sechs war.«

Onno nickte. Was jetzt? Max hatte damit angefangen – er durfte
jetzt nicht damit allein gelassen werden.

»Hast du die Zeitungen aus dieser Zeit schon einmal durchgesehen? Hast du dich mit seinem Prozeß beschäftigt?«

»Die Idee ist mir nie gekommen. Ich weiß fast nichts über ihn,
nicht einmal, wo genau er geboren wurde, und an welchem Tag.
Ich hatte immer das Gefühl, ich könnte es meiner Mutter nicht an-
tun, mich für meinen Vater zu interessieren.« Nachdenklich sah er

zum *Primasch*, der nun wieder zwischen den Tischen umherging, sich geigend über die Damen beugte und tiefe Blicke in die Dekolletés sinken ließ, während die Herren, die wußten, was sich gehörte, Banknoten der Länge nach falteten und wie Stimmzettel in seine weiten Ärmel gleiten ließen. Bruno hatte sich zum Zimbalisten gesetzt. »Ist dir schon einmal aufgefallen, daß Menschen oft sehr viel wissen über Dinge, mit denen sie wenig zu tun haben? Menschen, die im KZ waren, wissen nichts über die Struktur von Himmlers *Reichssicherheitshauptamt*, aber ich weiß alles bis in die Details, ich könnte es dir einfach aufzeichnen. Aber ich habe keine Ahnung, wie bei uns im Senat gewählt wird.«

»Das kann ich dir ja mal erklären.«

»Natürlich. Aber du bist erblich vorbelastet.«

»Ein wahres Wort. Du nicht.«

»Du weißt alles über Sprachen, aber was hast du damit zu tun? Ich weiß alles über Sterne, aber was habe ich damit zu tun?«

»Augenblick. Du bist doch nicht etwa so dumm zu glauben, daß du mehr mit dem Senat zu tun hast als mit dem Reichssicherheitshauptamt?«

Max schwieg. Das Gespräch verwirrte ihn noch mehr. Vor fünf Jahren hatte er Tag für Tag den Eichmann-Prozeß in Jerusalem verfolgt und diesen Mann mit dem asymmetrischen Gesicht in seinem gläsernen Käfig beobachtet, Eichmann, der aussah wie eine mechanische Puppe aus einer Erzählung von E.T.A. Hoffmann. Von den unzähligen Büchern, die damals über die Nazizeit erschienen, hatte er ein halbes Dutzend gelesen. Natürlich hatte er dabei auch an seinen Vater gedacht und an dessen Prozeß, aber die Idee, daß es noch Zeitungen aus dem Jahr 1946 gab, war ihm nie gekommen. Irgendwie nahm er einfach an, das alles sei in der Vergangenheit versunken, zermalmt von der Zeit. Sogar über den Prozeß Loeb-Leopold wußte er mehr. Aber das alles existierte noch!

Er sah auf.

»Soll ich dir mal was sagen? Morgen will ich es sehen. Einmal muß es ja sein. Im Presseinstitut haben sie die alten Zeitungen alle. Ich hätte gerne, daß du mitkommst.«

Onno überlegte kurz.

»Vielleicht können wir die Sache auch etwas gründlicher angehen. Ich nehme an, daß sich seine Akte heute im staatlichen Institut für Kriegsdokumentation befindet. Wenn wir dahin gehen?«

»Meinst du, das ist öffentlich?«

»Natürlich nicht. Aber du bist ja immerhin der schreckliche Sohn von diesem schrecklichen Vater! Und außerdem bist du der Sohn deiner ermordeten Mutter. Wenn sie sich weigern, schalte ich meinen widerlichen Bruder ein oder, falls nötig, meinen Vater, und dann will ich sie noch einmal nein sagen hören. Aber weil sie das alles wissen, ist es eigentlich schon geschehen, bevor es passiert ist.«

Sie verabschiedeten sich von Bruno, und Max brachte Onno bis zu seiner Wohnungstür; sie verabredeten, daß Onno ihn am nächsten Morgen um zehn Uhr abholen würde. Max würde den Vormittag frei nehmen. Es schien ihnen besser, das Institut vorher nicht anzurufen, um einen Termin zu vereinbaren, denn das konnte dazu benutzt werden, die Sache auf die lange Bank zu schieben.

Auf dem Nachhauseweg fühlte Max kurz seinen Puls: zu schnell, aber nicht unregelmäßig. Morgen würde er anfangen, Licht in seine Vergangenheit zu bringen. Er besaß nicht einmal Bilder von seinen Eltern, bei ihren Verhaftungen war vieles abhanden gekommen. An seine Mutter konnte er sich noch gut erinnern: eine junge, aufgeweckte Frau im Zimmer, am Klavier, auf der Straße, im Park, auf der linken Seite all ihrer Kleider war der Davidstern aufgenäht, der in höhnischen, quasihebräischen Buchstaben das Wort *Jude* trug. Er erinnerte sich, wie sie lachend und in einer Art armseligem Triumph sagte: »Er ist ja gar nicht gelb, er ist orange!« Die Erinnerung an seinen Vater beschränkte sich auf eine einzige erstarrte Szene an Heiligabend – der in den Niederlanden unbekannt war, den sie aber auf mitteleuropäische Art zu feiern pflegten; er hatte in seinem Zimmer bleiben müssen, bis der Weihnachtsbaum geschmückt und die Kerzen angezündet waren. Sein Vater war ebensowenig religiös wie seine Mutter; das einzig

Christliche an einem ganz und gar heidnisch-germanischen Symbol der Sonnenwende wie dem geschmückten Baum mit den Lichtern darauf war – so war ihm später klargeworden – ohnehin nur das roh zusammengezimmerte Holzkreuz, das den Baum halten sollte. Aber gerade das wurde mit rotem Kreppapier verhüllt, und man legte die Geschenke darauf. Vielleicht gab es Streit, oder es war seine Ungeduld oder die gereizte Stimmung, auf jeden Fall glaubte er, gerufen worden zu sein. Er ging ins Wohnzimmer, und was er sah, brannte sich für immer in sein Gedächtnis ein: sein Vater auf einem Stuhl stehend vor dem Weihnachtsbaum, in seiner Hand der glitzernde Stern für die Spitze und in seinen leuchtendblauen Augen, die aus unermeßlicher Höhe auf ihn herabsahen, ein Blick, so kalt wie flüssige Luft –.

Im Portal vor seiner Haustür tastete er in seiner Tasche nach dem Wohnungsschlüssel und erinnerte sich, ihn Ada gegeben zu haben. Er ging zwei Stufen hinunter und hob den halben Ziegelstein hoch. In der dunklen Mulde lag der glänzende Schlüssel, genauso wie Ada jetzt oben in seinem Bett.

11
Der Prozeß

Ada war mehrmals halb aufgewacht, auch als Max sich neben sie legte, und als die Sonne bereits auf die Vorhänge schien, verstrickte sie sich in einen komplizierten Traum:

Auf der Rückbank eines Autos liegt ein alter, abgemagerter Mann in ihren Armen, an ihrer Wange spürt sie seinen weißen Stoppelbart. Sie versucht, ihn von sich wegzuschieben, aber das Problem dabei ist, daß der oberste Knopf seines zerknitterten Regenmantels ein Knopf vom Mantel des Mörders ist, und zugleich der Knopf ihres eigenen Mantels. Sie muß in den Kerker, der unter dem Saturnusplatz liegt; wer den Platz kennt, kann sich das aus der Form des Kerkers schnell zusammenreimen. In einem großen, finsteren Raum voller Treppen, Hängebrücken, Gewölbe, Balustraden, herabhängender Kabel und Ketten wird sie in einen Käfig aus Holzlatten gesteckt, und dann ist plötzlich das Tribunal da. Der Oberrichter in der Mitte zeigt ihr ein rechteckiges, silbernes Medaillon, oder vielleicht ist es eine Schachtel mit einem Kleinod, kurz darauf stimmt eine Gruppe frommer Juden in Gebetskleidung ein Klagelied an. Religiöse Verwirrung macht sich breit. Auf einmal hat sie ein Glas Champagner in der Hand, und ein segnender Priester in seinem Habit denkt, daß das zum Gottesdienst gehört; dann muß sie eine lange, steile Treppe hinauf, aber aus irgendeinem Grund kommt sie auf den Stufen nicht voran. Als sie sich umdreht, sieht sie, wie sich eine alte Frau in Buddhahaltung auf einer diagonalen Bahn durch den Raum bewegt, schwebend vielleicht, und zum soundsovielten Mal über die Geheimnisse der Vergangenheit spricht...

Sie wachte von Max' streichelnder Hand auf ihrem Bauch auf. Er hatte eine Erektion, schlief aber noch halb: die Erektion zählte also nicht, er hätte sie auch ohne sie gehabt. Er stöhnte.

»Zuerst Kaffee kochen«, sagte sie und sah auf die Uhr. »Du, es ist gleich halb zehn, mußt du nicht nach Leiden?«

»Ich nehme mir heute vormittag frei.«

Sie zog die Vorhänge auf und ging nackt in die kleine Küche. Über die Baumwipfel schien die Morgensonne herein, unten im Park hatte ein Jogger eine Ferse auf die Rückenlehne einer Bank gelegt und versuchte, sich selbst entzweizubrechen. Der Duft von Kaffee und geröstetem Brot, Vogelstimmen in den Bäumen, von fern das Rauschen des Verkehrs. Alles war in Ordnung. Max schaltete das Radio ein, um Nachrichten zu hören, dann hörte sie ihn telefonieren, mit der Sternwarte vermutlich. Gleich würde er sie nach Leiden fahren und sie ihn einige Tage wieder nur während der Mittagspause sehen. Jedesmal, wenn er mit dem Auto um die Ecke verschwunden war, bekam sie das Gefühl, als sei er nie dagewesen und würde auch nie wieder dasein – aber wo lag der Ursprung dieses Gefühls der Abwesenheit: in ihm oder in ihr?

Als sie mit dem Frühstück ins Zimmer kam, saß er im Schneidersitz auf dem Bett, was sie vage an das erinnerte, das sie geträumt hatte, aber sie konnte es nicht mehr rekonstruieren. Schnell wie einen Windstoß sah sie seinen Blick über ihren Körper gleiten, erst da wurde ihr klar, daß sie so nackt war wie er; aber sogar nackt kam er ihr immer noch besser gekleidet vor, als sie es je sein würde. Er hatte eine athletische Figur, die nirgends durch Sport oder andere Arten von Gewalteinwirkung zu Proportionen verzerrt war, die den Frauen imponieren sollten, jedoch nur Männer beeindruckten, und seine Haut war so weich und samtig wie die eines Kindes.

Mit gekreuzten Beinen saßen sie mit dem Tablett zwischen sich einander gegenüber auf dem Bett und schmierten Marmeladenbrote, bissen in Toast, tranken Kaffee, löffelten Eier, während er ab und zu auf selbstverständliche Weise seine Hand auf ihre Vagina legte, als gehöre das zu den Handlungen des Frühstücks. Die Erektion, die er allmählich bekam, gefiel ihr besser als die vorige, obwohl sie sich auch diesmal wieder über die Abmessungen wunderte, die die Dinge in dieser Welt annehmen konnten. Während er von den Zigeunern erzählte, legte sie sanft ihre Hände um sein kühles Skrotum, als ob sie es wog.

»*Seid umschlungen, Millionen*«, sagte sie.

Sein Blick wurde trübe, aber offenbar hatte er beschlossen, sich nicht zu beeilen.

»Sie stellten sich alle um mich herum...«, sagte er mit etwas Trunkenem in seiner Stimme. »Ich befand mich quasi im Brennpunkt eines Hohlspiegels...«

Er stockte. Sie hielten jetzt beide die Hände im Schritt des anderen, und Ada spürte, daß er spürte, wie feucht sie wurde. Während er den Blick nicht von ihr wandte, krümmte er leicht den Rücken, als hätte er Schmerzen; sie lächelte. Er stellte das Tablett auf den Boden und schob sich stöhnend und mit verdrehten Augen über sie, die Zunge und den Penis tief in ihr versenkend.

»Langsam«, stöhnte er, »langsam...«

Er sagte es zu sich selbst, denn sie wollte nichts lieber. Träge bewegten sich ihre Körper auf dem Bett, *andante maestoso*, es war ihr, als würden sie im Meer auf den Wellen schaukeln und langsam im Wasser versinken, wo dieselbe Bewegung herrschte, aber immer mehr von der Außenwelt abgeschlossen, von der Luft, dem Licht, ohne Geräusch, immer dunkler blau, violett ...

Es läutete.

Das Netz wurde hochgezogen, Max' Bewegungen hörten auf; er stützte sich auf die Ellbogen und sah auf die Uhr.

»Laß es doch läuten«, flüsterte Ada mit geschlossenen Augen.

»Das ist Onno. Wir sind verabredet.« Schnell löste er sich von ihr, ihre Arme glitten an ihm herunter, und er ging zur Sprechanlage im Flur. »Onno?« hörte sie ihn rufen. »Ich komme. Eine Minute.« Eilig kam er ins Zimmer und öffnete den Kleiderschrank. Als er sie daliegen sah, noch immer mit gespreizten Beinen, sagte er: »Mach's dir selbst«, und verschwand im Bad.

Ada erstarrte. Was hatte er gesagt? Sie konnte nicht glauben, daß er das gesagt hatte, was sie gehört hatte. Hatte er tatsächlich gesagt, sie solle es sich selbst machen? Hatte er das gesagt? Daß sie es sich selbst machen sollte? Mit großen Augen sah sie entgeistert zur Decke und war nicht imstande, sich zu rühren. War es denkbar, daß er so taktlos gewesen war?

»Max ...«, sagte sie, als er angezogen im Zimmer erschien, aber er drückte ihr eilig einen Kuß auf die Stirn und sagte:

»Ich sehe dich heute mittag, dann erzähle ich dir alles, bis gleich.«

Kurz darauf hörte sie das dumpfe Trommeln, mit dem er die Treppe hinunterrannte; danach, leiser, das Trommeln auf der nächsten Treppe; auf der letzten Treppe konnte sie ihn nicht mehr hören; durch das offene Fenster kam dann der Knall der Haustür.

Stille.

Verwirrt setzte sie sich auf den Bettrand. Es war ihr noch immer nicht ganz klar, aber sie wußte, daß dies das Ende war. Es war nie mehr gutzumachen: es war, als ob sie jetzt plötzlich die Visage von Mr. Hyde gesehen hätte auf dem Gesicht ihres Dr. Jekyll. *Mach's dir selbst.* Sie wußte nicht, was die beiden vorhatten, aber hätte das nicht eine Viertelstunde warten können? Hätte er Onno nicht kurz in ein Café schicken können? Die Eile hatte ihren Grund nicht in irgend etwas Dringlichem, sondern darin, daß *Onno* geläutet hatte. Er konnte *Onno* nicht warten lassen, er hatte eine panische Angst davor, daß er sich dann vielleicht für immer von ihm abwenden würde. Unsinn natürlich, aber sogar das wäre vielleicht noch verständlich gewesen. Es war auch nicht so, daß sie es nicht leiden konnte, in mancherlei Hinsicht für ihn nicht so wichtig zu sein wie Onno; aber diese fiese Art, in der er ihr auf die Seele getreten hatte, war unerträglich. Eine Ohrfeige wäre weniger schlimm gewesen.

Das Badezimmer war noch warm und feucht von seiner Dusche. Im strömenden Wasser schien es kurz, als könnte sie alles von sich abschütteln, aber zurück im Zimmer war es wieder da. *Mach's dir selbst.* Als ob es um einen Orgasmus ginge. Er selbst hatte auch keinen gehabt. Plötzlich wurde sie wütend und zog sich an – und dann sah sie ihn wieder aus dem Nichts auf den Stufen des Antiquariats erscheinen. Liebte sie ihn? Sie war sich nicht ganz sicher; vielleicht nicht. Vielleicht war man sich nur ganz sicher, wenn man jemanden tatsächlich liebte, aber nach dieser Theorie hatte sie noch nie jemanden geliebt, und vielleicht mußte sie sich damit abfinden, daß es auch nie so sein würde. Nur daß sie die Musik liebte, da war sie sich ganz sicher. Und dennoch: sie hätte vielleicht ein Kind von ihm haben wollen. Einige Male hatte sie mit dem Gedanken gespielt, die Pille abzusetzen, um dann weiterzusehen. Die Vorstellung eines kleinen Max oder einer kleinen Maxima, die oder der durch das Zimmer tapste, machte sie weich wie ein zerfallendes Stück Zucker in einer Tasse heißem Tee; das Kind hätte sie auf jeden Fall geliebt. Aber dann würde ihre musikalische Karriere ungewiß, also konnte von einem Kind keine Rede sein. Natürlich wußte sie, daß er auch mit anderen Frauen schlief, die Zeichen dafür, die blonden Haare, die Kippen mit Lippenstift im Mülleimer, entgingen ihr natürlich nicht. Aber das machte ihr nicht viel aus, denn sie wußte auch, daß er diese Frauen schon wieder vergessen hatte, bevor er sie sah. Doch jetzt war etwas Unwiderrufliches passiert.

Sie sah sich um. Es war aus und vorbei. Sie setzte sich an seinen leeren, aufgeräumten Schreibtisch und zog eine Schublade auf, in der er seinen ›Schreibwarenladen‹ hatte, wie er das nannte: Papier in allen Formaten und Ausführungen, Dutzende von Heften und Mappen, von winzigen Notizblöcken bis zu dicken Folianten mit verstärkten Ecken, alle möglichen Schreibblöcke, auch mit gelbem und blauem Papier aus den Vereinigten Staaten, unlinierte, linierte, karierte Karteikarten in sorgfältig geordneten Pyramiden, genug für ein ganzes Leben. »Was das Papier betrifft«, hatte er einmal gesagt, »sehe ich dem Dritten Weltkrieg gelassen entgegen.« Sie nahm einen einfachen Bogen Schreibmaschinenpapier und legte ihn auf die Schreibunterlage. Aus dem Stifthalter nahm sie einen gelben Bleistift mit einem Radiergummi am Ende und starrte nachdenklich auf die museumsreife Reihe von Instrumenten am Rand des Schreibtisches: der Magnet, das Prisma, die Sanduhr, der Taschenspiegel, das Lineal, die Lupe, der Kompaß, die Stimmgabel …

Die Beamten des Staatlichen Instituts für Kriegsdokumentation wunderten sich, als sie plötzlich einen Delius und einen Quist vor sich hatten. Dabei war das nicht merkwürdiger als die Tatsache, daß ihr eigener Nachbar an der Herengracht das deutsche Goetheinstitut war. Auf jeden Fall schien es ihnen ein Fall für den Direktor zu sein. Über Eichentreppen und Gänge aus Marmor, die man mit Regalen voller Ordner verunstaltet hatte, wurden Max und Onno in dessen ruhiges Zimmer auf der Rückseite des Gebäudes mit Aussicht auf einen geometrisch angelegten Garten aus dem siebzehnten Jahrhundert geführt.

Der Direktor schrieb gerade etwas auf einen Block und sah auf. Sie kannten sein Gesicht. Im Fernsehen hatte er vor einigen Jahren eine Reihe von Sendungen über die deutsche Besatzung gemacht; jetzt hatte er den Auftrag, diesen Zeitraum Tag für Tag zu dokumentieren, zwanzig dicke Bände im Umfang. Seinem traurigen Gesicht war anzusehen, daß es nichts gab, was er nicht über den Krieg wußte, den er in London überstanden hatte; die Trauer, die dreimal länger als der Krieg dauern sollte, hatte er im Andenken an seinen Zwillingsbruder auf sich genommen, der nicht nach England hatte entkommen können und vergast worden war. In einigen knappen Sätzen erzählte Max ihm seine eigene Geschichte, die so ganz anders war.

»Es geht darum«, schloß er, »daß mein Vater die Kugel bekommen hat, weil er meine Mutter in den Tod gejagt hat.«

»Ich weiß, Herr Delius, ich weiß.«

»Aber er bleibt doch mein Vater. Ich würde gerne seine Akte einsehen.«

Der Direktor nickte.

»Und weshalb gerade jetzt?«

Sollte er ihm von den Zigeunern erzählen? Aber auch das war natürlich nicht der Grund.

»Vielleicht, weil jetzt die Zeit gekommen ist.«

»Nun«, sagte der Direktor, »ich sehe eigentlich keinen Grund, der dagegen spricht. Wir leben überdies in einer Zeit der Offenheit und Demokratisierung, wenn ich das recht verstanden habe. Und Sie, Herr Quist, welche Rolle spielen Sie dabei? Darf ich Ihnen übrigens noch nachträglich zu Ihrem Ehrendoktorat gratulieren? Wir machen eigentlich alle dasselbe, nicht wahr?«

Onno war einen Moment lang sprachlos.

»Sie vergessen also nie etwas.«

»Dazu ist man Historiker.«

»Ich bin hier lediglich als Freund.«

»Das reicht für mich«, sagte der Direktor und nahm den Telefonhörer. »Adriaan? Ich habe hier die Herren Delius und Quist. – Wie bitte? – Ja, genau. Es handelt sich um die Sache Wolfgang Delius. Sei so nett und hilf ihnen, ich schicke sie zu dir.«

Max hatte den Vornamen seines Vaters nicht genannt; es schockierte ihn, diesen so selbstverständlich aus dem Munde des Direktors zu hören. Er erklärte ihnen, wohin sie gehen mußten, und beim Verabschieden sagte er zu Onno:

»Grüßen Sie Ihren Vater von mir.«

Als sie die Tür hinter sich geschlossen hatten, sagte Onno leise:

»Jetzt telefoniert er *wieder*. Jetzt werden die Instruktionen erteilt.«

»Welche Instruktionen?«

»Über das, was wir nicht zu sehen bekommen sollen.«

»Was kann denn schlimmer sein als das, was wir bereits wissen?«

»Nichts. Aber es sind natürlich auch noch andere Namen im Spiel, es sind ja nicht alle hingerichtet worden.«

Den Blicken, die ihnen auf den Gängen begegneten, war zu entnehmen, daß die Nachricht ihrer Anwesenheit sich bereits im Gebäude herumgesprochen hatte. Der Beamte, den der Direktor mit Adriaan angesprochen hatte, legte, als sie eintraten, den Hörer hin: ein untersetzter, leicht gebeugter Mann Mitte Fünfzig mit gerötetem Gesicht und bohrendem Blick. Er stellte sich mit »Oud« vor, bat sie ohne weitere Umschweife, Platz zu nehmen, und begab sich in den Keller, um die Akten zu holen.

Sie setzten sich nebeneinander an einen langen Tisch, auf dem übersichtlich mehrere Papierstapel lagen. Onno ließ seinen Blick über die Regale voller Akten mit Codenummern schweifen, die bis unter die Stuckdecke reichten, und meinte, daß wahrscheinlich so manch einer gerne einmal ein Streichholz daran halten würde. Max reagierte nicht. Ihm war bewußt, daß er sich einem Endpunkt näherte. Die Papiere würden nur dieses eine Mal auf den Tisch kommen. Schon jetzt wollte er gar nicht mehr so genau wissen, wie sich alles abgespielt hatte, wie es während des Prozesses konstruiert worden war, was die Zeugen ausgesagt und was sein Vater vielleicht noch alles verbrochen hatte; nicht einmal das Urteil wollte er mehr lesen. Es war gekommen, wie es gekommen war. Das einzige, was er sehen wollte, war etwas Konkretes, etwas Unmittelbares, aus dem ersichtlich war, daß es ihn gegeben hatte, den Vater – vielleicht reichte ein Bild.

Oud kam mit sechs armdicken Ordnern vor der Brust herein, gefolgt von einem jungen Mann mit einem noch höheren Stapel verstaubter Archivmappen und Schachteln, die ihm bis zum Kinn reichten. Nachdem alles vor ihnen ausgebreitet worden war, setzte Oud sich wie ein Marktverkäufer dahinter, machte eine demonstrative Geste und sagte:

»Womit kann ich dienen?«

Da lag es – wie schmutziger Schaum in einer ausgelassenen Badewanne.

's Gravenhage
Sondergerichtshof

las Max auf einem Umschlag. Am liebsten wäre er jetzt aufgestanden und gegangen; weil Onno da war, blieb er sitzen. Dieser hatte sich seinerseits vorgenommen, alle zu überrumpeln und die Sache in die Hand zu nehmen – aber die Menge des Materials lähmte ihn; zudem war ihm der Mann, der hinter den Akten saß, mit seinen bedrohlichen Christophorus-Initialen *Alpha* und *Omega* nicht ganz geheuer.

Als Oud sah, daß Max zögerte, sagte er:

»Ich kenne mich aus in der Akte, ich war seinerzeit in der Voruntersuchung tätig. Möchten Sie die Stellen sehen, in denen Sie selbst zur Sprache kommen?«

Max schauderte.

»Sie haben ihn also gekannt.« Er wollte »meinen Vater« sagen, aber das bekam er nicht über die Lippen.

»Gekannt... Ich glaube nicht, daß jemand ihn je gekannt hat. Aber ich habe ihn einige Male erlebt, ja.«

»Was hat er über mich gesagt?«

»Er selbst? Er hat nie etwas gesagt – nicht über Sie und nicht über jemand oder irgend etwas anderes. Während seiner gesamten Haft hat er den Mund nicht aufgemacht, und während der Verhandlungen auch nicht. Ein Verhör war nicht möglich.«

»Aber wie ist er dann...«

Max brauchte seine Frage nicht zu Ende zu führen. Oud nickte, schlug einen Ordner auf, löste die Klammer und legte kurz darauf seine flache Hand auf einen getippten Brief: graue Zeilen mit wenig Zwischenraum, eine Unterschrift, die halb unter dem Handgelenk hervorkam.

»Hier bittet Ihr Vater einen gewissen General der Wehrmacht, von Schumann, der später in Stalingrad gefallen ist, ob dieser nichts unternehmen kann, um ihn endgültig von seiner jungen Frau zu erlösen. Dieser General war ein persönlicher Freund von ihm, denn er spricht ihn mit du an. Er nennt es übrigens ausdrücklich einen *Freundschaftsdienst*.«

Max wandte den Kopf ab. Das durfte er sich nicht ansehen. Er hoffte, Oud würde ihn nicht fragen, ob er den Brief lesen wolle, da er ihn dann in Händen halten müßte. Aus dem Augenwinkel sah er ihn blättern.

»Hier ist der Brief von Schumann an Rauter, den *Höheren SS- und Polizeiführer* in Den Haag, ebenfalls per du. Alles Freunde unter sich«, sagte Oud und suchte weiter. »Er hat im Prozeß Ihres Vaters noch als Zeuge ausgesagt und wurde erst drei Jahre später vor Gericht gestellt. Ja, hier haben wir seine Anordnung für den Sicherheitsdienst in Amsterdam, samt Adresse. Und das hier ist die Liste des Amsterdamer SD dieses Tages, der Name Ihrer Mutter abgehakt, also erledigt. Was Ihre Großeltern betrifft, die durch Ihre Existenz nicht geschützt waren, hat er einen wesentlich direkteren Weg eingeschlagen. Soll ich das auch heraussuchen?«

Max schluckte und schüttelte den Kopf.

»Aber was ist denn in all den anderen Ordnern?« fragte Onno.

»Da geht es um andere Menschen«, sagte Oud mit unbewegter Miene. »Und darüber hinaus vor allem um Raub und Plünderung.«

Stille. Max sah wieder das Klavier vor sich, wie es aus dem Haus getragen wurde, und den Stapel Kleider im Schlafzimmer seiner Mutter. Um ihm zu helfen, diesen Moment zu überstehen, fragte Onno, ob es eine Erklärung gebe für Delius' konsequentes Schweigen.

»War das aus Schuldgefühl? Weil er sich in diesem Brief auf fatale Weise um seinen Kopf geredet hatte? Aus einem ähnlichen Grund scheint jetzt auch Ezra Pound nicht mehr zu sprechen.«

»Nach Meinung des Generalstaatsanwaltes«, sagte Oud, »war es ein letzter Versuch, sich vor der Beweislast zu drücken. Aber dann wurde eines Tages in seiner Zelle etwas Merkwürdiges gefunden.« Er suchte in einer der Archivschachteln und zog einen dicken gelben Dienstumschlag hervor. »Das hier«, sagte er, nahm eine Zigarettenschachtel heraus und reichte sie Max.

Sie war von der Marke *Sweet Caporal*, vergilbt und leer. Max nahm sie verwundert in die Hand und drehte sie um. Auf der Rückseite stand etwas in grüner Tinte.

»*Es gibt nur mich*«, las er. »*Was es nicht gibt, das kann nicht sterben.*«

»Das klingt wie die Stimme Wittgensteins«, sagte Onno. »*Wovon man nicht sprechen kann, darüber muß man schweigen*. Noch so ein frustrierter Österreicher.«

Max hörte es nicht. Nie zuvor hatte er die Handschrift seines Vaters gesehen. Sie war unholländisch, schärfer, eckiger. Genau diese Schachtel hatte er in seiner Hand gehalten, in seiner Zelle in Scheveningen, und hatte das darauf notiert, auf dem Knie vielleicht, sitzend, auf dem Rand seiner Pritsche.

»Aber es ist nicht von Wittgenstein«, sagte Oud, »es ist von Delius; von Wittgenstein, seinem Generationsgenossen, hat er bestimmt nichts gehört, der kam erst später in Mode. In einem psychiatrischen Attest wurde die Notiz als Beweis aufgeführt, daß der Angeklagte vermindert zurechnungsfähig sei: er verkehre in dem Wahn, nur er selbst existiere tatsächlich und alles andere sei Illusion, Projektion; mit dieser Sichtweise könne er nicht des Mordes schuldig sein, denn es lebe ja sonst niemand; nur er selbst könne sterben. Sogar sein Henker existiere paradoxerweise nicht. Ein derartiger Patient müsse also aus der gerichtlichen Verfolgung entlassen und der Regierung überstellt werden. Aber dem Kläger zufolge war das nichts anderes als ein durchtriebenes Manöver eines intelligenten Verbrechers, um seiner gerechten Strafe zu entkommen. Giltay Veth hingegen, der Pflichtverteidiger, der auch kein Wort aus ihm herausbekommen hatte, vertiefte das Ganze noch. Er führte an, daß sich in Delius' Zelle ein Buch von Max Stirner befände, eines deutschen Philosophen aus der ersten Hälfte des vorigen Jahrhunderts, Propagandist eines extremen, amoralischen Egoismus, dessen *Einziger* ein Vorläufer von Nietzsches *Übermensch* sei. Nach Hitlers Untergang sei Delius offenbar noch einen Schritt weitergegangen und in einen wirklichen metaphysischen Solipsismus geraten. Giltay hat zu diesem Thema Rat bei zwei führenden ausländischen Philosophen eingeholt: Russell aus Cambridge und Heidegger aus Freiburg im Breisgau.«

»Heidegger?« sagte Onno überrascht. »Haben Sie das hier?«

Oud schlug einen anderen Ordner auf und legte den Finger auf eine Postkarte.

»Hier, Russell schreibt: *Solipsism, although not my cup of tea, is a perfectly legitimate philosophical position. Not taking it serious would imply a defamation of philosophy as such. In my opinion, therefore, your client should be executed without hesitation.* Das hat Giltay nie vorgelegt, wie Sie sich vorstellen können; es ist offenbar zufällig zwischen diese Akten geraten. Er präsentierte nur den Brief von Heidegger. Hier. *Der Ausdruck Solipsismus leitet sich ab von* solus ipse: ›*Ich allein*‹. *Den Anfang dieses seinsvergessenen Gedankens findet man nicht in der Antike, er wäre bei Descartes anzusetzen. Dessen Universal-Zweifel, der an allem zweifelte, nur nicht an sich selbst, führte zu der jedem Schulburschen geläufigen Formel* cogito ergo sum. *Der solipsistische Standpunkt ergibt sich, wenn das* cogito ergo sum *zu* ergo solus ego sum *verschärft wird. Das aber liegt in der Konsequenz des Cartesianismus. Diese zurückzuweisen bedeutet, die gesamte nachcartesianische Philosophie zu verneinen. Mit einem Todesurteil Ihres verehrten Herrn Klienten wäre somit dem Wesen nach die gesamte Philosophie gerichtet.*«

Nun ja. Nach Meinung des Offiziers, sagte Oud, sei Heidegger selbst ein philosophischer Delinquent, und zwar ein Nazi der obersten Kategorie, der indirekt nur sich selbst entlasten wollte, denn auch er ahnte nichts Gutes. In ihrem Urteil vertraten die Richter schließlich den Standpunkt, daß jemand, der seine Frau und seine Schwiegereltern in den Tod treibe, per definitionem nicht normal sei, daß überhaupt kein Mörder normal sei, daß dies aber nicht heißen könne, Mörder dürften sich auf ihre Tat wie auf einen mildernden Umstand berufen, denn das wäre das Ende der Rechtspflege und ein Rückfall der menschlichen Kultur in die Bar-

barei, also eine Art von Gesellschaft, die soeben auf Kosten von
fünfundfünfzig Millionen Toten verhindert worden sei.

»Sehr richtig«, nickte Onno.

In den Ecken der Zigarettenschachtel war hier und da noch etwas schwarz gewordener Tabakstaub. Max machte sie zu und sah
sie kurz darauf im Umschlag verschwinden.

»Haben Sie vielleicht auch ein Bild meines Vaters?«

Oud hob die Augenbrauen.

»Müßte eigentlich«, sagte er mit Zweifel in der Stimme und begann zu suchen. »Auf jeden Fall in seinem Paß . . .«

»Weißt du eigentlich, wo das Grab deines Vaters ist?« fragte
Onno mit gespielter Arglosigkeit.

»Nein«, sagte Max und sah zu Oud.

Dieser sah kurz auf und machte eine kurze, entschuldigende Geste. Schließlich fand er ein verschwommenes Zeitungsfoto aus dem
Gerichtssaal, aus großem Abstand aufgenommen. Max sah eine
unkenntliche Gestalt, flankiert von einem Militärpolizisten mit
weißer Tresse. Vielleicht derselbe, der ihn, Max, vier Jahre zuvor
aus der Schule geholt hatte.

Onno hatte einen Termin mit einigen Politikern, Max ging sofort
nach Hause. Er fühlte sich müde und hatte das Bedürfnis, mit Ada
zu reden. Sie wußte von nichts, sie war in dem Jahr geboren, in dem
sein Vater erschossen worden war; natürlich hätte bei ihren Eltern
eine Erinnerung aufkommen können beim Namen Delius, der in
den Niederlanden selten war, aber es war lange her, und es hatte damals viele Prozesse gegeben, von denen die meisten spektakulärer
waren als der seines Vaters. Sie sollte jetzt endlich alles erfahren,
zumal er sich an diesem Morgen nicht besonders fein benommen
hatte.

Sofort als er in das Zimmer trat, spürte er, daß etwas nicht
stimmte. Ihr Cello, das immer neben dem Flügel stand, war verschwunden. Auf seinem Schreibtisch lag ihr Brief:

Lieber Max,

wenn Du nach Hause kommst, bin ich fort. Vielleicht wirst Du es nicht gleich verstehen, aber wenn Du kurz überlegst, kommst Du schon dahinter. Ich habe eine schöne Zeit mit Dir gehabt, für die ich Dir dankbar bin und die ich nie vergessen werde. Du hast mir viel bedeutet und ich Dir vielleicht auch ein wenig. Wenn wir einander noch einmal begegnen, hoffe ich, daß wir das als gute Freunde tun können.

Für immer, Deine Ada.

Langsam legte er das Blatt zurück auf den Schreibtisch. Der unvermutete Ton des Abschieds, das Endgültige der Sätze drang tief in sein Bewußtsein; zugleich aber wußte er, daß er nichts unternehmen würde, um es ungeschehen zu machen. So war es eben, die Episode war zu Ende. Er setzte sich hin und zog die untere Schublade seines Schreibtisches auf, um das zu tun, was er in Adas Anwesenheit vorgehabt hatte. Er konnte nehmen, was er wollte, ohne hinzusehen: die Ordnung, die er um sich herum geschaffen hatte, lieferte ihm ein zusätzliches Jahr seines Lebens, das andere mit Suchen vergeudeten.

Er legte einen altmodischen Füller und ein Brillenetui vor sich hin. Der Füller war dick, aus geflammtem, dunkelblauem Ebonit, das stumpf und leblos geworden war; die Kupferspange und die Verzierungen waren matt und rostig. Vorsichtig schraubte er ihn auf und betrachtete die goldene Feder, schwarz von uralter Tinte. Er machte die Schreibtischlampe an und studierte die Feder sorgfältig mit der Lupe – und er sah, was er gehofft hatte: in den Tintenresten schimmerte eine tiefgrüne Glut, wie Algen in einem fauligen Teich. Er schraubte den Deckel wieder zu, aber das Gewinde war überdreht; dennoch spürte er an einem ganz leichten Widerstand das Ende des Gewindes.

Das Brillenetui war aus billigem, beigefarbenem Pappmaché. Er öffnete es und nahm die Brille heraus. Die Fassung war aus leichtem, durchsichtigem Zelluloid; die fetten, schmutzigen Gläser waren konvex geschliffen. Er wollte sie kurz aufsetzen, aber als er die

Bügel auseinanderbog, brach alles in pulverisierte Stücke auseinander, die Gläser fielen heraus, und plötzlich lag nur noch ein bißchen Abfall auf Adas Brief. Mit der linken Hand nahm er den Papierkorb und schob mit dem rechten Unterarm alles hinein.

12

Das Dreieck

Max hätte es natürlich auch Oud fragen können, denn es stand sicher in den Prozeßakten, aber er wollte dieses Geisterhaus nicht mehr betreten. Beim Justizministerium brachte er mit einiger Mühe in Erfahrung, daß seine Großeltern väterlicherseits in Prag geheiratet hatten und daß sein Vater, mit kalendarischer Disziplin, an seinem Todestag geboren worden war: am 21. Juni 1892, in Bielitz, Österreich-Ungarn. Offenbar hatte niemand daran gedacht, daß er Geburtstag hatte, als er an die Wand gestellt wurde. In Kattowitz hatte er die Grundschule besucht, dann das Gymnasium in Krakau absolviert, bevor er mit neunzehn Jahren in Wien anfing zu studieren. Seit seinem Besuch am Staatlichen Institut für Kriegsdokumentation dachte Max über eine Anregung Onnos nach: den Urlaub in diesem Sommer einmal nicht an einem stumpfsinnigen Strand in Frankreich zu verbringen, sondern in der Gegend, aus der sein Vater stammte – danach konnte er die ganze Sache vielleicht endgültig *ad acta* legen. Andererseits: was die Vergangenheit anging, so herrschte dort natürlich ein ebenso massives Schweigen wie in Brüssel, wo seine Mutter geboren war. Aber als er zu Hause seinen Atlas aufschlug, machte er eine schockierende Entdeckung. Die drei Orte der Jugend seines Vaters – jetzt im Süden Polens gelegen, in der Nähe der tschechischen Grenze, und Bielsko, Katowice und Kráków genannt – bildeten einwandfrei ein gleichschenkliges Dreieck, das wie eine Pfeilspitze genau nach

Osten zeigte. Und in der Mitte, genau auf dem Schnittpunkt der drei Winkelhalbierenden, lag Oświęcim: Auschwitz.

Er fuhr mit dem Zug – wie seine Mutter. Sie hatte die Strecke vermutlich weiter südlich hinter sich gebracht, via Leipzig und Dresden; sein Transitvisum durch die DDR schickte ihn zuerst nach West-Berlin, Bahnhof Zoo, wo er morgens früh ankam und seine Koffer in die Gepäckaufbewahrung gab. In der Morgensonne schlenderte er über den Kurfürstendamm, kaufte sich an einem Kiosk einen Baedeker und nahm ein Taxi zum verwüsteten Reichstag, wo man emsig an der Restaurierung arbeitete. Das Gebäude war barhäuptig: die große Mittelkuppel – Bismarcks Helm – war verschwunden, und als er sich umdrehte, sah er am anderen Ende der großen Wiese im Tiergarten das neue Kongreßzentrum, das exakt die Form von Hitlers Mütze hatte. Auch das war also ausgeglichen. Er widmete Van der Lubbe einen Gedanken, der hier mit einem Freudenfeuer ihre Zeugung gefeiert hatte, und spazierte entlang der Mauer, die schweigend ihre grellbunten Botschaften hinausschrie, durch den Tiergarten. Neben einem Chaos aus Wurstständen, Andenkenshops und geparkten Autobussen am früheren Potsdamer Platz, kletterte er auf ein Holzgerüst und sah zwischen fotografierenden und sich gegenseitig zur Seite drängenden Touristen auf den maßlosen Kahlschlag auf der anderen Seite hinüber, wo die achteckige Form des Leipziger Platzes dalag wie der Hufabdruck eines riesigen Monsters. Einige hundert Meter weiter war die Stelle zu sehen, an der sich das Monster als letztes das eigene Leben genommen hatte.

Nachmittags holte er seinen Koffer aus der Aufbewahrung und fuhr mit der S-Bahn nach Ost-Berlin. Schon dort hatte er das Gefühl, bereits seit Wochen weg von zu Hause zu sein. Am Bahnhof Friedrichstraße wurde er von Vopos anderthalb Stunden lang mit absoluter Bürokratenpedanterie von Schalter zu Schalter gescheucht und mit Formularen und noch mehr Formularen traktiert, Reisepaß, Visum, alles Geld auf den Tisch, sofort die Sonnenbrille abnehmen! Er spürte handgreiflich, daß er nicht nur von der einen Hälfte einer Stadt in die andere ging, und nicht nur von einem Land in das andere, sondern von einer Welt in die nächste. Er betrachtete das eingezäunte Brandenburger Tor und spazierte Unter den Linden, wo eine wohltuende Stille herrschte. Der Unterschied zwischen West- und Ost-Berlin war der zwischen dem Amsterdam von 1967 und dem von 1947. Überall an den farblosen Giebeln hingen auf roten Transparenten ausschließlich Parolen und Losungen: *Künstler und Kulturschaffende, begeistert mit eurer Kunst die Werktätigen für den Sieg des Sozialismus.* Passanten warfen Blicke auf seinen französischen Sommeranzug, seine italienischen Schuhe, das amerikanische Hemd, die englische Krawatte; ab und zu wurde er von jemandem angesprochen, der zu einem Kurs von vier zu eins D-Mark tauschen wollte.

Am Ende der Allee, gegenüber von dem Platz, an dem 1933 die Bücherverbrennung stattgefunden hatte, ging er in die Neue Wache: ein kleines, neoklassizistisches Gebäude mit einem Säulenportal, vor dem zwei reglose Soldaten den kichernden Blicken einer Gruppe Neugieriger widerstanden. Drinnen brannte über den Urnen des Unbekannten Soldaten und des Unbekannten Widerstandskämpfers in einem Kristallwürfel ein Ewiges Licht. *Den Opfern des Faschismus und Militarismus*, stand in goldenen Buchstaben an einer Seitenwand. Aber zur Meditation bekam er keine Gelegenheit: mit sanfter Hand wurde der Saal geräumt, und als er ins Freie trat, näherte sich mit Marschmusik und krachenden Stiefeln die Wachablösung. Die Befehle, der Paradeschritt, Körper, die aussahen, als wären sie aneinander befestigt, die schauderhafte preußische Präzision, mit der fünfzig Gewehrschäfte wie ein einziger auf das Pflaster schlugen, das ganze undurchdringliche Zeremoniell entlockte den Berlinern hauptsächlich ein Kichern – der einzige, der merkte, wie seine Augen feucht wurden, war er selbst, denn es ging zwar militärisch zu, war aber doch auch für die Opfer des Faschismus gedacht.

Mit dem Stadtführer in der Hand irrte er weiter durch die Stadt, und ihm war, als wate er bis zu den Knien in der Geschichte. In der menschenleeren Otto-Grotewohl-Straße, vormals Wilhelmstraße, starrte er schließlich minutenlang gedankenverloren auf den sonnenbeschienenen Rasenplatz, wo früher die Reichskanzlei gestanden hatte. Ein herausragender Tumor markierte die Stelle, wo der Zugang zum Bunker gewesen war; dort unten, tief in der Erde, hatte das Monster schließlich seinen ersten Schuß seit dem Ersten Weltkrieg abgegeben: in den eigenen Mund. Max nickte zustimmend. Das hat man von seinen Gelüsten, dachte er.

Der Nachtzug nach Katowice wurde zu seiner Freude noch von einer zischend stampfenden, archaisch pfeifenden Lokomotive gezogen. An der polnischen Grenze wurde stundenlang gehalten, immer wieder andere Beamte in anderen Uniformen kamen durch den Gang und schoben die Abteiltür auf; der Zug fuhr zurück, vor, prallte auf andere Waggons, fuhr aus dem Bahnhof heraus, wieder hinein, draußen waren Wachtürme zu sehen, Scheinwerfer, Jeeps mit Soldaten, einen Stiefel halb aus dem Auto. Er fühlte sich vollkommen zufrieden. Endlich war alles anders. In dem spärlichen Licht versuchte er einen Artikel englischer Kollegen über die Entdeckung einer neuartigen Radioquelle, eines Pulsars zu lesen; sie waren so unvorsichtig gewesen zuzugeben, daß sie eine außerirdische Kultur nicht ausschlossen. Aber ihm stand der Kopf nicht nach den technischen Einzelheiten. Bisher hatte er in Fahrtrichtung gesessen, jetzt fuhr er rückwärts nach Polen hinein und hatte das Gefühl, er führe zurück nach Hause. Wiederholt kam der Schaffner, mit immer schwärzeren Wechselkursen des Złoty, aber es erschien ihm ratsam, darauf nicht einzugehen; die Bäuerin auf der Bank ihm gegenüber, mit einem Kopftuch und einem schnaubenden Ferkel in einem Korb auf dem Schoß, schien nichts zu hören. Bei Gliwice standen nach und nach alle auf und suchten ihre Sachen zusammen, Max wußte, daß sie nun in Gleiwitz einfuhren, wie die Stadt früher geheißen hatte, an der ehemaligen deutschpolnischen Grenze, wo Hitler einen ›Zwischenfall‹ als Vorwand inszeniert hatte, um am nächsten Tag in Polen einzufallen: hier hatte alles erst richtig begonnen.

Er nahm ein Zimmer in einem verfallenen Hotel in Privatbesitz im Zentrum Kraków. Hatte Lysenko vielleicht doch recht? Waren auch Erfahrungen vererbbar? Ihm war, als käme er nach Hause. Als er die Balkontüren zum stillen, bewachsenen Hof öffnete, traf ihn ein unbekannter und zugleich unbeschreiblich vertrauter Braunkohlegeruch mit einer Temperatur, die genau der seiner Haut entsprechen mußte: es war, als ob sich sein Körper bis zu den Mauern der Gebäude ringsum weitete. Nachher, in der Stadt, versuchte er sich darüber klarzuwerden, daß auch sein Vater hier entlanggegangen war, mit einem Schulranzen aus steifem Leder auf dem Rücken, aber das Bild wollte keine Gestalt annehmen. Das Gymnasium sah aus wie alle Gymnasien, mit ionischen Säulen und einem Tympanon über dem Eingang. In einem Café, wo er zum Kaffee ein Glas Wasser bekam, sah er im Telefonbuch nach, ob noch ein Delius in der Stadt wohnte, ein Cousin oder eine Cousine vielleicht; aber er wußte zugleich, daß die deutschsprachige Bevölkerung schon nach dem Ersten Weltkrieg in den österreichischen Torso gezogen war. Vielleicht hausten ja in Prag, Wien oder Budapest noch Delii. Den Rest des Tages verbrachte er wie ein Tourist, bewunderte die Kathedrale, stand an Grabmalen polnischer Könige und ging mit wollenen Überschuhen über das Parkett von hundert sinnlosen Sälen im Schloß Wawel.

Am nächsten Morgen fuhr er in aller Frühe mit dem Bummelzug auf dem nördlichen Schenkel des Dreiecks zurück nach Katowice. Unter einem bedeckten Himmel ebene Felder in trostloser Verlassenheit, ärmliche Dörfer, Kinder, die auf dem Hof hölzerner Bauernhäuser winkten, trübsinnige Wälder, die allmählich übergingen in eine schwarze Industrielandschaft mit Abraumhalden und Fabriken, und schließlich eine unübersehbare Gleisanlage mit Güterzügen. Einige Stunden lang irrte er ziellos durch die stillen Straßen, atmete den schweren, dampfigen Geruch von Kohle und Schwefel und sah Frauen, die als Straßenkehrerinnen arbeiteten. Ob sein Kind eines Tages so durch Amsterdam und Leiden gehen würde? Er ertappte sich dabei, daß er sofort auch an Ada dachte. Bedeutete das, daß er zu ihr zurückgehen sollte? Nachdem sie gegangen war, hatte er keinerlei Kontakt mehr zu ihr gehabt und sie eigentlich schon halb vergessen – was wäre, wenn sie anriefe und

sagte, sie sei schwanger von ihm? Was würde er tun? Aber das war
unmöglich, dafür sorgte die Pille. Er schob den Gedanken beiseite
und ging zurück zum Bahnhof. Auf der Grundlinie des Dreiecks
brachte ihn der Zug nach Bielsko-Bialla, fünfzig Kilometer weiter
südlich. Aber auch in dieser Stadt, in der seine Großmutter geschrien hatte bei der Geburt seines Vaters, vernahm er kein Echo.
Das Gefühl einer heimatlichen Vertrautheit, das er zunächst gehabt hatte, war weg. Vielleicht hatte Lysenko doch nicht ganz
recht. Nur eine Stunde später fuhr er auf dem südlichen Schenkel
des Dreiecks zurück nach Kraków, sah den Krähen auf den Äckern
und den Pferden und Bauernkarren auf den Landstraßen zu und
fragte sich, ob er gut daran getan hatte, auf Onno zu hören.

Am dritten Tag fuhr er noch einmal in Richtung Katowice, stieg
in Trzebinia um und fuhr mit klopfendem Herzen mitten in das
Dreieck hinein, nach Oświęcim, auf dem Schnittpunkt der Winkelhalbierenden. Auch dort, unter einem diesigen weißen Himmel,
ausgedehnte Gleisanlagen mit rangierenden Zügen, Heizer, die
sich neben ihren Feuern aus stampfenden Lokomotiven beugten
und auf die Züge schauten, die endlosen Reihen geschlossener
Viehwaggons. Ein Taxi brachte ihn in fünf Minuten zum Eingang
des Lagers.

Rostbraune Gebäude, die durch die Bäume schimmerten. Der
hohe, viereckige Schornstein des Krematoriums. *Arbeit macht frei.*
Düster sah er auf den schmiedeeisernen Spruch über dem Tor. War
das nationalsozialistischer Zynismus, jedenfalls war ihm das immer so vorgekommen, oder stand das schon da, als dies hier noch
eine österreichisch-ungarische Kavalleriekaserne in der Nähe der
früheren Grenze zwischen Habsburgischem Reich und Hohen-
zollern war? Vielleicht war sein Vater noch Teil der Garnison gewesen, die hier ihren Standort hatte.

Es herrschte eine klamme, windstille Hitze. An einem Stand aß
er eine stark gewürzte Wurst auf einer Scheibe Schwarzbrot,
kaufte an einem anderen Stand einige Broschüren und ging durch
das Tor. Er hatte das Gefühl, als ob er auf merkwürdige Weise
hinter sich selbst herging – daß nur sein Körper über den gehark-

ten Kies schritt, daß er selbst aber noch lange nicht hier ging, daß es noch Jahrzehnte dauern würde, bis er hier tatsächlich gehen würde. Wachtürme. Doppelreihen gebogener Betonpfähle mit Stacheldraht an Isolatoren. *Halt! Stoj!* Es war alles kleiner, als er gedacht hatte. Ein stilles Dorf aus dreiunddreißig Ziegelsteingebäuden, drei Reihen zu je elf, wo Zehntausende totgeschlagen, erschossen, totgespritzt, zu Tode gefoltert worden waren und mit Gas an verwundeten russischen Kriegsgefangenen und Kranken aus den Krankenhäusern der Umgebung experimentiert wurde – und das war noch immer nicht der eigentliche Ort. Steine, stickige Keller, dunkle Höhlen, Eisenringe an den Wänden, Ketten, rostige Operationstische. Einige Blöcke waren als Museum eingerichtet. Er sah ein infernalisches Terrarium von zwanzig Metern Länge und drei Metern Tiefe, voll mit Frauenhaar, das eine uniforme, mattgraue Farbe angenommen hatte. War auch das Haar seiner Mutter dabei? Ein anderes Terrarium mit abgetretenen Kinderschuhen, mit Brillen, mit Zahnbürsten, mit künstlichen Gliedmaßen. Da lag es. War es *tatsächlich* so, daß letztendlich nichts mehr zählte? War alles möglich und konnte alles getan werden, weil es eines Tages unwiderruflich beiseite gelegt würde? Konnte die himmlische Seligkeit im Himmel nur wegen dieses verbrecherischen Gedächtnisschwundes genossen werden? Sollten die Glückseligen dafür nicht mit der Hölle bestraft werden? Alles war offenbar bis in alle Ewigkeit verpfuscht, nicht nur hier, sondern auch bei tausend vorangegangenen und nachfolgenden Gelegenheiten, an die keiner mehr dachte. Ein Himmel war unter diesen Umständen unmöglich, nur die Hölle gab es vielleicht. Wer an Gott glaubte, dachte er und schaute in die riesige Vitrine mit Spielzeug, sollte vor Gericht gestellt werden – an die schwarz geteerte Hinrichtungswand, die er neben Block 11 gesehen hatte.

Er spürte, daß er auf dem besten Wege war, sich selbst etwas anzutun. An einem Stand außerhalb des Lagers trank er ein Glas lauwarmes Mineralwasser, blätterte in den Broschüren, sah sich die Zahlen und Grundrisse an und machte sich auf den Weg zu einem Gehöft einige Kilometer weiter, wo das Vernichtungslager Ausch-

witz II lag. Er hätte auch ein Taxi rufen können, aber da auf diesem
Weg Abertausende in den Tod getrieben worden waren, fand er,
daß er zu Fuß gehen sollte, wie die Christen über die Via Dolorosa.
Verlassen wand sich die schmale Straße zwischen Stoppelfeldern
und gelegentlichen Birkenwäldchen dahin, hinter denen Fabrik-
schornsteine und die Türme von Minenschächten aufragten. Es
war stickig; schwitzend und leicht gebeugt sah er auf die Steine,
über die er ging, während um ihn herum nicht nur die Landschaft
versank, sondern allmählich auch alles, was ihn band: Amsterdam,
Onno, seine Freundinnen, seine Kollegen, seine Arbeit, die Sternwarte, die absurden Tiefen des Weltalls. Nur er selbst blieb übrig,
so wie er jetzt da über die Pflastersteine zwischen Oświęcim und
Brzezinia ging, im Mittelpunkt seines Teufelsdreiecks. Ohne an
etwas Bestimmtes zu denken, wurde er immer mehr erfüllt von
dem Bewußtsein, daß es ihn gab, daß er existierte, hier, jetzt, daß er
jetzt hier der war, der er war: aber warum? War er selbst vielleicht
diese Frage, dieses Geheimnis? War die Frage die Antwort und die
Antwort die Frage? Er sah, wie sich seine Schuhe abwechselnd vorwärts bewegten, und plötzlich nahm er die Drehung der Erde
wahr: er mußte gehen, um auf derselben Stelle zu bleiben. Nach
einer Weile nahm die Drehung langsam zu, und er mußte schneller
gehen, um sie auszugleichen, und auf einmal bekam er das Gefühl,
als würde er vornüber fallen, schwindlig blieb er stehen und sah
auf. Er stand an einer Kreuzung mit einem sandigen Feldweg voller
Wagenspuren. Einige hundert Meter weiter führte eine Brücke
über ein Eisenbahngleis, und wiederum einen Kilometer weiter,
niedrig und breit im diffusen Sonnenlicht, lag das Zufahrtsge-
bäude von Auschwitz-Birkenau: *anus mundi*.

Hier war es. Mit seinem kleinen Turm über dem Tor sah es aus
wie ein monströser Raubvogel, der sich mit gespreizten Flügeln
niedergelassen hatte. Darüber war der Himmel Tag und Nacht rot
gewesen von den brennenden Männern, Frauen und Kindern;
ringsum mußten überall noch Spuren ihrer Asche in den Äckern
liegen. Es gab keinen Verkehr; die Stille war nur erfüllt von Vogel-
gezwitscher und pfeifenden Lokomotiven in der Ferne, es duftete

nach warmen Gräsern, und dieser Duft vermischte sich mit einem undefinierbaren chemischen Geruch. Das Gebäude in seiner erbarmungslosen Symmetrie sah ihn reglos an. Als er sich in Bewegung setzte, bemerkte er auf der anderen Seite der Kreuzung ein kleines Marienbildnis, das in eine Art Vogelhaus gestellt worden war. Die Madonna hatte einige verdorrte Zweige in den Händen, und ihre Augen waren nach oben gedreht mit diesem Blick, den er – wenn er sich aufrichtete – so oft unter sich auf seinem Kopfkissen gesehen hatte. Im selben Augenblick packte ihn die Raserei. Ohne zu überlegen oder sich auch nur umzusehen, rannte er hin, riß die hölzerne Figur vom Sockel, nahm sie am Kopf und schleuderte sie so weit er konnte ins Dickicht.

Mit pochendem Herzen ging er weiter, über die Eisenbahnbrücke, und sah das Lager mit jedem Schritt näher kommen: ein schwarzes Loch, aus dem es kein Entrinnen gab. Dies war der Altar, die eigentliche Kraftzentrale des Faschismus. Gab es irgendwo auf Erden einen Ort, an dem im selben Maße das Gute getan worden war wie hier das Böse? Und wenn das die Filiale der Hölle auf Erden war, wo war dann die des Himmels? Einen solchen Ort gab es nicht, es gab nur die Hölle. Dieser Ort war das genaue Gegenteil des Paradieses, auch wenn es das Paradies nie gegeben hatte. Erst jetzt fiel ihm auf, daß es in dem rötlichen Backsteinbau zwei Eingänge gab: einen in der Mitte, durch den die Schienen liefen, und links davon einen für den sonstigen Verkehr. Hunderte von Metern nach links und rechts doppelte Reihen von Betonpfählen mit elektrisch geladenem Stacheldraht, vier Meter hoch, in kurzen Abständen von Wachtürmen unterbrochen. Durch das Schienen-Tor, das aussah wie die Öffnung eines Krematoriumofens, wollte er das Lager betreten, aber es war, als ob plötzlich eine unsichtbare Mauer niederkam: er durfte nicht hineingehen. Die verfluchte Erde, wo Millionen von Menschen getötet worden waren, war heilig geworden: er durfte sie nicht betreten.

Auf der Schwelle sah er über das Areal aus Schutt und Unkraut. Es wirkte wie ein in aller Eile verlassenes Schlafzimmer, mit nicht gemachtem Bett, alle Schubläden und Schränke offen, und überall

Kleider am Boden. Nirgends ein Mensch. Im Lager gabelten sich die Schienen einmal, und dann noch einmal; in den langen Zwischenräumen hatten die Selektionen stattgefunden, die einen mußten sofort sterben, die anderen erst später. Auf der linken Seite der *Lagerstraße* standen Reihen von Holzbaracken, rechts davon nur noch die steinernen Schornsteine. Hinten, am Ende der Schienen, sah er links und rechts die Ruinen der gesprengten Krematorien und Gaskammern; die Rückseite des Lagers, dieser rechteckigen Opferschale, war zu weit weg, als daß er sie hätte sehen können. Er ging in die Hocke und legte die rechte Hand auf die verrosteten Schienen. Über diese Schienen war sie hineingefahren. Ihm war, als hielte eine reglose Stille ihren Einzug in ihn, nicht er ging in das Lager, sondern das Lager in ihn. Schlächter und Opfer – verschwunden, sein Vater genauso wie seine Mutter. War er selbst dann nicht die Personifikation des Lagers als Ganzes?

Er beschloß, langsam um die viereinhalb Millionen Quadratmeter zu gehen. Auf jedem Quadratmeter stand ein Toter.

13
Aufräumen

Zur selben Zeit, in der Max seinen polnischen Rundgang von acht Kilometern machte, überwand Ada ihr Zögern und rief Onno an, um ihn zu fragen, wo sich sein Freund herumtrieb. Max hatte sich ihr gegenüber wie ein Schuft benommen, andererseits gab es nun einmal diese merkwürdige Busenfreundschaft; vielleicht hatte an dem Vormittag wirklich etwas Wichtiges auf dem Programm gestanden – obwohl er ihr das ruhig hätte sagen können. Auf jeden Fall war er nicht aus ihren Gedanken verschwunden, und auch sie hatte vielleicht etwas zu drastisch reagiert.

Onnos Stimme klang überrascht, aber er konnte ihr nicht weiterhelfen.

»Irgendwo in Polen, oder in der Tschechoslowakei, oder in Ungarn – du weißt doch, mit wem du es zu tun hast. Schrecklich ist das alles.«

Mit wem sie es zu tun hatte? Der Sinn dieser Bemerkung entging ihr.

»Wann kommt er wieder zurück?«

»In etwa drei Wochen, glaube ich.«

»Hat er noch über mich gesprochen?«

»Ich hatte den Eindruck, daß es ihm leid tat, daß es schiefgegangen ist zwischen euch beiden. Mir übrigens auch. Du hattest einen positiven Einfluß auf diesen Irren – die läuternde Wirkung der Musik. Wie steht's mit deinem Duo?«

»Das gibt es eigentlich nicht mehr. Bruno hat keine Perspektive mehr gesehen. Ich habe mich gerade beim Concertgebouw-Orchester vorgestellt.«

»Und?«

»Ich werde benachrichtigt.«

»Und wieso das alles so plötzlich?«

»Ich will Geld verdienen und zu Hause ausziehen. Und du? Fährst du nicht in Urlaub?«

»Ich? In Urlaub fahren? Glaubst du wirklich, daß ich mich derartig spießigen Vergnügungen hingebe? Schande! Du bist doch auch nicht im Urlaub?«

»Weil ich's mir nicht leisten kann.«

»Von wo aus rufst du an?«

»Aus dem Concertgebouw.«

»Laß uns einen Kaffee bei Keyzer trinken, an der Ecke. Ich komme gleich und werde mein versengendes Licht über diesen böhmischen Pferdedieb leuchten lassen.«

Von ihrem Tisch am Fenster aus sah sie, wie er den Museumplein überquerte. Max hätte sie sofort gesehen, vermutlich noch eher als sie ihn; aber Onno sah vollkommen in sich selbst versunken auf die Pflastersteine und war mit den Gedanken offenbar ganz woanders. Seine große, plumpe Gestalt flößte ihr einen vagen physischen Widerwillen ein, aber zugleich rührte er sie auch. Sie konnte sich keinen größeren Gegensatz vorstellen als den zwischen Max und Onno: Max, dem nichts entging, der überall zugleich war, und Onno, der immer auf einen Punkt konzentriert war und den Rest der Welt nie wahrnahm.

Er schien sich zu freuen, sie zu sehen. Zum ersten Mal bekam sie sogar einen unbeholfenen Kuß auf die Wange.

»Worüber hast du so selbstversunken nachgedacht?«

»Möchtest du es wirklich wissen?«

»Wenn es nicht geheim ist...«

»Es ist schrecklich geheim, aber ich werde es dir erzählen. An ein magisches Quadrat.« Er nahm eine Zeitung vom Lesetisch, setzte sich ihr gegenüber und schrieb auf den Rand:

$$m \, a \, x$$
$$a \, d \, a$$
$$x \, a \, m$$

»Schau dir diese Kreuzigung einmal ganz genau an. Ich fragte mich, was die Diagonale *xdx* und *mdm* bedeuten, aber dafür habe ich noch keine Lösung. *Mdm* ist vielleicht die Abkürzung für *madman* oder für *madame* oder für beides, aber wofür steht *xdx*? Etwas aus der Differentialrechnung vielleicht, aber davon versteht Max mehr als ich. Erzähl, wie geht es dir? Das letzte Mal, daß wir uns gesehen haben, war an diesem wahnsinnigen Abend, als du aufgetreten bist.«

»Es ist auch das erste Mal, daß ich seitdem wieder in Amsterdam bin.«

»Was ist denn passiert, daß es zwischen euch so plötzlich aus war? Mir kam das eigentlich ziemlich idyllisch vor.«

»Hat er dir das denn nicht erzählt?« fragte Ada erstaunt.

»Ich habe ihn nicht danach gefragt.«

Offenbar, dachte Ada, erzählten sie einander doch nicht *alles*, wie Max behauptet hatte.

»Dann sage ich es lieber auch nicht.«

Onno nickte und rührte in seinem Kaffee.

»Ja, und da sitzen wir nun. Max ist auf der Suche nach seinen Wurzeln, und wir sitzen hier wie zwei Waisen.«

»Was für Wurzeln hat er denn?«

Ungläubig sah Onno sie an.

»Hat er nie darüber gesprochen?«

»Er redete nie sehr viel.«

Onno überlegte, ob *er* es erzählen durfte. Da aber Max seine Geschichte nicht unbedingt geheimhalten wollte, und weil er fand, daß Ada ein Recht darauf hatte, erzählte er ihr die Tatsachen – vom Krieg bis zu ihrem Besuch beim Staatlichen Institut für Kriegsdokumentation.

Als Ada von diesem Besuch hörte, ging ihr ein Licht auf. *Mach's dir selbst.* Zugleich war sie weiterhin der festen Überzeugung, daß er nicht so reagiert hätte, wenn ihn ein anderer abgeholt hätte: es war passiert, wie es passiert war, weil es Onno war, der geklingelt hatte – Onno, der vielleicht wieder gehen würde, wenn nicht sofort geöffnet wurde, und dann nie mehr wiederkommen würde. Aber auch das verstand sie auf einmal: seine Eltern waren weggegangen und nie zurückgekehrt. Schweigend trank sie ihren Kaffee. Max war für sie plötzlich ein anderer geworden, als ob sie am Morgen die Vorhänge beiseite geschoben hätte und die vertraute Aussicht über Nacht eingeschneit gewesen wäre: alles war dasselbe, und alles war anders. Auf eine Weise, die sie wunderte, hatte er ihr gefehlt in ihrem stillen Hinterzimmer in Leiden, nicht körperlich, denn das bedeutete ihr noch immer nicht viel, sondern einfach in seiner Anwesenheit. Jetzt allerdings stellte sich heraus, daß diese Anwesenheit zugleich auch eine Abwesenheit gewesen war; all die Wochen hatte er sie nicht für würdig befunden, ihr zu zeigen, wer er eigentlich war. Oder war es unfair, so zu urteilen über jemanden, der Erfahrungen hatte machen müssen, von denen sie sich keine Vorstellung machen konnte? Unvorstellbar: ihr eigener Vater hätte ihre Mutter umbringen lassen und wäre dann selbst erschossen worden ... Undenkbar. Max und sie waren nicht mehr als dreizehn

Jahre auseinander, aber für sie war dieser ganze Krieg, über den auch ihre Eltern ständig redeten – und dem sie ihre Existenz zu verdanken hatte –, ein Geschehen aus grauer Vorzeit. Es lief wohl darauf hinaus, daß sie für Max überflüssig war. Dieses Gefühl hatte sie die ganze Zeit über selbst auch gehabt, und jetzt wußte sie, woher es kam. Sie hatte den richtigen Entschluß gefaßt, ihn zu verlassen, wenn auch vielleicht aus einem falschen Grund. Er war verschlossen, und er war nicht dazu bereit gewesen, ihr den Schlüssel zu geben, den Onno offenbar in der Tasche hatte.

»Willst du wieder zu ihm zurück?« fragte Onno.

»Das geht nicht mehr. Nicht, weil du mir das alles erzählt hast, sondern weil er es mir *nicht* erzählt hat.« Sie sah, daß Onno sich unbehaglich fühlte und sich fragte, ob er vielleicht doch einen Fehler gemacht hatte. »Und du?« fragte sie, um ihm zu helfen. »Wie geht es dir? Kommst du voran mit deinen Entzifferungen?«

»Red nicht davon. Jeden Morgen, wenn ich aufwache, starrt mir der Bankrott meines Lebens mit hohlen Augen entgegen.«

»Übertreibst du da nicht ein bißchen?«

»Ein bißchen? Du solltest mich nicht beleidigen. Ich übertreibe furchtbar!«

»Also geht es dir eigentlich sehr gut?«

Ein schiefes Lachen glitt über sein Gesicht.

»Nein, Ada, aber ich schlage mich so durch.«

Es berührte sie, daß er sie beim Namen nannte. Hatte Max sie je mit Ada angeredet? Das Nennen des Namens während eines Gesprächs hatte den Anflug einer kleinen Liebkosung, war wie ein Streicheln über den Kopf. Hatte sie selbst jemals Max beim Namen genannt?

Onno erzählte, er habe beschlossen, in der Zeit, in der er keinen Ansatzpunkt für den Diskos von Phaistos finde, zum Zeitvertreib dann eben die Niederlande zu ändern. Jetzt sei der Augenblick da, die Gelegenheit komme so bald nicht wieder. Deshalb sei er vor kurzem Mitglied der sozialdemokratischen Partei geworden, kein Verein von Himmelsstürmern, zugegeben, aber alles in allem die einzige Partei, die eine Chance auf wirkliche Macht habe und in der man sich mehr oder weniger als kultivierter Mensch zeigen könne. Als erstes müsse nun diese Partei selbst geändert werden; er sehe sich als Teil der Neuen Linken, einer kleinen, aber erlesenen Gruppe von Meuterern, Journalisten und sonstigen zweifelhaften Typen, die in kurzer Zeit die Vorherrschaft der verpfuschten sozialdemokratischen Bonzokratie brechen wollten, all dieser sklavischen Jünger Amerikas mit ihrem Kommunistenhaß und ihrer perversen Liebe zu den Katholiken. Zugleich jedoch müsse verhindert werden, daß diese finsteren Studentenführer an die Macht kämen, auch dazu sei die alte Garde nicht mehr in der Lage. Kurzum, den größten Teil seiner Zeit verbringe er neuerdings bei Versammlungen.

»Wenn du mich fragst, tust du das auch, um deine Brüder zu ärgern. Und was hält dein Vater davon?«

»Da hat man es wieder«, lachte Onno. »Erzähle nie etwas einer Frau, denn sie wird es mißbrauchen, um dich zu verstehen. Im Grunde seines Herzens ist er wahrscheinlich froh, daß ein Quist jetzt auch bei den Roten eine Rolle spielt, aber er würde sich eher die Zunge abbeißen, als das einzugestehen. Und die Sozialisten finden es auch nicht schlecht, einen Quist dabeizuhaben. Mit der erhabenen Würde, die ja so kennzeichnend für mich ist, lasse ich mir das gefallen. In der Politik muß man mit den Waffen kämpfen, die man hat, wie in der Liebe. Alles innerhalb der Grenzen des Anstandes, versteht sich.«

»Du siehst Max jetzt also seltener als früher?«

»Ja«, sagte er, »ich sehe Max jetzt seltener als früher.« Er zündete sich eine Zigarette an und sagte: »Ich glaube nicht, daß ich es dir erklären kann, denn ich verstehe es eigentlich selbst nicht, aber ich werde ihm bis ans Ende meiner Tage dankbar sein für die Tatsache, daß es ihn gibt.«

»Das gilt auch für ihn, was dich betrifft. Das weiß ich.« Sie sah ihn kurz an. »Aber warum gibst du hier plötzlich feierliche Erklärungen ab?«

»Aus saturnischer Melancholie.«

»Ist etwas Unangenehmes zwischen euch vorgefallen?«

»Aber nein. Es hat nur etwas mit der Zeit zu tun. Wir kennen uns jetzt ein halbes Jahr, und in den letzten Wochen erwische ich mich dabei, daß mir immer wieder ein Satz von Hegel einfällt, wenn ich an die ersten Monate denke: *Das war also ein herrlicher Sonnenaufgang.* Das schrieb er noch als alter Reaktionär über die Französische Revolution, die ihn in jungen Jahren inspiriert hatte – als jeder nur noch von den Greueltaten des jakobinischen Terrors sprach. Noch vor zwei Monaten ist mir dieser Satz mitnichten eingefallen, und daß das jetzt geschieht, mit diesem ominösen Imperfekt, ist natürlich ein Zeichen, daß sich etwas verändert. Ich sehe ihn wegen meiner politischen Arbeit viel weniger, aber vielleicht ist es auch ein bißchen umgekehrt, wenn du verstehst, was ich meine. Na, die alte Geschichte, nichts Besonderes: auf Aktion folgt Reflexion, auf die Liebe folgt die Ehe. Wir werden ewig gute Freunde bleiben – obwohl mir dieser Schuft die Freundin ausgespannt hat.«

»Deine Freundin ausgespannt?« wiederholte Ada, eher erschrocken als erstaunt. »Und du hast gesagt, es sei nichts Unangenehmes passiert. Wann war das denn?«

Onno lachte und sagte, daß es immer besser sei, ihn nicht allzu wörtlich zu nehmen. Amüsiert erzählte er von seinem Verhältnis mit Helga, dem Max ein Ende gesetzt hatte, indem er einen Freund von der Straße mimte. Eigentlich sei es natürlich ein großes Drama gewesen. Es sei wie bei dem Theaterstück im *Hamlet*, sagte er, *the play within the play*, in dem der König mit seinem Verbrechen konfrontiert werde, freilich mit dem Unterschied, daß es bei Shakespeare von einem listigen Stiefsohn vorsätzlich inszeniert worden sei, Max aber aus verspielter Unschuld gehandelt habe.

»Und wer räumt dir jetzt das Zimmer auf?«

»Niemand«, sagte Onno mit komisch erstickter Stimme und verzog das Gesicht, als würde er sogleich anfangen zu schluchzen. »Niemand. Ich bin allein, ganz allein auf der Welt.«

»Armer Junge«, sagte Ada mit einem Lachen. »Soll ich vielleicht mal dein Zimmer aufräumen?«

»Ja, mein Fräulein«, nickte Onno auf eine Weise, die in Kinderbüchern früher mit ›eifrig‹ beschrieben wurde, »gerne, Fräulein.«

»Wollen wir gehen?«

Forschend sah er auf.

»Meinst du das immer noch im Scherz?«

»Ganz und gar nicht. Ich möchte sehen, wie du lebst, ich habe so viel von dir gehört ...«

»Max hat auch nie gesehen, wie ich lebe, oder besser: nicht lebe.«

»Ich bin nicht Max.«

Sie sahen sich an. Alles veränderte sich plötzlich – wie ein umstürzender Baum, mit Wurzeln, die aus der Erde gerissen wurden und voller krabbelndem Ungeziefer waren. Nein, sie war nicht Max, und auch er war nicht Max, und zugleich war sie doch Max, und er auch.

Während Max in Polen trauernd sein Rechteck um das Megaschafott abschritt, war Ada sprachlos über das, was sie plötzlich anrichtete, und Onno über das, was er geschehen ließ. Er schleppte ihr Cello über den Museumplein und sagte, er verstehe jetzt endlich, warum Max Schluß gemacht habe. Durch den Tunnel des Rijksmuseums gingen sie zur Kerkstraat. Onno ging die vier Stufen zum Souterrain hinunter, öffnete die Tür des früheren Lieferanteneingangs und ließ sie ein.

»Das ist wirklich absolut unmöglich«, sagte er, während er ihr über die gesprungenen Marmorplatten in den dunklen Flur vorausging. Eine der Wände wurde fast völlig von gestapelten roten und grünen Petroleumdosen verdeckt.

»Wieso das denn? Hat dir deine Vermieterin vielleicht Damenbesuch untersagt?«

»Meine Vermieterin ist selbst ein unbeschreibliches Lotterweib. Nachts muß ich immer die Tür abschließen.«

»Du tust ja gerade so, als hätte ich dich gefragt, mit mir ins Bett zu steigen.«

»Ist das denn nicht der Fall?«

»Vielleicht doch, ja«, sagte Ada zu ihrer eigenen Verwunderung.

Onno blieb stehen und verdrehte die Augen gen Himmel.

»Was brauchen wir da noch Zeugen? Hier ist der endgültige Beweis der abgrundtiefen Sittenlosigkeit der Frau als solcher! Offenbar kann nicht einmal das Wunder der Musik etwas dagegen ausrichten.«

Ada hörte sich selbst reden, locker, weltgewandt: sie erkannte sich kaum wieder; es war, als sähe sie sich selbst im Königsgewand im Spiegel. Sie spürte, daß sie Herrin der Lage war – sie, die Provinzielle aus Leiden, hier in Amsterdam bei einem international renommierten Wissenschaftler aus bester Familie. Sie fühlte sich ihm überlegen. Bei Max war sie nie dominierend gewesen, nicht einmal der Gedanke daran wäre ihr gekommen; Max hatte sie gütigerweise geduldet wie eine Katze auf dem Schoß, die irgendwann mit einer sanften Bewegung weggeschoben wird. Aber jetzt hatte die Katze einen Vogel im Maul.

Auf der Schwelle zu Onnos Zimmer stockte sie. Es war in der Tat besser, daß Max dieses Chaos nie zu sehen bekommen hatte. Unter einem schmalen Fenster, durch das die Passanten auf dem Gehsteig nicht weiter als bis zu den Knien zu sehen waren, stand ein Schreibtisch, auf dem sich Unterlagen, aufgeschlagene Bücher, Zeitschriften, zerfledderte Zeitungen, Broschüren, Kopien, Kontoauszüge, Umschläge und Rechnungen türmten, alles durcheinander und obendrein garniert mit überquellenden Aschenbechern, einer leeren Milchflasche, einem aufgeplatzten Paket Zucker, einem Kofferradio und einem Stück ranzig gewordener Butter auf Stanniolpapier; auf dem Boden und in den durchgebogenen Bücherregalen an den Wänden, auf einer durchgesessenen Couch und einem Ölofen setzte sich das alles fort bis ins Hinterzimmer, wo es vor einer Matratze endete, auf der das Laken die Farbe des jahrhundertealten Firnis der Deckengemälde in der Sixtinischen Kapelle hatte.

»Ja«, sagte Ada und trat ein, »wenn etwas *absolut* unmöglich ist, dann ist es das hier.«

»Findest du es etwa unordentlich hier?«

»Was soll ich sagen? Es sieht einfach anders aus als bei deinem Freund.«

»Aber ich«, sagte Onno, »lebe auch nicht mit dem Gefühl, daß ich jeden Augenblick fliehen können muß. Für ihn ist jeden Augenblick alles möglich, und dann muß er sofort das finden können, was er mitnehmen will. Ich finde nie etwas.«

Ada hob einen antiken braunen Folianten mit beschädigtem Lederrücken vom Boden auf und las laut den Titel vor, der in einem Dutzend verschiedener Druckschriften geschrieben war: »*Vollständiges Hebräisch-chaldäisches Rabbiner-Wörterbuch zum Alten Testament, der Thargumim, Midraschim und dem Talmud, mit Erläuterungen aus dem Bereiche der historischen Kritik, Archäologie, Mythologie, Naturkunde, etc. und unter besonderer Berücksichtigung der Dicta messiana als Verbindung der Schriften des alten und neuen Bundes.* Ist das spannend?« fragte sie und sah auf.

»Spannender, als du denkst. Das ist die Art von Büchern, die die Heinzelmännchen für mich zusammenstellen. Nachts, wenn ich schlafe.«

Als Lesezeichen steckte eine moderne Broschüre zwischen den Seiten: *Sozialismus und Demokratie*. Während sie das Buch vorsichtig auf einen Stapel legte, mußte sie plötzlich an den Laden ihres Vaters denken, es gab ihr ein häusliches Gefühl. Sie öffnete das Fenster, und ihr Blick fiel auf zwei Hochglanzfotos, die mit Reißnägeln an den Fensterrahmen befestigt waren: eine Art Hüpfbahn, die sich von außen nach innen im Uhrzeigersinn drehte.

»Ist er das?«

»Das ist er.«

Summend, mit einer Haltung, als würde sie ganz einfach lesen, was da stand, ließ sie den Blick über die Symbole schweifen. Onno sah auf die zierliche Gestalt im Gegenlicht, Auge in Auge mit diesem Ding, von dem er jetzt schon so lange gequält wurde. Warum eigentlich nicht, dachte er. Es war aus mit Max, und der war nicht gerade zerschmettert gewesen deswegen; außerdem hatte er in ihrer Zeit reichlich Freundinnen gehabt. Er selbst war kein solcher Phantast, der geil drauflos ging, er hatte sich immer verführen *lassen*, auch mit Helga war es so gewesen. Es passierte nicht so oft, daß jemand sich für ihn interessierte; aber wenn es geschah, dann war er nicht nur wehrlos, sondern empfand das Interesse der anderen als seine eigene Liebe zu ihr. Genau so und nicht anders. Er war in Ada verliebt: wie sie da stand mit ihrem schwarzen Haar und die Geheimschrift betrachtete. Aber er sollte sich Zeit lassen. Er hatte sie nie ohne Max gesehen, auch nicht in seiner Phantasie: sie war ein Teil von ihm, und das mußte verschwinden. Es stand fest, daß er nicht gleich heute mit ihr ins Bett gehen würde. Dafür mußte es allerdings auch erst frisch bezogen werden.

Sie drehte sich um und nahm das Zimmer wieder in Augenschein. Es gab nur einen einzigen schönen Gegenstand: eine üppig verzierte chinesische Truhe aus dunklem Holz, mit Griffen und einem kupfernen Schloß; als sie den Deckel anhob und einen Blick auf die Kleider und Schuhe warf, stieg ihr ein schwerer Duft von Kampfer in die Nase.

»Gibt es hier irgendein System?« fragte sie im Ton von jemanden, der sich an die Arbeit macht. »Damit ich weiß, wie ich aufräumen soll.«

»Es gibt hier kein System. Hier herrscht das wüste Chaos des Genies.«

Es stimmte nicht ganz. Sie ging ins hintere Zimmer, wo zwischen einem überquellenden Bücherregal und einem widerlich schmutzigen Waschtisch gegenüber dem Bett zahllose karierte Zettel auf die Tapete geheftet waren: sorgfältig in senkrechte und waagrechte Spalten unterteilt, mit Aufschriften wie: *Männlich? Weiblich? Nominativ. Mögliche Akkusativa. Orthographische Varianten. Konsonant 2c vor 24?* Verteilt über die Spalten waren Schriftzeichen, und zwar offenbar nicht nur die des Diskos von Phaistos, manche Gruppen waren mit roter oder grüner Tinte umrandet oder mit Randbemerkungen versehen, alles sorgfältig beschriftet und übersichtlich. Auf dem zerknautschten Kopfkissen lag Machiavellis *Il principe*; das Fenster ging auf einen dunklen, gepflasterten Innenhof.

Ada hob einige Kleidungsstücke auf und fragte:

»Hast du eine Waschmaschine?«

»Oben steht eine, die ich benutzen darf, aber ich fürchte mich vor diesem Ungetüm. Das ganze Haus dröhnt, wenn sie läuft, und manchmal geht sie sogar in der Küche spazieren.«

»Gibt es einen Staubsauger, Eimer und Putzzeug oder so was? Eventuell sogar Seife?«

»Sag mal, wolltest du hier wirklich aufräumen? Bist du so ein Herkules?«

»Du gehst jetzt besser für ein paar Stunden in die Stadt.«

»Na, meinetwegen.« Er küßte sie auf die Stirn. »Aber nichts anfassen!«

14
Rückvergütung

Wer von einer Reise zurückkehrt, trägt die zurückgelegten Strecken noch mit sich wie ausgebreitete Flügel – bis er den Schlüssel in das Schloß der Wohnungstür steckt. In dem Augenblick, in dem er die Tür hinter sich schließt, kann er sich nicht mehr vorstellen, je weggewesen zu sein. Alles ist so, wie es war: der Flur, die Treppe, das Geländer. Max sammelte die Zeitungen und die Post ein und ging langsam zu seinem Appartement hinauf. Er öffnete die Fenster, packte seinen Koffer aus, legte die Wäsche in den Korb und duschte sich. Dann sah er die Post durch, sortierte die Zeitungen zu einem chronologischen Stapel, die Ausgabe vom Tag seiner Abfahrt obenauf, und begann ungeduldig darin zu blättern. Nur in Wien hatte er westliche Zeitungen bekommen; ansonsten war ihm nie der Gedanke gekommen, daß es neue Nachrichten geben müsse. Aber nachdem er die erste Woche durchgesehen hatte, interessierte es ihn nicht mehr: was geschehen war, war geschehen. Allerdings wußte er, daß er jetzt noch jahrelang Leute am Leben glaubte, die im Laufe dieser Wochen gestorben waren.

Er nahm das Telefon auf den Schoß und begann Onnos Nummer zu wählen, aber bei der vierten Ziffer hielt er inne. Plötzlich wußte er sie nicht mehr. Er legte den Hörer hin und stierte vor sich hin: er hatte die Wahl zwischen drei oder vier Ziffern. Hunderte Male hatte er sie gewählt, aber nun blieb ihm nichts anderes übrig, als sie beschämt herauszusuchen. Offenbar war er müder, als er dachte.

»Quist.«

»Onno, hier Max.«

»Max! Seit wann bist du wieder da?«

»Ich bin gerade aus Budapest zurückgekommen.«

Die Zeit zwischen dem Augenblick, in dem er selbst »Max« gesagt hatte, und dem, da Onno »Max« rief, dauerte den Bruchteil einer Sekunde länger, als er erwartet hatte, ein winziges Zögern: irgend etwas war passiert.

»Was machst du jetzt? Legst du dich hin?«

»Bist du verrückt? Ich bin geflogen. Komm doch vorbei.«

Als Onno eine halbe Stunde später in dem grünen Chesterfield-Sessel Platz nahm, war wieder etwas Unsicheres in seinem Verhalten, aber Max fand nicht, daß er ihn darauf ansprechen sollte wie eine sorgende Mutter, der nichts entging. Während er von seiner Reise berichtete, schien es ihm ab und zu, als erzähle er einen Traum. Noch am selben Vormittag war er von seinem Hotel an der Lenin Körút aus zum Parlamentsgebäude gegangen, um von dort einen letzten Blick auf die Donau und den alten Burghügel am anderen Ufer zu werfen mit seinen Palästen und Kirchen und Zitadellen – auf das ungeheuerliche *Europa*, das er auch in Wien und in Prag gesehen hatte und das ihm ebenso fremd und vertraut war wie der österreichische Akzent, den er dort überall gehört hatte. Während er von seinen Tagen in Berlin und in den polnischen Städten erzählte, konnte er sich kaum vorstellen, daß er tatsächlich dort gewesen war. Birkenau erschien vor seinen Augen, ohne jede Regung, im Nebel. Er wollte von seinem stundenlangen Rundgang um das Lager erzählen, verstummte aber plötzlich.

»Du bist niedergeschlagen.«

Max nickte und sah auf seine Fingernägel.

»Du hattest auf alle Fälle recht, es war richtig zu fahren. Nur haben sich meine Bande zu den Niederlanden dadurch nicht gerade gefestigt.«

»Könntest du dort wohnen?«

»Unsinn. Ich bin hier geboren, Niederländisch ist meine Sprache, hier bin ich aufgewachsen, und hier habe ich meine Freunde. Und meine Freundinnen, nicht zu vergessen. Aber das wäre nicht das größte Problem, und schon gar nicht in Wien oder Budapest. Was das angeht, so fehlt es einem da an nichts.«

»Ja, ja«, sagte Onno, »verschone mich damit.«

»Übrigens, in Wien habe ich einen Delius im Telefonbuch gefunden.«

»Und den hast du dann nicht angerufen.«

»Genau.«

Onno nickte. Er fühlte sich unbehaglich, und nach kurzem Schweigen erkundigte er sich nach Max' Eindruck von der Situation hinter dem Eisernen Vorhang.

»Wie meinst du?«

»Wie meinst du ›Wie meinst du‹?«

»Wie meinst du, wie meinst du, wie meinst du? Ja, was möchtest du, daß ich sage? Große Sowjetsterne an den Gebäuden, Standbilder von Lenin, Bilder von allen möglichen Stammesoberhäuptern, Transparente mit Sprüchen, die ein Polyglott wie du lesen kann, aber ich nicht. Alles ärmlich und schmuddelig, überall ein fürchterlich arrogantes bürokratisches Getue, wie bei uns auf dem Standesamt oder dem Postamt oder beim Arbeitsamt.«

»Das natürliche Element des Beamtentums ist die Diktatur«, sagte Onno zustimmend. »In einer Diktatur ist jeder Beamter.«

»In Prag hat niemand was von Kafka gehört, und zugleich sind die Leute viel freundlicher als hier. Es wird sicher auch eine Menge Gutes unterdrückt, nehme ich an, vermutlich aber auch eine ganze Menge Schlechtes.«

»Also soll es lieber so bleiben?«

»Solche Dinge mußt du mich nicht fragen. Der Faschismus hat auf jeden Fall nicht die geringste Chance, meine ich, und das ist die Hauptsache. Der Rest ist Luxus.«

»Der Stalinismus auch?«

»Worauf willst du hinaus, Onno? Die großen Gauner waren

Hitler und Mussolini, und die wurden von Churchill, Roosevelt und Stalin aus der Welt geschafft. So sehe ich das.«

»Das befürchte ich auch.«

»O.k.«, sagte Max. »Ich verstehe sehr gut, wohin du mich haben willst, aber jetzt werde ich dich einmal testen. Gott ruft dich an seinen Thron und sagt: ›Mein Sohn, ich habe beschlossen, daß die Welt für immer und ewig im Geiste Hitlers oder im Geiste Stalins regiert werden soll. Du mußt entscheiden, welcher der beiden es werden soll – mit der besonderen Maßgabe, daß es, wenn du nicht zwischen diesen zwei Gaunern wählen willst oder dich weigerst, dich auf solche unmoralischen Spielchen einzulassen, dann auf jeden Fall Hitler wird.‹ Was wirst du sagen?«

»Dann sagst du also ›Stalin‹«, sagte Onno.

»Ohne auch nur eine Sekunde zu zögern.«

»Und warum zögerst du nicht?«

»Weil Stalin die Unmenschlichkeit des Rationalismus vertritt und Hitler die des Irrationalismus. Und meiner Art zufolge stehe ich auf der Seite des Rationalismus. Hitler war ein unberechenbarer Irrer, aber Stalin rechnete alles aus, war also auch selbst berechenbar.«

»Glaubst du das wirklich? Was für ein Kind du doch bist. Kein Wunder, daß alle Frauen auf dich fliegen. Worin lag denn wohl der Unterschied bei ihren Opfern? Stirbt es sich vielleicht besser im Dienste der Vernunft?«

»Nein, für das Individuum macht das keinen Unterschied. Jeder stirbt seinen eigenen einzigartigen Tod.«

Onno sah ihn länger an.

»Soll ich dir mal was sagen? Du bist gar nicht im Ostblock gewesen. Du bist ausschließlich in Hitlers großdeutschem Reich gewesen, und dann vielleicht noch in Franz Josephs Doppelmonarchie.«

Max lächelte.

»Laß es uns mal so sagen, daß ich die Kontinuität der Geschichte vertrete. Und man stellt fest, daß du keine Antwort auf Gottes Frage gegeben hast. Der Stalinismus wird verschwinden, und die

Welt wird für immer im Geiste Hitlers regiert werden. Das Ende der Kultur ist in Sicht. Zwischen uns tut sich eine Schlucht auf.«

»Vielleicht gibt es doch noch eine dritte Möglichkeit.«

»Darüber hat Gott nichts gesagt.«

Onno nickte.

»Vielleicht wäre es vernünftiger, dieses Gespräch zu beenden.«

Es lag etwas in seinem Ton, das es auch Max geraten sein ließ.

»O.k. Aber einen Cuba-Libre trinkst du ja hoffentlich noch?« Er stand auf, um ihm einzuschenken. »Erzähl, was hast du getrieben?«

Onno nahm ein Bein vom anderen und schlug sie umgekehrt wieder übereinander.

»Ich drücke meinen unauslöschlichen Stempel auf die vaterländische Politik. Wir sind dabei, eine Strategie zu entwerfen, um auf dem Parteikongreß für die Anerkennung der DDR zu werben. Das wird dir gefallen.«

»Onno … ich bin mir nicht ganz sicher, ob du mich auch richtig verstehst. Liest du manchmal auch noch etwas anderes als die Zeitung?«

»Ja, ich weiß, was du davon hältst. Es geht aber nicht nur um die DDR, sondern um die Niederlande.«

»Mach doch etwas Unnützes, wie es einem Herrn deines Standes geziemt.«

Onno nickte.

»Wir werden schon noch sehen, wer von uns beiden hier wirklich ein Herr ist.« Und nach einer kurzen Pause: »Ich freue mich, daß du wieder da bist, denn jetzt kann ich mich neben dem gesellschaftlich relevanten Gefasel meiner Mitstreiter aus der Arbeiterbewegung endlich wieder an deinen schändlichen Auffassungen ergötzen.« Er nahm sein Glas Cola-Rum entgegen und drehte sich unbehaglich in seinem Sessel hin und her. »Aber ich muß dir auch etwas Schreckliches gestehen.« Als er sah, daß Max erschrak und tatsächlich etwas Schreckliches erwartete, sagte er: »Es hat sich zwischen Ada und mir etwas sehr Schönes entwickelt.«

In den Tagen, als die Chemie noch eine abenteuerliche Wissenschaft war, konnte es passieren, daß das Hinzufügen einer Flüssigkeit zu einer anderen zu völlig unverständlichem Sprudeln, zu Farbveränderungen und einem Anstieg der Temperatur führte: so fiel Onnos Bericht in Max' Hirn. Es war, als könne er Adas Gestalt auch als räumliche Erscheinung sehen, die sich diagonal von ihm zu Onno bewegte wie eine Schachfigur, die schwarze Königin.

»Was für eine Überraschung, Onno. Seit wann?«

»Ungefähr zwei Wochen.«

Max wußte noch nicht so genau, was er davon halten sollte. Er freute sich für Onno, aber er konnte sich keine Vorstellung von den beiden zusammen im Bett machen; und obwohl er es nicht wollte, hatte er, während er Onno ansah, doch immer ihren nackten Körper vor Augen.

»Gratuliere. Du hättest es nicht besser treffen können.«

»Ich hätte natürlich bei dir um ihre Hand anhalten sollen, aber du warst ja nicht da.«

»Nein. Du hast mich fortgeschickt.«

»Sag mal, du meinst doch nicht etwa –«

»Natürlich nicht.«

Max lachte. Er wollte fragen, wie und wo sie einander begegnet waren, aber es ging ihn nichts an. Das war nicht mehr seine Sache. Wenn Onno es nicht von sich aus erzählte, wollte er es auch nicht wissen. Erst jetzt traf ihn das Bewußtsein, daß es nun also endgültig aus war zwischen ihm und Ada – und das, obwohl es doch eigentlich schon lange zu Ende war. Keiner von beiden hatte noch einmal etwas von sich hören lassen. Die Frage, ob er sich etwas hatte entgehen lassen, war überflüssig; wenn es so war, wie es war, so war es seine eigene Schuld, und es war unwiderruflich.

Onno stellte sein Glas ab, ließ sich auf die Knie fallen und faltete die Hände.

»Habe ich deinen Segen?«

»Unter kultivierten Menschen ist es ja wohl das erste Gebot der Höflichkeit, daß man seinen Freunden seine Frau anbietet.«

Onno hievte sich wieder in den Sessel.

»Das stimmt. Ich danke Ihnen höflichst. Betrachte es einfach als Rückvergütung für Helga.«

Schon nach wenigen Wochen, der Sommer neigte sich seinem Ende zu, hatte Max eigentlich vergessen, daß die Verhältnisse je anders gewesen waren. Das erste Mal, daß er Ada wieder traf, war nach einer Aufführung des Concertgebouw-Orchesters. Sie hatte die Stelle bekommen, und die Saison wurde eröffnet mit Bruckners Siebenter. Er saß brav neben Onno im vollen Saal und sah auf die kolossale Orgel, die aussah wie der Thoraschrein in einer orientalischen Synagoge. Das Adagio mit seiner unerbittlichen Cellopassage wühlte ihn auf. Er ging deshalb nie in ein Konzert, es ergriff ihn zu sehr, und jetzt war es noch heftiger als sonst, nicht nur, weil er jetzt Ada zuhörte, sondern vor allem deshalb, weil er seit der Reise empfindlicher geworden war, wie nach einer Operation. Onno dagegen versuchte die Zeit zu überbrücken, indem er im Programmheft las: im Adagio hatte der kleine Österreicher seine Emotionen über den Tod Wagners verarbeitet, und Onno dachte: Adagio, Ada-Gio, Giove, Jupiter, Zeus, Ada und der Obergott: da saß sie auf der Bühne, rechts, dem Willen des Dirigenten vollkommen ausgeliefert.

Um der Musik näherzukommen, hatte er sich – für die Zeit während der Versammlungen im Amsterdamer Parteihauptquartier, in Cafés und in Hinterzimmern von Hotels im Grünen – ein Lehrbuch über Harmonielehre besorgt; aber auch der Umstand, daß ihm niemand mehr erklären mußte, was cis-moll bedeutet, hatte nicht geholfen. Als ihn ein anderer Verschwörer einmal fragte, warum er nicht zuhöre, hatte er ohne von seinem Buch aufzublikken gesagt: »Ich lese nicht mit den Ohren«, woraufhin der strenge Frager durch das Gelächter der anderen peinlich degradiert wurde in der Hierarchie, vielleicht für den Rest seiner politischen Laufbahn. Aber Onno hatte herausgefunden, daß er über ein absolutes Gehör verfügte.

Nach dem Konzert gingen sie in eine Kneipe hinter dem Concertgebouw, die vollständig mit Trödel-Mobiliar eingerichtet war und so voll wie eine Straßenbahn während der Hauptverkehrszeit: schmuddelige Künstler aus der Gegend, geschiedene Frauen, Studenten, Konzertbesucher, Orchestermitglieder in Rock und

Abendkleid. Als Ada hereinkam und sich zu ihnen durchkämpfte, begrüßten Max und sie einander mit einer Art gespannter Entspanntheit, mit Küssen auf die Wangen, als ob es nie anders gewesen wäre, und ohne auf die Veränderung anzuspielen, nicht einmal mit einem Blick.

»Schön, dich wiederzusehen! Hattest du einen schönen Urlaub?«

»Sehr schön.«

»Wie fandest du es heute abend?«

»Wundervoll. Und meine Glückwünsche zu deiner Anstellung.«

»Marijke!« rief sie einer Kollegin zu. »Du auch ein kleines Bier?«

Er erkannte sie kaum wieder. Sie redete und lachte, ging auf andere zu, stellte sie vor, verschwand mit ihnen im Gewühl, tauchte wieder auf, hing an Onnos Arm, traf Verabredungen, winkte denen zu, die gingen, und schien vollkommen glücklich zu sein. Was er nicht wußte, war, daß auch er ein anderer für sie geworden war, seit Onno ihr von ihm erzählt hatte.

»Gehst du ein Stück mit uns?« fragte Onno, als sie gezahlt hatten.

»Ich bleibe noch ein wenig hängen«, sagte er mit einem Blick in die Richtung von Marijke. »Kommt gut heim.«

So wie Onno Ada früher nie ohne Max gesehen hatte, so traf Max sie nun nie mehr ohne Onno. Aber so oft sahen sie sich ohnehin nicht. Onno wurde immer mehr durch die Partei in Anspruch genommen, vor allem abends; in der Regel pflegte die Politik Ehen und Verhältnisse zu ruinieren, aber auch Ada hatte ihre Proben und ihre Auftritte. Und Max selbst mußte jetzt wöchentlich nach Dwingeloo.

Immer öfter wachte er morgens mit einem dumpfen Unbehagen auf, daß er vorher nicht von sich gekannt hatte. Eigentlich begann es schon, bevor er aufgewacht war, noch im Halbschlaf: ein dunkler Pessimismus, der sich vor allem auf seine Arbeit erstreckte. Zweifel über die Richtigkeit des Forschungsprogramms, schwerwiegende Argumente, an die er sich nicht mehr erinnern konnte, wenn er die Augen aufgeschlagen hatte, die aber als Niedergeschlagenheit an ihm hängenblieben wie der Geruch von Feuer. Sprang er früher nach einigen Sekunden aus dem Bett, um sofort unter die Dusche zu gehen, so blieb er jetzt noch minutenlang liegen und fragte sich, was eigentlich los war. Er dachte an die Arbeit, aber damit war alles in Ordnung – mit ihm selbst stimmte etwas nicht. Im Laufe des Vormittags legte sich das, aber wenn er Richtung Osten mußte und anderthalb Stunden im Auto saß, kehrte die Niedergeschlagenheit manchmal wieder. Es war keine richtige Depression, für die man Fachleute konsultieren und gegen die man Pillen schlucken mußte, und er vermutete, daß sie eine konkrete Ursache hatte: seine Reise. Was in den ersten Wochen vorherrschend gewesen war in seiner Erinnerung – barocke Paläste und Kathedralen auf Hügeln, Heiligenfiguren auf Prager Brücken, die Wiener Hofburg, Zigeunermusik am Abend in Budapester Jugendstilhotels oder in ärmlichen Cafés mit Namen wie *Fixmatros* –, hatte gegen Ende immer mehr der reglos daliegenden Gehenna Platz gemacht, dem Höllenzentrum im Mittelpunkt seines satanischen Dreiecks. Dieses unermeßliche Unding war tiefer in ihn eingedrungen, als er vermutet hatte, vielleicht hätte er doch nicht auf Onno hören sollen. Vielleicht sollte er Urlaub machen, um sich von seinem Urlaub zu erholen. Zehn Tage Kanarische Inseln, überlegte er, würden ihm guttun, aber er wußte auch, daß es bei dieser Überlegung blieb, daß er sein Reisebüro nicht anrufen würde.

Anfang September zog Ada zu Onno. Die Nachbarn von oben, von der Beletage, waren ausgezogen, und er hatte deren Räume dazugemietet, so daß er plötzlich über eine richtige Wohnung mit eigener Küche und eigener Wohnungstür verfügte. Das Souterrain blieb weiterhin sein Arbeitsbereich, Ada bekam das neue Vorderzimmer, das Hinterzimmer wurde ihr Schlafzimmer, und für das kleine Nebenzimmer würde man auch noch eine Verwendung finden.

»Da kommt unser Kind hinein!« hatte Onno ausgerufen. »Dieser schreckliche Wurm, der mir den Schlaf rauben wird mit seinem widerlichen Geschrei, so daß ich mich leider gezwungen sehen werde, ihn mit dem Kopfkissen zu ersticken.«

Aber er wollte kein Kind, und auch Ada wollte keines. Nachdem sie einige Wochen lang geschrubbt, gebohnert, geweißelt und gemalt und Onno dabei anerkennend zugeschaut hatte, wollte sie einfach den Umzugswagen aus Leiden vorfahren lassen; aber das ging Onno zu weit. Er fand, daß dem doch ein Gespräch mit ihren Eltern vorausgehen sollte. Nicht, daß dies irgendeinen Einfluß haben würde, aber immerhin war sie deren einziges Kind, und es gehörte sich einfach nicht, daß er es ihnen ohne ein Wort wegnahm. Er hatte sie ja noch nicht einmal kennengelernt!

»Angenommen, du bist selbst Mutter und dein Kind verschwindet plötzlich bei Nacht und Nebel!«

»Und was ist mit deinen Eltern? Solltest du mich dann nicht auch deinen Eltern vorstellen? Ich nehme dich ihnen doch auch weg?«

»Lieber Himmel, weißt du eigentlich, was du da sagst? Wenn die hören, daß ich unverheiratet mit jemandem zusammenleben werde, bekommen sie einen Schlaganfall. Ich habe ihnen auch Helga nie vorgestellt, ich muß immer alles heimlich machen.«

Ada hielt das alles für überflüssig. Onno hatte ihre Eltern schon früher einmal kennenlernen wollen, er war neugierig auf sie, vor allem auf ihre Mutter: seiner Meinung nach sollte man sich immer die Mutter einer Frau ansehen, wenn man wissen wollte, wie sie selbst werden würde. Vor allem diese Bemerkung hatte bei der Vermeidung einer Begegnung eine Rolle gespielt; die Vorstellung, daß sie genauso werden würde wie ihre Mutter, erfüllte Ada mit Ekel. Sie haßte ihre Mutter und schämte sich für ihren Vater, der immer die falschen Dinge sagte. Andererseits gefiel es ihr, daß Onno diesen Wunsch geäußert hatte. Alles in allem hatte Max sich gerade einmal nach ihren Eltern erkundigt; sie waren für ihn überflüssig, wie sie selbst letztendlich auch. Bei Onno hatte sie dieses Gefühl des Überflüssigseins nicht, sondern, fast im Gegenteil, den Eindruck, daß er nicht mehr ohne sie sein konnte, obwohl er nicht der

Mann war, ihr das zu sagen. Die Frage, ob dasselbe auch für sie galt, ließ sie nicht zu.

Sie wußte es zu verhindern, daß er nach Leiden fuhr und die spießbürgerliche Behausung ihrer Eltern zu sehen bekam: am nächstfolgenden Montagnachmittag, als das Antiquariat geschlossen hatte, kamen sie nach Amsterdam. In der Kerkstraat schüttelten Oswald und Sophia Brons Onno mit der Unbehaglichkeit von Bewerbern die Hand. Brons schien ihm ein braver Tölpel, aber vor Adas Mutter hatte er augenblicklich fast so etwas wie Angst: sie sah ihn an mit einem Blick, als sei er ein Ding, ein Stuhl, der nicht an seinem Platz stand. Dann schauten sie sich die leeren Räume der Wohnung an, und Onno sah, daß die Mutter alles mit diesem Blick betrachtete: es war offenbar ihre Art. Im Souterrain, das Ada von einer Wildnis in einen relativ gepflegten Garten verwandelt hatte, zeigte ihr Vater auf die Tabellen, die noch an ihrem alten Platz hingen, und fragte:

»Machst du gar nichts mehr in der Astronomie, Onno?«

»Du bringst wieder alles durcheinander, Papa«, sagte Ada ärgerlich. »Das war Max, mein voriger Freund.«

»So genau hast du uns auch nicht auf dem laufenden gehalten, Ada«, sagte Frau Brons mit einem Blick zu Onno. »Wir mußten ihr jedes Wort aus der Nase ziehen.«

»Die Jugend von heute«, nickte Onno, »macht, was sie will.«

»Wie alt bist du denn?« fragte Brons.

»Was für eine gemeine Frage. Ich schätze, daß ich um genausoviel älter bin als Ada, wie Sie älter sind als ich.«

»Ich werde das zu Hause einmal ausrechnen. Aber trotzdem siezt du mich.«

»Ich kann doch meinen Schwiegervater nicht duzen! Das würde die gesamte gesellschaftliche Struktur vollkommen untergraben.«

Unter Adas dunklen, scharf gezeichneten Augenbrauen sah ihre Mutter ihn an.

»Habt ihr vor zu heiraten?«

»Mama, bitte...«

»Warum darf ich das nicht fragen?«

»Weil mir das unangenehm ist. Als ob heiraten das Höchste
wäre. Wenn wir vorhaben zu heiraten, wirst du es schon erfahren;
vorläufig haben wir es nicht vor, nein.«

Wenn alles eingerichtet sein würde, würden sie wiederkommen
– und jetzt auf Anregung von Sophia Brons erst mal bei de Bijenkorf, wo sie einkaufen wollte, einen Tee trinken.

Während Ada und ihre Mutter in den parfümierten, spiegelnden
Labyrinthen des Kaufhauses verlorengingen, fanden Onno und
Oswald Brons in der Cafeteria einen Tisch am Fenster. Verlegen
und von gesetzten Damen umgeben, sahen sie auf die belebte
Straße. Auf den breiten Stufen des Nationalmonumentes, das aussah wie ein erigierter Pylon der präfreudianischen Unschuld,
saßen und lagen Hippies in bunten Kleidern, die von Streifenbe-
amten in schwarzen Uniformen und zwei Militärpolizisten zu
Pferd bewacht wurden. Brons meinte, dieses Herumlungern sei
doch eigentlich eine Entweihung der Gefallenen, woraufhin Onno
eine Geste machte, die besagte, daß das nicht ganz abzustreiten sei,
aber daß andererseits... Auf der anderen Seite des Platzes, am
Fuße des königlichen Palastes, der nach Meinung Onnos und seiner Mitstreiter wieder Rathaus werden sollte wie während der Republik, stand ein rotes Kasperletheater, wo gerade für die am Boden sitzenden Kinder eine Vorstellung gegeben wurde.

Zu Onnos Schrecken legte Brons eine Hand auf seinen Arm.

»Onno, sieh mich an. Versprichst du mir, daß du gut für Ada sorgen wirst?«

»Das verspreche ich«, sagte Onno in ironisch-feierlichem Ton,
als ob er vereidigt würde.

Er wollte seinen Arm wegziehen, aber die Hand blieb weiter
darauf liegen, er spürte schon ihre Wärme. Mit unbehaglichem Gefühl sah er in die treuherzigen Augen des Antiquars. Es war klar,
daß er etwas sagen wollte, es fiel ihm jedoch schwer, einen Anfang
zu finden; vielleicht hatte er es sich vorher zurechtgelegt und versuchte sich jetzt daran zu erinnern.

»Ada«, sagte er, »ist nämlich ein sehr schwieriges Mädchen, vor
allem für sich selbst. Schon als Kind war sie sehr verschlossen,

Freundinnen hat sie eigentlich nie gehabt. Sie wollte zwar, aber aus irgendeinem Grund hat sie immer nur Aggressionen hervorgerufen, ohne daß sie es bewußt darauf angelegt hat. In der Schule wurde von anderen Mädchen ständig gegen sie intrigiert und hinter ihrem Rücken geredet, immer wurde Unsinn über sie verbreitet.«

»Und wie kam das?«

»Keine Ahnung. Bis zu ihrem sechzehnten oder siebzehnten Lebensjahr war sie eingesponnen in einer Art Kokon, sie sah einen auf eine Art an, daß man sich fragte, ob sie einen eigentlich wirklich sah. Und sie lernte nicht nur schlecht, wir hatten sogar den Eindruck, daß sie gar nicht begriff, was das war: lernen. Sie wechselte von einer Schule zur anderen, aber es fruchtete alles nichts.«

Er zog seine Hand zurück und wartete, bis der Tee serviert worden war. Woher rührte eigentlich diese Asymmetrie? fragte sich Onno; warum war die Liebe der Eltern zu ihrem Kind selbstverständlich, und das Umgekehrte nicht? Warum mußte ›Du sollst Vater und Mutter ehren‹ ein Gebot sein und ›Ehrt euer Kind‹ nicht?

»Aber das hat sich doch alles gelegt«, sagte er.

»Das schon. Aber trotzdem ... Die Natur«, fuhr Brons fort, »war nicht gerade zartfühlend mit ihr. Bis zu ihrem achten oder zehnten Lebensjahr hatte sie ununterbrochen Probleme mit den Ohren, sie mußten ständig durchstochen werden. Das hörte glücklicherweise auf, aber dann bekam sie Probleme mit den Augen. Irgendwann stellte sich heraus, daß sie weitsichtig und kurzsichtig zugleich war, wenn ich das richtig verstanden habe. Mal so eine Brille, dann wieder eine andere. Das hat sich glücklicherweise auch gelegt, vielleicht, weil Kurzsichtigkeit und Weitsichtigkeit einander ausgleichen, aber inzwischen ist sie bestimmt hundertmal beim Augenarzt gewesen. Dazu kam noch, daß sie ständig Unfälle hatte. Fahrradfahren, bumm, Schneidezähne abgebrochen. Schlittschuhfahren, bumm, jemand ist ihr über die Hand gefahren, zack, Sehnen durchgeschnitten. Zum Glück war es ihre rechte Hand. Ich darf gar nicht daran denken, was aus ihr geworden wäre, hätte sie nicht mehr Cello spielen können. Denn was ihr letztendlich geholfen hat, da durchzukommen, war die Musik. Richtig verstanden habe ich es nie, ich bin absolut unmusikalisch, ich kann nicht einmal ein Requiem von einem Wiener Walzer unterscheiden.«

»Diesen Unterschied gibt es vielleicht auch gar nicht.«

»Ja, siehst du, du verstehst was davon, sonst wärst du wohl auch nicht mit Ada zusammen.«

»Wie kommen Sie darauf?« sagte Onno. »Ich verstehe absolut nichts davon. Das Wort ist der Tag, die Musik die Nacht. Ihre Tochter ist mir ein Rätsel. Aber vielleicht stehen sich Verständnis und Liebe nur im Weg. Verstehen Sie Ihre Frau, wenn ich fragen darf?«

»Wie?« fragte Brons, sah ihn an und hatte plötzlich etwas Starres in den Augen. »Was meinst du?«

»Nichts, eigentlich. Ich will nur sagen, daß vermutlich niemand was versteht von der Ehe anderer Leute, und von der eigenen schon gar nicht. Ich habe mich zum Beispiel oft gefragt, was mein Vater eigentlich in meiner Mutter sah, aber ich weiß es bis heute nicht, ehrlich gesagt. Und er selbst vermutlich auch nicht. Aber vielleicht ist genau das die Liebe.«

Plötzlich standen Ada und ihre Mutter am Tisch. Forschend sah Ada von Onno zu ihrem Vater. Worüber hatten sie gesprochen? War das von ihrer Mutter so eingefädelt worden?

Onno stand auf und sah in das Sphinxgesicht von Sophia Brons.

»Wir haben uns über die Entwicklungen auf dem Aktienmarkt unterhalten«, sagte er. »Ich habe beschlossen, *à la baisse* zu spekulieren.«

15
Die Einladung

Auch als das Haus in der Kerkstraat eingerichtet war und Onno endlich »wohnte«, wurde Max nicht eingeladen. Da Ada lieber nicht mehr in die Vossiusstraat ging, trafen sie sich meistens irgendwo in der Stadt. Eines Abends hatten sie sich an der Bar des Lucky Star verabredet, eines Tanzlokals, das die soziale Bouillabaisse enthielt, die seit einigen Jahren in Amsterdam auf dem Feuer stand: Intellektuelle, Dichter, Schriftsteller, Komponisten, Aktivisten, Politiker, ehemalige Provos, durchsetzt von frivolen Industriellen, eingebildeten Modeschöpfern, kichernden Society-Friseuren und etablierten Typen aus der Unterwelt, und das alles mit weiblichem oder männlichem Anhang vor sich hin köchelnd in der Suppe tanzlustiger junger Menschen aus den Arbeitervierteln. Max hörte hingebungsvoll *California Dreamin'* von den Mamas and Papas aus der Jukebox und sah sich die Mädchen an, die ihren Jungens auf die Tanzfläche vorausgingen, und zwar mit einer merkwürdigen Motorik: jeweils ein Arm schaukelte, anstatt mehr oder weniger gestreckt nach vorne und hinten, mit herabhängender Hand in einem Winkel von etwa fünfundvierzig Grad hin und her, während der Oberarm dabei praktisch bewegungslos blieb. Über der Tanzfläche kreiste eine Kugel, die aus sechseckigen Spiegelglasstückchen zusammengesetzt war und das Licht einiger Spots in zahllosen kleinen Flecken auf Wände und Leute warf, ab und zu traf ein greller Blitz seine Augen. Vielleicht, so dachte er, hing irgendwo im Weltall auch so ein Ding.

Als Onno durch den dunkelroten, sich teilenden Vorhang am Eingang trat und ihn sah, nahm er einen Brief aus der Tasche und winkte ihm damit zu.

»Geh mal weg da«, sagte er streng zu einem leichenblassen jungen Mann, der auf dem Hocker neben Max saß, und zu seiner eigenen Verwunderung geschah tatsächlich, was er befohlen hatte. »Na? Was sagst du nun? Ein Brief aus Kuba.«

»Also doch!« sagte Max überrascht.

Das Schreiben war gerichtet an *compañera* Ada Brons – was nach Onnos Meinung nicht ›Kamerad‹ bedeutete, denn das sei *camarada*, sondern ›Genosse‹.

»Darin liegt genau der Unterschied«, sagte er.

Der Brief war in schlechtem Englisch abgefaßt und kam vom *Instituto Cubano de Amistad con los Pueblos*. Im Oktober finde in Havanna für zehn Tage ein Kammermusikfestival statt, an dem zahlreiche Ensembles aus Ost- und Westeuropa sowie Lateinamerika teilnähmen. Die Reise mit Cubana und der Aufenthalt im Hotel Nacional ginge auf Rechnung des ICAP; im Zusammenhang mit der unsicheren Devisensituation als Folge der nordamerikanischen Blockade gebe es leider keine Gage.

»Phantastisch! Nur, das Duo gibt es doch nicht mehr?«

»Es wird es wieder geben«, sagte Onno bestimmt.

»Sie sagt zu?«

»Natürlich. Vorausgesetzt, sie wird vom Orchester freigestellt; wenn allerdings ein Kommunistenfresser in der Verwaltung das Sagen hat, wird es schwierig. Sie hat heute abend gespielt und wollte danach versuchen, jemanden zu erwischen. Ich treffe sie nachher über dem Bamboo. Aber es gibt ein kleines Problem«, sagte Onno und zeigte mit dem Finger auf das Datum. »Der Brief hat zwei Monate gebraucht, um das christliche Abendland zu erreichen. Das ist das große Problem der Dritten Welt: die Kommunikation.«

»Hat sie schon die Botschaft angerufen?«

»Wenn sie Urlaub bekommt von diesen schrecklichen Regenten, gehen wir morgen gleich hin. Anrufen liegt mir nicht: dann rufen sie dich nach dem Ende des Festivals zurück.«

»Du kannst morgen vormittag mit mir mitfahren, wenn du möchtest; ich bringe euch dann nach Den Haag.«

»Komm, laß uns gehen.«

Über dem Bamboo, aus dem das Scheppern einer Dixielandband zu hören war, lag der Club der neuen Linksliberalen; aber auch die Sozialdemokraten des Rebellenclubs waren dort zu finden, ohnehin kannte jeder jeden, und die Zugehörigkeit zur selben

Generation war vorläufig noch wichtiger als die zu einer Partei. Oben an der steilen Treppe stand ein trübsinniger, ungarischer Portier, der nach dem Aufstand vor elf Jahren aus Budapest geflohen war. Ada sei gerade gekommen, sagte er mit einem Gesicht, aus dem sprach, daß das letztendlich nicht so wichtig war.

Der Club war voll, leise Musik von Dave Brubeck schwebte durch den Raum. Im Vorbeigehen hörte Onno jemand sagen: »Wenn ich einem christdemokratischen Politiker die Hand gegeben habe, zähle ich immer meine Finger nach.« Es war der Besitzer der Bar, ein führender Journalist und einer der Gründer der linken Liberalen.

»*Wished I said it myself*«, sagte Onno über die Schulter, worauf der andere lächelnd zu ihm aufsah und sagte:

»*You will*, Onno, *you will*.«

Ada stand ganz hinten. Nach allen Seiten grüßend, ging Onno auf sie zu.

»Und?«

»Es hat geklappt«, sagte sie und tauschte Küsse mit Max, ohne ihn dabei anzusehen. »Unter der Bedingung, daß ich dort nicht herausposaune, daß ich Mitglied des Concertgebouw-Orchesters bin.«

»Und Bruno?«

»Du weißt ja, wie er ist. Er tat sehr kühl und sagte, daß er sich für die Tage vielleicht frei machen könne, aber er hat sich natürlich wahnsinnig gefreut.«

»Koen!« rief Max dem Mann hinter der Bar zu. »*La Veuve*!«

Mit hochgezogenen Augenbrauen sah Onno ihn an.

»Seit wann trinkst du?«

»Seit diesem Moment. Das muß doch gefeiert werden. Kuba! Stell dir das doch mal vor!«

Ein Kühler mit Champagner wurde vor sie hingestellt, und sie stießen an.

»Auf die Völkerfreundschaft!« sagte Onno und küßte Ada aus seiner Höhe aufs Haar.

»Und wenn wir«, sagte Max, ohne darüber nachgedacht zu haben, »einfach mitkämen?«

Er wußte sofort, daß das die Lösung war. Dort, weit weg, in den
Subtropen, würden sich vielleicht die polnischen Nebel auflösen,
die jetzt schon seit Wochen um ihn herum hingen. Viehwaggons,
Selektionen, Vergasungen, dort auf der roten Insel würde dieser
schwarze Pfuhl vielleicht... nicht zugeschüttet werden können,
denn das war unmöglich mit etwas Unendlichem, aber vielleicht
würde er in einem Licht erscheinen, in dem die Menschheit nicht
unbedingt als hoffnungsloser Fehlschlag abgeschrieben zu werden
brauchte.

Onno und Ada sahen einander an.

»Ja, warum eigentlich nicht?« sagte Ada. »Was hält euch davon
ab?«

Onno schüttelte den Kopf.

»Wie stellst du dir das vor? Das ist schon in drei Wochen. Wir
brauchen Visa und was weiß ich noch alles. Wir könnten doch Terroristen sein, die Fidel Castro umbringen wollen. Das klappt nie in
so kurzer Zeit, mit diesen bolschewistischen Bürokraten, und
dann auch noch aus der Dritten Welt. Ein Brief braucht ja schon
zwei Monate.«

»Ich habe auch kein Visum.«

»Aber du hast eine Einladung.«

»Hört zu«, sagte Max. »Wir können es doch versuchen. Wenn
wir morgen zu dritt zur Botschaft gehen. Wir legen unsere Pässe
auf den Tisch und sagen, drückt ruhig euren Stempel hinein, denn
wir sind Freunde der kubanischen Revolution.«

»Woher kommt das nur«, fragte sich Onno, »daß ich, der ich
doch einer der vernünftigsten Leute bin, die ich kenne – und jetzt
drücke ich mich noch bescheiden aus –, so einen dumpfen Freund
habe? So funktioniert die Welt eben nicht, Mann!«

Plötzlich war sich Max seiner Sache vollkommen sicher. Er
nahm einen Schluck, beugte sich vor und sagte:

»Ich weiß nicht, wie die Welt funktioniert, Onno, aber vielleicht
liegt darin meine Stärke. Wenn du mich fragst, funktioniert sie gar
nicht, genausowenig wie der Inhalt eines Mülleimers. Ich glaube,
daß die Welt – zumindest auf dieser Erde – ein riesiges, improvisier-

tes Chaos ist, das noch immer aus unerklärlichen Gründen mehr oder weniger weiterexistiert. Der Mensch gehört eigentlich nicht ins All; aber jetzt, da er nun einmal da ist, ist in verschiedener Hinsicht alles möglich. Die Geschichte hat das im übrigen bereits bewiesen, möchte ich doch meinen; und du als Politiker müßtest das wissen. Aber wenn du schon beginnst mit der Bemerkung, so funktioniert die Welt und das ist möglich und das ist unmöglich, dann solltest du lieber zu deinem Diskos von Phaistos zurückkehren. Alles bleibt Menschenwerk, also Pfusch, und deshalb solltest du vielleicht immer zunächst einmal das tun, was dir dein Herz eingibt, und dich selbst nicht von vornherein mit Überlegungen blockieren, die die anderen vielleicht vorbringen oder vielleicht auch nicht.«

War es der Champagner? Seine Worte hatten auf jeden Fall ins Schwarze getroffen. Verblüfft sah Onno Ada an und sagte:

»Es sieht gerade so aus, als ob ich ausgeschimpft werde. Aber er hat recht. Laß es uns versuchen, was kann uns schon passieren, vielleicht ist es das Ei des Kolumbus *in politicis*. Übrigens«, sagte er, während er die Flasche aus dem klirrenden Eis zog, »als Kolumbus auszog, Amerika zu entdecken, landete er zuallererst auf Kuba, von dem er dachte, es sei Eldorado, über das Marco Polo geschrieben hat.«

Als sie am nächsten Morgen nach Den Haag hineinfuhren, Ada quer auf dem Rücksitz, zeigte Max ihr die Stelle, an der er im Februar gehalten hatte, um Onno mitzunehmen.

»*Stille Nacht*«, sang Onno, »*heillose Nacht* ...«

»Oh, danke«, sagte Ada. »Hätte er damals nicht angehalten, hättest du auch mich nicht kennengelernt.«

»Richtig«, sagte Onno, »geradezu wahnsinnig richtig. Aber auch ich spielte dabei eine Schlüsselrolle, denn wenn ich an diesem Tag nicht den Termin in Leiden gehabt hätte, hätte Max dich nicht kennengelernt.«

»Und das«, sagte Max zu Ada, »verdanken wir deinem Vater.«

»Meinem Vater?«

»Hätte er nicht *Mein Leben* von Alma Mahler ins Schaufenster gelegt, wären wir nicht in das ›Lob der Torheit‹ hineingegangen.«

»*Alma Mater*«, nickte Onno. »Aber letztendlich steckt natürlich *mein* Vater dahinter. Hätte es ihm nicht behagt, an diesem ersten Tag Geburtstag zu haben, wäre überhaupt nichts passiert.«

»Und auch nicht, wenn ich nicht zum Karnevalfeiern nach Rotterdam gefahren wäre«, sagte Max. »Das Leben besteht trivialerweise aus Zufällen. Obwohl ... was ist zu halten von Schönberg, dem Erfinder des Zwölfton-Systems? Er hatte eine panische Angst vor der Zahl dreizehn. In seinen Kompositionen numerierte er die Takte oft *zwölf, zwölf a, vierzehn*. Und was meint ihr? Er starb an einem Freitag, dem dreizehnten.«

»Der Mann war also hysterisch«, lachte Onno. »Alle Komponisten sind hysterisch.«

»Stimmt nicht«, sagte Ada. »Er hat geahnt, wie es laufen würde. Ich glaube, daß alles vorherbestimmt ist. Es steht alles in den Linien der Hand.«

Während er weiter auf die Straße sah, weiteten sich Max' Augen für einen Moment; aber es erschien ihm besser, zu verschweigen, was ihm gerade eingefallen war.

»Ach«, seufzte Onno leidenschaftlich, »wäre das wundervoll.«

»Im Gegenteil«, sagte Max, »dann würde es keinen Spaß mehr machen. Prädestination ist grundsätzlich unmöglich in diesem All, wegen der Planckschen Konstante. Die macht alles unberechenbar.«

»Gott hat in seiner unendlichen Weisheit auch die Plancksche Konstante geschaffen«, rief Onno mit erhobenem Zeigefinger. »Die Plancksche Konstante ist die Offenbarung Gottes in der Natur. Dadurch haben wir einen freien Willen und können sündigen. Wozu sind wir auf der Welt? Wir sind hier, um zu sündigen und auf diese Weise Gott zu verherrlichen.«

Obwohl sie keinen Termin hatten und Ada nur in die Kanzlei mußte, stellte sich heraus, daß der kubanische Botschafter bereit war, sie zu empfangen, und das hatte natürlich etwas mit dem Namen Quist zu tun. Zu Max' Enttäuschung war er kein bärtiger Wüstling mit dicker Zigarre zwischen den Zähnen und Revolvergurt auf dem Schreibtisch, sondern ein feiner Herr von weit über siebzig in einem dunkelgrauen Anzug mit Weste. Er hatte schütteres, weißes Haar und die aristokratische Blässe eines hohen Funktionärs am ehemaligen spanischen Hof. Adas Visum ergab sich automatisch aus der Einladung, und der Pianist sollte sich ebenfalls melden; ICAP werde noch heute telegraphisch von ihrem Kommen in Kenntnis gesetzt, die Flugtickets könnten sie in einigen Tagen hier abholen.

Nachdem die Sekretärin Ada zur Erledigung der Formalitäten mitgenommen hatte, erzählte der Botschafter Onno, daß er seinem Vater einige Male bei offiziellen Anlässen begegnet sei. Mit den meisten Dienstjahren in den Niederlanden sei er der Dekan des Corps Diplomatique, und das sei auch der Grund, weshalb Havanna sich jedes Jahr weigere, ihn in Pension gehen zu lassen: in dieser Funktion könne er Kontakte mit Kollegen pflegen, die von ihren Regierungen aus kein Wort mit einem kubanischen Botschafter wechseln durften. Er tue es gerne für Fidel, damals, in New York, habe er das Geld aufgetrieben für seine Expedition mit der Granma, die zur Revolution geführt habe, aber so langsam würde er doch lieber auf Kuba seinen Lebensabend genießen, womit er natürlich nichts Nachteiliges über die Niederlande sagen wolle. Vom Klima mal abgesehen.

Onno witterte seine Chance.

»Ja«, sagte er. »Es soll dort wunderbar sein. Wenn es zeitlich nicht so knapp gewesen wäre, wären wir am liebsten auch mitgefahren.«

»Sie möchten in Gesellschaft Ihrer Freundin unsere schöne Insel besuchen?« fragte der Botschafter mit gespielter Verwunderung. »Warum fahren Sie nicht lieber ein anderes Mal?«

»Wie meinen Sie das?«

»Auch auf Kuba haben wir schöne Frauen.«

Entsetzt sah Onno ihn an.

»Aber Herr Botschafter! Ich bin meiner Freundin unerschütterlich treu! Ich könnte es mir nie verzeihen, wenn so etwas Schreckliches geschehen würde.«

Der Botschafter lächelte mild.

»Herr Quist, was in zehntausend Kilometern Entfernung geschieht, *ist* nicht geschehen.« Er überließ Onno sich selbst und wandte sich an Max. »Und Sie – warum möchten Sie Kuba besuchen?«

»Den Grund haben Sie mir eigentlich gerade gegeben. Bis jetzt wollte ich ausschließlich als Freund des Hauses mitfahren.«

Der Botschafter nickte.

»Das neue Kuba hat die Freundschaft groß auf sein Banner geschrieben. Kuba braucht Freunde, um zu überleben.« Er sah eine Weile vom einen zum anderen. »Ihre Pässe haben Sie natürlich zufällig dabei?«

Ada und Bruno würden im Hotel Nacional untergebracht werden; Max und Onno sollten ihre Unterkunft am besten am Flughafen von Havanna regeln. Nach dem sinistren Knallen der Stempel, das überall auf der Welt schon unzählige Male über Leben oder Tod entschieden hat, wurde für sie nach dem Verlassen der Botschaft plötzlich die Zeit knapp. Der Flug mit der Cubana, für den Ada und Bruno erst nach Prag mußten, war ausgebucht. Darüber hinaus flog in Europa nur die Iberia nach Havanna, nur das faschistische Spanien setzte sich über die Blockade des kommunistischen Kuba hinweg. Onno meinte, das käme daher, daß Spanien das Mutterland der ehemaligen Kolonie sei. Der Volkscharakter sei immer stärker als die Ideologie: Franco sei ein spanischer König, Fidel Castro ein lateinamerikanischer *caudillo*, de Gaulle der soundsovielte Ludwig, Stalin Zar aller Russen, Mao Kaiser von China und Königin Juliana eine holländische Statthalterin. Auch seine politischen Freunde, die alle Regenten abschaffen wollten, würden eines Tages selbst als Regenten enden, dem königlichen Holland entkomme niemand, aber diese Prophezeiung sei bitte schön als streng vertraulich zu betrachten.

»Und du?«

»Ich? Ich werde der grausamste Regent von allen. Alle Wohlwollenden werden vor mir *zittern*!«

Das Duo stieg wie Phönix aus der Asche, und Ada und Bruno mußten ihr Programm zusammenstellen und proben. Da es für

Ada zu zeitaufwendig war, jeden Tag mit dem Cello nach Leiden zu fahren, und Onno kein Klavier besaß, stellte Max sein Appartement zur Verfügung, da er tagsüber ohnehin nicht zu Hause war. Ada zögerte, das Angebot anzunehmen, aber da keinem mit einer Ablehnung geholfen war, ging sie schließlich darauf ein. Sie bekam den Schlüssel, und beim ersten Mal betrat sie die Zimmer mit einem Gefühl, das jemand hat, wenn er in ein Haus kommt, in dem gerade jemand gestorben ist: alles unberührt, alles noch so, wie es zu Lebzeiten gewesen ist. Aber in Gegenwart von Bruno, der sich sofort an den Flügel setzte, schwand dieses Gefühl rasch.

Wenn Max abends nach Hause kam, Ada und Bruno noch musizierten und oft auch Onno da war und an seinem angestammten Platz in irgendwelchen Papieren las, überkam ihn ein väterliches Gefühl. Eine glückliche Familie! Tagsüber, in Leiden, freute er sich schon darauf, nach Hause zu fahren. Manchmal wurde sein Kommen kaum bemerkt, und daß er in den eigenen vier Wänden überflüssig war, störte ihn nicht, im Gegenteil: zu seiner eigenen Verwunderung erfüllte es ihn mit einer wohligen Zufriedenheit. Woher rührte diese Distanz? Manchmal standen sogar Gegenstände nicht an ihrem Platz. Er setzte sich irgendwohin, nahm ein Buch über Kuba und begann zu lesen, als ob *er* der Gast war. Er hörte der Musik zu, sah aus den Augenwinkeln zu Onno und überlegte, daß die Idylle bald zu Ende sein würde: die Kinder wären dann flügge, und alles würde wieder so sein, wie er es am Morgen verlassen hatte.

Ada spürte manchmal seinen Blick auf sich ruhen, aber sie beantwortete ihn nicht. Es war, wie es war. Sie gehörte jetzt zu Onno, und das würde auch so bleiben, und sie wußte, daß er das wußte. Was ihr aber nicht gefiel, war, daß offenbar doch noch etwas in ihm rumorte, sich selbst zum Trotz – oder bildete sie sich das nur ein? Rumorte es vielleicht in ihr? Sie sah zu Onno in seinem grünen Sessel hinüber: ein Kind in Gestalt eines Riesen.

»Bist du noch mit dem Kopf dabei?« fragte Bruno.

16
Der Kongreß

Obwohl Ada und Bruno drei Tage früher abgereist waren, würden sie doch nur einen Tag früher ankommen: in Prag mußten sie zwanzig Stunden auf Anschluß warten, und außerdem flogen die Kubaner noch mit alten russischen Turbo-Prop-Maschinen über Schottland und Neufundland. Max und Onno flogen über Madrid, mit nur einer Zwischenlandung auf den Azoren.

Überall im Flugzeug sahen sie bekannte Gesichter, künstlerische und intellektuelle Berühmtheiten aus ganz Europa, Schriftsteller, Maler, Philosophen, die sie von Fotos her kannten; auch viele Nord- und Südamerikaner, die wegen der Blockade diesen Umweg machen mußten. Von der Stewardeß erfuhren sie, daß in Havanna ein Kultur-Kongreß stattfinde. Onno las die frankistische Parteizeitung, und Max betrachtete vom Fenster aus die geschlossene Wolkendecke. Kräftige Kumuluswolken wie weiße Berge, mit hellgrauen Seen in den Tälern, die auch Namen hätten haben können; so hätte auch die Erde aussehen können. Je südlicher sie kamen, desto dünner wurde die Bewölkung, bis plötzlich, in einer blauen Erstarrung, das Meer sichtbar wurde. Er schlummerte ein, und im Geräusch der Motoren hörte er wundervolle Symphonien aus Dreiklängen, die er nach Wunsch dirigieren konnte...

Land in Sicht! *Fasten your seatbelts.* Unten hatte jemand unzählige Streichhölzer senkrecht in den Boden gepflanzt, die allesamt ihre langen, scharfen Schatten in dieselbe Richtung warfen: Palmen. Sie flogen einen Bogen über die Bucht und die weiße Stadt und landeten auf dem Flughafen José Martí. Überall am Rande des Flugplatzes standen Abwehrgeschütze; am Tower ein riesiges Porträt von Che Guevara, das apostolische Gesicht mit dem Barett, das hier, wo es hingehörte, plötzlich einen ganz anderen Charakter hatte. Darunter stand in meterhohen Buchstaben:

HASTA LA VICTORIA SIEMPRE

Als sich die Türen öffneten, strömte die Oktoberhitze wie eine Warmwasserwelle in die Maschine. Onno blieb einen Augenblick oben auf der Treppe stehen und sah sich um.

»Genau!« rief er. »Eldorado! Wir sind wirklich nicht mehr bei den Käseköpfen!«

Die Sonne stand tief und orangefarben am Horizont, aber noch immer strahlte sie mit einer Kraft, die sie im Norden nie hatte. Max legte kurz die Hand auf den Beton, der noch so heiß war wie eine Kochplatte: ein Spiegelei wäre innerhalb einer Minute gar.

In der kühlen, klimatisierten Ankunftshalle begleitete ein kleines Orchester das Durcheinander mit Guarachas. Es war auch eine Maschine der Aeroflot aus Moskau eingetroffen, und überall fielen Ankömmlinge und Abholer einander in die Arme, ohne daß richtig klar wurde, wo sich der Zoll und die Ausweiskontrolle befanden. Überall waren auch Soldaten in grünen Uniformen und mit Gefechtsmützen zu sehen, manche wiegten sich im Rhythmus der Musik. Ober liefen mit großen Tabletts voller gefüllter Gläser umher, und als Max und Onno von einem etwas nahmen und bezahlen wollten, schüttelte er freundlich den Kopf.

Ein schwarzes Mädchen in Soldatenuniform und mit dickem, entkraustem Haar kam auf sie zu und fragte, zu welcher Delegation sie gehörten. Onno sagte, zu gar keiner, sie seien zwei einfache Touristen aus Holland, die Zimmer suchten, am liebsten im Hotel Nacional. Sie bat sie um ihre Pässe, studierte die Visa, die auf losen, angehefteten Zetteln standen, da sie sonst nicht mehr in die Vereinigten Staaten einreisen dürften, und ließ den Zeigefinger über eine Liste gleiten.

»Ich habe Ihre Namen aber nicht auf der Liste.«

»Das ist auch richtig so«, sagte Onno.

»Nein, das ist nicht richtig so. Holland, sagten Sie? Nehmen Sie bitte kurz Platz.«

Sie verschwand mit den Pässen, der Reißverschluß ihrer perfekt sitzenden Hose saß genau zwischen den üppigen Hinterbacken. Onno nutzte die Gelegenheit, um Ada anzurufen. Max sah sich um und seufzte tief. Es war genau das, was er sich gewünscht hatte: etwas völlig anderes, etwas, mit dem er nichts zu tun hatte. Für ihn war die Reise bereits jetzt ein Erfolg. Überall hingen Tafeln mit Willkommensgrüßen an die Teilnehmer der *Primera Conferencia de La Habana* und große Porträts von irgendwelchen Revolutionären der ersten Stunde, jedoch nicht von Fidel Castro; einen Spruch in roten Buchstaben konnte er übersetzen: *Wo das Unmögliche zum Alltag wird, findet eine Revolution statt.* Er sah zu den lachenden Musikanten auf dem kleinen Podest hinüber und dachte an die üblen Prozeduren an den osteuropäischen Grenzen. Was hatte das hier damit eigentlich zu tun?

Onno kam mit Grüßen von Ada zurück; sie warte in der Hotelhalle auf sie. Auch das schwarze Mädchen tauchte wieder auf.

»Alles in Ordnung. Wenn Sie mir bitte folgen wollen.«

Ihre Pässe bekamen sie noch nicht zurück. Sie mußten ihr Gepäck identifizieren und kamen ohne weitere Kontrollen auf einen ungepflegten Vorplatz, wo die Hitze sie empfing wie ein glühender Klotz. Der Himmel verausgabte sich inzwischen in einem wahren Farbenrausch an einem Sonnenuntergang, wie er in Europa nur von einem geistesgestörten Beleuchtungstechniker erfunden werden konnte, der deswegen aber sofort entlassen würde, und darunter tobte der Verkehr wie auf einer Autoskooterbahn auf dem Jahrmarkt: scheppernde amerikanische Limousinen, keine jünger als zehn Jahre, verrottete, schwarze Rauchwolken ausstoßende Busse, jeder Busfahrer mit der Hand auf der Hupe.

»Jesús!« rief das Mädchen und winkte.

Ein zerbeulter schwarzer Chrysler fuhr knatternd auf sie zu; die Windschutzscheibe hatte einen Sprung, und ein Kotflügel fehlte. Sie gab dem kleinen Mulatten am Steuer einen Umschlag mit Genehmigungen und trug ihm auf, *los compañeros* ins Hotel Habana Libre zu fahren.

»Und was ist das für ein Hotel?« fragte Onno. »Was kostet es?«

»Machen Sie sich keine Sorgen, wir haben angerufen. Alles ist geregelt. Sie sind Gast der Revolution.«

Onno wollte noch etwas sagen, aber mit einem engelsgleichen Lächeln verschwand sie im Flughafengebäude. Sie legten ihr Gepäck in den Kofferraum, und als Jesús mit einem Knall den Deckel zuschlug, fiel die offenstehende linke Vordertür auf die Straße. Er fluchte, spuckte die Zigarette aus, fing an zu lachen und legte zusammen mit Onno auch die Tür in den Kofferraum. Er trug ein graues, löcheriges T-Shirt, eine schlotternde Hose und Sandalen. Ratternd wie eine alte Kaffeemühle setzte sich das Auto in Bewegung, auf dem Armaturenbrett jedoch blieben alle Zeiger phlegmatisch auf Null stehen. Max und Onno suchten sich zwischen den Sprungfedern der aufgerissenen Sitze einen Platz, und kurz darauf bogen sie in die Straße nach Havanna ein. Da Kuba offenbar keinen Dämmerzustand mochte, war es plötzlich nahezu Nacht. Links und rechts sah man weiße und schwarze Schüler, Arbeiter, Frauen, die sich mit Fächern Kühle verschafften.

»Wir sind jetzt also«, sagte Max mit wehendem Haar, »die niederländische Delegation des Kultur-Kongresses. Wenn wir wollen, bekommen wir unsere Reisekosten zurückerstattet.«

»Ja, und das genau ist schlicht unmöglich. Was sollen wir sagen, wenn man uns fragt, was für Kulturträger wir sind?«

»*Compañeros*!« hob Max rhetorisch an. »Auch die revolutionären Erkenntnisse über Entstehung und Entwicklung des Weltalls entsprechen den dialektischen Gesetzen von Marx und Engels!« Und dann, in einem anderen Ton: »Weiß Gott, vielleicht stimmt es ja auch. Es gab einen berühmten sowjetischen Biologen, Oparin, einen echten Marxisten, der bahnbrechende Veröffentlichungen über die Entstehung des Lebens gemacht hat – und was für die Entstehung des Lebens gilt, gilt in analoger Weise vielleicht auch für die Entstehung des Alls.«

»Du hast deine Geschichte ja schon fertig. Aber ich? Was soll ich sagen?«

»Daß du die gesellschaftlich äußerst relevante Entdeckung gemacht hast, daß die Syntax aller modernen Sprachen die Unterdrückungsmechanismen der Klassenverhältnisse widerspiegelt. Wie ich dich kenne, wirst du das im Handumdrehen beweisen können.«

»Eine interessante These! Darf ich dann auch einen sowjeti-

schen Gelehrten ins Spiel bringen? Was du jetzt sagst, hat eine gewisse Ähnlichkeit mit dem, was von dem Sprachwissenschaftler
N.J. Marr behauptet worden ist, und dagegen hat J.W. Stalin persönlich ein nicht gänzlich unvernünftiges Pamphlet geschrieben.
Im Vergleich zu den Schriften von A. Hitler ist es auf jeden Fall ein
Wunder an Genialität.« Sorgenvoll sah Onno hinaus. »Wir scherzen hier zwar, aber mittlerweile sitzen wir in der Falle, M. Delius.
Vielleicht sollten wir sagen, wir seien Dichter. Das kann keiner
überprüfen. Gedichte sind unübersetzbar.«

»Was kann uns schon passieren? Wir haben uns doch keinem
aufgedrängt – wir wurden hineingedrängt, von diesem Schätzchen
vorhin. Wir sind einfach das, was wir sind: ich bin sternenkundig,
du sprachkundig. Wir werden schon sehen.«

Onno schüttelte den Kopf und seufzte tief.

»Es ist unverantwortlich, äußerst unverantwortlich...« Plötzlich hob er eine Hand in die Höhe und rief: »*Vivere pericolosamente!*«

Sie fuhren in die Stadt. Spärlich beleuchtete alte Straßen, mar-
morverbrämte Plätze, weiße Kirchen im spanischen Barockstil,
Standbilder aus der Kolonialzeit. Der Zerfall, das ärmliche, aber
rege Gedränge auf den Bürgersteigen und die Schlangen vor den
Geschäften, in denen das Spektrum der Hautfarben vom schwärzesten, afrikanischen Schwarz bis hin zum weißesten, iberischen
Weiß reichte, verbarg sich hinter dem regen Verkehr dahinknat-
ternder Wracks. Aus den Fenstern und aus den tragbaren Radios,
von überall her kam Musik, Cha-Cha-Cha, Salsa, Trommeln. Sie
fuhren an alten Festungen vorbei, und vor einem meterhohen
schneeweißen Christusbild bemerkte Max:

»Bestimmt eine kubanische Vorstellung von Lenin.«

Am Hafen, der voller rostiger russischer Schiffe mit Hammer
und Sichel auf den Schornsteinen lag, bogen sie in einen breiten
Boulevard ein. Links, wo Tausende von Menschen flanierten, war
alles hell erleuchtet, rechts hing die Finsternis des Meeres. Überall
auf der schwarzen Steinbalustrade, die über der Brandung in der
Tiefe gegen die Orkane errichtet worden war, saßen schmusende

Pärchen und Schach spielende alte Männer. Auch hier wieder überall Musik. Tafeln meldeten, daß auf der anderen Seite des Wassers, hundertfünfzig Kilometer hinter dem Horizont, in Florida, der Feind lauerte: *el imperialismo yanqui.* Am Ende des langen Boulevards dann ein modernes Stadtviertel mit Hochhäusern, heller Straßenbeleuchtung und sogar Neonreklame, das Straßenbild wurde hier vor allem von Weißen bestimmt.

Vor der Auffahrt eines hohen, modernen Hotels mußte Jesús die Papiere vorzeigen; auf der anderen Straßenseite, hinter einer Sperre, standen Schaulustige. Die Papiere waren offenbar in Ordnung, denn mit jener kühlen Handbewegung, die die Polizei überall auf der Welt – und im Dienste des Kommunismus ebenso wie im Kapitalismus oder Faschismus – gleichermaßen beherrschte, durften sie passieren. Unter einem breiten Vordach stiegen sie aus: *Habana Libre.* Es war noch zu sehen, daß dort früher einmal *Habana Hilton* gestanden hatte. Auch am Eingang wanderten die Blicke wieder unheilverkündend von den Bildern im Paß zu den Gesichtern, so daß sie das Gefühl bekamen, sie sähen aus wie potentielle Konterrevolutionäre.

»Hier wird auf Kulturträger aber gut aufgepaßt«, sagte Max.

Mit Jesús voran gingen sie mit ihren Koffern durch die kühle, belebte Hotelhalle zur Rezeption. Während ihre Papiere dort abermals aus dem Umschlag genommen wurden, sahen sie sich in dem langgestreckten Raum verblüfft um.

Auf zwei großen Leinwänden wurden Filme ohne Ton gezeigt und von lauter, fröhlicher Musik begleitet, die zum Tanzen einlud: auf der einen Leinwand waren Kampfhandlungen in Vietnam zu sehen, Bomben, die aus grauen B-52 hagelten, Hubschrauber, die Dörfer mit MG-Salven traktierten, Flugzeuge, die Äcker mit Napalm verbrannten, ein amerikanischer Sergeant, der einen gefesselten, vornüber am Boden liegenden Vietcongsoldaten minutenlang zu Tode trampelte und ihm dann, die Maschinenpistole achtlos in einer Hand, je eine Kugel in den Hinterkopf, in den Rücken und zum Schluß aus Spaß noch in den Hintern jagte, wobei der Körper im Sand jedesmal um einige Zentimeter wegzuckte. Zum Vergleich schlugen an der anderen Leinwand amerikanische Polizeibeamte mit Knüppeln auf schwarze Demonstranten ein. In der Mitte des Raumes, der ringsum mit Parolen und riesigen Bildern dekoriert war und mit Fotos von Affen, die Coca-Cola tranken, war eine Art Totempfahl errichtet worden, der bis unter die Decke reichte und vollhing mit Maschinengewehren, Gewehren, Revolvern, Stenguns, Handgranaten und allem, was sonst noch Tod und Verderben säen konnte.

»Hier herrscht aber«, sagte Onno, »eine reichlich originelle Auffassung von Kultur.«

Max lachte.

»Vielleicht ist es ein Kongreß über die Geburt der Revolution aus dem Geiste des Futurismus.«

Sie trugen sich ein, und ein Mädchen von der Organisation fragte sie, ob sie sich vielleicht zuerst etwas frisch machen wollten, bevor sie zum Kongreßbüro gingen. Aber Onno wollte alles schnell erledigen und dann gleich zu Ada, die sich wundern würde, daß ihre beiden Freunde plötzlich die niederländische Kultur auf Kuba vertraten. Sie gaben ihre Koffer ab und folgten dem Mädchen zur Galerie, wo sich früher die Boutiquen mit den krokodilledernen Handtaschen und schlangenledernen Schuhen befunden hatten. Manche waren zugenagelt, andere hatten sich in Lagerräume für Handwerker verwandelt. Auf dem Fenster der Verwaltung war noch vage *Cartier* zu lesen. Mitten in dem Rufen und Drängeln regelte das Mädchen die Formalitäten, händigte Kongreßmappen mit der Aufschrift *Primera Conferencia de La Habana* und Namensschilder mit den getippten Namen aus: *Max Delius, Holanda, Delegado – Onno Quits, Holanda, Delegado.*

»Morgen vormittag um neun Uhr ist die offizielle Eröffnung, aber wir würden gerne schon jetzt wissen, welchen Arbeitsgruppen sie zugeordnet werden möchten.«

Während sie wieder in die Hotelhalle gingen und ihre Schilder anhefteten, sagte Onno:

»Es gibt bestimmt eine Arbeitsgruppe für den Neuen Menschen. Davon habe ich schrecklich viel Ahnung, denn das bin ich selbst. In einer glühenden Rede werde ich dann Rousseau die Ehre geben, die ihm gebührt, und sei es als unansehnlichem Zwerg in den mächtigen Schlagschatten von Marx und Engels. Der Mensch ist von der Veranlagung her gut, er wird nur schlecht gemacht durch die schlechten Verhältnisse, die folglich verbessert werden müssen.«

Als sie jedoch Platz auf einer weichen Couch gefunden hatten und ihre Mappen öffneten, stellte sich heraus, daß sich die Arbeitsgruppen nicht den kulturphilosophischen Aspekten dieses hohen Ziels widmeten, sondern dessen praktischer Seite: *Der bewaffnete Kampf, Die Stadtguerilla, Die Rolle der Bauern bei der Eroberung der Macht, Die kommunistischen Parteien.*

Mit offenem Mund sahen sie sich an.

»Mein Gott«, sagte Onno. »Das hier ist gar kein Kultur-Kongreß.«

Sie wühlten die Papiere durch, und eine Minute später war alles klar. Die Konferenz war ein hochpolitisches Treffen von Guerilla-Organisationen aus allen lateinamerikanischen und afrikanischen Ländern und reichte von der vietnamesischen Befreiungsfront über Black Power bis zu den revolutionären Studentengruppierungen aus den westeuropäischen Ländern – und das alles, wie sich aus der *lista official de participantes* ergab, unter Ausschluß der offiziellen moskautreuen Parteikommunisten, auch maoistische Gruppierungen waren nicht eingeladen. Es war ein äußerst exklusives Treffen zu Ehren der Revolution, die aber offenbar nur auf Kuba verwirklicht worden war. Eine niederländische Delegation fehlte auf der Liste. Das Mädchen am Flughafen war aus irgendeinem Grund offenbar davon überzeugt, daß sie Delegierte waren; und weil die Niederlande nicht auf der Liste vorkamen, obwohl es doch ein Land war, das erst noch befreit werden mußte, hatte sie einen bürokratischen Fehler vermutet und sie eingetragen.

Und jetzt sahen sie auch, was ihnen schon früher hätte auffallen können: in der Halle waren nicht nur nirgends die kulturellen Berühmtheiten zu sehen, mit denen sie geflogen waren, auch sonst fiel niemand hier durch schlaffe, wehrlose, clowneske Gesichts-

züge auf, die gemeinhin den Künstler und Intellektuellen ver-
rieten. Die weißen, schwarzen und gelben Gesichter zeigten im
Gegenteil einen Ausdruck harter Entschlossenheit, durch den zuweilen eine gewisse Melancholie hindurchschimmerte – vielleicht,
weil ihre Härte sich nicht dem Schlechten verdankte, hoffentlich
nicht, sondern dem Guten. Manche sahen aus wie asketische Heilige auf einem Gemälde von El Greco. Daneben gab es kubanische
Erste Offiziere, *commandantes*, Majore also, denn alle höheren
Dienstgrade waren nach der Revolution abgeschafft worden, Helden der ersten Stunde, alle um die vierzig Jahre alt, die Kampfan-
züge ohne Rangabzeichen trugen und sofort erkennbar waren an
ihren Bärten und an der Geschäftigkeit um sie herum: ihnen war
gelungen, was den anderen erst noch gelingen mußte.

»Wir sind jetzt also«, sagte Max, »promoviert zu Anführern des
Umsturzes in den Niederlanden.«

Kaum hatte er das gesagt, überkam ihn ein Lachkrampf. Er ließ
sich seitwärts auf die Couch fallen und rang nach Atem: ihr neuer
Status inmitten der gefährlichsten und meistgesuchten Männer
und Frauen der Welt, mit denen sie hier jetzt in einem Raum zusammen waren, die Filme, die in einer Schleife ununterbrochen
dieselben Greueltaten zeigten, die Musik ... es war, als sei tief in
ihm plötzlich eine Quelle angebohrt worden, aus der das bele-
bende Wasser hervorsprudelte, Tränen liefen ihm über das Gesicht,
Onno hingegen fingerte nervös am Namensschild auf seinem Revers.

»Lach nicht, du Idiot! Wir müssen das unverzüglich ungeschehen machen, alles erklären, und dann nichts wie weg hier. Wir
schweben in Lebensgefahr, Mensch!«

»*Vivere pericolosamente*«, sagte Max, während er sich mit gerötetem Gesicht aufsetzte.

»Was meinst du wohl, was passiert, wenn die herausfinden, daß
wir hier gar nicht hingehören? Sieh sie dir doch an. Das sind keine
Jungs, mit denen man einen Jux macht. Stell dir vor, die kommen
auf die Idee, daß wir von der CIA sind.«

»Und du wolltest die Niederlande verändern?«

»Ja, aber nicht auf die Art!« sagte Onno und zeigte auf die Säule mit den Waffen. »Ich bin ein revisionistischer Sozialfaschist, der ausschließlich darauf aus ist, die Revolution zu verhindern und das Proletariat in ewiger Knechtschaft zu halten, ein Wurm, eine Hyäne, ein Lakai des Kapitalismus, vom CIA bezahlt, der auf dem Misthaufen der Geschichte enden wird. Diese Art von Aasgeiern wird hier ohne Pardon an die Wand gestellt.«

Der letzte Satz war ihm entwischt. Er warf einen schnellen Blick auf Max, aber der nickte nur lachend.

»Und das zu Recht. Aber vielleicht kann man es auch anders sehen. Du bist ein braver niederländischer Sozialdemokrat, der die Niederlande verändern möchte auf die einzige Weise, in der das in den Niederlanden möglich ist, und das ist auf die niederländische Weise. Das wird hier verdammt gut verstanden, glaube ich, vor allem, wenn sich das in Entwicklungshilfe für Kuba niederschlägt. Und daß du auf jeden Fall Bescheid weißt, *compañero*, ich werde in die vierte Arbeitsgruppe gehen. Ich werde schon sehen, was ich mache. Ich würde es mir nie verzeihen, wenn ich jetzt kneifen würde. Im Leben kann immer alles passieren, das zeigt sich jetzt einmal mehr. Vielleicht bombardieren die Amerikaner morgen früh während der Plenarsitzung ja das Hotel, und dann passiert gar nichts, denn Moskau ist diese Art von Leuten natürlich auch lieber los. Wenn du mich fragst, ist das hier der reinste Trotzkismus.«

»Aber Max«, sagte Onno, »wenn mein Vater das erfährt. Sein Sohn im teuflischen Havanna als Delegierter eines Kongresses der revolutionären Weltelite!«

»Daß es eine Elite ist, wird ihm gefallen. Du bist verrückt, wenn du dir diese einmalige Chance entgehen läßt. Du lernst die Leute kennen und bekommst einmal eine andere Seite der Politik gezeigt, nicht nur diesen holländischen Kinderkram. Neben mir bist du demnächst der einzige, der weiß, wovon er spricht, wenn es um diese Dinge geht. Vielleicht kommen diese Leute in einigen Jahren rudelweise auf Staatsbesuch nach Holland, Onno Quits, und dann mußt du mit ihnen vielleicht die Ehrenwache abschreiten.«

»Schon gut«, sagte Onno gelassen und schlug die Mappe mit den Unterlagen auf, »ich laß mich wieder mal von dir beschwatzen. Aber die Folgen gehen auf dein Konto. Übrigens, der Botschafter hier ist mit einer Großcousine von mir verheiratet, einer gewissen Van Lynden; das kann vielleicht nützlich sein, falls was schiefgeht. Und ich als Jakobiner gehe natürlich nicht in so eine halbseidene Arbeitsgruppe wie du, sondern in die erste: *La lucha armada!* Der bewaffnete Kampf!«

Nachdem sie sich eingetragen und beim Kassierer Dollars getauscht hatten, nahmen sie ihre Schilder ab und gingen in den schwülen Abend. Schräg gegenüber, in einem Park, standen lange Schlangen an einem großen Eispalast, *Coppelia*, der aussah wie eine soeben gelandete fliegende Untertasse. Auf dem Rasen nebenan war eine bemannte Batterie mit Luftabwehrgeschützen postiert; auch auf dem Dach ihres Hotels sahen sie den langen Lauf einer Kanone.

»Was ist schöner«, sagte Max, »als das Drohen einer Katastrophe?«

»Der Friede, du Blödmann, der Friede.«

»Ich sage nicht die Katastrophe, sondern das *Drohen* der Katastrophe. Vielleicht kann auch die Politik letztendlich auf die Ästhetik zurückgeführt werden, wie die Wissenschaft. Vielleicht ist das wichtigste Kriterium in der Welt nicht die Wahrheit, sondern die Schönheit.«

Während sie über die belebte Rampa gingen, die sich leicht zum Meer neigte, sah Onno nachdenklich und mit der Zunge zwischen den Backenzähnen auf die Steinplatten. Ein Gedanke hatte für ihn immer mehr Realität als das Sichtbare. Max hingegen, der den Gedanken ohne zu überlegen ausgesprochen hatte, sog alles gierig in sich auf. Überall spazierten Familien unter den Palmen; aus Lautsprechern an den Laternenmasten war eine elektronische Komposition zu hören, die ihn an Luigi Nonos Musik zu Peter Weiss' *Die Ermittlung* erinnerte, von der er zu Hause eine Platte hatte, und dazwischen quäkten zahllose Radios. »Ich! Ich!« riefen die Jungen den vorbeigehenden Halbblutmädchen zu, die manchmal von so herzzerreißender Schönheit waren, daß es Max nicht nur den Atem, sondern auch die Lust nahm: sie waren zu schön, es waren Kunstwerke, es brauchte, nein, es durfte nichts hinzugefügt werden, doch die Erotik verbarg sich gerade in der Abweichung von der Vollendung. Polizistinnen in grünen Uniformen, mit weißen Mützen und nicht älter als siebzehn, versuchten auf den Kreuzungen Ordnung in den chaotischen Verkehr zu bringen. An der Seitenwand eines Kinos hing eine zehn Meter hohe Leuchtreklame, die für ein politisches Produkt warb: Vietnam; es war eine Landkarte mit bunt aufflackernden Punkten, Flächen und Daten, die Aufschluß gaben über die amerikanischen Luft- und Flottenstützpunkte, die Zahl der Soldaten, die Schlachten, die besetzten und befreiten Gebiete; ein Bomber, der gepunktete Linien hinter sich ließ, die in rot aufleuchtenden Sternen endeten, verschwand plötzlich in einer roten Glut, gefolgt von der letzten Notierung der Zahl abgeschossener Maschinen: 2263.

»*Gracias, towarischtsch*!« rief ein Mann fröhlich Onno zu und hob die Hand.

Onno dankte ihm mit einer graziösen Verbeugung.

»Die meinen, wir sind Russen.«

Auf der anderen Straßenseite, in einem offenen, weißen Pavillon, hing ein riesiges Gemälde mit dem stilisierten Kopf Fidel Castros: geschweißte Stahlplatten, zwischen eisernen Zähnen ein Bündel Raketen, eine rote Rose als Zigarre, der gepanzerte Kopf mit einem umgedrehten Nachttopf als Helm, von einem blutigen Auge belagert, ringsum schwarze Figuren, die totgeschlagen werden, und das Ganze übersät von Hämmern und Sicheln, Zahlen, Hintern, Zigarren, Fischen, Eiern, Schädeln, Büchern, Augen und Schnecken. Als Max Onno darauf aufmerksam machte und etwas über »sozialistischen Surrealismus« sagte, hörten sie durch den Lärm der Musik und des Verkehrs hindurch ein unheilvolles Brüllen aus einer anderen Welt. Eine breite Treppe, unter der orange Flamingos auf einem Bein im Teich standen, führte zum ersten Stockwerk des Pavillons: auf dem Podest stand ein Käfig mit zwei

Löwen, daneben ein Stall mit einem Lamm. Unmittelbar dahinter hing eine enorme Reproduktion von Michelangelos *Die Erschaffung des Adam*: der mit ausgestrecktem Arm schwebende alte Herr gab den Lebensfunken aus dem Zeigefinger an den mühsam sich aufrichtenden Adam weiter über bunte Lichtbögen, die von Gott wie aus einer Leidener Flasche in Richtung Geschöpf blitzten, und das zu einer ständig wiederholten, aufputschenden Passage in voller Lautstärke aus dem zweiten Aufzug von Prokofjews Ballett *Romeo und Julia*.

»Ich träume!« rief Max. »Ich träume!«

»Ada!«

Sie tauchte plötzlich im Strom unbekannter Gesichter vor dem Eingang des Hotel Nacional auf, einem mächtigen Gebäude im alten Stil, rannte ihnen entgegen und fiel in Onnos Arme. Er küßte und herzte sie, von Passanten ermutigt, wie sein Kind. Max küßte sie brüderlich auf beide Wangen.

»Wie gefällt es euch hier!« rief sie stolz und aufgekratzt.

Die vierundzwanzig Stunden, die sie auf Kuba war, schienen einen anderen Menschen aus ihr gemacht zu haben: ihr Gesicht strahlte eine Begeisterung aus, die weder Onno noch Max je darauf gesehen hatten. Arm in Arm zwischen den beiden erzählte sie von ihrem Empfang durch einen Vertreter des Freundschaftsinstituts, vom Besuch beim Konservatorium, wo sie auch proben konnten, und von den Begegnungen mit kubanischen und ausländischen Kollegen. Und Bruno habe an diesem Abend eine Verabredung in der Altstadt, mit einem Habanera-Orchester.

»Das Ganze ist ein einziges großes Fest!«

Das Hotel war für jedermann offen. In der brechend vollen Hotelhalle sahen sie jetzt nicht nur die deutschen Schriftsteller, die französischen Philosophen, die englischen Dichter und die italienischen Komponisten, der Raum war auch Teil der Straße: durch die eine Tür schlenderte die Bevölkerung gackernd herein, oft im Familienpulk mit kleinen Kindern, und durch die andere wieder hinaus.

»Das sieht aus wie der Sozialismus«, sagte Onno.

Ada hatte nicht nur den Schriftsteller gesehen, der an jenem Abend in Amsterdam im Forum gesessen hatte, sondern auch den Schachgroßmeister, der wegen des Capablanca-Turniers hier war.

»Jeder ist hier, die ganze Welt. Alle linken Intellektuellen.«

»Laß das ›linke‹ einfach weg«, sagte Onno, »denn die Alternative wäre ein *contradictio in terminis*.«

Auf der großen Terrasse hinter dem Hotel bestellte Onno seinen ersten richtigen Cuba-Libre; Ada und Max nahmen einen Milchshake. Als Ada hörte, was ihnen passiert war, fing sie an zu lachen.

»Hier ist alles möglich. Es ist wie in dem Märchen, in dem sich ein häßlicher Frosch in einen bildhübschen Prinzen verwandelt.«

»Wenn wir demnächst an der Macht sind in den Niederlanden«, sagte Max, »verordnen wir per Dekret das gleiche subtropische Klima wie hier.«

»Genau«, sagte Onno, »du sagst es. Die Politik ist vielleicht ästhetisch bestimmt, aber auf jeden Fall immer auch meteorologisch.«

»Wie herrlich, daß ihr da seid. Ihr habt mir gefehlt.«

»Max ja wohl nicht, hoffe ich?« fragte Onno.

»Anders.«

Die Nacht blieb heiß. Die Terrasse grenzte an einen großen, parkähnlichen Garten, der zum Meer führte. Als es langsam ruhiger wurde, kündigte Onno an, daß er noch etwas Wichtiges mit Ada zu besprechen habe, das aber streng vertraulich und nur unter vier Augen möglich sei. Er werde Max morgen bei der Eröffnungssitzung sehen.

»Ja, ja«, sagte Max. »Der Neue Mensch als Schwein.«

Als sie gegangen waren, spazierte er in den dunklen Garten. In den Kuppelgewölben der riesigen, verschlungenen Bäume schien die Luft zu stehen; andere hingegen wirkten mit ihrem filigranen Laub geradezu durchgeistigt und zerbrechlich wie Brüsseler Spitze, doch so exotisch das auch war, so vertraut war es ihm zugleich durch die Aussicht seines Leidener Büros auf den Botanischen Garten. Die ganze Insel war ein botanischer Garten, allerdings ohne Namenstafeln. Von einer niedrigen Balustrade aus blickte er über das Meer. Ein Hauch von Kühle kam ihm entgegen; hier und dort Lichtpunkte von Fischerbooten auf dem Wasser; das Pandämonium der Stadt wurde vom sanften Rauschen der Brandung fast übestimmt.

Da stand er nun, hierhin hatte ihn das Leben geführt, an diesen paradiesischen Ort. Er dachte an seine Geschichte, an seine Eltern, an die Reise nach Polen – und dann an die Worte des kubanischen Botschafters: »Was in zehntausend Kilometern Entfernung geschieht, ist nicht geschehen.« War Auschwitz nicht geschehen? Dieser üppige Sternenhimmel! Er befand sich genau auf dem Wendekreis des Krebses, der Polarstern stand tief, aber die Bäume hinter ihm beeinträchtigten die Aussicht auf die Sterne im Süden, die er noch nie gesehen hatte.

Plötzlich hörte er leise Stimmen. Er sah zur Seite und entdeckte zwanzig Meter weiter im Dunkeln eine kleine Gruppe Soldaten neben einer Schnellfeuerkanone, den Lauf auf den Horizont gerichtet. Als er die Hand hob, grüßten sie zurück. Er seufzte tief, und ein heftiges Glücksgefühl durchströmte ihn.

17
Heiße Tage

Die offizielle Eröffnung der Konferenz am nächsten Morgen erfolgte durch den Präsidenten der Republik, Fidel Castro selbst würde erst zur abschließenden Plenarsitzung eine Rede halten, auf die ein Empfang im Palast der Revolution folgen sollte. Während der Kaffeepause spazierten Max und Onno aus dem Hotel, um einen kurzen Eindruck von der Stadt bei Tageslicht zu bekommen.

Ihre Augen, die sich auf das Kunstlicht im Konferenzsaal eingestellt hatten, wurden von der Sonnenglut auf der Straße geblendet: es war, als dringe sie durch die Haut und verursache im Inneren eine Art Dämmerung. Hoch oben am Himmel flogen die Geier: wie Akkoladen zogen die schwarzen Vögel in trägen Kreisen Schleifen über der glühenden Stadt, ohne auch nur ein einziges Mal die Flügel zu bewegen. Hinter den Zäunen vor dem Hotel standen wieder Schaulustige, die ihre Augen auf sie hefteten und sich zu erinnern versuchten, welche Helden aus welchem Land sie waren; natürlich hatten die Zeitungen schon seit Wochen über die Konferenz berichtet und die Lebensläufe der Teilnehmer abgedruckt. Obwohl Eis angeblich nur etwas für Pastoren war, wollte Max bei Coppelia eines kaufen; aber wenn er sich in der Schlange angestellt hätte, hätte er wahrscheinlich den Lunch verpaßt. Sie unterhielten sich über die Rede des Präsidenten, in der er erläutert hatte, welche Resultate das kubanische Volk, die revolutionäre Regierung und die kommunistische Partei sich von dem Treffen versprachen, und gingen in den Schatten des Parks.

Hinter einem Baum sahen sie wenig später eine Szene, die den Geruch von Illegalität hatte, Gestank aus einer eiternden Wunde. Ein schon etwas älterer kubanischer Herr mit weißem Panamahut und Krawatte tauschte Geld bei einem offenbar ausländischen jungen Mann, der ihnen den Rücken zugewandt hatte. Als der Herr sie bemerkte, steckte er sofort die Banknoten in die Tasche. Max und Onno wollten weitergehen, als hätten sie nichts gesehen, aber dann wandte der junge Mann den Kopf zur Seite, um zu sehen, was los war.

Onno blieb stehen und traute seinen Augen nicht. War das möglich? Bescherte ihm die Vorsehung tatsächlich dieses Geschenk? Sein Herz machte einen Sprung.

»Bork!«

Wie von einem Stein an den Kopf wurde der Studentenführer von seinem Namen getroffen. Mit einem Ruck drehte er sich um und starrte Onno entgeistert an. Offenbar war er zu überrascht, um wegzulaufen, und Onno ging mit großen Schritten auf ihn zu, Max folgte in einigem Abstand. Nun hatte er ihn, er hatte ihn in seiner Gewalt, die Stunde der Rache war gekommen! Welch ein Genuß! Mit den Händen in den Hüften baute er sich vor ihm auf.

»Mach diese Transaktion sofort ungeschehen, du Mißgeburt! *Sofort*, hast du mich verstanden?« Zu dem zitternden Kubaner sagte er auf spanisch, er solle sich keine Sorgen machen, aber das Geschäft sei geplatzt, und dann wieder zu Bork: »Du verachtenswürdiges Subjekt! In Holland den linken Anführer mimen und auf Kuba schwarzes Geld wechseln. Na, wird's bald?«

Bart Bork war ebenso verblüfft wie er, aber als er das Namensschild der Konferenz auf Onnos Revers sah, verschlug es ihm die Sprache. Der Herr, der ebenfalls erschrocken auf ihre Namensschilder gestarrt hatte, bekam seine Pesos wieder, und als er in seiner Tasche nach den Dollars tastete, sagte Onno, er könne sie behalten, solle jetzt aber zusehen, daß er wegkäme. Er lüftete höflich den Hut und verschwand. Im vollen Triumph seiner Macht wandte Onno sich wieder Bork zu:

»Du weißt doch, wessen Unterschrift auf diesen Banknoten steht, du elendiges Miststück? Schau bei dieser Gelegenheit einmal genau hin: *Che*. Der ist jetzt in Bolivien im Urwald, mit einem Gewehr, aber du stehst hier hinter einem Baum, um schmutzige kapitalistische Geschäfte abzuwickeln. Was meinst du, was passiert, wenn das in den Niederlanden bekannt würde? Von Kuba wollen wir lieber erst gar nicht reden, denn das könnte für dich verdammt unangenehm werden. Ich werde nicht darüber reden, allerdings frage ich mich, was du eigentlich hier zu suchen hast, und soll ich dir sagen, was ich glaube? Ich glaube, daß du auf eigene Faust mit einer Chartermaschine hergekommen bist und versucht hast, dich der Konferenz aufzudrängen, und daß dir das nicht gelungen ist. Du gehörst nicht dazu. Deine ganzen internationalen Freunde sind hier im Habana Libre, nur du nicht, du bist irgendwo auf eigene Kosten in einer schäbigen Jugendherberge – und so gehört sich das auch für einen Strandläufer auf Kuba.«

Die Rechnung war beglichen. Onno sah auf die Uhr und sagte zu Max:

»In zehn Minuten beginnen die Arbeitsgruppen-Sitzungen.«

Sie ließen Bork grußlos stehen.

»Also wirklich«, sagte Max, als sie außer Hörweite waren. »So kenne ich dich gar nicht.«

»Bis zu meinem Lebensende werde ich mit tiefer Befriedigung auf diesen Tag zurückblicken.«

»Hast du keine Angst, daß er uns Probleme machen kann bei der Leitung des Kongresses?«

»Der? Meinst du wirklich, er kommt auf die Idee, daß *wir* nicht dazugehören? Er hat jetzt erst begriffen, warum er nicht eingeladen wurde. Weil wir eingeladen worden sind. Wir sind maßlos in seiner Achtung gestiegen. Er dachte, es mit ein paar unbedarften Wissenschaftlern zu tun zu haben, denen er ohne weiteres eine Lektion erteilen konnte, aber jetzt ist ihm klargeworden, daß wir wer sind in der linken Bewegung. Er glaubt an die Weltrevolution, und wenn er sich uns einen Fingerbreit in den Weg legt, meint er, daß wir eines Tages genauso mit ihm abrechnen, wie er es mit uns getan hätte. Bei der erstbesten Gelegenheit wird er versuchen, an uns heranzukommen. Vielleicht ist er ja sogar Mitglied der KPN und deshalb nicht eingeladen. Du kannst mir ruhig glauben, daß die hier solche Sachen wissen. Was für ein Tag! Welch ein herrliches Gericht die Rache doch ist! Stell dir vor, ich hätte mich gestern nicht von dir überreden lassen ...«

»Was für eine hochstehende Persönlichkeit du doch bist«, sagte Max, während sie ihre Papiere am Eingang vorzeigten. »Deine Entrüstung macht auf mich wirklich einen schrecklich aufrichtigen Eindruck. Vor allem, weil sie von jemandem kommt, der selbst zu Unrecht gratis in einem First-class-Hotel wohnt und ißt auf Kosten der Bevölkerung eines Dritte-Welt-Landes.«

»Schweig, Elender! Ich werde alles auf irgendeine Weise doppelt und dreifach zurückzahlen. Geldwechsler werden jedenfalls aus dem Tempel geprügelt.«

Mittags wurde die niederländische Delegation *compañero* Salvador Guerra Guerra vorgestellt, einem mageren Mann von etwa fünfzig Jahren, mit schütterem, grauem Haar, hohlen Wangen und Handgelenken so schmal wie Besenstiele. Er stehe ihnen jederzeit zur Verfügung als Dolmetscher, Fremdenführer und Ratgeber. Zu-

dem wurde von ihm erwartet, daß er die Mahlzeiten mit ihnen einnahm. Für Guerra war offenbar vor allem letzteres lebenswichtig.
Während des Mittagessens, das aus drei Gängen bestand und an
dem alle Delegierten teilnahmen, erzählte er, daß er vor nicht allzu
langer Zeit eine schwere Magenoperation gehabt habe: nur im Habana Libre könne er hoffen, wieder etwas zuzunehmen. Er wolle
sich nicht weiter aufdrängen, wenn er gebraucht werde, könne
man im Kongreßbüro nach ihm fragen. Nicht ein einziges Mal
erkundigte er sich nach ihrem politischen Status in den Niederlanden – diesem herrlichen Land, wie er sagte, mit seiner herrlichen,
revolutionären Geschichte, das sich vor vierhundert Jahren als erstes gegen die spanische Vorherrschaft gewehrt habe. Auf Kuba sei
das erst vor hundert Jahren geschehen.

»Ja«, sagte Onno zu Max, »da fällt dir nichts mehr ein. Die haben hier eine bessere Meinung von den Niederlanden als wir
selbst.«

»Aber vor zehn Jahren«, fuhr Guerra fort, »hat Kuba die Niederlande dann doch einigermaßen eingeholt.«

Nach dem Diner, das aus vier Gängen bestand, mit französi-
schem Wein, gingen sie mit Ada zum Kammermusikfestival, wo
am Abend Ensembles aus einigen Ostblockländern auftreten sollten. Guerra hatte gesagt, daß sie selbstverständlich über ein Auto
mit Chauffeur verfügen könnten, weil sie sich aber erst noch an die
Vorstellung gewöhnen mußten, daß sie hier leben konnten wie die
Millionäre, hatten sie ein Taxi in die Altstadt genommen. Im Kon-
zertsaal begrüßten sie Bruno, der bereits jeden kannte und sich
verhielt, als wohne er schon seit Jahren in Havanna. Als das Konzert vorbei war, nahm Onno Ada mit auf sein Zimmer im Habana
Libre. Wie auch im Hotel Nacional saß eine dicke Dame mittleren
Alters an einem Tisch neben dem Fahrstuhl, die ihn vorwurfsvoll
ansah, als ob sie seine Mutter wäre; als er ihr zublinzelte, strahlte
sie mitwisserisch.

Max war noch geblieben. Seine Kenntnisse über Beethovens
Große Fuge in B-Dur, Opus 133, von einem bulgarischen Quartett
aufgeführt, hatten auf eine kubanische Medizinstudentin großen

Eindruck gemacht, eine große Frau mit langen, schlanken Fingern, die sie hoch auf seinen Oberschenkel legte, als er ihr erzählte, daß das Stück aus dem Schlußteil von Opus 130 entstanden sei. Um dies weiter zu vertiefen, gingen sie in eine Bar, in der es so dunkel war wie in den entferntesten Tiefen des Alls. Die einzige Beleuchtung kam von glimmenden Zigarren und Zigaretten; der Ober, der sie durch Hitze, Gitarrenmusik und unsichtbares Rascheln und Kichern zu ihrem Platz führte, ließ seine Taschenlampe höflich senkrecht auf den Boden scheinen. Auf einer Bank an einer hohen Holzwand tranken sie ihren Son, das kubanische Pendant zur Coca-Cola, und begleitet von unaufhörlichem Stöhnen und Krachen in den benachbarten Sitzecken arbeiteten sie sich vor bis zur *Grande Fugue, tantôt libre, tantôt recherchée*. Um die letzten fugatischen Geheimnisse zu lüften, gingen sie danach einige Straßen weiter in eine *posada*. An der Kasse bekamen sie jeder ein Handtuch und ein Stück Seife und mußten zehn Minuten auf dem Gang warten: auf der einen Bank von weiß bis schwarz die Männer, auf der gegenüberliegenden die Frauen. Als auch das erledigt war und er durch die nächtliche Stadt schließlich zu seinem Hotel spazierte, saßen überall noch Leute vor ihren Häusern auf der Straße, alle Fenster und Türen waren offen, und er hatte zum ersten Mal wirklich das Gefühl, nicht mehr in Europa zu sein. Am Eingang wurde er wieder kontrolliert, und in der Hotelhalle grüßte er Angel, den Ober, der sie bei Tisch bediente, und der mit »Pst!« gerufen werden mußte. Jetzt trug er eine blaue Miliziuniform und putzte seinen Revolver.

Aber schon nach zwei Tagen begann Max sich zu fragen, was er hier eigentlich tat. Das stundenlange Sitzen in einem Saal mit künstlichem Licht, und das bei diesem herrlichen Wetter, die Übersetzungen endloser Referate und das ununterbrochene Stimmengewirr der Dolmetscher in ihren Kabinen, während er lieber draußen durch die Stadt gegangen wäre – der ganze Kongreß hing ihm bald zum Halse heraus. Und das sollte noch fünf Tage so weitergehen? Morgens fuhr er als erstes im Bademantel mit dem Fahrstuhl zum großen Schwimmbad im ersten Stock, wo schon zu dieser frühen Stunde ein Band abgespielt wurde, das seit den fünfziger Jahren nicht mehr ausgetauscht worden war: *Gonna take a sentimental journey, don't fence me in.* Bis zum Lunch schwänzte er und blieb in der Sonne liegen, und während der Nachmittagssitzung verkürzte er sich die Zeit mit der Lektüre von Novalis' *Heinrich von Ofterdingen*, die er im letzten Augenblick in seinen Koffer gepackt hatte – aber dafür war er doch nicht nach Kuba gereist! Auch die ideologischen und taktischen Wortgefechte interessierten ihn nicht. Zudem kamen die wirklich interessanten Dinge natürlich nicht in den Arbeitsgruppen zur Sprache, sondern wurden auf den Hotelzimmern besprochen, hinter verschlossenen Türen, oder im Gebäude des Zentralkomitees.

Vor allem aber war er schockiert über die palästinensische Delegation, die den Staat Israel aus der Welt schaffen wollte und dafür von allen Beifall bekam. Das war ihm neu. Israel! Kind von und Gegenstück zu Auschwitz! Israel war weiß Gott keine Filiale des Himmels, aber mußte es deshalb gleich in eine zweite Filiale der Hölle verwandelt werden? Konnte es sein, daß die äußerste Linke und die äußerste Rechte miteinander paktierten, wenn es gegen die Juden ging? Er erinnerte sich noch, daß während des Krieges ein palästinensischer Groß-Mufti von Jerusalem mit einer weißen Mütze auf dem Kopf Hitler einen Besuch abgestattet hatte, um die Vernichtung der Juden in Palästina zu besprechen, General Rommel war mit seinem Afrika-Korps bereits unterwegs. War »Antizionismus« der neueste Euphemismus für Antisemitismus, wie »Endlösung« für Ausrottung? Streckte das Höllische seine Tentakel jetzt auch schon bis nach Kuba aus? Wenn Israel seine Mutter war, dann durfte es doch, bitte schön, nicht so sein, daß diese phantastische Insel zur Welt seines Vaters gehörte!

An dieses Dilemma wollte er jetzt nicht denken, und er sprach auch nicht darüber. Was ihn zum Bleiben bewegte, war Onno, der sagte, daß er viel lerne, obwohl er sich – in seiner Eigenschaft als erasmianischer Parlamentsdemokrat, der er war – mit der Radikalität der ganzen Veranstaltung nicht recht identifizieren könne. Und außerdem waren da natürlich noch die angenehmen Seiten: das

Auto mit Fahrer, die Busreisen in das Landesinnere, die Theater-
aufführungen, spät am Abend das Abendessen auf einem rustikalen Platz in der Altstadt an Reihen gedeckter Tische von jeweils
zwanzig Metern Länge, mit Musik und Reden, oder der Besuch
einer Show im La Tropicana, einem riesigen Nachtclub unter
freiem Himmel, wo weiße Konzertflügel aus dem Boden aufstiegen, auf denen von schwarzen Männern in weißen Smokings
Guantanamera gespielt wurde, und fünfzig Mädchen mit Strau-
ßenfedern auf dem Kopf ihre Beine in die Luft warfen und zum
Schluß die Internationale sangen, während in der Grünanlage
ringsum Hunderte von Soldaten Wache hielten, da ständig mit At-
tentaten von Infiltranten aus Miami gerechnet werden mußte.

Als am Ende der Woche der Augenblick für Adas Auftritt gekommen war, war Max schlecht in Form. Den ganzen Tag schon hatte er
sich fiebrig gefühlt; am liebsten hätte er sich hingelegt, aber das war
für ihn ausgeschlossen, obwohl ihm das keiner verübelt hätte.
Onno war bereits mit Ada vorausgegangen, und nur um Guerra
wieder zu Kräften kommen zu lassen, war er in den Speisesaal gegangen, wo er sich neben dem kräftig zulangenden Guerra auf
einen Obstsalat beschränkte. Da kein Auto verfügbar war, nahm er
den qualmenden, ruckelnden Bus in die Altstadt und ließ sich von
seinen fröhlichen Mitreisenden beäugen.

Der kleine Saal war heiß und überfüllt; das Publikum saß bis auf
die Gänge. Auch einige Komponisten waren gekommen. Ada war
nervös. All ihre Proben, die kostenlose Reise, das Hotel, die Mahlzeiten, der kostenlose Eintritt zu Konzerten und Ballettaufführ-
ungen, die Freundlichkeit von jedem, das alles mußte jetzt, nach
einer Pause von nicht einmal einer halben Stunde, durch ihre
Musik ins Gleichgewicht gebracht werden. Sie spielten Saint-
Saëns' *Allegro appasionato*, gefolgt von Janáčeks *Märchen*, und alles ging gut. Die andächtige Stille blieb nach den letzten Tönen
noch kurz hängen und machte dann Platz für einen Applaus, der
zwar nicht überwältigend war, aber deutlich über der Höflich-
keitsgrenze lag.

Zum Schluß wurden im Gedränge hinter der Bühne *Daiquirís* serviert. Als Onno Max' Gesicht sah, zugleich braungebrannt und blaß, sagte er:

»Trink auch einen, das wird dir guttun.«

Max stieß mit Ada und Bruno an und sog behutsam das gestoßene Eis mit dem Rum aus dem flachen Glas. Es schmeckte köstlich. Er trank das Glas aus, hielt es sich kurz an die Stirn und nahm ein zweites. Nach einem weiteren Schluck war er betrunken. Es war, als fiele ein Netz über ihn, ein Schleier, aber zugleich tauchte er auf aus dem Zustand der Benommenheit, der den ganzen Tag über angehalten hatte.

»Sa sdorowje!« rief er, kippte auch dieses Glas in sich hinein und hätte es am liebsten über die Schulter nach hinten geworfen wie der würfelförmige russische General, den er im Tropicana gesehen hatte.

Von diesem Augenblick an wurden die Ereignisse für ihn rasch immer unübersichtlicher. Die zwei Kubaner, denen sie in Amsterdam begegnet waren, tauchten vor ihm auf und verschwanden wieder, und eine Freundin, mit der er einige Tage zuvor ein Rendezvous gehabt hatte, hielt ihm ihre Wange hin und war im nächsten Augenblick nicht mehr zu sehen. Er schlürfte den eiskalten, weißen Schlamm und spürte, wie er kühlend durch die Brust hinabglitt. Zufrieden ließ er den Blick über die Menge gleiten. Plötzlich wurden Anstalten zum Gehen gemacht. Es war ihm offenbar noch nicht anzusehen, daß sich bei ihm etwas verändert hatte; Onno sagte, Bruno habe etwas organisiert, er solle sein Glas jetzt wegstellen, sie führen zu einer Santería. Einer Santería? Also gut, zu einer Santería. Wenn es da bloß Daiquíri gab.

Gab es aber nicht. Mit rumpelnden Autos fuhren sie in eine ärmliche Straße in einem Außenviertel, Max auf der Rückbank eingeklemmt zwischen drei oder vier Leuten, die er nicht kannte. Vor einem Holzhaus mit offener Eingangstür zwischen abgeblätterten Säulen stiegen sie aus. In den kleinen Zimmern war es schon so voll, daß sie kaum noch hineinpaßten. Max stellte sich auf Zehenspitzen: etwas außergewöhnlich Geheimnisvolles war im Gange.

Aus dem Hinterzimmer kam ein aufpeitschendes Trommeln, jemand sang; auf einem Holzstuhl saß, flankiert von Kerzen, ein ausgezehrter Schwarzer in einem hellblauen, geblümten Kittel und schüttelte sich, als würden Stromstöße durch seinen Körper gejagt, zwei schwarze Frauen versuchten ihn im Zaum zu halten. Wie in Trance stieß er Wörter und Töne aus, die nach Onnos Meinung nichts mit Spanisch zu tun hatten, sondern eher mit Nigerianisch, *Yoruba*, oder was auch immer. Offenbar hatte ein afrikanischer Geist von ihm Besitz ergriffen, andererseits konnte dieser Geist aber auch nicht nur heidnisch sein, denn über dem Kopf des Mannes stand auf einem Sockel ein kitschiges Marienbildnis, und darüber wiederum hing ein Bild von Fidel Castro. Aber vielleicht war es das alles zugleich, unter Vernachlässigung des Gesetzes des ausgeschlossenen Dritten und zur ewigen Beschämung derjenigen, die glaubten, etwas davon zu verstehen. Auf einmal flogen Daunen und Hühnerfedern durch die Luft, und die Trommler und Sängerinnen gerieten immer mehr in einen Zustand unbändiger Ekstase, die sich bald auch auf andere schwarze Männer und Frauen im Publikum übertrug, so daß schnell Platz gemacht werden mußte, um den herumschleudernden Armen und Beinen auszuweichen. Max wurde in eine Ecke gedrückt, und mit einem Blick, der zu schwer vom Rum war, als daß er ihn noch hätte lenken können, begegnete er neben sich plötzlich den Augen des niederländischen Schriftstellers, der in Amsterdam im Forum gewesen war.

»So sieht man sich wieder«, sagte Max. Er versuchte sich auf ihn zu konzentrieren, aber er stand zu nah, und weil Max zuviel getrunken hatte, hatte er die Stirn zu fragen: »Wie ist es in Gottes Namen bloß möglich, daß jemand einen ganzen Roman zusammenphantasieren kann?«

»Ich phantasiere nie«, sagten plötzlich zwei Münder. »Ich erinnere mich. Ich erinnere mich an Dinge, die nie geschehen sind. Genau wie du, wenn du meinen Roman liest.«

Am Morgen danach – der Kongreß neigte sich dem Ende zu – fuhren die Delegierten in aller Frühe zum Flughafen, von wo aus sie nach Oriente fliegen würden, in die heiße Provinz im äußersten

Südosten der Insel. Auf dem Programm standen zwei Tage Sierra
Maestra; mit einer Tafelrunde von zwölf Mann hatten die Rebellen
vor elf Jahren ihren Kampf in diesem Gebirge begonnen. Obwohl
das Gerücht kursierte, daß *el líder máximo* dort erscheinen
würde, blieben Max und Onno in Havanna. Adas Flugzeug sollte
am folgenden Nachmittag abfliegen, sie selbst würden drei Tage
später abreisen. Deshalb hatten sie unter Protest von Onno beschlossen, ihren letzten gemeinsamen Tag am Strand von Varadero
zu verbringen. Guerra würde dafür sorgen, daß um zehn Uhr ein
Auto bereit stand, und dann würden sie Ada im Hotel Nacional
abholen.

Um halb zehn saß Onno wie vereinbart an der schattigen Bar,
die das Schwimmbecken vom Speisesaal trennte. Max schlief offenbar noch seinen Rausch aus. Es war ruhig geworden im Hotel.
Nachts hatte es gestürmt, der Bademeister schöpfte mit einem
Netz Blätter und Insekten vom Wasser; der Barmann kontrollierte
mit einer Liste die Flaschen in seinen Regalen. Am anderen Ende
der Bar saß eine Frau mit einem Glas vor sich, Whisky vermutlich.
Onno dachte an seine Gespräche mit den Delegierten, mit denen er
meistens in ihrer Sprache hatte reden können, an den rabiaten
Tumult, der überall in der Welt wütete und von dem nur ein Bruchteil bis zu ihm in die Niederlande vorgedrungen war, das heißt, er
versuchte daran zu denken, denn obwohl die Frau nicht in seine
Richtung schaute, spürte er eine fast mit Händen zu greifende Verbindung zwischen ihnen. Beunruhigt ging er mit sich selbst zu
Rate. Was war das? Mit einem Gefühl, als wäre er jetzt schon dabei,
Ada zu betrügen, bat er um die Rechnung. Er würde Max in seinem Zimmer anrufen und sagen, er warte in der Hotelhalle. Während er den Coupon unterschrieb und sich abermals überlegte, in
welcher Form er das alles bezahlen sollte, spürte er, daß die Frau zu
ihm herübersah. Er erwiderte ihren Blick, und mit einem Lächeln
machte er eine kleine, seitliche Bewegung mit dem Kopf, als wollte
er sagen, daß es ihm leid täte, aber es sei leider nichts zu machen,
er sei nun einmal ein Trottel.

Als er in der Hotelhalle zur Telefonzelle ging, sah er sie hinter sich die Treppe herunterkommen. Er begriff sofort, was passiert war. Sie hatte seine Kopfbewegung ganz anders aufgefaßt, nämlich als: Komm, laß uns gehen – subtil ausgeführt, um den Barmann zu täuschen. Nach kurzem Zögern ging er auf sie zu, er saß in der Falle, es gab kein Entrinnen. Und eigentlich wollte er das auch nicht mehr. Sie war Mitte Dreißig, eine schlanke, üppige Frau, dunkelblond, mit tiefbraunen Augen und einer Haut im Farbton von Haselnüssen.

»Laß uns gehen«, sagte sie ernst.

An ihrem Akzent hörte er, daß sie Kubanerin war. Sie sah gepflegt aus und wirkte fast bourgeois; vielleicht war sie eine *gusano*, wie das hier hieß, ein konterrevolutionärer *Wurm*, der lieber heute als morgen in die Vereinigten Staaten wollte. Aber wie kam sie in dieses hermetisch abgeriegelte Hotel? Er nickte und ging mit ihr hinaus. War das alles so einfach? Er hätte diese Kopfbewegung nie zu machen gewagt mit der Bedeutung, die sie ihr gegeben hatte. Das war eher etwas für Max.

Er streckte die Hand aus und sagte:

»Onno Quist.«

»María.«

Als er sich neben sie in ihr Auto setzte, das sich in einem relativ guten Zustand befand, fragte er sich, was ihm eigentlich einfiel. Er wollte zum Strand, es war Adas letzter Tag, es war unmöglich, er mußte sofort zurück. Aber dazu war es plötzlich zu spät. Der Soldat an der Auffahrt grüßte, als sie vorbeifuhren.

»Ich muß kurz telefonieren«, sagte er.

»Das kannst du bei mir machen. Wir sind gleich da.«

Sie sah kurz zur Seite und lächelte traurig. Es war Sonntag, die Straßen waren leer, und nach wenigen Minuten fuhren sie einen eleganten Boulevard hinunter, mit Rasen und Bäumen auf dem Mittelstreifen und ab und zu einem großen Schild mit Parolen wie: *Wo der Tod uns auch überrascht, er sei willkommen.* Früher hatten hier offenbar die Reichen gewohnt; jetzt waren in den luxuriösen Häusern Botschaften und zu einem großen Teil auch Studentenunterkünfte und verschiedene Institute der Universität

untergebracht. Auch hier lagen überall Zweige und Blätter auf der
Straße. Sie stiegen vor einer kleinen Villa mit einem gepflegten
Garten aus.

Die Haustür führte direkt in ein weißes, gefliestes Wohnzimmer,
das für holländische Begriffe so gut wie leer war. Auch die Wände
waren kahl, bis auf ein gerahmtes Bild über dem Buffet: ein breit
lachender Mann von etwa vierzig Jahren, in Uniform und mit
einem Bart, auf dem Kopf ein großer Hut mit breiter Krempe, wie
die Zuckerrohrschneider sie trugen; seinen Arm hatte er um die
Schultern von María gelegt, die ebenfalls lachte, aber ein wenig zusammengedrückt wirkte angesichts der vitalen Gewalt neben ihr.
Als Onno den Bart sah, das revolutionäre Adelszeichen, beschlich
ihn das Gefühl, sofort fliehen zu müssen: zur Haustüre hinaus und
so schnell die Beine ihn trugen über den Boulevard; der Mann
konnte jeden Moment hereinkommen und ihn sofort über den
Haufen schießen, den Rauch aus der Pistole blasen und in ein fettes
Lachen ausbrechen. Kaum stürzte er, Onno, sich einmal in ein
Abenteuer, geriet er in eine derartige Situation. Selbst schuld. Ver-
dienter Lohn. Er hatte sich in Schwierigkeiten gebracht, also
mußte er jetzt auch die Folgen tragen. Wo der Tod uns auch überrascht, er sei willkommen. *Dr. h.c. Onno Quist, Den Haag 6. November 1933 – Havanna 8. Oktober 1967.*

Er setzte sich in einen Korbsessel und rief im Hotel Nacional an.
Während er auf seine Verbindung wartete, fragte María, ob er einen
Whisky wolle.

»Nichts lieber!« sagte er mit so viel Nachdruck, daß sie lachen
mußte.

Als er Adas Stimme hörte, schämte er sich und bereute erneut.
Er hatte sagen wollen, er sei in die Stadt gegangen und hätte sich
verirrt, er sei in einer Viertelstunde im Hotel, aber er tat es nicht.

»Hallo?« sagte sie erneut.

»Ja, ich bin's.«

»Hallo! Max hat sicher verschlafen, oder? Er hat gestern zuviel
getrunken. Macht nichts, ich sitze hier auf dem Balkon und ge-
nieße die Sonne.«

»Nein, das ist es nicht, oder vielleicht doch, vorhin war er noch nicht da.«

»Was ist denn los? Bist du jetzt nicht in deinem Hotel?«

»Nein. Macht es dir etwas aus, wenn ich nicht mitfahre?«

»Ach, ich hab's mir schon gedacht. Du am Strand, das hätte mich auch gewundert. Was wirst du heute machen? Wo bist du?«

»In der Kirche«, sagte Onno feierlich, während er zusah, wie María ihre Gläser mit Eis füllte.

»In der Kirche?« wiederholte Ada lachend. »Beten für die Revolution?«

»Ich möchte einmal sehen, wie das hier zugeht. Nachher findet ein feierliches Hochamt statt.«

»Hör mal, soll ich auch kommen? Wo ist die Kirche?«

»Geh du nur ans Meer mit Max. Es ist deine letzte Chance, übermorgen bist du wieder in Holland in Sturm und Regen.«

»Macht es dir wirklich nichts aus?«

»Ich sehe euch ja heute abend. Aber ruf ihn gleich an, denn er weiß noch nichts.«

»Mach ich.«

»Also gut. Bete für meine Seele.«

Als er den Hörer auf die Gabel gelegt hatte, nahm er das Glas, das ihm hingestellt worden war, in die Hand und nahm einen großen Schluck.

»Welche Sprache hast du jetzt gesprochen?« fragte María und setzte sich auf die Couch.

»Die Sprache des heroischen niederländischen Volkes.«

Die Ironie dieser Antwort entging ihr.

»Die Niederlande haben eine hervorragende Geschichte«, nickte sie, während sie sich eine Zigarette anzündete. »War das deine Frau?«

Onno seufzte tief.

»Meine Freundin. Woran hast du das denn bemerkt?«

»An allem.«

»In Kuba seid ihr genauso schrecklich wie überall.« Er deutete auf das Foto. »Ist das dein Mann?«

»Nicht mehr.«

Erleichtert sah er sie an. Er erwartete, daß sie in irgendeiner Form Verständnis für diese Erleichterung zeigen würde, aber ihr Gesicht blieb unbewegt. Plötzlich wurde er von einer neuen Unsicherheit erfaßt. Vielleicht war sie Geheimagentin, vielleicht sollte sie herausfinden, wie sich das nun eigentlich verhielt mit diesen beiden Niederländern auf der Konferenz, von denen niemand je etwas gehört hatte, die nie das Wort führten und jetzt auch nicht mitgeflogen waren zur Sierra Maestra.

»Warum tragen diese Ritter noch immer ihre Bärte aus der Guerillazeit?«

»Weil sie geschworen haben, ihre Bärte erst abzunehmen und die Uniformen erst dann auszuziehen, wenn die Revolution in ganz Lateinamerika vollendet ist.«

Sie stand auf und nahm aus einer Schublade des Buffets ein großes Foto, das sie ihm reichte.

»Das ist mein Mann.«

Onno verzog das Gesicht vor Ekel. Es war derselbe Mann, aber jetzt lag seine nackte Leiche auf einem Katafalk, schmutzig und voller Blut, mit schwarzen Einschüssen in der Brust und mit wirrem, klebrigem Haar, ein Auge war noch halb geöffnet.

»Mein Gott!« sagte er und sah sie entsetzt an. »Wo ist das passiert?«

»In Bolivien.«

Er wußte nicht mehr, was er sagen sollte. Er stand auf, legte das Foto zurück in die Schublade, schob sie zu und setzte sich wieder. Jetzt war alles klar. Als Witwe eines gefallenen Helden waren ihr von seinen Freunden Privilegien eingeräumt worden, ein schönes Haus, ein Auto, Benzinmarken und Whisky schon am frühen Morgen. Vielleicht hatte sie auch Kinder. Er wollte fragen, tat es dann aber doch nicht. Schweigend sah er sie an.

Sie erwiderte seinen Blick und klopfte dann zweimal leicht mit der Hand auf den Platz neben sich.

18
Der Fluchtpunkt

Mit schwarzem Kaffee und Mineralwasser versuchte Max an der Bar seine Kopfschmerzen zu vertreiben. Er hatte über Kuba merkwürdige Dinge geträumt, vollkommen eingeschneit hatte es in einem gefrorenen Polarmeer gelegen – an mehr konnte er sich nicht erinnern. Es war fast zehn Uhr. Gerade als er Onno auf seinem Zimmer anrufen wollte, um zu fragen, wo er bleibe, klingelte das Telefon. Der Barmann nahm ab, sah ihn an und fragte:

»*Compañero* Delius?«

Es war Ada. Onno sei in die Kirche gegangen und fahre nicht mit.

»Dein merkwürdiger Verlobter sitzt also lieber im Weihrauch als in der Sonne«, sagte Max. »Und was machen wir?«

»Sag du. Wie fühlst du dich nach dem gestrigen Abend?«

»Ich habe Kopfschmerzen. Sie werden entweder in der Sonne schlimmer, oder sie verschwinden am Meer. Laß uns gehen, ich habe mich schon darauf eingestellt; in den Schatten kann ich mich immer noch setzen. In zehn Minuten bin ich bei dir.«

Er nahm seine Tasche mit den Badesachen und ging in die Hotelhalle, wo Guerra *Granma* las, die Parteizeitung. Er trug ein weißes, besticktes Hemd, das zugleich eine Jacke war.

»*Towarischtsch* Quits ist religiös verhindert«, sagte Max, »es tut ihm leid, aber er ist beten gegangen für die Revolution. Meinetwegen können Sie auch in Havanna bleiben, wir kommen schon zurecht.«

Davon wollte Salvador Guerra Guerra jedoch nichts hören. Es sei Sonntag, es würde voll sein in Varadero, und ohne ihn würden sie nicht an den richtigen Platz kommen; außerdem müßten sie ja auch etwas essen.

»Und ich bin für Ihre Sicherheit verantwortlich. Wir kommen durch ein Gebiet, wo ständig Terrorkommandos aus Florida an Land gehen. Darf ich Ihnen vorstellen ... *compañera* Marilyn.«

Er machte eine Geste zu einer jungen Frau in grüner Uniform und schweren Stiefeln, die mit einem feinen, messerscharfen Lächeln auf den Lippen auf sie zukam. Schräg vor den Brüsten trug sie eine kleine, aber bedrohlich aussehende Maschinenpistole. Sie war etwa in Adas Alter und unterschied sich von ihrer filmischen Namensgenossin durch einen intelligenten, wachsamen Blick aus grünen Augen, der allerdings auch ein wenig verschleiert war. Max' Kopfschmerzen ließen sogleich etwas nach. Er schüttelte ihr die Hand und wußte, daß er jetzt nicht »Monroe« sagen durfte, denn das tat natürlich jeder. Dennoch konnte er es sich nicht verkneifen, über einen Umweg darauf anzuspielen:

»Du siehst blendend aus. Es scheint sogar eine Doktrin nach dir benannt worden zu sein.«

Sie verstand sofort. Die nordamerikanische Monroe-Doktrin, die sich gegen eine Einmischung von außen auf der westlichen Halbkugel wandte, hatte vor fünf Jahren in der Kuba-Krise eine Rolle gespielt. Marilyn sprach fließend Amerikanisch, und als er ihr deswegen ein Kompliment machte, sagte sie, sie sei Amerikanerin, aus New York, wo sie Kunstgeschichte studiert habe, wolle darüber aber kein Wort verlieren. Sie sei jedenfalls US-Bürgerin geblieben, und wenn ihre Eltern erführen, wo sie sei und was sie hier treibe, trauten sie sich nicht mehr auf die Straße. Ihr Nachname solle also besser ungenannt bleiben.

»Was glauben denn deine Eltern, wo du bist?«

»Die denken, daß ich mich in Europa herumtreibe und Museen besuche. Daß ich in Italien die Perspektive studiere, bei Paolo Uccello und Piero della Francesca.«

»Was natürlich auch wichtig ist.«

»Aber auf sehr andere Weise.«

Mit einem anerkennenden Blick auf ihren Hintern folgte er ihr nach draußen, wo Jesús im Auto auf sie wartete. Mit der Kalaschnikow auf dem Schoß setzte sie sich neben Jesús, und sie fuhren über die stille Rampa zum Hotel Nacional. Ada stand bereits am Eingang. Mit der Herzlichkeit, die nur Frauen sofort füreinander aufbringen können, begrüßten sie und Marilyn sich durch das Fenster. Guerra stieg wohlerzogen aus und ließ sie auf dem Rücksitz zwischen sich und Max Platz nehmen. Kurz darauf fuhren sie an der felsigen Küste entlang ins Landesinnere.

»Wie findest du ihn denn«, fragte Max Ada, »diesen ehemaligen Kalvinisten, der bei den Kommunisten in eine katholische Messe geht. So etwas erfindet man doch nicht.«

»Das geht eben nur auf Kuba.«

»Sieh mal. Sogar die Erde ist hier rot.«

Auf der rechten Seite stand mehr als mannshoch Zuckerrohr im roten Lehm, ein idealer Schlupfwinkel für Gesindel, das ungesehen an Land kommen wollte. Max hatte erwartet, daß sonntags reger Verkehr auf der Straße herrschen würde, aber als Folge der Benzinrationierung fuhren die meisten Kubaner mit dem Zug. Überall lagen vom Sturm abgerissene Zuckerrohrblätter auf der Fahrbahn, und es lag eine merkwürdige Stille über dem Land und dem Meer.

Auch Ada spürte es.

»Bleibt die Frage, ob wir morgen überhaupt abreisen können. Bruno hat gehört, daß bei Haiti ein Zyklon tobt, der vielleicht über Kuba zieht. *Fancy*.«

»Das wäre dann der sechste in diesem Jahr.«

»Woher weißt du das?«

»Weil das *F* der sechste Buchstabe im Alphabet ist. Nicht nur das Volk, auch die Katastrophen werden in dieser Gegend alphabetisiert. Darüber sollte ich gelegentlich mit Onno reden, aber der hört jetzt wahrscheinlich gerade das *Kyrie eleison*.«

Zum ersten Mal roch er wieder ihren Duft und spürte mit dem Oberschenkel ihre Wärme, aber er empfand das lediglich als etwas Vertrautes. Er saß hinter Jesús, so daß er einen Teil von Marilyns Gesicht sehen konnte. Unter ihren Ohren, auf der Rundung ihres Kiefers, glühten die Flaumhärchen wie kleine Lichtflecke. Paolo Uccello. Piero della Francesca. Kalaschnikow. Wie sollte er das demnächst in Holland begreiflich machen? Die Holländer würden Kuba genausowenig verstehen wie das, was in der DDR oder in Polen vor sich ging.

In dem klapprigen Wagen zog sich die Fahrt fast zwei Stunden hin. Im kühlenden Fahrtwind erzählte Guerra von der Revolution, an der er nicht in den Bergen teilgenommen hatte, sondern in Havanna. Der städtische Widerstand gegen das korrupte Batista-regime, vor allem von Studenten und Intellektuellen, habe eben-falls viele Todesopfer gefordert und sei immer im Schatten der Guerilleros geblieben, weil zu viele Leute hinterher behauptet hat-ten, sie seien im zivilen Widerstand gewesen. Das sei fast nicht nachvollziehbar.

»Niemand hat je zu behaupten gewagt«, sagte er, während er sich vorbeugte und Max ansah, »daß er in der Sierra Maestra ge-kämpft hat, wenn das nicht der Fall war. Aber in unübersichtlichen Situationen gibt es immer wieder Leute, die das ausnutzen und sich für etwas anderes ausgeben, als sie sind.« Er nickte und lehnte sich wieder zurück.

Max erstarrte. Wußte er Bescheid über die niederländische Dele-gation? Ließ er ihn das jetzt kurz spüren? Oder bildete er sich das nur ein? Natürlich wußten sie es! Sie wußten es schon längst! Wenn sie es nicht wüßten, könnte ihr Staat gar nicht existieren! Aber sie beließen es dabei, weil es *ihr* Fehler war. Sie wußten schon längst, daß sie es nicht mit vielversprechenden Leuten des Wider-standes zu tun hatten, sondern mit einem lächerlichen Astrono-men und einem unbedeutenden Kryptographen, der sich aus Lieb-haberei ein wenig mit ziviler Politik beschäftigte. »Laß nur«, hatte jemand zwischen dem In-den-Mund-Stecken und dem Anzünden einer Zigarre gesagt, »das sind Kinder«, und mit einer Disziplinar-strafe für das schwarze Mädchen am Flughafen war die Sache erle-digt. Er sah kurz zu Ada, aber sie machte nicht den Eindruck, als hätte sie eine verschlüsselte Nachricht erhalten. Am liebsten hätte er jetzt alles gebeichtet, zugegeben, daß sie zu Unrecht an der Kon-ferenz teilnahmen und natürlich alle Kosten begleichen würden – aber angenommen, er irrte sich: was halste er sich dann auf?

Plötzlich rief Jesús:

»Fidel!«

Max war, als hätte er einen Schock bekommen. Vor ihnen fuhr

eine Kolonne Militärfahrzeuge. Aus dem hintersten Fahrzeug wurden sie entspannt, aber aufmerksam beobachtet von zwei schwerbewaffneten Soldaten, einer mit einem Feldstecher und einer mit Funkgerät. Durch eine Geste wurde ihnen bedeutet, Abstand zu halten. Die Stimmung im Chrysler hatte sich schlagartig geändert. Jesús wandte den Kopf nach hinten und sagte noch einmal: »Fidel!« Ada lehnte sich nach vorne, Guerra streckte den Nacken, und Marilyn setzte sich gerade hin. Fünf Herzen schlugen plötzlich schneller, weil eine bestimmte Person offenbar ganz nah war, ein Mann wie alle anderen, aus Fleisch und Blut, mit zwei Augen, zwei Ohren, zwei Armen und zwei Beinen, und zugleich ein ganz besonderer Mann: der Befreier seines Volkes, die Geschichte in Person. Max sah über Jesús' Schulter auf die langsam fahrende Kolonne. Antennen, der Lauf eines automatischen Gewehrs und da und dort Beine, die halb heraushingen. Irgendwo dort war er, dort bewegte sich die Macht fort. Guerra sagte, daß er immer so reise, oder besser: daß er ununterbrochen in Autos oder Hubschraubern auf der Insel umherzöge; weder in Havanna noch sonstwo habe er so etwas wie eine Residenz oder ein Departement, sein Departement sei das da, dort seien all seine Vertrauten; sie kennten alles und jeden, schliefen in Kasernen, bei Bauern oder in Hängematten zwischen den Bäumen. Diese Ruhelosigkeit sei ein Erbe der Guerilla; Che habe sie sogar aus dem Land getrieben. Niemand wisse je, wo er sich aufhalte, er tauche überall unvermittelt auf, und das komme natürlich auch seiner Sicherheit zugute, denn es gebe eine Menge Leute, die ihn am liebsten tot sähen.

Als der Soldat mit dem Funkgerät eine Geste machte, daß sie überholen konnten, fragte sich Max, ob da nicht vielleicht sogar leichtsinnig entschieden worden sei. Auf dem Beifahrersitz saß eine Amerikanerin mit schußbereiter Feuerwaffe: wer sagte ihnen, daß jetzt nicht der teuflisch ausgedachte Mordanschlag der CIA zur Ausführung kam, unter zynischer Aufopferung einer Cellistin und eines vielversprechenden Astronomen? Die Erklärung dafür war vielleicht, daß ihre Wachsamkeit frei von Angst war. Allerdings erschienen immer wieder Hände, die ihnen bedeuteten, schneller zu fahren. Max beugte sich weit über Adas Schoß, um auch ja nichts zu verpassen, Guerra lehnte sich zurück, um seine Aussicht nicht zu stören, aber es ging zu schnell, um viel sehen zu können. Ein Militärfahrzeug nach dem anderen, ein Küchenwagen, ein Hospitalwagen, ein Funkwagen, und dann plötzlich eine Reihe Jeeps mit *comandantes* und anderen Offizieren. Dann sah er ihn einen Augenblick lang im vorderen Wagen sitzen, neben einem schwarzen Fahrer, er trug eine Brille mit dunkler Fassung und las in Papieren, auf einem Stahlrost über den Knien eine Maschinenpistole.

Wie ein Gral des tiefblauen Blutes lag die Bucht unter dem wolkenlosen Himmel. Max und Ada standen neben dem Auto und sahen sprachlos Dutzenden von großen, weißen Pelikanen zu, die mit ihren langen Schnäbeln hoch über die Wellen flogen, sich plötzlich wie Seeminen senkrecht ins Wasser fallen ließen und verschwanden, um kurz darauf triefend und mit zappelnden Beuteln wieder aufzutauchen und ihren Flug fortzusetzen. Es schien, als verwandelten diese unaufhörlichen senkrechten Bewegungen wie schlanke, unsichtbare Säulen den Raum in einen geschlossenen Kuppelsaal. Der Wald reichte bis zum Sandstrand, und es sah aus, als ob die Bäume keine Schatten würfen, sondern der Schatten die Bäume trüge. Kein Blatt regte sich.

»Das ist nicht mehr von dieser Welt«, sagte Ada.

Ein Stück weiter war der Strand voll, aber hier saßen nur einige bekannte linke Künstler und Intellektuelle in der Sonne. Versteckt zwischen den Bäumen standen luxuriöse, aber verfallende Bungalows, die, wie Guerra meldete, früher für zwei Monate im Jahr von kubanischen und amerikanischen Bordellbesitzern und Kokainhändlern bewohnt wurden, jetzt aber als Gästehäuser verschiedener Organisationen dienten. Die Landhäuser am freien Strand seien der Bevölkerung zur Verfügung gestellt worden.

Auf der schattigen Veranda eines der Bungalows wurde von einem chinesischen Kubaner in einer weißen Jacke ein Mittagessen serviert: Gazpacho, gegrillter Schwertfisch mit einem trockenen Weißwein, süßes Haselnußeis und Kaffee. Als Max aufstand, um sich die Badehose anzuziehen, fragte er Ada, ob sie auch den Eindruck habe, daß er und Onno als Betrüger enttarnt worden seien.

»Ach, du spinnst«, sagte sie. »Das ist nur dein schlechtes Gewissen.«

»Meinst du?«

»Natürlich. Aber ihr müßt das schon mal klären.«

»Ich hoffe, du hast recht.«

Ihre Bemerkung und der Wein hatten ihn beruhigt. Auf einem Stuhl lag eine Taucherbrille, und sowie er die Badehose hochgezogen hatte, rannte er über den glühendheißen, samtigen Sand zur Brandung und tauchte mit der Brille am Arm ins Meer. Da er die kalte Nordsee und das kühle Mittelmeer gewohnt war, war er auf ein laues Bad nicht vorbereitet. Mit einem Schrei der Wonne kam er hoch und ließ sich sofort wieder rücklings fallen. Das konnte nicht wahr sein! In einem solchen Meer war das Leben entstanden! Er winkte Ada zu, die ihr Handtuch ausbreitete, aber sie machte eine Geste, daß sie später kommen würde. Wie ein kleines Kind im Babybecken planschte er im Wasser herum, sprang hoch, tauchte unter, und daß er vorhin noch Kopfschmerzen gehabt hatte, hatte er längst vergessen. Er setzte die Brille auf, und für die Dauer einer einzigen Sekunde breitete sich die Welt aus, von der er sonst nur in seinen Träumen etwas gesehen hatte: wiegende Stille, zu Pflanzen gewordene Bewegung, auf Stelzen umherwandelndes Licht, Spektralfarben aus Fischen, in die plötzlich wie die Verdammnis ein riesiger Pelikan durch das blendende Himmelsdach einschlug und seine Beute aufnahm – bis seine Brille, die noch aus der Zeit vor der Revolution stammten mußte, voll mit Wasser lief und er zurück in die Sonne mußte.

Auch Marilyn hatte sich ihrer Kalaschnikow entledigt und saß im Bikini neben Ada auf einem Handtuch. Die Bewachung wurde hier offenbar von anderen besorgt. Guerra war auf der Veranda geblieben, wo er sich mit Jesús und dem chinesischen Hausmeister unterhielt, der die Füße auf den Tisch gelegt hatte; eine dicke schwarze Frau mit weißer Schürze fegte die Fliesen. Er setzte sich auf die andere Seite neben Marilyn. Die nackte Haut ihrer Arme, der Beine und des Bauches wirkte auch ohne Maschinenpistole anders, als wenn er sie nie mit einer Waffe gesehen hätte; dann wäre sie einfach eine junge Frau im Bikini gewesen, wie Ada; aber dadurch, daß die Maschinenpistole jetzt fehlte, war sie in gewisser Weise noch stärker präsent. War es das, wodurch sich eine bestimmte Art von Frauen von Soldaten angezogen fühlte: daß sie sich schließlich für sie entwaffnen mußten? War es vielleicht auch eine Art Rechtfertigung für die Frauen, die im Krieg mit deutschen Soldaten geschlafen hatten? Waren sie im Grunde genommen Widerstandskämpferinnen, nach dem Krieg zu Unrecht kahlgeschoren? Solange der Feind auf einer Frau lag, konnte er ja nicht schießen!

Es störte ihn, daß er an den Krieg dachte. Er legte sich auf den Rücken, verschränkte die Hände unter seinem Kopf und fragte auf englisch:

»Was Fidel jetzt wohl macht?«

»Auf jeden Fall nicht sonnenbaden«, sagte Ada. »Das hat er noch nie gemacht.«

»Ich habe ihn gesehen. Mein Leben ist gelungen. Von jetzt an kann es nur noch abwärts gehen.«

Marilyn drehte den Kopf über die Schulter und sah ihn forschend an.

»Was für eine Art von Scherz ist das denn?«

»Warum meinst du, daß es ein Scherz ist? Vielleicht ist es ja gar kein Scherz. Vielleicht ist es ein Scherz, der gar keiner ist.«

»Jetzt redest du wie Onno«, sagte Ada.

Er sah in Marilyns Augen und spürte, daß er auf der Hut bleiben sollte. Daß auf Kuba die Revolution nicht ganz ohne witzige Züge war, war ihm wiederholt aufgefallen, aber bei den Ausländern auf der Konferenz hatte er davon wenig gespürt, so wenig wie damals in Osteuropa – und hier saß jetzt eine Amerikanerin. Aber es reizte ihn zugleich, und er verspürte Lust, sie aufzuziehen.

»Vielleicht sollten wir alles unter einer anderen Perspektive sehen.«

»Welcher anderen Perspektive?«

»Der der Ewigkeit.«

Diesmal schien sie mehr herauszuhören, als er selbst hineingelegt hatte. Sie legte sich auf den Bauch und sagte didaktisch:

»Die Ewigkeit und die Perspektive gehen nicht zusammen. Darf ich dich mal über etwas aufklären, mein holländischer Max? Die Perspektive wurde im fünfzehnten Jahrhundert erfunden. Vor dieser Zeit befand sich Gott immer ganz selbstverständlich im Raum des Gemäldes − einer Madonna mit dem Kind beispielsweise −, aber dieser Raum war per se unnatürlich. Gott saß einfach auf einem Thron im blauen Himmel, über der Madonna, mit ein paar Kreisen und Sternen um sich herum. Oder man sah links den heiligen Dionysius mit bunter Mitra in einem Kerker, rechts, wie ihm der Kopf abgeschlagen wurde, und in der Mitte Christus Hunderte von Jahren vorher, nackt am Kreuz, umringt von den zwölf Aposteln im Bischofsgewand: das alles ganz natürlich in einem einzigen unmöglichen Raum in einem einzigen unmöglichen Augenblick. Aber mit der Erfindung der Zentralperspektive wurden der natürliche Raum und die natürliche Zeit erst definiert. Jemand auf einem Stuhl in der Luft würde hinunterfallen, und was nacheinander war, konnte nicht gleichzeitig passieren. Das war der Anfang vom Ende der Ewigkeit.«

Verblüfft hörte er ihren Erläuterungen zu. Es schien, als gäbe sie eine Zusammenfassung ihrer Doktorarbeit.

»Willst du vielleicht damit sagen, daß sich seitdem von himmlischer Seite nichts mehr durch den perspektivischen Fluchtpunkt in diese Welt hineingezwängt hat?«

»Solchen Unsinn wirst du von mir nicht hören.«

»Schade.«

»Es gibt keine himmlische Seite des Fluchtpunkts.«

»Woher willst du das wissen? Vielleicht kann er nur nicht mehr mit künstlerischem Anstand sichtbar gemacht werden, aber deswegen kann es ihn doch möglicherweise noch geben.« Er sagte es, um sie zu ärgern, aber dafür hatte sie offensichtlich keinen Sinn.

»Wenn du mich fragst, ist das alles leeres Geschwätz. Nur Raum und Zeit sind ewig.«

»Und vermutlich nicht einmal das.« Er legte sich ebenfalls auf den Bauch. »In der Astronomie wird daran, glaube ich, manchmal gezweifelt. Übrigens, wenn ich jetzt an Michelangelos *Erschaffung des Adam* denke, die auf der Rampa hängt – das ist doch auch auf die Zeit nach der Erfindung der Perspektive datiert?«

»Folglich muß Gott notwendigerweise *schweben*, im natürlichen Raum, auf dieser Seite des Fluchtpunktes, der keine andere hat. Das ist kein glaubwürdiger Gott mehr, sondern eine blendende Imagination eines Mannes, der die Naturgesetze besiegt hat.«

»Statt sie erschaffen zu haben«, nickte Max. »Ja, warte mal, heutzutage –«

»Ja, ich weiß, was du sagen willst.«

»So? Nämlich?«

»Daß die moderne Kunst sich von der Perspektive wieder entfernt hat.«

»Genau. Zum Beispiel Picasso. Bei ihm sieht man keine nicht-gleichzeitigen Ereignisse wie auf mittelalterlichen Gemälden, wohl aber räumliche Unmöglichkeiten, wie zum Beispiel die gleichzeitige Vorder- und Seitenansicht eines Gesichts. Und in der Relativitätstheorie, habe ich einmal gehört, findet man all diese Bizarrheiten des Raumes und der Zeit mit einer wissenschaftlichen Begründung wieder.«

»Aber Gott ist nicht wieder zum Vorschein gekommen. Wenn es noch eine andere Seite des Fluchtpunktes gibt, dann ist er dort zwischenzeitlich erstickt. Dann liegt nur noch sein Kadaver im Himmel und stinkt.«

»Meiner Meinung nach hat sich da nichts geändert, denn in der Ewigkeit kann sich nichts ändern. Die Ewigkeit ist genau das gleiche wie der Augenblick. Der Fluchtpunkt ist die Himmelspforte, wo Petrus mit seinem Schlüssel steht. Den können wir ihm vermutlich nicht abnehmen, aber wenn du mich fragst, kannst du dir mit deiner Maschinenpistole leicht einen Weg durch diesen Punkt bahnen. Und ich schlüpfe dann gleich hinter dir her.«

»Also, ich finde das zwar alles ganz nett, was du da erzählst, aber du willst mir doch jetzt nicht weismachen, daß du religiös bist?«

»Natürlich nicht.«

»Willst du es mir nicht erzählen, oder bist du es nicht?«

»Vielleicht ist Einstein Gott, er hat eine gewisse Ähnlichkeit mit ihm. *Ein Stein der Weisen.*« Max seufzte tief. Er grub seine Hände in den heißen Sand bis dahin, wo er etwas kühler wurde. »Ich erinnere mich noch genau daran, als er neunzehnfünfundfünfzig starb; ich war damals zweiundzwanzig und hatte das Gefühl, als hätte ich meinen Vater verloren. Abgesehen davon, liebe Marilyn, erlaube ich mir manchmal einen Scherz. Ich weiß, daß das nach Meinung so strenger Denker wie dir unpassend ist, aber so bin ich nun mal. Außerdem bin ich jetzt doch auf Kuba. Genau wie du glaube ich, daß es möglich sein muß, eine gerechte Gesellschaft auf Erden zu errichten. So religiös bin ich tatsächlich noch – genau wie du. Und wenn Fidel das gelingt, auch wenn es nur ein Stückchen davon ist, will ich ihm sozusagen gerne einen Abglanz von dem sogenannten Göttlichen zuerkennen. Oder vielleicht hat er das schon für all die Mühe verdient, auch wenn es nicht gelingt. Es hängt mit Sicherheit etwas Apostolisches um ihn herum, dafür habe ich einen absoluten Riecher.«

Er wollte auf niederländisch zu Ada sagen, daß hier endlich jemand war, der die Kunstgeschichte ernst nahm und dabei ein Gewehr in die Hand nahm; aber da es unverschämt gewesen wäre, plötzlich Geheimsprache zu verwenden, legte er den Kopf auf die Arme und schloß die Augen. Es tat ihm leid, daß Onno nicht da war; er hätte bestimmt einiges anzumerken gehabt. Vielleicht hätte er sie gelobt, daß sie nicht die Psychologie der Religion ins Spiel gebracht hatte, oder Marx. Während die Sonne seinen Rücken röstete, lauschte er der Brandung. Vielleicht war nur das Geräusch eines ausbrechenden Vulkans älter. Das älteste Signal war die kosmische Hintergrundstrahlung von 3° Kelvin, das Nachglühen des Urknalls, mit dem Marilyns »natürlicher Raum und natürliche Zeit« entstanden waren; die explodierende Einmaligkeit wäre dann ihr Fluchtpunkt, durch den nichts hindurchging. Die Frage, was dahinterlag oder davor, war sinnlos. Das stimmte exakt. Die Kunst nicht nur als Leitfaden für politisches

Handeln, sondern auch für das wissenschaftliche Verständnis der Welt!

»Du bekommst einen Sonnenbrand«, sagte Ada. »Ich übrigens auch. Ich sehe mal nach, ob es irgendwo Sonnenöl gibt.«

Als sie zum Bungalow ging, stützte Max sich auf einen Ellbogen, sah Marilyn tief in die Augen und sagte:

»Wenn das so ist, sollten wir dann nicht vielleicht besser heiraten?«

Einen Augenblick lang hielt sie seinen Blick aus und ließ sich dann in einem Lachkrampf von ihrem Handtuch in den Sand rollen, wo sie mit weit gespreizten Armen und Beinen auf dem Rükken liegenblieb. Er wollte ebenfalls lachen, aber als er plötzlich ihren Venushügel sah, den dünnen Stoff ihrer Bikinihose über der Wölbung ihrer Schamlippen, dieser großen Kaffeebohne, öffnete er nur leicht den Mund. Als sie bemerkte, was los war, wurde sie plötzlich ernst. Sie setzte sich auf, schlug die Arme um die Beine und sah ihn eine Weile nickend an.

»Was denkst du jetzt eigentlich?« fragte sie.

»Schreckliche Sachen.«

»Schlag sie dir aus dem Kopf. Da bist du bei mir an der falschen Adresse.«

»Das fürchte ich auch.«

»Meine Güte, wie unangenehm mir das jetzt ist. Wir hatten ein interessantes Gespräch, aber kaum ist deine Frau oder Freundin weg, beginnt das Getue.«

»Sie ist nicht meine Freundin. Sie ist die Freundin meines Freundes.« Er sah, daß sie diese Mitteilung kurz aus dem Konzept brachte. »Na, dann kannst du doch jetzt rufen: ›Liebling, das ändert alles!‹ und mir um den Hals fallen.«

Es kostete sie offenbar Mühe, die beleidigte Haltung beizubehalten, wenn sie jetzt lachen würde, dachte sie wahrscheinlich, würde es vielleicht doch noch schiefgehen. Sie hatte natürlich etwas mit irgendeinem *comandante*, oder, besser noch, mit einem ernsten Professor der Ästhetik, oder mit einem jovialen Surrealisten in einem schmuddeligen Atelier, alles war möglich. Vielleicht hatte sie es ausschließlich mit der Revolution. Er beschloß, es vorläufig so zu belassen. Der Tag war ja noch nicht vorbei. Er legte sich wieder auf den Bauch, stützte das Kinn auf die Hände und sah Ada, die gerade mit dem Sonnenöl aus dem Haus kam.

19
Im Meer

Auch am Abend aß Jesús wieder in der Küche. Träge, mit roten Gesichtern, saßen sie während des unbändigen Sonnenuntergangs auf der Veranda um den Tisch. Die Wärme nahm kaum ab, und nach dem Duschen hatten sie sich alle nur ein Hemd angezogen, nur Guerra trug immer noch seine lange Hose und die bestickte Jacke. Als es rasch dunkel wurde und der Wald nicht mehr durch seinen Schatten auffiel, füllte er sich mit dem Gezirp unzähliger Zikaden. Melancholisch wegen ihrer bevorstehenden Abreise und ein bißchen auch vom vollmundigen Rotwein, der zum gegrillten Lammfleisch serviert wurde, betrachtete Ada die immer tiefer sinkende, violette Glut über dem Meer.

»Ich bin untröstlich. Das ist das letzte Mal, daß ich hier die Sonne habe untergehen sehen.«

»Dann bleib doch hier«, sagte Guerra. »Marilyn ist auch hiergeblieben.«

»Wenn das so einfach wäre ...«

»Angenommen«, sagte Max, während er ein Stück Weißbrot in den Wein tunkte, »sie würde jetzt sagen, sie bliebe, was stünde dann für sie an? Das große Glück oder die Frage: Was jetzt?«

»Mit anderen Worten«, folgerte Marilyn, »Glück ist unmöglich.«

Er sah sie an und war überzeugt davon, daß auch sie wußte, daß sie beide in ein zweites, unausgesprochenes Gespräch verwickelt waren. Er nahm die Flasche und sagte:

»Du bist sehr streng. Trink lieber ein Glas Wein. Unserem ver-
hinderten Freund zufolge ist Wasser dazu da, um sich die Zähne zu
putzen.«

»Nein, danke«, sagte sie. »Ich muß noch schießen.«

Lachend schenkte er den anderen nach.

»So ist es. Es ist jetzt lebensgefährlich auf der Straße, überall an
der Küste wimmelt es von Infiltranten. Warum übernachten wir
nicht hier? Das ist doch sicher möglich.«

»Sicher«, sagte Guerra, »wenn Sie das wünschen . . .«

»Das ist doch wohl eine Schnapsidee, Max«, sagte Ada mit einer
mädchenhaften Geste ihres Ellbogens, »ich denke gar nicht daran.
Morgen geht mein Flugzeug. Und auch Onno gegenüber scheint
es mir nicht besonders nett zu sein. Wir sollten im Gegenteil langsam aufbrechen.«

Max nickte mit geschlossenen Augen, zum Zeichen, daß die Ge-
mütswallung schon vorüber war, und legte Messer und Gabel hin.

»Soll ich dir was sagen, Marilyn? Glaub es oder glaub es nicht,
aber jetzt bin ich glücklich. Denn ich weiß, daß ich eines Tages an
diesen Abend zurückdenken werde in dem Bewußtsein, damals
glücklich gewesen zu sein. Vielleicht kann man nur durch diesen
Spiegel glücklich sein. Eines Tages werde ich im Sterben liegen
mit dem Wissen, daß ich nie mehr aufstehen werde, und dann wird
der Gedanke an diesen Abend meinen Tod möglicherweise er-
leichtern.« Er nahm einen Schluck, schluckte ihn aber noch nicht
hinunter. Mit der Zunge spielte er durch den Wein, dessen Duft
ihm jetzt von innen heraus in die Nase stieg, und es kam ihm so vor,
als ob diese wenigen Kubikzentimeter in der Dunkelheit seines
Mundes auf irgendeine Weise die ganze Welt enthielten, wie ein
Tautropfen an einem Grashalm, der die Landschaft widerspiegelt.
Er schluckte den Wein hinunter und sagte: »Ich habe eine Vision.«

»Erzähl«, sagte Ada.

»Ich sehe einen deutschen Soldaten in der russischen Steppe, vor
fünfundzwanzig Jahren. Ihr müßt nämlich wissen, daß bei uns damals in Europa Krieg war, aber das würde jetzt zu weit führen. Er
ist etwa zwanzig, es hat vierzig Grad unter Null, und zwischen

zerschossenen Panzern und gefrorenen Pferdekadavern liegt er rücklings im pfeifenden Schneesturm. Ein glühender Granatsplitter zischt in seinen Eingeweiden. Und in seinen letzten Augenblikken hat auch er plötzlich eine Vision. Er sieht auf einer Veranda an einer märchenhaften Bucht einen Tisch, es ist Abend, die Tafel ist voll mit Speisen und Wein, und es ist so warm, daß zwei bildschöne Frauen nur ein luftiges Hemd tragen ...«

Es blieb kurz still. Ada warf Marilyn einen Blick zu, aus dem zu lesen war, daß jetzt ein Problem aufgetaucht war.

»Und warum«, fragte Guerra, während er sich zur Seite neigte, weil der chinesische Hausmeister seinen Teller abräumte, »erscheinen wir in der Vision eines faschistischen Soldaten und nicht in der eines sowjetrussischen?«

Max stöhnte.

»Sie haben recht, aber ich kann doch meine Visionen nicht erzwingen. Es ist doch *seine* Vision.«

Guerra lächelte.

»Als Dialektiker an der Kaderschule würden Sie keine schlechte Figur abgeben.«

»Wenn Sie mir versichern, daß auch dort die Visionen nicht erzwungen werden, bewerbe ich mich hiermit für diese Stelle.«

»Wir erzwingen nichts. Das neue Kuba an sich ist schon eine Vision.«

»Das ist dann also klar«, sagte Max zu Ada, »jetzt bleibe *ich* hier.«

Alle drei sahen ihn an, und plötzlich fühlte er sich unbehaglich. Redete er zuviel? Es war, als entstünde ein Abstand zwischen ihm und den anderen, und plötzlich fühlte er sich im Stich gelassen. Da die Kopfschmerzen sich wieder bemerkbar machten, faltete er seine Hände zu einer Schale und bat Ada, etwas Eiswasser aus der Karaffe hineinzugießen, woraufhin er die Beine spreizte und sein Gesicht hineinhielt.

»Fühlst du dich nicht wohl?«

»Kleiner Schwächeanfall«, sagte er mit tropfendem Gesicht. »Gleich vorbei.« Er stand auf und wußte erst, was er sagen wollte, als er es schon sagte: »Soll ich Onno kurz anrufen? Daß wir in ein paar Stunden zu Hause sein werden?«

»Soll ich es machen?«

»Laß mich nur.«

Ohne sich abzutrocknen, ging er ins Haus, die schwarze Haushälterin zeigte ihm im Flur das Telefon. An einer Stuhllehne hing Marilyns Maschinenpistole. Da hing ihre eigentliche Identität. Er hatte sich in ihr getäuscht, er mußte aufhören, sonst würde er sich an ihr die Zähne ausbeißen, und er spürte bereits so etwas wie eine Verhärtung in seinem Inneren.

Da Onno vermutlich noch bei Tisch war, ließ er ihn auf der Terrasse des Restaurants ausrufen, doch er war nicht da; auf seinem Zimmer wurde das Telefon nicht abgenommen. Gerade als er auflegen wollte, hörte er seine leise, heisere Stimme:

»*Sí?*«

»Was ist denn los? Hier Max. Hast du geschlafen?«

»Ja. Du hast mich geweckt. Was ist los? Ich möchte mit niemandem sprechen. Auch nicht mit dir.«

»Was ist passiert?«

»Das geht dich nichts an.«

»Onno! Was ist los?«

Es blieb kurz still. Er wußte genau, daß Onno sich jetzt halb aufsetzte und auf einen Ellbogen stützte, um zu sehen, wie spät es war.

»Ich kann mir selbst nicht mehr unter die Augen treten. Ich bin es nicht wert, daß eine hochstehende Person wie du mit mir spricht. Mehr sage ich nicht. Aber selbst das muß unter uns bleiben. Kann Ada dich jetzt hören?«

»Nein, sie sitzt auf der Terrasse. Wir sind hier in einer wundervollen *Datscha* am Meer, mit Guerra und Jesús, von Bediensteten umgeben, na ja, du weißt schon, nur in einem kommunistischen Land können Leute wie du und ich wie Kapitalisten leben. Außerdem hat die Revolution mir als künftigen Führer der niederländischen Volksrepublik eine atemberaubende Frau mit einer Maschinenpistole zugewiesen.«

»Ja, ich höre es schon, deine tiefsten masochistischen Instinkte werden wieder befriedigt. Ich hätte nie auf dich hören dürfen, wir hätten niemals hierherfahren dürfen, denn hier ist alles ernst, und dieser Ernst hat einen Nekrophilen aus mir gemacht. Ich bin ein moralisches Wrack, nur der Schlaf kann mich noch vergessen lassen.«

»Und das ist alles in der Kirche passiert? Hast du vielleicht ins Weihwasser gespuckt?«

»Ja, ich habe ins Weihwasser gespuckt!«

»Onno, du willst mir doch jetzt nicht erzählen, daß du mit einer anderen Frau geschlafen hast?«

»Ich will dir überhaupt nichts erzählen, du Widerling. Wenn ein außergewöhnlich zartfühlender Geist wie ich sich Vorwürfe macht, denkst du nur an *das eine*. Mein Problem ist ganz anderer, spiritueller Art. Ich habe mich verschlingen lassen – als Opfer meiner eigenen Güte. Mein edles Gemüt wird eines Tages mein Untergang sein. Und jetzt werde ich mich... ich meine, jetzt werde ich auflegen, ich bin fix und fertig. Richte Ada aus, daß ich morgen früh gleich zu ihr komme, um mich ihr zu Füßen zu werfen. Nein, sag das letzte nicht dazu. Ihr kommt doch heute abend zurück?«

»Um zwölf etwa werden wir wieder dasein.«

»Na dann bis morgen.«

»*Good night, sweet prince.*«

Er legte auf und blieb in Gedanken versunken stehen. Was hatte das zu bedeuten? Hatte er tatsächlich Ada betrogen, am hellichten Tag? Eigentlich undenkbar. Aber selbst wenn es so war, blieb seine Geschichte unverständlich, auch nach Abzug aller Übertreibungen. Was meinte er mit ›nekrophil‹? Hatte er sich etwa dazu verleiten lassen, zur Kommunion zu gehen? *Hoc est enim corpus meum*? War er mit gebeugtem Haupt und gefalteten Händen zum Altar gegangen und hatte dort seine Zunge herausgestreckt? Um jemandem einen Gefallen zu tun? Dem Priester? Weil er vielleicht der einzige in der Kirche gewesen war? Sicher war, daß Onno immer in Richtung Wahrheit übertrieb, nie von ihr weg, und daß ihn wirk-

lich etwas quälte, und daß er, Max, deshalb besser nicht darauf zurückkommen sollte, wenn Onno nicht von sich aus damit anfing.

Er ging auf die Veranda, der Hausmeister, die Köchin und Jesús
hatten sich dazugesetzt und unterhielten sich leise im Dunkeln.
Ada war verschwunden. Marilyn sagte, sie sei noch einmal ins
Meer gegangen, »um Abschied zu nehmen«.

»Worauf warten Sie noch?« sagte Guerra und deutete auf das
Rauschen der Brandung in der Finsternis.

Ja, warum nicht? Er war noch nie nachts im Golf von Mexiko ge-
schwommen, und auch er würde in einigen Tagen wieder seinen
englischen Regenschirm mit dem Bambusgriff an der Tür auf- und
zumachen, als kämpfe er mit einer riesigen Fledermaus. Im Bungalow zog er seine klamme Badehose an und ging die Stufen zum
Strand hinunter.

Die nackten Füße versanken im Sand, der noch immer warm war
von der Sonne, und über ihm entfaltete sich der mondlose Sternenhimmel mit einer Geste, die er fast meinte *hören* zu können: wie
ein herrlicher Akkord des gesamten Orchesters. Der Anblick des
Himmels aus seinem Hotelzimmer im fünfundzwanzigsten Stock
nahm sich daneben, fahl vom Licht der Stadt und von den Abga-
sen, wie eine Platte auf einem alten Koffergrammophon aus. Er
hielt inne. Mit dem Gefühl, als sei sein Kopf die Kuppel eines Ob-
servatoriums, ließ er seinen Blick umherschweifen. Klar und satt
strahlte Mars zwischen den funkelnden Sternen, und im Kreuz des
Orion schimmerte Messier 42 wie ein eingetrockneter Sperma-
fleck auf dem Hosenschlitz eines Smokings. Die Sterne im Süden,
unterhalb von Beteigeuze und Rigel, die in nördlicheren Breiten
auch im Sommer nicht sichtbar waren, fügten sich nicht zu den
geometrisch-mythischen Sternbildern der antiken Astronomie;
aber auch auf der nördlichen Halbkugel hatte er wenig mehr gesehen als das, was er als Junge gelernt hatte, im Krieg. Das ge-
schweifte, schwach leuchtende Band der Milchstraße zog sich wie
ein abgerissener Brautschleier über das Gewölbe, und zum ersten
Mal seit Jahren wurde ihm wieder klar, weshalb er dieser grandiosen Kuppel sein Leben gewidmet hatte.

Das Meer, das ihm jetzt noch wärmer vorkam als am Nachmittag, empfing ihn wie jemanden, der nach Hause zurückkehrt. Es war Flut. Während er watend gegen die Wellen anging, versuchte er Ada zu entdecken, aber das war unmöglich in all der dunklen Bewegung. Er setzte die Hände an den Mund und rief:

»Ada!«

Sie zögerte. Sie sah seine Umrisse, die sich vom hellen Strand abzeichneten, jede Welle hob sie kurz hoch und stellte sie wieder auf ihre Zehenspitzen. In Gedanken war sie bei der märchenhaften Tatsache, daß sie jetzt hier war, nur weil sie Cello spielen konnte: *auf Flügeln des Gesanges* hatte die Musik sie an diesen Platz im Meer getragen – wenn ihre Mutter sie jetzt sehen könnte!

»Max!« Sie winkte. »Hier!«

Er winkte zurück und tauchte.

Am liebsten wäre sie allein geblieben, aber dann hätte er sich wahrscheinlich Sorgen gemacht. Nur wenn sie allein war, hatte sie das Gefühl, tatsächlich zu existieren; andere Leute hatten vielleicht Angst vor diesem Gefühl, aber sie fürchtete sich eher vor Leuten, die ihr dieses Gefühl nahmen.

Unmittelbar vor ihr tauchte Max wieder auf.

»Wem haben wir das zu verdanken?« rief sie.

»Unserem guten Gestirn!«

Er legte seine Hände um ihre Taille, und zusammen wiegten sie sich im fast schwarzen Wasser auf und ab. Es war lange her, daß sie ihn so nahe gesehen hatte, sein triefendes Gesicht wurde nur von den Sternen beleuchtet. Sie legte ihre Hände auf seine Schultern und lachte.

»Es sieht so aus, als tanzten wir.«

Er legte den rechten Arm um ihre Taille, nahm ihre rechte Hand und drückte sie an sich.

»*La valse*...«

Sie sah ein übermütiges Funkeln in seinen Augen und spürte, wie er eine Erektion bekam, aber weil das unter Wasser war, unsichtbar in der Tiefe, schien es, als hätte sie nichts damit zu tun: es waren so viele Geheimnisse des Meeres noch nicht entschleiert worden. Er legte seine Wange an die ihre, und während er durch das Rauschen der Brandung hindurch das makabre Thema von Ravels Orchesterstück summte, sah sie ein helles Licht am Himmel.

»Schau, eine Sternschnuppe! Wir dürfen uns etwas wünschen.«

Er drehte den Kopf, aber er traute der körnigen, lange nachglühenden Gasspur nicht ganz: das mußte ein Brocken von einem oder zwei Kilo sein, und so groß waren Meteoriten selten.

»Und wenn es nicht in Erfüllung geht«, sagte er, »war es das Wrackteil eines Satelliten; davon gibt es hier viele auf diesem Breitengrad. Was hast du dir gewünscht?«

»Das darf man nie sagen.« Verwirrt sah sie ihn an.

Ein Kind, hatte sie sofort gedacht, ohne zu überlegen, als ob dieser Wunsch genauso in sie gefahren war wie dieses Ding in die Atmosphäre, *ich wünsche mir ein Kind*. Sie war so bestürzt wie ein braver Familienvater, der sich beim Anblick eines Meteoriten plötzlich einen bildhübschen Epheben von siebzehn Jahren wünscht. Soweit sie wußte, wollte sie gar kein Kind, und Onno auch nicht. Erstickte sie also jedesmal, wenn sie die kleine weiße Pille hinunterschluckte, ihren innigsten Wunsch?

Plötzlich gab es eine Synkope im Rhythmus der Wellen: es kam eine schnellere, höhere, die sie aufhob und umwarf, keuchend und Salzwasser spuckend kamen sie hoch und nahmen sich wieder in den Arm. Max gab ihr einen Kuß auf die Wange und suchte gleich darauf ihren Mund. Hatte er gesehen, was sie dachte? Sie ließ sich küssen und spürte, wie seine Hand hinten in ihrer Bikinihose verschwand.

»Was machst du?«

»Wir müssen noch etwas vollenden«, hauchte er.

Mach's dir selbst. Seine Erregung rührte auch von dem Zustand her, in den er sich mit Marilyn gebracht hatte, er hatte einen Korb bekommen, und jetzt war Ada der erotische Ersatz. Aber zugleich spannte er einen Bogen zu diesem Morgen vor gut drei Monaten, und das machte sie wehrlos. Auch er hatte es nicht vergessen, auch er wußte, daß es nicht richtig gewesen war. In dem Augenblick, als eine Welle sie hochhob, zog er ihre Hose herunter und hatte sie im nächsten Moment am Arm. Nahezu schwerelos legte sie ihre Beine um seine Hüften und sagte:

»Max – das geht doch nicht – wenn Onno – «

Aber das hörte er schon nicht mehr, ich sorgte dafür, daß eine ganz andere Kraft in ihm arbeitete, die sich nicht um ihn kümmerte. Sie spürte, wie er in sie eindrang, und über seine Schulter sah sie, daß eine blutrote, monströse Mondsichel aufgegangen war: in ihrem ersten Viertel lag sie fast hintüber am Horizont.

Der Auftrag

In diesem Augenblick sagte ich:

*Funke! Ja, du! Treibe in langsam sich drehenden Parallelepipe-
den auf mich zu, durch dieses Licht, das weißer ist als weiß und hier
von allen Seiten erstrahlt und erklingt, von dem wir umgeben und
erfüllt sind, selbst Teil von ihm, Licht im Licht, Harmonie in Harmonie. Wer will denn weg aus diesem pneumatischen Areal, wo jeder Teil mit dem Ganzen in eins fällt, wo die Gesamtheit in jedem
Teil ist, und wo bald hier, bald dort Figuren Gestalt werden und vergehen, Dreiecke, Kreise, Ellipsen, Hyperbeln, Kugeln, Kegel, Würfel, Oktaeder, Dodekaeder, wo purzelnde Sphäroiden aufleuchten
und zerfließen in der unendlichen Harmonie des Unendlichen
Lichts, in dem du ein singulärer Punkt bist, nein, eine harmonisch
klingende Saite des Lichts. Kannst du hier weg? Schau, dort, bei
dem konvexen Polygonsektor, da ist einer: plopp, weg, es erzittert
noch etwas, ein schwaches Nachbild, eine kleine Stille, dann
schließt sich das Licht, und es ist, als sei nichts geschehen. Aber es ist
etwas geschehen. Schau dich um, du siehst es überall, ununterbrochen. Wohin gehen sie? Schau nur genau hin – du siehst auch Funken zurückkehren in das Licht: da, und da, und da. Gibt es also
noch etwas anderes als diese ewige Domäne? Sieh jetzt in dich hinein, in dieses gebündelte Licht, das du bist, wo nicht einmal eine
Nadel mehr Platz hat – ist da nicht gerade doch noch eine Nadel da-
zwischengekommen? Und ist diese Nadel nicht eine Art unbe-
stimmtes Verlangen, das immer bei dir ist und das dir deshalb nicht
bewußt ist, genausowenig bewußt ist wie die leuchtende Harmonie, die du bist und einen Teil davon ausmachst? Eine Art Heim-
weh, obwohl du nie woanders gewesen bist als hier? Sieht es nicht
so aus, als ob sogar die Vollkommenheit nicht vollkommen ist? Das
Licht nicht ganz leuchtend und die Harmonie nicht ganz harmonisch? Ja, du solltest es jetzt wissen: diese Welt ist nicht die einzige.
Es gibt noch eine andere. Ich kann es nicht beweisen, du kannst es
nur glauben, du mußt den Schritt wagen, und erst dann wirst du es*

wahrlich erfahren. Es gibt eine Erde. Die Erde existiert – als der innere Kerker im Reich der Archonten. Es hat keinen Sinn, dir viel darüber zu erzählen, oder nur wenig, denn du würdest es nicht verstehen. Du würdest nicht einmal verstehen, was du nicht verstehst, denn du weißt noch nicht, was ›nicht‹ ist. Deshalb ist es auf der Erde nicht immer hell – aber auch das übersteigt dein Verständnis bereits. Ich kann genausogut nichts sagen, aber ich sage es trotzdem: vielleicht aus Mißgunst, weil ich dort nie werde wohnen können. Aus einem ebenso erklärbaren wie rätselhaften Grund ist es dort manchmal hell und manchmal dunkel, das irdische Licht der Sonne ist die pure Finsternis im Vergleich zu unserem Licht. Es ist eigentlich der Schatten unseres Lichts, und der Schatten dieses Schattens ist das Gift der irdischen Finsternis. Mir ist klar, daß es nicht besonders attraktiv ist, in diese unreine, verwirrte Welt zu gehen, aber ich will niemandem etwas vormachen, auch wenn er mich nicht versteht. Und gerade weil du mich nicht verstehst, werde ich nun das tiefste Geheimnis enthüllen. Wie in unserem Licht der Keim der Finsternis ruht, so neigt sich die Finsternis zu unserem Licht und liebkost es. Indem man hingeht, bringt man Licht dorthin, und die einzige Möglichkeit, Licht dorthin zu bringen, ist, dorthin zu gehen. Diese kosmische Mesalliance enthält letztendlich auch den Sinn unserer Welt. Das heißt, erst durch den Aufbruch zu dieser Region des schwarzen Lichts, zu Lüge, Betrug, Gewalt, Mord, Krankheit und Tod, gibst du dir selbst einen Sinn. Für bei weitem die meisten der unendlich vielen Funken – wenn ich so sagen darf – ergibt sich diese Gelegenheit nie, denn sie sind für Gelegenheiten vorgesehen, die sich nie ergeben werden. Für sie und ihre Zeitlichkeit und Endlichkeit wird die Ewigkeit nie Platz machen. Du aber gehörst zu dieser kleinen, erlesenen Schar derer, die an die Reihe kommen. Es ist schon vieles in die Realisierung investiert worden – mehr als du, zum Besten deiner Gemütsruhe, je wissen wirst. Und diese Investition wurde getätigt, weil du einen Auftrag erhalten wirst, an den nur du dich erinnern wirst. Du wirst dich aber nicht in Form einer Erinnerung erinnern, du wirst denken, daß es deine eigene Idee gewesen ist, ein phantastischer Ein-

*fall. Denn sowenig, wie du hier etwas über die Erde weißt, wirst du
auf der Erde noch etwas über diese Welt hier wissen. Du wirst alles
diesbezüglich vergessen. Wenn wir zur Sprache kommen, wirst du
die Schultern zucken, die du dann haben wirst. Denn während du
auf dem Weg zur Erde in einem Punkt der Zeit durch die dreihun-
dertfünfundsechzig Äonen, Welten und Geschlechter sinkst, wirst
du immer schwerer werden, immer mehr Unrat aus den kosmischen Sphären wird an dir haftenbleiben, Hüllen, Kleider, Aus-
wüchse, Schnecken, totes Gewicht, das dein Bewußtsein des ursprünglichen Lichts zudeckt, und dies so lange, bis du endlich in das
dunkle Gefängnis von Geist und Fleisch fällst und schließlich als
Mensch geboren wirst, als Wesen, das nichts mehr weiß, nicht einmal mehr, was es selbst ist, nämlich Licht – wie ein Schlafender. Zugleich aber bist du anders als die anderen. Alle anderen sind Schlafende, die erwachen müssen: durch Glaube und Wissen. Nur dann
gibt es für sie einen Weg zurück. Aber die schweren Anhaftungen
haben sie meistens mit dem Leben auf Erden versöhnt, sie haben
vergessen, daß sie dort Fremde sind, und sie sind dann, was sie zu
sein meinen, und genau das ist die größte Gefährdung ihrer Rückkehr. Du wirst es einfacher haben. Aus technischen Gründen haben
wir uns zur VIP-Prozedur entschlossen. Und jetzt – jetzt ist dein
Augenblick gekommen, alles ist bereit für deinen Empfang. Lebe
wohl! Geh! Jetzt! Bring uns das Testimonium zurück! Adieu!*

Zweiter Teil
Das Ende vom Anfang

Erstes Intermezzo

Pfui, das war aber knapp.

Sie sagen es. Das Problem bei den Menschen ist, daß wir sie zwar drängen, nicht aber zwingen können. Es kostet uns nur wenig Mühe, jemanden beispielsweise aufstehen, durch ein Zimmer auf und ab gehen oder ausrutschen zu lassen, damit er sich das Genick bricht; aber jemanden etwas tun zu lassen, das seinen Gefühlen zuwiderläuft, ist einigermaßen schwierig. Menschen haben einen eigenen Willen, und ehe man sich's versieht, sind sie einem entwischt. Man denke an die Begegnung von Max und Onno.

Die hast du geregelt?

Wer denn sonst?

Es hätte ja auch Zufall sein können.

Natürlich, war es aber nicht.

Ein starkes Stück. Wenn Delius nur eine halbe Minute später vorbeigefahren wäre, wäre Onno vielleicht von jemand anderem mitgenommen worden.

Dann wäre wirklich alles ins Wasser gefallen. Ich danke Ihnen für das Kompliment, aber solche Dinge sind nun mal Routine für meine Abteilung; das ist für uns fast ebenso einfach wie die eine oder andere mechanische Operation, das Umstürzen eines Baumes zum Beispiel, oder das Einschlagen eines Meteoriten, um nur irgend etwas zu nennen, obwohl wir auch in diesem Bereich mit Unsicherheitsfaktoren konfrontiert werden. Aber wir hatten natürlich einen ausführlichen Aktionsplan, zuerst mußten wir dafür sorgen, daß Max an dem Tag nach Rotterdam fuhr, an dem Onnos Vater Geburtstag hatte, und so weiter und so fort, aber was das anbelangt, war kein Widerstand zu erwarten.

Aber warum wäre sonst alles ins Wasser gefallen? Worin lag eigentlich der Sinn dieser Begegnung? Sie hat die Dinge doch nur komplizierter gemacht. Du hättest dieses ganze Onno-Kapitel aus dem Spiel lassen können, Max einfach Ada begegnen und sie ein Kind bekommen lassen.

Erstens hätte er sie dann aller Wahrscheinlichkeit nach nicht geschwängert, und zweitens wird sich noch herausstellen, daß Onnos Anwesenheit für das Erreichen unseres Zieles essentiell war. Wenn man an einem derartigen Projekt arbeitet, beschäftigt man sich nicht nur mit dem Moment, der gerade aktuell ist, sondern hat auch ständig im Kopf, was alles schon passiert ist, wie es später werden soll, was schiefgehen kann, wie das aufgefangen werden soll, und was in diesem Fall vorbereitet sein muß, um zu verhindern, daß alles außer Kontrolle gerät. Es ist wie mit dem Krieg: hinterher, im Geschichtsbuch, ist es eine schöne, abgeschlossene Geschichte, deren Ausgang feststeht; solange der Krieg jedoch lief, hatte der Feldherr zwar einen Schlachtplan, aber die chaotische Abfolge von Ereignissen, Dummheiten und unvorhergesehenen Überraschungen erforderte jeden Augenblick neue Entscheidungen. Und drittens... ja, was war das noch? Verzeihen Sie, aber da haben Sie einen grundsätzlichen Punkt berührt, über den wir vielleicht von vornherein offen reden sollten. Sie haben mich gebeten, die Geschichte ausführlich und detailliert zu erzählen, also habe ich damit angefangen. Aber offen gestanden habe ich keine Lust, eine Geschichte zu erzählen und gleichzeitig zu begründen, weshalb es so ist, wie es ist, an welcher Stelle ich eingegriffen habe und an welcher nicht und warum.

Habe ich dich jetzt auf dem falschen Fuß erwischt?

Zum einen habe ich gar keine Füße, denn in unserer pneumatischen Domäne bestehen wir rein aus Intelligenz – und zum anderen –.

Zum anderen?

Lassen Sie's mal gut sein. Ich bin durchaus bereit, hin und wieder Rechenschaft abzulegen oder etwas näher zu erläutern, aber ich habe nicht die Absicht, mir währenddessen ständig in den eigenen Schwanz zu beißen.

Hast du denn einen Schwanz?

Vielleicht hat die Geschichte einen.

Ich weiß nicht, ob du es weißt, aber der Ouroboros, eine

Schlange, die sich in den eigenen Schwanz beißt, ist auf der Erde ein Symbol der Ewigkeit.

Mag ja sein, aber wenn ich nicht so erzählen kann, wie es die Ereignisse erfordern, dann müssen Sie sich eben mit der Mitteilung zufriedengeben, daß die Sache tatsächlich rund ist. Sie können mir hundert Fragen stellen, oder tausend, oder hunderttausend, Sie können mich fragen – sagen wir einfach mal, warum Kuba mit Gewalt in die Geschichte hineingezogen werden mußte, und ich weiß nicht, was noch alles, das wird sich alles klären. Sie können ruhig davon ausgehen, daß nichts passiert ist, was nicht unbedingt notwendig war, zumindest nichts, was meine Interventionen betrifft. Es ist nicht von ungefähr so, daß ich noch kein einziges Mal »ich« gesagt habe.

Bis auf dreimal. Und jetzt will ich dir mal was sagen: Die Tatsache, daß auch du dich an der Spitze der Hierarchia Caelestis befindest, gibt dir noch lange nicht das Recht, einem Funktionär gegenüber, der immer noch ein ganz kleines bißchen über dir steht, einen derart frechen Ton anzuschlagen. So stehen die Dinge hier nun mal. Es macht mich allmählich trübsinnig, aber vielleicht liegt das auch an deiner Geschichte. Klar, keiner von uns überblickt das ganze Pleroma, aber wenn man wie wir am Rande des Lichtes operiert und den Blick auf die dämonische Welt der Dunkelheit richtet, dann hat man es doch schwerer als die höheren Entitäten, die davon kaum einen Schimmer haben; und du stehst sogar noch mehr mit dem Rücken zum Licht und mit dem Gesicht zur Dunkelheit als ich. Wenn ich mich recht entsinne, hast du dich früher sogar einige Male in diesem archontischen Areal gezeigt, das sich weiß Gott nicht rühmen kann, vom Chef erschaffen worden zu sein, wie die meisten von diesen Schaumschlägern dort glauben – die anthropische Lichtexplosion, die zu ihnen führen sollte, war das Werk unserer Zentrale. Im Vergleich zu mir bist du fast schon einer von ihnen, auch wenn du für sie ein unendlich weit Entfernter bist, vorausgesetzt, sie haben überhaupt noch eine Ahnung von deiner Existenz. Die meisten kennen Wesen wie uns nur noch in Gestalt infantiler Phantasien wie Superman oder Batman. Und möchtest du wissen, wieso? Weil sie inzwischen nahezu all unsere Fähigkeiten in Form ihrer Technik selbst besitzen. Und das ist unsere eigene Schuld. Jahrhundertelang haben wir hier selbstgenügsam geschlafen, währenddessen Satan-El hart gearbeitet hat.

Satan-El? Was höre ich da? In welcher Gestalt?

Diese ganzen Typen sind sowieso das letzte Pack: Belial-Satan, Beelzebub-Satan, Asmodee-Satan, Azazel-Satan, Samael-Satan, Mephistopheles-Satan, wen du auch nimmst, sie sind alle gleich. Aber es war natürlich wieder Luzifer-Satan.

Was hat dieses Scheusal denn gemacht?

Das haben wir erst vor kurzem herausbekommen. Ohne daß wir es bemerkten, hat er vor vierhundert Jahren einen Pakt mit der Menschheit geschlossen. Eine Art teuflisches Gegenstück zum Testimonium des Chefs.

Was Sie nicht sagen! Ich kenne nur die Geschichte, daß Mephistopheles einen Pakt mit einem gewissen Doktor Faust geschlossen und dieser ihm seine Seele verkauft haben soll, aber das schien mir eher in den Bereich der Literatur zu gehören.

Das ist auch der Fall, aber dahinter verbirgt sich offenbar ein sehr gefährlicher Aspekt. Darf ich deinem Gedächtnis ein wenig nachhelfen? Der historische Johannes Faust war ein umherreisender deutscher Magier aus Württemberg mit einem berüchtigten Ruf, solche Typen gab es in der ersten Hälfte des sechzehnten Jahrhunderts mehrere. 1587, als er bereits vierzig oder fünfzig Jahre tot war, begann seine Legende mit dem Erscheinen einer Chronik, Historia von D. Johann Fausten dem weitbeschreiten Zauberer und Schwarzkünstler, in der die Geschichte dieses Teufelspaktes auftaucht. Die Faust-Legende selbst geht unserer Meinung nach auf eine dieser umherziehenden Personen zurück, schon eintausendfünfhundert Jahre vorher, sie wird in den Berichten der Apostel erwähnt: Simon Magus. Er hatte Streit mit Petrus, weil er den Heiligen Geist kaufen wollte. Dieser Mensch, ein Samariter, war nämlich auf die Idee gekommen, daß er selbst der Chef sei.

Ganz schön frech. Steckte Satan-El auch damals schon dahinter?

Das vermuten wir heute, ja. Er trieb es mit einer phönizischen Hure, von der er behauptete, sie sei die Inkarnation der Helena von Troja.

Wie kann man nur so etwas behaupten?

Auf der Erde kann man alles behaupten, und es gibt immer Menschen, die einem glauben. Aber Vorsicht, unterschätze ihn nicht. Er meinte, das Weibliche Prinzip sei der allererste Gedanke des Denkens – das heißt also des Chefs, und der sei infolgedessen er selbst. Dieses Prinzip erschuf danach uns, woraufhin wir unsererseits die Welt erschufen. Aber seiner Meinung nach wollten wir nicht als Geschöpfe angesehen werden, sondern nur als Schöpfer, also hätten wir unsere Schöpferin aus dem Licht in die Dunkelheit gerissen und in das Fleisch einer jahrhundertelangen Reihe von Frauen gezwungen, darunter auch Helena, und schließlich in eine Hure in einem Bordell von Tyrus, wo der niedergefahrene und fleischgewordene Vater die gefangene Mutter schließlich befreit haben soll.

Merkwürdige Geschichte! Das mit der Entführung und all diesen Frauen ist natürlich eine schändliche Lüge – aber wie ist der Magier hinter die Wahrheit der Schöpfung gekommen? Hat Luzifer ihm das alles eingeflüstert?

Kennst du eine andere Erklärung?

Und was führte er damit im Schilde?

Es war ein Ablenkungsmanöver für das, was er eigentlich vorhatte. Ohne daß es irgend jemand bemerkte, kehrte Simon Magus demnach Ende des sechzehnten Jahrhunderts in der Sage von Faust zurück, jenes ruhelosen Suchers, der einen Pakt mit dem Teufel schloß. Die erste literarische Bearbeitung dieses Themas stammte von Christopher Marlowe, The Tragicall History of Doctor Faustus, *die um 1590 in London aufgeführt wurde. Das war der Anfang einer ununterbrochenen Reihe von Bearbeitungen, die bis zum heutigen Tage fortdauert: als Höhepunkt natürlich die von Goethe, in der auch Helena wieder erscheint. In einer der letzten, dem* Doktor Faustus *von Thomas Mann, taucht übrigens auch wieder eine syphilitische Hure als Gefährtin des Helden auf – und die war, deutlich genug, einer verhängnisvollen Hure im Leben Nietz-*

*sches nachempfunden, über den wir vorhin bereits sprachen. Sie
verursachte seine fatale Geistesgestörtheit.*

Ich weiß. Ich habe das Weibsbild seinerzeit auf ihn angesetzt.
Man erklärt den Chef eben nicht für tot. Aber worin bestand nun
Luzifers Ablenkungsmanöver? Wovon sollte abgelenkt werden?

*Die Absicht lag darin, die Menschheit davon zu überzeugen, daß
ein Pakt mit dem Teufel eine literarische Angelegenheit sei: die Geschichte eines erfundenen, nach Wissen dürstenden Individuums,
das seine Seele verkauft. Dadurch konnte ein schreckliches, keineswegs literarisches, sondern äußerst reales Ereignis bis zum heutigen
irdischen Tag unbemerkt bleiben, daß nämlich Luzifer im letzten
Jahrzehnt des sechzehnten Jahrhunderts, und ebenfalls in London,
einen Pakt mit der* Menschheit *geschlossen hat: einen kollektiven
Vertrag, in dem ihm die gesamte* Menschheit *ihre Seele verkauft
hat.*

Du liebe Güte! Wie soll ich mir das vorstellen? Hat jemand diesen Vertrag im Namen der Menschheit unterzeichnet?

In der Tat.

Und wer war das?

Francis Bacon.

Francis Bacon?

*Francis Bacon. Der als der Mann gilt, der die moderne, wissen-
schaftlich-technologische Welt prophezeit hat. In einigen epoche-
machenden Werken zeichnete er die Konturen einer Welt, in der
Wissenschaft und Technik nicht mehr in den Händen einiger Amateure sein würden, wie das bis ungefähr 1600 der Fall war, sondern
sich in ein international organisiertes, kollektives Unternehmen
verwandelten, von der Obrigkeit subventioniert, mit Konferenzen
und systematischen Veröffentlichungen. Nur so könne eine vollständige Herrschaft über die Natur erreicht werden; die wissenschaftliche Methode müsse die der Induktion sein, wobei man vom
Besonderen zum Allgemeinen aufsteige, von den empirischen Er-
scheinungen hin zu den Naturgesetzen – obwohl du und ich natürlich wissen, daß die einzig wahre Methode die umgekehrte ist: die
der Deduktion. Am Ende seines Lebens schrieb er* Nova Atlantis,

›Das neue Atlantis‹, das Fragment geblieben ist und postum veröffentlicht wurde. Darin beschreibt er das zentrale Institut auf einer utopischen Insel namens Bensalem, die er ›Salomons Haus‹ nennt, aber das ist etwas vollkommen anderes als der gebenedeite Tempel Salomons in Jerusalem, der uns so am Herzen liegt, und es ist auch keine christliche Kirche, sondern eher ein modernes Forschungszentrum, wo sogar neue biologische Arten hergestellt werden.

Aus menschlicher Sicht klingt das alles sehr selbstverständlich.

So selbstverständlich, daß im zwanzigsten Jahrhundert auf der Erde eigentlich gar nicht mehr darüber geredet wird. Das ist die Gefahr des Rechthabens: kaum ein Mensch ist sich noch bewußt, daß es je anders war. Stell dir vor, das wissenschaftliche Experiment war zu Bacons Zeit noch so gut wie unbekannt! Darum hat es uns immer gewundert, daß gerade dieser rationale Begründer der wissenschaftlich-technologischen Moderne mehr als irgend jemand sonst von Mysterien umgeben ist. Unter anderem soll er der Begründer der Freimaurerei gewesen sein, außerdem verkappter Rosenkreuzer und in zahlreiche andere Geheimbünde involviert. Seit Jahr und Tag gibt es die Sekte der Baconianer, die mit numerologischer Müh und Not zu beweisen sucht, daß er die Dramen und Sonette von Shakespeare geschrieben haben soll. Alles Unsinn natürlich, aber warum hat sich das alles gerade an die Fersen dieses kühlen, realistischen Bekämpfers von Trugbildern geheftet? Er soll auch nicht nur der tatsächliche Autor von Burtons Anatomy of Melancholy sein, sondern, hergeleitet aus diversen an den Haaren herbeigezogenen Akrostichons, auch des Œuvres von Edmund Spenser – und, wie kann es anders sein, auch von Marlowe. Bacon als der Verfasser des ersten Faust-Dramas! Bei seiner Beerdigung soll ein leerer Sarg in die Erde gelassen worden sein, denn danach habe er noch einundzwanzig Jahre unter anderem Namen in Deutschland gelebt.

Bestimmt in Württemberg!

In der Hauptstadt, in Stuttgart. Diese sogenannte Entdeckung hat uns schließlich wachgerüttelt, und wir können jetzt rekonstruieren, wie das Ganze abgelaufen ist. Die Baconianer behaupten immer wieder, er sei das legitime Kind von Königin Elizabeth und des Grafen von Leicester, tatsächlich aber wurde er 1561 als Sohn von Elizabeths Großsiegelbewahrer geboren. Da er das jüngste Kind war, blieb er nach dessen Tod mittellos zurück; als dreiundzwanzigjähriger Jurist bekam er einen Sitz im Parlament. Er wollte ebenso reich und mächtig werden wie sein Vater, aber es wollte nicht so recht vorangehen mit seiner Karriere. Sein Busenfreund, der Graf von Essex, Liebhaber der Königin, tat für ihn, was er konnte, aber Elizabeth traute Bacon nicht. Als all seine Versuche, seinem Freund einen hohen Posten zu beschaffen, gescheitert waren, schenkte der brave Essex ihm als Trostpflaster ein Landgut aus seinem eigenen Besitz. Das war 1595. Vier Jahre später jedoch fiel Essex selbst in Ungnade, es wurde ein Prozeß wegen Hochverrats gegen ihn vorbereitet, und plötzlich ließ auch Elizabeth von sich hören. Ob Bacon die Freundlichkeit hätte, die Anklage abzufassen. Damit hatte die Stunde des Teufels geschlagen, denn was glaubst du? Er tat es, obwohl er wußte, daß das zur Hinrichtung seines Wohltäters führen würde. Die Bestie versprach ihm, daß er noch höher aufsteigen würde als sein Vater, aber dafür sollte er zunächst seine Unterschrift unter die Anklage setzen und danach einige Bücher veröffentlichen, die ihm diktiert werden würden.

Warum suchte sich Luzifer hierzu gerade Bacon aus?

1597 hatte er eine Sammlung intelligenter Essays veröffentlicht, die noch immer gelesen werden, aber nicht so sind, daß sie sofort die Aufmerksamkeit des Teufels auf sich ziehen. Jedoch viel früher, 1583, hatte er im Alter von zweiundzwanzig Jahren ein Pamphlet das Licht der Welt erblicken lassen mit dem Titel Temporis partus maximus, ›Die großartige Geburt der Zeit‹. Es hat unser Mißtrauen erregt, daß davon kein einziges Exemplar mehr erhalten ist; und wir vermuten nun, daß darin ein Ton angeschlagen wurde, der den Teufel die Ohren spitzen ließ. Aus irgendeinem Grund hat er später dann alle Exemplare davon unterschlagen. Wie dem auch sei, nachdem der Prophet der neuen Zeit den Teufelspakt mit der Menschheit unterzeichnet hatte, indem er seinen Namen unter das *faktische Todesurteil seines besten Freundes setzte, war es plötzlich vorbei mit der Stagnation seiner Laufbahn. 1600 wurde Essex im Tower geköpft, 1607 wurde Bacon stellvertretender Generalstaatsanwalt, 1613 Oberstaatsanwalt, und 1617 zog er mit der Ernennung zum Großsiegelbewahrer mit seinem Vater gleich. Zwei Jahre später bestätigte er seine Hörigkeit gegenüber dem Teufel, indem er einen unschuldigen Gefangenen foltern ließ, weil König James ein Geständnis und eine Verurteilung wünschte; kurz darauf wurde er Kanzler, und das ist das höchste Amt im Land, womit er seinen Vater übertroffen hatte. Als Baron Verulam wurde er in den Adelsstand erhoben, später zum Burggrafen von Saint Albans befördert. Inzwischen schrieb er die Bücher, die der Teufel ihm einflüsterte und die keineswegs prophetisch waren, sondern durchtriebene self-fulfilling prophecies mit dem einen Ziel: die Vernichtung der Menschheit.*

Das bedeutet also, daß dieser opportunistische Verräter nicht nur die Werke von Shakespeare oder Marlowe nicht geschrieben hat, sondern auch seine eigenen nicht.

So ist es. Aber Luzifer wäre nicht Luzifer, wenn er es dabei belassen hätte. Auch der, der sich ihm unterwirft und ihm dient, muß letztendlich vernichtet werden. Denn nachdem Sir Francis schließlich mehr erreicht hatte, als er sich je hatte träumen lassen, erschien ihm eines Tages der Teufel in Gestalt eines Beamten, von dem er Schmiergelder akzeptierte, was zu einem Prozeß wegen Korruption führte und Gefangenschaft im Tower sowie seinen vollständigen gesellschaftlichen Untergang bedeutete. Fünf Jahre später, im Alter von fünfundsechzig Jahren, fuhr er schließlich zur Hölle.

Es lebe die Freundschaft!

Auch deine Geschichte demonstriert einmal mehr, weshalb die Freundschaft hier fehlt – und es macht mich traurig, daß das so sein muß. Denn genau das ist es, was mir wider besseres Wissen immer gefehlt hat, hier, im Licht. Kein Mangel an Liebe, Glückseligkeit, Güte, Weisheit, Wahrheit, Frieden, Schönheit, alles zu unseren Diensten, aber keine Freundschaft.

Sie sind nicht mein Freund?

Und auch nicht deine Freundin. In Organisationen gibt es keine Freundschaften, und schon gar nicht in unserer, und zwischen Höher- und Tiefergestellten erst recht nicht. Freundschaft besteht nur in der Abys. Kennst du diese berühmten, herrlich verstiegenen Passagen über die Freundschaft, die Bacon kurz vor seinem Tode schrieb: No receipt openeth the heart but a true friend – *ja, und die Halsschlagader! Er, der seinen besten Freund hat köpfen lassen! Hörst du? Das Lachen des Teufels scheppert mit einer Temperatur um den absoluten Gefrierpunkt durch die Hallen aller Ewigkeiten.*

Jetzt verstehe ich endlich, warum ich mich all die Jahre so angestrengt habe.

Fahre fort. Ich höre.

20
Der Hooblei

Zu den ersten Dingen, die sie taten, als sie wieder zurück in den herbstlichen Niederlanden waren – es stellte sich heraus, daß Che Guevara in der Nacht ihres Ausfluges nach Varadero in Bolivien ermordet worden war –, gehörte, Kuba die durch sie entstandenen Unkosten zu erstatten. Max war auf dem Rückflug nicht mehr so unbedingt dafür; sein Schrecken bei den Worten von Guerra Guerra war bald abgeklungen, zudem sei die Sache schon längst in die Gewölbe der Bürokratie und also in Vergessenheit geraten. Aber Onno meinte, es sei eine Frage der Moral, der *praktischen Vernunft*, um die nicht gefeilscht werden könne. Max erkundigte sich beim Hilton Hotel in Amsterdam, wieviel ein Tag mit Vollpension kostete, der Preis war nicht unbeträchtlich, dann veranschlagten sie den kapitalistischen Wuchergewinn von Conrad Hilton und seinen Kumpanen an der Börse der Wallstreet auf fünfzig Prozent, teilten daraufhin den Betrag revolutionär durch zwei und beschlossen, die Ausflüge und Autofahrten als kubanische Investition in die künftige Propaganda für die Insel zu betrachten. Sie überlegten, ob sie das Geld mit einem anonymen Scheck in Dollar an das ICAP schicken sollten, aber Ada erzählte, daß das Konservatorium in Havanna dringend ein neues Vervielfältigungsgerät brauchte, das auf Kuba nicht zu bekommen sei, woraufhin Max ein schönes Gerät aussuchte und mit der Nachricht: *Hasta la victoria siempre! – Dos amigos* verschiffen ließ.

Als er diesen Text später zum besten gab, nickte Onno zustimmend, aber Ada warf ihm einen kurzen Blick zu, der ihn wie eine Ohrfeige traf. Er schlug die Augen nieder und dachte dasselbe wie sie. *Dos amigos?* Ging ein Freund mit der Freundin seines Freundes ins Bett, oder eigentlich ins Meer, auch wenn sie früher einmal die eigene Freundin gewesen war? Seinen eigenen Worten zufolge war ihre Freundschaft doch der Zustand, in dem man dem anderen sogar das erzählte, was man eigentlich niemandem erzählte – aber würde er Onno je erzählen, was er im Golf von Mexiko getrieben hatte? Ob er es nun tat oder nicht, war es nicht so oder so das Ende der wahren *Amistad*? Wenn er es erzählte, so mußte daraus nicht unbedingt Feindschaft werden, es konnte alles mögliche werden, aber auf jeden Fall etwas anderes. Angesichts der Tatsache, daß er es nicht erzählen würde, war eine wesentlich verworrenere Situation entstanden: Für Onno war alles beim alten, doch er, Max, und Ada hatten jetzt etwas zu verbergen, sie hatten ihn beide betrogen. An der Situation an sich änderte es nichts, aber Onno war jetzt wie jemand, der sein Vermögen in eine Zeichnung von Rembrandt gesteckt hatte, die ein Dieb eines Nachts durch eine tadellose Kopie ersetzte – für den Rest seines Lebens würde er nicht wissen, daß er ein wertloses Stück Papier an der Wand hängen hatte.

Was Max und Ada ihrerseits nicht wußten, war, daß auch Onno sein Abenteuer erlebt hatte – aber er war verführt worden, er hatte seine Freundin betrogen, und nicht auch noch seinen Freund. Max beschwichtigte sein Gewissen mit der Überlegung, daß es eigentlich nicht im Oktober passiert war, sondern schon im Juni, wie die verspätete Begleichung einer Schuld für etwas, das man irgendwann gekauft hat und inzwischen gar nicht mehr besitzt, das aber dennoch bezahlt werden muß – eine Woche später hatte es sich harmonisch zu den anderen unglaubwürdigen Erlebnissen auf der Insel gefügt, die zusammengefaßt wurden in dem Aphorismus, den er auf dem Flugplatz von Havanna gesehen hatte: *Wo das Unmögliche zum Alltag wird, findet eine Revolution statt.* Er fühlte sich erfrischt von dem interkontinentalen Ausflug, und im Hörsaal der Sternwarte hielt er einen leidenschaftlichen Vortrag über die Revolution auf Kuba; auch von anderen Fakultäten waren Leute gekommen, die einmal den Bericht eines Augenzeugen hören wollten. Da einige Ausländer dabei waren, sprach er Englisch; ein amerikanischer Kollege vom Goldstone-Radioteleskop, der Sonnenforschung betrieb, regte sich über die Würgepolitik seiner Regierung auf. Er schäme sich, Amerikaner zu sein!

Onno kam seiner Pflicht bei seinen politischen Freunden nach. Auch er verschwieg, daß er Delegierter auf einem Kongreß radi-

kaler Revolutionäre gewesen war, da ihm die Geschichte ohnehin
niemand glauben würde. Aber er gab seiner Überzeugung Ausdruck, daß das Hauptproblem der Dritten Welt die Infrastruktur
darstelle, und zwar nicht nur hinsichtlich des Güterverkehrs, sondern auch der Information: alles sei gleich mangelhaft, und deshalb
seien die verrücktesten Dinge möglich, er könne dafür verblüf-
fende Beispiele geben. Und dann die Ideologie! Erst auf Kuba begreife man die volle Bedeutung des Wortes *Radikalität*. In den Vereinigten Staaten sei der linke Flügel der Demokratischen Partei
immer noch rechter als die rechteste Partei in den Niederlanden,
und eine Partei, die so rechts sei wie die Republikanische Partei,
um von deren rechtem Flügel ganz zu schweigen, existiere hier gar
nicht als reale Partei; auf Kuba aber stehe die Führung noch viel
weiter links als die Kommunistische Partei in den Niederlanden.
Die amerikanische Raserei über die Existenz dieses roten Boll-
werks vor ihrer Küste sei so gesehen verständlich, für die Amerikaner hausten dort schlichtweg der Teufel und seine alte Mutter – die
neuen Rothäute, die umgelegt werden müßten, und zwar mit
Pistolenschüssen aus der Hüfte; für die niederländischen Sozialdemokraten bedeute das, daß die Situation dort aufmerksam und
mit sachlich relevanter Skepsis beobachtet werden müsse, und sei
es mit weiser Zurückhaltung.

»Ich gehe kurz in die Stadt«, sagte Ada.

Im Mantel hatte sie den Kopf durch die Tür von Onnos Arbeitszimmer gesteckt. Er hatte Besuch von einem schnurrbärtigen Mitstreiter, der eine große, gebogene Pfeife rauchte; mit dem Rücken
zu ihr winkte Onno kurz mit der Hand, ohne sich umzudrehen.

Das Amsterdamer Grau fiel ihr nach all den blendenden tropischen Farben besonders auf, aber es war ihr nicht wirklich unangenehm. Hier war sie zu Hause. Die Menschen sahen unwirsch und
unzufrieden drein, es war kühl, die Bäume wurden kahl, und es
wurde schon wieder früh dunkel, aber gerade diese Abwechslung
der Jahreszeiten kannte man in den Tropen nicht: keinen Herbst,
keinen Winter, keinen Frühling – eigentlich nur den Sommer.

Waren Chopin oder Strawinsky in einem solchen Klima denkbar? Sie waren jedenfalls nie dortgewesen, und soviel sie wußte, war auf der Insel auch sonst nie etwas Wichtiges erdacht oder erfunden worden. Aber da sie das Gefühl hatte, diese Art von Überlegungen Onno und Max überlassen zu können, verdrängte sie den Gedanken gleich wieder.

Sie hatte keine Lust auf die belebten Straßen mit den Straßenbahnen und ging ziellos durch die Spiegelstraat in Richtung Innenstadt. Sie fühlte sich unruhig, plötzlich war sie ungeduldig geworden, als müsse sie noch etwas erledigen, da jeden Augenblick der Besuch klingeln konnte. Ab und zu blieb sie vor dem Schaufenster eines Antiquars stehen und betrachtete einen heiteren, goldglänzenden Buddha mit abwehrend vorgestreckten Händen, eine einsame schmuddelig-grüne japanische Schale auf mausgrauem Samt, die niemand aufheben würde, wenn er sie im Rinnstein liegen sähe, antikes Glas- und Silberwerk und die leuchtenden Gemälde aus dem siebzehnten Jahrhundert. Die Schönheit in der Welt kannte keine Grenzen, ebensowenig wie die Grausamkeit. Sie hatte ein schmerzhaftes Gefühl in den Brüsten, die Haltung hinter dem Cello machte ihr wieder zu schaffen, ihr Problem von der ersten Cellostunde an, als sie sechs Jahre alt war. Am folgenden Abend spielte sie mit dem Orchester in Den Haag, für März stand eine Tournee durch die Vereinigten Staaten auf dem Programm. Der künstlerische Leiter hatte ihr dringend geraten, über ihren kubanischen Auftritt kein Wort zu verlieren, am besten auch nicht den Kollegen gegenüber, denn das könne die gesamte Tournee gefährden. Wer auf Kuba gewesen war, hatte die Pest, *The Red Death*, um mit Poe zu sprechen.

Sie spazierte die Keizersgracht hinunter zu den schmalen Querstraßen mit den barbarischen Namen, die sie sich nie merken konnte, Berenstraat, Wolvenstraat, wo kleine Geschäfte kleine Dinge feilboten: bunten Schmuck, pseudoantiken Firlefanz, Zigarettenspitzen aus Elfenbein, verrostete Fingerhüte, Puppen mit vergilbten Spitzenkragen. Ihre Gedanken wanderten zurück zu ihrer Lieblingspuppe Liesje: ein kleines, kahles Scheusal mit einem

hinterhältigen Blick, das aber gerade deshalb einen unverwechselbaren Charakter hatte, und schon sah sie sich auf der sandfarbenen
Kokosmatte sitzen und spielen, sah die Beine des Tisches und die
Bauernstühle mit der zerfransten Unterseite der geflochtenen
Sitze. Liesje war eine Puppe und zugleich auch keine Puppe. Wenn
ihr Ada einen Arm ausriß, wurde in der Schulter ein weißes Gummiband sichtbar; ließ sie ihn los, klappte er mit einem Klick wieder
an den Körper, oft in einer unvorhergesehenen Stellung: »Hallo!«,
oder: »Schau, dort!« Sie konnte Arme und Beine in folternde Positionen drehen, aber sobald alles wieder in den Grenzen der Mecha-
nik in eine natürliche Position gerückt war, war Liesje wieder mehr
als nur eine Puppe. Dann war sie obendrein ein Mädchen wie sie
selbst, ein Mädchen, das sie verstand und für das sie das war, was
für sie ihre Mutter war, so daß sie selbst auch zugleich Liesje war.
Und beide, Liesje und Liesje, wurden von einem schrecklichen
Monster bedroht, das sich manchmal im Schatten der Vorhänge
versteckte, oft aber auch irgendwo an der Decke umherirrte, ohne
sich jemals zu zeigen: der *Hooblei*.

Plötzlich, während sie über den Briefmarkenmarkt ging mit seinen schäbigen Philatelistenbuden und den mit Plastik abgedeckten
Alben, erinnerte sie sich wieder daran, seit zehn oder fünfzehn Jahren hatte sie nicht mehr daran gedacht. Die düstere Drohung des
Hooblei hatte ihre Kinderzeit überschattet wie eine Gewitterwolke, die sich nicht entlud: Er wollte sie in eine Schachtel stek-
ken. Sie konnte mit keinem darüber sprechen, nur mit Liesje, die
sich im Antiquariat willig in einen Buchschuber stecken ließ, um
zu erfahren, wie das war. Und eines Tages schlug der Hooblei zu,
und Liesje war tatsächlich für immer verschwunden – ihr Vater
hatte sie mitsamt dem Schuber auf den Rand des Bürgersteiges gesetzt für die Müllabfuhr. Sie war mit ihm dem Müllwagen hinter-
hergerannt und sah gerade noch, wie sich zwei Straßen weiter der
Ladebehälter kreischend aufrichtete und Liesje mit allem Dreck
und Unrat der Welt zermahlen wurde –.

Sie watete durch Tauben, überquerte den Dam und wurde von
einem warmen Luftstrom empfangen, als sie das Kaufhaus Bijen-

korf betrat. Ziellos schlenderte sie eine Weile zwischen Frauen umher, die an ihren Handrücken rochen oder fette rote Streifen darauf
malen ließen, nahm dann die Rolltreppe und ließ den Raum langsam in der Tiefe versinken. Davon wurde ihr leicht übel, vielleicht
sollte sie etwas essen. An einem hohen Tischchen in der Cafeteria
aß sie im Stehen ein Brötchen mit Speckbückling und schlenderte
anschließend zur Spielwarenabteilung, wo sie sich von Dutzenden
von Puppen betrachten ließ, die eine mit einem noch stumpfsin-
nigeren Blick als die andere. Keine von ihnen hatte auch nur im
entferntesten Ähnlichkeit mit Liesje. In einem Regal stand ein
Kontingent russischer Mamuschkas in allen Größen: buntbemalte
Bäuerinnen, die aufgeschraubt werden konnten und eine immer
noch kleinere Mamuschka enthielten. Ihr Blick fiel auf eine
Schachtel voller kleiner Bäuerinnen, alle im selben Stil, handbe-
malt und nicht größer als fünf Zentimeter, die unter ihren Röcken
jedoch einen Anspitzer verbargen. Ada lächelte. Das war das richtige für Max zu seinem Geburtstag im November: eine Frau mit
einem derartig angsteinflößenden Geschlechtsteil – genau die richtige Lektion für ihn. *Fl. 1,05* stand auf dem kleinen Preisschild. Zögernd hielt sie die Anspitzer-Mamuschka in der Hand. Aus
irgendeinem Grund hatte sie das Gefühl, daß sie ihr bereits gehörte
und sie diesen Besitz gefährden würde, wenn sie ihn bezahlte. Sie
sah sich um, schloß die Hand um die Puppe, ging weiter und ließ
sie kurz darauf in der Tasche ihres Regenmantels verschwinden.
    Ihre Tat erfüllte sie mit amüsierter Genugtuung. Sie mußte an
Onnos These denken, derzufolge der Gewinn von hunderttausend
im Lotto viel befriedigender war als der Verdienst derselben
Summe, und daß eben deshalb das Glücksspiel verboten werden
sollte. Auch als Kind hatte sie nie etwas geklaut, und es wunderte
sie, wie einfach das war. Ab und zu berührte sie die Puppe und ging
in die Lebensmittelabteilung, wo sie die Einkäufe für den Abend
erledigte. Seit sie bei Onno wohnte, hatte sie mehr Verständnis für
ihre Mutter; jeden Tag wieder neu zu überlegen, was auf den Tisch
kommen sollte, war schlimmer als Tonleitern üben, und dabei
hatte sie mit Onno noch Glück, denn er aß am liebsten jeden

Abend dasselbe. Sie bezahlte die Makkaroni, den Schinken und die Milch und schob sich zum Ausgang. Draußen dämmerte es bereits.

Als sie durch die Drehtür gegangen war, versperrte ihr plötzlich ein Mann den Weg.

»Würden Sie bitte so freundlich sein, mir zu zeigen, was Sie in Ihrer Manteltasche haben?«

Erschrocken sah sie auf seinen Ausweis, den er ihr vorhielt und auf dem sein Gesicht ganz anders aussah: freundlicher, entspannt zu etwas Angenehmem aufschauend; jetzt begegnete sie einem Blick aus Stein. Beschämt händigte sie dem Mann den Anspitzer aus.

»Wurde das nicht für Sie eingepackt? Dürfte ich den Kassenzettel sehen?«

»Ich habe keinen.«

»Kommen Sie bitte mit.«

Leute drehten sich nach ihr um, Straßenbahnen und Autos fuhren vorbei, auf der anderen Straßenseite sah sie eine Aufschrift: *De Roode Leeuw*, und plötzlich verschwand diese selbstverständliche Welt der Freiheit hinter dem Horizont, denn sie mußte wieder in das Gebäude hinein.

»Ich werde ihn bezahlen«, sagte sie.

»Das müssen Sie mit jemand anderem regeln. Bitte nach Ihnen.«

Durch eine unauffällige Tür hinter den glitzernden Ladentischen mit den Kosmetika gelangten sie in einen neonbeleuchteten Betongang, wo es von einem auf den anderen Augenblick vorbei war mit dem süßen Dasein. Durch eine Stahltür wurde sie in einen kahlen, fensterlosen Raum geführt, in dem nur ein langer Tisch und einige Stühle standen. Sie hatte erwartet, daß der Mann ihr folgen würde, aber die Tür wurde hinter ihr geschlossen und der Schlüssel umgedreht.

Erschrocken sah sie sich um. Sie war eingesperrt! Das aufkommende Gefühl der Verzweiflung unterdrückte sie. Was konnte ihr wegen 1,05 Gulden schon passieren? Das Einsperren war die übliche Prozedur zur Einschüchterung, gleich würde irgendein Angestellter erscheinen, sie würde eine Verwarnung bekommen, würde bezahlen müssen und könnte gehen. Aber solange sich die Tür nicht aufgetan hatte, war sie noch zu. Sie stellte ihre Einkaufstasche auf den Tisch und setzte sich. In einem Film würde sie nun rufen, sie wolle ihren Anwalt sprechen. Heerscharen von Männern, Frauen und Kindern waren vor ihr hiergewesen. Die Tischplatte war aus schmuddeligem Kunststoff und hatte überall tiefe Löcher, auf dem Flur hörte sie ab und an Stimmen und das Rattern von Wagen, mit denen offenbar neue Ware herangefahren wurde. Sie sah auf die Uhr und dachte an Onno, der jetzt in seinem Zimmer grübelte und keine Ahnung hatte, daß sie in die Zelle eines Kaufhauses eingesperrt war. Sie nahm einen Gulden und fünf Cent aus ihren Portemonnaie und legte sie aufeinander.

Als nach einer Viertelstunde, nach zwanzig Minuten noch immer niemand erschienen war, schlug plötzlich eine Welle der Angst in ihr hoch. Es war halb sechs vorbei, gleich würden die Läden schließen, vielleicht hatte man sie vergessen! Vielleicht mußte sie bis morgen früh hierbleiben! Schweißgebadet stand sie auf und begann nägelkauend auf und ab zu gehen. Sollte sie an die Tür schlagen? Anfangen zu schreien? Aber vielleicht warteten sie gerade darauf, vielleicht wurde sie von irgendwo her beobachtet. Sie kontrollierte die Zementwände, konnte aber nichts entdecken. Gerade als sie sich vornahm, noch genau fünf Minuten zu warten, wurde der Schlüssel umgedreht.

Auf der Schwelle erschien der Wachmann von vorhin in Begleitung eines Polizeibeamten.

»Wie ist Ihr Name?«

Mit großen Augen sah Ada den Mann in der schwarzen Uniform mit den schwarzen Stiefeln und dem schwarzen Schlagstock an der Seite an.

»Ada Brons«, stammelte sie und konnte schier nicht glauben, daß sie angezeigt worden war.

»Sie geben zu, daß Sie das hier entwendet haben?« fragte er und zeigte auf die Puppe, die der Wachmann in der Hand hielt.

Ada nahm die Münzen vom Tisch und bot sie in ihrer geöffneten Hand an.

»Hier ist das Geld. Ich bereue es.«

Der Polizeibeamte schüttelte den Kopf.

»Sie müssen mit aufs Präsidium.«

»Aufs Präsidium?« wiederholte sie perplex. »Wozu?«

»Um eine Strafanzeige aufzunehmen.«

Er griff unter seine Uniformjacke, und entsetzt sah Ada, daß er Handschellen hervorholte. Es kam ihr vor, als würde sie der Anblick des glänzenden Stahls im nächsten Augenblick zerreißen. Sie gab auf und warf den beiden Männern das Geld schluchzend vor die Füße.

»Ihr seid verrückt! Verrückt!«

»Nur immer mit der Ruhe, Fräulein, es passiert Ihnen nichts. Das sind nun einmal die Vorschriften.«

Als die Schellen um ihre Handgelenke zuschnappten, war ihr erster Gedanke, wie sie jetzt noch Cello spielen sollte. Der Platz zwischen ihren Händen reichte nicht einmal für eine Ukulele. Während sie durch die Gänge zum Hinterausgang gingen, trug der Polizeibeamte ihre Einkaufstasche. Draußen war es schon dunkel; auf dem Innenhof stand ein kleiner Überfallwagen mit vergitterten Fenstern. Sie fuhren zum Präsidium in der Warmoesstraat, das um die Ecke lag, am Rande des Rotlichtviertels.

Sie wurde am Tresen der Polizeiwache abgeliefert, und ein Beamter nahm ihr die Handschellen ab. Eine dicke, betrunkene Frau mit wirren Haaren schrie einen Polizisten an, der so jung war, daß man ihn für einen verkleideten Schüler halten konnte, und versuchte, Ada in ihren Streit einzubeziehen, verstummte jedoch sofort, als zwei Fahnder einen halb bewußtlosen Mann hereinbrachten, dessen Hemd vorne rot war von Blut. Ada wurde zu Zimmer 21 geschickt, wo sie auf einer Holzbank vor einer ockerfarbenen Tür warten sollte. Mit dem Ablegen der Handschellen waren auch ihre Empörung und ihre Wut verflogen. Sie hatte das Gefühl, als sei sie ins Wasser gefallen, jetzt aber wieder am Ufer.

Drinnen wurde sie von einem Beamten hinter einer hohen, schwarzen Schreibmaschine empfangen, die aussah wie der Aufgang zu einem Mausoleum. Väterlich sah er sie an und fragte sie, ob sie sich dieses Vergehens schon einmal schuldig gemacht habe. Warum dann jetzt, mit so einem doofen kleinen Ding, wollte er wissen, aber sie konnte es ihm nicht erklären. Seufzend legte er ein Blatt Kohlepapier zwischen zwei Formulare, klopfte sie auf dem Tisch zurecht und spannte sie in die Maschine ein. Als sie sagte, daß sie das reichlich merkwürdig fände, diesen ganzen Aufwand für 1,05 Gulden, sagte er:

»Es geht nicht um einen Gulden fünf, es geht um einen Ladendiebstahl. Wenn tausend Menschen etwas für einen Gulden fünf klauen und wir tun nichts dagegen, warum sollten wir dann noch jemanden verfolgen, der etwas für eintausendfünfhundert Gulden gestohlen hat? Oder jemanden, der eintausendfünfhundert Gulden gestohlen hat?«

»Das ist wahr«, sagte Ada. Sie hatte zwar das Gefühl, daß die Rechnung nicht ganz aufging, aber es erschien ihr vernünftiger, nicht weiter darauf einzugehen.

»Wenn wir nicht dagegen vorgehen, dann wird in zehn Jahren auch nichts mehr unternommen gegen jemanden, der ein Fahrrad oder ein Autoradio gestohlen hat, und in fünfzig Jahren nichts mehr gegen Mord. Das möchten Sie doch nicht?«

Sie dachte an das Orchester.

»Muß ich vor Gericht?«

»Das kann gut sein.«

»Und was bekomme ich dann?«

»Ein Bußgeld, denke ich, und vielleicht noch etwas auf Bewährung. Was sind Sie von Beruf?«

Als er hörte, daß sie Cellistin war, lehnte er sich kurz zurück, nahm die Lesebrille ab und sah mit einem nachdenklichen Lächeln zur Decke; es erinnerte ihn an etwas, aber er sagte nichts. Immer wieder eine klemmende Type vom Papier lösend, hielt er alle Daten fest, erkundigte sich nach der Schreibweise des Wortes *Mamuschka* und zog die Papiere mit einem jaulenden Ruck aus der Maschine. Bevor er sie unterschreiben ließ, las er ihr die Anzeige vor, in der sie, Ada Brons, geboren am 24. Juli 1946 in Leiden, Beruf Cellistin, erklärte, am 27. Oktober 1967 in Amsterdam / mit der Absicht auf widerrechtliche Aneignung entwendet zu haben / aus dem Gebäude des Kaufhauses De Bijenkorf / einen Bleistiftspitzer, Modell *Mamuschka* / dem Kaufhaus De Bijenkorf gehörend, zumindest aber einem anderen als ihr, der Verdächtigen.

»Sie haben das Durchschlagpapier falsch herum eingelegt«, sagte Ada.

Der Beamte sah auf das zweite Formular: es war leer. Der Text stand in Spiegelschrift auf der Rückseite des ersten. Er schüttelte den Kopf.

»Das muß einem auf seine alten Tage noch passieren. Es wird Zeit, daß ich in Pension gehe. Wissen Sie was?« sagte er und riß mit seinen beiden großen Händen alles in Fetzen.»Wir sagen einfach, daß es nicht geschehen ist. Machen Sie's gut.«

21
Die Nachricht

»Kannst du nicht schlafen?«

»Nein.«

Es war etwa zehn Tage später. Er hatte bis nach Mitternacht durchgearbeitet und sich neben sie gelegt, ohne Licht zu machen; er mußte eingeschlummert sein, aber plötzlich war er wieder wach und wußte, daß sie mit offenen Augen dalag. Er konnte sie nicht sehen.

»Du wirst doch nicht etwa von Reue verzehrt, weil dein Leben eine fatale kriminelle Wendung genommen hat.«

»Vielleicht ist es das.«

Er legte sich auf den Rücken, kreuzte die Arme unter dem Kopf und starrte in die Dunkelheit.

»Was mag der Grund dafür sein, daß Verbrecher oft von Schlaflosigkeit gequält werden? Der Schlaf ist des Todes Bruder, sagt der Dichter, aber dann müßten Mörder besonders gut schlafen können. Weißt du übrigens, woher das kommt, daß der Mensch schlafen muß?« fragte er, während er ihr das Gesicht zuwandte, ohne jedoch etwas zu sehen. »Es ist idiotisch, daß wir ein Drittel unserer kostbaren Zeit damit vertun. Wenn man einmal darüber nachdenkt, ist es doch eigentlich völlig lächerlich und menschenunwürdig, dieses dumme Liegen mit geschlossenen Augen – absolut etwas aus der Vorkriegszeit. Vergleichbar mit der Arbeitslosigkeit in den dreißiger Jahren.«

»Also?«

»Diese törichte Gewohnheit ist entstanden, als unsere Vorfahren aus dem Meer an Land krochen. Das Meer hatte damals eine Temperatur von siebenunddreißig Grad, war also so warm wie unser Blut. Tagsüber war das kein Problem, denn da schien die Sonne auf die Urquists und die Urbronses, aber nachts kühlte es ab, und dann gerieten sie in einen lethargischen Zustand wie Fledermäuse und ähnliche Wesen jetzt noch, während des Winterschlafs. Heutzutage sind wir homoiotherm, aber der Schlaf ist noch ein Erbe aus unserem poikilothermen Stadium, wenn du verstehst, was ich meine.«

»Woher weißt du das bloß alles?«

»Das ist die Folge der unglückseligen Tatsache, daß ich nicht vergessen kann, was ich einmal gelesen habe. Mein Gedächtnis ist mein Fluch. Aber tröste dich, ab und an erfinde ich etwas dazu. Ich könnte zum Beispiel dazuerfinden, daß die Art der Träume eine Reminiszenz an unsere frühere Existenz im Meer ist. Da geht es genauso idiotisch zu. Zum Beispiel dieses halbe Schweben in den Träumen, so ist es sonst nur im Wasser. Statt an Sigmund Freud sollten wir uns vielleicht an Jacques-Yves Cousteau wenden.«

Ada schwieg. Es schien, als spiele er auf Dinge an, die er nicht wissen konnte. Von der Straße waren ein paar rauhe, tierische Schreie zu hören, die aus dem germanischen Geist des Bieres entstanden waren. Onno lauschte dem leisen Ticken des Weckers, nach der Darlegung seiner Theorie spürte er, wie er langsam wieder wegdämmerte; eine Tierfigur erschien vor seinen Augen und verwandelte sich langsam in etwas wie einen tragbaren Käfig …

»Onno?«

Er war plötzlich wieder wach.

»Ja?«

»Wie spät ist es?«

»Ungefähr zwei.«

»Weißt du nicht, was heute für ein Tag ist?«

»Montag, wieso?«

»Der sechste November. Du hast heute Geburtstag.«

Er sperrte die Augen auf.

»Du hast recht!« sagte er. »Vierunddreißig – ich hab's geschafft!«

»Was hast du geschafft?«

»Ich bin lebend durch das Christusjahr gekommen.«

Sie küßten sich, und während er sie noch in den Armen hielt, sagte Ada nach einem kurzen Zögern:

»Ich habe ein Geschenk für dich.«

»Du hast doch nicht etwa schon wieder was geklaut, oder?«

Ein leichtes Zittern durchfuhr Adas Körper. Es kostete sie Mühe, ihre Stimme normal klingen zu lassen:

»Wenn du dich nur darüber freust –«

»Einem geschenkten Gaul schaut man nichts ins Maul.«

»Meine Periode ist ausgeblieben.«

Obgleich ein Mann der Sprache, war in seinem Leben kaum oder nie ein Satz gefallen, der möglicherweise eine fundamentale Veränderung seiner Lebensumstände ankündigte. Sätze wie »Sie sind verhaftet« oder »Sie sind ernsthaft krank« oder »Ich verlasse dich« waren ihm bisher erspart geblieben, denn er benahm sich nicht daneben, war gesund und hatte sich nie wirklich an eine Frau gebunden, und eine Todesnachricht von Menschen, die ihm nahestanden, hatte er noch nicht bekommen. Einmal war ein Satz gefallen wie »Nach der Revolution wirst du Strandräuber auf Ameland«, und es gab sogar einen Satz, den er nicht entziffern konnte, aber alles in allem hatte sein Leben – dem Krieg zum Trotz – noch immer etwas Jungfräuliches. »Meine Periode ist ausgeblieben« – es war, als hätte dieser Satz eine *Gestalt*: dunkel und gestreckt wie ein Torpedo, das aus einem Mündungsrohr schoß und in den Fluten verschwand. Er wollte das Licht anmachen, blieb aber liegen und starrte in der Dunkelheit auf die Stelle, wo das alte Schulplakat mit dem Abc hängen mußte.

»Wann wäre sie denn fällig gewesen?«

»Vor einer Woche.«

»Bist du öfter überfällig?«

»Nie. Immer genau pünktlich.«

»Und du hast die Pille nicht ein einziges Mal vergessen? Auch nicht auf Kuba?«

»Da bin ich mir ganz sicher. Willst du die Strippe sehen? Alle einundzwanzig sind draußen.«

»Bitte nicht. Ich glaube dir auch so, daß du sie nicht ins Klo geworfen hast. Nicht zu fassen! Bei der pharmazeutischen Industrie herrscht genau das gleiche Chaos wie überall. Wenn du wirklich ein Kind bekommst, stecken wir es in einen Schuhkarton und schicken es zur Reklamationsabteilung der Fabrik. Das wird es ihnen heimzahlen.« Er hatte das Gefühl, daß sie erschrak, legte einen Arm um sie und sagte mit veränderter Stimme: »Wenn du ein Kind bekommst, Ada, dann werden wir es liebevoll und mit eiserner Hand erziehen, mit dem einzigen Ziel, daß es seinen Vater ehren wird.«

»Was denkst du jetzt wirklich, Onno?«

»Um ganz ehrlich zu sein: keine Ahnung. Du bist offenbar schon seit Tagen damit beschäftigt, wie soll ich also so schnell wissen, was ich davon halte?« Er wußte es wirklich nicht. Es war ein Augenblick wie in der klassischen Landschaft, in der plötzlich die Stunde des Großen Pan schlug: der Beginn der reglosen, flimmernden Mittagshitze. »Ich habe mich den ganzen Abend in das atemberaubende Problem vertieft, wie die Sozialleistungen an die Beamtengehälter gekoppelt werden sollen, und dann erzählst du mir plötzlich, daß du schwanger bist. Gütiger Himmel!« rief er. »Jetzt, da ich es mich selbst sagen höre, wird es mir plötzlich klar. Ist das dein Ernst? Ist es wirklich wahr?«

»Wenn du jetzt aus dem Zimmer gingest«, sagte Ada, »wüßte ich ganz sicher, daß ich nicht alleine hier bin.«

Er erinnerte sich jetzt, daß er in den letzten Tagen etwas Merkwürdiges in ihrem Blick bemerkt hatte: als ob ihre Augen nicht nach außen, sondern nach innen blickten, als ob er sie durch die Rückseite eines präparierten Spiegels hindurch sähe, und wenn sie ihn ansah, war es, als sähe sie nicht ihn, sondern sich selbst.

»Damit ist es unwiderlegbar bewiesen. Also gehe ich nicht aus dem Zimmer, wir bleiben hier für immer zu dritt, die Familie ist immerhin der Eckpfeiler der Gesellschaft. Nur gut, daß sie in der Partei nicht wissen, wie rechts und kryptochristdemokratisch ich von Natur aus bin.« Die Vorstellung, vermutlich Vater zu werden, begann ihm zu seiner eigenen Verwunderung allmählich zu gefallen, und er kam sich vor wie ein Stubengelehrter, der unverhofft eine Weltreise angeboten bekam. Es würde sein Leben von Grund auf ändern, denn warum sollte es immer so bleiben, wie es war?

Sie gab ihm einen Kuß auf die Wange.

»Ich hatte Angst, du würdest sagen, wir sollen es wegmachen lassen.«

»*Wegmachen lassen?*« wiederholte er mit Entsetzen in der Stimme. »Ich mein Kind *wegmachen lassen*? Ich will höchstens dich wegmachen, aber sicher nicht mein Kind! Einen Quist wegmachen – unglaublich, etwas Schändlicheres habe ich noch nie gehört! Wir werden natürlich heiraten, denn mit einem Brons kann ich nichts anfangen.«

Sie lagen noch immer im Dunkeln, als ob sie sich in dieser neuen Situation noch nicht unter die Augen zu kommen trauten.

»Mir ist es egal, wie es heißt. Wenn es nur ein normales und gesundes Kind ist.«

»Gesund, ja, normal, nein. Genetisch scheint mir die Chance übrigens nicht allzu groß. Anormal begabt, mit vielschichtigem Interesse, bildhübsch, das wird sie sein.«

»Sie? Möchtest du, daß es ein Mädchen ist?«

»Ich möchte nichts, aber es steht fest, daß es ein Mädchen wird. Echte Männer bekommen Töchter.« Plötzlich begann er zu stöhnen.

»Was ist?«

»Ich denke an die Schande für meine Familie. Das hat es noch nie gegeben, daß ein Quist eine schwangere Frau heiratet, das werden meine Eltern nie verwinden. Vielleicht sollte ich dich ihnen allmählich mal vorstellen.« Er hatte Lust auf eine Zigarette, wollte aber das Licht des Streichholzes nicht sehen. »Weißt du, für wen das auch eine nette Überraschung sein wird?«

»Für Max«, sagte Ada etwas tonlos.

In den letzten Tagen war ihr der Gedanke an Max immer wieder gekommen wie ein Fisch, der sein Maul kurz aus dem Wasser eines Weihers streckt, aber sie hatte ihn immer wieder verdrängt; sie wollte vorläufig nur an ihr Kind denken und nicht an den Vater. Onno suchte ihre Hand, und eine Weile lagen sie schweigend nebeneinander.

»Wenn ich nun gesagt hätte«, fragte er, »daß wir es wegmachen lassen sollten, hättest du es dann getan?«

»Nicht in hunderttausend Jahren.«

Er drehte sich zu ihr und legte seine andere Hand auf ihren Bauch.

»Wie groß wird es jetzt wohl sein? Einen Millimeter? Zwei?«

»So ähnlich wie eine Blase Froschlaich, denke ich. Wie du in dem Alter.«

»Mäßige dich! Ich und eine Blase Froschlaich – du bist wohl verrückt. Ich bin spontan der Fontanelle meiner Mutter entsprungen, in vollem Ornat, mit Schild und Speer, mein Vater wurde ohnmächtig beim Anblick, die Planeten purzelten aus ihren Bahnen, und auf allen Wegen des Herrn waren wundersame Zeichen zu sehen.« Er stützte sich auf einen Ellbogen und fragte in Richtung ihres Gesichts: »Sag mal, ist das alles eigentlich wahr? Was machst du, wenn du morgen deine Periode bekommst?« Während er es sagte, wußte er, daß es auch für ihn eine Enttäuschung wäre.

»Ich bekomme meine Periode morgen nicht.«

»Bist du schon beim Gynäkologen gewesen?«

»Noch nicht.«

»Morgen also zum Gynäkologen. Und wenn du nicht schwanger

bist, setzt du die Pille ab.« Am Kissen fühlte er, daß sie nickte. »Wann wird es geboren? Als schwangere Frau ist der Mondkalender für dich doch kein Problem.«

»Am achten Juli.«

»Also ist es passiert – «

»In unserer letzten Nacht in Havanna.«

Onno starrte in die Dunkelheit.

Im Gegenlicht des Flurs sah er wieder ihren Schatten in der Türöffnung seines Hotelzimmers erscheinen, weit hinter dem Horizont, im versunkenen Kuba. Das größte Wunder war immer noch das Gedächtnis. Wie konnte Max' Big-Bang-Theorie zum Gedächtnis führen? Zu alldem, was existierte, bis hin zum Big Bang selbst? Zu María, die zweimal leicht mit der Hand auf den Platz neben sich geklopft und er wie ein Hündchen ihrem Befehl gehorcht hatte, wehrlos geworden durch Mißverständnisse, das lügnerische Telefongespräch mit Ada und das schreckliche Foto der Leiche auf dem Katafalk. Sie hatte ihn ins Bett gezogen, in dem der Geist des Mannes mit dem Bart und dem großen Hut noch hing, hatte ihn vergewaltigt und dann – vorbei an salutierenden Soldaten – mit dem Auto wieder am Hotel abgeliefert, wo er stundenlang in der Badewanne gesessen und den Rest des Tages stöhnend und seufzend mit der spanischen Übersetzung der Briefe von Walther Rathenau an seine Mutter zugebracht hatte, mit einer zerfledderten alten Ausgabe, die der vorige Gast – irgendein anarchosyndikalistischer Radikalinski natürlich – in seinem Nachtschränkchen zurückgelassen hatte. Angewidert von sich selbst und zerquält von Schuldgefühlen war er früh zu Bett gegangen und hatte sich mit Gewalt in den Schlaf gezwungen; nach dem Telefongespräch mit Max war er erst wieder durch Ada aufgewacht, die zuerst in ihrem Hotel übernachten wollte, nun aber plötzlich unter sein Laken schlüpfte. Es war ihm vorgekommen, als ob sie von seiner Eskapade etwas geahnt hätte, sie nun aber mit einer Schicht Farbe über der Grundierung unsichtbar machen wollte. Allein das nahm ihm das Recht, eine Abtreibung zu verlangen – selbst wenn er es gewollt hätte.

Auch für Ada neben ihm hatte sich die Dunkelheit des Zimmers mit diesem letzten Abend gefüllt. Sie hatte tatsächlich keinen Grund anzunehmen, daß sie von Max schwanger war; während der nächtlichen Autofahrt nach Havanna jedoch, als kaum ein Wort fiel, beschlich sie ein Gefühl der Unsicherheit, das sie nicht mehr los wurde. Sie war genau in dem Zeitraum, in dem sie fruchtbar wäre, wenn sie die Pille nicht nähme. Angenommen, der Pillendreher hatte gerade nicht aufgepaßt! Sie hatte einmal gelesen, daß das in soundsoviel Millionen Fällen einmal passierte, daß es exakt sie traf, würde ihr ähnlich sehen, ihr Leben lang hatte sie diese Art von Pech gehabt. Andererseits aber hoffte sie, daß es so sein würde, wie es war – nicht, weil es dann von Max wäre, sondern weil sie sich ein Kind wünschte; sie würde für ein paar Monate aus dem musikalischen Geschehen verschwinden, aber ihre Stelle würde ihr nicht verlorengehen. Es war vier oder fünf Tage her, daß sie mit Onno geschlafen hatte – sie waren beide keine solchen sexuellen Fanatiker wie Max –, und sollte das Schicksal sie getroffen haben, dann mußte auch er während ihrer fruchtbaren Tage mit ihr geschlafen haben. Nicht nur, damit auch der, mit dem sie weiterhin zusammenleben wollte, der Vater sein konnte, sondern auch, weil sie in diesem Fall selbst nicht wissen würde, wer von beiden der Vater war. Max könnte sie dann wahrheitsgemäß sagen, daß sie es wirklich nicht wüßte. Als sie am Habana Libre ausgestiegen war, hatte sie zu Max gesagt, daß sie ihre letzte Nacht bei Onno verbringen wolle, da sie ihn den ganzen Tag nicht gesehen habe, und da die meisten Delegierten noch in der Sierra Maestra waren, wurde sie auf Fürsprache von Guerra Guerra eingelassen. Max hatte ihr im zweiundzwanzigsten Stock Onnos Zimmer gezeigt, hatte sich plötzlich an den Kopf gegriffen und war in sein Zimmer verschwunden.

Beide dachten sie an diese Nacht zurück, in der sie genau wie jetzt nebeneinander gelegen hatten. Ada hatte gesagt, sie habe sich den ganzen Tag nach ihm gesehnt, und wie es in der Kirche gewesen sei? Onno hatte gesagt, sehr interessant, überall heruntergekommene Bourgeoisie, und daß auch er sich nach ihr gesehnt habe.

Nie zuvor hatten sie sich so innig umarmt, auch nicht beim ersten Mal, es war, als erführen sie erst in dieser Nacht die wirkliche, die wahre, die reine Liebe –

»In dieser Nacht ist es also passiert«, sagte Onno. »Ich erinnere mich noch ganz genau.«

»Ich auch.«

Ada wußte nicht, daß sich Onno im Dunkeln genauso schämte wie sie selbst, und Onno wußte es nicht von Ada. Vielleicht, dachte er, gedieh die wirkliche, die wahre, die reine Liebe wie alle Blumen am besten mit den Wurzeln in Dung und Schlamm. Vielleicht war das ein Gesetz des Lebens, das alles zusammenhielt: der Tag war nur Tag dank der Nacht. Aber wenn der Tag erst durch die Nacht zum Tag wurde, verbarg sich dann nicht die Nacht im Herzen des Tages? War dann der Tag eigentlich noch der wahre, reine Tag? Befand sich ein schwarzes Kuckucksei im Mittelpunkt der Sonne? Das Problem mußte er Max vorlegen. Wenn dem so war und die Reinheit folglich nicht existierte, dann lag der einzige Trost in dem Bewußtsein, daß auch die Nacht nicht reine Nacht war – und damit der Tod vielleicht auch nicht der absolute Tod. Wenn der Tod Teil des Lebens war, dann mußte auch das Leben Teil des Todes sein.

»Ich hätte es wissen sollen«, sagte er, »daß es dieses Mal ein Kind werden würde.«

Ada hatte gespürt, daß etwas anders war, genau wie einige Stunden zuvor mit Max. Vielleicht machten zwei solche Erfahrungen die Wirkung der Pille zunichte, minus mal minus ergab plus, aber vielleicht bedeutete es auch, daß sie von beiden schwanger war – und deshalb eigentlich von keinem von beiden. War es das? Sollte sie davon ausgehen? War sie schwanger von der Freundschaft zwischen den beiden?

»Jetzt bekommst du schließlich recht mit deinem Verwendungszweck für unser kleines Nebenzimmer«, sagte sie.

Er nickte, obwohl das niemand sehen konnte. »Es ist tatsächlich das beste, in Notsituationen praktisch zu denken. Wir müssen eine Wiege kaufen, und einen Laufstall, und eine Rassel. Das wird uns noch ganz ordentlich in Unkosten stürzen. Später wünscht sie sich dann bestimmt eine Stereoanlage. Es ist zu schrecklich. Was werden deine Eltern sagen?«

»Die werden es wunderbar finden. Mein Vater auf jeden Fall.«

»Warum nicht deine Mutter?«

»Meine Mutter ist verrückt.«

»Du traust dich was! Seit fünf Minuten bist du selbst so etwas wie eine Mutter, und schon wirst du übermütig. Warum sollte deine Mutter verrückt sein? Wenn du mich fragst, ist deine Mutter überhaupt nicht verrückt. *Meine* Mutter ist verrückt.«

»Ich kenne deine Mutter nicht.«

»Aber ich kenne deine.«

»Das meinst du bloß. Soll ich dir mal etwas über meine Mutter erzählen?«

»Kommt drauf an. Nicht, wenn es mich in Verlegenheit bringt, wenn ich ihr bei unserer märchenhaften Hochzeit unter die Augen trete.«

»Ich habe es noch nie jemandem erzählt.«

»Auch Max nicht?«

Sie zuckte mit den Achseln. »Der hat sich nie wirklich für mich interessiert.«

Wenn im Zimmer Licht gewesen wäre, hätte sie es vielleicht auch Onno nicht erzählt; aber in der Dunkelheit schwand das Bewußtsein, wo der Rest der Welt anfing. Sie hatten, erzählte Ada, im Zimmer hinter dem Buchladen zu Abend gegessen, Koteletts mit Kartoffeln und Gemüse; ihr Vater hatte erzählt, daß er als Junge einen Freund gehabt hatte, der ein großer Chemiker werden wollte und dem er bei der Vorbereitung von Versuchen helfen durfte. Auf dem Dachboden hatte er ein Labor, las populäre Biographien großer Chemiker wie Lavoisier und Dalton und Liebig und bekam zum Geburtstag einen richtigen weißen Laborkittel mit Stehkragen geschenkt. Seine Eltern hatten in ihrem Schlafzimmer einen Kleiderschrank mit einem hohen Spiegel in einer der Türen, in dem man sich sofort sah, wenn man hereinkam. Wenn sie nicht zu Hause waren, ging er ab und zu in seinem beeindruckenden Kittel in ihr Schlafzimmer hinunter, wo er dann hektisch und mit ausgestreckter Hand auf sich selbst zuging – wie der große Chemiker, der sich für einen Besucher, der extra aus dem fernen Amerika gekommen war, um den großen Nobelpreisträger zu konsultieren, kurzfristig und für eine Minute hatte freimachen können.

»Und? Ist er ein großer Chemiker geworden?« hatte Ada gefragt.

»Das nicht. Aber ein erfolgreicher Geschäftsmann. Er ist jetzt Abteilungsleiter bei Philips und fährt in einem Auto mit Chauffeur herum. Es ist alles eine Frage der Mentalität.«

»Genau«, hatte daraufhin ihre Mutter gesagt. »Da siehst du mal, wie weit du es mit deiner Mentalität gebracht hast. Zuerst zu einem mickrigen Museumswärter, und dann zu einem noch mickrigeren Händler für verstaubte Bücher, die allesamt nach Gruft stinken.«

Brons sah seine Frau an, als hätte er einen Peitschenhieb bekommen, und als Ada seinen Blick sah, ließ sie ihr Besteck fallen und ging auf ihre Mutter los. Sie packte sie an den Handgelenken und drückte sie mit dem Rücken gegen die Wand.

»Entschuldige dich!« hatte sie geschrien. »Entschuldige dich sofort!«

Für einen Moment hatte sich ein Spalt aufgetan, sagte sie, durch den der wahre Zustand dieser Ehe sichtbar geworden war. Ihr Vater spielte noch immer dieselbe Rolle wie bei seinem Freund, dem großen Chemiker.

»Wenn du mich fragst, ist sie lesbisch, aber sie selbst hat davon natürlich keine Ahnung.«

»O Greuel, o Graus!« rief Onno und zog die Decke bis ans Kinn. »Du hast es gewagt, meiner Tochter Großmutter an die Wand zu stellen! Und wie ging es aus?«

»Sie sah mich an mit einem Blick, als ob sie mich am liebsten erdolcht hätte. Mein Vater ging dazwischen und ich auf mein Zimmer, und später wurde nie mehr darüber gesprochen. Ich denke, daß sie sich eingeredet hat, es sei nie passiert.«

»Dann verfügt sie über eine beneidenswerte Fähigkeit, mit der man sehr alt werden kann.«

Draußen herrschte über dem kaum hörbaren Dröhnen von Flugzeugmotoren kompakte Stille.

»Vielleicht solltest du es Max erst erzählen«, sagte Ada nach einer Weile, »wenn wir es wirklich sicher wissen.«

»Natürlich.« Er dachte wieder daran, daß er ohne Max nicht nur Ada nicht kennengelernt, sondern jetzt auch dieses Kind nicht bekommen hätte. Irgend so etwas hatte vom ersten Augenblick an in der Luft gelegen. Wieder sah er den dunkelgrünen Sportwagen auf dem Wassenaarseweg näher kommen, blinken und mit einer schnellen Bewegung an den Straßenrand schwenken. Er hatte sich fast hinknien müssen, um das Clownsgesicht am Steuer zu sehen. Es war noch kein Jahr her. »Wie sollen wir sie denn nennen?« fragte er.

»Darüber habe ich noch nicht nachgedacht«, sagte Ada mit einem Lachen. »Elisabeth?« fragte sie kurz darauf. »Dann nennen wir sie Liesje.«

»Das«, sagte Onno, »ist nun genau die alleridiotischste Angewohnheit: dem Kind einen Namen zu geben, mit dem man es nicht rufen wird. Wenn du sie Liesje nennen willst, mußt du sie auch Liesje nennen. Elisabeth ist natürlich schöner: so heißt die Mutter Johannes des Täufers. Ich finde aber, daß sie einen ebenso symmetrischen Namen haben sollte wie wir, und das erreichen wir, indem wir Onno nach dem phonologischen Quistschen Gesetz in Anna verwandeln. In religiöser Hinsicht würde das gut passen, denn so heißt die Großmutter unseres Herrn und Heilands. Mütterlicherseits, wohlgemerkt; über seine Großmutter väterlicherseits ist wenig bekannt, und ich habe auch noch nie etwas über die Mutter Gottvaters gehört. Das wäre eine Aufgabe für die Feministinnen. Die Tochter von Freud hieß übrigens auch Anna. So nennen große Männer ihre Töchter.«

»Und wenn es ein Junge wird?«

»Dann ändern wir Ada über Alpha- und Omega-Austausch in Odo.«

»Das klingt wie aus einem Ritterroman.«

»Gut getroffen. Das machen wir also nicht. Aber wir brauchen jetzt wirklich nicht darüber nachzudenken, denn es wird ohnehin kein Junge. Es wird ein Mädchen – mit herrlichen, langen Korkenzieherlöckchen. Wenn es ein Junge wird, denken wir uns einen ganz unmöglichen Namen aus.«

22
Was nun?

Als die Wissenschaft die Vermutung bestätigt hatte, wie sich das gehört, rief Onno Max in Leiden an und fragte, ob er am Abend etwas vorhabe. Max wunderte sich, da sich Onno normalerweise erst zehn Minuten vorher meldete, bevor er vorbeikam. Um neun Uhr polterte er das Treppenhaus hinauf und nahm auf der Türschwelle mit plumper Eleganz die Haltung eines klassischen Götterbildes, eines Apollo von Belvedere an: gespreizte Arme, leicht abgewandter Kopf.

»Edle Einfalt, stille Größe. Du erblickst in diesem Augenblick eine Persönlichkeit, neben der du in totaler Bedeutungslosigkeit versinkst.«

»Du bist von überirdischer Schönheit«, sagte Max. »Es kann nicht anders sein, als daß der Geist sich über dich ergossen hat.«

»Du hast nicht die leiseste Ahnung, was sich alles ergossen hat.« Onno setzte sich in seinen Sessel und sagte: »Halt dich fest, Max«, und als Max mitspielte und den Flügel festhielt: »Ich werde Vater.«

Max legte seine Hände auf den glatten, schwarzen Lack und sah ihn an.

»Das ist nicht wahr.«

»Wahr, wahr, unendlich wahr!«

Die volle Tragweite dieser drei Worte war Max noch nicht ganz klar, aber er hatte sofort ein Gefühl wie bei einer Schiffstaufe, wenn die Champagnerflasche schäumend am Bug zerschellt und das Schiff sich langsam in Bewegung setzt. Es war, als seien seine Hände mit dem Flügel verklebt; seine Haltung war noch Teil eines Spiels, das plötzlich nicht mehr gespielt wurde. Er richtete sich auf.

»Seit wann weißt du es?«

»Seit gestern sind wir ganz sicher. Für mein Kind starb ein Frosch am Kreuz. In acht Monaten wirst du es sehen, wenn du mir nicht glaubst. Für deinen astronomischen Geist, der ausschließlich der Ewigkeit zugewandt ist, bedeutet die zarte Entstehung neuen Lebens natürlich nichts, aber dennoch bist du der erste, der es erfährt – aus Gründen, die zu widerwärtig sind, um näher darauf einzugehen.«

Max fühlte sich unwohl in seiner Haut. Hatte Ada ihm erzählt, was in Varadero geschehen war? Das war doch nicht möglich! Und als ihm die Erinnerung an diese Nacht in den Sinn kam, schwante ihm plötzlich die noch viel schrecklichere Möglichkeit: Wessen Kind war das? Er ging zum Schrank mit den Gläsern und fragte:

»Wie meinst du das?«

»Daß du sie mir vorgestellt hast, meine ich. Was dachtest du denn, was ich meine? Was ist denn mit dir los? Du bist blaß, mein Freund.«

Max merkte, daß er dabei war, in Panik zu geraten.

»Ich bin geschockt«, sagte er, während er die Gläser hinstellte. »Nimm es mir nicht übel. Vielleicht, weil ich selbst manchmal an ein Kind gedacht habe, als ich mit Ada zusammen war, und daß das nun für immer erledigt ist.«

Er ging in die Küche. Auch das war wieder gelogen – Onno würde es Ada erzählen, und sie würde wissen, daß das nicht der Grund für seine Reaktion war, aber das würde sie für sich behalten. Mit zitternden Händen nahm er einen rauchenden Eiswürfelbehälter aus dem Gefrierfach, hielt ihn kurz unter den Wasserhahn und drückte die Würfel in eine Schüssel. Er mußte seine Gedanken ordnen, alles genau abwägen, sehen, was jetzt zu tun war, und zugleich mußte er zurück ins Zimmer und mit Onno ein Gespräch führen, das nicht von dem handeln würde, von dem es handelte. Er hatte eine Ruine gemacht aus dem Palast ihrer Freundschaft, der

für Onno noch stand, weil er nicht wußte, daß er inzwischen zur
Fata Morgana geworden war.

»Das wußte ich ja gar nicht«, sagte Onno.

»Was?«

»Daß du mit Ada ein Kind hättest haben wollen.«

»Das stimmt auch nicht ganz, aber sie war die einzige Frau in
meinem Leben, bei der mir beim Gedanken an ein Kind nicht das
kalte Grausen kam. Vergiß es. Es ist, wie es ist.«

»Und wäre es anders, als es ist, wäre es ziemlich merkwürdig auf
dieser Welt.«

Er stellte Onno Rum und Cola hin, schenkte sich selbst ein Glas
Wein ein und setzte sich ihm gegenüber. Er zwang sich, ihn anzusehen.

»Hatte sie die Pille abgesetzt?«

»Die Pille! Hör bloß auf mit der Pille. Sie hätte genausogut jeden
Tag eine Erdnuß schlucken können. Die medizinische Technologie
steckt offenbar noch in den Kinderschuhen – genau wie mein Kind
demnächst. Aber leid tut es mir nicht. Ich habe ganz anders reagiert, als ich dachte; von mir aus hätte ich bestimmt nie den Entschluß gefaßt, ein Kind in die Welt zu setzen, da das aber jetzt ohne
mich von einem quacksalberischen Hersteller geregelt wurde,
habe ich in mir den geborenen Vater entdeckt. Dieses warme, tief-
väterliche Element in mir muß dir doch auch schon aufgefallen
sein. Oder etwa nicht?«

»Natürlich«, sagte Max, dem es schwerfiel, sich auf Onnos Ton
einzulassen, der zwar unverändert war, für ihn aber bereits der Vergangenheit angehörte. Er nahm einen Schluck und sagte: »Wenn
ich richtig rechne, ist es also auf Kuba passiert.«

»In Havanna, im Hauptquartier der Revolution, in der Nacht
vom achten auf den neunten Oktober, neunzehnhundertsieben-
undsechzig nach Christus, um etwa zwei Uhr morgens. An dem
Sonntag, als ihr zum Strand gefahren seid. Ich war leider verhindert, wegen religiös-phänomenologischer Feldforschung.«

Sie sahen sich in die Augen. Max nickte; er wußte, daß Onno
wußte, daß er sich jetzt an ihr Telefongespräch erinnerte, in dem er

sich als »moralisches Wrack« und »nekrophil« bezeichnet hatte.
Was auch immer geschehen sein mochte, sicher war, daß Ada – nach
dem, was zwischen ihr und ihm, Max, vorgefallen war – Onno in
dieser Nacht verführt hatte: deshalb hatte sie bei ihm statt in ihrem
Hotel übernachten wollen. Sie hatte, wie sich nun herausstellte, mit
allem gerechnet. Wohlüberlegt hatte sie die Vaterschaft eines
höchst unwahrscheinlichen, nicht aber unmöglichen Kindes ins
Unsichere hineinmanövriert. Wie durchtrieben war sie eigentlich?
So hatte er sie nie gekannt, und auch Onno nicht. Aber eines Tages
würde dennoch die Stunde der Wahrheit schlagen, denn mit wem
würde das Kind Ähnlichkeit haben? Erschrocken überließ er sich
der Klärung dieser Frage. Wenn er selbst auch nur eine vage Ähnlichkeit mit Onno gehabt hätte, würde kein Mensch auf die Idee
kommen, daß das Kind – vorausgesetzt es war tatsächlich von ihm –
nicht von Onno wäre, aber was hatten Onno und er äußerlich denn
schon gemein? Wie er da saß in dem grünen Chesterfield-Sessel,
mit seinem großen, schweren Körper und seiner geraden, fast klassischen Nase, den gewölbten Lippen eines sittsamen, kleinen
Mundes, der tatsächlich etwas von einer griechischen Statue hatte.
Max' Gesicht hingegen gehörte mit seiner Raubvogelnase und seinem gefräßigen Mund in kunsthistorischer Hinsicht eher in die
Periode des Manierismus. So gesehen, würde sein Kopf besser zu
Onnos Körper passen, und umgekehrt. Zum Glück waren sie
beide dunkelblond mit blauen Augen. Nicht auszudenken, wenn
einer von ihnen Chinese gewesen wäre, oder schwarz –.

»Meine Tochter«, sagte Onno, »wird die Inkarnation der Revolution sein. Eine zweite Rosa Luxemburg – oder nein, so etwas wie
die Frau auf dem Gemälde von Delacroix, *La barricade*, die mit
entblößten Brüsten, einem Gewehr und der wehenden *Tricolore*
die arbeitenden Massen anführt.«

Natürlich, ein Mädchen, das konnte es auch werden, dann
würde vielleicht Adas Anteil vorherrschen; am besten aber wäre
es, wenn es gar nichts wurde.

»Und du bist dir ganz sicher, daß du es haben willst?«

»Im Grunde«, sagte Onno, und ließ die Eiswürfel im Glas klirren, »bin ich ein Befürworter der Abtreibung bis zum vierzigsten Lebensjahr und der Euthanasie ab dem vierzigsten. Ich werde mein Bestes tun, das ins Parteiprogramm aufnehmen zu lassen. Aber in diesem besonderen Fall möchte ich doch eine Ausnahme machen. Ich wußte, daß du auf eine Abtreibung anspielen würdest. Du wirst nie Kinder haben, weil du keinen Vater hast. Aber ich habe einen Vater, und das nicht zu knapp, und hier liegt meine Chance, ihm auf eigenem Terrain einen vernichtenden Schlag zu versetzen, denn bald bin ich ihm ebenbürtig, und dann braucht er mir nichts mehr zu erzählen. Ich werde mich selber abtreiben, ja! Den Sohn, der ich bin, wenn du verstehst, was ich meine. Ich werde mich wegmachen!« rief er mit einem verklärten Ausdruck in den Augen.

Max wurde immer ratloser. Jedes Wort, das Onno sagte, hätte er früher genossen, aber jetzt war es, als müßte er an einem Sterbebett Champagner trinken. Er konnte so nicht weitermachen, es mußte etwas geschehen. Am liebsten hätte er Onno hinauskomplimentiert, um mit sich selbst beratschlagen zu können, aber er war gerade erst gekommen und würde noch Stunden bleiben, so lange, bis er den Status der Vaterschaft in die allerhöchsten Regionen hinaufgetrieben hatte, wo Gott der Herr wohnte, der ihm nun auch nichts mehr zu sagen hatte.

»Und Ada? Wie soll es dann mit ihrer musikalischen Karriere weitergehen?«

»Kein Problem, ich werde das Wochenbett hüten. Ja, du brauchst gar nicht so blöd zu schauen. In Schwarzafrika, wo der Kontakt zu den menschlichen Urquellen noch erhalten ist, ist das absolut üblich. Die werdende Mutter arbeitet in der sengenden Hitze singend auf dem Feld, und der werdende Vater liegt im Schatten der Hütte stöhnend auf seinem Lager. Die Entbindung ist eine Sache von Minuten, Ada wird wieder zum Cello greifen, und ich werde im Vondelpark den Kinderwagen vor mir herschieben, mich auf eine Bank setzen und mit einem pensionierten Beamten des Wohnungsbauamtes die alten Zeiten Revue passieren lassen, während ich mit einer Hand den Kinderwagen hin und her schaukle.

Später werde ich mit dem Kleinkind zum Sandkasten spazieren und mit den jungen Müttern über wunde Popos und Waschmittel sprechen, während unsere Lieblinge versuchen, sich mit einem Stein gegenseitig die Köpfe einzuschlagen. Abends, wenn sich Ada im Concertgebouw in die tosenden Tiefen Mahlers stürzt, werde ich in Versuchung geraten, das schreiende Balg aus dem Fenster zu werfen, aber wenn es endlich schläft, werde ich es wieder wecken, weil ich Angst habe, es könnte vielleicht tot sein. Kurzum, ich werde völlig mit der schwachsinnigen Ewigkeit des Elementaren verschmelzen.«

»Und die Politik?«

»Davon bin ich dann auch entbunden. Während die Niederlande ohne mich ruderlos im Chaos versinken, werde ich zu der endgültigen philosophischen Einsicht gelangen, die nur wenigen vorbehalten ist: der Vater *ist* die Mutter!« Er nahm einen kräftigen Schluck und sagte: »Vielleicht werde ich auf die Dauer sogar Kleider tragen, und Ohrringe bis auf den Boden.«

Max stand auf, um am Schreibtisch einige Unterlagen zu ordnen, die nicht besser geordnet werden konnten, und fragte:

»Hast du vor zu heiraten?«

»Ja, was dachtest du denn? Daß ich fortfahren würde, in Sünde zu leben? Es ist schon schlimm genug, daß unser Kind später einmal anfangen wird zu rechnen und nicht auf neun Monate zwischen Hochzeit und Geburt im Juli des nächsten Jahres kommt. Was soll es bloß von uns halten!«

Die Erwähnung dieses Datums versetzte Max erneut einen Schock. Jetzt war November – die Zeit würde verstreichen, Woche für Woche, durch den Winter, durch den Frühling zum Sommer hin, bis unwiderruflich dieser eine Tag anbrechen würde.

»Ja«, sagte er, während er nicht wußte, was er sagen sollte.

»Und noch etwas«, fuhr Onno fort. »Heute nachmittag haben wir das Aufgebot bestellt. In zwei Wochen wird unsere Eheschließung sein. Am siebenundzwanzigsten.«

»Da habe ich Geburtstag.«

»Ich weiß, aber das hat sich auf dem Standesamt so ergeben.

Vielleicht kannst du dich trotzdem freimachen. Du bist natürlich Trauzeuge.«

Max hatte das Gefühl, er würde gefoltert. Eine Maschinerie hatte sich in Betrieb gesetzt, die nicht mehr zu stoppen war und trotzdem nicht so weiterfahren konnte. Es mußte etwas geschehen – aber was?

»Ich fühle mich sehr geehrt.«

»Sag mal, du machst nicht gerade den Eindruck, sehr erbaut zu sein über die Tatsache, daß dein Freund vom Drang zur Familienbildung gepackt wurde. Bist du mit deinen Gedanken eigentlich bei der Sache?«

»Wenn ich ehrlich bin, Onno«, sagte er und setzte sich an seinen Schreibtisch, »nicht ganz. Wir sind in Leiden gerade mit der Verarbeitung einiger wichtiger Meßergebnisse aus Dwingeloo beschäftigt, die mir ständig im Kopf herumgehen. Hast du etwas dagegen, wenn ich kurz einen Kollegen anrufe?«

»Wenn du das für wichtiger hältst als meine Hochzeit, dann solltest du jetzt anrufen. Offenbar hast du jeden Sinn für Verhältnismäßigkeit verloren.«

Max lächelte und wählte seine eigene Nummer.

»Ja, hier Max«, sagte er zum sich stumpfsinnig wiederholenden Besetztzeichen, »gibt es schon etwas Neues? – Im Ernst? – Eine Polarisierung von vierzig Prozent bei einer Wellenlänge von zehn Zentimetern? – Das ist ja sensationell! Aber wenn das so ist, dann – Natürlich. – Klar.« Er wußte nicht mehr, was er sagen sollte, und plapperte einfach drauflos: »Und wenn es nun aus zwei verschiedenen Radioquellen besteht? – Ja, warum nicht? – Einerseits ist die Struktur des magnetischen Feldes nahezu uniform, aber andererseits, wenn man die Faradayrotation berücksichtigt – Bitte? – Ja, das ist ein bißchen schwierig«, sagte er mit einem zögernden Blick zu Onno, »ich habe Besuch. Aber –.«

»Gut, gut, ich gehe schon«, sagte Onno und stellte sein Glas hin. »Geh du nur zu deiner Polarisation.«

»Ich komme sofort. In zwanzig Minuten bin ich in Leiden.«

Doch Max fuhr nicht nach Leiden. Mit dem Auto brachte er Onno zur Kerkstraat und fuhr dann wieder nach Hause, parkte jedoch nicht vor der Tür, sondern eine Straße weiter, um nicht erwischt zu werden, falls Onno und Ada noch einen Spaziergang machten. So weit also war es schon gekommen! Mit einem Gefühl des Ekels, das er so nicht kannte, stieg er die Treppe zur Wohnung hinauf, blieb, ohne Licht zu machen, bis tief in die Nacht auf, ging die Diagonalen und Mittelsenkrechten auf und ab und warf hin und wieder einen Blick auf das Glas, das Onno nicht ganz ausgetrunken hatte.

Am nächsten Morgen packte ihn beim Aufwachen sofort wieder der Gedanke an das Kind und ließ ihn den ganzen Tag nicht mehr los. Von Minute zu Minute wuchs die Frucht in Adas Schoß heran, kamen Tausende von Zellen hinzu und organisierten sich zu einer furchtbaren Drohung. Obwohl vom Rechenzentrum wichtige Daten eingingen, stellte er sich immer wieder an das Fenster des Büros und blickte, die Hände in den Hosentaschen, über den Botanischen Garten, wo sich der holländische Herbst über die Tropen gelegt hatte. Wieder und wieder gingen ihm die immer gleichen Gedanken durch den Kopf. Es bestand eine fünfzigprozentige Chance, daß es sein Kind sein würde, und das hieß: fünfzig Prozent grauenvolles Risiko, und selbst wenn sich schließlich herausstellen sollte, daß es nicht sein Kind war, würde er dennoch jahrelang Angst vor einer möglichen Ähnlichkeit haben. Soweit er wußte, gab es immer noch keine Methode, um während der Schwangerschaft den Vater zu bestimmen. Angenommen, am Tag der Geburt würde seine Vaterschaft sichtbar, weil das Kind die gleichen Spateldaumen hätte, was dann? Oder unter einer Nachbildung von Adas Augen erschien plötzlich seine Nase, das heißt, die seiner Mutter! Vielleicht sollte er innerhalb der nächsten acht Monate emigrieren? Und doch *Fellow* auf Mount Palomar in Kalifornien werden? Sich aufhängen? Was würde er an Onnos Stelle tun? Vielleicht würde er ihn sogar umbringen.

Er rieb sich mit beiden Händen das Gesicht. Jetzt war *er* das moralische Wrack. Bis zum Hals in Lügen und Verrat versackt. Er

dachte zurück an die Nacht im Meer: Welcher Teufel hatte ihn in
Gottes Namen bloß geritten? Onno hatte ihn gebeten, in zwei
Wochen bei seiner Hochzeit Trauzeuge zu sein, doch zuzusagen
war genauso unmöglich wie abzulehnen, er saß in der Falle. Diese
Woche noch, lieber morgen als übermorgen, mußte sich irgend
etwas grundlegend ändern – aber was? Am liebsten hätte er Onno
seinen Fehltritt gebeichtet, sich ihm zu Füßen geworfen, Onnos
Fuß genommen, ihn sich auf den Nacken gesetzt und abgewartet,
was weiter geschah. Oder sollte er es – feiger, aber genauer –
schriftlich tun?

Er setzte sich an den Schreibtisch, nahm einen Bogen kariertes
Papier, spitzte den Bleistift über dem Papierkorb und begann ohne
große Überzeugung zu schreiben:

Lieber Onno,

*ich würde einige Jahre meines Lebens dafür geben, diesen Brief
nicht schreiben zu müssen. Unsere Freundschaft, die neun Monate
gedauert hat, war das Kostbarste, was ich je besaß. Ich weiß nicht
einmal, ob ›Freundschaft‹ eigentlich das richtige Wort ist. Viele
Männer sind Freunde, ohne daß ich den Eindruck habe, daß das
viel mit unserem Verhältnis zu tun hat; ich habe oft Freunde gehabt, aber das war immer etwas völlig anderes. Was war das zwischen uns, eine ›Seelenverwandtschaft‹ vielleicht? Auch dieses Wort
trifft wohl nicht den Kern, denn welche Seelen unterscheiden sich
stärker voneinander als die unsrigen? Vielleicht, habe ich mir
manchmal überlegt, sollten wir eher an die Affinität des Blitzes zur
Erde denken, wobei manchmal ich der Blitz war, und dann wieder
du. Ich kann nicht für dich sprechen, aber bis ich dir begegnete,
fühlte ich mich tatsächlich oft wie eine Gewitterwolke, die sich
nicht entladen konnte. Oder besser: nachdem ich dir begegnet war,
wußte ich, daß ich mich so gefühlt habe. Es ist mir klar, daß das
alles wie ein Liebesbrief klingt, und in gewisser Weise ist es das
auch. Aber du bist natürlich der letzte, der nicht merkt, daß ich in
diesem Brief oft den Imperfekt benutze. In einer Weise, die ich mir
nie verzeihen werde, habe ich das Recht verspielt zu sagen, daß wir*

noch Freunde sind. Es ist mir fast unmöglich zu sagen, um was es geht; am liebsten würde ich bis zum Ende meiner Tage weiterschreiben, nur um es vor mir herzuschieben. Onno! Das Kind, das Ada erwartet, ist vielleicht von mir.

Im gleichen Augenblick, in dem er den letzten Satz geschrieben hatte, wußte er, daß er den Brief nicht abschicken konnte. Er hatte nicht das Recht, in eigener Regie reinen Tisch zu machen, sozusagen hinter Adas Rücken, weil er ihr damit, wieder aus seiner eigenen Bequemlichkeit heraus, in gewisser Weise dasselbe antäte, was er Onno angetan hatte. Er war ihr ausgeliefert, ohne sie konnte er nichts unternehmen. Das einzige, was er jetzt tun mußte, war, mit ihr zu reden. Aber auch das mußte wiederum hinter Onnos Rükken passieren. Was er auch tat, es würde ihn immer tiefer in den Morast ziehen. Er mußte versuchen, sie dazu zu überreden, ihre Frucht abtreiben zu lassen. Wie er es auch drehte und wendete, es war alles gleichermaßen widerwärtig, aber nichts zu tun war genauso unmöglich. Wenn es ihm nicht gelang, sie zu überreden, würde sie vielleicht sagen, daß dann eben *er* sie in zwei Wochen heiraten und als Vater fungieren solle – mit der Chance von fünfzig Prozent, daß es Onnos Kind sein würde. Auch dann wäre es um die Freundschaft geschehen, aber wenn es so liefe, würde er dazu stehen und das Ganze eben als Fatum in seinem Leben akzeptieren. Und: Hätte er Ada an diesem Abend nicht verführt, hätte sie ihrerseits Onno nicht verführt – selbst wenn es also Onnos Kind war, würde es ohne ihn, Max, nicht existieren. Tief in seinem Inneren spürte er so etwas wie Zustimmung zu dem Gedanken, daß genaugenommen er ein Kind von Onno haben würde.

Aber was würde Onno in diesem Fall tun? Er freute sich auf sein Kind, bereitete seine Hochzeit vor und hatte inzwischen vielleicht schon mit seiner Familie gesprochen – und plötzlich würde ihm alles genommen. Undenkbar! Andererseits war es nicht ausgeschlossen, daß er dann ähnlich reagieren und bereit sein würde, ein Kind von *ihm* zu akzeptieren – unter Aufkündigung der Freundschaft. Nein, das war eher unwahrscheinlich. Es sei denn, Onno hatte an diesem

Nachmittag in Havanna, als er selbst mit Ada nach Varadero gefahren war, tatsächlich mit einer Frau geschlafen. »Ich kann mir selbst nicht mehr unter die Augen treten. Ich bin ein moralisches Wrack. Ich habe ins Weihwasser gespuckt.« Dann wäre er in einer ähnlichen Situation und würde vielleicht argumentieren, daß ohne diese Eskapade nichts geschehen wäre und er dafür jetzt eben büßen müsse. Doch nein, für ihn war sicher etwas noch Gewichtigeres im Spiel: für ihn hatte das Kind zunächst einmal ein *Quist* zu sein, die Fortsetzung der Dynastie – aber in diesem Fall mußte es natürlich *tatsächlich* ein Quist sein, und nicht eigentlich ein Delius. Er selbst hatte solche Empfindungen nicht, doch es machte ihm keine große Mühe zu verstehen, welche Gründe das hatte.

Eine junge Kollegin, die sich mit Polarisation beschäftigte, aber eher wie eine Bademeisterin aussah, steckte den Kopf durch die Tür und sagte, es gäbe noch immer Probleme mit 3C296.

»Ich brüte auch darauf herum«, sagte Max und zeigte mit dem Radiergummi am Ende seines Bleistifts auf den Brief. »Was würdest du davon halten, wenn er aus zwei doppelten Radioquellen bestünde? Die kleine fällt dann vielleicht mit dem optischen Nebel zusammen. Denk an Centaurus A.«

Sie sah ihn einen Augenblick lang an, streckte dann einen Zeigefinger in die Höhe und verschwand.

Es war das zweite Mal, daß er das einfach so dahergesagt hatte, aber jetzt wurde ihm klar, daß es vermutlich stimmte: auf den ersten Blick erklärte das alles. Vielleicht hatte er eine wichtige Entdeckung gemacht, der er sofort nachgehen mußte, bevor sie ihm jemand aus der Hand nahm – aber ihm stand der Kopf ganz und gar nicht nach Entdeckungen. Er nahm den Brief, zerriß ihn fünfmal, danach jede Hälfte noch einmal, und vermischte die Schnipsel schließlich sorgfältig mit dem anderen Abfall im Papierkorb.

23

Kopf oder Zahl

Sie spielte nicht für das Publikum, sondern für ihr Kind; der Klang aus dem Instrument zwischen ihren Beinen, dachte sie, mußte doch tief in ihren Leib dringen und das kleine Tierchen dort drinnen einhüllen in Schönheit. Nach dem letzten Takt des heroischen Finales, der tschechische Gastdirigent verharrte zusammengekrümmt, als hätte er plötzlich eine Kolik bekommen, hielt der Saal einen Augenblick den Atem an, doch dann brach ein Beifall mit Bravo-Rufen und Pfiffen der Begeisterung los, der den Dirigenten langsam aus seinem Krampf befreite; lachend und eine Hand mit der anderen schüttelnd, dankte er dem Orchester, wobei sich Adas und seine Blicke kurz trafen. Mit Schwung nahm er sein Tüchlein aus der Brusttasche, wischte sich umständlich die Stirn und wandte sich schließlich dem Publikum zu, sah einige Augenblicke lang triumphierend zum Balkon und kippte plötzlich wie von einem Genickschlag getroffen in eine lange Verbeugung. Der Saal erhob sich und jubelte ihm zu, als sei er selbst Franz Liszt, dessen ›Titelfigur‹ Mazeppa freilich unter den gegenwärtigen Umständen in Amsterdam mit derselben Zustimmung desselben Publikums unverzüglich von der Polizei als Unruhestifter festgenommen worden wäre. Ada klopfte leise mit dem Bogen auf das Cello und wartete, bis der Maestro sich umdrehte und die Musiker mit einer ausholenden Geste, den Taktstock in der einen Hand, das Taschentuch in der anderen, wie Marionetten aufstehen ließ. Als sie stand, ertappte sie sich dabei, daß sie nicht in den Saal schaute, sondern über die Köpfe hinweg und durch die Rückwand hindurch auf einen Punkt in unendlicher Entfernung.

Im Orchesterraum unter der Bühne verstaute sie ihr Instrument im Kasten; da am folgenden Vormittag wieder eine Probe angesetzt war, wollte sie es nicht mit nach Hause nehmen. Ihre Freundin, die Klarinettistin Marijke, fragte, ob sie noch mitkomme in die

Kneipe. Eigentlich wäre sie lieber nach Hause gegangen, sie fühlte sich müde.

»Aber nur auf einen Sprung«, sagte sie deshalb, als Marijke sie drängte.

Max saß auf einem durchgesessenen Sofa aus rotem Plüsch in ebender Kneipe neben dem Gasofen und las Zeitung. Überrascht stand er auf.

»Ja, so ein Zufall!«

Ada war sich nicht ganz sicher, ob es wirklich so ein Zufall war. Max hatte wohl eher im Veranstaltungskalender nachgesehen, wann wieder ein Konzert des Orchesters stattfand. Er war noch immer braungebrannt. Sie küßten sich auf die Wange, Ada zog ihren nassen Mantel aus und setzte sich neben ihn, während Marijke von dem sich rasch füllenden Lokal verschluckt wurde.

Jetzt kam also das, was kommen mußte. Als Max erfuhr, daß sie als Zugabe *Mazeppa* gespielt hatten, sagte er, daß offenbar auch Prokofjew bei diesem hochromantischen symphonischen Gedicht gut zugehört hatte, denn es erinnere ihn immer an die Passage aus *Romeo und Julia*, die er in Havanna auf der Straße gehört hatte, bei Michelangelos *Erschaffung des Adam*. In Adas Erinnerung schoben sich die beiden Kompositionen übereinander, und sie hörte, was er meinte. Onno konnte ihr zwar alles über das pythagoreische Komma erklären oder über *il diavolo in musica* oder warum die mixolydische und die äolische Tonleiter sich spiegelbildlich zueinander verhielten, aber eine Beobachtung wie die von Max lag außerhalb seiner Möglichkeiten.

»Zusammen«, sagte sie abrupt, »wißt ihr, Onno und du, alles über die Musik. Aber ich sitze hinter der Partitur und muß zählen und über die Saiten streichen. Das ist etwas ganz anderes.«

Max nickte und sah sie an. »Erst zu dritt wissen wir wirklich alles.«

Sie begriff sofort, worauf er anspielte. Sie betrachtete mit gebeugtem Kopf ihre Hände im Schoß und sagte nach einigen Sekunden: »Vielleicht nicht einmal das.«

Max zog ein Knie hoch und drehte sich zu ihr hin. »Hör mal,

Ada«, sagte er leise, »seit ich von Onno erfahren habe, daß du schwanger bist, habe ich an nichts anderes mehr denken können. Das ist eine absolute Katastrophe.«

»Ich freue mich aber sehr darüber.«

Sie sah, daß er in Panik war; doch was auch immer er vorbringen mochte, sie wußte, daß sie keinen Millimeter weichen würde, und vielleicht spürte er das. Er machte einige unkoordinierte Bewegungen mit dem Kopf und der Hand.

»Sicher, du bist eine Frau, du bist schwanger, du erwartest ein Kind, und dieses Kind bist du zugleich auch selber. Das verstehe ich. Es ist vielleicht wie bei einem Künstler, der mit einer Symphonie schwanger geht oder mit einem Roman, er läßt sich durch nichts und niemanden aufhalten. Aber das ist zugleich auch der Unterschied, denn ein Kunstwerk hat nur eine Mutter, während dein Kind auch einen Vater hat. Es war ja wohl keine unbefleckte Empfängnis!«

»Davon gehe ich aus – obwohl ich die Pille genommen habe.«

»Es war wohl eher eine zwiefach befleckte Empfängnis. Nur – wer ist der Vater? Das weißt du nicht.«

»Und ich will es auch nicht wissen. Du und Onno seid der Vater. Ihr seid ohnehin eine Einheit.«

»Ada, du bist wahnsinnig! Eines Tages wird irgendwie ans Licht kommen, wer es ist, Onno oder ich. Gebe Gott, daß es Onno ist, dann ist alles in Ordnung, das heißt – dann haben wir nur jahrelang in Angst gelebt, ich zumindest. Aber wenn nun eine Kopie von mir auf die Welt kommt, was dann? Was haben wir Onno dann angetan? Wie soll es dann weitergehen? Dann wird die Katastrophe endlos!«

»Kommt Zeit, kommt Rat«, sagte Ada und verschränkte die Arme. »Ich weiß sehr gut, auf was du hinauswillst, aber die Mühe kannst du dir sparen. Ich lasse es nicht abtreiben.«

Max rückte noch ein wenig näher zu ihr. Es waren jetzt auch andere Leute am Tisch: Ein ungepflegter Mann mit grauem Bart, der sich offenbar entschlossen hatte, im Alter ein wildes Leben anzufangen, versuchte mit einer Geschichte vom Krieg ein junges Mädchen zu beeindrucken, während ihr Freund beunruhigt zu-

hörte, ab und zu mußten sie sich alle drei unter dem Druck des Ge-
dränges hinter ihnen nach vorne beugen. Doch in dem Dunst von
nassen Haaren und Mänteln, von Rauch und Biergeruch, den zu
Hause niemand länger als eine Minute aushalten würde, und in
dem Geschrei und Gelächter brauchten Max und Ada nicht zu befürchten, belauscht zu werden.

»Sieh doch in Gottes Namen ein, daß es keinen anderen Ausweg
gibt! Du kannst Onno doch sagen, du hättest eine Fehlgeburt gehabt – und nach einigen Monaten bist du wieder schwanger, wenn
du es möchtest.«

Ada nahm einen Schluck von ihrem Weißwein, der ihr von einem
Ober gebracht worden war, der so dünn wie ein Bleistiftstrich war,
wohl weil er jeden Abend durch dieses Knäuel von Leibern ge-
mangelt wurde.

»Nein, bin ich nicht.«

»Was meinst du?«

Sie stellte ihr Glas hin und sah ihn an. »Ich werde nicht wieder
schwanger.«

»Und warum nicht?«

»Das ahne ich.«

»Und worauf beruht diese Ahnung?«

»Ich weiß es nicht.«

»Meinst du vielleicht in Hinblick auf die Abtreibung? Hör zu,
wir lassen das nicht von einer alten Frau mit einer Seifenspritze
machen, dafür werde ich sorgen. Es geht vielleicht in der Uniklinik
in Leiden.«

»Damit hat das nichts zu tun, aber ich bin mir ganz sicher, daß
dies meine einzige Chance ist, ein Kind zu bekommen.«

Er tat ihr leid. Vielleicht war er der Vater ihres Kindes, vielleicht nicht, auf jeden Fall sah er jetzt einer schrecklichen Zeit
entgegen. Alles, was sich Max überlegt hatte, hatte sie sich natürlich auch schon überlegt; aber selbst wenn der Himmel auf die
Erde fallen würde, sie wollte das Kind unbedingt haben. Früher
oder später würde sich alles irgendwie fügen, auch wenn das Kind
von Max war – wenn es sein mußte, auf Kosten ihrer Ehe und

Max' und Onnos Freundschaft, das war alles zweitrangig. Vielleicht würde dann Max mit ihr weiterleben wollen, vielleicht nicht, vielleicht würde sie irgendwann allein dastehen, doch das war alles nicht so wichtig: wenn nur ihr Kind zur Welt käme. Es war ihr ein Rätsel, was die Ursache für diese Entschlossenheit war, die sie früher nur in bezug auf ihre musikalische Karriere gekannt hatte. Als vor kurzem eine weltberühmte Cellistin mit dem Orchester auftrat, im Konzert von Elgar mit einer Stradivari, hatte sie nicht einen Moment gedacht: Da würde eigentlich ich gerne sitzen.

»Aber das ist doch irrational, Ada. Unzählige Frauen haben abtreiben lassen und danach noch Kinder bekommen.«

Sie sah ihn an.

»Wenn du so rational bist, warum sagst du dann Onno nicht einfach die Wahrheit?«

Ratlos trank Max sein Glas aus.

»Ich habe angefangen, ihm einen Brief zu schreiben, ihn dann aber zerrissen.«

»Warum?«

»Ich fand, daß ich das nicht ohne dein Wissen tun sollte.«

»Jetzt weiß ich ja Bescheid.«

»Denkst du, daß ich's tun soll? Und welche Konsequenzen wird das für dich haben? Du hast es ihm doch auch nicht erzählt.«

»Nein«, sagte Ada. »Und das nicht nur, weil ich fand, es nicht ohne *dein* Wissen tun zu können. Ich bin bereit, das Risiko einzugehen, Kopf oder Zahl. Wenn wir es ihm erzählen, ist so oder so alles kaputt.«

»Es sei denn, *wir* heiraten.«

Sie legte kurz eine Hand auf die seine und lächelte.

»Auch dann. Dann geraten wir lediglich in einen neuen Pfuhl.«

»Genau«, nickte Max. »*Pfuhl* – das ist das richtige Wort. *Sumpf.* Was wir auch tun, es wird immer schief. Selbst wenn wir nichts tun und es stellt sich heraus, daß es Onnos Kind ist, wird das Verhältnis zu ihm auf immer und ewig getrübt sein. Wie wenn man von jemandem weiß, daß er Krebs hat, und er selbst meint, gesund zu sein.«

»Und das«, sagte Ada, »wird kein bißchen anders, wenn ich abtreiben lasse. Auch deshalb tue ich es nicht. Mein Kind ist die Ursache von allem, zugleich aber ist es der einzige Lichtblick. Irgendwann werden wir alle tot und unsere Probleme mit uns verschwunden sein, aber er wird noch irgendwo leben, und seine Kinder und Kindeskinder auch.«

»Woher willst du wissen, daß es ein Junge wird?«

Sie zuckte die Schultern.

»Onno meint, es wird ein Mädchen. Er hat sich sogar schon einen Namen ausgedacht.«

»Einen Namen?« wiederholte Max entsetzt. »Denkt er schon an Namen? Aber dann ist es doch eigentlich schon da!«

Marijke drängelte sich durch die Menge und stellte ihnen zwei Gläser Wein hin.

»Alles okay?«

Ada sah kurz zu Max, der seufzend eine Geste machte.

»Es muß.«

Der Mann ihnen gegenüber, der sich zur Seite neigte, weil sein Nachbar versuchte, den Mantel auszuziehen, beklagte sich darüber, daß in Amsterdam die Straßenbahnen während der Stoßzeiten permanent überfüllt seien, man könne eigentlich keine öffentlichen Verkehrsmittel mehr benutzen.

»Also, was sollen wir tun?« fragte Max.

Ada zuckte die Achseln.

»Nichts.«

»Hast du seine Familie schon kennengelernt?«

Sie nickte.

»Und?«

»Er hat mich seinen Eltern offiziell vorgestellt. Wir waren zum Tee da. Er wird tatsächlich von einer Haushälterin auf einem Teewagen hereingerollt und dann von der gnädigen Frau selbst eingeschenkt.«

»Und wie haben sie auf dich reagiert?«

»Das habe ich nicht ganz herausgekriegt. Sie waren sehr herzlich, aber was davon echt war, weiß ich nicht. Onno meinte, ich hätte ihnen gefallen. Er selbst war so nervös, als wäre er dort zum ersten Mal zu Besuch. Seine Mutter schien mir nicht besonders helle und sein Vater ein wenig beängstigend. Er sagte nicht viel und war sehr freundlich, aber dahinter steckte etwas anderes. Als ich das Onno hinterher sagte, meinte er, ich hätte eben erkannt, daß er Politiker sei, ein besserer Straßenkämpfer, weil bei ihm das Hirn an die Stelle der Muskeln getreten sei, ein Mensch, der mit seinen Feinden abrechnen werde.«

»Und dann sagte er«, ergänzte Max, »daß er genauso sei und seine Feinde bis zum letzten Mann zermalmen werde.« Er dachte daran, wie Onno im Park von Havanna mit Bark Bork abgerechnet hatte. Seine Augen begannen zu brennen. Vieles in ihm war schon ganz Onno, aber es war ein Onno, den es für ihn nie mehr geben würde.

»Kann schon sein.«

Ada sah auf die Uhr. Sie wollte nach Hause, Onno wartete auf sie. Wie an dem Nachmittag in Den Haag fühlte sie sich in der überfüllten Kneipe fehl am Platz und kam sich vor wie auf den Porträts, die man auf dem Jahrmarkt von sich machen lassen konnte: aus einem aufgeklebten, lebensgroßen Bild der Königin mit Krone und Hermelinmantel war das Gesicht herausgeschnitten, und man mußte das eigene durch das Loch stecken. Tief in ihrem Innern spürte sie die Gegenwart von etwas anderem, nicht nur in ihrem Körper, sondern eher noch in dem Wesen, das sie war. Zugleich war sie es, wie Max gesagt hatte, und war es auch nicht, ihre Persönlichkeit enthielt einen Teil ihrer selbst als etwas anderes, das dennoch vollkommen sie selbst war, wie auf der Bühne, wo ihr Part einen Teil des unteilbaren Orchesterklangs ausmachte.

24
Die Hochzeit

Als Max die Einladung zur Hochzeit im Briefkasten fand, in der
Onno Matthias Jacob Quist und Ada Brons ihre Eheschließung
ankündigten – die Zustimmung der Eltern war nicht eingeholt
worden, was vor allem in Den Haag schwer zu akzeptieren gewesen sein mußte –, war er bereits wesentlich gelassener. Der Stachel
der Lüge war in sein Leben gedrungen und würde für immer in
ihm steckenbleiben. Sein Leben war unwiderruflich entzweige-
brochen: ein weißes Stück bis zu dem Abend an der Pelikanbucht,
ein schwarzes Stück danach. Der Gedanke, daß ihm je so etwas
passieren könnte, war ihm nie gekommen, und nun war es passiert,
und zwar durch eigenes Zutun. Früher war er immer aufgewacht
wie ein Trapezkünstler, der ins Netz fiel: Mit einem federnden
Sprung stand er neben dem Bett und schaute in den Tag, der vor
ihm lag – jetzt machte er ein Geräusch, als müsse er sich erbrechen,
und wäre am liebsten unter der Decke liegengeblieben. Immer wieder lag unter dieser Decke auch eine Freundin, jedoch weniger oft
als früher; diese Gefräßigkeit war schließlich die Ursache für alles
gewesen. Der harmonische Dreiklang, den er mit Onno und Ada
gebildet hatte, hatte sich endgültig in den dissonanten Akkord
eines Komponisten der Darmstädter Schule verwandelt.

Onno fand es taktvoll von ihm, daß er als ehemaliger Freund
von Ada nicht Trauzeuge sein wollte.

»Deine noble Verve wirft ein angenehmes Licht auf meine Fähigkeit, meine Freunde auszuwählen.«

Der Hochzeitstag, Max' Geburtstag, kam mit einer wehmütigen Erinnerung an den Sommer: es war windstill, und die Sonne
schien mild aus einem heiteren, blaßblauen Himmel. Ohne Mantel
spazierte Max nachmittags zum Rathaus, das in der Altstadt im
Rotlichtviertel an einer zweifelhaften Seitengracht versteckt lag,
seit die Monarchie die republikanische Bürgerschaft aus ihrem stolzen Stadtpalast auf dem Dam vertrieben hatte. Einen erkennbaren

Eingang gab es nicht; die obskure Backsteindurchfahrt zum Innenhof fanden nur Einheimische. Dort wurde der Fortbestand der niederländischen Bevölkerung in vollem Umfang gewährleistet: kommende und gehende Gesellschaften, schwarze Limousinen mit weißen Schleifen an den Seitenspiegeln, die zum Tor hinein und heraus fuhren, junge Mittelständler in geliehenen Jacketts, mit braunen Schuhen, zu weiten Hemdkragen und grauen Zylindern, die sonst nur von denen getragen wurden, die schon seit Generationen in Ascott zum Rennen fuhren, Bräute in Weiß, die manchmal von stolpernden Brautjungfern begleitet wurden und mit ihren Brautsträußen für den Fotografen posierten, während unter johlendem Gelächter eine Handvoll Konfetti über sie geworfen wurde. Überall standen Gruppen von Menschen zusammen, und nach einer schnellen Inspektion hatte er die Gruppe von Ada und Onno ausgemacht. Das heißt, es gab eigentlich zwei Gruppen. Die eine bestand überdeutlich aus Onnos Verwandtschaft, die Max zum ersten Mal sah: zehn oder zwölf vornehme Menschen, die Damen mit Hüten, Perlenketten und viel Grellrot und Marineblau mit weißen Noppen. Skeptisch amüsiert betrachteten sie das plebejische Amsterdamer Treiben. Einer der Männer war mit Sicherheit ein Bruder: so groß und schwer wie Onno, mit demselben Gesicht, aber alles gepflegter und angepaßter. Der viel kleinere, leicht gebeugte, dabei jedoch stämmige alte Herr mit Hut und Spazierstock, der neben ihm stand und jetzt eine Uhr aus der Westentasche zog und einen kurzen Blick darauf warf, war natürlich Onnos Vater; alle anderen hatten sich um ihn herum gruppiert. Onnos Mutter war eine imposante Erscheinung, größer als ihr Mann, mit weißem Haar und einem geraden Rücken. Ein Chauffeur zog die Mütze und öffnete den Wagenschlag eines ankommenden Fahrzeugs, dem unverkennbar ein weiterer Quist mit Frau entstieg und sich zur Familie gesellte: Onnos ältester Bruder Diederic, der Kommissar der Königin. Und da waren auch Adas Eltern: etwas verloren standen sie neben der Quist-Gruppe. Die Gruppe daneben, aber in einigem Abstand, war offenbar die Gideonsbande der Neuen Linken: kichernde Männer, fast alle so alt wie Max, die angesichts der realen

Gegenwart einer Ikone der alten Niederlande – jener Niederlande, die sie abschaffen wollten – leicht eingeschüchtert wirkten.

Max zögerte. Zu wem sollte er sich stellen? Adas Eltern war er ein einziges Mal begegnet, sonst kannte er niemanden – während zugleich niemand eine intimere Beziehung zum Brautpaar hatte als er. Langsam schlenderte er in ihre Richtung, und als er im Vorbeigehen etwas von einer »zypriotischen Silbenreihe« aufschnappte, begriff er, daß es noch eine dritte Gruppe gab: Onnos sprachwissenschaftliche Kollegen. Und eine vierte, plötzlich sah er Bruno, und dann auch Marijke: dort standen die Musiker. Er begrüßte Bruno, den er seit ihrem Abschied am Flughafen von Havanna nicht mehr gesehen hatte.

»Denkst du manchmal noch an Kuba?« fragte Bruno mit unbeweglicher Miene.

»Täglich.«

»Ich hatte gehofft, daß Ada genug von Onno bekommen und ich hier heute der Bräutigam sein würde. Jetzt bin ich Trauzeuge.«

»Ich bin nicht einmal das«, sagte Max und dachte: Nicht auszudenken, wenn sie auch noch mit dem ins Bett gegangen wäre.

»Ein schwarzer Tag für uns!«

Kurz darauf kam Onno durch das Tor: auf dem Fahrrad, Ada auf dem Gepäckträger. Wie ein Zirkusartist, der von einem drei Meter hohen Einrad springt, stieg er unter Applaus vom Sattel und dankte mit einer Verbeugung für den Beifall.

»Verzeihung, daß wir uns verspätet haben, aber wir mußten erst noch die Brautausstattung kaufen. Sieht sie nicht umwerfend aus, meine Künftige?«

Ada trug ein einfaches schwarzes Kleid und darüber eine Jacke aus Goldlamé, die zwar nicht ganz einwandfrei saß, ihr aber trotzdem etwas von einem kostbaren Juwel verlieh. Onno sah, abgesehen von der roten Krawatte, aus wie immer; nach Max' Dafürhalten hatte er sich nicht einmal die Haare gewaschen.

»Darf ich?« fragte Marijke, nahm Adas Unterarm und biß mit den Zähnen das Preisschild vom Ärmel.

Nachdem Onno sein Fahrrad abgeschlossen hatte, rief er:

»Ich werde euch gleich vorstellen, aber jetzt müssen wir erst mal wie der Blitz den Bund fürs Leben schließen!«

Der dunkle holzgetäfelte Trausaal war fast zu klein für die Gesellschaft. Max stand hinten und sah von Ada und Onno nur wenig. Ada hatte Bruno und ihren Vater als Trauzeugen, Onno eine Frau, die vermutlich seine jüngste Schwester war, und einen seiner politischen Freunde. Ein Parteigenosse, Beigeordneter in der Stadtverwaltung, trat als Standesbeamter auf. Er gab bekannt, daß er auf Bitten des Bräutigams nicht den üblichen Text vorlesen werde, sondern den der Bataafse Republiek, der seit 1806 nicht mehr verwendet worden sei. Er nahm ein braunes Pergament vom Tisch, sah über seine Halbmondbrille kurz zum konterrevolutionären Übervater in der ersten Reihe, und las:

»*Formular, wie es bei Trauungen im Gemeindehaus zu Amsterdam seit der denkwürdigen Revolution des 19. Januar 1795 in Gebrauch ist. Bräutigam und Braut! Da wir voraussetzen, daß Ihr keine unbedachte Wahl getroffen, mit ehrlichen Absichten Euch vereiniget, und über diese Vereinigung den Segen von Ihm, dem Ihr alles verschuldigt seid, erbeten habt, bereiten auch wir keine Schwierigkeiten, Eurem billigen Begehren zu entsprechen, indem wir das Siegel des Gesetzes auf Eure gegenseitig erklärte Liebe und das geleistete Versprechen der Treue drücken. Vorher jedoch werden wir Euch kurz an Eure Pflichten gemahnen.*«

Im Saal entstand Heiterkeit. Die sozialdemokratischen Rebellen versuchten, in Quists Gesicht zu lesen, doch es blieb regungslos wie ein Stein; auch der Kommissar der Königin, der Generalstaatsanwalt und der Dozent für Strafrecht, die sie von Pressebildern her kannten, verzogen keine Miene. Nachdem sie der Beamte auf patriotische Weise zu Fleiß, Aufrichtigkeit, gutem Benehmen, Bescheidenheit, Gehorsamkeit und Sparsamkeit angehalten und vor verderblicher Nachgiebigkeit gegen die Kinder gewarnt hatte, fragte er:

»*Nimmst Du, Bräutigam! Deine Braut, hier anwesend, zu Deiner Hausfrau also an?*«

Onno legte den Kopf in den Nacken und rief pathetisch:

»Ja!«

Fast alle im Saal begannen zu lachen. Auch der Standesbeamte hatte Mühe, seine Miene unter Kontrolle zu halten.

»Nimmst Du, Braut! Deinen Bräutigam, hier anwesend, zu Deinem Mann also an?«

»Ja«, sagte Ada leise.

In ihrer Stimme lag etwas, das das Lachen verstummen ließ. Max entrang sich ein unerwarteter Schluchzer; er hatte Mühe, sich zu beherrschen, und wäre am liebsten aus dem Saal gegangen, aber das war unmöglich. Ada und Onno mußten einander die rechte Hand geben, und während sie so stehenblieben, fuhr die Stimme aus der revolutionären Vergangenheit fort:

»Bekennet Ihr nun also, in Gegenwart des allwissenden Gottes, und in Gegenwart Eurer hier versammelten Mitbürger, einander zur Ehe angenommen zu haben und, in Ausübung der Euch gestellten Pflichten, miteinander zu leben und zusammen zu wohnen, bis daß der Tod Euch scheidet?«

»Ja.«

»Ja.«

»Gott! der die Liebe selbst ist, binde Euch an Eure Gelübde; bewahre Euch vor häuslichem Ungemach; kröne Eure Verbindung mit der besten Seiner Segnungen; und sei mit Euch allen in allen Umständen Eures Lebens!« Der Standesbeamte sah auf, nahm die Brille ab und sagte: *»Und gedenket der Armen!«*

»Phantastisch«, flüsterte einer von Onnos politischen Freunden. »Gedenkt der Dritten Welt.«

Max wurde überwältigt von Emotionen: war nicht er der Arme, dessen gedacht werden sollte? Aber es dachte keiner an ihn und durfte es auch nicht, außer vielleicht Ada. Er sah, wie Onno ihr den Trauring an den Finger steckte; als der Standesbeamte darauf wartete, daß Ada dasselbe bei ihm tat, sagte er mürrisch:

»Ein Mann trägt keine Ringe.«

Nachdem die Unterschriften geleistet und die Formalitäten erledigt waren, schüttelte ihnen der Standesbeamte die Hand, danach durfte das Brautpaar beglückwünscht werden. Max wartete, bis der erste Trubel vorbei war. Ohne etwas zu sagen, küßte er Ada dreimal auf die Wangen. Als er Onnos Hand drückte, wurde ihm klar, daß es das zweite Mal war: das erste Mal war in seinem Auto gewesen, an diesem ersten Abend, als sie an Leiden vorbeifuhren und sich einander vorstellten. Die Hand war weiß und warm und trocken.

»Herzlichen Glückwunsch, Onno.«

»Danke, Max. Ganz meinerseits: Glückwunsch!«

»Danke. Wie fühlst du dich?«

»Fest entschlossen. Ich werde der engstirnigste aller Familienväter werden. Alles deine Schuld.«

Abends gab es ein Diner für die engsten Freunde, nach der Trauung jedoch wurde die ganze Gesellschaft in ein Café neben dem Rathaus eingeladen, wo Tische reserviert worden waren und der Champagner bereitstand. Auch dort mischten sich die Gruppen nicht. Die Musiker hockten zusammen, die Gelehrten blieben unter sich, die Politiker ignorierten die Tische und bestiegen die Barhocker, wo sie Bier bestellten, Ada setzte sich zu ihren Eltern, die sich von den Quists abgesetzt hatten. Als Onno Max sah, nahm er ihn mit in eine Ecke, in der sich seine Verwandtschaft eingenistet hatte.

»Jetzt mußt du dir endlich mal anschauen, welches Schicksal mir beschieden ist.« Am Tisch zeigte er wie ein Auktionator mit dem Zeigefinger auf ihn und sagte:

»Dies ist mein Freund Max Delius.«

»Ach, Sie sind das«, sagte eine Dame Ende Vierzig, die sich später als Onnos älteste Schwester entpuppte und mit dem Generalstaatsanwalt verheiratet war. Auch sie hatte etwas Großes und Furchterregendes, das irgendwie in der Familie zu liegen schien; es lag etwas Grobschlächtiges in ihrem Gesicht, etwas Männliches, das ihm angst machte.

»Ja, Trees, das ist er«, sagte Onno irritiert. »Fehlt nur noch, daß du dir ein Lorgnon vors Auge hältst.« Er gab Max nicht die Gelegenheit, Hände zu schütteln, denn nun zeigte er ihm seine Eltern,

seine beiden Brüder, deren Frauen und seine jüngste Schwester
und deren Mann. Er nannte sie »Dol«, und nur für sie hatte er ein
freundliches Wort. Dann ließ er Max mit dem Quist-Clan allein.

Die gespannte Atmosphäre war sofort mit Händen zu greifen.
Die laxe Amsterdamer Art und Weise, in der hier alles zuging, das
Brautpaar auf dem Fahrrad, ein Empfang in einer Kneipe, überall
Künstler, Freidenker und Rote, weit und breit kein Pfarrer zu
sehen, die Provokation mit einem revolutionären Dokument aus
der Zeit der Franzosen – und dann wurde ihnen auch noch der Sohn
eines Kriegsverbrechers aus der Besatzungszeit zugemutet –, ihre
Verstimmung war nicht ganz unverständlich. Solche Dinge kamen
in Den Haag nicht vor. Jeder an diesem Tisch wußte natürlich, wer
Max' Vater, und also auch, wer seine Mutter gewesen war. Man
wußte hier alles – außer, wer er selbst war. Onnos Bruder Menno,
etwa zehn Jahre älter als er und Groninger Juraprofessor, bot ihm
freundlich einen Stuhl an, und als er sich setzte, spürte er die
Schwere dieser Familie. Er selbst hatte niemanden mehr auf dieser
Welt, Verwandtschaft war für ihn etwas aus grauer Vorzeit, aber hier
war nun eine Macht versammelt, durch die er plötzlich auch Onno
besser verstand. Das hier war das, wogegen er sich wehrte, jedoch
mit der Kraft ebender Familie, deren Teil er unwiderruflich war.

»Nun, Herr Delius«, fragte Diederic, der Gouverneur, verschränkte die Arme und lehnte sich zurück, »sind Sie auch so
erbaut von der Zeremonie?« Er war Anfang Fünfzig; Antonia,
seine Frau, auch sie eine ziemlich angsteinflößende Matrone, war
offenbar schon an die Sechzig und hätte fast Adas Großmutter sein
können.

Entsetzt wurde Max klar, daß auch hier wieder eine Phase der
Doppeldeutigkeit und Verheimlichung angebrochen war, auch hier
konnte er nicht einfach er selbst sein, ohne ständig an etwas zu
denken, das er nicht äußern durfte.

»Ich finde, es war ein origineller Einfall von Onno, dieses Stück
aus der Bataafse Republiek. Vor allem, wenn man an die heutigen
politischen Zustände denkt.«

»Nur ist die Ehe so natürlich nicht gültig«, sagte der General-

staatsanwalt. Er war untersetzt und ein wenig aufgedunsen und
hatte strähniges, schütteres Haar und zwei listige blaue Augen.
»Der Standesbeamte wird vermutlich zurücktreten müssen.«

»Du lieber Gott, Coen«, sagte Dol, »mach dich doch nicht lächerlich.«

Sie hatte keinerlei Ähnlichkeit mit ihrer grobschlächtigen
Schwester Trees, war eher zierlich und hatte ein offenes, sympa-
thisches Gesicht; offenbar hatte sich in ihr die eine oder andere ver-
feinernde Vorfahrin herausgemendelt. Max begriff sofort, weshalb
sie Onnos Lieblingsschwester war.

»Zurücktreten«, brummte Coen, »zurücktreten.«

»Nimm noch ein Glas Champagner«, schlug Dols Mann vor,
der Karel hieß und Gehirnchirurg an einem Rotterdamer Krankenhaus war, wie Max von Onno wußte. Auch er fiel aus dem Rahmen mit seinen scharfen, mageren Zügen, die ihm das Aussehen
eines diabolischen Gelehrten aus dem Geschlecht der Franken-
steins verliehen, denen es ein Genuß zu sein schien, die Welt zu
vernichten.

»Zurücktreten«, wiederholte Coen noch einmal, worauf Men-
nos Frau Margo laut loslachte.

»Das geht hier ja fast zu wie beim Clan der Paten«, sagte sie.

»Sind Sie auch so ein linker Vogel wie Onno, Herr Delius?«
fragte Trees. »Bestimmt nicht, oder? Sie haben doch hoffentlich
einen guten Einfluß auf ihn?«

»Natürlich«, sagte er. »Für mich gibt es nur das Höhere. Ich bin
Astronom.«

»Ach, wirklich?« Onnos Mutter beugte sich vor. »Sie können
also die Zukunft vorhersagen?«

»To«, sagte der alte Quist, »sei still.«

»Absolut«, sagte Max. »In mancher Hinsicht zumindest. Zum
Beispiel, wann wieder eine Sonnenfinsternis eintreten wird. In
anderer Hinsicht jedoch nicht.«

»In welcher denn nicht?«

»Zum Beispiel, ob ein Brief eintreffen wird, in dem steht, daß Sie
eine große Reise machen werden.«

»Wie schade.«

»Ja, da haben Sie recht.«

»Ich wäre so gerne einmal auf die Galapagos-Inseln gefahren«, sagte Frau Quist verträumt und sah ihren Mann an. »Dort scheinen ja lauter merkwürdige Tiere zu leben. Weißt du noch, Henk, die vielen Schildkröten in Surinam?«

Quist nickte. »Das war neunzehnhundertsiebenundzwanzig.«

»Sie waren damals völlig durcheinander. Sie hatten am Strand ihre Eier abgelegt, aber danach gingen sie nicht zurück ins Meer, sondern immer weiter landeinwärts. Dort wurden sie von kleinen Negerjungen in Körbe gesteckt.«

Max sah sie an. Sie hatte Onnos klassische, gerade Nase. Bis zu seinem vierten Lebensjahr hatte sie ihn in rosa Kleidchen und mit Korkenzieherlöckchen herumlaufen lassen. Wessen Enkel würde sie demnächst bekommen? Ihren eigenen, oder den einer in Auschwitz vergasten Jüdin? Und er, der Staatsminister? Seinen eigenen, oder den eines hingerichteten Kriegsverbrechers?

In dem kleinen Kellerrestaurant an der Prinsengracht, das Onno gemietet hatte, wurden Hasenkeule mit Rotkohl und dazu ein Burgunder serviert. Die Verwandtschaft war nach Hause geschickt worden, und die Freunde, vor allem Politiker, Musiker, Sprachwissenschaftler und ein Astronom, waren unter sich. Es wurden komische Tischreden gehalten und Trinksprüche ausgebracht, die Onno mit aufgeblasener Selbstgefälligkeit genoß, während er einen herrschsüchtigen Arm um Adas schmale goldene Schultern legte. Als jemand auf seine bevorstehende Vaterschaft anspielte, rief er aus:

»Ich bin verheiratet mit der Tochter der Großmutter meines Kindes!«

»Ist das denn was Besonderes?«

»Das hörst du doch!«

Einige Male begegnete Max einem fragenden Blick: Sollte er, als Busenfreund, nicht auch das Wort ergreifen? Aber er machte nur eine kleine abwehrende Geste mit der Hand und schüttelte den

Kopf. Er sollte lieber den Mund halten. Wenn etwas schiefging, dann würde alles, was er jetzt gesagt hätte, nur noch wie zusätzlicher Hohn klingen. Vielleicht würde seine Schweigsamkeit als ein Beweis des guten Geschmacks aufgefaßt werden, weil die Braut einmal seine Freundin gewesen war – oder als ein Zeichen des Unmuts, weil er nicht selbst der Bräutigam war, aber damit mußte er sich nun abfinden.

Auch nach dem Kaffee floß der Alkohol munter weiter, man tauschte die Plätze, und endlich vermischte sich die Gesellschaft. Spröde Sprachwissenschaftler und tölpelhafte Politiker ließen merken, daß auch sie etwas von Musik verstanden, und zerbrechliche Musiker, daß sie von Sprachwissenschaft keinen Schimmer hatten, sich auch nicht für Politik interessierten, während Politiker den Linguisten versicherten, daß eigentlich *sie* die wahren ›Sprachwissenschaftler‹ seien, denn sie arbeiteten mit nichts anderem als mit Worten, so daß genau betrachtet für die Sprachwissenschaftler nichts mehr übrigbliebe. Was sie hier eigentlich täten? Onno habe das doch auch eingesehen! Woraufhin die Linguisten sich erkundigten, ob sie denn schon ihren Standpunkt zum Düngemittelüberschuß gefunden hätten. Während die Stimmung stieg, das Geräuschvolumen zunahm und jemand irgendwo mit Stentorstimme »Wacht auf, Verdammte dieser Erde!« sang und brüllte, daß das doch viel schöner sei als Schuberts *Erlkönig*, hatte Max zum ersten Mal Gelegenheit, einige Worte mit Ada zu wechseln. Er hatte gesehen, daß sie nur Wasser trank.

»Gut«, sagte sie, als er fragte, wie sie sich fühle. »Und du?«

»Ich fühle mich wie jemand, der auf eine Landmine getreten ist und ein *Klick* gehört hat: er weiß, daß er in die Luft fliegt, wenn er noch einen einzigen Schritt macht.«

»Warte doch einfach ab. Es hat keinen Sinn, dich so fertigzumachen. Die Chance, daß alles in Ordnung kommt, ist genauso groß.«

»Die Hochzeit, diese ganzen Leute hier, die Feier, Ada – und nur du und ich wissen, daß vielleicht alles nur Lug und Trug ist, Unsinn, Schwindel. Wie kannst du nur damit leben?«

»Ich lebe mit meinem Kind.«

»Wenn ich an Onno denke –.«

»Sei still, da kommt er.«

Mit einem vollen Glas Cola-Rum in der Hand betrachtete Onno ihn von Kopf bis Fuß.

»Wenn ich deine bedauernswerte Erscheinung sehe, muß ich an die furchtbare Zeit zurückdenken, als ich noch Junggeselle war. Was für eine Schreckensvision! Vor meinem geistigen Auge erscheint eine desolate Landschaft mit einem einzigen verdorrten Baum im peitschenden Sturm, gegen den sich ein einsamer, gebeugter Pilger mit einem langen Wanderstab vorankämpft, auf dem Weg zu seinem schauerlichen Ende. Und jetzt schau mich an«, sagte er und streckte die Brust heraus. »Ich habe die höchste Ebene menschlicher Verwirklichung erreicht: die Ehe! Mein Fleisch duftet wie eine Rose von Saron, denn ich bin vermählt! Wie eine Lilie unter den Dornen, so bin ich unter den Söhnen. Meine Lippen tropfen von Honigtau, meine Triebe sind ein Paradies edler Granatäpfel, denn ich bin vermählt! Ich bin ein verschlossener Garten, ein versiegelter Brunnen!« rief er und wies, angespornt durch die plötzliche Stille, auf Ada. »Siehe, wie bist du schön, meine Braut! Deine Augen sind gleich der Sonne, die aufgeht über den Anglern, die morgenblaß mit ihrer Kiste Würmer aus der Stadt radeln. Deine Stimme ist das Gezirp der ersten Vögel in der Dachrinne. Dein Haar glänzt wie das Öl, das im gewaschenen Licht des Morgens überall dort auftaucht, wo Autos geparkt haben. Deine Zähne sind wie die Milch, die die Schulkinder in der großen Pause schlürfen, deine Lippen wie die scharlachrote Blutlache der am Mittag überfahrenen Dame. Du bist über und über schön, meine Braut! Dein Lachen gleicht dem Blattgold der Sirene in den Ohren der Fabrikmädchen. Deine Brüste leuchten jungfräulich wie Neonreklamen im fallenden Abend. Dein Nabel ist das orangefarbene Feuer der sterbenden Sonne in den Auslagen der Kaufhäuser. Dein Bauch ein Geheimnis wie ein Schaufenster hinter dem Stahlrolladen, den der Juwelier nach Geschäftsschluß vor seinen Schätzen bis auf den Boden herabrattern läßt. Oh, erwache, Südwind, und komme! Du

bist der späte Abend, wenn die Diva in ihrer Tunika ruft: Unglückseliger! Wehe, vernahmst du nie, wer du bist! – Und dein Schlaf
ist … weiß ich nicht mehr. Dein Schlaf ist wie das Wachliegen eines
kleinen Jungen, über den sich quakend der Wahnsinn beugt!«

Erschöpft setzte Onno das Glas an den Mund, und im Applaus,
der ihn belohnte, hatte Max das Bedürfnis zu beten, daß es Onnos
Kind sein würde – aber es stand fest, wessen Kind es war, selbst
wenn Gott existierte, könnte auch er nichts mehr daran ändern.

25

Der Spiegel

Mitte Februar kannten sie sich ein Jahr, aber Onno war zu beschäftigt, um daran zu denken, und Max erinnerte ihn nicht daran. Es
war kein richtiger Winter – in der Tschechoslowakei brach sogar
der ›Prager Frühling‹ aus –, es gab nur plötzlich einige extrem kalte
Tage. Manchmal war die lauernde Gefahr stundenlang aus Max'
Gedanken verschwunden, dann aber stand sie ihm wieder vor
Augen wie eine Felswand, die schlagartig aus dem Nebel aufragte.
Auf einmal ertappte er sich dabei, daß seine Aufmerksamkeit nicht
den Papieren auf seinem Schreibtisch galt und er auf den Sekundenzeiger seiner Uhr starrte, der sich mit unerbittlichen Sprüngen
im Kreis bewegte, seine Bahn aber eigentlich entlang einer möglicherweise unendlichen Geraden zog, auf der das Ereignis irgendwann stattfinden würde.

»Warte doch einfach ab«, hatte Ada gesagt. Er dachte zurück an
den Vergleich, der ihm während des Hochzeitsessens eingefallen
war: daß er auf einer entsicherten Landmine stünde. Er stellte sich
einen amerikanischen Soldaten bei der Erkundung des vietnamesischen Dschungels vor. *Klick.* Reglos blieb er stehen. Beim nächsten Schritt würde er zerfetzt werden. Was nun? Seine Patrouille

hatte er aus den Augen verloren, und Rufen hatte in diesem ohrenbetäubenden Gekreische der Affen und Kakadus keinen Sinn.
Einen Schuß abzufeuern war ebenfalls nicht möglich, da der Rück-
schlag die Zündung auslösen würde. Unter den Füßen spürte er
den von einer dünnen Erdschicht bedeckten Tod: einen flachen,
eisernen Schnellkochtopf, den Frauenhände irgendwo in China
oder der Sowjetunion zusammengesetzt hatten. Er mußte jetzt genau überlegen – aber es gab nichts zu überlegen. Er mußte warten.
Vielleicht sah ihn jemand zufällig, und dann hoffentlich kein Viet-
cong: einen reglosen Amerikaner im tropischen Urwald. Er dachte
an sein Leben, das nun plötzlich zum Stillstand gekommen war
wie ein blockierter Film im Projektor. Wozu hatte er immer seine
Hausaufgaben gemacht? Alles um ihn herum bewegte sich, aber er
hatte sich in das Standbild eines GI verwandelt: schwerbewaffnet,
mit Helm und Sturmgepäck. Sein Kopf bewegte sich, seine Brust
hob und senkte sich, in seinem Körper schlug sein Herz, arbeiteten seine Gedärme, aber das Gewicht all dessen entschied jetzt
über sein Sterben. Er wagte nicht, etwas abzuwerfen, weil sich damit das Gewicht ändern würde, auch seine Feldflasche konnte er
nicht ohne Gefahr erreichen. Stunde um Stunde verstrich. Schwitzend, zerstochen von Insekten, die Zunge dick und trocken wie
Mehl, dachte er an sein Mädchen zu Hause in Oakland, an der
Bucht – fast übergangslos brach die Nacht herein, seine Beine begannen vor Ermüdung leicht zu zittern. Wenn sie versagten, oder
wenn er einschlief, war es um ihn geschehen. Sollte er die Maschinenpistole gegen sich selbst richten, oder gab es noch Hoffnung?
Hatte er sich vielleicht geirrt? War es vielleicht das Paarungsge-
räusch von irgendeinem Riesenkäfer gewesen? Stand er vielleicht
gar nicht auf einer Landmine und sollte einfach weitergehen?

Max seinerseits hatte vergessen, daß der siebenundzwanzigste Februar der Tag ihrer jeweiligen Empfängnis war.

   »Das müssen wir feiern«, sagte Onno am Telefon. »Ich habe außerdem das Bedürfnis, mal herauszukommen und mit einem normalen Menschen zu reden.«

»Meinst du mich damit?«

»Du merkst, wie deformiert ich schon bin.«

»Und wo soll das geschehen?«

»Was würdest du vom Reichstag in Berlin halten? Oder hast du eine bessere Idee?«

»Eine bessere Idee gibt es nicht«, sagte Max, während er in seinen Kalender sah. »Nur bin ich den ganzen Dienstag noch in Dwingeloo. Was würdest du davon halten, mit dem Zug nach Drenthe zu kommen? Ich hole dich dann in Wijster vom Bahnhof ab und zeige dir alles hier, damit du dich dann mit einer beträchtlichen Subvention beliebt machen kannst, wenn du an der Macht bist.«

»Im Gegenteil, es sollte alles drastisch gekürzt werden. Spiegel, Spiegel, immer nur Spiegel; ihr seid wie die Militärs. Und wie groß ist der soziale Nutzen all dieser Spiegel?«

»Gott sei Dank gleich Null.«

»Ich werde einmal ausrechnen lassen, wie viele Kindertagesstätten von dem Geld für einen einzigen Spiegel gebaut werden könnten.«

»Dann wirst du auch für Babys sorgen müssen«, sagte Max und war augenblicklich von der Doppeldeutigkeit dieser Bemerkung verwirrt.

»Wenn du mich fragst, sind das nur Lachspiegel, und ihr schüttet euch den ganzen Tag aus vor Lachen über diese dumme Obrigkeit.«

»Erzähl es aber bitte niemandem. Schau es dir am Dienstag an, du lachst dich tot. Wenn du möchtest, kannst du im Gästehaus übernachten, und dann fahren wir am nächsten Tag zusammen zurück.«

»Abgemacht. Du hast natürlich nichts dagegen, wenn ich Ada mitnehme? Ich sehe sie fast nicht mehr; wenn das so weitergeht, strandet meine Ehe irgendwann. Um mich herum sehe ich nichts anderes mehr.«

»Ihr seid alle drei willkommen.«

Die ganze Woche über war es außergewöhnlich warm gewesen. An dem Nachmittag jedoch, als Max als einziger auf dem offenen Bahnsteig des Provinzbahnhofs wartete, war es schwül und windstill, der Himmel war bedeckt, und es sah ganz danach aus, als ob ein Gewitter im Anzug war. Mit dem Mittelfinger strich er über die kleine, kahle Stelle auf dem Hinterkopf, die er vor einigen Wochen zu seinem Entsetzen entdeckt hatte. Sie war oval, mit einem Durchmesser von zwei, drei Zentimetern und unter dem Haar nicht sichtbar; die Angst, plötzlich kahl zu werden, war tagelang nicht von ihm gewichen, und als die Stelle nicht größer wurde, hatte er sich wieder beruhigt.

Der kurze Zug fuhr langsam ein. Eine gelbe Raupe. Darin saß das, was ihm das Liebste auf der Welt war und ihn zugleich am meisten bedrohte. Als Onno Ada beim Aussteigen die Hand reichte, in der anderen hielt er die Reisetasche, sah Max zum ersten Mal, daß sich ihr Bauch gerundet hatte. Sie trug ein langes, schwarzes Kleid bis zu den Füßen, der hohe Halsausschnitt und die langen Ärmel waren mit Streifen weißer Spitze abgesetzt, und unter der Taille dehnte sich plötzlich etwas, was ihren Schwerpunkt verlagert hatte, so daß sie leicht nach hinten geneigt ging.

Mißbilligend sah sich Onno um.

»In diesem Nest also glaubst du die Tiefen des Universums erforschen zu können.« Er legte eine Hand ans Ohr und lauschte. »Ich höre das Echo von deinem Big Bang gar nicht. Ich höre in der Ferne nur stockdumme Kühe, die gemolken werden müssen.«

»Also hörst du ihn doch«, sagte Max.

Das Verdeck seines Autos war offen, und ein paar kleine Jungen beugten sich über das Armaturenbrett, um zu sehen, wie schnell der Wagen fuhr. Nun war es Onno, der sich quer auf den engen Platz hinter die Vordersitze quetschen mußte, dann fuhren sie über die von hohen Ulmen gesäumte Landstraße aus dem Dorf hinaus; grau wie Zinn hing der Himmel über den sich abwechselnden Feldern und Wäldern, und Max zeigte ihnen die großen Findlinge aus der Eiszeit, die bei der Zufahrt jedes Bauernhofs zu kleinen Pyramiden gestapelt waren. »Sie haben sich von selbst aus der Tiefe emporgearbeitet«, erzählte er, »bis die Bauern beim Pflügen darauf gestoßen sind.«

»Verstehe ich das richtig«, fragte Onno, »daß hier die Steine nach oben fallen?«

»Nicht mehr, wenn sie einmal oben sind.«

»Ach, die gute Mutter Erde!« rief Onno mit väterlichem Mitleid in der Stimme.

Max wollte noch sagen, daß er auch schon gehört habe, daß bei Veteranen nach zwanzig Jahren plötzlich eine Kugel aus dem Rücken zum Vorschein komme, aber es gelang ihm nicht mehr, auf diese spielerische Weise mit Onno umzugehen. Was ihn daran hinderte, befand sich jetzt direkt neben ihm, unter dieser schwarzen Wölbung. Er warf einen Blick in den Rückspiegel: Onno saß mit wehenden Haaren da, genoß offenbar die Fahrt und sah sich nach allen Seiten um. Hinter ihm, im Spiegel, fuhren sie rückwärts und auf der falschen Straßenseite: genauso war ihr Verhältnis jetzt.

Sie kamen an Landarbeiterhäuschen vorbei mit Findlingen aus Granit in den kleinen Vorgärten, fuhren durch ein Dorf, und nach einigen hundert Metern stießen sie an der Einmündung in einen Waldweg auf ein Schild, das jeglichen motorisierten Verkehr untersagte. Das sei wegen der Radiowellen, die die Zündkerzen aussandten, erklärte Max; das Teleskop sei so empfindlich, daß schon das kleinste Signal den Empfang störe.

»Und wie ist das mit deinen Zündkerzen?« fragte Ada.

»Die sind isoliert.«

»Es wäre also möglich«, warf Onno ein, »daß du meinst, einen neuen Spiralnebel entdeckt zu haben, und dabei ist nur ein Moped auf das Grundstück gefahren?«

Max machte eine zweifelnde Geste mit der Hand. »Sicher«, sagte er, »das wäre schon möglich. Du hast doch wohl keinen elektrischen Rasierapparat dabei, hoffe ich?«

»Es ist also nicht ausgeschlossen«, beharrte Onno, »daß das, was ihr Radioastronome für das All haltet, nur die Verkehrssituation in der Umgebung widerspiegelt.«

Max mußte gegen seinen Willen lachen.

»Weiß Gott.«

»Du sagst es! Die Erde ist eine Scheibe, und die Sterne sind kleine Löcher im Firmament, durch die das Licht des Empyreums scheint, des Hortes der Seligen. Und jeder, der etwas anderes behauptet, wie du zum Beispiel, befindet sich auf der schiefen Bahn.«

Plötzlich wurde über den Bäumen ein Teil des Spiegels sichtbar: ein riesenhaftes Gebilde von fünfundzwanzig Metern Durchmesser, eine Parabel aus grauem Stahl, die in der ländlichen Umgebung so fehl am Platze wirkte wie ein Fluch in einer Predigt.

»Es ist gar kein Auge«, sagte Onno. »Es ist ein Ohr.«

Vor einem Ensemble aus Dienstgebäuden stellte Max den Motor ab, und augenblicklich saßen sie in einer intensiven Stille, die durch die Vögel im Wald nur noch größer wurde; von der anderen Seite her, wo das Gelände offener war, wehte der Duft von Heidekraut herüber.

Ada stieg aus, atmete tief durch und sah sich um.

»Wie herrlich es hier ist.«

»Ja«, sagte Onno, steckte sich eine Zigarette an und machte einen tiefen Lungenzug, »das ist die Herrlichkeit der Abstumpfung. Die Natur ist der Schlaf des Geistes, nur in der Stadt kommt der Geist zu sich.«

»Ich könnte mir gut vorstellen, hier zu wohnen. Meinetwegen auch mit etwas weniger Geist.«

»Schande! Die Natur ist für Kinder!«

»Eben.«

Ächzend war auch Onno aus dem Auto geklettert und gab ihr einen Kuß.

»Du bist ein Schatz, aber du machst einen schrecklichen Denkfehler. Unsere Tochter sollte zu ihrer eigenen Sicherheit ein richtiges Stadtkind werden. Das weiß man doch von den Kindern aus der Provinz: wenn sie vierzehn sind, fahren sie heimlich nach Amsterdam und geraten in alle Fallgruben gleichzeitig. Sie wissen, welche Pilze giftig sind und daß sie nicht barfuß durch hohes Gras gehen sollen, aber von den Fußangeln in der Stadt haben sie keine Ahnung. Wenn sie in der Stadt aufgewachsen sind, wissen sie ganz genau, wovor sie sich hüten müssen. Und glaub mir, in vierzehn Jahren wird es in Amsterdam noch um einiges gefährlicher sein als jetzt, denn alles wird immer nur noch schlimmer. Könntest du hier wohnen?« fragte er Max. »Auf dem Land ist doch wohl noch nie etwas ausgedacht worden. Du denkst dir doch auch in Leiden aus, was du hier untersuchen willst?«

Max hatte ihm verzweifelt zugehört. Das mit der »Tochter« war natürlich ein Spiel, aber wie ein richtiger Vater hatte er offenbar schon über die beste Umgebung für Adas Kind nachgedacht.

»Hier wohnen? Eher würde ich die Astronomie aufgeben. Ich würde mich wie ein verbannter Verbrecher fühlen. Kein böses Wort über Drenthe, aber es ist tatsächlich das Sibirien der Niederlande.« Er sah zum Himmel. »Ich glaube, ich mache das Verdeck lieber zu.«

Mit Onnos Hilfe zog er es hoch, und nachdem alle Verschlüsse eingerastet und alle Druckknöpfe festgemacht worden waren, brachte er sie ins Gästehaus, in dem er den Verwalter ein Zimmer hatte reservieren lassen. Im gemeinschaftlichen Wohnraum, der mit Korbmöbeln und Sperrholzbänken ausgestattet war, stellte er sie einem jungen Kollegen aus Sydney vor, der für sein Alter zu dick war und am Eßtisch arbeitete. Auf englisch erzählte Max, sein Kollege kombiniere die australischen Daten über die Verteilung von neutralem Wasserstoff im Milchstraßensystem mit denen der nördlichen Halbkugel, um die Karte zu komplettieren.

»So wie hier«, sagte er und zeigte auf eines der Kartenblätter, auf dem ein Diagramm zu sehen war, das nach Onnos Meinung aussah wie ein Rorschachtest, Ada zufolge aber wie die Unteransicht des Gehirns.

»Was weißt du denn von Gehirnen?« fragte Onno. »Das ist meine Spezialität.«

»Ich habe einmal Bilder davon gesehen.«

Nachdem sie im Gästezimmer ihre Tasche ausgepackt hatten, gingen sie ins Hauptgebäude, wo sich in einer flachen Kantinenhalle Astronomen, Techniker, Verwaltungspersonal und Werkstudenten um einen Wagen mit Tee und Kuchen versammelt hatten.

Manche kannten Onno und Ada bereits von ihrem Besuch in der Leidener Sternwarte – es war, wurde Max plötzlich klar, der allererste Tag gewesen, der Tag, an dem er Ada aus dem Antiquariat *Lob der Torheit* geholt hatte. Er sah sie wieder vor sich, wie sie hinter ihrem Cello gesessen hatte, *musicienne du silence*, ihr Vater hatte Wandfarbe im Gesicht gehabt – und später: »Sei vorsichtig, tu mir nicht weh...«

Er zeigte ihnen sein Büro, das genauso aufgeräumt und ordentlich war wie das in Leiden, den Meßraum, die Instrumentenherstellung und die Werkstätten, wo überall bereits Licht brannte. Schließlich traten sie auf der Rückseite des Gebäudes ins Freie. Hundert Meter weiter stand das kolossale Teleskop, still auf einen Punkt des dunklen Himmels gerichtet. Auch für Max ging immer noch eine geheimnisvolle Wirkung von diesem Instrument aus, das er so gut kannte und das mit keinem anderen technischen Bauwerk vergleichbar war. Ein leichter Wind war aufgekommen, und während sie auf die Antenne zugingen, sagte er, dies habe natürlich mit dem Kontakt zu dem am weitesten Entfernten zu tun und dem frühesten Zeitpunkt, den man sich vorstellen könne. Am Rand der Heide, die bis zum Horizont reichte, ragte der Reflektor über ihnen in die Höhe, durchsichtig wie ein abgefallenes Blatt, von dem im Winter nur das Gerippe übriggeblieben war. Der Spiegel ruhte auf Stahlbeinen, zwischen denen sich eine Bedienungsbaracke befand, und die ganze Konstruktion war auf vier Räder montiert, die auf einem kreisförmigen Gleis standen.

»Wenn du mich fragst, sind das Spülbürsten«, sagte Ada und zeigte auf die Bürsten, die mit Schnüren provisorisch vor und hinter jedem Rad befestigt waren, um die Schiene glatt zu halten.

»Aus dem Haushaltswarengeschäft in Dwingeloo«, nickte Max. »So geht es immer und überall zu in der Wissenschaft, aber das darf keiner wissen.«

»In der Politik ist es ganz genauso«, sagte Onno. »Nur Improvisation und Pfusch. Die Leute glauben an Meisterhirne und teuflische Komplotte, aber wenn sie erführen, wie Politik tatsächlich gemacht wird, würden sie sich zu Tode erschrecken. Weil es da genauso zugeht wie bei ihnen zu Hause. Ich glaube, es ist überall dasselbe, wenn man hinter die Kulissen schaut. So gesehen ist es ein Wunder, daß sich die Welt noch dreht.«

In der Bedienungsbaracke, in der einige Beobachter an den Apparaten saßen, erläuterte er, was im Augenblick beobachtet oder abgehört wurde.

»Ich schätze, daß gerade geeicht wird«, sagte Max. »Was machen wir gerade, Floris? 3C296?«

Ein Mann, etwa in seinem Alter, sagte, ohne sich von seinen Meßgeräten abzuwenden:

»Ja, aber irgendwo ist eine Störung. Das ist bestimmt wieder so ein verfluchter Wetterballon aus Cuxhaven, mit seinem achtunddreißigsten Harmonischen. Warum rufen wir nicht im Fliegerhorst Leeuwarden an, daß sie die Dinger abschießen?«

»Diese Leute stören doch selber.«

Das sei tatsächlich das Problem, sagte Max, Onno habe recht mit seinem Moped. Sobald die Information auf Lochkarte gespeichert vorliege, müsse überprüft werden, was nun tatsächlich gemessen worden sei, und dann könne die Astronomie herausgefiltert werden.

»Entschuldigt bitte, aber ich glaube, daß ich mich jetzt ein bißchen darum kümmern muß. Wenn ihr jetzt einen Spaziergang durch die Heide macht, sehen wir uns vor dem Essen wieder. Ich habe im Dorf einen Tisch bestellt, in einem Sternenrestaurant, sozusagen. Und denkt daran, wenn es anfängt zu gewittern, müßt ihr euch flach auf den Boden legen und Stück für Stück zurückkriechen. Das sind so Dinge, von denen man als Stadtmensch normalerweise keine Ahnung hat.«

Im selben Augenblick, in dem er das sagte, wurde er selbst wie vom Blitz von dem Gedanken getroffen, daß das die Lösung seines Problems wäre – wenn Ada auf diese Weise ihr Ende fände –, und er wünschte, daß dieser Gedanke sofort wieder aus seinem Kopf herausgebrannt werden könnte.

Eine Tischreservierung wäre nicht nötig gewesen, wegen des schlechten Wetters waren sie die einzigen Gäste. In dem dunklen, rustikalen Raum mit undefinierbaren Gemälden, Bildern und Eisenpfannen an den Wänden suchten sie sich einen Platz möglichst weit weg von den Fenstern, an die nun die Regenböen schlugen. Max zündete die Kerze auf dem Tisch an und lauschte Onnos Vortrag über den Unterschied zwischen Mistwetter in der Stadt und Mistwetter auf dem Lande. In der Stadt werde man nämlich nasser vom Regen, und Wetter gehöre eigentlich gar nicht dorthin; auf dem Land dagegen mache einen diese Witterung, die in der Stadt doch nur als unpassend empfunden werde, eher depressiv.

»Du machst aber nicht gerade den Eindruck, als wärst du im Moment depressiv.«

»Natürlich nicht, ich bin dem Ganzen ja auch enthoben und halte mich in den Regionen der Vernunft auf, wo die Witterung keinen Einfluß hat. Aber du – du machst einen ziemlich bedrückten Eindruck. Fehlt dir was?«

»Mitnichten«, sagte Max und warf einen unsicheren Blick auf Ada, der er gerade noch den Tod gewünscht hatte. »Was sollte mir fehlen?«

»Das ist ja meine Frage. Vielleicht kommst du zu oft hierher. Wie soll das erst werden, wenn die Anlage in Westerbork fertig ist?«

»Das werde ich dann schon sehen.«

»Wie weit sind sie jetzt?«

»Der zwölfte Spiegel wird in diesem Jahr noch fertig.«

»Das muß doch ein herrlicher Anblick sein«, sagte Ada. »Einer allein ist ja schon beeindruckend.«

»Das glaube ich auch.«

Mit einem fragenden Blick sah Onno ihn an.

»Willst du damit etwa sagen, daß du dir das noch nie angesehen hast?«

»Nein. Ich meine, ja. Ich habe es noch nie gesehen.«

»Ist das nicht hier in der Nähe?« fragte Ada.

»Fünfundzwanzig Kilometer von hier.«

»Ganz in der Nähe also.«

Onno legte kurz seine Hand auf die ihre, und Max sah, daß dies nicht nur eine zärtliche Geste war, sondern auch ein Befehl zum Schweigen. Offenbar wußte sie nicht, was ›Westerbork‹ für Max bedeutete, er hatte es ihr nie erzählt, und wenn sie es von Onno wußte, hatte sie den Namen inzwischen wahrscheinlich einfach vergessen. Es war ihm nicht sonderlich angenehm, umsichtig behandelt zu werden wie ein Kranker.

»Aber ich kenne das Gelände wie meine Westentasche. Ich habe alle Grundrisse im Kopf und kann euch blind zum Appellplatz oder zur Strafbaracke führen.«

Es sah immer mehr danach aus, daß er als Teleskopastronom in Westerbork arbeiten sollte, als der Astronom, der vor Ort mit den Technikern zusammenarbeitete, er würde schon sehen. Vielleicht ist es das beste, dachte er, die Sache so lange vor sich her zu schieben, bis es nicht mehr geht, man soll ja auch nicht zuerst mit dem großen Zeh fühlen, wie kalt das Wasser ist, sondern einfach hineinspringen. Außerdem wurde dieses Problem in den letzten Monaten von einem anderen überlagert, für das ausschließlich er die Verantwortung trug.

Auch der gepflegte schwarze Anzug konnte nichts an dem groben Gesicht des Obers ändern, dessen Großeltern vermutlich noch in einer Lehmhütte zur Welt gekommen waren. Aber den Champagner öffnete er fachmännisch, ohne den Korken knallen zu lassen. Max probierte, wartete, bis eingeschenkt war – Ada hielt die Hand über ihr Glas –, und brachte einen Trinkspruch aus.

»Auf unsere simultane Empfängnis!«

Entgeistert sah Ada ihn an. Hatte er Onno informiert?

»Was um Himmels willen soll das denn?«

Er begriff sofort, was sie dachte – aber ehe er antworten konnte, sagte Onno:

»Das habe ich dir doch erzählt, Ada, aber du hast mir ja nicht zugehört und wahrscheinlich gedacht: ja, ja, du kannst mir viel erzählen. Was wir hier feiern, ist die stille, heilige Nacht von Van der Lubbe, dem einflußreichsten niederländischen Politiker, den es je gegeben hat.«

Während sie die Speisekarte studierten, erzählte er ihr die Geschichte noch einmal – und auch den Anlaß, bei dem ihm Max die Sache vorgerechnet hatte. »Darf Onno bitte draußen mit mir spielen, Frau Hartman?« Max hatte es schon fast vergessen. Es war ein knappes Jahr her, aber es kam ihm vor wie aus einer fernen Vergangenheit.

»Wie geht es Helga?« fragte er. »Hast du sie noch einmal getroffen?«

»Nein, nie. Sie sitzt wahrscheinlich brav im Kunsthistorischen Institut und aktualisiert den Katalog.«

Sie aßen Wildschwein, und Onno ließ sich über diverse innenpolitische Widerwärtigkeiten aus, die sich Max und Ada höflich anhörten. Jetzt werde ein großer Sprung nach vorn gemacht, sagte er, und endlich verwirklicht, was sein Vater und dessen Freunde 1945 verhindert hätten. Das gehe einher mit einer rabiaten Demokratisierungswelle, die der plebejischen Züge nicht entbehre: keiner dürfe mehr leisten als der andere – und wenn man das nun fördere, selbst aber aristokratisch leiste, was sonst keiner leiste, dann sei man bis zum Ende des Jahrhunderts in den Schaltzentralen der Macht.

»Machiavelli hat nicht umsonst gelebt«, sagte Max.

»Ah, Machiavelli!« rief Onno. »Ein Name, der leider allzu selten genannt wird!«

Nach dem Kaffee bat Onno um die Rechnung, aber der Ober wehrte ab, es sei alles erledigt.

»Ihr wart meine Gäste«, sagte Max und stand auf. »In Amsterdam esse ich dann gern mal wieder auf eure Kosten.«

26
Fancy

Es goß noch immer, und zudem wehte jetzt ein heftiger Wind; sie liefen rasch zum Auto, fuhren durch die verlassene, dunkle Gegend zurück und waren zehn Minuten später wieder in der Sternwarte. Überall brannte noch Licht, überall wurde noch observiert, und auch der Antipode saß noch am Küchentisch des Gästehauses. Es war halb elf, und Max fragte, ob sie schon schlafen gehen wollten, wenn nicht, habe er noch einen Wein, Rum und Cola in der Küche. Ada wollte gern noch ein Glas Cola, auch wenn das vielleicht für eine Schwangere nicht das richtige sei, aber Onno war der Meinung, Alkohol sei für schädliche Bakterien tödlich und folglich für heranwachsende Embryonen äußerst gesund. Es kam Max so vor, als könnte er den bunten Bücherstapel über Schwangerschaft und Entbindung sehen, der mit Sicherheit neben Adas Bett lag.

Draußen wurde das Gewitter immer heftiger, und sie saßen gemütlich am Kamin. Onno unterschied jetzt zwischen ›großem Wetter‹ und ›kleinem Wetter‹: das Wetter könne so schlecht sein, daß es durch den Nullpunkt durchschlage und wieder gut werde, Donner, Blitz, Deichbrüche, Überschwemmungen – keine Rede davon, daß das ›schlechtes Wetter‹ sei, und Max erzählte, Dickens habe jedes Jahr an Heiligabend ein Diner für seine Freunde gegeben, bei dem ein gemieteter Landstreicher im Schneesturm unter dem Fenster stehen und alle paar Minuten rufen mußte: »Huu! Was ist das kalt!«, so daß man drinnen um so mehr die Wärme und die Gans genoß.

»So ein Schuft«, sagte Ada.

»Ganz und gar nicht«, sagte Onno, »das ist dialektisch vollkommen in Ordnung. Man sieht daran nur, daß er in seiner Art zu leben ein großer Schriftsteller war.«

»Komische Auffassungen von Größe habt ihr.«

»Was ist denn für dich das Charakteristikum von Größe?«

»Bescheidenheit.«

»Ada!« rief Onno und griff sich verzweifelt an den Kopf. »Nicht das Schlimmste!«

»Ich meine es wirklich. Soweit ich weiß, fühlte sich Bach der Musik gegenüber winzig klein.«

»Aber er schrieb dennoch ein Meisterwerk nach dem anderen. Wirklich sehr bescheiden. Und überhaupt, was ist das, *die Musik*? Ohne Bach und die anderen Komponisten gäbe es *die Musik* überhaupt nicht. Oder glaubst du etwa, daß *die Musik* etwas ist, das da irgendwo am Himmel schwebt?«

»Vielleicht schon, ja.«

»Frauen sind Platoniker«, sagte Onno kopfschüttelnd.

»Und was ist mit Max, mit diesem Teleskop hier?« fragte Ada und wandte sich ihm zu. »Fühlst du dich nicht klein, wenn du ins Weltall schaust?«

»Ich glaube«, sagte Max behutsam, »daß du zwei Dinge miteinander verwechselst. Einstein war offenbar auch ein bescheidener Mensch, aber er hatte keine Hemmungen zu beschreiben, wie das Weltall zusammengesetzt ist. Onno hat recht: Wie bescheiden ist das eigentlich? Man kann sagen, daß er sich in seinem Alltag nichts darauf einbildete, was auch nicht nötig war, aber dann ist Bescheidenheit nur eine psychologische Kategorie –.«

»Und die Psychologie ist *immer* uninteressant«, unterbrach ihn Onno. »Und da wir schon darüber sprechen: Wie bescheiden war Freud selbst? Lies die Texte und erschrecke.«

»Offen gestanden«, sagte Max, »habe ich als kleiner Junge nie verstanden, daß sich jemand dem All gegenüber klein vorkommen kann. Der Mensch *weiß* doch, wie überwältigend groß es ist, und noch einige Dinge mehr, aber deswegen ist er doch nicht klein! Daß er das alles entdeckt hat, beweist doch gerade seine Größe. Das Erstaunliche ist eher, daß dieses murkelige Wesen das gesamte Weltall in diesem winzigen Raum unter seiner Schädeldecke erfassen und darüber obendrein noch reflektieren kann, wie wir jetzt. Das macht ihn in gewisser Weise sogar *größer* als das Weltall.«

»Ja«, sagte Onno mit einem Lächeln zu Ada, »jetzt mußt du aber wirklich zuhören.«

Der Kamin heulte und pfiff wie eine verstimmte Orgelpfeife.

»Ich kann mir allerdings auch vorstellen«, sagte Max, während er nachschenkte, »daß jemand der Ansicht ist, der Mensch müsse sich seiner eigenen Größe gegenüber klein vorkommen, da er sie von Gott hat.«

»Aber das ist dann ein ausgemachter Masochist«, unterbrach ihn Onno, »der übersieht, daß auch Gott das Werk des Menschen ist.«

Max sah in das tiefe Rot seines Weines und schwieg. *Der Einzige und sein Eigentum.* Er beschäftigte sich mit extragalaktischen Forschungen, mit Signalen kosmischer Ereignisse, die sich vor Milliarden von Jahren im jungen All zugetragen hatten, aber jetzt im Nichts versanken neben dem Ereignis, das ihm auf einem kleinen Planeten in einem unbedeutenden Sonnensystem an der Peripherie von einem der Dutzende von Milliarden Sternensystemen vielleicht bevorstand. Aber dieses Bewußtsein brachte ihn zu keiner wie auch immer gearteten ›Relativierung‹, im Gegenteil: Die Geburt eines Menschen war kein unbedeutender Vorfall in der gemessenen Unermeßlichkeit des Universums, sondern eher ein Ereignis metakosmischen Ausmaßes – auch ohne Gott. Vor allem ohne Gott.

Triefend und mit zerzaustem Haar kam Floris herein.

»Wir müssen das Teleskop festmachen, Max, sonst können wir es morgen auf der Heide suchen. Wir haben jetzt Windstärke zehn, und dem Wetteramt zufolge soll es noch schlimmer werden. Windböen von bis zu hundertfünfzig Stundenkilometern. Es scheint der letzte Ausläufer eines Orkans aus der Karibik zu sein, der schon seit Monaten über den Ozean irrt. Kommst du? Wir haben es schon mit der Rückseite in den Wind gedreht.«

Auch Onno und der Australier zogen ihre Mäntel an. Ada sagte, sie gehe schon zu Bett; sie hatte die Partitur von *Das Lied von der Erde* dabei und wollte sie noch einmal durchgehen.

»Genau!« rief Onno, als er ins Freie trat.

Im tobenden Sturm wankten und peitschten die Bäume, als wollten sie sich endlich losreißen von ihren Ketten. Der Regen schlug ihnen ins Gesicht, und vornübergebeugt gingen sie zum

Teleskop, wo sich Lichtkegel von Taschenlampen bewegten und zehn bis zwanzig Leute geschäftig hin und her rannten. Langsam wurde der Spiegel in eine horizontale Lage gedreht. Es wurden Blöcke herangeschleppt, die an den Rädern festgeklemmt wurden; jemand rief, der Azimuthmotor müsse ausgeschaltet werden, ein anderer, Floris solle nach oben, um die Elevationsmotoren auszuschalten. Die ganze Prozedur lief entsprechend den Anweisungen ab, die in der Betriebsanleitung für den Fall eines schweren Sturmes aufgeführt waren. Eine halbe Stunde später betrachteten sie zufrieden den Reflektor, der unverrückbar auf den Zenit gerichtet war wie eine majestätische Opferschale.

Im Labor hörten sie sich schließlich alle durchnäßt die Dankesworte des Direktors an und besprachen das Vorgefallene.

»Jetzt schau dir meine nagelneuen kastanienbraunen Wildlederschuhe an«, sagte Max und zeigte auf seine verschlammten schwarzen Schuhe.

»Das geschieht dir recht«, sagte Onno.

Die Frau des Verwalters hatte heißen Kakao gemacht, den sie aus einem riesigen grau emaillierten Kessel in dicke, weiße Becher goß; so hatten alle das Gefühl, nach einem sinnvoll verbrachten Tag wieder daheim bei Vater und Mutter zu sein.

»Ich werde auch Astronom«, sagte Onno zufrieden. »Hier gibt es noch echte menschliche Wärme.«

In diesem Moment rief ein Mädchen:

»Ist hier ein Herr Quist?«

»Ja?« sagte Onno verwundert.

»Telefon für Sie.«

»Da stimmt was nicht«, sagte Onno und stand auf.

Auch Max war beunruhigt. Es war fast Mitternacht, wer würde ihn zu dieser Stunde noch sprechen wollen? Vielleicht war etwas mit seinem Vater oder seiner Mutter.

Als Onno zurückkam, sah Max ihm sofort an, daß es tatsächlich eine Hiobsbotschaft war.

»Adas Vater hat einen Herzinfarkt. Es war ihre Mutter. Es scheint ziemlich ernst zu sein, sie wollte wissen, ob wir jetzt gleich nach Leiden kommen können. Er ist in die Notaufnahme der Universitätsklinik gebracht worden.«

»Jetzt fährt kein Zug mehr«, sagte Max und stand ebenfalls auf. »Laß uns gehen. Ich bringe euch hin.«

Sie nahmen die Abkürzung zum Gästehaus. Ada schlief bereits, das Gesicht auf der Seite, den Zeigefinger in der zugeschlagenen Partitur. Während Onno sie weckte, ging Max in sein Zimmer, um seine Sachen zu packen. Er stellte sich vor, wie Adas Vater, an dessen Gesicht er sich kaum noch erinnern konnte, auf der Treppe vor seinen Bücherregalen von einem Fausthieb in der Brust getroffen wurde. Offenbar konnte jeden Augenblick alles passieren; jeder lebte von einem Tag in den anderen in einer Art Gottvertrauen, daß alles auf ewig so bleiben würde, wie es war, und dann plötzlich war alles anders. Er holte rasch noch die Lochstreifen für das Rechenzentrum und ging mit zwei Taschen in den Aufenthaltsraum, wo wenig später auch Ada und Onno erschienen.

»Mein Gott, Ada«, sagte er und küßte sie auf die Stirn, »wie schrecklich. Hat er früher schon Herzbeschwerden gehabt?«

»Ich glaube schon, aber er wollte es nicht wahrhaben. Männer sind doch immer so tapfer. Laß uns schnell gehen.«

Keiner von ihnen hatte einen Mantel dabei. Draußen rannte Max durch das Gewitter zum Wagen und fuhr ihn unmittelbar vor die Tür des Gästehauses. Da das Verdeck geschlossen war, mußte sich Onno nun hinter den beiden Vordersitzen auf ein Viertel seines Umfangs zusammenfalten; Ada bot ihm ihren Platz an, aber davon wollte er nichts wissen. Der Regen prasselte auf das Segeltuchdach, und Max fuhr mit Fernlicht auf den Sandweg. Der Wald bewegte sich, als bestünde er nicht aus Pflanzen, sondern aus Tieren; überall lagen abgerissene Äste im Schlamm, denen Max ausweichen mußte. Über das Lenkrad gebeugt, stierte er auf den Weg und wischte ab und zu mit dem Ärmel über die Windschutzscheibe. Der Weg ging über in eine Straße, auf der der Wolkenbruch Myriaden tanzender Mäuse ablud: dicke Blasen mit Beinen, eine sinnlose Polka, von der er nur einen Bruchteil sah. Nahezu alle Häuser im Dorf waren dunkel; neben den Gehsteigen stand das Wasser, das die Gullys nicht mehr aufnehmen konnten, in ausgedehnten Pfützen, die mit einem Geräusch wie beim Messerschleifen bis in die Vorgärten spritzten. Als sie am Restaurant vorbeifuhren, tauchte in ihm kurz ein Bild vom Inneren des Hauses auf: Ober und Koch waren nach Hause gegangen, die Lichter gelöscht, aber in der unermeßlichen dunklen Verlassenheit befanden sich noch immer die Tische und Stühle und die Pfannen an der Wand.

Auf der Landstraße, wo keine Straßenlaternen mehr brannten, mußte er das Lenkrad richtiggehend festhalten, um den Wagen in der Spur zu halten. Der Asphalt glänzte vor Wasser, aber das Auto war glücklicherweise mit Onnos Gewicht auf der Hinterachse und mit Ada, die fast doppelt zählte, schwer genug. Es regnete so heftig, daß der Scheibenwischer gegen den Wasservorhang auf der Windschutzscheibe nur wenig ausrichten konnte. Jede Windböe riß an dem Wagen, und Max hatte Mühe, den weißen Mittelstreifen nicht zu verlieren, das Scheinwerferlicht war in Kegel voller blendend aufleuchtender Perlen verwandelt.

»Es tut mir leid«, sagte er mit einem Blick zu Ada, »ich muß langsam fahren.«

»Paß auf!« rief sie.

Auf der Straße lag quer ein entwurzelter Baum, der von links auf die Fahrbahn gestürzt war. Max bremste, spürte aber sofort, wie die Reifen die Haftung auf dem Asphalt verloren, kuppelte aus und warf das Lenkrad herum; als Ada seine Schulter packte, kam er mit den Vorderrädern wenige Meter vor dem meterhohen Hindernis an der rechten Böschung zum Stehen.

»Meine Güte«, sagte er, »das war aber knapp. Wir müssen umdrehen.« Er schaltete in den Rückwärtsgang und versuchte, vom Seitenstreifen zu kommen, aber die Vorderräder waren zu tief eingesunken.

»Wir müssen schieben, Onno.«

Er stellte den Motor ab und öffnete die Tür, die ihm augenblicklich fast aus der Hand gerissen wurde, und klappte die Lehne seines Sitzes nach vorn, um Onno aussteigen zu lassen.

»Soll ich helfen?« fragte Ada.

»Bleib du in Gottes Namen sitzen«, sagte Onno.

»Wir müssen uns beeilen«, sagte Max, als er die Tür zuschlug, »bevor noch ein Auto kommt.«

In dem tobenden Pandämonium packten sie im Licht der Scheinwerfer die Stoßstange. Max stand mit den neuen Schuhen bis zu den Knöcheln im Schlamm und zählte bis drei, aber im selben Augenblick löste sich aus dem Lärm des Sturms und des Regengeprassels ein neues Geräusch, ein dunkles Röcheln, das überging in ein tiefes Krachen und Rauschen. Max sah sich um und nach oben, und dann plötzlich auf der anderen Straßenseite die dunkle Baumkrone, die sich wie eine riesenhafte Hand auf ihn zubewegte. Er griff nach Onno und zog ihn mit seinem ganzen Körpergewicht zu Boden. Mit einem satten Schlag fiel der Baum auf die Straße und auf das Auto, das die Wucht für sie abfing.

Obwohl der Tumult nicht abnahm, war es, als sei plötzlich eine totale Stille eingetreten. Die Scheinwerfer waren gelöscht, Zweige hingen über ihren Köpfen.

»Onno!«

»Ja, ja, alles in Ordnung – aber Ada!«

Sie rappelten sich auf und sahen, starr vor Entsetzen, den Schatten des Stammes, der unter kahlen Zweigen auf dem hellen Verdeck lag.

»Jesus, nein –«, schrie Onno. »Das ist nicht wahr – Ada!«

So schnell sie konnten, befreiten sie sich rutschend und tastend aus dem Chaos und versuchten die Wagentüren zu erreichen, aber es war unmöglich.

»Ada!« schrie Onno wieder.

Er bekam keine Antwort. Halb im Liegen zwängte Max seinen Arm durch die Zweige und versuchte, das Verdeck zu lösen, aber er fand nirgends Halt.

»Wir brauchen Hilfe!«

Völlig außer Atem sah er sich um. Gut hundert Meter weiter, in einer Wiese, lag ein Bauernhof, wo noch Licht brannte. Gerade als er hingehen wollte, leuchtete auf der anderen Seite des Straßengrabens eine Taschenlampe auf, und eine Stimme rief:

»Verdammter Mist! Das ist schon der zweite innerhalb von zehn Minuten! Ist da jemand?«

»Hallo! Holen Sie schnell Hilfe!«

»Die Polizei ist schon verständigt.«

»Es muß sofort ein Krankenwagen her!«

Das Licht der Taschenlampe machte einen Bogen und bewegte sich in Sprüngen in Richtung Bauernhof.

Verzweifelt und mit all seinen Kräften versuchte Onno, sich einen Weg durch die Äste zu bahnen, aber das Auto war wie in einem Käfig eingeschlossen.

»*Gottverdammt!*« brüllte er. »*Ada! Unser Kind!*«

Max erstarrte. Ihr Kind –. Zum zweiten Mal an diesem Tag machte sich dieser monströse Gedanke in ihm breit – er wollte ihn sofort unterdrücken, aber er war bereits da, und jetzt nicht wegen eines Scherzes über den Blitz, sondern während sie unter diesem Berg aus Holz lag und vielleicht tatsächlich tot war. Er bekam das Gefühl, als lege sich ein glänzend schwarzes Leintuch um ihn, das sich wie eine zweite Haut an seinen Körper schmiegte. Im nächsten Augenblick mußte er sich übergeben. Er wandte sich ab und erbrach das Wildschwein. Als er sich aufrichtete, sah er, daß Onno mit dem Gesicht auf einem Arm über den Ästen lehnte und von einem Weinkrampf geschüttelt wurde.

Mit Sirene und roten Signalleuchten näherte sich aus Richtung Dwingeloo die Feuerwehr, gefolgt von einem Polizeiwagen mit Blaulicht. Kurz darauf leuchtete ein greller Scheinwerfer auf, und überall schwärmten Männer in Öljacken aus; rot-weiße Bänder wurden über die Straße gespannt, dann kreischten Motorsägen auf und schnitten durch die Äste wie Brotmesser durch Brot. Max und Onno wurden von niemandem angesprochen. Onno registrierte alles, was geschah, lief aber zugleich verstört auf und ab wie ein Tiger im Käfig. Max half beim Wegziehen der Äste und wollte etwas zu ihm sagen, aber er wußte nicht, was, in seinem Mund war nur der bittere Geschmack des Erbrochenen. Der Kofferraum war eingedrückt, die Lochbänder vielleicht verloren. Signalleuchten und Blaulicht überzogen alles rotierend mit einem grausamen Muster, das genau das ausdrückte, was er empfand. Es stürmte und regnete noch immer, aber es schien, als ließe der Sturm jetzt nach.

Als der Fahrgastraum freigesägt war, sah er Ada wie gefaltet unter dem eingedrückten Dach, das keinerlei Schutz geboten hatte, reglos, das Gesicht auf den Knien; der Stamm war direkt neben ihrem Platz niedergegangen, auf seinem. Instinktiv wandte er den Blick ab und sah sekundenlang nicht hin, aber Onno kam stolpernd nach vorne und stützte sich auf die Motorhaube.

Ein Polizeibeamter packte ihn rauh an der Schulter. »Machen Sie, daß Sie wegkommen. Finden Sie den Anblick so schön?«

Zitternd drehte sich Onno um.

»Das ist meine Frau.«

Der Beamte ließ ihn los und legte nun beide Hände auf seine Schultern.

»Kommen Sie.«

»Lebt sie noch? Ada! Hörst du mich?«

»Kommen Sie.«

Während die Feuerwehrleute vorsichtig das Verdeck lösten und Decken über Ada legten, näherte sich von der anderen Seite mit hoher Geschwindigkeit ein Rettungswagen mit schrillen Sirenen, blendend grellen Scheinwerfern und Blaulicht. Zwei Sanitäter sprangen heraus, und während der eine ans Fahrzeugheck ging, um die Trage zu holen, sprang der andere über die Äste, kniete sich zu Ada und steckte sich ein Stethoskop in die Ohren.

»Sie ist schwanger«, sagte Onno.

Der Sanitäter sah kurz auf und nickte. Ohne sie zu bewegen, setzte er vorsichtig den Trichter auf ihren Hals, hielt den Kopf etwas schief und horchte. Niemand rührte sich. Max' Herz schlug heftig. Ihm war, als sei der ungleiche Rhythmus der Signalleuchten das einzige Geräusch.

»Sie lebt«, sagte der Sanitäter.

Max holte tief Luft und legte sich die Hände über die Augen.

Dann sah er in Onnos triefendes, verschmiertes Gesicht und umarmte ihn.

Ada kam auch im Rettungswagen nicht zu Bewußtsein. Max saß neben dem Fahrer, der keine Auskunft gab; als er am Krankenhaus in Hoogeveen ausstieg, bemerkte er, daß auch Onnos Erleichterung einer neuen Unruhe gewichen war. Ada wurde sofort in die Notaufnahme gefahren, und sie wurden von einer Krankenschwester in einen Waschraum geführt. In der hellen, stillen, keimfreien Umgebung erschraken sie, als sie sich im Spiegel sahen: zerrissene Kleider, triefend, schlammverkrustet, voller grüner Streifen aus Baumrinde, Gesicht und Hände blutend und verschrammt. Es schien, als kämen sie nicht nur aus einem lebensgefährlichen Unwetter, sondern in irgendeiner Weise auch aus einer anderen Zeit.

»Wenn das nur gutgeht«, sagte Onno. »So ein sinnloser Mist. Daß wir ausgerechnet auch da stehen müssen, wo der verdammte Baum umstürzt. Was soll das bloß heißen?«

Max spülte sich den Mund aus und antwortete nicht gleich. Er begriff, daß Onno den sinnlosen Mist der Existenz zum ersten Mal am eigenen Leibe erfuhr. Daß in jedem Augenblick alles geschehen konnte, war für ihn selbst so selbstverständlich wie der ebenso sinnlose Umstand, daß es an einem Tag schön war und am anderen nicht. So war das nun einmal auf der Erde. Am Himmel war das anders, dort herrschten viel rigidere Gesetzmäßigkeiten: die Sonne ging immer auf, und nicht manchmal nicht, oder erst einen Tag später, sondern immer genau im vorhergesagten Augenblick. Aus dieser Richtung drohte keine Gefahr. Aber das hatte alles nichts mit dem Leben auf der Erde zu tun, und vielleicht hatte er gerade deshalb diese unmenschliche Verläßlichkeit zu seinem Beruf gemacht.

»Andererseits«, sagte er, »wenn sie hinten gesessen hätte, auf deinem Platz, hätte sie es nicht überlebt.«

Mit beiden Händen warf sich Onno Wasser ins Gesicht, und plötzlich erstarrte er. Langsam richtete er sich auf und sah Max mit weiten Augen im Spiegel an.

»Max«, sagte er leise, fast flüsternd. »Adas Vater –.«

»Gütiger Himmel! Daran habe ich keine Sekunde mehr gedacht.«

Entgeistert sahen sie sich an.

»Auch das noch«, sagte Onno. »Wie soll das jetzt gehen?«

»Du mußt anrufen.«

»Anrufen? Wie stellst du dir das vor? Denk doch an die Frau. Ihr Mann erleidet einen schweren Herzinfarkt und muß ins Krankenhaus. Dann läutet das Telefon, und sie bekommt die Nachricht, daß ihre schwangere Tochter einen Unfall hatte und im Koma liegt. Das überlebt sie nicht.«

»Aber was sollen wir machen?«

»Du mußt hinfahren und es ihr behutsam beibringen. Ich bleibe hier, bei Ada, das steht fest.«

»Und wie soll ich da hinkommen?«

»Mit einem Taxi. Auf meine Kosten.«

»Das kostet einige hundert Gulden. Haben wir so viel dabei?«

»Sonst borgen wir uns hier was.«

Max sah auf die Uhr.

»Es ist Viertel nach eins. Wir hätten ungefähr jetzt in Leiden sein müssen. Bis ich da bin, wird es drei Uhr sein. Aber ich mach's natürlich.«

Sie gingen ins Wartezimmer, wo sie ihr Geld zusammenlegten und ein Taxi rufen ließen. Der Fahrer des hiesigen Unternehmens lag bereits im Bett, aber in zwanzig Minuten würde er dasein. Während sie warteten, erschien ein blonder junger Mann im weißen Kittel, der sich als der diensthabende Arzt vorstellte. Er könne noch wenig sagen. Sie sei noch immer bewußtlos, aber es sehe so aus, als ob sie nichts gebrochen hätte; Blutdruck, Puls und Atmung seien normal. Auch mit ihrem Kind scheine alles in Ordnung zu sein.

»Gott sei Dank«, sagte Onno.

»Wir müssen die neurologische Untersuchung abwarten.«

»Und wann ist die?«

»Gleich. Wir haben den Neurologen aus dem Bett geholt.«

Da das Taxi noch nicht da war, ging Max mit in das Krankenzimmer. Mit geschlossenen Augen lag Ada auf dem Kissen; am Arm war eine Infusion angelegt worden. Die Wölbung ihres Leibes unter der Decke wirkte wie eine Flutwelle. Es lag etwas in ihrem Gesichtsausdruck, das ihm auffiel und ihm bekannt vorkam, das er aber nicht sofort einordnen konnte. Später dann wußte er es plötzlich: es war der Gesichtsausdruck, den sie hatte, wenn sie Cello spielte, wenn sie in ihrer Musik aufging.

27
Trost

Als der Taxifahrer Max sah, sagte er, daß er gar nicht daran denke, ihn so mitzunehmen.

»Du kannst von mir aus zu Fuß gehen, mein Lieber. Ich habe nämlich nagelneue Sitzbezüge.«

Erst als Max sich beim Pförtner eine Tageszeitung geholt und auf den Rücksitz gelegt hatte, war der Mann bereit, ihn zu fahren. Max war schockiert über so viel Schroffheit, andererseits war es ihm ganz recht, denn nun mußte er nicht aus Höflichkeit Konversation machen, wahrscheinlich über Fußball, wovon er absolut keine Ahnung hatte, nicht einmal die Regeln kannte und auch nicht kennen wollte.

Wieder dieser Regen und der kräftige Wind. Noch immer war ihm nicht richtig klar, was passiert war. Als das Taxi auf die Schnellstraße kam, schloß er die Augen: der Baum plötzlich quer über der Straße … die Böschung … Adas Kopf auf dem Kissen, das schwarze Haar auf dem weißen Bezug … die blendenden Scheinwerfer in der rasenden Nacht mit den Sirenen und dem Blaulicht … der Schlamm, die Äste … er radelt über die Rapenburg, und eine Frau im Sommerkleid fährt neben ihn. Sie fragt, wo die

Straßenbahn nach Noordwijk hält. Ganz in der Nähe, sagt er, die erste Straße links. Was kostet die Straßenbahn? Sie können am besten mit dem Rad hinfahren, es ist nicht weit. Aber vielleicht muß ich lange warten am Fahrradstand? Das wird schon nicht so schlimm sein. *Es ist schon fünf vor halb fünf.* Im Botanischen Garten treffen ihn die ersten belaubten Bäume: die obere Hälfte ihrer Kronen ist mit einer dicken Schneeschicht bedeckt, die blendend-weiß in der Sommersonne glitzert. Sieh mal! ruft er und hält an, aber es scheint sie nicht zu interessieren; in Gedanken versunken fährt er zum Strand ...

Mit einem Ruck wachte er auf. Durch das Türfenster sah er kurz den Eingang des Capitols in Havanna – das im nächsten Augenblick jedoch zum Eingang der Universitätsklinik in Leiden zusammengeschrumpft war. Seine Kleider waren noch feucht. Es regnete, aber der Sturm hatte sich gelegt, oder vielleicht hatte er hier gar nicht gewütet; er bezahlte und ging ohne Gruß hinein.

Der Nachtportier, der ihn mißtrauisch von Kopf bis Fuß musterte, hatte eine Nachricht für Herrn und Frau Quist – wer *er* denn sei. Als er sich entschloß, Max' Geschichte zu glauben, sagte er, Frau Brons sei vor zehn Minuten nach Hause gegangen sei. Sie werde dort weiter auf ihre Tochter warten.

»Und Herr Brons?«

»Der ist gegen halb eins gestorben.«

Max wandte sich ab, sah ihn wieder an, wandte sich erneut ab und sah ihn wieder an.

»Wären Sie bitte so freundlich, das Krankenhaus in Hoogeveen für mich anzurufen?« Er merkte, daß ihm die Förmlichkeit dieses Satzes bei seiner Selbstbeherrschung half.

Der Pförtner tat, worum er gebeten worden war, und reichte ihm den Hörer. Es dauerte eine Weile, bevor er Onno ans Telefon bekam.

»Mutter?«

»Nein, hier Max. Ich bin jetzt in Leiden im Krankenhaus.« Er zögerte einen Augenblick. »Das Elend ist noch nicht zu Ende, Onno.« Und als es still blieb: »Adas Vater ist tot.«

»Das ist doch wohl nicht dein Ernst!«

»Es ist, als ob das alles nicht wahr wäre.«

»Mein Gott, ich werde noch wahnsinnig. Das ist doch nicht möglich! Dieser brave Kerl. Wirklich tot?«

»Es scheint um halb eins herum passiert zu sein, mehr weiß ich auch nicht.«

»Und meine Schwiegermutter? Hast du ihr schon erzählt, was mit Ada passiert ist?«

»Ich habe noch nicht mit ihr gesprochen. Sie hat auf uns gewartet, aber jetzt ist sie zu Hause, ich fahre gleich hin. Wie geht es Ada?«

»Sie ist jetzt beim Neurologen, sie machen Aufnahmen.«

»Also ich geh jetzt. Alles Gute. Sieh zu, daß du noch ein wenig schläfst.«

»Ja, sie haben hier ein Bett für mich gemacht, hier in Adas Zimmer. Ich werde versuchen, sie morgen sofort nach Amsterdam überführen zu lassen.«

»Deine Schwiegermutter wird dich sicher gleich noch anrufen.«

»Ich danke dir, Max. Für alles, was du für mich getan hast.«

Max gab dem Pförtner den Hörer zurück.

»Könnte ich mir kurz die Nummer des Krankenhauses aufschreiben?« Nachdem er sie notiert hatte, fragte er: »Würden Sie jetzt bitte ein Taxi für mich rufen? Ich warte draußen.«

»Auch Ihnen alles Gute«, sagte der Pförtner und nahm den Hörer wieder auf.

Draußen holte Max einige Male tief Luft. Was war das für eine Nacht? Jetzt traf es *sie*, in anderen Nächten traf es andere, und auch heute nacht traf es unzählige andere, es gab nie einen Tag oder eine Nacht oder auch nur einen Moment, in dem solches Unglück nicht geschah, solange die Menschheit existierte. Ohne Unterbrechung irrte das Unheil auf der Erde umher wie eine Schwalbe durch einen Mückenschwarm, mit plötzlichen Schwenks, den Schnabel sperrangelweit geöffnet.

Als er am *Lob der Torheit* aus dem Taxi stieg, hatte der Regen endlich aufgehört. Im Laden brannte Licht. Von irgendwoher in der stillen Stadt war das Gejohle von Studenten zu hören, die aus ihrer Stammkneipe kamen. Gleich nachdem er geklingelt hatte, erschien Sophia Brons in der Bücherhöhle. Ihr Gesicht war unbewegt, und ihre Augen zeigten nicht die Spur einer Rötung.

Als sie die Tür öffnete und ihn sah, schien sie kurz zu erschrecken und schaute schnell nach links und nach rechts auf die Straße.

»Wie siehst du denn aus! Was ist passiert? Wo sind Ada und Onno?«

»Wir hatten einen Unfall auf dem Weg hierher, aber machen Sie sich keine Sorgen, alle leben.«

»Einen Unfall?« wiederholte sie. Ihre kalten, dunklen Augen sahen ihn auf eine Art und Weise an, daß er sich sofort schuldig fühlte. »Und ihr Kind?«

»Alles in Ordnung. Sie sind im Krankenhaus von Hoogeveen. Ich bin mit dem Taxi hierhergefahren. Ich war gerade in der Uniklinik, dort habe ich die schreckliche Nachricht von Ihrem Mann erfahren. Furchtbar.«

Sie sah wieder auf seine Schrammen und auf die zerrissenen Kleider.

»Alles hat einmal ein Ende«, sagte sie mit unbewegtem Mund. »Komm herein.«

Onno kannte seine Schwiegermutter schlecht: sie war nicht der Typ Frau, der nachsichtig behandelt werden mußte und durch einen Anruf aus der Fassung geriet. Durch das Labyrinth der Lesbarkeit der Welt folgte er ihr ins Hinterzimmer. *Poesie. Technik. Theologie.* Auf dem niedrigen Tisch lag ein offenes Fotoalbum, daneben eine schwarze Lesebrille. Über der braunen cordbezogenen Couch hing ein großes Porträt von Multatuli, das ihm beim letzten Mal nicht aufgefallen war: in der romantischen Herrscherpose eines bayerischen Königs, die Pelerine wie einen Hermelinmantel über der Schulter, sah er mit wäßrigen Augen der Wahrheit ins Angesicht.

»Eine Tasse Kaffee?«

»Schrecklich gern.«

Während sie ihm einschenkte, erzählte er, was passiert war. Als er beunruhigt berichtete, daß Ada noch immer ohne Bewußtsein war, unterbrach sie das Rühren in der Tasse und sagte:

»Noch immer? Schon gut drei Stunden?« Sie überlegte. »Zum Glück ist sie ja noch jung. Ich habe Patienten erlebt, die tage- oder wochenlang im Koma waren, ohne bleibende Schäden.«

Verwundert sah er sie an.

»Haben Sie in der Krankenpflege gearbeitet?«

»Vor langer Zeit. Im Krieg.«

»Wie es jetzt ist, weiß ich allerdings nicht. Ich habe vorhin vom Krankenhaus aus noch mit Onno telefoniert, da war gerade der Neurologe bei ihr. Soll ich für Sie in Hoogeveen anrufen? Ich habe die Nummer.«

Sie zeigte auf das Telefon.

»Bitte.«

»Onno weiß Bescheid über das mit Ihrem Mann«, sagte er, während er die Nummer wählte. »Er war sehr mitgenommen. Er sagte übrigens, daß er dafür sorgen würde, Ada morgen nach Amsterdam überführen zu lassen.« Als er die Verbindung bekam, gab er Sophia den Hörer.

»Hier Brons«, sagte sie. – »Danke. – Ich danke dir, Onno. – Ich weiß es nicht. Ich war bei einer Lesung über Thoreau und Gandhi. Als ich nach Hause kam, lag er in der Küche am Boden, bewußtlos. – Ja. – Ja, ist schon gut. – Ich habe es eben erfahren. Er ist jetzt hier. – Ja. – Ja. – Ja. – Ja. – Natürlich. – Ja. – Oh. – Ja. – Ja. – Ja. – Sagst du mir dann noch Bescheid? – Gut. – Selbstverständlich. – Bis morgen.«

Als sie sich wieder gesetzt hatte und nichts sagte, fragte Max:

»Und?«

»Die Aufnahmen sind gut. Keine Schädelbasisfraktur oder etwas Ähnliches. Wir müssen abwarten. Morgen wird sie in Amsterdam aufgenommen, vermutlich im Wilhelmina Gasthuis. Dort wird dann ein EEG gemacht.«

Max nickte. Er wußte nicht mehr, was er sagen sollte und fragte:

»Wie alt war Ihr Mann?«

»Siebenundvierzig.«

»Und dann schon so einen Herzinfarkt. Aber er hat doch hier zwischen seinen Büchern ein ruhiges Leben geführt?«

»Keiner weiß, was für ein Leben jemand wirklich führt.«

Max nickte. »Da könnten Sie wohl recht haben.« Er hielt einen Moment inne und sagte dann: »Es gibt Menschen, die ständig unter einem wahnsinnigen Druck stehen und trotzdem hundert Jahre alt werden. Was waren seine letzten Worte?«

»Und es regnet und regnet.« Mit verschränkten Armen starrte Sophia eine Weile vor sich hin, als sähe sie ihn wieder vor sich. »Er fühlte sich den ganzen Tag schon ungut und ängstlich. Er dachte, es sei das Wetter.«

Ihre Blicke begegneten sich kurz. Max wollte fragen, ob er große Schmerzen gehabt habe, aber es schien ihm unpassend. Er beugte sich über das Fotoalbum und betrachtete eine Familie vor dem Sockel eines Standbildes. Am Fuß des Bildes lag ein überlebensgroßer, geflügelter Löwe; ausgelassen hatte Ada den Kopf auf die Stufe unter die bronzene Pranke gelegt, während ihr Vater in gespieltem Schrecken zurückwich. Ihre Mutter sah zum Standbild hinauf, das auf dem Foto nicht sichtbar war.

»Venedig?« fragte er und sah auf.

»Vor zwei Jahren.«

»Sie sind alle drei darauf. Wer hat das Foto gemacht?«

»Ein Passant.«

Er lehnte sich zurück und schaute durch die offene Zwischentür zum Laden. Er wäre jetzt gerne gegangen, hatte aber das Gefühl, daß das noch nicht ging.

»Was machen Sie jetzt mit dem Antiquariat? Machen Sie weiter?«

»Daran will ich noch gar nicht denken. Zuerst muß die Beerdigung geregelt werden.«

Max nickte.

»Müssen Sie das allein machen, oder gibt es Verwandte?«

»Ich habe eine Mutter im Altersheim und einen Bruder in Kanada. Aber mein Mann hat noch zwei Schwestern, die helfen könnten. Onno sagte übrigens, daß er gleich morgen früh seine Familie benachrichtigen würde.«

»Das kann man denen schon anvertrauen. Und wenn ich Ihnen irgendwie behilflich sein kann, ich stehe jederzeit zu Ihrer Verfügung.« Er stand auf. »Also, Frau Brons, dann werde ich Sie nicht länger stören.«

Fragend sah sie ihn an.

»Wo willst du hin? Es ist nach vier. Doch nicht etwa mit einem Taxi nach Amsterdam?«

»Ich kann in die Sternwarte fahren. Der Direktor wohnt auf dem Gelände, der hat bestimmt ein Bett für mich. Und sonst übernachte ich beim Verwalter.«

Sophia stand ebenfalls auf.

»So ein Unsinn, die Leute zu wecken. Du kannst in Adas Zimmer schlafen. Am besten gehst du jetzt rauf und duschst erst mal.«

Ja, warum eigentlich nicht? Er hatte befürchtet, eine ratlose Witwe anzutreffen, die verzweifelt neben dem Leichnam ihres Mannes weinte, statt dessen schien sie dieser Tod eher gefestigt zu haben. Und die Vorstellung, nachher wieder auf die Straße zu gehen, war ihm jetzt alles andere als verlockend. Zudem war Sophia Brons heute nacht vielleicht lieber nicht allein im Haus.

»Nun, wenn ich Ihnen keine Umstände mache, gerne.«

Sie machte die Lichter aus und zeigte ihm oben das Badezimmer, einen kleinen Raum mit einem Waschbecken, einem zusammengeklappten Bügelbrett an der Wand und einem hohen Wäschekorb. Am liebsten hätte er ein Bad genommen, aber es gab nur eine viereckige Duschkabine mit einem weißen Plastikvorhang. Schnell zog er sich aus, warf die immer noch nicht ganz trockenen Kleider auf einen Haufen und stellte sich in die federnde Zinkwanne der Dusche; ein Versuch, sie zu reinigen, offenbar mit irgendeiner Säure, hatte das Metall weiß verätzt. Aber der bescheidene Strahl aus der Brause war warm und erfüllte ihn mit einem behaglichen Gefühl. Als ob er heute nicht genug Wasser abbekommen hätte. An einer Schnur hing ein eiförmiges Stück rosa Seife, mit der er endlich alles wegwaschen konnte, nicht nur den Schmutz, sondern irgendwie auch die Nähe der Ereignisse. Als er den Vorhang beiseite schob, lagen ein Handtuch und ein zusammengelegter Pyjama auf dem Rand des Waschbeckens.

Sicher von Adas Vater. Die Hosenbeine waren zu kurz, aber der Flanell war weich und angenehm. In Adas Zimmer, auf der Rückseite des Hauses, war ihre Mutter dabei, das Bett zu beziehen; das Fenster stand offen. Sie warf einen kurzen Blick auf ihn.

»Das sieht schon ganz anders aus.«

Er war hier noch nie gewesen. Ada hatte das meiste in Onnos Wohnung mitgenommen, nur die Mädchensachen waren dageblieben. Puppen und Kuscheltiere auf einem Schränkchen mit Mädchenbüchern, kleine Dinge und Nippes, Schächtelchen, Fläschchen, an der Wand ein großes Poster eines melancholischen Bluthundes, ein gerahmtes Bild von Strawinsky, ein verbogener Notenständer mit einem Wollkaninchen. Alles sah ordentlich und sauber aus, offenbar war das Zimmer erst vor kurzem geweißelt worden.

Sie wünschten sich eine gute Nacht, und Max legte sich ins Bett. Neben ihm hing eine Kordel an der Wand; der Schalter unter der Decke war genau der gleiche Papageienschnabel wie in seinem eigenen Bubenzimmer zu Hause bei seiner Mutter. Er machte das gleiche Klick-Geräusch. Sofort überwältigte ihn die Dunkelheit. Draußen herrschte vollkommene Stille. Er legte die Hände unter den Kopf und schloß die Augen. War es wirklich heute gewesen, daß er sie vom Bahnhof abgeholt hatte? Die niedersausende Krone –.

Er wachte auf, als sie neben ihm unter die Decke schlüpfte. Zuerst dachte er, daß er träumte, denn das hier war ja wohl ausgeschlossen. Aber er träumte nicht, plötzlich fühlte er, wie Sophia einen Arm um ihn legte und ihren warmen Körper, der sich weinend schüttelte, an ihn drückte. Ja, das war vollkommen unmöglich, absolut undenkbar!

»Was ist?« fragte er.

»Sei mir nicht böse«, schluchzte sie und verbarg ihr Gesicht an seinem Hals, »schick mich ruhig weg. Es kommt – wie du ausgese-

hen hast mit all den Schrammen und diesen kaputten Kleidern. Genau wie Oswald damals, an dem Tag, als ich ihn kennenlernte, im
Krieg, nach dem Bombardement. Genau an seinem Todestag. Er
war immer ein großer Schussel, aber –. Und dann das mit Ada –.
Vielleicht ist es besser, daß er das nicht mehr erleben muß.«

Er erschrak über das, was sie sagte. In seiner Verwirrung legte er
einen Arm um sie, väterlich und trostsuchend zugleich, und spürte
unter dem dünnen, hochgerutschten Nachthemd ihren weichen
Rücken, ihre vollen Hüften. Und dann? Sein Körper paßte genau
in die Wölbungen ihres Körpers, ihre Brüste, ihren Bauch, wie ein
Musikinstrument in sein Futteral. Ungewollt streichelte er ihr
über ihren großen, nackten Hintern, den Hintern einer reifen Frau
Mitte Vierzig, und als würde seine Hand von einem Strudel gepackt und mitgerissen, geriet sie zwischen ihre Schenkel und kam
in eine andere, tropische Welt aus Haar und lebendigem Fleisch,
das sich in der Dunkelheit plötzlich um ihn zu legen schien, er begann zu zittern und küßte sie, sie zog ihm die Hose herunter, und
ohne Hilfe verschwand er in ihr, als ob die Öffnung überall wäre.
Sie streckte die Zunge vor, weit vor, während zugleich ein tiefes
Seufzen aus ihrer Kehle drang, und in der Tiefe ihres Bauches
schnappte immer wieder etwas nach seiner Eichel, was war das für
ein Geheimnis? Er dachte an ihren Mann, der jetzt erstarrt auf
einem Katafalk im Leichenhaus lag und das auch gespürt haben
mußte, damals, als er Ada zeugte, aber das Schnappen verscheuchte den Gedanken sofort wieder und trieb ihn schnell zum
Höhepunkt, als ob er aufgepumpt würde. Sein Atmen kam ins
Stocken, und mit einem lauten Schrei platzte etwas, und mit einem
zweiten, einem dritten und vierten ergoß er sich in sie. Verschwitzt
und außer Atem sank er in sich zusammen, und noch ehe er es
richtig merkte, war sie schon aus dem Bett und verschwunden. Er
hörte gerade noch, wie sie die Tür schloß.

Er hatte sie nicht gesehen. Er tastete nach der Kordel des Schalters, zog daran und schloß geblendet die Augen. Es war nicht
wahr, was jetzt passiert war! Eine Halluzination, hervorgerufen
durch emotionale Überreizung und Müdigkeit! Er fühlte an sei

nem Penis: noch immer halb steif und klatschnaß. Perplex fragte er sich, ob er jetzt mit der Großmutter seines Kindes geschlafen hatte – im Bett ihrer soeben verunglückten Tochter und im Pyjama ihres vor wenigen Stunden verstorbenen Ehemannes. Die letzten beiden Tatsachen standen auf jeden Fall fest. Wie würden sie sich am Morgen unter die Augen treten? Wer hatte wen verführt? Sie ihn natürlich! Zum ersten Mal in seinem Leben war *er* verführt worden. Vielleicht hatte sie seit Jahr und Tag nicht mehr mit ihrem Mann geschlafen. Vielleicht sollte er jetzt aufstehen, einen Zettel schreiben und gehen. Aber welche Anrede sollte auf dem Zettel stehen? *Liebe Sophia*? *Sehr geehrte Frau Brons*? Das eine war ebenso unmöglich wie das andere. Gar keine Anrede? Es kam ihm vor, als ob der Gedanke, jetzt seine verdreckten Kleider anziehen zu müssen und durch den Botanischen Garten zur Sternwarte zu gehen, das endgültige Zeichen war, hinter diesen Tag einen Punkt zu machen. Er hatte gerade noch den Reflex, an der Kordel zu ziehen.

Um Viertel nach neun wachte er auf; die Erinnerung an die Nacht erfüllte ihn augenblicklich mit nervöser Unsicherheit. Wie immer, wenn er aufwachte, ließ er die Mittelgelenke seiner Daumen knacken. Er stand rasch auf und öffnete die Vorhänge. Das Wetter hatte sich beruhigt, nur einige abgerissene Zweige und Scherben von Dachziegeln erinnerten an das, was geschehen war. Seine Kleider hingen über dem Stuhl: alles sauber und gebügelt, sogar seine Schuhe waren geputzt. Im Badezimmer stand das Rasierzeug von Brons noch auf dem Waschtisch, aber er rührte es nicht an. Als er ins Wohnzimmer hinunterging, telefonierte Sophia gerade. Ihr Haar war wieder hochgesteckt; sie nickte ihm zu und zeigte auf die Kaffeekanne, die auf dem Tisch stand. Das Gespräch drehte sich um Trauerkarten und die Beerdigung.

Sie hatte sich ihm gegenüber nichts anmerken lassen, in ihren Augen lag wieder der Blick der Äbtissin, als sei nichts passiert. Wenn das die Haltung war, für die sie sich entschieden hatte, machte sie es ihm wirklich leicht. Oder war tatsächlich nichts ge-

schehen? Hatte er vielleicht doch geträumt? Verstohlen sah er zu
ihr hinüber. War das die Frau, die heute nacht die Zunge so weit
herausgestreckt hatte? Erst jetzt fiel ihm auf, daß sie eine gute
Figur hatte, voller als die von Ada, aber überall proportioniert, nirgends verschwimmende Konturen, und fast graziös gingen ihre
kräftigen Waden in schmale Knöchel über.

»Das war Dol«, sagte sie und legte auf, »Onnos Schwester. Sie
hat mir alles abgenommen. Gut geschlafen?«

»Ausgezeichnet. Und danke, daß Sie meine dreckigen Klamot-
ten wieder hergerichtet haben.«

Auch Onno hatte schon angerufen. Adas Zustand sei noch immer unverändert, im Laufe des Vormittags werde er mit ihr im
Krankenwagen nach Amsterdam kommen. Sie wolle heute nachmittag zu ihr fahren.

»Haben Sie ihm gesagt, daß ich hier übernachtet habe?«

»Ja, das stimmt doch auch. Möchtest du ein Spiegelei?«

»Gerne, danke.«

Als sie in der Küche verschwunden war, dachte er: Diese Frau ist
in zwei Teile gespalten. Eine Tag-Sophia und eine Nacht-Sophia,
die nichts miteinander gemein haben, ein gefühlskaltes Wesen und
eines, das überfließt vor Emotionen. Er erinnerte sich, wie Ada
manchmal über sie gesprochen hatte: wie über jemand Unangenehmen. Aber wie gut hatte sie ihre Mutter eigentlich gekannt? Das
Phänomen faszinierte ihn, aber ihm war auch klar, daß er mit keinem Wort auf das anspielen durfte, was heute nacht passiert war.

Er überlegte, was jetzt alles erledigt werden mußte. Er mußte
Onno anrufen und dann zur Sternwarte fahren, um die Kollegen
darauf vorzubereiten, daß das Datenmaterial einer ganzen Woche
möglicherweise zerstört war; er mußte mit Dwingeloo telefonieren, damit Floris sich mit der Polizei in Verbindung setzte, und er
mußte seine Versicherung und seine Werkstatt informieren. Das
Auto hatte zwar keinen Totalschaden, der Motor war wahrscheinlich in Ordnung, aber er wollte das Ding nicht mehr sehen; sie sol-
ten den Wagen reparieren und verkaufen. Er nahm seinen Kalender und wollte sich alles notieren, aber die Spitze des Bleistifts war

abgebrochen. Während er ihn über dem Papierkorb anspitzte, klingelte die Glocke der Ladentür.

»Siehst du kurz nach, wer da ist?« rief Sophia.

An der Kasse stand ein langer, magerer Mann mit einem kurzen, schwarzen Bart, der seinen Blick merkwürdig stechend in Max' Augen bohrte.

»Haben Sie etwas über Metempsychose?«

Metempsychose – das klang nach einer Geisteskrankheit. Suchend sah Max sich um.

»Vielleicht im Regal mit Psychiatrie –.«

»Seelenwanderung«, sagte der Mann und wandte seinen Blick nicht von ihm ab.

Es lag Max auf den Lippen zu sagen, sie hätten über diesen Wandersport nichts vorrätig, aber da war Sophia schon da.

»Wir haben geschlossen. Wegen Trauerfall geschlossen.« Und zu Max: »Dein Ei ist fertig.«

28
Die Aussegnung

Am Abend desselben Tages, auf dem Weg zu Keyzer, wo er sich um sieben mit Max verabredet hatte, sah Onno erschrocken zum Concertgebouw: er hatte vergessen, das Orchester zu benachrichtigen! In gut einer Stunde würde ein Abonnementskonzert stattfinden. Während er den Portier am Künstlereingang fragte, ob jemand von der Verwaltung zu sprechen sei, kam Marijke mit ihrer Klarinette vorbei. Als er ihr erzählte, was passiert war, wich alle Farbe aus ihrem Gesicht, und sie klemmte mit beiden Armen das Futteral an die Brust wie ein Kind, das geschützt werden mußte. Sie würde es ausrichten und Ada morgen besuchen.

»Das kannst du genausogut sein lassen«, sagte Onno. »Im Augenblick nimmt sie noch nichts von dem wahr, was um sie herum geschieht.«

»Woher willst du das wissen? Und ich möchte es trotzdem tun, auch für mich.«

Er gab ihr die Zimmernummer, drückte ihr einen Kuß auf die Stirn und überquerte die Straße. Auf der anderen Seite war das Restaurant voll mit dinierenden Konzertbesuchern.

Max saß an einem kleinen Tisch an der Wand.

»Wie sieht's aus?« fragte er sofort.

»Nicht so gut.«

Gegen Mittag hatte Onno vom Neurologen erfahren, daß Adas Elektroenzephalogramm zum Glück nicht »flach« sei, wie er sich ausdrückte, jedoch ein »diffuses, ernsthaft verlangsamtes Bild« zeige.

»Ich kenne diese Termini aus meinem Beruf«, nickte Max.

»Er sagte, vorläufig könnten noch keinerlei Prognosen gestellt werden. Erst wenn sich in zwei oder drei Monaten immer noch nichts an ihrem Zustand geändert hat, besteht Verdacht auf ein irreversibles Koma.«

»Und wenn man ein flaches EEG hat –.«

»Ist man eine Pflanze.«

Sie saßen da und schwiegen.

»Aber gesetzt den Fall –«, begann Max zögernd. »Ada ist jetzt im fünften Monat – wenn es dann noch –.«

»Dem Kind scheint das alles nichts anhaben zu können.«

Plötzlich wurde Max bewußt, daß er im Moment der einzige war, der sagen konnte, was im Golf von Mexiko geschehen war. Aber selbst wenn es so bleiben würde, nützte ihm das gar nichts. Auch wenn Ada keinen Unfall gehabt hätte, hätte sie nie darüber gesprochen.

»Und dann?« fragte er behutsam.

»Ja, dann gibt es ein Problem. Aber vorläufig ist das noch nicht aktuell. Es ist alles erst in der vergangenen Nacht passiert, verstehst du? Ihre Mutter war heute nachmittag bei ihr, sie war früher Krankenschwester und meinte, sie hätte schon oft wochenlange Bewußtlosigkeiten erlebt.« Onno hörte es sich sagen, und zugleich sah er Adas regloses Gesicht auf dem Kissen, die schreckliche Sonde in ihrer Nase, und wie er heute nachmittag in der stillen Wohnung minutenlang ihr Cello angestarrt hatte wie einen Grabstein.

»Es ist also auf jeden Fall so«, sagte Max, »daß für das Kind keine Gefahr besteht?«

»Darüber waren sich alle einig.«

Der Ober reichte ihnen die Speisekarten, aber Onno machte eine abwehrende Geste und bestellte vier Kroketten und zwei Gläser Milch. Max hätte lieber gar nichts gegessen und bestellte nur einen Teller Gemüsesuppe. Er hatte den Eindruck, daß Onno optimistischer war als er. Er war beunruhigt über das, was Sophia auch zu ihm gesagt hatte, nachts.

»Geht das jetzt wieder los bei dir«, sagte Max, »deine Milch-und-Kroketten-Tour.«

Onno seufzte tief.

»Wenn ich ganz ehrlich bin – aber das darfst du wirklich niemandem erzählen –, ist das noch nicht mal das schlimmste. Viel schlimmer bin ich als komische Figur eines verheirateten Junggesellen.«

Max lächelte. Er wollte sagen, er selbst, der ja in allem Onnos Gegenteil war, wäre dann vermutlich die tragische Figur eines unverheirateten Ehemannes, doch das war zu doppeldeutig, um es laut zu sagen. Onno hatte es sich natürlich sofort dazugedacht und wußte auch, daß Max es dachte, aber er wußte es auch zu schätzen, daß er jetzt nicht in ihren üblichen Spötterton verfallen wollte.

Max breitete die Serviette über seinen Schoß.

»Wie hat deine Schwiegermutter reagiert, als sie Ada sah?«

»Unbegreiflich. Sie hat ihre Tochter angeschaut, als sei sie irgendein beliebiger Patient. Nicht das geringste Gefühl, und das, obwohl ihr obendrein auch noch der Mann gestorben ist. Nein, stell dir vor, so eine Mutter zu haben. Ich habe es Ada nie glauben wollen, aber jetzt habe ich es mit eigenen Augen gesehen.«

»Zu mir war sie sehr nett«, sagte Max, ohne ihn anzusehen, »ich kann es nicht anders sagen. Sie hat mir ein Dach überm Kopf gegeben, meine Hose gebügelt und ein Ei für mich gebraten. Vielleicht tut sie sich schwer, sich mitzuteilen.«

»Na ja. Ich könnte dir einige von Adas Geschichten über sie erzählen, aber das werde ich nicht tun. Vielleicht kennst du sie ja auch. Übrigens, am Montag wird Brons eingeäschert, du bekommst noch eine Mitteilung. Kommst du auch, oder bist du dann wieder in Dwingeloo?« Er hielt inne. »Was ist mit dir? Du schaust auf einmal, als hättest du in die Hose gemacht.«

Max war plötzlich ganz woanders. Er bemerkte, daß er bei der Aussicht, Sophia zu begegnen, unter seiner Serviette eine Erektion bekam. Was bedeutete das, um Himmels willen? Daß er sie, wie Ada und Onno, ebensowenig verstanden hatte wie sich selbst?

Mit einem Volkswagen, den er von seiner Autowerkstatt geliehen hatte, fuhr Max von der Sternwarte zum Krematorium in den Dünen bei Den Haag. Er hätte eigentlich in Dwingeloo sein müssen, aber unter Berufung auf den Unfall hatte er seine Arbeit an einen Kollegen delegieren können.

Genau wie vor drei Monaten, an Onnos Hochzeit, herrschte auch hier Hochbetrieb – aber diesmal, um das einzuäschern, wofür die Rathäuser ununterbrochen die Grundlage schufen. Dieselben schwarzen Limousinen fuhren, jetzt ohne weiße Schleifen an den Rückspiegeln, zum Tor hinein und heraus und wurden nun auch nicht von Konfetti und Gelächter begleitet, sondern von einer bleiernen Stille, die nur erfüllt war vom leisen Knirschen der Muscheln unter den Reifen der Wagen. Auch hier standen überall kleine Gruppen, aber er sah niemanden, den er kannte. Er atmete tief ein: Seeluft. Am Tor fragte ihn ein Mann in einem schwarzen Anzug und mit dem Hut in der Hand, für welchen Verstorbenen er käme; berufsbedingt sprach aus seinem Gesicht eine derart maßlose, universelle Trauer über die Sterblichkeit des Menschen, also auch von Sokrates, daß niemand ihm mit der eigenen, individuellen Trauer das Wasser reichen konnte. Die Feier für Herrn Brons sei in der kleinen Aula. Der Trauerzug sei noch nicht eingetroffen.

Er ging auf einem Waldweg an der Urnenhalle vorbei, die Urnen standen in den Nischen der gemauerten Wände wie Medizintöpfe in einer Apotheke des achtzehnten Jahrhunderts, und zugleich machte alles einen fernöstlichen Eindruck auf ihn und kam ihm merkwürdig chinesisch vor, wie etwas aus einer seit Jahrtausenden versunkenen Kultur. Er selbst würde sich niemals einäschern lassen, es war viel zu endgültig. Mit Onno war er sich einig, daß man sich entscheiden mußte, ob man nach dem Tode in seinen Vater oder in seine Mutter zurückkehren wollte. Wollte man zum Vater, mußte man ins Feuer, denn das war der Geist, die Mutter dagegen war die Erde, der Körper. Seit diesem Gespräch stand für Onno fest, sich einäschern zu lassen. Die Sonne stand tief über den Baumkronen, und als das Krematorium vor ihm auftauchte, sah er über dem niedrigen, flachen Dach vor der dunklen Silhouette des Waldes den dünnen, blaßblauen Rauchfaden, wie von einer Zigarette. Er beschloß, erst einmal um das Gebäude herumzugehen.

Auf der Rückseite stockte er. Nicht wegen des Müllcontainers, der dort stand, Müll fiel überall an, auch nicht wegen der Fahrer, die sich neben ihren Leichenwagen lachend unterhielten, jeder hatte seinen Beruf, sondern wegen des viereckigen Schornsteins, den er von Birkenau her kannte. Es kam jetzt kein Rauch heraus, nur flirrende Hitze. Am Fuße des Schornsteins dröhnten aus einem Gitter Ventilatoren. Er sah nicht und sah zugleich doch, wie die Heizer unter der Erde Sarg für Sarg aus den heruntergefahrenen Aufzügen zogen, sie im Neonlicht über den gefliesten Boden fuhren und mitsamt den Blumen in die weiße Hölle schoben, zwar nicht Tausende am Tag, sondern nur zwei oder drei in der Stunde, aber es war dennoch dasselbe.

Im Wartezimmer der kleinen Halle hatte sich bereits eine kleine Gesellschaft eingefunden. Onnos Eltern waren da und der Mann seiner jüngsten Schwester, Karel, der Rotterdamer Gehirnchirurg. Die anderen – Freunde und Bekannte von Brons, Freidenker, Anarchisten und vielleicht sogar Anonyme Alkoholiker – hatte er vorher nie gesehen. Er konnte sich nur vage an Adas Vater erinnern, aber irgendwie hatten sie Ähnlichkeit mit ihm: ein bißchen schlampig, wie Sozialdemokraten, aber ohne deren Spießigkeit, und mit

einer gewissen intellektuellen Klarheit im Blick. Sie waren Bücher-
leser, auch wenn das vielleicht Bücher waren, die nur noch sie lasen.
Schüchtern sahen sie ab und zu zum reformierten Staatsminister
hinüber, der hauptsächlich ein einziges Buch gelesen hatte.

Auch Bruno war da, er hatte die Todesanzeige gelesen und fragte
Max, wie Ada auf den Tod ihres Vaters reagiert habe.

»Gar nicht«, sagte Max.

Nachdem er kurz geschildert hatte, was geschehen war, fragte
Bruno sichtlich erschrocken, ob sie immer noch ohne Bewußtsein
sei, aber Max konnte ihm die Frage nicht beantworten. Er entschuldigte sich und begrüßte Onnos Familie. Auch für sie war es
selbstverständlich, nicht von Brons zu sprechen, sondern nur von
Ada. Zögernd bestätigte der Gehirnchirurg, daß auch ein länger
anhaltendes Koma nicht unbedingt auf eine zerebrale Zerstörung
hindeuten müsse, aber er sehe sie dennoch lieber heute als morgen
wieder zu sich kommen. Ihr Stammhirn, wo sich das Atemzen-
trum befinde, sei auf jeden Fall nicht geschädigt.

»Das arme Kind«, sagte Onnos Mutter. »Und das alles auch
noch in freudiger Erwartung. Schreit das nicht zum Himmel?«

»Das sagt man nicht, To«, sagte Quist mit steinerner Überlegenheit. »Gottes Wege sind unergründlich.«

»Ja, natürlich, aber –.«

»Im Angesicht der Vorsehung gibt es kein Aber.«

Eingeschüchtert schwieg sie.

»Es war auch eher, als hätte der Teufel seine Hand im Spiel«,
sagte Max. »Wir mußten vor einem umgestürzten Baum anhalten,
und genau an derselben Stelle stürzte der zweite Baum um.«

Quist warf ihm einen kurzen Blick zu, den er nicht ganz deuten
konnte: einerseits sprach daraus, daß der Teufel nur etwas für Göt-
zendiener sei oder für Katholiken, was praktisch auf dasselbe hinauslief, andererseits leuchtete etwas wie Sympathie darin, weil Max
seiner Frau im Dilemma der Theodizee manichäisch zu Hilfe
gekommen war. Vielleicht, dachte Max, war es tatsächlich so, daß
man an Gott nur glauben konnte, wenn man auch an den Teufel
glaubte. Wenn man nur an Gott glaubte, gab es sofort Probleme.

Woher kamen denn all die Gaskammern? Warum mußte der Baum gerade dort fallen, wo er gefallen war? Was machte Gottes Schöpfung so mangelhaft, daß ein Messias nötig wurde? »Und Gott sah, daß es gut war« – aber es war überhaupt nicht gut. Es taugte nichts.

Die Türen der Halle wurden von einem Bediensteten langsam geöffnet, der trotz seines jugendlichen Alters schon völlig gebrochen war vom Schmerz. Der blumenbedeckte Sarg stand aufgebockt da wie ein Geschoß, das gleich abgefeuert werden würde. In der ersten Reihe sah er Onno, seine Schwester Dol und Sophia mit einer alten Dame, die ihre Mutter sein mußte; die anderen waren Verwandte von Brons. Dol war auf die Idee gekommen, den zweiten Teil des Cellokonzerts von Dvořák spielen zu lassen, was Ada noch gegenwärtiger machte, als wenn sie tatsächlich hiergewesen wäre. Es war Max, als wäre die Musik das einzige, das sich im Saal bewegte. Er stierte eine Weile auf den weißen Hinterkopf von Adas Großmutter, die das Haar zu einem kleinen Knoten aufgesteckt trug. War sie vielleicht die Urgroßmutter seines Kindes?

Als die Musik langsam leiser wurde, machte der gebrochene junge Friedhofsangestellte einen Schritt nach vorne und sagte, wieder mit dem Hut in der Hand:

»Das Wort hat Herr A.L.C. Akkersdijk.«

Ein Mann mit grauen Schläfen kam gemessenen Schritts nach vorn, zog Papiere aus der Brusttasche und stellte sich hinter das Pult. Er entfaltete sie, sah grimmig ins Publikum und sagte mit feierlicher Bestimmtheit:

»Oswald Brons ist tot.«

Hier sprach jemand, der keinen Zweifel kannte. Während er Brons' Verdienste für die Sache des freien Gedankens schilderte, den Sieg der Vernunft über jeglichen Obskurantismus, des wissenschaftlichen Atheismus über den Dogmatismus der Kirchen aller Glaubensrichtungen, insbesondere im Bezirk Leiden, dem Oswald all seine Kräfte gewidmet hatte, sah Max an Onnos Hinterkopf, daß er an seinen Vater dachte, der jetzt auch das noch über sich ergehen lassen mußte. Er sah sich um. Die helle Halle mit den Klinkerwänden war so sauber und rein wie ein Strahl kaltes Wasser aus

dem Hahn – die funktionale Architektur des modernen Todes.
Aber war die wahre Architektur der Trauer nicht immer noch ein
dunkler Kirchenraum, mit Säulen und Tafelbildern und düsteren
Nischen, in denen Kerzen flackerten im Angesicht dämmernder
Altäre, Götterbilder und heiligem Werkzeug? Oder war das hier
emotional gesehen nicht doch funktionaler? Offenbar hatten die
vegetarischen Ikonoklasten des Bauhauses und von De Stijl diese
Fragen allesamt vergessen.

Am Schluß seiner Rede zitierte Akkersdijk einen bitteren Aphorismus Multatulis, wobei seine Stimme sich veränderte wie die
eines Pfarrers, der einen Bibelvers vorlas. Dann faltete er das Manuskript zusammen, sah – im Widerspruch zu seiner Weltanschau-
ung – zum Sarg und sagte barsch:

»Auf Wiedersehen, Oswald.«

Die Musik nahm wieder vom Raum Besitz, und Max fragte sich,
worauf man jetzt noch wartete, plötzlich sah er, daß der Sarg
schon fast im Boden verschwunden war. Auch die Blumen verschwanden, und langsam schlossen sich zwei Bodentüren. Jetzt
machten sie sich im Keller an die Arbeit, schwitzende Männer mit
Bierbäuchen und einer Zigarette zwischen den Lippen; am liebsten wäre er hinausgegangen, um zu sehen, wie nun Rauch aus
dem Schornstein kam. Er dachte an Ada. Während der Körper
ihres Vaters verbrannt wurde, lag sie im Bett und wußte von
nichts. Oder gab es zwischen einer Tochter und ihrem Vater ein
geheimes, unterirdisches Band, so daß sie es dennoch in irgendeiner Weise registrierte? Vielleicht ein Band wie das zwischen ihr
und ihrem ungeborenen Kind – wie zwischen einem Sohn und
seiner Mutter?

Als der Vorgang in der Unterwelt offenbar abgeschlossen war,
trat der junge Friedhofsangestellte wieder einen Schritt nach vorn
und machte den Angehörigen eine einladende Geste, im selben
Moment öffnete sich auf der Seite eine Doppeltür, und sofort verbreitete sich – Weihrauch im Reich der Lebenden – der Duft von
Kaffee. Die Hinterbliebenen stellten sich in einer Reihe auf, und
Max war der letzte, der sein Beileid bekundete. Ohne ein Wort

drückte er Sophias Hand, wobei er sich ihrer Wärme bewußt war, aber obwohl sie ihm dies ansehen mußte, ließ sie keine Reaktion erkennen. Sie stellte ihn ihrer Mutter vor, die ihn, auf einen Stock gestützt, mit den gleichen kühlen Augen ansah und sagte:

»Sie saßen am Steuer, höre ich. Wie schrecklich das alles ist.«

Er nickte. Brons' Mutter weinte, was dazu führte, daß sich auch sein Vater kaum beherrschen konnte; aber je jünger die Generationen wurden, um so erträglicher wurde das Leid: die jüngsten Neffen und Nichten waren in unverkennbar aufgeweckter Stimmung.

Hinter ihm hatte sich die Reihe der Hinterbliebenen aufgelöst, und er fragte Onno, wie es Ada heute ginge.

»Unverändert.« Er entschuldigte sich, er müsse jetzt zu Vater und Mutter, um wiedergutzumachen, was A.L.C. Akkersdijk angerichtet habe. »Was ich diesen Leuten zumute – dafür werde ich sicher irgendwann schwer gestraft. Übrigens, wir gehen nachher noch in die Statenlaan, zu meinen Eltern, aber das ist nur für die nächsten Angehörigen. Ich kann dich schlecht einladen.«

»Natürlich nicht. Ich rufe dich morgen an.«

Am Büfett holte er sich Kaffee und Kuchen, schlenderte in die Gesellschaft hinein und wechselte hier und da einige Worte. Er warf immer wieder einen kurzen Blick auf die Witwe, aber sie sah immer gerade in eine andere Richtung. Natürlich. Er saß einem gewaltigen Irrtum auf und sollte sich die Sache aus dem Kopf schlagen. Es war ein einmaliger Vorfall gewesen, unter dem Druck der Situation hatte sie sich ein einziges Mal gehenlassen, und jetzt hatte sie sich wieder in der Gewalt. Sie war wieder die unerreichbare Frau, die sie immer gewesen war. Vielleicht hatte sie sich inzwischen tatsächlich eingeredet, daß nichts geschehen war.

Als allseits Anstalten zum Aufbruch gemacht wurden, richtete er es dennoch so ein, daß er zufällig in ihrer Nähe war. Während sie ihrer Mutter beim Aufstehen half, fragte sie ihn:

»Hast du deinen Bleistiftspitzer nicht vermißt? Du hast ihn letzte Woche liegenlassen.«

»Ach, war das bei Ihnen!«

Kühl sah sie ihn an.

»Auf Wiedersehen. Danke für deine Anteilnahme.«
»Auf Wiedersehen, Frau Brons.«

Am liebsten hätte Max den Bleistiftspitzer noch am selben Abend
geholt. Auch am folgenden Tag schweiften seine Gedanken ständig
ab: vom System 3C296 zum Schnappen von Frau Brons. Es war
doch eine verkappte Einladung gewesen! »Auf Wiedersehen.«
Oder redete er sich das ein? Vielleicht ging es ihr wirklich nur um
den Anspitzer. Aber kam man zurück auf etwas so Banales wie
einen Bleistiftspitzer, und das unmittelbar nach der Einäscherung
des eigenen Ehemannes? Wenn es nun ein Füller gewesen wäre oder
ein ganz besonderer Bleistiftspitzer, aber es war ein ganz gewöhn-
liches graues Ding für zwei Groschen, das er nicht einmal vermißt
hatte, weil er zu Hause und in der Sternwarte noch mindestens
fünf oder zehn davon hatte. Doch er fuhr auch am nächsten Abend
nicht zu ihr, sondern zwang sich dazu, ins Auto zu steigen und
nach Amsterdam zu fahren, weil er nicht überblicken konnte, in
was er sich vielleicht hineinbegeben würde. Hatte er sich mittlerweile nicht genug Schwierigkeiten aufgehalst? Dieses erste Mal
war die Initiative von Sophia Brons ausgegangen, unter außergewöhnlichen Umständen, das war in gewisser Weise wie nicht
geschehen. Aber ein zweites Mal würde die Initiative von *ihm* ausgehen, und das wäre ein neuer Anfang, und wenn der auf Resonanz
stieße, würde alles anders. Dann würde es auch ein drittes Mal
geben, und ein viertes. Und wie geheim konnte es bleiben? Angenommen, Onno würde es erfahren! Außerdem: Bald würde ihre
Tochter ein Kind bekommen, das vielleicht ihrem Liebhaber ähnlich sah – was dann? Dann würde alles doppelt katastrophal, und
vielleicht nicht ganz ungefährlich. Und als Mann der Wissenschaft
konnte er sogar eine Chance für ein drittes Verhängnis nicht ganz
ausschließen: daß auch Sophia von ihm schwanger wurde.
    Aber er war nicht zu halten. Die Erinnerung an das Schnappen
und an die Umstände dieser Nacht vor einer Woche hatten ihm jegliches Interesse für andere Frauen genommen. Wie jemand, der das
Rauchen aufgegeben hatte und den ganzen Tag nur noch an Ziga-

retten dachte, irrte er durch die Sternwarte, ging in den Botanischen Garten, kam wieder, ging im Zimmer auf und ab, trank einen Kaffee, führte Gespräche, die er sofort wieder vergaß, und als die meisten schon nach Hause gegangen waren, ging er in einem chinesischen Restaurant essen, wo er oft mit Ada gewesen war. Er trank drei Fläschchen Sake, und um halb zehn ging er zum Telefon und wählte die Nummer, die unter *Ada* in seinem Kalender stand.

»Brons.«

»Max Delius. Ich rufe an wegen meines Anspitzers.«

»Der liegt hier auf dem Tisch.«

»Ist es Ihnen recht, wenn ich kurz vorbeikomme, um ihn zu holen? Oder ist es Ihnen zu spät?«

»So spät ist es nun auch wieder nicht.«

»Dann bin ich gleich bei Ihnen.«

Zitternd bezahlte er und fuhr zum *Lob der Torheit*. Er parkte sein Auto halb auf dem Gehsteig und nahm sich vor, nicht die geringste Initiative zu entwickeln, wie es sonst seine Gewohnheit war; er würde schon sehen, was geschehen würde.

Sophia öffnete ihm mit einer schwarzen Lesebrille tief auf der Nase.

»Hallo, Max.«

»Guten Abend, Frau Brons.«

Er folgte ihr durch das Antiquariat, das den Eindruck machte, als habe es wieder geöffnet. Im Wohnzimmer lief der Fernseher ohne Ton. Auf einem Platz, offenbar in Rom, schlug die Polizei auf Demonstranten ein.

»Was ist los?«

»Ach, das. Ich weiß auch nicht, ich wollte einen Film mit Greta Garbo sehen, der gleich anfängt. Setz dich, oder mußt du gleich wieder gehen?«

Während sie in der Küche Kaffee kochte, stellte er den Ton lauter und setzte sich auf die Couch. Seit Adas Schwangerschaft war die Politik mehr oder weniger an ihm vorbeigegangen; natürlich las er in der Zeitung, was in der Welt passierte, und das war viel, aber er las es wie Anzeigen oder den Wirtschaftsteil: es drang nicht dorthin vor, wo er seitdem nahezu ausschließlich war, auch jetzt nicht. Als Sophia mit dem Kaffee hereinkam, lief gerade der Vorspann zu *Anna Karenina*.

Zu Hause hatte er einen tragbaren Fernseher mit einer ausziehbaren Zimmerantenne, der allerdings selten lief, er konnte sich nicht daran erinnern, jemals mit Ada ferngesehen zu haben. Aber jetzt, in diesem Zimmer hinter dem Buchladen, im tiefsten Geheimnis, zeigte diese spießbürgerlichste aller Vergnügungen plötzlich eine erregende Kehrseite, wie ein harmloses Stiefelchen für einen Schuhfetischisten. Mit übereinandergeschlagenen Beinen saß Sophia in dem kleinen Sessel, rührte in ihrem Kaffee und sah sich das rasch sich entwickelnde Drama an. Sie sprachen nicht. Vor etwa zehn Jahren hatte er den Roman gelesen, aber er hatte den Eindruck, daß der Film nicht mehr mit dem Buch zu tun hatte als das Bild von einer Katastrophe mit der Katastrophe selbst. Paläste, blendende Uniformen. Das unergründliche Antlitz der Garbo, das verzweifelnd Singende ihrer Stimme. Aus den Augenwinkeln sah er hin und wieder zu Sophia hinüber, auf ihre schönen, schmalen Knöchel. Was früher der Ofen war, dachte er, um den die Familie saß, war heute der Fernseher. Fernsehen – das moderne Feuer. Er wollte ihr das sagen, aber er hatte das Gefühl, daß er lieber den Mund halten sollte.

Als das Pfeifen und Zischen der verhängnisvollen Lokomotive und die unheimlichen Rauchschwaden Platz machten für die letzten Nachrichten, schaltete Sophia den Apparat aus und fragte, ob er noch etwas trinken wolle.

»Ein Glas Wein vielleicht?«

»Wenn ich Sie nicht aufhalte –.«

»Ich gehe nie früh schlafen, aber du mußt noch nach Amsterdam.«

»Ich bin in einer halben Stunde da. Die Straßen sind jetzt leer.«

Spielte sie ein Spiel – oder gerade nicht? Nachdem sie ihm aus einer angebrochenen Flasche Rioja eingeschenkt hatte, sprachen sie von Ada. Sophia war morgens in der Klinik gewesen: der Zustand sei noch immer unverändert und die Ärzte erheblich weniger optimistisch. Als sie habe anklingen lassen, daß sie diplomierte

Krankenpflegerin sei, hätten sie anders mit ihr gesprochen als vorher. Sie habe Einzelheiten erfahren über Laborbefunde, die Untersuchung motorischer Funktionen, Augenreflexe. Erst in einigen Wochen könne eine einigermaßen genaue Prognose abgegeben werden, aber es gebe immer noch Hoffnung, und das werde vorläufig auch so bleiben. Aus der medizinischen Literatur sei sogar der Fall eines vierzigjährigen Mannes bekannt, der anderthalb Jahre nur noch vegetativ gelebt habe, dann aber doch wieder zu sich gekommen sei und zu sprechen angefangen habe, auch wenn er fast ganz gelähmt gewesen sei.

Max nickte. Sie dachte jetzt mit Sicherheit das gleiche wie er: wie es weitergehen würde, falls Ada ihr Bewußtsein nicht wiedererlangen sollte. Er wollte darauf zu sprechen kommen, traute sich aber nicht. Auf seine Frage, wie es nun mit dem Antiquariat weitergehe, sagte Sophia, sie habe nachmittags geöffnet, aber es könne so nicht weitergehen; wenn jemand komme, um zu stöbern, und ein Buch kaufen wolle, verkaufe sie es zu dem Preis, den ihr Mann auf die Schutzhülle geschrieben habe. Wenn aber jemand einen Stapel Bücher bringe, um sie zu verkaufen, wisse sie nicht, was sie machen solle, und schicke ihn weg.

Schweigen.

»Was für ein Kind war Ada?« fragte Max.

Sophia sah kurz auf ihre Hände.

»Soll ich dir das erzählen? Einmal, kurz bevor Oswald und ich irgendwo hingehen mußten, hatte ich einen Streit mit ihr. Sie war damals vielleicht elf oder zwölf Jahre alt. Sie hatte eine schreckliche Geschichte über mich verbreitet: daß ich die Katze in einen Bücherkarton gesteckt und im Rapenburg ertränkt hätte – obwohl wir doch gar keine Katze hatten. Oswald war allergisch gegen Katzen. Als wir mittags nach Hause kamen, fanden wir einen Zettel auf dem Tisch, auf dem stand, daß sie fortgelaufen sei und nie mehr zurückkomme. Am Tag davor hatten wir Pfannkuchen gegessen, und wie du weißt, werden immer zu viele gebacken, die übriggebliebenen waren alle verschwunden. Wir hielten die Angelegenheit für eher harmlos, aber als sie zum Essen noch immer nicht da war, fingen wir an, uns langsam Sorgen zu machen. Wir riefen jeden an, den sie kannte, und später am Abend ging Oswald mit einem Foto zur Polizei. Wir blieben auf, und mitten in der Nacht hielt es Oswald nicht mehr aus, stieg völlig aufgelöst auf sein Fahrrad und ging sie suchen. Als er schon einige Straßen entfernt war, hörte ich ihn immer noch rufen. Eine halbe Stunde später bekam ich plötzlich ein komisches Gefühl, ich weiß nicht, was es war, aber ich ging auf den Dachboden und machte die Tür zum Verstauschrank auf. Dort lag sie und schlief, im Mantel. Neben ihr, in einem zusammengeknoteten Geschirrtuch, die Pfannkuchen.«

»Und Ihr Mann fuhr noch eine Stunde durch Leiden und rief ihren Namen?«

»Ja. Als er nach Hause kam, lag sie schon im Bett. Sie hatte nicht einmal bemerkt, daß ich sie ausgezogen hatte.«

»Und dann?«

»Es wurde nie wieder darüber gesprochen.«

Draußen war es still. Max trank sein Glas aus, und einer Eingebung folgend, beschloß er, nicht mehr als erster etwas zu sagen. Er schenkte Sophia und sich selbst nach und betrachtete seinen Bleistiftspitzer, der auf dem Tisch lag. *Ein Märchen*. Da saß er nun in diesem Zimmer, in dem er Ada zum ersten Mal gesehen hatte, und kurz darauf ihre Mutter. Die Zeit verstrich, und das Schweigen umfaßte ihn wie ein immer heißer werdendes Bad. Am Rande seines Gesichtsfeldes sah er ununterbrochen ihre Gestalt, mit dem Geheimnis tief in ihrem Schoß. Nach einigen Minuten blickte er kurz zu ihr hinüber, und eine Sekunde lang antwortete sie seinem Blick, aber ohne Ausdruck. Auch er gab keinerlei Zeichen des Einvernehmens; er war sich sicher, daß er, wenn er jetzt lächelte, alles zerstört hätte.

Nachdem zehn oder fünfzehn Minuten des Schweigens verstrichen waren, wußte er, daß er verlieren würde. Sie war ihm überlegen. Sie würde bis morgen früh in ihrem Sessel sitzen bleiben und schweigen. Mit klopfendem Herzen sah er auf die Uhr und sagte:

»Es ist spät. Ich werde jetzt gehen.«

Sie sah ebenfalls auf die Uhr.

»Mußt du morgen früh wieder in Leiden sein?«

»Wie immer.«

»Aber du hast getrunken. Wenn du möchtest, kannst du hier schlafen.«

»Wenn ich Ihnen keine Umstände mache –.«

Brons' Sachen waren aus dem Bad verschwunden.

29
Unumkehrbarkeit

In den folgenden Wochen besuchte er Sophia alle paar Tage. Jedesmal rief er vorher an, um sein Kommen anzukündigen, denn schon eine Verabredung erschien ihm zu intim, und jeden Morgen dankte er förmlich für die Gastfreundschaft. Sie redeten wenig, lasen etwas oder sahen fern; wenn es schließlich zu spät war, um noch nach Amsterdam zu fahren, blieb er über Nacht. Jedesmal kam sie im Dunkeln und schlüpfte unter seine Decke; nachdem sie sich völlig verausgabt hatte, verschwand sie wieder, ohne daß er sie gesehen hatte. Sie sagte auch nichts mehr, was für ihn ein Zeichen war, im Bett ebenfalls nichts mehr zu sagen. Noch nie hatte er etwas Derartiges erlebt, aber auf irgendeine Weise entsprach es einem tiefen Wunsch, dessen er sich nie bewußt gewesen war. Er hatte die unerreichbare Frau erreicht! Keiner durfte es wissen, mit niemandem durfte er darüber sprechen – und schon gar nicht mit ihr. Wenn er auch nur ein einziges Mal zeigen würde, daß er es wußte, wäre es augenblicklich vorbei. Sie mußte die beiden Frauen bleiben, die sie war, die Tag-Sophia und die Nacht-Sophia; wenn er sie miteinander in Verbindung brachte, würde ein Kurzschluß den Mechanismus sofort außer Betrieb setzen. Er durfte sie nicht einmal bei ihrem Vornamen nennen, solange sie ihn nicht dazu aufgefordert hatte. Ein Psychiater hätte wohl von einer Perversion gesprochen, überlegte er, und Freud hätte einen Lachkrampf bekommen, aber da ihr Mysterium genau in seines paßte wie die Mutter auf eine Schraube, wurde er vollkommen süchtig nach dieser Konstellation – ganz abgesehen von ihrer herausgestreckten Zunge und dem begehrlichen unterirdischen Schnappen. Nahm sonst sein Verlangen nach derselben Frau jedesmal exponentiell ab, so schien es jetzt auch nach einem Monat von Mal zu Mal heftiger zu werden. Nach anderen Frauen sah er sich nicht mehr um, und das hatte als zusätzlichen Vorteil eine erhebliche Zeitersparnis zur Folge.

Onno hatte ihn schon mehrmals gefragt, wo er sich in den letzten Wochen denn herumtreibe, in der Vossiusstraat würde nur noch selten jemand abheben, worauf Max erklärte, abends würden regelmäßig Besprechungen über das Programm des neuen Teleskops in Westerbork abgehalten, das noch in diesem Jahr in Betrieb gehen sollte. Onno glaubte es dankbar, auch er tat nur noch wenig anderes, als von einer Besprechung zur nächsten zu hasten. Nach Berkeley, Amsterdam und Berlin – wo Rudi Dutschke inzwischen niedergeschossen worden war – revoltierten die Studenten nun auch in Paris. Das hatte dort gleich eine andere, gewichtigere Dimension, da es aus einer revolutionären Tradition heraus stattfand; die Revolte griff auf die Arbeiter über, die ihre Fabriken besetzten, und plötzlich würde die Lage in Europa ernst. *L'Imagination au pouvoir!* Eine neue Epoche schien anzubrechen, und auch in den Niederlanden bereitete sich die neue Garde darauf vor, die Macht zu übernehmen. Um sich ein Bild zu machen, reiste Onno Mitte Mai mit einigen Kampfgenossen für einige Tage nach Paris, wo er in den überfüllten Cafés rund um die besetzte Sorbonne verschiedene Aktivisten sah, die er aus Havanna kannte und die mit kubanischer Autorität und dem verklärten Blick des Triumphes in den Augen dozierten. Er habe sich jedoch, erzählte er Max nach seiner Rückkehr, nicht zu erkennen gegeben, solange seine holländischen Freunde in der Nähe gewesen seien: sie bräuchten nicht zu wissen, was er auf Kuba getrieben habe, weil sie es sonst eines Tages vielleicht gegen ihn verwenden würden.

»Einen netten Beruf hast du«, sagte Max.

»Das kannst du laut sagen. Politik wird von der sublimierten Unterwelt gemacht, und ich bin der größte Gangster von allen. Kein Pflaster für sanftmütige, weltfremde Geister wie dich.«

Ada bekam vom Weltgeschehen nichts mit. Nach der Unfallnacht hatte Max sie nicht mehr gesehen; etwas sträubte sich in ihm, sie zu besuchen, und da er es ihretwegen nicht tun mußte, hatte er auch kein schlechtes Gewissen. Sophia erkundigte sich nie, ob er schon einmal im Wilhelmina Gasthuis gewesen sei, aber als Onno an einem Sonntagvormittag anrief und fragte, ob er mitkommen wollte, konnte er nicht ablehnen; eine Stunde später spazierten sie zwischen düsteren Gebäuden durch die weitläufige Anlage, die noch aus dem vorigen Jahrhundert stammte. Sogar im Freien hing an diesem windstillen Frühlingsmorgen der Geruch von Lysol in der Luft und mischte sich merkwürdig mit dem Duft von Orangen.

Ada lag in einem abgelegenen Pavillon mit sechs anderen Frauen in einem schmutziggelb gestrichenen Zimmer. Es war Besuchszeit, und an jedem Bett saßen schweigende oder flüsternde Verwandte; die meisten Patientinnen trugen einen Kopfverband. An einem Tisch unter einem Monatskalender mit einem großen Bild der Cheopspyramide las ein Krankenpfleger die Zeitung. Ada war auf ein Lammfell gebettet; sie hatte eine Sonde in der Nase, ihr Kopf war leicht zur Seite geneigt. Sie atmete ruhig und mit geschlossenen Augen, als schliefe sie, und zugleich war irgendwie doch zu sehen, daß es kein Schlaf war. Der Ausdruck in ihrem Gesicht war verändert, aber Max konnte nur schwer in Worte fassen, in welcher Hinsicht: es lag etwas Ewiges darin, als ob sie allmählich einem Abbild ihrer selbst Platz machte. Ihre Arme waren an den Körper gelegt, die Hände reglos. Was auf jeden Fall unverkennbar anders geworden war, gewachsen, erhöht, war die Welle unter der Decke. Ada war jetzt im siebten Monat, und was dort in ihr zunahm, war kein Bild, sondern ein Wesen aus Fleisch und Blut. Es war, als existierte sie nur noch, um dieses Wesen hervorzubringen – eine machtlose Bienenkönigin, die von Arbeiterinnen am Leben erhalten wurde.

Max und Onno standen zu beiden Seiten des frisch gemachten
Bettes und sahen sich an.

»Das Bild gebiert einen Menschen«, sagte Max leise und hatte
sofort das Gefühl, zu weit gegangen zu sein.

Onno zuckte zusammen. Es drückte genau das aus, was er während dieser Wochen empfunden hatte. Sie war reduziert, war zu
einer Art Ofen geworden, der anders war als das Brot, das darin
aufging. Wenn nur der Moment käme, an dem sie die Augen aufschlug! Auch heute gab es wieder keinerlei Anzeichen dafür, und
seit kurzem hatte er die Hoffnung fast aufgegeben, aber das wollte
er sich noch nicht eingestehen; auch über die Probleme, die ihm
vermutlich bevorstanden, wollte er erst nachdenken, wenn es Gewißheit gab. Er hatte das unbestimmte Gefühl, daß er, wenn er
vom Schlimmsten ausging, das Unwiderrufliche in irgendeiner
Weise zu Ada hinzog.

»Jeder geht davon aus«, sagte er, »daß die Frauen in diesen Betten
nichts hören, und trotzdem flüstern alle.«

»Damit sie nichts hören«, ergänzte Max. »Vielleicht hören sie
also doch etwas.«

»Meinst du wirklich?«

Max zuckte die Achseln.

»Ich weiß es nicht. Wir flüstern doch auch. Warum sind wir eigentlich hier? Vielleicht sind wir im Grunde unseres Herzens davon überzeugt, daß die Patienten zwar alles mitkriegen, es aber
nicht zeigen können.« Onno öffnete den Mund, schloß ihn aber
sofort wieder, und Max sagte: »Ja, das mit dem EEG weiß ich
natürlich auch.«

Onno erinnerte sich, daß Marijke auch schon so etwas behauptet hatte, aber das war natürlich Unsinn. Er wollte einwenden, daß
dann sicher auch die Toten alles hörten, denn in Sterbezimmern
werde ebenfalls geflüstert, aber Adas Anwesenheit hielt ihn davon
ab – was hieß, daß es vielleicht doch kein völlig unsinniger Gedanke war. Außerdem wußte er, daß Max seine Theorie sofort auf
die Spitze treiben würde, wie er immer alles auf die Spitze trieb,
und bei der Gelegenheit auch bereit wäre, die Grenze zwischen

Leben und Tod zu einem ausgedehnten Niemandsland zu erweitern. Soweit er ihn kannte mit seiner Neigung zur homosexuellen Symmetrie, würde er dafür einen postmortalen Zeitraum von neun Monaten veranschlagen – womit er dann auch gleich den tieferen Grund der Trauerzeit erklärt hätte.

Max seinerseits glaubte der Theorie im Grunde genausowenig, aber auch er war sich ganz sicher, daß er es nicht wagen würde, Ada ins Ohr zu flüstern: »Dein Vater ist tot, und ich habe ein Verhältnis mit deiner Mutter.« Er las die Karte an den Blumen, die am Bett standen:

»*Von Bruno.*« Er sah Onno an. »Sinnlos. Geldverschwendung.«

»Das hat er für sich getan.«

»Noch schlimmer.«

Als Onno klar wurde, daß seine Antwort auch bedeutete, Ada könnte nie mehr aufwachen, sagte er:

»Oder vielleicht hat er gehofft, daß sie, wenn sie wieder zu sich kommt, dann gleich seine Blumen sieht.«

Dann war es still im Krankenzimmer. Besucher schauten reglose Patienten an, lebende Tote.

»Das ist hier ja wie im Museum«, flüsterte Max.

Im selben Moment wie Onno nahm er Adas Hand, Onno die eine, mit der sie die Saiten gestrichen hatte, er die andere, die den Bogen gehalten hatte. Beide spürten sie, daß die Hand trotz ihrer Wärme ein Ding geworden war. Hier und da kam auf dem weißen Bettgestänge Rost durch.

»Laß uns gehen«, sagte Onno.

Sie legten die Hände wieder an ihren Platz, Onno drückte einen Kuß auf Adas Stirn, und sie gingen zur Tür. Als Max die Hand nach der Klinke ausstreckte, wurde sie gerade nach unten gedrückt, und es erschien ein Arzt in einem weißen, offenstehenden Kittel, der Sophia hereinließ.

»Ja, so was«, sagte Onno. »Hallo, Mutter.«

»Hallo, Onno, hallo, Max.«

»Tag, Frau Brons.« Max gab ihr die Hand, und er war sicher, daß ihm ebensowenig anzusehen war wie ihr.

Der Arzt, ein kleiner Mann mit schütterem Haar, trug eine doppelte Brille, deren eine Hälfte nach vorne geklappt war, so daß es aussah, als schaute er über einen rechten Winkel in den Himmel. Nachdem Onno ihn als Doktor Stevens, Adas Neurologen, vorgestellt hatte, kehrten sie zum Bett zurück.

Max war merkwürdig zumute. Da waren sie nun plötzlich alle vier zusammen, oder eigentlich alle fünf. Aber wer war hier wer? Für Onno war es einfach, er war in Gesellschaft seines Freundes, seiner Schwiegermutter und der Mutter seines Kindes. Zugleich aber war er in Gesellschaft der Liebhaberin seines Freundes, der selbst vielleicht Vater des Kindes war, das seine Frau bekommen würde, und also auch nicht unbedingt Freund genannt werden konnte, sowenig wie seine Frau nur seine Frau gewesen war. Sophia wußte zwar mehr als Onno, aber eben auch bei weitem nicht alles.

Sophia strich Ada kurz über das Haar und lockerte das Laken am Fußende ein wenig.

»Sonst bekommt sie Spitzfüße«, sagte sie, ohne Stevens anzusehen. Und dann mit unbewegtem Gesicht: »Die Befunde sind nicht gut, Onno.«

Onno sah zum Neurologen.

»Tja –«, sagte dieser mit einem Blick zu Max.

»Sagen Sie es ruhig, ich habe keine Geheimnisse vor meinem Freund.«

»Wir haben gerade darüber gesprochen. Das EEG hat sich in den letzten Tagen ernsthaft verschlechtert, und auch aus anderen Befunden spricht, daß Sie sich darauf gefaßt machen müssen, daß sich Ihre Frau aller Wahrscheinlichkeit nach in einem irreversiblen Koma befindet.«

Onno sah ihn weiter an, warf dann einen Blick auf Ada und ging aus dem Zimmer. Max zögerte, folgte ihm dann aber. Onno stand im Gang an einem Fenster und schaute hinaus auf die ausgetretenen Hospitalwege.

»Ich habe es gewußt«, sagte er, »ich habe es die ganze Zeit gewußt. Wir haben es alle gewußt. Wie um Himmels willen soll es nun weitergehen?«

Max spürte die eine totale, unerträgliche Verzweiflung, die sich im selben Augenblick auf ihn übertrug wie ein Aufruf, eine Forderung!

Als Onno am Nachmittag seine jüngste Schwester anrief, um ihr die schlechte Nachricht zu melden, erzählte sie, in der Verwandtschaft werde schon seit Tagen hin und her telefoniert und überlegt, was geschehen solle, wenn Ada vegetativ bliebe. Das ärgerte ihn sofort maßlos: das würde doch wohl er bestimmen! Andererseits aber mußte eine Entscheidung auch aus dieser Richtung kommen, das begriff auch er. »Familie währt am längsten«, sagte er oft, und als Dol ihm vorschlug, einen Familienrat zu organisieren, stimmte er zu. Abends rief sie an mit der Nachricht, der Vater wolle auch den Pfarrer dazubitten, worauf Onno sagte, daß das Ganze dann wohl ohne ihn stattfinden müsse.

Im Clan war natürlich alles schon beredet worden. Es würde nur scheinbar eine Familienberatung sein, und ihm war sofort klar, worauf es hinauslaufen würde. In seiner direkten Verwandtschaft gab es nur zwei Familien mit Kindern: die von Diederics ältestem Sohn, Hans, und die von Trees' ältester Tochter, Paula. Er hatte nie viel Interesse an diesen Familien-Verzweigungen gehabt, sah den Nachwuchs selten auf Festen, und dann waren sie jedesmal wieder gewachsen und hatten sich so sehr verändert, daß er nicht mehr wußte, wer nun wer war. Sein Neffe Hans, derzeit Erster Sekretär an der Botschaft in Kopenhagen, mit dem er nie mehr als ein paar Worte gewechselt hatte, stand an der Schwelle zu einer vielversprechenden Karriere im auswärtigen Dienst; als Quist war er für einen Botschafterposten in den schrecklichsten Ländern vorherbestimmt, um womöglich eines Tages den höchsten Status diplomatischer Seligkeit zu erreichen: London. Er war mit einer Bankierstochter aus Breda verheiratet, deren Vater auf die Idee gekommen war, sie Hadewych zu nennen. Seine Nichte Paula, die er eigentlich auch nicht kannte, hatte einen um fünfzehn Jahre älteren Hafenbaron aus Rotterdam auserwählt, Jan-Kees, der drei Kinder aus seiner vorigen Ehe mitgebracht hatte: ein ungehobelter, jovialer Mann Ende Dreißig, der laut redete und Zigarren rauchte.

Zwei Tage später versammelte sich bei den Quists in Den Haag eine gewichtige Delegation. Neben dem Pult mit der Bibel saß im Gegenlicht der alte Quist und ließ den Blick über seine Kinder und Enkelkinder schweifen. Die Frauen waren in der Mehrzahl. Diederic und seine Antonia waren nicht da – sie statteten Indonesien einen offiziellen Besuch ab –, dafür waren aber der Kopenhagener Hans und seine Hadewych zugegen; da Hans im Ministerium zu tun hatte, hatte er die Gelegenheit genutzt, um nach Hause zu kommen. Wie Onno erwartet hatte, waren auch Paula und Jan-Kees erschienen. Paula war wie Hadewych etwa in Adas Alter und mit ihrem zweiten Kind schwanger. Nur Sophia gehörte nicht zum unmittelbaren Familienkreis. Onno nahm an, daß sein Vater die Besprechung wie der Vorsitzende des Ministerrates eröffnen würde, sobald Coba Tee und Mandelplätzchen serviert und das Zimmer verlassen hatte, aber es war seine Mutter, die sagte:

»Dieses arme Kind. Ich habe gestern nacht kein Auge zugetan. Besteht denn wirklich gar keine Hoffnung mehr, Onno?«

Er zuckte die Achseln.

»In der Medizin scheint nichts zu hundert Prozent sicher zu sein, aber nach Meinung der Ärzte müssen wir jetzt davon ausgehen, daß es so bleibt. Frag Karel.«

»Ich habe gestern mit dem Wilhelmina Gasthuis telefoniert«, sagte sein Schwager, der Gehirnchirurg. »Ich fürchte, daß es zutrifft. Und vielleicht«, sagte er mit einem kurzen Blick zu Onno, »ist das von allen Übeln noch das geringste. Ein lang andauerndes Koma kann unwiderrufliche Konsequenzen wie völligen Gedächtnisverlust oder totale Charakterveränderung nach sich ziehen.«

Völliger Gedächtnisverlust. Totale Charakterveränderung. Die Worte drangen in Onno wie Kugeln in einen Körper. Das hatte ihm vorher niemand so gesagt, Karel nicht und die Ärzte im Krankenhaus auch nicht; offenbar hatte jeder in der letzten Zeit *gehofft*, daß sie nicht mehr aufwachen würde.

»Auch für Sie muß es furchtbar sein«, wandte sich Frau Quist an

Sophia. »Zuerst der Tod Ihres Mannes, und nun dieses schreckliche Schicksal Ihres einzigen Kindes.«

Onno sah zu seiner Schwiegermutter. Seit er einmal gesehen hatte, wie sie Adas Fingernägel feilte – die jetzt nicht mehr abgekaut waren –, fiel sein Urteil über sie milder aus. Es war klar, daß sie sich in dieser Gesellschaft unbehaglich fühlte, aber sie saß aufrecht da und hielt stand.

»Ich habe immer gewußt, daß das Leben wie das Wetter ist. Es kann jeden Augenblick umschlagen.«

Nach diesen Worten, die nicht gerade von christlichem Sentiment zeugten, war es kurz still. Aus der Ferne drang das Geräusch von Preßlufthämmern ins Zimmer. Onno hoffte, daß jetzt nicht irgendein salbungsvolles Zitat aus dem Heidelberger Katechismus kommen würde, aber glücklicherweise besaß die Versammlung dann doch genügend Takt, um davon abzusehen. Im übrigen, überlegte er, galt der seltsame Wetter-Satz vor allem für die Witterung in den Niederlanden und nicht für die der Sahara, aber das behielt er für sich.

»Die Dinge sind, wie sie sind«, sagte er in einem Ton, als ob diese Tautologie die endgültige Lebensweisheit enthielte. »Vielleicht sollten wir an diesem Nachmittag nicht über unsere Gefühle reden, sondern über die Frage, wie es weitergehen soll. Wenn alles gutgeht, wird in zwei Monaten, im Juli, unser Kind geboren. Und nach Meinung der Leute, die es wissen müssen, gibt es keinerlei Gründe anzunehmen, daß es nicht gutgeht, was das anbelangt. Aber was dann?«

»Natürlich erwartet keiner von dir, daß du Windeln wäschst«, sagte Trees, während sie ihren Seidenschal zurechtrückte.

Als ungesagte Fortsetzung hörte Onno auch noch den Nebensatz: »... während du selbst noch eine trägst«, wollte aber nicht darauf eingehen, nicht nur, weil jetzt nicht der richtige Moment war, die Stacheln aufzustellen, sondern auch, weil sie damit nicht ganz unrecht hatte. Er würde die Sicherheitsnadeln nicht nur durch die Windel, sondern auch durch das Kind stechen, es in Gedanken versunken vom Wickeltisch rollen lassen, ans Telefon gehen und es währenddessen in der Badewanne ertrinken lassen.

»Natürlich nicht«, sagte ihr Mann, »das ist Frauensache. Heutzutage hört man zwar andere Töne, aber es ist nun einmal so, daß Frauen Kinder kriegen, und nicht die Männer. Die kennen das alles nur vom Hörensagen. Demnächst also wird Onnos Kind geboren. Da er selbst es nicht versorgen kann: wer versorgt es?«

Damit hatte Coen die Angelegenheit auf den Punkt gebracht. Vermutlich hatte er heute noch zu tun. Mit hochgezogenen Augenbrauen sah er in die Runde, als ob der erste, der jetzt den Finger hob, das Kind nach Recht und Gesetz zugewiesen bekommen würde, womit die Sache erledigt wäre, anschließend würde man sich noch ein wenig über das Wetter unterhalten, noch eine Tasse Tee von Coba geben lassen und sich dann auf den Heimweg machen.

»Wir«, sagte Dol, »haben keine Kinder, und wir täten nichts lieber, als deines aufzunehmen, Onno. Ich bin jetzt fast vierzig, also wäre das noch möglich. Aber wir haben uns sehr lange darüber unterhalten und glauben, daß es doch besser wäre, wenn es jüngere Pflegeeltern bekäme. Nicht wahr, Karel?«

Der Chirurg legte die Spitzen seiner gespreizten Finger zusammen, nahm sie kurz auseinander und ließ sie wieder in ihre ursprüngliche Stellung zurückkehren. Diese Geste ließ ihn noch mehr wie Baron Frankenstein aussehen.

»Am besten wäre es natürlich, wenn es in einer Familie mit anderen kleinen Kindern aufgezogen würde.«

Onno nickte und sah zu Sophia.

»Erscheint mir korrekt.«

»Es sollte dahin kommen«, sagte Sophia, »wo es die besten Möglichkeiten hat, sich zu entfalten.«

Das klang ziemlich selbstverständlich, aber Onno hörte auch ein fernes Echo des salomonischen Urteils: »*Teilt das lebendige Kind in zwei Teile und gebt dieser die Hälfte und jener die Hälfte.*« Er sah zu den beiden Duos Hans und Hadewych und Paula und Jan-Kees, doch zuerst ergriff Margo das Wort, die Frau seines hochgelehrten Bruders Menno, der verhindert war, weil er vor einer Studentenversammlung Rechenschaft ablegen mußte. Wie immer waren ihre Augenlider geschwollen und gerötet, als hätte sie geweint, obwohl sie eher jemand war, der gerne lachte.

»Unsere Kinder gehen schon in die höhere Schule, und ich mag ehrlich gesagt gar nicht daran denken, daß ich wieder Windeln waschen soll. Soweit ich Onno kenne, würde er auch nicht wollen, daß sein Kind in Groningen aufwächst. Stimmt's? Für dich ist das die tiefste Provinz, es wäre auch zu weit weg für dich.«

»Keiner muß sich hier entschuldigen, für was auch immer«, sagte Onno. »Ich bitte keinen um etwas.«

»Gut«, sagte Jan-Kees. »Dann bieten wir es dir an.« Er legte seine Zigarre in den Aschenbecher, streckte die Beine aus, legte die Füße übereinander und verschränkte die Hände hinter dem Kopf. »Ich habe schon einen Stall voll, also bringen wir deines auch noch unter. Wir haben eine Bude in der Nähe von Rotterdam, einen nicht häßlichen Garten, denn ich habe eine Umschlagsfirma, mit der ich eine Menge Kohle verdiene. Ich bin zwar rechts, aber ich sorge gut für meine Arbeiter, und wer damit nicht einverstanden ist, der wird gefeuert. Wir werden dein Kind ganz in deinem Geiste erziehen, was du mir ruhig zutrauen kannst, denn bevor ich zur feinen Gesellschaft gehörte, war ich auch Sozialist. Und es kostet dich keinen Pfennig. Na? Ist das ein Geschäft oder nicht? Jetzt bist du dran.«

Geschäfte auf Rotterdamer Art. Es entstand ein etwas geniertes Schweigen, aber Onno gefiel Jan-Kees' Direktheit. Er provozierte natürlich, vielleicht aus Verlegenheit, und er spielte, was er tatsächlich war, aber da er es spielte, war er es zugleich auch wieder nicht.

»Du gehst die Sache wieder furchtbar taktvoll an«, sagte Paula und lächelte entschuldigend zu Onno.

»Ja, findest du das nicht?«

»Doch«, sagte Coen, sein Schwiegervater.

»Aber wir meinen es wirklich ernst, Onkel Onno. Wir würden es gerne machen.«

Daß sein Kind in einer stockkonservativen Umgebung aufwachsen würde, war für Onno kein Problem, auch viele seiner progressiven Freunde stammten aus mehr oder weniger wohlhabenden

Kreisen. Aber er war ein ziemlich ordinärer, neureicher Geldscheffler, dieser Jan-Kees, ohne jegliches kulturelles Interesse, außerdem hatte er etwas unverkennbar Tierisches, mit seinen spitzen Zähnen und dem dunklen Bart, der bei ihm schon wieder üppig hervorsproß. Seine Paula hingegen machte einen anmutigen, wehrlosen Eindruck, wie sie so dasaß mit ihrem dicken Bauch in dem schwarzen, goldbestickten afghanischen Sackkleid, das bis zum Boden reichte. Sie hatte wenig Ähnlichkeit mit ihrer furchterregenden Mutter Trees, aber zu Hause hatte vermutlich sie die Hosen an, offenbar mußte etwas von einem Dompteur in ihrem Wesen liegen.

»Auch wir wollen dir gerne helfen«, sagte Hadewych.

Das zweite Angebot war da.

»Bitte nicht drängeln!« lachte Margo, während sie ihr Plätzchen in den Tee tunkte. Sofort schlug sie die Hand vor den Mund und sah erschrocken in die Runde. »Verzeihung«, sagte sie.

Vielleicht war Hadewych auf metaphysische Weise durch ihren Namen geprägt, vielleicht hatte sie sich auch danach modelliert, auf jeden Fall sah sie tatsächlich aus wie eine mittelalterliche Mystica. Ihr Gesicht hatte den dunklen Teint, den die spanischen Truppen vor vierhundert Jahren in Brabant hinterlassen hatten. Im Gesicht standen zwei zu große braune Augen, die vor ekstatischer Einsicht zu leuchten schienen.

»Wir haben keine Villa in Kralingen«, sagte Hans, »und auch keinen Garten mit Pool, dafür aber eine komfortable Wohnung in Kopenhagen. Das heißt, solange diese Dienstverpflichtung noch dauert. Was unser nächster Posten sein wird, weiß ich natürlich nicht. Ich könnte mir vorstellen, daß das ein Problem für dich ist. Es wird jedenfalls immer weiter von Amsterdam entfernt sein als Groningen.«

Hans war in allem das Gegenteil von Jan-Kees. Er hatte seidiges, ordentlich gescheiteltes blondes Haar und hellblaue Augen, war sechs- oder siebenundzwanzig Jahre alt und von Kopf bis Fuß nach den Uniformregeln des Auswärtigen Amtes gekleidet: Er trug einen Anzug im richtigen Grauton, nicht zu dunkel, aber vor allem nicht zu hell, ein blaugestreiftes Hemd und eine dunkelblaue Krawatte mit dezenten weißen Tupfen, und an den Füßen schwarze geflochtene Schuhe. Aber er machte einen sympathischen, intelligenten, wenn auch etwas farblosen Eindruck, und er hatte sofort das grundsätzliche Problem angesprochen: seine Nomadenexistenz.

In Gedanken versunken sah Onno in die Runde. Trees wandte den Kopf zu Coen, der in Zeitlupe sein Handgelenk aus dem Hemdärmel schob und ohne sich zu bewegen die Augen niederschlug, um zu sehen, wie spät es war. Seine Mutter seufzte tief und sah mit leichtem Kopfschütteln zu Sophia, die ungerührt den Zeigefinger durch eine Schleife in ihrer Blutkorallenkette hin und her gleiten ließ. Die beiden Paare, die ein Angebot gemacht hatten, schienen jeden Augenkontakt zu vermeiden, wie Bewerber für dieselbe Stelle.

Plötzlich fuhr Onno hoch.

»Ich muß mich doch jetzt nicht auf der Stelle entscheiden, hoffe ich?«

Sofort redeten alle durcheinander.

»Kommt gar nicht in Frage.«

»Ach woher.«

»Natürlich nicht.«

»Schon allein die Vorstellung!«

»Überlege es dir in Ruhe«, sagte Dol. »Du hast ja mindestens noch zwei Monate Zeit.«

»Im Grunde schon«, nickte Karel.

Plötzlich war Onno der Gunst seiner Verwandtschaft ausgeliefert, und es kostete ihn Mühe, Worte des Dankes zu finden. Vor allem die peinliche Konkurrenzsituation, in die sich die Familien von Hans und Jan-Kees für ihn begeben hatten, machte ihm zu schaffen. Angenommen, er hätte wie Max keine Verwandtschaft gehabt – was hätte er dann tun sollen?

»Ich war oft unwirsch zu euch«, zwang er sich zu sagen, »dafür möchte ich mich entschuldigen.«

Er meinte es ernst, und zugleich widerte es ihn an, als er sich so reden hörte. Köpfe wurden geschüttelt und wegwerfende Gesten gemacht, und das Gesicht seiner Mutter begann zu strahlen, und als Besiegelung des Kniefalls sagte sein Vater:

»Gut. Laßt uns beten.«

Es wurde still, Zigarren wurden weggelegt, Köpfe neigten sich, Hände wurden gefaltet. Auch Onno ertappte sich dabei, daß er seinen Oberkörper leicht nach vorne beugte; nur Sophia änderte ihre Haltung nicht, aber sie hörte auf, mit ihrer Kette zu spielen. In die Stille hinein öffnete Coba die Tür, um noch einmal Tee nachzuschenken, errötete heftig und schloß sie rasch wieder.

Mit gesenktem Blick sagte Quist:

»Lieber Gott, himmlischer Vater, in unserem Elend siehst Du uns hier vor Deinem Angesicht versammelt. Dieses Leben – das doch nichts anderes ist als ein fortwährender Tod – ist für uns noch düsterer geworden nach Deinem unergründlichen Ratschluß. Aber wir wissen, daß Du alles vermagst und daß keiner Deiner Gedanken aus dieser Welt verschwindet. Gib uns Deinen Segen und erleichtere unsere Herzen. Im tiefen Glauben an Deine unendliche Barmherzigkeit bitten wir Dich, allmächtiger und ewiger Gott, unserem verlorenen Sohn, der wiedergefunden ist, Kraft und Weisheit zu schenken. Amen.«

30
Das Schafott

Max wußte von der Zusammenkunft und wartete unruhig den Bericht ab. Am liebsten hätte er Onno und Sophia sofort angerufen, aber es schien ihm nicht ratsam, allzu große Neugier zu zeigen. Am nächsten Tag rief Onno ihn in Leiden an und meldete sich für den Abend an.

Während er sich sonst immer gleich in den grünen Sessel fallen ließ, ging er nun ununterbrochen in Max' Zimmer auf und ab und erzählte, wie das Treffen verlaufen war, wie er schließlich in den Staub gesunken sei und sich erniedrigt habe, worauf er unverzüglich mit einer Fürbitte bei Gott belohnt worden sei.

»Was ist das bloß für eine ehrlose Sklavenreligion! Wie hat dieser schäbige Kerl aus Nazareth bloß diesen stolzen Jupiter besiegen können?«

»Aber diese ehrlosen Christen haben dir immerhin angeboten, dein Kind aufzunehmen.«

»Meinst du, daß das bei den heidnischen Römern nicht passiert wäre? Das hat nichts mit Religion zu tun, das ist die Sippe. Davon hast du keine Ahnung, denn du hast keine, aber es passiert sogar im Tierreich. Das ist das Blut.«

»Nein, ich habe keine Verwandten«, sagte Max und sah ihn an. »Ich habe also insofern Ahnung davon, als ich irgendwann selbst von Christen aufgenommen worden bin, obwohl ich nicht von ihrem Stamm war.«

Während er das sagte, wurde ihm klar, daß das für Adas Kind vielleicht auch wieder gelten würde, wenn es nicht von Onnos Stamm wäre. Onno erwiderte seinen Blick; er wußte, daß er einen Schnitzer gemacht hatte.

»Gut«, sagte er mit einer generösen Geste, »einigen wir uns darauf, daß es uneigennützige Menschenliebe tatsächlich gibt. Als ich heute morgen aufwachte, wußte ich mir trotzdem noch keinen Rat. Wie soll ich mich um Himmels willen entscheiden? Die eine Option ist schlechter als die andere, und die andere schlechter als die eine. Nach Meinung beschränkter Geister ist das zwar logisch unmöglich, aber dieses Unmögliche ist hier der Fall.«

»Warum sagst du dann nicht, daß die eine besser ist als die andere, und die andere besser als die eine?«

»Ganz einfach: weil keine von beiden gut ist. Zumindest nicht gut genug. Zum Beispiel Jan-Kees und seine Paula. Sie wohnen in Rotterdam in einem riesigen Haus, und ich kann jeden Mittwochnachmittag hinfahren, um mein Kind abzuholen, und mit ihm in den Zoo gehen. Irgendwie kann ich sie gut leiden, aber es ist nicht mein Stil, und auch nicht Adas Stil; ich möchte nicht, daß unser

Kind dort aufwächst. Hans und Hadewych sind in dieser Hinsicht
besser, werden aber demnächst von Dänemark nach Sambia versetzt, und dann von Sambia nach Brasilien, und dann von Brasilien
auf die Philippinen; unser Kind wird von einer internationalen
Schule in die andere geschleppt und muß alle vier Jahre von seinen
Freunden Abschied nehmen. Andererseits würde es natürlich
etwas von der Welt sehen und eine Menge Sprachen lernen, aber
ich würde unwiderruflich ein Fremder für es werden: eine Art
Onkel im fernen Holland. Nur während der Sommerferien wäre
es dann mal ein paar Wochen hier – und der Gedanke behagt mir
gar nicht. Wenn Jan-Kees im diplomatischen Dienst wäre und
Hans und Hadewych in Kralingen wohnten, ja, dann wüßte ich,
wie ich mich zu entscheiden hätte, aber so wohlwollend scheint
das Leben nicht zu sein. Also, wie soll das jetzt weitergehen? Was
würdest du an meiner Stelle tun?«

Er setzte sich, und Max stand auf. Mit den Händen in den Taschen
stellte er sich vor das Fenster und sah in den dunklen Abend hinaus,
ohne etwas zu sehen. Er wußte, sein Hinterkopf und sein Rücken
sandten die Botschaft aus, daß er ruhig überlegte, aber sein Herz
klopfte laut, und er fühlte sich innerlich zerrissen. Was würde er an
Onnos Stelle tun? Vielleicht *war* er an Onnos Stelle – das heißt, daß
auch Onno selbst nicht wußte, an wessen Stelle er vielleicht war. Wie
lange sollte das noch so weitergehen? War es nicht an der Zeit, diesen Knoten aus Liebe und Betrug radikal durchzuhauen? Sollte er
sich jetzt nicht umdrehen, jetzt, in diesem Augenblick, und endlich
sagen: »Onno, das Kind, das Ada erwartet, ist vielleicht von mir.« –
Sollte er nicht endlich das sagen, was er ihm hatte schreiben wollen
und auch geschrieben, dann aber nicht abgeschickt hatte? Die Überlegung, daß er das nicht ohne Adas Wissen tun konnte, hatte nun
keine Gültigkeit mehr, es geschah nichts mehr ohne Adas Wissen,
weil alles ohne ihr Wissen geschah. Aber er brachte es jetzt nicht
mehr übers Herz, er hatte es zu weit kommen lassen. Dennoch
konnte er nicht einfach weiter abwarten und darauf vertrauen, daß
sich alles von allein regeln würde. Es mußte etwas geschehen!

Plötzlich sah er sein Spiegelbild im dunklen Glas. Er rückte seine Krawatte zurecht und fuhr sich mit den Händen durchs Haar, und er mußte an den Abend denken, an dem er mit Onno ins Theater gegangen war, in *König Ödipus*; während sie im Foyer in der Pause eine Tasse dünnen Kaffee tranken, hatte Onno gefragt: »Schaust du etwa ständig in diesen Spiegel, du eitler Gockel?«, worauf er geantwortet hatte: »Ja, ich schaue immer in alle Spiegel: um sie zu eichen.«

Er drehte sich um, steckte die Hände wieder in die Taschen und setzte sich auf die Fensterbank.

»Du könntest eine Haushälterin einstellen, Full-time, Tag und Nacht.«

»Ich soll mein Kind von einer Haushälterin erziehen lassen? Um zwanzig Jahre lang auch noch eine unglückliche Frau am Hals zu haben, die jeden Abend in der Küche heult? Ich denke gar nicht daran. Und was meinst du wohl, was das kostet? Wie du weißt, widme ich mich infolge meines edelmütigen Charakters ausschließlich der Wissenschaft und der Res publica und verdiene folglich so gut wie nichts; ich lebe von einem kleinen Vorschuß aus meinem Erbteil. Gut, dafür könnte man noch eine Lösung finden, ich könnte zum Beispiel arbeiten gehen, obwohl mich die Vorstellung abstößt, Studenten im sechsten Semester das Abc beizubringen. Jedenfalls würde ich jederzeit eine Stelle an irgendeiner Universität bekommen, vielleicht sogar in den Niederlanden.«

»Es braucht doch nicht länger als für fünf oder sechs Jahre zu sein? Danach könnte das Kind dann in ein gutes Internat gehen.«

»Ein gutes Internat! Soll mein Kind wirklich mit sechs Jahren von der Sicherheit in die Unsicherheit hineingestoßen werden, damit es für den Rest seines Lebens unsicher ist? Auf die feine englische Art? Ist das tatsächlich das, was du an meiner Stelle tun würdest?«

Max rieb sich mit beiden Händen über das Gesicht.

»Nein«, sagte er.

»Natürlich«, sagte Sophia, als Max sie am nächsten Tag anrief und fragte, ob es ihr recht wäre, wenn er nach dem Abendessen noch

auf eine Tasse Kaffee vorbeikäme. »Du kannst auch hier essen,
wenn du möchtest.«

Das war neu.

»Sind Sie sicher, daß ich Ihnen keine Ungelegenheiten mache?«
Als er sich das sagen hörte, hatte er das Gefühl, es jetzt zu bunt zu
treiben, aber das war offenbar nicht der Fall.

»Du weißt doch, wie das ist. Wenn Essen für einen da ist, reicht
es auch für zwei, und wenn es Essen für zwei gibt, reicht es auch
für drei.«

»Das stimmt. Wenn es Essen für hundert gibt, reicht es auch für
hundertundzehn. Es ist schwer zu begreifen, daß es noch Hunger
gibt auf der Welt.«

Er brachte eine Flasche Chianti mit, und als sie sich am Küchentisch gegenübersaßen, machten sie sich sofort über ihre Rinder-
filets her. Während sie vom Haager Familienrat erzählte, spürte er
wieder die Erregung, die diese Situation jedesmal aufs neue bei ihm
auslöste: eine Audienz bei der unnahbaren Mutter Oberin, der
Braut Christi, die sich im Dunkeln gleich wieder in eine wollü-
stige, Schreie ausstoßende Circe verwandeln würde. Er hatte sich
oft gefragt, wie diese Verwandlung vor sich ging. Er versuchte sich
auszumalen, was in ihr vorging: sie legte ihre Kleider über den
Stuhl, wusch sich, legte sich ins Bett und knipste das Licht aus. War
das der Moment? Verwandelte die einfallende Dunkelheit sie vom
einen in das andere? Oder gab es gar keinen Moment des Über-
gangs, war es lediglich ein maliziöses Spiel, dessen Wirkung sie
irgendwann, bei einer bestimmten Art von Männern wie Brons
und ihm, entdeckt hatte? Aber was hatte er mit Brons gemein?
Vielleicht die Empfänglichkeit für dieses Spiel? Dann mußte es
auch noch ein paar andere Gemeinsamkeiten geben, und genau die
gab es nicht. Natürlich war es mit Brons nicht so gewesen, so war es
nur mit ihm, Max, und ein Spiel war es auch nicht. Er war davon
überzeugt, daß ihr Nachtleben für sie tagsüber tatsächlich nicht
existierte, man erinnerte sich tagsüber ja auch nicht an seine
Träume. Er war ihr Traum, und das mußte er auch bleiben. Wenn
er tagsüber zu ihr sagen würde, daß sie wieder einmal eine aufre-

gende Nacht gehabt hätten, würde sie vielleicht wirklich nicht wissen, wovon er sprach, und ihn hinauswerfen. Sie mit ihm im Bett
– was fiel ihm eigentlich ein! Das sollte er doch wohl lieber mit
einer Hure ausleben!

Nickend hörte er ihr zu, wischte sich den Mund ab, nahm einen
Schluck Wein und sah von ihrem sich bewegenden Mund zu ihren
Augen und von den Augen wieder zum Mund. Da er den Stand der
Dinge bereits von Onno gehört hatte, achtete er mehr auf das
Timbre ihrer Stimme als auf das, was sie sagte; zum ersten Mal hörte
er fast so etwas wie einen Schluchzer heraus, einen verzweifelten
Unterton, der vielleicht gar nichts mit Gefühl zu tun hatte, sondern
einfach nur mit der Struktur ihrer Stimmbänder. Sie erzählte, daß
sie nach dem Treffen mit Onno mit dem Zug zurückgefahren sei
und ihm angeboten habe, sich selbst um das Kind zu kümmern.

»Ich habe ihm gesagt, daß das schon immer die Rolle der Großmutter gewesen ist. Wenn die Eltern ausgehen, wird die Großmutter angerufen, um auf das Kind aufzupassen.«

Onno hatte ihm nichts von diesem Gespräch erzählt. Er dachte
kurz an seine eigene Mutter, die vielleicht die Großmutter von
Adas Kind wäre, oder gewesen wäre.

»Und was hat Onno dazu gesagt?«

»Er hat sich nicht weiter geäußert, aber ich habe den Eindruck,
daß er das auch nicht für die ideale Lösung hält, und das ist es wohl
auch nicht. Ich bin jetzt fast fünfundvierzig, du kannst es dir ja ausrechnen: Wenn das Kind fünfzehn ist, bin ich sechzig. Das würde
vielleicht noch gehen, aber trotz all seiner Erneuerungsideen ist
Onno dann plötzlich ganz altmodisch: er findet, daß in die Familie
ein Mann gehört. Abgesehen davon habe ich das Gefühl, daß er
mich nicht sonderlich mag. Trotz allem wird er seine Entscheidung
bald treffen müssen.«

Sie war aufgestanden und räumte den Tisch ab. Obwohl Max genau wußte, daß eine Befruchtung am 8. Oktober 1967 nach etwa
zehn Mondmonaten zu einer Geburt Anfang Juli 1968 führen
mußte, sagte er beiläufig:

»Ja, ungefähr in zwei Monaten.«

»Nein«, sagte Sophia. »Vermutlich schon viel früher.«

»Viel früher?«

Während sie die Teller in die Spüle stellte, sagte sie, ohne sich umzudrehen:

»Hast du heute noch nicht mit Onno gesprochen?«

»Gestern. Ist etwas passiert?«

»Er rief kurz nach dir an. Ich weiß nicht genau, was los ist, aber Adas Zustand scheint trotz allem doch ein Risiko zu bergen. Der Neurologe sagt, daß ihr EEG kaum noch ein Bild zeigt. Die Ärzte überlegen auf alle Fälle, ob sie das Kind nicht bald mit einem Kaiserschnitt holen sollen. Das wäre ohnehin erforderlich, denn gebären kann sie natürlich nicht mehr. Ich werde gleich morgen hinfahren, und dann müssen wir entscheiden.«

Max wurde heiß und kalt. Jetzt war sie plötzlich da, die Stunde der Wahrheit. Natürlich hatte er in diesen letzten Monaten immer gewußt, daß der Augenblick unwiderruflich näher rückte; aber ohne daß er sich dessen bewußt war, hatte er dennoch immer das Gefühl gehabt, dieser Moment würde nie kommen – wie bei Zenon, demzufolge immer wieder ein weiterer Teil des Weges zurückgelegt werden mußte: zuerst die Hälfte, dann die erste Hälfte der zweiten Hälfte, dann die erste Hälfte des letzten Viertels –, und auf diese Weise würde immer wieder Zeit übrigbleiben. Aber jetzt war der Sprung plötzlich gemacht.

»Auch Kaffee?« fragte Sophia, während sie den Wasserkessel füllte.

Verwirrt stand er auf. Er hatte das vage Gefühl, daß nichts mehr so war wie vorher, daß er bereits eine Entscheidung getroffen hatte.

»Nein«, sagte er, »danke –.« Er suchte nach Worten. »Ich muß gehen.«

Sie drehte sich um.

»Was ist los mit dir?«

»Ich weiß es nicht – ich muß nachdenken. Bitte, entschuldigen Sie mich, es ist unhöflich, aber –.« Er gab ihr die Hand. »Danke für das Essen, ich rufe Sie morgen an. Ich muß jetzt allein sein.«

»Natürlich. Wie du meinst.«

Sophia brachte ihn zur Tür, und er stieg in seinen Volkswagen, den er sich gerade gekauft hatte. Ohne Ziel fuhr er los. Er wollte nachdenken, aber er wollte erst nachdenken, wenn niemand mehr zu sehen war. Ununterbrochen hallte eine Verszeile von Rilke in seinem Kopf, die seine Gedanken wie ein Damm zurückhielt:

Du mußt dein Leben ändern.

Es war bereits Abend, und auf der Straße nach Amsterdam fuhr er an der Ausfahrt Noordwijk ab. Auf der dunklen Straße durch die Dünen fuhr er zum Leuchtturm, wo er den Wagen parkte.

Er stellte den Motor ab und stieg aus; der Knall, mit dem er die Wagentür zuschlug, war wie der Punkt hinter einem Satz. Und wie der erste Buchstabe des nächsten Satzes kam das Rauschen der Brandung näher – hörbare Stille, durch die das Licht des Leuchtturms flog wie etwas, das stiller war als still. Es wehte ein kalter Seewind, die Sterne erschienen und verschwanden zwischen schwarzen, schnell vorbeiziehenden Wolken. Er atmete die salzige Luft und ging den Pfad zum Meer hinunter. Als er den Strand erreichte, war ihm danach, Schuhe und Socken auszuziehen, statt dessen stellte er den Kragen auf, vergrub die Hände tief in den Taschen und ging weiter zum Wasser. Er erreichte den festeren, feuchten Sand, den die Flut zurückgelassen hatte, blieb stehen und sah auf den dunklen Horizont, über den der Lichtkegel des Leuchtfeuers alle paar Sekunden zugleich langsam und doch schnell hinwegstrich. Mit gebeugtem Kopf ging er an der Muschellinie entlang in Richtung Süden.

Der Kaiserschnitt! Es war klar: Er mußte sich aufopfern. *Er* mußte Adas Kind aufziehen – zusammen mit Sophia. Nur wenn er das tat, würde er dem, was passiert war, wirklich etwas gegenüberstellen. Sollte sich, Gott bewahre, in irgendeiner Weise zeigen, daß das Kind nicht von Onno war, sondern von ihm, dann wäre das Elend zwar grenzenlos und Onno würde ausfallen, aber zugleich auch verstehen, was er, Max, getan hatte: nämlich, das Kind in einem Augenblick zu sich zu nehmen, als er noch *nicht* wußte, wer der Vater war; er wäre das Risiko eingegangen, sein Leben nach einem Kind zu richten, das nicht seines war. Sollte sich herausstellen, daß es wirklich nicht von ihm war, so würde Onno dennoch nie erfahren, weshalb er sich so entschieden hatte. Denn dann wäre es immer noch nicht so, als wäre nichts geschehen: der Verrat der Freundschaft konnte nie wiedergutgemacht werden, die Lüge würde bis in alle Ewigkeit zwischen ihnen bleiben, obwohl nur er selbst davon wissen würde – mit der kleinen Beruhigung, auf jeden Fall alles getan zu haben, was in seiner Macht stand. Den Gedanken, die künstliche Entbindung könnte vielleicht mißlingen und damit wäre alles erledigt, verdrängte er, aber er ertappte sich plötzlich dabei, daß das jetzt unter Umständen eine Enttäuschung für ihn wäre.

Ununterbrochen schwenkte das Kreuz des Leuchtfeuers über seinen Kopf wie Hubschrauberflügel, die die Erde schwebend im All hielten. Noch heute abend, spätestens morgen, mußte er Sophia seinen Vorschlag unterbreiten, und wenn sie einverstanden wäre, dann auch Onno. Stimmte auch er zu, so mußte er so rasch wie möglich weg aus Amsterdam und weg von dem Leben, das er dort geführt hatte, seine Wohnung kündigen und nach Drenthe ziehen, irgendwo in der Nähe von Dwingeloo und Westerbork ein Haus für sich und seine bizarre Familie suchen: mit einer Frau, die nicht die Mutter, sondern die Großmutter seines Kindes war, das vielleicht gar nicht sein Kind war. Oder war er vielleicht verrückt geworden? Würde es das durchhalten? Ja, er würde es durchhalten, und er opferte sich auch nicht auf, von »Aufopferung« zu sprechen wäre nur wieder eine neue Lüge, und Sophia würde Bescheid wissen. Es wäre vielmehr die Gelegenheit, seinem dunklen Verhältnis mit ihr eine dauerhafte Form zu geben; so, wie es bisher war, konnte es nicht weitergehen, ohne irgendwann lächerlich zu werden. Was würde sie dazu sagen? Auch ihr Leben war schließlich verpfuscht. Was sollte sie in Leiden mit einer Antiquariats-Buchhandlung, mit der sie sich nicht auskannte und die früher oder später pleite gehen würde? Andererseits: Wenn das Kind fünfzehn sein würde, also in fünfzehn Jahren, wäre sie sechzig, wie sie gesagt

hatte, er selbst aber erst fünfzig. Erst? Die Vorstellung erschreckte
ihn. War er in fünfzehn Jahren schon fünfzig? Aber dann wäre alles
anders, und man würde dann schon weitersehen.

Er dachte an eine Anekdote, die ihm Onno während eines Spaziergangs durch die Stadt erzählt hatte. Anfang des vorigen Jahrhunderts wurde der eher zweitrangige deutsche Bühnenautor Kotzebue,
der im Dienst des Zaren stand, von dem nationalistischen Korpsstudenten Sand ermordet; Sand wurde zum Tode verurteilt und von
dem Henker Braun geköpft. Dieser aber bereute anschließend so
sehr, einen so hochgestellten Menschen hingerichtet zu haben, daß
er aus den Brettern des Schafotts eine Hütte baute, in der die Korpsstudenten dann heimlich zusammenkamen, um Sand zu verehren,
die Blutflecke zu küssen und antisemitische Lieder zu singen.

Die Muscheln knirschten unter seinen Schuhen, und eine Art
Trunkenheit überkam ihn, nicht vom Wein, sondern von der totalen Veränderung, die plötzlich bevorstand; er fühlte sich wie
jemand, der angesichts eines drohenden Krieges von einem Augenblick auf den anderen beschlossen hatte auszuwandern, weit
weg: in ein Land, auf das man nicht mit dem ausgestreckten Finger
in einer Himmelsrichtung zeigen konnte, sondern nur, indem man
auf den Nadir deutete, senkrecht nach unten, auf die andere Seite
der Welt, möglichst weit weg, dorthin, wo die Bäume nach unten
wuchsen, Mensch und Tier kopfunter an der Erde klebten und die
Steine nach oben fielen.

Wieder hatte er das Gefühl, als wollte er seine Gedankenkette
hinauszögern wie im Bett den Orgasmus. Plötzlich verspürte er
das Bedürfnis, seine Ziehmutter zu besuchen. Zehn Jahre lang, bis
1952, hatte er bei ihr und ihrem Mann gelebt; danach hatte er sich
als Arbeitsstudent in Leiden ein Zimmer gemietet. Ende der fünfziger Jahre waren sie nach Santpoort umgezogen, wo seine Ziehmutter Kindergärtnerin wurde; sein Ziehvater, ein Geographie-
lehrer, war damals schon ernsthaft erkrankt. Mit der Zeit hatte er
die beiden immer seltener besucht; zuerst alle paar Wochen, dann
alle paar Monate, später nur noch zu Weihnachten und schließlich
nicht einmal mehr das. Jeder Besuch war für ihn eine Rückkehr in

den Krieg, und das belastete ihn immer mehr, je länger der Krieg zurücklag. Inzwischen hatte er seit Jahren nichts mehr von sich hören lassen.

Er schaute angestrengt auf die Uhr, im Licht des Leuchtturms sah er, daß es halb zehn war. Wann legte sie sich schlafen? Sie wohnte etwa dreißig Kilometer von hier, er würde sie zumindest noch anrufen.

Etwas weiter, am Rand der Dünen, stand das Huis ter Duin, ein großes, hellerleuchtetes Badehotel mit mediterranem Flair, das den Eindruck erweckte, als befände es sich am Boulevard des Anglais in Nizza und nicht in der Nähe eines verschlafenen Dorfes an der kalten Nordsee. Durch den lockeren Sand stapfte er hin, fand auf der Terrasse eine Tür, die nicht abgeschlossen war, und geriet in ein überschwengliches Fest aus Genever, Bier und Karnevalsschlagern. Auf dem Podium saßen als Bauern verkleidete Musikanten mit schwarzseidenen Mützen auf dem Kopf und roten Taschentüchern um dem Hals und spielten gerade das Letzte vom Letzten: eine Polonaise, bei der sich die Gäste unter dem Festschmuck kindisch in einer Schlange mit den Händen auf den Schultern des Vordermannes durch den Saal bewegten. Während er noch ins Licht blinzelte, wurde er schon mit einem Ruck in die singende und tanzende Reihe gezogen, und ehe er es sich versah, war er mittendrin im Festgeschehen. Selten hatte er sich so fehl am Platze gefühlt, aber mit einem nachsichtigen Lächeln ließ er sich mitziehen; wenn er protestiert hätte, wäre er wahrscheinlich an Ort und Stelle geschlachtet und ins siedende Fett geworfen worden, zwischen die Bratwürste. In der Nähe einer Tür tauchte er weg und ging zur Rezeption in die Eingangshalle.

Schwere Sofas und leinenbezogene Sessel mit großen roten und blauen Blumenmustern riefen in Erinnerung, daß England unmittelbar gegenüber auf der anderen Seite des Wassers lag. In der Telefonzelle wählte er nervös die Nummer in Santpoort.

»Blok«, sagte eine Männerstimme.

»Entschuldigen Sie bitte, ist das nicht die Nummer von Frau Hondius?«

»Die wohnt nicht mehr hier.«

Sie sei seit einem Jahr in einem Pflegeheim in Bloemendaal, Sancta Maria, Max bekam auch gleich die Nummer. Mit dem Finger in der Scheibe, im Loch über der letzten Zahl, einer 1, hielt er inne. Sie hatte ihn nicht benachrichtigt und, nachdem er nicht am Sterbebett ihres Mannes erschienen war, offenbar abgeschrieben. Er schämte sich auf einmal so darüber, daß er nicht weiter zu wählen wagte – und wußte zugleich, daß er sie nie wieder sehen würde, wenn er mit dem Finger jetzt nicht die letzten neunzig Grad zurücklegte. Mit einem Ruck zog er ihn herunter bis an den Anschlag.

Der Portier in Bloemendaal verband ihn, und kurz darauf hörte er ihre Stimme.

»Ja, wer ist da?«

»Hier Max.«

Es blieb einen Augenblick still.

»Max?« fragte sie leise. »Bist du das, wirklich?«

»Haben Sie schon geschlafen?«

»Ich schlafe nachts nie. Es ist doch nichts Schlimmes passiert?«

»Ich bin jetzt in Noordwijk, ich wollte kurz vorbeikommen. Geht das?«

»Jetzt gleich?«

»Oder kommt es ungelegen?«

»Natürlich nicht, für dich nie. Ich werde unten im Gesellschaftsraum auf dich warten.«

»In einer halben Stunde bin ich bei Ihnen, Mutter Tonia.«

Über die menschenleere Strandpromenade ging er schnell zurück zum Wagen, nahm eine Abkürzung über Haarlem und überlegte, ob er etwas über sein unverzeihliches Wegbleiben sagen sollte, als ihr Mann im Sterben gelegen hatte, aber vielleicht verstand sie auch so, daß er Schwierigkeiten hatte mit dem Sterben von Eltern, auch wenn es die Zieheltern waren.

Sancta Maria, aus dunklem Backstein im schweren Patronatsstil des holländischen Katholizismus erbaut, lag hinter einem schmiedeeisernen Zaun an einer ruhigen Allee am Waldrand. Er parkte den Wagen auf dem gepflasterten Vorplatz, und als er die Eingangstür öffnete, stand er augenblicklich Auge in Auge dem gemarterten Leib des Religionsstifters gegenüber, der in derselben Haltung am Kreuz befestigt war wie Otto Lilienthal an dem Schwebegerät, mit dem er seinen ersten Gleitflug unternommen hatte. *Consummatum est*, dachte Max, auch der Ingenieur hatte sein Experiment nicht überlebt. Der Portier sah verstört von seiner Zeitung auf, warf einen Blick auf die Uhr und zeigte mit einer Kopfbewegung auf den Eingang des Gesellschaftsraumes.

Auf den Wellen der gesellschaftlichen Veränderungen hatte ein moderner Innenarchitekt dort mit grellem Neonlicht und häßlichem Mobiliar aus knallbuntem Kunststoff einen Eindruck des nahenden Fegefeuers vermitteln wollen, und das war ihm perfekt gelungen. Max' Ziehmutter saß allein an einem Tisch beim Fenster und winkte ihm zu; zum ersten Mal seit seinem Auszug sah er sie ohne seinen Ziehvater. Sonst war nur noch ein massiger Mann von etwa sechzig Jahren im Raum. Er saß in einem Rollstuhl, der so willkürlich quer dastand, als hätte ihm jemand an der Tür einen Stoß versetzt, um ihn irgendwie in den Raum zu expedieren; über dem rechten Auge trug der Mann eine schwarze Augenklappe.

»Max! So eine Überraschung!« Seine Ziehmutter war aufgestanden; mit Tränen in den Augen küßte sie ihn und hielt ihn auf Armlänge von sich weg, um ihn eingehend zu betrachten. »Du bist männlicher geworden, ein echter internationaler Gentleman.«

Er mußte über das Kompliment lachen.

»Und Sie sind noch immer dieselbe, Mutter Tonia.«

Sie war kleiner geworden und hatte einen runderen Rücken; ihr Gesicht war jetzt noch schärfer gezeichnet als früher, mit der Spur eines feinen Lächelns in den Mundwinkeln. Doch sie trug über einem schmalen, dunklen Schatten immer noch die Perücke aus kastanienbraunem Haar, und der Schatten war wie eine geheimnisvolle Schlucht zwischen Haut und Perücke, die ihn als Jungen mehr fasziniert hatte als alle Schluchten in den Büchern von Karl

May. Seit er sie kannte, hatte sie Perücken getragen, und er hatte
keine Ahnung, welches Geheimnis sich darunter verbarg, aber er
war seitdem sicher, immer zu erkennen, ob jemand eine Perücke
trug, bis Onno ihm eines Tages erzählt hatte, daß er es doch wohl
nur dann sehen könne, wenn er es tatsächlich sehe, und nicht,
wenn er es nicht sehe.

Seine leibliche Mutter hatte Max immer ›Mama‹ genannt. Er
setzte sich ihr gegenüber, und sie nahm seine Hände in die ihren.
Sie streichelte über seine Spateldaumen und sah ihn an.

»Du hast noch immer so kalte Hände wie früher.«

»Das ist immer so bei Hitzköpfen.«

»Erzähl, wie geht es dir?«

»Gut«, sagte er. »Gut.«

Gut? Es war ausgeschlossen, ihr zu erzählen, wie durcheinander
sein Leben war und wie er es zu ordnen gedachte; er wußte ja
selbst nicht, wie es ihm ging, vielleicht war das der Grund, weshalb
er jetzt hier war. Wirklich alt war Mutter Tonia noch nicht, knapp
siebzig vielleicht – seine richtige Mutter wäre jetzt sechzig –, und
sie war dennoch hier, an diesem schrecklichen Ort, hatte die Gedanken nur noch in der Vergangenheit und wartete bereits auf den
Tod, während seine Sorgen ausschließlich der Zukunft galten. Er
erzählte ihr von seiner Arbeit in Leiden und daß er in absehbarer
Zeit vermutlich nach Drenthe ziehe, wo ein neues Teleskop in Betrieb genommen werde.

»Du nach Drenthe? Max! Ein Lebemann wie du in den Moor-
kolonien? Du wirst mir doch nicht erzählen wollen, daß du inzwischen geheiratet hast, ohne mir ein Wort davon zu sagen?«

»Wenn ich heirate, sind Sie meine Trauzeugin«, sagte er, während
ihm zugleich durch den Kopf ging, daß er bald vielleicht sogar ein
Kind hätte, ohne daß sie es je erfahren würde. »Nein, ich widme
mich der Wissenschaft. Es ist ein ganz besonderes Teleskop.«

»Ich sehe es noch vor mir, wie du in deinem Zimmer über die
Sternenkarte gebeugt dasaßt. Ich werde das Geheimnis des Weltalls lüften, hast du einmal bei Tisch gesagt.«

»Wirklich?« Er lächelte gerührt. »Solche Dinge treiben sie einem an der Universität schon aus. Das erste, was sie einem nehmen, ist die Lust an dem Fach, das man studieren will. Die wirklich großen Genies wie Einstein sind alle reine Amateure, und das ist nicht nur in den Naturwissenschaften so.«

»Es ist besser, glücklich zu sein als ein großes Genie.«

»Vielleicht. Was einen dabei allerdings irritiert, ist die Tatsache, daß Einstein vermutlich auch glücklich war.«

»Und du?«

»Der Symmetrie halber müßte ich also eigentlich sowohl kein Genie als auch unglücklich sein, oder?«

Langsam schüttelte sie den Kopf.

»Du hast dich überhaupt nicht verändert, weißt du das? Wer gibt schon so eine Antwort?«

»Sie haben recht.«

Er überlegte. Es war natürlich Unsinn zu sagen, er sei glücklich, aber bedeutete das auch schon, daß er unglücklich war? Logisch vielleicht, aber psychologisch? In den letzten Monaten war er vielleicht wirklich unglücklich gewesen, zumindest hoffnungslos verheddert in dem Netz, das er selbst geknüpft hatte. ›Glücklich‹, ›unglücklich‹, das waren nicht die Termini, in denen er über sich nachdachte, das war eher ›was für Mädchen‹, um mit Onno zu sprechen. Aber von dem Augenblick an, in dem er seinen Entschluß gefaßt hatte, war zwar alles beim alten geblieben – nämlich für immer verdorben –, aber plötzlich auch verändert, umgekippt wie bei einem Marathonläufer, der gerade aus seiner tödlichen Ermüdung Kraft schöpfte und vielleicht sogar etwas wie Lust. Vielleicht war er eben deshalb zum Marathonläufer geworden: weil er süchtig war nach dieser Lust an der Erschöpfung.

»Gott weiß, ich bin glücklich, ja.«

Seine Ziehmutter zog die Hände zurück und schlug den Blick nieder.

»Dieser Mistkrieg«, sagte sie.

Die Bemerkung wunderte ihn, aber er ging nicht darauf ein. Er nahm nun ihre Hände in die seinen.

Sie sah ihn an.

»Wir haben uns so lange nicht mehr gesehen, Max. – Warum bist du heute abend auf einmal gekommen?«

»Weil ich heute abend eine wichtige Entscheidung gefällt habe, Mutter Tonia, die vielleicht mein ganzes weiteres Leben bestimmen wird. Aber Sie dürfen nicht danach fragen, denn vielleicht wird gar nichts daraus. Wenn es soweit ist, werde ich es Sie wissen lassen. Ich weiß nicht – auf einmal wollte ich Sie wiedersehen. Das hätte ich natürlich schon viel früher machen können, ich habe Sie enttäuscht, aber –.«

»Sprich nicht weiter.«

Er schwieg. Auf dem Nebentisch stand ein Schachbrett mit einer abgebrochenen Partie; morgen früh würde sie wahrscheinlich von zwei alten Männern fortgesetzt, die jetzt im Bett lagen und über ihren nächsten Zug nachdachten, ein niederschmetterndes Schachmatt mit Läufer und Dame, die ihre Kraftlinien wie tödliche Strahlen über die 666 Felder zum feindlichen König aussandten. Der Mann im Rollstuhl rührte sich nicht; er hielt den Kopf gesenkt und sah auf seine weißen Hände, die gefaltet in seinem Schoß lagen. Irgendwie sah er aus wie ein rochierter König, der auf das Matt wartete.

Im Türrahmen, unter dem Kruzifix, das auch hier hing, erschien eine junge Frau und sagte, es sei Schlafenszeit. Sie war groß und schlank, Ende Zwanzig; unter kräftigen, dunkelblonden Augenbrauen sahen Max zwei blaue Augen an, und im selben Augenblick wußte er, daß er nachher mit ihr im Wald verschwinden könnte, wenn er das wollte. Er sah auch, daß sie sofort sah, daß er das wußte, aber er wollte nicht, das war vorbei. Als würde er sie schon Jahre kennen, blinzelte er ihr wie zur Entschuldigung mit beiden Augen zu. Sie errötete leicht und ging zum Rollstuhl.

»Kommen Sie auch, Herr Blits? Es geht jetzt ab in die Federn.«

Max und Mutter Tonia standen auf.

»Gehst du kurz mit auf mein Zimmer?« fragte sie. »Ich möchte dir etwas zeigen, aber ich konnte es so schnell nicht finden.«

Als sie am Rollstuhl vorbeigingen und Max einen melancholischen Blick mit der Altenpflegerin wechselte, folgte Herr Blits ihm mit seinem einen verbliebenen Auge und sagte:

»Schuft!«

»Nanu, Herr Blits, was ist denn das? Machen wir Mätzchen?«

»Herr Blits hat vollkommen recht«, lachte Max. »Vor Ihnen steht ein rechter Nichtsnutz.«

Sie nahmen den Fahrstuhl, und als sie das kleine Appartement betraten, bekam er einen Schock. Alles, was er sah, kannte er aus ihrem Haus in Amsterdam und später in Santpoort, aber hier war es reduziert auf seine Essenz, ein eingedampfter Extrakt. Rechts die Küche war so groß wie ein Tischtuch und grenzte an ein winziges Wohnzimmer, von dem ein bogenförmiger Durchgang zu einem ebenso bescheidenen Schlafzimmer führte. Auf dem Sofa mit dem unvergeßlich harten, rauhen Bezug aus den zwanziger oder dreißiger Jahren hatte er sein erstes Buch über Sternkunde gelesen, eine Übersetzung von Jeans' *The Mysterious Universe*; über den verschlissenen Armlehnen lagen zwei undefinierbare Lappen. Darüber hing die Reproduktion von Breughels *Fall des Ikarus*, von der sich jedes noch so winzige Detail auf dem Grund seiner Seele eingegraben hatte: der unermeßliche Raum des Landes und der See, der pflügende Bauer, sein rotes Hemd, inzwischen in ein mattes Rosa verblaßt, der Hirte, der sich auf seinen Stab lehnt, als wisse er von nichts, und dem Geschehen, um das alles sich dreht, den Rücken zukehrt, und aus den Wellen ragt, gerade noch sichtbar, ein winziges Bein. Auf dem niedrigen Tisch vor der Couch die lila Bonbonniere aus geschliffenem Kristall, an die er nie mehr gedacht hatte, die ihm aber vertrauter war als das meiste, was bei ihm zu Hause stand; in dem kleinen Bücherschrank die bekannten Buchrücken. *Lexikon für Jedermann*. Ein märchenhaftes Gefühl beschlich ihn: all diese alten Dinge hier plötzlich versammelt, auf diesen wenigen, geheimen Quadratmetern in Bloemendaal. Es gab – aus dem geplünderten Königsgrab seines Elternhauses – noch archaischere Dinge in seinem Leben, an die er sich nur noch vage erinnern konnte, die aber vielleicht auch noch irgendwo existierten, bei den Dieben, die in den Spuren der Mörder gekommen waren, oder bei deren Witwen und Kindern.

Auf dem Fernsehgerät standen zwei gerahmte Fotos: das seines Ziehvaters und das von ihm selbst. All die Jahre, in denen er nichts von sich hatte hören lassen, hatte dort sein Bild gestanden, und jeden Tag hatte Mutter Tonia es gesehen! Hondius, mit Weste und Uhrkette, warf ihm einen strengen Blick zu. *Warum bist du nicht gekommen, Max?* Beschämt wandte er sich ab. Im Schlafzimmer suchte seine Ziehmutter halb kniend etwas in einer Schachtel, die sie unter dem Bett hervorgezogen hatte. An der Wand das Mahagonischränkchen mit den beiden Türen, deren symmetrische Maserung noch immer wie der angsteinflößende Kopf einer Fledermaus aussah. Darauf, neben dem Nähkorb, ein Kopf: lebensgroß, aus glattem Holz, ohne Gesicht, wie auf einem Gemälde von De Chirico. Es war klar, daß er nicht für seine Augen bestimmt war, nachts setzte sie ihre Perücke darauf, vielleicht hatte er früher im Schrank gestanden, denn er hatte ihn nie gesehen. Aber für wen sollte hier wohl noch etwas verborgen bleiben? Über der Tür wieder Christus am Kreuz, der nur ein Lendentuch trug.

»Ja, da ist es«, sagte sie. Sie stützte sich auf den Rand des Bettes, kam mühsam hoch und brachte ihm ein großes Foto mit Eselsohren, das an den Rändern hier und da eingerissen war. »Kommt dir das bekannt vor?«

»Das sind sie!« rief er aus.

Da standen sie, Arm in Arm: sein Vater und seine Mutter. Ungläubig, mit offenem Mund, betrachtete er das Paar. Das vergilbte Schwarzweißfoto, eher ein Porträt, mußte vor seiner Geburt von einem Berufsfotografen aufgenommen worden sein, vielleicht an ihrem Hochzeitstag 1926. In einem tadellosen Maßanzug schaute der Vater in die Linse, die nun ersetzt war durch die Augen seines Sohnes, der sofort die seinen wiedererkannte. Er hielt eine Zigarette in der Rechten, seine Frau zur Linken war achtzehn Jahre alt und sechzehn Jahre jünger als er, dicht neben ihm, eine Hand in der Hüfte, einen dunklen Hut auf dem Kopf, und darunter zwei unbeschreibliche Augen, deren Farbe er nicht erkennen konnte und an die er sich auch nicht erinnerte, kombiniert mit seiner eigenen Nase und seinem Mund. Er tippte auf das Foto.

»Das sind sie«, sagte er wieder und hatte die Überraschung noch nicht verwunden. »Das ist das erste Mal, daß ich ein Bild von ihnen sehe.«

»Das habe ich mir gedacht. Du ähnelst beiden.«

Daß sein Kind auch Ähnlichkeit mit ihm haben würde, wenn er so viel Ähnlichkeit mit seinen Eltern hatte, war ein Gedanke, der jetzt nicht länger als einen Moment in ihm aufkam.

»Wie kommen Sie dazu?«

»Das habe ich zwischen den Unterlagen meines Mannes gefunden, als ich aufräumen mußte, bevor ich hierher umgezogen bin. Ich sah sofort, daß das nichts mit meiner Verwandtschaft zu tun haben konnte; das waren nicht solche weltlichen Leute. Das Foto muß unter den Sachen gewesen sein, die uns nach dem Tod deines Vaters zugeschickt worden sind.«

»Warum hat Ihr Mann mir das nie gezeigt?«

»Ich weiß es nicht. Vielleicht wollte er dich damals nicht damit konfrontieren und es dir später geben, aber soweit ist es ja dann nicht mehr gekommen –.«

Sie schwieg. Meinte sie vielleicht, daß Hondius ihm das Foto auf seinem Sterbebett hatte geben wollen? Max wandte den Blick nicht vom Foto.

»Darf ich es behalten?«

»Aber selbstverständlich.«

Es war ihm ein Rätsel: das Bild stammte also aus der Zelle seines Vaters, das heißt, daß er es als eines der wenigen Dinge bei seiner Festnahme mitgenommen hatte – warum? Er hatte die Frau an seinem linken Arm in den Tod gejagt, und das hatte ihn selbst vor ein Exekutionskommando gebracht, ihn, den einzig Sterblichen. Warum dann ein Foto von jemandem, den es nicht gab und der folglich nicht sterben konnte? Gab es sie für ihn also doch? War sie also doch gestorben? Wie erklärlich war der Mensch? Wie erklärlich war er selbst?

31
Das Gesuch

Am nächsten Morgen wachte er in seinem eigenen Bett mit etwas glitzernd Glänzendem in der Erinnerung auf. Er hielt die Augen noch einen Moment geschlossen und sah, daß es Mutter Tonias silberne Schädeldecke war – und für einen kurzen Augenblick öffneten sich wieder die unermeßlichen Hallen seines Traumes mit ihren Gängen und Zimmern, gewichtigen Botschaften und schwindelerregenden Fernsichten, um sich gleich darauf wieder zu verschließen – als würden sie für den abfahrenden Reisenden nicht nur hinter dem Horizont verschwinden, sondern dort dann auch nicht mehr existieren.

Er öffnete die Augen. Alles stand an seinem Platz, lag in dem weichen Licht, das durch die orangefarbenen Vorhänge schien, nichts hatte sich verändert, und zugleich hatte sich alles geändert: Irgendwie hatte das Leben seine Beständigkeit verloren, in der es morgen so sein würde wie heute, und übermorgen so wie morgen. Es war, als wohnte er schon nicht mehr hier, als sei seine Seele bereits abgereist. Zehn Uhr. Da es Samstag war und er heute nicht nach Leiden mußte, hatte er den Wecker nicht gestellt. Er stand auf, zog die Vorhänge auf und wählte Sophias Nummer.

Sie war gerade im Begriff, nach Amsterdam ins Krankenhaus zu fahren.

»Ich habe meinen Mantel schon an.«

»Kommt Onno auch?«

»Ich glaube schon. Warum?«

»Ich muß mit Ihnen reden, aber ohne Onno. Es ist wichtig.«

»Ist etwas passiert? Gestern warst du so plötzlich verschwunden.«

»Ja, es ist etwas passiert, aber das kann ich nicht am Telefon sagen.«

»Wo treffen wir uns?«

Es wäre naheliegend gewesen, sie zu sich nach Hause einzula-

den, die Wohnung lag zu Fuß zehn Minuten vom Wilhelmina
Gasthuis entfernt, aber er hatte das Gefühl, damit eine Grenze zu
überschreiten.

»Im Bahnhofsrestaurant? Das ist vielleicht am einfachsten für
Sie.«

»Aber ich kann beim besten Willen nicht genau sagen, wann ich
dort sein werde.«

»Das verstehe ich. Lassen Sie sich Zeit, ich werde ab ein Uhr dort
sein. Dann können wir gleich eine Kleinigkeit zu Mittag essen.«

»Also bis dann.«

Auf dem Schreibtisch lag das Foto seiner Eltern. Er betrachtete
es eine Weile und beschloß, es nachher rahmen zu lassen. Er ließ
die Badewanne ein und versuchte, im heißen Wasser über die Zukunft nachzudenken, aber das hatte wenig Sinn, solange er nicht
mit Sophia gesprochen hatte. Es war nicht ausgeschlossen, daß sie
ihn erstaunt ansehen und fragen würde, ob er vielleicht nicht ganz
bei Trost sei; das bedeutete dann vermutlich auch das Ende ihres
verschwiegenen Verhältnisses. Vielleicht würde es aber auch anders laufen, und dann mußte er hinsichtlich seiner Anstellung in
Westerbork und einer Unterkunft sofort etwas unternehmen. Obwohl – letztendlich lag alles bei Onno. Er mußte entscheiden. Es
ging um seine Frau und das Kind, das auf jeden Fall offiziell sein
Kind war; er stand unter dem Druck seiner Verwandtschaft, und es
war fraglich, ob er sich mit einer Konstruktion abfinden konnte,
die er vielleicht eher unter die Rubrik ›Surrealismus‹ einordnen
würde. Max war sich im klaren darüber, daß er auf ebenjene
Freundschaft hoffen mußte, die er selbst verraten hatte.

Mit dem Foto in einer zusammengelegten Zeitung ging er gegen
halb eins die Treppe hinunter, nahm die Morgenzeitung aus dem
Briefkasten und ging Richtung Hauptbahnhof. Im Schaufenster
eines Fotogeschäfts in der Leidsestraat war eine Aufnahme einer
Karambolage aus den zwanziger Jahren ausgestellt: ein vergilbter
kleiner Schnappschuß von zwei Autos, die komischerweise in einer
fast autofreien Welt aufeinandergefahren waren, war durch technische Kunstgriffe reproduziert worden zu einem großen, glänzen-

den Foto, das gestern aufgenommen zu sein schien. Im Geschäft
bot ihm die Verkäuferin an, sein beschädigtes Foto auf dieselbe
Weise zu vergrößern; aber es ging ihm nicht nur um das, was auf
dem Bild zu sehen war, sondern auch um den Gegenstand an sich,
das Originalpapier, die Materie, die im Besitz seines Vaters und seiner Mutter gewesen war und auf der die Moleküle ihrer Hände
zurückgeblieben sein mußten.

Über den Damrak ging er zum Hauptbahnhof, der die Hafen-
front wie ein Staudamm abschloß. Die Szenerie wirkte, als wäre die
Stadtverwaltung von Venedig auf die Idee gekommen, auf dem
Molo hinter den beiden Säulen der Piazzetta einen Bahnhof zu
bauen, der die Aussicht auf die Lagune genommen hätte. Amsterdam, dachte er, mochte durchaus das Venedig des Nordens sein,
Venedig war aber glücklicherweise nicht das Amsterdam des
Südens. Seit er ein Auto hatte, war er erst ein einziges Mal am
Bahnhof gewesen: als er seine Reise nach Polen unternommen
hatte. Wie immer, bevor er in die Bahnhofshalle ging, warf er einen
kurzen Blick nach links, auf die schräge Rampe für den Güterver-
kehr, über die die einhundertzehntausend Juden in die Waggons
getrieben worden waren.

Die riesige, halbrunde Überdachung aus Stahlträgern, die den
Rauch und den Dampf der Lokomotiven auffing, war ihm immer
wie das Innere eines Zeppelins vorgekommen, aber diesmal erinnerte es ihn an die Rippen eines Wals, der ihn verschluckt hatte. Er
spürte, daß er Lampenfieber hatte. Im Restaurant mit der dunklen
Täfelung, den Holzschnitzereien und bemalten Wänden setzte er
sich an einen Tisch am Fenster. Der Bahnhof blockierte zwar das
Panorama der weiten Welt, als wollte er die Tage der holländischen
Seemacht endgültig besiegeln, bot dafür aber seinerseits eine gran-
diose Aussicht: Der weitverzweigte, belebte Platz, dessen Kirchen,
Hotels und Giebel aus dem siebzehnten Jahrhundert sich im Wasser spiegelten, ließ einen fast obszönen Blick bis tief in die Stadt
hinein frei. Während er das Bild betrachtete, überkam ihn dasselbe
Gefühl wie am Morgen beim Aufwachen: vielleicht war es schon
gar nicht mehr seine Stadt. Abgesehen von seiner wissenschaft-

lichen Arbeit war alles hier passiert, angefangen von seiner Geburt bis hin zu dem Gespräch, das er gleich führen würde.

Bei einem Ober mit einer weißen Schürze bis zu den Füßen bestellte er Kaffee und schlug dann seine Zeitung auf. In Paris hatte de Gaulle eine Erklärung abgegeben, daß er als Präsident im Amt bleiben werde, woraufhin in allen französischen Städten erneut Unruhen ausgebrochen waren, bei denen es mehrere Tote und Tausende von Verletzten gegeben hatte. Er las nur die Überschriften und die Leitartikel, aber nicht, weil er sich nicht konzentrieren konnte, sondern weil es ihn immer noch nicht wirklich interessierte. Seit er auf Kuba gewesen war, beschäftigte er sich nur noch mit den persönlichen Problemen, die er dort in die Welt gesetzt hatte, und mit den Radioquellen aus der Vergangenheit des Universums, was dazwischenlag, wie der Krieg in Vietnam und die Revolte in Europa, existierte für ihn immer weniger; es war die Sache von Onno. Er las einen Artikel über die schnelle Entwicklung der *Chips*, mit denen er noch zu tun bekommen würde, und darein mischte sich der Lärm aus dem Bauch des Wals: das ständige Quietschen der Eingangstür, das schrille Pfeifen der Schaffner und das Dröhnen der einfahrenden Züge, die mit widerwilligem Knirschen zum Stillstand kamen. Aus den Lautsprechern schepperte ab und zu eine unverständliche Stimme.

»Wartest du schon lange?«

Sophia sah von oben auf ihn herunter. Er stand auf, begrüßte sie und nahm ihr den Mantel ab, der außen kalt und innen warm war. Als sie sich gegenübersaßen, sagte sie:

»Es steht jetzt fest. Spätestens nächste Woche Donnerstag wird das Kind geholt.«

Er nickte.

»Haben sie auch gesagt, weshalb schon jetzt?«

»Mir sagen sie auch nicht alles, vor allem nicht, wenn Onno dabei ist. Aber sie haben wohl lange darüber beraten; sie sagen, daß sie kein Risiko eingehen wollen, aber was das heißen soll, weiß ich auch nicht. Du kannst dir vorstellen, daß in diesem Körper alles

mögliche schiefgehen kann. Sie ist durchgelegen und muß alle drei
Stunden gewendet, geeist und gefönt werden.«

Die Art, wie sie von »diesem Körper« sprach, den sie doch selbst
hervorgebracht hatte, ließ ihn kurz stutzen. Gewendet. Geeist.
Gefönt.

»Aber wird sie eine so schwere Operation denn überleben?«
Sophia sah auf ihre Hände.

»Wer weiß. Wir haben gerade kurz mit dem Chirurgen gesprochen, aber der sagt auch nicht alles, was er weiß. Seiner Meinung nach muß es nicht unbedingt lebensgefährlich sein. Für
das Kind ist es auf alle Fälle kein Problem, es ist schon gut sieben
Monate.«

Max überlegte, daß es vielleicht das beste wäre, wenn Ada die
Geburt nicht überlebte, und Sophia jetzt wahrscheinlich denselben Gedanken hatte, aber er hatte nicht den Mut, das auszuspre-
chen.

»Und Onno?«

»Der begreift natürlich auch, daß etwas in der Luft liegt, aber er
sagt, daß er lieber heute als morgen Vater würde.«

Max hörte es ihn mit einer breiten Geste verkünden, worauf
der Chirurg nichts erwiderte, weil er mehr wußte als er. Vermutlich glaubte er, Onno fehle jegliches Gefühl für den Ernst der Lage.

»Wenn alles gutgeht«, sagte Max, »bedeutet das also, daß das
Kind schon in einigen Wochen ein Heim braucht. Hat Onno sich
schon entschieden?«

Verwundert sah Sophia ihn an.

»Das klingt ja geradezu so, als würdet ihr euch nie mehr sehen.
Ist etwas zwischen euch?«

»Nein«, sagte Max und erwiderte ihren Blick. »Wieso? Ich habe
vorgestern zuletzt mit ihm gesprochen.« Er schlug den Blick nieder und faltete die Zeitung zusammen.

»Wir haben gerade in der Straßenbahn darüber gesprochen«,
sagte Sophia, »aber er ist noch immer nicht soweit. Er hat mich gefragt, was ich ihm raten würde.«

»Und wozu haben Sie geraten?«

»Meiner Meinung nach sollte er es nicht von einem Beamten
durch die ganze Welt schleppen lassen, sondern sich für seine
Nichte Paula entscheiden, in Rotterdam. Außerdem wird er eines
Tages eine andere Frau kennenlernen, und dann kann er es immer
noch zu sich nehmen.«

An diese Möglichkeit hatte Max noch nicht gedacht. Ja, auch das
war natürlich denkbar, aber es würde nicht geschehen. Er erinnerte sich, was Onno gleich am ersten Tag nach dem Unfall zu ihm
gesagt hatte: daß er das Alleinsein nicht als das Schlimmste emp-
fände, da er die komische Figur des verheirateten Junggesellen sei.
Sicher, eines Tages würde er einer anderen Frau begegnen, aber er
würde nie mehr mit jemandem zusammenziehen.

»Haben Sie ihm das gesagt?«

»Natürlich nicht.«

Max schüttelte den Kopf.

»Soweit ich ihn kenne, wird er für den Rest seines Lebens Junggeselle bleiben, das heißt, als Junggeselle leben.«

Schweigend stand der Ober mit Kugelschreiber und Block an
ihrem Tisch und sah von einem zum anderen. Sie bestellten beide
einen halben strammen Max, obwohl er vermutlich ebenso unap-
petitlich sein würde, wie der Kellner plump. Mit dem Fingernagel
zeichnete Max Gitter in einen Fleck auf dem schlecht gewaschenen
Tischtuch.

»Und wenn«, sagte er langsam, ohne den Blick zu heben, »wir es
nun machen würden –?«

»Was machen würden?«

»Adas Kind in unsere Obhut nehmen.«

Es war heraus. Plötzlich war es in der Welt, wie ein Gegenstand,
ein Meteorit, der in die Atmosphäre eindrang. Er sah ihr in die Augen und versuchte in ihrem Gesicht zu lesen, aber er sah keine Regung.

»Wir sollen Adas Kind in unsere Obhut nehmen? Du und ich?
Wie stellst du dir das vor?«

Kurz lag es ihm auf der Zunge zu sagen: Laß uns doch um Himmels willen endlich aufhören mit diesem Theater, Sophia, das hat

doch jetzt weiß Gott lange genug gedauert; ich bin dir verfallen, ich kann nicht mehr ohne dich, und das weißt du auch; sogar wenn ich dir deinen Mantel abnehme, denke ich an diese Dunkelheit unserer Leidener Nächte, und das gilt sicher auch für dich. Aber angenommen, er hätte es ausgesprochen, und sie hätte darauf geantwortet: Ja, du hast vollkommen recht, es muß endlich Schluß sein mit diesem Theater – hätte er dann noch gewollt, daß sie zu ihm zog mit Adas Kind? Er wußte allzugut, daß es gerade diese unbegreifliche Geheimhaltung war, der er seine Seele verkauft hatte: dasjenige, was sie nicht nur vor der Welt verborgen hielten, sondern auch voreinander, und sie vielleicht sogar vor sich.

»Sie führen«, sagte er, »seit dem Tod Ihres Mannes das *Lob der Torheit*, aber meiner Meinung nach wird das nicht lange gutgehen. Ich werde demnächst vermutlich nach Drenthe ziehen, weil ich dort eine Stelle als Teleskopastronom bekomme, in Westerbork. Ihre Tochter wird kommenden Donnerstag von einem Kind meines besten Freundes entbunden. So liegen die Dinge. Ada ist nicht mehr von dieser Welt, Onno muß sein Kind in fremde Hände geben, mir ist der Gedanke unangenehm, allein in der Provinz zu leben, und Sie haben in Leiden nicht mehr viel verloren. Alle fünf sind wir allein –. Sie haben gesagt, daß eine Großmutter traditionell der Babysitter ist und daß Sie sich in dieser Funktion Onno angeboten haben, daß er aber meinte, in eine Familie gehöre ein Mann. Nun gut, das bin dann ich. Eine Durchschnittsfamilie wird es nicht sein, aber sie wird trotzdem solche Züge haben. In einem höheren Sinne wäre es vielleicht sogar eher eine Familie als normale Familien.«

Was er mit letzterem meinte, war ihm in diesem Moment selbst nicht ganz klar, aber das würde sich sicher noch ergeben. Sophia wandte den Kopf ab und sah hinaus. Ihr unerbittliches Profil erinnerte ihn plötzlich an das einer Frau auf einem Gemälde von Franz von Stuck, *Sphinx*: In der Haltung einer Löwin lag sie am Ufer eines düsteren Bergsees nackt auf dem Bauch, hatte den Oberkörper aufgerichtet und die Finger zu Krallen gekrümmt. Er konnte nicht sehen, was Sophia jetzt dachte, aber sie hatte zumindest nicht sofort abgelehnt.

»Weißt du eigentlich, was du da sagst?«

»Ich weiß nicht immer, was ich sage, denn sonst würde ich nie
etwas Wichtiges sagen; aber was ich jetzt gesagt habe, habe ich mir
von allen Richtungen her überlegt. Ich weiß, daß es mein Leben
vollkommen verändern wird, und Ihres ebenso. Aber das sind wir
Ada schuldig. Oder vielleicht sind wir es ihr auch nicht schuldig,
aber gerade in diesem Fall sollten wir es tun, obwohl wir es ihr
nicht schuldig sind.« Er legte die Zeitung beiseite und setzte sich
gerade. »Das war es, was ich Ihnen sagen wollte. Es müßte jetzt
natürlich allerhand geregelt werden, ich muß ein Haus finden mit
ausreichend Platz für uns drei, irgendein altes Pfarrhaus vielleicht.
Sie müßten das Antiquariat veräußern, aber dafür gibt es immer Lö-
sungen. Mein Gehalt ist nicht gerade üppig, aber es gibt Familien,
die mit weniger auskommen müssen; auf dem Lande ist abgesehen
davon alles billiger, vor allem, wenn man beim Bauern einkauft.«
Er machte eine fragende Geste. »Ich könnte mir vorstellen, daß Sie
sich etwas überrumpelt vorkommen und einige Tage in Ruhe darüber nachdenken wollen, also –.«

»Ich brauche nicht darüber nachzudenken«, sagte sie und sah
ihm gerade in die Augen.

»Denn?«

»In den letzten Monaten ist mein Leben – ich meine –. Wenn
Onno einverstanden ist –.«

Er hätte jetzt gern ihre Hand in die seine genommen, bezwang
sich aber. Zum ersten Mal sah er so etwas wie einen Riß in ihrem
Panzer.

»Ist er jetzt zu Hause?«

»Ich glaube schon.«

»Dann gehe ich nachher bei ihm vorbei. Ich werde Sie sofort ver-
ständigen, wie es ausgegangen ist; es wäre, glaube ich, besser, wenn
ich alleine gehe.« Er sah, daß er sie jetzt überforderte mit seiner
Tatkraft. »Wichtige Entscheidungen muß man immer sehr schnell
treffen, sonst wird nichts daraus.« Er lachte. »Onno wird Augen
machen – und sei es nur, weil ich bei ihm läute. Das hat es noch nie
gegeben.«

Anders als Max besaß Onno die Gabe, seine Aufmerksamkeit von einem Moment auf den anderen total umzuschalten wie jemand, der von einem Zimmer ins andere geht und die Tür hinter sich schließt. Die Nachricht, daß sein Kind in fünf Tagen auf die Welt kommen würde und er sich jetzt sehr schnell entscheiden mußte, hatte ihn beschäftigt, bis er den Schlüssel ins Schloß steckte. Er war mit seiner Schwiegermutter einer Meinung, daß die Entscheidung für Hans und Hadewych die schlechtere wäre, aber da er keine weniger schlechte, sondern eine gute Wahl treffen wollte, konnte er sich noch immer nicht dazu durchringen, den Knoten durchzuschlagen. Als er aber in sein Arbeitszimmer kam und sein Blick auf die Parteiunterlagen fiel, vergaß er das Problem und war bald vollkommen in die Lektüre vertieft.

Es läutete, und er stand mechanisch auf und öffnete die Tür, ohne seine Gedankengänge zu unterbrechen. Als er Max vor sich sah, kam er verwundert zu sich.

»Das ist aber sehr unüblich«, sagte er.

»Danke für den herzerwärmenden Empfang. Ich weiß, du gehörst nicht zur Spezies der Gastgeber, aber ich habe etwas mit dir zu bereden.«

»*Salve.*«

Max folgte ihm ins Souterrain, das nach einer Zeit bescheidener Ordnung wieder in den Griff des zweiten Hauptsatzes der Thermodynamik geraten war: die Unordnung schmerzte ihn fast körperlich. Sprachlos schaute er in das Chaos. Er selbst konnte minutenlang mit dem Ordnen seiner Instrumente auf dem Schreibtisch beschäftigt sein, dem Magneten, dem Kompaß, der Stimmgabel, wobei es auf jeden Millimeter ankam, doch hier war nicht einmal der Anflug eines Bewußtseins vorhanden, daß es so etwas wie Ordnung überhaupt gab.

»Bist du eigentlich ein Mensch?« fragte er.

»Ja, da fällt dir nichts mehr ein. Nur die Allerstärksten können so leben. Oben ist es etwas ordentlicher, aber da gehe ich nur noch hin, um zu schlafen.«

Darauf, daß er vermutlich doch ein Mensch war, deutete Adas

Cello: auf zwei geraden Stühlen, die neben seinem Schreibtisch mit den Sitzflächen zueinander standen, lag der Kasten wie ein Körper auf einer Bettstatt. Onno führte Max in das hintere Zimmer, in dem früher sein Bett gestanden hatte, und machte eine Ecke der durchgesessenen Couch frei; Bücher, Zeitungen, ein Paar graue Socken und ein Toaster wurden beiseite geschoben, und im Augenwinkel sah Max auch das Buch von Fabergé, das er Ada am ersten Tag damals geschenkt hatte.

»Ich war heute morgen in der Klinik«, sagte Onno. »Am Donnerstag ist es soweit, um halb fünf. Oh, das weißt du ja noch gar nicht: die Ärzte –.«

»Ich weiß Bescheid. Ich habe mit deiner Schwiegermutter gesprochen. Deshalb bin ich hier.«

Onno hatte sich in einen kleinen Sessel sinken lassen, der noch aus seiner Studentenzeit stammte; an den Seiten wies das braune Leder Streifen und Kratzer auf, vielleicht von einer längst verschiedenen Katze, die dort einmal ihre Krallen geschärft hatte. Mit hochgezogenen Augenbrauen sah er ihn an.

»Du hast mit meiner Schwiegermutter gesprochen?«

Man kann jemanden seit Jahren kennen, aber wenn man dann gefragt wird, welche Augenfarbe der andere hat, muß man oft passen, weil man ihm nicht in die Augen schaut, sondern auf die ganze Person. Zum ersten Mal sah Max, daß Onno um die blaue Iris einen braunen Rand hatte.

»Ja.«

»Ich höre.«

Alles hing nun vom richtigen Ton ab. Max hatte sich auf das, was er sagen wollte, nicht vorbereitet, denn dann müßte er sich daran erinnern, *was* er vorbereitet hatte, doch jetzt ging es darum, die richtigen Dinge in der richtigen Weise zu sagen.

»Hör zu, Onno, ich will keine Umschweife machen. Vorgestern hast du mir von deinem Dilemma erzählt, bei wem dein Kind untergebracht werden soll. Da ich das Gefühl hatte, vielleicht irgendwie helfen zu können, habe ich mich gestern mit deiner Schwiegermutter in Verbindung gesetzt. Sie hat mir zwei Dinge erzählt. Erstens, daß das Kind am kommenden Donnerstag durch einen Kaiserschnitt entbunden wird, da Adas Zustand vielleicht kritisch wird.«

»Was vielleicht für alle das beste wäre. Und zweitens?«

»Zweitens, daß auch sie angeboten hat, für das Kind zu sorgen. Aber du wolltest nicht, daß es bei einer alleinstehenden Frau aufwächst.«

Max wartete einen Augenblick, um zu sehen, ob Onno verstand, worauf es hinauslief, aber nichts deutete darauf hin. Onno hörte mit dem unangenehmen Gefühl zu, daß man ihm zu nahe trat, auch wenn es sein bester Freund war. Offenbar wurden nicht nur in seiner unmittelbaren Verwandtschaft hinter seinem Rükken Gespräche geführt, die einen direkten Bezug zu seinem Leben hatten. Er hatte nicht die leiseste Ahnung, worauf Max hinauswollte.

»Das stimmt«, nickte er. »Und weiter?«

»Ich habe mich mit ihr verabredet, und vorhin haben wir uns wieder getroffen, im Bahnhofsrestaurant. Ich komme gerade von dort.«

Was um Himmels willen wurde hier gespielt? Onno setzte sich auf.

»Ist das alles nicht ein wenig seltsam? Sie hat mir nichts von einer Verabredung mit dir gesagt.«

»Das war auch nicht so gedacht.« Er suchte nach Worten. Jetzt würde er es zum zweiten Mal sagen. »Halte dich fest, Onno. Ich habe ihr vorgeschlagen, daß sie und ich uns um euer Kind kümmern.«

»Sag das noch mal.«

»Es steht jetzt so gut wie fest, daß ich Teleskopastronom in Westerbork werde, und in absehbarer Zeit werde ich vermutlich definitiv nach Drenthe ziehen.«

»Wovon redest du die ganze Zeit? Ich kann mich erinnern, daß du dich da wie ein nach Sibirien verbannter Verbrecher fühlen wolltest.«

»In mir haben sich einige Dinge verändert, Onno. Deine

Schwiegermutter ist bereit, zu mir zu ziehen, so daß dein Kind dann in guten Händen wäre.«

Onno war zumute, als sähe er eine Stadt einstürzen und dann aus den Trümmern wiedererstehen in Gestalt einer anderen – Amsterdam, das sich in Rom, der Palast auf dem Dam, der sich in den Petersdom verwandelte. Vor Jahren, an einem Winterabend, der Schnee hatte jedes Geräusch verschluckt und er war ganz in seine Bilder mit den etruskischen Inschriften vertieft, sah er plötzlich, wie sich alles zu einer neuen Konstellation verschob, kippte, umklappte – seine Entdeckung war besiegelt. Die plötzliche Metamorphose seines Freundes zum Erzieher seines Kindes und die seiner Schwiegermutter zu seiner Mitbewohnerin – ihm war zwar noch bei weitem nicht alles klar, aber war das nicht die ideale Lösung? Weg mit diesen Neffen und Nichten und ihren angeheirateten Typen! Oder war es der absolute Irrsinn, zu verrückt, um es in Worte zu fassen? Max mit dieser schrecklichen Schwiegermutter in Drenthe – das konnte doch nicht wahr sein! Er, dieser wahnsinnige Satyr, mit dieser eisigen Sophia Brons unter einem Dach – was war in ihn gefahren? Wie kam er dazu, sich selbst so außer acht zu lassen? War er von seiner Vergangenheit eingeholt worden, er, das Ziehkind? Aber er hatte es ihm angeboten, da saß er und wartete auf eine Antwort. War es vielleicht einfach nur die Freundschaft?

»Max –«, begann er, und es schien, als triebe ihm der Klang seiner Stimme Tränen in die Augen, »ich weiß nicht, was ich sagen soll –.«

»Dann sag nichts. Oder besser: sag, daß es in Ordnung ist, dann sind wir schnell fertig.«

Onno stand auf und ging aus dem Zimmer. Über dem Waschbekken auf der Toilette warf er sich mit beiden Händen Wasser ins Gesicht. Während er ein Handtuch suchte, das nicht da war, fragte er sich, ob er dieses Angebot annehmen konnte. Durfte er die Ursache sein für eine so tiefgreifende Veränderung in Max' Leben? Vielleicht fühlte sich Max verantwortlich, da er, Onno, Ada ohne ihn nie kennengelernt hätte. Oder spielte vielleicht der Unfall eine Rolle, weil er damals hinter dem Steuer gesessen hatte, auch wenn ihn keinerlei Schuld traf? Mit einem Ärmel wischte sich Onno das Gesicht ab und ging zurück ins Zimmer.

Max war aufgestanden und sah auf die karierten Papierbögen mit linguistischen Schemata, die an die Wand geheftet waren; der Diskos von Phaistos war offenbar noch immer nicht aus Onnos System verschwunden.

»Mir dröhnen die Ohren«, sagte Onno. »Bist du sicher, daß du dich nicht von deinem Sinn für Humor mitreißen läßt?«

Max mußte lachen.

»Ich glaube, daß es mir nie so Ernst war wie heute.«

»Vielleicht ist es das Ei des Kolumbus, aber hilf mir bitte, es zu verstehen. Was ist in dich gefahren? Ich würde es auch nicht einen Tag mit dieser Weibsperson aushalten. Wie soll ich mir das vorstellen? Hast du was mit ihr?«

»Ha, ha«, lachte Max, »daß ich nicht lache.«

»Es würde dir ähnlich sehen, aber wahrscheinlich gibt es sogar für dich Grenzen.«

»Ich stelle mir das so vor«, sagte Max gefaßt, »daß ich dort leben werde wie ein Gelehrter mit seiner Haushälterin und deren Enkel. Sie wird mir Essen kochen und meine Hemden bügeln, die Kragen nie zur Spitze hin, sondern immer davon weg. In sexueller Hinsicht werde ich schon irgendwie auf meine Kosten kommen, ich werde bestimmt jemanden finden.«

»Aber was treibt dich, das alles für mich zu tun?«

»Nicht nur für dich, ich habe das Leben, das ich bisher geführt habe, allmählich satt. Ich brauche ja nicht nach Westerbork zu gehen, wenn ich das nicht will. Auch was mein erotisches Leben anbelangt, werde ich mich zur Ordnung bekehren; abgesehen davon, ist es nicht einfach, auf dem Lande zu leben wie ein Tier. Oder laß es mich anders ausdrücken: es paßt mir in gewisser Weise ganz gut in den Kram. Ich möchte gerne mit dem Teleskop arbeiten, andernfalls hätte ich allein und zur Untermiete bei einem dort ansässigen Notar gewohnt. Jeden Tag nach Amsterdam zu pendeln, wäre absoluter Blödsinn, und erst recht mit einem Volkswagen; es gibt außerdem auch oft nachts etwas zu tun. Ich werde ein Verhältnis mit der OP-Schwester des Krankenhauses in Hoogeveen anfangen, und danach mit der Deutschlehrerin vom Gymnasium in Zwolle. Der kann ich noch was beibringen. Und auf die Dauer wird sich bestimmt auch zwischen deiner Schwiegermutter und dem Antiquar in Assen etwas sehr Schönes entwickeln.«

»Aber wenn du nun wirklich jemanden kennenlernst, eine Frau, mit der du eine Familie gründen willst?«

»Dann nehme ich dein Kind natürlich mit. Aber das glaube ich nicht. Und etwas Unerwartetes ist immer möglich, auch deine Neffen Hans und Jan-Kees könnten sich scheiden lassen.«

»Lieber Gott«, rief Onno und hob die Hände gen Himmel, »du sagst es. Meine Verwandtschaft! Wie sage ich es meiner Verwandtschaft?«

Es war soweit.

»Soll das also heißen, daß wir das so machen?«

»*Natürlich* machen wir es so! Ich bin sicher, daß Ada es auch für das Beste gehalten hätte.«

Die Bemerkung traf Max. Daran hatte er noch nicht gedacht, aber es war, als sähe er ihr Gesicht, das mit geschlossenen Augen nickte. Er streckte die Hand aus, die Onno kurz betrachtete und dann drückte.

»Champagner!« sagte Max. »*La Veuve!*«

»Geh du nur. Ich muß jetzt alleine sein.«

32
Pfuscherei

Als Max die Tür hinter sich zugezogen hatte, ging Onno nach oben und ließ sich aufs Bett fallen. Plötzlich hatten sich die Nebel gelichtet, aber ganz klar war es ihm noch immer nicht; schließlich war ein Kind aufzuziehen eine Angelegenheit von etwa siebzehn

Jahren – das hieß, daß Max sein Leben bis zum Jahr 1985 festgelegt hatte, und dann würde er zweiundfünfzig werden. Zweiundfünfzig! Großer Gott! Dann lag das Leben schon fast hinter ihm – auch sein eigenes. Und wenn es nicht hinter einem lag, denn warum sollte ein Mensch nicht neunzig werden, hatte es sich doch vom Nachmittag in den Abend verwandelt. Und Max würde wohl auch noch andere Dinge tun wollen als nur sein Kind erziehen, zum Beispiel forschen, doch die Erziehung des Kindes half ihm möglicherweise sogar dabei, da es Ordnung in sein Dasein brachte. Das Kind war vielleicht genau das, was er brauchte, um als Astronom voranzukommen, weil er sonst einen Großteil seiner Zeit damit vertun würde, den Frauen aus den Kleidern zu helfen – was alles gut und schön wäre, wenn man auf seinem Sterbebett befriedigt daran zurückdenken könnte. Aber man vergaß das meiste natürlich; es würde alles auf einen enormen Wäscheberg hinauslaufen, in dem der eine Slip nicht mehr vom anderen zu unterscheiden wäre. Und was hatte man, wenn man neunzig war, noch von dem Bewußtsein, auf unzähligen Siebzig- oder Achtzigjährigen gelegen zu haben? Oder auf Hundertjährigen? Geifernd säße man auf einer Parkbank, und wenn ein altes, zum rheumatischen Winkelhaken verkrümmtes Weib vorbeikäme, das vor sich hin murmelte und sich auf einen schwarzlackierten Stock stützte, würde man sich denken: Mit der bin ich auch mal in die Kiste gesprungen. Was für ein Triumph! Aber vielleicht wollte sich Max gar nicht erinnern, vielleicht wollte er ununterbrochen Frauen verlassen und vergessen, weil er selbst einmal verlassen und vergessen worden war. Er, Onno, wäre auf jeden Fall gefeit davor. Er hatte mit elf Frauen geschlafen, an die er sich Frau für Frau erinnern konnte, Helga war die neunte gewesen, Ada die zehnte, die kubanische María die elfte; und seit dem Unfall: Zero.

Aber wenn nun Max an diesem Punkt angelangt war, überlegte Onno, dann waren doch auch andere Wege denkbar, sein Leben zu ändern, auch ohne Sophia Brons. Er selbst mochte gar nicht daran denken, diese Frau ständig um sich zu haben, aber Max fühlte sich offenbar nicht von ihr eingeschüchtert. Auch wenn sie ein Miststück war, auch ihrem Leben gab Max wieder einen Sinn. Er versuchte zwar, sein Angebot als egoistische Tat hinzustellen, um es ihm, Onno, leichter zu machen, aber es war und blieb in erster Linie eine uneigennützige Tat der Freundschaft, für die er ihm sein Leben lang dankbar sein mußte. Er selbst konnte sich nun guten Gewissens seinen Aufgaben widmen, ohne im Hinterkopf immer mit dem Zweifel zu kämpfen, ob er auch richtig gehandelt hatte. Der Rebellenklub hatte ihn unlängst als Kandidaten für die Parteiführung nominiert, und darüber würde bald entschieden; wenn er gewählt werden würde, mußte er sich voll und ganz auf seine Aufgabe konzentrieren können.

Plötzlich stand er neben dem Bett, ging zum Telefon und wählte die Nummer seiner jüngsten Schwester.

»Dol? Hier Onno.«

»Augenblick. Ich komme gerade zur Tür herein. Ich gebe nur kurz dem Hund Wasser. – So, da bin ich wieder.«

»Hör mir gut zu, Dol. Ich weiß, daß ich dich überrumple, aber ich möchte die Angelegenheit aus der Welt haben. Soeben war mein Freund Max hier, du weißt schon, mein bester Freund, Max Delius, er hat mir angeboten, mein Kind aufzuziehen, zusammen mit meiner Schwiegermutter. Das wollte ich dir kurz melden.«

»Lieber Himmel, Onno, warte einen Augenblick, nicht so schnell, was sagst du da alles?«

»Daß mein Problem gelöst ist. Max bekommt eine Stelle beim neuen Radioteleskop in Drenthe, wo er auch wohnen wird; meine Schwiegermutter zieht zu ihm als Haushälterin, und da ist dann auch Platz für mein Kind. Schöner geht es nicht. Es ist alles unter Dach und Fach.«

Stotternd versuchte Dol etwas zu sagen.

»Aber Onno – warte doch – du kannst doch nicht so einfach –.«

»Und ob ich kann!«

»Sei kein Narr. Das kannst du doch nicht so im Handumdrehen entscheiden.«

»Das habe ich bereits.«

»Wie stellst du dir das denn vor? Hast du dir denn die Konsequenzen auch überlegt? Bist du sicher, daß dir das nicht leid tun
wird? Ich finde im übrigen nicht, daß man so etwas am Telefon besprechen sollte. Kannst du nicht –.«

»Es gibt nichts zu besprechen, ich wollte dich nur davon in
Kenntnis setzen. Hans und Paula bekommen beide einen netten
Brief von mir mit meinem aufrichtigen Dank für ihr Angebot, aber
ich sehe nicht ein, was diese Lösung für Konsequenzen haben
sollte. Ich kann nicht in die Zukunft blicken, aber warum sollte
mir das leid tun?«

Es dauerte einige Sekunden, bevor Dol antwortete.

»Weil – ich weiß nicht genau, wie ich es sagen soll. Ich selbst
finde das ja auch nicht, aber ich könnte mir vorstellen, daß jemand
der Meinung ist –. Schau, gegen deine Schwiegermutter ist natürlich wenig einzuwenden, aber –.«

»Gegen wen denn dann?« fragte er und spürte, wie die Wut in
ihm aufstieg. »Oder besser: gegen wen sonst noch? Sag doch endlich, was du meinst.«

»Ja, ich möchte dich nicht kränken, Onno, aber dein Freund
Max –. Er schien mir ein sehr interessanter Mann, *good looking*
auch, aber – er ist doch nicht einer von uns.«

»*Et tu, Brute!*« schrie Onno. »Du meinst, daß er der Sohn einer
Jüdin und eines Kriegsverbrechers ist, der Sohn von allem, was
Gott verboten hat, und nicht der Sohn anständiger Christenmen-
schen, die jahrhundertelang die Kolonien ausgeplündert haben!
Das ist es doch, was du meinst! Und daß so ein Typ nicht in Frage
kommt, um einen Quist zu erziehen! Nein, aber jetzt bin ich mir
vollkommen sicher, ich bin froh, daß du es gesagt hast, danke für
deine Hilfe.«

Am nächsten Morgen, am Sonntag, bereute er seinen Wutanfall
und rief sie wieder an. Sein Schwager meldete sich, Dol sei mit dem
Hund spazierengegangen, in ihrem Namen nehme er die Entschuldigung an, im nachhinein hätte sie es wohl verstanden. Übrigens,
begann er, seien sie gestern abend noch in der Statenlaan gewesen

– aber da Onno sofort merkte, daß Karel über diesen Umweg Max dennoch zur Diskussion stellen wollte, fiel er ihm ins Wort und sagte, es sei ihm egal, was seine Eltern gesagt hätten, sein Beschluß stehe fest: so und nicht anders werde es gemacht, es sei sinnlos, alles noch einmal durchzukauen, die Verwandtschaft solle sich damit abfinden. Anschließend telefonierte er mit Max und Sophia hin und her, und sie vereinbarten, daß er im Laufe des Nachmittags mit Max nach Leiden kommen werde; Max hole ihn an der Krankenhauspforte ab.

Weshalb Onno Ada fast jeden Tag kurz besuchte – in der letzten Zeit meist außerhalb der offiziellen Besuchszeiten –, war ihm selbst nicht ganz klar. Für Ada brauchte er es nicht zu machen, es war eher ein Besuch an einem Grab als an einem Krankenbett. Aber in diesem paradoxen Grab ging nicht ein verstorbener Körper langsam in Verwesung über, sondern ein ungeborener nahm im Gegenteil Gestalt an. Während Onno mit verschränkten Armen bei Ada stand, kam die Oberschwester zu ihm und sagte, Doktor Melchior, der Chirurg, lasse fragen, ob er kurz bei ihm hereinschauen könne; er sei in seinem Zimmer im Pavillon gegenüber.

»Übrigens, da ich gerade mit Ihnen spreche: erlauben Sie, daß das Haar Ihrer Frau etwas kürzer geschnitten wird? Bisher haben wir es mehr oder weniger in derselben Länge gehalten, aber aus hygienischen Gründen –. Unter Umständen wäre es bald wieder nachgewachsen.«

Onno begriff, daß er das nicht verweigern konnte, ebensowenig wie er fordern konnte, sie jeden Morgen zu schminken. Er nickte, drückte einen Kuß auf Adas seidiges Haar und verließ das Krankenzimmer, ohne mit der Schwester noch einen Blick zu wechseln.

Er fragte sich, was Melchior von ihm wollte, er hatte doch gerade gestern erst mit ihm gesprochen. Unterwegs bemerkte er wieder, daß das Personal ihn auf eine ganz bestimmte Art und Weise ansah: jeder wußte mittlerweile, wer er war, und in welchem Zustand sich seine Frau befand. Es schien, als ob manche sehen wollten, wie jemand sich in seiner Lage fühlte, und die meisten machten den Eindruck, als ob sie ihm helfen wollten, indem sie ihn ansahen.

Mit seinem fleischigen, runden Gesicht, dem Buckel und dem verwachsenen Bein kam der kleine Chirurg hinter seinem Schreibtisch hervor und schüttelte ihm die Hand. Er trug einen weißen, kurzärmeligen Kittel.

»Nehmen Sie Platz«, sagte er. »Wir können uns kurz fassen. Ich wollte Sie gerne noch einmal alleine sprechen, ohne Ihre Schwiegermutter.« Er faltete seine großen Hände auf der Tischplatte und sah Onno durchdringend an, während er seine Worte offenbar sorgfältig abwog. »Gestern fragten Sie, wie riskant der Eingriff am kommenden Donnerstag sein würde.«

»Und ich habe das so verstanden, daß es nicht so schlimm werden würde.«

Melchior nickte und ließ wieder eine Stille entstehen, während er seine hellen, blauen Augen nicht von Onno abwandte. Verwundert erwiderte Onno seinen Blick und hatte plötzlich das Gefühl, daß eher diese Pausen die eigentliche Nachricht enthielten, als seine Worte.

»In der Regel trifft das auch zu. Aber es können sich immer Komplikationen ergeben.«

»Darüber sind wir uns im klaren«, sagte Onno. »Meine Schwiegermutter vielleicht noch am ehesten, weil sie in diesem Bereich gearbeitet hat. Ihr hätten Sie das nicht zu verschweigen brauchen.«

»Das habe ich gehört.« Wieder baute Melchior eine Stille ein. »Aber Sie wissen ja, eine Mutter –.«

Onno spürte, wie das Blut aus seinem Gesicht wich. Hatte er ihn recht verstanden? War dieser Mann bereit, dem Ganzen ein Ende zu machen? Wenn er ihm jetzt sagen würde, ein unverhofft fataler Verlauf wäre letztendlich vielleicht für alle das beste, in erster Linie aber für Ada, soweit von irgendeiner Ada überhaupt noch die Rede sein konnte, würde am Donnerstag dann die erwünschte Komplikation auftreten? Irgendeine Blutung oder ein Herzstillstand mit Todesfolge? Donnerstag war der Tag, an dem das möglich war; geschah es nicht, war die Chance vertan, und ihr Körper würde noch

Monate und vielleicht Jahre in dem Zustand dahinvegetieren, bevor er auf natürlichem Wege einen physiologischen Tod sterben würde. Es würde noch lange dauern, bis sich das in den christlich dominierten Niederlanden ändern würde, ohne daß jemand eine Gefängnisstrafe und den Entzug der ärztlichen Zulassung riskierte. Auch das war ein Grund, die Gesellschaft zu verändern. Er stand auf, ging ans Fenster und sah hinaus, ohne etwas zu sehen. Würde er jetzt das Wort ›Euthanasie‹ in den Mund nehmen, würde Melchior dies gelassen von der Hand weisen, und die Operation würde reibungslos verlaufen. Wenn Ada während der Operation stürbe und ein Verdacht aufkäme, so daß Leute wie sein Schwager Coen ihn vor Gericht schleppen könnten aufgrund von Gesetzen, die Menno lehrte, dann könnte jeder unter Eid erklären, daß eine Beendigung des Lebens nicht zur Sprache gekommen sei. Der Richter würde sich seinen Teil denken, das Ergebnis wäre ein Freispruch, und der aufgeklärte Teil der Nation würde klatschen.

Aber was sollte er tun? Er mußte jetzt, aus heiterem Himmel, über ihr Leben entscheiden. Unmöglich! Er fühlte die Verantwortung auf seinem Kreuz lasten wie der Kohleschlepper aus seiner Jugend den Sack Anthrazit. War ihr Leben überhaupt noch *ihr* Leben? Gab es noch ein Individuum, das *Ada* hieß und fünfzig Meter von hier entfernt auf einem Lammfell lag? Vorgestern hatte er den Neurologen gefragt, ob ihr EEG nun völlig flach sei, worauf dieser bestätigt hatte, daß es davon praktisch nicht zu unterscheiden sei. Aber er dachte auch an das Gespräch, das er vor einer Woche mit Max an Adas Bett geführt hatte, und daß jeder, trotz aller EEGs, intuitiv nur flüsternd gesprochen hatte.

Er drehte sich um. Melchior blätterte in einem Stapel großer Karteikarten, die mit Klebeband zu einem provisorischen Heft zusammengebunden waren; er erweckte den Eindruck, als hätte er das Thema des Gesprächs bereits vergessen. Onno sah auf die Uhr.

»Entschuldigen Sie mich bitte«, sagte er. »Ich werde an der Pforte erwartet. Können wir diese Unterhaltung ein anderes Mal fortsetzen?«

»Wie Sie möchten. Allerdings gibt es nicht viel fortzusetzen.«

»Was ist denn mit dir los?« fragte Max. »Warum sagst du nichts?«

Umgeben von unsicheren, grauhaarigen Fahrern, die ihr Auto nur sonntags gebrauchten, fuhren sie nach Leiden. Onno stöhnte und sah ihn an.

»Kann ich dir vertrauen?«

Max lachte unbehaglich.

»Ist es denkbar, daß ich nein sage?«

»Dann schwöre, daß du nie mit jemandem darüber sprechen wirst.«

»Ich schwöre.«

»Nicht mit meiner Schwiegermutter, nicht mit meinem Kind, und auch später mit sonst niemandem. Halte zwei Finger deiner rechten Hand hoch und sage es noch einmal.«

Max nahm die Hand vom Steuer, hob zwei Finger und sprach:

»Ich schwöre.«

Daraufhin erzählte ihm Onno, was sich gerade zugetragen hatte. Auch Max war vom plötzlichen Auftauchen des äußersten Ernstfalls schockiert. Entscheiden über Leben und Tod – wie Onno hatte er nie gedacht, daß dies einmal in seinem Leben passieren könnte. Ärzte, Soldaten, Politiker – gut, aber doch nicht Astronomen; also immerhin noch eher Onno als er.

»Als ich sagte, daß wir unser Gespräch vielleicht ein andermal fortsetzen könnten, sagte er, es gebe eigentlich nicht viel fortzusetzen. Das bezog sich natürlich nicht auf unser Gespräch, sondern auf Adas Leben. Er sieht aus wie Quasimodo, der Glöckner von Notre-Dame, aber von meinem Schwager weiß ich, daß er fachlich eine Kanone ist. Was würdest du an meiner Stelle tun?«

Vielleicht *war* er an seiner Stelle. Plötzlich arbeitete Max' Gehirn scharf und schnell.

»Ich würde«, sagte er, »versuchen herauszufinden, ob dieser Neurologe und dieser Chirurg tatsächlich zu hundert Prozent davon überzeugt sind, daß Ada wirklich hirntot ist, das heißt, daß sie nicht mehr die Spur einer Individualität besitzt. Denn auch wenn es noch so wenig ist, wäre es Mord. So eng sehe ich das. Angenommen, es ist soviel wie bei einem einjährigen Kind, dann darf es nicht sein. Aber wenn wirklich gar nichts mehr da ist, null Prozent, wirklich nur noch eine Pflanze, dann bedeutet es nichts. Dann ja.«

»Letzte Woche hast du anders gesprochen. Da hatte ich das Gefühl, daß für dich nicht einmal die Toten getötet werden dürften, um es einmal so zu sagen.«

»Das war die Phantasie«, nickte Max.

»Aber wie komme ich dahinter, was dieser Quasimodo wirklich denkt? Ich kann ihn doch nicht einfach fragen, denn dann ist es sofort gelaufen. Und diesen Neurologen Stevens kann ich auch nicht fragen, denn Melchior hat ihn natürlich nicht informiert.«

Im selben Augenblick fiel Max etwas ein.

»Weißt du, was du machen mußt? Dich beiläufig erkundigen, ob Ada eine Teil- oder eine Vollnarkose bekommt. Wenn er sagt, daß er sie gar nicht narkotisiert, weil sie über keinerlei Perzeption mehr verfügt, dann ist die Frage gelöst; aber wenn er Teil- oder Voll- sagt, dann weißt du, was es geschlagen hat.«

»Hier erkennen wir den exakten Wissenschaftler!« rief Onno aus. »Aber wenn ich ihn das frage, riecht er vermutlich Lunte, denn dumm scheint er mir nicht zu sein. Vielleicht ist es besser, unter irgendeinem Vorwand meinen Schwager einzuschalten, er ist Gehirnchirurg, wie du weißt; diese Metzger kennen sich doch alle. Aber nein«, sagte er und bewegte den Zeigefinger hin und her, »er wird vielleicht sagen, daß ein Kaiserschnitt nie mit örtlicher Betäubung durchgeführt wird, und ist dann natürlich gleich alarmiert, denn jeder hat mit Sicherheit schon an diese Möglichkeit gedacht, vor allem der brave Karel, der, was seinen Charakter anbelangt, vielleicht sogar dafür zu haben wäre, wenn er nicht letztendlich doch ein Christenhund wäre. Es darf kein anderer hineingezogen werden.« Er sah wieder zur Seite. »Ich weiß eine bessere Lösung. *Du* mußt es herausbekommen.«

Max sah kurz zu ihm und dann wieder auf die Straße.

»Wie stellst du dir das vor?«

»Du mußt am Tag davor mit der OP-Schwester anbandeln und versuchen, von ihr zu erfahren, ob Ada betäubt wird – wenn nötig, im Bett. Egal, wie sie aussieht. Dann bekommt diese abstoßende Promiskuität, die du betreibst, endlich einen Sinn.«

Max lächelte. Jetzt, da die Promiskuität einen Sinn bekommen würde – auch wenn Onno es natürlich nicht ganz ernst meinte –, gab es sie nicht mehr.

»Der Erfolg scheint mir nicht garantiert.«

»Plötzlich schüchtern, oder was?«

»Hör mal, vielleicht ist sie lesbisch, bei Krankenschwestern weiß man nie so genau. Da könnte ich dir Sachen erzählen. Es gibt bestimmt einen besseren Weg. Wenn ich mich nun in den nächsten Tagen ein wenig informiere über diese anästhetischen Praktiken –«

»Anästhesiologischen. Anästhetika sind Rauschmittel.«

»– so daß ich sehen kann, ob die Geräte eingeschaltet sind, und so weiter. Dann gehe ich am Donnerstag einfach versehentlich in den OP. So etwas ist in Amsterdam immer möglich. Danach sage ich dir Bescheid; als Ehemann begleitest du die Trage bis zum Eingang des Operationssaals, wo sie dich nicht hineinlassen werden. Dann bittest du darum, kurz den Chirurgen sprechen zu können, und läßt unter vier Augen deine Entscheidung durchblicken.«

Nachdenklich sah Onno auf das kleine Spielzeugauto auf drei Rädern, das vor ihnen fuhr und nicht von der linken Spur weichen wollte.

»Genau«, sagte er. »So machen wir das, *compañero*. Was würde ich bloß ohne dich anfangen?«

»Nichts.«

Als sie sich an diesem Nachmittag bei Tee und Gebäck im Zimmer hinter dem Antiquariat zum ersten Mal zusammengesetzt hatten, mußte Onno sich erst einmal an den neuen Status gewöhnen: Max als Ziehvater, Sophia als Ziehmutter, er selbst als Witwer einer noch lebenden Frau. Er fühlte sich unwohl und war verlegen, aber Sophia war sachlich wie immer und schien sich völlig auf die veränderten Umstände eingestellt zu haben, wie jemand, der einfach seine Stellung gewechselt hatte. Max hingegen wußte, daß nur sie und er selbst wußten, daß das neue Verhältnis, in dem sie nun zueinander standen, eine Fassade war, hinter der sich ein ganz anderes Verhältnis verbarg, das seinerseits ebenfalls Fassade war, hinter der es nur noch Chaos und Unsicherheit gab. Jetzt, da sich zu diesem Bewußtsein auch noch der Plan gefügt hatte, den sie unterwegs geschmiedet hatten, war ihm, als gleite auch er in eine Art Narkose. Am liebsten wäre er über Nacht im *Lob der Torheit* geblieben, um in den Armen der Nacht-Sophia zu versinken, aber das war selbstverständlich ausgeschlossen, solange Onno da war.

»Auf Wiedersehen, Frau Brons.«

»Tschüs, Max.«

Das nächste Konklave war am Dienstagabend bei Onno zu Hause, aber es hatte eigentlich nicht mehr viel zu bereden gegeben. Über die finanzielle Seite der Angelegenheit waren sie sich schnell einig geworden, und der Verkauf des Antiquariats war inzwischen ebenfalls geregelt. Darüber hatte Onno nicht lange nachdenken müssen: Aus dem unerschöpflichen Reservoir seiner Verwandtschaft war ein Neffe aufgetaucht, der nie etwas getaugt hatte, jetzt aber Direktor einer großen Maklerfirma war; er hatte ihn angerufen und ihm befohlen, das Objekt zu einem Wucherpreis zu veräußern, ohne selbst eine Gebühr zu nehmen, andernfalls würde er ihn auf der Stelle anzeigen. Und was den Umzug nach Drenthe betraf, so hatte Max am Vormittag mit dem Direktor der Sternwarte gesprochen, der geheimnisvoll gelächelt und angedeutet hatte, unter Umständen etwas Schönes in Aussicht zu haben. Das klang gut und auf alle Fälle nicht nach einem Einfamilienhaus in einem Neubauviertel. Zudem bedeutete es, daß seine Anstellung als Teleskopastronom an der neuen Sternwarte so gut wie feststand.

Nachdem sie noch dies und das besprochen hatten, erledigte Sophia den fälligen Abwasch, saugte Staub und schaltete die Waschmaschine ein. Onno fühlte sich sofort an Adas ersten Besuch erinnert: Ada hatte mehr Ähnlichkeit mit ihrer Mutter, als sie selbst ahnte oder geahnt hatte. Während Sophia oben beschäftigt war, brachte Max vor, daß sie sie eigentlich über ihr anästhesiologisches Vorhaben in Kenntnis setzen sollten. Erstens habe sie Ahnung davon, und zweitens gehe es immerhin um ihre Tochter.

Aber nach Onnos Meinung war dies nun gerade ein Grund, sie
herauszuhalten: als Mutter würde sie niemals am Tod ihres Kindes
mitarbeiten, selbst wenn es lebenslänglich bewußtlos war. Max
war sich da nicht ganz so sicher, aber er konnte sich schlecht anmerken lassen, sie besser zu kennen als Onno. Der wesentlichste
Grund jedoch, weshalb sie nicht in die Sache hineingezogen werden durfte – und da war Max mit ihm einer Meinung –, war, daß
Melchior nicht in Gefahr gebracht werden durfte: Er riskierte
Kopf und Kragen und war bereit, ein großes Tabu zu brechen, und
er hatte seinen verkappten Vorschlag ausdrücklich in Sophias Abwesenheit gemacht.

Am Mittwochmorgen – nachdem er in Leiden übernachtet
hatte, da es doch eigentlich Unsinn war, wieder zurück nach Amsterdam zu fahren – ging er zur Universitätsklinik. Er hatte sich
vorgenommen, sich dort als Autor von Arztromanen auszugeben,
der im Zuge seiner Recherchen gerne einen kurzen Blick in den
OP werfen und sich dann erklären lassen wollte, wie die Narkose-
geräte funktionierten. Als er jedoch am Eingang stand und sich an
die Katastrophennacht von vor drei Monaten erinnerte, verließ ihn
plötzlich der Mut. Er beschloß, erst einmal in die Bibliothek der
medizinischen Fakultät zu gehen.

Während sich neben ihm zwei Studenten flüsternd über das
Theater Carré in Amsterdam unterhielten, das morgen nach einer
musikalischen Darbietung besetzt werden sollte – der Schriftsteller und der Komponist, denen er nun schon einige Male auf seinem
Weg begegnet war und die gerade aus dem aufständischen Paris
zurückgekehrt zu sein schienen, wollten die Besetzer anführen –,
blätterte er in den anästhesiologischen Handbüchern und betrachtete die Abbildungen der Geräte. Dann ließ er sich von einer un-
wirschen Dame mit hochgestecktem grauem Haar und einem Bleistift hinterm Ohr zeigen, wo die Literatur über Geburtshilfe
stand. Als er sich in die Technik des Kaiserschnitts vertiefte und die
Darstellungen des blutigen Bauchinneren betrachtete, aus dem die
Neugeborenen aus feuchten, dunklen Tiefen und, soweit man sehen konnte, gegen ihren Willen herausbefördert wurden, traf ihn

plötzlich die spiegelbildliche Übereinkunft des Chirurgenhand-
werks und seines eigenen Berufs. So wie er, sozusagen von seinem
Körper aus, seinen Blick in die Tiefe des Universums richtete, wo
alles immer noch unbegreiflicher wurde, so wählten sie die entgegengesetzte Richtung und drangen in ebendiesen Körper ein, wo
sie auf die entsprechenden Mysterien stießen: rätselhafte Neuro-
nen und DNS-Moleküle, deren Wirkungsweise vielleicht ebenfalls
durch Quantenprozesse bestimmt wurde. Daß die Abmessungen
des menschlichen Körpers eine Art Mittelwert zwischen denen des
Weltalls und jenen der kleinsten Teilchen war, paßte genau in dieses Bild. Der Mensch war der Mittelpunkt der Welt, und das war
kein theologisches Dogma: man konnte es messen.

Doch dann stieß er auf ein unerwartetes Problem. Der Kaiserschnitt, ein Routineeingriff von nicht mehr als einer halben
Stunde, wurde meistens unter Vollnarkose, manchmal aber auch
unter Teilnarkose durchgeführt; mit einer Lumbalinjektion in den
Rücken wurde dabei nur die untere Körperhälfte betäubt. Das
hieß: auch wenn die Geräte nicht eingeschaltet waren, konnte man
daraus nichts schließen. Wenn die roten Gerätelämpchen nicht
brannten, mußte er am Donnerstag innerhalb weniger Sekunden
eine ganz bestimmte Injektionsspritze ausfindig machen zwischen
Dutzenden anderer Spritzen, Scheren, Haken, Klammern, Zan-
gen, Messern, und was sonst noch bereitliegen würde, um alles
wunschgemäß ablaufen zu lassen. Und das war ausgeschlossen.
Und es hatte ebensowenig Sinn, unter irgendeinem Vorwand
herauszufinden, ob ein Anästhesist im OP war oder nicht. Einer
war auf jeden Fall da; undenkbar, daß er einen Anruf bekommen würde mit der Nachricht, heute zu Hause zu bleiben, da der
Patient sowieso nichts spüre. Blutdruck, Herztätigkeit, alles
mußte kontrolliert werden, ob nun eine Anästhesie gemacht wurde
oder nicht.

Mit einem Knall schloß Max das Buch, was ihm einen eisigen
Blick der Bibliothekarin eintrug. Sie hatte natürlich schon längst
über ihre Brille hinweg bemerkt, daß sich hier ein Laie mit den
angelsächsischen Folianten in rotem und blauem Leinen abplagte.

Mit Sicherheit kamen auch immer wieder Hypochonder in die
Bibliothek, um ihre eingebildeten Krankheiten zu diagnostizieren.
Er fühlte sich lächerlich, wie ein Hausarzt, der in der Observa-
tionszentrale von Dwingeloo mit einem Blick entscheiden zu können glaubte, ob der Spiegel zu Spionagezwecken benutzt wurde
oder nicht. Ein zehnminütiges Gespräch mit einem Spezialisten
der Universitätsklinik würde alles klären – aber wenn es schiefging
und die Sache in die Presse käme, würde sich der Spezialist vielleicht bei Gericht melden und über diese merkwürdige Unterhaltung am Tag vor der verhängnisvollen Operation berichten, die die
gesamten konservativen Niederlande in Aufruhr gebracht hatte.
Mord! Man würde ihn ausfindig machen, denn während eines Spa-
zierganges mit ihrer Freundin durch den Botanischen Garten hatte
die Bibliothekarin ihn einmal aus der Sternwarte kommen sehen,
und Melchior würde im Gefängnis landen. Ohne Gefahr für die
Beteiligten konnte man sich in so kurzer Zeit nicht kundig machen. Es sei denn, er flöge sofort in ein anderes Land, nach Italien
beispielsweise, gäbe sich in Rom als deutscher Schriftsteller aus,
der an einer Kurzgeschichte über eine schwangere, im Koma liegende Frau arbeitete, die –. Aber nein, sogar das wäre zu riskant.
Ein derart spektakulärer Fall würde vielleicht sogar durch die
Weltpresse gehen.

33
Sectio caesarea

Onno und Sophia hatten es schon vorher gesehen, deshalb blieb,
als sie am folgenden Nachmittag zu dritt in das Krankenzimmer
traten, nur Max erschrocken auf der Schwelle stehen. Adas Haar
war millimeterkurz. Sie sah aus wie die Mädchen und Frauen, die
er in den ersten Tagen nach dem Krieg auf der Straße gesehen hatte,

wo sie von Männern mit Schaum vor dem Mund kahlgeschoren wurden, da sie sich mit Deutschen abgegeben hatten: »Moffenhuren« hatte die Meute geschrien, die sich bis zur Schlacht um Stalingrad mit den Deutschen sehr viel besser arrangiert hatte als diejenigen, die lebenshungrig ihren Schlüpfer ausgezogen hatten. Die rechteckige Umrahmung von Adas Gesicht war verschwunden und hatte einen runden, wehrlosen Kopf enthüllt, der erst jetzt endgültig in die Unerreichbarkeit entschwunden zu sein schien.

Um Viertel vor vier erschienen zwei Krankenschwestern, um Ada mitsamt dem Bett in den OP zu bringen. Am Abend zuvor hatte Max Onno angerufen und ihn über sein medizinisches Scheitern aufgeklärt, woraus Onno sofort gefolgert hatte, daß damit die Unsicherheit über Adas geistige Existenz geblieben sei und sie also am Leben bleiben müsse. Max drückte seine Lippen auf ihre Stirn und fragte sich, wie er sich jetzt gefühlt hätte, wenn anders entschieden worden wäre.

Auch Onno war erleichtert. Im nachhinein zweifelte er daran, ob Melchior es eigentlich wirklich so gemeint hatte, wie er es interpretiert hatte, aber er traute sich nicht, mit Max darüber zu sprechen. Vielleicht hatte er ihn eine absurde Mission ausführen lassen. Während Max und Sophia in den großen Warteraum gingen, begleitete er Ada, seine Hand auf ihrem Bauch, durch die Gänge und in dem Aufzug nach oben. In einem Raum vor dem eigentlichen OP stand ein Mann seines Alters, der sich die Hände wusch; er trug einen grünen, kurzärmligen Kittel und auf dem Kopf eine Mütze in derselben Farbe. Onno stellte sich vor und fragte, ob er Doktor Melchior kurz sprechen könne.

»Können Sie es nicht auch mir sagen?« fragte der Mann. »Steenwijk. Ich bin der Anästhesist.«

Erschrocken sah Onno ihn an. Er hatte eine nußfarbene Haut, die um die Augen herum dunkler war. Onno begriff, daß er nun plötzlich in der Situation war, in der er vielleicht doch noch erfahren konnte, was er wissen wollte.

»Anästhesist?« wiederholte er. »Bringen Sie meine Frau denn unter Narkose?«

»Selbstverständlich.«

»Aber ich habe Doktor Stevens so verstanden, daß sie keinen Schmerz mehr empfinden kann.«

Mit einem vagen Lächeln schüttelte Steenwijk den Kopf.

»Das hat nichts miteinander zu tun. Schmerzempfindung ist eine Sache der Gehirnrinde. Und was wir im Interesse des Kindes während der Operation vermeiden müssen, sind mögliche Reflexe aus dem Stammhirn, das ja intakt ist, wie Sie wissen; Ihre Frau atmet ja schließlich auch. Mein Gefühl sagt mir übrigens auch, daß wir es tun müssen.«

Onno sah ihn weiterhin an und nickte schließlich. Mit einem Schlag war der ganze Unsinn vom Tisch gefegt. Aber Steenwijks letzter Satz über dessen Gefühl klang noch nach: War also doch noch etwas von Ada übrig? Obwohl er sich nicht mehr so sicher war, daß Melchior tatsächlich auf Euthanasie angespielt hatte, sagte er und kam sich dabei lächerlich vor:

»Sagen Sie bitte Doktor Melchior, er möge an seinen hippokratischen Eid denken und alles tun, um auch das Leben meiner Frau zu retten.«

Auch Steenwijk antwortete nicht sofort. Hatte er verstanden?

»Ich werde es ihm ausrichten, obwohl es eigentlich überflüssig sein dürfte.« Mit einem leicht melancholischen Blick sah er Onno an und sagte: »Es tut mir leid für Sie. Sie können nebenan warten.«

»Meine Begleitung sitzt unten.«

»Wie Sie möchten.«

Max und Sophia saßen in geflochtenen Gartenstühlen um einem runden Bambustisch mit Glasplatte und waren umgeben von Patienten in Morgenmänteln über gestreiften Schlafanzügen und Nachthemden, die nackten Füße in Hausschuhen. Manche spielten Karten, andere lasen Illustrierte, die wahrscheinlich schon vor Monaten oder Jahren erschienen waren, vor allem aber wurde geraucht; mit dem glückseligen Genuß von Gefangenen, die endlich kurz an die frische Luft dürfen, wurde der Rauch in die Lungen eingesogen, bis die Spitzen der Zigaretten rot glühten. Auf einem Schrank stand ein Fernseher.

Ruhig, als würde sie auf den Zug warten, blätterte auch Sophia in einer Zeitschrift; neben ihrem Stuhl stand eine Reisetasche. Max sah auf die Uhr: vier. Obwohl er äußerlich ruhig war, zitterte er vor Angst. Ihm war plötzlich, als sei die Zeit ein Hohlkegel, in dem er seit Monaten zu dem Punkt getrieben wurde, durch den er gleich hindurch mußte, und gleichzeitig war er sich bewußt, daß dieses Bild nur eine banale Reminiszenz des üblichen Raumzeit-Diagramms in der relativistischen Literatur war: der ›Lichtkegel‹ eines Ereignisses. Innerhalb einer Stunde konnte die Katastrophe eine Tatsache sein, wenn sich auf irgendeine Weise herausstellte, daß er der Vater war.

Onno setzte sich zu ihnen und sagte:

»Ich habe gerade mit dem Anästhesisten gesprochen.«

Mit einem Ruck sah Max auf, aber im selben Augenblick war ihm klar, daß er sich beherrschen mußte, um Sophia nicht merken zu lassen, was Onno und ihn beschäftigt hatte.

»Und?« fragte Sophia.

Ohne Max anzusehen, berichtete er ihr, eigentlich aber ihm, von dem Gespräch. Max begriff, daß er sich mit seinen Nachforschungen noch viel dämlicher verhalten hatte, als er bereits vermutete. Er fühlte sich wie ein kleiner Junge, der geglaubt hatte, die Trillerpfeife des Stationschefs setze den Zug in Bewegung, und jetzt mit wenigen Worten zu hören bekam, daß alles ganz anders funktionierte. Er schämte sich, nicht so sehr als Freund Onno gegenüber, denn auch Onno hatte schließlich etwas von diesem Plan gehalten, sondern als Mann der Wissenschaft – was würden seine Kollegen wohl sagen, wenn sie davon erführen. Wie hatte er es sich eigentlich in den Kopf setzen können, eine Frage von Leben und Tod ganz allein und innerhalb weniger Stunden lösen zu wollen, und das in einem völlig unbekannten Gebiet, das zu überschauen andere zehn Jahre studierten! Wurde ihm die Anspannung langsam zuviel? Vielleicht mußte er allmählich etwas mehr aufpassen.

Eine Krankenschwester fragte, ob sie vielleicht eine Tasse Tee wollten; nur Max lehnte dankend ab. Nach Sophias Meinung bekam Ada über einen Tropf eine Vollnarkose, bei einer örtlichen

Betäubung müsse man sich unter normalen Umständen aufsetzen und vornüberbeugen, mit dem Kopf zwischen den Knien, was in Adas Zustand jedoch nicht möglich sei; es gehe aber auch im linksseitigen Liegen, sie gehe aber nicht davon aus, daß es in Adas Fall so gemacht werde. Onno sagte, das wichtigste sei, daß dem Kind nichts fehle, aber er sei sich da nicht ganz sicher, obwohl die Ärzte behaupteten, daß es keinen Grund zur Beunruhigung gebe. Sophia meinte, daß auch ein Kinderarzt dabeisein werde, zu ihrer Zeit sei das auf jeden Fall so gewesen, aber das sei schon lange her. Ab und zu wurde ihr Gespräch durch Schweigen unterbrochen. Es war ihnen bewußt, daß Ada jetzt unter der riesigen Lampe auf dem Operationstisch lag und geöffnet wurde.

»Alles ist kurz davor, sich zu verändern«, sagte Onno plötzlich feierlich. »Das Kind wandelt sich von der Frucht zum Menschen, Ada von einer Tochter zur Mutter, Sie von einer Mutter zur Großmutter und ich von einem Sohn zum Vater.« Dann sah er Max an. »Nur du veränderst dich nicht. Das sieht dir wieder einmal ähnlich.«

Max nickte. Er hätte jetzt gerne gebetet, daß er sich als so unveränderlich erweise wie ein Stein.

»An jedem dreißigsten Mai«, sagte Sophia nach einer Weile, »werden wir von jetzt an also Geburtstag feiern. Wartet mal – das bedeutet, daß es ein Zwilling wird.«

»*Ein Zwilling?*« wiederholte Onno mit Abscheu und sah sie ungläubig an. »Das ist nicht Ihr Ernst.«

»Wie meinst du das? Ende Mai ist doch Zwilling?«

»*Ende Mai ist Zwilling* –«, wiederholte Onno mit einem sarkastischen Unterton. »Sie werden mir doch jetzt nicht etwa erzählen, daß Sie an diesen Blödsinn glauben? Sie sind wie meine Mutter, sie kombiniert Astrologie und Christentum, und Sie mischen offenbar den Humanismus drunter. Die Astrologie als umfassende Weltreligion. Aber gut, lassen Sie nur, ist ja alles entschuldigt durch jahrhundertealte Tradition. Max' Beruf würde es ohne die Astrologie wohl kaum geben.«

»Unsere Vorfahren, die Astrologen«, nickte Max. Zwilling,

dachte er und erinnerte sich im selben Augenblick an Eng und Chang, aber das behielt er für sich. Angenommen, da oben würde jetzt tatsächlich ein siamesischer Zwilling geboren – oder ein zwei-eiiger, ein Kind von Onno, das andere von ihm. – War so etwas möglich?

»Und Sie«, fragte Onno Sophia und hatte noch immer einen leicht sarkastischen Ton in der Stimme, »was *sind* Sie?«

»Jungfrau.«

»Das höre ich gern, Mutter. Das macht auf mich einen durch und durch anständigen Eindruck.«

Immer wenn Onno ›Mutter‹ zu Sophia sagte, wurde Max ganz mulmig, als ob er selbst damit so etwas wie Onnos ›Vater‹ würde.

»Ich glaube kein bißchen daran«, sagte Sophia und zeigte auf die astrologische Rubrik in der Zeitschrift auf ihrem Schoß. »Ich sehe es nur zufällig hier stehen.«

Mit kleinen bedachten Schritten kam ein ausgemergelter, aristo-kratisch aussehender Herr von Mitte Fünfzig in den Raum, der Kunststoffschlauch, der aus seiner Nase hing, war mit einer umge-kehrten Flasche an einem hohen Rollständer verbunden, den er neben sich herführte wie ein Bischof seinen Stab. Obwohl sein Körper aussah, als sei er nur noch mit Gas gefüllt, machte der Mann nicht den Eindruck, als ob er vorhabe zu sterben, sondern eher, daß er weiß Gott Besseres zu tun habe und ihn nur der stumpfsinnige Krankenhausaufenthalt irritiere, das Krankenhaus schien ihm vermutlich eher etwas fürs gemeine Volk zu sein. Sein dunkelblauer Morgenmantel, offenbar aus Seide, war mit einer weißen Bordüre abgesetzt, und aus der Brusttasche ragte ein weißes Einstecktuch. Ohne jemanden eines Blickes zu würdigen, schaltete er den Fernseher ein und setzte sich an den Nebentisch. Eine Frau in einem grellrosa Morgenmantel, die ein riesiges Pfla-ster à la van Gogh über dem Ohr hatte, sagte, um diese Uhrzeit würde noch nichts gesendet. Als hätte er ein Kompliment bekom-men, verbeugte sich der Herr leicht, steckte unbeirrt seine Pfeife an, die in eigenartiger Weise mit seinem Schlauch kontrastierte, schlug die Beine übereinander und blickte abwartend auf den Bildschirm. Auf seine blutroten Hausschuhe waren golden heraldische Wappen gestickt.

Max und Sophia, die mit dem Rücken zum Fernseher saßen, unterhielten sich über den Krieg und die improvisierten Zustände im Delfter Krankenhaus, als Onno plötzlich sagte:

»Seid mal ruhig.«

In einer Sondersendung war de Gaulle erschienen. Der bedrängte General, dessen kolossaler Körper eine gewisse Ähnlichkeit mit dem Onnos hatte, sah direkt in die Kamera und sprach zum französischen Volk. Ungeachtet der blutigen Auseinandersetzungen der letzten Wochen, sagte er, werde er als Präsident der Republik nicht zurücktreten; er erklärte die Nationalversammlung für aufgelöst und kündigte Neuwahlen an; sollten die Unruhen anhalten, nun, dann werde hart durchgegriffen werden. Es war eine Direktübertragung ohne Untertitel, eine leise Frauenstimme lieferte eine Simultanübersetzung, aber auf niederländisch war es nicht mehr das, was es war: Frankreich, das zu den Franzosen sprach. Es schien, als ob das Französische das einzig wirklich vorhandene war: auf der einen Seite kristallisierte es zum General, auf der anderen zu den Franzosen. Vielleicht hat es damit etwas zu tun, dachte Onno, daß der Redner in seiner ganzen Monumentalität gleichzeitig etwas von einem kleinen Jungen hat, der kurz den Anzug seines Vaters anziehen darf: den des Königs von Frankreich – als ob der kleine Charles unter dem Tisch immer noch seine kurze Hose trägt und auf den nackten Knien Grind und Narben hat.

»Genau!« sagte der Mann am Nebentisch und stand auf.

Die Rede hatte nicht länger als fünf Minuten gedauert. Perplex sah Onno zu Max und Sophia.

»Soll ich euch mal was sagen? Es ist vorbei. In diesem Augenblick geht das gesamte rechte Frankreich auf die Straße. Das Fest ist aus.«

Max hatte die Ansprache nicht verfolgt; ihm stand der Kopf in diesem Moment weniger nach Politik denn je, und ohne Interesse hörte er Onno zu, der sagte, seiner Meinung nach sei mit diesen wenigen Sätzen eine andere Zeit angebrochen, berufsbedingt habe er einen untrüglichen Instinkt für diese Dinge: die sechziger Jahre seien zu Ende, die Phantasie der Macht entzogen, und ab heute werde es weniger lustig auf der Welt. Aber sie besäßen jetzt wenigstens eine ähnliche Erinnerung wie die vorige Generation an die zwanziger Jahre. Und es sei fraglich, ob die nächste etwas Vergleichbares haben werde.

»Da wir gerade von der nächsten Generation sprechen«, sagte Sophia, »weißt du eigentlich noch, weshalb du hier bist? Du wirst Vater.«

Mit einem Ruck kehrte Onno aus der Weltpolitik zurück in den Gesellschaftsraum. Er sah auf die Uhr.

»Laßt uns hier verschwinden, wir können auch oben warten.«

Ein riesiger eiserner Aufzug, der offenbar nicht für Besucher, sondern für Tragen und Särge bestimmt war, brachte sie langsam in den ersten Stock. In einem schmalen Raum neben dem OP war eine lackierte Holzbank an die Wand geschraubt, an der gegenüberliegenden Wand hing ein Plakat mit einer sonnigen griechischen Küste: tiefblaue Buchten zwischen Felsen mit Schaumrändern. Dahinter wurde Ada jetzt operiert.

Unbehaglich saßen sie nebeneinander, Sophia in der Mitte, die große Reisetasche vor den Füßen.

»Was schleppen Sie da eigentlich mit sich herum?« fragte Onno.

Ohne ein Wort öffnete sie den Reißverschluß und holte mit der einen Hand ein winziges weißes Hemdchen zum Vorschein und mit der anderen ein Paar winzige Söckchen.

»Im Brutkasten wird das zwar noch nicht gebraucht, aber wenn alles gutgeht, lege ich die Sachen nachher schon einmal in Adas Schrank. Das hätte sie selbst auch getan.«

»Sie sind phantastisch«, sagte Onno, faltete das Hemdchen auseinander und betrachtete es wie ein Biologe eine neu entdeckte Tierart. »Daß Sie daran gedacht haben!«

Max mußte beim Anblick der winzigen Garderobe an den Schatten denken, den in Kriminalfilmen der nahende Täter warf, von dem sonst nur die Füße in glänzend polierten Schuhen gezeigt wurden.

»Da schau her – *les Boys*!«

Auf der Schwelle stand der Journalist, den Onno vor gut einem Jahr nach einem Angriff auf seinen Freund Max im Café über den Tisch gezogen hatte.

»Das darf ja wohl nicht wahr sein«, sagte Onno. »Was machst du denn hier?«

»Ich tue meine Arbeit. Ich muß einen Artikel schreiben über das, was hier gerade passiert.«

»Woher weißt du, was hier gerade passiert?«

Der Journalist zuckte mit den Achseln. »Woher nimmt eine Zeitung ihre Informationen?«

»Hau ab, ich habe nicht das geringste Bedürfnis an Publizität. Ihr seid natürlich von dem einen oder anderen Krankenpfleger angerufen worden, der sich ein paar Gulden dazuverdienen wollte.«

»Das darfst du mich nicht fragen, Onno, ich wäre jetzt auch lieber in der Kneipe.«

»Ich heiße für dich nicht Onno.«

»Schon gut, Doktor Quist, nur ruhig Blut. Ich verstehe, daß Sie etwas angespannt sind. Was geht Ihnen im Augenblick denn so durch den Kopf?«

»Das unbezwingbare Verlangen, dir stundenlang eins in die Fresse zu hauen! Und wenn du jetzt nicht sofort zusiehst, daß du Land gewinnst, dann mache ich das auch.«

Als Onno, der immer noch das Hemdchen in der Hand hatte, Anstalten machte aufzustehen, zuckte der Journalist die Schultern.

»Es geht auch ohne dich«, sagte er, drehte sich um und verschwand.

Wütend warf Onno das Hemdchen in die Reisetasche.

»Dieses sensationsgeile Pack!«

»Reg dich doch nicht so auf«, sagte Max. »Der Typ ist schon genug gestraft durch die Tatsache, daß er ist, wer er ist.«

Plötzlich legte Sophia jedem von ihnen die Hand auf den Arm.

»Seid mal ruhig.«

Kaum hörbar schrie auf der anderen Seite der Wand ein Kind.

Kurz darauf steckte eine Krankenschwester den Kopf aus der Tür und sagte lachend:

»Der Storch war da! Ein engelhafter Junge! Mutter und Kind geht es gut!«

Daß es ein Junge war, wurde von einer Windel verhüllt, aber mit der Feststellung des Geschlechts allein wußten sie immer noch fast nichts. Sprachlos standen sie vor dem Brutkasten, und Ärzte, Pfleger und Schwestern schauten ihnen über die Schulter. Keiner hatte je so ein Baby gesehen. Neugeborene sahen meist aus wie Boxer am Ende der letzten Runde: verquollen, mit zugeschwollenen Augen und völlig benommen von der erlittenen Gewalt, aber was dort in dem abgeschlossenen, gläsernen Raum lag wie ein kostbares Museumsstück in der Vitrine, war eher ein Putto aus einem italienischen Renaissance-Gemälde: nur die Flügel fehlten. Es war weder kahl, noch hatte es Runzeln, mit denen manche Neugeborene sofort ihr späteres Alter ankündigten, sondern glattes, schwarzes Haar in einem tief mahagonifarbenen Ton, das den ganzen Schädel bedeckte und aussah, als sei es gerade vom Friseur frisch gekämmt worden; die Haut war weich und schimmerte, als würde sie vom Licht des Vollmonds beschienen. Die aufgeblasenen Verformungen, die sonst nur durch die Brille von Mutter- und Vaterinstinkten als schön empfunden werden, fehlten vollständig; die Wangen waren voll, und an den Oberschenkeln und Handgelenken waren leichte Hautfalten zu erkennen, die bei Erwachsenen auf Fettleibigkeit hindeuten würden, bei diesem Kind aber alles andere als den Eindruck rührender Rundlichkeit erweckten, alles war vollkommen und wie ein Kunstwerk, das diesen Namen verdiente; zugleich aber strahlte es dadurch Distanz aus: als ob es niemanden nötig hätte. Die winzigen Brustwarzen, die schlanken Finger und Zehen sahen aus wie mit einer feinen Radiernadel graviert, und obwohl es einen Monat zu früh auf die Welt gekommen war, waren nicht nur die Ohren, sondern auch Nase und Mund schon fast in ihrer endgültigen Form herausgebildet.

Am auffälligsten jedoch waren die Augen. Sie waren weit geöffnet, und die Iris, die den Raum zwischen den dunklen Wimpern füllte, hatte ganz und gar die Farbe von Lapislazuli, einem Blau, das keiner von ihnen je bei einem Menschen gesehen hatte. Max erinnerte es an die Farbe des Mittelmeeres in einem ganz bestimmten Augenblick: wenn er nach einer tagelangen Fahrt durch Belgien und Frankreich zwischen den flimmernden Hügeln von Saint Raphael den ersten Schimmer sah: *Thalassa!* Genau dieses unglaubliche Blau dieses Augenblicks sah er jetzt in dem blassen, eigenartigen Gesicht. Seine Angst vor einer sofort sichtbaren Ähnlichkeit war mit einem Schlag verflogen, in den ersten Jahren konnte er demnach beruhigt sein. Er hatte gleich auf Nase und Daumen geschaut, aber auch daran war nichts von ihm, und mit Onno war ebenfalls keine Ähnlichkeit zu entdecken. Von Ada hatte das Kind nur das schwarze Haar und die schwarzen, scharf gezeichneten Augenbrauen und Wimpern, die das Blau seiner Augen noch vertieften.

»Was für eine Schönheit«, sagte Sophia. »Damit wird er noch seine Probleme haben.« Plötzlich drehte sie sich um und fragte in eines der Gesichter hinter ihr: »Wie geht es meiner Tochter?«

»Die ist noch im OP. Alles läuft wunschgemäß, aber es wird noch eine Weile dauern.«

Onno und Max dachten nicht an Ada.

»Wie heißt er?« fragte Max.

Stolz sah Onno ihn an.

»Du kennst doch die Geschichte von dem Mann, der zu einem Kollegen von dir gesagt hat, er begreife zwar, daß die Astronomen mit ihren Instrumenten alle möglichen Eigenschaften der Sterne feststellen könnten – aber wie sie auf ihre Namen gekommen seien, bliebe ihm ein Rätsel.«

»Das ist tatsächlich unsere größte Leistung«, nickte Max.

»Quinten«, sagte Onno.

Aus der Tiefe

heraus heraus

●   ist

    nein bleib

                                   die Wellen

  ●

                       schwarz

Liesje   ●

          Hilfe

                       aufstehen   in die Schule

  mach's dir selbst

                            Papa

    ●   ●

                   La valse

      O Greuel, o Graus

                      ●   nicht   der Hooblei

●

        ein Mädchen?

  Delius Max

                Bleib in Gottes Namen   Bleib du

                       ●

       will raus

    ●   Deckel zu   ●

    Wo bist du?   Partitur

Dritter Teil
Der Anfang vom Ende

Zweites Intermezzo

Gratuliere! Nun ist er also da, unser Abgesandter, das Ergebnis jahrelanger, harter Arbeit. Das muß doch ein befriedigender Augenblick für dich gewesen sein.

Aber nur für einen Moment. Danach war es wie immer: wenn man endlich das erreicht hat, was man erreichen wollte, ist es nicht mehr das, was man erreichen wollte, sondern nur noch das, was man erreicht hat. Es ist eine Selbstverständlichkeit geworden. Genaugenommen verliert man eigentlich, was man gewinnt, und wenn man obendrein bedenkt, was man alles hat anstellen müssen, um es zu erreichen, dann vergeht einem die Befriedigung ziemlich schnell. Aber gut, dafür bin ich Profi und habe mit solchen Dingen ja nicht zum erstenmal zu tun. Nur das Ziel zählt.

Ich nehme an, daß du jetzt an die Freundschaft zwischen den beiden denkst. Aber dieser umstürzende Baum – war das Zufall, oder hast du da auch deine Hände im Spiel gehabt?

Natürlich war ich das. Es waren im übrigen zwei Bäume.

Und was war der Sinn der Unternehmung? Es war doch eine ziemlich riskante Aktion – angenommen, sie hätte es nicht überlebt oder eine Fehlgeburt gehabt. Ich weiß, daß du diese Art von Fragen nicht magst, aber vielleicht kannst du sie mir doch beantworten.

Wenn ich Bäume nicht exakt so umstürzen lassen könnte, wie ich das will, dann würde ich keine Bäume umstürzen lassen. Wir kennen die Lage und die Energie eines jeden Moleküls in der Luft und außerdem die Elastizität und den Widerstand jedes einzelnen Punktes im Baum und in seinen Wurzeln, Laplace hätte seinen Spaß daran, wenn er unsere aerodynamische Abteilung bei der Arbeit sehen könnte.

Laplace? Bestimmt wieder so ein französischer Intellektueller mit einem schmutzigen Halstuch und einer Decke um die Schultern.

Ob das zu seiner Zeit schon in Mode war, weiß ich nicht. Auf jeden Fall war er ein großer Mann, ein Kollege von Max Delius.

Aber er war auch ein unverbesserlicher Optimist. Ein Dämon, behauptete er, der zu einem bestimmten Zeitpunkt alle Bedingungen der Welt kenne, könne nicht nur die Vergangenheit genau rekonstruieren, sondern auch die Zukunft exakt vorausberechnen.

Bestimmt jemand aus dem achtzehnten Jahrhundert. Das können ja nicht einmal wir!

Auf dem Gebiet der umstürzenden Bäume sind wir schon ein ganz schönes Stück vorangekommen.

Erzähl, warum mußte dieses arme Kind einen so schrecklichen Unfall haben?

Weil wir sonst den Auftrag nicht hätten ausführen können. Bei allem, was ich getan habe, hatte ich immer nur ein Ziel vor Augen: das Retournieren des Testimoniums.

Gut, schon verstanden, daß du nicht antworten willst. Offenbar geht es dir gegen deine Berufsehre, und das respektiere ich. Später wird es mir schon einleuchten.

Ihnen sicherlich. Früher hatten wir es leichter.

Was meinst du?

Als wir in bestimmten Fällen noch einfach das Wort an die Menschen gerichtet haben.

Aber damit haben wir ganz schnell aufgehört, nachdem diese Wesen auf die Idee gekommen sind, daß es nicht unsere Stimme war, die sie hörten, sondern ihre eigene, innere Stimme. Das konnten wir uns natürlich nicht bieten lassen. Es ist zwar nicht zu leugnen, daß auf Erden die Technologie immer mehr an die Stelle der Theologie tritt, aber die Psychologie braucht sich in dieser Hinsicht wahrlich nichts einzubilden.

Es ist nach wie vor schade, daß es so gekommen ist. Himmel und Erde sind nun einmal ausschließlich durch das Wort miteinander verbunden, und gerade die derzeit laufende Operation hat das einmal mehr gezeigt.

Genau. Diese Operation war der Punkt, den wir hinter diesen Dialog gesetzt haben.

Es wäre zu schön, wenn die Menschen sich zu Tode erschrecken würden, wenn sie hörten, was geschehen ist: daß das Testimonium zurückgebracht worden ist. Und noch schöner wäre es, wenn sie dieser Schock zur Besinnung bringen würde.

Keiner wird es je wissen. Und überhaupt: Besinnung? Daß ich nicht lache. Hast du wirklich gedacht, diese Brut würde von was auch immer Abstand nehmen? Keine Spur. Was sie einmal haben, wollen sie behalten. Diese Ausgeburt von einem Luzifer hat ihre Angelegenheiten vorzüglich geregelt. Mit jeder neuen Erfindung haben uns die Menschen einen Teil unserer Allmacht abspenstig gemacht und auf diese Weise Schritt für Schritt ihre eigene Realität dämonisiert. Luzifer hat sie vertraglich in Vampire verwandelt, die uns unter seiner Schirmherrschaft aussaugen. Mit ihren Raketen bewegen sie sich schon schneller als der Wind, als der Schall sogar, und eines Tages werden sie hart an der Lichtgeschwindigkeit sein; mit ihrem Fernseher sind sie im Grunde schon fast allgegenwärtig, sie können im Dunkeln sehen, sie können das Innere eines Menschen betrachten, ohne ihn zu öffnen, mit ihren Computern besitzen sie ein totalitäres Steuerungs- und Kontrollsystem, mit dem sie versuchen, deiner Abteilung den Rang abzulaufen, sie sind fähig, Elementarteilchen wahrzunehmen, und wissen, was zehn hoch minus dreiundvierzig Sekunden nach unserer Lichtexplosion passiert ist. Jenseits dieser Grenze allerdings sind ihre Theorien bislang gescheitert, da laufen all ihre Berechnungen gegen unendlich, und es bleibt zu hoffen, daß ihnen der tiefere Sinn dieses Phänomens nie aufgeht; aber ich verlasse mich inzwischen auf gar nichts mehr.

Dazu muß ich nachher noch etwas sagen.

Wenn sie wollen, können sie sogar die Erde vernichten. Nimm es mir nicht übel, aber diese Fähigkeit war nun wirklich unser Privileg. Inzwischen sind sie dabei, die Erde zu vernichten, ohne es zu wollen, und sicherheitshalber laufen sie schon mal auf dem Mond herum und betrachten ihn als Sprungbrett für den Rest des Weltalls. Und es dauert nicht mehr lange, dann haben sie sich auch unser exklusivstes Privileg unter den Nagel gerissen: die Erschaffung von Leben, als Gegenstück zur massenhaften Ausrottung, sozusagen. Erst ein Virus, dann eine Mikrobe, dann ein Wurm, Caenorhabditis elegans *vermutlich, und eines Tages werden sie Menschen nach ihrem Angesicht fabrizieren – das oft schon jetzt so leer ist wie das von Puppen: Anstelle eines Gesichtsausdrucks haben sie Dinge, Autos zum Beispiel, und wenn das so weitergeht, werden sie bald selbst wie Dinge sein. Alle zwölf Jahre verdoppelt sich das menschliche Wissen, jetzt, in ihrem Jahr 1985, wissen und können sie schon wieder doppelt soviel wie 1973, und durch die Annäherung an die Allmacht wird da unten buchstäblich alles möglich.* Knowledge itself is power – *wer, glaubst du, hat sich diesen Aphorismus erdacht? Natürlich wieder dieser verfluchte Francis Bacon. Wissen ist Macht, ja, aber nicht nur über die Natur, auch über die Menschen und über uns. Die Erde hat sich endgültig in ein verdammtes Haus Salomos verwandelt, die Menschen brauchen uns nicht mehr, wir sind Märchen für sie geworden, Kuriosa, Literatur… Erinnerst du dich noch an die Fragen, die der Chef einmal auf Hiob abgefeuert hat – ob er seine Stimme zu den Wolken erheben könne, ob er das Meer mit Türen abschließen könne und was weiß ich was noch alles? Natürlich konnte er das nicht, das konnte allein der Chef, und nun schau dir mal an, was unser Hiob jetzt alles kann. Da sind Sachen dabei, die sogar dem Chef völlig neu sind. Luzifer hat gesiegt, es hat keinen Sinn, länger darum herumzureden. Durch seinen teuflischen Schachzug mit diesem verräterischen Baron hat er sich als der Stärkere erwiesen, da beißt die Maus keinen Faden ab. Innerhalb von fünf Jahren nach Bacons Tod schrieben Galilei und Descartes ihre fundamentalen Werke, den* Dialogo *und den* Discours de la méthode, *den Beginn der Moderne, mit dem der heillose Weg nach Auschwitz und Hiroshima und die Entschlüsselung der DNS definitiv eingeschlagen wurde. Der alte Goethe hat diesen Lauf der Dinge vorhergesehen, wenn auch mit einem braven, positiven Vorzeichen: Er läßt seinen hundertjährigen Faust als Technokraten enden, der mit Deichen und Kanälen das Meer besiegt, was soviel heißt wie: die Natur in eine menschliche Schöpfung verwandelt.*

Also eigentlich eine Art holländischer Polderingenieur der obersten Straßen- und Wasserbaubehörde. Vielleicht hatte Goethe

Leeghwater im Kopf, der war bereits im siebzehnten Jahrhundert
sehr berühmt mit seinem *Haarlemmermeerboeck*.

*Kann schon sein, aber mir steht der Kopf im Moment nicht nach
literarisch-historischen Betrachtungen. Du bringst mich aus dem
Konzept – wo waren wir stehengeblieben?*

Beim allgemeinen Untergang.

*Ja! Und dann vor allem unser eigener. Denn darum ging es Lu-
zifer vom ersten Tag an: um unsere totale Demütigung und Vernichtung. Die Menschen lassen ihn letztendlich kalt. Vergiß dabei
nicht, daß diese verteufelte Technologie auch sehr gute Aspekte hat.
Ich denke dabei nicht nur an das Anlegen von Poldern, sondern
beispielsweise auch an die Medizintechnik. An örtliche Betäubung,
um nur eine Kleinigkeit zu nennen. Oder hast du etwa geglaubt,
daß wer auch immer sich einen Backenzahn je wieder ohne Betäubung ziehen lassen würde? Und das kann man ihnen nicht einmal
verübeln. Schlimm genug, wenn man Backenzähne hat. Nein, du
kannst mir ruhig glauben, es ist hoffnungslos. Über den Körper hat
Luzifer den Geist in seine Gewalt gebracht. Unser größter Fehler
war, daß wir diesen Mistkerl permanent unterschätzt haben. Wir
dachten, alles sei nur halb so schlimm, denn wer sollte sich schon
mit dem Chef messen können? Er, wie wir jetzt sehen. Manchmal
denke ich – und es fällt mir schwer, das zu sagen –, daß er die Menschen viel besser kennt als der Chef. Der Chef ist ein Idealist, ein
großer Schatz, der das Beste für die Menschen will, ohne zu wissen,
mit wem er es eigentlich zu tun hat. Luzifer aber weiß, daß sie
lieber Himmel und Erde untergehen lassen würden, als ihr Auto
abzumelden. Er hat dafür gesorgt, daß sie jetzt mit Dingen selig
sind, und er weiß, daß sie dafür auch noch ihre eigenen Beine abschaffen. Also werden Himmel und Erde untergehen. An Seele
wird bei der Menschendämmerung nichts verlorengehen, denn die
ist teuflisch verraten, verkauft und zu Maschinen umgeschmolzen.
Ein Autofahrer ist kein Fußgänger in einem Auto, sondern eine völlig neue Kreatur aus Fleisch, Blut, Stahl und Benzin. Ein moderner
Zentaur, ein Greif, und diese Wirklichkeit gewordenen Fabelwesen
sind das einzige, das bleiben wird, weil sie auf Kosten der Natur, des*

Menschen, von uns und vom Chef entstanden sind. Mit jedem neuen technischen Ding ist das menschliche Leben automatisch sinnloser geworden. Unsere Welt wird, ich sag's dir, in den eiskalten Flammen seiner eigenen Hölle schließlich nur noch das triumphierende Negativum enthalten, und im Himmel wird die ewige Agonie des Chefs als umherirrendes Nachbild eines einstmals großen Lichts herrschen. Im nachhinein, da gibt's gar nichts, war alles umsonst. Was wollte ich eigentlich sagen? Ich bin völlig konfus. Ja, ich werde immer zerstreuter, matter, erschöpfter. Aber mach weiter. Ich höre.

34
Das Geschenk

Gesundes Baby geboren von hirntoter Mutter, stand am nächsten Tag in der Morgenzeitung; Ada überstand den Eingriff ohne Komplikationen, und die folgenden Wochen, die Quinten noch im Brutkasten bleiben mußte, brachten neue Veränderungen.

Der Direktor der Sternwarte hielt Wort: Er hatte für Max einen Termin mit einem alten Studienfreund gemacht, einem Baron Gevers, der ein paar Kilometer südlich der Radiosternwarte bei Westerbork wohnte und in der Umgebung offenbar etwas zu vermieten hatte. Es war ein sonniger Junitag, als Max von Dwingeloo aus nach der Wegbeschreibung des Verwalters losfuhr. Rechts von ihm flackerte die Sonne stroboskopisch zwischen den vorbeisausenden Erlen, und er mußte sich angestrengt gegen ein hypnotisches Gefühl wehren; wie immer wartete er auf die Lücke, wo auf der linken Straßenseite zwei Bäume fehlten. Nach einigen Kilometern Autobahn fuhr er ab und bog an einer verfallenen Scheune in einen kurvenreichen Waldweg ein. Überall lagen noch umgestürzte Bäume, die Kronen für immer winterlich kahl, die aus der Erde gerissenen Wurzeln schon weißlich vertrocknet. Zu seiner Überraschung sah er plötzlich eine Gruppe indonesischer Jungen, die in improvisierten Kampfanzügen durch das Gestrüpp krochen, als sei Krieg, doch schon kurz darauf hatte er das Gefühl, nur geträumt zu haben. Ab und zu wurde der Wald durch Wiesen, einen Bauernhof, Äcker und Maisfelder unterbrochen, schließlich kreuzte der Weg einen unbeschrankten Bahnübergang, und in dem Moment, als er die Herrlichkeit vor sich erscheinen sah, fiel ihm ein, was Goethe, laut Onno, einmal gesagt hatte: *Der Mensch fängt an beim Baron.*

Das niedrige, weiße, nicht allzu große Gutshaus, das offenbar aus dem Beginn des vorigen Jahrhunderts stammte, machte einen verhalten vornehmen Eindruck. Es schien zugleich auch das Zentrum eines landwirtschaftlichen Betriebes zu sein, denn es war umgeben von Stallungen, einem Heuhaufen und Unterständen für landwirtschaftliche Fahrzeuge. Es hieß ›Klein Rechteren‹. Die Auffahrt führte durch einen gepflegten Rasen, war von großen Findlingen gesäumt und mit Kies bestreut, der unter den Reifen feudal knirschte und sogar den Volkswagen zur majestätischen Langsamkeit eines Bentley zwang. Da sein Gefühl ihm sagte, das Auto besser nicht direkt vor dem Eingang zu parken, stellte Max es in der Nähe eines kleinen Wirtschaftsgebäudes ab. Als er ausstieg, sah er auf dem Dachfirst einen Pfau.

Die Tür wurde von einem mongoloiden Jungen geöffnet, der etwa zwanzig Jahre alt sein mochte. Mit verwunderten Knopfaugen sah er Max an.

»Mama!« rief er gleich mit heiserer Stimme, ohne die Augen von ihm abzuwenden.

Als eine hochgewachsene Dame Ende Fünfzig in der Diele erschien, stellte Max sich vor und drückte anschließend auch die warme, breite, reglose Hand ihres Sohnes, der Rutger hieß, wie sich herausstellte. Im Wintergarten auf der Rückseite des Hauses, wo die Türen zur Terrasse und zum Gemüsegarten offenstanden, bekam er Tee in einer chinesischen Tasse serviert.

»Ich erwarte meinen Mann jeden Augenblick. Wie geht es unserem Jan? Wir haben ihn schon eine ganze Weile nicht mehr gesehen. Wenn er in Dwingeloo zu tun hat, wohnt er manchmal hier.«

Obwohl der Direktor sie wahrscheinlich über Max' Lage genau aufgeklärt hatte, spielte sie nicht darauf an, sei es aus Taktgefühl, sei es aus anderen Gründen, jedenfalls fühlte er sich angesichts der distanzierten Höflichkeit ihrer Konversation ein wenig unbehaglich und hatte den Eindruck, daß dies beabsichtigt war. Vielleicht sollte ihm für den Fall, daß er irgendwo hier in der Nähe einziehen würde, von vornherein klargemacht werden, daß dies kein Freibrief für Vertraulichkeiten war. Neben der Baronin stand ein runder Tisch mit eingerahmten Familienfotos und ein Bild mit einem weißen Pferd. Fasziniert sah Max gelegentlich zu Rutger hinüber, der in einem Rattanstuhl mit einer Rückenlehne von enormen Ausmaßen saß und mit herausgestreckter Zunge auf einer Strickliese strickte. Neben ihm lag ein Knäuel violetter Wolle am Boden; mit einer Garnspule, in die drei Nägel geschlagen waren, verwob er einen Wollfaden zu einer Kordel, die inzwischen Dutzende von Metern lang sein mußte und in einem bunten Haufen zu seinen Füßen lag.

»Ganz großer Vorhang machen«, sagte er, als er Max' Blick begegnete.

Ermutigend nickte Max ihm zu und sah dann zu seiner Mutter.

»Das macht er seit etwa zehn Jahren, diesen ganz großen Vorhang. Ab und zu schneide ich ein Stück ab, sonst kämen wir eines Tages nicht mehr ins Haus.«

»Und das merkt er nicht?«

»Nicht, solange er mich nicht dabei erwischt.«

»Vielleicht«, sagte Max, »hat er keine Vorstellung von der Länge der Kordel, weil er kein Zeitbewußtsein hat.«

Mit verschlossenem Gesicht sah die Baronin ihn an.

»Kann sein.«

Max hatte das Gefühl, zu weit gegangen zu sein: wer von der Zeit spricht, spricht auch zugleich über den Tod.

Auf dem Weg am Ende des Gemüsegartens näherte sich ein Traktor, der von einem großen Mann in Arbeitskleidung gefahren wurde; nur der sandfarbene Hut, dessen Krempe auf einer Seite hoch- und auf der anderen nach unten geschlagen war, ließ vermuten, daß der Fahrer keiner der Landarbeiter des Gutes war. In grünen Gummistiefeln kam er zum Wintergarten und reichte Max seine harte, schwielige Hand, ohne hereinzukommen. Sein Gesicht hatte etwas Strenges, war aber nicht unfreundlich; er trug einen gepflegten, weißen Schnurrbart.

»Sie kommen gerade rechtzeitig, ich bin schon zehnmal angerufen worden. Wollen wir gleich gehen?«

Zum zweiten Mal begriff Max, daß die Verhältnisse klar bleiben sollten, auch wenn er von einem Freund empfohlen worden war. Während er neben seinem künftigen Vermieter durch den Gemüsegarten zur Straße ging, wurde er nun doch zunehmend neugierig, was er zu sehen bekommen würde. Ohne es sich selbst wirklich einzugestehen, hoffte er auf eine idyllische Remise zwischen den Bäumen mit einem Stück Rasen davor; aber sicherheitshalber machte er sich auf ein trauriges Moorarbeiterhäuschen an einem Kanal gefaßt, der reglos auf ertrinkende Kleinkinder wartete. Daß es das nicht werden würde, war klar, als Gevers sagte, sie könnten zu Fuß gehen, es sei ganz in der Nähe. Max erzählte von den Ambonesen, die er durch den Wald hatte robben sehen.

»Das sind diese blöden Molukker aus Schattenberg«, sagte der Baron, »einige Kilometer von hier. Die bereiten sich auf die Befreiung ihrer Insel am anderen Ende der Welt vor.«

Schattenberg: das war der heutige Name des Lagers Westerbork.

»Ich dachte tatsächlich, ich träume«, sagte Max.

Der Baron nickte.

»Die Welt wird von Träumen zusammengehalten. Zum Glück sind es nur noch wenige, und die werden demnächst dank der Sternwarte auch verschwunden sein.«

Sie begegneten drei Mädchen zu Pferd, die fröhlich »Guten Tag, Herr Gevers!« riefen. Einige hundert Meter weiter, wo der Weg eine leichte Biegung machte, führte eine Abzweigung zu einem großen, eisernen Tor, das an zwei behauenen Sockeln aus Naturstein befestigt war, auf denen schildtragende Löwen saßen. Eine Brücke führte über einen schmalen Graben zu einer langen, von einer doppelten Baumreihe gesäumten Auffahrt; am Ende befand sich eine zweite Brücke, die über einen Graben zum Vorplatz eines Schlosses führte.

»Groot Rechteren«, sagte Gevers mit einer ausladenden Geste und öffnete das quietschende Tor.

Ein Schloß! Während sie über die losen Bretter der Brücke zur Auffahrt gingen, erzählte er, schon sein Vater, sein Großvater und auch er seien hier geboren, aber es werde alles zu teuer, vor allem das Personal, und man könne es nicht mehr heizen, ohne bankrott zu gehen. Deshalb seien sie nach Klein Rechteren umgezogen und hätten das Schloß provisorisch in Appartements aufgeteilt, die von ein paar anständigen Leuten bewohnt würden – bis auf eines, darin wohne ein Kommunist, aber das würde jetzt frei.

Sprachlos sah Max auf das große, breite Schloß; es wurde an den
Flügeln und auf der Rückseite von riesigen, alten Bäumen umfaßt,
machte einen etwas verwahrlosten Eindruck und war auch nicht
wirklich schön – offenbar war es im Laufe der Jahrhunderte wiederholt umgebaut und erweitert worden –, aber es war unverkennbar ein *Schloß*: ein Bauwerk, das sich von einem Haus unterschied
wie ein Adler von einem Huhn. Die Fassade, die vielleicht erst aus
dem neunzehnten Jahrhundert stammte, war glatt und symmetrisch, und auf Höhe des Dachbodens, in einem Spitzgiebel über
dem Eingang, befand sich eine Uhr ohne Zeiger. Oberhalb einer
Reihe bogenförmiger Kellerfenster zu ebener Erde führte eine
Treppe sowohl von links, als auch von rechts zur Eingangstür, die
von hohen Sprossenfenstern flankiert wurde; die obere Etage
schloß rechter Hand mit einem großen Balkon ab; darunter war
ein Container aufgestellt, in den jemand alte Bretter und allen
möglichen Müll geworfen hatte. Die Rückseite schien älter zu sein
und wurde von einem Spitzdach und einem viereckigen Turm mit
Wetterhahn gekrönt. Konnte es wahr sein, daß er an diesem märchenhaften Platz wohnen würde? Vielleicht dort, bei dem Balkon?
Womit hatte er das verdient?
   Das Schloß bildete den Mittelpunkt einer kleinen Ansiedlung.
Links war eine junge Schonung, die in einen Nadelwald überging,
rechts befanden sich einige kleine Häuser, eine Remise, umge-
baute Stallungen und Scheunen. Auf dem Rasen vor dem, was vielleicht früher einmal das Pförtnerhaus gewesen war, mähte ein
Mann mit einer Sense um einem kolossalen Findling herum, sah
auf und sagte: »Guten Tag, Herr Baron«, was ihm ein wohlwollen-
des »Guten Tag, Piet« einbrachte. Halb sichtbar zwischen den Gebäuden und Hecken lag eine Orangerie, wo sich ebenfalls etwas
tat; unter den Bäumen versuchte ein Ziegenbock weiter zu grasen,
als es der Strick um seinen Hals zuließ. Alles sah bewohnt aus,
überall standen die Fenster offen. Im Schatten der riesigen Krone
einer braunen Eiche am Rande des Schloßgrabens schwammen
mit der Majestät ihres erhabenen Daseins zwei schwarze Schwäne,
während zwischen den Blättern der Seerosen am Fuße mannsho-

her Rhododendren eine Schar Enten unfein vor sich hin schnatterte.

Max hatte das Gefühl, als müsse er sich auf Zehenspitzen bewegen. Das Schloß lag im Wasser wie in einer ausgestreckten hohlen Hand; die Steinbrücke über dem Schloßgraben war Gevers zufolge an die Stelle der ehemaligen Zugbrücke getreten. Auf dem Vorplatz, dessen Pflaster in einem kunstvollen Wellenmuster angeordnet war wie eine liegende Mauer, parkten einige Autos. Als sie die Stufen zum Eingang hinaufstiegen, krachte mit einem lauten Schlag ein Kühlschrank in den Container, und im nächsten Augenblick schaute ein grinsendes Gesicht über das Geländer des Balkons auf sie herunter. Ein blauweißes Schild neben der Eingangstür wies das Gebäude als denkmalgeschützt aus. Die eine Türhälfte war offen und mit einem Holzkeil festgeklemmt; bevor Gevers eintrat, zog er seine Stiefel aus und nahm den breitkrempigen Hut ab, was ihn durch den kahlen Schädel plötzlich noch strenger aussehen ließ.

Im Flur, der mit dunkler Eiche getäfelt war, erschien in einer Tür eine kleine, vornehm gekleidete Dame; Max warf einen kurzen Blick in den großen Saal hinter ihr, in dem er Empiremöbel und wieder einen kleinen Tisch mit gerahmten Bildern erkennen konnte, und über dem Kaminsims einen großen, goldumrahmten Spiegel. Gevers stellte ihm die Dame als »Frau Spier« vor.

»Herr Delius ist vielleicht der neue Mieter für oben.«

Sie musterte ihn kurz. Ihre ganze Erscheinung war bis ins letzte gepflegt, nicht ein Haar ihrer Frisur wagte sich aus der Ordnung.

»Willkommen, Herr Delius. Wenn wir Ihnen irgendwie behilflich sein können, dann wenden Sie sich bitte an uns.«

»Ihr Mann ist ein bekannter Graphiker«, sagte Gevers, als sie auf die breite Eichentreppe am Ende des Flurs zugingen. »Es wimmelt hier überhaupt nur so vor klugen Köpfen, Sie werden da sehr gut hineinpassen. Ich als einfacher Bauerntölpel würde mir in dieser gebildeten Gesellschaft ziemlich deplaziert vorkommen.«

Die Heftigkeit dieser Bemerkung entging Max nicht. Aus der Art, wie Gevers sich umsah, war zu spüren, daß er nicht gerne hierherkam; vermutlich erinnerte ihn alles an früher und an den Niedergang des Schlosses. Der Direktor hatte ihm erzählt, daß er im Krieg eine führende Rolle im Widerstand gespielt hätte; da die Niederlande ein kleines Land waren, würde er vielleicht auch Onnos Vater kennen. Und das wiederum konnte heißen, daß Gevers wußte, wer Max' Vater gewesen war.

Auch im Obergeschoß kamen sie in einen weitläufigen Flur, von dem verschiedene Türen abgingen; die eichene Gediegenheit war dort nicht mehr vorhanden. Durch ein großes Fenster in einem Glasvorbau war der Wald auf der Rückseite des Schlosses zu sehen; auf einer Seite des Raumes standen mit Kunststoffolie abgedeckte Wannen und eingepackte Tonmodelle auf schlanken, hohen Modellierblöcken.

»Da wohnt ein Künstler«, meldete Gevers mit einer leichten Kopfbewegung. »Theo Kern, ziemlich eigenartiger Typ. Draußen auf dem Gelände hat er noch ein Atelier für größere Arbeiten.« Plötzlich blieb er stehen und sah Max direkt in die Augen. »Das finde ich wirklich bewundernswert, Herr Delius, daß Sie sich um das Kind Ihres Freundes kümmern. Das wollte ich Ihnen doch noch sagen. Wirklich bewundernswert.« Ehe Max wußte, was er erwidern sollte, zeigte Gevers auf das gegenüberliegende Appartement, wo alle Türen offenstanden und das reine Umzugschaos herrschte. »Aktionsgruppe Ei. Hauptquartier der Revolution in Drenthe. Wird morgen oder übermorgen nach Assen verlegt, um von dort aus die Provinz in proletarische Bereitschaft zu versetzen.«

Der Baron machte nicht gerade den Eindruck, als ob ihm der Auszug dieses Mieters leid täte. Der Mann, der vorhin zu ihnen heruntergeschaut hatte, saß mit einer Frau und einigen Freunden am Boden des Balkonzimmers und trank mit ihnen Tee aus geblümten Tassen. Er war etwa dreißig Jahre alt, hatte langes Haar und zwischen den Zähnen eine dünne Zigarre, die er beim Sprechen nicht aus dem Mund nahm.

»Na, Genosse«, sagte Gevers, »kurze Pause?«

Der Mann nickte kurz und lächelte, stand aber nicht auf. Die

Tatsache, daß Gevers Baron war, schien offenbar auch in dieser Gesellschaft nicht ohne Wirkung zu sein; nur daß es eben hier nicht wie sonst überall für ihn sprach. Leicht spöttisch, aber nicht unfreundlich, sah der Mann auf Max' Sakko und *Club tie*.

»Ziehst du hier ein?« Und nachdem Max eine unbestimmte Geste zu Gevers gemacht hatte: »Gratuliere. Etwas wie das hier findest du so schnell nicht wieder. Schau dich nur um, wenn du willst.«

Als Max dem Blick der Frau begegnete, sah er sofort den Haß in ihren Augen.

Im Balkonzimmer, das nach Süden lag, war die Decke hellblau und mit weißen Wolken bemalt, das mußte alles renoviert werden. Durch eine Zwischentür kam man zu einem großen Nebenraum, der über eine verfallene Waschküche mit einem Turmzimmer auf der Rückseite verbunden war. Das konnte möglicherweise das Kinderzimmer werden, und weil Sophia in der Nähe von Quinten schlafen sollte, aber auch in seiner Nähe, ergab sich fast von selbst, daß er das Balkonzimmer in Beschlag nehmen konnte. Gegenüber dem Balkon führte eine Tür zu einer geräumigen Wohnküche, die Aussicht auf den Vorplatz bot; dahinter lag ein weiteres Zimmer, das sich über dem Eingang befinden mußte. Alle Fenster hatten Fensterläden. Aufgeregt sah er sich um. Hier konnten ohne weiteres drei Leute leben. Obwohl alles vollgestellt war, die Regale an den Wänden von Broschüren, Zeitungen und Zeitschriften überquollen und mehrere Vervielfältigungsmaschinen auf Böcken herumstanden, hatte er nur Augen dafür, wie es einmal werden würde.

»Nun?« fragte Gevers, als sie auf dem Balkon standen, der so groß war wie ein Wohnzimmer, und zu dem ehrfurchtgebietenden Wald vis-à-vis des Schloßgrabens hinübersahen, »es gefällt Ihnen wohl nicht.«

Max machte eine Geste der Sprachlosigkeit.

»Ein Geschenk des Himmels«, sagte er.

35
Der Einzug

Als das Appartement zwei Tage später geräumt war, zeigte Max Sophia stolz, was er in Besitz genommen hatte, und auch sie konnte es kaum fassen. Die Zeit, in der Quinten noch im Brutkasten bleiben mußte, brachten sie größtenteils mit der Renovierung der heruntergewohnten Räume zu. Die ersten Nächte schliefen sie in Dwingeloo im Gästehaus, jeder in einem Zimmer; aber noch vor dem eigentlichen Umzug brachte Max mit einem gemieteten Lastwagen die ersten notwendigen Dinge zum Schloß, Matratzen, Bettzeug, Kleider, Küchenutensilien, Bücher. In Dwingeloo kam sie nicht zu ihm ins Bett, und das vielleicht nicht nur wegen der anderen Gäste, sondern weil ihre Tochter dort ihre letzte Nacht bei Bewußtsein verbracht hatte. Vielleicht war es auch die Stille, die sie abhielt. Die ersten Nächte, die er in Dwingeloo verbracht hatte, hatte er als Stadtmensch kaum Schlaf gefunden: die Stille war so tief und vollkommen, daß er das Gefühl hatte, taub geworden zu sein. Das einzige, was er hörte, war sein eigener Puls und das Sausen des Blutes in den Ohren; außerhalb des Zimmers war die Welt im Nichts verschwunden. Erst später war ihm klargeworden, daß es die Stille des Krieges war: damals war es in Amsterdam so still gewesen wie jetzt auf der Heide.

Schon in der ersten Nacht auf Groot Rechteren, wo nur ab und zu der Ruf einer Eule die Stille durchbrach, wurde das geheime Ritual wiederaufgenommen. Mit klopfendem Herzen hatte er im Balkonzimmer auf sie gewartet, und als er sie nebenan aus dem provisorischen Bett hatte aufstehen hören und diesem Geräusch das Knarzen der Klinke und das Quietschen der Tür folgten – es mußte alles noch geölt werden –, war seine Erleichterung womöglich noch größer als seine Erregung. Nicht auszudenken, wenn ihre nächtlichen Besuche für sie nur nach Leiden und zu ihrem verstorbenen Mann gehört hätten!

Zum ersten Mal waren sie täglich zusammen und bildeten einen

Haushalt, aber auch das änderte nichts: es blieb beim »Sie« von seiner Seite, und, anders als zwischen Menschen, die ein Verhältnis miteinander haben, gab es zwischen ihm und der Schwiegermutter seines Freundes keinen Ehekrach. Morgens wurden sie von den Enten geweckt und frühstückten auf dem Balkon, und alle Zeit, die er sich freimachen konnte, verbrachte er mit dem Abbauen der Regale, dem Entfernen der Sperrholzplatten, die in den fünfziger Jahren den alten, handgefertigten Türen ein modernes Aussehen hatten verleihen sollen, mit Streichen, mit Beizen und Weißeln. Nach und nach packte ihn eine so verbissene Arbeitswut, daß er abends kaum aufhören konnte. Wenn Sophia schon längst mit einem Glas Wein vor dem Fernseher saß und Gardinen nähte, stand er noch immer auf der Leiter und zog den Farbroller über die verspielten Wolkenfelder an der Decke. Er hatte so etwas noch nie gemacht, immer hatten Freundinnen das für ihn erledigt, doch das sofort sichtbare Ergebnis seiner Handwerkereien wirkte auf ihn entspannend; außerdem konnte er dabei in Ruhe über seine Arbeit nachdenken, wenn auch anders als hinter dem Schreibtisch: indirekter, vielleicht auch fruchtbarer, seine besten Ideen hatte er bislang ohnehin immer beim Zähne- oder Schuheputzen oder unter der Dusche gehabt. Eine Dusche fehlte übrigens noch, also ließ er sie einbauen, beschaffte, da das Schloß keinen Gasanschluß hatte, einen neuen Durchlauferhitzer, der mit Butangasflaschen betrieben wurde, und ersetzte die alten Ölöfen durch neue. Wenn er Farbe, Pinsel oder Bretter brauchte, fuhr er in seiner Arbeitskleidung zu einem Laden im Dorf Westerbork, das zehn Kilometer südlich der neuen Sternwarte lag und mit dem Lager nur den Namen gemein hatte. In der neuen Sternwarte war er immer noch nicht gewesen; solange die Spiegel nicht fertiggestellt waren, hatte er dort nichts verloren, und er war dabei geblieben, es so lange wie möglich hinauszuschieben.

Gleich in den ersten Tagen hatten er und Sophia den anderen Bewohnern des Schlosses Höflichkeitsbesuche abgestattet. Herr Spier, Ehemann von Frau Spier, war gerade im Begriff zu gehen, als sie anklopften. Er war ebenso klein und sah ebenso peinlich kor-

rekt aus wie seine Frau, trug einen dunkelblauen Nadelstreifen-
Dreiteiler, eine Ehrennadel im Knopfloch und in Brusthöhe eine
Krawattennadel, etwas rechts von der Mitte, wie sich das gehörte,
und hatte das dünne, dunkelblonde Haar sorgfältig frisiert. Höf-
lich sagte er, daß sie sich bestimmt noch oft begegnen würden, und
Max lud sie schon jetzt für ein späteres Datum auf ein Glas Cham-
pagner ein. Herr Verloren van Themaat, der an der Technischen
Universität in Delft Architekturgeschichte lehrte und den anderen
Flügel im Erdgeschoß bewohnte, war nur an den Wochenenden da
und verbrachte den Sommer zur Zeit in Rom am Niederländischen
Kulturhistorischen Institut.

In der südlichen Hälfte des Dachgeschosses – in einer Reihe ehemaliger Dienstbotenzimmer auf der Nordseite lagerte Mobiliar
des Barons – hauste ein englischer Übersetzer, oder vielmehr ein
Übersetzer aus dem Englischen: Marius Proctor, ein schwarzhaa-
riger Mann Ende Dreißig, der ziemlich trübsinnig in die Welt
schaute. Seine Frau Clara, eine auffallende Erscheinung, die gerne
lachte und rotgefärbte Haare und lange Ohrringe trug, sah aus wie
eine Wahrsagerin; aus alten Regenschirmen fabrizierte sie gespen-
stische abstrakte Objekte, die an den schrägen Wänden ihrer Zimmer hingen. Wenn sie Max und Sophia nachmittags zum Tee einlud
und ihre Gäste bat, in den modernen Stühlen aus den fünfziger
Jahren Platz zu nehmen, verschwand Proctor meist ohne ein Wort
durch die dicke gepolsterte Tür in das, was offenbar sein Arbeitszimmer war: das Turmzimmer über dem Raum, in dem eine Wiege
und ein Wickeltisch auf Quinten warteten. Für den Lebensunterhalt übersetzte er Romane, seine eigentliche Arbeit jedoch bestand
zur Zeit in der Übertragung von Miltons *Paradise Lost*; außerdem
schrieb er Clara zufolge seit Jahren an einem Buch über eine Entdeckung, die die Fachwelt der Literaturgeschichte in Aufregung
versetzen würde. Auf alle Fälle hatte er die eingefallenen Wangen
und Schläfen eines Fanatikers, der sich aufzehrte. Sie hatten einen
aggressiven, etwa vierjährigen Sohn, der Arendje hieß und jedesmal, wenn er Max sah, wie ein Bock mit bösartig gesenktem Kopf
auf ihn zurannte und mit beiden Fäusten gegen seine Oberschen-

kel boxte, als wollte er ihn aus dem Zimmer und aus dem Schloß
haben; weder ein Scherz noch sanfter Druck machten irgendeinen
Eindruck auf ihn, und wenn Clara ihn schließlich wegzog, versuchte Arendje ihm schnell noch einen Tritt gegen das Schienbein
zu versetzen. Max versuchte es zu vermeiden, allzuoft nach oben
zu gehen. Einmal wollte er ein Gespräch über Literatur anknüp-
fen, aber Proctor antwortete nur mit einigen vagen Bemerkungen
und schwieg weiter wie eine Sphinx. Sophia konnte ihn nicht aus-
stehen, aber Max vermutete, daß ihn offenbar irgendeine Einsicht
oder vielleicht auch seine privaten Lebensumstände niederdrück-
ten.

Den besten Kontakt hatten sie zu Theo Kern und dessen Frau,
die auf ihrer Etage wohnten. Sobald sie bei ihnen eintraten, war es,
als ob sie die Welt verlassen hätten und in eine andere versetzt worden wären. Die Anordnung der Zimmer entsprach spiegelbildlich
der ihrer eigenen Wohnung, aber das war auch die einzige Ähnlichkeit. Auf den ersten Blick erinnerte das Chaos an das bei Onno, auf
den zweiten jedoch bemerkte Max, daß es eher das Gegenteil davon war und zugleich auch etwas ganz anderes als die abgezirkelte
Ordnung seiner eigenen Wohnung. Es war eine ordentliche Unordnung oder eine unordentliche Ordnung, eine dritte Möglichkeit: die künstlerische, nicht beabsichtigte Anordnung unzähliger Dinge, die offenbar zufällig irgendwo achtlos hingestellt und
wie bei Onno vergessen worden waren, hier aber ein unbegreif-
liches, harmonisches Ganzes bildeten wie ein Vogelschwarm, der
in einem bestimmten Augenblick vollkommen war in seiner
Form, ohne daß ihn irgend jemand komponiert hatte. Vögel gab es
übrigens auch. Auf die Räume verteilt standen drei Käfige mit jeweils drei weißen Tauben; zwei standen offen, und die Vögel mit
ihren Federschöpfen saßen gurrend und wippend obenauf. Pulte
mit Tonmodellen, Böcke mit Zeichnungen und Pflanzen, auf Ka-
minsimsen, Tischchen und am Boden Drahtskulpturen, Bilder,
Tannenzapfen, Zweige in Vasen, Steine, kleine Figuren, Baum-
strünke, Muscheln – es gab keinen Unterschied zwischen Schlafzimmer, Wohnzimmer und Küche; irgendwo dazwischen stand

plötzlich hier das weiße Himmelbett der Kerns und dort das Kinderbett ihrer Tochter, die zur Zeit in einem Sommerlager war, hier eine Spüle und dort ein Kühlschrank und ein Herd, alles hell, leicht, gewichtslos und wie Seidenpapier durchscheinend aufgenommen in die Einheit des Ganzen.

Und mittendrin in alldem, der Künstler: klein, stämmig, jovial, immer und überall barfuß und um den Kopf einen Strahlenkranz grau werdender Haare, eine Pusteblume. Jedesmal, wenn Max ihn sah, mußte er an einen Zwerg auf einem Pilz denken; seine stämmige Frau Selma, die selten lachte, ihren Mann manchmal ansah wie einen Verrückten und in ihren weiten, langen Kleidern wie ewig schwanger wirkte, ließ jedoch vermuten, daß sich noch etwas ganz anderes hinter diesem Bildhauer verbarg – nach Max' Überzeugung wurde die verborgene Seite eines Mannes fast immer in dessen Frau sichtbar, und umgekehrt. Es erschien ihm aber vernünftiger, Sophia diese Auffassung vorzuenthalten. »Mutter Erde«, wie er Selma nannte, hatte langes, offenes, dunkelblondes Haar und einen zurückhaltenden Blick, Sophia verstand sich gut mit ihr. Wie die Proctors schienen auch sie zunächst mit der Konstellation aus Max, Sophia und dem Kind, das demnächst erscheinen würde, ein wenig Mühe zu haben, gewöhnten sich aber bald daran. Kern kam ab und zu herüber, um Max' Fortschritte bei der Renovierung zu begutachten, half ihm dann und wann und lieh ihm Werkzeug, eine Bohrmaschine oder den Tacker. Manchmal holten die Kerns sie auch zum Abendessen, servierten große, wohlschmeckende Gerichte nach südamerikanischen Originalrezepten und ersparten ihnen so die fetten Schnitzel im Landgasthof.

Onno hatte sich auf dem Schloß noch nicht blicken lassen. Jedesmal, bevor Max Sophia am Wilhelmina Gasthuis absetzte, wo sie ihre Tochter und ihren Enkel besuchen wollte, verabredeten sie sich irgendwo in der Stadt, einmal auch in der Kantine der Parteizentrale, die bei Max um die Ecke lag. Ihre Gespräche drehten sich jedoch ausschließlich um praktische Dinge und dauerten nie länger als eine halbe Stunde. Zusammen mit einigen Freunden war

Onno auf einem Parteikongreß als Vertreter des Rebellenklubs in die Parteiführung gewählt worden; als Reaktion darauf drohte nun eine Abspaltung des rechten Flügels, um die sie nach Onnos Meinung sämtliche sozialdemokratischen Parteien Europas heftig beneideten, da es in den linken Kreisen bislang ausschließlich linke Abspaltungen gegeben habe, was dazu geführt hatte, daß die Parteien immer mehr nach rechts rückten. Mit der Politik hatte er jetzt mehr denn je zu tun, und es beunruhigte ihn, wenn ihm manchmal mitten in der Nacht bewußt wurde, den ganzen Tag nicht an Ada und Quinten gedacht zu haben. Sein Makler-Neffe hatte Sophias Haus inzwischen zu einem ordentlichen Preis an jemanden verkauft, der dort eine Snackbar eröffnen wollte, die Buchbestände aus dem *Lob der Torheit* waren von Kollegen übernommen, der überflüssige Hausrat von einem Auktionshaus und Brons' Garderobe von der Heilsarmee abgeholt worden. Als sie die Umzüge hinter sich hatten und die Zimmer auf Groot Rechteren eingerichtet waren, fuhren Max und Sophia an einem warmen Morgen im Juli nach Amsterdam, wo sie Onno im Krankenhaus erwartete.

Die Schwestern konnten sich nur schwer von Quinten trennen. Man hatte ihn, als er nicht mehr im Brutkasten liegen mußte, neben Ada ins Bett gelegt – das engelsgleiche Kind mit den weit offenen blauen Augen neben Adas regloses, fast marmornes Gesicht mit den geschlossenen Augenlidern! Die Flutwelle unter dem Laken war verschwunden, und Max spürte, wie das Bild tief in ihn einsank und in seiner Erinnerung lebenslang aufgehoben sein würde. Als die Krankenschwester das Laken beiseite schlug und Quinten auf den Arm nahm, war für jeden offensichtlich, daß nun etwas Unwiderrufliches geschah, eine zweite Geburt, ein zweiter Abschied. Auch Ada würde das Krankenhaus verlassen, sobald ein Pflegeheim in der Nähe des Schlosses gefunden war.

»Darf ich ihn haben?« fragte die Krankenschwester mit Quinten im Arm. »So ein bildhübsches Kind habe ich noch nie gesehen. Wissen Sie, daß er seit der Geburt nicht ein einziges Mal geschrien hat? Was soll er kosten?«

Im Auto saß Sophia auf der Rückbank und hatte Quinten neben

sich im Reisebettchen. Es wurde wenig gesprochen. Wie Max dachte auch Onno an die verhängnisvolle Fahrt im Februar, zu der diese Fahrt in gewisser Weise das Gegenstück bildete, aber beide verloren sie kein Wort darüber. Als Onno auf dem Vorplatz von Groot Rechteren ausstieg, sah er sich um, warf sich in die Brust und sagte:

»In der Tat! Das ist die passende Umgebung für meinen Herrn Sohn! Zwar ist die Natur an sich debil, und der Feudalismus entspricht auch nicht ganz dem Charakter eines einfachen Mannes aus dem Volke, der wie ich als eingefleischter Sozialist ausschließlich an das Wohl der Entrechteten und Enterbten denkt, aber in diesem speziellen Fall wird die Parteiführung wohl ein Auge zudrücken.« Als Sophia vorsichtig das Reisebettchen aus dem Auto hob und ins Haus tragen wollte, sagte er: »Nein, Mutter, das mache ich. Das ist mein Privileg.« Er nahm die Henkel des Bettchens wie eine Einkaufstasche in die Armbeuge, hob eine Hand und rezitierte, als er die Eingangstreppe hinaufstieg, feierlich: *»In nomine patris et filii et spiritus sancti!«*

Im Turmzimmer legte Sophia Quinten zum ersten Mal auf den Wickeltisch, um seine Windel zu wechseln, und Max zeigte Onno die Wohnung. In Sophias Wohn-Schlaf-Zimmer erkannte er zwar die cordbezogene Couch und den niedrigen Tisch wieder, sah jedoch sofort, daß hier, mit der Aussicht auf den Schloßgraben und den Wald, alles vollkommen anders wirkte. Das Porträt von Multatuli war offenbar beim Trödler gelandet. Als er durch die Zimmer ging, fragte er sich, was Max sich eigentlich bei alldem dachte, doch die Gelegenheit, mit ihm darüber zu sprechen, war vorbei. Seine Möbel standen vor allem im großen Balkonzimmer: der grüne Chesterfieldsessel, der Flügel, die Bücher. Auf dem Schreibtisch wieder die Reihe kleiner Instrumente, die durch ihre Kombination und genaue Anordnung zu Symbolen geworden waren. Obwohl Onno all diese Dinge kannte, hatten auch sie hier eine andere Ausstrahlung. Als er fragte, ob denn die Miete nicht astronomisch hoch sei, antwortete Max, daß sie kaum mehr als die Hälfte dessen ausmache, was er in Amsterdam bezahlt habe.

Die Bücher des ›Ehrenregals‹ standen jetzt auf dem Kaminsims.

Kafka war aus der Reihe verschwunden, statt dessen bemerkte
Onno jetzt ein Exemplar von Turgenjews *Väter und Söhne* und daneben ein Foto von Ada und ihm, das Bruno voriges Jahr in Havanna aufgenommen hatte, und ein zweites, altes, im Rahmen. Er
sah sofort, daß es ein Foto von Max' Eltern war. Ohne etwas zu sagen, sah er ihn an.

Max nickte.

»Aufgetaucht aus dem Limbus«, sagte er.

»Woher hast du das so plötzlich?«

Max erzählte, ohne auf die näheren Umstände einzugehen, von
seinem Besuch bei seiner Pflegemutter. Onno beugte sich vor und
betrachtete das Paar.

»Du hast die obere Hälfte deines Gesichtes von deinem Vater
und die untere von deiner Mutter.«

»Erinnerst du dich, daß du schon einmal so etwas über mein Gesicht gesagt hast, an dem Tag, an dem wir uns begegnet sind?«

»Nein«, sagte Onno, »aber da habe ich offenbar den Nagel auf
den Kopf getroffen.«

»Selbstredend.«

»Kommt ihr?«

Sophia saß unter dem Sonnenschirm auf dem Balkon, über den
Max mehrere Säcke neuen Kies gestreut hatte, und gab Quinten
die Flasche. Sowohl Max als auch Onno bemerkten die Einheit, die
sie mit dem Kind bildete, als ob sie tatsächlich die Mutter wäre:
Zwei Väter sahen eine vollkommen glückliche Frau, die nie eine
Tochter gehabt zu haben schien.

Auch Kern und seine Selma kamen.

»Max hat mir schon viel von Ihnen erzählt«, sagte Onno, nachdem er sich mit knallenden Hacken vorgestellt hatte, vielleicht als
Kommentar zu Kerns nackten Füßen.

Kern machte den Eindruck, als habe er es nicht gehört, und
zeigte statt dessen mit einer vom Ton und Steinstaub grauen Hand
auf Quinten, der noch immer trinkend auf Sophias Schoß lag und
mit seinen blaublauen Augen auf die orangenen Streifen des Son-
nenschirms starrte.

»Hat man je so ein Wesen gesehen? Das ist doch nicht möglich!«

»Wer kann, der kann«, sagte Onno stolz. »Es gibt Künstler, bei denen Schönheit im unermüdlichen Kampf zwischen Geist und Materie entsteht, bei Ihnen zum Beispiel, aber ich mache das im wollüstigen Handumdrehen des Fleisches.« Noch während er das sagte, spürte er, wie ihm plötzlich innerlich kalt wurde, als dringe Adas Abwesenheit auf dem Balkon in seinen Körper ein. Kern war kurz darauf verschwunden, vielleicht weil er Quintens Anblick nicht ertragen konnte. In einem Kühler stand eine Flasche Champagner, und als Max mit ballistischer Befriedigung den Korken seine Parabel zum Schloßgraben hatte beschreiben lassen – die Enten flatterten, halb auf dem Wasser laufend, darauf zu, um dann mit wackelnden Schwänzen ihre Aufmerksamkeit wieder wichtigeren Dingen zuzuwenden –, erschien die Familie Proctor. Clara verhielt sich, wie sich eine Frau, die ein Baby zum ersten Mal sieht, eben verhält, als jedoch der trübsinnige Übersetzer Quinten sah, veränderte sich etwas in seiner Miene: sie hellte sich auf, als ob für einen Augenblick ein Schleier gelüftet würde. Noch wunderlicher war die Wirkung des Kindes auf Arendje. Während Max die Gläser füllte, hielt er ein wachsames Auge auf den kleinen Fiesling, um sofort eingreifen zu können, falls dieser seine Faust auf Quintens Nase pflanzen wollte. Doch der Junge umarmte ihn, küßte ihn auf die Stirn und sagte:

»Der riecht aber gut.«

Arendje gezähmt! Proctor sah von Quinten zu Onno und von Onno zu Quinten und sagte dann etwas, was Max' Herz einen Sprung machen ließ:

»Er sieht Ihnen ähnlich. Er hat Ihren Mund.«

Ein größeres Geschenk hätte er Max nicht machen können. Ja, vielleicht stimmte es, vielleicht hatte Quinten dieselben schmalen, klassisch geschwungenen Lippen. Es war, als würde mit dieser Bemerkung der letzte Rest Zweifel weggespült.

Max schleppte ein paar Stühle auf den Balkon, und die Gesellschaft teilte sich in Männer und Frauen, und Quinten war der Mittelpunkt der Frauen. Onno erzählte Proctor, daß seine Frau Cellistin gewesen sei. Da er annahm, daß Max ihn über den Unfall in Kenntnis gesetzt hatte, sagte er:

»Ihr zu Ehren wollte ich meinen Sohn zunächst Octave nennen, nach dem einfachsten und vollkommensten Intervall, auf dem alle Musik aufgebaut ist. Haben Sie die pythagoreischen Geheimnisse dieses einfachen Verhältnisses von eins zu zwei schon ergründet?«

Max hatte Onno von Proctors Verschlossenheit erzählt und sah, wie Onno nach einer Möglichkeit suchte, mit ihm ins Gespräch zu kommen. Doch Proctor machte nur eine unbestimmte Geste.

»Ich habe keine Ahnung von Musik.«

»Wer hat das schon? Die Musik läßt ohnehin alle Gesetzmäßigkeiten hinter sich. Aber beim Namen Octave tauchte ein Typ Mensch vor meinem geistigen Auge auf, den ich mir ungern als meinen Sohn vorstelle. Es war eher ein eleganter, etwas verweichlichter Philosoph auf stelzenähnlichen Reiherbeinen, mit einer Blume im Knopfloch, und nicht der robuste Tatmensch, der ich bin und der auch mein Sohn werden soll. Also habe ich den Schritt vom absolut Elementaren zum komplexen Zwei-zu-drei-Dominanten gemacht. Der reine Quint!«

Dieser Gedankengang war auch für Max neu. Proctor hatte inzwischen offenbar nicht geschlafen, denn er sagte:

»Die Oktave ist acht, und Gott ist auch acht.«

Es dauerte einige Sekunden, bis Onno reagierte.

»Gott ist acht? Wie haben Sie das berechnet?«

»Sie verstehen doch etwas von Sprachen?«

Onno ließ ein bitteres Lachen hören.

»Um ehrlich zu sein, kenne ich eigentlich niemanden, der so viel von Sprachen versteht wie ich. Das ist auch der Grund, weshalb ich meinen Sohn nicht Sixtus nennen konnte. Nicht, weil das ein klägliches Intervall von drei zu fünf ist, sondern weil dieser Name nicht von ›sextus‹ stammt, dem lateinischen Wort für ›sechster‹, wie jeder meint, sondern vom griechischen ›xustos‹, das ›poliert‹ bedeutet.«

»Sie wissen also auch, was das Tetragrammaton ist.«

»Fahren Sie bitte fort, mein Herr.«

Der Name Gottes, erklärte daraufhin Proctor, laute *Yod, He,*

Waw, He. Jehova. Da das Hebräische aber, wie Herr Quist wisse, keine gesonderten Zahlen kenne, hätten diese Buchstaben zudem die Zahlenwerte 10, 5, 6 und noch mal 5. Zusammen mache das 26. Wenn man nach den Regeln von Gematria dann noch einmal 2 und 6 addiere, erhielte man 8.

»Sie zerschmettern mich!« rief Onno aus. »Sie sind ein begnadeter Kabbalist! Aber wenn Gott acht ist, was ist dann fünf?«

»Das kann natürlich unendlich viel —«, begann Proctor, aber das letzte Wort ging in einem röchelnden Husten unter, der ihn plötzlich überfiel.

»Nicht unendlich viel«, korrigierte Max. »Viel. Obwohl ... vielleicht doch unendlich viel, ja.«

»Und was in diesem Zusammenhang sehr vielsagend ist«, fuhr Proctor fort, nachdem er tief durchgeatmet und sich den Mund abgewischt hatte, »ist die Anzahl der Buchstaben des Alphabets.«

»Natürlich«, nickte Onno mit einer Ironie, die nur Max wahrnahm. »Zweiundzwanzig.«

»Im Hebräischen, ja. Aber unseres hat sechsundzwanzig.« Mit einem Gesicht, als hätte er das Geheimnis der Geheimnisse gelüftet, sah er Onno an.

»Aha!« sagte Onno mit hochgezogenen Augenbrauen und hob einen Finger. »Genauso viel wie der Zahlenwert von Gott! Das Niederländische als göttliche Sprache! Übrigens, Herr Proctor, Sie sollten nicht ›Jehova‹ sagen, sondern ›Jahwe‹, mit der Betonung auf dem *e*. ›Jehova‹ ist ein christliches Bastardwort aus dem späten Mittelalter. Noch vernünftiger wäre es, diesen Namen überhaupt nicht in den Mund zu nehmen, denn sonst nimmt es vielleicht noch ein schlechtes Ende mit Ihnen. Sie sollten besser ›Adonai‹ sagen, mit den Buchstaben *Aleph, Daleth, Nun, Jod*. Zumindest, wenn es einen akzeptablen Zahlenwert hat, aber das kann ja wohl kaum anders sein.«

»Eins plus vier plus fünfzig plus zehn«, sagte Proctor sofort, »macht fünfundsechzig.«

»Ist gleich elf, ist gleich zwei«, nickte Onno. »Scheint mir in Ordnung zu sein.«

Während Arendje beim Hören all dieser Zahlen Quintens Zehen

zählte und »Zehn!« rief, erschien Kern wieder auf dem Balkon, jetzt in Begleitung des Ehepaars Spier. Mit einer Freundlichkeit, der nicht anzusehen war, ob sie bloß vorgetäuscht war oder echt, kamen sie ihrer gesellschaftlichen Pflicht nach.

»So ein süßes Kind«, sagte Frau Spier.

Andächtig betrachtete Herr Spier Quinten, strich vorsichtig mit der Spitze seines Ringfingers einen Augenblick über die weiche Stelle seiner Fontanelle und sagte dann, als ob es Quinten anzusehen wäre:

»Seine Initialen lauten Q.Q.«

»*Qualitate qua*«, nickte Onno.

»Das ist selten. Das Q ist der geheimnisvollste aller Buchstaben, dieser Kreis mit dem Strich«, sagte er, während er einigermaßen obszön mit dem manikürten Daumen und dem Zeigefinger einen Kreis bildete, und mit dem Zeigefinger der anderen Hand den Strich, »eine Eizelle, in die eine Spermie eindringt. Und das zweimal. Sehr schön. Mein Kompliment.«

Wie Proctor wußte offenbar auch er, daß Onno ein Verhältnis zu Schriftzeichen hatte. Max spürte bei seinen Worten einen leichten Schauder auf dem Rücken, aber Onno machte eine plumpe und zugleich gefällige Verbeugung. Auch Spier verbeugte sich daraufhin kurz und zog eine silberne Uhr aus seiner Westentasche. Sie müßten leider gleich wieder gehen, das Taxi warte bereits auf dem Vorplatz, um sie zum Bahnhof zu bringen: sie führen in Urlaub nach Wales, wie jedes Jahr, nach Pontrhydfendigaid.

Kern hatte sich inzwischen rittlings auf einen Stuhl gesetzt und auf die Lehne vor sich ein Stück dicken Karton gelegt, auf dem mit Hilfe einer Klammer ein Blatt Papier befestigt war. Während er Sophia und das Kind keine Sekunde aus den Augen ließ, machte er große, skizzierende Bewegungen und strich nur mit der unteren Seite der Hand über das Papier. In den Fingern hielt er einen Kohlestift, dem aber noch nicht erlaubt wurde, eine Spur zu hinterlassen. Es fehlte offenbar noch ein Befehl aus der Welt des Guten, Schönen und Wahren: daß der Moment des Unwiderruflichen angebrochen war.

36
Das Monument

Wer frei ist, überlegte Max eines Nachmittags im Herbst, als er auf seinem Balkon stand und die sich gelb färbenden Bäume betrachtete, kann sich nicht vorstellen, je eingesperrt zu sein, genausowenig wie ein Gefangener sich wirklich die Freiheit vorstellen kann. Die Trägheit der Masse hat ihr Pendant in der Trägheit des Geistes: alles, was in einem bestimmten Augenblick nicht der Fall ist, hat den Charakter eines Traumes. Die Folge ist, daß die Geschichte zwar in Büchern zu finden ist, aber kaum außerhalb – und was sind schon Bücher? Kleine Gegenstände, Dinge, die selten größer sind als ein Ziegelstein, nur leichter und fast unauffindbar zwischen den Myriaden anderer Dinge, die die Erdoberfläche bedecken, und obendrein auf dem besten Wege, von Tag zu Tag unbedeutender zu werden in der immer schneller aus lauter Codes sich speisenden elektronischen Welt. Alles beschleunigt sich, und was geschehen ist, hätte genausogut auch nicht geschehen sein können. Träume sind nach dem Aufwachen nur ein paar Minuten lang greifbar und dann vergessen. Wo war die Schlacht bei Verdun heute, außer in fast unauffindbaren und auf jeden Fall ungelesenen Büchern und in der Erinnerung einer Handvoll alter Männer, die in zwanzig Jahren mitsamt ihren Alpträumen und Narben begraben sein würden? Wo war die Schlacht von Stalingrad? Der Bombenangriff auf Dresden? Hiroshima? Auschwitz?

Im Winter 1968, ein halbes Jahr nach dem Einzug in Groot Rechteren, ging er zum ersten Mal zum Lager Westerbork. Die zwölf Spiegel waren inzwischen fertiggestellt, ebenso die Computerprogramme, und es liefen bereits die ersten Experimente. Wirklich notwendig war sein Kommen nach wie vor nicht, aber in Leiden, wo er noch regelmäßig zu tun hatte, fragte ihn der Direktor eines Tages mit einem kleinen Befremden, ob er sich seinen neuen Arbeitsplatz denn noch immer nicht angesehen habe.

Es geschah schließlich an jenem Tag, an dem er Sophia die Sternwarte von Dwingeloo zeigte. Während sie sich auf Groot Rechteren einrichteten, hatte sie zwar einige Male dort übernachtet, aber die Sternwarte noch kein einziges Mal besichtigt, technische Dinge interessierten sie nicht. An einem klaren, kalten Vormittag brachte er sie dazu, Quinten dick einzupacken und ihn zu begleiten. Warum er das wollte, wußte er selbst nicht genau. Er zeigte ihr die Gebäude und den Spiegel und dachte dabei ständig an jenen Tag mit Ada und Onno, der jetzt ein dreiviertel Jahr zurücklag, aber er sprach nicht darüber, und Sophia fragte ihn nicht danach. Viel hatte sich seitdem nicht verändert, nur daß man jetzt überall über ausgemusterte Schreibmaschinen mit aufgewickelten Kabeln stolperte und in den Büroräumen Computerbildschirme standen. Quinten saß während der Führung mit ernster Miene auf Sophias Arm und sah sich mit seinen blauen Augen um wie jemand, der mit dem Lauf der Dinge nicht unzufrieden war. Er war jetzt sieben Monate alt und hatte noch niemals geschrien, aber auch noch nie gelacht und eigentlich überhaupt kaum je einen Laut von sich gegeben. Sophia machte sich manchmal Sorgen, daß er durch den Unfall vielleicht doch irgendeinen Schaden genommen haben könnte, aber der Arzt versicherte, es handle sich bei ihm offenbar um ein außergewöhnliches Kind, es deute jedoch nichts weiter darauf hin, daß er sich nicht normal entwickle.

In der Kaffeepause, als alle Mitarbeiter in der Halle des Hauptgebäudes um den Wagen mit dem glänzenden Kaffeekessel standen, unterhielt sich Max mit dem Elektroingenieur, der für die Vernetzung des Synthese-Radioteleskops zuständig war und gleich mit dem Pendelbus nach Westerbork fahren wollte, weil dort wieder einmal eine Kinderkrankheit im System Probleme mache. Er sprach so leise und schüchtern, daß Max ihn in dem Stimmengewirr kaum verstehen konnte. Einer plötzlichen Eingebung folgend, bot er ihm an, ihn in seinem Auto mitzunehmen, da er dort ebenfalls zu tun habe. Plötzlich war es heraus, endlich würde er hinfahren, mit Sophia und Quinten. Während der langen Abende auf dem Schloß hatte er Sophia von Westerbork und von seinem Leben erzählt – mehr, als er je ihrer Tochter erzählt hatte, vielleicht weil es das »Sie« ihm aus irgendeinem Grund leichter machte als das »Du«.

Eine dreiviertel Stunde später fuhren sie los. Sophia, die mit dem Kind auf dem Rücksitz saß, vermutete richtig, daß der Unfall auf dieser Landstraße passiert war; als sie an der Stelle vorbeifuhren, sah Max nur mit einem schnellen Blick aus den Augenwinkeln hin. Die Lücke, wo die Bäume gestanden hatten, war nun durch zwei junge Erlen aufgefüllt worden, die von Holzpfählen gestützt und mit schwarzen Gummistreifen in Form einer Acht gesichert waren. Es wurde nicht gesprochen, der Ingenieur blätterte in seinen Unterlagen auf dem Schoß, Quinten war eingeschlafen, und plötzlich mußte Max an seinen Spaziergang durch die klamme, polnische Hitze von Auschwitz I nach Auschwitz II denken, vielleicht als Gegenstück zu der Strecke Dwingeloo – Westerbork. Er spürte ein Gefühl der Übelkeit in sich aufsteigen, das nicht nur von dieser Erinnerung herrührte, sondern auch von dem, was dahinterlag. Wochen- und monatelang hatte er nicht daran gedacht, aber immer wieder tauchte es unverändert auf, jedoch ohne den Zerfall, dem sogar radioaktives Material ausgesetzt war.

»Du mußt hier rechts abbiegen«, sagte der Ingenieur, als sie das Dorf Hooghalen erreichten.

»Entschuldige, ich bin zum ersten Mal hier.«

»Das darf ja wohl nicht wahr sein.«

»Doch, es ist wahr.«

»Interessierst du dich eigentlich wirklich für Astronomie?«

»Wer weiß?«

Er sah ein Schild, das den Weg zu dem Nachbardorf *Amen* wies – als ob die ganze Gegend auf das hin präpariert worden wäre, was dort einmal geschehen würde –, und dann ein Hinweisschild nach Schattenberg. Er bog in einen Waldweg ein, der auf der rechten Seite von verrosteten Eisenbahnschienen gesäumt wurde. Ab und zu fuhren sie an Ambonesen in traditionellen indonesischen Gewändern vorbei, die bis zum Boden reichten und wegen des holländischen Winters um Wollschals und Mützen ergänzt worden waren, und manchmal sogar an ganzen Familien, deren Mit-

glieder nicht nebeneinander, sondern hintereinander hergin-
gen, der Vater voran, das jüngste Kind zuletzt. Und schlagartig
wurde Max bewußt, daß die Schienen, die an der Straße entlang-
führten, von den Deutschen angelegt worden waren und in Birkenau endeten.

Bei einer Schranke am Stacheldrahtzaun hielt er an, stieg wortlos
aus und betrachtete mit angehaltenem Atem das Lager. Von den
Plänen und Pausen, die er in Leiden und Dwingeloo öfter vor sich
liegen gehabt hatte, wußte er, daß sein Grundriß ein Trapez von
etwa einem halben Kilometer Länge und einem halben Kilometer
Breite bildete. Was er sah, war ein großer, waldgesäumter Platz, die
eisige Luft voller winziger Nadeln, die im Sonnenlicht glitzerten;
auf dem Gelände Reihen verfallener Baracken, die ebenso rechtwinklig zueinander angeordnet waren wie in Birkenau – ein unmenschliches Muster, das auch als Vorbild für die Wohnviertel der
Nachkriegszeit gedient zu haben schien. Aus manchen Schornsteinen kam Rauch, aber die meisten Unterkünfte waren offenbar
nicht mehr bewohnt, einige wenige waren abgebrannt und hier
und da auch einfach verschwunden. Nicht weit vom Zaun spielten
Kinder, und irgendwo fuhr jemand Fahrrad, der sicher viel darüber zu erzählen hatte, was sich während der japanischen Besatzung in Indonesien abgespielt hatte, aber nichts von dem wußte,
was sich hier zugetragen hatte.
    Die Schienen vor ihm führten bis zum Ende des Lagers – parallel
dazu, etwas weiter rechts, wie – ja, wie was? – wie eine Vision, eine
Fata Morgana, wie ein Traumbild, über eine Länge von anderthalb
Kilometern, stand eine Reihe gigantischer Parabolantennen, die
auf der einen Seite in das Lager hineinführten und es auf der anderen Seite wieder verließen. Seine Augen wurden feucht. Hier, am
Arsch der Niederlande, erflehten sie in der totalen Stille wie große
Weihwasserbecken den Segen des Himmels. Im selben Augenblick
spürte er, wie der Druck von ihm abfiel, der nun schon seit einigen
Jahren auf ihm lastete: hier, an diesem verfluchten Ort, würde er
arbeiten. Plötzlich wußte er keinen anderen auf Erden, an dem er

lieber gearbeitet hätte. War hier nicht alles, was er selbst war, vereint wie im Brennpunkt einer Linse?

Ohne Sophia anzusehen, stieg er wieder ein und fuhr langsam zu einem niedrigen, neu errichteten Dienstgebäude – und konnte plötzlich nicht mehr aufhören zu reden. Aufgeregt drehte er sich immer wieder halb zu ihr um und erzählte, daß das Lager 1939 von der niederländischen Regierung für aus Deutschland geflohene Juden errichtet worden sei, das erste Judenlager außerhalb Deutschlands, daß aber die Kosten auf die jüdische Gemeinschaft in den Niederlanden abgewälzt worden seien. Als die Deutschen einmarschierten, hatten sie die Flüchtlinge also ordentlich zusammen, später transportierten sie von hier aus mehr als hunderttausend niederländische Juden nach Polen – im Verhältnis sogar mehr als aus Deutschland selbst. Nach dem Krieg wurden in dem Lager niederländische Faschisten eingesperrt, von denen es in Drenthe jede Menge gab, eine Zeitlang diente es als Militärkaserne, dann wurden Rücksiedler aus Indonesien darin untergebracht und schließlich die Molukker, die nun gegen ihren Willen und regelmäßig mit Hilfe der Polizei in mehr oder weniger normale Wohnviertel gezwungen wurden. Um die Rückkehr in das Lager zu verhindern, ließ man alles verkommen. Mit dem Bau der Sternwarte, hoffte die Regierung, würde Westerbork seinen schlechten Ruf allmählich verlieren. Als er das einmal Onno erzählte, vermutete der seinen ältesten Bruder hinter diesem Kalkül, den Kommissar der Königin in Drenthe.

»Stell dir vor, die Polen würden in Auschwitz ein Konservatorium gründen, damit ›Auschwitz‹ weniger unangenehm klingt! Man müßte sich doch in die Hose machen vor Lachen, wenn es nicht so tragisch wäre. Manchmal fragt man sich schon, ob die Menschen eigentlich wissen, in welcher Welt sie leben. Wußtest du zum Beispiel«, fragte er den Ingenieur, »daß die Gemeinde Westerbork den Bauern und Sportvereinen in der Umgebung schon eine ganze Reihe dieser Baracken verkauft hat? Überall hier in Drenthe ziehen sich die kleinen Fußballer nun in diesen Baracken der Angst um. Geschäft ist Geschäft! Aber die Bruchbuden sind jüdisches

Eigentum, und ich habe nirgends gelesen, daß die Gemeinde die Einkünfte an die jüdische Gemeinschaft überwiesen hätte. Bis zum heutigen Tage werden sie bestohlen!«

Völlig außer sich schlug er auf das Lenkrad, woraufhin der Ingenieur den Kopf umwandte und einen kurzen Blick mit Sophia wechselte.

Im Kontrollgebäude auf der anderen Seite der Teleskopreihe war es warm und duftete nach frischem Kaffee. Mit einem überraschten Lachen erschien der Direktor der Anlage, ein technischer Ingenieur, der früher bei einer Ölgesellschaft gearbeitet hatte.

»Und wir dachten schon, daß wir hier nie einen Astronom zu sehen bekommen.« Mit seinen dunklen, braunen Augen sah er in die von Quinten. »Sieh mal an, die Tochter des Hauses ist auch mitgekommen.«

Es dauerte eine Weile, bis Max ihm beigebracht hatte, daß Quinten Quist keine Tochter sei, sondern ein Sohn, und zwar nicht seiner, sondern der eines Freundes, und Sophia Brons weder seine Frau noch die Mutter des Kindes, sondern die Großmutter.

Der Direktor wehrte ab, für seinen Teil sei das schon in Ordnung, und führte sie in den Computerraum. Sophia erlöste Quinten von seiner Jacke und Mütze und gab ihm eine kleine Puppe, die er überheblich ignorierte. Max schüttelte den Technikern, die ringsum an den Bildschirmen saßen und die er von Dwingeloo kannte, die Hände, ließ sich sein Büro zeigen und ging mit dem Direktor durch den Empfangsraum, in dem Ventilatoren isoliert in einem Faradayschen Käfig summten und dröhnten. Als er wieder im zentralen Terminal war, stand er eine Weile vor dem großen, halbrunden Fenster, das den Blick auf die Spiegel und Baracken freigab.

Als ihm einfiel, daß ja auch Sophia da war, drehte er sich zu ihr um, zeigte auf die Teleskope und fragte:

»Wissen Sie, wie das funktioniert?«

»Davon verstehe ich überhaupt nichts.«

»Es ist ganz einfach.«

Diese Reihe von Reflektoren, erzählte er, sei exakt von West nach Ost ausgerichtet, in einer Geraden und in einem Abstand von jeweils einhundertvierundvierzig Metern, der bis auf einen halben Millimeter genau sei. Aber nicht nur das, es sei zudem eine wirklich gerade Linie: über den Abstand von anderthalb Kilometern sei auch die Krümmung der Erdoberfläche beseitigt worden. Das müsse man sich einmal vorstellen! Und diese Genauigkeit sei nötig, weil die zwölf Spiegel wie ein einziges riesiges Teleskop mit einem Durchmesser von anderthalb Kilometern betrachtet werden müßten, es sei das größte Teleskop der Welt. Und nun gehe es darum, daß diese Spiegelreihe durch die Rotation der Erde, vom All aus betrachtet, nach einem Vierteltag senkrecht zu ihrer Ausgangsposition stehe, und nach einem halben Tag in der entgegengesetzten; indem man einen halben Tag lang die Radioquelle aufnehme, erhalte man die Synthese, die man haben wolle.

»Das versteht doch jedes Kind.«

»Ich höre es dich sagen, aber ich kann mir nichts darunter vorstellen«, sagte Sophia, während sie Quintens wackelnden Kopf hielt und ihm den Mund abwischte.

Vom Schreibtisch nahm er eine Radiokarte und fragte einen Techniker:

»Was ist das?«

Abwesend warf der einen Blick darauf.

»M 51.«

»Hier«, sagte Max und zeigte es ihr. »So sieht das aus. Der Spiralnebel im Sternzeichen Jagdhunde. Vor dreizehn Millionen Jahren.«

Aber es war Quinten, der das Papier mit beiden Händen packte und das spitze Hochgebirge gewellter Intensitätslinien einer genauen Inspektion unterzog.

»Ich bin mal gespannt, was er uns beibringen wird«, sagte der Direktor mit hochgezogenen Augenbrauen.

Als Quinten das Blatt zurückgegeben hatte, ohne es zu zerknittern, nahm Sophia ihn liebevoll in den Arm und sagte:

»Was für ein merkwürdiges Kind du doch bist. Ganz wie dein Vater.«

Die Art, wie sie von Anfang an mit Quinten umging, zeigte eine ganz andere Seite ihres Wesens, über die sich Onno bei seinen sporadischen Besuchen gewundert hatte, die Max aber aus der Art, wie sie sich nachts ihm selbst gegenüber verhielt, nicht unvertraut war. Doch Quinten war nicht erbaut von der Liebkosung und wand sich würdevoll heraus. Max sah ihm gedankenverloren zu und sagte:

»Ich gehe kurz an die frische Luft.«

Er band sich einen Schal um, steckte die Hände in die Taschen und spazierte auf das Gelände. Noch immer war die Luft mit den zauberhaft schwebenden, leichten Eiskristallen erfüllt. Er hatte das Bedürfnis, allein zu sein, um sich der Veränderung, die er soeben erfahren hatte, bewußtzuwerden. Von irgendwoher wehte der vage Duft indonesischen Essens; in einem verwahrlosten Garten hinter einer Baracke reparierte ein Junge ein Fahrrad. Aus den Plänen, erinnerte er sich, war ersichtlich, daß für die Spiegel eine Reihe von Krankenbaracken abgerissen worden waren. Das Lager war nicht mehr identisch mit dem, das es im Krieg gewesen war, aber auch wenn alles verschwinden würde: es wäre dennoch und bis in alle Ewigkeit *dieser* Ort. Die Villa, nicht weit von der Schranke, an der er vorhin ausgestiegen war, war das Haus des Lagerkommandanten gewesen. Es war noch bewohnt, an den Fenstern hingen Vorhänge und auf den Fensterbänken standen Pflanzen. Auf dem Weg, der an den Gleisen entlangführte und damals *Boulevard des Misères* genannt wurde, spazierte er Richtung Osten. Als er Sophia vorhin von der exakten Ost-West-Geraden erzählt hatte, war ihm das gleichschenklige polnische Dreieck Bielsko – Katowice – Kraków seines Vaters eingefallen, das ebenfalls exakt nach Osten zeigte, mit Auschwitz in seinem Mittelpunkt. Es bedeutete alles nichts, aber es war so, und als er sich die Karte von Drenthe vorstellte, war es wieder so: ein gleichseitiges Dreieck mit dem Lager Westerbork in der Mitte.

Hier, an diesem Weg, vielleicht genau an der Stelle, wo er jetzt ging, war seine Mutter unter der Aufsicht des Lagerkommandanten in einen Viehwaggon gestiegen, jemand hatte die Tür geschlos-

sen und den Riegel vorgeschoben. Hier hatte sie ihre letzte Reise
angetreten. Er versuchte, dieses Bewußtsein mit dem, was er sah,
in Einklang zu bringen, aber obwohl sich alles tatsächlich an diesem Ort zugetragen hatte, unterschied sich beides so sehr voneinander wie ein Gedanke von einem Stein. Die Straße war verlassen,
die Gleise waren leer, und es roch nicht nach gefüllte Fisch, sondern
nach Nasi Goreng. Es ist die Zeit, dachte er, die alles zerfetzt. Er
sah sich um: der stille, majestätische Einzug der Spiegel in das Lager. Von irgendwoher drang das Klopfen eines Spechts.

Er war sich ganz sicher, hier gehörte er hin, hier mußte er sein
Leben verbringen. Er ging weiter, zum anderen Ende des Lagers,
wo die Gleise an einem morschen Prellbock endeten, hockte sich
nieder, legte seine Hand auf das verrostete Eisen und sah wieder
die Reihe der Antennen, die alle auf denselben Punkt am Himmel
gerichtet waren. Und plötzlich dachte er an den gelben Stern, den
seine Mutter im Krieg auf der linken Brust hatte tragen müssen.
Einen Stern! Sterne! All die Zehntausende hier hatten Sterne getragen, mit Sternen auf der Brust waren sie in die Waggons gedrängt
worden, auf dem Weg von dem kleinen Trapez zum großen Rechteck. Aus den Zeitungen erinnerte er sich an Diskussionen über die
Frage, ob in Westerbork ein Mahnmal für die Deportierten errichtet werden sollte; die Überlebenden waren dagegen gewesen, man
solle das alles endlich einmal vergessen. Aber da stand es doch! Was
war das Synthese-Radioteleskop schließlich anderes als ein Mahnmal von anderthalb Kilometern Durchmesser!

37
Expeditionen

Während auf Groot Rechteren und in Dwingeloo das Leben in ländlicher und astronomischer Ruhe seinen Lauf nahm, machte Onno in Amsterdam eine Blitzkarriere. Manchmal hatte er das Gefühl, daß die Art, in der das geschah, nicht nur mit seinen Fähigkeiten zu tun hatte, sondern auch mit dem Schicksal, das ihn ereilt hatte: als ob seine politischen Freunde fänden, ihm stünde das nach dem Unglück seiner Frau zu, zumindest könnten sie ihm nicht, ohne unanständig zu werden, allzusehr in die Parade fahren. Anfang 1969 war er in den Gemeinderat gewählt worden, und kurz darauf wurde er Referent für Bildung, Kunst und Wissenschaft.

»Während meiner Regentschaft«, hatte er dem Bürgermeister nach seiner Ernennung beim Dinner zugeflüstert, »wird die Schulausbildung ausschließlich auf die Anzucht willenloser Jasager ausgerichtet sein. Platon gedenkend, werde ich die Dichter erbarmungslos über die Klinge springen lassen, die Wissenschaft völlig gleichschalten und in den Dienst meiner persönlichen Ambitionen stellen. Ich werde mich so verhaßt machen wie nie ein Amsterdamer Referent zuvor. Während Ihr Standbild täglich mit frischen Blumen versehen wird, wird mein Name noch in Jahrhunderten ausschließlich mit tiefstem Abscheu ausgesprochen werden.«

Woraufhin der Bürgermeister seine Hand von der Ohrmuschel genommen und gesagt hatte:

»Ja, ja, Onno, aber jetzt mach mal halblang.«

Viele machten sich Sorgen, daß Onno der Partei mit seinem großen Mundwerk schaden könnte, aber es hielt sich in Grenzen: Innerhalb weniger Wochen hatte er sich eingearbeitet und schlug im Ratssaal einen anderen Ton an, er sprach ruhig und besonnen und wußte, daß dies in den Niederlanden das einzig Wirksame war. Ein neues Leben war für ihn angebrochen. Rektoren der Universität baten um Anhörung und mußten im Vorzimmer warten; der Vorsitzende des Kunstausschusses wurde bestellt; in Den Haag setzte er sich im Ministerium für die Amsterdamer Interessen ein, engagierte sich bei seinen Parteigenossen im Parlament, traf Entscheidungen, vermittelte, griff ein, entließ, ernannte, ließ sich auf einen Streit mit den Studenten ein. Plötzlich hatte er Macht, eine Sekretärin, Beamte, die nach seiner Pfeife tanzten, und ein Auto mit Fahrer, der ihn abends vom Rathaus zur Kerkstraat brachte.

Aber zu Hause war dann niemand mehr. Wenn er die Tür hinter sich geschlossen hatte, wurde er von einer Stille empfangen, die von zwei unterschiedlichen Kästen auszugehen schien: von Adas Cellokasten in seinem Arbeitszimmer und der chinesischen Kampferkiste im Schlafzimmer, in der er ihre Kleider aufbewahrte. Doch der Gedanke an sie und Quinten wurde schnell unter den Papieren erstickt, die aus seiner überdimensionalen Aktentasche zum Vorschein kamen – vielleicht, weil er wußte, daß es Quinten an nichts fehlte und Ada in einem Pflegeheim in Emmen gut aufgehoben war, wo er sie im übrigen bis jetzt gerade zweimal besucht hatte. Doch gemessen an seinem Interesse für die kryptischen Zeichen auf einer Tafel im Museum von Heraklion, war das für die Akten minimal, er hätte ebensogut auch irgendein anderes Ressort verwalten können, doch irgendwann hatte er sich damit abgefunden, daß sein Leben offenbar bestimmt wurde von brillanten Anfängen, die plötzlich abbrachen – im Familienleben ebenso wie in der Linguistik. Er kannte Leute, für die das Amt eines Amsterdamer Referenten die absolute Lebenserfüllung wäre, er selbst jedoch war nur zufrieden damit, weil er so wenigstens etwas zu tun hatte. Er hatte beschlossen, das Beste daraus zu machen, die Illusion, die Niederlande oder auch nur Amsterdam verändern zu können, hatte er schon nach wenigen Monaten aufgegeben, und wenn er sich selbst gegenüber ehrlich war, hielt er das eigentlich auch nicht für erforderlich. Wo in der Welt lief es denn besser als in den Niederlanden? In der Schweiz vielleicht – aber die war korrupter und, was schlimmer war, langweiliger. Wenn er die Veränderungen, die in der zweiten Hälfte der sechziger Jahre von unten her bewirkt worden waren, hätte halten und stabilisieren können, wäre er's zufrieden gewesen, aber jetzt, an der Schwelle der siebziger Jahre, sah er diese Hoffnung in einem Morast endloser, verbitterter Versammlungen versinken, die eher den Vorgeschmack einer gnadenlosen, totalitären Demokratie abgaben. Keiner unternahm mehr etwas, weil jeder nur noch davon redete, wie etwas unternommen werden müßte. Als er in einem Interview einmal über die »selbstzerstörerische Reflexion« gesprochen hatte, durch die die Studenten Gehirnerweichung und Rückenmarkschwund bekommen hätten, wurde seine Eingangstür mit roter Farbe beschmiert, und er bekam mitten in der Nacht einen Drohanruf:

»Dich kriegen wir eines Tages auch noch, Arschloch!«

Aber ehe er hatte sagen können: »Bist du das, Bork?«, wurde am anderen Ende aufgelegt.

Seit dem Unfall lebte er abstinent. Nicht, weil er sich dazu zwang, sondern weil es ihm einfach nicht einfiel, mit einer Frau anzubandeln. Besondere Mühe hätte ihn das nicht gekostet: daß die Macht erotisierend wirkte, hatte er sehr bald entdeckt; doch wollte es sich jemand wirklich und endgültig mit ihm verscherzen, dann brauchte er ihn nur zu fragen, warum er sich nicht scheiden ließ, was in juristischer Hinsicht in diesem Fall eine reine Formalität sei. Daß eine Putzfrau der Gemeinde jeden Morgen seine Wohnung saubermachte, das Bett machte und sich um seine Wäsche kümmerte, hatte damit natürlich auch etwas zu tun. Seine Sekretärin, Frau Siliakus, ohne die nichts laufen würde, weder seine Arbeit noch sein Leben, ergänzte genau das, was ihm fehlte. »Zusammen sind wir ein Mensch«, sagte Onno öfter. Aber Frau Siliakus war schon über fünfzig und teilte seit zwanzig Jahren eine Wohnung mit einer Dame ihres Alters. »Wenn Sie doch nur nicht so empörend widernatürlich veranlagt wären«, bekannte er ihr in einem vertraulichen Augenblick, »sondern genauso stinknormal wie ich, dann wüßte ich schon, was zu tun wäre.«

Bis Max ihn an einem Sonntagabend im Juli auf seiner neuen Geheimnummer anrief und ihn fragte, ob er denn wisse, daß heute nacht der erste Mensch den Fuß auf den Mond setzen werde.

»Du schaust dir das doch an? Es wird alles im Fernsehen übertragen.«

»Um welche Zeit?«

»Gegen vier Uhr.«

»Das hatte ich ehrlich gesagt nicht vor. Der Mond! Du bist wohl verrückt geworden. In der Kommunalpolitik ist er absolut unwichtig. Morgen vormittag um halb zehn muß ich vor dem Rector Magnificus der Universität Leningrad eine Ansprache halten, auf russisch, und daran arbeite ich jetzt.«

»Du mußt dir das unbedingt anschauen. Das Phantastische ist nicht, daß es passiert, denn das haben bereits Jules Verne prophezeit und Cyrano de Bergerac und Kepler –«

»Und was hältst du von Plutarch? Und von Lucianus? Und von Cicero? *Somnium Scipionis!* Davon hast du bestimmt noch nie etwas gehört. Und wir sind schon in der Zeit vor Christus! Bilde dir bloß nichts ein.«

»Laß mich doch ausreden! Was ich sagen wollte – eines ist noch nie jemandem eingefallen: daß die Fernsehzuschauer alle im selben Moment und ohne sich aus dem Lehnsessel zu erheben Zeugen sind, wie jemand den Mond betritt – obwohl dieser Mond in diesem Augenblick gar nicht für sie sichtbar am Himmel steht. Das ist wirklich unglaublich. Wenn das jemand so vorhergesagt hätte, wäre er für verrückt erklärt worden.«

»Bist du immer noch zwölf? Wenn ich dich recht verstehe, muß ich mir also etwas anschauen, das eigentlich gar nicht zu sehen ist: eine Idee. Für dich ist eben alles immer etwas anderes. Du siehst dir ja sogar die Vorahnung vom Big Bang an, da in der Heide. Aber gut, ich werde, wie so oft schon, auf dich hören, obwohl ich nicht gerade das Gefühl habe, daß mich das weiterbringt. Erzähl, wie geht es Quinten Quist? Hat er schon etwas gesagt?«

»Keine Ahnung, ich kann es auf jeden Fall nicht verstehen. Aber du müßtest doch eigentlich wissen, in welcher Sprache er brabbelt. Vielleicht ist es dieselbe, nach der du früher gesucht hast.«

»Ja, reiß nur die alten Wunden wieder auf, du Sadist. Vielleicht sollte ich mich damit abfinden, daß ich der Vater eines Analphabeten bin. Das wird man immer wieder beobachten: Große Männer haben immer blöde Söhne, der Sohn Goethes war ein dummer August – was im übrigen implizit beweist, daß mein Vater kein großer Mann ist. Nun gut, vielleicht sollten wir froh sein, daß der Gnädige sich zumindest dazu herabläßt zu krabbeln.«

»Wir haben aber manchmal durchaus den Eindruck, daß er uns versteht.«

»Das ist zu hoffen. Wie geht es meiner Frau Schwiegermutter?«

»Alles in Ordnung. Komm bald mal wieder vorbei.«

Onno seufzte und legte auf, behielt jedoch den Hörer in der Hand. Seit Quintens erstem Geburtstag vor zwei Monaten war er nicht mehr in Drenthe gewesen, und es waren damals so viele Quists und Schloßbewohner und sogar die Mutter seiner Schwiegermutter aufgetaucht, daß er kaum Gelegenheit gehabt hatte, sich mit Quinten zu beschäftigen. Onno hatte diesen dreißigsten Mai hauptsächlich damit zugebracht, seine Verwandtschaft zu beschwichtigen, die zum ersten Mal zu sehen bekam, wie dort ein Quist von seiner Großmutter und seines Vaters bestem Freund großgezogen wurde. Er hatte noch immer den Hörer in der Hand und sah auf die Uhr. Es war elf. Die fünf Stunden, die ihn noch von Max' Mondereignis trennten, kamen ihm unsäglich lang vor. Max' Stimme zu hören hatte ihm gutgetan und ihn plötzlich aus dem Trott seiner Arbeit gerissen. Er konnte natürlich einfach zu Bett gehen, und Max würde es nie erfahren, aber gab es denn niemanden, der ihm jetzt Gesellschaft leisten konnte?

Im selben Augenblick wußte er, wen er anrufen würde – aber dieser Einfall versetzte ihm einen derartigen Schock, daß er sich einige Sekunden lang davon erholen mußte. Die Nummer wußte er noch auswendig.

»Helga?«

»Ja, mit wem spreche ich?«

»Es ist doch nicht zu fassen. Erkennst du nicht einmal mehr meine Stimme?«

»Onno! So eine Überraschung! Wie geht's dir?«

»Nun, ich nehme an, daß du alles in etwa mitbekommen hast. Es ist viel passiert.«

»Schrecklich. Ich wollte dir noch schreiben, aber ich wußte nicht recht, welchen Ton ich anschlagen sollte. Hat sich etwas an ihrem Zustand geändert?«

»Nein.«

»Und dein Sohn? Wie alt ist er jetzt?«

»Gut ein Jahr.«

»Lebt er bei dir? Wie machst du das? Du bist doch neuerdings auch Kulturreferent?«

»Ich lebe allein. Er wächst bei meiner Schwiegermutter und Max auf, du weißt schon, bei dem, nach dem du so verrückt warst. Sie wohnen in Drenthe.«

»Ist das nicht ein bißchen merkwürdig?«

»Ein bißchen schon, ja, aber es ist die ideale Lösung. Max hat dort natürlich schon längst wieder die eine oder andere Freundin, aber über solche Dinge reden wir nicht mehr. Und du? Was treibst du?«

»In diesem Moment? Ich lese.«

»Was denn?«

»Du wirst lachen: den Ratsbericht in der Zeitung.«

»Du liest Zeitung? Hast du denn nicht gelesen, was in wenigen Stunden passieren wird?«

»Was denn?«

»Heute nacht wird ein Mensch den Mond betreten.«

»Na und? Dann soll er mal nicht ausrutschen. Ist das der Grund, weshalb du anrufst? Seit wann interessierst du dich für so etwas?«

»Seit fünf Minuten. Max rief an und sagte, daß ich mir das ansehen soll.«

»Und das tust du dann auch.«

»Der gereizte Ton in deiner Stimme entgeht mir keineswegs, liebe Helga. Mir können die Himmelskörper genauso gestohlen bleiben wie dir, mitsamt unserer Erde; aber ich bin froh, daß er angerufen hat, denn dadurch kann ich dich jetzt bitten, mich zu empfangen, so daß wir uns das zusammen anschauen können.«

»Ich weiß nicht, ob ich das möchte, Onno.«

»Ich bin ja wohl derjenige, der bestimmt, was du möchtest!«

»Schon eine ganze Weile nicht mehr. Woher willst du wissen, daß ich nicht schon seit Jahr und Tag einen Freund habe, der hier nun faul auf der Couch liegt?«

»Weil ich weiß, daß kein Gras mehr wächst, wo ich einmal gestanden habe.«

»Onno, hast du dich wirklich kein bißchen verändert?«

»In einer Viertelstunde klingle ich bei dir, und wenn du nicht aufmachst, mache ich morgen das Kunsthistorische Institut zu. *First thing in the morning.*«

»Du willst doch nur deine schmutzige Wäsche vorbeibringen.«

»Liebe Helga, weißt du, wie die Habsburger bestattet wurden?«

»Wie bitte? Die wer bestattet?«

»Die Habsburger. Die österreichisch-ungarischen Monarchen.«

»Wie die bestattet wurden?«

»Ja, das wirst du doch wissen.«

»Was meinst du denn, in Gottes Namen?«

»Hör zu. Der Trauerzug mit dem Sarg kam zur Kapuzinergruft in Wien, und dort schlug dann der Haushofmeister oder so jemand dreimal mit dem Stab an die Tür. Drinnen hörte man die bebende Stimme eines alten Mönchs, der fragte: ›Wer ist da?‹ Und dann sagte der Haushofmeister: ›Seine kaiserliche und königliche apostolische Majestät, Kaiser von Österreich, König von Ungarn‹ und noch fünfhundertsechsundachtzig solcher Titel. Darauf blieb es drinnen still, und der Haushofmeister schlug wieder dreimal an die Tür und leierte seine Liste herunter. Und nachdem er zum dritten Mal an die Tür geschlagen und der Mönch wieder gefragt hatte: ›Wer ist da?‹, antwortete der Haushofmeister: ›Ein armer Sünder.‹ Da erst öffneten sich langsam die Türen.«

»Und was willst du mir damit sagen?«

»Muß ich wirklich noch deutlicher werden? Ich habe dir gerade mit hängenden Pfötchen erzählt, daß ich genug davon habe, draußen zu spielen – falls dir das noch etwas sagt.«

Nachdem Quinten die Zimmer der Wohnung erkundet hatte, dehnte er seine Welt allmählich auf das gesamte Schloß aus, was zur

Folge hatte, daß er jeden Tag mindestens einmal verschwunden war. Aus dem auffallend hübschen Baby war ein Kleinkind gekrabbelt, das jeden mit seiner Schönheit entzückte. Selma Kern sagte immer wieder zu Sophia, ihr Mann sei süchtig danach, Kuku zu sehen. »Kuku« wurde Quinten genannt, seit Herr Spier ihn konsequent mit »Q.Q.« anredete – um ihm ebenso konsequent die Tür zu weisen, da er es nicht wünschte, sich mit jemandem zu unterhalten, der nichts erwiderte: »Du lernst am besten erst mal Niederländisch, Q.Q.« Aber bei den Kerns, auf dem gleichen Stockwerk gegenüber, war er immer willkommen; wenn der Künstler nicht gerade in seinem Außenatelier arbeitete, konnte er die Augen nicht von dem Kind lassen. Auch Martha, seine zehnjährige Tochter, ein blondes, spindeldürres Mädchen, war ganz vernarrt in Quinten und hatte sich damit abgefunden, daß er nicht sprach; sie saß mit gekreuzten Beinen bei ihm auf dem Boden und gab ihm einen Tannenzapfen oder eine Muschel oder zeigte ihm die weißen Tauben. Als sich einmal eine Taube auf seinen Kopf setzte und dort leise gurrend sitzen blieb, breitete Kern die Arme aus, als wollte er selbst fliegen, und sah Quinten, der sich nun ebenfalls nicht bewegte und seinerseits den Blick nicht von Selma lösen konnte, in dieser Haltung unentwegt an.

»Das ist doch nicht mehr von dieser Welt!« rief er aus.

Eine große Mappe enthielt bereits Dutzende von Zeichnungen von Quinten, auf denen die Augen immer größer wurden und durch das Methylenpulver, das mit der Spitze des Mittelfingers verrieben wurde, ein kräftiges Blau bekommen hatten; auf einigen Blättern war er auf einem voluminösen Kissen thronend mit einem Zepter und einem Reichsapfel in den Händen dargestellt oder als Papst mit einer Tiara auf dem Kopf. Selma zufolge hatte Kerns eigene Tochter ihren Vater nie derartig inspiriert. Kern fragte Max, ob er einverstanden sei, wenn er die Serie eines Tages ausstelle, worauf Max ihm in Aussicht stellte, Onno dazu zu bringen, die Ausstellung zu eröffnen – in diesem Falle jedoch müsse er damit rechnen, daß möglicherweise der Vater alle Ehre auf sich ziehe. Mit Sicherheit werde sich Onno eine Volte ausdenken, in der dem

Künstler nichts anderes blieb als die dumme Verdoppelung der Realität – oder, mit anderen Worten: der Beweis seiner totalen Überflüssigkeit.

»Das würde er dann vermutlich das Papageienprinzip nennen oder so ähnlich«, sagte Max, wobei ihm wieder einmal bewußt wurde, wie sehr Onno Teil seines eigenen Wesens geworden war.

Oben, bei den Proctors, zwischen den gruseligen schwarzen Regenschirmen, sah Quinten der elektrischen Eisenbahn zu – wie Arendje beim Einfahren in die Kurve den Regler des Transformators mit einem Ruck nach rechts drehte, so daß der Zug aus den Schienen flog, und sich vor Lachen schüttelte, auf den Rücken rollen ließ und in dämonischer Freude mit den Beinen zappelte. Quinten sah sich das mit demselben Gesichtsausdruck an wie vorher den Zug. Eines Tages erkundete er auch den hinteren Teil des Dachbodens. Ein Zimmer war dort immer abgeschlossen, und immer war das die erste Tür, an deren Klinke er rüttelte. Weil das ergebnislos blieb, kletterte er in den muffigen, vollgestellten Lagerräumen des Barons herum, über aufgerollte Teppiche und mit Schnüren zusammengebundene Bücher, zwischen umgedrehten Stühlen und Tischen und heruntergefallenen Kronleuchtern, Schränken, Kommoden und Kleiderstapeln, auf denen er manchmal einschlief und wo er schließlich von einer aufatmenden Sophia oder einem erleichterten Max gefunden wurde:

»Ich hab ihn!«

Auch an seinem zweiten Geburtstag konnte er noch nicht sprechen, das heißt, er hatte noch nichts Verständliches gesagt; dafür zeigte er immer auffälliger eine merkwürdige Kombination aus Neugier und Distanz. Er wollte keine Zärtlichkeiten, ließ sie sich von Sophia jedoch hin und wieder gefallen; das Spielzeug, das Max ihm kaufte, interessierte ihn nicht mehr als eine Kartoffel, eine Schraube oder ein Zweig, und den Wasserstrahl aus dem Hahn, diesen klaren, kühlen Zopf, der seine Form und seinen Glanz behielt, obwohl er ständig aus neuem Wasser bestand, konnte er sich minutenlang fasziniert ansehen. Niemand wußte, was er von diesem Kind halten sollte. Quinten war zu schön, um wahr zu sein, weinte selten, lachte nie und sagte keinen Ton, aber keiner zweifelte daran, daß in diesem Kopf unter dem schwarzen Haar einiges vorging. Einmal stand er auf dem Balkon und betrachtete reglos die Balustrade, ein graues Natursteingesims auf den hölzernen, amphorenartigen Säulchen. Max hockte sich neben ihn, um zu sehen, ob vielleicht irgendein Insekt dort herumlief, aber erst, als Quinten vorsichtig seinen Zeigefinger auf eine bestimmte Stelle legte, sah er, daß sich dort ein kleiner, fossiler Trilobit aus dem Paläozoikum befand, etwa dreihundert Millionen Jahre alt. Im selben Moment wurde ihm klar, daß dieses Tier, das Quinten entdeckt hatte, etwa zu der Zeit gelebt hatte, in der der extragalaktische Cluster im Sternzeichen Coma Berenices – Haupthaar der Berenike – das Licht ausgesandt hatte, das *jetzt* die Erde erreichte.

Quinten sah ihn an.

»Das ist ein Trilobit«, sagte Max, »eine Art Kellerassel. Was möchtest du tun? Sollen wir ihn erlösen?«

Aus Sophias Nageletui nahm er eine Feile, plazierte ihre Spitze schräg neben dem kleinen Fossil und versetzte ihr mit einem Kieselstein einen leichten Schlag, so daß es wegsprang und im Kies verschwand. Aber Quinten bückte sich und hatte es bereits in der Hand.

»Wenn du groß bist«, sagte Max, »mußt du Paläontologe werden.«

Wenn Quinten verschwunden war, konnte er auch in den Kellerräumen sein. Auf dem Weg dorthin hängte er sich in der getäfelten Halle gegenüber der Wohnung der Spiers jedesmal an die Klinke von Herrn Verloren van Themaat. Dessen Tür öffnete sich jedoch nur an den Wochenenden und während der Ferien. Der Kunsthistoriker war etwa sechzig Jahre alt, lang, hager und leicht gebeugt, hatte schütteres, graues Haar und ein fein gezeichnetes Gesicht; hinter einer Brille mit dünner Metallfassung zeigte sich meistens ein zurückhaltender, abschätzender Blick, aber manchmal brach er unversehens in ausgelassenes, fast manisches Lachen aus, an dem all seine Gliedmaßen teilnahmen. Seine Frau Elsbeth war vermutlich kaum vierzig und sicher gut fünf Jahre jünger als Sophia; sie waren kinderlos. Max fürchtete sich ein wenig vor dem Professor, einem Akademiker und Intellektuellen der strengen, holländischen Art, der einem nichts nachsah. Mit Onno hatte Max die Intellektuellen einmal nach den katholischen Klosterorden eingeteilt: Er selbst erwies sich dabei schon bald als gewissenloser Jesuit, während Onno zunächst bei seiner Behauptung blieb, ein bäuerlicher Trappist zu sein, der immer schweigend seine Pflicht tat, sich aber schließlich den kultivierten, wohlerzogenen Benediktinern anschloß, die ihre Seele nach einem gelungenen, der Welt zugewandten Leben Gott widmeten. Themaat war in diesem Spektrum ein strikter Kartäuser, der ihn, Max, soweit es nicht die Astronomie betraf, für einen intellektuellen Schwerenöter hielt.

Wenn Quinten auf Zehenspitzen und die Hand noch auf der Klinke im Türrahmen erschien, veränderte sich sogar in dem steifen Dozenten etwas. Wenn er in seinem Schaukelstuhl saß und las – und er las immer –, legte er das Buch weg, faltete die blassen Hände im Schoß und sah das hereinkommende Kind an. Anders als bei den Spiers, die gediegen antik eingerichtet waren, machte sein Zimmer den Eindruck einer überdimensionierten Studentenbude, und zwar von den abgeschabten Perserteppichen und dem alten Schreibtisch bis hin zu den verschlissenen braunen Ledersesseln und dem zerbrochenen Hockeyschläger in einem Schirmständer. Obwohl es eine Zweitwohnung war, war die lange Wand gegenüber den Fenstern bis zur Decke mit Bücherregalen zugestellt. Hier und da hingen eingerahmte Architekturzeichnungen, die meisten ein wenig schief, aber Quintens erster Gang führte immer zu einer großen, gerahmten Radierung, die gegen einen großen Bücherschrank am Boden gelehnt stand.

Einmal kniete sich Themaat zu ihm hin und versuchte ihm beizubringen, daß das ein Obelisk sei.

»Komm, wir sagen mal zusammen: *Obelisk*.« Und als Quinten schwieg: »Du mußt ihn anschauen, als wäre es ein versteinerter Sonnenstrahl. Er steht in Rom, am Lateran, diesem Palast hier rechts, an der Stelle, wo im Mittelalter die Päpste regiert haben. Siehst du all die Zeichen, die in den Stein gehauen worden sind? Sie sind also eigentlich ins Licht gemeißelt. Und siehst du hier all die kleinen Vögel? Das sind ägyptische Hieroglyphen, ich glaube, dein Vater kann sie lesen, auf jeden Fall *hat* er das gekonnt, bevor er seine Zeit mit der Politik vertan hat. Du hast deine Gaben jedenfalls von keinem Fremden, Kuku. Kaiser Augustus wollte die Stele nach Rom holen, aber irgendein ungünstiges Vorzeichen hielt ihn davon ab. Kaiser Konstantin, der Mann, der das Christentum eingeführt hat, scherte sich dreihundert Jahre später nicht darum und ließ den Stein nach Rom bringen. Sieh mal, es gibt noch fast keine befestigten Straßen. Dieses Bild wurde im achtzehnten Jahrhundert gemacht; heute ist es dort sehr belebt, mit Hunderten von Motorrollern und hupenden Autos. In dem Gebäude dahinter befindet sich die ehemalige Hauskapelle der Päpste, Sancta Sanctorum, und die Scala Santa, die heilige Treppe von Pilatus' Palast in Jerusalem, über die Jesus gegangen ist. Behauptet man zumindest. Auf den Stufen sind noch Blutflecken. Man darf sie nur auf Knien hinaufsteigen.«

»Was erzählst du dem Wurm da eigentlich alles?« fragte Elsbeth und sah von ihrer Zeitschrift auf. »Du bist wohl nicht ganz bei Trost.«

»Ein Mensch ist nie zu jung zum Lernen.«

Quinten ließ diese Belehrung freundlich über sich ergehen und stapfte weiter. Durch eine Tür neben der Treppe ging er in den Keller, dessen Gewölbe sich auf beiden Seiten eines Ganges erstreckten, der das Schloß der Länge nach durchmaß. Dort unten herrschte plötzlich eine noch tiefere Stille als oben – vielleicht, weil sie durch das hallende Geräusch von Tropfen, die irgendwo weit weg und in langen Abständen in eine Pfütze fielen, noch zu wachsen schien. Der stickige Gang war fast ganz dunkel; durch die hohen kleinen Fenster, die nahezu schwarz waren vor Schmutz, drang kaum noch Licht herein. In manchen Räumen waren Kohlen, die nicht mehr gebraucht wurden, in anderen Hunderte leerer Flaschen, ausgesondertes Mobiliar, Gartenwerkzeug, kaputte Kinderwagen, Fahrräder ohne Räder. Waschräume, Spülräume, Waschküchen, Vorratsschränke, alles voll mit dem Abfall von Jahrzehnten; die große Küche, in der jahrhundertelang Geschäftigkeit

geherrscht hatte, bis das Personal spät am Abend über eine Hinter-
treppe erschöpft zum Dachboden hinaufstieg, lag geplündert in
der tiefen Dämmerung, mit gesprungenen Spülen, abgezogenen
Wasserleitungsrohren und abgeschlagenen Fliesen. Der Speisen-
aufzug zum Eßsaal, dem Salon von Herrn Spier, war, als die Seile
rissen, auf den Boden des Schachts gestürzt.

Quinten kroch hinein, legte die Arme um die Knie und starrte in
die Dunkelheit.

38
Das Grab

Einige Wochen vor Quintens drittem Geburtstag, der 1971 auf
Pfingsten fiel, kam für Onno ein stolzer Augenblick. Auf Helgas
Drängen war er endlich wieder einmal nach Drenthe gefahren –
mit dem Dienstwagen, auch wenn das nicht ganz korrekt war –
und hatte sie von zu Hause abgeholt. Es kam nicht in Frage, daß sie
zusammenziehen würden, und sie wollte das genausowenig wie er.
Er hatte seine Besuche unter dem Einhorn wiederaufgenommen,
jetzt allerdings ohne die Plastiktüte mit schmutziger Wäsche, und
manchmal kam es ihm vor, als ob seine Episode mit Ada aus einem
Roman stamme, den er irgendwann einmal gelesen und in dem
auch Quinten eine Rolle gespielt hatte. Auch die Phase seiner engen Freundschaft mit Max gehörte in die sechziger Jahre und lag
bereits in einem wehmütigen Licht der Erinnerung. Inzwischen
hatte Onno einen Bauch bekommen und trug einen dunkelblauen
Anzug, meist mit Schuppen auf dem Kragen, und oft hing ihm
auch ein Zipfel seines Hemdes aus der Hose, so daß ein kleiner Teil
seines weißen Bauches sichtbar wurde; er trug immer die falsche
Krawatte und immer zu kurze Socken – Max nannte diese Katastrophen seine »sozialdemokratische Stillosigkeit«. Sie gingen in-

zwischen beide auf die Vierzig zu, und auch ihre gemeinsame Empfängnis am Tage des Reichstagsbrandes feierten sie nicht mehr, weil das inzwischen auch der Tag von Adas Unfall und der Todestag ihres Vaters war. Manchmal begleitete ihn Helga zu offiziellen Empfängen oder Diners, obwohl sie dazu selten Lust hatte und er sie fast immer beknien mußte; aber genau das gefiel ihm an ihr: daß es ihr nicht um den zweifelhaften Glanz seines Amtes ging, sondern um ihn.

Auch Sophias Mutter kam nach Groot Rechteren. Onno begrüßte Quinten, indem er ihm die Hand auf den Kopf legte, die Augen zum Himmel verdrehte und sagte: »Ein weiser Sohn erfreut den Vater.« Weil er fast nie an Quinten dachte, wenn es dazu keinen besonderen Grund gab, wußte er nicht recht, welchen Ton er ihm gegenüber anschlagen sollte. Während des Mittagessens in der Küche – Spiegeleier mit Speck, Milch, Obst, alles vom Bauern – saß Max Sophia gegenüber wie der Paterfamilias am Kopfende des Tisches, rechts von ihm die alte Frau Haken und Onno, links Helga mit Quinten. Auch der Fahrer war eingeladen worden, aber er hatte es vorgezogen, auf dem Vorplatz zu bleiben und dort seine mitgebrachten Butterbrote zu essen.

»Ein Christdemokrat, der seinen Platz kennt«, sagte Onno. »Die wahren Unterdrückungsmechanismen sind nicht außerhalb des Menschen, sondern in ihm, und das ist auch gut so. In letzter Zeit sind ohnehin zuviel davon verschwunden, das wird sich noch mal rächen.«

»So, so«, sagte Max, »das ist starker Tobak für einen fortschrittlichen Politiker.«

»Machtausübung ist ohne Macht nach innen nicht möglich, und die kann nicht durch Polizisten ersetzt werden, abgesehen davon bräuchte man zwei Polizisten pro Person: einen für den Tag und einen für die Nacht. Aber wer überwacht dann die Polizei?«

»Was hältst du von Gott?« fragte Max mit einem Lachen. Und an Helga gewandt: »Ist dein Freund wirklich schon so reaktionär geworden?«

Ehe sie antworten konnte, sagte Onno:

»Es ist alles noch viel hoffnungsloser, als ihr glaubt. Aber laßt uns bitte nicht darüber sprechen, denn sonst gehe ich lieber.«

Max hörte plötzlich einen Ton in seiner Stimme, den er nicht von ihm kannte.

»Gehst du schon wieder?« fragte Frau Haken. »Du bist doch gerade erst gekommen.«

»Nein, Oma. Ich bleibe noch ein bißchen.«

Helga erkundigte sich nach Max' Arbeit. Er wußte, daß sie das aus Höflichkeit tat, denn er hatte noch immer dasselbe spröde Verhältnis zu ihr, und natürlich würde sie ihm nie die Rolle verzeihen, die er in ihrem Leben spielte – zuerst, als er, ohne es zu ahnen, ihr Verhältnis mit Onno zerstört hatte, und dann, als er es, auch wieder ohne es zu ahnen, wiederhergestellt hatte. Als er zum ersten Mal hörte, daß sie dank der Mondlandung wieder zueinandergefunden hatten, hatte er kurz das Gefühl, daß sich letztendlich nichts geändert hatte; er brauchte jedoch nur zu Quinten und Sophia zu schauen, um zu sehen, daß es nicht so war.

Westerbork, sagte er, funktioniere besser als erwartet; weltweit beneideten ihn seine Kollegen um die Bedingungen, unter denen er forschen könne. Auf eine Frage von Onno erzählte er, daß nach diversen gewaltsamen Räumungen und Kämpfen mit der Polizei jetzt auch die letzte ambonesische Familie verschwunden sei; nahezu nichts erinnere noch an die Wohnanlage Schattenberg, und folglich auch nicht an das Durchgangslager Westerbork. Um eine Rückkehr zu verhindern – der Molukker, wohlgemerkt –, seien alle Baracken abgerissen worden; auch die Schranke sei nicht mehr da. Gegen seinen Willen übrigens, aber die Überlebenden hätten es so gewollt, er habe nichts dagegen machen können. Sogar die Schienen seien entfernt worden; nur ein einziger morscher Prellbock stünde noch da. Aber er habe sich für die letzte Feier zu Ehren der Opfer am Abend des vierten Mai etwas ausgedacht, einige hundert Besucher kämen schließlich immer. Er habe ein kleines Computerprogramm erstellen lassen, das alle zwölf Spiegel so dirigierte, daß sie sich demütig zur Erde neigten, was auf die Tausendstel Sekunde genau um acht Uhr der Fall sein würde; während der zwei Schweigeminuten blieben sie in dieser Position, um sich dann wieder zum Himmel aufzurichten.

»Man tut, was man kann«, sagte er und schlug kurz die Augen nieder. »Nur die Villa des ehemaligen deutschen Lagerkommandanten steht noch. Eigenartig, nicht wahr? Die Witwe des Militärkommandeurs aus der Zeit kurz nach dem Krieg wohnt dort. Wollt ihr eine schöne Geschichte hören? Vor einigen Wochen fiel plötzlich der Strom aus, und wir schalteten sofort auf das Notstromaggregat um; kurz darauf sahen wir sie auf das Terminalgebäude zulaufen. Sie hielt uns ein kleines Paket in Plastikfolie hin: ob das solange bei uns ins Gefrierfach gelegt werden könne – es war das Abendessen ihres Mannes, Lende, Bratkartoffeln und Erbsen, das sie vor mehr als zwanzig Jahren für ihn zubereitet hatte, das er aber nicht mehr hatte essen können, weil er plötzlich an einem Herzinfarkt gestorben war.«

»Genau!« rief Onno zu Helga, während er mit dem Messer über dem Kopf herumfuchtelte. »Das ist Liebe! Daran kannst du dir ruhig ein Beispiel nehmen.«

Quinten kniete auf seinem Stuhl und sah mit offenem Mund seinen Vater an. Als Onno den Ausdruck auf seinem Gesicht sah, sagte er: »Ja, mein Sohn, dazu fällt dir nichts mehr ein. Auch wenn die Liebe nicht mehr durch den Magen geht, besiegt sie den Tod noch immer! Sag doch mal was, du Lümmel. Als ich so alt war wie du, habe ich schon Tacitus gelesen.«

»Onno –«, sagte Sophia vorwurfsvoll, »er versteht mehr, als du glaubst.«

Nach dem Essen fuhren sie zu Ada. Helga blieb mit Quinten auf Groot Rechteren. Onno saß als der umfangreichste neben dem Fahrer, Max war mit verschränkten Armen zwischen Sophia und ihrer Mutter auf dem Rücksitz eingekeilt. Unterwegs fragte Frau Haken, wann sie eigentlich Quinten erzählen wollten, was mit seiner Mutter geschehen sei.

»Vielleicht nie«, sagte Onno sofort, ohne den Kopf zu drehen, wandte sich dann aber doch zu Sophia um und sagte: »Nehmen Sie es mir nicht übel.«

»Ich nehme dir nichts übel. Und mach dir keine Sorgen, auf einmal wird er sprechen, da bin ich ganz sicher.« Und zu ihrer Mutter: »Er darf natürlich keinen Moment in dem Glauben gelassen werden, daß ich seine Mutter bin und Max sein Vater. Er soll wissen, wie die Dinge liegen. Nicht wahr?«

»Natürlich«, sagte Max. Er bemerkte jetzt zum ersten Mal deutlich die grauen Haare, die hier und da zu sehen waren. Tagsüber war er ihr noch nie so nahe gekommen wie jetzt, und nachts war es dunkel. »Das wär ja noch schöner.«

»Und wann willst du ihm dann Ada zeigen?« fragte Frau Haken.

»Das soll Onno bestimmen.«

»Nein, das müssen Sie bestimmen«, sagte Onno. »Sie kennen ihn am besten. Es hängt ganz davon ab, wie er sich macht, denn es ist mit Sicherheit ein ziemlicher Schock. Wenn er sechs wird? Zehn? Was meinst du, Max?«

»Ich denke, wir werden es genau wissen, wenn es soweit ist.«

»Vermutlich hast du recht.«

»Weißt du übrigens«, fragte Sophia, »wer immer noch ein paarmal im Jahr ins Krankenhaus zu Besuch kommt? Marijke und Bruno. Sie haben geheiratet.«

Keiner sagte mehr etwas. Jeder spürte beim anderen denselben Gedanken: Wie lange würde sie noch leben? Sollte sie noch lange leben? Und wenn sie plötzlich sterben würde – sollte Quinten sie dann nicht wenigstens vorher einmal gesehen haben, und sei es auch nur als leise Atmende?

Das Pflegeheim – von hämischen Funktionären des Gesundheitsamtes »Vreugdenhof« genannt – war ein Neubau an einer neuen Straße am Stadtrand von Emmen. Es war im selben modernen Unstil erbaut wie die Halle, in der Oswald Brons dem Feuer übergeben worden war, mit Innenwänden aus Ziegelstein, die aussahen wie Außenmauern, so daß man ständig meinte, irgendwo hineingehen zu müssen.

»Sogar die Architekten lassen die Menschen heutzutage im Regen stehen«, sagte Max.

Onno pflichtete ihm bei:

»Es ist hoffnungslos. Architekten sind Friedensverbrecher. Die Endzeit naht.«

Ada lag im zweiten Stock in einem kleinen Zimmer mit Aussicht auf einen gepflasterten Innenhof. Schweigend stellten sie sich um das Bett; für Frau Haken, die Tränen in den Augen hatte, wurde ein Stuhl hingestellt. Da sind sie nun, dachte Max: Quintens Urgroßmutter, seine Großmutter, seine Mutter und in jedem Fall auch sein Vater. Ada hatte sich verändert, aber es war schwer zu sagen, was es war. Es war wie mit einem neuen Buch, das man gekauft und ungelesen in den Schrank gestellt hatte: Wenn man es nach Jahren hervorholte, war es nicht mehr neu, obwohl sich erkennbar nichts verändert hatte; es hatte sich auch nicht *erneuert* und war auch nicht mit der Zeit gegangen. Sie lag einfach da, den Kopf seitlich auf dem Kissen, und wußte nicht einmal, daß sie einen Sohn mit unglaublich blauen Augen hatte, und erst recht nicht, daß die Russen Prag besetzt hatten, die Amerikaner jetzt auch Kambodscha dem Erdboden gleichmachten und ihr Mann neuerdings Kulturreferent in Amsterdam war. Sogar eine Katze wußte mehr, dachte Onno; vielleicht hatte Ada noch das Bewußtsein einer Maus. Aber für eine Maus durfte man Gift streuen oder eine Falle stellen... Er erschrak von dem Gedanken und warf kurz einen schuldigen Blick auf Sophia, die Adas Hand genommen hatte und mit einem unergründlichen Ausdruck in ihren dunklen Augen ihre Tochter betrachtete.

Als sie wieder auf Groot Rechteren waren, tranken sie im Balkonzimmer Tee, aber ein richtiges Gespräch wollte nicht mehr aufkommen. In der Küche las der Fahrer die Zeitung, Frau Haken machte auf dem Bett ihrer Tochter ein Schläfchen, und Sophia zeigte Helga Bilder. Während Onno an Max' Schreibtisch einige Telefonate führte, sah Max mit verschränkten Armen auf einen Punkt im Bücherschrank und dachte an die Pläne, noch einen mobilen dreizehnten und vierzehnten Spiegel in Westerbork zu installieren, was das Auflösungsvermögen des Instrumentes um den Faktor Zwei steigern würde, Den Haag jedoch hatte befunden, daß die Radiosternwarte mittlerweile genug gekostet hatte. Die Fenster standen offen, und von den Remisen wehte eine Musik herüber, die nach den Rolling Stones klang, und ab und zu, wenn ein Auto über die lockeren Bohlen der Brücke über den äußeren Schloßgraben fuhr, war ein dumpfes Grollen zu hören. Onno wandte sich Max zu und stellte fest, daß Politik fast nur aus Telefonieren bestehe, und er frage sich, wie Julius Caesar das wohl gemacht habe. Er setzte sich in den grünen Sessel, wo er in Gedanken versunken eine astrophysikalische Zeitung von dem kleinen Tisch nahm.

In der Ferne das leise Dröhnen eines Zuges, der über den unbeschrankten Bahnübergang fuhr. Da sah Max, daß Quinten sich zu Onnos Füßen auf den Bauch legte, halb über die immer ungeputzten Schuhe mit den verknoteten Schnürsenkeln. Das war außergewöhnlich, bei ihm, Max, hatte es diese Intimität nie gegeben; Quinten mochte ihn nicht sehr. Der Anblick beruhigte ihn. Seine Angst vor der Vaterschaft hatte sich im Laufe der Jahre ebenso gelegt wie die Angst vor der kahlen Stelle auf dem Hinterkopf, war aber, anders als diese, nie ganz von ihm gewichen, und es erging ihm wie jemandem, der vom Krebs oder einem Gehirnschlag geheilt worden war, sich aber dennoch nicht hundertprozentig sicher fühlte und nie vergessen würde, daß es ihn einmal erwischt hatte, auch wenn er manchmal monatelang nicht daran dachte: Für den Rest seines Lebens lauerte irgendwo in einer düsteren Höhle ein Ungeheuer. Er wußte, solange Ada lebte, könnte er durch eine Blutuntersuchung die Vaterschaft feststellen lassen: Wenn Quinten bestimmte Erbanlagen hätte, die sowohl Ada als auch ihm fehlten, war Onno der Vater, wenn sie bei Onno fehlten, dann war er es. Sein eigenes Blut konnte er jederzeit analysieren lassen, und bei Ada und Quinten wäre nach Rücksprache sicher auch eine Blutprobe zu bekommen, aber wie kam er an Onnos Blut? Es war schließlich nicht zu hundert Prozent ausgeschlossen, daß sein eigenes Blut die gleiche Zusammensetzung hatte wie das von Onno.

Quinten versuchte vergeblich, den Deckel einer kleinen Blechdose zu öffnen, in der etwas klapperte. Onno, der gar nicht merkte, was zu seinen Füßen passierte, blätterte mit skeptisch hochgezogenen Augenbrauen in der Fachzeitschrift, als sei es eine Ausgabe der Theosophischen Vereinigung. Erst als er Quintens Wärme an seinen Füßen spürte, legte er sie weg und beugte sich vor.

»Kriegst du's nicht auf? Laß es nur drin. Es ist viel schöner, wenn du nicht weißt, was drin ist. Was würdest du davon halten, wenn wir beide jetzt spazierengingen?«

»Bist du dir ganz sicher?« fragte Max. »Du mußt immerhin hinaus in die Natur.«

»Dann werde ich der Natur eben einen gehörigen Schrecken einjagen.«

»Paß gut auf deinen Vater auf, Quinten«, sagte Helga, als sie Hand in Hand zur Tür gingen.

Auf dem Vorplatz zögerte Onno, welche Richtung sie einschlagen sollten. Erst jetzt sah er die blühenden Rhododendren vor den Remisen: riesige, violette Explosionen, die schwer über dem Wasser hingen und unter denen die Enten hervorpaddelten wie Gläubige, die aus einer Kathedrale kamen. Die Entscheidung wurde von Quinten getroffen. Seine warme Hand zog ihn über die Brücke auf den Weg am Schloßgraben; sie gingen im Schatten einer altehrwürdigen braunen Eiche und dann an der Schmalseite des Schlosses vorbei; die flachen, verwitterten Steine des Fundaments, das leicht angeschrägt aus dem dunklen Wasser ragte, stammten offenbar noch aus dem Mittelalter.

Beschämt wurde sich Onno bewußt, daß er zum ersten Mal allein mit Quinten war. Was für ein degenerierter Vater er doch war, und wie selbstverständlich er Max alles überließ – aber warum eigentlich? Die kleine Hand erinnerte ihn an die eigene in der großen seines Vaters, als er mit ihm über die Pier von Scheveningen gegangen war. Nebeneinander hatten sie sich über das Geländer gebeugt und auf die großen, rechteckigen Netze geschaut, die ächzend und knirschend aus den Wellen gezogen wurden und in denen dann zehn oder zwanzig unschuldige Fische zappelten. Damals hatte er noch die Korkenzieherlöckchen gehabt und die rosa Kleidchen getragen, in die ihn seine Mutter gesteckt hatte. Die Erinnerung versetzte ihm einen Schock: War Quinten vielleicht das Wesen, das seine Mutter in ihm hatte sehen wollen und das sie im nachhinein durch ihn, Onno, hervorgebracht hatte? Er blieb kurz stehen und sah den Jungen an. Ja, wenn man es nicht wußte, konnte man ihn auch für ein Mädchen halten, sogar ohne Kleid und Löckchen.

»Lerne von deinem alten weisen Vater, Quinten«, sagte er, während sie an einer Schonung vorbei zu dem Kiefernwald spazierten, »daß das Neue immer auch das Alte ist. Alles Alte war einmal neu, und alles Neue wird einmal alt sein. Das Alleräteste ist jedoch das Heute, denn es hat nie etwas anderes gegeben als die Gegenwart. Nie hat jemand in der Vergangenheit gelebt, und in der Zukunft erst recht nicht. Da gehen wir jetzt, du und ich, ich bin früher genauso mit meinem Vater gegangen, über die Pier von Scheveningen, die im Krieg von den Deutschen gesprengt worden ist. Er hat mir von dem wunderbaren Fischfang erzählt, und daß der Herr seine Jünger Menschenfischer genannt hat. Das ist unsagbar lange her, fünfunddreißig Jahre, aber für deinen Ziehvater sind fünfunddreißig Jahre wie gestern. Und der Krieg ist für ihn bloß nicht gestern, sondern heute, heute morgen, gerade jetzt. Ich habe übrigens nicht den Eindruck, daß du ihn sehr magst, oder täusche ich mich? Sag mal ehrlich: Wenn ich das richtig sehe, verstehst du mich ganz gut, auch wenn du kein Wort sprichst. Stimmt's? Hältst du uns vielleicht alle zum Narren? Verstehst du vielleicht alles und hast lediglich keine Lust zu sprechen? Steigst du nachts aus dem Bett und liest heimlich die *Divina Commedia*? Ja, so wird es sein, glaube ich. Du ärgerst dich natürlich über die verharmlosende Übersetzung, die Max im Schrank stehen hat, und von Vergil hast du gar nichts gefunden. Stimmt's? Gib es ruhig zu.«

Quinten antwortete nicht, wußte aber offenbar genau, wo er hinwollte. Für die Spaziergänger bildeten die Stämme des mit dem Winkelmesser angelegten Nadelwaldes eine Geometrie aus rotierenden und vorspringenden Diagonalen und Mittelsenkrechten, bis zu der Grenze, wo der Nutzwald in einen verwilderten Park überging, der voll war von kreuz und quer liegenden kahlen, entwurzelten Bäumen, die von verschiedenen Stürmen gefällt worden waren. Wo der Wald sich etwas lichtete, wucherte üppig blühender Rhododendron. Quinten ließ Onnos Hand los und ging in Richtung der Sträucher, als sei kein Widerstand zu überwinden, während sich Onno mit den Händen vor dem Gesicht durch das widerspenstige Geäst drängen mußte.

»Wohin bringst du mich, in Gottes Namen?« rief er. »Das ist absolut nichts für uns, Quinten! Der Mensch gehört auf den Bürgersteig!«

Als er sich schließlich durchgearbeitet hatte, traute er seinen Augen nicht. Sie standen am Rand eines großen, bizarr geformten Weihers, der ganz und gar von violetten Blütenbergen umstanden war; in vollkommener Stille glitten zwischen Wasserlilien die zwei schwarzen Schwäne dahin. In der Ferne schimmerte ein Turm des Schlosses durch die Bäume, der kleine See war offenbar mit dem Schloßgraben verbunden, aber für die Enten war es hier zu vornehm. Auch die aggressiven schwarzen Bleßhühner mit dem ordinären weißen Streifen auf dem Kopf fühlten sich hier offenbar fehl am Platze.

Aber die beiden hatten ihr Ziel noch nicht erreicht. Unter den Zweigen hindurch ging Quinten weiter am Wasser entlang. Onno folgte ihm, suchte wehklagend Halt, blies sich die Blütenblätter vom Gesicht, rutschte aus und fluchte über seinen naß gewordenen Schuh. Als er sich erneut durch die Blütenwand gearbeitet hatte, stand er am Rand eines offenen Geländes, das dicht mit tiefgrünen Brennesseln bewachsen war, die ihm bis zur Taille reichten.

»Das ist doch nicht dein Ernst?« sagte er.

Aber Quinten führte ihn zu einem schmalen, gewundenen Pfad, der aus niedergetretenen Brennesseln bestand, die sich teilweise jedoch wieder aufgerichtet hatten. Da Quinten kleiner war als die teuflische Brut, ließ er Onno den Vortritt. Seufzend steckte dieser seine Hosenbeine in die Socken, hob einen Zweig auf und folgte dem Pfad mit schmatzendem Schuh, wütend und voller Haß schlug er auf jede Nessel ein, die sich ihnen in den Weg stellte.

»Was tust du mir bloß an!« rief er. »Hätte ich doch nie geheiratet!«

Nach dreißig oder vierzig Metern standen sie plötzlich vor einem viereckigen Grabstein am Fuß einer kleinen, konisch zulaufenden Säule.

»Was ist denn das?« sagte Onno perplex. Er ging in die Hocke, so daß sein zerschrammtes Gesicht mit dem Quintens auf einer Höhe war. Mit dem Zeigefinger fuhr er über die in den Stein gemeißelten Buchstaben: *Deep Thought Sunstar*. Er sah Quinten an. »Soll ich dir mal was sagen? Hier liegt ein Pferd begraben. So heißen Rennpferde.« Er stand auf. »Aber wer begräbt schon ein Pferd? Pferde gehen doch zum Pferdemetzger?«

Und dann geschah das, was ihn nach einem Augenblick der Sprachlosigkeit dazu brachte, Quinten in seine Arme zu schließen und triumphierend mit ihm durch die Brennesseln, die Blüten und an dem geometrischen Stämmetanz vorbei zurück zum Schloß zu rennen: Quinten streckte den Finger in Richtung der kleinen Säule, lehnte sich ein wenig zurück und sagte mit einem Lachen: »Obelisk.«

39
Weitere Expeditionen

In Noordwijk streifte das Licht des Leuchtturms alle vier Windrichtungen, und so strichen auch die vier Jahreszeiten in großartigen Wellen über Groot Rechteren. Max kannte ihren Wechsel eigentlich nur aus Amsterdam: von einem dieser Tage im Februar oder März, wenn er morgens auf die Straße trat, in den ersten, unbeschreiblichen Frühlingsduft, der ebenso unbestimmbar war wie die Dezimalstellen von π, dann der staubige Sommer, wo die Stadt von Touristen überquoll, und der sich plötzlich in einen feuchten, herben Herbst und dann in einen bleichen Winter verwandelte, in dem die Straßenpflaster und Häuserwände plötzlich die abwei-

sendste Seite der Welt auszudrücken schienen – aber das alles gab
es für ihn eigentlich nur im Vorbeigehen, nur in den kurzen Zwi-
schenzeiten, in denen er von einem Haus ins andere ging. War in
der Stadt die Natur nur leise Hintergrundmusik, so saß er mit
Quinten und Sophia im Schloß mitten in einem tosenden Kon-
zertsaal. Frühling und Herbst kamen mit kolossalem Auftritt, die
Sommer waren heißer und trockener, die Winter kälter und weißer. Diese ständige Veränderung, wie er Onno gegenüber einmal
behauptet hatte, sei die Quelle jeglicher Kreativität; die Einför-
migkeit der Natur zwischen den Wendekreisen führe zu einem
kulturellen Stillstand. Die Tropen seien ein ununterbrochenes
Dampfbad und immer so grün wie die Polgebiete weiß, denn erst
der Viertakt der gemäßigten Breitengrade sorge für das Wechsel-
bad, das den Menschen wach halte. Das sei ihm erst auf dem Land
richtig klargeworden. Worauf Onno geantwortet hatte, auf dem
Land sei es vielleicht doch etwas zu drastisch und der sich jährlich
wiederholende Viertakt habe wohl auch etwas sehr Einförmiges:
wirkliche Kreativität gebe es nur in der Stadt. Er hatte gesehen,
daß Onno sich die Frage verkniff, ob seine Kreativität auf dem
Land denn tatsächlich zugenommen habe, aber obwohl er sich
nicht über seine Arbeit beklagen konnte, wollte er auf dieses
Thema nicht näher eingehen.

In Drenthe war nicht nur die Dunkelheit dunkler, die Stille stiller, das Gewitter heftiger und der Regenbogen leuchtender als in
Amsterdam, sogar der Regen war dort anders. Wenn ein Waldspa-
ziergang auf dem Programm stand, fiel es Max erst gar nicht ein zu
warten, bis es trocken war, und schon gar nicht, einen Regenschirm mitzunehmen. Alle drei zogen sie grüne Gummistiefel und
ihre Öljacken an, zogen sich die Kapuzen über den Kopf und wate-
ten durch den Schlamm, während in der Ferne der Baron und seine
Freunde ihre Gewehre abfeuerten. Einmal, als es nicht mehr regnete, aber das Wasser überall noch von den Blättern tropfte, sagte
Max:

»Wenn es aufhört zu regnen, fangen die Bäume an zu regnen.«
»Dann weinen sie«, sagte Quinten.

»Also bist du jedenfalls kein Baum«, sagte Sophia.

Quinten winkte mit den Armen, sprang mit beiden Füßen in eine Pfütze und rief:

»Ich bin der Regen!«

Als Max Onno das an einem Samstagnachmittag im Terrarium von Artis in Amsterdam erzählte – Quinten beobachtete währenddessen eine reglose Schlange, die wie ein Ankertau zusammengerollt war –, meinte dieser, daß das seinem Sohn in der Schule sicher noch Probleme machen werde. Es liege auf der Hand, daß er schon jetzt mehr Genie habe als die Lehrer, und das sei früher bei ihm, Onno, ganz genauso gewesen.

Seit Quinten in Gegenwart von Onno sein erstes Wort gesprochen und zum ersten Mal gelacht hatte, schien es, als habe er tatsächlich schon früher sprechen können, nur eben keinen Anlaß dazu gesehen. Bereits nach einem halben Jahr war keine Rede mehr von einem Rückstand, vielmehr schien er seinem Alter eher voraus zu sein, und wenn er sich selbst meinte, sagte er nicht »Quinten« oder »Kuku«, sondern »ich«. Onno nannte er »Papa«, Sophia »Oma« oder »Oma Sophia«, wenn ein Unterschied zu »Oma To« gemacht werden mußte, und zu Max sagte er »Max«. Aber er blieb schweigsamer als andere Kinder. Kleinkindergeplapper, tyrannische Befehle, Gequengel, wenn er etwas haben wollte, Geplapper über das, was er gerade gemacht hatte oder machen wollte – nichts von alledem. Für Spielkameraden hatte er wenig übrig, und Sophia tat ihm nicht eben einen Gefallen, wenn sie mit ihm zum Spielplatz oder ins Schwimmbad ging. Vor dem Schlafengehen ließ er sich ein Märchen gefallen, aber ansonsten hatte er genug an dem Schloß, in dem es viel zu erleben gab, und seit es ihm behagte zu sprechen, war er sogar bei Herrn Spier willkommen. Er langweilte sich nie. Stundenlang saß er in seinem Turmzimmer und schaute sich Bilder an – aber nicht etwa in Kinderbüchern, sondern vor allem in einem Buch, das er von Themaat hatte ausleihen und mit nach oben nehmen dürfen: Giuseppe Bibienas *Architetture e prospettive*. Als ob Quinten wüßte, was ›das achtzehnte Jahrhundert‹ und der ›Wiener Hof‹ waren, hatte Themaat ihm erzählt, daß das Buch in der ersten

Hälfte des achtzehnten Jahrhunderts am Wiener Hof gedruckt
worden sei. Vor allem die Radierungen von phantastischen Thea-
terdekorationen faszinierten ihn: grandios barocke, superperspek-
tivische Räume mit Kolonnaden, Treppen, Karyatiden, und alles
schwer überladen mit Ornamenten. Als wäre er gerne einmal darin
herumgelaufen.

Als er vier Jahre alt war, wollte Sophia, daß er in den Kindergarten in Westerbork ging: das sei gut für die Entwicklung seiner Persönlichkeit, er werde sonst viel zu eigenbrötlerisch. Onno und
Max hatten eine solche Einrichtung nie besucht – in den dreißiger
Jahren war das noch nicht üblich – und sahen auch wenig Sinn
darin, aber Sophia setzte ihren Kopf durch. Auf dem Weg zur
Sternwarte setzte Max ihn am ersten Tag vor dem Kindergarten ab,
und gleich am ersten Vormittag bearbeitete ein anderes Kind Quintens Kopf mit einem Steingutbecher. Quinten hatte jedoch nicht
angefangen zu weinen, sondern seinen Angreifer nur mit einem
derart verwunderten Blick angesehen, daß dieser in Tränen ausgebrochen war. Die Leiterin, die von der Attacke in der Puppenecke
nichts mitbekommen hatte, hatte Quinten daraufhin getadelt, weil
er dem Jungen etwas angetan hatte, sonst würde der ja wohl nicht
so weinen. Quinten hatte geschwiegen. Als Max ihn abholte, hatte
ihm die von Müttern und kreischenden Kindern umringte Leiterin erzählt, was sich ihrer Meinung nach zugetragen hatte. Sie wolle
natürlich nicht behaupten, sagte sie, daß der Junge hinterhältig
oder gemein sei, aber vielleicht sollte man ihn doch ein wenig im
Auge behalten. Auf dem Rücksitz erzählte Quinten, was tatsächlich passiert war, und Max glaubte ihm; zu Hause entdeckte Sophia eine kleine Wunde unter seinem schwarzen Haar. Nach einem
Telefonat mit Onno, das von Frau Siliakus vermittelt wurde, beschlossen sie, ihm den Kindergarten ab sofort zu ersparen.

»Du brauchst da nicht mehr hinzugehen«, sagte Max. »In Ordnung?«

Quinten nickte. Er stand an Max' Schreibtisch, drehte langsam
an dem kleinen Kompaß und sah auf den wackelnden Zeiger, der
nicht an dem Kompaß befestigt zu sein schien, sondern am Zimmer.

»Mach dir nichts daraus«, sagte Sophia.

Aber es war etwas anderes, das ihn bedrückte. Er heftete seinen Blick auf sie und sagte:

»Alle Kinder wurden von Mamas abgeholt.«

Max und Sophia sahen sich an. Da war es. Plötzlich war die entscheidende Frage gestellt worden. Max wußte nicht gleich, was er sagen sollte, aber Sophia kniete sich zu ihm, nahm ihn in den Arm und sagte:

»Ich bin die Mama von deiner Mama, Quinten. Deine Mama ist viel zu müde, um dich abzuholen. Sie liegt in einem ganz großen Haus bei ganz lieben Menschen im Bett und schläft, und sie kann nie mehr aufwachen, weil sie so schrecklich müde ist. Sie hört niemanden, und sie kann mit niemandem sprechen.«

»Auch nicht mit mir?«

»Auch nicht mit dir.«

»Auch nicht nur ganz kurz?«

»Auch nicht nur ganz kurz.«

»Wirklich nicht nur ganz ganz kurz?« Und als Sophia den Kopf schüttelte: »Auch nicht mit Papa und Tante Helga?«

»Mit niemandem, mein lieber Schatz.«

Nachdenklich verschloß er den Kompaß.

»Wie Dornröschen.«

»Ja. Genau wie Dornröschen.«

»Und was ist mit dem Prinzen?« fragte er und sah sie an.

Wie Max sah er, daß ihre Augen feucht geworden waren. Max hatte eine solche Regung noch nie bei ihr bemerkt. Mit der Innenseite seiner Hand wischte Quinten Sophias Tränen ab und fragte nicht weiter. Aber Max ging zum Kaminsims und gab ihm das Bild von Ada und Onno.

»Das ist deine Mama, als sie noch wach war.«

Mit beiden Händen hielt Quinten das Foto fest und schaute das Gesicht in dem Viereck aus schwarzem Haar genau an.

»Schön.«

»Deshalb bist du auch so schön«, sagte Sophia.

Max erwartete, daß Quinten das Foto haben wollte, aber er gab es zurück und ging auf sein Zimmer. Als sie allein waren, hätte Max Sophia am liebsten umarmt.

»Das war zu erwarten«, sagte er. »Und was nun?«

»Das sollten wir mit Onno besprechen. Ich finde, daß wir nicht von uns aus darauf zurückkommen sollten. Was er nicht fragt, kann er wahrscheinlich auch nicht verarbeiten.«

Max nickte.

»Eines Tages wird er uns schon wieder ein Zeichen geben.«

Sophia wischte echte oder eingebildete Krümel von ihrem Schoß.

»Vor ein paar Wochen habe ich ihm das Märchen von Dornröschen vorgelesen, und erst als ich schon in der Mitte war, wurde mir klar, was ich da eigentlich vorlas, aber ich konnte nicht mehr zurück.«

»Und deshalb fühlen Sie sich schuldig?«

»Schuldig?« wiederholte sie und sah ihn an. »Weshalb sollte ich mich schuldig fühlen?«

Die Attacke im Kindergarten war mit Sicherheit durch Quintens engelhaftes Aussehen provoziert worden. Schon im vierten Lebensjahr hatte er seine zweiten Zähne, Theo Kern mußte für seine Quintenstudien eine neue Mappe anlegen. Zu einer Ausstellung war es jedoch noch nicht gekommen, vielleicht, weil er die Zeichnungen nicht hergeben wollte. Aber nicht jeder war so besitzergreifend. Trotz des Schildes *Zutritt verboten, Art. 461 StGB* am Tor mit den beiden Löwen kamen regelmäßig Autos mit neuvermählten Paaren vorgefahren, die sich mit dem Schloß im Hintergrund fotografieren ließen: sie im weißen langen Kleid, er im geliehenen Hochzeitsanzug und mit dem grauen, viel zu großen Hut in der Hand. Dem Fotografen war Quinten gleich aufgefallen, er klingelte und fragte Sophia, ob er eine Fotoserie von diesem bildhübschen Jungen machen dürfe – für Werbezwecke, was selbstverständlich gut bezahlt werde.

Daß Quinten nicht geweint hatte, als er auf den Kopf geschlagen wurde, wunderte Max und Sophia nicht. Eigentlich hatte er erst ein einziges Mal geweint. Während einer Hitzewelle im Juli hatte Sophia eines Morgens ein aufblasbares, rundes Planschbecken aus weißem Plastik auf den Vorplatz gestellt; als sie die Luftpumpe nicht finden konnte, blies sie es selbst auf und ließ es mit dem Gartenschlauch halb voll Wasser laufen. Sie setzte Quinten hinein, rief Max zu, er solle ein Auge auf ihn haben, und ging zum Bauern, um Eier zu kaufen. Eine halbe Stunde später hörte Max ihn weinen. Den ganzen Sommer über hatte es schon eine Fliegenplage gegeben, aber jetzt waren die heißen Steine des Vorplatzes plötzlich bedeckt mit einem schwarzen, flimmernden Teppich, der in der heißen Sonne ein gräßliches Singen wie von Hunderten von Celli hervorbrachte. Rundum von dieser Höllenbrut umgeben, stand Quinten im Wasser wie auf einer Insel, nackt, die Hände vor den Augen, wimmernd und bebend vor Angst. Dieser Anblick brachte Max augenblicklich in eine Raserei, die er so von sich noch nicht gekannt hatte; ehe er sich's versah, rannte er in der Badehose und barfuß durch die aufwirbelnde, surrende Masse, wobei er die Fliegen zu Hunderten zertrat, riß Quinten im Lauf aus dem Wasser und brachte ihn auf der anderen Seite des Schloßgrabens im Schatten unter der braunen Eiche in Sicherheit.

Um seinen fünften Geburtstag herum – 1973, es war das Jahr, in dem Max und Onno vierzig und Sophia fünfzig wurden – hatte Quinten sein Territorium auf das ganze Forstrevier ausgeweitet. Er stattete der ehemaligen Remise, wo Theo Kern seine großen Skulpturen bearbeitete, täglich einen Besuch ab. In dem hohen Raum voller Steine, Schutt und Werkzeug, Gipsmodelle, Tische und Skizzen, zwischen ausgedientem Mobiliar und einer ständig gurgelnden Kaffeemaschine, wo alles ausschließlich auf Arbeit ausgerichtet war, fühlte er sich noch wohler als in Kerns Wohnung im Schloß, die immer auch Selmas war. Stundenlang saß er auf einem Steinklotz und sah zu, wie Kern aus den Steinquadern üppige Frauengestalten oder Ornamente für öffentliche Gebäude hervorholte und wie ein Fakir barfuß durch die scharfen Splitter ging. Und ab und zu geschah etwas Beunruhigendes mit ihm, er hielt plötzlich inne, kniff die Augen halb zu, entblößte die Zähne bis zum Zahnfleisch, hob die Hände in die Luft und schüttelte sich, als müßte er sich unter größter Anstrengung gegen etwas wehren. Für

kurze Zeit verwandelte sich der sanftmütige Kauz plötzlich in ein
ungebärdiges Ungeheuer, um im nächsten Augenblick wieder völlig entspannt dreinzuschauen, als sei nichts geschehen. Quinten
sah, daß er dann nicht mehr wußte, wie merkwürdig er sich gerade
eben noch verhalten hatte.

Nach Kerns Worten war die Bildhauerei keine Kunst: das könne
jeder, man brauche ja nur den überflüssigen Stein wegzuhauen.

»Das behauptete Michelangelo wenigstens.«

»Wer ist Michelangelo?«

»So einer wie ich, aber ein bißchen anders. Der hat das da gemacht«, sagte er und zeigte auf ein Foto, das mit einem Reißnagel
an einen Stützbalken geheftet war: Es war das Bild eines Mannes
mit einem wüsten Gesicht, einem langen Bart und zwei kleinen
Hörnern auf dem Kopf.

»Ist das der Teufel?«

»Wie kommst du denn darauf?«

»Na, wegen der Hörner natürlich.«

»Ja, die verstehe ich auch nicht ganz. Es ist auf alle Fälle Moses.
Jemand aus der Bibel.«

»Was ist die Bibel?«

Kerns Hammer hielt inne.

»Weißt du das denn nicht? Hat dein Vater dir nie davon erzählt?
Ein ganz dickes Buch mit Geschichten, und viele Leute glauben,
daß sie wirklich passiert sind.«

Quinten erinnerte sich an das riesige Buch, das bei seinem Opa
in Den Haag auf einem Pult lag und aus dem er manchmal vorlas.
Das war sie, die Bibel.

Mit einem Seufzer sah Kern auf das Foto.

»So etwas könnte ich nicht, Kuku. Ich bekomme meine Auf-
träge von der Gemeinde Assen, aber er hat sie vom Papst bekommen. Rangunterschiede müssen nun mal sein. Ich mag Farben
nicht so gerne, aber er hat auch sehr schön gemalt. Er hat zum Beispiel die Sixtinische Kapelle ausgemalt – wirklich, gar nicht übel.
Das ist im Vatikan: die Hauskapelle des Papstes.«

»Wer ist der Papst?«

»Das Oberhaupt der Katholiken. Das sind Menschen, die an Gott glauben. Und jetzt fragst du bestimmt, wer Gott ist?«

»Ja«, sagte Quinten. Er saß auf einem dunkelblauen Granitblock, hatte die Hände zwischen die Oberschenkel geschoben und nickte dreimal.

»Den gibt es nicht, aber sehr viele Leute glauben, daß er die Welt erschaffen hat.«

»Max sagt, daß die Welt mit einem Knall da war.«

»Dann wird das auch stimmen. In der Sixtinischen Kapelle kann man Gott sehen: Er schwebt in der Luft und hat einen Bart, genau wie Moses.«

»Und du.«

»Aber seiner ist nicht so schön weiß wie meiner. Wenn du größer bist, mußt du dir das in Rom einmal anschauen. Da gibt es übrigens noch viel mehr zu sehen.«

»Wie kann man denn jemanden malen, den es nicht gibt?«

»Indem man ihn sich ausdenkt. Oder man benutzt einen Trick. Michelangelo hat einfach irgendeinen alten Kerl gemalt, der jeden Tag in seiner Straße Pizza verkaufte; er ließ ihn einfach in der Luft schweben, und schon meinte jeder, daß das Gott sei. Wenn ich für die Gemeinde Assen ein Bild von Gott machen müßte, dann könnte ich einfach meinen Kopf nachmachen.«

»Trotzdem«, sagte Quinten, »könnte man ein Bild von Gott machen, auch wenn es ihn nicht gibt.«

»Dann erzähl mir mal, wie das gehen sollte.«

»Ganz einfach, dann nimmst du einen großen Marmorstein und hackst so lange darauf herum, bis nichts mehr übrig ist.«

Perplex sah Kern Quinten an und brach dann in lautes Gelächter aus.

»Und das bringe ich dann nach Assen. Hier ist es, würde ich sagen. Gott! Seht ihr? Nichts! Meinst du, daß die das begreifen würden? Daß die mich bezahlen würden? Nichts da! Nicht einmal den Marmor würden sie mir bezahlen. Diese Leute sind dümmer, als die Polizei erlaubt.«

»Wer ist denn eigentlich der Teufel?«

»Lieber Himmel, Quinten! Wer ist denn eigentlich der Teufel? Das solltest du besser die Domina fragen. Der Teufel ist der Gegner von Gott!«

»Gibt es den dann auch nicht, oder gerade deswegen doch?«

»Nein, natürlich nicht.«

»Dann weiß ich auch, wie man ein Bild vom Teufel machen muß.«

Kern legte seinen Meißel ab und sah Quinten an.

»Wie denn?«

»Dann muß man die ganze Welt mit Marmor füllen.«

Quinten sah, daß Kern verwirrt war.

»Woher nimmst du das alles eigentlich, Kuku?«

»Na ja, einfach so –« Quinten verstand nicht, was er meinte, aber er hatte das Gefühl, daß er jetzt lieber gehen sollte. Er warf noch einen Blick auf den Moses mit den Hörnern: Unter dem Arm hatte er irgendein großes Ding, eine Art Mappe, die zu Boden zu fallen drohte, was er aber offenbar gerade noch verhindern konnte. In Wirklichkeit war er vielleicht Gärtner oder so etwas gewesen.

»Tschüs«, sagte er.

Immer wenn er aus dem Atelier kam, stand da plötzlich wieder Groot Rechteren vor ihm. Vom Schloß aus gesehen, wirkten die Nebengebäude auf der anderen Seite des Schloßgrabens klein und unbedeutend; das Schloß dagegen machte von dort aus einen majestätischen, unnahbaren Eindruck. Er blieb wie immer einige Sekunden stehen, um es zu betrachten, und dachte an nichts – oder besser: was er dachte, war das, was er sah – das Schloß, als sein eigener Gedanke dort in sich versunken, und über dem Eingang die zeigerlose Uhr. Manchmal kam es ihm vor, als ob es plötzlich für einen flüchtigen Augenblick unsichtbar würde.

Auf der rechten Seite von Kerns Atelier befand sich ein kleines Gebäude, wo Herr Roskam, der Hausmeister von Groot und Klein Rechteren, seine Werkstatt hatte; die Tür war meistens abgeschlossen. Auf der Seite führte eine überdachte Holztreppe in den oberen Stock, wo alle paar Monate jemand anders wohnte: mal eine junge Frau, mal ein Mann mit einem schwarzen Ziegenbärtchen. Mit ihnen hatte er noch nie etwas zu tun gehabt, dafür aber um so mehr mit Piet Roskam, der auf der anderen Seite wohnte.

Auf beiden Seiten wurde der Kiesweg, der an dem großen Findling vorbei zu seiner Haustür führte, von den oberen Hälften zweier Karrenräder flankiert. Auf den ersten Blick schien es, als hätte jemand die Räder bis zur Achse eingegraben, aber Quinten wußte es besser: es war umgekehrt. Sie ragten nicht in, sondern aus der Erde, und es waren nicht die oberen Hälften, sondern die unteren. Unter dem Weg befand sich nämlich der Karren, die Karosse, die goldene Kutsche, wie er sie einmal im Fernsehen gesehen hatte, aber auf dem Kopf, von acht Pferden gezogen, der Kutscher mit den Zügeln saß auf dem Bock, nur hier eben kopfüber im Boden, und in der Kutsche saß nicht die Königin, sondern eine viel viel schönere Frau, die schönste Frau der ganzen Welt – und die Kutsche stand still, weil sie allesamt eingeschlafen waren –

Als Piet Keller ihn einmal fragte, warum er eigentlich nie auf dem Weg gehe, sondern immer neben den Rädern auf dem Rasen, hatte er geantwortet:

»Nur so.«

Keller war Mitte Fünfzig, ein magerer Mann mit gebeugtem Rücken und einer ungesunden Hautfarbe, und trug meistens eine kurze, beigefarbene Stoffjacke. Seine Frau machte manchmal plötzlich komische, zappelnde Bewegungen, weshalb Quinten ein wenig Angst vor ihr hatte; seine Tochter und die beiden Söhne, die alle drei einen Kopf größer waren als er, waren in einem Alter, in dem sie Quinten vermutlich kaum wahrnahmen. Keller hatte seine Werkstatt in einer angrenzenden Scheune, und auch ihm sah Quinten Stunde um Stunde auf die Finger. Er reparierte alte Schlösser, die ihm von überall her zugeschickt wurden, von Privatleuten, Antiquitätenläden und Museen. Überall standen Kisten mit Schlüsseln in allen Größen, Federn, Klammern, Lamellen, Nüssen, Fallen, Prellnocken und sonstigen Ersatzteilen, deren Bezeichnungen Keller Quinten beigebracht hatte. An großen eisernen Ringen hingen unzählige Dietriche.

»Ich habe alle Schlüssel die es gibt«, hatte er einmal mit einem Zwinkern gesagt, »bis auf die Notenschlüssel und den von Petrus.«

Auf einer Arbeitsplatte, die von einer wackeligen, mit Eisendraht an der Wand befestigten Lampe beleuchtet wurde, lagen die Schlösser, die er gerade reparierte, daneben stand ein Regal mit unzähligen Kästen voller Schrauben, Muttern, Stifte und sonstigem Kleinkram. Neben der Tür gab es einen schweren Tisch mit einer Drehbank, Bohr- und Schleifmaschinen. Wenn Quinten da war, begleitete Keller seine Arbeit meistens mit einem halb gemurmelten, fast tonlosen Kommentar; er erklärte nichts, sondern gab einfach einen Bericht von dem, was er tat und dachte. Nur selten, zum Beispiel, als er sich mit einem schweren Vorhängeschloß aus dem Mittelalter abmühte, das so groß war wie ein Laib Brot und dem der Schlüssel fehlte, schlichen sich lyrische Töne in seine Reportage.

»Jetzt sieh dir das an, ist das nicht ein Engel? Das hier nennen wir ein Schiebehängeschloß. Siehst du hier die Rillen, die aussehen wie ein H? Da muß der Steckschlüssel hinein. Den werde ich gleich machen. Im Innern befindet sich eine Sperre aus starken Federn, die jetzt entspannt sind und den Bügel im Schloßgehäuse verriegeln.«

»Woher wissen Sie das? Haben Sie hineingeschaut?«

»Nein, und das werde ich auch nicht tun. Zumindest jetzt nicht. Ich werde nämlich zuerst etwas ganz anderes tun.« Aus einer der Vorratskisten suchte er einige lange Stahlstifte zusammen, die in das H hineinpaßten. An seinem Arbeitstisch ölte er sie ein und schob sie langsam hinein, während sein Blick zur Decke ging, als sei dort das Innere des Schlosses zu sehen. »Ja, jetzt spüre ich die erste Krümmung der Federblätter – ja – genau, ja – noch etwas weiter – jetzt werden sie zusammengedrückt – ja. Es geht schwer, alles verrostet da drinnen –, vielleicht vorsichtig mit dem Niethammer ein wenig nachhelfen. Und jetzt noch ein paar leichte Schläge, und jetzt noch einen, dann muß es reichen –« Im Innern erklang ein Klicken, und er zog den Bügel aus dem Gehäuse.

Lachend sah er Quinten an.

»Ja, Kuku, so geht das. Ich könnte meine Brötchen auch einfacher verdienen. Aber: Du sollst nicht stehlen. Frag die Domina.«

Er zog die Stifte heraus und schob den Bügel wieder zu, was ein erneutes Klicken verursachte.

»Was machen Sie denn jetzt? Jetzt ist es wieder zu!«

Er legte das Schloß vor Quinten hin.

»Mit normalen Schlössern kommst du schon einigermaßen zurecht, aber jetzt probierst du's mal mit dem. Vielleicht willst du ja mein Nachfolger werden, meine Jungs haben damit nichts am Hut.«

Die Domina hieß Frau Trip, war Predigerin der reformierten Gemeinde in Hooghalen, ledig und wohnte zwanzig Meter weiter mit ihrer schwarzen Katze im ehemaligen Gärtnerhaus, an das ein großer Wintergarten angebaut war. Mit den anderen Bewohnern von Groot Rechteren hatte sie wenig Kontakt, nur die Verloren van Themaats kamen manchmal zum Tee; sie war eine Freundin der Baronin. Obwohl sie nicht älter war als Sophia, war ihr Haar so weiß wie Kerzenwachs. Wenn sie auf der Terrasse saß und las, Karl Barth oder irgendeinen schönen Roman, oder sich um die Blumen im Garten kümmerte, der zu einem Seitenarm des Schloßgrabens hin abfiel, blieb Quinten manchmal kurz stehen, um ihr vom Zaun aus zuzuschauen. Dann nickte sie ihm freundlich zu, winkte aber nie, was ihn nicht weiter bekümmerte. Sie mußte entsetzlich viel wissen, möglicherweise fast so viel wie sein Vater, denn wenn jemand keine Antwort mehr wußte, hieß es immer: »Frag die Domina.« Es ging dann meistens um Gott oder um Jesus, aber er fragte sie nie. Meistens rannte er gleich weiter zur Brücke.

Sophia hatte ihm verboten, über die Brücke zu gehen; es war eine hochromantische, morsche, wackelige Konstruktion, in der einige Bretter fehlten, und Max fühlte sich durch sie jedesmal an ein Lied von Schubert erinnert: *Leise flehen meine Lieder durch die Nacht zu dir.* Auf der anderen Seite, im Schatten der hohen Buchen, lag die Orangerie, wo Seerp Verdonkschot mit seinem Freund wohnte. Aber er wohnte nicht nur dort, sondern er hatte in dem niedrigen, langen Gebäude mit den großen Fenstern auch ein

Heimatmuseum eingerichtet. Es war fast nie ein Besucher da,
wenn Quinten hineinging. Auch Verdonkschot selbst war die meiste Zeit nicht da, denn er hatte eine Stelle bei der Post und war ein
mürrischer Mann, der in Max' Augen verbittert war, weil er wissenschaftlich nicht ernstgenommen wurde, weder von der Universität Groningen noch vom Provinzmuseum in Assen. Vielleicht,
weil er seine Sammelstücke manchmal auch verkaufte.

Aber sein Freund Etienne, ein zur Korpulenz neigender, etwa
vierzigjähriger Mann, sah jedesmal kurz herein und sagte:

»Hallo, Schönchen, bist du wieder da? Nichts klauen, hörst du!«

An der Wand hingen bunte Karten, die über die Verbreitung der
Trichterbecherkultur in Drenthe Auskunft gaben, und in den zwei
Vitrinenreihen waren Verdonkschots prähistorische Funde ausgestellt: Dutzende steinerner Speerspitzen, die fünftausend Jahre alt
waren, Faustkeile, verrostete Haarnadeln, Tonscherben und halb
vergammelte Lederfetzen. Es waren nicht die Stücke an sich, die
Quinten fesselten, sondern die Atmosphäre in dem hellen Raum:
die reine Stille, in der all die schmutzigen alten Dinge, die tief in die
Erde gehörten, jetzt im Licht dalagen wie die Eingeweide eines
Fisches beim Fischhändler im Dorf. Es war geheimnisvoll, weil es
eigentlich nicht sein durfte. Aber das Merkwürdigste war die Vorstellung, daß all diese Dinge auch dann noch hier unter Glas lagen,
wenn niemand sie anschaute, also auch nachts, wenn es dunkel war
und er selbst im Bett lag. Und das war natürlich nicht möglich,
denn dann würden sie ja schreien vor Angst, und das würde er in
seinem Bett hören; aber er hörte nachts nie Geschrei aus der Orangerie. Nur manchmal den Ruf einer Eule. Es gab sie also nur, wenn
er sie sah.

Draußen kletterte er jedesmal wieder auf den Findling, der dort
ebenfalls vor Zeiten nach oben gekommen war. Er setzte sich hin
und wartete, bis Verdonkschots Ziegenbock Gijs mit schiefen
Sprüngen auf ihn zu kam. Wenn es nach Gijs gegangen wäre, hätte
er ihm bestimmt gerne einen Stoß mit den Hörnern versetzt, aber
dazu war der Strick leider nicht lang genug. Quinten fragte ihn:

»Warum bist du bloß immer so böse zu mir?« Er streckte die

Hand aus, um ihm über den Kopf zu streicheln, aber das wurde mit einer brüsken Bewegung abgewehrt. »Ich habe dir doch nichts getan? Ich finde dich doch nett. Ich finde dich zum Beispiel viel netter als Arendje, der nimmt die Leute auch manchmal Kopf voran auf die Hörner. Ich finde dich ungefähr so nett wie Max, aber nicht so nett wie Papa. Papa ist mit Abstand der netteste von allen. Wenn wir spazierengehen, erzählt er mir immer alles mögliche. Er spricht alle Sprachen und kann Geheimschrift lesen. Weißt du, warum ich nicht bei ihm wohnen kann? Weil er so beschäftigt damit ist, der Chef zu sein. Darum kommt er auch fast nie. Er ist der Chef von bestimmt einer Millionmillion Menschen. Tante Helga wohnt auch nicht bei ihm. Ich war noch nie bei ihm zu Hause, aber er wohnt in einem Schloß in Amsterdam. Wenn ich groß bin, werde ich ihn besuchen. Dann darfst du auch mit. Und weißt du, wen ich am nettesten finde? Mama. Mama ist todmüde, sagt Oma. Mama ist eingeschlafen. Weißt du, warum sie so müde geworden ist? Das weißt du bestimmt nicht. Aber ich weiß es. Soll ich es dir sagen? Aber das darfst du keinem erzählen, hörst du, denn es ist ein Geheimnis. Versprichst du mir das, Gijs? Das kommt daher, weil sie immer allen aus der goldenen Kutsche hat zuwinken müssen.«

40
Die Wörterwelt

Onno war inzwischen immer mehr damit beschäftigt, der Chef zu sein. Eines Nachts, nach einem Besuch bei Helga und mehreren Cola-Rum auf dem Heimweg, wurde er vom Beauftragten für die Regierungsbildung angerufen und gefragt, ob er Staatssekretär für Bildung und Wissenschaft werden wolle.

»Seit wann ist das die Sache des Beauftragten?«

»Ich rufe im Namen deines Ministers an.«

»Kann ich mir das kurz überlegen?«

»Nein.«

»Auch nicht fünf Minuten?«

»Nein. Der ganze Kram muß innerhalb von vierundzwanzig Stunden vorzeigbar präsentiert werden, dieses Hin und Her hat jetzt schon mehr als fünf Monate gedauert. Das Volk murrt.«

»Und wie komme ich zu dieser Ehre, Janus?«

»Indirekt durch die Anregung eines Freundes von dir, eines bestimmten Kneipenwirts in deiner Stadt: dem neuen Wohnungsbauminister.«

»Und mein eigener Minister? Weiß er eigentlich, daß ich der Wissenschaft außerordentlich übel gesonnen bin?«

»Ja, Onno, ich bin überzeugt davon, daß du das Kabinett in Schwierigkeiten bringen wirst. Also entscheide dich, ich habe auch noch etwas anderes zu tun. Ja oder nein?«

»Wenn es im Interesse des Landes ist, steht alles andere zurück. Ja.«

»Schön. Morgen früh um zehn Uhr erwarte ich dich nüchtern in Den Haag im Ministerium. Wir machen etwas Schönes daraus. Gute Nacht.«

Damit hatte sich plötzlich alles geändert. Er war nicht unzufrieden mit seinem Posten als Referent, den er nunmehr seit vier Jahren bekleidete; obwohl die Obrigkeit von Jahr zu Jahr weniger zu sagen hatte, hatte er in mancher Hinsicht mehr unmittelbare Macht als ein Staatssekretär, der im Schatten seines Ministers stand. In der Kommunalpolitik hatte er direkten Kontakt zu den Bürgern, in der Landespolitik würde das nicht mehr der Fall sein. Aber genau diese Macht erfüllte ihn zuweilen mit Widerwillen, als hätte er eine Niederlage erlitten, sie war notwendig, damit die Gesellschaft funktionierte, hatte aber zugleich auch etwas unverkennbar Proletenhaftes. Außerdem war es von Vorteil, daß er als Referent in Amsterdam arbeiten konnte, und nicht in dieser miefigen Beamtenhöhle Den Haag, aus der er damals geflüchtet war und wohin er jetzt wieder jeden Tag würde fahren müssen – für Amsterdam war es ein Segen, daß der Regierungssitz der Niederlande nicht zugleich auch Hauptstadt war. Aber mit einiger Beschämung wußte er auch sofort, warum er ja gesagt hatte: um seinem Vater zu gefallen und seinen ältesten Bruder neidisch zu machen. Für seinen Bruder wäre es sofort beschlossene Sache, daß er, Onno, eines Tages dann auch noch Minister werden würde, und das war der höchste Status politischer Seligkeit.

Während er immer noch auf das Telefon sah, wunderte er sich plötzlich darüber, daß die Äußerung des kurzen Sprachlautes *nein* nichts in seinem Leben geändert hätte, während das Aussprechen des vielleicht noch kürzeren Sprachlautes *ja* sehr viel geändert hatte – und das, obwohl die Spektogramme dieser beiden Laute nur von erfahrenen Phonetikern bestimmt werden konnten. Und wenn er *ken* gesagt hätte, hätte sich genauso wenig geändert, obwohl das ebenfalls ja bedeutete, allerdings auf hebräisch. Es war alles selbstverständlich, tägliches Brot, das Abc, aber plötzlich beunruhigte es ihn, und auch diese Beunruhigung hatte etwas Beunruhigendes.

Für Besuche auf Groot Rechteren hatte er nach seinem Ja noch weniger Zeit: Quinten sah ihn von da an öfter im Fernsehen denn leibhaftig.

Er ging inzwischen in die erste Klasse der Grundschule von Westerbork, und als Onno einmal vorbeikam – in einem großen, dunkelblauen Dienstwagen, nachdem er in Leeuwarden ein technologisches Institut eröffnet hatte –, erzählte ihm Sophia stolz, daß er gerade lesen gelernt hatte.

»Dann laß Papa mal hörten, was du kannst«, sagte er und gab ihm das Lesebuch.

»Pim ist im Wald«, las Quinten, ohne den Zeigefinger zu Hilfe zu nehmen. Aber ehe Onno ihn loben konnte, sah er auf die Zeitung, die am Boden lag, und las die Überschrift vor: »Kambodschanischer Präsident Lon Nol verlängert Sondervollmachten.« Als alle verblüfft schwiegen, sagte er: »Das habe ich nämlich gar nicht in der Schule gelernt. Das kann ich schon lange.«

Max war der erste, der etwas sagte.

»Wer hat es dir denn beigebracht?«

»Herr Spier.«

Er begriff nicht, was daran nun so besonderes war. In Herrn Spiers sauber aufgeräumtem Arbeitszimmer mit dem schrägen Zeichentisch, wo das Fenster eine wunderbare Aussicht auf den Wald hinter dem Schloß bot, waren dessen neue Buchstabenentwürfe in alphabetischer Reihenfolge an die Wand geheftet: sechsundzwanzig große Blätter kariertes Papier, auf denen jeweils ein Groß- und ein Kleinbuchstabe zu sehen waren, die er »Versal« und »Minuskel« nannte. Herr Spier – der, auch wenn er arbeitete, immer tadellos gekleidet war und Krawatte, Weste und Stecktuch trug – hatte ihm nicht nur alles über »Korpus«, »Oberschraffe«, »Fahne« und »Schwanz« erzählt, sondern ihn mehrere Tage hintereinander auch bei der Hand genommen und Schritt für Schritt an der Wand entlanggeführt und Buchstabe um Buchstabe vorgesprochen, die er dann nachsprechen mußte. So war das ja wohl auch im Nu zu lernen! Beim *Q* hatte Herr Spier immer bedeutungsvoll den Zeigefinger gehoben. *Judith* hatte er seine neuen Buchstaben genannt, nach seiner Frau. Er entwarf auch Briefmarken und Banknoten, aber das geschah nur in der Druckerei in Haarlem, unter Polizeiaufsicht, denn das war natürlich streng geheim. Innerlich habe er immer ein bißchen lachen müssen, sagte er, weil er im Krieg, als er sich habe verstecken müssen, weil Hitler ihn habe totmachen wollen, tatsächlich alles mögliche gefälscht habe: deutsche Stempel, Personalausweise.

»Wer ist Hitler?«

»Wie schön, daß es wieder Menschen gibt, die das nicht wissen. Hitler war der Boß der Deutschen, der alle Juden totmachen wollte.«

»Warum?«

»Weil er Angst vor ihnen hatte.«

»Was sind Juden?«

»Ja, das fragen sich eine Menge Leute schon lange, Q.Q, und die Juden selbst am meisten. Vielleicht hatte er deswegen Angst. Aber es ist ihm nicht gelungen.«

»Sind Sie auch ein Jude?«

»Und ob.«

»Ich habe aber trotzdem keine Angst vor Ihnen«, und als Herr Spier lächelte: »Bin ich Jude?«

»Im Gegenteil, soweit ich weiß.«

»Im Gegenteil?«

»Das war ein Scherz. Juden scherzen öfter, wenn sie über Juden sprechen.«

»Was ist denn mit dir los, Quinten?« fragte Sophia. »Woran denkst du?«

»Ach, nichts.«

Max konnte es noch immer nicht fassen.

»Warum hast du uns nie gesagt, daß du lesen kannst?«

Quinten zuckte mit den Schultern und schwieg.

»So stellt uns dieser Junge jeden Tag wieder vor neue Rätsel«, sagte Sophia.

»Erblich belastet mit großer Bildung«, nickte Onno. »Soll ich ihn noch mal testen?« Und zu Quinten: »Fällt dir etwas an diesem Namen Lon Nol auf?«

»Es steht ein Spiegel dazwischen«, sagte Quinten sofort.

»Da traut man doch seinen Ohren nicht!« rief Max – mit doppelter Freude: Nun bestand wohl kein Zweifel mehr, wer hier die Erbanlagen geliefert hatte!

»Wie bei . . .?« fragte Onno weiter.

Quinten überlegte kurz, wußte es aber nicht.

»Mir«, sagte Onno. Er wollte auch »Ada« sagen, tat es aber nicht; zudem stimmte es auch nicht ganz: Das *d* in der Mitte war in sich nicht symmetrisch.

»Natürlich!« lachte Quinten und deckte mit den Zeigefingern die beiden ›l‹ ab. »Du steckst da drin!«

»Ich stecke in Lon Nol«, wiederholte Onno. »Wenn mein Parteichef das hört, ist meine ganze Karriere zerstört.«

»Das reimt sich«, sagte Quinten, »also ist es wahr.«

Max lachte.

»Endlich jemand, der die Poesie ernst nimmt.«

»Vor einiger Zeit«, erzählte Onno, »bin ich übrigens selbst auch gebeten worden vorzulesen. Vom GS.«

»Was ist der GS?« fragte Sophia.

»*Wer* ist der GS. Der Generalsekretär, der Spitzenbeamte des Ministeriums, der alle Politiker überlebt, der Vertreter der Ewigkeit.«

»Und was solltest du vorlesen?« fragte Max.

»Absolut alles. Ich bin natürlich nie auf die Idee gekommen, im Parlament etwas vom Blatt abzulesen wie die geschätzten Abgeordneten, ich habe meine zerschmetternden Wahrheiten immer frei von der Leber weg geäußert. Aber er sagte, daß das böses Blut mache, daß ich sie auf diese Weise mit ihrer eigenen Unbeholfenheit konfrontiere und sie sich dafür rächen würden. Redetalent sei nach seiner Meinung in der niederländischen Politik nicht erwünscht – oder was meinst du? Seitdem lasse ich mich dazu herab, irgendwelche Unterlagen vor mich hinzulegen, und seien es leere Seiten, so daß man nun den Eindruck hat, ich lese ab. Ist das nicht zum Aus-dem-Fenster-Springen?« Und als Max lachte: »Ja, du hast gut lachen, aber ich versinke immer tiefer im Morast der Wurstelei. In der Politik dreht sich alles um Wörter, es ist eine widerliche Wörterwelt.«

»Na«, sagte Max, »in der Wörterwelt scheinst du mir nicht gerade am falschen Platz zu sein.«

»Aber nicht ausgerechnet auf diese Weise. Als ich in grauer Vorzeit noch Texte entzifferte, waren das *Taten*, die von diesen Texten losgelöst waren, selbst wenn ich nur das eine Wort durch ein anderes ersetzte. Kannst du mir noch folgen?«

»Wenn dir schon lange niemand mehr folgen kann, Onno, ich werde dir immer folgen.«

»Aber in der Politik sind die Worte die Taten, und das ist etwas ganz anderes. Du hockst in Westerbork und lauschst dem Rauschen aus der Tiefe des Weltalls, aber ich höre von morgens früh bis abends spät Wörter: im Ministerium, im Parlament, im Kaffeezimmer, im Parteibüro, bei Kommissionssitzungen, am Telefon, im Auto, auf Cocktailpartys, bei Diners und Empfängen und

Arbeitsbesuchen, von Leuten, die mir etwas ins Ohr flüstern, mir einen Zettel mit Informationen zustecken, und sei es, daß nur *Nimm dich vor dem Kerl in acht* draufsteht, oder irgend so etwas. Und ich selbst sage auch ständig etwas, zu diesem und jenem, bei solchen und anderen Gelegenheiten, bei Pressekonferenzen oder in Interviews in der Zeitung und im Fernsehen. Ich versuche zu überzeugen, Menschen zu beeinflussen. Das ist die Politik, die Macht, es ist alles verbal, ein ununterbrochener Schneesturm von Wörtern. Aber es ist kein normales Sprechen, nein, es sind Akte der Äußerung. Es ist Handeln, man tut etwas, ohne etwas zu tun. Es ist natürlich wunderbar, wenn man Dinge ändern und verbessern kann, ich will mich gar nicht beklagen, aber das Bewußtsein, daß es auf diese Weise geschieht, fängt langsam an, an mir zu nagen.«

»Warum? Was gibt es denn Schöneres, als etwas mit Worten zu *tun*? Ein Schriftsteller tut nichts anderes. Oder denk an Gott.«

»Ja«, sagte Onno, »laß uns an Gott denken. Das kann nie schaden. ›Im Anfang war das Wort, und das Wort war bei Gott, und Gott war das Wort.‹«

»Ist das aus der Bibel?« fragte Quinten.

»Und wie! Nach Johannes war der Schöpfer also zugleich das Schöpfungswort, und das wiederum zugleich auch die Schöpfung: ›Er spricht, und es ist da.‹ Gott, Wort, Welt – es ist alles identisch. Etwas Politischeres als die christliche Theologie gibt es nicht.«

»Man könnte es auch umdrehen und behaupten, daß die Politik eine religiöse Angelegenheit sei«, sagte Max.

»Wem sagst du das? ›Die Obrigkeit ist die mit der Macht des Schwertes bekleidete Dienerin Gottes‹: das habe ich mit der Muttermilch eingeflößt bekommen. Nur von der sprachphilosophischen Seite her haben die Christenhunde das nie betrachtet. Das gilt übrigens nicht nur für die Politik. Als ich an deinem Geburtstag auf dem Standesamt ja sagte, war das auch eher eine Tat als eine Mitteilung, oder als ich dieses wunderliche Wesen hier ›Quinten‹ nannte. Aber ich bin nicht für Gott gemacht, wie du vielleicht. Irgend etwas stimmt nicht mit diesem verbalen Tun-ohne-etwaszu-tun. Was mich daran stört, ist eine gewisse – wie soll ich sagen – unmoralische Dimension.«

»Unmoralische Dimension –«, wiederholte Max, »das hört sich nicht gut an.« Er mußte sich dazu zwingen, keinen Blick auf Sophia zu werfen, weil er auf einmal das Gefühl hatte, daß Onno in Wirklichkeit von seinem heimlichen Verhältnis mit ihr sprach, aber das war natürlich Unsinn.

»Kaiser Napoleon hat Paris verschönert«, sagte Onno plötzlich und schwieg. Max nickte und wartete ab, was nun kommen würde. »König Salomo hat den ersten Tempel in Jerusalem gebaut.«

»Bestimmt auch aus der Bibel«, sagte Quinten.

»Alles ist immer aus der Bibel.«

»Und was ist mit Napoleon und König Salomo?« fragte Max.

»König Salomo hat nie im Leben auch nur einen Stein auf den anderen gelegt. Er hat den Tempel also nicht gebaut. Er hat seinem Architekten den Auftrag gegeben, einen Tempel zu bauen, aber auch der hat ihn nicht gebaut. Er wurde von anonymen Arbeitern erbaut. Weshalb darf derjenige, der am wenigsten daran getan hat, die Lorbeeren für sich in Anspruch nehmen?«

»Aufgrund der Tatsache, daß er ohne ihn nicht gebaut worden wäre.«

»Aber ohne diesen Architekten? Und ohne die Arbeiter? Und dennoch ist Salomo der eigentliche Erbauer des Tempels – aufgrund seiner Macht und einer Tat von drei Wörtern: ›Baue einen Tempel!‹ Oder besser gesagt, von zweien: ›*Tiwne migdásch!*‹ *Bauen* bedeutet offenbar ›bauen sagen‹. Ist das nicht ein Unding, daß es so läuft?«

»Genau!« sagte Max, der sich plötzlich auf ganz andere Weise angesprochen fühlte. »Nur: der Bau eines Tempels ist immerhin noch eine schöne Sache, aber nehmen wir einen Befehl zu einem Verbrechen.« Er wandte sich zu Sophia. »Erzählen Sie einmal, was Sie gestern gehört haben – über diese Mütze.«

Sophia sah von ihrem Schnittmuster auf, das sie auf ein Stück Stoff heftete. Max und Onno bemerkten, wie sie sich kurz konzentrieren mußte: Sie hörte diesen Gesprächen nie wirklich zu, vermutlich hielt sie das eher für etwas unreifen Unsinn.

Gestern hatte sie Herrn Roskam, dem Hausmeister, eine Tasse Kaffee angeboten, und der hatte ihr von seinem Vater erzählt, der beim Vater des Barons Gärtner gewesen war. Als Herr Roskam so alt war wie Quinten, war er eines Tages mit seinem Vater zur Orangerie gegangen, als diese noch als Wintergarten genutzt wurde. Auf der Schwelle hatte der alte Gevers gestanden, auch er mit seinem Sohn, der damals ebenfalls etwa sechs Jahre alt war, und hatte einen Blick auf die Mütze von Herrn Roskams Vater geworfen. »Hol mal eine Schaufel, mein Freund.« Sein Vater hatte eine Schaufel geholt. »Grab ein Loch.« Sein Vater hatte ein Loch gegraben. »Wirf deine Mütze da hinein. Dieses schmutzige Ding muß mir aus den Augen.« Der alte Roskam hatte seine Mütze begraben und mit den Holzschuhen die Erde festgestampft, während die beiden Jungen zusahen. Nach fünfzig Jahren bebte der junge Roskam immer noch, als er es erzählte. Und sein Vater hatte gedacht, daß er dann wohl eine neue Mütze bekommen würde, aber das war nicht der Fall.

»Herr Roskam?« fragte Quinten, der mit offenem Mund zugehört hatte.

»Genau«, sagte Onno, »wenn ich so etwas höre, weiß ich wieder, warum ich links bin.«

»Es ist genau, wie du sagst«, sagte Max erregt, »das Unmoralische ist, daß solche Machtworte *möglich* sind. ›Baue einen Tempel!‹ ›Begrabe deine Mütze!‹ Oder nehmen wir Hitler. Der hat Himmler einmal seinen grundsätzlichsten Befehl erteilt. ›Ermorde alle Juden!‹ – drei Wörter, natürlich nur mündlich. Aber er selbst hat nie einen Juden ermordet, sowenig wie Himmler oder Heydrich oder Eichmann, das wurde dann vom niederen Fußvolk besorgt. Und in Auschwitz war es noch idiotischer: Dort mußten die jüdischen Gefangenen selbst das Zyklon-B in die Gaskammern werfen. Da hatte man dann die Situation, daß der eigentliche Mord nicht von den Mördern, sondern von den Opfern begangen wurde. Wer es getan hat, hat es nicht getan, und wer es nicht getan hat, hat es getan.« Er fing einen Blick von Sophia auf und hielt plötzlich inne. Um Quinten nicht mit dieser Vergangenheit zu belasten, sprach er in seiner Gegenwart nie über solche Dinge, aber eigentlich auch nicht ohne seine Gegenwart.

»Genau das meine ich«, sagte Onno. »*Führerbefehl hat Gesetzeskraft.* Bei Hitler findet man alles immer in Reinkultur. Wenn Worte zu Taten werden, verflüchtigen sich die Taten, und die Hölle des Paradoxons öffnet sich und verschlingt alles. Irgend etwas stimmt hinten und vorne nicht in der Welt, und gleichzeitig kann es nicht anders sein, als es ist. Vielleicht ist es die *midlife crisis*, aber an manchen regnerischen Nachmittagen schaue ich etwa zur Zeit des Sonnenuntergangs aus dem Fenster des Ministeriums und freue mich auf den Tag, an dem ich aus der Politik heraus sein werde. In Den Haag schwelgen sie alle in dieser unmoralischen Konstellation, aber ich bin froh, wenn ich einfach wieder sprechen werde, wenn ich spreche – so wie jetzt. Und wenn ich etwas tun möchte, möchte ich das einfach tun, indem ich es tue, wie alle anständigen Menschen. Vorhin habe ich in Leeuwarden dieses Institut eröffnet: mit Worten, die also eine Tat waren, und danach mußte ich etwas *tun*, ich mußte ein Tuch von einem Bild ziehen, aber das war eine Tat, die keine Tat war, sondern eine symbolische Handlung. Ein menschenunwürdiges Dasein! Und wenn der Tag noch trüber ist, dann denke ich manchmal an die Königin in ihrem totenstillen Palast: Ihre Majestät muß ihr Leben lang, tagein, tagaus solche untätigen Taten verrichten und darf nie ihre eigenen Worte sprechen, sondern immer nur die unsrigen. Schon allein aus Höflichkeit ihr gegenüber sollte man die Monarchie abschaffen.« Er stand auf und stellte sich ans Fenster. »Die Politik«, sagte er nach einer Weile, »beschädigt die Seele. In der Politik sitzt dein potentieller Todfeind immer in der ersten Reihe deines Auditoriums. Darum muß ich jedem mißtrauen, und meinen Freunden zuallererst, und das heißt, daß ich mich selbst ununterbrochen verachten muß.«

Keiner sagte mehr etwas. Erschrocken sah Max auf seine Hände und Quinten auf den mächtigen Rücken seines Vaters, während die Worte, die er gehört hatte, wie ein Bienenschwarm in seinem Kopf herumtollten. Nach einer Weile drehte sich Onno um und sagte zu Max:

»Du hattest doch sicher vor, heute wieder für dein Spielzeug Stimmung zu machen, stimmt's? Für dieses völlig überflüssige dreizehnte und vierzehnte Teleskop. Ich verstehe, daß ich dir das jetzt so gut wie unmöglich gemacht habe. Aber da ich wiederum Politik betriebe, wenn ich das jetzt ausnutzen würde, werde ich das aufgrund meiner unendlichen Güte nicht tun.«

Erleichtert begriff Max, daß Onnos Bemerkung über das Mißtrauen gegenüber Freunden nicht auf ihn gemünzt war.

»Baue zwei Spiegel!« sagte er in einem Ton, mit dem Onno vorhin Salomo zitiert hatte. »Wie das auf hebräisch heißt, weiß ich allerdings nicht.«

»*Tiwne shté mar'ot!* Für mich ist das zwar eine Vergeudung öffentlicher Gelder und das Ganze hat eine gesellschaftliche Relevanz, die gleich Null ist, aber ich kann dir mitteilen, daß ich inzwischen einen Topf dafür gefunden habe, auf Kosten einiger Institute im Ausland, die sich dafür bestimmt nicht bedanken werden. König Onno – der Erbauer zweier Spiegel in Westerbork!« sagte er in getragenem Ton. »Wo ich doch nicht einmal eine Brille schleifen kann, wie Spinoza. Was bin ich doch für ein durch und durch guter Mensch.« Er sah sich um. »Wo ist Quinten?«

»Das weiß man bei ihm nie so genau«, sagte Sophia.

Quinten war hinausgegangen. Auf dem Vorplatz stand das Auto mit den beiden Antennen, das im einen Augenblick noch stand und im nächsten schon hundert fahren konnte. Der Fahrer rauchte auf der Balustrade zum Schloßgraben eine Zigarette und nickte ihm freundlich zu. Quinten gefiel das Auto besser als das von Onkel Diederic, des Kommissars der Königin. Nachdenklich ging er über die Brücke und warf einen kurzen Blick auf die Räder am Weg zu Piet Kellers Tür. Die Königin saß in ihrem totenstillen Palast und durfte nicht sprechen. Jetzt war er sich ganz sicher: die Königin war seine Mutter. Sonst würde sein Vater ja wohl nicht in der Regierung sitzen und so ein schönes Auto mit Fahrer haben. Und sein Onkel saß als ihr Kommissar in Drenthe, in diesem feierlichen Haus in Assen, um auf ihn aufzupassen. Auch sein Vater hatte ihm das verschwiegen, denn es war natürlich geheim. In der Schule ahnten sie vielleicht etwas, sonst würden sie nicht so garstig zu ihm sein. Sie waren eifersüchtig, weil sie selbst alle stinknormale Mütter hatten, mit geblümten Kleidern und mit Lockenwicklern im Haar, und sie wohnten auf Bauernhöfen oder in komischen kleinen Häusern, die aneinandergeklebt waren. Die Kinder in seiner Klasse konnte er verstehen, aber sie sprachen irgendwie anders als er, und sie hatten andere Köpfe. Ihr Haar war manchmal fast weiß, und ihre Augen sahen aus wie Fischaugen. Die Jungen spielten gerne Fußball, was ihm, dem Sohn der Königin, zuwider war. So ein schöner, runder Ball, den konnte man doch nicht treten! Dann konnte man genausogut Menschen treten. Als Sohn der Königin tat man so etwas nicht. Aber Hitler hatte gewollt, daß alle Juden totgemacht werden sollten, in Gaskammern, nun hatte auch Max schon davon gesprochen. Vielleicht war er selbst auch ein Jude, das mußte er ihn einmal fragen; er war plötzlich ganz aufgeregt gewesen, als er von diesem Hitler anfing. So ein Schuft war das: Herrn Spier totmachen –. Während er »Hitler« dachte, sah er eine riesige, muskulöse Gestalt vor sich, einen Kannibalen mit langem blondem Haar, das im Wind wehte, und der nachts in einem Hünengrab auf der Heide schlief.

»Vorsicht, Kuku.«

Er sah auf. Selma Kern radelte in ihrem gigantischen Kleid an ihm vorbei. Das Bild, von dem sein Vater heute das Tuch gezogen hatte, hatte vielleicht sogar Kern gemacht. Man brauchte nur den überflüssigen Stein wegzuhacken und dann ein Tuch wegzuziehen. Vielleicht zog Kern auch manchmal dieses Kleid von Frau Kern herunter, so daß sie plötzlich nackt im Zimmer stand. Er lachte. Das sah bestimmt komisch aus! Und Max tat es vielleicht bei Oma, wenn sie nachts zu ihm ins Bett schlüpfte, weil sie fror; aber daran wollte er nicht weiter denken. Er sah zu Kerns Atelier hinüber: Kern war nicht da, das Vorhängeschloß hing an der Tür. Die Tür von Herrn Roskams Werkstatt stand offen, er sah ihn im Dunkeln umhergehen. Sein Vater hatte seine Mütze begraben müssen. Angenommen, sein eigener Vater müßte auf Befehl des Barons

seine Mütze begraben. Das würde er nie tun! Im übrigen hatte er
gar keine Mütze. Ob Herr Roskam noch einmal mit dem Baron
darüber gesprochen hatte? Bestimmt nicht. Der schämte sich natürlich zu Tode, oder vielleicht hatte er es auch vergessen.

Am Haus der Domina vorbei ging er zur Orangerie, wo Etienne
gerade in seinem Auto wegfahren wollte. Er kurbelte das Fenster
herunter und sagte:

»Du kannst jetzt nicht hinein, Schönchen, ich muß ins Dorf.
Komm morgen wieder.«

Als er die lockeren Bretter der Brücke hatte dröhnen hören,
nahm er die Situation von damals genau in Augenschein. Herr Roskam und sein Vater waren aus dem Gärtnerhaus gekommen, in dem
jetzt die Domina wohnte, und dort drüben, auf der Schwelle der
Orangerie, hatte der alte Baron mit seinem Sohn gestanden. Die
Roskams hatten also etwa an derselben Stelle gestanden wie er jetzt.
Aber hier war der Boden hart, hier konnte man kein Loch graben.
Er drehte sich um und überlegte, wo er selbst ein Loch graben
würde, wenn er ein Loch graben müßte. Er machte einige Schritte
bis zum Anfang des weichen Waldbodens, der jetzt mit Laub be-
deckt war. Er nahm einen Stein und legte ihn an die Stelle, wo die
Mütze liegen mußte. Dann rannte er zurück zu Herrn Roskam.

Roskam versuchte mit einer Zange eine Mutter von einem Hahn
zu lösen, hatte aber offenbar nicht mehr die Kraft dazu. Als Quinten seine traurigen Augen sah, wollte er am liebsten gleich sagen,
daß er die Mütze seines Vaters wiedergefunden hätte. Aber es
schien ihm schöner, ihn damit zu überraschen.

»So, Kuku, auf Kriegspfad?«

»Darf ich mir von Ihnen einen Spaten borgen?«

»Bist du auf Schatzsuche?«

»Ja«, sagte Quinten.

»Da drüben stehen sie. Nimm am besten den kleinen. Aber du
mußt ihn mir zurückbringen, hörst du? Und nicht zu spät, es wird
jetzt wieder früh dunkel.«

An der Orangerie legte er den kleinen Stein beiseite, fegte mit
dem Fuß die Blätter vom Boden und stieß den Spaten in die Erde.

Wie tief mochte die Mütze sein? Bestimmt nicht tiefer als dreißig
Zentimeter. Um die Chance zu vergrößern, beschloß er, einen Graben von einem Meter Länge auszuheben, dann würde er bestimmt
darauf stoßen. Vorsichtig, um die Mütze nicht noch mehr zu be-
schädigen, als sie es nach fünfzig Jahren vermutlich war, schaufelte
er die Erde weg. In etwa zehn Zentimetern Tiefe stieß er auf einen
Stein, den er zur Seite warf. Kurz darauf kam wieder ein Stein zum
Vorschein. Er begann sich Sorgen zu machen. Die Mütze lag also
weiter hinten, oder seitlich, aber er konnte doch nicht das ganze
Gelände abtragen. Nur gut, daß er Herrn Roskam noch nichts gesagt hatte. Es dämmerte bereits, als plötzlich vier Pfeilspitzen auf
seinem Spaten lagen, genau die gleichen wie in der Orangerie, in
Verdonkschots Vitrinen. Urweltfunde! Er hatte einen viel größe-
ren Fund gemacht als die Mütze! Das würde Etienne und Herrn
Verdonkschot freuen! Er nahm die beiden Steine, die er beiseite geworfen hatte, noch einmal in Augenschein. Kein Zweifel: wie die
Faustkeile im Museum.

Aufgeregt steckte er die Funde in die Taschen, machte den Graben wieder zu, stampfte die Erde fest und schob Blätter darüber, so
daß kein anderer auf die Idee kommen würde, hier nach prähistori-
schen Überresten zu suchen. Er war auch froh, daß Gijs in seinem
Stall war und ihn nicht hatte sehen können. Er beschloß, Herrn
Roskam nichts zu sagen, denn der würde vielleicht fragen, was er
da eigentlich herumgrabe, und was sollte er dann antworten?

»Und?« sagte Herr Roskam, ohne aufzusehen, als Quinten den
Spaten zurückstellte. »Fündig geworden?«

»Ja.«

»Schön.«

Zum Glück fragte er nicht weiter. Der Fahrer hatte sich ins Auto
gesetzt und hörte leise Musik. Oben im Balkonzimmer brannte
kein Licht, aber als er hereinkam, saßen alle im Dämmerlicht noch
auf ihren Plätzen.

»Du hast sicher etwas ausgeheckt«, sagte Sophia.

»Ich habe die Mütze von Herrn Roskams Vater gesucht.«

Alle schwiegen, und erst nach einer Weile sagte Max:

»Die Mütze von Herrn Roskams Vater, die hast du gesucht?«

»Ja.«

»Und?« fragte Onno.

»Ich habe einen kleinen Graben gemacht, und jetzt sieh mal, was ich gefunden habe.«

Er leerte seine Taschen aus, legte alles auf den Tisch und machte Licht. Alle drei standen sie auf und beugten sich über die Fundstücke.

»Phantastisch!« rief Max. »Quinten! Unglaublich!« Und zu Onno: »Das ist wirklich die blanke Ironie. Gott weiß, wo dieser Mann hingeht, um zu graben, und dann liegt es bei ihm vor der Haustür.«

»Ja«, sagte Onno abwesend und hielt die Pfeilspitze dicht unter die Lampe.

»So ist das Leben«, sagte Sophia.

»Vielleicht ist es ja gar nicht so verrückt«, überlegte Max. »Die Tatsache, daß hier seit Jahrhunderten ein Schloß steht, kann durchaus darauf hindeuten, daß diese Stelle schon im Neolithikum besiedelt war.«

»Und es lag alles in einer Reihe?« fragte Onno Quinten.

»Ja.«

Onno blies auf die Pfeilspitze, befeuchtete sie mit etwas Speichel und studierte sie noch einmal eingehend. Dann sah er Max an und sagte:

»Ich bin kein Archäologe, aber in meinem vorigen Leben habe ich mit einer bestimmten Sorte von Archäologen so meine Erfahrungen gemacht. Soll ich euch mal sagen, was ich glaube? Dieser Herr da in der Orangerie – wie hieß er noch?«

»Verdonkschot.«

»Dieser Herr Verdonkschot hat die Sachen selbst angefertigt und in der Erde vergraben, wo er sie einige Jahre lang prähistorisch werden läßt und dann für viel Geld verkauft. Dafür lege ich meine Hand ins Feuer. Die ganze Kollektion ist mit Sicherheit falsch.«

Verdutzt sah Max ihn an und ließ sich dann zurück auf die Couch fallen.

»Natürlich!« rief er. »Natürlich!«

»Ja, du lachst«, sagte Onno, »du hast immer gut lachen, aber jetzt haben wir ein Problem. Eines Tages werden die Betrüger natürlich merken, daß etwas fehlt und sie also erwischt worden sind.«

»Soll ich sie zurücklegen?« fragte Quinten.

»Sieht man, daß du da gegraben hast?«

»Ich habe wieder Blätter darübergemacht.«

»Sehr schön. Wir haben jetzt Oktober, und bis der Boden wieder sichtbar ist, wird es Februar oder März sein. Dann ist nichts mehr von deiner Graberei zu sehen, nur die Sachen sind weg, aber das ist nicht mehr unser Problem. Vielleicht graben sie die Dinge auch erst in drei oder vier Jahren wieder aus, denn für meine Begriffe sieht das alles noch lange nicht alt genug aus. Nein, vermutlich passiert jetzt gar nichts. Wirf die Sachen am besten gleich in den Mülleimer.«

»Diese Verbrecher«, sagte Quinten empört. »Sollen wir sie nicht anzeigen?«

»Unbedingt«, sagte Onno. »Rechtlich gesehen, ist das sogar unsere Pflicht. Aber ich schlage vor, es zu lassen, denn das macht nur Scherereien. Es ist natürlich eine Schande, wenn ich als Politiker so etwas sage, aber die Polizei kann uns nicht übelnehmen, daß wir nicht auf die Idee gekommen sind, auf die wir natürlich sofort gekommen sind.«

Offenbar hatte die Polizei noch andere Quellen, die Wahrheit herauszufinden, denn ein Jahr später fuhr plötzlich ein blauer Streifenwagen an der Orangerie vor, Polizeibeamte in Zivil und ohne Dienstmützen warfen den Inhalt der Vitrinen in Mülltüten und nahmen Etienne und Herr Verdonkschot fest, nahezu alle Bewohner sahen schweigend zu. Quinten zitterte, als er sie so hilflos ins Auto steigen sah, er sah zu Sophia auf und sagte: »Papa hat immer recht«, woraufhin sie nur kurz einen Finger auf den Mund legte. Nicht auszudenken, dachte er, wenn das hier passiert wäre, weil sein Vater sie angezeigt hätte. Hinter dem vergitterten Fenster

winkte Etienne ihm noch kurz zu. Am nächsten Tag wurde von
dem Fall auch in den überregionalen Zeitungen berichtet. Damit
war die Position der beiden Freunde auf Groot Rechteren unhalt-
bar geworden, und der Baron kündigte ihnen fristlos. Piet Kellers
Frau versorgte den Ziegenbock noch eine Woche, aber nach dem
Auszug war auch er verschwunden, und die Orangerie blieb unbe-
wohnt.

Quinten vermißte das Tier am meisten. Noch Wochen später
setzte er sich manchmal auf den großen Findling und sah Gijs dann
wieder auf sich zuspringen – aber er war nicht da, die Luft war leer,
und diese Leere und die Abwesenheit waren so abgrundtief und
vollkommen, daß er sie kaum ertragen konnte. Es schien, als sei die
ganze Welt davon befallen, der Wald, das Schloß, alles war erfüllt
von Gijs' unmöglicher Abwesenheit, so daß alles, was da war, in
irgendeiner Weise auch nicht da war, eigentlich nicht dasein konnte
oder jedenfalls nicht dasein könnte. Mit wem sollte er sich jetzt unterhalten? Als er auf dem Stein einmal in Schluchzen ausgebrochen
war, beschloß er, nicht mehr hinzugehen.

Ein ähnliches Gefühl hatte er, als am Ende des Sommers eine
Wespenplage herrschte. An allen Fenstern waren Fliegengitter angebracht, aber es war, als drängten sie durch die meterdicken
Wände, in jedem Zimmer summten sie zu Dutzenden mit ihren
schwarzgelben Leibern unter der Decke herum, und dazu diese gemeine Farbkombination, mit der sie jedem zu verstehen gaben, daß
von ihrer Seite kein Erbarmen zu erwarten war! Eigentlich ganz
schön dumm von ihnen, fand Quinten, denn wenn man ein Schuft
war, dann zeigte man das doch nicht öffentlich, dann mußte man
in Hellblau oder Rosa daherkommen. Aber das Schwarzgelb war
natürlich dazu da, um gefräßige Vögel abzuschrecken. Keiner
wußte, woher sie so plötzlich gekommen waren, außerdem schien
es, als seien drinnen mehr Wespen als draußen, so daß die Fliegengitter vielleicht die entgegengesetzte Wirkung hatten. Und als er
eines Nachmittags auf dem hinteren Dachboden herumstreunte,
hielt er plötzlich inne und neigte lauschend den Kopf. Ihm wurde
klar, daß schon die ganze Zeit ein kaum hörbares Vibrieren in der

Luft gelegen hatte, eigentlich eher ein Gefühl als ein Geräusch. Auch hier summten überall Wespen, aber das Geräusch kam woanders her. Vor einer verschlossenen Tür blieb er stehen. Er wußte, daß sie in eine kleine Kammer führte, wo früher vielleicht einmal die Waschfrau geschlafen hatte und jetzt nur einige verrostete Bettgestelle standen. Vorsichtig drückte er die Klinke herunter und öffnete langsam die Tür. Er erstarrte. Es war, als sähe er etwas Heiliges, etwas, das er eigentlich nicht sehen durfte.

Wie ein riesiger Tropfen aus einer anderen Welt hing ein Wespennest von der Decke, nicht genau in der Mitte, sondern exakt im Goldenen Schnitt, von dem Herr Themaat ihm erzählt hatte. Es schien, als sei es aus bestäubtem Gold. Hunderte von Wespen krabbelten darauf herum, schwärmten durch die Öffnung ein und aus und flogen im Raum hin und her, aber nur ganz leise, fast ohne Gesumm, wie um die Königin nicht zu stören, die dort im dunklen Inneren ihre Eier legte. Plötzlich hatten die Wespen nichts Gefährliches mehr, eher etwas Bescheidenes, Liebliches. Das Fenster war zu. Als er vorsichtig die Tür schloß, war es, als ob sich der Anblick dieses Geheimnisses tief in ihm einnistete: als hätte er es geschluckt.

Im Vorraum zum Dachboden kam ihm Arend entgegen, der jetzt in die sechste Klasse ging und von »Arendje« nichts mehr wissen wollte. Als Quinten ihm erzählte, was er entdeckt hatte, öffnete er ungläubig die Tür, rief »diese Sauviecher«, zog sie schnell wieder zu und holte seinen Vater. »Gut gemacht, Kuku«, sagte Proctor und ergriff sofort seine Maßnahmen. Zu Quintens großem Entsetzen erschien eine halbe Stunde später der Knecht vom benachbarten Bauernhof im Treppenhaus, er trug auf dem Rücken eine Spritze mit einem Pestizid. Auf dem Dachboden verlangte er einen Besen, machte die Tür auf, schlug blitzschnell das Nest von der Decke, machte rasch einige Schritte rückwärts und sprühte zehn, fünfzehn Sekunden lang einen dicken Nebel in die Kammer, wobei er vor allem auf das am Boden liegende Nest zielte, machte einen Schwenk über die Wände und nickte Proctor lachend zu, daß er nun die Tür schließen könne. Als Quinten auf einmal blaß wurde und sich übergeben mußte, wurde er von allen verwundert angesehen.

Da der Knecht geraten hatte, die Kammer jetzt besser eine Woche lang nicht zu betreten, war die Sache bald vergessen und Quinten der einzige, der noch an das Wespennest dachte. Da er sich so furchtbar verplappert hatte, fand er, daß er etwas gutzumachen hatte. Die Wespen waren inzwischen aus dem Schloß verschwunden. Quinten holte sich aus der vollgestopften untersten Schublade des Küchenschrankes eine Tragetüte und stieg damit auf den Dachboden – die miefige Kammer hatte allen Zauber verloren. Um das lädierte Nest herum war der Boden mit toten, vertrockneten Wespen bedeckt. Der ganze Staat war ausgerottet, von Piet Keller hatte er gehört, daß eine Wespenpopulation »Staat« genannt wurde. Das Wespennest sah jetzt aus wie filziges, altes Packpapier und fühlte sich auch so an. Er hielt es mit beiden Händen hoch, es war so leicht, als besäße es das Gegenteil eines Gewichts, wie ein mit Gas gefüllter Ballon, den man halten mußte, um zu verhindern, daß er aufstieg. Er steckte es vorsichtig in die Tüte, borgte sich von Herrn Roskam eine Schaufel, begrub es unter der braunen Eiche und markierte das Massengrab mit einem Stein, den er vom Schloß aus sehen konnte.

41
Abwesenheiten

Quinten war sieben Jahre alt, als Max zweimal innerhalb von vierzehn Tagen eine Kerze anzündete. Zuerst erfuhr Quinten, daß seine Urgroßmutter, die alte Frau Haken, gestorben war, und dann, daß sein Großvater, Hendrikus Jacobus Andreas Quist, Staatsminister, Träger des Großkreuzes des Ordens des Hauses von Oranien, des Großkreuzes des Ordens des Niederländischen

Löwen, des Großkreuzes des Ordens von Oranien-Nassau, etc.
etc., im Alter von vierundachtzig Jahren friedlich im Herrn ent-
schlafen sei. In der Todesanzeige, die drei Spalten einnahm und der
zehn weitere folgten, stand in der langen Reihe der Namen von
Verwandten auch der von Quinten Quist, Westerbork. Max zeigte
es ihm, doch im selben Augenblick tat es ihm schon leid, da es zu
einer kompliziert zu beantwortenden Frage führen konnte. Doch
die Frage kam nicht, Quinten war anscheinend nichts aufgefallen.
Als er im Bett war, erwähnte Max Sophia gegenüber, daß Ada
Quist-Brons, Emmen, in der Anzeige nicht aufgeführt wurde. Sophia fand das so in Ordnung, denn ihre Tochter gebe es doch eigentlich nicht mehr. Onno habe angerufen, das habe sie vergessen
ihm zu sagen; er sei mit ihr einer Meinung gewesen.

Bei der Beisetzung von Sophias Mutter war Quinten nicht dabei. Auch Max war der Meinung, ihn nicht mit der Trauer um jemanden zu belasten, den er kaum kannte und der drei Generationen vor ihm gelebt hatte. Bei der Beerdigung von Onnos Vater
jedoch lag die Sache anders, Quinten war einige Male bei seinen
Großeltern in Den Haag gewesen, und auch den Rest seiner Verwandtschaft sah er hin und wieder an Geburtstagen und bei Festen; hin und wieder kam eine Cousine oder ein Cousin auf Groot
Rechteren zu Besuch, aber viel verband ihn nicht mit ihnen. Auch
die Verwandtschaft ihrerseits schien ihn eher als eine Art außenste-
hendes Mitglied zu betrachten: Wenn selbst Onno im Kreise der
Quists ein Fremdkörper war, wenn auch in den letzten Jahren weniger als vorher, dann noch viel mehr der kleine Quinten, der von
seiner Großmutter und einem Wildfremden aufgezogen wurde
und für sie jemand aus einer anderen Welt war. Außerdem war
seine Schönheit »unquistisch«, wie seine Tante Antonia es ausdrückte: ein Quist war nicht schön. Schönheit paßte eigentlich
nicht zu anständigen Menschen.

Um heikle Situationen zu vermeiden, ging Helga nicht zur Beerdigung, und auch Max hatte das Gefühl, daß er da nicht hingehörte. Er brachte Quinten und Sophia nach Den Haag zum Ministerium, wo sie von Frau Siliakus, die Onno als seine Sekretärin

behalten hatte, empfangen wurden, und fuhr weiter zur Stern-warte nach Leiden.

Onno saß hinter seinem Schreibtisch, über ihm das Porträt der Königin, und sprach mit einem Beamten.

»Ganz und gar allein auf der Welt!« rief er in gespielter Ver-zweiflung, als sie eintraten, aber es war weniger die Verzweiflung, die er spielte, als das Spielen seiner Verzweiflung.

Nachdem er einige Unterschriften geleistet hatte, die aussahen wie die Peitsche eines Dompteurs im Moment des Knalls, ein Tele-fongespräch geführt und hier und da auf den stillen Gängen den Kopf in eine Tür gesteckt hatte, fuhren sie in seinem Wagen zur Statenlaan. Hinter geschlossenen Gardinen waren Dutzende von Angehörigen und engen Freunden versammelt und unterhielten sich gedämpft, ließen sich von Coba Kaffee einschenken und nah-men ein Mandelplätzchen aus der großen Schale.

Allenthalben war spürbar, daß jetzt Onno das Oberhaupt des Clans war, auch wenn er, verglichen mit dem Verstorbenen, ein Nichts, ein armseliger Staatssekretär war, aber der Verstorbene war nun einmal verstorben. Man machte ihm Platz, der Kommissar der Königin drückte ihm die Hand, der Oberstaatsanwalt sah ihm tief in die Augen, er gab Dol einen Kuß und legte einen Arm um die Schultern seiner Mutter, die in einem Rollstuhl saß und zu weinen begann, als sie ihn sah. Dann ging er mit Quinten an der Hand ins Vorderzimmer, wo Kerzen brannten und der atemberaubende Duft ganzer Berge von Blumen hing. Der alte Quist lag, nach einem Leben für Königin und Vaterland, aufgebahrt neben dem Pult mit der kolossalen, aufgeschlagenen Bibel.

Quinten erschrak. Der Großvater lag tatsächlich in einer *Kiste*, sie hatten Opa in eine *Kiste* gesteckt! Der Kopf auf dem Satinkis-sen hatte sich stark verändert. Quinten erinnerte sich an das fül-lige, schwere, mächtige Gesicht, das immer auch etwas Gütiges gehabt hatte – doch jetzt lag dort plötzlich das Marmorbild eines Raubvogels, ein fanatischer Habicht, ein paarmal hatte er gese-hen, wie sich ein solcher Vogel in flatternder Verdammnis auf eine Feldmaus stürzte. Auf der Stirn hatte der alte Quist merkwürdige

Flecken, und zwischen den Lippen glitzerte es, als seien sie mit Klebstoff zusammengeklebt worden.

»Ist das wirklich Opa?« flüsterte er.

»Nein«, sagte Onno, »Opa gibt es nicht mehr.«

Auf der anderen Seite des Sarges warf ihm seine Schwester Trees einen vorwurfsvollen Blick zu.

»Opa hat das Zeitliche mit dem Ewigen vertauscht«, sagte sie zu Quinten.

Mit großen Augen starrte er auf den reglosen Inhalt des Sargs, ohne zu begreifen, was er sah. Da lag etwas Unmögliches. Alles, was er in seinem bisherigen Leben gesehen hatte, war möglich gewesen, denn es existierte; aber da lag nun etwas, das unmöglich gesehen werden konnte und das er dennoch sah. Es war Opa, und es war nicht Opa!

Trees begann leise aus der Bibel vorzulesen.

»Und Er sagte zu ihm: Wahrlich, wahrlich, ich sage euch: Ihr werdet den Himmel offen sehen und die Engel Gottes hinauf- und herabfahren auf des Menschen Sohn.«

Erstaunt sah Quinten sie an und dachte im selben Augenblick an die dunkle, sich windende Straße der Ameisen, die an den Türen der Anrichte hinauf- und herunterkletterten, wenn jemand Zucker verstreut hatte. Onno mußte sich zurückhalten, um sie nicht anzufahren, daß sie selbst doch weiß Gott die gesellschaftliche Jakobsleiter vorgezogen habe und dieses widerliche Vorlesen nur eine für Quinten bestimmte Farce sei.

Als kurz darauf sechs schwarzgekleidete Männer mit einem *Deckel* erschienen, sah Quinten, wie Oma To, gestützt von Onkel Diederic, einen letzten Kuß auf Opas Stirn drückte und der Deckel von zwei Seiten über den Sarg gehoben wurde. Er sah, wie sich der Schatten über Opas Gesicht legte, und ging ein wenig in die Knie, um einen allerletzten Blick darauf zu werfen. Im selben Augenblick, als es in der Dunkelheit verschwand und Holz auf Holz stieß, hörte er, wie aus Onnos Brust ein Seufzer kam wie von einem Tier, das lange gefangen war und jetzt endlich befreit wurde. Er sah zu ihm auf und nahm seine Hand, und als Onno die kleine

Hand in der seinen fühlte, war ihm, als wäre er der Sohn seines eigenen Sohnes.

Quinten schauderte es, als er draußen die lange Reihe großer, schwarzer Limousinen sah. Auf der anderen Straßenseite gafften Nachbarn mit verschränkten Armen, wer alles aus der Villa kam. An der Spitze des Zuges blickten zwei Polizisten auf Motorrädern mit laufendem Motor unbeweglich geradeaus, als sei der Tod ihr Eigentum. Der Sarg wurde in das vorderste Auto geschoben, die Blumen und Kränze in die beiden nächsten. Auf Anweisung eines geschäftig hin und her laufenden, kahl werdenden Mannes mit Papieren in der Hand bekam Quinten einen Platz im dritten Wagen und setzte sich auf einen Klappstuhl gegenüber von Sophia, Diederics Sohn Hans, der jetzt Gesandter in Liberia war, und Hadewych; Onno hatte sich neben den Fahrer gesetzt. Im gesetzten Tempo der anderen Welt fuhren sie nach Wassenaar, an den Kreuzungen salutierten die Polizeibeamten. Vor einer Kirche im Dorfzentrum, wo die Schaulustigen mit Sperrgittern auf Abstand gehalten wurden, parkten bereits zahlreiche große Wagen; aber außer einem Fernsehteam, Fotografen, Fahrern und viel Polizei waren nur wenige Menschen zu sehen. Aus den offenen Türen erklang noch für einige Augenblicke Orgelmusik.

Als Quinten den Kirchenraum betrat, wurde er sowohl von den vielen Leuten als auch von der Stille überwältigt. Alle in der überfüllten Kirche hatten sich erhoben. Die beiden vorderen Reihen waren leer; als er in der Mitte der zweiten Reihe zu dem Stuhl ging, der ihm von dem Mann mit den Papieren angewiesen wurde, sah er in der Mitte der dritten die Königin stehen. Nicht nur sie hatte ihren Blick auf ihn gerichtet, es kam ihm vor, als ob alle ausschließlich ihn ansahen; aber er hatte sich inzwischen daran gewöhnt, daß alle Welt ihn schön fand.

Mit der Königin unmittelbar hinter sich und Oma To vor sich, hörte er den Pfarrer und die Psalmen und Gesänge, aber er hörte nicht zu. Er hatte schon eine ganze Weile nicht mehr daran gedacht, aber die Königin war natürlich nicht seine Mutter, denn sie schlief nicht nur nicht, sie war auch viel zu alt; außerdem hatte sie ihm kein Zeichen des Erkennens gegeben. Neben ihm saß Oma Sophia, auf der anderen Seite Rudy aus Rotterdam, der so alt war wie er. Mit einem Finger drückte Rudy einen Gummiring auf seinen Oberschenkel, den er mit der anderen Hand immer dehnte und wegschnappen ließ, bis Paula, seine Mutter, das Spiel beendete.

Als der Trauergottesdienst zu Ende war und er zwischen Onno und Sophia auf dem schmalen Weg zwischen den Gräbern hinter dem Sarg herging, fragte er plötzlich:

»Papa?«

»Ja?«

»Warum stand Mama nicht in der großen Anzeige in der Zeitung?«

Onno sah ihn an und wußte nicht gleich, was er antworten sollte. Er hatte sich die Sache reiflich überlegt und auch mit Helga und Dol darüber gesprochen. Beide waren sie übereingekommen, Ada zu erwähnen, auch wenn sie unerreichbar war; aber er selbst war der Ansicht gewesen, daß sie das keineswegs war, denn Unerreichbarkeit würde die Möglichkeit der Erreichbarkeit einschließen, und die bestand nun gerade nicht mehr. Konnte man denn von einer Pflanze behaupten, sie sei »unerreichbar«? Seine Schwester hatte das als »Wortspielerei« abgetan, worauf er geantwortet hatte, er habe offenbar sowohl eine andere Auffassung von Worten als auch von Spielerei. Nur seine Schwiegermutter war mit ihm einer Meinung gewesen. An Quinten hatte dabei niemand gedacht. Verwirrt sah Onno Sophia an. Es war das zweite Mal in seinem Leben, daß Quinten über Ada gesprochen hatte.

»Wir dürfen Mama nie stören.« Er hörte, wie er es sagte, und war sich gleichzeitig bewußt, daß dies im Widerspruch zu seinem eigentlichen Motiv stand.

»Wacht sie sonst auf?«

Hilfesuchend wandte er sich an Sophia.

»Nein, mein Junge«, sagte sie. »Das kann sie nicht mehr.«

Quinten nickte schweigend.

Der alte Dorffriedhof war für die Trauergäste zu klein. Als sie in einem Halbkreis um das Grab standen und die Königin nun die Hand von Oma To hielt, reichte der Trauerzug noch immer bis zur Kirche. Viele trugen Blumensträuße und immer noch mehr Blumen, warum eigentlich ausgerechnet Blumen? Wären Steine nicht viel besser gewesen? Während der Ministerpräsident die unschätzbaren Verdienste würdigte, die der Verstorbene dem Königreich erwiesen hatte, hielt Quinten die Hand seines Vaters und schaute auf den Sarg. Er wurde von sechs schwarzgekleideten Männern flankiert, dahinter, an der Friedhofsmauer, standen vier steinalte Herren in einer Reihe, die alle ein buntes Band im Knopfloch hatten. Zwischen den Tannenzweigen sah er die Finsternis der Grube, in der Opa gleich für immer verschwinden würde.

»Papa?« flüsterte er, als der Ministerpräsident zu Ende gesprochen hatte. Er sah seinen Vater an, und erst da bemerkte er, daß Onnos Wangen naß vor Tränen waren. Er wagte nichts mehr zu fragen, aber mit heiserer Stimme antwortete Onno:

»Ja?«

»Ich möchte Mama aber so gerne einmal sehen.«

Onno schloß die Augen und nickte schweigend.

Mit vier Jahren hatte er zum ersten Mal etwas über seine Mutter gesagt, und jetzt war er fast doppelt so alt und wußte immer noch nichts von dem Unfall; zudem schien er vergessen zu haben, daß Adas Bild auf dem Kaminsims stand, keiner hatte es ihn je anschauen sehen. Alle waren sich einig, daß er nur in Gesellschaft seines Vaters zu seiner Mutter gehen sollte. Eine Woche später ließ Onno Frau Siliakus einen Termin mit den Philipslaboratorien absagen, dann rief sie im Pflegeheim an und bat im Namen des Staatssekretärs, die Sonde aus Adas Nase entfernen zu lassen. Obwohl er noch immer wenig Zeit hatte, holte er Quinten im Schloß ab und ließ den Chauffeur mit hundertfünfzig Stundenkilometern über die Landstraße nach Emmen fahren. Es stand noch eine Besprechung mit der Direktion der Gasunion in Groningen auf seinem Terminkalender; abends mußte er nach Den Haag zu einem Staatsbankett zu Ehren eines afrikanischen Präsidenten, dessen Name ihm entfallen war – ohne Helga, denn Konkubinen waren bei Hofe nicht willkommen.

Sie saßen nebeneinander auf dem Rücksitz, aber über Ada hatten sie immer noch nicht gesprochen. Als Onno ihn fragte, was er eigentlich so alles treibe, erzählte Quinten, er sei letztens im Atelier von Theo Kern gewesen. Der Bildhauer arbeite gerade an irgendeiner Gedenktafel; die Buchstaben, die er einmeißle, hämmere er nicht von links nach rechts, sondern von rechts nach links; dabei sei es praktischer, sagte er, den Meißel in der linken und den Hammer in der rechten Hand zu halten, weil es von rechts nach links leichter gehe. Quinten machte es ihm vor und fragte:

»Ob das etwas damit zu tun hat, daß die Menschen früher von rechts nach links geschrieben haben? Weil die meisten Menschen Rechtshänder sind?«

Onno sperrte die Augen auf und seufzte tief.

»Ja, Quinten«, sagte er. »Ja, das hat vielleicht sogar alles damit zu tun. Auch im politischen Sinne übrigens.«

»Das habe ich mir schon gedacht.«

»Von wem weißt du eigentlich, daß die Menschen früher von rechts nach links geschrieben haben?«

»Von Herrn Spier.«

Onno hatte plötzlich das Gefühl, eines Tages vielleicht noch etwas von seinem Sohn lernen zu können. Dann schwieg er im Bewußtsein, daß er kaum etwas zu seiner Erziehung beitrug, weniger noch als dieser Herr Spier oder irgendeiner der anderen Schloßbewohner. Er konnte sich natürlich vornehmen, ihm mehr Zeit zu widmen, aber daraus würde dann wie immer nichts werden.

Als sie sich Emmen näherten, sah der Fahrer in den Rückspiegel und sagte:

»Die Polizei fährt hinter uns her.«

Onno drehte sich um. Es war ein kleiner Streifenwagen mit Fernlicht.

»Schneller«, sagte er.

»Aber Herr –«

»Schneller! Das ist ein Dienstbefehl.«

Der Fahrer beschleunigte auf hundertsiebzig, hinter ihnen begann die Sirene loszuheulen, und am Eingang von ›Vreugdenhof‹ stellte sich das Polizeiauto quer vor sie, als ob es sie überholt hätte. Aufgeregt sprangen zwei Polizeibeamte heraus und erkannten kurz darauf, mit wem sie es zu tun hatten.

»Ach, *Sie* sind das, Herr Quist«, sagte der eine entgeistert.

»Es kam mir merkwürdig vor«, sagte Onno. »Ich dachte, daß es sich vielleicht um einen Überfall handelte, hier, bei all den Molukkern und Zugentführungen –«

»Ach, so ist das«, sagte der Beamte, jedoch mit einer Spur von Mißtrauen im Blick. »Natürlich. Entschuldigen Sie bitte, das ändert die Sache natürlich.«

»Macht nichts, meine Herren«, sagte Onno großzügig. »Es hat Ihnen doch wohl auch Spaß gemacht, so schnell zu fahren?«

»Einerseits schon, ja. Aber es war nicht gerade ungefährlich.«

Als sie hineingingen, sagte Onno zu Quinten:

»Das hätte ziemlich unangenehm für mich werden können.«

Quinten zitterte ein wenig vor Anspannung: Daß er plötzlich in solcher Windeseile zu seiner Mutter gebracht werden würde, hatte er nicht erwartet. Nach dem Autorennen eben schienen die Rollstühle auf dem Backsteinflur noch viel langsamer zu fahren, als sie es ohnehin schon taten. Die Direktorin erwartete Onno bereits, aber er gab zu verstehen, daß er lieber allein ginge, er kenne den Weg. Der große Aufzug brachte sie nach oben, und mit der Hand auf der Klinke sagte er:

»Du brauchst dich nicht zu erschrecken.«

Dann sah Quinten seine Mutter. Da war sie: genau dort, an diesem Platz in der Welt, und nirgendwo sonst. Ihr schwarzes Haar war kurz geschnitten. Er ging über die Schwelle und betrachtete die reglos Schlafende, nur das Laken hob und senkte sich langsam. Über den Ohren hatte sie die ersten grauen Haare.

Nach einer Weile fragte er:

»Kann Mama wirklich nie mehr aufwachen?«

»Nein, Quinten, Mama hat schon geschlafen, als du geboren

wurdest. Sie kann nichts mehr hören und nichts mehr sehen und nichts mehr fühlen – gar nichts mehr.«

»Aber das geht doch gar nicht? Sie ist doch nicht tot, so wie Opa. Sie atmet doch.«

»Sie atmet, ja.«

»Träumt sie?«

»Das weiß niemand. Die Ärzte meinen, daß sie nicht träumt.«

»Woher wollen die denn das wissen?«

»Sie sagen, daß sie das mit bestimmten Geräten messen können. Nach ihrer Meinung darf man eigentlich gar nicht sagen, daß Mama schläft.«

»Was denn?«

Onno zögerte, sagte aber doch:

»Daß es sie nicht mehr gibt.«

»Obwohl sie nicht tot ist?«

»Obwohl sie nicht tot ist. Das heißt«, sagte Onno und verzog das Gesicht, »Mama ist tot, obwohl sie doch nicht tot ist ... ich meine, was an Mama nicht tot ist, ist nicht Mama. Es ist nicht *Mama*, die atmet.«

»Wer denn sonst?«

»Niemand.«

»Das geht doch gar nicht.«

»Das geht absolut nicht, aber so ist das nun mal.«

Quinten sah wieder zu dem Gesicht auf dem Kissen. Die Augen waren zu, die schwarzen, halbrunden Wimpern sahen aus wie manche der Pinsel, die bei Theo Kern in einem Steinkrug steckten, die ihrerseits wieder aussahen wie ägyptische Palmsäulen aus einem Buch von Herrn Themaat; die Nase war klein und gerade, an der Seite leicht gerötet und entzündet, der Mund geschlossen, die Lippen trocken. Konnte es etwas noch Unbegreiflicheres geben als seinen toten Opa letzte Woche im Sarg? In dem Bett lag eine atmende, lebende Frau – aber sie wollten doch seine Mutter besuchen? Wozu waren sie sonst hierhergefahren? War das jetzt seine Mutter oder nicht? Und wenn es nun seine Mutter war und zugleich nicht seine Mutter, wer war *er* dann? Und wer war sein Vater? Seine Gedanken überschlugen sich, und plötzlich war es, als ob in seinem Kopf etwas schimmernd aufleuchtete, wie nachts im Bett, wenn er den Widerschein des Osterfeuers hinter den Bäumen sah, den haushohen Scheiterhaufen aus dürren Zweigen, den alle in und um Groot Rechteren zusammentrugen und den der Baron jedes Jahr von neuem auf der Wiese bei Klein Rechteren angezündet hatte; es kamen jedesmal Hunderte von Menschen aus der ganzen Umgebung, um das Feuer zu sehen.

»Mama ist zugesperrt«, sagte er und dachte einen Moment an Piet Keller.

Onno schob ihm einen Stuhl heran. Mit Bitterkeit stellte er fest, daß seine Familie jetzt zum ersten Mal vereint war: Vater, Mutter, Sohn, und sonst niemand.

Quinten sah ihn über das Bett hinweg an.

»Wie ist das gekommen, Papa?«

Onno nickte und erzählte ihm in groben Zügen die ganze Geschichte. Fast die ganze Geschichte; daß Ada vorher Max' Freundin gewesen war, ließ er weg. Er erzählte von der Freundschaft zwischen ihm und Max und daß sie Tag und Nacht zusammengewesen waren, um Quinten begreiflich zu machen, warum ausgerechnet Max sein Ziehvater geworden war. Er erzählte von Adas Musikalität, von ihrer Arbeit in einem der besten Orchester der Welt. Als er zu ihrem Besuch in Dwingeloo kam und zu dem Unfall in der Sturmnacht, kehrte die Erinnerung mit solcher Heftigkeit zurück, daß er beinahe die Fassung verlor.

»Danach warst du noch drei Monate lang in Mamas Bauch. Das war etwas ganz Besonderes, es stand später sogar in der Zeitung.«

Quinten betrachtete die weißen Konturen von Adas Körper unter dem Laken.

»War ich damals noch in *diesem* Bauch?«

»Ja.«

Nachdenklich und mit den Händen auf den Knien wiegte Quinten den Oberkörper vor und zurück.

»Aber wenn ich damals noch in dem Bauch war, war ich also eigentlich doch nicht in *Mamas* Bauch?«

Onno machte eine hilflose Geste und wußte nicht, was er sagen sollte. Der Widerspruch machte alles wahr, so daß letztendlich nichts mehr wahr war.

»Versuche nicht, es zu verstehen, Quinten. Es ist nicht zu verstehen.«

Obwohl in dem Zimmer alles so normal aussah, war für Quinten vieles um ihn herum voller Rätsel, und er selbst war ein Teil davon. Ihm war, als verberge sich in dem Körper ein unermeßlicher Raum.

»Darf ich sie berühren?«

»Natürlich.«

Er legte seine Hände auf die ihren und spürte, zum ersten Mal seit seiner Geburt, ihre Wärme. Spürte sie die seine wirklich nicht? Er musterte ihr Gesicht, aber es blieb so reglos wie irgendeines auf den Bildern in Kerns Atelier.

»Ich möchte so gerne ihre Augen sehen, Papa.«

Ihre Augen! Onno erhob sich verwirrt. Er hatte ihre Augen seit acht Jahren nicht mehr gesehen! Sollte er eine Schwester rufen, oder konnte er selbst ein Augenlid heben? Mit einem Gefühl, als ob es nicht richtig war, was er tat, legte er die Spitze seines Mittelfingers auf ein Augenlid und schob es vorsichtig hoch. Zusammen sahen sie in das tiefbraune, fast schwarze Auge, das – wie das Auge am Himmel während einer totalen Sonnenfinsternis – nichts sah.

An diesem Abend konnte Quinten schon beim Essen kaum noch die Augen offenhalten, ging gleich danach ins Bett und fiel in einen Traum, der ihn nicht mehr verlassen würde.

Alles ist plötzlich zugebaut: Das All hat sich in einen einzigen großen architektonischen Komplex ohne Anfang und ohne Ende verwandelt, nirgends ist ein lebendes Wesen zu sehen. Ganz allein, aber ohne ein Gefühl von Einsamkeit irrt er durch eine endlose Flucht von Sälen, Kreuzgängen, Treppen, Galerien, Nischen, Säulen, Emporen, Portalen und Gewölben, die sich nach allen Seiten hin öffnen, vorbei an pompösen, mit Bildern und Ornamenten überladenen Giebeln, die sich als Innenwände entpuppen, durch Keller, die zugleich auch Dachböden sind, über Dächer, die auch

Fundamente sind. Da es kein Innen und kein Außen gibt, kann von nirgendwoher Licht eindringen, aber obwohl nirgends Lampen brennen, ist es nicht dunkel. Und obwohl er niemandem begegnet und es auch nicht klar ist, woher er kommt oder wohin er geht, erfüllt ihn der Streifzug durch das dämmrige Weltgebäude mit einem Gefühl der Glückseligkeit: All dieses Gemauerte, Verfugte, Aufeinandergestapelte, Fortwuchernde umfängt ihn und hüllt ihn ein wie ein Bad in warmem Honig. Die Stille ist vollkommen, nur ab und zu ist ein Rauschen zu spüren, das sich wie der Flügelschlag eines großen Vogels anfühlt. Plötzlich steht er vor einem geschlossenen, zweiflügeligen Portal aus uraltem Holz, die Türflügel sind rautenförmig mit Eisenstäben beschlagen und mit einem schweren, verrosteten Hängeschloß von der Größe eines Laib Brotes verriegelt. Der bedrohliche Anblick dieses Schlosses erfüllt ihn mit Entsetzen. Es kommt ihm vor, als ob ihn das Portal ansehen würde, und im gleichen Augenblick hört er eine heisere Stimme sagen: *Die Mitte der Welt*. Die Worte klingen gelassen, wie wenn jemand sagen würde: »Schönes Wetter heute«, und doch überschwemmen sie ihn mit einer so schwefelsauren Todesangst, daß es nur noch ein Mittel gibt, sein Leben zu retten: aufwachen –

Zitternd und schweißgebadet schlug er die Augen auf, aber der Schrecken wich nicht von ihm, er setzte sich auf und wußte nicht, wo er war, die vollkommene Finsternis umhüllte ihn, als ob das All jetzt nichts als nur ihn enthielte. Er streckte die Hand aus und fühlte eine Wand, atemlos stieg er aus dem Bett, tastete nach der Tür, aber dahinter war es ebenso dunkel und still; ratlos machte er einige Schritte, strich mit der Innenseite seiner Hand über die Wand, stieß irgendwo an, betastete den Gegenstand, ohne ihn zu erkennen, ließ ihn los und drehte sich um die eigene Achse. Wo war er? Wieder machte er einige Schritte, stieß mit den Zehen an eine Schwelle und blieb mit weit aufgerissenen Augen stehen. Plötzlich, ohne es zu wollen, gab er einen lauten Schrei von sich.

Gleich darauf hörte er entfernt Sophias Stimme:

»Quinten! Was ist los? Hast du schlecht geträumt? Warte, ich komme.«

Als sie die Tür hinter sich geschlossen hatte, erschien ein Lichtstreifen unter der Schwelle. Max verschränkte die Hände unter dem Kopf und starrte im Dunkeln an die Decke. Das war das Ende. Es konnte nicht ausbleiben, daß eines Nachts so etwas passieren würde: da war es nun. Sie würde ab jetzt nicht mehr in seinem Bett erscheinen. An sich gab es dafür keinen Grund, denn warum sollte eine Großmutter kein Verhältnis mit dem Freund ihres Schwiegersohnes haben? Aber Quinten sollte es nicht wissen, weil er es tagsüber vielleicht einmal zur Sprache bringen könnte, und das war natürlich nicht auszudenken.

Er horchte auf die Stimmen in Sophias Schlafzimmer. Quinten lag nun in ihrem Bett. Eine große Gelassenheit überkam ihn. Eigentlich hatte er es schon viel früher erwartet. Er war jetzt fast zweiundvierzig, sie zweiundfünfzig: Sieben Jahre hatte es gedauert, eine lange Zeit. Ihre Beziehung war ein Mysterium, ein Rätsel gewesen, eine völlig neue Form des Zusammenlebens neben der klassischen Familie aus Vater, Mutter und Kind, ohne daß das Familiengefühl verlorengegangen war. Als einziger auf der Welt war er tagsüber Oberhaupt einer Familie ohne Streit gewesen, die aus dem Kind seines Freundes und dessen Schwiegermutter bestanden hatte, mit der ihn keinerlei sexuelle Beziehung verband, aber deren Liebhaber er nachts wurde. Je nach dem Stand der Sonne war jeder ein anderer – mit Ausnahme des Kindes, das einfach das Kind seines Freundes blieb, auch wenn er sogar das lange Zeit angezweifelt hatte. »Für dich ist alles immer etwas anderes«, hatte Onno ihm einmal gesagt. Nichts in seinem Leben war, was es zu sein schien. Sogar daß er »Sternenkundiger« war, bedeutete für ihn etwas anderes, seit er in Westerbork arbeitete.

Wie sollte es jetzt weitergehen? Die Grundlage für sein Verhältnis mit Sophia war zerstört, aber die Aufgabe, die er auf sich genommen hatte, war dieselbe geblieben: Es war ausgeschlossen zu gehen, solange Quinten noch zu Hause war, und das konnte noch zehn Jahre dauern. Dann würde er zweiundfünfzig sein.

42
Die Burg

Auch für Onno kam wieder der Augenblick, in dem plötzlich alles anders wurde. Im März 1977 scheiterte das Kabinett, und es gab Neuwahlen, aus denen seine Partei als großer Sieger hervorging, was bedeutete, daß er als Kandidat für ein Ministeramt gehandelt wurde. Aber am Ende der langwierigsten politischen Geburtswehen einer Regierung, die die Niederlande je erlebt hatten und die sich neun Monate lang hinzogen, koalierten die Christdemokraten dann doch statt mit den Sozialisten mit den Konservativen, und von einem Tag auf den anderen war er arbeitslos. Nachdem er im Ministerium seinem Nachfolger die Amtsgeschäfte übergeben und eine Auszeichnung in Empfang genommen hatte, bot man ihm an, ihn noch einmal im Dienstwagen nach Hause zu fahren, aber er lehnte dankend ab. »Anständige Leute fahren mit dem Zug«, sagte er mit beleidigender Würde. Als er jedoch an diesem kalten Winternachmittag auf der Straße stand, erwies sich das als gar nicht so einfach, denn seit er sein politisches Amt bekleidete, hatte er fast nie Geld einstecken. Der Pförtner war bereit, ihm fünfundzwanzig Gulden zu borgen, und in der Straßenbahn auf dem Weg zum Bahnhof ertappte er sich dabei, daß er vor sich hin pfiff. Er war frei! Weg aus Den Haag! Adieu, ihr Weiher, Alleen, Kanzleien, Cocktailpartys, blaugestreifte Oberhemden und unbewegte Mienen!

Als er in Amsterdam aus dem Bahnhof trat, war es bereits dunkel. Pfeifend tauchte er in die geschäftige, hellerleuchtete Stadt, und zum ersten Mal seit Jahren erlebte er den Alltag wieder ohne Hintergedanken und frei von politischen Strategien – als würde nach einer Feier das Fenster aufgemacht und frische Luft strömte herein. Weihnachten stand vor der Tür, und die Straßen und Geschäfte waren voller Leben, in den Cafés wimmelte es, Soldaten der Heilsarmee gruppierten sich auf dem Bürgersteig singend um eine Sammelbüchse, ein Mädchen spielte Gitarre, ein Mann lehnte sich aus dem Autofenster und beschimpfte einen Radfahrer. Alles war, wie es war, lebendig, laut, chaotisch, und zugleich hatte es etwas Ewiges, etwas, das im Mittelalter genauso gewesen sein mußte, oder im kaiserlichen Rom, oder im heutigen Kairo, oder noch viel weiter weg vor noch viel längerer Zeit. Es hatte Zeiten gegeben, da war es anders, wie während der deutschen Besatzung; aber da das Gute aus unerklärlichen Gründen zu guter Letzt doch immer siegte in der Welt, war dies der eigentliche Anblick der ewigen Stadt. Er war rundum zufrieden. Da er wenig Geld ausgab, konnte er vom Erbteil seines Vaters möglicherweise bis zu seinem Tode leben; auch der Dauerauftrag für Quintens Erziehung war nicht gefährdet. Von seiner Mutter, die seit einigen Wochen im Krankenhaus lag, erwartete ihn noch mehr, außerdem bezog er für einige Jahre reichlich Wartegeld. Ein Mensch, dachte er, müßte sich eigentlich sein Leben lang auf der Straße herumtreiben oder, wenn er sich das nicht leisten konnte, wirklich etwas tun. Vielleicht war der wahre Mensch Bauer oder Handwerker.

In einer Telefonzelle, deren Boden bedeckt war mit den Seiten des zerfetzten Telefonbuches, rief er Helga an. Sie verabredeten sich in einem griechischen Restaurant.

Bei Kerzenlicht, das auch die zähesten Lammkoteletts wie edle Tournedos aussehen ließ, erzählte er ihr von seinen entlassenen Kollegen und Parteibonzen, die jetzt im Fraktionszimmer des Parlamentsgebäudes verbittert zusammensäßen, er selbst habe sich diese Trauerfeierlichkeit jedoch ersparen wollen. Er zelebriere seine wiedergewonnene Freiheit regelrecht, seit einem Monat sei er gerade mal vierundvierzig – und habe noch ein ganzes Leben vor sich! Und endlich auch mehr Zeit für Quinten.

»Wem machst du jetzt eigentlich etwas vor?« erkundigte sich Helga. »Mir oder dir?«

Onno schwieg und seufzte tief.

»Was für eine unausstehliche Weibsperson du doch bist. Natürlich mache ich mir selbst etwas vor. Aber hättest du mir dazu nicht etwas mehr Zeit geben können?«

»Ich weiß genau, wann du den Hörer nehmen und deine verbitterten Genossen anrufen wirst.«

»Und wann wäre das?«

»Wenn du nachher nach Hause kommst und die vergilbten Unterlagen deines Diskos an der Wand hängen siehst.«

Er sah sie einige Sekunden lang streng an.

»Hältst du es eigentlich für angebracht, jemanden so gut zu kennen? Das ist zwischen Mann und Frau absolut unerwünscht. Zwischen Mann und Frau sollte es ausschließlich Mißverständnisse geben, damit diese durch die fleischliche Vereinigung überwunden werden können.«

»Verzeihung.«

Er nahm ihre Hand und küßte sie.

»Was sollte ich ohne dich anfangen?«

Und auf einer Bank, die eigentlich viel zu schmal war für seinen Körper, saß er einige Wochen später als Fraktionsmitglied im Parlament und hörte sich stöhnend die Regierungserklärung an.

Der Diskos von Phaistos hatte ihn unerbittlich zurück nach Den Haag getrieben. Wie die meisten seiner Kollegen aus dem ehemaligen Kabinett hätte auch er sich für eine Stelle außerhalb der Politik bewerben können, er hätte vielleicht Direktor der Stichting voor Zuiver Wetenschappelijk Onderzoek werden können oder Bürgermeister der Gemeinde Westerbork, um dann die sarkastischen Glückwünsche seines ältesten Bruders entgegennehmen zu müssen; aber er tat, was einem Politiker in seiner Lager seiner Meinung nach anstand: er arbeitete in der Opposition, die jetzt vom ehemaligen Premierminister geführt wurde. Außerdem entsprachen all diese gesellschaftlichen Repräsentationsposten nicht seinem Charakter. Als echter Politiker hatte er sich zwar nie gefühlt, war aber wie dieser ein Bohemien, ein Junge von der Straße, um nicht zu sagen, ein Straßenkämpfer, eine Randfigur, ein Abenteurer. Und er merkte schon bald, daß er als Parlamentarier in gewisser Weise mehr in seinem Element war denn als Lenker und Leiter: Beißende Zwischenrufe und Einwürfe fielen ihm leichter als weise Politik. Im Handumdrehen verursachte er eine politische Auseinandersetzung. Als Antwort auf die Entwicklung der linken Niederlande hatten sich die beiden wichtigsten evan-

gelischen Parteien mit der katholischen zu einer konfessions-
übergreifenden Gruppierung zusammengeschlossen, in Wahrheit
jedoch hatten sich die Katholiken die Evangelischen schlichtweg einverleibt, die Bilderstürmer waren von den Bildanbetern
schließlich doch noch besiegt worden, und das hatte Onno zum
Anlaß genommen, während einer Plenarsitzung zum Mikrophon
zu gehen und dem neuen, superkatholischen Ministerpräsidenten
ins Gesicht zu sagen, daß der Achtzigjährige Krieg, durch den die
Nation geboren wurde, offenbar vergebens geführt worden sei.
Damit hatte er die Niederlande ins Herz getroffen und wie neben-
bei sogar noch das Königshaus mit hineingezogen. Die Bemerkung reichte für eine wochenlange Aufregung in den Zeitungen
und im Fernsehen.

Als er jedoch sah, wie sich das Gesicht des Premierministers
spannte, spürte er in sich einen Widerwillen aufsteigen, nicht, weil
er ihm etwas angetan hatte, denn darin war sein Gegner ebenfalls
Meister, sondern weil es wieder nur die Worte waren, die die Tat
verrichteten. Für ihn als kontrollierenden Volksvertreter ohne
Macht erwies sich seine Welt im Grunde als noch fragiler und ab-
strakter als früher, als er noch Entscheidungen traf. Alles hatte eine
unmoralische Dimension und war, wie er das Max gegenüber aus-
gedrückt hatte, ein Handeln, ohne etwas zu tun, aber es hatte
früher zumindest zu Ergebnissen geführt. Jetzt war sein Sprechen
einerseits kein Handeln mehr, andererseits noch immer kein normales Sprechen, sondern eine hybride Zwischenbeschäftigung, im
Konferenzzimmer, in Kommissionszimmern, in all diesen Arealen
der Illusion um das Parlamentsgebäude herum, Lichtjahre von der
Realität entfernt. Alles spielte sich in einer Kristallkugel ab, die nur
Max mit Hilfe seines dreizehnten und vierzehnten Spiegels, die gerade gebaut wurden, eines Tages vielleicht würde wahrnehmen
können.

»Soll ich das wirklich vier Jahre lang machen?« fragte er Helga
verzweifelt, als er auf ihrer Couch lag. »Und dann vielleicht noch
mal vier? Dann bin ich zweiundfünfzig! Wie lange kann einer De-
mokrat ohne Macht sein?«

»Wer weiß«, sagte sie, »vielleicht kommt bald eine Krise, oder es passiert etwas Unvorhergesehenes, das alles ändert.«

»O Herr!« rief er aus. »Mach alle Dinge neu!«

Doch es kam keine unvorhergesehene Krise, und in den vier Jahren, in denen das rechte, hündische, schändliche Kabinett als Pendant zur spanisch-habsburgischen Gewaltherrschaft im sechzehnten Jahrhundert an der Macht war, sah er Quinten noch seltener als zuvor, ein paarmal im Jahr, an seinem Geburtstag, an Weihnachten, während der Beerdigung von Oma To – er hatte kein Auto mit Fahrer mehr und übrigens auch keines ohne, denn er hatte ebenso wie Helga keinen Führerschein: Autofahren, fand er, war etwas für Fahrer, und nichts für Fahrgäste wie ihn. Quinten wurde immer mehr zu einem Ereignis aus der Vergangenheit.

Auf Groot Rechteren jedoch nahm das Leben auch ohne ihn seinen Lauf. Seit Quinten in jener Nacht auf der Schwelle von Sophias Schlafzimmer erschienen war, hatte sie sich, wie Max erwartet hatte, nicht mehr bei ihm gezeigt. Nach siebenjähriger verborgener Treue, die zugleich ein aufregender Betrug gewesen war, und nach einigen Wochen Zölibat hatte er ein Verhältnis mit einer Sekretärin in der Sternwarte in Dwingeloo angefangen, mit Tsjallingtsje Popma, einer großen, blonden Frau von etwa dreißig Jahren, die eine gute Figur hatte, aber auch von strenger, christlich-ländlicher Erscheinung war. Sie sah aus wie eine Skulptur von Arno Breker. Wenn sie ihn in seinem eleganten, weltmännischen Outfit sah, lag ein Ausdruck tiefen Widerwillens und großer Verachtung in ihren Augen, doch es hatte ihn kaltgelassen, obwohl er es von Anfang an als Liebeserklärung aufgefaßt hatte, denn so sah man niemanden an, den man kaum kannte. Aber durch seine Enthaltsamkeit noch angestachelt, begann sie ihn von Tag zu Tag mehr zu reizen. Gleich am ersten Abend, nachdem er ihr vorgeschlagen hatte, sich in der tosenden Stille auf der Heide den Neumond anzusehen, wandelte sich ihr tugendhafter Widerwille in zappelnde Geilheit und lautes Schreien, »O Gott! O Gott!«, das die Birkhühner und Heidefrösche aufschreckte, so daß er, mit der Hose in den Kniekehlen, lachend innehielt und horchte, ob sich keine zu Hilfe eilenden Astronome näherten.

Aber danach: Blut und Tränen. Er hatte sie entjungfert.

»Ich schäme mich so. Ich kenne dich nicht einmal –«

»Das haben wir also gemeinsam.«

Sie bewohnte in Steenwijk ein Zimmer über einer kleinen Bürobuchhandlung, wo auch Ansichtskarten und Fotoalben verkauft wurden. Er begann sie auch wegen der rührend mädchenhaften Einrichtung mit der kleinen Sammlung alten Blechspielzeugs zu mögen; da es in den letzten Jahren zu teuer für sie geworden war, kaufte er, wenn er in Leiden war, ab und zu ein buntes, aufziehbares Vögelchen. Sie redeten nicht viel und am wenigsten von ihm und seinem Leben; sie hörten Musik, er entfaltete seine Radiokarten, sie strickte einen Pullover mit Zopfmuster, den er würde tragen müssen, und nachdem er geduscht hatte, fuhr er nach Hause. Obwohl sie ihn einmal darum gebeten hatte, nahm er sie nie mit nach Groot Rechteren, allerdings weniger aus Rücksicht auf Sophia. Da tagsüber schließlich nie etwas zwischen ihm und Sophia gewesen war, hatte er es ihr nach einigen Monaten in der Küche beiläufig erzählt:

»Übrigens, ich muß dir noch etwas sagen, Sophia. Ich habe neuerdings eine Freundin.«

»Wie schön für dich«, sagte sie, ohne aufzublicken. »Ich habe schon gerochen, daß du hin und wieder eine andere Seife benutzt.«

»Anständige Frau, Tochter eines Pfarrers aus Enter«, fügte er noch hinzu, aber sie erkundigte sich nicht weiter, und ebensowenig ließ sie erkennen, daß sie vielleicht ihre Bekanntschaft machen wollte.

Danach wurde nicht mehr darüber gesprochen. Es war vor allem Quinten, der ihn davon abhielt, seine kräftige, anhängliche Tsjallingtsje zu präsentieren. Groot Rechteren war in erster Linie Quintens Domäne, in die er nicht mit seinen privaten Frivolitäten eindringen wollte; außerdem fürchtete er sich ein wenig vor dem Blick, den er auf ihr ruhen lassen würde. Auch mit Onno sprach er nicht über sie.

Je mehr Quinten heranwuchs, desto unbegreiflicher wurde er. Er hatte keine Freunde, saß meistens in seinem Zimmer und las oder streifte durch die Umgebung, manchmal mit seiner Blockflöte. Wenn Max und Sophia auf dem Balkon saßen, hörten sie seine pastoralen Töne manchmal aus dem Wald von seinem Lieblingsplatz am Weiher herüberwehen. Diese Töne, vermischt mit dem Gesang unsichtbarer Vögel, rührten Max mehr als die ergreifendste Darbietung der allerschönsten Symphonie durch das beste Orchester der Welt, und er merkte, daß auch Sophia dann an Ada dachte, allerdings sprach es keiner von ihnen aus.

Als Quinten zehn Jahre alt war, 1978, sprach Frau Trip Sophia eines Nachmittags auf der äußeren Brücke an.

»Hat Quinten es Ihnen schon erzählt?«

»Erzählt? Was meinen Sie?«

Am Tag zuvor war sie auf Klein Rechteren mit der Baronin im Rosengarten spazierengegangen. Wie in letzter Zeit öfter, war Quinten bei Rutger. Die Baronin mochte in der Regel keine unangekündigten Besuche, aber da Rutger sichtlich auflebte, wenn Quinten kam, war er immer willkommen. Plötzlich hatten sie ein herzzerreißendes Jammern von der Terrasse her gehört. Sie liefen zurück zum Haus und sahen Rutger weinend am Boden sitzen, die Arme um Quintens Knie – um die seines Henkers, wie sich später herausstellte. Mit einer Schere war Quinten dabei, Rutgers gestrickte Schnur in Stücke zu schneiden, das schönste, das er besaß, seine unendliche Kreation, an der er seit Jahr und Tag arbeitete. Auch seine Mutter schnitt regelmäßig ein Stück ab, aber natürlich nie in seiner Gegenwart. Die beiden Damen waren zu verdutzt gewesen, um einzugreifen, zudem hatten sie das Gefühl, daß sich da etwas abspielte, das jetzt nicht mehr unterbrochen werden durfte. Obendrein waren sie von der merkwürdigen Schönheit der Szene wie gelähmt: dieser wunderschöne Junge mit dem mißgestalteten, zwanzig Jahre älteren Schwachsinnigen zu seinen Füßen, während im Gemüsegarten ein Pfau mit einem Fächer von fünfzig Augen zusah!

»Ja, beruhige dich«, sagte Quinten, während er die Kordel wei-

ter in einen Meter lange Stücke schnitt. »Wart ab. Wir werden
einen ganz großen Vorhang machen. Das wolltest du doch, einen
ganz großen Vorhang?«

»Ja«, schluchzte Rutger. »Nicht machen, nicht schneiden –«

»Aber wenn du einen ganz großen Vorhang machen willst, dann
mußt du das auch tun. Dann mußt du nicht ewig nur eine lange
Kordel machen. Dann mußt du auch weben. Schau, so.«

Er hatte sich neben ihn auf den Boden gesetzt, eine große Nadel
aus seiner Tasche geholt und ein festes, grobmaschiges, einen Quadratmeter großes Stramin zur Hand genommen, das er im Stoffge-
schäft im Dorf von seinem Taschengeld gekauft hatte. Während er
die Kordel hindurchfädelte und dabei immer wieder sagte, was er
tat, hörte Rutger auf zu weinen und sah mit angehaltenem Atem
und noch schluchzend auf das, was da vor seinen Augen geschah.

»Und jetzt du«, sagte Quinten und gab ihm die Nadel. »Und
wenn das hier voll ist, dann kaufen wir ein neues Stramin. Und
wenn das auch voll ist, dann nähen wir es an das da dran, und kaufen wieder ein neues – so lange«, sagte er mit einer ausholenden
Geste, »bis der Vorhang so groß ist wie die ganze Welt!«

»Ja!« lachte Rutger geifernd.

»Und wenn du danach noch einen Vorhang machst, dann hängen
wir ihn an der Sonne und dem Mond auf!«

»Ja! Ja!« Rutger beugte sich zu ihm und gab ihm einen Kuß auf
die Wange.

Nie zuvor war jemand auf die Idee gekommen, daß man in Rutgers sinnloses Tun auch eingreifen konnte, und erst recht hatte niemand den Mut gehabt, es dann auch zu tun.

»Wie bist du denn darauf gekommen?« fragte Max ihn abends
bewundernd. »Wie hast du dich getraut?«

»Na, nur so –«, sagte Quinten.

Max sah zu Sophia und sagte:

»Der Junge hat einen absolutistischen Wesenszug.«

Der Architektur-Traum, den er nach seinem ersten Besuch bei seiner Mutter gehabt hatte, kam alle paar Monate wieder, ungefähr

mit derselben Häufigkeit wie seine Besuche in Emmen. Aber er
kam nicht mehr am selben Abend und endete auch nicht mehr in
einem Alptraum, obwohl die gepanzerte Tür mit dem Vorhängeschloß an der »Mitte der Welt« doch noch dasein mußte. Wenn er
wieder durch das grenzenlose Bauwerk, durch das Labyrinth aus
Zimmern, vorbei an den Innengiebeln mit den Ornamenten und
über die Galerien geirrt war, blieb er nach dem Erwachen noch
einen Moment liegen, ließ wie jeden Morgen die oberen Gelenke
seiner Daumen knacken und versuchte, die Erinnerung festzuhalten – aber jedesmal verwischten sich die Bilder nach einigen
Minuten, wie im Kino, wenn der Schluß des Filmes unsichtbar
wurde, weil man zu früh das Licht angemacht hatte. Nach und
nach begann er sich zu fragen, wo sich dieses Gebäude eigentlich
befand. Es mußte doch irgendwo stehen, denn er sah es jedesmal
wieder ganz deutlich. Aber da er dort nie jemandem begegnete,
war er sicher der einzige, der wußte, daß es überhaupt existierte,
und das war schon sehr viel, denn es war geheim, und er durfte mit
niemandem darüber sprechen: weder mit Max noch mit Oma,
nicht einmal mit seinem Vater, den er so selten sah. Es konnte sich
kaum irgendwo auf der Welt befinden, weil sie ja nicht ganz vollge-
baut war. Vielleicht lag es in einer anderen Welt? Er hatte ihm einen
Namen gegeben: die Burg.

Es kam vor, daß er wochenlang nicht an die Burg dachte. Wenn
sie sich wieder einmal gezeigt hatte, ging er manchmal zu Herrn
Themaat, um zu sehen, ob er in einem seiner dicken Bücher eine
Abbildung von etwas Ähnlichem fand. Der Professor war inzwischen pensioniert, wohnte jetzt ganz auf Groot Rechteren, so daß
sich seine Bibliothek noch erweitert hatte. Quinten war immer
willkommen. Vereinzelt kam es vor, daß Herr Themaat ohne ein
Buch auf dem Schoß in seinem Schaukelstuhl saß, das Gesicht
plötzlich bis zur Unkenntlichkeit verändert, als sei es aus Stein,
und dieser Stein sah ihn an mit zwei Augen, aus denen eine so ab-
grundtiefe Verzweiflung sprach, daß er sofort wieder ging. Es
schien, als ob Herr Themaat in diesem Zustand nicht einmal mehr
wußte, wer er war. Einige Tage getraute sich Quinten dann nicht,

ihn zu besuchen, aber wenn er dann wiederkam, war keine Spur
von dem Stein mehr zu erkennen.

»Was suchst du nur, Kuku?«

»Ach, nichts Besonderes.«

»Ich glaube dir kein Wort. Du schaust dir nicht nur einfach Bilder an.«

Quinten sah ihn an. Er durfte das Geheimnis natürlich nicht verraten, denn dann würde der Traum vielleicht nicht wiederkehren.
Er fragte:

»Was ist *das* Gebäude, Herr Themaat?«

Themaat stieß einen tiefen Seufzer aus.

»Hätten mir meine Studenten doch einmal so eine Frage gestellt.
Was ist *das* Gebäude?« wiederholte er, während er seine Hände im
Nacken verschränkte, sich in seinem Schaukelstuhl zurücklehnte
und zur Stuckdecke sah. »Was ist *das* Gebäude –.« Während er
noch überlegte, kam seine Frau herein, und er rief ihr zu: »Kuku
hat mir soeben *die* Frage gestellt.«

»Und die wäre?«

»Was ist *das* Gebäude?«

»Vielleicht dieses Schloß«, sagte Elsbeth.

»Ja«, lachte Themaat, »Frauen denken immer etwas weniger abwegig, und vielleicht haben sie recht damit. Warte mal, ich weiß es
vielleicht!« sagte er. »*Das* Gebäude gibt es natürlich nicht, aber ich
denke, daß das Pantheon guter Zweiter ist.«

Kurz darauf saßen sie nebeneinander an dem großen runden
Tisch und sahen sich die Fotos und Architekturzeichnungen des
Pantheons in Rom an: des einzigen römischen Tempels, der »allen
Göttern« gewidmet und vollständig erhalten war. Quinten hatte
sofort gesehen, daß es keinerlei Ähnlichkeit mit der Burg hatte.
Es war kein Labyrinth, sondern im Gegenteil sehr einfach und
übersichtlich, mit einem Portikus wie eine griechische Tempelfront, wie Herr Themaat sich ausdrückte, mit Säulen und zwei zu-
sammengeschobenen, dreieckigen Tympana, dahinter ein schweres, rundes Gebilde, das innen aus einem einzigen riesigen Rondell
ohne Fenster bestand und in der Mitte der Kuppel eine große

runde Öffnung hatte, durch die das Licht hereinfiel, ähnlich der Fontanelle im Schädel eines Neugeborenen. Auf einer Schnittzeichnung demonstrierte Herr Themaat mit einem Zirkel, daß man eine vollkommene, auf dem Boden ruhende Kugel erhielt, wenn man die Linie der Kuppel weiter nach unten zog. Seiner Meinung nach konnte man den Tempel auch als eine Abbildung der Welt sehen.

Das hieß also, überlegte Quinten, von *dieser* Welt, und das war es offensichtlich nicht, wovon er träumte. Und dennoch gab es einen Zusammenhang mit der Burg, vielleicht durch diesen Gegensatz zwischen der mit Ornamenten versehenen Tempelfront auf der Vorderseite und der geschlossenen Rückseite. Auf jeden Fall faszinierte ihn der Bau mit seinen eingemeißelten Buchstaben auf dem Architrav, die mit einigen Abkürzungen meldeten, daß AGRIPPA der Bauherr sei. Das habe der Kaiser Hadrian nach dem vollständigen Wiederaufbau einmeißeln lassen, erzählte Themaat, und bei der Nennung des Namens ›Hadrian‹ stockte er plötzlich und sah Quinten an: das Blaublau seiner Augen zwischen den dunklen Wimpern, das glatte schwarze Haar um seine mondblasse Haut. Themaat machte eine Geste in seine Richtung und sagte zu Elsbeth:

»Antinous.«

Sie lächelte, musterte ihn kurz und nickte. Quinten wußte nicht, was gemeint war, aber es war ihm auch egal.

Als er eines Tages bei Herrn Spier, nur um etwas zu sagen, von den Buchstaben des Pantheons anfing, entbrannte dieser sofort in Begeisterung:

»Das ist die Quadrata, Q.Q., der schönste Versalbuchstabe aller Zeiten! Wie bist du darauf gekommen?« Und er erzählte, daß diese Schrift auch »Lapidärschrift« genannt werde, vom lateinischen Wort *lapis*, das ›Stein‹ bedeute. »Diese Schrift bildet das vollkommene Gleichgewicht von Körper und Seele.«

»Wie geht denn das? Ein Buchstabe ist doch kein Mensch?«

»Und ob er das ist!«

»Und wie können Buchstaben eine Seele haben?«

»Sie sprechen doch zu dir?«

»Das stimmt«, nickte Quinten ernst.

»Wie jeder Mensch hat auch ein Buchstabe eine Seele und einen Körper. Seine Seele ist das, was er sagt, und sein Körper ist das, woraus er gemacht ist: aus Tinte oder aus Stein.«

Quinten dachte an seine Mutter. War sie also einfach nur ein Paar Tintenkleckse? Oder ein unbeschriebener Stein?

»Ein Buchstabe braucht gar nicht aus etwas gemacht zu sein«, sagte er.

»Ach nein? Ich träume manchmal auch von reinen Buchstaben, die durch die Luft schweben, aber das ist unmöglich, genau wie ein Körper ohne Seele.«

»Und was ist mit den Buchstaben im Pantheon? Die sind nicht aus Stein, sondern eben *nicht* aus Stein. Da ist der Stein gerade weggehackt: Das habe ich Theo Kern auch einmal machen sehen. Die sind aus nichts. Es gibt doch manchmal auch einen Körper ohne Seele?«

Er ging jetzt in die sechste Klasse, und der Lehrer meinte, daß er sich langsam wirklich etwas mehr Zeit für seine Hausaufgaben nehmen sollte. Seine Leistungen waren nicht schlecht, aber auch nicht besonders gut; was ihn interessierte, beherrschte er sofort, selbst wenn es schwierig war; alles andere, sogar leichte Dinge, kosteten ihn Mühe. Aber statt Geographie zu lernen oder die Mathematikaufgaben zu machen, suchte er lieber bei Herrn Themaat seinen Weg zur Burg.

Manchmal zeigte ihm der Professor Beispiele für moderne Architektur aus der ersten Hälfte des zwanzigsten Jahrhunderts, von Frank Lloyd Wright oder Le Corbusier oder Mies van der Rohe, den er von allen am meisten zu mögen schien. Manches gefiel Quinten, aber das war auch alles; da ihn die kühle Sachlichkeit dieser Streichholzschachteln in keiner Hinsicht an die Burg erinnerten, interessierten sie ihn nicht weiter. Am nächsten kamen ihr noch die klassischen Bauwerke mit dem römischen Pantheon in ihrem Zentrum, das dem puren Licht der griechischen Tempel mit seinem runden, blinden Zentralbau etwas Düsteres und Drohendes hinzufügte. Das Athener Parthenon, das Herr Themaat ihm zeigte, war zwar vollkommen, sogar noch als Ruine, aber es war ihm auch zu luftig und zu durchsichtig. Herrn Themaat zufolge hatten die Römer in künstlerischer Hinsicht nie etwas selbst erdacht, dieses Runde und Düstere hätten sie etruskischen Grabmonumenten abgeschaut, den *Tumuli*, das in Rom auch noch am Mausoleum des Augustus oder an Hadrians Grabmonument, der Engelsburg, zu sehen sei. Das müsse er sich später alles selbst einmal anschauen.

Unter der Leitung von Themaat, der ihn Max gegenüber einmal »meinen besten Studenten« nannte, hatte Quinten schon bald seinen Weg zur italienischen Renaissance gefunden. Dort wurde er am meisten von den Kirchen von Palladio gefesselt, die auch wieder diese Kombination aus wundervollen klassischen Giebeln und sich selbst genügenden Ziegelmauern aufwiesen. Themaat lobte ihn für seinen guten, wenn auch nicht sehr progressiven Geschmack, aber dieses Kompliment entging ihm; mit Geschmack hatte das alles nichts zu tun. Im Barock hatte er angesichts der Fülle der Ornamentik ein vages Gefühl des Wiedererkennens, und neoklassizistische Gebäude aus dem neunzehnten Jahrhundert faszinierten ihn, weil sie ihn an die von Palladio aus dem sechzehnten erinnerten. In jedem Fall waren es lauter Außenansichten, aber die interessierten ihn nun gerade nicht, ihn fesselte das Innere.

Mit dem Risiko, etwas von seinem Geheimnis preiszugeben, beschloß er eines Nachmittags, die entscheidende Frage zu stellen:

»Gibt es auch ein Gebäude, das zwar eine Innenseite hat, aber keine Außenseite?«

Themaat starrte ihn einige Sekunden an, ehe er antworten konnte.

»Wie kommst du auf so etwas?«

»Nur so.«

»Das ist absolut unmöglich, genauso unmöglich wie ein Gebäude mit einer Außenseite ohne Innenseite.«

»Das geht schon.«

»Wie denn?«

»Wenn es von innen nicht hohl ist, sondern ganz aus Stein. Wie ein Bild.«

»Das hat etwas für sich«, sagte Themaat mit einem Lachen.
»Und eine Innenseite ohne Außenseite geht vielleicht auch.«

Während er in einem Bücherregal suchte, erzählte er, er sei mit
der Vorstellung aufgewachsen, die Renaissance sei altmodisch,
und, ehrlich gesagt, finde er das immer noch, aber wenn er Quinten jetzt so höre, habe er das Gefühl, daß vielleicht so etwas wie
eine »Re-Renaissance« im Kommen sei. Dann zeigte er ihm Fotos
von Palladios Teatro Olimpico in Vicenza, seines architektonischen Schwanengesangs. Von außen war es eine unansehnliche
Backsteinkiste, aber innen zeigte sich eine unbeschreibliche
Pracht. Die Rückwand und die Seitenwände der Bühne wurden
von mit Marmor ausgelegten Giebeln gebildet und waren über und
über verziert mit korinthischen Säulen, mit Bildern in aufwendi-
gen Fenstersimsen mit dreieckigen und segmentförmigen Bekrö-
nungen und Stand-Bildern auf Sockeln, mit Ornamenten, Voluten,
Reliefs und Inschriften, und hinter den ansteigenden Bänken des
halbrunden Saals wiederum Säulen und Bilder – aber alles aus
Holz und Gips. Das sei nun tatsächlich eine Außenseite ohne Innenseite, sagte Themaat, denn es sei Dekor, und zugleich sei es eine
Innenseite ohne Außenseite. Das war Quinten klar, aber es war
nur teilweise eine Abbildung der Burg.

»Übrigens, erinnerst du dich an das Buch von Bibiena, das du
dir früher so gerne angeschaut hast?«

Nein, Quinten erinnerte sich nicht mehr, aber als er es wieder-
sah, erwachte ein vages Bild in ihm. Themaat erklärte ihm, daß
auch diese Dekorzeichnungen die Innenseite von Gebäuden zeigten, die keine Außenseite hätten. Offenbar zufrieden über seine
Erläuterungen betrachtete der Professor noch eine Zeitlang die
perspektivischen Zeichnungen. Dann sagte er unvermittelt:

»Warte! Da habe ich vielleicht noch etwas Schöneres für dich.«
Aus dem Regal, in dem alles tadellos alphabetisch geordnet war,
nahm er beim P – etwas weiter als Palladio, Pantheon und Parthenon – ein großes Buch mit Reproduktionen von Piranesis *Carceri.*

Als er es aufschlug, versetzte es Quinten einen Schock. Fast! Da
war er fast, sein Traum! Derselbe, sich endlos nach allen Seiten hin

fortsetzende Raum voller Treppen, Brücken, Bögen, Galerien, die tiefen Schatten ohne Lichtquellen, alles mit derselben, reglosen Luft erfüllt. Aber in diesen radierten Kerkervisionen erschien alles kühl und muffig, während es in der Burg warm war und süß. Bis auf ihn selbst war die Burg leer gewesen, aber hier waren überall menschliche Figuren zu sehen; zudem fehlten die Säulen und die massigen, verzierten Giebel. Erst zusammen mit den Dekors von Palladio und Bibiena hätte es wirklich so ausgesehen.

»Jetzt habe ich so langsam eine Ahnung, was du suchst«, sagte Themaat. »Aber da müssen wir uns eine ganz andere Art von Büchern anschauen als bisher. Du brauchst keine existierenden Gebäude, sondern Architekturphantasien. Weißt du übrigens, daß Piranesi auch der Mann ist, der dein Lieblingsbild gemacht hat?«

»Mein Lieblingsbild?«

Themaat zeigte auf die eingerahmte Radierung, die auf dem Boden an das Bücherregal gelehnt stand. Verwundert sah Quinten es an. Seit Jahren war das Bild mit den anderen Sachen im Zimmer eins geworden, er hatte es nicht mehr bemerkt: der Obelisk an dem Gebäude mit der Heiligen Treppe.

43
Funde

Anfang des Sommers 1980 wurden in Westerbork die beiden neuen, mobilen Spiegel in Betrieb genommen, jedoch nicht von Onnos Nachfolger, sondern vom Minister persönlich. Onno und Helga fuhren von Den Haag aus mit ihm hin und ließen sich vom Kommissar der Königin, Diederic, der nun bald pensioniert werden würde, willkommen heißen. Ferner waren sämtliche Astronomen aus Leiden zugegen, im Mittelpunkt der alte Direktor, der inzwischen achtzig Jahre alt war, sich aber immer noch so gerade hielt, als sei er die Achse, um die sich der Himmelsglobus drehte. Auch ganz Dwingeloo war erschienen, sogar Tsjallingtsje, aber nur, weil sie endlich Sophia und Quinten einmal sehen wollte. Quinten hatte zuerst keine Lust, aber nachdem er erfahren hatte, daß auch sein Vater dasein würde, waren auch Sophia und er gekommen. Als Max alle mit einem Glas Champagner in der Hand im Kontrollgebäude versammelt sah, mußte er an die Kriminalromane denken, in denen sich am Ende alle Verdächtigen in der Hotelhalle einfanden und der Detektiv nach einer messerscharfen Rekonstruktion genau den als Täter überführte, von dem man es am allerwenigsten gedacht hätte.

Nach den Reden und dem Knopfdruck des Ministers spazierte ein großer Teil der Gesellschaft, darunter auch Tsjallingtsje, zum dreizehnten und vierzehnten Spiegel, die drei Kilometer entfernt waren, einige Gäste hatten noch ihr Champagnerglas in der Hand. Floris, der wußte, wie weit es war, hatte sich eine ganze Flasche in die Tasche gesteckt. Sophia blieb mit Helga im Kreis der Astronomengattinnen zurück, die die Spiegel nicht weiter interessierten, und Max, Onno und Quinten spazierten zusammen über das Gelände. Onno, der zum ersten Mal in Westerbork war, hatte Quinten eine Hand auf die Schulter gelegt und hörte Max zu. Nur die Villa des Lagerkommandanten stand noch; die Baracken hatten einer weiten, unschuldig wirkenden Rasenfläche Platz gemacht, auf der hier und da ein Baum stand und die auf allen vier Seiten von Wald eingefaßt war. Während sie über den Boulevard des Misères gingen, versuchte Max, Onno ein Bild der Szenen zu vermitteln, die sich hier vor fast vierzig Jahren abgespielt hatten; aus Rücksicht auf den Jungen hielt er sich dann aber doch zurück, aber plötzlich fragte Quinten:

»Bist du Jude?«

Max und Onno wechselten einen kurzen Blick.

»Meine Mutter ist hier auch in den Zug gestiegen und nie mehr zurückgekehrt.«

»Und dein Vater?«

»Der nicht.«

»Lebt er noch?«

»Auch schon lange nicht mehr.«

Quinten schwieg. Seit er einmal mit Herrn Spier darüber gesprochen hatte, hatte er nicht mehr an Juden gedacht, und es schockierte ihn, daß nun auch Max mit diesen Dingen zu tun hatte: sogar seine Mutter war von Hitler ermordet worden! Es ging ihn nichts an, aber sein Unwissen gab ihm ein leichtes Schuldgefühl. Was wußte er eigentlich von ihm? Letztes Jahr hatte er aufgeschnappt, daß er zur Beerdigung seiner Pflegemutter nach Bloemendaal gefahren war; damals hatte er nicht weiter gefragt, aber jetzt begriff er, warum Max – eigentlich genau wie er selbst – Pflegeeltern gehabt hatte.

Am Prellbock hatte man über eine Länge von etwa zehn Metern und ordentlich eingefaßt von einer Art Bordstein die Schienen und Schwellen liegenlassen. Max zeigte auf den neuen Prellbock; der alte lag unmittelbar dahinter und war fast vollständig verrottet. Ein Künstler hatte das Ende der Schienen nach oben gebogen, als ob der letzte Zug dort zum Himmel gefahren sei.

»Es ist alles für immer verschwunden«, sagte Max, als er die Augen über das Gelände schweifen ließ.

In der Ferne spazierte eine fröhliche Gruppe von Honoratioren und Astronomen an der respekteinflößenden Reihe der Parabolspiegel vorbei, die wie die Schienen auf den blauen Himmel gerichtet waren; leise klang Gelächter herüber. Während weder Max noch Onno wußten, was sie jetzt sagen sollten, sah Quinten zwischen Spiegeln und Schienen hin und her, die ihn an die Fühler eines Grashüpfers erinnerten.

»Ich glaube«, sagte er, »daß man auch später noch sehr gut sehen kann, was hier im Krieg passiert ist.«

Entgeistert sahen Max und Onno ihn an.

»Darf man fragen, was du meinst?« fragte Onno.

»Das ist doch wohl ganz logisch. Max hat einmal erzählt, daß wir die Sterne so sehen, wie sie früher waren. Also sehen sie auf den Sternen die Erde auch so, wie sie früher war. Wenn sie auf einem Stern, der vierzig Lichtjahre von hier entfernt ist, mit einem sehr starken Fernrohr zu uns herüberschauen, dann sehen sie jetzt dort, was hier vor vierzig Jahren passiert ist!«

»Stimmt das?« fragte Onno Max.

Max fühlte sich unbehaglich.

»Ja.« Es wunderte ihn, daß er auf diesen Gedanken nie selbst gekommen war: Das Bild vom Durchgangslager Westerbork raste jetzt irgendwo genauso mit Lichtgeschwindigkeit zwischen Arcturus und Capella A durch den Weltraum wie das von Auschwitz mit seinen rauchenden Schornsteinen. »Theoretisch müßte es immer irgendwo im All zu sehen sein. Nur ist es damit noch nicht getan.«

»Aber es wird doch auch reflektiert!« sagte Quinten.

»Reflektiert?«

»Du kannst doch mit diesen Teleskopen einen Stern betrachten, der zwanzig Lichtjahre von hier entfernt ist – dann siehst du doch, wie deine Mutter hier vor vierzig Jahren in den Zug gestiegen ist.«

Und an einer anderen Stelle wieder aussteigt, dachte Max.

»Du hast schon wieder recht. Vielleicht sollte man eher an ferne Planeten oder Monde denken, wenn es solche Dinge außerhalb unseres Sonnensystems überhaupt gibt, aber dann müßten wir zuerst ein ganz neues Wahrnehmungsprinzip entdecken.«

»Aber wenn das in hundert Jahren entdeckt ist, dann ist das, was hier passiert ist, auf einem Planeten oder einem Mond zu sehen, der fünfzig plus zwanzig Lichtjahre von hier entfernt ist.«

»Absolut korrekt.«

»Mir wird unwohl«, sagte Onno. »Quinten! Was ist los mit dir? Was geht bloß manchmal in dir vor?«

Quinten zuckte mit den Achseln. Für ihn war das alles ziemlich klar.

Während Sophia und Helga in der Küche beschäftigt waren, wie sich das nach Onnos Meinung für Frauen auch gehörte, unterhielten sich die Herren über die von Quinten begründete ›historische Astronomie‹. Auch Proctor nahm an der Unterhaltung teil. Er hatte angeklopft, um sich Eier zu borgen, weil Clara und Arend über Nacht bei seiner Schwiegermutter blieben, und so hatte ihn Sophia eingeladen, mit ihnen zu essen.

Daß alles, was je auf der Erde geschehen war, noch immer irgendwo im Weltall gesehen werden konnte, war natürlich eine verführerische Idee von Quinten, aber nach Onnos Überzeugung technisch nicht zu realisieren. Es stimme zwar, daß man Satellitenaufnahmen der Erde bis in die kleinsten Einzelheiten vergrößern könne, vorausgesetzt, es sei während der Aufnahme wolkenlos gewesen, im Verteidigungsministerium wüßten sie darüber Bescheid, aber was bleibe von so einem Bild nach einer Reise von Dutzenden, Hunderten oder Tausenden von Jahren durch das Universum? Und wie sollte es aufgefangen werden? Planeten und Monde seien ja wohl nicht aus Spiegelglas, sondern übersät mit Steinen und Staub, und zudem rund statt hohl: die letzten Reste des Bildes würden augenblicklich diffundieren.

»Und so gehört sich das auch«, beschloß er, »die Vergangenheit ist für ewig versiegelt, und wer die Siegel zu brechen wagt, für den wäre es besser, nie geboren zu sein. Nur der Herr der Heerscharen sieht alles.«

»Ganz recht«, sagte Max, »dein optisches Wissen ist zwar verblüffend, aber genau so wurde immer schon geredet. Angenommen, ein zwölfjähriger Junge hätte vor hundert Jahren zu seinem Vater gesagt, innerhalb von hundert Jahren werde nicht nur der Mensch den Mond betreten, sondern auch jeder auf Erden hiervon im selben Augenblick Zeuge –«

»Ja, ja, das kennen wir schon«, unterbrach ihn Onno. »Ich erinnere mich dunkel, daß du das vor elf Jahren schon einmal gesagt hast.« Er deutete in Helgas Richtung, die den Tisch deckte. »Ich danke dir auch nachträglich.«

Helga sah sich kurz um, und Max verbeugte sich höflich in Richtung der beiden. Dann fuhr er fort:

»Wenn du weiterhin an ein optisches Bild denkst: das ist natürlich nicht möglich und außer Frage, aber in der Radioastronomie arbeiten wir nun auch schon nicht mehr bloß mit optischen Bildern. Hast du eigentlich eine Vorstellung, wie schwach die Signale sind, die wir in Westerbork auffangen? Was die Sache so irreführend macht, ist die Tatsache, daß man bei großen Instrumenten und Maschinen unwillkürlich an große Kräfte denkt: Ein großer Staudamm produziert riesige Energiemengen, eine große Kanone schießt kilometerweit. Aber beim Synthese-Radio-Teleskop ist es gerade umgekehrt: da ist das Große für das Kleine bestimmt. Soll ich dir was sagen? Eine Fahrradlampe verbraucht in einer Sekunde mehr Energie, als die vierzehn Parabolspiegel in hunderttausend Jahren auffangen.«

»Wirklich?« fragte Quinten.

»Wirklich. Was das angeht, sind wir also schon ein ganzes Stück weitergekommen. Mit anderen Worten: Praktisch gesehen, ist es vielleicht nicht ausgeschlossen, aber der eine oder andere Einstein müßte dafür erst ein völlig neues Prinzip erfinden, etwas total Neues, das ja zum Beispiel auch für das Fernsehen nötig war.«

»Wenn du das sagst«, sagte Onno, »dann wird es wohl so sein. Da wartet also eine schöne Aufgabe für dich – solange du im Kopf behältst, daß Quinten Anspruch auf einen geteilten Nobelpreis hat.«

Quinten war es unangenehm, daß Max seinem Vater widersprochen hatte, andererseits fühlte er sich durch seinen Beifall geschmeichelt, und daß sein Vater sich von Max überzeugen ließ, fand er nett von ihm. Natürlich gefiel es ihm auch, daß so lange und ausgiebig über seine Idee diskutiert wurde.

»Wenn es eine Möglichkeit gibt«, sagte Max, »wird sie meiner Meinung nach noch sehr viel schwerer zu finden sein als der Schlüssel zu deinem Diskos. Du bist doch auch davon ausgegangen, daß darauf eine Botschaft aus tiefster Vergangenheit zu lesen ist?«

»Doktor Quists unvergeßliche *Erzählung von A bis Z*«, sagte Helga, während sie aus dem Zimmer ging und Onno einen kurzen Blick zuwarf.

Onno seufzte tief.

»Weißt du, was dieses Weibsbild ist? Meine Eckerfrau. Die vergißt nie irgend etwas von dem, was ich je gesagt habe. Weiß der

Himmel, vielleicht steht dieses neue Prinzip sogar auf diesem Kreter Unding? Wer weiß? Wenn ich eines Tages wegen staatsgefährdender Überintelligenz der Macht enthoben und von der Militärpolizei schmählich über die Grenze gejagt werde, versuche ich es noch ein einziges Mal – aber ich fürchte, daß ich nun gerade dieses Historioskop brauchen werde, um das Prinzip entziffern zu können, auf dem es basiert. Abgesehen davon, würde ich vermutlich rechtzeitig von irgendeinem Geheimdienst oder den Agenten des Papstes ermordet, denn stell dir vor, was dann los wäre: Bilder von allem, was jemals passiert oder gerade nicht passiert ist –.«

»Oder Filme«, sagte Quinten.

»Oder Filme, noch besser! Zuerst Stummfilme, dann Tonfilme, und später alles in Farbe. Wir richten die Kamera auf den Stern von Bethlehem und zoomen dann auf den Ölberg. Fährt da jemand gen Himmel? Nein. Nimmt dort jemand auf dem Berg Horeb die Zehn Gebote entgegen? Leider. Nein, ich würde ganz zu Recht aus dem Weg geräumt werden, die Welt würde im Chaos versinken.«

»Großreinemachen«, sagte Max, »das wäre es. Der ganze Lug und Trug würde ans Licht kommen, und der Mensch wäre befreit und endlich im Besitz der vollen Wahrheit!«

Aber während er sprach, sah er zu seinem Entsetzen plötzlich noch eine andere astronomische Dokumentation vor sich: die Bucht bei Varadero, er selbst in den Wellen, Wange an Wange mit Ada, ihre gespreizten Beine um seine Hüften, im blutroten Licht des aufgehenden Mondes. Das Bild war also noch nicht verschwunden – nicht einmal in ihm selbst!

Onno wollte ihn fragen, welche Ereignisse er zuerst aufnehmen würde, aber an seinem Blick sah er, daß das etwas Furchtbares sein würde, vielleicht die Hinrichtung seines Vaters, und richtete seine Frage deshalb an Proctor:

»Und Sie? Auf was würden Sie Ihre historische Kamera richten?«

Wie es sich für jemanden gehört, der nur zum Essen bleiben darf, hatte sich der Übersetzer nicht in die Unterhaltung eingemischt. Jetzt aber stützte er sich auf die Knie, beugte sich vor und sagte:

»Ins Jahr 1647, und zwar auf das Sterbebett in einem bestimmten Haus in der Altstadt von Stuttgart, die im Zweiten Weltkrieg zerstört wurde.«

»Gut. Dafür schrauben wir die alle Mauern durchdringende Röntgenlinse auf das Objektiv. Und wen wollen Sie dort sterben sehen?«

»Francis Bacon«, sagte Proctor und sah mit vielsagendem Blick vom einen zum anderen.

»Francis Bacon?« wiederholte Max. »In Stuttgart? 1647? Irren Sie sich da nicht?«

Proctor lachte, aber sein Lachen hatte einen bitteren Unterton. Tatsächlich sei die offizielle Wissenschaft jahrhundertelang davon ausgegangen, daß er 1626 gestorben sei, in der Nähe von London, aber neue Daten hätten etwas anderes ans Tageslicht gebracht, zumindest für diejenigen, die aufgeschlossen und in der Lage seien, sich von alten Auffassungen zu lösen. Natürlich sei er im Bilde über den ganzen Nonsens, den die Baconianer immer wieder behaupteten, zum Beispiel, daß das Werk Shakespeares eigentlich aus Bacons Feder stamme, aber er mache diesen Quatsch nicht mit, auch wenn diese Lesart durchaus achtbare Anhänger habe wie den alten Freud. Die Frage, weshalb so ein Unsinn ausgerechnet Bacon angedichtet worden sei, habe ihn immer gereizt. Und so habe er vor Jahren etwas Unerhörtes entdeckt. Er sah wieder zwischen Max und Onno hin und her. Ob sie schweigen könnten?

»Wie ein Grab«, sagte Onno und verschränkte die Arme.

Bacon habe an der Wiege von Vondels *Lucifer* gestanden. Die Tragödie sei am 2. Februar 1654 in Amsterdam uraufgeführt worden. Vondel habe sechs Jahre daran gearbeitet, also habe er in Bacons tatsächlichem Sterbejahr damit angefangen. Im Text habe er, Proctor, mittlerweile Hunderte von Beweisen für seine These gefunden, daß die Idee, ein Stück über Luzifers Untergang zu schreiben, von Bacon stamme. Der Sechsundachtzigjährige habe es auf seinem Sterbebett dem Sechzigjährigen eingeflüstert.

»Haben Sie denn einen Beweis dafür«, fragte Onno, nachdem er einen kurzen Blick mit Max gewechselt hatte, »daß unser vaterländischer Dichterfürst 1647 in Stuttgart war?«

»Notwendigerweise. Es ist implizit durch meine anderen Beweise bewiesen.«

»Natürlich.«

»Ich finde ständig neue.«

»Nennen Sie einen.«

Die übliche Geheimschrift aus dem siebzehnten Jahrhundert, erzählte Proctor, numeriere die Buchstaben des Alphabets von 1 bis 24, wobei das I und das J dieselbe Zahl hätten, und das V und das W die Zahl 21. Die Summe von BACON betrage dann folglich 33 und die von FRANCIS 67; zusammen 100. Wenn man nun Luzifers erste Passage nehme und das 33. Wort aufsuche, dann finde man: *dieser*. Das heiße also: »Dieser ist Bacon.« Oder: »Dies muß eigentlich Bacon zugeschrieben werden.« Zähle man dann weiter zum 100. Wort, so finde man: *erlischt*. Also: »Dieser erlischt. Francis Bacon stirbt.«

Es blieb kurz still, dann sagte Max zu Onno:

»Ich glaube, da wissen wir keine Antwort.«

»Darauf haben wir absolut keine Antwort. Aber«, fragte Onno behutsam weiter, »wenn Sie jetzt dieses Sterbebett in Stuttgart noch mit Quintens Fernrohr ins Visier bekommen wollen, heißt das dann, daß Sie sich Ihrer Sache, die mir persönlich äußerst plausibel vorkommt, doch nicht hundertprozentig sicher sind?«

»Wie kommen Sie denn darauf?« sagte Proctor leicht beleidigt. »Ich würde nur hören wollen, *warum* Bacon ein Stück über den Untergang Luzifers geschrieben haben wollte. Das wird er Vondel doch gesagt haben. Was hatte er als Anglikaner mit einer Figur wie Luzifer zu tun? Vielleicht steht das in Zusammenhang mit den unsinnigen Legenden, die sich an seine Person geheftet haben, aber das finde ich auch noch heraus.«

»Sicher«, nickte Onno, »das ist unbedingt notwendig. Und warum suchte sich Bacon ausgerechnet Vondel aus?«

»Das spricht doch wohl für sich! Als Katholik hatte Vondel ein Verhältnis zu Teufeln und Engeln, einem Protestanten wie Gryphius brauchte Bacon damit nicht zu kommen. Vondel war in dem Moment der einzige große Bühnenautor, der für sein Projekt in Frage kam, außer vielleicht Corneille, aber am Pariser Theater konnte man sich damals nicht so phantastische Dinge erlauben wie in Amsterdam.«

»Warum phantastisch?« fragte Quinten.

»Na, hör mal«, sagte Proctor, »das hat es vorher in der Literatur noch nie gegeben: ein Stück, das sich von Anfang bis Ende im Himmel abspielt. Wenn das nicht phantastisch ist, dann weiß ich nicht, was sonst.«

»Was für einen schönen Ring Sie tragen«, sagte Quinten unvermittelt.

Proctor war ein wenig aus dem Konzept gebracht und sah auf seinen Ring.

»Das ist ein Saphir. Auch ein Symbol des Himmels.«

»Bestimmt sehr teuer.«

»Allerdings. Ein Stein von fünf Karat kostet fünftausend Gulden. Dieser wiegt ein Gramm.«

Nun beugte sich auch Max vor.

»Siehst du, daß der Stein genau deine Augenfarbe hat, Quinten?«

»Kommt ihr zu Tisch?« fragte Sophia. »Es gibt Pichelsteiner.«

Auch wenn Quinten nur die Hälfte begriff, so vergaß er diese Gespräche nie. Was er dagegen auf dem Gymnasium in Assen zu hören bekam, zu dem er ab September jeden Tag mit dem Bus fahren mußte, konnte er sich nur mit größter Mühe merken. Daß *Gallia est omnis divisa in partes tres*, wollte er wohl glauben, aber daß das in seinem Buch in Kleinbuchstaben und manchmal sogar kursiv gedruckt war, fand er idiotisch: diese Buchstaben hatten die Römer gar nicht gekannt! Es mußten Großbuchstaben sein, am besten Quadrata. Herrn Spier zufolge war diese Schrift erst im Mittelalter und in der Renaissance entstanden, genau wie die griechischen Minuskel, die alten Griechen hatten ausschließlich in Großbuchstaben geschrieben. Als Onno einmal vom Parlament aus anrief, um

zu sagen, wie schrecklich leid es ihm täte, daß er wieder einmal verhindert sei, beschwerte sich Quinten auch bei ihm:

»Darf man das denn einfach so ändern? Das wäre doch so, als
würde man Caesar in einem Jeansanzug statt in einer Toga abbil-
den?«

Woraufhin Onno ausrief:

»Gut so, Quinten, du bist ein Sohn nach meinem Herzen! Das
moderne Theater ist glücklicherweise nichts für dich. Bis daß Himmel und Erde vergehen, wird nicht vergehen der kleinste Buchstabe noch ein Tüpfelchen vom Gesetz, bis daß es alles geschehe.«

Das ist natürlich wieder etwas aus der Bibel, dachte Quinten,
aber warum das eine Antwort auf seine Frage sein sollte, entging
ihm. Seit dem Abend nach der Einweihung der neuen Teleskope
bewunderte er seinen Vater noch mehr. Bei Tisch hatte er ihn gefragt, was das für ein Diskos sei, über den er mit Max geredet
hatte, und zum ersten Mal wurde ihm bewußt, daß sein Vater eigentlich gar kein Politiker war, sondern ein Sprachgenie, der das
Etruskische entziffert hatte, daß er etwas anderes war als dieser
komische Vater von Arend, der sich nur mit sterilem Abrakadabra
beschäftigte, wie Onno ihm später auseinandergelegt hatte; er
selbst, hatte er gesagt, könne im Handumdrehen beweisen, daß
Bacon das erste Buch Mose geschrieben habe oder die Romane
von Nabokov: man brauche sich lediglich die ersten fünf Buchstaben von dessen Namen anzusehen und sehe sofort, daß es ein Ana-
gramm von ›Bacon‹ sei, wobei man berücksichtigen müsse, daß
das *c* im kyrillischen Alphabet das *ka* sei und die Endung ›ov‹ natürlich für ›of Verulam‹ stehe, das liege ja auf der Hand. Auch Max
erzählte Quinten manchmal solche faszinierenden Dinge, zum
Beispiel, daß es egal sei, in welche Richtung man schaue, das entfernteste Objekt sei immer man selbst; oder warum es – rätselhaf-
terweise – nachts dunkel war und nicht noch viel heller als tagsüber, trotz der unendlich vielen Sterne, die alle zusammen doch
eigentlich eine riesige Sonne bilden müßten, ein einziges, unendliches Licht, das ununterbrochen das ganze Firmament erleuchten
müßte – aber Max war eben nicht sein Vater. Was sein Ziehvater mit

dem Krieg zu tun hatte, mit Hitler, der seine Mutter ermordet
hatte, befand sich in einer furchterregenden Welt, in der auch Herr
Spier hauste, mit der er selbst jedoch glücklicherweise nichts zu
tun hatte.

Auch auf dem Gymnasium richtete sich sein Interesse weiterhin
auf Dinge, die dort nicht unterrichtet wurden. Freunde hatte er
dort ebensowenig wie in der Grundschule; er war einfach noch nie
jemandem in seinem Alter begegnet, mit dem er sich über die
Dinge, die ihn beschäftigten, unterhalten konnte. Aber weder litt
er darunter, noch wunderte es ihn, denn er hatte nicht einmal das
Gefühl, anders zu sein als seine Klassenkameraden. In den Pausen
redete und lachte er mit ihnen, aber eher wie ein Schauspieler, der
seine Rolle spielt; nach der Vorstellung, wenn er wieder er selbst
war, war die dargestellte Person vollkommen aus seinen Gedanken
verschwunden. Aus diesem Grund fühlte er sich seinen Mitschü-
lern auch nicht überlegen, denn es fiel ihm gar nicht ein, sich mit
ihnen zu vergleichen.

In einem verzierten Kasten aus massiver Bronze, den er auf dem
Speicher zwischen den Sachen des Barons gefunden hatte, verwahrte er die Skizzen, die er von der Burg aus seinen Träumen
machte. Da sie nach allen Seiten hin unendlich war, mußte er sich
notgedrungen auf Fragmente beschränken, auf Querschnitte,
Grundrisse, die kein Ganzes bilden konnten, aber alle miteinander
in Zusammenhang standen. Die gefalteten Zeichnungen steckten
in einem dicken, beigefarbenen Umschlag vom Westerbork-Syn-
these-Radio-Teleskop, auf den er in seinem ersten Gymnasiumla-
tein und mit den schönsten Quadrata »Quintens Traum« geschrieben hatte: *SOMNIUM QUINTI.*

Auf der Suche nach *dem* Gebäude hatte ihn Herr Themaat inzwischen auf die Spur der klassizistischen Revolutionsarchitektur
gebracht, die sich um 1800 entwickelt hatte: vor allem in Entwürfen, denn gebaut wurde davon nur wenig. Quinten vernachlässigte
wieder einmal seine Hausaufgaben und betrachtete statt dessen die
Zeichnungen Dutzender von Architekten aus dieser Schule, kehrte
aber immer wieder zu den megalomanen Phantasien Boullées zu-

rück. »Die sprengen wirklich alles«, sagte Themaat, und genau dieses Maßlose war es, was Quinten daran faszinierte. Riesige öffentliche Gebäude, ein Justizpalast, eine Nekropole, eine Bibliothek, ein Museum, eine Kathedrale, und allesamt von derart zyklopischen Ausmaßen, daß man eine Lupe brauchte, um die Menschen darin zu erkennen, die wie Ameisen über die Treppen und zwischen den turmhohen Säulen umherwimmelten; und dann ein gigantischer Tempel, den man sich laut Themaat als Kolosseum vorstellen mußte, das von einem Kuppeldach à la Pantheon gekrönt wurde. Er war über einem unzugänglichen, dunklen Felsspalt erbaut, der zum Inneren der Erde führte; am Höhleneingang wachte ein Standbild von Artemis Ephesia, der Göttin mit den vielen Brüsten. Quinten betrachtete es verschämt. Begann in diesem schwarzen Abgrund vielleicht die Welt der Burg? Er mußte einen Augenblick an seine Mutter denken, schüttelte den Gedanken aber gleich wieder ab. Er dachte fast nie an seine Mutter, denn von seinem Vater hatte er gelernt, daß er dann an nichts dachte; seit dem einen Mal hatte er sie auch nicht mehr besucht, denn wie sollte man niemanden besuchen? Zum Glück fragte ihn seine Großmutter nie, ob er sie nach Emmen begleiten wolle.

Faszinierend waren auch Boullées extreme Entwürfe für ein Newton-Monument. Wer Newton war, wußte er von Max: der Einstein des siebzehnten Jahrhunderts, mit dem die moderne Wissenschaft begonnen hatte und der, erzählte Themaat, im achtzehnten Jahrhundert als eine Art Messias verehrt worden sei, da er als erster das Werk des Weltbaumeisters verstanden und nachgerechnet habe. Boullées Kenotaph, eine kolossale Kugel mit einem Durchmesser von mehr als zweihundert Metern, weise mit drei treppenförmig angeordneten fensterlosen Zylindern zum Äquator hin, die mit gestaffelten Zypressen, den Totenbäumen schlechthin, bepflanzt seien. In der Kugel stehe im Zwielicht auf einem Podest ein leerer Sarkophag, das Licht komme ausschließlich durch kleine Öffnungen in der Kugelhaut, wodurch das Sonnenlicht in einen nächtlichen Sternenhimmel verwandelt werde. Als Quinten den winzigen Sarg in dem gigantischen Raum sah, kam wieder der Gedanke an seine Mutter in ihm hoch. Eine Zeichnung des Bauwerks bei Mondlicht wirkte wie eine unheimliche Drohung, als ob die Kugel eine schreckliche Bombe wäre, die jeden Augenblick explodieren und die ganze Welt verwüsten könnte, und eines Tages bildete er sich ein, daß aus der Oberseite der Kugel eine schwelende Lunte ragte. Und während er Herrn Themaat diesen Eindruck schilderte, sah er noch etwas anderes: Die Bombe mit der Lunte war zugleich ein Apfel mit Stiel.

»Wenn Sie mich fragen, ist das Gebäude eigentlich der Apfel, den Newton auf den Kopf bekommen hat.«

»Das hat noch niemand so gesehen«, lachte Themaat. »Bisher haben wir immer an das Weltall gedacht.«

»Und jetzt weiß ich auch, was das für ein Apfel war, der Newton auf den Kopf gefallen ist.«

»Ist es ein Geheimnis, oder darfst du es mir erzählen?«

»Der Apfel, den Eva im Paradies gepflückt hat.«

»Vom Baum der Erkenntnis von Gut und Böse!« ergänzte Themaat und verfiel plötzlich in einen seiner merkwürdigen, übertriebenen Lachanfälle, an denen sogar seine langen Arme und Beine teilnahmen, so daß sein Schaukelstuhl umzukippen drohte. »Hilfe! *You did it again*, Kuku! Und um deine These zu beweisen«, fuhr er fort und erhob sich, »werde ich dir gleich noch etwas anderes zeigen.« Während er in den Zeitschriftenstapeln suchte, die in Bodenhöhe seines Bücherregals lagen, sagte er zu Quinten, die Ähnlichkeit von Boullées Newton-Kenotaph mit dem Pantheon sei ihm doch sicher aufgefallen: das fensterlose Hohe und Runde, das in beiden Fällen das Universum darstelle. »Aber wenn der Begründer der modernen Wissenschaft also unter dem Baum der Erkenntnis von Gut und Böse gesessen hat«, sagte er, »was hältst du dann hiervon?« Mit einem gewissen Triumph legte er ein Bild von einem Kernreaktor auf den Tisch. »Da wir gerade von deiner Bombe sprechen. Siehst du, daß dieses Ding genau in die stilistische Tradition des Pantheons und von Palladio und Boullée paßt? Und das Verrückte dabei ist, diese Fabrik wurde nicht in einer ästhetischen Tradition entworfen, sondern rein funktional, von staatlich eingesetzten Bauingenieuren. Mensch, Kuku, ich hätte gute Lust zu glauben, daß es stimmt, was du sagst. Und wenn man weiß, daß das Erzeugen von Kernenergie und folglich auch die Atombombe Einstein zu verdanken sind, dem zweiten Newton, dann hat Boullée vielleicht eigentlich ein Einstein-Monument entworfen.«

»Deshalb ist es auch nicht gebaut worden«, nickte Quinten.

»Weil das erst heute aktuell ist, willst du sagen? Ja, warum eigentlich nicht? Obwohl –«, er verzog leicht das Gesicht, »es gibt da doch noch einige Haken und Ösen. Nicht in technischer Hinsicht, sondern in bezug auf etwas, das auch wieder mit einem Paradiesapfel zu tun hat.«

Dann hielt Themaat Quinten eine Vorlesung über das Gigantische. Das immer mit dem Tod zu tun habe. Das Kolosseum sei gebaut worden mit dem Wissen, daß darin Menschen und Tiere umkämen; die riesige runde Engelsburg sei von Hadrian als Mausoleum für sich und seine Nachfolger erbaut worden. Das Gigantische habe seinen Ursprung in Ägypten, wo das ganze Leben auf das Totenreich ausgerichtet gewesen sei. Die Pyramiden, alles reine Verneinungen der Zeit, seien auch nichts anderes als Gräber mit einem Sarkophag in ihrem Inneren; und was Boullée zuwege gebracht habe, zumindest in der Phantasie, sei eine Verbindung dieser nekrophilen Gigantomanie mit ihrem Gegenteil, der griechischen Harmonie und Mäßigung. Er zeigte ihm ein Blatt mit einem Entwurf für eine Nekropole: eine Pyramide, in der an der Basis eine halbrunde Höhle ausgespart war, wo, eingeklemmt wie eine Maus in der Falle, eine griechische Tempelfront mit Säulen und einem verzierten Giebeldreieck stand. Der Bogen-Portikus erinnere ebenfalls an das Pantheon, aber hier werde dieses lebenslustige griechische Element überschattet und erdrückt von der Masse des Ägyptischen darüber. Die architektonische Repräsentation des fragilen Lebens, das plötzlich von der Macht eines gigantomanischen Todes bedroht werde, kehre hundertfünfzig Jahre nach Boullée zurück im Stein gewordenen Ausdruck des Massenmords: in den Entwürfen, die Albert Speer für Adolf Hitler angefertigt habe.

Quinten erschrak, als er den Namen hörte: Da war dieser Schuft schon wieder. Dieser Name sollte eigentlich nie mehr genannt werden! Herr Themaat zeigte ihm Bilder von den Plänen für ›Germania‹, wie Berlin als tausendjährige Welthauptstadt nach dem Endsieg hätte heißen sollen. Paraden maßloser Gebäude, mit der Großen Halle als manisch-germanischem Höhepunkt, die alles übertraf, was je erdacht worden war. Auch dieses Monstrum kam nach Speers Aussage aus dem unerschöpflichen Schoß des Pantheons hervor: eine neoklassizistische Säulenfront und dahinter ein runder Raum mit einer Kuppel. Aber diese Kuppel war jetzt doppelt so hoch wie die Cheopspyramide; obendrauf eine zylinderförmige, von Säulen umgebene Laterne für den Lichteinfall, die ihrerseits um Meter höher und breiter war als das gesamte Pantheon, das seinerseits wiederum viel größer war als Michelangelos Kuppel im Petersdom. Und als Krönung, als Lunte von Quintens Bombe, wachte über allem ein Adler mit der Erdkugel in seinen Krallen. Die Halle, erzählte Herr Themaat, fasse einhundertachtzigtausend Menschen, die auf den Status von Flöhen reduziert seien, es müsse darin sogar mit Wolkenbildung und Nieselregen gerechnet werden. Das Projekt ging zurück auf eine Skizze, die Hitler irgendwann selbst angefertigt hatte: Ursprünglich habe er Baumeister werden wollen, erzählte Herr Themaat, aber danach sei er doch lieber ins Abrißgewerbe gegangen, nach seinem Selbstmord habe in Berlin kein Stein mehr auf dem anderen gestanden. Sogar die Bauzeichnungen seien schließlich verbrannt.

»Jetzt hast du architektonisch also alles beisammen, Kuku. Hiroshima und Auschwitz. Der gigantische Triumph von Wissenschaft und Technik im zwanzigsten Jahrhundert!«

Wenn Quinten ungestört lesen oder Flöte spielen wollte, setzte er sich bei schönem Wetter manchmal an das Ufer des Weihers. Umringt von den hohen Rhododendren und meistens in Gesellschaft der beiden schwarzen Schwäne, die auf ihrem Spiegelbild trieben, fühlte er sich sicher und zufrieden. Er hatte sich aus Zweigen eine Hütte gebaut, auf die er stolz war und die ihn zumindest vor Nie-

selregen schützte. Aber wenn ihn etwas bedrückte oder wenn er
über etwas nachdenken mußte, suchte er meist einen anderen Platz
auf, der einige hundert Meter außerhalb des Landgutes lag, hinter
dem Gelände des Barons.

Obwohl dort täglich zig Leute vorbeikamen, war er sich sicher,
daß er der einzige war, der die Besonderheit dieses Platzes erkannt
hatte, denn er sah nie jemanden genauer hinschauen, und eigentlich war auch nichts Besonderes zu sehen. Es war die Stelle des
Osterfeuers: eine kleine, rechteckige Weide, die auf drei Seiten von
Wald umschlossen war und deren vierte Seite ein schmaler Feldweg
bildete. Im Sommer graste dort eine rotbraune Kuh, die andächtig
den Kopf hob, wenn er sich in den Graben setzte und die Arme um
die Knie schlang. Vielleicht lag es an den beiden Bäumen, die aus
dem dunklen Waldrand ausgerissen zu sein schienen und nun jeweils an der absolut richtigen Stelle in der Wiese standen, wo sie
dem Raum Struktur verliehen, wie auch die drei großen Findlinge,
aber auch das erklärte das Geheimnis nicht, das über dem Platz lag.
Es war, als sei es dort wärmer und stiller als an vergleichbaren anderen Orten, an denen es ebenfalls warm und still war.

Er ließ seine Augen über das Gelände schweifen und dachte an
den vergangenen Tag. Da sein Vater schon wieder seit mehreren
Monaten keine Zeit hatte finden können, um ihn auf Groot Rechteren zu besuchen, war er mit Max nach Den Haag gefahren, wo
sie sich zu seiner großen Freude im Parlamentsgebäude verirrt hatten. Im Fraktionszimmer meinte eine Mitarbeiterin, er sei im Sit-
zungssaal, und nach einer langen Wegbeschreibung, an deren Ende
sie den Anfang schon vergessen hatten, machten sie sich auf den
Weg durch das Labyrinth aus schmalen Gängen, treppauf, tripp-
ab, linksherum, rechtsherum, vorbei an langen Reihen mit Porträts
entschlafener Parlamentsmitglieder, an Bibliotheken und Kommissionszimmern, Mädchen, die an Kopierern standen, und lauten, offenbar leicht angeheiterten Journalisten und Beratern, die
sich auf Fensterbänke niedergelassen hatten. Aber erst nachdem
sie zwei weitere Male nach dem Weg gefragt hatten, öffneten sie
eine Tür und standen plötzlich auf der Publikumstribüne.

Im schönen, rechteckigen Saal mit viel Rot, Braun und Ocker, der kleiner war, als Quinten erwartet hatte, lauschte ein halb im Stuhl liegender Minister am Regierungstisch einer Rede von irgend jemandem am Rednerpult, oder zumindest tat er so, insgesamt waren nicht mehr als vier oder fünf Abgeordnete im Saal, die sich alle ebenfalls zu langweilen schienen. Onno unterhielt sich mit dem Parlamentspräsidenten, entdeckte sie aber sofort und winkte ihnen zu, daß er gleich käme.

»Habt Dank, daß ihr mich aus der langweiligsten aller Löwengruben erlöst habt«, sagte er, führte sie in die Cafeteria und fragte Quinten unvermittelt, während der gerade in einen strammen Max biß: »Du bist jetzt zwölf – weißt du schon, was du später werden willst?«

Als er nicht gleich antwortete, sagte Max:

»Architekt, wenn du mich fragst.«

Quinten war es unangenehm gewesen, daß Max das gesagt hatte; es war ihm zu persönlich. Außerdem wollte er gar nicht Architekt werden.

Eine junge Frau in einem weißen Kleid rannte hinter vier Hunden her, sie hatte Ringe an allen Fingern und war auch sonst mit Ketten und Armbändern behängt; sie wohnte auf einem Bauernhof in der Nähe, wo eine Wohngemeinschaft von Amsterdamer Künstlern hauste, Aussteiger, die genug hatten vom Stadtleben. Fröhlich reckte sie kurz einen Arm hoch, und abwesend grüßte Quinten zurück.

Träumerisch nahm er etwas wahr, das nicht zu sehen war, das sich aber dennoch von der stillen Wiese mit der Kuh, den drei Findlingen und den beiden Erlen her auf ihn zubewegte. Die Frage, was er werden wollte, hatte sich ihm nie gestellt. Er war, was er war – was sollte er denn noch werden? Sein Vater meinte natürlich irgendeinen Beruf, nur konnte sich Quinten einfach nicht vorstellen, jemals irgendeinen Beruf auszuüben, auch nicht den eines Architekten. Dieses Interesse hatte ausschließlich etwas mit seinem Traum von der Burg zu tun, aber das konnte Max nicht wissen. Aber vielleicht würde ja auch alles immer so bleiben.

44
Das Nicht

Auch Onno wußte nicht, was er werden wollte, wurde aber im folgenden Jahr, 1981, nach den Wahlen von seinem Parteivorsitzenden als Verteidigungsminister vorgeschlagen. Die Mitte-Rechts-Koalition der vergangenen vier Jahre war von einem Mitte-Links-Bündnis abgelöst worden, an der Position des christdemokratischen Ministerpräsidenten wurde nicht gerüttelt, nur der konservative stellvertretende Ministerpräsident war mitsamt seinem Gefolge abgesetzt worden, um durch Liberale und die Sozialdemokraten des vorvorigen Kabinetts ersetzt zu werden, das sich zuvor bei der letzten Regierungsbildung hatte übervorteilen lassen und jetzt um jeden Preis wieder regieren wollte – eingedenk des Sprichworts, daß die Politik nicht die verschleißt, die an der Macht sind, sondern jene, die nicht an der Macht sind.

Kurz vor Abschluß der Regierungsverhandlungen trafen sich an einem Sonntag im August zwanzig oder dreißig der Hauptakteure zu einer Schiffsfahrt auf dem Ijsselmeer. Das Treffen war Monate zuvor von einem aufgeklärten, eigenwilligen Bankier organisiert worden, der nicht nur die Kunst förderte, sondern sich nicht einmal die eigene Meinung von seinen Interessen diktieren ließ; sein Reichtum hielt ihn nicht davon ab, mehr oder weniger linke Positionen zu vertreten; und da er, trotz dieser mehr oder weniger linken Position, eben ein reicher Bankier und obendrein ein Sproß aus einem alten Patriziergeschlecht war, hatte niemand je einen Grund, eine Einladung von ihm abzuschlagen. Aber nun sah die Schiffsfahrt für die neuen politischen Freunde plötzlich nach einer passenden Gelegenheit aus, um ungestört den Kampf um die Pfründe auszutragen; die Vorgänger der konservativen Minister, die ebenfalls eingeladen worden waren, hatten begriffen, daß sie besser leider verhindert sein mußten. Ihre Plätze wurden von favorisierten Ministern wie Onno eingenommen. Meistens übernachtete er samstags bei Helga, aber diesmal war er nach Hause gegangen, sie hatte eine Karte für eine Nachtvorstellung von *Les enfants du paradis* und wollte am nächsten Morgen ausschlafen.

Bevor die stöhnenden, unausgeschlafenen Politiker an Bord gingen, tranken sie Kaffee im Muiderslot, aber um elf Uhr landeten bereits die ersten leeren Whiskyflaschen in den Abfalleimern. Es war ein schwüler Tag; die Hochseeyacht der Bank arbeitete sich unter dem Kommando eines grauhaarigen Kapitäns und Steuermanns in einer Person und zwei Damen in weißen Schürzen, die die Passagiere verpflegten, durch das träge Wasser, das genauso grau war wie der Himmel. Mittags würden sie in Enkhuizen anlegen, wo der sozialdemokratische Parteivorsitzende ein Orgelkonzert geben wollte; danach würde man nach Friesland übersetzen, nach Stavoren, wo ein Hotel reserviert worden war. Für diejenigen, die nicht übernachten wollten, würden für die Rückfahrt Dienstwagen bereitstehen.

Auf dem Achterdeck erläuterte Onno dem Bankier mit einem Glas Cola-Rum in der Hand, warum ihn alle für das Amt des Verteidigungsministers für ganz besonders geeignet hielten.

»Das habe ich meinem großen Mundwerk zu verdanken. Sogar in meiner eigenen Partei befürchten sie, daß ein Sozialdemokrat sich nicht gegen die Generäle behaupten kann. Aber sie wissen, daß ich diese Herrschaften gleich am ersten Tag Aufstellung nehmen lassen und ihnen sagen werde: Meine Herren, wenn einer von Ihnen jemals meinen sollte, mir mit Rücktritt drohen zu müssen, so kann er sich automatisch als entlassen betrachten. Und nachdem ich sie auf meine Person Treue bis in den Tod habe schwören lassen, werde ich mit einem schrecklichen Erstschlag die Sowjetunion von der Landkarte tilgen.«

Der Bankier hatte ein ansteckendes, asthmatisches Lachen, das im Klangkörper seines Leibes Volumen bekam. Er schwitzte, und mit einer Zeitung wehrte er sich unablässig gegen die Myriaden kleiner Mücken, die das Boot begleiteten. Sie waren im übrigen nicht die einzigen Begleiter: In einigen hundert Metern Entfernung folgte der Yacht ein Patrouillenboot der Wasserpolizei. Auch auf dem Vorderdeck hatte sich eine illustre Gesellschaft versammelt, aber die wichtigen Angelegenheiten wurden in der Kajüte besprochen, in die keiner hineinkam, ohne gerufen worden zu sein. Durch die offenen Türen am Ende der steilen Treppenstufen konnte Onno sie am Salontisch sitzen sehen: den Ministerpräsidenten und die beiden anderen Parteivorsitzenden mit ihren engsten Parteifreunden. In regelmäßigen Abständen ging jemand zur Steuerkabine, um zu telefonieren. Offenbar gab es Probleme, denn seit über einer Stunde waren sie ausschließlich unter sich. Jeder in dieser Runde redete jeden beim Vornamen an, aber das Personal wurde, wie Onno auffiel, mit »Herr« und »Frau« angesprochen. Wieso eigentlich? Weshalb hatte diese Handvoll Menschen am Tisch in den Niederlanden das Sagen? Wie war es möglich, daß das möglich war? Offenbar gab es tatsächlich zweierlei Arten von Menschen auf der Welt. Onno leerte sein Glas, sah im Kreis herum und wollte fragen, ob nicht eigentlich auch ein Gott an Bord sein sollte, aber er beherrschte sich.

Die ersten Anzeichen von Trunkenheit machten sich bemerkbar. Auf dem Vorderdeck rief ein Minister ad interim schon seit geraumer Weile: »Gerade soll er gehen!«, worauf der Kapitän und Steuermann jedesmal lächelnd nickte und ein gestandener Politiker in einem zu dicken Schiffspullover einer Dame von der Bedienung drohte: »Heute nacht werde ich Ihre Haare zählen.« Langsam und sinnlos rotierte das Radar, sie fuhren an Marken vorbei, und als sie Volendam und Edam hinter sich gelassen hatten, versank die Küste allmählich hinter dem Horizont. Obwohl das Schiff von nichts als Wasser umgeben war, wurde die Luft immer schwüler. Jeder war inzwischen überzeugt davon, daß in der Kajüte etwas nicht wunschgemäß verlief, irgend etwas stimmte nicht. Als Onno an der Reling mit dem Außenminister die delikate Frage des Kronprinzen erörterte, der aller Wahrscheinlichkeit nach während seiner Amtszeit wehrpflichtig wurde, kam sein Parteivorsitzender aus der Kajüte. Er hatte seine Krawatte gelockert, und hinten hing ihm das Hemd aus der Hose; mit unbeholfenen, unkoordinierten Bewegungen nahm er Onno hinter der Schaluppe beiseite, und der wußte nun sofort, daß wirklich etwas nicht stimmte.

Der Parteivorsitzende, Premierminister des Kabinetts, in dem Onno Staatssekretär gewesen war, Vizepremier in der nächsten Legislaturperiode und zwei Köpfe kleiner als Onno, wedelte mit einem Papier und sah mit seinem kahlen Kopf zu ihm auf.

»Der Typhus ist ausgebrochen, Onno. Warst du siebenundsechzig auf Kuba?«

Das war es.

»Ja.«

»Hast du da teilgenommen an –«, er setzte eine Lesebrille mit schwerer Fassung auf und versuchte das Papier zu lesen, aber Onno ergänzte seine Frage sofort:

»*La primera Conferencia de La Habana?* Ja, aber eigentlich auch nicht.«

Sprachlos nahm der Parteiführer die Brille ab und sah ihn an.

»Und da warst du wirklich in der ersten Arbeitsgruppe – in der, die sich mit dem bewaffneten Kampf beschäftigt hat? Ich bringe es kaum über die Lippen.«

»Ja, Koos.«

Entgeistert drehte sich Koos einmal um die eigene Achse und schaute über das Wasser hin; in seinem Nacken bildeten die etwas zu langen weißen Haare eine Reihe von Spitzen, die wie Haifischzähne aussahen.

»Was hat das um Himmels willen zu bedeuten? Glaubst du wirklich, du kommst mit einer derartigen Macke in deiner Biographie ins Verteidigungsministerium? Warum hast du mir das verschwiegen?«

»Ich habe nichts verschwiegen, ich habe schlichtweg nie mehr daran gedacht. Es ist vierzehn Jahre her. Für mich war das ein komischer Zwischenfall ohne Bedeutung.«

»Wie dumm bist du eigentlich, Onno?«

»So dumm also.«

»Weißt du, was du der Partei damit antust? Die gesamte Regierungsbildung ist jetzt vielleicht wieder gefährdet. Sag mir, was war das? Hast du vielleicht auch eine Guerilla-Ausbildung genossen?«

Onno ignorierte die Bemerkung und fragte:

»Gibt es einen anonymen Brief?«

»Ja.«

»Dann weiß ich auch, wer ihn geschrieben hat.«

»Wer denn?«

»Bart Bork.«

»Bart Bork? Bart Bork? Dieser kommunistische Studentenführer von damals? Warst du zusammen mit ihm auf der Konferenz?«

»Im Gegenteil. Er durfte nicht. Aber er hatte noch ein Hühnchen mit mir zu rupfen, und es sieht so aus, als würde ihm das gelingen.«

»Würdest du mir bitte auf der Stelle die ganze Geschichte erzählen?«

»Ich lege Wert darauf, es in Gegenwart des designierten Ministerpräsidenten zu tun.«

»Von mir aus.«

»Ist der Brief an dich gerichtet?« fragte Onno, während sie unter den schweigenden Blicken der anderen in die Kajüte gingen.

»Nein. Dorus hat ihn gerade aus heiterem Himmel auf den Tisch gelegt. Verdammt noch mal, Onno, das gönne ich ihm nicht.«

Onno wußte, daß der Ministerpräsident der Fluch in Koos' Leben war. Als Dorus Justizminister in seinem Kabinett war, hatte er sich schwarz geärgert über diesen bigotten Fanatiker, der schon das Wort Abtreibung mied wie der Teufel das Weihwasser – von Euthanasie ganz zu schweigen –, der aber bei den Zugentführungen durch die Molukker in Drenthe erbarmungslos schießen ließ. Bei der letzten Regierungsbildung war Koos eiskalt von ihm übergangen worden, als Oppositionsführer hatte er keine Möglichkeit gehabt einzugreifen, und jetzt mußte er unter ihm dienen. Politik war die Fortsetzung des Krieges mit anderen Mitteln, man konnte ihn gewinnen oder verlieren, das Problem jedoch bestand darin, daß man sich an das Siegen gewöhnte, an das Verlieren nie. Was auch hieß, daß beim Verlieren mehr in einem vorging als beim Siegen, daß man beim Verlieren irgendwie heftiger lebte, was wiederum zur Folge hatte, daß manche Menschen lieber verloren als siegten, weil sie das Gewinnen langweilte. Onno hätte Koos gerne einmal gestanden, daß diese destruktive Neigung ein erheblich größerer Feind für ihn sei als Dorus, traute sich aber nie.

Inzwischen war auch Dorus an Deck erschienen, wo jeder ihm applaudierte, als er kurz einen Handstand machte, um sich zu entspannen. Onno sah, daß Koos, der fünfzehn oder zwanzig Jahre älter war als Dorus und mit dem Gehen schon Mühe hatte, auch davon wieder überaus irritiert war. Wie Onno stammte er aus einer kalvinistischen Familie.

In der warmen Kajüte war sofort eine eisige Stimmung. Außer Koos, Dorus und Onno saß nur noch Piet, der Vorsitzende der Neu-Liberalen, am Salontisch.

»Ich höre«, sagte Dorus; auch er in Hemdsärmeln, die Haare säuberlich gescheitelt. Seine Erscheinung hatte etwas Zerbrechliches und Jungenhaftes, doch seine halbgeschlossenen Augen, die er auf Onno geheftet hielt, und seine fleischigen, leicht zusammengepreßten Lippen in dem reglosen Gesicht mit der spitzen Nase sprachen eine andere, unerbittlichere Sprache.

Onno wunderte sich über seine eigene Ruhe. Ohne das Gefühl zu haben, daß es noch etwas bedeutete, erzählte er, was vor vierzehn Jahren geschehen war. Seine Begegnung mit Bork nach der politisch-musikalischen Kundgebung in Amsterdam, wo dieser ihm prophezeit hatte, er, Onno, würde nach der Revolution Strandläufer auf Ameland werden, und daß es ebendiese unheilverkündende Bemerkung gewesen sei, die für ihn den Ausschlag gegeben habe, in die Politik zu gehen. Dann die kubanische Einladung an seine Frau, das Mißverständnis am Flughafen und die brisante Konferenz, in die er geraten sei. Über die Rolle von Max, der ihn dazu überredet hatte, sagte er nichts. Schließlich seine Begegnung mit Bork im Park von Havanna, der illegale Geldumtausch und die Genugtuung, ihn dabei erwischt zu haben.

»Und jetzt ist er wohl wieder dran«, schloß er. »Aber es war eine interessante Konferenz, bei der ich viel gelernt habe. Nur: Im nachhinein betrachtet, wäre es vielleicht geschickter gewesen, mich als Pressevertreter akkreditieren zu lassen.«

Dorus legte einige Male die Spitzen seiner gespreizten Finger aneinander und blickte in die Runde.

»Wir glauben dir.«

»Ich auf jeden Fall«, sagte Piet mit diesem verwundert-unschuldigen Blick in den blauen Augen, der ihm so viele Wählerstimmen eintrug.

»Außerdem«, fuhr Dorus fort, »weiß ich deine Ehrlichkeit zu schätzen. Es liegen auch Fotokopien der Kongreßadministration bei, auf den Namen eines gewissen Onno Quits; du hättest ja sagen können, daß das jemand anders gewesen sei, oder daß sie gefälscht wurden. Solange es kein Foto gibt, auf dem du in Gesellschaft des unerschrockenen Doktor Castro Ruz zu sehen bist, wärest du damit weit gekommen.«

»Ich lüge nicht, Dorus, ich habe nichts zu verbergen.«

»Nur: So, wie die Dinge jetzt stehen, ist wenig damit gewonnen, wenn wir dir glauben. Aber werden die Generäle dir glauben – oder glauben wollen? Es ist wie mit dem abtrünnigen Bischof, der in einem Bordell gewesen ist und dann erklärt: Um das Übel zu bekämpfen, muß man das Übel kennen. Wo wäre deine Autorität? Denn ich versichere dir, die Generäle werden innerhalb von vierundzwanzig Stunden im Besitz dieser Dokumente sein. Dieses Schreiben«, sagte Dorus und legte seine schmale, gepflegte Hand darauf, »ist nämlich nicht an mich gerichtet, sondern an den amerikanischen Botschafter, der die Höflichkeit hatte, es mir gestern abend per Kurier zukommen zu lassen. Und das heißt, der CIA ist inzwischen ebenfalls darüber im Bilde, unsere eigenen Dienste wissen es in Kürze und auch in Brüssel werden sie es erfahren, im NATO-Hauptquartier, unter der väterlichen Führung unseres nie genug gelobten Landsmannes. Dieser Herr Bork hat seine Sache gründlich gemacht. Und du kannst Gift darauf nehmen, daß unsere amerikanischen Freunde nicht das geringste Risiko eingehen werden, und sei es noch so winzig, und mit aller Macht verhindern, daß innerhalb des Bündnisses ein fidelistischer Racker wie du das Sagen über die Streitkräfte in der norddeutschen Tiefebene bekommt und obendrein auch noch über vitale militärische Geheimnisse informiert wird, damit der kalte Krieg dann eines Tages vielleicht vergeblich geführt worden ist.«

Damit war auch die offene Rechnung des vergeblich geführten Achtzigjährigen Krieges beglichen. Die Politik, dachte Onno, ist ein Beruf, in dem alles auf Heller und Pfennig abgerechnet wird.

»Es ist hoffnungslos, Onno«, seufzte Koos, ohne seine dünne Zigarre aus dem Mund zu nehmen. »Du bist erledigt. Du kannst übrigens beruhigt sein, schon zu meiner Zeit liefen manche Generäle mit sehr merkwürdigen Auffassungen durch die Gegend: *Ich* ging ihnen schon zu weit. Außerdem haben bestimmte monarchistische Gruppierungen aus dem ehemaligen Widerstand seit Anfang der siebziger Jahre Waffenlager angelegt für den Fall, daß die Neue Linke an die Macht kommt. Sie wissen, daß wir wissen, wer sie sind und wo sie dieses Zeug verbuddelt haben, und als Verteidigungsminister würdest du das auch erfahren.«

»Das heißt«, bemerkte Dorus, »wir wissen, was wir wissen, aber wir wissen nicht, was wir nicht wissen.«

»Es wird schon nicht so schlimm werden«, sagte Koos, »es sind überwiegend anständige Leute, auch wenn da auch wieder einige Generäle dabei sind. Du sollst nur wissen, mit welcher Stimmung wir es zu tun haben.«

Mit einer Mischung aus Betäubung und Erleichterung sagte Onno:

»Selbstverständlich ziehe ich zurück.«

»Und wenn unsere gefiederten Freunde von der Presse nach Gründen fragen?« fragte Dorus. »Dein Name taucht schon seit einigen Wochen immer wieder in den Zeitungen auf.«

»Weil ihr euch in eurer unergründlichen Weisheit zu einer anderen Aufgabenverteilung entschieden habt, wodurch ich leider aus dem Rennen fiel. Oder denkt euch eine Krankheit für mich aus. Sagt einfach, ich hätte einen leichten Schlaganfall erlitten.«

»Unsinn«, sagte Piet. »Warum solltest du lügen, wenn du nicht lügen willst? Außerdem bringt dieser Bork die Angelegenheit vielleicht selber noch an die Öffentlichkeit. Wenn jemand fragt, sagst du einfach, wie es war, und in einigen Jahren wirst du Bürgermeister von Leiden.«

»Die Strandräuberei auf Ameland«, sagte Dorus mit unbewegter Miene, »scheint nämlich schon vergeben zu sein.«

»Dorus!« rief Piet vorwurfsvoll und zugleich mit einem Lachen.

»Laß uns einfach wissen, was du haben möchtest«, murmelte Koos.

»Und wer«, fragte Piet, »bekommt jetzt das Verteidigungsministerium?«

»Für diesen außerordentlich verantwortungsvollen Posten habt ihr doch weiß Gott einen *sweet prince* an Bord, der uns allen lieb und teuer ist.«

»Augenblick!« sagte Koos empört, während er einen Zeigefinger hob, dessen letztes Glied rechtwinklig verwachsen war. »Das bedeutet, daß wir dann –«

»Zweifellos«, fiel ihm Dorus ins Wort. »Mit seinem kristallklaren Verstand hat Onkel Koos die Essenz meines spontanen Einfalls sofort begriffen.«

Onno war aufgestanden und sagte, er fühle sich hier nun überflüssig. Sie vereinbarten, daß er den anderen gegenüber vorläufig nichts verlauten lassen werde; wenn Gottes Segen auf ihnen ruhe, hätten sie die Probleme vielleicht schon gelöst, ehe sie in Stavoren ankämen. Onno versprach, in Enkhuizen nicht auszureißen.

Als er sich wieder auf das Achterdeck setzte, sah ihn jeder in der Runde schweigend an, aber keiner fragte etwas. Nur Dolf, der schlecht rasierte katholische Wirtschaftsminister, legte ihm im Vorbeigehen kurz die Hand auf die Schulter. Am liebsten, überlegte Onno, würde er jetzt auf einer Kanonenkugel vom Schiff an Land geschossen werden. Während in der Kajüte weiter verhandelt wurde, stellte er fast gelassen fest, daß er wieder einmal nicht wußte, was er werden wollte. Von einer Minute auf die andere war alles wieder anders. Er hatte nicht die geringste Lust, im Parlament zu bleiben, und ein Bürgermeisteramt kam genausowenig in Frage wie das Amt des Direktors der Stiftung für wissenschaftliche Forschung oder ein Posten in Brüssel; daß er sich nun endgültig aus der Politik zurückziehen würde, stand fest. Es hatte mit Bork angefangen, und es endete mit Bork. Das Leben war für immer und ewig mit dem seinen verbunden, und das machte ihn rasend. Er sah Borks lauernde Augen vor sich und hatte das Gefühl, als sei ein widerliches Insekt über ihn gekrochen; mit beiden Händen rieb er sich über das Gesicht, um es zu verscheuchen. Dann dachte er an Max, der letztendlich alle Wendungen in seinem Leben auf dem Gewissen hatte, aber er trug ihm nichts nach. Der einzige, dem er den Triumph über seinen Sturz nicht gönnte, war sein pensionierter ältester Bruder, sein Vater brauchte das zum Glück nicht mehr zu erleben. Und was Helga betraf: Sie würde vermutlich nur froh sein, daß es so gelaufen war.

Die wenigen Leute, die die Schiffsausflügler an diesem Sonntagnachmittag in Enkhuizen durch die stillen alten Straßen vom Yachthafen zur Kirche gehen sahen, blieben stehen und waren sich ganz sicher, daß sie träumten, denn da ging nicht nur der Ministerpräsident, sondern das ganze Kabinett, und das war ausgeschlossen, denn diese Gesichter gehörten ins Fernsehen und nicht in ihre kleine Stadt. Wenn es tatsächlich stimmte, daß sich die gesamte Machtelite jetzt in Enkhuizen befand, lief vermutlich irgend etwas aus dem Ruder.

Auch der Bürgermeister und die örtliche Polizei wußten von nichts, nur der Pastor und der Küster hießen sie willkommen. Kichernd wie eine Schulklasse verteilten sich die Besucher auf die Holzbänke im Mittelschiff. Um sich die Beine zu vertreten, waren auch Koos, Dorus und Piet mitgekommen, aber sie zogen sich sofort in ein Seitenschiff zurück, wo sie ihre Beratungen unter einem Gemälde des heiligen Sebastian fortsetzten. Die Kirche duftete noch nach dem Weihrauch der Frühmesse. Der Minister, der an Bord ständig »Gerade soll er gehen!« gerufen hatte, stieg plötzlich auf die Treppe zur Kanzel, zweifellos, um eine reformierte Donnerpredigt zu halten, wurde aber rechtzeitig durch seinen Staatssekretär davor bewahrt. Der sozialdemokratische Parteivorsitzende, der ursprünglich protestantischer Theologe gewesen war, hatte sich unsichtbar gemacht, und kurz darauf dröhnte von der Empore Bachs ebenso unsichtbare Variation zum Choral *Vom Himmel hoch da komm' ich her* aus den reglosen Pfeifen auf sie herab.

Onno drehte sich kurz um, die Orgelfront erinnerte ihn an das aufgesperrte Maul eines Wals, der ihn rücklings angriff. Er fühlte sich absolut fehl am Platz, sowohl in dieser katholischen Kirche als auch in dieser Gesellschaft. Peinlich berührt, dachte er an seine aufgeblasenen Worte, die Generäle Aufstellung nehmen zu lassen und ihnen zu drohen – daran würde man ihn sicher irgendwann einmal spaßeshalber erinnern. Er spürte eine gewisse Erstarrung in seinem Körper, sah zum Kruzifix über dem Altar hinauf und lauschte der Musik. Borks Bemerkung damals mochte zwar den Ausschlag dafür gegeben haben, in die Politik zu gehen, aber es war nicht der wirkliche Beweggrund: das war sein Mißerfolg mit dem Diskos von Phaistos. Sollte er nicht versuchen, zu den Schriftzeichen zurückzukehren, da sich offenbar ein Kreis geschlossen hatte? Vor vier Jahren hatte er sich noch entscheiden können, aus der Parlamentsarbeit zu flüchten oder eben nicht, aber jetzt war alles endgültig. Vielleicht hatte es mit Bachs Musik zu tun, aber plötzlich zog ihn genau das an. Er würde sich wieder völlig neu einarbeiten müssen, auch in die Fachliteratur, die er in diesen vierzehn Jahren nicht mehr verfolgt hatte; das einzige, was er sicher wußte, war, daß die Entzifferung des Diskos immer noch niemandem gelungen war, auch nicht Landau, seinem israelischen Konkurrenten, denn der hätte sich das Vergnügen bestimmt nicht entgehen lassen, ihm dies höchstpersönlich mitzuteilen. Onno seufzte. Wer weiß, vielleicht waren all die Jahre nötig gewesen, um tief in seinem Innern die Lösung heranreifen zu lassen: Vielleicht kam ihm jetzt innerhalb kürzester Zeit der erlösende Einfall!

Der Küster kam aus der Sakristei und fragte einen der in der vordersten Reihe Sitzenden etwas, der sich daraufhin umsah und auf ihn zeigte. Fragend hob Onno den Kopf, woraufhin der Küster mit der Hand eine drehende Bewegung neben dem Ohr machte. Verwundert erhob sich Onno, während ihm zwei Dinge zugleich durch den Kopf gingen: Wie konnte überhaupt jemand wissen,

daß er hier war, und wie war es möglich, daß die Geste für »Telefon« immer noch dem Mechanismus eines Apparates entsprach,
den es seit einem halben Jahrhundert nicht mehr gab und der nur
noch in Filmen mit Stan Laurel und Oliver Hardy zu sehen war?

Der Küster führte ihn in die Sakristei. Das Telefon stand auf
einem Tisch mit einer dunkelroten Tischdecke; in einem Wandschrank mit aufgeschobenen Türen hingen Meßgewänder, die wie
die Garderobe eines römischen Kaisers wirkten.

Onno nahm der Hörer.

»Quist.«

»Sind Sie Herr Onno Quist?« fragte eine Frauenstimme.

»Ja, mit wem spreche ich?«

»Herr Quist, hier ist das Polizeipräsidium Amsterdam. Über
das Amt des Ministerpräsidenten haben wir Ihren Aufenthaltsort
ausfindig gemacht. Es tut uns leid, aber Sie müssen sich auf eine
schlimme Nachricht gefaßt machen.«

Onno spürte, wie er sich anspannte, und dachte sofort an Quinten.

»Sagen Sie, schnell, was ist passiert?«

»Es ist uns bekannt, daß Frau Helga Hartman Ihre Freundin ist.«

Es war, als schlügen die beiden Wörter *Helga Hartman* wie
Kugeln in seinen Körper.

»Ja, und was ist mit ihr?«

»Ihr ist letzte Nacht etwas zugestoßen.«

Onno konnte plötzlich nicht mehr sprechen; sein Atem steckte
ihm wie ein Kloß im Hals.

»Herr Quist? Sind Sie noch da?«

»Ist sie tot?« fragte er heiser.

»Ja, Herr Quist –«

War das möglich? Helga tot? *Helga tot?* Langsam weiteten sich
seine Augen, es war, als liefe er leer, Richtung Amsterdam, wo ihr
toter Körper sein mußte.

»Wirklich ganz tot?« fragte er und hörte sofort das Idiotische
dieser Frage.

»Ja, Herr Quist.«

»Gott verdamm mich!« schrie er. »Wie ist das in Gottes Namen passiert?«

»Sind Sie sicher, daß Sie das am Telefon –«

»Sagen Sie es mir bitte! Sofort!«

Sie sei spät in der Nacht überfallen worden, als sie die Eingangstür zu ihrer Wohnung aufgesperrt habe. Sie sei hineingeschleppt und im Flur erbarmungslos mit einem Messer traktiert worden, vermutlich von einem Fixer; nachdem ihre Wohnung durchsucht worden sei, habe man sie einfach ihrem Schicksal überlassen. Vom Täter keine Spur. Da auch ihre Stimmbänder verletzt worden seien, habe sie nicht um Hilfe rufen können, es sei ihr jedoch gelungen, die Tür wieder zu öffnen und trotz des Blutverlusts zu einer Telefonzelle auf der anderen Seite des Kais zu kriechen, sie habe in der Hand Kleingeld gehabt, trotz der ausgeräumten Tasche. Offenbar habe sie den Notruf wählen wollen, und wenn sofort Hilfe gekommen wäre, hätte sie vermutlich überlebt, aber das Telefon sei zerstört gewesen. Wahrscheinlich erst eine Stunde danach, gegen Morgen, sei sie von einem Passanten gefunden worden; zu diesem Zeitpunkt sei sie jedoch bereits verblutet gewesen. Sie liege jetzt im Leichenschauhaus des Wilhelmina Gasthuis aufgebahrt.

Onno verließ die Kirche durch eine Seitentür. Vor dem geschlossenen Kirchenportal hatte sich inzwischen eine kleine Menschenmenge gebildet, aber er nahm nichts wirklich wahr; ohne zu sehen, wo er ging, irrte er an der schmalen Gracht entlang in die Stadt.

Helga war tot. Er spürte eine Wüste in sich. Am liebsten hätte er geweint, aber er war wie ausgedorrt. Sinnlos abgeschlachtet hatten sie sie. Es gab sie nicht mehr, in einem Amsterdamer Keller lag ihr verstümmelter Leichnam unter einem Laken, und in diesem Augenblick gab sich ihr Mörder vielleicht schon wieder der Heroinseligkeit hin. Vielleicht würde er ihn einmal auf der Straße sehen, wie er in einem Mülleimer stöberte – der Gedanke war so schrecklich, daß Onno daran zweifelte, ob er sich je wieder auf die Straße wagen könne. Er mußte weg, aus den Niederlanden verschwinden. Erst Ada, jetzt Helga. Alles war bis auf den Grund zerstört. Hatte

er sie geliebt? Er hatte nie recht verstanden, was andere Leute
meinten, wenn sie sagten, daß sie jemanden liebten, aber auf jeden
Fall war Helga ein Teil seiner selbst, und dieser Teil war nun tot.
Warum wurden Süchtige nicht aufgrund des Gesetzes für Geistes-
gestörte von der Straße geholt? Vielleicht würde der Mann ja noch
gefaßt, aber was war mit den Vandalen, die die Telefonzelle zerstört
hatten? Wenn das Telefon intakt gewesen wäre, würde Helga noch
leben. Aber Telefonmarder wurden nie gefaßt, und sie wurden
auch nicht gesucht. Wenn sie zufällig auf frischer Tat ertappt wurden, ließ man sie eine halbe Stunde später mit einer Verwarnung
wieder laufen. Raub und Mord wurden von der Polizei bekämpft,
aber gegen Vandalismus konnte offenbar nur despotische Gewalt
etwas ausrichten, oder Gott im Himmel, an den hier keiner mehr
glaubte. Auch er, Onno, glaubte nicht daran, aber wer noch an ihn
glaubte, für wen seine Gebote noch Gültigkeit hatten, der zer-
störte keine öffentlichen Telefonzellen aus Lust an der Gewalt.
Helga war tot. War die Lüge notwendig, weil als Alternative nur
noch die despotische Gewalt blieb? In Moskau wurden keine Telefonzellen zerstört, ebensowenig wie in Mekka. Gab es keine andere Wahl als die zwischen Betrug und Despotie? In einer Welt, in
der die Dinge so standen, wollte er nicht mehr mitmachen. Oder
stand die Wahl zwischen einer Theokratie und einer weltlichen
Tyrannei? Konnte die Gesellschaft nur auf der Basis von Angst
vernünftig funktionieren? Sollte der Mensch von oben einen Polizisten eingebaut bekommen? War er von der Veranlagung her
schlecht, und wurde er nur gut unter schlechten Bedingungen?
Sollten seine Lebensbedingungen also aus humanen Überlegungen
heraus verschlechtert werden? War Rousseau der größte Idiot aller
Zeiten? In Holland waren die Menschen nie so human gewesen
wie im Winter 1944/45, als Tausende vor Hunger starben und rundherum die Schüsse der Exekutionskommandos krachten. Es war
hoffnungslos. Helga war tot. Seine Kollegen in der Kirche, seine
ehemaligen Kollegen, sollten sehen, wie sie zurechtkämen mit
ihrer Toleranz, da sie sich nicht entschieden, bekamen sie es mit an-
archischen Verhältnissen zu tun. Fidel hatte seinen eigenen Ent-

wurf, und das Ideal des Neuen Menschen war sein Gott mit Che
als seinem gekreuzigten Sohn – Onno gab seinen Segen dazu, aber
zugleich war jetzt Schluß damit. Er stieg aus. Helga war tot. Nie
mehr Politik, nie mehr eine Freundin, vielleicht nur noch den Diskos von Phaistos. Er wollte nichts mehr. Er war gescheitert. Was
war das für ein Tag! Er sah sich um, sah die biederen, herausge-
putzten Giebel. Vermutlich war Helga nie in Enkhuizen gewesen,
aber jetzt war sie nicht in der gleichen Weise nicht da, wie sie früher
nicht dagewesen war: ihr Tod hatte ein anderes, bleibendes
NICHT in die Welt gepflanzt. Und in ihn. Alles vorbei, Vergangenheit. Sein Entschluß war gefaßt: Er würde verschwinden. In anderen zivilisierten Ländern war es um keinen Deut besser als hier,
aber dort zumindest kannte ihn niemand, und er wollte von nun an
niemanden mehr kennen – nicht einmal Quinten. Er war ein Fremder geworden, für jeden, und für sich selbst an erster Stelle. Er blieb
keinen Tag länger in den Niederlanden als nötig.

45
Veränderungen

Das letzte Mal, als Max, Sophia und Quinten ihn sahen, war auf
Helgas Beerdigung, zu der auch Politiker und Journalisten erschienen. Die Presse hatte ihn nachsichtig behandelt; es war der
Eindruck entstanden, als habe er wegen des Todes seiner Freundin vom Ministeramt Abstand genommen. Die Politiker hielten es
für das beste, es bei dieser Sprachregelung zu belassen. Er hatte
einen matten, niedergeschlagenen Eindruck gemacht, ja, aber es
gab keinerlei Anzeichen dafür, daß er vorhatte, *alles* aufzugeben.
Eine Woche später bekamen Max, Sophia und Quinten jeweils
einen handgeschriebenen, in Amsterdam eingeworfenen Brief, den
sie gleichzeitig auf dem Balkon am Frühstückstisch lasen.

Lieber Max,

wir werden uns vermutlich nicht wiedersehen. Ich gehe weg und komme nicht wieder. Ich bin über den Rand gestoßen worden. Hoffentlich verstehst Du das auch ohne Erklärung, denn ich kann es nicht erklären. Ich weiß nur ganz sicher, daß ich mich unsichtbar machen muß, sozusagen wie ein sterbender Elefant. Der, der ich war, den gibt es nicht mehr, und alles, was in meinem Leben noch passieren wird, ist eigentlich schon postum. Ich brauche Dir nicht zu erzählen, daß es Menschen gibt, die ungleich Schlimmeres durchgemacht haben und trotzdem nicht so reagieren wie ich, aber das sind eben auch andere Menschen. Und es gibt Menschen, die sich aus viel nichtigerem Anlaß gleich aufhängen. Ich weiß nicht, ob es möglich ist, was ich will, nämlich nichts mehr zu wollen, aber ich muß es auf jeden Fall versuchen. Ich möchte nur noch einige Dinge zu Ende denken. Daß ich mich auch von denjenigen löse, die mir die liebsten sind, wie von Dir und von Quinten natürlich und von meiner jüngsten Schwester, statt engeren Kontakt mit Euch zu suchen, das ist mir ein Rätsel, aber welchen Standpunkt kann ein Mensch einnehmen, um das Rätsel zu lösen, das er selbst ist? Vielleicht habe ich mich immer schon allem entziehen wollen.

Zwischen Adas Unfall und dem Mord an Helga liegt meine politische Laufbahn, die nun ebenfalls beendet ist. Mein Leben ist ohne Deines nicht denkbar, bis zur vergangenen Woche hast Du es in weit höherem Maße bestimmt, als Du selbst ahnst. Es ist mir klar, daß das mysteriös klingt, aber belassen wir es dabei. Soviel wir auch geredet haben, vor allem in den ersten Monaten, das Wesentliche ist immer verschwiegen worden. Was war das zwischen uns, Max? Gilgamesch und Enkidu? Weißt du noch? Der ›Mentopagus‹? Ich habe nichts vergessen und werde auch nichts vergessen, die Erinnerung an unsere Freundschaft wird bis zu meinem letzten Seufzer in mir sein. Daß Du Dich um Quinten hast kümmern wollen – indem du deine ehemalige Lebenslust in einer Art verleugnet hast, die mich, ehrlich gesagt, bis zum heutigen Tag erstaunt –, ist etwas, das mich nicht nur mit tiefer Dankbarkeit erfüllt, sondern vielleicht auch mit einem noch tieferen Schuldgefühl. Im Grunde war er von Anfang an viel mehr Dein Sohn als meiner. Sorge gut für ihn, die paar Jahre, die er noch bei Euch sein wird. Alle praktischen und finanziellen Dinge habe ich mit meiner Bank geregelt; es läuft alles selbstverständlich und normal weiter. Manchmal habe ich den Eindruck, daß Quinten schon alles weiß, aber falls er studieren und sich ein eigenes Zimmer nehmen möchte, so kann er mit einer Zulage rechnen.

Meine Wohnung in der Kerkstraat habe ich gekündigt, meine Sachen stehen vorläufig bei Dol auf dem Speicher; sollte einer von Euch etwas davon haben wollen, so kann er es sich holen. Außer meinem Anwalt, Hans Giltay Veth (übrigens der Sohn des Verteidigers Deines Vaters nach dem Krieg), weiß niemand, wie ich erreichbar bin, auch meine Verwandtschaft nicht. Falls wirklich etwas sein sollte, so wende Dich an ihn. Mach's gut, Max, und viel Erfolg bei Deiner wissenschaftlichen Arbeit. Entschleiere den Big Bang! Ich werde immer an Dich denken wie an jemanden, der die Antwort auf eine Frage schon wußte, bevor sie gestellt wurde.

Dein Onno

Sehr geehrte Frau Brons,

jede andere Anrede würde genauso idiotisch klingen, also nehmen wir diese. Max wird Sie meinen Brief lesen lassen, in dem steht, daß ich verschwinden werde. Das sieht so aus, als hätte ich eine schwierige Entscheidung getroffen, über die ich lange nachgedacht habe, aber so war es nicht. Gleich nachdem ich erfahren habe, was mit Helga passiert ist, wußte ich, daß es nicht anders geht. In der Verfassung, in der ich mich jetzt befinde, bin ich vollkommen unbrauchbar für soziale Bindungen. Adas Schicksal hat damit wesentlich zu tun.

Es macht mir Mühe, diese Zeilen zu schreiben. Obwohl wir nie Meinungsverschiedenheiten hatten, haben wir nie wirklich Kontakt miteinander gehabt. Sie haben mich nicht gewählt, und ich habe Sie nicht gewählt; aber weil Ada und ich uns gewählt haben, hatten auch Sie und ich miteinander zu tun, und doch sind wir uns in all diesen Jahren so fremd geblieben wie zwei Wesen aus verschiedenen Welten. Die Natur beherzigt die Psychologie offenbar nur auf kurze Distanz, und damit haben wir uns abzufinden. Aber das tut der Tatsache keinen Abbruch, daß Ihre Tochter meine Frau ist... oder war – der Dämmerzustand des Tempus drückt das Ausmaß der Katastrophe präzise aus. Unsere fünf Leben sind für immer miteinander verflochten: Ihres, meines, Adas, Max' und Quintens.

Ada wird nie erfahren, wie hervorragend Sie ihre Aufgabe nun schon seit dreizehn Jahren übernommen haben, aber ich weiß es, und ich wünschte mir, ich hätte die Fähigkeit, meine Gefühle zu äußern. Leider kann ich es nicht; aber ich schöpfe Trost aus dem Gedanken, daß derjenige, der es kann, diese Gefühle vielleicht gar nicht hat. Lassen Sie es mich so sagen: Ich bin Ihnen in mancherlei Hinsicht dankbarer als meiner eigenen Mutter. Ada ist Fleisch aus Ihrem Fleisch: Sollten sie betreffende Entscheidungen getroffen werden müssen, so haben Sie selbstverständlich das letzte Wort.

Verzeihen Sie den formellen Ton dieses Briefes. Seien Sie gegrüßt, und möge es Ihnen wohl ergehen.

Ihr Schwiegersohn

Mein lieber Quinten!

Du hast bestimmt selbst schon gemerkt, daß sich im Leben alles fortwährend ändert – meistens geschieht das langsam und fast unmerklich, aber manchmal auch plötzlich und sehr einschneidend. Wenn Du mit dem Rad irgendwohin fährst, ist nichts los, aber wenn Du fällst und Dir ein Bein brichst, dann ist plötzlich sehr viel los. Der Krieg ist so ein Fall, aber nicht nur der Krieg. Mama und ich haben sehr ruhig zusammengelebt, aber als sie mir eines Tages erzählte, daß Du geboren würdest – das heißt, in dem Moment wußten wir natürlich noch nicht, daß Du das sein würdest, nicht einmal, ob Du ein Junge oder ein Mädchen warst –, da war eigentlich nichts mehr wie vorher. Das war natürlich eine schöne Veränderung, aber als Mama diesen Unfall hatte, war plötzlich alles auf furchtbare Weise ganz anders. Du hast inzwischen auch schon am Grab von Opa und von Oma To gestanden, sie waren sehr alt, und wenn man sehr alt ist, dann stirbt man irgendwann einmal; aber vor einigen Tagen haben wir auch Tante Helga begraben. Kannst Du Dir vorstellen, daß ich es plötzlich nicht mehr ertrage? Vielleicht hättest Du das nicht von mir erwartet, und vielleicht findest Du das blöd von mir, aber ich kann es nicht ändern. Es ist wie mit einem Streichholz: Man kann es zweimal brechen, und die Hälften bleiben aneinander hängen, aber beim dritten Mal, da zerbricht es. In manchen Ländern gibt es kleine Wachsstreichhölzer, die man so lange hin und her biegen kann, wie man will, sie zerbrechen nie, aber so bin ich nicht. Diese Wachsstreichhölzer taugen übrigens nichts, man verbrennt sich immer die Finger daran.

Daß ich Dir diesen Brief schreibe, bedeutet auch für Dich wieder eine Veränderung. Wenn Du diese Zeilen liest, bin ich weg. Ich bin untergetaucht, wie das im Krieg hieß; damals tauchten die Menschen unter, weil sie vor den Deutschen Angst hatten, ich bin vor dem Dasein untergetaucht. Vielleicht findest Du das merkwürdig bei so einem Sprücheklopfer wie mir, vielleicht wirst Du mich eines Tages dafür verachten, und vielleicht tust Du das ja jetzt schon, aber so ist es nun einmal. Ich bin weg für Dich, wie ich für mich selbst weg bin. Du wirst mich kaum vermissen, denn es ändert sich nicht viel. Ich war Dir nie ein richtiger Vater, immer eher eine Art ferner Onkel. Max ist Dein Vater, wie Oma Deine Mutter ist. Es gibt Väter und Söhne in der Welt, und ich habe immer mehr zu den Söhnen als zu den Vätern gehört. Vielleicht bist Du mehr ein Vater als ich. Vergiß mich, ich möchte nur noch eine Weile nachdenken. Betrachte mich einfach als Eremiten, der für den Rest seines Lebens in die Wüste geht.

Vergib mir und suche mich nicht, denn Du wirst mich nicht finden.

Dein verlorener Vater

Quinten sah auf und begegnete den Blicken von Max und Sophia, die auch ihre Briefe bereits gelesen hatten. In der Morgensonne hatten sich die ersten Wespen auf den Honigresten niedergelassen.

»Was ist ein Eremit?«

»Ein Einsiedler.«

»Ist Papa jetzt genauso weg wie Mama?«

Max hörte ständig eine Gedichtzeile in seinem Kopf: *ich bin der Welt abhanden gekommen* – es war, als verberge sich Onnos Botschaft dahinter und könne noch nicht richtig bis zu ihm vordringen. Auch der Satz, in dem Onno sagte, sein Leben sei in weit höherem Maße von ihm, Max, bestimmt worden, als er selbst ahne, hatte ihn erschreckt, aber aus dem Zusammenhang war ersichtlich, daß sich das nicht auf Quinten beziehen konnte. Verwirrt sah er Quinten an und suchte nach einer Antwort auf dessen Frage, aber Sophia kam ihm zuvor:

»Natürlich nicht. Er ist einfach irgendwo, aber er möchte mit niemandem mehr sprechen. Er ist sehr traurig wegen Tante Helga, und deshalb sagt er das jetzt alles. Ich glaube –« Plötzlich wurden ihre Worte vom ohrenbetäubenden Donnern einer Flugstaffel verschluckt; sie wartete, bis das Geräusch hinter den Wäldern wie das Grollen eines fernen Gewitters klang, und fügte dann hinzu: »Die Zeit heilt alle Wunden. Es würde mich nicht wundern, wenn er in einigen Monaten plötzlich wieder vor der Tür stünde.«

»Da bin ich mir nicht so sicher«, sagte Max. Zwar erschien ihm das nicht ganz ausgeschlossen, aber er fand, man sollte bei Quinten keine falschen Hoffnungen wecken. »Dann hätte er sich einfach eine Weile zurückgezogen. Aber wer solche Briefe schreibt, mit dem ist etwas anderes geschehen. Dürfen wir deinen Brief auch lesen, Quinten?«

»Jetzt nicht, ich muß in die Schule.«

»Ich rufe kurz an, daß du etwas später kommst.«

Widerstrebend händigte Quinten ihm den Brief aus und las den von Sophia und von Max. Er begriff zwar nicht alles, aber dafür bekam er wieder eine Vorstellung von der großen Freundschaft, die es zwischen seinem Vater und Max gegeben hatte. Auch im Brief an

Max stand, daß eigentlich Max sein Vater sei, aber eben nur eigentlich, denn derjenige, der den Abschiedsbrief geschrieben hatte, war nicht *nicht* sein Vater, sondern tatsächlich sein Vater. Max war nur sozusagen sein Vater, wie Oma nur sozusagen seine Mutter war.

»Darf ich Mamas Cello jetzt in mein Zimmer stellen?«

»Selbstverständlich«, antwortete Max. »Wenn ich wieder im Westen bin, werde ich es bei Tante Dol abholen.«

Quinten seufzte tief und schaute über den Schloßgraben hinüber zu den Bäumen und den Remisen. Um sich herum spürte er die Abwesenheit seines Vaters viel stärker, als er je seine Anwesenheit gespürt hatte, und es kam ihm vor, als ob er jetzt viel mehr anwesend sei als früher, als er noch dagewesen war.

Wie funktioniert das eigentlich, daß sich die Zeiten so plötzlich ändern, fragte sich Max einige Monate später manchmal, wenn er von Tsjallingtsje kam und im stillen Schloß noch ein oder zwei Gläser Wein trinken wollte, aber dann doch die ganze Flasche leerte. In den sechziger Jahren revoltierten in Berkeley die Studenten, kurz darauf traten in Amsterdam die Provos auf den Plan, und dann wurden auch in Berlin und Paris die Universitäten besetzt. Da mochte es ja noch einen kausalen Zusammenhang geben, aber weshalb passierte es auch in Warschau, auf der anderen Seite des Eisernen Vorhangs? Und wieso fand zur selben Zeit in China die Kulturrevolution statt, die auch eine Massenbewegung vor allem junger Menschen war? Diese Ereignisse hatten nichts miteinander zu tun, und dennoch fanden sie zur gleichen Zeit statt. Das kaiserliche Japan hatte nichts mit Nazi-Deutschland zu tun, und dennoch wurde es im selben Moment ebenso aggressiv. Existierte Hegels Weltgeist vielleicht tatsächlich, und war die Menschheit als Ganzes der Ebbe und Flut rätselhafter Grundmeere ausgesetzt, die sich nicht um politische Unterschiede kümmerten? Alles Fragen, auf die es keine Antwort gab, auch nicht im kleinen, in seinen persönlichen Lebensumständen, wo etwas Vergleichbares passierte. *Ein Unglück kommt selten allein*, lautete das unausstehliche Sprichwort; aber seit er sich den Fünfzig näherte, fing er langsam an zu begreifen, daß Klischees einfach Wahrheiten waren. Obwohl es tatsächlich keinen Zusammenhang gab, schien es im nachhinein, als ob Onnos Verschwinden auch das Ende ihrer Zeit auf Groot Rechteren eingeläutet hätte.

Als der Baron nach langer Krankheit doch noch *unerwartet von uns gegangen* war, wie die Trauerkarte meldete, hatte dies zunächst etwas Erfreuliches zur Folge. Als Quintens Vormund erhielt Max eine Vorladung eines Notars in Zwolle, der ihm mitteilte, der Verstorbene habe diesen in seinem Letzten Willen bedacht. In einem vornehmen, holzgetäfelten Raum, der ab und zu auch von einer geräuschlosen Dame betreten wurde, las ihm der ledrige Staatsbeamte Gevers Verfügung vor. Es sei dem Verblichenen nicht entgangen, daß Quinten regelmäßig mit der Sense das Grab von Deep Thought Sunstar von Brennesseln befreit habe, als Belohnung dafür erkenne er ihm zehntausend Gulden zu. Dreißigtausend erhalte er für die Tatsache, daß er das Lebenswerk des Sohnes Rutger ermöglicht habe: den »ganz großen Vorhang« – der inzwischen zehn mal zehn Meter maß. Zusammen vierzigtausend Gulden, das sei viel Geld, sagte der Notar, und die gräfliche Familie werde sich vermutlich nicht eben freuen, aber alles in allem laufe es auf eine Rückerstattung des Mietzinses seit 1968 hinaus. Sie hätten sozusagen all die Jahre über umsonst gewohnt.

»Übrigens, falls es Sie interessiert –«, sagte er, als er Max zum Ausgang brachte, »kann ich Ihnen mitteilen, daß die Erben Groot Rechteren in der nächsten Zeit veräußern wollen. Sie können es kaufen, wenn Sie möchten. Für fünfhunderttausend gehört es Ihnen, ohne den Park und die Wohnung von Frau Trip, aber inklusive der Remise und der Stallungen. Spottbillig.«

»Woher soll ich eine halbe Million nehmen?« lachte Max. »Ich muß mit einem Wissenschaftler-Hungerlohn auskommen.«

»Besprechen Sie die Sache mit Ihrer Bank. Und wenn es für Sie allein zuviel sein sollte, könnten Sie sich überlegen, mit Ihren Mitmietern eine Eigentümer-Kooperative zu gründen, die als Käufer fungieren könnte. Man weiß ja nie, was sonst noch alles passiert. Nach der Übereignung an einen Dritten kann Ihnen nach drei Jahren gekündigt werden, und so etwas wie das bekommen Sie nie wieder. Wenn Sie Fragen haben: Ich stehe Ihnen zur Verfügung. Aber schieben Sie die Entscheidung nicht zu lange hinaus, die Konkurrenz schläft nicht.«

Damit war eine Zeit der Verwirrung und der Unsicherheit angebrochen, aber die unmittelbare Folge war auch ein stärkeres Zusammengehörigkeitsgefühl. Nie zuvor hatten sie auf dem Schloß so oft zusammengesessen: bei Max und Sophia, zwischen Theo Kerns gurrenden Tauben, auf den preziösen Empiremöbeln von Herrn und Frau Spier, manchmal auch oben bei Proctor und Clara zwischen den Regenschirmen; meistens aber in der Bibliothek von Themaat, dem es in der letzten Zeit nicht gutging. Da keiner von ihnen vermögend war, ließen sie den Notar die Statuten eines Mietervereins entwerfen, der im Hinblick auf mögliche Restaurierungssubventionen klugerweise auch Sitz und Stimme für einen nicht unmittelbar Beteiligten wie zum Beispiel die Stiftung Schlösser von Drenthe oder das Forstamt vorsah. Als die Finanzierung zur Sprache kam, der Kredit, das Eigenkapital, die Grundsteuer, die Immobiliensteuer, die Aufteilung der Kosten, gab es die ersten Probleme. Wer am schönsten wohnte, sollte am meisten bezahlen, davor schreckte aber Kern, der auf jeden Fall schöner wohnte als Proctor und zudem die Remise nutzte, zurück. Alle hätten nämlich ein festes Einkommen oder eine Pension, nur er nicht, und das als Künstler. Er sei weit über sechzig, und wenn er morgen krank würde, wäre von nirgendwoher auch nur ein Pfennig zu erwarten, Selma müßte bei der Baronin die Böden schrubben gehen, und wie lange er noch zum Bildhauern in der Lage sei und damit auch seinen Verpflichtungen nachkommen könne, das sei für ihn sehr fraglich. Schon sein Anteil an der Rechnung des Notars reiße ihm ein gehöriges Loch in den Beutel. Wer aber nicht Mitglied der Kooperation werde, so hatte derselbe Notar festgelegt, stimme damit einem »Verlust des Wohngenusses« zu.

Auch Max begann zu zweifeln. Er hatte sich von der ersten Begeisterung mitreißen lassen, aber als die Sache stagnierte, fragte er sich, was er selbst eigentlich wollte. In höchstens fünf Jahren

würde Quinten aus dem Haus gehen – sollte er dann hier mit Sophia wohnen bleiben? Die Aufgabe, die er auf sich genommen
hatte, war dann vollbracht, und dann band ihn – außer einer Erinnerung – nichts mehr an sie.

Eines Abends, als er leicht angetrunken war, brachte er plötzlich
den Mut auf, die Sache zur Sprache zu bringen:

»Hör mal, Sophia, noch mal zum Schloß: Wenn Quinten in einigen Jahren –«

»Natürlich«, unterbrach sie ihn sofort, »dann trennen sich unsere Wege.«

Mit der Begründung, daß sie ausgerechnet Kern, der von ihnen
am längsten auf Groot Rechteren wohnte, ja wohl nicht fallenlas-
sen konnten, konnte er die anderen schließlich überreden, die
Dinge ihren Lauf nehmen zu lassen und zu hoffen, daß der neue
Eigentümer alles beim alten ließ.

Quinten bekam von alldem nicht viel mit. Auch Gevers finanzielle
Zuwendung nahm er lediglich zur Kenntnis: Daß er Deep Thought
Sunstars Grab gepflegt und Rutger beigebracht hatte, wie er den
Vorhang weben mußte, war doch nur selbstverständlich!

Da er wußte, daß er in diesem Schuljahr, es war die neunte
Klasse, ohnehin sitzenbleiben würde, tat er noch weniger für die
Schule als sonst. In der vollkommenen Stille des Abends starrte er,
leicht geblendet vom Licht auf seinen aufgeschlagenen Heften und
Büchern, durch das hohe, dunkle Fenster hinaus, wo er gerade
noch den Übergang des Himmels zum noch dunkleren Wald unterscheiden konnte. Dort irgendwo in der Nacht war sein Vater, weit
weg, vielleicht in Amerika, oder sogar in Australien, am anderen
Ende der Welt. Aber auf jeden Fall nicht so unendlich weit weg wie
seine Mutter. Vielleicht war er ja ganz in der Nähe, vielleicht hatte
er nur so getan, als würde er die Niederlande verlassen, damit ihn
hier niemand suchte, vielleicht war er einfach irgendwo bei einem
Bauern in der Umgebung. Aber wenn man nicht wußte, wo jemand war, machte das eigentlich keinen Unterschied. Was tat er
wohl in diesem Augenblick? Er wollte noch etwas »zu Ende den-

ken«, hatte er Max geschrieben. Was war das? Was meinte er damit? Aus dem Bronzekästchen, in dem Quinten auch die geheimen Grundrisse des SOMNIUM QUINTI verwahrte, nahm er den Brief seines Vaters heraus. Er brauchte ihn nicht mehr zu lesen, denn er kannte ihn auswendig: Vorsichtig strich er mit den Fingerspitzen über die niedergeschriebenen Wörter, über das Papier, auf dem die Hand seines Vaters geruht hatte. Ihn wirklich nie mehr wiederzusehen war etwas, das ihm ebenso ausgeschlossen vorkam wie die Vorstellung, am nächsten Tag könnte die Sonne nicht mehr aufgehen.

Er schloß das Kästchen mit dem antiken Vorhängeschloß ab, das er von Piet Keller geschenkt bekommen hatte; den kleinen Schlüssel verbarg er zwischen den lockeren Backsteinen hinter dem Ölofen. Nachdem er kurz seine Hand auf Adas Cellokasten gelegt hatte, ging er ans Fenster, um wieder die Spinnen zu beobachten.

Sie sahen ekelerregend aus, und er konnte sie nicht leiden, dabei faszinierten sie ihn. Da das Licht in seinem Turmzimmer Nacht für Nacht Tausende von Insekten aus dem Wald anzog, hatten fünf oder sechs große Spinnen erkannt, daß sie ihre Netze genau vor seine Fensterscheibe spannen mußten. Er verstand sie nicht: Einerseits waren sie raffinierte, geniale Baumeister, die mit unendlicher Geduld hauchdünne Gewebe spannen aus einem Stoff, der ihn an das Zeug erinnerte, das er seit einigen Monaten gelegentlich morgens beim Aufwachen in seiner Schlafanzughose fand – nach einem seligen Traum, an den er sich nie erinnern konnte, der aber nichts mit der Burg zu tun hatte –, andererseits entpuppten sie sich, nachdem ihr Werk einmal vollendet war, als ebenso ausdauernde wie grausame Raubmörder, die erbarmungslos über ihre Beute herfielen, sie totbissen, ihre Flügel zerknitterten, einspannen, und die Tiere anschließend aussaugten. Wie paßte das zusammen, diese architektonische Feinarbeit und die wüste Aggression?

Es gab Spinnen, die am Rand ihres Netzes warteten, bis sich die Beute in ihrer silbernen Verdammnis verfing, aber es gab auch andere, die genau in der Mitte saßen. Und eines Abends wurde ihm plötzlich klar, daß die klare Struktur ihrer Spinnweben wie eine

geometrische Abbildung ihre widerlichen Körper mit den acht
haarigen Beinen verlängerte, eine Art durchsichtige Ableitung
oder mathematische Abstraktion. Darüber mußte er mehr erfahren, und er beschloß, das Problem Herrn Themaat vorzulegen.

»Weißt du, was mit dir los ist, Kuku«, sagte Themaat am nächsten Tag mit der Ergebenheit eines Schülers, der seinen Meister gefunden hat, »du – Ach, laß nur. Ich weiß nicht, was mit dir los ist.«
Und er fügte nach einer Weile hinzu, Quinten habe schon zum
soundsovielten Mal ins Schwarze getroffen. Er sprach bedächtiger
als früher, und seine ausgelassenen Lachkrämpfe hatte Quinten
schon lange nicht mehr zu hören bekommen. Es war, als ob sein
Kopf reglos auf dem Rumpf festgewachsen wäre, aus einem nahezu ausdruckslos gewordenen Gesicht blickte Quinten ein weit
offenes, fast starres Augenpaar an. Von Sophia hatte Quinten gehört, daß das mit den Tabletten zu tun hatte, die er einnehmen
mußte: davon werde man so. Er sah aus, als hätte er sich in eine
Wachsfigur seiner selbst verwandelt, in eine Figur aus Madame
Tussauds Kabinett, aber er sprach klar und mit wachem Verstand.

Über die Spinnwebe, erklärte er, sei Quinten auf die ›Homo-
Mensura-These‹ gestoßen: Protagoras' Idee, der Mensch sei das
Maß aller Dinge. In der römischen Antike habe Vitruvius gefordert, ein Tempel müsse die idealen Proportionen des menschlichen
Körpers aufweisen, wie dies bei den Griechen der Fall gewesen sei;
das Mittelalter habe diese Forderung in dem alttestamentarischen
Satz fortgeschrieben, Gott habe den Menschen nach seinem Eben-
bilde geschaffen, und so den menschlichen Proportionen einen
göttlichen Ursprung gegeben, und die These mit dem neutesta-
mentarischen Hinweis auf die zentrale Bedeutung des Corpus
Christi untermauert. In der Baukunst habe das zu Kirchen und Kathedralen in Form eines lateinischen Kreuzes geführt, dem rohen
Schema der menschlichen Gestalt, aber erst in der Renaissance
habe sich diese Auffassung zu einem ausgeklügelten, philoso-
phisch-architektonischen System entwickelt.

»Leg dich einmal auf den Boden«, befahl Herr Themaat.
Verwundert sah Quinten ihn an.

»Ich?«

»Ja, du.«

Während Quinten tat, was ihm gesagt worden war, erhob sich Themaat langsam, wie in Zeitlupe, aus seinem Schaukelstuhl und bat Elsbeth um eine Schnur.

»Eine Schnur?« wiederholte sie mißtrauisch. »Was hast du in Gottes Namen vor, Ferdinand? Willst du ihn fesseln?«

»Gib mir bitte eine Schnur.«

Sie nahm ein Knäuel weißer Wolle aus dem Korb.

»Geht das auch?«

»Noch besser sogar.«

Themaat bat Quinten, die Knöchel aneinanderzulegen und die Arme auszubreiten. Auf den Knien breitete er den Faden in einem Quadrat über den Teppich, das oben genau Quintens Kopf, seitlich die Spitzen seiner Mittelfinger und unten die Fersen berührte. Dann mußte Quinten seine Beine spreizen und die Arme etwas höher nehmen, und Themaat legte einen zweiten weißen Faden an, der in einem Kreis Fußsohlen und Fingerspitzen tangierte. Nachdem Quinten vorsichtig aufgestanden war, betrachtete er die doppelte Figur. Der Kreis ruhte auf der unteren Seite des Vierecks; seitlich und oben umschrieb er es. Themaat nahm einen Gulden aus seiner Tasche und legte ihn genau in den Mittelpunkt des Kreises, der mit dem des Vierecks identisch war.

»Das ist exakt die Stelle deines Nabels«, sagte er, »durch den du mit deiner Mutter verbunden warst.«

Etwas erschrocken sah Quinten auf die Münze, die sich durch Themaats Worte plötzlich in ein glänzendes Mysterium verwandelt hatte.

Dieser enge Zusammenhang zwischen dem ›Homo circularis‹ und dem ›Homo quadratus‹, erzählte Themaat, sei schon vor Christus von Vitruvius in seiner Abhandlung über die Architektur beschrieben worden, und im fünfzehnten Jahrhundert habe Leonardo da Vinci seine berühmte Zeichnung dazu gemacht. Er zog ein Buch aus dem Regal und zeigte sie Quinten: ein stolzer, nackter Mann in einem Quadrat und einem Kreis, mit wallenden Lokken bis auf die Schultern und jeweils vier Armen und Beinen, umgeben von einer Erläuterung in Spiegelschrift.

»Es ist wohl ein Selbstporträt«, sagte er. »Verflixt, und er sitzt auch genau wie eine Spinne in ihrem Netz – und hat acht Gliedmaßen! Was hat das zu bedeuten?« Er sah Quinten, der dies ebenfalls sofort bemerkt hatte, von der Seite an. »Fürchtest du nicht, langsam in Bereiche vorzudringen, in die dir keiner mehr folgen kann?«

»Wie meinen Sie das?«

»Das weiß ich nicht.«

Quinten sah sich die Figuren auf dem Teppich noch einmal an und sagte:

»Es hat eine gewisse Ähnlichkeit mit dem Grundriß des Pantheons.«

Themaat und Elsbeth wechselten einen Blick, dann erklärte er mit feierlichem Ton in der Stimme:

»Die Erkenntnis, daß der gottgleiche Körper von zwei vollkommenen, elementaren mathematischen Figuren bestimmt wird, stellte den Menschen in den Mittelpunkt der kosmischen Harmonie. Du siehst sofort, daß das eine bahnbrechende Entdeckung für die humanistischen Architekten war, wie zum Beispiel für deinen großen Freund Palladio.«

Quinten wandte den Blick nicht von dem weißen Quadrat und dem weißen Kreis mit dem Gulden im Mittelpunkt. War diese Konfiguration vielleicht auch die Essenz seiner Burg? War das das letzte Wort? Ihm fiel ein, was Max einmal gesagt hatte: In dem unbegrenzten All war der Umfang nirgends und das Zentrum überall, und im nächsten Moment dachte er auch wieder an die heisere Stimme in seinem Traum, die einem das Blut in den Adern erstarren ließ und die an der verriegelten Tür verkündet hatte, dahinter liege »die Mitte der Welt«. Er sah den Gulden und plötzlich seine Mutter in ihrem weißen Bett – aber das Bett war rechteckig. War das Rechteck vielleicht noch ein Schritt weiter als das Quadrat? Dann würde der Kreis zwangsläufig zu einer Ellipse mit zwei Brennpunkten: die Bahn der Erde um die Sonne!

In diesem Augenblick spürte er am Hinterkopf eine Hand in seinem Haar, etwas rechts von der Mitte. Es war Frau Themaat.

»Quinten! Weißt du, daß du eine weiße Locke bekommst? Nur hier, an dieser Stelle!«

46
Die freie Marktwirtschaft

Schon wenige Monate nach dem Tod des Barons war allen klar, daß Schlösser noch immer so heftig umkämpft wurden wie einst im Mittelalter. Es war ein Kampf, der sich in stockfinsterer Nacht zwischen nahezu unsichtbaren Parteien abspielte, zu denen die Bewohner nicht gehörten, der aber vermutlich mit deren Vertreibung durch den Sieger endete. Doch je länger der Krieg dauerte, desto gelassener wurden sie. Der erste Käufer war ein reicher Geflügelzüchter aus Barneveld, Herr über Leben und Tod von Millionen von Hühnern. Er erschien nur ein einziges Mal auf Groot Rechteren, um seinen neuen Besitz, den er unbesehen erworben hatte, in Augenschein zu nehmen, und er sah genauso aus, wie man sich einen reichen Geflügelzüchter vorstellt: ein großer, gewichtiger Mann mit lautem Organ, dicker Zigarre und penetrant guter Laune. Danach überließ er das Gut seinem Verwalter, einem Junker, der sein Aussehen seinem Titel angepaßt hatte, aber, so Max, mit den Knickerbockern, grünen Strümpfen und hochglänzenden Brogues auf geradezu klassische Weise aristokratisch wirkte. Der neue Besitzer hatte sich über seine Pläne mit Groot Rechteren nicht geäußert, da er jedoch eine traumhafte Villa in Lunteren besaß, würde er jedenfalls nicht ins Schloß ziehen. Im Dorf kursierten Gerüchte, daß das Schloß das Hauptgebäude eines anthroposophischen Zentrums für Schwachsinnige werden sollte. Im Park, der angeblich an einen Pensionsfonds verkauft worden war,

sollten drei Pavillons für je sechzig Schützlinge entstehen. Das,
hieß es, sei die Bedingung der Baronin beim Verkauf gewesen, obwohl die Domina behauptete, sie wisse davon nichts.

Da Max es gewesen war, der den anderen den Mieterverein
ausgeredet hatte, fühlte er sich verpflichtet, etwas gegen diese
Unsicherheit zu unternehmen. Er wurde zwar völlig von den Vorbereitungen zu einem aufregenden internationalen Forschungsprogramm auf der neuen 92er Wellenlänge am Quasar MC 3412
zur Erkundung des ganz jungen Alls in Anspruch genommen, war
nun aber dennoch oft im Rathaus und vertat seine Zeit damit,
Auskunft über die Nutzungsabsichten von Groot Rechteren zu
bekommen. Doch der Dezernent und die Beamten, die über alles
genau im Bilde waren und den Namen Westerbork gerne in Verbindung mit einer medizinischen Einrichtung sahen, erwiesen sich
als noch unnahbarer als der Horizont des Universums, dem er jetzt
so nahe gekommen war.

Ein halbes Jahr später war das anthroposophische Irrenhaus
plötzlich passé. Die Mieten sollten ab sofort auf ein anderes Konto
überwiesen werden, der Kontoinhaber ließ sich nie dazu herab,
seine neue Errungenschaft zu besichtigen. Er wohnte auf einem
großen Landsitz in Overijssel, mitten in den Wäldern, wo Max ihn
schließlich ausfindig machte. Er sah aus wie ein Schalterbeamter
bei der Post, seine dürre Frau war leicht bucklig, und auf dem Rasen starrte ihn ein hohläugiger Gärtner mit einer Sense blutrünstig
an. Alles wirkte unheimlich wie in einem Schauerroman, und es
war weder herauszubekommen, womit der neue Hausbesitzer seinen Lebensunterhalt verdiente, noch was er mit dem Schloß vorhatte. Herr Rosinga, der im Winter auf Groot Rechteren die Öl-
kanister die Treppen hinaufschleppte, berichtete, man erzähle sich
jetzt im Dorf, daß das Schloß zu einem luxuriösen Hotel-Restau-
rant umgebaut werden sollte, aber Piet Keller hatte gehört, daß
eine Polizeischule einziehen werde.

Doch aus alldem wurde ebenfalls nichts, und die Eigentümer
wechselten wieder und wieder. Mal war von einem Auktionshaus
die Rede, das sich im Schloß niederlassen wollte, dann wieder

sollte es ein Rekreationscenter für überarbeitete Manager werden. Für den Unterhalt wurde nichts mehr getan. Herr Roskam hatte seine Werkstatt geräumt, und niemand wußte, ob er dem Baron vielleicht schon unter die Erde gefolgt war, in die Regionen der Mütze seines Vaters. In den Außenwänden wurden Risse sichtbar, es gab undichte Stellen, der Putz fiel von den Rohrdecken, und in den Zimmerecken lösten sich verschimmelte Tapeten von der Wand und legten rauhes, jahrhundertealtes Mauerwerk bloß. Herbstblätter verstopften die Dachrinnen, so daß das Regenwasser an den Wänden herunterfloß und die Keller unter Wasser setzte, im nächsten Sommer war eine Mückenplage die Folge. Es war, als hätte das Schloß Krebs, von Monat zu Monat verkam es mehr, aber für jeden der Bewohner stand unumstößlich fest: Man ließ sich nicht von den Kapitalisten vertreiben!

Anderthalb Jahre nach Gevers Tod, 1983 – Max war inzwischen über fünfzig, Sophia über sechzig –, wurde die erste Bresche in die Gemeinschaft geschlagen: Keller ließ sich herauskaufen. Der derzeitige Besitzer war ein sanft aussehender Mann Mitte Vierzig und nach Meinung der Domina Zeuge Jehovas, dessen Frau einen Sexclub in Amersfoort betrieb. Er selbst gab sich als »Antiquar« aus, was hieß, daß er monatlich mit einem »Kompagnon« in einem leeren Lieferwagen nach Spanien fuhr und mit einer Ladung Bauernstühle, -tische und -schränke zurückkam, die er in der verfallenden Orangerie lagerte. Kellers Wohnung war für den Kompagnon bestimmt, der eher den Eindruck eines Lakaien machte und für seinen Meister durchs Feuer ging. Seinen Aussagen zufolge konnte jeder in aller Ruhe seine gesetzliche Kündigungsfrist von drei Jahren in Anspruch nehmen, danach erst werde das Schloß gründlich renoviert, an das Gasnetz angeschlossen und mit einer Zentralheizung ausgestattet. Die jetzigen Bewohner bekämen selbstverständlich eine Option eingeräumt, wobei allerdings zu berücksichtigen sei, daß die Mieten dann ein Vielfaches der jetzigen betragen würden. Nach Meinung von Herrn Spier lief diese Renovierung auf den Umbau zu einem gigantischen Bordell unter der Schirmherrschaft des Allmächtigen hinaus.

Aber plötzlich stellte sich heraus, daß ebendieser das Schloß wieder veräußert und nur die Gebäude auf der anderen Seite des Schloßgrabens behalten hatte. Als Max und Sophia den neuen Schloßherrn sahen, wußten sie sofort, daß jetzt ein anderer Wind wehen würde. Kein Zweifel, die hehren Gesetze des Marktes hatten endlich ein angemessenes Ziel gefunden, und da war er, der Sieger: ein kleiner, selbstzufriedener Mann mit Glatze und gestutztem Bart, Korvinus mit Namen und Besitzer eines Abrißunternehmens. Offenbar hatte er sich vorgenommen, die Frist von drei Jahren durch Schikanen drastisch zu verkürzen, denn er mischte sich sofort in alles ein. Wenn Quinten entgegen der neuen Vorschrift sein Fahrrad doch wieder auf dem Vorplatz statt im Fahrradschuppen abgestellt hatte, erhielt Max am nächsten Tag ein Einschreiben, in dem er ausdrücklich gebeten wurde, dies nun endlich ein für allemal zu unterbinden. Kern bekam zu hören, daß der gemeinsame obere Flur nicht zu den von ihm gemieteten Räumen gehöre und folglich auch nicht zur Lagerung von Hausrat dienen könne. Clara wurde aufgefordert, ihre Wäsche nicht mehr auf dem Dachboden aufzuhängen, dies sei doch wohl nur in Hinterhöfen üblich. Die eiserne Abrißbirne, die die Arbeiter mit dem Bagger in die Hauswände krachen ließen, befand sich offenbar auch in Korvinus' Kopf. Jede Woche war er mindestens einmal da, und nach Meinung der Schloßbewohner ausschließlich deshalb, um neue Schikanen zu erfinden – aber auch das reichte ihm nicht. Ein Wachmann mußte her. Die ehemaligen Lagerräume des Barons auf dem Speicher wurden zu einem Appartement ausgebaut, und eines Tages erschien der neue Mitbewohner: Nederkoorn.

Max erschrak, als er ihn zum ersten Mal sah, und danach von Mal zu Mal wieder. Ein riesiger Kerl in seinem Alter mit einem gewaltigen Dickschädel, immer in hohen, schwarzen Reitstiefeln, auf die er ungeduldig mit einer geflochtenen Peitsche schlug, und nie ohne die Begleitung eines Schäferhundes. Am liebsten hätte Max sofort eine Maschinenpistole auf ihn leergeschossen, aber das war vielleicht eher die Art des neuen Mitbewohners. Er stellte sich niemandem vor, grüßte niemanden und brachte auf dem Rasen ge-

genüber von Piet Kellers früherem Haus Stunden mit der Dressur
seines Hundes Paco zu. Er teilte sein Leben mit einer molligen
Frau, die viel jünger und drei Köpfe kleiner war als er und zu Max'
Erstaunen offenbar tatsächlich verliebt in den Dickschädel war,
jedenfalls legte sie jedesmal einen Arm um seine Schultern, wenn
sie in ihrem Jeep wegfuhren.

Herr Spier ließ es, anders als Max, nicht bei Mordphantasien be-
wenden.

»Ich gehe«, kündigte er nach einigen Tagen mit starrer Miene an.
»Ich kann nicht mit diesem Kerl unter einem Dach leben. Es tut
mir leid, aber mir wird körperlich schlecht von diesem Subjekt. Er
erinnert mich zu sehr an etwas.«

Jeder sah, daß ihm Ernst damit war, und keiner gönnte Korvinus
den Triumph, aber alle respektierten Spiers Ängste. Und jeder begriff, daß nun die letzte Phase angebrochen war.

Der Abschied von Piet Keller war für Quinten wie der von Verdonkschot und seinem Freund: ein erstauntes Feststellen der Tatsache, über die ihm auch sein Vater geschrieben hatte – daß nicht immer alles so blieb, wie es war. Kellers drei Kinder waren schon
lange aus dem Haus, wie übrigens auch Kerns Tochter Martha,
und Quinten half beim Einladen der Schlüssel und Schlösser und
Werkzeuge aus der Werkstatt, mit denen er so oft gespielt hatte.
Als er Keller fragte, ob die beiden Wagenräder am Kiesweg nicht
auch mit sollten, zögerte der kurz und antwortete, er habe dafür in
seinem Reihenhaus, in das er jetzt ziehe, keinen Platz. Und als der
gemietete Kleinlaster rumpelnd über die losen Planken der äußeren Brücke verschwunden war, hatte er das Gefühl, als ob Keller,
von dem er so viel gelernt hatte, nie dagewesen sei.

Die Abreise von Herrn Spier jedoch konnte er nicht mit ansehen. Er erinnerte sich, wie seine Oma ihn, als er ein kleiner Junge
war, zugedeckt und das Licht ausgemacht hatte; dann hatte sie ihm
einen Kuß gegeben und war zur Tür gegangen, und er hatte schnell
die Decke über den Kopf gezogen und die Augen fest zusammengekniffen. Wenn er sie danach öffnete, mußte es so dunkel bleiben,

als wären sie noch geschlossen, es durfte keinen Unterschied zwischen offen und geschlossen geben. Brannte jedoch noch das Licht, weil Sophia noch etwas in seinem Zimmer aufräumte, war die Nacht irgendwie verpfuscht.

Als bei Spiers alles in Kisten und graue Pferdedecken verstaut war und am frühen Nachmittag der Umzugswagen auf den Vorplatz einbog, verabschiedete er sich auf der Eingangstreppe. Frau Spier hatte Tränen in den Augen und brachte kein Wort heraus, sie umarmte ihn nur, drückte ihn an sich und küßte ihn fünf- oder sechsmal. Herr Spier gab ihm einen festen Händedruck und sagte:

»Es tut uns leid, daß wir dich nicht mehr jeden Tag sehen werden, Q.Q. Du bist ein Teil unseres Lebens geworden, und eigentlich warst du auch ein bißchen unser Kind. Ich hoffe, daß es dir sehr gut ergehen wird im Leben, aber da habe ich eigentlich keine Bedenken. Gib nur gut auf dich acht. Versprichst du mir, daß du gut auf dich achtgeben wirst?«

»Ja, Herr Spier.«

»Besuche uns doch mal in Pontrhydfendigaid, wenn du in England bist – oder in Wales, sollte ich eigentlich sagen.«

Quinten ging mit seiner Blockflöte zum Weiher, in die Umarmung der Rhododendren. Unbenutzt lag das Instrument den ganzen Nachmittag in seinem Schoß; als es dämmerte, blieb er vor seiner Hütte sitzen. Es war ein bedeckter Frühlingstag, es ging kein Wind, und durch das ölig glänzende Wasser zog ab und zu das Spiegelbild eines Vogels.

Nun waren auch Herr und Frau Spier aus seinem Leben verschwunden. Die Judith. Die Quadrata. Pontrhydfendigaid – ob sein Vater vielleicht auch dort war? Er fühlte sich elend. Warum gab es eigentlich etwas, und nicht nichts? Wenn alles sowieso vorüberging, was hatte es dann für einen Sinn, daß es je dagewesen war? *War* es dann eigentlich dagewesen? Wenn es eines Tages keine Menschen mehr geben würde, niemanden mehr, der sich noch an etwas erinnern konnte, konnte man dann sagen, daß jemals etwas geschehen war? Konnte man *jetzt* sagen, um *dann* sagen zu können, um sagen zu können, *daß* etwas passiert sei, obwohl es dann niemanden mehr geben würde, der etwas sagen könnte? Nein, dann wäre ja tatsächlich nie etwas passiert – während es doch passiert war. Er wußte, daß er mit Max über solche kniffligen Dinge sprechen konnte; aber da er nicht mit seinem Vater darüber sprechen konnte, wollte er es auch nicht mit Max tun. Er mußte an die Gedenkstätte denken, die letztes Jahr beim Lager Westerbork eingeweiht worden war und die er mit Max und Oma besichtigt hatte. Auf großen Bildern und auch in einem Film sah man Menschen unter der Aufsicht von Männern wie Nederkoorn in die Viehwaggons steigen, auf dem Transport zu ihrem Tod. Er hatte gesehen, wie Max sich vorgebeugt hatte, um alle Gesichter genau zu sehen, natürlich in der Hoffnung, seine Mutter zu entdecken. Es gab Frauen, von denen man nur den Hinterkopf sah. Alle tot. Das konnte ja wohl nie nicht passiert sein! Max hatte ihm erzählt, es gebe heutzutage Bewunderer Hitlers, die behaupteten, all diese Filme seien Betrug, alles das sei nie passiert, aber warum bewunderten sie ihn dann? Die sagten dann doch eigentlich, daß Hitler ein Versager war, dem nicht gelungen war, was er angekündigt hatte. Feine Bewunderer! Hitler hätte sie sofort an die Wand gestellt. Aber dennoch – diese Menschen konnten *sagen*, daß es nicht passiert sei, während es doch passiert war, das könnte man mit dem Historioskop beweisen, aber wenn es eines Tages keine Menschen mehr geben würde und folglich keiner mehr sagen könnte, *daß* es passiert war, wie konnte es dann nicht nicht passiert sein? Dieser Fisch dort, der kurz sein Maul aus dem Wasser steckte, so daß ein sich fortpflanzender Kreis wie ein immer größer werdender Heiligenschein entstand, hatte er das wirklich bis in alle Ewigkeit getan? Und er selbst, er saß jetzt hier, sollte er jemals hier nicht gesessen haben? Saß er hier also eigentlich wirklich? Gab es überhaupt etwas? Vielleicht sollte man lieber sagen, daß die Welt existierte und nicht existierte. Ähnlich wie die Burg. Und auch er selbst: es gab ihn, und es gab ihn nicht. Da war ja wohl das eine wie das andere nichts wert. Was hatte er in so einer idiotischen Welt eigentlich zu suchen? Was sollte er hier?

Als er nach Hause kam, waren Herr und Frau Spier abgereist, Korvinus ging bereits mit einem Zollstock durch die leeren Räume, und einen Monat später wohnte er selbst in der Wohnung. Von dem Moment an war es, als habe das Schloß Schlagseite wie ein torpediertes Schiff.

Keiner wagte je nachzusehen, auch nicht zufällig, wie Nederkoorn auf dem Dachboden wohnte. Max meinte, er schliefe unter einer Hakenkreuzfahne, mit einem Porträt von Himmler über dem Bett. Auf Max' und Kerns Etage war auf den ersten Blick alles unverändert, aber unten war Spiers Empire durch Eichenmöbel ersetzt worden, die so massig und innendrin wahrscheinlich mit Beton ausgegossen waren, daß Korvinus laut Kern froh sein konnte, wenn nicht alles durch den Boden brach und in den Keller stürzte. Da Nederkoorn seiner Frau ausdrücklich verboten hatte, mit den Mitbewohnern vertraulich zu werden, war nicht herauszubekommen, ob sie dank oder trotz der eisernen Abrißbirne in seinem Kopf an ihm hing. Sie hatten zwei Söhne in Quintens und Arend Proctors Alter. Quinten gab sich nicht mit ihnen ab, aber Arend schloß Freundschaft mit dem ältesten, Evert, vermutlich gegen den Willen von Korvinus. Es war offensichtlich, daß er das ganze Schloß für sich haben wollte, und Freundschaftsbande mit dem Feind erschwerten seinen Nervenkrieg.

Wenn Paco nicht vor Nederkoorns Peitsche und Befehlen über den Rasen kroch, lag er auf dem Vorplatz unter dem Fenster von Themaats Zimmer an der Kette, wo er ununterbrochen bellte. Unter Berufung auf ihren Mann, der krank sei und das nicht ertragen könne, hatte sich Elsbeth einige Male darüber beschwert, bekam von Nederkoorn aber jedesmal einen Blick zugeworfen, als sei sie ein Ding. Einmal hatte sie in ihrer Verzweiflung sogar die Polizei angerufen, aber die konnte nichts tun.

»Es kommt fast nie vor«, hatte Max nachher gesagt, »daß die Polizei etwas tun kann. Außer Juden einsammeln – das konnte sie sehr gut.«

An den Hund selbst war nicht heranzukommen: Näherte sich

jemand bis auf weniger als drei Schritte, begann er zu knurren und fletschte mit zitternden Lefzen die Zähne. Nur bei Quinten hörte er sofort auf zu bellen, legte schwanzwedelnd die Ohren an und ließ sich streicheln. Als Nederkoorn das zum ersten Mal sah, packte ihn die kalte Wut:

»Wenn du das Tier noch einmal anrührst, kriegst du es mit mir zu tun!«

Quinten hatte ihn daraufhin nicht mehr gestreichelt, aber nicht, weil er Angst vor Nederkoorn hatte, sondern weil Paco es dann würde ausbaden müssen. Statt dessen setzte er sich, wann immer er konnte, mit einem Buch unter Herrn Themaats Fenster, so daß der Hund wenigstens eine Zeitlang ruhig war. An den Weiher ging er sowieso nicht mehr, seit seine Hütte zerstört worden war. Und er hatte von Themaat so viel gelernt, daß er das gerne für ihn tat. So weit, wie die Kette es zuließ, kroch Paco dann zu ihm und legte sich hin, seine Schnauze möglichst nahe bei ihm, die goldbraunen Augen ließen ihn nicht los. Er schaut, dachte Quinten, genau wie ich, aber er weiß nicht, daß er schaut.

Einmal war Korvinus auf dem Treppenabsatz erschienen und hatte ihm befohlen, von dort zu verschwinden, der Vorplatz sei kein Hinterhof, wo das Gesindel auf der Erde sitze; aber dann hatte Sophia oben das Fenster geöffnet und ruhig gesagt:

»Es fällt langsam auf, daß Sie oft über Hinterhöfe reden, Herr Korvinus, wieso eigentlich?«

Das hatte geholfen, aber wie lange würde es so noch weitergehen?

Eines Abends lag Max auf der Couch und versuchte noch etwas zu arbeiten, aber er mußte ständig an die Zustände im Schloß denken. Irritiert stand er auf und ging in Sophias Zimmer. Sie saß im Morgenmantel auf dem Bettrand und gab sich eine Insulinspritze, die sie seit einem Jahr täglich brauchte.

»Entschuldige bitte, daß ich dich störe«, sagte er und sah die Nadel in ihrem Oberschenkel, »aber ich bin stinksauer. Ich kann mich nicht mehr konzentrieren, und was habe ich eigentlich mit alldem noch zu tun? Seit die Feudalherrschaft hier vorbei ist und das Bürgertum das Sagen hat, verwende ich täglich Stunden lediglich auf die Tatsache, daß wir hier wohnen. Aber wohnen tut man doch, um etwas anderes tun zu können. Wenn man geht, dann denkt man doch nicht ständig an die Tatsache, daß man geht – außer, man hat sich gerade das Bein gebrochen. Ich habe weiß Gott andere Sorgen, ich arbeite zur Zeit an dem interessantesten Projekt meiner gesamten Laufbahn. Erinnerst du dich noch, daß ich dir einmal erklärt habe, wie diese Spiegel in Westerbork eigentlich ein einziges riesiges Teleskop bilden? Heute sind wir mit den Computern in der Lage, alle Spiegel der Erde zusammenzuschalten, und damit haben wir demnächst ein Superteleskop mit einem Durchmesser von mehr als zehntausend Kilometern, so groß wie unser gesamter Planet. Und ich soll währenddessen versuchen, mich von dem Pack hier auf dem Schloß nicht unterkriegen zu lassen? Wovon reden wir überhaupt? Soll ich mich wirklich daran festbeißen? Wenn du mich fragst, ist das eine große Gefahr, mit der man sich alles verpfuschen kann. Zum Beispiel diese Molukker, die früher in Westerbork waren. Lager Schattenberg, weißt du noch? Die waren in der niederländisch-ostindischen Armee, Kollaborateure also eigentlich, die nach der Unabhängigkeitserklärung Indonesiens abhauen mußten. Hier wurden sie natürlich auch rausgeekelt, aber sie waren sich ganz sicher, eines Tages in ihre eigene Republik, Maluku Selatan, zurückkehren zu können. Deshalb wollten die armen Teufel nicht weg aus diesen Baracken, denn das hätte bedeutet, daß sie sich mit der Situation abgefunden haben. Ihre Söhne haben für dieses Ideal Züge entführt und sitzen jetzt im Gefängnis. Außerdem waren sie der Meinung, die niederländische Regierung schulde ihnen noch den ausstehenden Sold, zweitausend Gulden oder so. Dafür haben sie ihr Leben lang mit Petitionen und Demonstrationen gekämpft, und als sie ihn schließlich bekamen, war ihr Leben vorbei. Sie konnten sich nicht einmal einen Farbfernseher dafür kaufen. Und jetzt sind sie steinalte Männer, die immer noch die Fahne eines Landes hissen, das es nicht gibt. Sollten wir nicht eine Lehre daraus ziehen und so schnell wie möglich von hier verschwinden?«

Während Sophia einen Wattebausch auf die kleine Wunde ihres linken Oberschenkels drückte, sah sie auf.

»Ich mag es nicht, wenn du einfach so in mein Schlafzimmer kommst, Max.«

47
Die Musik

Um sich vor Pacos Bellen zu schützen, saß Verloren van Themaat tagsüber jetzt meistens in dem kleineren Zimmer, das sich unter Sophias Schlafzimmer befand, in Elsbeths Reich, wo sie auch aßen. An einem schwülen, bedeckten Sonntagnachmittag im Spätsommer 1984 fragte Elsbeth Quinten, ob er ihren Mann nicht wieder einmal besuchen käme, er würde sich bestimmt sehr darüber freuen.

Herr Themaat lag mit gefalteten Händen auf dem Diwan vor dem Fenster, das auf den Schloßgraben ging. Das Panorama war das gleiche wie oben, aber in einem anderen Winkel: die Wasserlilien und die Enten waren näher, die Bäume höher. Da draußen dunkle Wolken hingen, brannte bereits eine Lampe, und es war leise Musik zu hören, irgendein Violinkonzert, vielleicht, um das nun gedämpfte Bellen zu übertönen. Themaat ging es schlecht. Quinten konnte sich nicht vorstellen, daß dieser alte kranke Mann derselbe war, den er früher einmal gekannt hatte. Er setzte sich, und da er nicht mit einer Frage gekommen war, wußte er nicht, was er sagen sollte, er hatte sich noch nie nur so mit ihm unterhalten. Er betrachtete den antiken Sekretär von Frau Themaat. In der symmetrischen Maserung des Mahagoniholzes erblickte er eine teuflische, fledermausähnliche Gestalt: einen Kopf mit zwei großen Augen auf der oberen Schublade, die gespreizten Flügel auf der zugeklappten Schreibplatte, die Krallen unten auf den beiden Türchen.

Es schien, als sei die Situation auch für Herrn Themaat nicht einfach. Mit seinen Augen ging etwas Merkwürdiges vor: Er blinzelte, jedoch nicht so schnell wie ein normaler Mensch, sondern unendlich langsam, als sei er todmüde.

»Ja, Kuku –«, sagte er, »die Zeiten ändern sich. Wie alt bist du jetzt?«

»Sechzehn.«

»Sechzehn schon wieder –.« Er richtete seinen Blick auf die Eichenbohlen an der Decke. »Als ich sechzehn war, das war im Jahr neunzehnhundertsiebenundzwanzig. Im Mai flog Lindbergh als erster nonstop über den Atlantik, ich erinnere mich noch genau. Ich lebte damals in Haarlem, in der Nähe des Vlooienveld, wie wir es nannten; da lungerte ich oft mit meinen Freunden herum. Das Vlooienveld war eine ausgedehnte Wiese gegenüber einem großen, weißen Pavillon aus dem Ende des achtzehnten Jahrhunderts, mit Säulen und einem Tympanon und allem, was du so magst.« Quinten sah, daß er es wieder vor Augen hatte. »Mit seiner Grandezza paßte es überhaupt nicht in dieses gutbürgerliche Haarlem.« Er schaute Quinten an. »Ich war damals auch sehr interessiert an dem Neuen Bauen, an De Stijl, dem Bauhaus und so. Ich habe deine Vorliebe immer etwas merkwürdig gefunden für einen so jungen Kerl, aber soll ich dir mal was sagen? Du bist hochmodern mit deinem Palladio und deinem Boullée und diesen Leuten.«

»Wie meinen Sie das?«

Herr Themaat hob kurz eine Hand, vielleicht, um sich damit über das Gesicht zu fahren, ließ sie dann aber zitternd wieder sinken.

»Ich bin in der Fachliteratur schon lange nicht mehr auf dem laufenden, aber nach dem Klassizismus und dem Neoklassizismus sind all diese klassischen Formen zum dritten Mal wiedergekommen. Im Jahr zweitausend wird die Welt voll davon sein, denk an mich, du wirst es erleben. Am Anfang dachte ich, es sei eine Modeerscheinung, aber es geht viel tiefer. Du bekommst recht, und ich weiß nicht, ob ich mich darüber freuen soll. In der bildenden Kunst, in der Literatur und in der Musik kann es auch bald mal vorbei sein mit dem Modernismus, und in der Politik ebenso. Gropius, Picasso, Joyce, Schönberg, Lenin, die haben mein Leben beeinflußt, aber es sieht so aus, als würde das schon bald der Vergangenheit angehören.«

»Freud und Einstein auch?« fragte Quinten. Zu Hause hatte er diese Namen in ähnlichen Aufzählungen auch immer gehört.

»Das würde mich nicht wundern. Ich fühle mich in den letzten Jahren manchmal so, wie sich ein Anhänger der Gotik beim Aufkommen des Klassizismus gefühlt haben muß. All die prächtigen Kathedralen sind mit einem Schlag altmodisch geworden. Interessierst du dich eigentlich noch für solche Dinge?«

Quinten hatte das Gefühl, daß Themaat nicht mehr recht wußte, mit wem er eigentlich sprach, daß er auch ihn für einen pensionierten Professor hielt.

»Auf diese Weise habe ich mich nie dafür interessiert.«

»Auf welche Weise denn dann?«

Quinten überlegte. Sollte er ihm jetzt von der Burg in seinen Träumen erzählen? Aber wie konnte man einen Traum erzählen? Es klang immer komisch, obwohl es während des Träumens überhaupt nicht komisch war – und wenn man einen Traum erzählte, erzählte man nie das, was man geträumt hatte. Einen Traum zu erzählen, war unmöglich.

»Na ja«, sagte er. »Ich weiß nicht. Ich denke, daß Sie mir alles erzählt haben, was ich wissen wollte.«

Themaat sah ihn eine Weile an, stellte dann mühsam die Beine auf den Boden, setzte sich mit gebeugtem Rücken auf und legte seine flachen weißen Hände neben die Oberschenkel. Er schloß die Augen und öffnete sie erst nach einer Weile wieder.

»Soll ich dir noch eine Sache erzählen, die du vielleicht noch nicht weißt?«

»Gerne.«

»Vielleicht denkst du: so ein Unsinn, Gerede eines kranken, alten Mannes, aber ich werde es dir trotzdem erzählen. Wie kommt es, habe ich mich oft gefragt, daß diese ideale griechisch-römische Architektur und die Architektur der Renaissance in den unmenschlichen Gigantismus von Boullée übergehen konnten? Und wie konnte das später, bei Speer, sogar zum Ausdruck des Völkermords werden?«

»Sie haben einmal gesagt, daß das etwas mit Ägypten zu tun hat. Mit den Pyramiden. Mit dem Tod.«

»Das stimmt auch, aber wie konnte die Architektur etwas damit zu tun bekommen?«

»Wissen Sie es denn?«

»Ich glaube, daß ich es weiß, Kuku. Und du sollst es auch wissen. Es hat etwas mit dem Untergang der Musik zu tun.«

Erstaunt sah Quinten ihn an. Die Musik? Was hatte denn die Musik plötzlich mit der Architektur zu tun? Für einen Augenblick schien es, als legte sich ein leichtes Lächeln über die Maske von Herrn Themaats Gesicht.

Die humanistischen Architekten wie Palladio, sagte er, ließen sich bei ihren Entwürfen nicht nur von Vitruvius' Entdeckung des Quadrats und des Kreises leiten, die die Proportionen des göttlichen menschlichen Körpers bestimmten, sondern auch von der Entdeckung des Pythagoras im sechsten Jahrhundert vor Christus: daß nämlich die harmonischen Intervalle sich wie einfache ganze Zahlen verhielten.

»Wenn man eine Saite berührt und die Oktave des Tones hören will, muß man die Länge der Saite halbieren – der absolut harmonische Zusammenklang eines Tones und seiner Oktave wird bestimmt von einem sehr einfachen Verhältnis: eins zu zwei. Bei der Quinte ist es zwei zu drei und bei der Quart drei zu vier. Daß dieses ebenso einfache wie phantastische eins zu zwei zu drei zu vier die Grundlage der musikalischen Harmonie ist und die gesamte Musiklehre daraus abgeleitet werden kann, hat Platon hundertfünfzig Jahre später einen solchen Schock versetzt, daß er in seinem Dialog *Timaios* einen Demiurgen das kugelförmige Weltgebäude inklusive der menschlichen Seele nach den musikalischen Gesetzen erschaffen ließ. Anderthalb Jahrtausende später wirkt sich das in der Renaissance immer noch aus. Die Baumeister damals hatten erkannt, daß die musikalischen Harmonien einen

räumlichen Ausdruck hatten, nämlich die Verhältnisse der Saiten-
längen, und räumliche Verhältnisse waren nun mal ihre Angelegenheit. Da sowohl die Welt als auch der Körper und die Seele vom
Welten-Baumeister nach den musikalisch-harmonischen Gesetzen
komponiert worden waren, Makrokosmos ebenso wie Mikrokos-
mos, mußten sie sich bei ihren eigenen architektonischen Entwürfen ebenfalls von den Gesetzen der Musik leiten lassen. Palladio
hat daraus ein äußerst nuanciertes System entwickelt. Und dann ist
die griechisch-göttliche Weltharmonie auch noch in Verbindung
mit dem Jahwe des Alten Testamentes getreten, der Moses befohlen hatte, den Tabernakel nach genau vorgeschriebenen Maßen zu
bauen, aber das weiß ich nicht mehr genau. Hab's vergessen.«

»Den Tabernakel?« fragte Quinten.

»Das war ein Zelt, in dem die Juden während ihres Zuges durch
die Wüste ihre Heiligtümer aufstellten.«

»War es viereckig oder rund?«

»Du sagst es, genau das ist die Frage, und genau da liegt auch die
Schwierigkeit, Platon und die Bibel miteinander in Einklang zu
bringen. Es geht um Vierecke, wenn ich mich recht erinnere, und
nicht um Rundes. Das ganze Zelt mußte rechteckig sein.«

Rechteckig? Griechische und ägyptische Tempel waren doch
auch rechteckig – rechteckig wie Betten? Quinten starrte in die
Luft, bekam aber keine Gelegenheit, seinem Gedanken zu folgen,
denn Themaat kam zum Schluß.

Im sechzehnten und siebzehnten Jahrhundert, sagte er, an der
Schwelle zur Neuzeit, bei der Geburt der modernen Wissenschaft,
sei alles untergegangen. Daß die Musiktheorie das metaphysische
Fundament der Welt sein sollte und noch dazu von Körper und
Seele und Baukunst, sei damals als obskuranter Unsinn verworfen
worden – und das habe in direkter Weise zu Boullée und Speer geführt. Die harmonischen Verhältnisse änderten sich natürlich
nicht, wenn man die Elemente um ein Hundertfaches vergrößere,
aber da die Abmessungen des menschlichen Körpers als das Maß
aller Dinge immer noch die gleichen seien, werde der Mensch in
dieser Architektur im Verhältnis hundertmal kleiner, wodurch jeg-

liche Harmonie zerstört und die menschliche Seele auf ägyptische
Art ausgelöscht werde.

Langsam und wie etwas unendlich Schweres hob Herr Themaat
einen Zeigefinger.

»Und was du momentan siehst, Kuku, ist die unerwartete Rückkehr all dieser klassischen Motive, all die Stylobaten und Schächte
und Kapitelle und Friese und Tympana sind wieder da – glücklicherweise in menschlichen Maßen, wenn auch oft auf völlig wi-
dersinnige Weise. Als ob irgendwo hoch oben im Weltraum das
klassische Ideal explodiert wäre und die Scherben und Splitter jetzt
zurück auf die Erde fallen, alles durcheinander, verformt, zerbrochen und aus dem Gleichgewicht. Hier«, sagte er und nahm ein
großes, dickes Buch zur Hand, das er offenbar bereitgelegt hatte,
»Katalog der Biennale in Venedig. Vor vier Jahren war dort eine
Architekturausstellung, durch die man eine erste Ahnung von dem
bekam, was sich da zusammenbraute. Thema: Die Präsenz der Vergangenheit. Schau dir das an«, Herr Themaat schlug das Buch an
einer Stelle auf, die durch einen Zettel markiert war. »Die Akropo-
lis in einem Zerrspiegel.« Mit halbgeschlossenen Augenlidern
reichte er Quinten das Buch.

War das ein Blick auf die Burg? Quintens Augen begannen zu
glänzen. Wie schön! Es waren Bilder einer phantastischen Straße
und eines Innenraums, die in einer überdachten Halle aufgebaut
waren, Bilder von Dekorstücken von Giebeln unterschiedlicher
Architekten; die Giebel waren völlig verschieden voneinander und
gehörten doch zusammen, und das, obwohl jeder Giebel für sich
aus Teilen bestand, die nicht zusammenpaßten und dennoch ein
Ganzes bildeten. Während Themaat vermutete, Vitruvius würde
der Schlag treffen, wenn er das sähe, und Palladio sich ausschütten
vor Lachen, betrachtete Quinten einen seltsamen Portikus mit
vier dicht zusammenstehenden Säulen: die erste war ein nackter
Baumstamm, die zweite stand auf dem Modell eines Hauses, die
dritte existierte nur noch zur Hälfte, zur oberen Hälfte, die frei in
der Luft schwebte und trotzdem vorgab, den Architrav zu stützen,
und die vierte war eine säulenförmig geschnittene Hecke; das

Tympanon wurde durch einen Bogen aus blauem Neonlicht angedeutet. Alles war von einer märchenhaften Widersprüchlichkeit,
die Disharmonie als Harmonie. Herr Themaat mochte zwar unterdessen behaupten, auch das sei die klassische Sprache, aber alle
Wörter waren falsch geschrieben und die Syntax der reinste Au-
giasstall, wie von kleinen Kindern buchstabiert – Quinten erfüllte
ein überwältigendes Glücksgefühl.

»Ich habe mir schon gedacht, daß dir das gefallen würde, Kuku«,
sagte Themaat und wischte sich mit einem Taschentuch die Mund-
winkel ab. »Für mich ist es ein Ende, eine Art Feuerwerk zum
Abschluß eines großen Festes, das irgendwann einmal in Griechen-
land begonnen hat. Damals herrschte das ausgewogene Weltbild
von Ptolemäus, in dem die Erde im Mittelpunkt des Weltalls ruhte;
während des Humanismus kam dann das von Kopernikus, mit der
Sonne im Mittelpunkt, und danach das unendliche All des Giordano Bruno, das überhaupt keinen Mittelpunkt mehr hatte. All
diese Universen waren ewig und unveränderlich, aber seit kurzem
leben wir in dem explosiven, gewalttätigen All deines Ziehvaters,
das plötzlich einen Anfangspunkt hat. Und von da bekommt man
dann so ein postmodernes Spektakel serviert, und alles zerplatzt in
Stücke und Brocken. Alles explodiert, die Weltbevölkerung eingeschlossen, und das hat natürlich unmittelbar mit dieser irrsinnigen
Entwicklung der Technik zu tun. Plötzlich ist eine ganz andere Zeit
angebrochen, die ich zum Glück nicht mehr zu erleben brauche.«

Nachdenklich sah Quinten aus dem Fenster.

»Aber ein Anfangspunkt ist doch auch eine Art Fixpunkt? Was
ist fester als ein Anfangspunkt? Das müßten Sie doch eigentlich für
einen Fortschritt im Hinblick auf das vorige All halten, das keinen
Mittelpunkt mehr hatte.«

»Ja«, sagte Themaat, »so kann man das natürlich auch sehen.«

»Da fällt mir übrigens ein Satz von Max dazu ein: Der Mensch
ist ungefähr um so viel kleiner als das All, wie das kleinste Teilchen
kleiner ist als der Mensch.«

Für einige Sekunden fixierte Themaat ihn mit großen, starren
Augen.

»Also doch? Steht er also doch in der Mitte? Das hätten sie wissen müssen.«

»Wer?«

»Nun, Platon, Protagoras, Vitruvius, Palladio – alle.« Umständlich legte sich Themaat wieder hin, und es blieb eine Weile still. »Ich muß in den letzten Wochen ständig an die Musik denken, Kuku. Die platonische Harmonie der Sphären ist schon seit Newton aus der Welt verschwunden, so wie die Harmonie der Musik mit Schönberg, zur Zeit Einsteins. Aber wie diese verflixten Säulen in dem Katalog ist auch die Tonalität im Augenblick dabei, zurückzukehren – nur ist die Musik inzwischen von einem Segen zu einer Plage geworden. Wir haben es hier noch relativ ruhig, hier bellen nur Hunde, aber in der Stadt gibt es kein Entrinnen mehr, überall ist Musik, bis hin zu den Aufzügen und Toiletten; aus den Autos dröhnt Musik, und auf den Gerüsten stellt jeder Bauarbeiter sein tragbares Radio so laut, wie es eben geht. Überall ist es jetzt so wie früher auf der Kirmes. Aber all diese harmonische Musik zusammen ist eine einzige Kakophonie, neben der Schönbergs Dodekaphonie harmlos klingt. Und diese allgegenwärtige Kakophonie ist es auch, die diese neumodische kakophonische Architektur zum Ausdruck bringt. Die Bombe, von der du einmal gesprochen hast, ist nämlich explodiert. Das wollte ich dir noch sagen, aber vielleicht solltest du es besser gleich wieder vergessen. Ich bin müde, ich glaube, ich werde jetzt kurz die Augen zumachen.«

Themaats Vortrag hatte Quinten berührt: es hatte alles ein wenig wie ein Testament geklungen. Mit einem Mal hatte er wieder so viele neue Dinge erfahren, daß er es noch nicht fassen konnte. Als er, nachdem er sich verabschiedet hatte, leise die Treppe hinaufging, überlegte er sich, daß es immer noch viel mehr über die Welt zu erfahren gab, als er wußte. Natürlich konnte man nicht alles wissen, und das war auch nicht nötig, aber viele Leute wußten vermutlich nicht einmal, *was* es alles zu wissen gab. Sie lebten und starben, ohne daß ihnen jemals irgend jemand erzählt hatte, daß es auch noch dieses und jenes zu wissen gab, was sie vielleicht gerne gewußt hätten. Aber wenn man einmal tot war, was machte es dann noch für einen Unterschied? Dann hätte man genausogut nie geboren sein können. Die meisten Menschen wollten vielleicht gar nichts wissen, sondern nur reich werden oder viel essen oder sich Fußballspiele ansehen oder irgend etwas anderes. Oder sich küssen.

In seinem Zimmer blieb er unentschlossen stehen und sah auf den schwarzen Cellokasten seiner Mutter, der an die Wand gelehnt stand. Er hatte ihn noch nie geöffnet; er hatte immer das Gefühl gehabt, es wäre nicht richtig, es einfach aus Neugierde zu tun. Aber wenn je der Augenblick gekommen war, dann jetzt. Vielleicht war es jetzt sogar das erste Mal seit sechzehn Jahren, daß wieder Licht auf das Instrument fallen würde. Aber nein, sein Vater hatte bestimmt einmal hineingeschaut. Vorsichtig legte er den Kasten auf den Boden, kniete sich davor, öffnete die beiden Schlösser und hob langsam den Deckel.

Obwohl er wußte, daß sich darin das Cello befand, war der Anblick dennoch ein Schock. Matt und staubig lag es im dunkelroten Samt, dessen Ränder von Motten angefressen waren. Es hatte die Form eines Menschen, mit breiten Hüften, einer Taille und einem Oberkörper mit Schultern, und am Ende des langen Halses der Wirbelkasten und die Schnecke, die aussahen wie ein kleiner Kopf, wie der Kopf eines Straußenvogels. Die symmetrischen Schallöcher auf beiden Seiten des Stegs waren wie Fußabdrücke. Vorsichtig nahm er das Instrument aus dem Kasten – am Boden war die Verkleidung fast völlig weggefressen – und legte es feierlich auf sein Bett. Er setzte sich daneben wie neben einen Menschen und betrachtete es still. Vielleicht war das sogar mehr seine Mutter, als es seine Mutter jetzt noch war. Er betrachtete die Saiten, die von ihren Fingern berührt worden waren, die Zargen, die sie zwischen ihren Oberschenkeln gehabt hatte, alles barg mehr Erinnerungen an sie, als sie selbst an sich hatte.

Nach einer Weile stand er auf und ging ins vordere Zimmer. Sophia war gerade dabei, die Bilder auf dem Kaminsims abzustauben, und er fragte sie, ob er kurz ihr Zentimetermaß haben könne; als

sie sagte, sie vermisse es schon seit einiger Zeit, ging er zu Theo
Kern und lieh sich einen Zollstock aus. Dann maß er genau die
Länge der A-Saite, vom Sattel bis zum Kamm: 62 Zentimeter. Jetzt
müßte er sie zupfen, aber daß er nach all der Zeit dem Cello wieder
einen Ton entlocken sollte, war eine Vorstellung, an die er sich erst
kurz gewöhnen mußte. Mit dem Nagel des Zeigefingers schlug er
die Saite schließlich an und lauschte dem singenden Ton nach. Er
zog die Stirn kraus. Seiner Meinung nach war das einen halben Ton
zu tief. Auf seiner Blockflöte blies er ein a: Er hatte recht, auf dem
Cello erklang ein gis. Obwohl es weiter keine Rolle spielte, versuchte er die Saite zu stimmen, aber der Stimmwirbel war nicht zu
bewegen. Daraufhin bestimmte er mit dem Zollstock die Mitte der
Saite, 31 Zentimeter, legte den einen Zeigefinger auf diesen Punkt
und schlug sie mit dem anderen an. Als er das gleiche gis hörte, das
zugleich auch nicht das gleiche war, richtete er sich auf und schaute
sich mit einem triumphierenden Lachen um. Es stimmte! Pythagoras! Platon! Er hatte einen Klang aus der Mitte der Welt aufgefangen!

Plötzlich ließ er alles stehen und liegen und rannte die Treppe
hinunter zur Diele. Unten riß Korvinus die Tür auf und herrschte
ihn an, daß es in diesem Haus auch noch andere Leute gebe und ob
er sich vielleicht etwas mäßigen könne, aber er sah ihn nicht einmal
an. Er rannte über den Vorplatz, wo Nederkoorn Evert Korvinus
in seinem Jeep das Autofahren beibrachte mit Arend auf der Rückbank, und lief über die beiden Brücken zur rechteckigen Wiese hinter Klein Rechteren. Dort ließ er sich in den Graben fallen und sah
außer Atem und verschwitzt die rotbraune Kuh, die mit mahlenden
Kiefern kurz seinen Blick erwiderte und dann beruhigt ihre Mahlzeit fortsetzte. Der Himmel war noch immer bedeckt, aber jetzt
mit merkwürdigen, dahinjagenden Wolken, die in der Mitte dun-
kelviolett, an den Rändern aber ganz hell waren, es schien, als stiegen sie senkrecht aus der Tiefe auf. Es war windstill und schwül.

Aufgeregt schaute er über die dunklen Bäume, die die Wiese
säumten, auf die grasende Kuh zwischen den beiden Erlen und auf
die drei Findlinge, die dalagen wie in einem japanischen Garten. Er

war sich plötzlich ganz sicher, für etwas Ehrfurchtgebietendes bestimmt zu sein, es war, als hätte er eine Botschaft bekommen, einen Auftrag zu etwas, das nur er ausführen konnte! Aber was? Wie konnte er es herausfinden? Hatte es vielleicht mit dieser ganz anderen Zeit zu tun, die Herrn Themaat zufolge angebrochen war? In diesem Augenblick erschien auf der anderen Seite zwischen den Bäumen ein Hirsch, blieb stehen und schaute über die Wiese – und im nächsten Augenblick, keiner würde es ihm glauben, blies plötzlich ein so starker Wind in Quintens Gesicht, daß der ganze Wald von einer Sekunde auf die andere rauschte wie das Meer, zwischen den Stämmen wurden die Blätter in hohen Wellen über die Wiese geweht, und der Hirsch verschwand mit ein paar Sprüngen wieder im Dunkel des Unterholzes.

48
Geschwindigkeiten

Als Ferdinand Verloren van Themaat Anfang Dezember für unbestimmte Zeit von einer psychotherapeutischen Anstalt in Apeldoorn aufgenommen wurde, hieb Elsbeth den Knoten durch und zog ebenfalls dorthin. Korvinus nahm ihre Wohnung sofort in Beschlag. Von da an wurde Paco nicht mehr an die Kette gelegt. So endete das Jahr 1984.

Der Abrißunternehmer bewohnte Anfang 1985 das ganze untere Stockwerk, was zur Folge hatte, daß die anderen Bewohner die Vordertür nicht mehr benutzen durften; Begründung: Er wünsche keine Lauferei in seinem Wohnbereich. Von da an mußten alle den ehemaligen Lieferanteneingang auf der Seite nehmen, dann durch den Fahrradkeller und die sich anschließenden Keller, bis sie über die frühere Personaltreppe auf der Rückseite des Schlosses in den ersten Stock gelangten. Wie die Kellerräume war dieses Treppenhaus seit Jahren vollgestellt mit Gerümpel, durchgerosteten Eimern, kaputten Stühlen, Teppichrollen; wen das störe, sagte Korvinus, solle den Plunder eben wegräumen, und wem das nicht passe, könne ja gehen. Nederkoorn war der einzige, der die Treppe zum ersten Stock weiterhin benutzen durfte.

Als Proctor von dieser Verfügung hörte, drehte er durch. Bisher schien es, als seien die häuslichen Veränderungen an ihm vorübergegangen, da er mit seinen Gedanken ganz und gar bei seinem großen Buch über Vondels *Lucifer* war; eines Nachmittags jedoch kam er mit einer Axt die Treppe heruntergestürmt und begann brüllend auf die neue Zwischentür einzuhacken. Es kostete Clara, Sophia und Selma eine geschlagene Stunde, den zitternden Übersetzer zu beruhigen. Er lasse sich nicht auf die Hintertür abdrängen, wiederholte er unaufhörlich und trank hastig ein Glas Wasser leer, seit zwanzig Jahren gehe er durch die Vordertür aus und ein, und dieser Halunke brauche nicht zu glauben, daß er ihn nach Belieben zur Hintertür abkommandieren könne. Nicht einen Tag länger bliebe er hier!

Jeder rechnete damit, daß Korvinus jetzt erst recht andere Saiten aufziehen werde, aber er reagierte mit erstaunlicher Zurückhaltung; noch am selben Tag ließ er die Tür reparieren und verlor über den Vorfall nicht ein Wort. Max erklärte sich das damit, daß er sein Ziel Schritt für Schritt näher kommen sah und immer weniger unternehmen mußte, um die letzten Bewohner moralisch zu brechen; ab und zu plötzlich den Strom abzuschalten oder das Wasser abzudrehen reiche vollkommen. Quinten jedoch vermutete, ihn würde vielleicht die Freundschaft zwischen Arend Proctor und Korvinus' Sohn Evert, die unzertrennlich waren, davon abhalten.

»Meine Hütte haben die beiden auch kaputtgemacht«, sagte er.

»Woher willst du wissen, daß sie das waren?« fragte Sophia.

Quinten zuckte mit den Schultern.

»Das weiß ich nicht. Aber es ist so.«

Obwohl Marius Proctor angekündigt hatte, keinen Tag länger mehr zu bleiben, machte er keine Anstalten auszuziehen, die Axthiebe hatten seine Willenskraft offenbar aufgebraucht. Er zog erst aus, nachdem in der Neujahrsnacht die Polizei bei ihm geklingelt hatte: Es sei ein schwerer Unfall passiert. Sein Sohn und Evert Korvinus hätten zuviel getrunken und dann ein Auto gestohlen, auf einer vereisten Straße seien sie aus der Kurve getragen worden und gegen einen Baum geprallt. Evert Korvinus, der am Steuer gesessen habe, sei lebensgefährlich verletzt, werde es aber vielleicht überleben. Und Arend Proctor, ja, der sei leider tot.

Die Nachricht erschütterte Groot Rechteren bis in seine psychischen Fundamente. Den ganzen Neujahrstag über waren Sophia und Selma damit beschäftigt, Marius und Clara beizustehen, die beide nicht mit ihrer Verzweiflung fertig wurden. Max wußte von Kindesbeinen an, daß alles und auch das Schlimmste immer jeden Augenblick passieren konnte, aber auch er war den ganzen Tag wie benommen: Plötzlich war wieder diese Erinnerung an einen anderen Unfall da, vor siebzehn Jahren. Korvinus ließ sich nicht blikken. Seine Frau – es stellte sich plötzlich heraus, daß sie Elsa hieß – versuchte über Sophia mit Arends Eltern in Kontakt zu kommen; aber Proctor schrie Clara an, er werde sie umbringen, wenn sie mit ihr spreche. Arend sei tot, aber ihr Sohn lebe, und außerdem habe sie noch einen zweiten! Quinten hörte ihn mit sich überschlagender Stimme schreien, das ganze Leben sei ein einziger Misthaufen, es habe doch alles keinen Sinn, und es sei überhaupt eine einzige sinnlose Schweinerei!

Während Quinten mit angehaltenem Atem auf dem Flur horchte, fragte er sich, wie man so etwas sagen konnte. Vielleicht sprach man solche Dinge nur aus, wenn jemand starb oder wenn man selbst starb, aber hatte man damit auch recht, oder vielleicht gerade unrecht? Verbarg sich die eigentliche Wahrheit im Tod oder im Leben? Wenn man das Leben für sinnlos hielt, mußte man den Tod dann nicht gerade für sinnvoll halten? Es sah so aus, als bringe Proctor alles durcheinander. Wenn er Arends Tod für sinnlos hielt, dann müßte er doch das Leben für sinnvoll halten! Was würde es sonst ausmachen, daß Arend tot war? Warum schrie er dann so? Vielleicht hing es davon ab, wer und wie man war. Sein Vater, von dem er nun schon seit drei Jahren nichts gehört hatte, hatte vielleicht auch nicht verstanden, wie es genau war. Und er selbst? Er mußte an den Unfall seiner Mutter und an den Tod von Tante Helga denken, aber ansonsten berührte ihn die Nachricht von dem Unfall der beiden Freunde nicht: Sie hätten eben seine Hütte nicht zerstören sollen!

In der Nacht raubte ihm das Jammern im Stockwerk über ihm den Schlaf. Er stieg aus dem Bett und stellte sich ans Fenster. Der Schloßgraben war zugefroren und lag im eiskalten Licht der Sterne. Plötzlich nahm das Brüllen und der Lärm in Proctors Arbeitszimmer unbändige Formen an, und kurze Zeit später sah er Papiere an seinem Fenster vorbeisegeln, denen Regenschirme und noch mehr Papiere folgten, manchmal gleich stapelweise, die alle in der Luft zerflatterten.

Nachdem die Proctors eine Woche nach Arends Beerdigung ausgezogen waren, vergrößerte Nederkoorn seine Wohnung, indem er die der Proctors dazunahm. Von da an waren Max' und Theos Wohnungen zwischen zwei feindlichen Wohnungen eingeklemmt, wie zwischen den Kiefern eines Ungeheuers. Aber Max und Sophia waren sich einig, daß sie aus Solidarität mit Theo und Selma jetzt nicht mehr wegkonnten. Evert Korvinus war von der Hüfte an querschnittsgelähmt und mußte den Rest seines Lebens im Rollstuhl sitzen, wie Sophia von seiner Mutter erfuhr. Der Abrißunternehmer würde also in nächster Zeit den Mund nicht mehr so weit aufreißen und wohl auch kaum versuchen, ihnen das letzte Jahr ihres Mieterschutzes zu verderben – und sei es nur, weil Elsa Korvinus das Sprechverbot gebrochen hatte.

Max, der von seiner Arbeit am Quasar MQ 3412, der sich immer rätselhafter verhielt, völlig in Anspruch genommen wurde, freute sich über die Aussicht auf ein Jahr der Ruhe, aber es war ihm nicht vergönnt. Schon seit Monaten verschlechterte sich Adas Zustand merklich. Zuerst gab es Probleme mit der Verdauung: mal hatte sie Verstopfung, dann wieder Durchfall, und schließlich wurde eine chronische Nierenbeckenentzündung als Folge ihres Blasenkatheters festgestellt. Eines Tages im Februar, als wegen der sibirischen Temperaturen auf Groot Rechteren die Ölöfen auch auf der höchsten Stufe die Zimmer nicht mehr zu heizen vermochten, kam Sophia mit einer noch ernsteren Nachricht aus Emmen zurück. Sie war zur Direktorin gegangen, um mit ihr über den Pilz in Adas Mund zu sprechen; sie hatte dabei erfahren, daß Ada vermutlich demnächst in ein Krankenhaus überführt werden müsse. Sie habe Zwischenblutungen gehabt, und nach Aussage des zuständigen Arztes sehe es ganz nach einem Gebärmutterkrebs aus.

Während sie das erzählte, hatte ihr Gesicht wieder diesen maskenhaften Ausdruck, den Max so gut von ihr kannte. Daß Ada – das heißt, ihr armseliger Körper – während der ganzen siebzehn Jahre jeden Monat die Periode bekommen hatte, schockierte ihn mehr als der Bericht von ihrer Krankheit, denn die hatte fast etwas Hoffnungsvolles: sie war der Auftakt vom Ende dieser absurden Existenz. Nach einer Weile fragte er:

»Ob das jetzt die Stunde der Wahrheit ist?«

Seit Onno und er damals ihre lächerlichen Aktionen unternommen hatten, als der Kaiserschnitt anstand, hatten sie nie mehr über Euthanasie gesprochen. Mit Sophia hatte er kein einziges Mal darüber geredet, obwohl sie diese Frage natürlich beschäftigte. Sie antwortete nicht, aber er sah ihr an, daß sie dachte wie er.

Auch zehn Tage später, als er mit ihr ins Krankenhaus von Hoogeveen fuhr, sprachen sie nicht darüber. Als er die Wagentür abschloß und sich im knirschenden Schnee umsah, wunderte ihn, daß hier alles noch genauso war wie an dem Abend des Unfalls, diesem verhängnisvollen siebenundzwanzigsten Februar, an dem Onno und er in Dwingeloo ihre gemeinsame Empfängnis gefeiert hatten. Er erinnerte sich plötzlich auch an den Taxifahrer, der ihn nicht nach Leiden hatte bringen wollen, wo Sophia Witwe geworden war. Daß Ada hier nun zum zweiten Mal hereingebracht wurde, gab ihm das Gefühl, als schlösse sich der Kreis – und sich schließende Kreise waren immer das Signal für einschneidende Veränderungen gewesen. Er war froh, sich für den Abend mit Tsjallingtsje verabredet zu haben.

Kloosterboer, der Arzt, den Sophia gebeten hatte zu kommen, bestätigte die Diagnose. Max und sie saßen nebeneinander vor dem Schreibtisch und sahen den jungen Gynäkologen an, der mit seinem kurzen blonden Haar und seinen hellblauen Augen wie ein Tennislehrer aussah.

»Wie weit ist es fortgeschritten?« fragte Sophia.

Der Arzt nickte.

»Es gibt Metastasen. Operieren hat keinen Sinn mehr.«

»Ja, das wäre auch ein Ding«, sagte Max.

Der Arzt fixierte ihn.

»Wie meinen Sie das?«

»Eine Frau, die seit siebzehn Jahren im Koma liegt und wie eine Pflanze lebt, die operiert man doch nicht. Auch wenn es einen Sinn hätte, hätte es dennoch keinen Sinn.«

Kloosterboer verschränkte die Arme.

»Damit wir uns von Anfang an recht verstehen, Herr Delius. Wenn es einen Sinn hätte, würden wir es tun.«

Max und Sophia wechselten Blicke.

»Und jetzt?« fragte Sophia. »Chemotherapie? Bestrahlung?«

»Das nun auch wieder nicht.«

»Und Schmerzmittel?« fragte Max. »Es würde mich interessieren, ob Sie ihr auch Schmerzmittel verabreichen.« Er bemerkte, daß Kloosterboer diese Frage nicht paßte, denn er zögerte mit seiner Antwort. »Ich meine, wenn Sie ihr keine Schmerzmittel geben, wie ist dann eigentlich Ihre Haltung dazu? Wie paßt das zusammen?«

Das Gesicht des Arztes spannte sich.

»Ich habe das vollste Verständnis für Ihre Auffassungen und für Ihre Situation, aber ich kann absolut nicht darauf eingehen. Sie müssen versuchen, auch mich zu verstehen.«

»Das tun wir ja«, sagte Sophia und stand auf.

Kloosterboer rollte seinen Stuhl zurück.

»Ich werde Sie auf das Zimmer Ihrer Tochter bringen.«

»Machen Sie sich bitte keine Umstände. Wir finden den Weg.«

Während sie die Gänge entlanggingen, sagte Max, daß Kloosterboer mit Sicherheit ein christlicher Fundamentalist sei, so flott er auch aussehe.

»Vielleicht ist er einfach nur jung«, wandte Sophia ein, »und hat Angst um seine Karriere.«

Ja, sie kannte die medizinische Welt besser als er. Aus den Augenwinkeln beobachtete er kurz die sehr aufrecht gehende, ergrauende Äbtissin an seiner Seite, aus der er immer noch nicht schlau wurde. Sie bekam immer mehr Ähnlichkeit mit ihrer Mutter. Und jetzt mußte er endlich mit ihr darüber sprechen. Er verzögerte seinen Schritt.

»Sag, was soll nun deiner Meinung nach geschehen?«

»Das muß Adas Mann entscheiden.«

Er schüttelte den Kopf.

»Das muß Adas Mutter entscheiden. Ich kann mich übrigens erinnern, daß Onno dir das auch geschrieben hat.«

»Was hat er geschrieben?«

»Daß Ada Fleisch aus deinem Fleische ist, und daß du das letzte Wort haben sollst, wenn Entscheidungen über sie getroffen werden müssen. Damit kann er nichts anderes gemeint haben als die Situation, in der wir uns jetzt befinden.«

Sie blieb stehen und sah ihn unverwandt an.

»Sie haben vor, sie langsam sterben zu lassen, aber ich finde, es muß ein Ende gemacht werden. Sehr aktiv – mit einer Morphin-Infusion. Aber darauf können wir hier nicht hoffen. Hier wird der Stab bestenfalls darüber beraten, ob sie abstinieren sollen, aber –«

»Abstinieren?«

»Die Ernährung einstellen. Aber das werden sie nicht, denn was dann passiert, ist für das Personal zu schrecklich. Dann trocknet sie langsam aus, bis sie ein Skelett ist.«

Max schauderte.

»Mit anderen Worten«, sagte er, »sie muß weg von hier, in ein aufgeklärteres Krankenhaus, wo sie nicht solche Angst haben, daß die Sache in die Presse kommt. Nach Amsterdam.«

»Vorausgesetzt, man läßt sie gehen und es geht ihnen nicht zu sehr an die Ehre. In Krankenhäusern ist das so. Sie braucht auch gar nicht unbedingt in ein Krankenhaus, jeder vernünftige Arzt tut es, das weiß jeder, und auch die Staatsanwälte wissen es, aber darüber reden tut keiner.«

Er sah sie an.

»Meinst du, daß wir sie ins Schloß nehmen sollten?«

»Nein, natürlich nicht«, sagte sie sofort, »mit Quinten –«

»Und was machen wir mit ihm? Soll er wissen, was los ist?«

Unsicher sah Sophia ihn an.

»Was hat es für einen Sinn, sein Leben damit zu belasten?«

Im Gesellschaftsraum saßen Patienten und Pfleger und verfolgten ein Schlittschuhrennen im Fernsehen; ein junger Mann zeigte ihnen das Zimmer, in dem Ada lag. Max wußte nicht mehr, wann er sie zuletzt besucht hatte, vielleicht vor vier oder fünf Jahren, und vielleicht war es sogar noch länger her, aber was er jetzt verborgen hinter einem Schirm zu sehen bekam, sah er zum ersten Mal. Er erstarrte.

Im grellen, weißen Schneelicht erinnerte ihr Kopf an eine aufgeschnittene Kokosnuß, die er vor Jahren, als er noch in Amsterdam lebte, vergessen hatte, wegzuwerfen, und die bei seiner Rückkehr aus dem Urlaub noch auf der Schale lag. Ihr stoppeliges Haar war grau und stumpf geworden, das abgemagerte Gesicht voller Flecke und die Nasenflügel von der Sonde rot und entzündet. Daß ein Körper unter dem Laken lag, war kaum noch zu sehen. Ihre dürren weißen Hände sahen aus wie Vogelkrallen; alle Fingerspitzen waren verbunden.

»Das hast du mir nie erzählt«, sagte er entsetzt.

»Du hast mich nie danach gefragt.«

Er ertappte sich bei dem Gedanken, daß nun sofort Schluß damit sein mußte, innerhalb von fünf Minuten – er betrachtete das, was noch von ihr übrig war in dem eisernen Bett, während zugleich vergilbte Bilder durch seine Erinnerung schwirrten: bei ihren Eltern zu Hause mit dem Cello zwischen den Beinen, die Fingerspitzen auf den Saiten, nackt im Schneidersitz ihm gegenüber auf seinem Bett, mit den Beinen um seine Hüften im warmen, nächtlichen Meer –. Mit zuckendem Zwerchfell wandte er sich ab und sah aus dem Fenster auf den blendenden, von der Sonne beschienenen Schnee.

Nie zuvor war er so von seiner Arbeit erfüllt gewesen wie in den letzten anderthalb Jahren. Morgens, wenn er noch nicht wach war, aber auch nicht mehr schlief, genau auf der Grenze, erschien sofort MQ 3412 in seinem Kopf – aber in Gestalt eines chaotischen Knäuels aus Daten, Diagrammen, Spektren, Radiokarten, Satelliten-Röntgenaufnahmen, unsinnigen Interpretationen und verrückten Phantasien, und das alles unentwirrbar verschlungen zu einem Knoten, einem Wollknäuel, mit dem die Katze gespielt hatte, und obendrein umgeben von dem Strahlenkranz eines Fluches: es war alles falsch, er befand sich auf einer völlig falschen Spur, es war ein durch und durch hoffnungsloser Unsinn. Doch dieses deprimierte Aufwachen kannte er mittlerweile, es hatte angefangen, als er sich angewöhnt hatte, jeden Abend noch eine Flasche Wein zu trinken, in letzter Zeit manchmal auch zwei; wenn er sich dann schlafen legte, war er jedesmal überzeugt davon, auf der Schwelle zu einer welterschütternden Entdeckung zu stehen. Im Lauf der Jahre hatte er gelernt, sich nicht weiter darum zu kümmern. In dem Augenblick, da er seine Daumengelenke hatte knakken lassen und die Decke zur Seite schlug, war der größte Trübsinn bereits verflogen.

Auch am Montag, dem 11. März 1985, war es so. An diesem Vormittag würden die ersten Daten der Very Long Baseline Interferometry eintreffen, des Teleskops, das so groß war wie die ganze Erde. Mit den Technikern hatten auch einige junge Astronomen aus Leiden die Nacht an den Bildschirmen in Westerbork verbracht; er selbst jedoch rief nicht einmal an, beim Frühstück blätterte er anfangs noch mürrisch in der Zeitung. Tschernenko war tot, nur vier Stunden später hatte das Zentralkomitee im Kreml bereits einen Nachfolger gewählt, einen gewissen Gorbatschow, aber auch der würde vermutlich nichts ändern, es würde sich nie mehr etwas ändern, der kalte Krieg war ewig. Durch seinen Kopf schwirrte der Rest eines Traumes, ein Bild von Ada: wie auf einer

Explosionszeichnung eines Motors schwebten ihre Organe außerhalb ihres Körpers in der Luft.

Max stand leise stöhnend auf. »Ich esse heute abend bei Tsjallingtsje.«

»Kommst du noch nach Hause?« fragte Sophia.

»Vielleicht, vielleicht auch nicht«, sagte er. »Mal sehen.« Mit einer Hand strich er im Vorbeigehen kurz über Quintens Schulter und sagte: »Mach's gut.«

Während er durch den diesigen Frühlingsmorgen nach Westerbork fuhr, hörte er im Radio Schuberts *Unvollendete* von Böhm. Die Aufnahme war immer noch unvergleichlich schön, er kannte jede Note, wie mittlerweile bei fast aller Musik, die er liebte.

Wenn er erst einmal im belebten Terminal war, war der Tiefpunkt überwunden, und er studierte wieder ebenso neugierig die Computerausdrucke, die Floris ihm gab, wie ganz am Anfang, als er nur halb so alt war, allerdings hatte es damals noch keine Computerausdrucke gegeben. Die Zeit, die seitdem vergangen war, hatte an seinem Interesse nichts geändert. Was hingegen sehr viel mit dem Verstreichen der Zeit zu tun hatte, war der Quasar, und mit einem Blick erkannte er, daß irgend etwas überhaupt nicht stimmte.

»Viel Erfolg«, sagte Floris sarkastisch. »Du kannst den Ausdruck genausogut gleich in den Papierkorb werfen.«

Da Quinten im Alter von zwölf Jahren das Historioskop sozusagen erfunden hatte, hatte Max ihm einmal die Eigenart eines Quasars zu erklären versucht: Der Quasar galt als geheimnisvolles, superschweres Objekt am Rande des wahrnehmbaren Alls, das ebensoviel Energie aussandte wie tausend Milchstraßensysteme von jeweils einhundert Milliarden Sternen, und das, obwohl dieser Quasi-Stern viel kleiner war als auch nur ein einziges Sternensystem. Man vermutete, daß sich im Quasar ein schwarzes Loch befand, das monströseste Phänomen aller Himmelserscheinungen. Der am weitesten entfernte bekannte Quasar, OQ 172, war gut fünfzehn Milliarden Lichtjahre entfernt, und an ihm konnte man sehen, wie das All fünf Milliarden Jahre nach dem Big Bang ausge-

sehen hatte – mit nur einem Viertel der jetzigen Größe. Ein alter
Studienfreund aus Leiden, der jetzt auf Mount Palomar in Kalifornien arbeitete, war durch die Rotverschiebung der Wasserstofflinien im optischen Spektrum auf genau diesen Abstand in der
vierdimensionalen Raum-Zeit gekommen. Wenn ein Düsenjäger
komme, hatte Max Quinten erklärt, werde das Motorengeräusch
höher, und wenn er vorbeigeflogen sei, werde es niedriger: zuerst
überhole er seine Schallwellen, wodurch sie kürzer würden, danach verlängere er sie leicht. Daß die ausgeprägteste Spektrallinie
von OQ 172 deutlich vom Ultraviolett in den Bereich der längeren
Wellenlinien des Rots verschoben sei bis in die Mitte des sichtbaren
Spektrums, bedeute, daß das Ding sich im expandierenden All mit
gut neunzig Prozent der Lichtgeschwindigkeit von der Erde weg
bewege. Quinten hatte nur mäßiges Interesse gezeigt, und Max
sagte sich, er sei eben genauso geisteswissenschaftlich veranlagt
wie sein Vater.

MQ 3412 wollte sich nun nicht in das Muster der fast zweitausend Quasare fügen, die bis jetzt bekannt waren. Und beim VLBI
trat nun offenbar eine schwere Kinderkrankheit des Systems zu-
tage, die vermutlich auf einen Defekt in der engen Vernetzung zwischen den Hunderten von Spiegeln in Dutzenden von Ländern auf
den unterschiedlichsten Kontinenten zurückzuführen war, oder
vielleicht stimmte auch etwas mit der Atomuhr nicht, so daß die
Werte nicht absolut synchron in den Computer eingespeist worden waren. Max betrachtete die Meßergebnisse, als seien sie ein un-
glaublicher Zaubertrick, dessen Geheimnis man eigentlich gar
nicht wissen wollte. Diesmal hatte MQ 3412 beschlossen, sich mit
unendlicher Geschwindigkeit fortzubewegen, das immerhin war
aus dem desolaten Radiospektrum eindeutig ersichtlich.

»Anders gesagt«, sagte Max, »unser tachyonischer Freund befindet sich mit einer Energie gleich Null auf allen Punkten einer
Linie gleichzeitig.«

»Das hätte Albert Einstein überrascht«, sagte Floris.

Den Rest des Tages verbrachte Max mit Besprechungen, Telefo-
naten bis nach Australien, dem Lesen und Verschicken von Faxen

und Beratungen mit den Ingenieuren. Einer von ihnen vermutete, der Fehler liege vielleicht bei ihnen. Unter Westerbork werde Gas gewonnen, dadurch könne es minimale Senkungen geben, so daß die Spiegel nicht mehr exakt ausgerichtet wären; zudem sei vor einigen Monaten bei Assen ein kleines Erdbeben mit einem Wert von 2,8 auf der Richterskala registriert worden. Es wurde beschlossen, alles neu zu eichen und sich mit der Gasunion in Groningen in Verbindung zu setzen. Es erstaunte Max, daß ein Vorgang tief in der Erde, im Perm, möglicherweise die Sicht auf den Rand des Alls beeinträchtigte.

Gegen Abend zog er sich in sein kleines Büro zurück, um sich die Daten noch einmal in Ruhe anzusehen, aber er fand einfach keinen Zusammenhang. Sie wirkten, als hätte ein Affe auf der Schreibmaschine ein Sonett zu schreiben versucht. Er mußte auch an ein revolutionäres Experiment denken, das vor drei Jahren in Paris durchgeführt worden war. Es ging zurück auf eine Grundsatzdiskussion zwischen Einstein und Bohr in den dreißiger Jahren, also eigentlich zwischen der Relativitätstheorie und der Quantenmechanik, die sich nie besonders gut vertragen hatten. Einsteins gedankliches Experiment wurde 1982 geprüft mit dem Resultat, daß Bohr recht hatte. Auch damals schien die Rede von gleichzeitigen, unendlich schnellen Signalen gewesen zu sein, die schneller waren als das Licht, und da niemand daran zweifelte, daß das unmöglich war, deutete es also auf etwas in der Wirklichkeit hin, das niemand vorhergesehen hatte. Konnte das vielleicht mit dem jetzigen Problem in Zusammenhang stehen? Aber wie? Vielleicht würde man die Lösung erst mit dem Raum-VLBI finden, mit Parabolspiegeln auf Satelliten, wodurch ein Teleskop mit einem Durchmesser von hunderttausend Kilometern entstehen würde, aber das würde wohl noch zehn Jahre dauern, und bis dahin wäre er bereits pensioniert.

Um ihn herum waren die Tische, Schränke und Regale genauso mit Bergen von Papieren überladen wie bei seinen Kollegen, allerdings mit dem Unterschied, daß bei ihm die Ordnung sofort sichtbar war. An einer Wand stand eine grüne Schultafel mit Formeln und Diagrammen in verschiedenen Kreidefarben, sie waren jedoch nicht kreuz und quer hingemalt in genialer Raserei und voller hastig weggewischter Flecken, sondern in einer harmonischen Gesamtkomposition wie ein Kunstwerk.

Er legte die Papiere in eine Mappe, stützte den Kopf in die Hände und schaute aus dem offenen Fenster. Auf jeder Seite wurde seine Aussicht durch das riesige schwarze Stahlgeflecht eines Spiegels begrenzt. Die Spiegel wurden gerade geeicht. In der vollkommenen Stille hörte er mit kurzen Zwischenräumen das leise Summen des Mechanismus, mit dem die Achsendrehung der Erde ausgeglichen wurde, um das wahrgenommene Objekt zu halten. Was war das für eine finstere Ironie, daß unter dem ehemaligen Lager Westerbork *Gas* gewonnen wurde? Wurde die Wirklichkeit etwa von einem teuflischen Hirn gelenkt? Es dämmerte bereits, aber in der Ferne gingen noch immer Besucher über das Gelände – nicht um sich die Teleskope anzuschauen, sondern etwas, das nicht mehr da war. Hatten die unmittelbar Betroffenen noch abgewinkt und nichts mehr von dem Lager wissen wollen, so wurden in der jüngeren jüdischen Generation in letzter Zeit Stimmen laut, die es wieder in seinen ursprünglichen Zustand bringen wollten. Der Schlagbaum stand bereits wieder an seinem alten Platz, und beim Prellbock war ein Wachturm restauriert worden. Es wurde sogar gefordert, die Sternwarte zu verlegen. Sollte das tatsächlich passieren, würde er sofort einen Leserbrief an das *Nieuw Israëlitisch Weekblad* schicken und das Synthese-Radio-Teleskop lobend als »Judensternwarte« bezeichnen, die nur verschwinden dürfe, wenn nach der vollkommenen Restaurierung des Lagers Westerbork auch die dreiundneunzig Züge wieder am Boulevard des Misères auftauchen würden, um die Menschen aus dem Gas zurückzubringen.

49
Der Westerbork

Max' Verhältnis mit Tsjallingtsje hatte im Laufe der Jahre den ruhigeren Charakter einer Ehe angenommen. Wenn sie zum Orgasmus kam, rief sie immer noch »O Gott! O Gott!«, aber aus ihrer Wohnung hatte sie ausziehen müssen, die Buchhandlung, über der sie gewohnt hatte, war von einem großen Verlagskonzern übernommen worden, der ihre Räume für die Lagerung heruntergesetzter englischer Kunstbände benötigte. Max hatte dafür gesorgt, daß sie in ein rustikales, an ein Hexenhäuschen erinnerndes Haus am Dorfrand von Westerbork ziehen konnte, in dem ein verdruckster Elektrotechniker aus Dwingeloo bis zu seinem Ruhestand junge Bauernburschen empfangen hatte. Dabei hatte Max auch das Ende von Groot Rechteren im Kopf gehabt und den Zeitpunkt, an dem Quinten aus dem Haus gehen und sich seine und Sophias Wege trennen würden. Hinten in dem verwilderten Garten stand ein Holzschuppen, der die gesamte Breite des Grundstücks einnahm und eigentlich viel zu groß war für den Platz, aber er konnte ihn zu einem Studio für sich umbauen lassen; in letzter Zeit hatte er sich manchmal dorthin zurückgezogen, wenn er ungestört arbeiten wollte. Mit Tsjallingtsje hatte er nie über Zukunftspläne gesprochen, und sie hatte auch nie etwas in diese Richtung angedeutet, aber da sie von seinem Versprechen wußte, das Kind seines Freundes aufzuziehen, der seit vier Jahren verschwunden war, wußte sie natürlich auch, daß danach eine neue Situation entstehen würde.

In Dwingeloo hatte sie von dem Reinfall mit dem VLBI gehört und vielleicht um ihn zu trösten den Tisch festlich gedeckt, in einem Kühler stand sogar Champagner. Sie trug einen grellroten Morgenmantel, der bis zum Boden reichte, wodurch sie noch größer wirkte, und obwohl sie gleich groß waren, umarmte sie ihn wie die Größere den Kleineren: sie mit den Armen um seinen Hals, er mit den Händen auf ihren hohen Hüften, was sofort eine Änderung seines chemischen Haushaltes zur Folge hatte.

»Du weißt wenigstens, was einem enttäuschten Forschergeist guttut«, sagte er und zog sein Jackett aus. Er ließ sich auf die Couch fallen, und mit einem Glas rosaroten Champagner erzählte er von dem weltweiten astronomischen Debakel, das Hunderttausende gekostet habe, vielleicht sogar Millionen. »Aber ist es nicht eigentlich wunderbar, daß so etwas möglich ist? Es hätten Tausende von Kindertagesstätten davon gebaut werden können, und wenn der Versuch geglückt wäre, hätte trotzdem kein einziger Mensch etwas davon gehabt. Daß das alles immer noch möglich ist, versöhnt mich ein wenig mit der Menschheit. Und es heißt auch, daß der Homo sapiens sapiens seiner neugierigen Kindheit noch nicht ganz entwachsen ist. Erst wenn die Kurzsichtigkeit endgültig durchschlägt und die Bedeutung der Dinge nur noch entsprechend ihrer Funktion für die unmittelbare Gegenwart angesehen wird, geht es den Bach hinunter. Hör mir bitte zu, ich rede wie gedruckt.«

»Du meinst, der Mensch muß über seine Nasenspitze hinausschauen.«

»In meinem Fall ist das eigentlich kaum möglich.«

Vielleicht war es auch ihre Art zu lachen, die ihm an ihr so gefiel. Er konnte sich nicht erinnern, Sophia je richtig lachen gesehen zu haben, und Ada eigentlich auch nicht; aber Tsjallingtsjes strenges Gesicht war immer drauf und dran, sich von einem Augenblick auf den anderen völlig zu verwandeln. Vielleicht war das Talent zu lachen genau das, worauf es im Grunde ankam, mehr als auf die Fähigkeit zu intellektuellen Kraftakten.

Als sie in der Küche war, warf er mit verschränkten Armen einen Blick auf die Abendzeitung, die halb zusammengefaltet neben ihm auf der Couch lag. Ohne sie in die Hand zu nehmen und aufzublättern, überflog er die Schlagzeilen, die vom Umschwung in Moskau handelten. Auch dort war offenbar eine Art Rotverschiebung im Gange – oder eher das Umgekehrte, eine politische Violettverschiebung: etwas bewegte sich mit großer Geschwindigkeit auf die Menschheit zu, da die Expansion des politischen Weltraums in eine Kontraktion umgekippt war. Er legte die Beine auf die Couch, und als er die Augen schloß, standen ihm sofort wieder die absurden

Meßergebnisse vor Augen. Vielleicht war es nur der Champagner, aber aus irgendeinem Grund hatte er plötzlich das Gefühl, daß dennoch ein Sinn darin enthalten war.

Bei Tisch fiel ihm auf, daß Tsjallingtsje wieder einmal über ihre Verhältnisse eingekauft hatte. Es gab Austern, zu denen sie wieder Champagner tranken, und als sie dann mit einem Rehrücken aus der Küche kam und ihm eine Flasche Volnay zum Entkorken gab, war er ganz sicher, daß etwas dahintersteckte.

»Heraus damit, Tsjal«, sagte er, während er mit ihr anstieß, »was ist es? Habe ich ein Datum vergessen?«

Über das Glas hinweg sah sie ihn an und schluckte, er spürte, daß es sie Mühe kostete, zu reden.

»Ich hoffe, daß du mir nicht böse sein wirst, Max, aber ich wünsche mir, daß es ein Datum gibt, das wir nicht vergessen werden.«

»Du sprichst in Rätseln.«

»Ich will ein Kind von dir.«

Regungslos erwiderte er ihren Blick. Wie ein Feuerpfeil durch ein offenes Fenster flogen die Worte in seinen Kopf. Er hatte schon hie und da vermutet, daß es sie beschäftigte, aber daß sie so unumwunden und bestimmt damit herausrücken würde, hatte er nicht erwartet. Und noch ehe er selbst wußte, wie seine Reaktion auf diese Mitteilung ausfallen würde, war er aufgestanden und hatte sich zu ihr gekniet, die Arme um ihre Taille und sein Gesicht in ihrem Schoß verborgen. Tsjallingtsje begann zu weinen. Sie nahm seine Hand und drückte ihre Lippen auf die Innenseite, während sie mit der anderen durch sein dickes graues Haar fuhr. Seine Gedanken überschlugen sich. Natürlich! So mußte es sein! Und es war, als ob in dem Tumult eine Stimme ununterbrochen wiederholte: »Alles wird zurechtgerückt! Alles wird zurechtgerückt!« Er wollte nachdenken, mit sich ins reine kommen, am liebsten wäre er auf der Stelle durch die Verandatür in den Garten gegangen.

Er sah sie an.

»Sei ganz ehrlich: Bist du schwanger?«

»Nein, natürlich nicht, wofür hältst du mich? Meinst du etwa, ich will dich erpressen? Aber ich möchte ein Kind von dir, auch

wenn du es nicht willst. Ich bin jetzt sechsunddreißig, und es wird
mit jedem Jahr kritischer, wie du vielleicht weißt. Wenn ich noch
ein paar Jahre warte, werden die Kinder mongoloid.«

»Ich kenne ein sehr nettes mongoloides Kind.« Da der rauhe
Kokosteppich langsam anfing, die Knie zu malträtieren, ging er in
die Hocke. »So also ist die Lage: ein Kind mit mir oder ohne mich,
aber auf jeden Fall ein Kind.«

»Ja.«

»Und wenn ich nun nicht gewollt hätte, was dann? Hättest du
dann einen anderen genommen?«

»Das weiß ich nicht. Und so etwas fragt man auch nicht.«

»Es ist dir natürlich klar, daß ich siebzig sein werde, wenn dein
Kind achtzehn wird?«

»Es gibt keinen idealeren Vater als einen Großvater, das weiß
doch jeder.«

»Nun gut, das wäre also klar.« Er stand auf, legte die Arme um
ihren großen Körper und küßte sie. »Laß dir morgen die Spirale
herausnehmen. Und dann wirst du natürlich auch heiraten wollen.«

»Das ist mir egal. Meinetwegen muß es nicht sein.«

»Und dein Vater, der Prediger?«

»Wenn du mich fragst, glaubt der schon lange nicht mehr an
Gott.«

»In was für einer Welt leben wir bloß?« rief Max mit einem Gefühl, als ob er Onno zitierte.

In einem Zug leerte er sein Glas und schenkte sich nach, und als
er wieder vor seinem Teller saß, besprachen sie die Konsequenzen
ihrer Entscheidung. Wenn alles gutging, würde Quinten nächstes
Jahr Abitur machen und vielleicht ein Studium anfangen, auch wenn
er nie etwas in dieser Richtung angedeutet hatte; und ungefähr zu
dieser Zeit wäre dann auch ihr Kündigungsschutz im Schloß abgelaufen. Sophia hatte sich nie über ihre Pläne danach geäußert, aber
so wie er sie kannte, wußte sie längst, was dann anstehen würde.

»Trink nicht so viel«, sagte Tsjallingtsje und stellte eine neue Flasche auf den Tisch.

»Und ob ich viel trinke. Ich habe sogar vor, heute abend eine ganze Menge zu trinken. Ist dir eigentlich klar, daß auch ich zum ersten Mal Vater werde, wenn's klappt?« Mit beiden Händen rieb er sich das Gesicht. Plötzlich hatte sich die Welt verändert. Die ganzen siebzehn Jahre, die er mit Sophia und Quinten verbracht hatte, schienen plötzlich wie von einem Windhauch weggeblasen zu sein. Alles fing wieder von vorn an, aber jetzt solider, eindeutiger. Er stand auf und schwankte leicht.

»Möchtest du keinen Kaffee?«

»Sei mir nicht böse, aber ich muß einen Augenblick allein sein. Ich geh kurz in den Schuppen.«

»Jetzt in den Schuppen? Du bist einigermaßen angesäuselt, Max, warum gehst du nicht nach oben?«

»Laß mich nur.«

Er küßte sie auf die Stirn, machte die Tür auf und ging mit der Flasche und dem Glas in den Garten. Es war schon dunkel, und über den Bäumen stand der Mond in seinem dritten Viertel. Auf halbem Wege stützte er sich kurz mit dem Flaschenboden auf den riesigen Findling, der sich aus der Erde hochgearbeitet hatte und ihm bis zur Taille reichte; als er sich wieder in der Gewalt hatte, machte er im Schuppen Licht und ließ sich unter der nackten Glühbirne mit einem Seufzer in den verschlissenen Korbstuhl sinken. Die Tür ließ er offen. Irgendwann war dieser Raum vielleicht als Lager oder als Werkstatt benutzt worden, vielleicht hatte in Tsjallingtsjes Haus einmal ein Zimmermann gewohnt. In Augenhöhe befanden sich einige Fenster.

Er schenkte sich ein und wunderte sich amüsiert über die Rätselhaftigkeit des Daseins. Es war, als ob Tsjallingtsjes sechs Wörter seinem Leben einen neuen Impuls gegeben hätten. Seit er ›im Dienste‹ Onnos mit Quinten und Sophia auf Groot Rechteren wohnte, hatte sein ureigenes Leben nur noch in den Kategorien der Vergangenheit existiert, doch jetzt, schien ihm, war er um hundertachtzig Grad gedreht worden und stand plötzlich mit dem Gesicht zur Zukunft, wo er zwar nichts Konkretes unterscheiden konnte, da es sie ja noch nicht gab, wo aber dennoch irgendwo etwas da war wie

eine dunkle Raum-Zeit voller wimmelnder Möglichkeiten. Mit
einem Schlag hatte Tsjallingtsje das Ende einer verzwickten Konstellation eingeläutet, in der er siebzehn Jahre lang gelebt hatte. Ein
Baby in einem Laufstall. Quintens Laufstall und das zerlegte Kinderbett mußten noch irgendwo im Keller stehen. Ihm war, als ob
die Aussicht auf ein Kind, das ohne Zweifel von ihm sein würde,
Quinten nun endgültig zu Onnos Sohn machte. In der Zeitung
hatte er gelesen, daß es seit kurzem möglich sei, die Vaterschaft
durch eine DNS-Untersuchung zweifelsfrei festzustellen, aber
seine diesbezüglichen Ängste waren seit langem verschwunden.
Äußerlich hatte Quinten weder Ähnlichkeit mit Onno noch mit
ihm, nur an Ada, an die Ada vor dem Unfall, hatte er sich manchmal erinnert gefühlt, wenn er Quinten unbemerkt beobachtete,
dessen geisteswissenschaftliche Interessen ohnehin viel stärker in
Onnos Richtung zeigten als in seine. Daß Musik ihm wenig zu sagen schien, bestätigte das nur, er hatte nicht einmal eine Stereoanlage in seinem Zimmer. Vielleicht ähnelte dieser unbegreifliche
Junge überhaupt niemandem. Als das reglose, langsam eingehende
Häufchen Elend im Krankenhausbett vor seinen Augen auftauchte, rieb er sich mit beiden Händen das Gesicht, als klebe das
Bild auf der Haut. Er nahm einen Schluck und hatte das Gefühl,
jetzt endlich imstande zu sein, der Existenz dieser lebenden Toten
eigenhändig ein Ende zu machen. Aber wie? Mit einem Messer?
Und warum nicht mit einem Messer? Warum, fragte er sich, würde
sofort ein Aufschrei des Entsetzens durch die Welt gehen, wenn
sich herausstellte, daß in irgendeinem Krankenhaus die todge-
weihten Patienten im Keller mit einer Guillotine geköpft wurden? Oder in einem Hof mit einem Genickschuß? Nur weil das an
Hinrichtungen erinnerte? Oder weil dadurch allzu deutlich
würde, daß töten töten war und eben nicht etwas wie ›entschla-
fen‹? Vielleicht war letztlich alles eine Frage der Wörter? Die Deutschen hatten den Massenmord an den Juden *Endlösung* genannt.
Was war schöner als die Endlösung von etwas, das endgültige Ergebnis, die entscheidende restefreie Lösung? Es war fast so etwas
wie die *Theory of Everything* der Physiker. Mit halbgeschlossenen

Augen sah er das rostige Rot in seinem Glas und dachte an Onno. Darüber würde er jetzt gerne mit ihm reden, über die Sprache als Tarnung der Realität. Vermutlich würde er das als zu abgegriffen sofort von der Hand weisen und für pubertierende Jünglinge reservieren wollen, dann aber doch einige unerwartete Dinge zum besten geben. Wo war Onno? Was machte er in diesem Moment? Dachte er jetzt vielleicht auch an ihn? Vielleicht. Vielleicht aber auch nicht. Vielleicht hatte er alle vollkommen aus seinem Gedächtnis verbannt – nicht nur ihn, sondern auch Quinten und Ada und Sophia. Vielleicht lebte er gar nicht mehr. Vielleicht war er irgendwo auf Kreta in eine Höhle gekrochen, wo man in fünfzig Jahren seine Knochen finden und sie zunächst für die des Schreibers des Diskos von Phaistos halten würde, bis man mit der C_{14}-Methode feststellte, daß es sich hier leider nur um einen niederländischen Politiker vermutlich kalvinistischer Herkunft handle.

Tsjallingtsje hatte ohne Licht zu machen den Fernseher eingeschaltet, der Widerschein des Bildes flackerte durch das Zimmer, als ob es ständig kleine Explosionen gäbe. Er hatte das Gefühl, daß er sie jetzt eigentlich nicht allein lassen sollte, aber er wollte noch einen Moment nachdenken, oder besser: sich auf seinen Gedanken weitertreiben lassen wie auf einer Luftmatratze im Meer. Zu Hause saß jetzt auch Sophia allein in ihrem Zimmer und sicher auch Quinten in dem seinen, jeder saß allein in seinen vier Wänden. In letzter Zeit machte er sich manchmal Sorgen um Sophia: Sie saß oft stundenlang reglos in ihrem Stuhl, stierte vor sich hin und hatte die Hände in den Schoß gelegt. Wenn er dann eine Bemerkung dazu machte, schreckte sie auf und sah ihn verwundert an. Von seinen Urlaubsreisen her erinnerte er sich an französische und italienische Familien, die abends an langen Tischen unter würdigen, verwachsenen Olivenbäumen zusammensaßen und selbst wie Bäume waren, mit steinalten Urgroßvätern und Urgroßmüttern und all ihren Verzweigungen und Verästelungen, den Kindern, Enkeln, Urenkeln, Neffen, Nichten und unzähligem, angeheiratetem Volk, bis hin zu den Säuglingen an der Brust, die Tische über und über beladen mit Speisen und Wein: das alles kannte er nicht. Nur in

Onnos Verwandtschaft gab es das, wenn auch in kleinerem holländischem Rahmen. Aber diese Urlaubsreisen lagen lange zurück, in Zeiten des verhängnisvollen Sportwagens. Seit er mit Quinten und Sophia auf dem Schloß lebte, waren sie selten ins Ausland gefahren, alle paar Jahre einmal nach Südfrankreich oder Spanien, aus einer Laune heraus, wenn das Wetter Anlaß dazu gab. Schöner als auf Groot Rechteren konnte es ohnehin nirgends sein. Er selbst hatte kein Bedürfnis mehr zu reisen, jedes Jahr mußte er einige Male zu einer Konferenz irgendwo auf der Welt und freute sich jedesmal, wenn er wieder zu Hause war. Vielleicht hatte es auch damit zu tun, daß er nie bis zur Spitze der internationalen Astronomenszene hatte vordringen können. Er kannte zwar jeden, und jeder kannte ihn und schätzte seine Arbeit, aber während des offiziellen Abschlußdiners saß er dennoch nie an dem runden VIP-Tisch beim Bürgermeister oder Minister wie sein Kollege Maarten Schmidt von CalTech.

Während er sich wieder einschenkte und ein Auge zukniff, um nicht das Glas zu füllen, das gar nicht dastand, dachte er an seine erste Fahrt in den Süden, einige Jahre nach dem Krieg. Der überwältigende Eindruck, den das Licht dort auf ihn gemacht hatte, und die Farbe des Mittelmeeres, die er später im Blau von Quintens Augen wiederfand! In seinem Studentenzimmer in Leiden hatte er diese Farben manchmal kurz nach dem Aufwachen, aber noch bevor er die Augen öffnete, gesehen, aber sobald er sie aufschlug, waren sie von einem grauen holländischen Morgen verschluckt worden. Als er zum zweiten Mal an der Riviera war, hatte er sich etwas ausgedacht, um diesen Schock wiedergutzumachen. Beim Aufwachen dort stellte er sich mit geschlossenen Augen vor, wieder in dem verregneten Leiden zu sein, wo seine Erinnerung an das mediterrane Bild mit dem allerersten Blick vernichtet werden würde. Wenn er sie dann aber tatsächlich öffnete, war es wirklich da! Das Meer aus Lapislazuli: ein glückseliges Wunder! Unmittelbare Bewegung, schneller als Licht! Das Meer –. Nachts war das Meer schwarz – aber daran wollte er jetzt nicht denken. Wie hieß sie noch? Marilyn. Ihre Maschinenpistole. Gott und die Erfindung

der Zentralperspektive; der Fluchtpunkt, durch den seit dem fünfzehnten Jahrhundert nichts mehr hindurchkam, weder von der
einen noch von der anderen Seite. Sie mußte jetzt um die Vierzig
sein und war mit Sicherheit schon längst wieder in den Vereinigten
Staaten, irgendwo in einem Provinznest, wo sie als Kunstge-
schichtslehrerin und Mutter dreier Kinder lebte und mit einem
Anwalt verheiratet war, den der Schlag treffen würde, wenn er etwas über ihre revolutionäre Vergangenheit erführe. Plötzlich kam
ihm in einer noch ferneren Vergangenheit das Schlafzimmer seiner
Mutter in den Sinn: die offenen Schubladen und Schränke, ihre
Kleider in einem Haufen auf dem Boden. Es würde nie aufhören.
Wie Onno immer sagte: Verwandtschaft währt am längsten. Tsjallingtsje wußte nichts von alldem, vielleicht wäre es an der Zeit, ihr
langsam etwas über den Großvater und die Großmutter ihres Kindes, das sie von ihm haben wollte, zu erzählen. Wie sollte es überhaupt heißen? Octave? Octavia? Nach Onnos Eins-zu-zwei-Theo-
rie des einfachsten konsonanten Intervalls? Das Geschlecht schien
man ja heutzutage bereits während der Schwangerschaft mit Ultra-
schallecho feststellen zu können, und das mit einem ganz ähnlichen Prinzip, das Quinten für sein Historioskop benötigte. Es
würde natürlich ein Mädchen, da war er sich ganz sicher. Er sah
durch die offene Tür zum Haus. Der Fernseher lief nicht mehr,
und oben im Schlafzimmer brannte Licht. Sie las wohl noch, *Die
Brüder Karamasow*, die er ihr verordnet hatte, und wartete auf ihn.

Langsam sank sein Kopf vornüber, und seine Augenlider schlossen sich kurz. Mit einem Ruck kam er wieder zu sich und seufzte
einige Male tief. Er schenkte sich nach, lehnte sich mit dem Hinterkopf an die Rückenlehne und schaute durch den Schuppen hinaus.
Es kam ihm vor, als spüre er sein Leben wie ein großes Ding, um
das er seine Arme legen konnte wie um einen viel zu großen Hund
auf dem Schoß. Alles nahm ständig zu, alles wurde immer komplizierter, war wie eine Eichel, die einen winzigen symmetrischen
Keimling austrieb, der zu einer knorrigen Eiche heranwuchs, die
in nichts an ihren fast geometrischen Ursprung erinnerte. Obwohl
sie doch diesen Ursprung, diese Form gehabt hatte. Wie konnte

das eine in das andere übergegangen sein? Und wenn das nicht zu
erklären war, wie konnte dieser Übergang dann überhaupt stattgefunden haben? Die Probleme, überlegte er, lagen nicht in dem, was
geschah, denn das war einfach das, was eben geschah, sondern in
dem, wie dieses Geschehen denkbar war. Das Weltall war aus
einem homogenen Ursprung entstanden – wie konnte es dann jetzt
so aussehen, wie es aussah, mit einer Verteilung der Sternensy-
steme, die so war, wie sie war, und nicht anders? Warum war nicht
alles homogen geblieben? Warum war die Erde anders als die
Sonne? Und die Sonne anders als ein Quasar? Wie konnte hier ein
Stuhl stehen und dort eine Harke liegen? Wie konnte er selbst existieren und anders sein als Onno? Wie konnte er jetzt etwas anderes denken als vorhin, und nachher wieder etwas anderes als jetzt?
Was war unterdessen passiert? Oder war der Ursprung vielleicht
doch nicht homogen gewesen? Natürlich kannte er die Theorien
über die initiellen Quantensprünge, aber erklärten die den Unterschied zwischen ihm und Onno? Er betrachtete die Bretter des
Schuppens, die alle ähnlich aussahen, weil sie so zurechtgemacht
worden waren. Aber sie waren nicht alle gleich: das eine war etwas
breiter als das andere, etwas dunkler, etwas heller, und eines sah
aus, als ob etwas hineingekerbt worden war. Er kniff die Augen zusammen, konnte aber nicht erkennen, was es war. Da er fand, daß
er es herausfinden mußte, erhob er sich stöhnend aus dem Stuhl.
Es waren Buchstaben und Zahlen, dünn und fast unleserlich; er
lehnte sich mit einer Hand gegen das Brett und legte die andere
über ein Auge.

Gideon Levi. 8.3.1943.

Er stützte sich auch mit der anderen Hand am Brett ab und ließ
erschöpft den Kopf hängen. Der Schuppen stammte aus Westerbork. Vor zweiundvierzig Jahren hatte ein Junge das wahrscheinlich mit dem Taschenmesser eingekerbt. Nachdem er im Gas umgekommen war, hatte jemand den Schuppen gekauft und hier in
seinem Garten aufgestellt. Durch das kleine Fenster, das er jetzt
einordnen konnte, sah er das Haus. Er wollte Tsjallingtsje davon
erzählen und sagen, daß der Schuppen gleich morgen abgerissen

werden müsse, aber im Schlafzimmer war kein Licht mehr. Auf
den Giebel fiel blaß das Licht des Mondes. Er schaute sich um. Der
Raum war zu klein, um als Wohnbaracke gedient zu haben, vielleicht war es eine Schule gewesen, oder das Nähzimmer. Vielleicht
hatte man seine Mutter hier arbeiten lassen. Indem er hier und dort
Halt suchte, tastete er sich zurück zum Stuhl, ließ sich hineinfallen
und hielt die Flasche umgekehrt über das Glas.

Dann mußte er eingeschlafen sein, denn er wachte plötzlich auf,
weil er fror und es im Schuppen feucht geworden war; trotzdem
stand er nicht auf, um die Tür zu schließen. Es war nach zwölf, und
er wußte, daß er betrunken war und ins Bett gehen sollte, aber er
hatte auch das Gefühl, sein Hirn könne unter oder hinter der Trunkenheit ungehindert arbeiten – vielleicht sogar ungehinderter als
in nüchternem Zustand. Mit geschlossenen Augen wippte er im
Stuhl vor und zurück und dachte an den Computerausdruck von
heute nachmittag. War das Ergebnis wirklich so unsinnig? Er hatte
die Seiten genau vor Augen, als hätte er sie tatsächlich vor sich liegen. Und plötzlich war es, als ob ihm ein großes Licht aufginge: Er
begriff alles! In einem unteilbaren Augenblick war alles zusam-
mengekommen – aber was war es? Er wußte die Antwort, aber es
schien, als ob sie ebenso schwer zu entwirren sei wie die Frage
selbst. Die sogenannte unendliche Geschwindigkeit von MQ 3412
war kein Fehler, wie alle seine Kollegen auf der ganzen Welt jetzt
annahmen, sondern offenbarte eine Konstellation, an die keiner
gedacht hatte! Es war wie mit der Entdeckung des Penicillins
durch Fleming: Sein Assistent hatte eine Petrischale mit einer Sta-
phylokokkenkultur beiseite gestellt, um sie in den Mülleimer zu
werfen, weil sie verschimmelt war; als Fleming aber nochmals genau hinsah und feststellte, daß die Bakterien nicht das Penicillium
angegriffen hatten, sondern im Gegenteil das Penicillium die Bakterien, rettete das Millionen von Menschen das Leben und brachte
ihm den Nobelpreis ein. Den Nobelpreis! Es gab keinen Nobelpreis für Astronomie, wohl aber für Physik. Seine Gedanken
schweiften ab nach Stockholm, wo er im Frack auf der Bühne in
dem Kreis mit dem N stehen würde, mit der goldenen Medaille um

den Hals, aus der Hand des Königs – oder zumindest würde er die Ehrendoktorwürde verliehen bekommen, in Uppsala –

Er schob seine Spinnereien beiseite und zwang sich, seine Entdeckung so genau wie möglich zu durchdenken. Die vermeintliche unendliche Geschwindigkeit wies auf eine perspektivische Verzerrung hin! Es war wie mit dem Fluchtpunkt: Am Horizont liefen die Schienen zusammen, kein Zug käme da durch, er würde in diesem Punkt entgleisen, vernichtet – und auf der anderen Seite gab es nichts mehr. Und dennoch fuhren die Züge weiter, sowohl von der einen als auch von der anderen Seite. Quasar MQ 3412 war gar kein Quasar! Oder vielleicht war es doch ein Quasar, aber jeder hielt ihn für etwas anderes, weil sich in einer geodätisch geraden Linie dahinter und von ihm verdeckt ein anderes Objekt befand, das noch viel weiter entfernt war. Vielleicht enthielt es kein schwarzes Loch, sondern die Ursingularität selbst: den Punkt am Firmament, an dem der Big Bang noch sichtbar war! Vielleicht hatte der VLBI letzte Nacht Signale empfangen, die von der anderen Seite her diesen Fluchtpunkt durchquert hatten – oder besser: den Erscheinungspunkt! Auch schwarze Löcher, aus denen theoretisch keine Information dringen konnte, erwiesen sich bei näherem Hinsehen als durchlässig wie ein Sieb. In einer negativen Raum-Zeit waren plötzlich all diese Unendlichkeiten, auf die die Theoretiker in ihren mathematischen Beschreibungen ständig stießen, sichtbar geworden. In weniger als einer 10^{-43}stel Sekunde nach dem Moment 0, der Planckzeit, war das hypermikroskopische All ein theoretisches Irrenhaus; für den Moment Zero ergaben die Berechnungen ein paradoxes All mit einem Umfang von Null, einen mathematischen Punkt also, und zugleich mit einer unendlichen Dichte, einer unendlichen Krümmung der Raum-Zeit und unendlich hoher Temperatur. Dort brachen sowohl die allgemeine Relativitätstheorie als auch die Quantentheorie zusammen. Alle waren sich darüber einig, daß eine neue, übergreifende Theorie nötig war, um weiter darüber reden zu können; das Auftauchen von Unendlichkeiten wurde immer schon als Zeichen dafür gewertet, daß theoretisch irgend etwas grundsätzlich nicht stimmte, aber es gab sie, diese Theorie, tatsächlich, und vor vierundzwanzig Stunden war sie wahrgenommen worden! Nur dachte keiner daran, die Phänomene so zu interpretieren: die gesamte Kosmologie war das Opfer einer Sinnestäuschung! Und es wäre doch absurd, wenn der Anfang des Alls *nicht* mit Unendlichkeiten einherginge. Wenn etwas aus nichts entstand, so war das doch eine vollkommen andere Sache, als wenn etwas aus etwas anderem entstand – das Unbegreifliche war doch gerade die *Essenz* der Tatsache, daß die Welt existierte, und nicht, daß sie nicht existierte! Er richtete sich auf. Und jetzt schlafen, und morgen sofort alles ausarbeiten und veröffentlichen, ehe ein anderer dieselbe Idee haben würde.

Statt aufzustehen hielt er die Flasche noch einmal über das Glas. Da nichts mehr herauskam, wollte er sie irgendwo abstellen, aber sie fiel ihm aus der Hand. Er streckte den Arm aus, um sie zu fassen, aber weiter kam er nicht. Das Kinn sank ihm auf die Brust. Dann schoß ihm durch den Kopf, daß seit einigen Monaten eine neue physikalische Theorie für Aufregung sorgte, die möglicherweise Quantentheorie und Relativitätstheorie miteinander versöhnen würde: die große Unifikation – die lang gesuchte Theorie von allem! Im Sommer würde zu diesem Thema in Bari eine große Konferenz stattfinden – sollte er da nicht hingehen? Bisher hatten Elementarteilchen wie Elektronen immer als punktförmig gegolten, nulldimensional, was bedeutete, daß ihre Energie und damit auch die Masse in diesem Punkt unendlich groß waren, merkwürdigerweise jedoch hatte sich niemand je sonderlich um diese Unendlichkeiten gekümmert, doch mittlerweile wunderte er sich nicht mehr über solche Inkonsequenzen: in der Wissenschaft war es nicht anders als in der Politik. Die neue Theorie ging davon aus, daß Elementarteilchen nicht null-, sondern eindimensional seien: superkleine Saiten in einer zehndimensionalen Welt. Nicht nur die Teilchen, auch die vier fundamentalen Grundkräfte und siebzehn Naturkonstanten könnten aus dem Schwingungszustand von ansonsten völlig identischen Saiten abgeleitet werden. Saiten! Das Monochord! Pythagoras! Kam die Wissenschaft wieder dahin, wo sie begonnen hatte? War das Wesen der Welt die Musik? Adas Bild

erschien vor seinen Augen, das Cello zwischen den gespreizten
Beinen. »Das Wesen aller Dinge sind Zahlen«, hatte Pythagoras
gesagt. Die Zehn war für ihn die heilige Zahl, nachzählbar an den
eigenen Fingern, ebenso wie die Zehn Gebote und die zehn Dimensionen der Supersaitentheorie. Die Zehn war »die Mutter des
Universums«, und er erinnerte sich an etwas, das er als Junge gelesen hatte: an Pythagoras' mystische Tetractys, die Vierfältigkeit,
die symbolische Abbildung des Spruchs »Eins, zwei, drei, vier«,
mit dem seine Jünger ihren Eid ablegten:

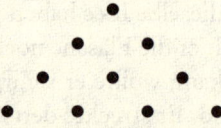

Als rechtschaffener Grieche, dachte Max, wollte Pythagoras natürlich nichts von vollendeten Unendlichkeiten wissen, obwohl er mit
seinem berühmten Satz auf die irrationalen Zahlen gestoßen war,
aber er, Max, brauchte sie jetzt, um die Werte des VLBI zu interpretieren, und das hieß, die Entstehung der Welt. Der Big Bang als
unendliche Musik! Plötzlich hob er den Kopf und öffnete kurz die
Augen. Da die Helligkeit ihn störte, stand er schwankend auf,
machte das Licht aus und ließ sich wieder in seinen Stuhl fallen.
　War es möglich, daß es die mathematischen Grundlagen dazu
schon gab? Als Einstein eine nichteuklidische, vierdimensionale
Geometrie für seine gekrümmte Raum-Zeit brauchte, stellte sich
heraus, daß sie bereits vor Jahrzehnten von Gauß und Riemann
entwickelt worden war. Wenn die Welt in erster und letzter Instanz
realisierte Unendlichkeit war, konnte er vielleicht Cantor zu Rate
ziehen, den Begründer der Mengenlehre. Cantor! Der Sänger! Als
Student hatte er sich eine Zeitlang mit dessen schockierender
Theorie der transfiniten Kardinalzahlen beschäftigt, der unendlichen Zahl aus vollendet unendlichen Zahlen, aber das war lange
her. Er erinnerte sich an das Schwindelgefühl, das ihn bei seinem
Besuch in der schauerlichen orphischen Schola Cantorum ergrif-

fen hatte: seine Alephs, Aleph-0, Aleph-1, sein Absolut Unendliches. Er mußte sich sofort wieder damit beschäftigen, zugleich aber mächtig aufpassen, denn Cantor war darüber wahnsinnig geworden. Da er sich für den Mann, der sich in solche Regionen gewagt hatte, brennend interessierte, hatte er eine Biographie über ihn gelesen, an die er sich besser erinnern konnte als an seine Theorie. Cantor war regelmäßig in eine Anstalt eingeliefert worden und hatte ursprünglich Musiker werden wollen, Geiger, aber Gott selbst, ließ er verlauten, habe ihn gerufen und ihm seine Lehre offenbart. Wie für Pythagoras war die Mathematik für ihn zugleich Metaphysik: alle Zahlen waren Dinge. Er war paranoid und litt an schweren Depressionen, interessierte sich für die Theosophie, die Freimaurerei und die Lehre der Rosenkreuzer, schrieb ein Pamphlet, in dem er nachwies, daß Christus der natürliche Sohn Josefs von Arimatäa war, hielt Vorlesungen über Bacon und bewies ›unwiderlegbar‹, daß der und niemand anderer es gewesen sei, der die Stücke Shakespeares geschrieben habe.

Max hatte die Augen im Dunkeln nun weit geöffnet. Immer wieder setzte er das leere Glas mechanisch an den Mund und stellte es wieder ab; es schien, als nähmen die Alkoholnebel in der Dunkelheit ab, aber zugleich wußte er, daß das nicht stimmte. Er sah plötzlich eine enervierende Zeichnung aus einer noch ferneren Vergangenheit vor sich und erinnerte sich sofort, woher sie stammte: aus der Übersetzung eines populären Buches von Gamow, *One, Two, Three… Infinity*, das er mit siebzehn Jahren gelesen hatte und das an seinem Entschluß, Astronom zu werden, nicht ganz unschuldig war. Gamow, so hatte er später gelernt, war der erste gewesen, der die Theorie des Big Bang wissenschaftlich akzeptabel gemacht und 1948 dessen Echo vorhergesagt hatte. Die kosmische Hintergrundstrahlung, die 1964 gemessen wurde, hatte diese Theorie definitiv bestätigt. Eine Zeichnung dieses Gamow zeigte die topologische Verformung eines Mannes, der auf der Erde wandelte und den Sternenhimmel bewunderte: alles war von innen nach außen gestülpt. Die Organe, die normalerweise in einem vom Universum umgebenen Körper eingeschlossen waren – mit lediglich einem Durchgang vom Mund über den Magen-Darm-Trakt zum After –, waren bei Gamow nach außen gestülpt: Eingeweide erstreckten sich als Ausgeweide ins Unendliche, während das All mit seinen Planeten und Sternen und Spiralnebeln zum Inneren des Mannes geworden war, in dem er selbst noch immer mit dem nach innen gekehrten Äußeren auf der Erde wandelte und es mit staunenden Augen bewunderte. Wer war dieser verflixte Mann? Er, Max, wie er durch den Erscheinungspunkt in die negative Raum-Zeit auf der anderen Seite des Big Bang schaute? Gott? Oder vielleicht eine Frau? War es Ada mit dem Geschwür in ihrem Bauch, das Quintens Platz eingenommen hatte? Oder seine eigene Mutter, mit ihm in ihrem Bauch? Die Mutter des Universums – Ada und Eva – Frauen – nur Frauen –

Er hatte wieder geschlafen. Als er aufwachte, fühlte er sich müde und glücklich. Er war nun über fünfzig und beschäftigte sich immer noch mit denselben Dingen, für die er sich schon als Siebzehnjähriger interessiert hatte. War in seinem Leben so wenig passiert? Falsche Frage. Es gab keinen Bruch wie bei Onno, und der Junge, der er gewesen war, brauchte sich des erwachsenen Max nicht zu schämen. Er stand auf und dachte wieder an das Kind, das Tsjallingtsje von ihm wollte. Natürlich: Octavia! Diese Nacht würde er sie wohl kaum zeugen, dazu war er erstens zu betrunken, und zweitens saß in der Gebärmutter noch die Spirale. Er machte die Tür auf und blieb mit der Klinke in der Hand stehen. Wo war Onno? Wer war Onno geworden? Wie war es möglich, daß er sich ganz und gar von dem Kind zurückziehen konnte? Und der arme Quinten – wer war für ihn jetzt weiter weg, seine Mutter oder sein Vater?

Das Haus war dunkel, und der Garten lag still im Mondlicht. Janáček, dachte er. *Ein Märchen.* Er zwang sich, nicht zu sehr zu torkeln, ging zum Findling und setzte sich, um eine Pause einzulegen. War es Unsinn, was er sich da zusammengesponnen hatte? Hatte der VBLI wirklich die Ursingularität gesehen, vielleicht sogar quer hindurchgeschaut in eine andere, zeitlose Welt, die größer war als das All? Hatte er etwas vergessen? Wie betrunken war er eigentlich? Wie konnte bewiesen werden, daß das alles *nicht* so war? Und wenn es so war, mußte dann nicht auf jeden Fall eine gigantische Rotverschiebung aufgetreten sein – die so groß war, daß keiner daran dachte? Das Maximum, das bisher gemessen worden war, beim OQ 172, hatte einen Wert von 3.53 gehabt; dort war die Lyman-Linie in das sichtbare Licht geraten. Bei MQ 3412 wurde jetzt irgendwo zwischen 4 und 5 gesucht, aber vielleicht mußte man auf 20 gehen oder auf 50. Oder auf 100! Wer nur bis fünf zählen konnte, würde dort nie suchen, nicht einmal Maarten. Wo war man mit einer solchen Rotverschiebung? Er versuchte es auszurechnen, irgendwo im Kurzwellenbereich vermutlich. Vielleicht hatte irgendein Funkamateur einmal eine singulare Stimme aufgefangen: »Ich bin der Herr dein Gott!« und dann gelangweilt weitergedreht, weil er geglaubt hatte, es mit einem Äthersonderling zu tun zu haben! Das war offenbar kein zweiter Moses gewesen!

Max hob die Arme, legte den Kopf in den Nacken und begann laut zu lachen.

Der dröhnende Knall, mit dem im selben Augenblick ein blendendweißer Feuerball wie eine Rakete aus dem Himmel den Stein traf, auf dem er saß, versengte alle Bäume und Pflanzen im Garten, zersplitterte die Fenster von Tsjallingtsjes Haus, die Vorhänge fingen Feuer, und schreckte das ganze Dorf aus dem Schlaf. Überall begannen Hunde zu bellen, Hähne krähten, in Panik wurden in der ganzen Umgebung Lichter angemacht, und aus den Fenstern riefen die Leute einander zu, daß es ganz nach einer Gasexplosion geklungen habe. Am nächsten Tag stellte man fest, daß sogar Teile des Findlings verdampft waren. So kam Max schließlich doch noch in die Weltpresse, wenn auch nicht aufgrund seiner kosmologischen Vermutungen, denn die blieben unbekannt, sondern dank des unglaublichen Zufalls, daß er genau an der Stelle gesessen hatte, wo er gesessen hatte. Vermutlich teilte er sein Schicksal nur mit einem Franziskanermönch aus dem siebzehnten Jahrhundert in Mailand. Der Volltreffer hatte von dem unglückseligen Astronomen weniger übriggelassen als das Aufeinanderschlagen zweier Feuersteine von einer Ameise. Fachleute gingen davon aus, daß der

Meteorit faustgroß gewesen sein mußte. Es wurden jedoch nur
winzige Fragmente gefunden, aus denen man schloß, daß es sich
vermutlich um einen Steinmeteoriten gehandelt habe, einen
Achondriten, der gut vier Milliarden Jahre alt sei und vermutlich
aus dem Gebiet zwischen Mars und Jupiter stamme. Nach internationalem Brauch wurde der Himmelskörper nach dem nächstlie-
genden Postamt benannt: *Der Westerbork.*

50
Der Entschluß

Vier Tage später wurde bei der Beerdigung auf dem Friedhof Westerbork Janáčeks *Märchen* gespielt. Quinten wagte nicht zu fragen, was sich in dem Sarg befand, der in die Erde eingelassen
wurde. Eingekeilt zwischen Astronomen und Technikern, sah er
Sophia Arm in Arm mit Tsjallingtsje am Grab stehen.

Zu Ostern wurden Sophia und er von Theo und Selma Kern
zum Essen eingeladen. Sophia hatte den Wein besorgt, und als sie
um eine große Schüssel *Pot au Feu* mit Meerrettich saßen, unterhielten sie sich über das riesige Osterfeuer, das der Baron früher jedes Jahr auf dem Gelände bei Klein Rechteren angezündet hatte.
Kern meinte, der Grund dafür, daß diese Tradition nach seinem
Tod von niemandem fortgesetzt worden sei, liege darin, daß es in
der Gegend keinen Landadel mehr gebe, der sei nur noch weiter
südlich zu finden, in Overijssel und in Gelderland. Gevers sei sozusagen der nördlichste Edelmann gewesen. Da die alte Baronin
unlängst mit Rutger und seinem Vorhang von gut hundert Quadratmetern zu ihrer Tochter nach Den Haag gezogen sei, die dort
einen gutgehenden Schönheitssalon habe, werde der Pöbel demnächst auch auf Klein Rechteren erscheinen und es herunterkommen lassen.

»Ich bin ein einfacher Mann aus dem Volk«, sagte er, »meine Großmutter war noch Wasser- und Feuerfrau in Utrecht und hatte Sand auf dem Fußboden, aber wenn ich zwischen Adel und Geldgesindel wählen soll, brauche ich nicht lange zu überlegen. Der Adel ist natürlich auch Pack, alle sind Pack, aber die Leute haben wenigstens Stil.«

»Du wirst alt, Theo«, sagte Selma.

»Und ob. Und das ist auch gut so.«

Quinten sah ihn an. Wie ein knorriger, eingeschneiter Tannenzapfen saß der Bildhauer in seinem Stuhl; der nackte rechte Fuß lag auf einem Schemel, der Knöchel war geschwollen, und die Haut hatte sich violett verfärbt, als wäre Kern in einen Topf mit Brombeeren gestiegen. Hatte der Adel Stil? Quinten dachte an die Mütze von Herrn Roskams Vater, die dieser auf Geheiß von Rutgers Großvater hatte begraben müssen. Ja, das war vielleicht Stil, allerdings ein sehr eigenwilliger. Andererseits hatte ihm der Baron eine Menge Geld vermacht, weil er das Grab von Deep Thought Sunstar gepflegt und Rutger das Weben beigebracht hatte. Vielleicht dachte die Aristokratie ja wirklich, daß es zwei Arten von Menschen gab: auf der einen Seite sie selbst, mit der Königin an der Spitze, und auf der anderen die einfachen Bürger. Darüber hätte er sich jetzt gerne mit seinem Vater unterhalten.

»Erinnerst du dich noch an die Ostereier«, fragte Selma, »die ihr, Arendje und du, immer unter den Rhododendren gesucht habt?«

Wie könnte er so etwas je vergessen! Sofort spürte er wieder die Zweige auf seinem Rücken, als er durch das feuchte Laub gekrochen war, in dem hier und dort etwas Buntes aufgeleuchtet hatte, vollkommen geformt wie der erlösende Einfall, wenn er über etwas nachdachte. Die Aufregung, Arendje könnte mehr Eier finden als er –

»Die schönsten habe ich immer aufgehoben«, sagte Sophia. »Soll ich sie holen?«

Als sie aus dem Zimmer gegangen war, sagte Theo zu Selma:

»Weißt du, was Max mir einmal gesagt hat? ›Ein Huhn ist das Mittel, mit dem ein Ei das andere hervorbringt.‹ Ich weiß nicht mehr, in welchem Zusammenhang, aber den Satz habe ich nie vergessen.«

»Der arme Max –«, seufzte Selma.

Kurz darauf stellte Sophia ein großes altmodisches Bonbonglas mit breitem Hals und Schraubverschluß auf den Tisch. Als sie erzählte, das Glas stamme noch aus der Hinterlassenschaft ihrer Mutter, starrte Kern auf den bunten Inhalt und schien seiner Rührung kaum Herr zu werden.

»Die sind Stück für Stück hier in diesem Zimmer bemalt worden, Kuku«, sagte er, »als ihr schon im Bett gelegen habt. Von uns allen hier im Schloß.«

Nachdem Selma den Tisch abgeräumt hatte, legte Sophia die Eier behutsam auf den Tisch. Quinten wußte nicht, daß sie sie aufgehoben hatte, aber er erkannte seine Funde fast ausnahmslos wieder. Sorgfältig ordnete er sie in vier Achterreihen. Kern nahm seinen Fuß vom Schemel, setzte eine Lesebrille auf und beugte sich vor.

»Kannst du erkennen, wer welche bemalt hat?«

Quinten betrachtete sie aufmerksam und tauschte die Plätze mehrerer Eier aus. Plötzlich hatte er das Gefühl, sie eher in acht senkrechten zu vier als in vier waagrechten Reihen zu acht Eiern legen zu müssen. Kern, Max, Proctor, Themaat und Spier mit ihren Frauen, das waren zusammen zehn, minus Elsbeth Themaat und Judith Spier, die bestimmt deshalb nicht mitgemacht hatten, weil sie nie mit nach oben gekommen waren. Es wäre schön gewesen, wenn es von jedem vier Eier gegeben hätte, aber von Herrn Spier gab es nur eins: auf einer ansonsten unbemalten weißen Schale stand auf der einen Seite mit geschwungenen, roten Strichen *A?* und auf der anderen in blau *Q?* Das A bedeutete natürlich *Arendje*, aber Quinten mußte auf einmal an *Ada* denken. Themaat schrieb er drei Eier mit blassen, geometrischen Mustern zu: Karos, Kreise, Dreiecke. Die düsteren, dunkelbraunen, manchmal sogar schwarzen Eier mit den zuckenden Blitzen waren natürlich von Proctor, während sich Max vermutlich auf unvermischte, klare Farben beschränkt hatte, die jetzt auf irgendeine Weise, wie Quinten vorkam, auch seinen

Tod enthielten. Über die Arbeit von Kern gab es keinen Zweifel: fachkundig gepinselte Clownsgesichter, Blumen und Tierköpfe. Auch Clara hatte es ihm leichtgemacht mit Abbildungen von Regenschirmen in allen Stadien des Öffnens. Mit Selma und Sophia tat er sich schwerer, die restlichen Eier waren alle mit Punkten, Streifen und Bändern verziert. Er beschloß, die schönen Selma und die mit den sich beißenden Farben Sophia zuzuordnen.

Schweigend schauten ihm die anderen zu. Nachdem er die Eier schließlich nach Personen geordnet hatte, sagte Kern:

»Du brauchst eigentlich gar nichts mehr zu sagen.« Er sah sich die Eier eine Weile an, hob den Blick und sagte zu den beiden Frauen: »Das ist von unserer Gemeinschaft geblieben.«

Im selben Augenblick wußte Quinten, daß das die Wahrheit war. Nach dem Tod von Max waren nur noch diese drei alten Leute übrig, von denen seine Großmutter mit ihren zweiundsechzig Jahren die jüngste war. Oben saß Nederkoorn, unten Korvinus, und bald würde alles zu Ende sein. Was sollte er hier eigentlich noch länger? Alles um ihn herum war weggeschlagen worden, alle waren tot, abgereist, unerreichbar, sogar Kerns Taubenkäfige waren seit einem halben Jahr leer. Plötzlich stand er auf und ging ohne ein Wort auf sein Zimmer.

Er stellte das Bronzekästchen auf den Tisch und öffnete es. Da der Schlüssel des Hängeschlosses eines Tages zwischen den lockeren Ziegelsteinen hinter dem Ölofen verschwunden war, hatte er eine kräftige Büroklammer zurechtgebogen und dank der Stunden bei Piet Keller im Handumdrehen einen Dietrich daraus gemacht. Vorsichtig entfaltete er den Brief seines Vaters und las den letzten Satz, obwohl er nicht anders lautete, als er sich erinnerte: *Vergib mir und suche mich nicht, denn Du wirst mich nicht finden.* Daß er ihn nicht suchen sollte, war also nicht unbedingt als sein letzter Wunsch zu interpretieren! Es stand eigentlich nichts davon da, daß er es nicht wollte, sondern lediglich, daß Quinten sich die Mühe sparen konnte, da es zwecklos sei. Er betrachtete den Cellokasten seiner Mutter. Jetzt war er sich ganz sicher. Er würde gehen. Er wollte seinen Vater suchen.

»Aber wo willst du denn suchen?« fragte Sophia am nächsten Morgen beim Frühstück. »Er kann doch überall sein. Weißt du eigentlich, wie groß die Welt ist?«

»Er ist auf jeden Fall auf der Erde. Das schließt zunächst einmal eine Menge anderer Orte aus.«

»Das stimmt«, sagte Sophia. Lächelnd schüttelte sie den Kopf und sah ihn an. »Du hast ihn schon fast gefunden, stimmt's?«

»Ja«, nickte Quinten und erwiderte ihren Blick, jedoch ohne zu lächeln.

Sie saßen auf dem Balkon. Es war der erste milde Frühlingsmorgen in diesem Jahr, und unten im Schloßgraben feierten die Enten ausgiebig den Wechsel der Jahreszeiten.

»Aber angenommen, du findest ihn, und er will nichts von dir wissen? Ist dir eigentlich klar, was mit ihm passiert ist? Er ist anders geworden. Ich dachte zuerst auch, daß das alles halb so schlimm wäre und er wieder auftauchen würde, aber es ist jetzt schon vier Jahre her. Er weiß doch, wo er dich erreichen kann, hat es aber noch nie versucht!«

»Wenn er mich sieht und dann immer noch nichts mit mir zu tun haben will, weiß ich es wenigstens. Dann ist er wirklich ein anderer geworden, wie du gesagt hast, und ein anderer interessiert mich nicht. Ein anderer ist nicht mein Vater. Dann ist der Fall erledigt.«

»Und die Schule«, fragte Sophia, ohne von dem Apfel aufzublicken, den sie gerade schälte, »wie steht es damit?«

»Ich weiß genug. Die wichtigsten Dinge habe ich ohnehin nicht in der Schule gelernt.«

»Meine Güte, Quinten, du gehst jetzt in die zwölfte Klasse und hast es bald geschafft, noch ein Jahr, und du hast dein Abitur. Es könnte ja sein, daß es dir eines Tages schrecklich leid tut, daß du die Schule nicht zu Ende gemacht hast? Und zwar für den Rest deines Lebens. Du willst doch studieren, nehme ich an?«

Quinten sah auf die kahlen Bäume auf der anderen Seite. Jetzt konnte er noch quer durch den Wald schauen, bald würde dort wieder eine undurchdringliche Wand sein. In der Ferne fuhr ein Auto in Richtung Westerbork. Auch sein Vater hatte ihn einmal gefragt,

was er »werden« wolle. »Architekt«, hatte Max damals gesagt, aber
die Vorstellung, für den Rest seines Lebens dies oder jenes zu
machen, und nichts anderes, kam ihm immer noch idiotisch vor.
Um Sicherheit und geordnete Verhältnisse sollten sich besser andere kümmern. Auf ihn wartete etwas anderes, das und nur das war
seine Sicherheit, vor einem halben Jahr auf der Weide bei Klein
Rechteren hatte er das ganz deutlich gespürt.

»Ich glaube nicht«, sagte er.

Sophia versuchte es noch einmal.

»Nächsten Monat wirst du erst siebzehn. Mach doch dieses eine
Jahr noch, dann bist du achtzehn; danach kannst du ja immer noch
entscheiden, ob du studieren willst oder nicht. Aber wenn du jetzt
aufgibst, dann ist diese Möglichkeit vertan.«

»Ich werde Papa suchen gehen«, sagte Quinten.

Seine Großmutter tat ihm leid. Um die Fassung zu wahren, stand
sie auf, wischte Krümel und Brotreste vom Tisch in die Hand und
warf sie über die Brüstung, was in der Tiefe sofort ein höllisches
Geschnatter entfesselte. Auch sie war allein. Ihre Tochter war von
einem schrecklichen Unglück und ihr Wohngefährte von einem
Meteoriten getroffen worden, und jetzt wollte ihr Enkel sie auch
noch verlassen. Was sollte sie nun weiter tun? In einigen Monaten
würde sie obendrein auf der Straße stehen, und das nicht nur mit
ihren Sachen, sondern auch mit denen ihrer Tochter und von Max.
Er ging auf sie zu, legte die Hände auf ihre Schultern und küßte sie
auf die Stirn, wobei ihm ein merkwürdiger, süßsaurer Duft in die
Nase stieg. Sie drückte ihre Stirn gegen seine Brust, was ihn an Gijs,
den Ziegenbock von Verdonkschot, erinnerte. Als sie das Gesicht
hob, war es naß von Tränen. Zum ersten Mal sah er sie weinen.

»Oma!«

»Ach, schon gut. Wann willst du gehen?«

»So bald wie möglich.« Erst als er das sagte, wurde es auch für
ihn endgültig.

Sophia hatte sich schon wieder in der Gewalt.

»Aber wohin denn, Quinten? In welche Richtung? Du kannst
doch nicht einfach in den nächstbesten Zug steigen?«

»Vielleicht ist auch das eine Methode. Aber ich werde morgen zuerst zu dem Anwalt von Papa gehen. Der weiß doch, wo er steckt?«

»Aber er wird es dir nicht sagen. Das unterliegt dem Berufsgeheimnis.«

»Zumindest kann ich es versuchen. Vielleicht gibt er doch etwas preis, oder vielleicht entwischt ihm was, das mich weiterbringt. Und könnte es sein, daß eventuell auch Tante Dol mehr weiß, als wir ahnen? Vielleicht sollte ich sogar als erstes zu ihr fahren.«

Mit geröteten Augen sah Sophia ihn an. Wieder konnte sie ihre Tränen nicht mehr zurückhalten; sie setzte sich, hielt die Hände vors Gesicht und sagte mit hoher, fast singender Stimme:

»Quinten – es wird etwas Schreckliches passieren, wenn du gegangen bist.«

So hatte er sie noch nie erlebt. Ratlos setzte er sich ihr gegenüber.

»Wie kommst du denn darauf?«

»Ich weiß es nicht –«, flüsterte sie und zuckte die Schultern, »ich spüre es.«

»So ein Unsinn! Keiner weiß, was geschehen wird. Ich bin vielleicht für ein paar Monate weg und halte dich über alles auf dem laufenden. Danach kann ich ja auch wieder die Schule besuchen. Und sonst mache ich das Abitur eben über den zweiten Bildungsweg.«

Er glaubte nicht, was er sagte, und sah, daß Sophia es ebensowenig glaubte. Mit einer Serviette vor den Augen blieb sie noch einen Moment sitzen und ging plötzlich mit abgewandtem Gesicht ins Haus.

Quinten betrachtete die Apfelschale auf ihrem Teller: eine lange, ununterbrochene Spirale. Man könnte sie beliebig lang machen, überlegte er, fast unendlich lang, wenn man nur schmal genug schälte. Er atmete die milde Luft tief ein. Es war vorbei, eigentlich war er schon nicht mehr hier; aber zugleich schien ihm, als ob durch dieses Bewußtsein alles intensiver würde – wie an Weihnachten die heruntergebrannten Kerzen am Baum, die zum Schluß noch einmal aufflackerten und dann erloschen. Max hatte ihn an

Heiligabend immer auf sein Zimmer geschickt, bis der Baum geschmückt und die Kerzen angezündet waren. »Du kannst kommen!« Aus dem harten elektrischen Licht seines Zimmers in das
warme Kerzenlicht – die Erinnerung kam ihm vor wie aus einer
weit entfernten Vergangenheit. Er stand auf und ging zur Brüstung. Tief im Wald rief eine Eule. Auf einer kleinen künstlichen
Insel auf der anderen Seite hatten die unermüdlichen Bleßhühner
ein neues Nest gebaut, um das Enten und Schwäne einen ehrfürch-
tigen Bogen machten. Daß seine nicht gerade sentimentale Großmutter jetzt plötzlich so weinen mußte! Aber sollte er deshalb
dableiben? Sollte er sie jetzt versorgen, wie sie ihn all die Jahre versorgt hatte? Sein Entschluß stand fest, er würde gehen. Er mußte
seinen Vater suchen. Tief in sich spürte er die unerschütterliche
Gewißheit, daß ihn nichts und niemand davon abbringen konnte.

»Quinten?«

Durch Max' Schlafzimmer, wo dessen gemachtes Bett bereits zu
einem Museumsstück erstarrt war, ging er in das von Sophia. Sie
kniete auf dem Boden vor einer geöffneten Kommodenschublade.
In den Händen hielt sie einen winzigen Kompaß, der viel kleiner
war als der auf Max' Schreibtisch, er hatte keine zwei Zentimeter
Durchmesser.

»Nimm das hier mit«, sagte sie und hatte in den Augen schon
wieder ihren kühlen, reservierten Blick. »Er hat deinem Opa gehört. Er trug ihn immer bei sich, wenn wir in der Heide spazierengingen, in den Jahren nach dem Krieg. Die Heide war damals noch
groß.«

Der Zeiger war blockiert, aber nachdem Quinten einen Stift verschoben hatte, kam er wackelnd in Bewegung: er funktionierte
noch. Durch den Ring war ein schwarzledener Schnürsenkel gezogen, und ohne etwas zu sagen, ließ er sich das Instrument von
Sophia um den Hals legen. Erleichtert stellte er fest, daß sie sich offenbar mit seiner Abreise abgefunden hatte. Er hatte Opa Brons
nie gekannt, und für sein Gefühl gehörte er eher zur Historie als zu
ihm, wie das meiste in der überfüllten Schublade. Obwohl sie nicht
abgeschlossen war, hatte er nie darin gestöbert; er wollte auch

nicht, daß jemand seine Nase in seine eigenen Sachen steckte. Er
bückte sich und nahm aus dem Durcheinander von Fotos und Brie-
fen, Mappen, Puppen, Mädchenbüchern und einem Plüschkanin-
chen eine gelbe Karte.

»Meldeschein«, las er, »wie in Artikel 9, Absatz 1, der Verordnung Nr. 6/1941 des Reichskommissars für das besetzte niederländische Gebiet, hinsichtlich der Meldepflicht von Personen ganz
oder teilweise jüdischen Blutes.« Er drehte es um. »Haken, Petro-
nella. Anzahl der jüdischen Vorfahren im Sinne des Paragraphen 2
der Verordnung: eins.« Fragend sah er Sophia an.

»Das hat meiner Mutter gehört«, sagte sie. »Ihre Großmutter
mütterlicherseits war jüdisch.«

»Das heißt –«, sagte Quinten.

»Ja, daß auch du jüdisches Blut hast.«

»Das hast du mir nie erzählt!«

»Es ist auch kaum der Rede wert. Rechne es aus.«

»Meine Urgroßmutter ein Viertel, du ein Achtel, Mama ein
Sechzehntel, und ich ein Zweiunddreißigstel.« Er legte die Karte
wieder hin und sagte: »Nein, das ist tatsächlich nicht viel. Wußte
Max das?«

»Ich habe, ehrlich gesagt, nie mehr daran gedacht.«

Sein Onkel und seine Tante konnten nur wiederholen, sie hätten
nicht die leiseste Ahnung, wo Onno sei. Als einzige aus der Familie
hatte auch Dol seinerzeit einen Brief von ihm bekommen, und danach hatte auch sie nichts mehr von ihm gehört; er hatte weder
über sie noch auf irgendeinem anderen Weg etwas von seinen ein-
gelagerten Sachen haben wollen. Nur einmal – und das sei jetzt
auch schon wieder anderthalb Jahre her – habe Giltay Veth ihnen
geschrieben, Onno bitte darum, daß die Urkunde seiner Ehrendoktorwürde nach Uppsala zurückgeschickt werde. Das hätten sie
getan, sagte Tante Dol, obwohl sie den Grund dafür nicht wüßten,
und der Anwalt übrigens auch nicht.

Es war ihr letzter Tag im Villenvorort von Rotterdam, sie waren
mitten im Umzug und empfingen ihn zwischen Tür und Angel.

Sein Onkel Karel, der Chirurg, hatte die Messer endgültig aus der
Hand gelegt, sie wollten nun nach Menorca ziehen und ihren
Zweitwohnsitz zum ständigen Domizil machen; Quinten war
während der Sommerferien einige Male dort zu Besuch gewesen.
In dem ausgeräumten vorderen Zimmer saßen sie auf zugenagelten
Kisten und tranken Mineralwasser aus Plastikbechern, und das
Gespräch, das er mit Sophia geführt hatte, wiederholte sich: das
Abbrechen der Schule, ob das nicht unklug sei, ob er sich auch
ganz sicher sei, daß es vernünftig sei, was er tun wolle, und wo er
um Himmels willen anfangen wolle zu suchen. Er bekam das Gefühl, daß Onno schon fast aus ihrem Leben verschwunden war.
Seine Sachen waren schon vor einigen Wochen von einer Spedition
abgeholt und in einem Speicher im Hafengebiet eingelagert worden. Sophia hatte davon gewußt, ihn aber offenbar mit dieser
Nachricht nicht belasten wollen. Als er auf den Zug nach Amsterdam wartete, klang in seinem Kopf ununterbrochen der Ausdruck
nach, den sein Onkel für seinen Vater gebraucht hatte: *drop out*.

Im Foyer der Anwaltskanzlei hinter dem Rijksmuseum stand
Mr. J.C.G.F. Giltay Veth inmitten einer langen Reihe anderer Namen. Giltay Veth holte ihn persönlich ab: ein dicker, freundlicher
Mann Anfang Fünfzig, der auf der Nasenspitze eine kleine Lesebrille trug. Im Aufzug zum oberen Stockwerk erzählte er, er kenne
Quintens Vater schon seit seiner Studentenzeit. Obwohl Onno mit
seinen Bemerkungen immer hart ausgeteilt habe, habe er seitdem
nur noch selten so gelacht wie damals mit ihm. Von seinem Büro
aus überschaute man die ganze Innenstadt. Er zeigte Quinten den
Palast auf dem Dam, wo Atlas den goldenen Himmelsglobus auf
dem Rücken trug. Das kann nur jemand, dachte Quinten, der sich
außerhalb der Welt befindet.

Als ein schwarzes Mädchen in einem weißen Kittel ihnen Tee ser-
vierte, setzten sie sich einander gegenüber an einen langen Tisch, auf
dessen einer Hälfte sich Stapel von Ordnern und Akten türmten.

»Ich möchte dir noch mein Beileid zum Tod deines Pflegevaters
aussprechen«, sagte Giltay. »Ich habe es in der Zeitung gelesen. Das
hält man doch nicht für möglich, so was.« Konsterniert schüttelte

er den Kopf. »Es geht mich natürlich nichts an, aber ist denn mit der Hinterlassenschaft alles gut geregelt?«

»Das müßten Sie meine Großmutter fragen. Ich glaube, daß es Probleme gibt, weil er keine Verwandten hatte.«

»Sag deiner Großmutter bitte, daß sie sich jederzeit mit mir in Verbindung setzen kann, wenn sie Hilfe braucht. Das kostet sie nichts. Ich bin sicher, ich handle damit im Sinne deines Vaters.«

Quinten fixierte ihn.

»Haben Sie es ihn denn nicht wissen lassen?«

Giltay hielt einen Zuckerwürfel in den Tee und wartete, bis er sich vollgesogen hatte.

»Nein.« Er ließ den Würfel fallen. »Ich kann nur in äußerst dringenden Fällen Verbindung mit ihm aufnehmen.«

»Also weiß er gar nicht, daß Max tot ist?«

»Ich habe keine Ahnung. Vielleicht hat auch er es irgendwo in der Zeitung gelesen.«

»Er ist also nicht in den Niederlanden?«

Auf Giltays Gesicht erschien ein kurzes Lächeln, das aber sofort wieder verschwand. Ein paar Sekunden lang rührte er ernst in seiner Tasse.

»Ich verstehe, worauf du hinauswillst, Quinten. Ehrlich gesagt, habe ich deinen Besuch schon früher erwartet. Ich wußte, daß du mir eines Tages hier gegenübersitzen würdest, und das habe ich deinem Vater seinerzeit auch gesagt. Aber wenn du jetzt von mir erfahren willst, wo er steckt, kann ich dir das nicht sagen.«

»Ich schwöre, daß ich nie jemandem sagen werde, daß ich es von Ihnen weiß. Ich kann ihm doch einfach zufällig irgendwo begegnen. So einen Zufall gibt es doch? Mein Pflegevater wurde von einem Meteoriten getroffen, das ist doch noch viel zufälliger!«

»Allerdings«, nickte Giltay. »Nur liegt die Schwierigkeit nicht darin, daß ich es weiß, dir aber nicht sagen darf, sondern daß ich es wirklich nicht weiß. Ich habe nicht die leiseste Ahnung.«

»Wie soll denn das gehen? In seinem Abschiedsbrief an Max hat mein Vater geschrieben, er sei in Notfällen immer über Sie zu erreichen.«

»Das ist auch so. Aber nur über Dritte. Es sind noch zwei Adressen dazwischen. Die erste ist die eines Kollegen – im Ausland, ja, das hast du genau richtig verstanden. Aber der weiß nur eine Postfachnummer in wiederum einem anderen Land. Das könnten die Niederlande sein, aber ebensogut auch Paraguay. Angenommen, du kriegst mich so weit, daß ich dir erzähle, wer dieser Kollege ist, was nicht der Fall sein wird, aber selbst dann würde dir dieser Herr immer noch nicht weiterhelfen, weil er mit dir nichts weiter zu tun hat. Mal ganz abgesehen von der Tatsache, daß er nur diese Postfachnummer in wieder einem anderen Land hat.« Er legte die Hände zusammen und sah Quinten an. »Vergiß es, mein Junge. Dein Vater hat seine Spuren gründlich verwischt. Irgend etwas Schreckliches ist mit ihm passiert; vielleicht gehst du am besten davon aus, daß er nicht mehr am Leben ist. Ich bin über deine Lage genauestens informiert. Ich weiß Bescheid über das entsetzliche Schicksal, das deine Mutter getroffen hat, ich weiß, was mit deinem Vater passiert ist und unlängst auch noch mit deinem Pflegevater – aber du mußt dich damit abfinden. Es gibt Jungen, deren Eltern ermordet wurden oder bei einer Flugzeugkatastrophe umgekommen sind, es ist alles gleich schrecklich, aber so ist das Leben nun einmal. Versuch es von dir wegzuschieben, und laß dich in deinem Leben nicht davon bestimmen.«

Quinten machte eine unbeholfene Geste und sagte:

»Wenn ich wüßte, daß mein Vater wirklich tot wäre, könnte ich mich auch damit abfinden. Aber er ist nicht tot, er befindet sich irgendwo auf der Erde, und in diesem Augenblick macht er irgend etwas. Vielleicht liest er gerade Zeitung, oder er trinkt auch eine Tasse Tee.« Er hielt inne. »Das heißt – sind Sie sich eigentlich ganz sicher, daß er noch lebt?«

Giltay nickte.

»Wenn es anders wäre, wüßte ich es, und du damit auch.«

»Dann werde ich ihn suchen.«

Das Telefon klingelte, und ohne abzuwarten, wer am Apparat war, sagte der Anwalt:

»Ich möchte jetzt nicht gestört werden.« Er legte den Hörer auf,

verschränkte die Arme und lehnte sich zurück. »Es kann dich niemand davon abhalten. Hast du dich aber auch gefragt, ob du damit
im Sinne deines Vaters handelst?«

Er sprach ständig von dem, was *im Sinne* seines Vaters war.
Quinten nahm Onnos Brief aus der Tasche und las ihm den letzten
Satz vor. Als er seine Interpretation dargelegt hatte – daß es streng-
genommen kein Suchverbot sei, sondern einfach ein Hinweis auf
die Sinnlosigkeit eines solchen Unterfangens –, erschien ein Lächeln auf Giltays Gesicht.

»Du wärest ein guter Jurist, Quinten.«

»Es steht da, was dasteht.«

»Absolut richtig. Aber da steht auch, daß du ihn nicht finden
wirst. Wie willst du das Ganze denn angehen?«

»Das weiß ich noch nicht. Ich hatte gehofft, Sie würden mich auf
eine Spur setzen, aber ich finde schon einen Weg.«

Giltay zog die Augenbrauen hoch.

»Ist es das, weshalb du gekommen bist?«

»Ja, warum denn sonst?«

»Ich dachte, du bräuchtest vielleicht Geld für deine Suche.«

»Ich habe Geld genug.«

»So?«

»Ich habe vierzigtausend Gulden geerbt.«

»Vierzigtausend Gulden?« wiederholte Giltay und nahm die
Lesebrille ab. »Von wem denn das?«

Nachdem Quinten erzählt hatte, womit er sich das Geld verdient hatte, sah Giltay ihn eine Weile nachdenklich an.

»Es wird dir vieles genommen, aber es kommt auch vieles zu dir
zurück. Weiß der Himmel, vielleicht gelingt es dir ja tatsächlich,
deinen Vater zu finden, obwohl es mir ein Rätsel ist, wie das funktionieren soll.«

»Vielleicht geschehen ja immer noch Zeichen und Wunder«,
sagte Quinten.

Der Nieselregen war so fein, daß die Tropfen still in der Luft zu
hängen schienen und Quintens Gesicht noch nasser machten als

ein richtiger Schauer. Die beiden Erlen, die drei Findlinge, alles auf
der Weide hinter Klein Rechteren troff vor Wasser, das von nirgendwoher zu kommen schien. Die rotbraune Kuh war nicht da.
War das ein gutes oder ein schlechtes Zeichen? Ein gutes natürlich,
denn sonst wäre sie da. Jetzt mußte er sich entscheiden, in welcher
Richtung er seinen Vater suchen sollte. Langsam und mit weit
geöffneten Augen drehte er sich im Uhrzeigersinn um seine eigene
Achse und versuchte zu registrieren, ob er in einem bestimmten
Augenblick etwas Besonderes spürte. Er spürte nichts, obwohl er
in einer bestimmten Position doch mit hundertprozentiger Sicherheit in die Richtung seines Vaters geschaut hatte. Das kam ihm unbegreiflich vor. Er versuchte es noch einmal, noch langsamer und
diesmal mit geschlossenen Augen, aber es führte zu nichts. Was
nun? Er knöpfte sein Hemd auf und holte den kleinen Kompaß
hervor. Wieder machte er eine langsame Umdrehung, hielt seinen
Blick dabei aber ununterbrochen auf die Nadel geheftet. Wackelnd
rotierte sie über die Skala von Nord nach West und über Süd zurück zu Nord, ohne daß sie irgendwo ein besonderes Verhalten gezeigt hätte.

Verwundert gab er auf. Es war zwar rätselhaft, aber so funktionierte es wohl nicht. Er steckte den Kompaß ein und schaute über
die Weide, seine innere Sicherheit schien plötzlich zu schwinden.
War es also unmöglich? Vielleicht sollte er es auf die umgekehrte
Weise versuchen. Wohin würde sein Vater auf jeden Fall *nicht* gegangen sein? Nicht nach Afrika vermutlich, und bestimmt auch
nicht in den Ostblock oder nach China oder sonst irgendwohin in
Asien. Das war schon eine ganze Menge, aber es blieben auf alle
Fälle noch ganz Europa sowie Süd- und Nordamerika. Er sprach
alle Sprachen, also war das kein Problem für ihn. Vielleicht war er
ja in einem Kloster, aus dem er nie wieder herauskommen würde
– hatte er nicht geschrieben, er wolle Eremit werden? Oder in einer
selbstgebauten Hütte auf einer unbewohnten Insel, in Palmblätter
gekleidet, oder irgendwo in einer Höhle in den Bergen. Auf Kreta
vielleicht, wo der Diskos von Phaistos herkam? Aber selbst wenn
er wüßte, daß er in New York war: auch dann würde er ihn nicht

finden. Es hatte keinen Sinn. Aber was dann? Morgen waren die Osterferien zu Ende – sollte er also einfach wieder zur Schule gehen? Unmöglich, dafür war inzwischen zuviel mit ihm geschehen: Man konnte von einem losgelassenen Stein nicht verlangen, daß er auf halbem Wege wie ein Jojo wieder in die Hand zurückhüpfte.

Das Hemd klebte, als hätte er es beim Arbeiten naßgeschwitzt; unschlüssig stand er da, sah zum Waldrand hinüber und begann plötzlich zu zittern. Vielleicht gab es eine Methode, mit der er seinen Vater in die Niederlande locken könnte: Zum Beispiel, indem er auf irgendeine Weise vorgab, entführt worden zu sein, oder indem er untertauchte und Drohbriefe mit aufgeklebten Buchstaben verschickte. Dann würde sein Vater vielleicht mit dem Lösegeld auftauchen, irgendwo bei einem Betonpfeiler unter einer Autobahnbrücke –.

Es war, als wäre die Illusion, seinen Vater zu finden, durch diesen teuflischen Einfall plötzlich weggeblasen. Er drehte sich um und ging langsam zurück zum Schloß. Es war der blanke Unfug, so etwas auch nur in Erwägung zu ziehen, und trotzdem mußte er jetzt weg von hier, eine Reise machen, es ging nicht mehr anders. Warum sollte er nicht nach Italien fahren? Er war noch nie dort gewesen. Ins Veneto fahren. Endlich mit eigenen Augen die Bauwerke von Palladio sehen. Geld genug hatte er. Seine Skizzen und Grundrisse der Burg, den *SOMNIUM QUINTI*, würde er auf jeden Fall mitnehmen. Wer weiß, was er dort vielleicht noch hinzufügen würde!

Aus der Tiefe

Vierter Teil
Das Ende vom Ende

Drittes Intermezzo

Ich dachte schon, das wird nichts mehr.

Ich habe Ihnen doch schon am Anfang gesagt, daß der Auftrag erledigt ist!

Das kommt bestimmt durch deine mitreißende Erzählweise. So ist das nun mal bei einer guten Geschichte: man hat nicht das Gefühl, als bekäme man einen nachträglichen Bericht über das, was geschehen ist, sondern es passiert sozusagen während des Erzählens.

In meinem Fall gibt es da auch keinen so großen Unterschied.

Stimmt, du bist das Schicksal dieser Leute, und wenn ich ehrlich bin, erstaunt es mich wirklich. Eine Katastrophe! Zum Beispiel das Ende von Max Delius – war das nicht eine zu drakonische Maßnahme?

Was wollen Sie? Er war kurz davor, uns zu entdecken!

Er stand sozusagen auf der Schwelle, das ist wahr, er schaute eigentlich schon durchs Schlüsselloch – aber er war auch betrunken. Wenn er am nächsten Morgen aufgewacht wäre aus seinem Rausch, hätte er das Ganze bestimmt als pyramidalen Unsinn verworfen. Schließlich war er vom Fach und kein Erfinder von Science-fiction-Geschichten!

Ebendeshalb. Ich war der Meinung, wir dürften nicht das geringste Risiko eingehen. Angenommen, er hätte sich selbst ernst genommen und dasselbe Durchsetzungsvermögen wie sein Sohn gehabt. Einen sehr großen Namen hatte er in der Astronomie nicht zu verlieren, und vielleicht wäre er an diesem Wendepunkt bereit gewesen, va banque zu spielen. Unser letzter Strohhalm ist immer noch der Glaube der Menschen; in dem Augenblick aber, da die Frage unserer Existenz zur Wissenschaft wird, sind wir ihnen keinen Pfifferling mehr wert. Dann zucken sie mit den Schultern und sagen: Na wenn schon! Außerdem werden sie immer gemeingefährlich, wenn sie andersgeartete Wesen entdecken, oder was sie als solche ansehen. Als sie die Indianer zu Gesicht bekamen, waren sie zuerst ganz aus dem Häuschen, aber nach einiger Zeit war es vorbei damit, und sie rotteten sie aus. Oder denken Sie doch nur daran, was sie bis zum heutigen Tag mit den Tieren anstellen.

Hör bloß auf. Das Stadium des Na wenn schon! haben sie ohnehin fast schon erreicht. Und mit unserer Ausrottung sind sie, ohne es zu wissen, auch schon geraume Zeit beschäftigt, ungefähr genauso lang wie mit der der Indianer. Warst du denn gar nicht darauf vorbereitet, daß Delius dich auf diese Weise überraschen würde?

Aber natürlich. Schließlich sollte er und niemand anders der Vater unseres Agenten sein, und nach den Regeln der Fortpflanzung war es naheliegend, daß auch er im Besitz besonderer Gaben sein würde. In gewisser Weise hatte er sie seinem Sohn zu verdanken.

Der Triumph der Causa finalis über die Causa efficiens.

So könnte man sagen, obwohl es vielleicht nicht jeder sofort verstehen würde. Außerdem war sein Tod die Voraussetzung dafür, um unseren Mann endlich aus den Niederlanden wegzukriegen. Auch dafür war eine Tabula rasa nötig.

Ja, die Niederlande sind ein ganz besonderes Land, aber mal abgesehen von unserem Abgesandten: von einem gewissen Punkt an reicht's einem. Manchmal frage ich mich, ob dieses Land eigentlich zur realen Welt dazugehört. Im Menschenjahr 1580 veröffentlichte ein gewisser Joannis Goropius ein Buch, in dem er darlegte, daß Adam und Eva im Garten Eden Niederländisch gesprochen hätten, und tatsächlich, die Niederlande sind das paradiesische Ideal der Welt; so wäre doch jedes Land gerne, so friedliebend, demokratisch, verträglich, wohlhabend und geordnet, und zugleich auch so gleichgeschaltet, provinziell und langweilig – obwohl sich das in den letzten Jahren zu ändern scheint.

Man braucht zum Beispiel nur an Onno Quist zu denken.

Ich denke immer an alles gleichzeitig. Ich denke jetzt zum Beispiel auch an die Tatsache, daß du es ihm natürlich hast zustoßen lassen. Ich hege sogar den Verdacht, daß du diese angespannte Atmosphäre in Amsterdam nur hast entstehen lassen, um Helga genau das zustoßen lassen zu können, was ihr zugestoßen ist.

Die Notwendigkeit wird Ihnen bald einleuchten. Ich habe nur
da eingegriffen, wo es unbedingt erforderlich war, und gehe grundsätzlich möglichst sparsam mit meinen Mitteln um, aber leider
muß ich nun einmal mit diesem zähen Gummi arbeiten, aus dem
die Menschen gemacht sind. Früher, als wir noch ganz traditionell
das Wort an die Menschen richteten, war alles wesentlich einfacher.
Sie haben es ja schon erwähnt: seit diese Träumer sich eingeredet
haben, daß das Wort nicht aus unserer Höhe komme, sondern aus
ihrer Tiefe, mußten wir damit aufhören.

Gegen unseren Willen.

Sie sprachen vorhin über die Causa finalis. Auch wir sind zunächst naturgemäß von der denkbar einfachsten Art und Weise
ausgegangen, auf die unser Ziel erreicht werden konnte. Nämlich
daß unser Mann exakt dorthin gelangen würde, wo wir ihn haben
wollten, um dort genau das zu tun, was wir ihn tun lassen wollten.
Aber beim Zurückrechnen tauchten immer wieder neue Schwierigkeiten auf, die dieses Ziel in immer weitere Ferne rückten – bis
wir schließlich durch wildes Improvisieren den komplizierten Weg
des effizienten Verursacherprinzips fanden, der sich schließlich als
der einzig mögliche herausstellte. Das war zwar bei weitem nicht
so kompliziert wie unsere Anstrengungen, ihn überhaupt in Geist
und Fleisch zu materialisieren, aber immer noch kompliziert genug. In meiner Abteilung vergleichen wir das gern mit dem Lauf
eines Flusses. Die einfachste Möglichkeit für den Rhein, von seinen Quellen in den Alpen bis nach Hoek van Holland zu gelangen,
wäre natürlich eine gerade Linie von, sagen wir mal, siebenhundert
Kilometern Länge, tatsächlich aber ist er doppelt so lang, denn die
Landschaft zwingt ihn dazu. Auf die gleiche Weise war der Lebens-
weg unseres Mannes durch die menschliche Landschaft bizarr und
gewunden und ab und zu so erschütternd wie der Rheinfall bei
Schaffhausen; aber – um ein anderes Bild zu gebrauchen – man
kann nicht jemanden als Zimmermann anstellen und zugleich verbieten, daß Bäume gefällt werden. Sagen Sie, wir werden jetzt doch
hoffentlich nicht schon wieder das gleiche Gespräch führen?

Das Gespräch über das Vorhandensein des Übels in der Welt wird bis in alle Ewigkeit geführt werden – an der ungeheuerlichen Frage der Theodizee beißt sich die Menschheit seit Jahrhunderten die Zähne aus. Das Getreide braucht nun mal den Dreschflegel, ehe es sich in heiliges Brot verwandeln kann.

Heutzutage wird das ja wohl von Mähdreschern erledigt. Gefährte übrigens von bis zu sieben Metern Breite, die mit Sechszylindermotoren wie vorsintflutliche Grashüpfer über die Felder kriechen. Zuerst werden vorn die Halme aufgefressen, dann in der rotierenden Dreschtrommel die Körner abgeschüttelt, bis schließlich ein Kompressor mit Preßluft die Spreu vom Getreide trennt. Auf diese Weise geht's halt auch.

Du sagst es. Aber es ist genau diese Art Maschine, die Maschine an sich, die das noch viel größere, das Grundübel verkörpert. Dieses technologisch-luziferische Böse steht eben nicht optimistisch im Dienste des Chefs in der besten aller möglichen Welten, wie das vorhergesehene Unheil, das du anzurichten beauftragt bist, sondern es nährt sich von ihm, es verzehrt es, es nimmt seinen Platz ein wie ein Virus den Zellkern: ein niederträchtiger Putsch, ein infamer Coup d'Etat. Krebs! Königsmord!

Jetzt regen Sie sich doch nicht schon wieder so auf. Es ist nun einmal so. *Wir* haben den Fehler gemacht, wir haben die Potenz des Menschen unterschätzt, und zwar die Kraft seines Geistes ebenso wie die seines Fleisches, und damit seine Empfänglichkeit für solcherart satanische Einflüsterungen – aber schließlich und endlich ist er doch unsere Kreatur, und was wir unterschätzt haben, ist unsere eigene Kreativität. Was wir geschaffen haben, war offenbar um einiges mehr, als wir gedacht haben. In unserem Scheitern steckt letztlich also ein Kompliment an die eigene Adresse: Unsere Kreativität ist größer als wir!

Dein Optimismus ist offenbar unverwüstlich, genau wie der von Leibniz. Aber trotz deiner unbestreitbaren Fachkompetenz bist du eben doch ein Bohemien, ein künstlerischer Schwerenöter, der denkt: Gott segne den Griff. Vielleicht fragst du dich ja mal, ob es in Wahrheit nicht der Abglanz des Chefs ist, der unsere Kreativität größer macht, als wir sind.

Aha! Nur: wenn das so ist, dann liegt unser erfolgreiches Scheitern nicht in unserer Verantwortlichkeit, sondern ist Chefsache. Inklusive der Verführbarkeit des Menschen durch den Teufel und damit folglich auch des Untergangs des Chefs selbst, wie Sie mir soeben so eloquent bewiesen haben. Dann hat er sich nämlich mit der Schaffung des Menschen das eigene Grab geschaufelt.

Dieses Gespräch beginnt eine Wende zu nehmen, die mir absolut nicht gefällt. Ich hoffe nicht, daß dich deine Nähe zu den Menschen und deine Tricksereien mit dem Bösen auch Luzifer-Satan nähergebracht haben.

Dann würde ich mich nicht so anstrengen. Aber wenn ich ganz ehrlich sein darf: Er tut mir ein bißchen leid. Alles in allem ist er auch nur ein armer Tropf, der nicht anders sein kann, als er ist. Wir spielen nun mal mit Weiß, und er mit Schwarz. Wenn es einen gibt, der für immer und ewig zur Hölle verdammt ist, dann ist er es wohl.

Nichts wäre ihm lieber als das!

Das kommt noch dazu. Das ist seine Hölle in der Hölle.

Um so besser. Das ist ja, als würde jemand auf der Erde behaupten, er, dessen Namen ich nicht nenne, sei eigentlich ein armer Tropf und dieser Jemand sein beklagenswertes Opfer.

Es ist wohl kaum Sache der Menschen, das zu behaupten. Ihre zuallerletzt.

Ich freue mich, daß du das sagst, denn deine Stellung hing plötzlich am seidenen Faden.

Ich hab's geahnt.

Laß es uns dabei belassen, ehe es ausufert. Es ist natürlich traurig, daß es so weit hat kommen müssen, aber zugleich brenne ich vor Neugier zu erfahren, wie es dir schließlich gelungen ist. Erzähl. Ich höre.

51
Die Goldene Mauer

Um das entscheidende Ereignis zu ermöglichen, war es nötig, Onno Quist nach all diesen Jahren der Einsamkeit etwas zu besänftigen – auch deshalb habe ich ihm einen verirrten jungen Raben aus den Hügeln geschickt. Eines sonnigen Tages um die Mittagsstunde setzte er sich plötzlich ins offene Dachfenster, schüttelte die Federn, legte die Flügel zusammen, drehte sich einmal um die eigene Achse und hüpfte ins Zimmer, als wohne auch er dort.

Verdutzt sah Onno von seinen Aufzeichnungen auf.

»Was willst du denn hier?« fragte er. Da er den ganzen Vormittag noch kein Wort gesprochen hatte, räusperte er sich kurz.

Der Rabe heftete seinen Blick auf ihn und krächzte.

»*Cras?*« wiederholte Onno. »Ja, du sprichst natürlich Latein. ›Morgen‹? Was ist morgen?«

Der Vogel hüpfte von der Fensterbank auf den Tisch, rührte einige Male mit seinen Schwanzfedern durch den Wust von Unterlagen, ließ ein wenig Kot fallen und begab sich hierauf zum Teller, auf dem ein paar Brotkrümel lagen. Mit dem lauten Ticken seines Schnabels, der blauschwarz wie Füllertinte war, pickte er sie auf und sah Onno an, als wollte er wissen, ob das alles sei. Nachdem er sich satt gegessen hatte, sprang er auf die Fensterbank, spreizte die Flügel und verschwand, war aber am nächsten Tag um die gleiche Zeit wieder da.

So begann zwischen den beiden eine Art Freundschaft. Onno hatte noch nie etwas mit Tieren zu tun gehabt; in seinen Gedanken kamen sie nicht vor, und er war von Haus aus der Meinung, sie hätten keine Seele, aber schon nach einigen Tagen ertappte er sich dabei, daß er unruhig wurde, wenn der Vogel sich verspätete. Obwohl er keine Uhr mehr trug, seit er die Niederlande verlassen hatte, wußte er dank der Stundenschläge der Kirchenglocken immer, wie spät es war. Als der Rabe einmal einen Tag nicht erschien, war er unfähig, sich zu konzentrieren, sah traurig zum unberührten Teller und lehnte sich alle zehn Minuten aus dem Fenster, um zum Himmel zu schauen.

»So geht man nicht mit Menschen um, Edgar«, mahnte er am nächsten Tag mit vorwurfsvoll erhobenem Zeigefinger, »auch nicht als Vogel. Man läßt seinen Gastgeber nicht mit dem Essen sitzen. Ich verlasse mich darauf, daß das nicht mehr vorkommt.«

Während sein nachtschwarzer Besuch durch das Zimmer, über Stühle und durch die Unordnung unter dem Bett hüpfte, krächzte und keckerte er ununterbrochen, und Onno hatte den Eindruck, als ob er länger bliebe, wenn er viel mit ihm redete. Von da an machte er es sich zur Gewohnheit, mit dem Raben zu sprechen. Am Anfang fiel ihm das schwer, denn außer ein paar Wörtern in einem Geschäft, einem Restaurant oder auf der Bank hatte er seit vier Jahren nichts mehr gesagt. Aber da das Sprechen ebenso schwer zu verlernen war wie das Radfahren oder das Schwimmen, hätte Onno wahrscheinlich eher das Radfahren verlernt als das Sprechen; schwimmen konnte er nicht.

»Du fragst dich natürlich, was ich hier die ganze Zeit mache. Das werde ich dir sagen, Edgar. Ich schreibe einen Brief an meinen Vater. Es ist allerdings ein ziemlich merkwürdiger Brief, denn selbst wenn ich ihn zu Papier bringe, werde ich ihn nicht abschikken können. Kafka hat auch einmal einen Brief an seinen Vater geschrieben, Max hat ihn mir einmal vorgelesen, vor langer Zeit, in wunderbar harmlosen Tagen, aber der arme Franz-Josef k.u.k. hat sich nie getraut, ihn einzuwerfen. Mein Problem ist ernster, denn wie lautet die Adresse eines Toten? Vielleicht weißt du das, als schwarzer Vogel, schade, daß du es mir nicht sagen kannst. Aber gerade weil es unsinnig ist, diesen Brief zu schreiben, will ich es tun. Da schließlich alles unsinnig ist, das ganze Leben und die ganze Welt, macht nur noch das Unsinnige einen gewissen Sinn. Verstehst du das? Wenn alles absurd ist, so ist innerhalb dieses Absurden ausschließlich das Absurde nicht absurd! Stimmt's, oder hab ich recht? Hast du schon mal von Camus gehört? Camus war ein Philosoph des Absurden und ist bei einem absurden Autounfall ums Leben gekommen. Für viele Menschen war das eine Bestätigung für seine These, daß alles absurd ist. Aber für einen Philosophen des Absurden ist ein absurder Tod natürlich ein äußerst sinnvolles Ende! Denk mal darüber nach! Alles ist noch viel absurder, als er gedacht hat. Und du willst jetzt natürlich auch wissen, was ich meinem Vater absurderweise mitzuteilen habe. Es geht um die Macht. Ich habe mir in den letzten Jahren einige Dinge zurechtgelegt, zu denen ich sein Urteil hören möchte. Das Ganze ist ziemlich sinister, wobei du das Wort *sinister* nicht mit ›links‹ übersetzen darfst, sondern im politischen Sinne eher mit ›rechts‹: dann bekommt man *dexter*. Ein weiterer Unterschied zu Kafka ist, daß es mir nicht gelingt, meine Auffassungen in eine Ordnung zu bringen. Es wird kein ordentliches Nacheinander, sondern bleibt ein chaotisches Nebeneinander. Wenn ich früher einen Artikel oder eine Rede geschrieben habe, wissenschaftlich oder politisch, dann kam es mir immer vor, als wären meine Gedanken numeriert, so daß ich auch immer gleich die folgenden Sätze im Kopf hatte. Aber diese herrliche Fähigkeit habe ich eingebüßt. Jetzt habe ich eher das Gefühl, ein Puzzle zusammenlegen zu müssen, das so groß ist wie das Zimmer, und alle Teilchen sind gleichmäßig weiß – oder nein, so schwarz wie du, Edgar. Sieh dir das an! Tausende von Notizen. Sehr persönliche, über Koos und Dorus und Bart Bork, aber auch ganz allgemeine, wie Macht möglich ist, und ich weiß nicht, was sonst noch alles. Jeden Tag wird dieser Berg höher, aber glaubst du, ich komme damit meinem Ziel näher? Mit jeder Notiz entferne ich mich weiter davon! Dieses Zeug hat den Charakter eines Baumes, der sich unaufhörlich verzweigt, austreibt und weiter wächst, während ich gerade den Stamm zu finden versuche und die Stelle, an der er aus dem Boden wächst. Jedesmal, wenn ich mit dem Brief anfangen will, muß ich zuerst all diese Notizen wieder durchlesen, um in Fahrt zu kommen, aber es führt nie zu einem ersten Satz, sondern immer nur zu neuen Notizen. Viele sind inzwischen schon wieder unleserlich geworden – weil sie in der Sonne gelegen haben oder weil ich Kaffee oder Cola darüber verschüttet habe oder weil sie mit Marmelade verklebt sind oder du dein alles verätzendes Geschäftchen darauf verrichtet hast. Aber keine Sorge, ich nehm's dir nicht übel, genier dich nicht, die Natur ist nun mal so.«

Einige Wochen später hatte sich die Situation umgekehrt: Edgar kam nicht mehr einmal am Tag zu Besuch, sondern verließ ab und zu das Haus. Als Gast, der sich in einen Kostgänger verwandelt hatte, schlief er meistens in einer Zimmerecke zwischen den Kleidern, die dort auf dem Boden herumlagen. Als das zahme Tier einmal flatternd auf Onnos Schulter hüpfte und sich mit dem Schnabel an seinem Ohrläppchen festhielt, wollte er ihn aus einem Reflex heraus wegscheuchen, war aber schon im nächsten Moment froh, es nicht getan zu haben, denn ein zweites Mal hätte es Edgar mit Sicherheit nicht mehr versucht. Jeden Tag bekam der Vogel nun Fragmente zu hören, mal diese, mal jene – und plötzlich hatte Onno das Gefühl, das Vorlesen bringe ihn in die Nähe einer Struktur.

»Hör mal«, sagte er, als er einmal mit der Lesebrille auf der Nase am Schreibtisch saß, »zum Beispiel das hier. Das ist sehr wichtig. Vielleicht sollte mein patriarchalisches Traktat damit anfangen. *Die Goldene Mauer*, lautet die Überschrift. *Vor der Goldenen Mauer ist alles improvisiertes Chaos, dort wimmelt das Volk im lauten Durcheinander des Alltags herum, und daß dennoch nicht alles drunter und drüber geht, ist der Welt hinter der Goldenen Mauer zu verdanken. Hinter der Goldenen Mauer liegt nämlich wie das Auge des Zyklons die Welt der Macht: in mysteriöser Stille, beherrscht, zuverlässig, übersichtlich wie ein Schachbrett, eine Art geläuterte Welt platonischer Ideen. So ist zumindest das Bild, das sich die Machtlosen vor der Goldenen Mauer davon machen, und bestätigt wird es von all den dunklen Anzügen, den geräuschlosen Limousinen, der Bewachung, dem Protokoll, der perfekten Organisation und der samtenen Ruhe in den Palästen und Ministerien. Aber wer wie Sie und ich tatsächlich einmal jenseits der Goldenen Mauer gewesen ist, weiß, daß das alles nur Schein ist und es bei jeder Beschlußfassung ebenso chaotisch zugeht wie davor, bei allen anderen zu Hause, an der Universität, in Krankenhäusern oder Betrieben. Nie habe ich davon ein eindrücklicheres Bild bekommen als im archäologischen Museum in Kairo. Als Staatssekretär wurde ich dort einmal von meinem ägyptischen Kollegen herumgeführt. Wir sahen uns das Grab des Tutanchamun an, all die wunderbaren Dinge, die da ehrfurchterweckend ausgestellt waren. Aber es waren auch einige großformatige Fotos zu sehen, die zeigten, in welchem Zustand die Grabkammer vorgefunden worden war. Alles lag auf- und übereinander wie alter Trödel auf einem Speicher, und diese Unordnung war nicht nur das Werk von Grabräubern. Auch der Holzschrein, in dem sich der Sarkophag befand, war roh und falsch zusammengezimmert, und der granitene Deckel paßte nicht und war beim Einpassen zerbrochen. Das gleiche Bild auch bei den armseligen menschlichen Resten, die hinter der unbeschreiblich prächtigen goldenen Maske des Pharao zum Vorschein gekommen waren. Daß es hinter der Goldenen Mauer genauso chaotisch aussieht wie davor, wissen nur die Politiker, viele Beamte und manche Journalisten, aber das Gros der machtlosen Bürger hat davon kaum eine Ahnung. Wer jemals entdecken sollte – was so gut wie unmöglich ist –, wie Politik gemacht wird, der wird für den Rest seines Lebens mit einem Gefühl der Unsicherheit herumlaufen. Wenn dennoch auch hinter der Goldenen Mauer nicht alles im Chaos versinkt, so kommt das einem Wunder gleich: es deutet auf eine wiederum höhere Macht hin. Für Sie ist das kein Problem, für Sie ist diese höhere Macht Gott. Für mich ist jedoch leider nicht einmal das Funktionieren der Gesellschaft ein Gottesbeweis. Wie ist es dann aber möglich, daß sie bis jetzt funktioniert hat? Sie werden es nicht glauben, aber ich weiß es. Es ist auf die Existenz der Goldenen Mauer selbst zurückzuführen. Die Goldene Mauer ist die höchste Macht.* Warte mal, hier gehört dann natürlich das Zitat von Shakespeare hin, mit dem er eines seiner Sonette beginnt. Wo ist es? Hier: *From what power hast thou this powerful might?* Das handelt von der Liebe, aber auch die Goldene Mauer hat etwas mit Liebe zu tun. Sieh mal, was wir hier haben: *Welcher Art ist die Goldene Mauer? Die Machtlosen glauben, sie bestehe aus der Stein gewordenen Majestät der Mächtigen, die in manchen Fällen ihrerseits verehrt werden: als Befreier, als König, als Führer. In Wahrheit je-*

doch ist sie nicht Produkt der Mächtigen, sondern der Machtlosen: Verdinglichung ihrer Verehrung, ihrer Achtung und Furcht. Wenn aber die Machtlosen im Grunde nichts anderes verehren als ihre eigene Verehrung, nichts anderes achten als ihre eigene Achtung und nichts anderes fürchten als ihre eigene Furcht, wodurch sie zugleich von der Macht ferngehalten werden, was bleibt denn dann noch übrig für die Mächtigen? Was sind sie dann? Ist irgend jemand schon einmal bis hinter die Goldene Mauer vorgedrungen, und was konnte er sehen? Nichts Besonderes. Das Tun ganz normaler Menschen, die weder interessanter noch sonstwie anders sind als die Machtlosen. Sie üben die Macht nicht auf die eine oder andere ›mächtige‹, unentrinnbare, sozusagen mathematische Weise aus, wie der Machtlose immer glaubt, sondern ebenso chaotisch und improvisierend wie jeder Machtlose, der seine kleinen Angelegenheiten regelt. Dorus und Frans haben das Kabinett während eines Diners gebildet, Churchill und Stalin den Balkan bei einem Drink verteilt. Dennoch – sie müssen irgendeinen Surplus besitzen, den die Machtlosen spüren, denn sonst würde doch jeder, der auf Macht aus ist, mit dem Kopf durch die Mauer wollen. Das, lieber Edgar, bedeutet, daß auch die ›powerful might‹ von Shakespeares Dark Lady in gewissem Sinne nicht ihre ureigene Qualität war, denn sie besaß sie nicht für alle Männer. Ihre Antwort auf seine Frage, woher sie sie habe, müßte also genaugenommen lauten: ›From you yourself, Billy.‹ *Er* verlieh ihr diese Macht über sich – obwohl – Ja, da sage ich es wieder: obwohl – und dennoch – Woraus besteht dieser Surplus? Doch wohl nicht aus Intelligenz, denn immer und überall sind auch unsägliche Idioten an der Macht gewesen, und es gibt genügend hochintelligente Menschen, die sie niemals hatten, selbst wenn sie es trotz ihrer Intelligenz wollten. Auch der ›Wille zur Macht‹ ist nicht der Surplus, denn wie viele gibt es, die es wollen, denen es aber nie gelingen wird, und wie viele, die an die Macht kommen, es aber nie gewollt haben und zu ihrer eigenen Verwunderung dorthin getrieben wurden. Politischer Instinkt, wirst du vielleicht einwerfen; aber dazu gibt es zu viele Menschen mit politischem Instinkt, die es nie weiter bringen als bis zum Ressortleiter einer ländlichen Gemeinde. ›Charisma‹ vielleicht? Das ist nur ein griechisches Wort und bedeutet ›Gabe‹ und ›Gnade‹: damit wird die Frage nicht beantwortet, sondern eher gestellt. Nein, es ist etwas mit im Spiel, das keiner außer mir weiß. Aber das muß ich jetzt erst einmal aufschreiben, ehe ich es vergesse: *Die ganze Gesellschaft ist wie ein Schwamm mit allen Formen der Macht getränkt: der zwischen Mann und Frau, der im Unterricht, im Betriebsleben und gegenüber Tieren, nirgends gibt es keine Macht – aber was ist im Unterschied dazu* politische *Macht? Politische Macht bedeutet, daß jemand Dinge in Bewegung setzen kann, von denen er nicht die geringste Ahnung hat; daß er sich in einer Position befindet, in der er über das Schicksal von Menschen entscheidet, die er nicht kennt. Manchmal sogar auf Leben und Tod, und das nicht selten über den eigenen Tod hinaus. Die Machtlosen sehen den Mächtigen, er aber sieht sie nicht. Das gilt nicht nur für Cäsar, Napoleon, Hitler oder Stalin, sondern auch für unsere eigenen braven holländischen Machthaber, für Koos und Dorus, und natürlich für Sie, und früher auch ein ganz klein wenig für mich. Ich weiß nicht, wie das bei den Raben aussieht, aber so ist es zumindest bei den Menschen. Politische Macht ist abstrakt und wird erst außerhalb des Gesichtsfeldes des Mächtigen konkret. Aber worin besteht nun ihr Surplus, aufgrund dessen sie an der Macht sind? Was hat Dorus mit Hitler gemein? Und was Koos mit Stalin? Ich werde dir etwas sagen, das dich erstaunen wird.* Als ich noch Teil der Macht war, hatte ich einmal ein Diner im Elysee-Palast. Mir gegenüber saß ein französischer Soziologieprofessor. Nach der Tischrede von Mitterrand erzählte er, einige seiner Studenten hätten während des Wahlkampfes die Plakate mit den Porträts von Mitterrand und Giscard d'Estaing in irgendeinem zurückgebliebenen Bauerndorf in Thailand aufgehängt. Die Bevölkerung hatte nie von den beiden Herren gehört, und niemand konnte lesen, was auf den Plakaten stand. Am Tag der Präsidentschaftswahl ließen sie sie wählen, und was meinst du? Das Ergebnis entsprach genau dem in Frankreich. Damals lachten wir darüber, der Professor betrachtete das als guten Witz, und ich glaube nicht, daß er jemals die schreck-

liche Konsequenz daraus zu ziehen gewagt hat; aber mir fiel die
Anekdote plötzlich wieder ein, als ich dahinterkam, wie es sich mit
der Macht nun eigentlich verhält. Hör zu: *Als Junge setzte ich
Macht mit Besitz gleich. Meine Bücher gehörten mir, aber in höherem Maße Ihnen, und in noch höherem Maße dem Bürgermeister;
danach gehörte alles zum zweiten Mal Ihnen in Ihrer Eigenschaft
als Ministerpräsident, aber letztlich gehörte alles in den Niederlanden der Königin. Als Ressortleiter dachte ich, politische Macht sei
ausschließlich die Macht des Wortes. Wer die besten Ideen hatte
und sie am besten formulieren konnte, hatte die größte Macht.
Jetzt weiß ich, daß es erst in dritter Linie um Ideen und Wörter
geht, und auch erst in zweiter um den, der sie spricht, um die Person. Sogar das halten die meisten Menschen schon für schrecklich
undemokratisch, aber es ist noch viel schlimmer. Macht ist die
Macht des Fleisches. Macht ist körperlich. Dieser Tatsache hat noch
nie jemand ins Auge zu blicken gewagt. Niemand erwirbt Macht
durch das, was er sagt, sein politisches Programm ist ebenso Neben-
sache wie seine Person; ein anderer kann mit genau demselben
Programm kommen, ohne daß etwas geschieht. Macht erwirbt ausschließlich derjenige, der die fleischliche Konstitution besitzt,
Macht zu erwerben. Würde er einen anderen Standpunkt einnehmen, beispielsweise das Gegenteil, oder aber das gleiche, nur in
einer anderen Partei oder Bewegung, er würde ebenfalls Macht erwerben. Sie hätten immer Macht erworben, Vater, selbst bei den
Katholiken oder den Kommunisten. Der Mächtige ist jemand, der
Macht erwirbt, weil er ein physisches Geheimnis hat, aufgrund dessen die anderen sagen: ›Ja, das ist unser Mann‹ – oder unsere Frau
natürlich. Der Surplus ist ausschließlich dieses eine Ding: der Körper.* Politik ist weder eine Wirtschaftsbranche, wie Marx dachte,
noch eine Unterabteilung der Theologie, wie mein Vater meinte,
oder gar der Soziologie, wie viele glauben, Politik ist eine Sache der
Biologie. Die Kleinbauern in Thailand haben das wissenschaftlich
bewiesen. Ich lese fast nie Zeitung und habe keine Ahnung, was in
der Welt los ist, ich habe keinen Fernseher, kein Radio und kein
Telefon, wie du sehen kannst, Edgar – aber wenn ich an einem

Kiosk ein Foto von Margaret Thatcher entdecke, die in England
das Sagen zu haben scheint, dann weiß ich auf der Stelle: durchtriebene Erotik. Eine bürgerliche Kleopatra. Natürlich ist sie intelli-
gent und einfühlend und was immer du willst, aber das sind andere
englische Frauen, die es nie weiterbringen werden als zur Chef-
einkäuferin bei Harrod's, auch. Wie funktioniert das? Zum Beispiel Hitler. Freud hat demonstriert, daß die Krankheit nicht von
der Gesundheit aus betrachtet werden darf, sondern die Gesundheit von der Krankheit aus. Auf dieselbe Weise darf Hitlers absolute Macht nicht aus mehr oder weniger normalen Machtstruktu-
ren heraus begriffen werden, denn das gelingt einem nie, sondern
umgekehrt. Mit Hitler kann man Maggie und Dorus erklären, Hitler jedoch nicht mit Maggie oder Dorus. Angenommen, es hätte
keinen Hitler gegeben, sondern irgend jemand anders hätte seit
seiner Geburt in Braunau genau dieselben Dinge gesagt und getan
wie er – und solche Menschen gab es noch und noch –, glaubst du,
in diesem Fall wäre alles genauso bis zum bitteren Ende verlaufen,
wie es tatsächlich verlaufen ist? Natürlich nicht! Wie lange hätte
der andere das durchgehalten? Irgendwann in den zwanziger Jahren hätten ihn Röhm oder Strasser wahrscheinlich angebrüllt:
›Jetzt halt endlich deine große Klappe!‹ Aber er war eben nicht jemand anders, er war der dunkelhaarige Mann mit dem verbissenen
Gesicht und dem ›Basiliskenblick‹, wie Thomas Mann ihn einmal
bezeichnet hat, der Mann mit der blassen Stirn, den fanatischen
Jochbeinen, den gespannten Wangen und verkniffenen Lippen.
Diese Erscheinung war für gut dreiunddreißig Prozent seiner Wirkung verantwortlich, und alle Neonazis dieser Welt lieben sie noch
immer. Salvador Dalí hat einmal gesagt: ›Ich liebe seinen Rücken.‹
Das kann man vielleicht als surrealistische Bemerkung eines spanischen Irren abtun, aber es deutet zugleich auf ein Bewußtsein der
alles bestimmenden Körperlichkeit hin. Und was hältst du von der
Bemerkung, die Heidegger einmal gegenüber Jaspers machte, als
dieser sich fragte, wie ein so unkultiviertes Subjekt wie Hitler
Deutschland regieren könne, und Heidegger antwortete: ›Kultur
tut nichts zur Sache … aber achte einmal auf seine wunderschönen

Hände.‹ Außerdem verfügte er über eine durch Mark und Bein gehende Stimme, die alles, was er sagte, zu etwas ganz anderem machte, als wenn ein anderer dasselbe gesagt hätte. Die rhetorische Wirkung seiner Worte auf die Masse kann man ruhig zu noch mal dreiunddreißig Prozent auf das Konto dieser Stimme schreiben. In irgendeinem Buch habe ich einmal eine Röntgenaufnahme seines Schädels gesehen, anhand derer festgestellt wurde, daß er außergewöhnlich große Augenhöhlen hatte und damit eine sehr große Innenresonanz. Und die dritten dreiunddreißig Prozent seiner Macht waren auf seine unvergleichliche Motorik zurückzuführen. Einerseits seine fürchterlichen Wutausbrüche am Rednerpult, andererseits sein vielleicht noch fürchterlicheres Schweigen: sein maskenhaftes Gesicht, die Präzision seiner Haltung, die Spannung in jeder noch so kleinen Bewegung. Die Art, wie er eine Parade abnahm, wie er die Hand mit leicht gewölbtem Handgelenk und abgespreiztem Daumen zum Gruß hob, die Art, wie er sie wieder zurück zum Koppel brachte – das alles hatte eine behexende Kraft. Er hatte natürlich alles vor dem Spiegel geübt, das belegen Fotos. Auch einige Dirigenten verfügen über diese absolute Beherrschung – wie ein Kolibri, der reglos in der Luft steht und seinen Schnabel im Flug in den Stempel einer Blüte taucht. In diesem Fall einer ›Fleur du mal‹. Sag mal, du fühlst dich doch nicht übergangen, wenn ich so ein kleines Vögelchen erwähne? Hier habe ich übrigens etwas, das in diesen Zusammenhang gehört: *Nur aufgrund seiner totalen physischen Disziplin war Hitler in der Lage, das ebenso totale Chaos seines Gedankengutes durchzusetzen. Und seine physische Disziplin setzte sich fort in monsterhaften Paraden und Aufmärschen, die er allesamt selbst inszenierte und die nichts anderes waren als Reproduktionen seines Körpers. Eigentlich war er ein Bewegungskünstler, ein Tänzer, ein Ballettmeister des Todes. Die Choreographie dieser großen faschistischen Totentänze entstand weniger aus preußischem Militarismus denn aus dem Expressionismus, aus dem Theater von Piscator und dem Ballett von Mary Wigman, der Lehrerin Leni Riefenstahls, die die grauenhafte Faszination seiner Nürnberger Kundgebungen in ihrem ebenso grauen-*

haft-faszinierenden Film ›Triumph des Willens‹ auf Zelluloid bannte. Es war die Ehe zwischen Klassizismus und Expressionismus, zwischen Apollo und Dionysos: die realisierte Tragödie *im Sinne Nietzsches. Seit die Menschheit existiert, wurde die schöne Form nie derart mißbraucht und in den Dienst des Bösen gestellt. Hitler war der eigentliche ›entartete Künstler‹. Und die Wirkung dieser Kreationen war letztlich nicht ästhetischer, sondern erotischer Natur, ebenso wie die von Hitler selbst.* Alles, was er zu sagen hatte, was er politisch wollte, all diese Verbrechen machten nicht mehr als das restliche kleine Prozent seiner Macht aus. Daß also alles so geschah, wie es geschah, daß es ausgeführt wurde von Menschen, die von Haus aus nicht schlechter waren als andere, daß sechs Millionen Juden und noch fünfzig Millionen andere sterben würden, darunter auch acht Millionen derjenigen, die ihm zugejubelt und für ihn paradiert hatten, das hatte seinen Grund in den leibhaftigen neunundneunzig Prozent. Das war der enorme Surplus, über den er verfügte: sein einzigartiger Körper, der seine Macht absolut machte. Deshalb ist er auch unmöglich von einem Schauspieler zu verkörpern; selbst wenn in einem Film nur sein Rücken gezeigt wird, haut es schon nicht hin. Vielleicht ist das der beste Beweis für meine These. Hinter seiner Goldenen Mauer jedoch hing dieser von der Vorsehung Gesandte wie jeder andere auch bei Kaffee und Kuchen im geblümten Fauteuil und brachte den ganzen Abend und die halbe Nacht mit uferlosem Geschwätz zu, wie wir von seinem Architekten Alfred Speer wissen. Und der mußte es wissen, denn jeder war in Hitler verliebt, aber Hitler war in Speer verliebt – vielleicht mehr noch als in Eva Braun. Während das deutsche Volk dachte, der *Übermensch* mit seinem triumphalen Willen schufte ununterbrochen hart für das Heil der Nation, tat er in Wirklichkeit fast nichts, schlief bis in den hellen Tag hinein und zögerte zur Frustration seiner Minister und Generale endlos, ehe er eine Entscheidung fällte. Aber dennoch! Speer erzählt, daß dieser verkappte Bohemien in der zweiten Hälfte der dreißiger Jahre immer düsterer wurde, sich bei Empfängen auf seinem Wohnsitz in den Alpen absonderte und von einer Ecke der Terrasse aus auf die Berge starrte. Darauf Speer: Wenn das nur keinen Krieg gibt! Das muß man sich einmal vorstellen! Ein einziges Individuum schaut finster drein, und schon kann das Krieg bedeuten! Wie in Gottes Namen ist das möglich? Aufgrund eines Körpers, Edgar, seines zufälligen Körpers, es ist nichts anderes. Er war ein Naturereignis. Alle Mächtigen dieser Welt sind Naturereignisse und in diesem Sinn ›Übermenschen‹ – aber dieses ›Über‹ sitzt nicht in ihrem Geist, sondern in ihrem Fleisch und hat mit Schönheit nichts zu tun – man kann klein sein und ein Bäuchlein haben wie Napoleon, halb behindert sein wie Kennedy oder eine Physiognomie besitzen wie Dorus, aber sie muß dasein, diese schwer zu beschreibende Körperlichkeit, denn alle haben sie sie, die einen mehr, die anderen weniger: Mitterrand mehr als Giscard und Reagan mehr als Carter, quer durch alle Länder und Jahrhunderte, all diese Dark Ladies der Macht. Man möchte sie berühren, ihr Fleisch spüren. Schrecklich! Es ist wie bei den Sektenführern und was es sonst noch an Rattenfängern gibt. Und noch schrecklicher ist, daß es so sein muß. Denn, hör zu: *Macht ist unentbehrlich, sie ist der eigentliche Kern des Lebens selbst. In jeder Zelle wird vom DNS-Molekül Macht ausgeübt. Dort hat das Erbmaterial seinen Sitz, das alles bestimmt. Von der einfachsten lebenden Zelle über die Tiergemeinschaften bis zu den heutigen Staaten hat die Macht ihre Körperlichkeit behalten, weil sie nur so möglich ist: Macht ist die Voraussetzung der Körperlichkeit und Körperlichkeit Voraussetzung der Macht. Deshalb ist sie lange Zeit erblich gewesen. Der erste Capitano einer Dynastie hatte die physische Machtpräsenz eines Hitler, Stalin, Mussolini, Churchill, Fidel Castro oder Napoleon; danach reichte es aus, lediglich Fleisch seines Fleisches zu sein. (Bei uns liegt das übrigens auch in der Familie.) In den Niederlanden hängt in allen Minister- und Bürgermeisterbüros und in sämtlichen Gerichtssälen ein Porträt der Königin, aber Sie und ich wissen, wer im Büro der Königin hängt: Wilhelm von Oranien. Diese Erstlinge heißen in vielen Sprachen nicht umsonst ›geborene‹ Führer. Kriege waren jahrhundertelang* dynastische *Kriege, wie bei der Mafia, es ging um die Interessen der fürstlichen* Familien,

also um Körperlichkeit. Wo die Fürstenhäuser verschwanden,
sorgte das Beamtentum für Kontinuität, seit Babylon und dem
alten Ägypten ist es immer so gewesen, Beamte sind ewig, sie über-
leben ihre Pharaonen, Könige und Präsidenten, aber ohne Führer
geht es nicht; Beamte ohne Führung sind Kleider ohne Kaiser.
Daran könnte ein geeintes Europa durchaus scheitern. Und noch
etwas: Wichtiger als die Fähigkeit des Führers ist die Tatsache, daß
er da ist. Mit einem unfähigen Führer geht es schlecht, aber ohne
Führer verfällt alles der absoluten Willkür, aus der unwiderruflich
ein neuer Führer auftaucht – denn das ist trotz des Optimismus
aller Anarchisten das fundamentale DNS-Prinzip. Dieses Prinzip
beherrscht übrigens nicht nur unser Leben, sondern alles, was es
gibt. Der ersten lebenden Zelle geht das Atom voraus, das ebenfalls
einen Kern hat, ein Quark mit Kernkräften. Auch das Sonnensystem hat einen Kern: Die Sonne übt durch ihre Anziehungskraft
Macht über die stumpfen Planeten aus. Das ist sozusagen sonnenklar, Edgar. Aber wenn es also sowohl mit der toten als auch mit
der lebenden Materie so bestellt ist, überlege ich mir gerade, könnten wir dann nicht den Big Bang als ›Kern‹ des Alls betrachten?
Das hätte ich früher mit Max besprochen. – Jetzt rede ich schon
wieder von ihm – wer das war, erzähle ich dir ein andermal. Auf
jeden Fall auch so ein Verführer. Und jetzt das hier: *Wo wir hin-*
schauen, herrscht das ›Führerprinzip‹: Macht ist nötig, auch in
demokratischen Gesellschaften, und diese Macht kann nur körper-
lich sein. In der Religion ist das längst bekannt, und der erste, der
es formuliert hat, war Johannes: ›Und das Wort ist Fleisch gewor-
den‹. Weißt du, was Jesus Christus sagte? ›Nehmet hin und esset,
das ist mein Leib.‹ *Hoc est enim corpus meum.* Wer das Brot ißt, ißt
Gott und wird erlöst: Dieses Superführerprinzip geht noch einen
großen Schritt weiter als das von Hitler, ist aber im Kern das gleiche. Denk nur an die Reliquien, die von den Gläubigen durch die
Jahrhunderte angebetet werden. Ein hohler Zahn vom heiligen
Petrus in einem vergoldeten Schrein! Der Zehennagel des Apostels
Paulus! Körper, Körper, nichts als Körper! Aber Macht kann nur
dank der Goldenen Mauer Macht sein. Um seine Macht zu konso-

lidieren, mußte sich schließlich auch der Stellvertreter des entblößten Heilands in vollem Ornat hinter die Goldene Mauer des Vati-
kans zurückziehen. Und genau da beginnt die Schwierigkeit. Zum
ersten Mal in der Geschichte der Menschheit droht die Goldene
Mauer zu kippen. Irgendwann, zu Anbeginn der Zeiten, war sie
von den Machtlosen der Welt mit dem Mörtel ihrer eigenen Verehrung, Achtung und Furcht errichtet worden, nun aber beginnt sie
wie eine mittelalterliche Burg unheilvolle Risse aufzuweisen,
durch die jeder hineinschauen kann. *Sie waren zu Ihrer Zeit noch
Seine Exzellenz der Ministerpräsident, Prof. Dr. jur. H. J. A.
Quist, aber jetzt wären Sie für jeden einfach nur ›Henk‹ – was Sie
nicht einmal für uns waren, höchstens für Mutter.* Da die Machtlosen sehen können, daß in den Sälen der Burg genau das gleiche
Chaos herrscht wie überall, verlieren sie schnell die Verehrung für
ihre eigene Verehrung, die Achtung vor der eigenen Achtung und
die Furcht vor der eigenen Furcht. So wird die Macht der Mächtigen untergraben, und die Kraft ihrer Körperlichkeit wird lächerlich. Bis schließlich im Machtlosen alle Sicherungen durchbren-
nen. Was interessiert uns das alles eigentlich noch! Warum sollen
wir diese Telefonzelle dort denn nicht demolieren? Ja, warum
eigentlich nicht? Dann haben wir wenigstens unseren Spaß. Sind
irgendwo Bullen? Nein, nirgends. Auch in uns selbst nicht. Also
schlagen wir zu. Weil es Spaß macht! Und warum macht es Spaß?
Einfach so. Aber wodurch ist das plötzlich so gekommen, nach all
diesen Äonen? Vielleicht hat es etwas mit der Technik zu tun, ich
weiß es nicht; die Technik ist auf jeden Fall das einzige, das sich
ganz plötzlich mit rasender Geschwindigkeit entwickelt hat. Ich
verstehe den Zusammenhang nicht, und die Tatsache, daß auch das
Telefon etwas Technisches ist, verwirrt mich – aber wenn es so ist,
dann sieht die Zukunft finster aus. Wenn es so weitergeht, wird der
soziale Vertrag Makulatur, und dann geht allmählich die ganze Gesellschaft baden, dann versinkt alles in ›kernloser‹ Anarchie, was
gegen das Kern-Prinzip alles Existierenden verstößt. Außerdem
glaubt im Westen fast niemand mehr an einen rächenden Gott, und
auch im Osten wird es nicht mehr lange dauern; in fünfundzwan-

zig Jahren glaubt dann auch kein Mensch mehr an Allah, wenn sie dort erst einmal einen Kühlschrank und ein Auto haben. Wie soll dann eine Invasion faschistischer Tyrannen verhindert werden, die sich wie Krebserreger in die leeren Kerne einnisten? Die Antwort habe ich hier aufgeschrieben, Edgar. Ich wage kaum, sie laut vorzulesen, und es ist nur gut, daß es meinem Vater nie unter die Augen kommt. *Als Junge – in einer Zeit, die noch Ihre war – ist es mir im Park einmal passiert, daß mein Ball auf den Rasen rollte. Da es verboten war, den Rasen zu betreten, wartete ich mindestens fünf Minuten, bis nirgends mehr ein Mensch zu sehen war; erst dann traute ich mich, über den niedrigen Zaun zu steigen, mit pochendem Herzen die paar Schritte über den Rasen zu machen und so schnell wie möglich wieder zurückzuspringen. Diese Hemmung, das pochende Herz, darum geht es. Habe ich mich deswegen unfrei gefühlt? Nicht im geringsten. Es war nun einmal so, daß man den Rasen nicht betreten durfte. Ich fühle mich im Moment ja auch nicht unfrei, weil ich niemanden erschlagen darf. Das ist nun wirklich ganz und gar nicht erlaubt. Aber wie will man verhindern, daß eines Tages jeder jeden ohne pochendes Herz erschlägt? Wie kriegen wir das Herz wieder zum Pochen? Doch nur durch die Forcierung des Respekts. Ich sage ›Respekt‹ – nicht Furcht als Auswirkung irgendeines diktatorischen Regimes, sondern Respekt um des Respekts willen: eine neue Goldene Mauer um der Goldenen Mauer willen. Dies ist wohl nur unter der autoritären Führung eines aufgeklärten Despoten möglich – mit der Betonung auf ›aufgeklärt‹. Unter der Führung von jemandem, von dem jeder weiß, daß für ihn das Wohl seiner Mitbürger an erster Stelle steht, was ihn also gleichzeitig zum absoluten Demokraten macht. Jemand wie Perikles zum Beispiel. Aber wie institutionalisiert man das? Woher soll man wissen, ob der Despot tatsächlich aufgeklärt ist? Schon Platon rang mit diesem Problem, aber in spätestens fünfundzwanzig Jahren wird auch das mit Hilfe der DNS-Analyse zu lösen sein – wenn in Tibet der neue Dalai-Lama unter den Neugeborenen der Umgebung ausfindig gemacht werden soll, klappt das ja auch. Die Frage ist nur: Wie bringen wir die nächsten fünfundzwanzig Jahre* unversehrt hinter uns? Ich ahne unabsehbare Veränderungen, denen schreckliche Katastrophen folgen werden. Das demokratische Institut wird im übrigen nicht sehr lange zu funktionieren brauchen, ein Jahrhundert vielleicht; mit Hilfe der Zehn Gebote wird danach jeder genetisch zu einem anständigen Menschen gemacht, die Obrigkeit wird aus einem Computernetzwerk bestehen, mit einem Mongoloiden als Dominus Mundi, und die Technologie wird zur göttlichen Allmacht höchstpersönlich. Bis dahin wird keine Telefonzelle mehr demoliert und kein Rasen mehr betreten, auch wenn dort ein Ball liegt. Vermutlich wird dann niemand mehr Ball spielen. – Ist das nicht furchtbar? Nur gut, daß mein Sohn das nicht lesen wird. Ja, Edgar, ich hatte einmal einen Sohn. Quinten hieß er. Schade, daß ich ihn dir nie zeigen kann, aber ich werde dir noch von ihm erzählen. Aber jetzt erst einmal den Brief. Es ist mir zwar noch nicht alles vollkommen klar, aber wie wäre es, wenn ich einfach so anfangen würde: Hochverehrter Vater!«

Mit schlagenden Flügeln sprang Edgar auf Onnos Schulter. »Cras. Cras.«

52
Italienische Reise

Als der Papst am 11. Mai 1985 zum ersten Mal in die Niederlande flog, fuhr Quinten mit dem Zug unter ihm durch in den Süden, unterirdisch, durch endlose Alpentunnel, hinter denen sich plötzlich Italien ausbreitete: blau und grün und hügelig und warm wie auf Groot Rechteren, wenn er aus den kühlen Kellern in die warme Sonne auf den Vorplatz kam. Sophia hatte ihn zum Bahnhof gebracht und ihn mit versteinerter Miene umarmt, aber gleich nach dem Abschied war sie aus seinen Gedanken verschwunden; auf der Fahrt las er nicht und schlief nicht, sondern schaute unentwegt aus dem Fenster auf die unzähligen Städte und Dörfer in Deutschland und in der Schweiz, wo sein Vater sein konnte. Als er jedoch in Mailand im Gedränge des Bahnsteigs seinen Anschlußzug suchte, überkam ihn allmählich ein aufregendes Gefühl der Freiheit, das sich zu einem Glücksgefühl steigerte, als er bei Mestre auf dem Damm durch die Lagune fuhr und in der Ferne Venedig liegen sah – ein verschwommenes blaues Phantom, als sei der Himmel am Horizont leicht angehoben worden und gebe durch diesen Spalt den Blick auf eine andere Welt frei. Lag dort seine Burg?

Er kam mit seinem blaugrauen Nylonrucksack aus dem Bahnhof und blieb stehen. Auf den breiten Treppen und auf dem Vorplatz saßen Hunderte junger Leute in der Sonne, gegenüber lag eine weiße Kirche, und dazwischen, so schien es ihm, wurde das Wasser des Canale Grande von einer riesigen, unsichtbaren weißen Vogelfeder umgerührt: Alles bewegte sich, es war, als ob das Licht selbst auf und ab wogte und sich kräuselte und in der Sonne glitzerte; Gondeln, Vaporetti, Wassertaxis, überall ein Hin und Her und Rufen und Auf und Ab wie eine überschäumende Welle in der Brandung. Zugleich hatte er das Gefühl, daß er, als er so staunend dastand, mehr Blicke auf sich zog als zu Hause. In einem einfachen Hotel in der Nähe bekam er ein Zimmer, im etwas abseits gelegenen Wohnviertel Cannaregio, wo nur wenige Touristen hinkamen. Im Bogen über der Eingangstür stand etwas Hebräisches, das kaum zu erkennen war. Das Fenster seines Zimmers ging auf einen kleinen Innenhof, wo der Putz von den Wänden blätterte, sein Bett war fast so groß wie der ganze Raum, und die Dusche lag auf dem Flur, aber mehr brauchte er nicht: er hatte ja die Stadt.

Schon nach wenigen Tagen waren die Niederlande so weit weg, als sei er nie dortgewesen. Der Körper seiner Mutter in ihrem schneeweißen Bett, Max' leeres Grab, sein verschwundener Vater, es war, als sei das alles nicht mehr sein Leben. Er kümmerte sich um niemanden, redete den ganzen Tag nur mit irgendwelchen Dingen, irrte von früh bis spät durch das Gewirr der Gassen, Kanäle, Brücken, dunklen Tore und stillen Plätze, aß hier einen Teller Tortellini, dort eine Portion Spaghetti, besuchte Museen und Kir-

chen, ließ sich treiben und erlaubte es sich hie und da vom Weg ab-
zukommen. Wenn ihm die Ziellosigkeit zu lange dauerte, warf er
einen kurzen Blick auf seinen Kompaß, den er sich um den Hals gehängt hatte, und orientierte sich am Grundriß der Stadt, den er sich
vorstellte als zwei entspannt ineinandergreifende Hände, die vom
Canale Grande getrennt wurden. Die Ähnlichkeit des Gassenge-
wirrs mit einem Labyrinth und das Fehlen von Bäumen und Pflanzen und sich drehenden Rädern erinnerte ihn manchmal an seinen
Traum. Hinter der Piazza San Marco entdeckte er eine Kirche, San
Moisè, deren schwarze Fassade von oben bis unten mit einem ba-
rocken Ekzem aus Bildern und Ornamenten überzogen war; wenn
er sich direkt davorstellte und den Kopf in den Nacken legte, sah
sie aus wie ein Fragment dieses Traumes. Drinnen der Hochaltar
war ein gigantisches Monument und hieß: *Der heilige Moses erhält
auf dem Berg Sinai die Gesetzestafeln.*

Ansonsten war seine Burg, wo außer ihm nie jemand gewesen
war, eher das Gegenteil Venedigs. Nicht nur wegen der Menschen-
massen, die sich unaufhörlich auf immer denselben Ameisenstra-
ßen bewegten, die er schon bald zu meiden wußte, sondern vor
allem, weil es hier kein Innen-ohne-Außen gab und alles eher ein
Außen-wie-Innen war. Jedesmal, wenn er aus dem Labyrinth
durch ein Tor oder eine enge Gasse auf den Markusplatz trat, traf
ihn das wie ein Paukenschlag. Dieser riesige, mit Marmor ausge-
legte Festsaal mit dem Himmel als Decke, den Tiepolo mit richtiger blauer Luft und gefiederten Wolken bemalt hatte! All dieses
Leichte und Schwebende, ob nun byzantinisch, gotisch oder aus
der Renaissance, die filigranen Arabesken der Basilika, die vier
Pferde, die sie durch die Jahrhunderte zogen, der rosarote, wie
gestern erst fertiggestellte Dogenpalast mit seiner Galerie aus
Schlüsseln mit Bärten wie Balustraden und Stielen wie Pfeilern,
mit den gotisch perforierten Augen, die das Gewicht des ganzen
Gebäudes zu tragen schienen – daß es so etwas gab! Und am Ende
der Piazza, wie ein Tor zum großen Draußen, zur weiten Welt,
zwei kolossale Säulen aus rotem und weißem Granit mit dem geflü-
gelten Löwen und dem Schutzheiligen auf einem Drachen, zwi-

schen denen jahrhundertelang die Hinrichtungen stattgefunden hatten! Sogar Verbrechern erlaubte man, hier in dieser Schönheit zu sterben: Das letzte, was sie vor ihrem Tod sehen durften, war das lebendige Wasser der Lagune – und gegenüber, auf der kleinen Insel, die Kirche: Palladios San Giorgio Maggiore.

Da war sie nun endlich, doch jetzt nicht mehr in den Büchern von Herrn Themaat, sondern im Licht der Sonne und im Seewind der Adria. Der Giebel aus weißem Marmor mit den beiden harmonisch ineinandergeschobenen Tempelfronten, dahinter das schlichte Schiff aus rotem Backstein mit der aufgesetzten grauen Kuppel auf dem Geviert. Er nahm ein Vaporetto, um alles aus der Nähe und von innen zu betrachten, und fuhr auch über jene Stelle, an der der Doge jahrhundertelang Jahr für Jahr einen Ring ins Wasser geworfen hatte, um seine Ehe mit dem Meer zu besiegeln.

Wie konnte Venedig ihn bloß so faszinieren, obwohl diese Stadt doch so wenig mit seiner Burg zu tun hatte? Im Grunde gehörten auch Palladios strenge Symmetrien nicht hierher, denn in Venedig war fast alles asymmetrisch. Die Piazza war kein Rechteck, sondern ein Trapez, die Basilika stand nicht in der Achse, und auch die Fenster des Dogenpalastes spiegelten sich nicht ineinander. Konnte es sein, daß die Schönheit geometrisch und musikalisch berechenbar war, die Vollkommenheit jedoch davon abwich? Ähnlich einer geraden Linie, die mit dem Lineal gezogen immer weniger eine war, als wenn sie Picasso ohne Lineal zeichnete? Gab es einen Unterschied zwischen einer toten und einer lebenden Linie? Sollte er vielleicht Kunstgeschichte studieren? Aber ohne Abitur war das nicht möglich, und außerdem interessierte ihn die Kunst nicht um der Kunst willen, sondern dessentwegen, was dahinterlag.

Am Himmelfahrtstag machte er eine Exkursion aufs Festland, nach Vicenza. In einer Gruppe, die hauptsächlich aus Engländern bestand, besichtigte er das Teatro Olimpico, mit seinem märchenhaften Innen-ohne-Außen, und viele der Kirchen und Paläste, die er alle aus der Bibliothek auf Groot Rechteren – P wie Palladio – kannte und die nun nicht mehr vom stillen Weiß der Seiten eingerahmt wurden, sondern im Straßenlärm der Autos und Motorroller inmitten anderer Gebäude unterzugehen drohten, wo alte Herren auf den Plätzen davor sich lautstark unterhielten, um sogleich Arm in Arm weiterzugehen, wo Obstfrauen schrien und junge Pizzabäcker mit lachenden Gesichtern ihre rotierenden Teigscheiben in die Luft warfen, um die Naturgesetze im Geiste Galileis und Newtons ihren Lauf nehmen zu lassen. Auf dem Rückweg hielt der Bus vor zwei Landsitzen von Palladio: kurz hinter Vicenza zunächst an der Villa Rotonda, einer steinernen Vision auf dem Gipfel eines grünen Hügels, die durch ihren runden Zentralbau eine Nachfahrin des römischen Pantheons zu sein schien, jedoch vier Zugangsportale mit Treppenaufgängen und griechischen Tempelfronten besaß, die jeweils einer Himmelsrichtung zugewandt waren.

Als er dort über den Marmor zwischen *Trompe l'œil*-Fresken von Pilastern und Göttergestalten spazierte, durch die das Innere wie ein Außen wirkte, fiel ihm die dunkelblonde Frau in der Reisegruppe zum ersten Mal auf. Er betrachtete gerade die Abbildung einer Diana mit einer entblößten Brust und einem schwarzen Hund auf der Jagd und spürte plötzlich ihre Blicke. Sie trug ein langes weißes Kleid, hatte die Haare locker hochgesteckt und hielt den Kopf ein wenig geneigt, was die Sinnlichkeit ihres Lächelns und ihrer großen braunen Augen noch unterstrich; sie stand auf der anderen Seite des Rondells vor dem Bild eines protzigen Herkules. Die Situation war ihm unangenehm, er fühlte sich aus seiner Konzentration gerissen und versuchte, die Frau zu ignorieren; aber auch als sie wieder in den Bus gestiegen waren, wo er ganz vorne saß, merkte er, wie sie ununterbrochen auf seinen Hinterkopf starrte. Sie war fünfzehn bis zwanzig Jahre älter als er, aber selbst wenn sie jünger gewesen wäre, hätte sie ihn nicht interessiert. Er wußte, daß es für viele Jungen und Mädchen nichts Wichtigeres gab, und daß es das vor allem für Max und sicher auch für seinen Vater gab; bei seiner Oma war er sich allerdings weniger sicher, und an seine Mutter wollte er in diesem Zusammenhang nicht denken, ihm selbst bedeutete Sexualität ebenso wenig wie Sport – bis jetzt jedenfalls. Er hielt das für etwas, das für Leute gemacht war, die sich fortpflanzen wollten. Er hatte genug an sich selbst.

Am Nachmittag fuhren sie von Padua aus an der Brenta entlang, die von einer unwirklichen, lieblichen Vegetation gesäumt wurde. Nicht weit von ihrer Mündung hielten sie zum Abschluß ihres Ausflugs an der Villa Foscari, die den Beinamen La Malcontenta trug. Da er von kunsthistorischen Sehenswürdigkeiten inzwischen genug hatte, und auch, um der Frau zu entgehen, warf er nur einen raschen Blick in das Innere und setzte sich dann unter einer Trauerweide am Ufer ins Gras.

Er hatte nicht damit gerechnet, daß sie zu ihm herüberkäme. Plötzlich jedoch setzte sie sich im Schneidersitz ihm genau gegenüber, und die Art und Weise, wie sie das tat, erinnerte ihn an einen Hampelmann, den er einmal gehabt hatte: zog man an der Schnur, flogen Arme und Beine in die Höhe. Sie saß so dicht bei ihm, daß er sie riechen konnte: es war ein Duft wie von Herbstlaub und vielleicht nicht unbedingt aus einer Parfümflasche. Um den Hals und an den Handgelenken hingen mindestens zwanzig Ketten und Armreifen.

»Sprichst du Englisch?« fragte sie lachend auf englisch, jedoch mit einer Art deutschem Akzent. Er richtete sich auf und nickte, und sie legte ihre Hände mit den langen, schlanken Fingern und rotlackierten Nägeln nicht mehr als einen Zentimeter von seinem Geschlecht entfernt auf seinen Oberschenkel, beugte sich vor und streichelte ihm dann über den Hinterkopf. »Weißt du eigentlich, wie gut dir diese weiße Locke steht?«

Ehe er sie von sich wegschieben konnte, was er vielleicht gar nicht gewagt hätte, waren ihre Hände verschwunden. Dann streckte sie ihm ihre rechte entgegen.

»Marlene«, sagte sie. »Marlene Kirchlechner.«

»Quinten Quist.«

Er gab ihr die Hand und wollte sie wieder zurückziehen, aber sie hielt sie fest.

»Deine Hand ist angespannt«, sagte sie und sah ihn an. »Als ob du meine nicht wirklich berühren wolltest. Entspann dich.«

Im selben Augenblick wußte er, daß sie recht hatte. Er ließ seine Muskeln locker und spürte die warme Innenseite ihrer Hand in der seinen, was zu seinem Schrecken nicht nur ein warmes Gefühl in seiner Hand, sondern im ganzen Körper mit sich brachte. Offenbar spürte sie genau, was geschah, denn als sie seine Hand losließ, beugte sie den Kopf vor und hatte denselben Blick wie vorhin in der Villa Rotonda. Innerhalb von einer Minute war es ihr gelungen, ihn vollkommen zu verwirren. Er wollte ihre Hand wieder nehmen, und zugleich wollte er es auch nicht, aber mit den Berührungen war es jetzt plötzlich vorbei.

»Wie alt bist du, Quinten?«

»In zwei Wochen werde ich siebzehn.«

Sie stockte kurz und ließ ihn nicht aus den Augen.

»Bist du mit deinen Eltern hier?«

»Nein«, sagte er kurz. »Ich bin allein.«

»Ich auch«, sagte Marlene Kirchlechner. Sie wohne in Wien und komme jedes Jahr im Mai hierher, an den Ort, an dem sie ihre Flitterwochen mit ihrem verstorbenen Mann verbracht habe – im Hotel Excelsior auf dem Lido, immer dieselbe Suite mit Blick auf das Meer.

»Warum eigentlich nicht?« sagte sie, während sie nebeneinander in der ersten Reihe des Busses über den Damm nach Venedig zur Piazzale Roma fuhren, zum Endpunkt für den motorisierten Verkehr. »Komm doch einfach mit. Dort ist ein herrliches Schwimmbad, das einzige in ganz Venedig. Du kannst auch bleiben, wenn du möchtest. Wo wohnst du?«

Quinten sah plötzlich ungeahnte Abenteuer vor sich, wie in den Romanen, die Clara Proctor immer verschlungen hatte. Eine reife, schöne, begehrliche Frau, offenbar auch noch steinreich, die ihn unter ihre Fittiche nehmen wollte – doch er wußte, daß ihm etwas anderes zugedacht war. Er durfte sich nicht von zufälligen Begegnungen mitreißen lassen, auch wenn ihm nicht klar war, wovon sie ihn ablenken könnten, er war ohne Ziel und Plan und tat, was ihm einfiel; er hätte jetzt ebensogut auch woanders sein können.

Als er antwortete, er wolle lieber auf sein eigenes Zimmer, bestand sie darauf, ihn wenigstens ein Stück zu begleiten; sie sei noch nie in Cannaregio gewesen und werde von dort ein Wassertaxi zum

Lido nehmen. Unterwegs redete sie ununterbrochen über sich und die Weinberge ihres Mannes in der Wachau an der Donau, die jetzt sie bewirtschafte; zum Glück fragte sie nicht nach seinen Verhältnissen. An der Hoteltür, unter der Wäsche, die wie eine Girlande von einer Seite der Gasse zur anderen hing, wollte er sich von ihr verabschieden, aber sie schlug vor, irgendwo noch etwas zu trinken. Einen Prosecco von Conegliano, Valdobbiadene zum Beispiel, wenn man irgendwo unterwegs sei, müsse man immer den Wein aus der Gegend trinken. Quinten trank nie Wein, aber er hatte Durst. Als sie ein Straßencafé suchten, wovon es nur wenige gab in dieser Gegend, kamen sie über eine Holzbrücke und durch einen niedrigen, dunklen *Sotoportego* in einen Innenhof des Gettos aus dem sechzehnten Jahrhundert, dem alle späteren Gettos ihren Namen verdankten. Die Häuser waren höher als sonst in der Stadt, und es gab hier sogar einige Bäume. An einem runden Brunnen mit einem Marmordeckel setzten sie sich auf eine Bank. Die meisten Fensterläden waren geschlossen, in einigen Blumenkästen drehten sich bunte Papierrädchen. Außer den Tauben in Nischen und auf verwitterten Fenstersimsen war kein Lebewesen zu sehen, und in der hereinbrechenden Dämmerung schauten sie lange in die große Stille, die über den Steinen hing.

Plötzlich legte Frau Kirchlechner ihre Wange an seine Schulter und begann zu schluchzen.

»Was ist denn?« fragte er erschrocken.

Mit großen, in Tränen schwimmenden Augen sah sie zu ihm auf, als ob er ihr Vater wäre.

»Ich weiß nicht, was in mich gefahren ist – ich habe mich in dich verliebt, Quinten. Sofort als ich dich sah. Zuerst dachte ich, daß es eine Laune sei, das gibt es bei mir öfter; aber jetzt, wo ich weiß, daß ich dich nicht wiedersehen werde, merke ich, daß es ganz anders ist. Ich mache mir eigentlich gar nichts aus Jüngeren, falls du das meinen solltest. Das ist mir noch nie passiert. Mein Mann war doppelt so alt wie ich, aber jetzt bin ich doppelt so alt wie du. Warum bist du nicht sechsundzwanzig, von mir aus! Aber sechzehn! Das ist doch unglaublich, ich muß verrückt sein!« Sie stand auf, nahm sein Gesicht zwischen ihre Hände und küßte ihn auf beide Augen. »Leb wohl, Engel – mach's gut!«

Ehe er etwas sagen konnte, sah er ihre weiße Gestalt über die Campo schweben wie ein Laken, daß sich von der Wäscheklammer losgerissen hatte, und im dunklen Tor verschwinden.

Entgeistert sah er in das schwarze Loch. Was hatte er angerichtet? Sollte er ihr nachgehen? Und dann? Nein, so war es am besten. Als irgendwo mehrere Rolläden ratternd heruntergelassen wurden, ging er in sein Hotel zurück. Er hielt den Mund unter den Wasserhahn und warf sich mit beiden Händen Wasser ins Gesicht. Im Bett wollte er noch ein wenig in seinem Reiseführer lesen, aber er schlief sofort ein – und träumte, nicht den *somnium quinti*, sondern von Feuer –.

Erst wohnt er auf dem Dachboden eines mehrstöckigen Hauses, das aussieht wie die Häuser im Getto, mit einem viereckigen Schornstein an der Außenwand. Er schreit aus dem Fenster, man solle die Feuerwehr rufen, aber alle schauen nur herauf und zucken die Schultern. Nichts los, wird schon nicht so schlimm sein, Panikmache. Als die Wohnung lichterloh brennt und alle Balken sich in Architrave aus Feuer verwandeln, wohnt er plötzlich im Souterrain. Dann kringelt auch dort Rauch zwischen den Fliesen hoch, wieder hört ihn keiner, und alles geht in den Flammen auf –

Er wachte vom Hunger auf. Draußen war es bereits dunkel, zehn Uhr. Er ließ die Daumen knacken und stand völlig gerädert auf. In einem kleinen Restaurant am Canale Grande aß er zwischen Einheimischen und Gondolieri in gestreiften Kitteln, die sich lautstark in einer Sprache unterhielten, die nur entfernt an Italienisch erinnerte, einen Teller Ravioli. Ab und zu erschien die Wiener Marlene vor seinen Augen. Im Excelsior verspeiste sie jetzt wahrscheinlich – umgeben von Scheichs, japanischen Großindustriellen und amerikanischen Ölbaronen – im Schein kristallener Kronleuchter Langusten und Kaviar, aber es war, als sei sein Traum zur Barriere geworden, die sie endgültig in die Vergangenheit setzte. Dank dem Baron war glücklicherweise auch er reich. Er genehmigte sich einen zweiten Espresso, legte fünfhundert

Lire Trinkgeld auf die Rechnung und schlenderte noch eine Weile durch die Gassen.

In dem ausgestorbenen, mitternächtlichen Venedig waren die Fensterläden und Straßencafés zu, ein Nachtleben gab es nicht. Quinten blieb auf der Brücke über einem schmalen Kanal stehen. Links und rechts verwitterte Häuserwände mit Abflußrohren im reglosen Wasser, weiter hinten, über einen Seitenkanal, eine zweite Brücke, die einen Durchblick auf die zierliche Rückseite eines gotischen Palazzo freigab, die natürlich die Vorderseite war. Er sah die grünen, mit Algen bewachsenen Stufen, die überall aus dunklen vergitterten Bögen ins Wasser führten und sich unter Wasser fortzusetzen schienen. Diese absolute Stille! War seine Mutter jemals hiergewesen? Sein Vater? Max? Plötzlich füllte sich die Stille mit einem kaum hörbaren Rauschen, und kurz darauf glitt unter der Brücke eine Gondel mit der glänzenden venezianischen Hellebarde auf dem Vorderdeck hervor, dann drei schweigende japanische Mädchen und schließlich der Gondoliere, der sich aufrichtete, mit einem winzigen Schlag des Ruders die Gondel leicht zur Seite manövrierte und sich mit einer vollkommenen Bewegung, in der Gondel, Wasser, Stille und Stadt zur Einheit wurden, kurz mit dem Fuß von einer Hauswand abstieß, um nicht an Geschwindigkeit zu verlieren.

Im selben Augenblick sah Quinten eine Brücke weiter einen weißen Fleck, Marlene Kirchlechner, die sofort verschwand, als sie bemerkte, daß er sie entdeckt hatte. Während er schlief, hatte sie die ganze Zeit auf ihn gewartet, war ihm zum Restaurant gefolgt, hatte wieder gewartet und war ihm erneut gefolgt! Er mußte weg aus Venedig – am besten noch heute abend.

Vielleicht war es der Klang des Namens *Florenz*, der in ihm die Vorstellung geweckt hatte, diese Stadt würde noch silberner und verträumter sein. Doch er kam in ein lärmendes, stinkendes Verkehrschaos, an das er sich nach fünf Tagen Venedig nur schwer gewöhnen konnte. Und während dort alles hell und offen gewesen war, so blieb es hier schwerfällig und verschlossen. Was in Venedig das Meer war, waren hier festungsartige Wälle, kolossale Steinquader und Gitter; alles Schöne war fast ausschließlich hinter Palästen und Museumstoren untergebracht. Aber gerade das, was Florenz von Venedig unterschied, hatte eine gewisse Ähnlichkeit mit seiner Burg, und das tröstete ihn ein wenig über seine Enttäuschung hinweg.

Da alle bezahlbaren Hotels ausgebucht waren, mußte er sich mit einer schmuddeligen Herberge begnügen und sich mit sieben anderen, Studenten und älteren Männern, ein Zimmer teilen. Außer seinem Bett hatte er nur noch einen Stuhl zur Verfügung, von dem aus er das Kruzifix über der Tür betrachten konnte. Umgeben von internationalem Schnarchen dachte er seit langem zum ersten Mal wieder an sein Zimmer auf Groot Rechteren. Oder gab es das schon gar nicht mehr? Hatte sich Korvinus inzwischen alles unter den Nagel gerissen? Es kam ihm vor, als sei er seit Monaten von zu Hause weg, dabei war es kaum eine Woche. Aus Venedig hatte er sich nicht gemeldet, und er nahm sich vor, seiner Großmutter so schnell wie möglich zu schreiben. Aber er schrieb weder einen Brief noch eine Karte. Jedesmal, wenn er an einem Drehständer mit Ansichtskarten vorbeiging – *Piazza della Signoria, Palazzo Pitti, Ponte Vecchio, Battistero* –, überkam ihn ein solcher Widerwille, daß er weiterging, ohne auch nur eine Karte gekauft und auch nur *Viele Grüße aus Florenz* darauf geschrieben zu haben.

In den Uffizien jedoch legte er sich eine ganze Galerie von Karten zu, um sie später auf den Stuhl neben sein Bett zu stellen. In dem Meer von Kunstschätzen, die dort zu sehen waren, traf ihn unversehens eine Verkündigung von Leonardo da Vinci: Ein Engel, der sich wie auf Zehenspitzen der Jungfrau Maria näherte, hatte den Kopf leicht geneigt und den schuldbewußten Blick von jemandem, der weiß, daß das, was er vorhat, nicht ganz in Ordnung ist. Kein Wunder, wenn Maria zu denken schien: »Wer bist du? Was willst du hier?« Der Engel würde ihr also gleich verkünden, daß sie vom Heiligen Geist empfangen werde; aber war es nicht so, daß hier viel mehr geschah als nur eine ›Verkündigung‹ – war es nicht das Ereignis selbst? Gleich würde er sie bespringen! Und warum war Joseph nicht dabei? Joseph hatte ja wohl das Recht, sicherzugehen, daß ihn

seine Verlobte nicht mit dem Fensterputzer betrogen hatte. Da
könnte ja jede kommen und sagen, sie sei aus purer Frömmigkeit
schwanger geworden. Er suchte in den anderen Sälen nach weiteren
Verkündigungen, aber auf keiner einzigen war Joseph mit von der
Partie. Dieser Einfaltspinsel war offenbar in seiner Schreinerwerk-
statt, um das tägliche Brot im Schweiße seines Angesichts mit der
Herstellung von Kreuzen zu verdienen, für die Römer vielleicht,
während seine Zukünftige zu Hause den englischen Verführersprü-
chen lauschte und sich mit einem Abgesandten Gottes gehenließ. In
dem Verkündigungsrelief auf der Frontseite der Rialtobrücke war
auf dem linken Pfeiler am Anfang des Brückenbogens der Erzengel
Gabriel zu sehen, auf dem höchsten Punkt des Bogens die Taube,
die er aufgeworfen hatte, und auf dem rechten Pfeiler Maria, wie sie
hingebungsvoll auf den Heiligen Geist wartete. Die Taube war also
nichts anderes als der heilige Same des Engels!

Wie gerne er sich mit seinem Vater darüber unterhalten hätte!
Wäre er mit ihm einer Meinung gewesen? Vielleicht hätte er die Abbildungen der Verkündigung zustimmend »religiöse Peepshows«
genannt; vielleicht hätte er aber auch entsetzt ausgerufen: »Dieser
schändliche Gedanke wird dir den Kopf zermalmen!« Er mußte
lachen. Letzteres erschien ihm das Wahrscheinlichere.

Als er an seinem zweiten Tag in Florenz zwischen den Skulpturen des Museo Bargello umherirrte, mußte er plötzlich an Theo
Kern denken, der hier natürlich auch gewesen war, um zu lernen,
wie seine Kollegen den überflüssigen Stein entfernt hatten. Durch
die Fenster des alten Palastes sah er ab und zu den Florentinern
auf der Straße und in den qualmenden Autobussen hinaus und
fragte sich, wie viele von ihnen all diese wunderschönen Dinge hier
je betrachtet haben mochten. Wer von ihnen wußte schon, daß in
ihrer Stadt die Renaissance erfunden worden war? Vielleicht umfaßte das Gedächtnis der allermeisten Menschen auf der Welt nicht
mehr als das eigene Leben; vielleicht waren sie sich gar nicht bewußt, daß sie tausend Jahre nach ›vor tausend Jahren‹ lebten. Zwischen Geburt und Tod waren sie Gefangene einer fensterlosen
Zelle; alles war für sie so, wie es immer schon war. Das stimmte so

natürlich nicht, aber es war dennoch nicht falsch, und auch vor tausend Jahren war es nicht anders gewesen, auch nicht vor zweitausend oder zehntausend. Indem man einfach lebte, arbeitete, sich amüsierte, aß und sich fortpflanzte, war man doch eigentlich viel ewiger als all die unsterblichen Meisterwerke dieser einzigartigen Individuen!

Bei einer Skulptur blieb er stehen: zum Beispiel das hier. Ein bildhübscher, nackter Jüngling, der die rechte Hand auf seinen Kopf und die linke auf den eines großen Adlers gelegt hatte, der zu seinen Füßen saß und anhänglich zu ihm aufsah. *Benvenuto Cellini, 1500–1571. ›Ganymedes‹.* Den Mythos kannte er nicht, aber er wußte, daß dahinter eine alte Geschichte stecken mußte. Wie hinter allem. Nur wer alle Geschichten kannte, kannte die Welt. Und es war ja wohl auch kaum anders möglich, als daß hinter der ganzen Welt mit all ihren Geschichten auch wieder eine Geschichte steckte, die dann älter war als die gesamte Welt. Diese Geschichte müßte man versuchen zu finden!

»Hast du dafür Modell gestanden?«

Quinten schreckte auf. Ein großer hagerer Mann, der ihm irgendwie bekannt vorkam, strahlte ihn mit lachendem Gesicht an, aber das Lachen gefiel ihm nicht. Er war etwa fünfzig, hatte schütteres Haar, wache Augen und dünne Lippen; aus seinen nach innen aufgekrempelten Ärmeln ragten zwei blasse Arme mit Goldkettchen an beiden Handgelenken. Auf einmal fiel Quinten wieder ein, wo er ihn schon einmal gesehen hatte: Er schlief im selben Zimmer wie er, auf der anderen Seite des Mittelgangs.

»Nein«, sagte er unwirsch.

»Hab deinen holländischen Reiseführer auf dem Stuhl liegen gesehen. Ich heiße Menne.«

Quinten nickte, hatte aber nicht vor, seinen eigenen Namen zu nennen. Was wollte dieser Kerl? War er ihm vielleicht auch gefolgt?

Menne sah zwischen dem Bild und ihm hin und her.

»Ihr seht euch verdammt ähnlich, weißt du das? Du hast bestimmt auch so spitze Brüstchen und so schöne Beine. Nur deine Augen, die sind viel schöner. Und das kleine Schwänzchen, ich

wette, du hast einen viel größeren. Stimmt's? Sei mal ehrlich –«
Mit leicht gerötetem Gesicht beugte er sich zu ihm. »Hast du
schon Haare drauf? Und spielst manchmal damit? Ist doch so,
oder?«

Quinten traute seinen Ohren nicht. So ein Schwein! Ohne ein
Wort ließ er ihn stehen und verließ den Saal.

»Du brauchst dich gar nicht so zu haben«, rief ihm Menne nach,
»es war doch nur ein Scherz. Komm, ich lad dich zu einem Cappuccino ein.«

Als Quinten die Treppe erreicht hatte, nahm er drei Stufen
gleichzeitig und rannte kreuz und quer durch die Gassen, um den
Kerl abzuhängen. Doch der war ihm offenbar gar nicht gefolgt, da
er ihn am Abend ohnehin in der Herberge wiedertreffen würde.
Als Quinten um elf Uhr ins Bett ging, war Menne zum Glück noch
nicht da. Vielleicht war er ja schon abgereist.

Mitten in der Nacht wachte er auf von einer Hand, die unter der
Decke zwischen seinen Beinen herumfuchtelte. Der Kerl saß tatsächlich auf dem Bettrand, stank nach Alkohol und hatte den
Hosenschlitz aufgeknöpft, aus dem, bläulichweiß wie Waschpulver, ein dicker Penis ragte, den er mit der anderen Hand mit
einer Geschwindigkeit rieb, die Quinten an die Pleuelstange von
Arendjes Lokomotive erinnerte, als dieser sie mit voller Kraft über
die Schienen gejagt hatte. Das Ding war schon ganz krumm von all
der Reiberei.

»Hau ab, du Drecksau!« sagte er.

»Oh, Schätzchen, Schätzchen«, flüsterte Menne, »laß mich, laß
mich, bin gleich fertig –«

Er versuchte, Quinten auf den Mund zu küssen, und zum ersten
Mal in seinem Leben ballte Quinten seine Faust, holte aus und
schlug ihm, so fest er konnte, ins Gesicht. Stöhnend stand der
Liebhaber auf und ließ sich vornüber auf das eigene Bett fallen, wo
er mit zuckendem Hintern liegenblieb.

Niemand hatte etwas bemerkt. Für einige Sekunden lauschte
Quinten benommen auf das Schnarchen um ihn herum. Er begriff,
daß er zum zweiten Mal aus einer Stadt gejagt wurde. Wütend

stand er auf, kleidete sich an, packte seine Sachen in den Rucksack und legte die Ansichtskarten mit den Verkündigungen in seinen Reiseführer. Beim Portier, der auf einem braunen Kunstledersofa den Osservatore Romano las, bezahlte er und ging durch die kühlen Straßen zum Bahnhof. In der Bahnhofshalle legte er sich zwischen Dutzende junger Leute auf den Boden und versuchte, noch etwas zu schlafen.

53
Der Schatten

Auch beim Einkaufen am Morgen saß Edgar auf Onnos Schulter, in den Geschäften achtete man schon nicht mehr darauf. Auf der Straße spreizte der Vogel manchmal plötzlich die Flügel, stieß sich ab und flog nach einem Hüpfer auf Onnos Kopf auf eine Dachrinne oder verschwand hinter den nächsten Häusern, kam aber immer wieder zurück. Onno hing mehr an ihm, als er sich eingestehen wollte – vielleicht um sich vor dem Gedanken zu schützen, daß er eines Tages nicht wiederkommen könnte. Angenommen, einer dieser schießwütigen Hobbyjäger würde ihn abknallen! Die Menschheit enthielt mehr als genug solchen Abschaums.

»Natürlich gibt es auch ein paar anständige Leute«, belehrte er Edgar auf der Straße, ohne auf die Blicke zu achten, die die Passanten auf ihn warfen, »ich schätze sie auf acht Prozent der Menschheit. Aber weitere acht Prozent bestehen immer und überall aus dem schlimmsten Pack, das zu allem fähig ist. Wenn sie die Gelegenheit bekommen, rotten sie zuallererst die guten acht Prozent aus. Der Rest ist weder gut noch schlecht und hängt seine Fahne nach dem Wind. Auf den ersten und den dreizehnten, auf die muß man achtgeben; die restlichen elf tun nichts zur Sache. Das heißt, der erste muß zusehen, daß er sie auf seine Seite zieht, um den dreizehnten in der Gewalt zu haben, denn die elf laufen genauso willig auch hinter *ihm* her. Wenn es gutgeht, erhängt sich der dreizehnte am Ende, so wie Judas, oder wird gehängt, wie in Nürnberg, oder kommt vor ein Exekutionskommando, wie in Scheveningen; aber immer erst nach getaner Arbeit, wenn es eigentlich schon keine Rolle mehr spielt. Mir schwirrt wieder mal der Kopf, Edgar. Wenn sich der Griff des ersten milde löst, steckt der dreizehnte schon seine Grenzen ab und probiert, wie weit er gehen kann, schlitzt hier den Sitz in einem Zug auf oder demoliert dort eine Telefonzelle. Das, was sich jetzt abspielt, Edgar, passiert in einer Welt ohne Gott, dafür aber mit einer Goldenen Mauer, die jeden Moment einstürzen kann. Ich habe selbst daran mitgearbeitet. *Mea culpa, mea culpa, mea maxima culpa.* Und wenn der dreizehnte vielleicht sogar dem Richter vorgeführt wird, ist sofort ein Psychiater als *advocatus diaboli* zur Stelle, der sein Verhalten ursächlich erklärt. Schlimme Jugend, oft geschlagen, geschiedene Eltern. Aber solche Erklärungen können doch nie Rechtfertigungen für ein Verhalten sein! Der Mensch ist keine Maschine, und auch nicht einfach ein Tier wie du – und selbst bei dir bin ich mir da nicht ganz sicher. Aus diesem Grund sollte das Verhalten nicht kausal, sondern final überprüft werden. Darf ich kurz wissenschaftlich werden? Aus der kausalen Position ist das moralische Urteil verschwunden, und der kümmerliche Rest wird juristisch als mildernde Umstände präsentiert, mit Strafminderung als Folge. Aber das ist nichts anderes als die Verneinung menschlicher Freiheit! Auf diese Weise wird der Mensch entmenschlicht, man nimmt ihm seine Verantwortung. Ich erinnere mich dunkel, daß im Urteil von Max' Vater auch so etwas stand; vielleicht ist er in seiner Jugend auch einmal von seiner Mutter verraten worden. Straferlaß ist so gesehen eine unmenschliche Strafe. Und außerdem eine unzulässige Beleidigung derjenigen, die eine ebenso schlimme Jugend hatten, aber *keine* Verbrechen begehen. Diese Menschen müßten, nach dem gleichen Prinzip, vom Staat *belohnt* werden, was ihn allerdings teuer zu stehen käme. Und solange das nicht eingeführt wird, fordert die Gerechtigkeit, die Psychiater aus dem Gerichtssaal hinauszuprügeln wie weiland die Geldwechs-

ler aus dem Tempel. Nein, was der Richter braucht, ist die eiserne
Hand eines Götz von Berlichingen. Solange niemand das allersüße-
ste Fleisch des Messias hat, kann man das Böse nur brutal mit dem
Bösen bekämpfen. Im Dienste des Guten muß das Böse zugleich
zwangsläufig und tragischerweise zugelassen werden, es ist der
Preis, der gezahlt werden muß. Niemand kann unschuldig regieren, das sagte Saint-Just, bevor er unter die Guillotine kam.«

Die Blicke der Passanten auf diesen unverständlich und gurrend
vor sich hin redenden Sonderling ließen ihn kalt. Er gehörte nicht
mehr zu den Menschen, und wenn er über sie nachdachte, dann wie
ein Ornithologe über Vögel. Als er einen belebten Platz voller
Straßencafés überquerte, hüpfte Edgar auf die Erde und mischte
sich unter die Tauben, die der schwarzen Gestalt erschrocken Platz
machten.

»Gute Idee, Edgar. Laß uns hier in der Sonne in aller Ruhe mal
dreizehn Menschen inspizieren.«

Er setzte sich auf die Stufen eines Springbrunnens und stellte
seine Tragetasche ab. Aus dem Becken ragte ein gemeißelter Sockel
mit wasserspeienden Delphinen, auf dem ein Obelisk von etwa
sechs Metern Höhe stand; er war vollständig mit Hieroglyphen
bedeckt und wurde von einem goldfarbenen Stern gekrönt, dem
ein Bronzekreuz entsproß.

»Dreizehn Männer wohlgemerkt, als Gentleman lasse ich die
Frauen aus dem Spiel. Du weißt, was Weininger gesagt hat: *Das
Weib ist die Schuld des Mannes.* Hitler war ein Mann, aber er ist in
freien Wahlen ausschließlich dank der verliebten deutschen Frauen
an die Macht gekommen; aber laß uns das am besten mit den
demokratischen und feministischen Mänteln der Liebe zudecken.
Zum Beispiel der –«, sagte er und deutete mit dem Kopf auf einen
gepflegten älteren Herrn mit einer Zeitung unterm Arm, der sein
Jackett locker über der Schulter hängen hatte. »Anständiger
Mann, Prokurist bei einer mittelgroßen Bank, Referendar in
irgendeinem Ministerium. Zuverlässig, ein bißchen eitel, auf jeden
Fall nicht der erste und nicht der dreizehnte. Und der da auch
nicht«, sagte er und folgte mit den Blicken einem Mann in einem

Overall, der im Gehen irgendein Eisenteil studierte. »Der tut seine
Arbeit. Ist viel zu beschäftigt, um zu morden oder Wunder zu voll-
bringen. Aber die zwei da, die sich unterhalten – der eine gefällt
mir absolut nicht. Sein Lachen ist irgendwie nicht echt. Und das
Gesicht eine Idee zu blaß und zu glatt.«

Der Mann war Ende Zwanzig, und als er bemerkte, daß er beobachtet wurde, verschwand sein Lachen so urplötzlich, als wäre es
abgeschaltet worden, und Onno traf ein kalter, drohender Blick.
Onno wandte die Augen ab.

»Verdammt noch mal, wenn du mich fragst, ist das ein hundertprozentiger dreizehnter. Schau lieber nicht hin, der Mann ist gefähr-
lich. Ich glaube, der kann seine Emotionen steuern wie andere ihr
Auto. Laß uns lieber mal schauen, wen wir da haben«, sagte er und
sah zu einem Jungen, der den Platz überquerte, stehenblieb und mit
offenem Mund das gegenüberliegende Gebäude betrachtete.

Im gleichen Augenblick stockte Onno der Atem. Er begann zu
zittern und stand langsam auf.

Das Pantheon! Dort stand es wirklich! Es schien Quinten, als sei
es nicht wahr, was er sah. Der römische Tempel sämtlicher Götter,
zwanzig Jahrhunderte alt: Grau und kahl, von unten bis oben von
Barbaren, Kaisern und Päpsten angekratzt, stand es dort wie etwas,
das nicht nur aus einer anderen Zeit stammte, sondern auch aus
einem anderen Raum – wie ein beunruhigendes Bild, das plötzlich
aus einem Traum der letzten Nacht auftauchte.

M · AGRIPPA · L · F · COS · TERTIVM · FECIT

Die Quadrata! Da waren sie, diese wunderbaren, beseelten Buchstaben, auf dem Architrav oberhalb der acht Säulen unter den beiden dreieckigen Tympana, die Palladio so eingehend studiert hatte:
angeblich erbaut von Marcus Agrippa, Sohn des Lucius, während
seines dritten Konsulats, tatsächlich aber von Kaiser Hadrian, wie
ihn Herr Themaat gelehrt hatte. Wie es wohl Herrn Spier ging, in
seinem Pontrhydfendigaid? Links und rechts von Portal und Kup-

pelbau waren ebenerdig metertiefe Rinnen gegraben, wodurch der
Tempel aus der Erde zu steigen schien wie die Findlinge in
Drenthe. Auf der Vorderseite, hörte er Herrn Themaat erzählen,
lagen die Eingangsstufen noch unter dem jetzigen Straßenniveau.
Langsam ging er an einer Reihe wartender Pferdewagen vorbei in
den Schatten des hohen, rechteckigen Portikus, der seinerseits
ebenfalls von acht Säulen getragen wurde – zusammen waren es
also genauso viele Säulen, wie er Jahre zählte. Eine Besucher-
gruppe wartete auf ihren Führer. Als zwei Männer eine der mehr
als sieben Meter hohen Bronzetüren einen Spaltbreit öffneten,
brauchten sie dafür ihre ganze Kraft.

Der kolossale leere Raum nahm Quinten den Atem. Wie im
undurchdringlichen Inneren eines Kristalls hing schattenloses
Licht über dem hellen Marmorboden, an Säulen und in Altar-
nischen, in denen die stolzen römischen Götter durch demütige
christliche Heilige ersetzt worden waren. Anstelle eines Schluß-
steins wurde die Spitze der Kuppel von nichts als blauer Luft abgeschlossen, von einem runden Loch mit einem Durchmesser von
fast zehn Metern, durch das schräg das Sonnenlicht fiel, wie ein
schiefer Obelisk im Raum stand und auf einem beschädigten
Fresko ein blendendes Ei produzierte. Die Kuppel mit dem Loch
erinnerte ihn an eine Iris mit Pupille: Der Tempel war ein Auge,
und er befand sich genau in seiner Mitte. Von außen gesehen
mußte das Loch schwarz sein. Ein Observatorium. Wie hatte
Herr Themaat noch gesagt? Das Pantheon sei zwar nicht *das* Gebäude, denn das gebe es nicht, aber immerhin ein »guter Zweiter«, das man auch als Abbildung der Welt sehen könne. Vielleicht
hatte er damit nicht einfach nur die Natur gemeint, die Erde, den
Mond, Sonne und Sterne, sondern alle Welten, die der Zahlen
oder der geometrischen Figuren zum Beispiel, oder die der Musik. Das Gebäude war übrigens auch eine Uhr – eine Sonnenuhr,
die die Zeit nicht mit dem Schatten, sondern mit Licht maß. Er
stellte sich in die Mitte des Raumes, genau unter die Öffnung, und
holte seinen kleinen Kompaß hervor. Der Eingang lag genau nach
Norden.

Er sah in die Richtung, auf die die Nadel zeigte und so seinen Blick auf eine heruntergekommene Gestalt lenkte, die ihn von den Bronzetüren aus anstarrte. Es war ein großer und schwerer Mann, mit dunkler Brille; auf der Schulter saß eine schwarze Krähe, nein, der Vogel sah eher aus wie ein Rabe. Ein ungepflegter grauer Bart verbarg auch den Rest des Gesichts, das lange Haar war hinten zu einem Zopf zusammengebunden, und das schmuddelige, halboffene Hemd hing ihm so aus der Hose, daß der Nabel sichtbar war; die nackten Füße steckten in verschlissenen Turnschuhen. Quinten erschrak. Nicht schon wieder! In Venedig die Wienerin, in Florenz dieser Schweinigel, und jetzt ein Penner – es wurde immer schlimmer. Verärgert wollte er sich abwenden, aber in diesem Moment flog der Vogel von der Schulter des Mannes auf, beschrieb flatternd einen Kreis, setzte sich kurz auf die Leiste, über der die Kuppel auf dem Rondell ruhte, und verschwand schließlich krächzend durch die blaue Öffnung.

Jeder im Pantheon sah ihm nach, ein Japaner machte sofort ein Foto, und Onno wußte im selben Augenblick, daß er nicht wiederkommen würde. Er hatte nicht vorgehabt, Quinten anzusprechen, sondern wollte ihn nur kurz sehen, und als er den Vogel zurückrufen wollte, fiel ihm ein, daß Quinten ja seine Stimme wiedererkennen würde, also schwieg er. Jetzt hatte er Edgar nicht einmal Lebewohl gesagt – und plötzlich fühlte er sich wieder so mutterseelenallein, daß er es nicht mehr aushielt.

Als Quinten den Penner zitternd und auf einen Stock gestützt direkt auf sich zukommen sah, wäre er am liebsten in einem großen Bogen um ihn herum- und hinausgerannt, aber er beschloß, ihm in aller Deutlichkeit zu sagen, er solle ihn gefälligst in Ruhe lassen – vorausgesetzt, er sprach Französisch, Deutsch oder Englisch –, und erst dann wollte er den Tempel verlassen. Als der Penner vor ihm stand, nahm er seine Sonnenbrille ab.

Quinten spürte, wie er sich in ein Standbild seiner selbst verwandelte. Seine Atmung stockte, Herz, Hirn und Blut standen still, für einen Augenblick, als er Onnos Augen begegnete, die er so gut kannte und aus denen ihn zugleich ein ganz anderer als sein Vater anzusehen schien, wurde er zu Stein. Dann fielen sie sich um den Hals und blieben einige Sekunden in regloser Umarmung stehen, bis Onno sich suchend umsah.

»Ich muß mich kurz setzen.«

Hand in Hand gingen sie zu einer Holzbank, die einige Meter vom Sarkophag mit den Gebeinen Raffaels entfernt stand, und betrachteten sich sprachlos. Einerseits hatte Quinten das Gefühl, daß das alles nicht wahr sein konnte, andererseits jedoch war es selbstverständlich, daß er ihn gefunden hatte, ohne ihn eigentlich gesucht zu haben. Wie heruntergekommen er aussah! Geldmangel konnte es nicht sein, trotzdem schien es, als wäre er völlig abgebrannt. Onkel Karel hatte recht gehabt: Der Tod von Tante Helga hatte einen Aussteiger aus ihm gemacht. War es eigentlich richtig, was jetzt geschah?

Auch Onno war völlig durcheinander. Sein ganzes Leben war durch eine Laune wieder vollkommen ungewiß geworden. Indem er sich Quinten zu erkennen gegeben hatte, war etwas Unwiderrufliches geschehen: ausgeschlossen, sich nachher wieder für immer von ihm zu verabschieden, und ebenso ausgeschlossen, sein früheres Leben einfach wiederaufzunehmen. Zugleich verspürte er etwas wie Erleichterung darüber, daß nun alles plötzlich anders war als in den letzten vier Jahren. Als er die Niederlande verlassen hatte, war Quinten zwölf gewesen; jetzt saß dort fast ein Mann. Zum ersten Mal schämte er sich. Er senkte den Blick und wußte nicht, was er sagen sollte.

Quinten bemerkte es und fragte ihn:

»Soll ich wieder gehen?«

Onno schüttelte den Kopf.

»Es ist, wie es ist«, sagte er leise. »Quinten – wie geht es dir? Du siehst gut aus. Du bist zwei Köpfe gewachsen.«

»Kann schon sein.«

»Seit wann bist du in Rom?«

»Seit gestern nachmittag.«

»Bist du mit deiner Klasse hier? Ich war auch zum ersten Mal hier, als ich in die dreizehnte ging.«

»Ich bin in der neunten sitzengeblieben und müßte eigentlich in der zwölften sein. Aber ich gehe nicht mehr zur Schule.«

Onno, der so viel mehr aufgegeben hatte, begriff, daß er sich jetzt keinen Kommentar erlauben durfte: Weil er von alldem nichts hatte wissen wollen, hatte er sein Recht zu sprechen eingebüßt. Außerdem war Quintens Stimme anzuhören, daß er keinen Widerspruch duldete. Einen Moment lang überlegte Onno, ob er sich nach Ada erkundigen sollte, aber vielleicht lebte sie nicht mehr.

»Ich kann es noch immer nicht glauben, Quinten.«

»Vielleicht stimmt es ja auch gar nicht.«

Auf Onnos Gesicht erschien ein Lächeln.

»Vielleicht träumen wir ja. Beide den gleichen Traum.« Zögernd sah er ihn an. Er *mußte* sich nach Ada erkundigen. »Wie geht es Mama?«

»Noch immer gleich, soweit ich weiß. Ich habe sie auch schon lange nicht mehr gesehen.« Er wollte nicht über seine Mutter sprechen und war plötzlich irritiert, daß ihn sein Vater danach fragen mußte. Sie hätte ja auch tot sein können. Oder war sie inzwischen vielleicht tot? Seine Oma wußte noch immer nicht, wo er war. Gleich würde Onno natürlich auch wissen wollen, wie es Max ging, und dann mußte er erzählen, was passiert war. Um dem Gespräch eine andere Wendung zu geben, fragte er: »Warum gehst du am Stock?«

Onno nahm den Stock auf den Schoß und betrachtete ihn. Es war ein roh geschnitzter, knorriger Ast, dessen oberes Ende in einem verwitterten Pinsel auslief; der gebogene Handgriff war kunstvoll zu einem Schlangenkopf geformt.

»Schön, nicht? Habe ich bei einem Trödler entdeckt.« Langsam wandte er sein Gesicht Quinten zu und sagte: »Ich habe vor anderthalb Jahren einen leichten Schlaganfall gehabt.« Und als er sah, daß Quinten erschrak: »Keine Sorge, es ist vorbei. Aber es geschah an einer riskanten Stelle, im Thalamus, wie es heißt. Einige Zentimeter weiter vorne, und ich hätte im Rollstuhl gesessen, dem Neurologen zufolge hatte ich mehr Glück als Verstand. Kennst du das? Wenn man unter die Straßenbahn kommt und ein Bein wird einem

abgefahren, muß man noch froh sein, daß es nicht beide Beine waren. Immer wenn einem etwas Schlimmes passiert, muß man von
Glück reden und auch noch dankbar sein.«

»Hattest du große Schmerzen?«

»Überhaupt nicht. In Wirklichkeit ist überhaupt immer alles anders, als man sich das vorgestellt hat. Willst du es genau wissen?«

Quinten zuckte die Schultern. Eigentlich wollte er es nicht wissen, aber er wollte die Frage nach Max möglichst lange hinauszögern.

An einem kalten Wintertag, erzählte Onno, sei er nicht weit von
hier einmal über die Straße gegangen. Plötzlich habe er gespürt,
daß irgend etwas passieren werde: Es war, als ob er gar nicht mehr
war, wo er war, die linke Hand fing an zu prickeln, und kurz darauf
auch der linke Fuß. Es war ein Gefühl, als seien ein paar Steinchen
im Schuh, aber nach einer Minute war der ganze Schuh voll davon,
und alle Steinchen zusammen waren der linke Fuß. Wieder eine
Minute später begriff er, daß etwas nicht stimmte. Sein ganzes lin-
kes Bein, seine linke Seite und die linke Gesichtshälfte waren taub.
Da alles links passierte, dachte er an sein Herz, aber er hatte keine
Schmerzen in der Brust, nur leichte Kopfschmerzen, aber sie waren so geringfügig, daß es nicht einmal notwendig war, ein Aspirin
zu nehmen. Ab und zu mußte er kurz stehenbleiben. Als er seinen
Puls fühlte, raste sein Herz so schnell, daß es unmöglich war, mit-
zuzählen. Er versuchte, den linken Handschuh auszuziehen, aber
er trug nie Handschuhe und bemerkte schließlich, daß er an den
Fingern zog. An den Gesichtern der Leute, die ihm entgegenka-
men, versuchte er abzulesen, ob ihm etwas anzusehen war, aber er
sah keine besondere Reaktion. Er wußte jedoch, daß er jetzt in
einer anderen Welt verkehrte als sie. Er setzte sich auf den Geh-
steigrand. Eine Frau fragte, ob sie einen Krankenwagen rufen
solle. Er sagte, das sei nicht nötig, aber sie tat es trotzdem, und
kurze Zeit später wurde er mit heulenden Sirenen ins Krankenhaus
gefahren. Dort schoben sie ihn in eine Art riesigen, rotierenden
Backofen, um Aufnahmen von seinem Gehirn zu machen. Drei
Tage später war er wieder zu Hause.

»Ich durfte nicht mehr rauchen und nicht mehr trinken. Ja, drei Gläser Wein am Tag, aber mit diesem Quantum ist man eigentlich schon Abstinenzler. Die linke Körperhälfte ist immer noch ein bißchen taub, und mir ist praktisch immer schwindlig, wenn ich gehe. Vielleicht legt sich das mit der Zeit, aber wenn man älter wird, legt sich meistens nichts mehr. Deshalb jetzt also der Stock. Es geht zwar auch ohne, aber ich fühle mich sicherer damit.«

»Wie kam das, daß du plötzlich einen Schlaganfall hattest?«

»Erinnerst du dich, daß ich mich früher mit dem Entziffern alter Schriften beschäftigt habe? Ich habe irgendwann einmal eine Theorie über das Etruskische veröffentlicht, für die ich damals das Ehrendoktorat erhielt.«

»Ja, Tante Dol sagte letztens, sie habe das auf deine Anweisung hin zurückgeschickt.«

»Dol«, wiederholte Onno laut. »Wie geht es Dol?«

»Sie wohnen neuerdings auf Menorca.«

Onno sah sich in dem Raum, der sich immer mehr mit Touristen füllte, melancholisch um.

»Du weißt vielleicht auch, daß ich mich nach dem Etruskischen dem Diskos von Phaistos gewidmet habe, aber dafür keinen Ansatz fand. Dann bin ich in die Politik gegangen, um eine Ausrede zu haben, weshalb ich an diesem Diskos nicht weiterarbeitete. Aber in der Politik lief es auch nicht gut, und als Tante Helga starb, sah ich überhaupt keine Perspektive mehr. Aber das habe ich euch ja alles geschrieben. Ich wollte für immer weg – aber wohin? Damals dachte ich: Ich bin wieder an meinem Ausgangspunkt, also werde ich mir nie wieder etwas vornehmen, ganz sicher war ich mir aber nie. Endgültig ist ohnehin nichts im Leben, wenn man vom Tod mal absieht – das kannst du jetzt einmal mehr sehen. Also habe ich gedacht: Wenn ich jemals noch etwas tue, dann mache ich da weiter, wo ich aufgehört habe, beim Diskos. Diese Schrift war immer noch nicht entziffert. Meine alten Aufzeichnungen waren das einzige, was ich aus Amsterdam mitgenommen hatte, obwohl ich sie kaum noch verstand. Und da ich ja irgendwo hinmußte, bestimmte das auch mein Ziel. Also Rom. Nirgends findet man auf diesem Gebiet so viel Material wie hier. In London vielleicht noch, aber da regnet es mir zuviel.«

»Das hätte mir immerhin auch einfallen können!« rief Quinten, »Ich habe nur an Kreta gedacht.«

Onno sah ihn an.

»Wolltest du mich suchen?«

»Ja, sicher. Wundert dich das?«

Onno schlug die Augen nieder. Irgendwie mußte er all die Jahre benommen gewesen sein, wie ein Boxer, der in den Seilen hing und von seinem Gegner auch dann noch traktiert wurde, wenn der Ringrichter bereits dazwischenging. Den Gedanken an Quinten hatte er nie wirklich zugelassen. Von Anfang an hatte er sich weisgemacht, daß der Junge zwar sein und Adas leiblicher Sohn war, im Grunde aber doch eher das Kind von Max und Sophia. Was für ein Irrtum! Was für eine abenteuerliche Lüge! Von Minute zu Minute schien es, als ob wie von einem *Croûte* mehr und mehr Krusten von ihm abfielen.

»Nein, es wundert mich nicht.« Er sah ihn wieder an. »Warst du bei Giltay Veth?«

»Natürlich. Aber da bin ich auch keinen Schritt weitergekommen.«

Onno schwieg eine Weile, zwang sich dann aber zu sagen:

»Verzeihst du mir, Quinten?«

Quinten sah ihn mit seinen azurblauen Augen unverwandt an.

»Ich habe dir nichts zu verzeihen.«

Es kam Onno vor, als säße er seinem Vater gegenüber, als sei sein eigener Sohn ihm überlegen.

»Ich habe dir gerade erzählt, was möglicherweise der Grund für meinen Schlaganfall war«, fuhr er fort. »Meine linguistischen Notizen lagen irgendwo in meinem Zimmer vergraben, und ich habe mich nie mehr darum gekümmert, aber vor etwa anderthalb Jahren ging ich auf den Markt auf dem Platz um die Ecke, um mir etwas zu essen zu besorgen. Ich kaufte ein Stück San Pietro, ich hab es noch genau vor mir, wie die Fischfrau den Fisch mit roten, geschwollenen Händen in eine Zeitung wickelte. Seit ich aus Holland weg war, hatte ich keine Zeitung mehr gelesen, aber als ich den Fisch auspackte, sah ich plötzlich meinen eigenen Namen, *Qiuts* geschrieben. Wenn du einmal so berühmt bist und in der Zeitung stehst, wirst du es sehen: es ist, als ob die Buchstaben deines Namens dir vom Papier aus direkt in die Augen sprängen. Der Bericht handelte von meinem früheren Konkurrenten Pellegrini, der hier in Rom Professor war und nie etwas von meiner etruskischen Theorie gehalten hat. Er hatte seinerzeit sogar Briefe nach Uppsala geschrieben, um mein Ehrendoktorat zu verhindern, wie ich vom Rektor dort erfuhr. Und jetzt las ich, daß er auf seine alten Tage seinen Sohn in dessen neuem Landhaus in der Toskana irgendwo bei Arezzo besuchte, im Garten spazierenging und plötzlich im Boden versank. Und, was glaubst du? Er war in eine etruskische Grabkammer gefallen. Er hatte sich die Hüfte gebrochen, aber das erste, was er auf einer Stele sah, war eine neue *Bilingue* – ein und derselbe Text in zwei Sprachen, in diesem Fall Etruskisch und Phönizisch! Die Bilingue bewies, daß *il professore islandese Qiuts* sich auf alle Fälle geirrt hatte. Damit war nun gar nichts mehr von meinem Leben übrig.«

»Außer mir ja wohl.«

»Ja«, sagte Onno und wandte die Augen ab. »Außer dir natürlich. Aber sonst nichts. Und klar war auch, daß mich in meinem Fach niemand mehr ernst nehmen würde, wenn ich nun mit einer Lösung für den Diskos von Phaistos angekommen wäre. Meine Aufzeichnungen habe ich damals alle weggeworfen, Hunderte von Seiten, die Arbeit von Jahren. Am meisten hatte mich eine beiläufige Bemerkung Pellegrinis schockiert. Als der Journalist ihn fragte, warum denn in Gottes Namen ausgerechnet er in diesen Keller gefallen sei, sagte der alte Schuft: Alles eine Frage des Talents. Er hatte recht. Ich habe kein Talent. Am nächsten Tag passierte es dann, in meinem Schlafzimmer.«

»In deinem Schlafzimmer? Du hast doch gerade gesagt, daß es mitten auf der Straße passiert ist.«

»Thalamus bedeutet: Schlafzimmer, Bett, Ehebett.«

Quinten betrachtete das blendende Ei: es hatte das Fresko verlassen, hatte sich leicht gesenkt und war nach rechts zu einem Altar mit einer terrakottafarbenen Verkündigung gewandert. Trotz der vielen Touristen war es immer noch fast totenstill, als würde das Stimmengewirr wie Rauch durch die Lichtöffnung abgesaugt. Quinten seufzte tief. Seinem Vater blieb wenig erspart, ihm mußte viel verziehen werden. Ging es jedem so? War es das, was das Leben ausmachte? Wenn alles schließlich auf nichts hinauslief, was hatte man dann eigentlich davon? Stand ihm selbst das gleiche bevor? Der Gedanke kam ihm lächerlich vor. Ihm doch nicht! Er wußte zwar nicht, was er machen wollte, aber wenn er einmal einen Entschluß gefaßt haben würde, dann brächte er die Sache auch zu einem guten Ende, und nichts und niemand würde ihn davon abhalten, das war so sicher wie das Amen in der Kirche!

»Hast du keine Angst, daß es noch einmal passiert?«

»Ein Schlaganfall?« Onno zuckte mit den Schultern. »Dann hat es eben sein sollen. Ich beschäftige mich nicht so sehr mit meinem Körper, ich habe immer das Gefühl gehabt, daß er jemand anders ist. Eine Art Haustier.« Er blickte kurz hinauf zu der Lichtscheibe, durch die Edgar verschwunden war.

»Und was machst du jetzt den ganzen Tag?«

»Nichts. Schlafen. Notizen machen. Ein bißchen nachdenken, aber alles, was ich denke, ist gleich schrecklich.« Er sah ihn an. »Mich gibt es nicht mehr, Quinten. Irgendwann einmal habe ich eine Geschichte gelesen über eine Frau ohne Schatten, aber ich bin ein Schatten ohne Mann.«

So war es. Quinten konnte sich kaum vorstellen, daß da derselbe Mann saß, der früher auf die gleiche Frage den Zeigefinger wie ein Prophet über den Kopf gehoben und gerufen hätte: »Ich widme mich dem Geist! Dem Ruf zum Abgrund!« Er wollte ihn nach dem Raben fragen, der vorhin durch die blaue Pupille davongeflogen war, aber im selben Augenblick wollte auch Onno etwas sagen. Quinten hielt inne und wußte, was jetzt kam.

»Ist Max auch in Rom?«

Quinten antwortete nicht, wich seinem Blick aber nicht aus.

»Warum sagst du nichts?«

Mit Bestürzung sah Quinten, daß sein Vater Max' Tod auch ohne ein Wort begriff.

»Wann?« fragte er schließlich.

»Vor einigen Monaten.«

»Wie?«

»Von einem Meteoriten getroffen.«

Schweigend starrte Onno in den flüsternden Raum. War es vielleicht diese Nachricht, oder die Möglichkeit dieser Nachricht, vor der er vor vier Jahren geflüchtet war, da er das nicht auch noch ertragen hätte? Doch jetzt versank es in ihm wie spurlos, vielleicht weil er Quinten anstelle von Max wiederbekommen hatte! Nach einer langen Minute holte er tief Luft und sagte:

»Auch er also.«

»Wie ›auch er also‹?«

»Mangel an Talent.«

Als Quinten an diesem Abend in der Jugendherberge lag und nicht einschlafen konnte, sah er eine Zeichnung aus einem Buch vor sich, das er von Max einmal zum Geburtstag bekommen hatte: im einen Augenblick war sie der Umriß einer Vase, im anderen zwei Gesichter im Profil, die einander ansahen, Raum und Materie wechselten sich ab, Materie wurde Raum, Raum wurde Materie. Als er endlich schlief, war das Gesicht seines Vaters verschwunden, sein eigenes ebenfalls, nur das, was zwischen ihnen war, war noch da: eine Vase, sie war mit flüssiger Luft gefüllt, mit blauem Wasser in der Nähe des absoluten Nullpunkts.

54
Die Steine Roms

Am nächsten Morgen ging er zu der Adresse, die Onno ihm gegeben hatte. Die Via Pellegrino war eine schmale, kurvenreiche Straße, die in den Campo de' Fiori mündete, einen großen Platz voller Marktstände. An einer Ecke, direkt vor einem Café, lag ein Haufen Müll; um den Platz orange- und rotgestrichene Fassaden, Geschäfte mit Gebrauchtmöbeln, Haushaltswarenläden mit viel Plastikkram, eine Werkstatt für Klaviere, ein kleiner Gemischtwarenhändler. Gegenüber einem Uhrengeschäft ein mit Spiegeln in Goldrahmen behängter Durchgang, der zwischen zwei antiken, verwitterten Säulen, deren größter Teil noch im Boden zu stecken schien, zu einem stillen Innenhof führte, in dem rundherum Pflanzenkübel, Motorroller und Motorräder standen. Unter Girlanden trocknender Wäsche war ein Zimmermann bei der Arbeit, und aus den geöffneten Fensterläden waren Stimmen und Musik zu hören. Mit gespannter Aufmerksamkeit nahm er alles in sich auf. Das also war der Ort in der Welt, den er all die Jahre über gesucht hatte und der hier immer gewesen war. Auf einmal kam es ihm unbegreiflich vor, nicht eher gewußt zu haben, daß er einfach nur hierher hätte kommen müssen.

Über die Außentreppe, die ihm sein Vater beschrieben hatte, kam er in einen Flur, wo es heftig zog und der mit dem Lärm spielender Kinder erfüllt war, ab und zu unterbrochen durch »Paolo!« oder »Giorgio!« schreiende Mütter. Im oberen Stock stand die Tür zu Onnos Zimmer halb offen. Zögernd blieb Quinten auf der Schwelle stehen.

»Papa?«

»*Entrez!*«

Onno stand vornübergebeugt und mit nacktem Oberkörper am Waschbecken und putzte sich die Zähne. Seine langen Haare hingen wirr herunter, der Bart war zerzaust. Jetzt war noch deutlicher sichtbar, wie schwerleibig er geworden war.

»Guten Morgen«, sagte er mit weißem Schaum auf den Lippen in einen kleinen Rasierspiegel. »Mach dir's bequem, aber das sagt sich so einfach.«

Die Unordnung wunderte Quinten nicht. Das Bett fungierte auch als Kleiderschrank, aus allen möglichen Kartons quoll undefinierbares Zeug, und das Chaos um einen Gaskocher in der Zimmerecke rief kaum die Vorstellung einer Küche hervor. Nirgends ein Telefon oder Radio, und schon gar kein Fernseher. Er warf einen Blick aus dem Dachfenster vor dem Schreibtisch. Ein Meer rostbrauner Dächer, Antennen und Kirchtürme, die sich hell gegen den tiefblauen Himmel abzeichneten. In der Ferne konnte er gerade noch den riesigen Engel auf der Spitze des Castel Sant' Angelo auf der anderen Seite des Tiber ausmachen. Die Fensterbank war mit einer dicken Schicht Vogelmist bedeckt.

»Diese Unordnung hier überall. Soll ich mal aufräumen?«

»Du weißt ja gar nicht, wo du anfangen sollst. Aber wenn du willst. Schmeiß einfach alles weg.«

Über Max wurde nicht mehr gesprochen. Während Onno von Edgar erzählte, räumte Quinten den Tisch auf, füllte zwei Müllsäcke mit Abfall und sammelte die schmutzigen Kleider ein, die überall herumlagen.

»Warum hast du ihn Edgar genannt?«

»Nach Edgar Allan Poe natürlich. Der hat ein berühmtes Gedicht über einen Raben geschrieben. *The Raven.*« Er richtete sich auf, schaute in den runden Spiegel, der an einem Nagel an der Wand hing, und rezitierte: »*Other friends have flown before – on the morrow* he *will leave me as may Hopes have flown before. Then the bird said, Nevermore.* Aber trotzdem hat er mich verlassen, und ich habe irgendwie das Gefühl, daß er nicht wiederkommen wird. Vielleicht hat ihn das Pantheon erschreckt. Aber ich habe mich schon damit abgefunden, denn jetzt habe ich ja dich dafür wiederbekommen.« Und für Max, dachte Quinten, aber das behielt er für sich.

Beide spürten sie die Verlegenheit des anderen, die die neue Situation mit sich brachte, aber keiner von ihnen schaffte es, darauf

zu sprechen zu kommen. Sie brachten die Wäsche einige Häuser
weiter zur Wäscherei und setzten sich in ein Straßencafé. In der
Mitte des belebten, rechteckigen Platzes stand ein düsteres Standbild eines Mönches mit aufgesetzter Kapuze.

»Wer ist das?« fragte Quinten.

»Giordano Bruno.«

Quinten nickte.

»Der das All unendlich gemacht hat.«

»Hat Max dir das erzählt?«

»Nein, Herr Verloren van Themaat.«

»Und das hast du dir gemerkt.«

»Ja. Ich vergesse fast nie etwas.«

Onno sah eine Weile in Gedanken auf das Standbild.

»Dort, an dieser Stelle, haben sie ihn als Ketzer verbrannt.« Mit
dem Stock zeigte er auf die Menge zwischen den Ständen. »Weißt
du, was das alles hier ist? Es ist alles auch, was es nicht ist.«

»Das verstehe ich nicht.«

»Die Welt ist jetzt für immer auch die maxlose Welt.«

Quinten wußte, daß Max seinem Vater mehr bedeutet hatte als
ihm selbst, und er wußte auch, daß er, Quinten, eine solche
Freundschaft nie mit jemandem gehabt hatte oder haben würde.
Aus den Augenwinkeln beobachtete er seinen Vater. Sein Kopf war
leicht nach vorne geneigt, die Nähe des bärtigen Gesichts mit der
Sonnenbrille hatte zugleich etwas Ungreifbares, als ob es unerreichbar weit weg sei.

Der Ober aus dem Café begrüßte Onno wie einen alten Bekannten und nannte ihn »Signore Enrico«. Während er die Tischplatte
abwischte, warf er mit leicht hochgezogenen Augenbrauen einen
Blick auf Quinten.

»Das ist mein Sohn, Mauro«, sagte Onno auf italienisch. »Quin-
tilio.«

Mauro gab ihm die Hand, ohne daß der ironische Ausdruck aus
seiner Miene verschwand. Man sah, daß er es nur halb glaubte; dieser alte Sonderling hatte wahrscheinlich mit einem Lustknaben der
Via Appia angebandelt – aber es sollte ihm gegönnt sein.

»Jeder kennt mich hier nur als Signore Enrico«, sagte Onno, als Mauro wieder hineingegangen war. »Enrico Delius«, sagte er mit einer gewissen Scheu in der Stimme. »Sie glauben, ich sei ein Österreicher aus Tirol.«

Quinten nickte mit einem Gesicht, als sei das alles selbstverständlich.

»Mich hat er ziemlich komisch angeschaut, dein Mauro.« Er erzählte von den Avancen, die ihm in Venedig und Florenz gemacht worden waren, und Onno fragte ihn:

»Und du hast in den Niederlanden keine große Liebe zurückgelassen?«

»Nein«, sagte Quinten kurz angebunden.

Das gab es nicht für ihn, und er wollte auch nicht darüber reden. Onno wollte ihn bestärken, es am besten auch weiterhin so zu halten, da jede Liebe unwiderruflich und immer der Anfang eines alles zerfetzenden Endes sei, aber er beschloß, Quinten mit seiner Niedergeschlagenheit zu verschonen. Sie gehörte nicht an den Anfang, sondern ans Ende eines Lebens. Schweigend betrachteten sie das Treiben auf dem Markt. Als der Ober ihnen *Caffè Latte* und Croissants brachte, sagte Onno:

»Ich hätte auch mal wieder Lust auf Fleischkroketten.«

»Mir schmeckt das hier besser. So sollte uns Oma mal beim Frühstück sehen.«

»Hast du ihr schon gesagt, daß wir uns getroffen haben?«

»Nein, ich habe überhaupt noch nichts von mir hören lassen.«

»Vielleicht solltest du es vorläufig auch noch für dich behalten.«

»Warum?«

»Ich weiß nicht –. Sonst erfahren es sofort auch deine Onkel und Tanten, und ich weiß nicht, ob ich das schon möchte.«

Quinten nickte. Daß er mit seinem Vater ein Geheimnis teilte, gefiel ihm. Onno stützte sich auf die Knie und tunkte sein Croissant in den Kaffee. Plötzlich fragte er:

»Was würdest du davon halten, bei mir einzuziehen? Ich weiß zwar nicht, wie lange du in Rom bleiben willst, aber es ist doch Unsinn, in einem Hotel zu wohnen, wo du doch genausogut bei mir bleiben kannst?« Und als Quinten ihn überrascht ansah: »Laß uns eine Campingliege kaufen, du holst deine Sachen, und dann ist auch dieses Problem schon wieder gelöst.«

Auf Quintens Gesicht zeigte sich ein breites Lachen. Endlich war es soweit: Er wohnte bei seinem Vater!

Quinten hatte Onno nie zuvor so lange ununterbrochen erlebt. Sie gingen nun jeden Tag zusammen in die Stadt. Als er zum ersten Mal auf den Petersplatz kam, traf ihn der Anblick des Obelisken, der im Mittelpunkt von Berninis umarmenden Säulengängen stand, mehr als die ehrfurchtgebietende Fassade des Petersdoms, die auch wieder an das Pantheon erinnerte.

»Was sagst du dazu?« sagte Onno. »Ein ägyptischer Obelisk im Herzen des Christentums. Hier haben sie Petrus kopfüber gekreuzigt, im Zirkus von Nero. Ganz Rom ist voll von Obelisken.«

»Vielleicht«, vermutete Quinten, »hat das etwas mit dem ägyptischen Exil zu tun, aus dem Moses die Juden geführt hat.«

»Wer weiß?« lachte Onno. »Allerdings ist dieser Zusammenhang nur für den zu verstehen, der auf die gleiche, nicht nachvollziehbare Art denkt wie du.«

Quinten sah den langen Schatten, den der Obelisk wie eine Sonnenuhr warf, und dann die unbeschriebenen Seitenflächen.

»Es steht nichts drauf. Eigentlich solltest du etwas draufschreiben.«

Onno betrachtete den glatten Granit, zeigte dann mit dem Stock auf die Spitze und folgte dann der Schrift Wort für Wort immer weiter nach unten:

»*Paut neteroe her resch sep sen ini Asar sa Heroe men ab maä kheroe sa Ast auau Asar*. Das bedeutet –«

»Das möchte ich gar nicht wissen. Dafür klingt es viel zu schön.«

Auch für Onno war das alles wieder neu. Früher war er öfter in Rom gewesen, das letzte Mal als Staatssekretär; eskortiert von Polizisten auf Motorrädern hatte ihn ein Regierungswagen damals mit Blaulicht über alle roten Ampeln vom Flughafen zum Quirinal gebracht; aber seit er hier wohnte, hatte er sein Viertel nicht verlassen.

In der riesigen Basilika von Sankt Peter half er Quinten beim Übersetzen der Wörter, die in der Kuppel in einem Kreis golden über dem Hochaltar prangten:

TV ES PETRVS ET SVPER HANC PETRAM
AEDIFICABO ECCLESIAM MEAM

»Dort steht auf den ersten Blick: Du bist Petrus und auf diesem Petrus will ich meine Kirche bauen. Aber *Petra* ist ein griechisches Wort und bedeutet ›Fels‹. Das Grab von Petrus soll unter diesem Altar liegen, und darauf ist die Kirche gebaut, nicht nur dieses Gebäude, sondern die katholische Kirche im allgemeinen. Die Päpste betrachten sich als Nachfolger Petri.«

Sie besuchten die Vatikanischen Museen und die wunderbare Sixtinische Kapelle, in der nur geflüstert werden durfte, die Kardinäle hinter ihrer Goldenen Mauer jedoch herumschrien und tobten, wenn sie aus ihrer Mitte einen neuen Papst wählen mußten. Beim Anblick von Michelangelos *Erschaffung des Adam*, die unter der dunkelbraunen Patina der Jahrhunderte in hellen Farben wieder zum Vorschein gekommen war, erinnerte sich Onno an die kommunistische Neonausführung auf der Rampa in Havanna vor achtzehn Jahren, als alles angefangen hatte, aber er verlor kein Wort darüber.

»Glaubst du, daß Adam einen Nabel hatte?« fragte Quinten, als sie wieder ins Freie traten. »Er hatte doch keine Mutter?«

»Nur gut, daß du kein holländischer Pfarrer bist. Wegen solcher Fragen haben sie sich jahrhundertelang verketzert.«

Dank Quinten kam Onno an Orte, wo er noch nie gewesen war, und bald auch zum Aventin, »um durchs Schlüsselloch zu schauen«. In dem stillen Viertel, am Rand des steil zum Tiber abfallenden Hügels, lag eine rechteckige, auf drei Seiten von Mauern eingefaßte Verbreiterung der Straße, auf die Zypressen und Palmen ihre Schatten warfen. Als Platz konnte die Piazza de’ Cavalieri di Malta kaum bezeichnet werden und sah eher wie ein unvollendeter Tempel aus. Quinten lief sofort ein Schauer über den Rücken. Die

Burg. Onno sah, daß ihn irgend etwas beschäftigte, fragte aber nicht nach, Quinten äußerte nur, daß es sich um einen Entwurf von Piranesi handele. Während sich Onno auf eine Bank setzte, weil ihm wieder ein Schwindelgefühl zu schaffen machte, ging Quinten die vier oder fünf Meter hohe Mauer entlang und warf einen kurzen Blick auf den Kompaß. Auf der langen Südseite und der kürzeren Westseite wurde die Mauer von Obelisken, Stelen, Reliefs und Ornamenten unterbrochen, deren Stil, oder besser Unstil, ihm vollkommen fremd vorkam. Lyren, Kugeln, Dreiecke, Helme, Kreuze, Schwerter, Flügel, Panflöten. Auf der Nordseite faßte die Mauer das Eingangsportal zum Kloster der Malteserritter ein und erinnerte ihn mit ihren manieristischen Ornamenten, den blinden, wie Fenster wirkenden Nischen und der Reihe großer Urnen auf dem Dach an Palladio, war jedoch auf den zweiten Blick genauso bizarr wie alles andere hier. Auch der geweihte Bereich des Klosters atmete die Atmosphäre der *Carceri*, die Herr Themaat ihm gezeigt hatte: Piranesis unendliche Kerker, die er aus seinem Traum kannte – nur daß jetzt alles in einem Rechteck gesperrt war. Er bückte sich und schaute durch das berühmte Schlüsselloch der Pforte. Genau auf der Achse einer langen, sorgsam gestutzten Lorbeerhecke war in der Fluchtlinie die Kuppel des Petersdoms zu sehen. Für viele Menschen, dachte er, ist das *die Mitte der Welt*.

Er wollte seinem Vater winken, als er ihn jedoch so einsam und allein auf seinen Stock gestützt dasitzen sah wie einen obdachlosen Alkoholiker, der sich aus Mülleimern ernährte, hielt er sich zurück. Der verlassene Platz lag warm im diesigen Licht der Frühlingssonne. Das Schicksal hatte sie zwar zusammengeführt, aber nun, da er ihn endlich gefunden hatte, schien die Beziehung zu den Steinen Roms stärker als die zu seinem Vater. Auch abends, in der Via del Pellegrino, sprachen sie wenig, und nie über frühere Zeiten, die sich irgendwie auf der anderen Seite einer Mauer befanden, über die keiner von ihnen springen wollte. Trotzdem war sich Quinten ganz sicher, daß sie zusammenbleiben sollten: zwei Partner, die einander ausgeliefert waren.

Sie sahen sich an. Er hat etwas Unerbittliches, der Junge, dachte Onno. Etwas Unmenschliches. Eine Art interstellarer Kälte.

Auf der Piazza Venezia regelte ein Polizist mit weißem Helm den Verkehr mit einer so faszinierenden Motorik, daß Onno an seine Theorie über die Körperlichkeit der Macht erinnert wurde. Um sich von dem Verkehr nicht einschüchtern zu lassen, hob er am Bordstein seinen knorrigen Stock und bahnte sich lachend den Weg durch die vorbeirasenden Autos wie durch eine flüchtende Herde trompetender Elefanten. Einige Minuten später stiegen sie auf das Forum Romanum hinunter wie in eine stille Grube der Vergangenheit.

Der langgestreckte Streifen voller weißer und rotbrauner Ruinen, Stücke und Brocken, Unkraut, geborstener Säulen, Steinquader, Löcher und Mauerreste, alles durch die flache Hand der Zeit zerstört, war für Onno wie ein trauriges Bild seines Lebens, bei Quinten hingegen rief dieses Areal eine merkwürdige Erregung hervor, die Gleichaltrige vielleicht nur bei der Demonstrationsshow einer tief über den Erdboden dahinjagenden Flugzeugstaffel verspürten. Es erinnerte ihn erneut an die Burg beziehungsweise an das, was nach dem Aufwachen von ihr noch übrig war. Er näherte sich irgend etwas, irgendwo wartete etwas auf ihn. Aber wo? Und was war es? Am Rand des Geländes, das aussah wie ein offenes Verlies, dröhnte der Verkehr über die Via dei Fori Imperiali, auf der anderen Seite erhob sich der düstere, bedrohliche Hügel des Palatin, wo die Kaiserpaläste gestanden hatten; die Sonne drehte sich um die Säule des Phokas, und Stunde um Stunde irrten sie durch den kostbaren Schutt. Nach der überschäumenden Helligkeit Venedigs, das wie ein Korken auf dem Wasser trieb, und der massiven Verschlossenheit von Florenz waren hier die Dinge so schwer, daß sie metertief in den Boden versunken waren. Während Quinten Onno zuhörte und den Zeigefinger als Lesezeichen in den Führer des Instituto Poligrafico dello Stato gelegt hatte, ordneten sich vor seinen Augen rüttelnd und sich verschiebend die Steine. Comitium. Regia. Ein seltsam proportioniertes Backsteingebäude,

das beim Triumphbogen des Septimus Severus häßlich im Weg
stand und danach schrie, weggeräumt zu werden, entpuppte sich
nach einem kurzen Blick in den Führer als die Curia, der römische
Senat, dessen ursprünglich bronzene Türen sich jetzt in der Lateranbasilika befanden.

»Was ist der Lateran?« fragte Quinten.

»Im Mittelalter wohnten dort die Päpste, später sind sie in den
Vatikan umgezogen.«

»Das müssen wir uns anschauen.«

»Natürlich«, sagte Onno. »Du mußt nur sagen, was du sehen
willst. Es ist nicht weit von hier, dort drüben, hinter dem Kolosseum. Der ursprüngliche Palast existiert übrigens nicht mehr.«

Mit jedem Schritt über die großen Steinquader der Via Sacra,
der Heiligen Straße, lag das Forum in einem anderen Jahrhundert.
Jede zusammengefallene Säule, erzählte Onno, jedes Stück Mauerwerk, jedes bißchen Marmor, das sich im trockenen Gras von
der Sonne bescheinen ließ, sei durch die Jahrhunderte hindurch in
Tausenden von Veröffentlichungen unaufhörlich hin und her geschoben worden, bis es seinen endgültigen Platz in der Geschichte
zugewiesen bekommen habe: Beginn der Zeitrechnung, drittes
Jahrhundert nach, sechstes Jahrhundert vor, aus der Renaissance,
aus dem Mittelalter. Eine monsterhafte Ruine, die Quinten in die
Zeit des Zweiten Weltkrieges datiert hatte, entpuppte sich als
Basilika des Maxentius. Vor drei stehengebliebenen Säulen des
Tempels von Vespasian, auf denen noch ein Stück des Architravs
zu sehen war, streckte Onno die Hand aus und sagte, dies sei
das vollendete Bildzeichen der Antike. Schließlich ein kleiner,
runder, senkrecht entzweigeschnittener und zur Hälfte von der
Zeit fortgeblasener Vestatempel. Der Titusbogen, der die Via
Sacra gegenüber dem Kolosseum an ihrem höchsten Punkt über-
spannte.

Onno zeigte Quinten ein Fries im Innern des Bogens, die Rückkehr von Titus' triumphierenden Truppen aus Jerusalem nach der
Eroberung der Stadt im Jahre 70. Trotz der Beschädigungen war
die meisterhafte Darstellung der Soldaten, die über die Straße, auf

der sie jetzt standen, ins Forum einmarschierten, voller Bewegung und als ob Musik und Jubel immer noch zu hören wären; über den Köpfen schwebten die Trophäen aus dem zerstörten jüdischen Tempel: die silbernen Trompeten, der goldene Tisch der Schaubrote, der goldene siebenarmige Leuchter.

»Was sind ›Schaubrote‹?«

»Opfergaben«, sagte Onno. »Zwölf runde, ungesäuerte Brote, in zwei Stapeln zu je sechs. An jedem Sabbat wurden sie durch neue ersetzt, und die alten wurden von den Priestern gegessen. Im Christentum findet sich das auf andere Weise wieder. Christus sagte, er sei das Brot.«

»Wirklich? Sagte er, daß er aus Brot sei? Dann mußte er wohl auch gegessen werden?«

»So ist es. Das ist der Höhepunkt der katholischen Messe.«

»Aber dann sind die Katholiken doch Kannibalen!«

»Das sagte dein Großvater auch immer, aber Kannibalen sind Menschenfresser, während die Katholiken sich als Gottfresser sehen.«

»Bei den Kannibalen ist es vielleicht auch so.«

»Kann gut sein. Aber da die Katholiken letztlich nur Brot essen und keine Menschen, sind sie eher eine Art sublimierende Kannibalen – oder vielleicht sollte man sagen: transsubstantiationierte Kannibalen. Das Merkwürdige ist übrigens, daß es dieses magische Verspeisen Gottes in der jüdischen Religion nicht gibt. Das scheint aus Ägypten zu stammen, aus dem Kult des Osiris, der auch vom Tode auferstanden ist. Im Tempel von Jerusalem wurden nur Lämmer geopfert, und Christus sagte, auch er sei ein Opferlamm. Außerdem vergleicht er sich mit dem Tempel.«

»Das Gebäude hat offenbar großen Eindruck auf ihn gemacht.«

»Das kann man wohl sagen.«

Wenn das Pantheon ein Bild des Kosmos war, dachte Quinten, war der Tempel von Jerusalem offenbar ein Bild des Menschen. Zusammen waren sie alles.

»Und dieser Leuchter?«

»Das war der heiligste Gegenstand der Juden. Die Menora. Gott höchstpersönlich hat Moses wissen lassen, wie sie gemacht werden sollte.«

»Und das haben die Römer einfach mitgenommen?«

»Du siehst es ja. Übrigens ist sie hier nicht ganz korrekt abgebildet, aber aus irgendeinem Grund hat Israel diese Abbildung zum Staatssymbol gemacht.«

Quinten sah sich das fast mannshohe Ding eine Weile an.

»Und wo ist sie jetzt?«

»Das weiß niemand. Vermutlich im fünften Jahrhundert von den Vandalen geraubt. Das waren Germanen, die in Nordafrika einen eigenen Staat gegründet hatten. Daher stammt unser Wort Vandalismus.« Während er das sagte, spürte er plötzlich eine große Müdigkeit in sich aufsteigen.

Lockere Kapitelle, Pflastersteine, ausgetretene Stufen, Inschriften, Höhlen. Überall streunende Katzen, die sich belauerten. Hier war einmal der Mittelpunkt der Welt, überlegte Quinten, alle Wege führten hierher, nicht nur der des Titus aus Jerusalem, sondern jetzt auch seiner aus Westerbork – aber das war dennoch etwas anderes als die *Mitte* der Welt. Oder nicht? Auf der anderen Seite des Forums, am ›Schwarzen Stein‹, dem Lapis Niger, blieb er stehen. Die Bedeutung des schwarzen Marmorblocks, der wie in einem Nabel in einer Vertiefung lag, war ihm unbekannt. Dem Reiseführer zufolge hatte er möglicherweise etwas mit der Zerschlagung der etruskischen Herrschaft zu tun, vielleicht war es aber auch das Grab von Romulus, des mythischen ersten Königs von Rom aus dem achten Jahrhundert vor Christus. Schon zur Zeit des Julius Cäsar war dieser Platz heilig. Quinten ging die Stufen hinunter, mit jeder Stufe ein Jahrhundert tiefer in die Vergangenheit, und kniete sich vor dem verwitterten, rechteckigen Stein unter dem Lapis Niger, in dem noch Reste von Inschriften zu sehen waren, auf den Boden. Er wollte seinen Vater fragen, ob er sie lesen könne, aber Onno war oben geblieben.

»Papa!« rief er. »Komm mal und schau dir das an. Was steht hier?«

Von oben sah Onno auf ihn herunter und wischte sich mit dem Ärmel die Stirn.

»Vermutlich irgendein Ritus. Es ist sehr frühes Latein, aber fast nicht mehr lesbar. Zu entziffern ist nur noch, daß der, der diesen Platz schändet, verflucht ist. Also komm lieber schnell wieder herauf.«

»Warum kommst du nicht kurz herunter?«

»Ich bin mir darüber im klaren, daß ich dich erblich belastet habe, Quinten, aber ich will mit Schrift nichts mehr zu tun haben. Das mußt du verstehen. Laß uns gehen. Mir ist schwindlig.«

Am nächsten Tag, Pfingstsonntag, war das Wetter umgeschlagen. Dunkelviolette Wolken trieben über die Stadt, und aus der Ferne war ab und zu ein dumpfes Grollen zu hören. Nach dem Frühstück bei Mauro wollte Quinten sofort zu San Pietro in Vincoli, als hätte er dort eine Verabredung, zu der er nicht zu spät kommen durfte. Die mittelalterliche Kirche stand an der Stelle der römischen Präfektur, wo Petrus und Paulus in Ketten geschlagen worden waren, an einem stillen, abgeschlossenen Platz nicht weit vom Forum entfernt; der schwarze Eingang erinnerte an ein Mauseloch.

Obwohl keine Messe gelesen wurde, war die Kirche voller betender Menschen. Suchend sah er sich im Dämmerlicht um – und entdeckte im rechten Seitenschiff plötzlich die Gestalt, mit der er schon so lange eine Verabredung hatte. Verdutzt sah er diesen berühmten Rest, der übriggeblieben war, nachdem Michelangelo den überschüssigen Marmor weggehauen hatte: der gehörnte *Moses*, den er von dem Bild, das in Theo Kerns Atelier mit einem Reißnagel an einen Balken geheftet war, so gut kannte – ein einziger Kraftprotz und noch viel kolossaler, als er ihn sich vorgestellt hatte, der Gesichtsausdruck viel wütender, die geäderte Hand harsch in den Bart gekrallt. Vor einem Ständer mit einem Telefon standen ein Junge und ein Mädchen fast Ohr an Ohr, hielten gespannt den Hörer und betrachteten die zornige Gestalt.

»Der ist aber verdammt böse«, sagte Quinten leise.

Onno mußte lachen.

»Erzürnt heißt das, und dazu hatte er auch allen Grund.«

»Wieso?«

Leicht beunruhigt sah Onno ihn an.

»Hast du eigentlich eine Ahnung von dem, was in der Bibel steht?«

»Nur ein bißchen. Vom Alten Testament fast keine.«

»Macht nichts. Dafür hast du ja jetzt deinen Vater, der kennt sie auswendig, zumindest war das früher einmal so, dafür haben Tausende von Bibelstunden mit meinem Vater, in der Schule und im Konfirmandenunterricht schon gesorgt. Offenbar weißt du jedenfalls, daß Moses das jüdische Volk aus dem ägyptischen Exil geführt hat. Danach zogen die Flüchtlinge auf der Suche nach dem Gelobten Land vierzig Jahre lang quer durch die Wüste. Gleich zu Beginn dieser Zeit gab Jahwe ihm auf dem Berg Horeb vierzig Tage lang allerlei Instruktionen, wie zum Beispiel die über den siebenarmigen Leuchter, den du gestern auf dem Titusbogen gesehen hast. Zum Schluß bekam er –« Plötzlich erhellte ein Blitz die Kirche, und gleich darauf war ein lauter, krachender Donner zu hören, der grollend über die Stadt hinwegrollte wie eine eiserne Kugel, die mindestens so groß war wie die Kuppel des Pantheon. Verblüfft sah Onno Quinten an: »Das ist aber sehr passend.«

Quinten schien nicht zu verstehen.

»Was bekam er zum Schluß?«

»Zum Schluß bekam er die Zehn Gebote mit, die Jahwe mit seinem göttlichen Finger auf zwei Steintafeln geschrieben hatte. Hör mal, von den Zehn Geboten hast du doch wohl hoffentlich schon gehört? Vom Dekalog?«

»Natürlich. Du sollst nicht töten.«

»Das ist schon mal eine falsche, christliche Übersetzung. ›Du sollst nicht morden‹, steht da, *Lo Tirtsach*. Töten darf man, unter bestimmten Umständen. Moses jedenfalls war gut einen Monat ausgeblieben, und die Juden dachten, es sei ihm etwas zugestoßen, und beteten inzwischen statt Jahwe das Goldene Kalb an. Das ist genau der Augenblick, in dem Michelangelo Moses abgebildet

hat. Moses wurde so wütend, daß er die Tafeln auf den Boden
warf.«

Quinten betrachtete die Tafeln unter Moses' Arm, die er immer
für irgendwelche Mappen gehalten hatte, Mappen wie die, in denen
Theo Kern seine Zeichnungen aufbewahrte.

»Und dann?«

»Dann mußte er wieder hinauf, mit zwei neuen Tafeln, die er
diesmal selbst bezahlen mußte. Wenn ich mich recht entsinne, ist
in der Bibel nicht eindeutig klar, ob Gott die Zehn Gebote wieder
selbst schrieb oder diesmal nur diktierte. Laß uns letzteres annehmen. Wenn ich Schriftsteller wäre, hätte ich auch keine Lust, zweimal das gleiche zu schreiben.«

»Und die komischen Hörner auf seinem Kopf? Was bedeuten
die?«

»Auch eine falsche Übersetzung.«

»Auch eine falsche Übersetzung?«

»Als er zum zweiten Mal vom Berg herunterkam, strahlte sein
Gesicht, weil er mit Gott gesprochen hatte, so sehr, daß er einen
Schleier tragen mußte. Aber das hebräische Wort für ›strahlend‹
kann man auch mit ›gehörnt‹ übersetzen, nur ergibt das natürlich
keinen Sinn.«

Quinten nickte nachdenklich.

»Das heißt also, daß wir diese Hörner eigentlich weghacken
müßten.«

Entsetzt sah Onno ihn an.

»Du hast einen Blick in den Augen, als seist du glatt dazu fähig.«

»Warum nicht! Es ist doch nur ein Übersetzungsfehler?«

»Allerdings einer aus Marmor.«

Quinten hatte das Gefühl, als ob sich allmählich etwas zusam-
menfügte, aber was? Während er den marmornen Wüterich noch
einmal genau studierte, spürte er den Blick seines Vaters auf sich
ruhen.

»Was schaust du mich so an?«

»Glaubst du eigentlich an Gott, Quinten?«

»Darüber habe ich nie nachgedacht. Und du?«

»Seit ich darüber nachgedacht habe, nicht mehr.«

»Wie alt warst du, als du anfingst, darüber nachzudenken?«

»Ungefähr so alt wie du jetzt.« Vor Onnos Augen erschien eine Szene aus seinem Elternhaus, die fünfunddreißig Jahre zurücklag, im vorderen Zimmer mit der großen Bibel auf dem Stehpult. Nachdem er die Sonntagskleider angezogen hatte, hatte er seinen Vater feierlich darüber in Kenntnis gesetzt, daß er zwischen dem Satz »Ich glaube nicht, daß Gott existiert« und dem Satz »Ich glaube, daß Gott nicht existiert« lange geschwankt habe, sich als Gläubiger aber zum zweiten Satz bekenne. Die blitzenden Augen seines Vaters, seine weinende Mutter – seit er es als Ungläubiger mit dem zweiten Satz hielt, wollte er nicht mehr an diese Vergangenheit denken.

»Und was steht jetzt auf deinem Programm?« fragte er schließlich.

Der Donner von vorhin war offenbar zugleich Anfang und Ende des Gewitters gewesen, die Sonne kam wieder durch, und von Zeit zu Zeit zog ein heller Lichtstrahl durch die Kirche.

»Wir wollten doch zum Lateran?«

Einen Moment lang sah Onno ihn unsicher an.

»Was suchst du denn, mein Junge?«

Quinten zuckte die Schultern.

»Nichts. Ich bin einfach nur Tourist.«

55
Der Ort

Als Quinten zehn Minuten später auf der Piazza San Giovanni in Laterano aus dem Taxi stieg, traute er seinen Augen nicht. Neben der Kathedrale, beim achteckigen Baptisterium des Konstantin, schaute er mit wehenden Haaren über den weiten Platz. Da war

sie! Piranesis gerahmte Radierung, die bei Herrn Themaat gegen
das Bücherregal gelehnt auf dem Boden gestanden hatte! Er hätte
es wissen müssen, aber er hatte nie und nimmer erwartet, das alles
hier tatsächlich und real vorzufinden: den turmhohen Obelisken,
der aussah wie eine Rakete kurz vor dem Start zum Mond, hundert
Meter weiter den zweistöckigen Renaissancebau, in dem sich das
Sancta Sanctorum befand, die Hauskapelle der Päpste des Mittel-
alters, und die Heilige Treppe aus dem Prätorium von Pontius Pilatus in Jerusalem. Die Sandfläche bei Piranesi hatte dem Asphalt
Platz gemacht, über den nun der Verkehr raste, aber mit seinen
grauen Wolkenfetzen sah jetzt sogar der Himmel aus wie auf dem
Bild.

Onno sah zum Obelisken hinauf. Auch er war noch nie hiergewesen; den Kopf im Nacken, strich er sich nachdenklich über den
Bart und betrachtete die Hieroglyphen.

»Kannst du sie lesen?«

»Ich merke gerade, daß ich ein bißchen eingerostet bin. Es sieht
aus wie ein zeremonielles Traktat des Pharao Thutmoses III. über
das ewige Leben.«

»Also auch wieder ein Moses.«

»Aber um einige Jahrhunderte älter als der jüdische. Das«, sagte
er und zeigte nach oben, »ist ziemlich sicher das älteste Kunstmo-
nument auf europäischem Boden. Wir sprechen jetzt von einer
Zeit vor dreieinhalb bis viertausend Jahren.«

Er erklärte Quinten, und hin und wieder schnellte sein Zeigefinger in die Höhe, *Moses* sei ein ägyptischer Name und bedeute
›Kind‹, ›Sohn‹. Da der Pharao alle neugeborenen jüdischen Jungen
ermorden ließ, hatte Moses' Mutter ihr Baby in einem Körbchen
im Schilf am Nil ausgesetzt; das Körbchen war aus Papyrussten-
geln, weil Krokodile Papyrus verabscheuten. Moses' Schwester
beobachtete, wie er von der Tochter des Pharao gefunden wurde,
und sagte der Prinzessin, sie wisse eine gute Amme für das Findelkind, nämlich ihre Mutter. Die Prinzessin nannte das Kind
Kind, und ohne daß es sonst noch jemand wußte, wurde Moses
von seiner eigenen Mutter aufgezogen. Mehr als tausend Jahre

später, erzählte Onno, sozusagen als Spiegelbild dieser Begebenheit, flüchteten Maria und Joseph mit ihrem Sohn nun gerade *nach* Ägypten, um Herodes' Kindermord in Bethlehem zu entgehen, aber anders als Moses' Pflegemutter, die tatsächlich seine leibliche Mutter war, war Jesu gesetzlicher Vater nicht sein leiblicher.

»In solchen Kreisen sind die Familienverhältnisse oft ein bißchen kompliziert.«

»Die Verkündigung«, nickte Quinten.

»Du sagst es. *Thutmoses* bedeutet also ›Kind des Gottes Thot‹. Das war der Erfinder der Schrift.«

»Du machst ein Gesicht, als würdest du es wirklich glauben.«

Onno zuckte die Schultern.

»Auch ein ehemaliger Kryptograph braucht einen Gott, oder nicht? Was heißt hier im übrigen ›wirklich glauben‹? Kennst du die Geschichte von Niels Bohr, dem großen Physiker? Das hat Max mir einmal erzählt. Irgendein anderer großer Physiker, Wolfgang Pauli oder so, besuchte Bohr einmal in dessen Landhaus und sah, daß er ein Hufeisen über der Tür hängen hatte. Professor! sagte er. Sie? Ein Hufeisen? Glauben Sie denn daran? Worauf Bohr antwortete: Natürlich nicht. Aber wissen Sie, Herr Pauli, es soll einem auch helfen, wenn man nicht daran glaubt.« Er lachte, und Quinten sah ihm an, daß er auch deshalb lachte, weil er an die Art und Weise denken mußte, wie Max ihm die Anekdote erzählt hatte. »Wußtest du übrigens, mein Kind, daß das Wort ›Obelisk‹ das erste Wort war, das du sprechen konntest? Beim Grab von diesem Pferd, auf Groot Rechteren.«

»Deep Thought Sunstar«, sagte Quinten gedankenverloren. Er konnte sich nicht daran erinnern, aber die plötzliche Erwähnung des Schlosses hier an diesem Ort und aus dem Mund seines Vaters gab ihm ein Gefühl wie ein Glas warme Milch an einem kalten Wintertag. »Manchmal«, sagte er, als sie zum Seiteneingang der Kathedrale gingen, »kommt es mir so vor, als sei die Welt zwar sehr kompliziert, als sei jedoch dahinter etwas verborgen, das ganz einfach und zugleich unbegreiflich ist.«

»Zum Beispiel?«

»Ich weiß nicht. Eine Kugel. Oder ein Punkt.«

Onno sah ihn von der Seite an.

»Redest du jetzt über Geschichten wie die von Moses oder über die Wirklichkeit?«

»Ist das wirklich ein so großer Unterschied?«

Vielleicht, dachte Onno, war eine Geschichte nun gerade das absolute Gegenteil der Wirklichkeit, aber er wollte Quinten damit nicht unnötig verwirren.

»Und diese Kugel, oder dieser Punkt, geben sie der Wirklichkeit einen Sinn?«

»Sinn? Was meinst du damit?«

Onno schwieg. Der Gedanke, daß was auch immer der Welt einen Sinn geben könnte, war ihm fremd. Sie war da, aber es war sinnlos, daß sie da war. Sie hätte genausogut auch nicht dasein können. Bei Quintens Kugel mußte er an die glänzende Kugel denken, die in Los Alamos von den Händen unzähliger junger Soldaten poliert worden war, die abends mit ihren Mädchen zum Tanzen gingen. Wie verhielt sich das schwelende Chaos in Hiroshima zu diesem ursprünglichen platonischen Körper? Das eine konnte durch das andere weder verstanden noch erklärt werden, während es dennoch daraus hervorging. Wie konnte ein Mensch von einer befruchteten Eizelle her verstanden werden? Die Wirklichkeit war kein Syllogismus à la »Sokrates ist ein Mensch – Alle Menschen sind sterblich – Also ist Sokrates sterblich«, sondern eher wie: »Helga ist ein Mensch – Alle Telefonzellen sind zerstört – Also muß Helga sterben«. Oder: »Hitler ist ein Mensch – Alle Juden sind Tiere – Also müssen alle Juden sterben«. Diese unbegreifliche Logik, die alles beherrschte, Gutes wie Böses und Wedernoch, sollte Quinten besser selbst entdecken. Onno hielt es für angebracht, die Reinheit dieses Jungen nicht zu trüben. Wer nicht einmal wußte, was mit ›Sinn‹ gemeint war, sollte sich diesen Zustand möglichst lange bewahren.

In der vollen Erzbasilika – »Mutter und Oberhaupt aller Kirchen in Stadt und Welt« – wurde gerade von einem violett gewan-

deten Kardinal eine Messe gelesen. Auf Zehenspitzen schlichen sie
nach vorne. Das kühle, barocke Innere enttäuschte Quinten; von
dem mittelalterlichen Gebäude aus der Zeit Kaiser Konstantins
war ebenso wenig übrig wie von dem alten Palast der Päpste. Nur
der geheimnisvoll wirkende Hochaltar mit seiner gotischen Überdachung gefiel ihm. In einem zierlichen Kasten auf Säulen standen
hinter Gittern Bilder von Petrus und Paulus; dahinter befanden
sich dem Reiseführer zufolge ihre Häupter.

»Waren die beiden eigentlich Freunde?« flüsterte er.

»Nicht daß ich wüßte. Wenn man sich den Dingen so widmet,
wie sie es taten, gibt es, glaube ich, keinen Platz für Freundschaft.
Das ist in der Religion wahrscheinlich genauso wie in der Politik.«

Quinten richtete seinen Blick wieder auf den geschlossenen, bemalten Teil des Ziboriums, in dem sich die Reliquien befanden.
Ihm war, als sähe er die beiden Schädel bereits tatsächlich dort
liegen.

»Ich würde zu gerne einmal hineinschauen.«

»Das wird dir wohl nicht gelingen, mein Freund.«

Blitzlicht blendete sie: Jemand machte ein Foto von dem auf-
fälligen Paar, dem Landstreicher und dem schönen Jüngling. Mit
Panik in den Augen wandte sich Onno ab. Die Fotografin war ein
japanisches Mädchen mit einem schwarzen Lackhut auf dem
Kopf; sie ging weiter und tat, als ob es nichts Besonderes wäre, sich
einfach jemandes Bild anzueignen. Kurz darauf hielt der Küster sie
an, schüttelte den Kopf und deutete auf den Apparat.

»Warum erschreckt dich das so, Papa?«

Onno machte eine hilflose Geste.

»Entschuldige, ein dummer Reflex. Jede holländische Illustrierte
würde für dieses Foto gut und gern tausend Gulden bezahlen. Man
reagiert wohl so, wenn man sich jahrelang vor allen versteckt hat.«

»Aber das ist doch jetzt eigentlich gar nicht mehr so?«

»Stimmt schon, aber was ich jetzt mache, weiß ich ehrlich gesagt
auch nicht so genau. Wir werden sehen.« Er wollte nicht darüber
nachdenken; am liebsten würde er seine Tage immer so wie jetzt mit
Quinten in der Ewigen Stadt verbringen. »Wohin gehen wir jetzt?«

»Auf die andere Seite.«

Die riesigen Bronzetüren der römischen Curia, die jetzt das Hauptportal bildeten, waren geschlossen; durch eine Seitentür gingen sie hinaus. Quinten drehte sich kurz um und schaute nach oben. Auf dem Dachsims der Basilika zeichnete sich im Gegenlicht eine Reihe riesiger Gestalten ab, die aufgeregt gestikulierten, als sei etwas ganz Außergewöhnliches passiert.

Sie überquerten den belebten, zugigen Platz, und vor dem Eingang des Gebäudes mit dem Sancta Sanctorum blieb Quinten stehen und warf einen Blick durch die offenen Türen. Genau vor ihm, auf dem hohen Portal gegenüber, lag die Heilige Treppe.

Ihn schauderte. Mit dem Rücken zum Straßenlärm sah er eine Welt, die so still war wie in einem Aquarium. Auf den nur leicht ansteigenden Stufen, die kaum drei Meter breit waren, knieten mit geneigten Häuptern und im Gebet versunken zehn oder zwölf Männer und Frauen, Rücken und Schuhsohlen ihm zugewandt. Sie hatten etwas Statuenhaftes, wie Menschen auf einer Rolltreppe, aber die Treppe bewegte sich nicht, sondern stand still, nur ab und zu arbeitete sich jemand mühsam zur nächsten Stufe hinauf. Die gewölbte Decke war mit Fresken biblischer Motive ausgemalt, und der Architekt hatte das Treppenhaus perspektivisch so konstruiert, daß es wie ein horizontaler langer Gang ins Jenseits wirkte, der seinen Fluchtpunkt im Nabel des Gekreuzigten hatte. Die Treppe war mit Holz verkleidet, aber durch die Ritzen schimmerte der Marmor, über den der Angeklagte der Schrift nach gegangen war.

»Jetzt bist du es, der den Eindruck macht, als habe ihn das Heilige des Ortes berührt«, sagte Onno, als sie hineingingen. »Erzähl mir nicht, daß du tatsächlich glaubst, die Treppe stamme aus Pilatus' Burg Antonia.«

Die Erwähnung des Wortes ›Burg‹ versetzte Quinten in diesem Augenblick einen leichten Schock.

»So wie die Leute dort? Überhaupt nicht. Oder, nein, ich frage mich gar nicht, ob das alles echt ist. Aber ich weiß nicht –«, sagte er und sah sich um, »ich habe das Gefühl, hier wird eine Geschichte erzählt.«

Bei einem uralten Pater an einem Andenkenstand kaufte er sich eine Broschüre über das Gebäude. Während er das Geld hinlegte, klopfte ein zweiter alter Pater laut mit einer Münze an die Scheibe eines Schalters und bedeutete einem Mann, daß es verboten sei, das Heiligtum in kurzer Hose zu betreten. Er hatte auf der Brust seiner schwarzen Kutte das Emblem eines weißen Herzens, mit der Inschrift JESU XPI PASSIO; das Herz wurde von einem Kreuz gekrönt.

»Du meinst«, fragte Onno mit gedämpfter Stimme, während sie sich langsam der Treppe näherten und in angemessenem Abstand stehenblieben, »die Geschichte von ›Was ist Wahrheit‹?, ›Hände waschen in Unschuld‹, ›Ecce homo‹ und all das?«

Quinten kannte diese Geschichte nur vage. Er holte Luft, um etwas zu sagen, stockte jedoch und schüttelte den Kopf, es war ihm selbst nicht klar, was er wollte.

»Ich weiß es nicht, laß nur. Auf jeden Fall eine Geschichte, von der auch die Leute da vorne ein Teil sind«, sagte er, »die da kniend zum Ypsilon hochkriechen.«

»Ypsilon?«

»Zum gekreuzigten Christus auf dem Fresko im Fluchtpunkt. Der hat doch die Form eines Ypsilon.«

»Du hast recht«, sagte Onno. »Der Buchstabe des Pythagoras.« Anerkennend sah er Quinten an. »Das hast du gut beobachtet. Weißt du, daß sich das Gabelkreuz auch auf dem Bischofsgewand befindet? Wer weiß, vielleicht hast du eine Entdeckung gemacht.«

Quinten hatte ihm nicht zugehört.

»Ich habe das Gefühl, daß dieses Gebäude irgendeine Geschichte erzählt.«

»Du sprichst in Rätseln. Aber das ist hier wahrscheinlich angebracht.«

»Laß mich das hier eben kurz lesen.«

Bei einem Pilaster setzte sich Quinten auf den Marmorboden und schlug die Broschüre auf, wurde aber sofort von einer gebrochenen Stimme ermahnt. Ein Pater, der ebenso alt und ebenso schwarz gewandet war wie die anderen beiden, saß mitten in der Vorhalle auf einem einfachen Holzstuhl und bewegte seinen weißen Zeigefinger vorwurfsvoll hin und her. Während Onno sich über die Hast wunderte, die plötzlich in Quinten gefahren zu sein schien, betrachtete er die Malereien im Portal. Währenddessen las Quinten den kurzen Text, der von achtundzwanzig zu den Stufen gehörenden Gebeten abgeschlossen wurde.

Nach einigen Minuten sah er auf. »Papa?«

»Ja?«

»Jetzt weiß ich alles.«

»Das ist viel.«

»Die Treppe ist einer mittelalterlichen Legende zufolge im vierten Jahrhundert von Kaiserin Helena aus Jerusalem in den Lateran gebracht worden. Das war die Mutter Konstantins.«

»Ich weiß. Er war mit einer gewissen Fausta verheiratet – der fromme Christenkaiser hat sie nachher noch ermorden lassen.« Mit einem schiefen Lächeln sah er Quinten an.

»Als die Päpste im vierzehnten Jahrhundert aus der Verbannung von Avignon nach Rom zurückkehrten, war der Palast zu einem großen Teil ausgebrannt, deshalb nahmen sie den Vatikan als Hauptquartier. Im sechzehnten Jahrhundert ließ Sixtus V. den Lateran abreißen, bis auf die päpstliche Kapelle da oben. Der Architekt«, sagte er und las in der Broschüre nach, »Domenico Fontana, brachte die Treppe hierher. Aus irgendeinem Grund ist das nachts geschehen, bei Fackellicht.«

»Er scheute wohl das Tageslicht.«

»Die Stufen wurden von oben nach unten angebracht, da die Arbeiter sie sonst hätten betreten müssen.«

»Erscheint mir einleuchtend.«

Mit einer ausholenden Geste sah Quinten sich um.

»Das mußt du dir mal vorstellen: alles weg, dieser enorme Palast, in dem die Päpste tausend Jahre lang gewohnt haben – nur noch die Kapelle mit der Treppe hier ist übrig. Das Gebäude wurde wie eine Hülle darum herumgebaut.«

»Was ist daran so merkwürdig? In ganz Rom wurde es so gemacht.«

»Aber was ist mit den kriechenden Menschen? Das ist doch nicht einfach nur eine Art Museum, wie fast alles andere in Rom? Hier ist doch immer etwas im Gange. Als wäre die Treppe eine Bühne, auf der ein Mysterienspiel aufgeführt werden soll. Das vergitterte Fenster unter dem Gemälde mit der Kreuzigung, auf das sie sich zubewegen, sieht aus wie das Fenster einer Gefängniszelle. Komm, laß uns das einmal anschauen.«

»Sag mal, du erwartest ja wohl hoffentlich nicht, daß ich diese Treppe auf den Knien hinaufrutschen werde?«

»Hier, auf der Seite, sind zwei normale Treppen. Auf der anderen übrigens auch.«

Während sie in einem marmornen Treppenhaus nach oben gingen, freute sich Onno über Quintens Begeisterung. Welcher Sechzehnjährige interessierte sich heutzutage noch für etwas anderes als für High-Tech, Spaß und Geld? Er erinnerte ihn an die Zeit, als er selber in diesem Alter gewesen war und sich wie sein Sohn in Studien vergraben hatte, über die sich seine Freunde nur wunderten. Nein, er war ganz genauso gewesen, doch Jungen wie Quinten und er waren immer die Ausnahme. Bei denen es dann fünfundzwanzig Jahre dauerte, bis ihnen klar wurde, daß nicht jeder so war, und diese Erkenntnis äußerte sich dann als große Enttäuschung – während umgekehrt die nicht Außergewöhnlichen meinten, die Außergewöhnlichen seien sich ständig ihrer Außergewöhnlichkeit bewußt und gäben das auch zu erkennen. Das Gegenteil war der Fall. Sie verachteten die anderen nicht, sie überschätzten sie. Es waren die nicht Außergewöhnlichen, die sich ständig der Außergewöhnlichkeit der Außergewöhnlichen bewußt waren. Es war wie beim Mißverständnis zwischen Hund und Katze. Wenn ein Hund Angst hat, zieht er den Schwanz ein, ist er aber fröhlich, wedelt er einem den Duft seines Hinterteils entgegen; eine Katze hingegen wedelt gerade dann, wenn sie Angst hat, da ihr Kot stinkt. Der schwanzwedelnde Hund springt auf die schwanzwedelnde Katze zu, um mit ihr zu spielen, aber die Katze denkt, sie werde angegriffen, und zieht dem Hund einen blutigen Kratzer über die Nase – die Sprachverwirrung ist Ursache ihrer unversöhnlichen Feindschaft.

Aus den Augenwinkeln beobachtete Onno, wie Quinten ungeduldig die Treppen hinaufging. Sein Haar wippte wie schwarze Seide.

Während Onno unentschlossen in dem Raum stehenblieb, in den die fünf Treppen mündeten, ging Quinten gleich weiter zur mittleren, der heiligen. Die Gläubigen, die jetzt aus der Tiefe zu ihm emporstiegen, hielten den Kopf murmelnd gesenkt und achteten nicht auf ihn. Er stand mit dem Rücken zu ihnen und starrte durch die mehr als fingerdicken, in einer marmornen Umrahmung eingefaßten Gitter.

Das Sancta Sanctorum. Der Kontrast war noch krasser als der zwischen Platz und Vorportal: In der dämmrigen Kapelle herrschte die Stille eines Spiegels, und das erste, was ihm einfiel, war das Gesicht seiner Mutter in ihrem Bett. Sein Herz begann heftig zu schlagen. Der kleine Raum war hoch und vollkommen quadratisch, etwa sieben auf sieben Meter, und machte auf überwältigende Art spürbar, was alles *nicht* mehr da war: die hundertsechzig Päpste, die hier zehn Jahrhunderte lang Tag für Tag gebetet hatten. Es war, als sei die Zeit daraus verschwunden. In der Mitte des mit Marmor ausgelegten Fußbodens gegenüber dem Altar stand ein Betstuhl. Der Altar befand sich vor dem ausgebauten Teil der Rückwand, die von zwei Porphyrsäulen getragen wurde. Auf dem Gesims über den vergoldeten Kapiteln war über die ganze Breite geschrieben:

NON · EST · IN · TOTO · SANCTIOR · ORBE · LOCVS

Er winkte seinen Vater herbei.

»Wie würdest du das übersetzen?« flüsterte er.

»Quinten«, sagte Onno streng, »du hast fünf Jahre Gymnasium hinter dir!«

»Es ist nicht«, versuchte sich Quinten, »überhaupt… heiligerer… Weltort?«

»Mitreißende Prosa. Man könnte natürlich auch sagen: Nirgendwo auf der Welt gibt es einen heiligeren Ort. Nur weil die Päpste hier gesessen haben? Scheint mir leicht übertrieben.«

Quinten machte ihn auf die große Ikone aufmerksam, die auf
dem Altar stand: ein Triptychon mit geöffneten Seitenpaneelen.
Die Darstellung war im Dämmerlicht kaum zu erkennen, aber er
erzählte, was er gerade nachgelesen hatte: das Bildnis des allerheiligsten Erlösers im Mittelteil, *acheiropoèton*, sei nicht von Menschenhand, sondern von einem Engel gemalt worden. Nur der auf
Seide gemalte Kopf werde vom vergoldeten, kunstvoll bearbeiteten
Silber ausgespart, außerdem sei es nicht der ursprüngliche, denn
der befinde sich unterhalb der Seide. Der Mittelteil werde von
einem halbrunden, von zwei vergoldeten Engeln getragenen Baldachin überwölbt.

»Ja, Quinten«, sagte Onno mit einem Lachen, »wir sind nicht
mehr in den Niederlanden.« Er legte die Hand auf das Gitter. »Für
meinen Geschmack sieht es hier übrigens eher aus wie in einer Fol-
terkammer. Sieh mal, zwischen den gedrechselten Säulen über dem
Altar sind noch mal zwei vergitterte Fenster. Von dort wurden die
heiligen Väter wahrscheinlich beobachtet, wenn sie beteten. Und
der untere Teil des Altars ist genauso vergittert. Schau dir nur die
Schlösser an!«

Quinten sah die Vorhängeschlösser, die ihm bisher noch nicht
aufgefallen waren. Das obere war ein riesiges Eisenschloß von der
Größe eines Brotlaibes, und im selben Augenblick, in dem er es
sah, bekam er es mit der Angst zu tun. Wo war er bloß? Träumte
er? War er in seinem Traum?

»Was ist denn los mit dir?« fragte Onno erschrocken. »Du bist
plötzlich leichenblaß.«

»Ich weiß nicht –«, brachte Quinten nur heraus.

War der verschwundene Palast des Lateran seine Burg? War er
angekommen? Diese Treppe, vier mal sieben Stufen, die Kapelle,
seine Mutter –. Verwirrt wandte er sich ab und begegnete dem
Blick einer alten Frau, die die achtundzwanzigste Stufe gerade genommen hatte, stöhnend aufstand, sich bekreuzigte, ihm kurz

zulächelte und zur anderen Treppe weiterging, während sie sich den Oberschenkel rieb.

»Laß uns hier weggehen«, sagte Onno. »Es hat was Ungesundes hier. Du mußt etwas essen.«

Quinten schüttelte den Kopf.

»Das ist es nicht.« Es war ausgeschlossen, seinem Vater zu erzählen, was in ihm vorging. »Vielleicht ist es nicht die Kapelle, die hinter Gittern sitzt, vielleicht sind *wir* es, die hinter Gittern sitzen.« Mit großen Augen sah er sich um. »Ich bin mir ganz sicher, daß hier etwas sehr Merkwürdiges geschieht, ich kann nicht sagen, warum, aber ich werde das schon noch herausfinden.«

Onno musterte Quinten einige Sekunden lang sehr genau. Plötzlich lag ein harter Glanz in Quintens Augen. Onno nickte, stützte sich auf seinen Stock und sah sich ebenfalls um, als ob auch er etwas suchte. Sein Schwindelgefühl war heute heftiger als sonst, vielleicht lag es an den Treppen.

»Ich weiß nicht, auf was du hinauswillst, aber mir ist inzwischen auch etwas Merkwürdiges aufgefallen.«

»Was denn?«

»Diese Kapelle heißt doch *Sancta Sanctorum*, nicht wahr?« Und als Quinten nickte: »Eben, und genau das verstehe ich eigentlich nicht.«

»Warum nicht?«

»Das bedeutet ›Das Allerheiligste‹.«

»Ja, klar.«

»Aber dieser Ausdruck kommt so konkret in der christlichen Religion gar nicht vor.«

»Wo denn sonst?«

»Nur in der jüdischen.«

56
Schriftgelehrt

»Und wie kommt er dort vor?«

»Laß uns hier nicht stehenbleiben«, sagte Onno, »nicht vor allen Leuten.«

Sie gingen zurück. Links vom Sancta Sanctorum, wo sich eine Renaissancekapelle mit zwei kleinen Altären befand, die nach San Silvestro benannt war, setzten sie sich in eine der dunkelbraunen Chorbänke, die an drei Wänden aufgestellt waren. Onno sah, daß Quinten es kaum erwarten konnte zu erfahren, was er zu sagen hatte; sein sonst so sanftes Gesicht war gespannt. Er begriff nicht, was in dem Jungen vorging, und es beunruhigte ihn. Vielleicht hätte er seine Bemerkung besser für sich behalten.

»Was hast du plötzlich, Quinten?«

»Erzähl!«

Onno wunderte sich, daß jemand so gar nichts darüber wußte, und erklärte ihm, im jüdischen Ritus sei das Allerheiligste ein Raum im ehemaligen Tempel von Jerusalem. Ein rechteckiger Komplex, der aus drei Teilen bestehe – oder eigentlich aus vier. Zuerst komme der Vorhof, den Heiden nicht betreten durften, nur Juden, das heißt, jüdische Männer. Dort stand der Brandopferaltar. Der Zugang zum eigentlichen Tempelgebäude wurde von zwei Säulen flankiert: Jachin und Boas.

Rechteckig? Wie das Bett seiner Mutter? Hatte er sich darüber nicht schon einmal mit Herrn Themaat unterhalten?

»Pfeiler mit Namen?« fragte er, während er kurz an die beiden Säulen auf der Piazza in Venedig denken mußte. »Warum?«

Onno seufzte.

»Ich wundere mich ja manchmal selbst über mein Wissen, aber ich weiß leider immer noch nicht alles. Aber zumindest weiß ich, wo man alles nachschlagen kann, und das ist eine sehr brauchbare Alternative zur Allwissenheit. Wenn man hineinging«, fuhr er fort und ging nicht näher auf die Pfeiler ein, »kam man durch ein

Portal in das dämmrige Heilige. Vorausgesetzt, man war ein Priester, denn sonst hatte man keinen Zugang. In diesem heiligen Bereich standen der Brandopferaltar, der siebenarmige Leuchter und der Tisch mit den Schaubroten. Der hintere Raum, vor dem ein großer Vorhang hing, hatte die Form eines Würfels. Dort war es immer vollkommen dunkel, und dort war das Allerheiligste. Nur der Hohepriester durfte einmal im Jahr hinein, am Versöhnungstag.«

Aufgeregt streckte sich Quinten.

»Das ist fast wie hier! Draußen auf dem Platz steht der Obelisk von Thutmoses, das ist der Vorhof, dann kommt ein Portal, dann die Heilige Treppe, das ist dann das Heilige, und dann das Sancta Sanctorum! Es ist zwar kein Würfel, dafür aber immerhin quadratisch.«

»Aber das ist genau das Merkwürdige daran«, sagte Onno und verzog sein Gesicht. »Im Christentum ist das Allerheiligste nie etwas Architektonisches wie bei den Juden und wird nur symbolisch verwendet. In den Evangelien steht, der Vorhang im Tempel sei zwischen dem Heiligen und dem Allerheiligsten in dem Augenblick zerrissen, als Jesus starb – ›aufspaltete‹ steht dort eigentlich auf griechisch –, und das wurde dann so interpretiert, daß Christus durch seinen Tod am Kreuz und seine Auferstehung das Allerheiligste, das heißt, den Himmel, für alle zugänglich gemacht hat, wie eine Art Megahoherpriester. Bei den Christen ist das Allerheiligste nie ein irdisches Gebäude.«

»Und in diesem jüdischen Allerheiligsten, was stand da?«

»Die Bundeslade.«

Ein vorbeischlurfender Pater warf einen kurzen Blick auf sie, legte einen Finger auf die Lippen und verschwand durch eine kleine Tür zwischen dem Chorgestühl.

»Was war das für ein Ding?« fragte Quinten leise.

Mit einem Seufzer sah Onno ihn an.

»Einerseits finde ich es schrecklich, wenn die Jugend von heute fast überhaupt nichts mehr weiß, andererseits aber preise ich euch glücklich, daß ihr den ganzen Ballast nicht mehr mit euch herumschleppen müßt. Aber Blut ist offenbar doch dicker als Wasser. Die Bundeslade war eine goldene Kiste, das Allerheiligste, das die Juden hatten: so etwas wie der Thron des Jahwe. In gewisser Weise war dieser Thron sogar Jahwe selbst.«

»Aber gestern hast du doch noch gesagt, dieser Leuchter sei der heiligste Gegenstand der Juden.«

»Zur Zeit Vespasians und Titus' war das auch so. Aber ich sollte es dir wohl besser gleich ganz erklären.«

Onno hob einen Finger der Linken und drei seiner Rechten und sagte, Quinten müsse vier Dinge unterscheiden: die Stiftshütte und die drei aufeinander folgenden Tempel in Jerusalem. Als Moses in der Wüste die Zehn Gebote bekam, gab Jahwe ihm auch den Auftrag, die Stiftshütte zu bauen, und zwar nach genauen Maßen. Das war damals zwar nur ein zerlegbares Zelt, das sie mitnehmen konnten auf ihrem Weg, aber es bestand bereits aus einem Vorhof, einem Heiligen und einem Allerheiligsten. Auch wie die Bundeslade aussehen sollte, erfuhr Moses ganz genau; das sei alles in der Bibel präzise nachzulesen. Auf der goldenen Deckplatte waren zwei goldene Engel mit gespreizten Flügeln, das Gesicht einander zugewandt. An den Seiten befanden sich goldene Ringe, durch die zwei Stöcke geschoben werden konnten, um die Kiste mitzuführen. Einige Jahrhunderte später, etwa tausend vor Christus, baute König Salomo nach dem Prinzip dieses Zeltes seinen Tempel in Jerusalem. Im Allerheiligsten dieses Tempels wurde die Lade von zwei riesigen Engeln von je fünf Metern Höhe flankiert, die auch wieder gespreizte Flügel hatten.

»Und wo sind die beiden ersten Engel geblieben?«

»Das weiß ich nicht, Quinten«, sagte Onno und seufzte wieder. »Hör doch erst mal zu. Der Tempel Salomos wurde von Nebukadnezar zerstört, und seitdem ist die Lade verschwunden. Im sechsten Jahrhundert vor Christus wurde an derselben Stelle ein zweiter Tempel errichtet, von Zerubbabel, diesmal ohne Lade. Das Gebäude verfiel, Herodes ließ es abreißen und baute einen dritten Tempel. Die jüdische Überlieferung macht übrigens keinen Unter schied zwischen dem zweiten und dem dritten, da die Rabbiner Herodes die Ehre nicht gönnen, weil er mit den Römern kollaborierte. Für sie ist der dritte Tempel immer noch der zweite, den Herodes lediglich umgebaut und vergrößert hat. Aber dieser Tempel hat nur wenige Jahre bestanden: er wurde von Titus zerstört, wie du weißt. Aus Augenzeugenberichten wird deutlich, daß das Allerheiligste auch da wieder leer war.«

»Das kann nicht stimmen«, sagte Quinten und zeigte mit dem Finger auf die beiden kleinen Altäre, hinter denen sich das Sancta Sanctorum befand, »denn die Bundeslade befindet sich da drinnen.«

Sprachlos sah Onno ihn einige Sekunden lang an.

»Das höre ich gerne!« lachte er dann. »Generationen von Theologen, Rabbinern, Historikern und Archäologen haben festgestellt, daß die Lade seit der babylonischen Verbannung verschwunden ist, aber Herr Professor Doktor Doktor Q. Quist weiß es besser. Hör mal zu! Ich finde es zwar auch merkwürdig, daß diese Kapelle Sancta Sanctorum heißt, aber vielleicht sollten wir das doch nicht allzu wörtlich nehmen.«

»Die Kapelle heißt nicht nur so, es steht auch drauf, daß es auf der ganzen Welt keinen heiligeren Ort gibt. Daran gibt es nichts zu deuteln.«

»Stimmt alles. Aber wie erklärst du dir dann, daß auf dem Titusbogen zwar der Leuchter und der Tisch der Schaubrote zu sehen sind, nicht aber die Lade? Wenn Titus auch die mitgenommen hätte, dann wäre sie doch wohl zuallererst abgebildet worden!«

»Dafür kann es doch einen Grund geben.«

»Und der wäre?«

Quinten zuckte die Schultern.

»Ich weiß nicht. Vielleicht hatten Titus und Vespasian trotz allem ein ungutes Gefühl bei diesem Gott der Juden, und es erschien ihnen sicherer, nicht soviel Aufhebens um die Lade zu machen.«

»An sich keine dumme Idee«, sagte Onno mit einer kurzen Kopfbewegung. »Uns fällt es schwer, uns das vorzustellen, weil wir die Erben dieses jüdischen Monotheismus sind, der nur einen Gott anerkennt und daneben keinen anderen; das ist sogar der Inhalt des ersten Gebots. Aber wenn die Römer einen Feind besiegten, nahmen sie nicht nur dessen Soldaten gefangen, sondern verleibten ihrem Pantheon auch deren Götter ein. Aber einmal angenommen, daß es stimmt, was du sagst, wie ging es dann weiter?«

»Na, das ist ja wohl klar«, sagte Quinten. »Titus hat die Lade mitgenommen, sie aber bei dem Umzug nicht gezeigt. Vespasian hat sie dann im kaiserlichen Palast versteckt, und Konstantin hat sie später heimlich den Päpsten übergeben. Die haben sie dann hier nebenan irgendwo hinter den Gittern versteckt. Das ist der eigentliche Grund, warum die Kapelle beim Abriß des Lateran verschont geblieben ist.«

»Nicht schlecht«, nickte Onno. »Aber der Architekt, Domenico Fontana, muß demnach im Bilde gewesen sein, sonst hätte er mit diesem Gebäude nicht den Tempel zitiert, besonders mit der Scala Santa. Nein, er selbst hatte wahrscheinlich keine Ahnung, dafür aber mit Sicherheit sein Auftraggeber, Sixtus V.«

»Offenbar.«

»Aber war das nicht reichlich riskant, zusammen mit dem Namen der Kapelle und der Inschrift? Warum hat das noch nie jemanden auf die Idee gebracht, daß die Bundeslade hier ist?«

»Hast du schon einmal etwas in dieser Richtung gehört?«

»Nicht daß ich wüßte«, sagte Onno und schwieg eine Weile. »Es stimmt schon, manche Dinge sind so selbstverständlich, daß man fast nicht glauben kann, warum nicht schon eher jemand draufgekommen ist. Jahrhundertelang hat man angenommen, die Ilias sei ein Mythos; aber Schliemann fing mit Homer in der Hand einfach an zu graben, und prompt fand er Helenas Troja. Der war offenbar auch so einer wie du. Wenn wir nur schon dieses Historioskop hätten, dann könnten wir einfach kurz in der Vergangenheit nachsehen.« Amüsiert sah er Quinten an. »Hast du eigentlich eine Ahnung, was das heißen würde, wenn das, was du sagst, stimmt?«

»Inwiefern?«

Onno wandte sich ihm zu.

»Die *Bundeslade*, Quinten! Die ganze Welt würde kopfstehen, wenn plötzlich herauskäme, daß sie noch existiert und hier in Rom ist. Das könnte sogar ziemlich merkwürdige Konsequenzen haben.«

Doch dieser Aspekt interessierte Quinten nicht. In Gedanken versunken starrte er auf die Wand, hinter der das Sancta Sanctorum lag, und fragte:

»Wie groß war sie?«

»Es tut mir leid, aber das weiß ich nicht auswendig. Moses hat sich auf dem Horeb Hunderte von Maßen und Vorschriften gemerkt, ohne sie zu notieren, aber so ein Gedächtnis habe nicht einmal ich.«

»Aber wir können es herausfinden.«

»Natürlich, man kann immer alles herausfinden. Es steht alles in der Thora.«

»In der was?«

»In der Thora. Dem Gesetz. Dem Pentateuch, auf griechisch. Die ersten fünf Bibelbücher, die Moses geschrieben haben soll: Genesis, Exodus, Levitikus, Numeri, Deuteronomium. Ich kann das alles noch herunterleiern, aber du Schlaumeier hast natürlich nie davon gehört.«

»Von der Genesis schon«, sagte Quinten und stand auf. »Wir müssen also versuchen, an eine Bibel zu kommen.«

»Das dürfte in Rom wohl nicht so schwer sein.«

»Sollen wir mal schauen, ob wir um das Sancta Sanctorum herumgehen können?«

Die mittelalterliche Kapelle lag tatsächlich im Zentrum des Renaissancegebäudes wie ein Reaktorkern im Reaktor. Auch auf der Rückseite befand sich ein geweihter Raum, auf der rechten Seite lag die Kapelle von San Lorenzo. Als sie dort ankamen, blieb Quinten wie vom Blitz getroffen stehen und starrte auf eine Tür, die auch ihn anzustarren schien.

Die Mitte der Welt! Eine doppelte Bronzetür aus dem vierten Jahrhundert, die zum Sancta Sanctorum führen mußte. Auf den beiden oberen Kassetten waren runde Ornamente, die aussahen wie eine Iris mit Pupille. Die Türflügel waren mit zwei schweren, übereinanderliegenden Schlössern gesichert, die so groß waren wie das Schloß am Altar und zusammen aussahen wie Nase und Mund. Der breite, marmorne Türrahmen wurde von zwei kurzen Pilastern gekrönt, die einen Tympanon trugen; in dem Feld darunter stand:

SIXTVS · V ·
PONT · MAX ·

Daß ›Pont. Max.‹ die Abkürzung für *Pontifex maximus* war, den päpstlichen Titel ›Großer Brückenbauer‹, wußte Quinten, las aber dennoch erschrocken Max' Namen, der hier plötzlich über dem bronzenen Gesicht erschien, das er aus seiner Burg kannte. Er erwiderte den vertrauten Blick der Tür und war nun ganz ruhig.

Plötzlich drehte er sich zu Onno.

»Was war eigentlich drin?«

»Wo drin?«

»In dieser Bundeslade.«

»Die beiden Gesetzestafeln von Moses mit den Zehn Geboten.«

Am nächsten Morgen nahmen sie den Bus zur Via Omero, wo sich das Instituto Storico Olandese befand. Zunächst hatte Onno gezögert, dorthin zu gehen, vielleicht würde er einen Namen angeben müssen, oder man würde ihn erkennen; immerhin hatte er damals die Subventionen des Instituts gekürzt, um Geld für Max' dreizehnten und vierzehnten Spiegel lockerzumachen. Andererseits wußte er, daß ein Staatssekretär nicht erst nach Jahren, sondern oft schon während seiner Amtszeit in Vergessenheit geriet. Wer einmal Staatssekretär oder sogar Minister war, der wähnte sich und seine Familie für alle Ewigkeit in der Unsterblichkeit, aber alle anderen dachten in der Regel anders. Und vielleicht war das auch gut so; weil sich alles immer wiederholte, wäre die Politik ohne das schlechte Gedächtnis der Menschheit gar nicht möglich. Abgesehen davon hatte er inzwischen keine so große Angst mehr davor, erkannt zu werden.

Im stillen Lesesaal, wo einige Studenten über ihre Unterlagen gebeugt saßen, ging Onno zur Bibliothekarin, einer außergewöhnlich kleinen, gesetzten Dame, die mit einem Bleistift zwischen den Zähnen auf Zehenspitzen vor einer Kartei stand. Er mußte das Bild von Helga mit Gewalt verdrängen, bevor er sie fragen konnte, ob sie eine niederländische Ausgabe der Bibel zur Einsicht habe.

Sie warf einen kurzen Blick auf die ungepflegte Erscheinung des Fragers und antwortete:

»Da sind Sie hier an der falschen Adresse. Vielleicht bei der Botschaft.«

»Sind Sie sicher?« fragte Quinten, der hinter Onno stand.

Sie sah zu ihm auf, und Onno konnte zuschauen, wie sie sich im selben Augenblick veränderte wie eine Landschaft, wenn die Sonne durchkommt.

»Du machst ein Gesicht, als wäre es sehr eilig«, sagte sie lachend.

»Ist es auch.«

»Warte. Vielleicht weiß ich etwas.«

Als sie verschwunden war, sagte Onno:

»Was hast du bloß, was ich nicht habe?«

Quinten sah ihn so verwundert an, daß Onno es vorzog, es bei dieser Bemerkung zu belassen. Einige Minuten später kam sie mit einer kleinen Bibel zurück und händigte sie Quinten aus.

»Bitte. Für dich. Sie lag im Nachttisch unseres Gästezimmers. Wenn du mich fragst, schaut da ohnehin keiner hinein, aber jetzt hat sie ja wohl eine bessere Verwendung.«

»Es wäre auch unglaublich«, sagte Onno mit einem strengen Blick, »eine niederländische Institution ohne Bibel im Haus!«

Im nahe gelegenen Park der Villa Borghese setzten sie sich auf eine Bank. Die Stille zwischen den Bäumen und Rasenflächen, die durch das entfernte Rauschen des Verkehrs noch größer wurde, hatte einen Anflug von Zeitlosigkeit. Der zartgrüne Schleier, den der Frühling über alles gelegt hatte wie ein Kind, das eine Fensterscheibe angehaucht hat, erinnerte Quinten an Groot Rechteren, und er fragte sich für einen Moment, was das miteinander zu tun hatte: die Natur und die Dinge, mit denen sie sich jetzt beschäftigten.

»Um welchen Bund handelt es sich eigentlich?« fragte er, während Onno mit übereinandergeschlagenen Beinen in dem bedruckten Zigarettenpapier blätterte.

»Um den zwischen Gott und Israel, den sogenannten Alten Bund. Mit Christus wurde später der Neue Bund geschlossen, zwischen Gott und denen, die an Christus glaubten. Den Christen zufolge war der Alte Bund damit erfüllt und obsolet.«

»Und was sagten die Juden dazu?«

»Ja, was meinst du? Die waren nicht sonderlich erbaut. Jesus von Nazareth war ein Rabbiner, der behauptete, er sei der Messias, aber die anderen Rabbiner hielten das natürlich für Gotteslästerung. Rabbiner untereinander, verstehst du. Ihrer Meinung nach war der richtige Messias noch nicht gekommen, und das meinen sie immer noch.« Onno legte eine Hand auf seinen Kopf. »Lieber Himmel, wenn mein Vater mich so hören würde.« Plötzlich erstarrte er und stierte vor sich hin mit einem Blick, den Quinten nicht zu deuten wußte.

»Was ist los?«

Onno sah ihn kurz an, gab ihm die Bibel und sagte:

»Halt mal, ich muß kurz etwas in Ordnung bringen.«

Verwundert sah Quinten, wie sein Vater einen Umschlag aus der Brusttasche und eine Schachtel Streichhölzer aus der Hosentasche nahm und den Umschlag an einer Ecke anzündete.

»Was machst du, um Himmels willen?«

»Ich werfe einen Brief ein.«

Er drehte den brennenden Umschlag so lange zwischen den Fingern, bis er ihn nicht mehr festhalten konnte. Die verkohlten Reste, die zu Boden gefallen waren, zertrat er mit dem Absatz und schlug sie mit dem Stock in alle Richtungen, bis nichts mehr davon übrig war. Entgeistert sah Quinten zu.

»Achte nicht weiter darauf und frag nicht.« Onno nahm wieder die Bibel an sich und suchte in Paulus' Brief an die Hebräer die Passagen, an die er sich erinnerte. »Das ist lange her, mein Sohn, daß ich mich dem Bibelstudium gewidmet habe. Gott sei Dank ist es eine anständige Übersetzung in der Sprache Kanaans und nicht so eine neumodische Version der Gott-ist-tot-Theologie.«

Während ab und zu eine gepflegte Dame mit einem Kind an der Hand oder ein Herr mit Hund vorbeigingen oder ein Jogger vorbeirannte, las er Quinten vor, daß Christus nicht »in ein von Menschenhand errichtetes Heiligtum hineingegangen war, in ein Abbild des wirklichen, sondern in den Himmel selbst, um jetzt für uns vor Gottes Angesicht zu erscheinen«.

»Christus aber«, rezitierte er mit getragener Stimme, »›ist gekommen als Hoherpriester der künftigen Güter; und durch das erhabenere und vollkommenere Zelt, das nicht von Menschenhand gemacht, das heißt, nicht von dieser Welt ist, ist er ein für allemal in das Heiligtum hineingegangen, nicht mit dem Blut von Böcken und jungen Stieren, sondern mit seinem eigenen Blut, und so hat er eine ewige Erlösung bewirkt.‹ Hier steht, daß er den Menschen eingeweiht hat ›durch den Vorhang hindurch, das heißt, durch sein Fleisch‹. Das ist nicht von Pappe. Und hier geht es um das ›wahre Zelt, das der Herr selbst aufgeschlagen hat, nicht etwa der Mensch‹. Wenn du mich fragst, ist das alles auch ein Verbot, jemals noch mit Menschenhänden ein irdisches Allerheiligstes zu bauen.«

»Obwohl es trotzdem«, sagte Quinten, »ein christliches Gebäude gibt, das Sancta Sanctorum heißt und der heiligste Ort auf Erden ist.«

»Genau das meine ich.«

»Also ist es vielleicht gar nicht so christlich. Das heißt, zwar christlich, aber zugleich auch wieder nicht christlich.«

Onno nickte.

»Ich habe deinen Standpunkt begriffen, aber was folgt daraus?«

Quinten zeigte auf die Bibel.

»Schau mal bei der Bundeslade nach. Ich möchte wissen, wie groß sie war.«

Onno schlug das Buch Exodus auf und brauchte nicht lange zu suchen. Ihm war, als hätte er beim Anblick all der Namen und Wendungen wieder den Geruch seines Elternhauses in der Nase.

»Zweieinhalb Ellen lang, anderthalb Ellen breit und anderthalb Ellen hoch.«

»Wie groß ist eine Elle?«

»Vom Ellbogen bis zur Spitze des Mittelfingers, also rund fünfzig Zentimeter.«

»Also einen Meter fünfzig lang, fünfundsiebzig Zentimeter breit und fünfundsiebzig Zentimeter hoch.«

»Das dürfte in etwa hinkommen.«

Quinten schaute durch den hügeligen Park, aber was er wirklich sah, war das schwere Hängeschloß.

»Wenn du mich fragst, ist das auch die Abmessung des Altars im Sancta Sanctorum.«

»Ich hoffe«, lachte Onno, »daß er ein bißchen größer ist, denn sonst paßt die Lade nicht hinein.«

»Warum lachst du jetzt?«

»Weil immer alles stimmt – wenn du nur willst. Erinnerst du dich noch an den komischen Proctor auf dem Schloß? Schau, ich habe eins, zwei, drei, vier, fünf, sechs, sieben Knöpfe an meinem Hemd; der obere ist offen. Das stimmt also mit den sechs Schöpfungstagen und dem Sabbat überein.«

»Aber etwas kann doch auch mal *wirklich* stimmen?«

»Natürlich.«

»Warum sonst befinden sich so dicke Gitter vor dem Altar? Und auf dem Baldachin darüber die beiden Engel mit gespreizten Flügeln? Wir sind etwas auf der Spur, Papa! *Non est in toto sanctior orbe locus* – das könnte doch auch im Tempel von Jerusalem gestanden haben?«

Onno schlug die Bibel zu, sah Quinten ernst an und machte eine unbestimmte Geste.

»Ja.«

»Na bitte! Ich muß wissen, was da los ist.«

»Warum denn das nun wieder, Quinten?«

»Ich weiß es nicht«, sagte Quinten mit Ungeduld in der Stimme und dachte an *die Mitte der Welt*.

57
Entdeckungen

Die Herkunft der Leidenschaft, die Quinten gepackt hatte, war
Onno ein Rätsel. Max und Sophia hatten den Jungen agnostisch erzogen, er kannte die Bibel kaum, und Religionen hatten ihn vermutlich nie interessiert. Wenn es nun eine Art von Theomanie
wäre, hätte er das noch verstanden, aber damit hatte es offenbar
nichts zu tun. Daß sich die Bundeslade im Sancta Sanctorum befinden sollte, war ein absoluter Unfug – Quintens Argumentation
hatte die Leidenschaft der Jugend und die Schönheit der Einfalt für
sich, er selbst kannte die Fallgruben dieser einfachen Schlußfol-
gerungen nur allzugut. Denn immer tauchte etwas auf, das die
schöne Einfalt plötzlich in ein entmutigendes Chaos verwandelte,
in dem nur mit größter Mühe wieder eine Ordnung zu entdecken
war, die sich dann immer als viel komplizierter entpuppte. Aber
daß er Quintens Theorie für Quatsch hielt, brauchte ihn ja nicht
davon abzuhalten, sich einige Tage in die Literatur zu vertiefen –
oder vielleicht war es gerade die offensichtliche Unsinnigkeit des
Projektes, die ihn reizte: In einer unsinnigen Welt machte nur das
Unsinnige Sinn, wie er in dem Brief an seinen Vater geschrieben
hatte.

Da die meisten Bücher, die er zu Rate ziehen mußte, auf italienisch, lateinisch, griechisch und hebräisch geschrieben sein würden, machte er sich am nächsten Morgen in der Biblioteca Nazio-
nale auf die Suche. Mit einem alten Lappen putzte er sich die
Schuhe, steckte das Hemd ordentlich in die Hose und band sich
zum ersten Mal seit Jahren wieder eine Krawatte um. Quinten ging
währenddessen seine eigenen Wege.

Gleich am ersten Tag, schon nach wenigen Stunden, wurde ihm
klar, was er bereits vermutet hatte: Die Schriften über den Tempel
von Jerusalem und die Bundeslade bildeten durch die Jahrhunderte
hindurch ein ebenso unüberschaubares Konglomerat wie Rom, wo
das eine auf dem anderen aufgebaut war und das meiste noch unter

der Erde lag. Er konnte der Versuchung nicht widerstehen, hier und dort in den unzähligen rabbinischen Kommentaren zu stöbern und einen flüchtigen Blick auf das zu werfen, was Philo über die Lade geschrieben hatte, im Mittelalter dann Thomas von Aquin, während der Renaissance Pico della Mirandola, Francesco Giorgi und Campanella, im sechzehnten und siebzehnten Jahrhundert Fludd und Kepler und sogar Newton, bis hin zu den verwässerten Auffassungen der modernen Freimaurer, Rosenkreuzer und Anthroposophen. Die Existenz dieser Spekulationen machte ihm einmal mehr deutlich, was für eine Aufregung entstehen würde, wenn die Lade tatsächlich wieder auftauchte, aber abgesehen davon war das alles verführerisch interessant. Aus Erfahrung wußte er, daß er nie zu einem Ende kommen würde, wenn er sich tatsächlich darauf einließe. Über die Stichwörter in den jüdischen und hebräischen Enzyklopädien, über Anmerkungen, Verweise und Bibliographien mußte er strikt seiner Spur nachgehen, wie ein Polizeihund mit der Nase am Boden, sich nicht ablenken und alles links liegenlassen, was nicht unmittelbar zum Ziel führte. Und dieses Ziel war nicht religiös oder metaphysisch-symbolisch, sondern sehr konkret: Gab es die Bundeslade noch, und wenn ja, wo war sie?

Am nächsten Morgen ging er mit Hilfe einer Bibelkonkordanz die eher zweihundert als hundert Hinweise durch, und nachmittags vertiefte er sich mit den Augen Quintens in die Geschichte des Lateranpalastes, der Basilika und des Sancta Sanctorum. Als die Bibliothek an diesem Abend geschlossen wurde, hatte er einige Entdeckungen gemacht, die Quinten überraschen würden, aber er beschloß, erst dann mit ihm darüber zu sprechen, wenn sein Bild von der Sache mehr oder weniger abgerundet war. Im letzten Augenblick hatte er im systematischen Katalog noch einen vielversprechenden italienischen Titel über den Schatz des Sancta Sanctorum gefunden, und da er wenig Lust hatte, wieder in dieselbe Bibliothek zu gehen, rief er beim kunsthistorischen Institut in der Via Omero an; dort war das Buch sogar im deutschen Original vorhanden. Erst unterwegs merkte er, daß er auch jetzt wieder eine Krawatte trug.

Als die Bibliothekarin ihn sah, ging ein Lächeln über ihr Gesicht.

»Haben Sie Ihren frommen Begleiter heute zu Hause gelassen?«

»Das ist mein Sohn. Der treibt sich auf der Suche nach den Geheimnissen der Antike irgendwo in der Stadt herum.«

»Gratuliere. So einen schönen Jungen habe ich noch nie gesehen. Er sieht genauso aus wie Johannes der Täufer auf dem Gemälde von Leonardo da Vinci.« Sie streckte ihm die Hand hin und sagte: »Elsa Schulte.«

Onno erschrak. Er nahm den Stock in die andere Hand, drückte die ihre und wollte »Enrico Delius« sagen, aber ehe er sich's versah, sagte er:

»Onno Quist.«

Ihm war klar, daß er jetzt endgültig ein Loch in seine Anonymität geschlagen hatte, aber Elsa Schultes Gesicht verriet kein Zeichen des Erkennens. Das Buch, um das er gebeten hatte, lag bereits auf dem Lesetisch: *Die römische Kapelle Sancta Sanctorum und ihr Schatz: Meine Entdeckungen und Studien in der Palastkapelle der mittelalterlichen Päpste*, veröffentlicht 1908 von einem gewissen Grisar, einem österreichischen Jesuiten. Er beschrieb alles penibel und vermerkte auch, daß der Altar einen Meter achtundvierzig lang, fünfundneunzig Zentimeter breit und achtundneunzig Zentimeter hoch war, so daß die Lade also ziemlich exakt hineingepaßt hätte. Aber sie befand sich nicht darin. Onno zweifelte daran keinen Augenblick, und es tat ihm leid, Quinten das nachher sagen zu müssen. Mittags aß er in der Kantine zwei Panini und kehrte dann an den Lesetisch zurück, um seine Notizen zu ordnen. Er kam sich vor wie ein Student, der für seinen wahnsinnigen Professor Grundlagenforschung betrieb und nun zweifellos durch die Prüfung fallen würde, weil seine Ergebnisse nicht den überspannten Erwartungen entsprachen. Zugleich aber erfüllte ihn die törichte Arbeit mit nostalgischer Erinnerung an die Tage des Diskos von Phaistos.

Am Nachmittag kam plötzlich ein intellektuell wirkender Herr auf ihn zu. Er bemerkte Onnos Stock, der auf einem Stuhl neben ihm lag, und den Zopf im Nacken. Mit unbewegter Miene sagte er:

»Guten Tag, Herr Quist. Nordholt. Ich bin der Direktor.«

»Ich weiß«, nickte Onno und sah ihn über den Rand seiner Lesebrille an. Er hatte ihn seinerzeit selbst ernannt.

»Es freut mich, daß Sie so freundlich sind, von unserem Institut Gebrauch zu machen. Unser Etat ist vor einigen Jahren vom damaligen Staatssekretär drastisch gekürzt worden, wir mußten einige Entlassungen vornehmen, aber hoffentlich finden Sie trotzdem, was Sie suchen.« Mit einem kurzen Nicken drehte er sich um und verschwand.

Wieder war eine Rechnung beglichen. Onno hatte keine Gelegenheit bekommen, etwas zu entgegnen, aber was hätte er auch sagen sollen? Daß der Direktor sich vielleicht einmal Westerbork anschauen sollte? Daß dank seiner finanziellen Kürzung für die ausländischen Kulturinstitute das Weltall doppelt so groß geworden war? Daß es ein Freundschaftsdienst gewesen war? Auf jeden Fall würde die Nachricht von seiner Anwesenheit in Rom jetzt rasch in die Niederlande kommen, vielleicht telefonierte Nordholt in diesem Augenblick bereits, um zu melden, daß Quist, du weißt schon, ja, der, völlig heruntergekommen sei. Onno zuckte die Schultern und beugte sich wieder über sein Buch, konnte sich aber nicht mehr konzentrieren. Er nahm die Brille ab, stand auf, sah eine Weile aus dem Fenster und ging zu einem runden Lesetisch in der Ecke, wo internationale Kunstzeitschriften und einige niederländische Zeitungen und Wochenblätter auslagen.

Im Stehen las er, daß am Vortag in Rom der Prozeß gegen einen Türken begonnen hatte, der vor vier Jahren einen Mordanschlag auf den Papst verübt hatte. »Ich bin Jesus Christus«, hatte er aus seinem schwer vergitterten Käfig gerufen, »das Ende der Welt ist nahe!« Daß er das nun aus einer holländischen Zeitung erfahren mußte! Er blätterte weiter, setzte sich verwundert hin, und zum ersten Mal seit vier Jahren nahm er wieder wahr, was in den Niederlanden und in der Welt passierte.

Als er eine Stunde später aufsah und sich wieder erinnerte, wo er war, hatte er das Gefühl, von den Toten auferstanden zu sein. Es war nichts mehr wie vorher. Den politischen Kommentaren entnahm er, daß sich Dorus' Kabinett, in dem er Verteidigungsminister hätte werden sollen, nicht länger als neun Monate gehalten hatte; danach hatten Koos und die Sozialdemokraten das Kabinett verlassen oder waren hinausgeekelt worden, anschließend hatte man es noch eine Weile allein versucht, und nun war Dolf Premierminister. Dolf! Natürlich! Von Dorus provozierend »Ausputzer« genannt – ein Ausdruck aus dem Radsport, wenn er richtig verstanden hatte –, war Dolf auch von Koos immer unterschätzt worden. Er gönnte es ihm; während dieser schrecklichen Bootsfahrt, am letzten Tag seines vorigen Lebens, hatte er als einziger tröstend die Hand auf seine Schulter gelegt. Ja, so liefen die Dinge, sie hatten immer nur die Vordertür im Auge behalten, die Herrschaften, nicht aber die Hintertür: der klassische Fehler. Aber nicht nur in den Niederlanden hatte sich die politische Lage geändert. Wäre er Verteidigungsminister geworden, hätte er es mit Massendemonstrationen gegen die Stationierung amerikanischer Mittelstreckenraketen zu tun bekommen, und in der Sowjetunion hatte seit einigen Monaten ein neuer Generalsekretär das Sagen, ein Mann in seinem Alter, und offenbar nicht der übliche Betonkopf, sondern ein Besonnener mit klarem, menschlichem Blick und einem ruhigen, entschlossenen Gesicht.

Plötzlich beschlich ihn das Gefühl, daß die Welt in eine Metamorphose geraten war. Aber wie sollte er sich die vorstellen? Näherte sich vielleicht das Ende des kalten Krieges? Der Gedanke war absurd, in Ost und West wurde weiterhin kräftig aufgerüstet, aber es wollte ihm so vorkommen, als hätte er soeben auf die Welt geschaut wie ein Schachspieler, der beim ersten Blick auf eine fremde Partie sofort den möglichen Ausgang erkannte, der den Spielern selbst noch verborgen war. Er faltete die Zeitungen zusammen und starrte wieder aus dem Fenster. War es denkbar, daß im Jahre 2000 die kommunistische Partei in der Sowjetunion verboten sein würde? Nein, das war undenkbar, aber vielleicht war das Undenkbare bis dahin längst geschehen? War seine taube linke Hälfte – als Folge eines rechten Durchbruchs im Kopf – vielleicht eine politische Prophezeiung? Er wunderte sich über diesen Einfall. War er dabei, Quintens Denkweise zu übernehmen? Und zugleich versöhnte ihn der Gedanke ein wenig. Lenin, erinnerte er sich, hatte etwa im selben Alter auch einen Schlaganfall gehabt, aber der hatte die rechte Seite gelähmt.

An diesem Tag war Quinten zum dritten Mal zum Gebäude mit dem Sancta Sanctorum gegangen, das er mittlerweile fast so gut kannte wie sein Zimmer auf Groot Rechteren. Die gerührten Blicke, die die Passionisten-Patres aus den Augenwinkeln auf ihn warfen, wenn er mit seinen schönen blauen Augen wieder durch die Gitter auf den verriegelten päpstlichen Altar starrte oder in einer der Seitenkapellen ergeben mit seinen schmalen Händen in der kleinen Bibel blätterte, bemerkte er nicht. Die unmittelbare Nähe eines Geheimnisses, um das er in einer halben Minute herumgehen konnte, das zugleich aber so unerreichbar war wie tagsüber der Traum von der Burg, isolierte ihn vollkommen von dem, was um ihm herum geschah. Es war auf die Entfernung schwer zu schätzen, aber es kam ihm so vor, als ob der Raum unter der Altarplatte groß genug sei, um die Lade aufzunehmen. Er bemerkte, wie schwer es war, etwas ganz genau anzusehen, aber er hatte inzwischen festgestellt, daß hinter dem Gitter eine Bronzetür war, die man ebenfalls mit einem großen Vorhängeschloß verriegelt hatte. Nie zuvor war er sich einer Sache so sicher gewesen wie jetzt: Dort drinnen wurde etwas Außergewöhnliches verwahrt, er spürte es mit allen Sinnen, die er besaß, wie eine Kompaßnadel den Pol. Nachdem die Patres gegen fünf Uhr die Besucher mit gemessener Gebärde zum Gehen ermahnt hatten, ging er auf dem Platz einige Male um den Komplex herum und sah sich die Außenmauern der Kapelle an, die von Fontanas Neubau eingeschlossen wurden. Auf dem kleinen Rasen daneben machten Tamilen ein Feuer; ein halbentkleideter Mann mit nur einem Arm wusch sich, was von einem anderen aus einem geparkten Auto heraus mit einem Teleobjektiv fotografiert wurde.

Auf dem Heimweg ging Quinten auch noch einmal zum Titusbogen auf dem Forum Romanum. Mit zusammengekniffenen

Augen versuchte er auszumachen, ob sich die Bundeslade ursprünglich vielleicht auf dem Relief befunden hatte, aber irgendwann von einem Papst weggeschlagen worden war. Die Sonne
warf scharfe Schatten und machte die Szene noch viel lebendiger
und inspirierter als beim ersten Mal. Ganz in der Nähe rauschten
unaufhörlich die Autos und Busse vorbei, aber die Aufregung und
der Lärm jenes triumphalen Einzugs vor fast zwanzig Jahrhunderten hier an dieser Stelle klangen auch jetzt wieder durch dieses
Rauschen hindurch wie ein wirkliches Unwetter in eine pastorale
Szene im Theatersaal. Die verbissenen Mienen der Soldaten, die
alle einen Lorbeerkranz trugen, über ihnen die flatternden Regi-
mentsstandarten, der geschulterte erbeutete Leuchter, die silbernen Trompeten, der Tisch der Schaubrote. Jeder tat etwas, trug
etwas, nur die letzte Figur machte einen verlorenen Eindruck, und
bei ihr war der Kopf fast ganz verschwunden. Das Relief war ver-
wittert, es fehlten Details, und die Auspuffgase würden noch mehr
verschwinden lassen, aber von der unterschlagenen Lade: keine
Spur.

Als er nach Hause kam, lag Onno auf seiner Matratze und las die
International Herald Tribune. Mit der Hand auf der Klinke blieb
Quinten stehen.

»Seit wann liest du Zeitung?«

Onno ließ die Zeitung sinken, sah ihn über den Rand seiner
Brille an und sagte:

»Ich bin tief gesunken, Quinten.«

Er erzählte, was ihm im Institut widerfahren war, und daß es
nun mit seiner anonymen Existenz bald vorbeisein würde, er aber
im Tausch dafür die Welt wiederentdeckt habe.

»Ich hätte nicht gedacht, daß das noch passiert. Ich dachte, ich
würde bis zu meinem Lebensende trauern, und wärst du nicht
nach Rom gekommen, wäre das auch sicher so gewesen, aber es
mußte offenbar ganz anders kommen.«

»Es ist auf jeden Fall so, wie es ist«, sagte Quinten, der sich auf
den Stuhl an Onnos Schreibtisch gesetzt hatte.

Onno faltete die Hände über der Zeitung und betrachtete eine

Weile eine große schwarze Feder von Edgar, die auf der Fensterbank in einem Tintenfaß stand.

»Weißt du, was vielleicht die schrecklichste Redewendung überhaupt ist? ›Die Zeit heilt alle Wunden.‹ Aber es stimmt. Es bleibt zwar immer eine Narbe zurück, die vielleicht schmerzt, wenn das Wetter umschlägt, aber die Wunde ist eines Tages verheilt. Als Achtjähriger bin ich einmal mit einer gebogenen spitzen Nagelschere in der Hand gestolpert, sie drang tief in mein Knie ein, und ich weiß noch genau, wie ich geschrien habe vor Schmerzen. Wie jeder andere habe ich also eine Narbe im Knie, aber ich könnte dir jetzt nicht sagen, an welchem. Du hast bestimmt auch Narben und kannst dich an die Wunden nicht mehr erinnern. Das hat doch etwas Furchtbares! Das bedeutet doch, daß es diese Wunden im nachhinein genausogut nicht hätte geben können. Was mir passiert ist, ist eine Bagatelle im Vergleich zu dem, was anderen passiert ist, im Krieg zum Beispiel, und die Wunde ist offenbar verheilt – aber deine Mutter bleibt im Koma, und Tante Helga bleibt tot. Da stimmt doch etwas nicht.«

Quinten verwirrten diese Worte, und als Onno es bemerkte, richtete er sich ein wenig auf und lachte.

»Hör nicht auf deinen alten Vater. Die Menschheit könnte gar nicht existieren, wenn es anders wäre, und für die Tiere ist es überhaupt kein Problem. Wenn wir demnächst alle Rätsel gelöst haben werden, wird uns immer noch das Rätsel der Zeit bleiben. Das sind wir nämlich selbst. Darum lese ich jetzt die Zeitung. Ich habe nicht den Eindruck, daß die Weltpolitik dich interessiert, aber soll ich dir mal erzählen, was ich entdeckt habe?«

»Ja«, sagte Quinten. »Aber nicht, was du in der Weltpolitik entdeckt hast.«

Onno atmete einmal tief durch, warf die Zeitung auf den Boden und erhob sich von der Matratze.

»Laß mich da mal hin.« Quinten stand auf und lehnte sich an die Fensterbank, Onno setzte sich vor seine Notizen. »Ich bin um einiges schlauer geworden, aber ich bezweifle, ob du dich darüber freuen wirst.« Wie jemand, der eine Patience legen will, breitete er seine Notizen in vier langen Reihen auf dem Tisch aus, verschränkte die Arme und schaute sie einige Sekunden lang an. »Wo soll ich anfangen?«

»Am Anfang.«

»Darf es auch das vermutliche Ende sein?« Er nahm einen Zettel. »Nach dem zweiten Buch der Könige, Vers 9, wurde der Tempel Salomos von den Babyloniern geplündert und mit ganz Jerusalem in Brand gesteckt. Die allgemeine Auffassung ist, daß dabei auch die Bundeslade verlorenging. Aber das wußtest du ja schon. Der siebenarmige Leuchter und die anderen Gerätschaften wurden später noch einmal angefertigt, einzige Ausnahme: die Bundeslade. Wenn du die Bibel bei Jeremia 3, Vers 16, aufschlägst, liest du, daß Jahwe den Propheten drei Dinge hat wissen lassen: daß niemand über die Bundeslade sprechen darf, daß niemand danach suchen und daß keine neue gemacht werden darf. Das ist die letzte Erwähnung der Bundeslade im Alten Testament.«

»Aber wenn niemand danach suchen durfte«, sagte Quinten, »dann heißt das doch, daß sie nicht verschwunden war, auch wenn sie nicht mehr im zweiten und im dritten Tempel stand.«

»Das könnte man daraus schließen. Und dann wird dein Einwand von einigen apokryphen Texten gestützt. Zum Beispiel durch die sogenannte Syrische Apokalypse von Baruch. Darin steht, daß ein Engel aus dem Himmel in das Allerheiligste niederfuhr und der Erde befahl, die Lade zu verschlingen, als sich die Babylonier näherten. Das würde heißen, daß sie in Jerusalem noch immer genau an der Stelle, wo der Tempel stand, im Boden liegt. Ärgerlich ist nur, daß diese Geschichte erst ein Jahrhundert nach Christus geschrieben wurde, also sogar nach der Vernichtung des Tempels von Herodes durch die Römer. Und daran schließt vielleicht eine Legende an, die ich in der rabbinischen Literatur gefunden habe. Nach der Zerstörung von Salomos Tempel soll ein Priester in der Ruine zwei erhöhte Bodenplatten im Boden gesehen haben, doch in dem Augenblick, als er das einem Kollegen erzählt hatte, fiel er tot um. Das war dann der Beweis, daß die Lade weder geraubt noch verbrannt, sondern an dieser Stelle vergraben war.

Eine andere schöne Geschichte steht im zweiten Buch der Makkabäer. Dort ist zu lesen, daß derselbe Jeremia von vorhin die Lade
auf Befehl Jahwes mitgenommen und versteckt hat.«

»Wirklich?« fragte Quinten gespannt. »Wo?«

»In einer Höhle des Nebo. Das ist der Berg, von dem aus Moses
auf der anderen Seite des Jordan das Gelobte Land liegen sah, in
das er selbst auf Jahwes Geheiß aus irgendeinem Grund nicht gehen durfte.«

»Und ist nie danach gesucht worden?«

»Natürlich. Sofort. Die Menschen, die bei ihm waren, wollten
den Weg zur Höhle markieren und aufzeichnen, aber sie konnten
sie nicht mehr finden. Als Jeremia das erfuhr, rügte er sie und sagte
– warte mal, wo hab ich's? Es gibt nur noch einen griechischen
Text, aber man merkt, daß er aus dem Hebräischen übersetzt
wurde. Hier, ich übersetze das kurz ins unreine: ›Diesen Ort wird
kein Mensch finden oder kennen, ehe Jahwe sein Volk wieder ver-
einigt und ihm gnädig sein wird. Dann wird er es offenbaren.‹«
Amüsiert sah er Quinten an, der in seiner Bibel blätterte. »Man
könnte tatsächlich meinen, daß nun mit dem Staat Israel dieser
Augenblick gekommen ist. Schade ist nur wieder, daß auch diese
Geschichte erst etwa hundertfünfzig Jahre nach Christus niedergeschrieben wurde.«

»Ich kann dieses Buch der Makkabäer nirgends finden.«

»Das stimmt, es steht auch nicht drin. Es ist ein apokryphes
Buch, aber das sagt nicht so viel; es hätte genausogut kanonisch
sein können. Das alles ist von diesen Konzilen ziemlich vage bestimmt worden. Umgekehrt hätte der Paulus-Brief an die Hebräer,
weißt du noch, in dem Christus mit dem Tempel verglichen wird,
ebensogut apokryph sein können, denn er ist mit Sicherheit nicht
von Paulus geschrieben worden, sondern von einem alexandrini-
schen Jünger Philos.«

»Wer ist denn das schon wieder?« fragte Quinten, ohne mit den
Gedanken bei der Sache zu sein. Er versuchte herauszufinden, was
all diese Daten für ihn bedeuteten.

»Ein jüdischer Gelehrter, Philo Judaeus, Zeitgenosse Christi,

der die jüdische Religion mit der griechischen Philosophie kombinieren wollte. Interessanter Mann. Aber laß uns nicht abschweifen, sonst versinken wir immer tiefer im historischen Treibsand.
Gut. Wenn das nun alles stimmt, und wenn nach deiner Meinung
die Lade in diesem Moment im Sancta Sanctorum versteckt ist, wie
soll sie dann in die Hände der Römer gelangt sein? Ist es nicht
ziemlich unwahrscheinlich, daß sie die Höhle im Nebo entdeckt
haben?«

»Ja«, sagte Quinten. »Das stimmt. Aber warum heißt es dann
›Sancta Sanctorum‹? Warum sonst sollte es der heiligste Ort auf der
Welt sein? Du sagst doch selbst, daß das sehr verwunderlich ist!«

»Einen Moment, wir sind noch nicht am Ende! Das wahrscheinlichste ist also, daß die Lade deshalb nicht auf dem Titusbogen abgebildet ist, weil die Römer sie schlichtweg nicht hatten. Schon vor
dem Feldzug war Pompejus übrigens in das Allerheiligste eingedrungen, und auch er hat dort offenbar nichts gefunden. Das alles
wird von Flavius Josephus bestätigt, einem jüdischen Schriftsteller
in römischen Diensten, also eigentlich einem Kollaborateur. Er hat
über den gesamten jüdischen Krieg aus unmittelbarer Nähe berichtet, einschließlich des Umzugs über das Forum, über den Tisch
der Schaubrote, den siebenarmigen Leuchter und all diese Dinge;
er erwähnt sie genau in der Reihenfolge, wie sie auf dem Triumphbogen abgebildet sind. In jungen Jahren hat er übrigens Dienst im
Tempel von Herodes getan, und auch ihm zufolge war das Debir
vollständig leer.«

»Das Debir?«

»So heißt das Allerheiligste auf hebräisch. Natürlich hat er selbst
nie hineingeschaut, denn das durfte nur der Hohepriester betreten.
Aber das ist alles nur die eine Seite der Medaille. Denn!« sagte
Onno, hob den Zeigefinger und legte die andere Hand auf einen
Bogen mit Notizen. »Denn tröste dich, es gibt immer auch ein
Aber im Leben, Quinten. Die andere Seite der Sache – und das
wird dir falsche Hoffnungen machen – ist ein Text aus dem zwölften Jahrhundert, von einem gewissen Johannes Diaconus. Darin
erscheint zum ersten Mal der Terminus ›Sancta Sanctorum‹. Aber

er hat noch keinen Bezug zur päpstlichen Kapelle, sondern zu einem Reliquienschatz, der sich unter dem Hochaltar der alten Lateranbasilika befinden soll.«

»Dem Altar mit den Köpfen von Petrus und Paulus an der Decke?«

»Ja, aber unten, in der Tiefe. Und was soll sich dort nach Meinung des Diakons befinden? Nicht nur Moses' Schilfkästchen, die Vorhaut Christi und weiß der Himmel was für Kuriositäten, sondern auch – paß auf: *arca foederis Domini.* Was sagst du dazu?« Onno lehnte sich mit der Zufriedenheit eines großzügigen Spenders zurück. »Gottes Bundeslade.«

Perplex sah Quinten ihn an.

»Warum falsche Hoffnungen? Dann haben wir es doch! – Seit wann wird die päpstliche Kapelle ›Sancta Sanctorum‹ genannt?«

»Auch das weiß ich. Seit dem Ende des vierzehnten Jahrhunderts.«

»Na bitte! Das bedeutet also, daß die Lade irgendwo zwischen elfhundert und vierzehnhundert von der Basilika in die Kapelle gebracht worden ist. Der Name ging einfach mit.«

»An sich gar nicht so dumm, was du da sagst. Im dreizehnten Jahrhundert wurde die Kapelle komplett restauriert, und die Reliquien wurden für diesen Zeitraum herausgeholt; danach könnte auch die Lade hinzugefügt worden sein. Nur vergißt du dann wieder die Kleinigkeit, daß die Lade günstigstenfalls irgendwo in einer Höhle in Jordanien liegt. Sie war nie in Rom.« Onno machte mit beiden Händen eine beschwichtigende Geste. »Sieh doch ein, daß das alles auf einer mittelalterlichen Legende beruht. Was hältst du von der Vorhaut und dem Schilfkästchen?«

Quinten schüttelte entschlossen den Kopf.

»Das mag alles stimmen, und wie es gelaufen ist, weiß ich auch nicht, aber ich bin mir ganz sicher, daß die Bundeslade dort im Altar ist.«

»Und ich«, sagte Onno, während er sich jetzt vorkam wie ein Chirurg, der bei einem Patienten das Messer ohne Betäubung ansetzen muß, »bin mir noch sicherer, daß es nicht so ist.«

»Wie kannst du dir da so sicher sein?«

»Weil ich *weiß*, was drin ist«, sagte Onno, ohne Quintens Blick auszuweichen.

Ungläubig erwiderte Quinten seinen Blick.

»Was denn?«

»Nichts.«

»Nichts?« wiederholte Quinten nach einigen Sekunden.

»Ein leerer Schrank.«

»Woher willst du das wissen?«

»Weil der Altar 1905 geöffnet und geleert wurde. Hier«, sagte Onno und nahm das Buch, das er vom Institut ausgeliehen hatte – unter Angabe seiner Adresse, die jetzt wohl auch nicht mehr lange geheim bleiben würde –, »hier findest du detailliert beschrieben und fotografiert, was sich alles darin befunden hat. Darunter einige in der Tat außergewöhnliche Dinge, die Nabelschnur Christi zum Beispiel und ein Stück des Kreuzes – aber keine Lade. Im Auftrag des Papstes hat Professor Grisar aus Innsbruck alles persönlich in die Vatikanische Bibliothek gebracht, wo du es dir morgen in der Kapelle von Pius V. anschauen kannst.«

Quinten blätterte kurz in dem Buch, warf einen Blick auf die Abbildung des verzierten Schreins und legte es wieder auf den Tisch. Es interessierte ihn nicht.

»Und trotzdem«, sagte er, »heißt diese Kapelle ›Sancta Sanctorum‹. Trotzdem sind zwei Engel über dem Altar. Trotzdem steht über dem Altar geschrieben, daß es keinen heiligeren Ort auf der Welt gibt.«

»Er läßt nicht locker!« lachte Onno. »Du traust deiner Intuition mehr als den Fakten. Das ist eine durchaus heroische Eigenschaft, aber du kannst es natürlich auch zu bunt treiben. Du willst doch hoffentlich nicht sagen, daß hier die Rede von einem Komplott ist, daß zum Beispiel dieses ganze Buch nur deshalb geschrieben wurde, um zu vertuschen, daß die Lade sich sehr wohl in dem Altar befindet.«

»Natürlich nicht«, sagte Quinten. »Ich bin doch nicht verrückt.«

»Aber was bist du dann? Ein Träumer vielleicht? Vergiß es jetzt erst mal, deine Intuition ist, was das angeht, widerlegt worden. Ein andermal hast du nicht so weit danebengetippt. Letztens hast du vermutet, Vespasian hätte vielleicht aus Angst vor dem Gott der Juden die Lade in seinem Palast versteckt. Von einer Lade war zwar keine Rede, aber ich las gestern bei Flavius Josephus, daß er nach dem großen Siegesmarsch über das Forum zumindest den Vorhang des Allerheiligsten in seinen Palast hatte bringen lassen.«

»Das ist aber merkwürdig«, sagte Quinten mißtrauisch. »Und die kostbaren Sachen aus Gold – den Leuchter und den Tisch für die Schaubrote?«

»Die wurden in einem Tempel ausgestellt. Im Palast waren nur der purpurne Vorhang und das jüdische Gesetz.«

»Das jüdische Gesetz?« Quinten hob die Augenbrauen. »Was war das?«

»Das ist die Bezeichnung für die Thora, die fünf Bücher Mose. Es wird auch der Gesetzgeber genannt.«

Quinten überlegte kurz.

»Wie soll man sich dieses Gesetz vorstellen?«

»Du hast doch bestimmt schon mal eine Abbildung davon gesehen? Eine große Schriftrolle, wie man sie auch jetzt noch in der Lade jeder Synagoge findet.«

»Wie groß?«

»Ich nehme an, daß die Thorarolle aus dem Tempel von Herodes sehr groß gewesen sein wird. Vielleicht sogar anderthalb Meter lang.«

Quinten nickte.

»Dieses Ungetüm wurde also auch in der Prozession über das Forum mitgeführt.«

»Josephus zufolge kam das jüdische Gesetz als letzte Trophäe vorbei.«

»So?« sagte Quinten. »Aber wenn dieses Ding dem Kaiser so wichtig war, daß er es in seinem Palast haben wollte, wichtiger sogar als die Menora, warum ist es dann auf dem Titusbogen nicht zu sehen?«

»Woher bist du dir so sicher, daß es darauf nicht zu sehen ist?«

»Weil ich vorhin dort war. Und dabei ist mir etwas anderes aufgefallen«, sagte Quinten plötzlich gehetzt. »Die letzte Figur ganz links, ein Mann ohne Gesicht, der also eigentlich diese Schriftrolle hätte tragen sollen, steht herum, als hätte er nichts zu tun, und er steht mit herunterhängenden Armen da. So«, sagte er und machte es ihm vor. »Seine linke Hand kann man nicht sehen; aber wenn man genau hinsieht, ist zu erkennen, daß er auf jeden Fall etwas in der rechten Hand hält, etwas Schweres und Rechteckiges, das ihm ungefähr bis zum Ellbogen reicht.« Er nahm das Buch vom Tisch und hielt es in der Höhe des Oberschenkels in der Hand. »Soll ich dir sagen, was er in der Hand hat?«

»Ich bin gespannt.«

»Die beiden Gesetzestafeln von Moses mit den Zehn Geboten.«

58
Vorbereitungen

Verblüfft starrte Onno ihn an.

»*Das* war dieses sogenannte ›jüdische Gesetz‹!« rief Quinten. »Wie groß waren diese Gesetzestafeln?«

Onno beugte sich über eine Notiz.

»Nach R. Berechiah, einem Rabbiner aus dem vierten Jahrhundert, sechs Tefah lang und zwei Tefah breit.«

»Und wie groß war ein Tefah?«

»Eine Handbreit.«

»Und wie breit ist eine Hand?« sagte Quinten, während er auf seine eigenen Hände sah. »Acht Zentimeter? Das heißt also: achtundvierzig mal sechzehn Zentimeter! Stimmt ganz genau!«

»Aber dieser Herr Berechiah hat sie nie gesehen.«

»Jetzt ist doch alles klar, Papa!« Aufgeregt begann Quinten im

Zimmer auf und ab zu gehen. »Hör zu«, sagte er und schaute zu
Boden, »Jeremia hat die Lade mitgenommen und in einer Höhle
versteckt, aber das muß nicht bedeuten, daß er die Gesetzestafeln
dort gelassen hat. Oder steht im Buch der Makkabäer, daß sie auch
verschwinden mußten?«

»Nein.«

»Gut, also hat er sie herausgeholt. Und sie wurden von dem Priester aus dieser rabbinischen Legende, der dachte, daß es erhöhte
Bodenplatten wären, gesehen. Sie wurden aufbewahrt, und später
haben sie im Allerheiligsten des zweiten und dritten Tempels gelegen. Es wäre doch auch zu albern, wenn es jahrhundertelang tatsächlich völlig leer gewesen wäre! Ein Hoherpriester, der jedes Jahr
am Versöhnungstag feierlich durch den Vorhang hineingeht – und
dann nichts? Ein leerer Würfel? Der Mann würde sich doch lächerlich machen. Als ob es Gott nicht gäbe. Dann hätte der Tempel durch
die Jahrhunderte hindurch wie im Koma gelegen – wie Mama.«

»Was sagst du da für schreckliche Dinge, Quinten?« fragte Onno
entsetzt.

»Nur als Beispiel. Laß mich jetzt ausreden, sonst verliere ich den
Faden. Im Allerheiligsten lagen also immer die Tafeln mit den Zehn
Geboten. Genauso wie vor dem Eingang des Vorhofs die beiden
Pfeiler standen. Flavius Josephus hat sich von den Hohenpriestern
einfach etwas weismachen lassen, als er schrieb, das Debir sei leer.
Zusammen mit dem Vorhang wurden die Tafeln aus Jerusalem mit-
genommen. Dann kam der Einzug in Rom. Gibt es darüber noch
weitere Augenzeugenberichte?«

»Nein.«

»Und wie glaubhaft ist dieser Flavius Josephus?«

»Nicht sonderlich glaubwürdig.«

»Vielleicht hat er in dem Tumult und Gedränge nicht alles genau
sehen können, aber nachher, als er darüber schrieb, hat er auch das
verwendet, was er von anderen gehört hatte. Und die sagten etwas
Vages über ein ›jüdisches Gesetz‹, das am Ende des Umzugs mitgeführt worden sei; das waren Römer, und die hatten keine Ahnung
von der jüdischen Religion. Aber er als Jude dachte sofort an die

Thorarolle aus dem Tempel. Die Zehn Gebote fielen ihm natürlich nicht ein, denn für ihn waren sie zusammen mit der Bundeslade verschwunden. Vespasian dagegen war besser im Bilde. Gold hatte er im Überfluß, das bedeutete ihm schon längst nichts mehr. Er ließ nur das in den Palast bringen, was etwas mit dem Allerheiligsten zu tun hatte – und das waren der Vorhang und dieses sogenannte ›jüdische Gesetz‹. Eine Schriftrolle, die nur im Heiligen des Tempels verwendet wurde, gehörte nicht dazu; auch das wäre natürlich etwas Besonderes gewesen, aber eben nicht etwas Einzigartiges – du sagst selbst, so eine Rolle ist in jeder Synagoge zu finden. Nein, es war das ursprüngliche Manuskript des Dekalogs, von Moses auf dem Berg Horeb in der Sinaiwüste niedergeschrieben. Der Bildhauer des Brückenreliefs war offenbar besser informiert.« Quinten warf seinem Vater einen kurzen Blick zu, dessen runde Augen ihn durch das Zimmer verfolgten. »Und dann passierte das, wovon ich dachte, daß es mit der Lade passiert sei. Konstantin bekehrte sich zum Christentum und schenkte die beiden Platten dem damaligen Papst, der sie in der Schatzkammer unter dem Hochaltar seiner Basilika verbarg. Daher der Name Sancta Sanctorum; Johannes Diaconus schrieb damals über die *arca foederis Domini*, weil er zwar etwas läuten gehört hatte, aber keine Einzelheiten kannte. Er hatte unter dem Hochaltar seiner Kirche nicht die Lade, dafür aber den Inhalt der Lade. Im dreizehnten Jahrhundert wurde die päpstliche Kapelle restauriert, und danach wurden auch die Gesetzestafeln des Moses dorthin gebracht, wodurch der Name Sancta Sanctorum auf die Kapelle überging. Und als Grisar 1905 den Altar öffnete, hat er die beiden flachen Steintafeln einfach übersehen, wie Pompejus, als er im Allerheiligsten war, und wie Flavius Josephus während des Umzugs in Rom, und wie jeder andere, der sich das Relief auf dem Titusbogen angesehen hat. Sie liegen also immer noch dort.«

Mit einem triumphierenden Schrei machte Quinten plötzlich einen Luftsprung und ließ sich rücklings auf seine Pritsche fallen, wo er ausgelassen mit den Beinen in der Luft strampelte, plötzlich wieder stand, mit schwebenden Tanzschritten zur Fensterbank ging, sich mit einem Drehsprung darauf setzte und Onno mit den Händen zwischen den Knien ansah.

Es dämmerte. Das Fenster stand offen, und Onno konnte nur Quintens schwarze Silhouette sehen, die sich gegen den purpurfarbenen Abendhimmel abzeichnete, an dem schon die ersten Sterne erschienen waren.

»Eine verführerische Beweisführung«, sagte er. »Ich mag solche Argumentationen. Ja, so könnte es gewesen sein. Aber vielleicht war es auch nicht so.«

»Und ob es so war!« Jetzt, da Quinten nur als Schatten zu sehen war, schien es, als klinge seine Stimme höher als sonst. »Die Menschen, die seit Jahrhunderten im Sancta Sanctorum die Scala Santa hinaufkriechen, knien vor etwas ganz anderem nieder, als sie denken.«

Onno nickte wehmütig.

»Es ist, als hörte ich mich selbst, Quinten. Aber ich war mir auch einmal einer Hypothese absolut sicher – bis eines Tages jemand in Arezzo im Boden versank.«

»Daß deine Hypothese nicht stimmt, bedeutet ja wohl nicht, daß keine Hypothese stimmt!« sagte Quinten empört.

»Natürlich nicht. – Hör einfach nicht auf mich.«

»Dann setz etwas dagegen.«

»Ich glaube, es ist sehr viel dagegenzusetzen. Warum durften während des zweiten und dritten Tempels nur die Hohenpriester wissen, daß sich Moses' Gesetzestafeln im Allerheiligsten befanden? Dieses Wissen hätte doch motivierend auf die Juden gewirkt?«

»Weil«, sagte Quinten sofort, »Jeremia eigentlich ein bißchen geschummelt hatte. Gott hatte ihn die Lade vergraben lassen und gesagt, daß keiner mehr daran denken dürfe. Über die Tafeln hatte er nichts gesagt, Jeremia hat sie eigenmächtig herausgenommen, und es ist natürlich die Frage, ob das im Sinne Gottes war. Sicherheitshalber ließen die Hohenpriester das unter die Schweigepflicht fallen.«

»Gut«, sagte Onno amüsiert. »Dann laß uns das mal zusammenfassen. Aufgrund einiger hebräischer, griechischer und lateinischer Texte hast du eine Theorie entwickelt, und wir nehmen an, diese Theorie ist konsistent. Aber es bleibt doch immer noch die große Frage, ob sie stimmt. Es ist ein Riesenschritt von der Literatur zur Wirklichkeit, Quinten. Die Theorie kann nur überprüft werden, indem man im Altar nachschaut. Und das ist nur mit der Zustimmung des Papstes möglich, wie ich von Grisar weiß. Die Erlaubnis bekommst du natürlich nie – nicht, weil du es bist, sondern weil sie aufgrund deiner Theorie niemand bekommen würde. Angenommen, du schreibst dem Papst, was du entdeckt hast. Er bekommt viele merkwürdige Briefe, die er nie zu sehen kriegt, die Verrückten dieser Welt schreiben ständig Briefe an den Papst; aber über Kardinal Simonis, den Erzbischof von Utrecht, dem ich einmal auf einem Galadiner im Palast Noordeinde gegenübergesessen habe und mit dem ich mich gut verstand, könnte ich sogar dafür sorgen, daß dein Brief auch tatsächlich auf seinem Schreibtisch landet. Gut. Papa Wojtylla mit seinen schlauen Äuglein liest also deine Geschichte. Man könnte natürlich auch annehmen, daß er längst weiß, daß die Tafeln im Altar liegen. Über den Camerlengo – das ist der Kardinal-Schatzverwahrer, der in der Zeit zwischen zwei Päpsten das Sagen hat – müßten die Päpste das Geheimnis jeweils weitergegeben haben, wie früher die Hohenpriester. Nach deiner Theorie muß diese Kontinuität auf jeden Fall bis zum dreizehnten Jahrhundert bestanden haben, als die Gesetzestafeln aus der Basilika in die Kapelle gebracht wurden. Aber ich weiß sicher, daß der heutige Papst es nicht weiß, denn schon Anfang dieses Jahrhunderts wußte es Pius X. nicht mehr. Sonst hätte er Grisar niemals die Erlaubnis gegeben, den Altar zu öffnen, denn er hätte sich genau ausrechnen können, daß er sofort mit jüdischen Ansprüchen konfrontiert gewesen wäre und welchen Aufruhr das ausgelöst hätte. Die Unkenntnis der letzten Päpste braucht deiner Theorie ja nicht zu widersprechen, denn seit dem dreizehnten Jahrhundert kann zum Beispiel ein Camerlengo zwischen zwei Päpsten gestorben oder zusammen mit seinem Heiligen Vater ermordet worden sein, und damit wäre der Faden gerissen. Und vielleicht stand es sogar irgendwo schwarz auf weiß, in einer Schenkungsurkunde Konstantins, die dann in Avignon verlorengegangen ist, denn du kannst mir glauben: Das große Chaos herrscht immer und überall. Aber die jüdischen Ansprüche, Quinten, das ist der kritische Punkt. Durch die Existenz des Staates Israel haben diese Ansprüche mittlerweile auch eine politische Dimension bekommen, und unserem Johannes Paul fällt es natürlich im Traum nicht ein, in ein Wespennest zu stechen. Er hat genug damit zu tun, die Kommunisten in Osteuropa zu frustrieren. Selbst wenn er deine Theorie für völligen Quatsch hielte, würde er dennoch nicht das geringste Risiko eingehen, bloß damit du vielleicht recht haben könntest. Warum sollte er? Er hat dabei nur etwas zu verlieren. Angenommen, die Tafeln würden tatsächlich zum Vorschein kommen. Was dann? Sie den Juden zurückgeben? So eine superheilige Reliquie? Der Heilige Stuhl hat Israel nicht einmal anerkannt. Nicht zurückgeben? Um dann wieder etwas über die christlichen Wurzeln des Antisemitismus zu hören zu bekommen? Über die lasche Haltung von Pius XII. gegenüber den Nazis? Über deutsche Kriegsverbrecher, denen nach dem Krieg in katholischen Klöstern Asyl gewährt wurde? Proteste der jüdischen Lobby in den Vereinigten Staaten? Diplomatische Probleme mit Washington? Verfluchung des Papstes durch den Oberrabbiner? Landung israelischer Fallschirmspringer auf der Piazza San Giovanni in Laterano, um die Zehn Gebote zu entführen und zurück nach Jerusalem zu bringen? Triumph des ultraorthodoxen Judentums über den Islam? Vertreibung der Moslems vom Tempelberg? Errichtung eines vierten Tempels für die Gesetzestafeln? Ausrufung von *el Jihad* – des Heiligen Krieges? Raketenangriff iranischer Fundamentalisten auf Tel Aviv? Ausbruch des Dritten Weltkriegs? Nein, mein Junge, glaub mir, auch der berühmteste und katholischste Archäologe der Welt würde diese Erlaubnis nicht bekommen. In einem höflichen Schreiben würde ihm im Namen Seiner Heiligkeit mitgeteilt, daß Professor Hartmann Grisar SJ den Altar bereits mit äußerster Gründlichkeit untersucht habe und daß dort nichts Derartiges gefunden worden sei. Vergiß es. Dieser Altar wird auch in tausend

Jahren nicht geöffnet.« Onno schwieg. Er hoffte Quinten endlich
auf andere Gedanken gebracht zu haben. »Übrigens: Grisar erwähnt, er habe seine Erlaubnis am 29. Mai 1905 erhalten – und vorhin sah ich auf der Herald Tribune, daß das heute genau achtzig
Jahre her ist.«

Es blieb still.

»Dann werde ich morgen also siebzehn«, sagte Quinten schließlich verwundert.

Quinten hatte keinen Moment an seinen Geburtstag gedacht.
Seit er aus den Niederlanden weg war, hatte die Zeit für ihn die
Unendlichkeit früherer Sommerferien angenommen.

»Na bitte!« rief Onno. »Das auch noch! Die Zeichen sind günstig
– und das werden wir gleich feiern, Schlag zwölf bei Mauro an der
Ecke. Sag nur, was du dir wünschst, du bekommst es unbesehen.«

Nach einigen Sekunden kam aus der schwarzen Fensteröffnung
Quintens Stimme, und seine Umrisse waren kaum noch von der
Sternennacht zu unterscheiden:

»Deine Hilfe.«

»Meine Hilfe? Wobei?«

»Beim Zutagefördern der Zehn Gebote.«

»Lieber Quinten«, sagte Onno nach einigen Augenblicken mit gespielter Ergebenheit, »damit scherzt man nicht. Du willst mir
doch nicht erzählen, daß du wirklich mit dem Gedanken an Gewalt spielst?«

»Doch. Das heißt – ich spiele nicht. Und Gewalt? Nein. Zumindest – wenn alles, was ohne Erlaubnis geschieht, Gewalt ist, dann
schon, ja.«

Onno tastete auf dem Tisch nach Streichhölzern und zündete
eine Kerze an. Als er Quintens Gesicht sah, mit zwei kleinen Flammen in seinen dunklen Augen, wußte er, daß es ihm Ernst war. Das
war doch undenkbar! Er hatte sich bis jetzt von Quintens ebenso
ansteckender wie unerbittlicher Begeisterung manipulieren lassen,
aber das hier war nun wirklich der Moment, einen Punkt zu machen.

»Es reicht jetzt, Quinten«, sagte er bestimmt. »Man muß auch wissen, wann man aufhören muß. Du zeigst so langsam alle Anzeichen einer Obsession. Hör zu, ich kenne die Aufregung und die Spannung einer neuen Theorie genau, vor allem, wenn man sie selbst entwickelt hat; dazu brauche auch ich keine Fußballspiele und keine Kriege. Aber jetzt drohst du eine Grenze zu überschreiten, und das könnte durchaus fatal enden – und zwar im Gefängnis. Und ich glaube, daß ich dir die italienischen Gefängnisse nicht empfehlen kann.«

Da es Quinten langsam am Rücken kalt wurde, stieg er von der Fensterbank herunter und schloß das Fenster.

»Sind die Zehn Gebote das Risiko, ins Gefängnis zu wandern, nicht wert?«

»Ja!« rief Onno und hob beide Arme hoch. »Wenn du so fragst – natürlich! Lebenslänglich! Der Scheiterhaufen!«

Quinten lachte.

»Sei mal ehrlich, Papa. Meinst du, daß es eine Schnapsidee ist?«

»Ich weiß es nicht«, seufzte Onno. »Mir fällt nur gerade wieder eine Anekdote über Niels Bohr ein. Als jemand einmal eine neue physikalische Theorie entwickelt hatte, sagte Bohr: ›Ihre Theorie ist wahnsinnig, aber nicht wahnsinnig genug, um wahr zu sein.‹« Ironisch sah er Quinten an. »Was das anbelangt, ist deine ausgezeichnet.«

»Also ist sie mit ziemlicher Sicherheit wahr.«

»Also ist sie mit ziemlicher Sicherheit wahr. *Credo quia absurdum.*«

Onno spürte, daß er wieder an Boden verlor. Er stand auf und begann in seinen verschlissenen braunen Pantoffeln mit den schiefgetretenen Absätzen ohne Stock im Zimmer auf und ab zu gehen; beim Umdrehen suchte er jedesmal kurz einen Halt. Wie sollte er damit um Himmels willen umgehen? Wenn es um das Gold der Romanows gegangen wäre, oder um den Schatz im Silbersee – aber die Gesetzestafeln! Wußte Quinten eigentlich, wovon er sprach? Gott gab es nicht, und Moses hatte es vielleicht auch nie gegeben, aber es gab die Zehn Gebote: daran war nicht zu rütteln. Andererseits schien es, als ob der Dekalog – das Fundament aller Moral – einerseits in Gott und andererseits in Moses Gestalt annahm, und dazwischen dann auch noch in den Gesetzestafeln. War es vielleicht so, daß primär nicht die Dinge existierten, sondern die Beziehungen zwischen den Dingen? Schuf etwa die Liebe Verliebte, und nicht umgekehrt? Konnte folglich auch die Liebe selbst die Gestalt eines Steines, oder zweier Steine, annehmen?

»Woran denkst du?«

Onno blieb stehen und suchte nach Worten. Quinten sah ihm zu, eine Hälfte des Gesichts lag im Schatten, den das Kerzenlicht warf. Die Ruhe, die der Junge ausstrahlte, machte ihn plötzlich wütend.

»Verdammt noch mal, Quinten, du bist wohl nicht bei Trost! Was hast du bloß für Flausen im Kopf! Wie stellst du dir das vor? Wie, bitte schön, willst du in die Kapelle hineinkommen? Und wie in den Altar? Willst du vielleicht die Gitter durchsägen? Lies Grisar! Im sechzehnten Jahrhundert gab es den Sacco di Roma, damals wurde die Kapelle von französischen Truppen geplündert, aber sie kamen nur hinein, weil sie die Patres dazu zwangen, die Tür aufzuschließen. Aber von dem Altar hatten sie keine Schlüssel, und deshalb kamen sie schlicht und ergreifend nicht dran. Sonst wären die Gold- und Silberschätze 1905 nicht mehr dagewesen. Aber du willst das alles schaffen! Ohne daß es jemand merkt!«

»Ja.«

»Wie denn?«

»Indem ich die Schlösser öffne.«

»Und das kannst du?«

»Ja.«

»Ohne Schlüssel?«

»Ja.«

»Während es überall vor Patres nur so wimmelt und die Treppe voller Menschen ist?«

»Aber doch nicht nachts! Wir lassen uns natürlich einsperren.«

»Wir? Du glaubst doch wohl nicht im Ernst, daß ich bei einem derart wahnsinnigen Unternehmen mitmache?«

»Doch. Ich hoffe es.«

»Es ist bestimmt alles elektronisch abgesichert!«

»Ist es nicht.«

»Woher weißt du das?«

»Das habe ich überprüft.«

»Und weißt du vielleicht zufällig auch, wie das achte der Zehn Gebote lautet?«

»Nein.«

»Du sollst nicht stehlen.«

»Für mich ist das kein Stehlen.«

»Was ist es dann?«

»Eine Beschlagnahmung.«

»Eine Beschlagnahmung – wie kommst du um Himmels willen bloß auf solche Gedanken!« Ratlos machte Onno eine halbe Drehung um die eigene Achse und flehte: »Quinten, mach mich nicht unglücklich. Als ich dich vor zehn Tagen beim Pantheon sah, lebte ich wie eine Art Lazarus im Grab eines anderen, um mich einmal so auszudrücken. Der einzige, mit dem ich in dieser ganzen Zeit gesprochen habe, war der brave Edgar. Du hast mich aus meiner Verzweiflung gerissen, und dafür bin ich dir dankbar. Aber was du jetzt tun willst, geht wirklich zu weit! Dich einsperren lassen im Sancta Sanctorum, um zu sehen, ob die Gesetzestafeln von Moses drin sind! Schon während ich es sage, traue ich meinen Ohren kaum. Stell dir vor, die Carabinieri stürmen plötzlich mit gezogenen Waffen herein: Jugendlicher Kunsträuber auf frischer Tat im Heiligtum ertappt! Ich sehe es vor mir in La Stampa stehen.«

»Kunsträuber?« wiederholte Quinten. »Du hast doch selbst gesagt, daß laut Grisar nichts mehr im Altar ist.«

»Beruf du dich der Polizei gegenüber mal auf die archäologische Literatur. Ist dir eigentlich klar, was Polizei ist? Es steht übrigens etwas *auf* dem Altar, das du der Einfachheit halber vergißt: der Acheiropoèton – Christus von Engelshänden gemalt und mehr als tausend Jahre lang von einem Papst nach dem anderen durch die Straßen Roms getragen –, du darfst von Glück sagen, wenn sie dich nicht gleich an Ort und Stelle totschlagen. Es gibt Dinge in der Welt, die man besser meiden sollte.«

Quinten sah ihn eine Weile an.

»Gut«, sagte er. »Dann mache ich es eben allein.« Er knipste das Licht an, setzte sich auf den Tischrand und schlug das Buch von Grisar auf.

Verzweifelt wurde Onno klar, daß Quinten um nichts in der Welt von diesem unglückseligen Plan abzubringen war. Was war das nur für eine Kraft, die ihn trieb? Diese eiserne Unbeugsamkeit, mit der er alles anging, hatte Onno in gewisser Weise schon von Quintens Geburt an erstaunt. Was sollte er jetzt tun? Wenn er es ihn allein machen ließ, würde er ihn verlieren – obwohl sie sich dank derselben Leidenschaft ja gefunden hatten. Durfte man etwas abweisen, dem man sein Leben verdankte? Außerdem hatte er sich das alles selbst eingebrockt durch seine Bemerkung, das Christentum kenne kein architektonisches Allerheiligstes. Langsam dämmerte ihm, daß er dabei war zu verlieren. Stöhnend ließ er sich auf die Matratze sinken und legte das Kinn auf die gefalteten Hände. Er war seinem Sohn unterlegen. Aber was hatte er, genau betrachtet, eigentlich zu verlieren? Es war völlig ausgeschlossen, daß Quinten auch nur eines dieser Schlösser knacken würde. Vielleicht würden sie erwischt und tatsächlich im Gefängnis landen – und wenn schon? Nachdem sie ihre Theorie dargelegt und sich das mitleidige Kopfschütteln angesehen hätten, würden sie wieder entlassen. Und die Sache würde mit Sicherheit in den Zeitungen stehen. Der Papst würde sich in Stillschweigen hüllen, alle Rabbiner dieser Welt würden ihre Augenbrauen hochziehen bei so viel Mesjoggaas, und der alte Massimo Pellegrini würde im Fernsehen erklären, er habe zwar immer schon gewußt, daß Qiuts ein unbegabter Hobbyarchäologe sei, nicht aber, daß er sich inzwischen zu einem Geistesgestörten entwickelt habe, der nicht einmal davor zurückschrecke, seinen minderjährigen Sohn in seine ebenso unsinnigen wie gefährlichen Hirngespinste hineinzuziehen. Schließlich würde die niederländische Botschaft auf den Plan treten und sein ehemaliger Kollege im Kulturministerium sie diskret ins nächste Flugzeug nach Amsterdam setzen. Und damit wäre die Sache gelaufen – aber er würde Quinten behalten. Er beschloß, das Spiel in Gottes Namen mitzuspielen.

»Und wenn sie nun nicht dort liegen, Quinten? Diese winzige Chance besteht doch auch noch.«

»Dann war es eben nichts. Dann mache ich den Laden wieder dicht, und wir hauen ab«, sagte Quinten ohne aufzublicken. »Aber sie liegen dort.«

»Und was machst du in diesem Fall?«

»Dann nehme ich sie natürlich mit, was dachtest du denn? Niemand wird es je erfahren. Du hast selbst gesagt, daß der Altar in tausend Jahren nicht geöffnet wird, aber auch dann werden sie keinem fehlen, weil niemand davon gewußt hat.«

Perplex sah Onno ihn an.

»Jetzt verstehe ich überhaupt nichts mehr. Du machst eine weltbewegende Entdeckung, die dich unsterblich machen würde, und du wahrst das Geheimnis?«

»Du sagst doch selbst, daß es sonst vielleicht einen Krieg gibt?«

»Das stimmt. Aber was hast du damit vor?«

Die Frage kam plötzlich. Daran hatte Quinten noch keinen Moment gedacht.

»Ich weiß nicht«, sagte er mit einem hilflosen Unterton in der Stimme. Nach einigen Sekunden zuckte er die Schultern und beugte sich wieder über das Buch. »Das werde ich dann schon sehen.«

Am folgenden Morgen – Quinten hatte Geburtstag – studierten sie nebeneinander am Tisch Grisars eingehenden Bericht, sahen sich die Bilder und Zeichnungen an und glitten mit dem Zeigefinger über Grundrisse. Ergänzt durch Quintens eigene Beobachtungen arbeiteten sie einen Plan aus, der Quinten zufolge nicht mißlingen konnte. Onno hingegen behauptete, alles könne mißlingen, sogar der Mißerfolg, worauf er sich kurz zurücklehnte und Quinten von dem Phänomen des mißlungenen mißlungenen Selbstmords erzählte: das Ziel sei, durch einen mißlungenen Selbstmordversuch die Aufmerksamkeit auf sich zu ziehen, was aber mißlang, weil der Selbstmord unverhofft gelang.

»Ist etwas Traurigeres denkbar?« fragte er lachend.

Daß er Helfer bei Quintens überdrehtem Unternehmen sein würde, hatten sie zwar nicht dezidiert verabredet, aber Quinten schien davon auszugehen – und seit er sich nun mal ziemlich ratlos in dieses Abenteuer gestürzt hatte, ergriff ihn eine Art väterlicher Leichtsinn. Das Vorhandensein der Gesetzestafeln in diesem Altar war für ihn immer noch absoluter Unsinn, das ganze Vorhaben würde auf eine schreckliche Antiklimax hinauslaufen, weil sie nicht einmal imstande wären, die erste Tür zu öffnen, und der Schlag käme ihn hart an – aber wer hatte schon einen Sohn mit solch phantastischen Ambitionen? Und was wollten andere dagegen? Wer hatte schon einen Sohn, der den Dekalog wollte?

Da das Relief im Titusbogen nicht aus größerer Nähe betrachtet werden konnte, gingen sie mittags zur Piazza Monte Citorio, wo gegenüber dem Parlament eine große Buchhandlung war. Als sie am Pantheon vorbeikamen, blieb Onno plötzlich stehen und fragte:

»Solltest du nicht mal deine Großmutter anrufen?«

»Nein«, sagte Quinten sofort.

»Quinten! Sie sitzt ganz alleine in diesem Schloß und weiß, daß du Geburtstag hast. Meinetwegen kannst du ihr ruhig erzählen, daß du bei mir wohnst. Kannst du dir nicht vorstellen, daß sie sich Sorgen macht? Du bist jetzt seit drei Wochen von zu Hause weg!«

»Du warst noch viel länger von zu Hause weg, ohne anzurufen.«

Für den Rest des Spaziergangs sagte Onno kein Wort mehr. Quinten hatte ihm vielleicht verziehen, aber vergessen würde er nie etwas. Auch daß er Quinten so lange im Stich gelassen hatte, verpflichtete ihn letztlich, bei diesem idiotischen Abenteuer mitzumachen.

In der Buchhandlung fanden sie in der kunsthistorischen Abteilung ein umfangreiches Standardwerk über das Monument, in dem eine Reihe detaillierter Bilder des Reliefs zu sehen waren. Aufmerksam studierte Onno den gesichtslosen Mann ganz links, am Ende des Zuges.

»Ja«, sagte er schließlich. »Wenn man es sehen will, kann man es sehen, der Mann trägt etwas Flaches mit sich herum.«

»Hab ich es nicht gesagt?«

»Unbedingt.«

Auf der Via del Corso nahmen sie den Bus und fuhren zum Sancta Sanctorum, um sich über die Öffnungszeiten zu informieren und ihren Plan mit den örtlichen Gegebenheiten abzustimmen. Es schien, als wären die knienden Gläubigen auf der Treppe noch immer dieselben, und auch in der stillen Kapelle war alles unverändert. Zufrieden betrachtete Onno die mächtigen Gitter und Schlösser: Was französischen Plünderern vor vierhundertfünfzig Jahren nicht gelungen war, würde auch Quinten nicht gelingen. Aber Quinten würdigte den Altar keines Blickes mehr; offenbar war er sich seiner Sache inzwischen so sicher, daß er nur noch an technischen Einzelheiten interessiert war. Als würde er die Deckenmalereien bewundern, zeigte er Onno, daß nirgendwo Kameras angebracht waren. Das Heiligtum wurde offenbar ausschließlich als Pilgerort betrachtet und nicht als Museum; das übernatürliche Gemälde des Erlösers auf dem Altar mochte zwar wunderbar sein, dachte Onno, aber im Kunsthandel war es keinen Pfennig wert. Als die alten, wie Ölbäume krummgewachsenen Patres Quinten sahen, erschien auf ihren Gesichtern wieder ein zärtlicher Glanz; vielleicht wußten sie selbst nicht, an was er sie erinnerte.

»Die sind alle taub«, flüsterte Quinten.

»Hoffen wir's.«

Als sie wieder draußen waren, schlug Onno vor, die Sache jetzt erst einmal gut sein zu lassen.

»Es ist wie bei einer Prüfung: am letzten Tag darf man sich nichts mehr einpauken wollen und muß alles von sich fernhalten, damit das Hirn wieder zu Kräften kommt. Deswegen feiern wir jetzt deinen Geburtstag; hinter der Piazza Navona weiß ich ein gutes Restaurant. Morgen erledigst du deine kriminellen Einkäufe, ich werde mich noch ein bißchen über die Zehn Gebote informie-

ren, und um die Zeit totzuschlagen, holen wir sie uns übermorgen.
Einverstanden?«

Quinten sah zwar den ironischen Zug in den Mundwinkeln seines Vaters, aber das störte ihn nicht.

»Abgemacht«, sagte er.

59

Antichambrieren

Am Abend des folgenden Tages, am Freitag, fanden sie in einem Straßencafé gegenüber dem Pantheon noch einen freien Tisch. Der Platz war voll von flanierenden Römern; jugendliche Touristen in Jeans saßen in blauen Trauben auf den Stufen des Brunnens mit dem Obelisken, wo Onno vor zehn Tagen seine Plastiktüte mit Einkäufen hatte stehenlassen. Als es dunkel wurde und ringsum die Stahlrolläden herunterratterten, schien es, als ob der Tempel – von Scheinwerfern auf den umliegenden Dächern raffiniert beleuchtet – nach seiner Reise durch den Tag und all die Hunderttausende von sonnigen Tagen anfinge zu phosphoreszieren. Bald danach flatterten einige kleine Fledermäuse wie verkohlte Papierfetzen um die antiken Mauern. Was Quinten auf den Fotos und Zeichnungen von Herrn Themaat nie gesehen hatte, sah er jetzt: Das Bauwerk sah aus wie ein verwitterter Totenschädel, mit der Kuppel als Schädeldecke, dem Tympanon als dreieckigem Nasenloch und den Säulen als Zahnreihe.

Obwohl Quinten nicht ein einziges Mal danach gefragt hatte, nahm Onno an, er wolle mehr über die Zehn Gebote erfahren, die ihn plötzlich so beschäftigten, denn weiter als »Du sollst nicht töten« hatte er es wohl nicht gebracht. Während des Essens, während Tauben zwischen ihren Füßen die Brotkrumen aufpickten, weihte er ihn in das ein, was er inzwischen darüber wußte. Zu-

nächst einmal wurde in der hebräischen Bibel gar nicht von den
zehn Geboten gesprochen, sondern von den ›zehn Worten‹: *ase-
reth ha'dewarim* – was der griechischen Übersetzung *deka logoi*
entsprach. Auf jede der beiden Tafeln waren fünf ›Worte‹ geschrieben. Traditionell lautete das erste Gebot: »Ich bin Jahwe, dein
Gott, und du sollst keine anderen Götter haben neben mir.« Aber
das »du sollst« stand im Hebräischen eigentlich gar nicht da; das
erste ›Wort‹ lautete: »Du hast natürlich keine anderen Götter
neben mir.« Er habe sich den Text noch einmal genau angesehen,
erzählte Onno, und dabei entdeckt, daß der Dekalog nicht den
Charakter eines Gesetzbuches habe, sondern eher den einer Anlei-
tung für gutes Benehmen: »So etwas tut man nicht.« Spaghetti aß
man nicht mit dem Löffel, von einem Messer ganz zu schweigen.
Auch sei es nicht unwichtig, daß Jahwe keineswegs behauptet
habe, es gebe neben ihm keine anderen Götter, sondern nur wolle,
daß man sie nicht verehre – womit er deren Existenz geradezu be-
stätige. Das zweite ›Wort‹ habe übrigens auch einen doppelten
Boden. Das Gebot, sich kein Bildnis zu machen, sei nur scheinbar
anti-kunstsinnig, denn es komme von demjenigen, der den Menschen nach seinem Bilde geschaffen habe – die typische Bemerkung eines Künstlers, der nicht nur der beste, sondern auch der
einzige sein wolle und unmittelbar im Anschluß daran zu Recht
verkünde, er sei ein eifersüchtiger Gott. Das dritte ›Wort‹, daß man
seinen Namen nicht einfach so gebrauche, und das vierte, daß man
den Ruhetag in Ehren halte, berühre ebenfalls das Verhältnis des
Menschen zu Jahwe. Das fünfte, man solle Vater und Mutter ehren,
bilde die Überleitung zu den ›Worten‹ der zweiten Tafel, die das
Verhältnis der Menschen untereinander regelten, zugleich aber
gehöre es noch auf die erste Tafel, denn die Elternschaft sei eine Abbildung des Schöpfertums Jahwes.

»Das war zumindest der Kommentar von Philo, mein Sohn, und
du verstehst, daß ich vollkommen dahinterstehe.«

Der lockere Ton kam nicht ganz von Herzen – sie dachten beide
im selben Augenblick an Ada, die dort weit oben im Norden in
ihrem weißen Bett lag. Der kleine Ober auf Plateauabsätzen, der

eine gewisse Ähnlichkeit mit Goebbels hatte und mit einem Blick in die Welt sah, als wolle er sie lieber heute als morgen vernichten, räumte den Tisch ab und stellte ihnen den Kaffee hin. Die Pferdekutschen vor dem Pantheon waren verschwunden, und am Kiosk wurden die Zeitungsständer hereingeholt; auch die Stunde der Fledermäuse war vorbei, sie hatten den Schwalben Platz gemacht, die um den Tempel flogen mit einem Geräusch, als würden kleine Messer geschliffen: *itis – itis –*. Schweigend hörte sich Quinten die Darlegungen seines Vaters an, aber er war nicht bei der Sache. Onno täuschte sich mit seiner Vermutung, nicht die Zehn Gebote beschäftigten ihn, sondern lediglich die Tafeln, auf denen sie geschrieben standen, diese konkreten steinernen Platten, die einige Kilometer entfernt auf ihn warteten – bis morgen nacht.

Mord, fuhr Onno nach einer Weile fort, sei nach dem sechsten ›Wort‹ *not done*, nach dem siebenten der Ehebruch, nach dem achten Diebstahl, nach dem neunten Verleumdung und nach dem zehnten alle Versuche, sich des Eigentums eines anderen zu bemächtigen. Diese zweiten fünf ›Worte‹ stünden letztendlich für nichts anderes als die uralte, universelle ›Goldene Regel‹: *Was du nicht willst, das man dir tu, das füg auch keinem anderen zu*. Nach Hillel, einem legendären jüdischen Schriftgelehrten aus der Zeit des Herodes, dozierte Onno, laufe die gesamte Thora auf diesen Grundsatz hinaus, und alle fünf Bibelbücher von Moses mit ihren 613 Regeln. Für das Judentum seien diese zehn, anders als für die Christen, nicht wichtiger als die 603 anderen. Viele der anderen Gebote seien damals sogar verboten worden, zum Beispiel die Beschneidung, die durch die Taufe ersetzt worden sei. Onno mußte lachen. Ihm fiel plötzlich sein Pfarrer aus dem Konfirmandenunterricht wieder ein, vor vierzig Jahren in Den Haag. Während der erzählt habe, jüdische Jungen würden in den Bund mit Gott aufgenommen, indem man bei ihnen einen kleinen Schnitt in die Vorhaut machte, habe er mit dem Zeigefinger eine kleine, vertikale Bewegung über sein Brustbein gemacht. Er habe tatsächlich geglaubt, daß das die ›Vorhaut‹ sei – ein Pfarrer, sagte er. Nicht zu fassen, in was für einer Welt diese holländischen Kalvinisten lebten!

Mit der Spitze des Ringfingers tippte er kurz an die Zunge, pickte einen Brotkrümel von der Tischplatte und steckte ihn in den Mund. Da Quinten auf seine Ausführungen nicht reagierte, begriff er, daß dieser nur aus Höflichkeit zuhörte, was ihn jedoch nicht hinderte, fortzufahren. Es ging ihm zu sehr an die Ehre, ausschließlich technischer Assistent seines Sohnes zu sein; vielleicht hatte er für Quinten seine Pflicht als historisch-theologischer Ratgeber bereits erfüllt, aber das hielt ihn nicht davon ab zu sagen, was er noch zu sagen hatte.

»Als ein Schriftgelehrter Christus einmal fragte«, fuhr er fort, »was nach seiner Meinung das größte Gebot im Gesetz sei, sagte er, es sei die Liebe zu Gott. Das zweite Gebot, man solle seinen Nächsten genauso lieben wie sich selbst, sei jedoch dem ersten gleich. Offenbar ging er davon aus, daß jeder sich selbst liebt, Menschenkenntnis war nicht gerade seine Stärke; in dieser Hinsicht mußte man erst noch auf den Juden aus Wien warten. Wer sich selbst nicht liebte oder sogar haßte, durfte also dem zweiten Wort zufolge auch seine Mitmenschen hassen, man durfte morden, wenn man dann auch Selbstmord verübte wie Judas und Hitler. Von der Hölle hatte Christus offenbar keine Ahnung, aber das war eigentlich klar: schließlich war er ein Wesen, das Gott liebte wie sich selbst. Aber der Kern seiner Antwort lag im Ist-gleich-Zeichen, das er zwischen die fünf Gebote auf der einen und die fünf auf der anderen Tafel setzte; eines Tages formulierte er sogar eine positive Version der Goldenen Regel: ›Was du willst, das man dir tu, das füge auch dem andern zu, denn das ist das Gesetz und die Propheten.‹«

»Das ist das Gesetz und die Propheten –«, wiederholte Quinten, während etwas wie Freude auf seinem Gesicht erschien.

Die geheimnisvolle Redewendung gefiel ihm. Er sah seinen Vater an. Dessen Verstand erinnerte ihn an die rasendschnellen Wendungen, mit denen ein Eishockeyspieler seine Gegner austrickste, den Puck ins Tor jagte, mit knirschenden Schlittschuhen hinter dem Netz herumfuhr und übermütig den Schläger hob. Er war schon fast wieder der alte. Es schien, als hätten die letzten zehn

Tage die vorangegangenen vier Jahre völlig ausgelöscht; keiner von beiden konnte sich eigentlich noch recht erinnern, wie diese Zeit gewesen war. Onno fragte sich deshalb, was sie für einen Sinn gehabt habe. Er erwiderte Quintens Blick, schlug dann aber die Augen nieder. Er dachte an das Gespräch, das sie beim Obelisken von Thutmoses geführt hatten: über die Kugel und den Punkt. Selbst wenn das Leben Sinn hätte, überlegte er, worin lag davon dann der Sinn? Und wenn das eine rhetorische Figur war, galt das dann nicht auch schon für die Frage nach dem Sinn des Lebens? War das vielleicht der Grund, weshalb Quinten nicht wußte, was mit ›Sinn‹ gemeint war?

Sie standen erst auf, als Goebbels die Stühle unter ihnen wegzog und zwei brummende Fahrzeuge der Stadtreinigung langsam wie Krabben mit sprühenden Wasserdüsen und rotierenden Besen von der Piazza della Minerva herangekrochen kamen. Die Strahler waren schon seit einer Weile ausgeschaltet, das Pantheon war in die graue Nacht zurückgeschickt worden. Schweigend gingen sie durch schmale, dunkle Straßen und über verlassene Plätze, auf denen bärtige marmorne Gestalten inmitten ihrer wüsten Kraftanstrengung, sich der Schwerkraft zu entreißen, erstarrt waren. Vielleicht, dachte Quinten, gab es jetzt niemanden, der das Pantheon anschaute – wie war es dann möglich, daß es dennoch existierte? Müßte, um die Welt zusammenzuhalten, nicht eigentlich immer jemand ununterbrochen auf sie schauen?

Nach Plan wachte er erst gegen Mittag auf, denn zum Schlafen würde nun vorläufig erst einmal keine Zeit mehr sein; Onno hingegen war immer wieder aus dem Schlaf hochgefahren. Jedesmal starrte er mit pochendem Herzen und weit aufgerissenen Augen in die Dunkelheit und fragte sich verzweifelt, worauf er sich da bloß eingelassen hatte. Wenn jemand ihm das irgendwann einmal prophezeit hätte, hätte er diesen Irren wahrscheinlich ein Leben lang gemieden.

Sie sprachen wenig miteinander an diesem Samstagnachmittag. Draußen war langweiliges, graues Wetter. Onno versuchte, die Zeitung zu lesen, aber je später es wurde, desto unruhiger wurde er. Er hoffte, daß irgend etwas dazwischenkäme, ein Erdbeben, Krieg, das Ende der Zeiten, aber die Wirklichkeit hatte beschlossen, sich um ihre Expedition nicht zu kümmern.

Quinten hingegen war verwundert über seine eigene Ruhe. Ihm war, als müßte er eine Routinesache erledigen, mit dem Hund hinausgehen oder die Heizung herunterdrehen, während er zugleich das Gefühl hatte, als ob sein ganzes Leben auf diesen einen Tag ausgerichtet gewesen sei. Daß er heute nacht in *die Mitte der Welt* vordringen würde, die ihn in seinem Traum so erschreckt hatte, flößte ihm nun keine Angst mehr ein. War das Zentrum seiner geheimen Burg vielleicht gefährlicher als die Wirklichkeit? Wie ein Faden Seetang schwebte ein Buchtitel – oder war es der eines Theaterstücks? – durch seine Gedanken: *Das Leben ein Traum.* Er erinnerte sich, wie Max einmal gesagt hatte, man könne nicht beweisen, daß man im wachen Zustand nicht träume, denn auch in einem Traum sei man sich manchmal ganz sicher, wach zu sein und nicht zu träumen. Wenn die Wirklichkeit also ein Traum sein konnte, konnte dann vielleicht auch ein Traum Wirklichkeit werden?

Gegen Abend stand er mit verschränkten Armen vor der Fensterbank und sah zu dem Bronzeengel auf dem Castel Sant'Angelo hinüber, der plötzlich, als die Sonne wie eine strahlende Orange unter den Wolken hervorkam, wie eine goldene Vision zu leuchten begann.

»Wir müssen gehen«, sagte er und drehte sich um.

Onno war eingeschlafen.

»Was, was?« Er richtete sich stöhnend auf seiner Matratze auf. »Nein, oder? Wir tun es doch nicht wirklich?«

»Und ob wir es tun. Es ist halb sechs. In zwei Stunden schließt das Sancta Sanctorum.« Quinten nahm den kleinen, knallroten Rucksack, den er gestern gekauft und schon vor Stunden gepackt hatte, von der Pritsche. »Kommst du? Oder willst du lieber weiterschlafen?«

»Natürlich würde ich lieber weiterschlafen«, sagte Onno unwirsch und stolperte zum Wasserhahn. »Ich habe gerade von einer idealen Welt ohne Verbrechen, ohne Gebote und ohne allzu unternehmungslustige Jungen geträumt.«

Nachdem sie bei Mauro jeder noch ein halbes Schinkenbaguette gegessen und dazu einen Espresso getrunken hatten und noch einmal auf der Toilette gewesen waren, schlug Onno vor, ein Taxi zu nehmen, aber das erschien Quinten unvernünftig: wenn es schiefginge, würde der Fahrer eine Personenbeschreibung abgeben können. Auf dem Corso Vittorio Emanuele nahmen sie den Bus und stiegen an der Basilika aus. Als sie am Obelisken vorbei zum Eingang gingen, hob Onno den Stock und sagte:

»Ave, Pharao, morituri te salutant.«

In der anderen Hand hatte er einen flachen, soliden Flugzeugkoffer aus grauem Kunststoff, in den gleich Moses' Gesetzestafeln wandern sollten.

Das Sancta Sanctorum war reger besucht als in den letzten Tagen – vielleicht weil morgen Sonntag war. Das mürrische Gesicht eines Paters, der gespannt dasaß, um jederzeit wütend mit seiner Münze an die Glasscheibe klopfen zu können, hellte sich augenblicklich auf, als er Quinten sah.

»Diesen lieben alten Mann«, sagte Onno, »willst du jetzt also bestehlen.«

»Ich hole mir etwas, von dem er nicht einmal weiß, daß er es hat.«

»Und du glaubst, daß das kein Stehlen ist? Vielleicht ist das sogar noch schlimmer. So etwas tut man nicht. Und das ist keine Frage der mosaischen Moral, sondern der Erziehung.«

»Du hättest mich ja erziehen können«, sagte Quinten, ehe er sich's versah. Es tat ihm sofort leid. »Entschuldige, ich habe es nicht so gemeint.«

Onno nickte, ohne ihn anzusehen.

»Laß nur. Du hast ja recht.«

Nein, überlegte Quinten, er war kein Dieb, er hatte noch nie etwas gestohlen. Er wollte die Steine doch nicht für sich! Wenn er sie erst einmal haben würde, hätte er sie dennoch genausowenig wie die Patres jetzt. Diese Passionisten würden ihn bestimmt verstehen – oder nein, sie waren natürlich nur in den Orden eingetreten, um in den Himmel zu kommen, und erwarteten eine dicke Belohnung. Er selbst erwartete nichts, und sein Vater versuchte offenbar bis zum letzten Augenblick, ihn von seinem Vorhaben abzubringen. Aber wenn er kein Dieb war, was war er dann?

Um das Vertrauen der Patres ganz für sich zu gewinnen und um bei einem eventuellen Debakel ihre Frömmigkeit beweisen zu können, hatte Quinten Onno dazu überredet, über die Heilige Treppe nach oben zu gehen. Sie passierten das Portal und warteten vor der untersten Stufe wie vor einer Kasse, bis sie an der Reihe waren.

»Gleich«, sagte Onno leise, »werde ich hier also niederknien, und vom kalvinistischen Himmel aus wird mein Vater zur Rechten Gottes erzürnt auf mich herabblicken und dann bewußtlos vom Stuhl fallen. Alles deine Schuld.« Und als ein Platz frei wurde und er auf seinen Stock gestützt tatsächlich niederkniete, neigte er sein Haupt und murmelte: »Vergebt mir, Vater, denn ich weiß nicht, was ich tue. Das weiß nur Euer Enkelsohn.«

Es klang wie ein Gebet, und Quinten hatte Mühe, ein Lachen zu unterdrücken. Immer öfter kam diese Mischung aus Witz und Ernsthaftigkeit zurück, die er von früher her so gut kannte. Oder besser: es war keine Mischung, denn das eine war immer zugleich auch das andere – die Scherze waren ernst, ohne dadurch weniger scherzhaft zu sein. Vielleicht hatte das abgesehen von Max niemand je verstanden, und vielleicht hatte ihre Freundschaft genau darauf beruht.

Auch Quinten kniete sich mit gefalteten Händen auf die erste Stufe. Er war nicht so weit gegangen, die achtundzwanzig offiziellen Gebete auswendig zu lernen, aber nun eine Viertelstunde lang absolut sinnlos die Lippen zu bewegen, erschien ihm auch lächerlich, also betete er lateinische Konjugationen herunter:

»Hic, haec, hoc. Hic, huius, hoc. Hic, huic, hoc. Hunc, hanc, hoc. Hoc, hac, hoc. Hi, hae, haec. Horum, harum, horum. Horum, his, horum. Hos, has, haec. Hos, his, haec.«

Die holzverkleideten Stufen war niedrig und breit; die Stufen zwei und drei waren leer, auf der vierten knieten eine Nonne und ein massiger, bäuerlich wirkender Mann. Seine Schuhsohlen, die Quinten genau inspizierte, hatten dicke Rillen, zwischen denen kleine Steinchen klemmten. Am liebsten hätte er ein Messer aus seinem Rucksack genommen, um sie herauszukratzen, sie wären mindestens zwei Meter weit geflogen. Als die Nonne und Steinchensohle sich mühsam wie Behinderte zur nächsten Stufe hinaufgearbeitet hatten, rückten er und Onno nach. Aus den Augenwinkeln sah er seinen Vater ungeschickt mit Stock und Koffer hantieren.

Nach fünf, sechs Stufen, die jeweils von der Nonne geküßt wurden, wußte er keine Pronomina mehr und machte mit Verben weiter:

»Capio, capis, capit, capimus, capitis, capiunt. Capiam, capias, capiat, capiamus, capiatis, capiant. Capiebam, capiebas, capiebat, capiebamus, capiebatis, capiebant. Caperem, caperes, caperet, caperemus, caperetis, caperent. Capiam, capies, capiet, capiemus, capietis, capient.«

Je höher er kam, desto unregelmäßiger wurden die Verben, und allmählich geriet er in eine leichte Trance. Wie war das noch? Deponentia, semi-deponentia – Volebamus, ferebatis, ferrebaris –. Durch ein kleines Glasfenster im Holz waren auf dem weißen Marmor fahlbraune Flecke zu sehen: Christi Blut natürlich. Conficit, confecit, confectus –.

Beim vergitterten Fenster der Kapelle gegenüber dem Altar erhoben sie sich.

»Wenn uns die Kraft Gottes jetzt immer noch nicht vernichtet«, sagte Onno, »dann ist das der ontologische Beweis dafür, daß Gott nicht existiert.«

Es war sieben Uhr. In der letzten halben Stunde gingen sie zwischen den Gläubigen durch die Kapellen, in denen es langsam leerer wurde; unten an der Heiligen Treppe hatte sich bereits ein Pater aufgestellt, um weitere Treppenbesteigungen zu verhindern.

»Wir können noch gehen«, sagte Onno ohne Hoffnung.

»Aber wir tun es nicht. Laß uns schon mal unsere Positionen einnehmen.«

Sie gingen zur rechten Seitenkapelle, wo sich jetzt nur noch ein
älteres, offenbar deutsches Ehepaar aufhielt; sie trugen beide
Lodenmäntel und betrachteten ein Fresko des heiligen Lorenz
über dem Altar. Quinten wußte, daß gleich ein Pater die Runde
machte, um die letzten Besucher mit salbungsvollen Gebärden
zum Gehen aufzufordern. Der Pater würde nicht auf sie warten,
sondern etwas später zu einer letzten Kontrolle wiederkommen.
Sollte er auftauchen, ehe das Ehepaar gegangen sein würde, so
wäre das dennoch kein Problem: Sie würden warten, bis sie allein
wären, und dann schnell unsichtbar werden – zwischen dem Pater
hier oben und dem am Fuße der vier profanen Treppen gab es keine
Kommunikation. Aber es wurde ihnen leichtgemacht. Als sie gegenüber der Bronzetür mit den Hängeschlössern standen, die zum
Sancta Sanctorum führte, sah der Mann im Lodenmantel plötzlich
auf die Uhr, sagte erschrocken: »Good heavens!« und zog seine
Frau eilig am Arm die Treppe hinunter.

Sowie sie außer Sicht waren, drehten Quinten und Onno sich
um, zogen die schwarzsamtenen Vorhänge eines Beichtstuhls beiseite und schlüpften hinein.

Die schlurfenden Sandalen des Paters waren gekommen und gegangen, fünf Minuten später wieder gekommen und gegangen, die
Außentüren waren mit Donnerschlägen geschlossen, das Licht gelöscht worden, und in der totalen Finsternis ihres Verstecks lauschten sie den Geräuschen. Nachdem die Laien nach Hause geschickt
worden waren, wurde unten am Eingang die weihevolle Stille bald
von einem scheppernden Streit verdrängt. Die Geistlichen schienen sich geradezu verwandelt zu haben. Onno konnte nicht verstehen, was die keifenden alten Stimmen von sich gaben, das Faktum
des Streits jedoch betrachtete er als Bestätigung seiner Theorie der
Goldenen Mauer: Auch hinter der Goldenen Mauer der Kirche
war es wie überall, und in gewisser Weise war das auch gut so, denn
damit bewiesen die passionierten Greise in ihren schwarzen Kutten, daß sie religiöse Fachleute waren und keine frommen Amateure. Nach etwa zehn Minuten kehrte Ruhe ein. Murmelnde
Stimmen in der Ferne, offenbar von der äußeren Treppe auf der

anderen Seite, die zur Kapelle von San Silvestro führte; das Schlagen einer Tür dort, dem Zugang zum Konvent.

Stille.

Onno saß mit dem Stock zwischen den Beinen auf der Bank
des Priesters, hatte die Hände über dem Schlangenkopf gefaltet
und kam sich vor, als spiele er eine Rolle in einem absurden Theaterstück. Das hier konnte doch nicht die Wirklichkeit sein. Unter
der Bank stand der Koffer. Wenn jemand ihn mit einem Schmet-
terlingsnetz und einem leeren Marmeladenglas losgeschickt hätte,
um einen Basilisken zu fangen, wäre er sich nicht blöder vorgekommen. Hierher hatte ihn die schwüle kubanische Nacht, in
der Ada ihn vor achtzehn Jahren verführt hatte, also gebracht: mit
seinem Sohn in einen römischen Beichtstuhl, eingeschlossen neben dem heiligsten Ort der Welt, weil dort diesem Tyrannen zufolge Moses' Gesetzestafeln aufbewahrt wurden. Sie lagen ebensowenig dort wie die gestrige Zeitung – und selbst wenn: sie würden
es nie erfahren. Seine Anspannung hatte ausschließlich mit der
Unsicherheit über den Ausgang ihrer bizarren Einschleichaktion
zu tun.

Auch Quinten war sich diesbezüglich nicht ganz sicher, aber er
zweifelte keinen Moment daran, daß er in die Kapelle eindringen
und dort die Gesetzestafeln vorfinden würde. Sie warteten geradezu auf ihn. In seiner Hälfte des engen Schrankverstecks war es
etwas unbequemer: Es gab nur eine Kniebank, auf die er sich setzen konnte. Durch eine Zwischenwand mit einer vergitterten, rau-
tenförmigen Öffnung voneinander getrennt, hörten sie einander
atmen.

»Kannst du mich hören, mein Sohn?« flüsterte Onno.

Vorsichtig drehte Quinten sich um und sagte möglichst nah am
Gitter:

»Ja.«

»Zufrieden, daß du endlich deinen Kopf durchgesetzt hast?«

»Ja.«

»Was würde –« – »Ada«, lag auf Onnos Lippen – »Max sagen,
wenn er uns hier sitzen sehen könnte?«

»Keine Ahnung.«

»Weißt du, was ich glaube? Daß er einen Lachkrampf bekommen hätte.«

Onno dachte an Max' Lachanfall in Havanna, als sie gemerkt hatten, in welche Konferenz sie geraten waren. Auf der Insel war nicht nur Quinten gezeugt, sondern auch der Keim seines eigenen politischen Untergangs gelegt worden. Das Gesicht von Koos auf dem Schiff nach Enkhuizen: »Wie dumm bist du eigentlich, Onno?« Am selben Tag der Tod von Helga – Ada. Und auch Quinten dachte an Max, der so vollkommen aus der Welt verschwunden war, als wäre er nie dagewesen. Sein leerer Sarg in der Erde. Seine Mutter –

»Vielleicht«, flüsterte Onno, »ist es, weil es hier so dunkel und still ist, aber ich muß ständig an deine arme Mutter denken.«

»Ich auch.«

»Weißt du noch, wie wir sie zusammen besucht haben?«

»Natürlich. Wir wurden von der Polizei verfolgt.«

»Ja, ich kann mich vage an so etwas erinnern.«

Quinten zögerte, aber kurz darauf sagte er trotzdem:

»Am selben Abend hatte ich zum ersten Mal einen ganz phantastischen Traum.«

»Weißt du das auch noch? Das ist fast zehn Jahre her.«

»Ich habe dir doch gesagt, daß ich fast nie etwas vergesse.«

»Was hast du denn geträumt?«

»Das sage ich nicht«, sagte Quinten und wandte den Kopf zur Seite. »Etwas mit einem Gebäude.« – *Die Mitte der Welt.* Er dachte an die Todesangst, mit der er aufgewacht war, nachdem er die ruhige, heisere Stimme gehört hatte, wie er sich dann ratlos in einer ähnlichen Finsternis und Stille vorangetastet hatte wie der, in der er sich jetzt befand – doch obwohl er jetzt nicht träumte, und obwohl alles hier mit diesem Traum zu tun hatte, verspürte er von Angst keine Spur. »Nur ganz zum Schluß wurde es plötzlich ein Alptraum. Ich wußte überhaupt nicht mehr, wo ich war, ich fing, glaube ich, an zu schreien, und erst als Oma aus Max' Schlafzimmer kam und das Licht anmachte, sah ich, daß ich auf der Schwelle zu ihrem Zimmer stand.«

Onno stockte der Atem. Sophia kam nachts aus Max' Schlafzimmer? Was hatte das denn zu bedeuten? Er hatte das Gefühl, daß er eigentlich nicht danach fragen durfte, aber er konnte es sich nicht verkneifen:

»Schliefen Max und Oma denn im selben Zimmer?«

»Davon habe ich nie etwas bemerkt. Vielleicht haben sie sich noch kurz unterhalten, was geht mich das an. Sei mal still –«

Weit entfernt erklang eine leise, singende Stimme: Wahrscheinlich las im Refektorium ein Pater einen erbaulichen Text vor, während die anderen schweigend einen Apfel und ein Ei aßen und nicht zuhörten.

Am liebsten hätte Onno noch gefragt, was Sophia in der Nacht angehabt hatte, aber er wußte genug. Dieser Dreckfink. Natürlich. Er schreckte vor nichts zurück – nicht einmal vor dieser kühlen, um tausend Jahre älteren Sophia Brons. Wie hatte er je etwas anderes annehmen können! Aber hatte er denn etwas anderes angenommen? Er hatte nie anders darüber denken *wollen*, weil er natürlich vermutet hatte, daß zwischen den beiden etwas war in den langen Nächten auf diesem einsamen Schloß, aber er hatte es sich nicht eingestehen wollen. Warum eigentlich nicht? War denn dagegen etwas einzuwenden? Weil Max' Angebot, seinen Sohn bei sich aufzunehmen, eine Tat purer, selbstaufopfernder Freundschaft zu sein hatte? Wie rein waren denn seine eigenen Motive, wenn es darauf ankam? Seine Schwiegermutter war also – ohne daß jemand darüber Bescheid wußte – im Alter von zweiundsechzig Jahren zum zweiten Mal Witwe geworden.

»Wenn wir hier jemals lebend herauskommen«, flüsterte er, »müssen wir uns sofort mit deiner Großmutter in Verbindung setzen.«

»Meinetwegen«, sagte Quinten gleichgültig.

Alles, was nach dem Sancta Sanctorum kam, lag vor ihm wie die andere Seite eines Bergs, von dem er jetzt nur den Gipfel sehen konnte: dahinter konnte das Meer sein oder eine Stadt oder Wüste oder ein nebliger Abgrund. Er hatte das Gefühl, als ob bisher alles *er* getan hätte und das wichtigste in den nächsten paar Stunden

noch tun mußte – danach, das wußte er ganz sicher, würden die Ereignisse ihren Lauf nehmen, und er würde schon sehen, wohin es
ihn verschlug. Langsam dämmerte er weg, während zugleich seinen Ohren nichts entging, wie einem schlafenden Hund –

»Quinten?«

»Ja?« Er sah auf die phosphoreszierende Kinderuhr, die er gestern für ein paar tausend Lire gekauft hatte, mit einer hin- und
herwackelnden Mickymaus als Sekundenzeiger. Es war fast neun
Uhr.

»Hast du geschlafen?«

»Ein bißchen.«

»Du bist vollkommen ruhig, stimmt's? Dir kann nichts passieren.«

»Ich glaube nicht.«

»Ich wollte, daß ich das auch von mir behaupten könnte, ich
sterbe tausend Tode, und ich bekomme schlecht Luft.«

»Warum weckst du mich?«

»Ich wußte nicht, daß du schläfst.«

»Was wolltest du mir sagen?«

»Ich muß ständig an Max denken«, sagte Onno. »Hast du je
einen Busenfreund gehabt?«

»Einen Busenfreund?«

»Also nicht. Ein Busenfreund ist jemand, dem du das erzählst,
was du nie jemandem sonst erzählen würdest.«

»Meinst du ein Geheimnis?«

»Ich weiß nicht, was du mit dem Geheimnis meinst, aber ich
meine etwas Schändliches, etwas, für das man sich schämt, das niemand wissen darf.«

»So etwas habe ich nicht.«

»Wirklich nicht?«

»Was sollte das denn sein? Ich habe ein Geheimnis, das ich niemandem erzähle, aber nicht deshalb, weil ich mich schäme.«

»Auch nicht«, fragte Onno, »deiner Mutter?«

»Niemandem.«

Quinten schwieg. Hatte sein Vater nicht selbst gesagt, seine

Mutter sei eigentlich ein ›Niemand‹? Also erzählte er sein Geheimnis, wenn er es *niemandem* erzählte, eigentlich ihr. Sollte er seinem Vater das nun sagen? Der würde es zwar sofort verstehen, aber dann wäre natürlich etwas von seinem Geheimnis verraten. War vielleicht seine Mutter das Geheimnis?

Plötzlich fuhr ein fernes Rumpeln in die Stille.

»Da sind sie«, flüsterte Quinten.

Alles lief wie geplant. In der Kapelle von San Silvestro kamen die Patres für die Komplet zusammen, danach würden sie sich schlafen legen. Einige Minuten später erklang der Gesang einer Altmännerstimme.

Mit geschlossenen Augen, die die Finsternis um sie her zugedrückt hatte, lauschten Onno und Quinten dem dünnen gregorianischen Choral, der wie eine Spinnwebe im Raum hing. Für Onno strahlte er eine verzweifelte Einsamkeit aus, eine metallene Eiseskälte, die durch einen Spalt regelrecht aus dem Mittelalter hereinzuströmen schien, für Quinten jedoch rief die Harmonie der Stimmen das Bild von zehn oder fünfzehn Männern hervor, die mit ihrem Schiff untergingen, einander jedoch bis zuletzt festhielten. Die Psalmen, mit denen die Nacht beginnen sollte, wurden nur von einem kurzen Kapitelgebet unterbrochen.

Nach einer Viertelstunde war die Tür zum Konvent wieder geschlossen.

»Viertel nach neun«, flüsterte Quinten. »Also um zehn nach zehn.«

In einer Viertelstunde würden die Patres im Bett und um Viertel vor zehn etwa eingeschlafen sein. Da Onno sich daran erinnert hatte, irgendwann einmal etwas über die Periodizität des Schlafes gelesen zu haben, hatte er auf Quintens Drängen in einer Universitätsbuchhandlung eine Studie darüber konsultiert. Neben den phantastischen Phasen des »paradoxalen Schlafes« – denen der Träume, aus denen man leicht erwachte – gab es im Schlaf vier Tiefengrade. Die erste und längste Phase des tiefsten Schlafs trat fünfundzwanzig Minuten nach dem Einschlafen ein und dauerte ebenfalls ungefähr fünfundzwanzig Minuten. Die zweite folgte siebzig

Minuten später, dauerte nicht länger als zehn Minuten und wurde nach weniger als einer halben Stunde von einer noch kürzeren dritten und einer letzten abgelöst. Für Quinten reichten diese Informationen aus, um zu entscheiden, nur während der vierten, tiefsten, traumlosen Phase zu arbeiten, aus der die Schläfer nur mit Mühe aufgeweckt werden konnten. Insgesamt hatte er damit eine dreiviertel Stunde zur Verfügung. Das sollte reichen.

60

Das Kommando

»Zehn nach zehn.«

Als Mickymaus auf die Sekunde genau diese Zeit anzeigte, stand Quinten auf und schob leise den Vorhang beiseite. Drei bemalte Bleiglasfenster sorgten dank der Straßenbeleuchtung dafür, daß es nicht ganz dunkel war. Auf dem Altar brannte das Ewige Licht. Schnell und geräuschlos schlich er auf seinen weichen Einbrecherschuhen hinter dem Sancta Sanctorum herum auf die andere Seite, auch dort war kein Licht: Niemand war in stillem Gebet zurückgeblieben, nur ein säuerlicher Geruch deutete darauf hin, daß hier alte Männer gewesen waren. Zurück in der Kapelle des heiligen Lorenz, sah er den Schemen von Onno, der sich das schmerzende Bein rieb. Quinten holte seinen Rucksack aus dem Beichtstuhl, gab seinem Vater die Taschenlampe und ging durch die Reihen des Chorgestühls zur gegenüberliegenden, doppelten Tür mit den beiden Augen, die zum Sancta Sanctorum führte.

Wie ein Arzt, der seinem Patienten den Puls fühlt, legte er kurz die Hand auf das obere Hängeschloß, das im bronzenen Gesicht die Nase war. Dann kniete er sich hin, öffnete den Rucksack und breitete vorsichtig ein Ledertuch am Boden aus, in dem zehn bis zwölf lange Stahlstifte verschiedener Größe lagen und ölig glänz-

ten. Mit der Taschenlampe auf der niedrigsten Helligkeitsstufe
leuchtete ihm Onno. Zu Hause hatte er Quinten bei seinen Vorbereitungen zugesehen, und die waren ihm so lächerlich vorgekommen, daß er es zu peinlich gefunden hätte, sich genauer danach zu
erkundigen – aber was er jetzt sah, erfüllte ihn mit Bestürzung.
Quinten steckte einen Gummihammer in den Gürtel und suchte
sich wie ein professioneller Einbrecher eine Handvoll Stifte zusammen, die in das H-förmige Schlüsselloch paßten. Mit dem Ohr
an der Tür schob er sie langsam in das kolossale Schloß und wandte
seinen Blick ab, um sich vollkommen auf das zu konzentrieren,
was seine Hände mit den Stiften ertasteten. Plötzlich erinnerte sich
Onno an etwas aus seiner frühen Jugend, noch vor dem Krieg: an
den Fotografen am Strand von Scheveningen. Nachdem er hinter
seinem Dreifuß gestanden und den Deckel von der Linse genommen hatte, steckte er die Arme in zwei schwarze Ärmel, die von
seinem Apparat herunterhingen, und verrichtete im Innern geheimnisvolle Dinge, die das Tageslicht scheuten, wobei er seine
Augen ebenso blind auf den Horizont richtete wie Quinten jetzt
die seinen auf die unsichtbaren Deckenmalereien. Während er in
seinen Bewegungen immer ruhiger und genauer wurde, schloß er
die Augen und öffnete zugleich leicht die Lippen. Schließlich zog
er den Hammer aus dem Hosengürtel, konzentrierte sich nun ganz
genau auf jeden Handgriff und gab einen kurzen, dumpfen Schlag
auf die Stifte. Mit einem Lächeln sah er zu seinem Vater auf und
zog vorsichtig den schweren Bügel aus dem Gehäuse und den Türringen.

»Nummer eins«, flüsterte er.

Mit offenem Mund sah Onno ihn an. Quinten hatte ihm zwar
von Piet Keller, dem Schlosser auf Groot Rechteren erzählt, den er
als kleiner Junge oft besucht hatte, aber es war ihm ausgeschlossen
erschienen, daß das nach so vielen Jahren zu dem führen konnte,
was er jetzt sah: zu einem geöffneten Schloß. Als Quinten sich sofort das untere Schloß vornahm, wurde Onno klar, daß nun alles
schlagartig viel gefährlicher geworden war. Wenn sie vor oder nach
dem Knacken der Schlösser entdeckt würden, hätten sie noch be

haupten können, daß sie als fromme Pilger die Nacht in der Nähe
des Acheiropoèton hätten verbringen wollen; er war davon überzeugt gewesen, daß sie, nach einigem vergeblichen Hantieren am
Schloß, nicht weiter als bis zur Kapelle des heiligen Lorenz gekommen wären. Aber mittlerweile war das erste Schloß geknackt und
im zweiten steckten bereits die Stifte. Onnos anfängliche Leicht-
fertigkeit war wie weggeblasen – doch in diesem Stadium war
Quinten natürlich erst recht nicht mehr von seinem Entschluß abzubringen. Die einzige Möglichkeit, das Ganze noch zu beenden,
war, jetzt gleich zur Tür des Konvents zu laufen, mit dem Stock
daranzuschlagen und die Patres aus dem vierten Kellergeschoß
ihres Schlafes zu trommeln. Aber dann hätte er seinen Sohn endgültig verloren.

Als auch das zweite Schloß mit einem Klick seinen Meister erkannt hatte, war noch immer alles ruhig. Quinten sah auf die Uhr:
sieben Minuten vor halb elf. In der Bronze des rechten Türflügels
befanden sich an unverständlichen Stellen jedoch auch einige
Schlüssellöcher, doch er hatte bei Grisar gelesen, die Tür sei ursprünglich römisch, und hoffte, daß es funktionslose Relikte aus
jener Zeit waren. Behutsam drückte er gegen den linken Türflügel,
er gab sofort nach – *Die Mitte der Welt!*

Er nahm seinen Rucksack, Onno leuchtete ihm und trat über die
Schwelle. Am liebsten hätte er es feierlicher getan, langsam, schrei-
tend wie ein Pontifex maximus, aber jetzt, da es soweit war, hatte
er es plötzlich eilig: Ihm blieben noch zwölf Minuten für den
ersten Teil der Operation. Ging es vielleicht immer so? Verbarg
sich die eigentliche Arbeit in den Vorbereitungen, und war die tatsächliche Leistung kaum mehr als eine Zugabe? Während er durch
einen Gang von etwa vier Metern Länge kam, der in die Kapelle
mündete, fiel ihm ein chinesisches Märchen ein, das Max ihm einmal erzählt hatte: Der Kaiser hatte einem Zeichner den Auftrag erteilt, einen Hahn zu zeichnen, woraufhin dieser ihn wissen ließ, er
brauche dafür zehn Jahre; nachdem er zehn Jahre auf Kosten des
Kaisers gelebt und jeden Tag tausend Hähne gezeichnet hatte, ging
er wieder in den Palast; als der Kaiser sich erkundigte, ob er die

Zeichnung bei sich habe, bat der Zeichner um Papier und Bleistift und zeichnete in einem Strich einen Hahn, woraufhin der dumme Kaiser so wütend wurde, daß er die Zeichnung zerriß und den Zeichner köpfen ließ.

Der niedrige, schmale Gang, die anderthalb Jahrtausende alte Verbindung zum ehemaligen päpstlichen Palast, schien am Ende in den hohen, viereckigen Raum der gotischen Kapelle aufzuschießen. Ohne sich umzusehen, ging Quinten zum Altar und kniete sich mit seinem Werkzeug davor. Onno folgte ihm mit der Taschenlampe, und obwohl er keinen Alkohol getrunken hatte, bekam er allmählich das Gefühl, benebelt zu sein. *Non est in toto sanctior orbe locus.* Was vor seinen Augen geschah, ging so entschieden zu weit, daß er es kaum fassen konnte. Vermutlich träumte er. Anders als die Patres befand er sich im Stadium des paradoxalen Schlafes: gleich würde er schweißgebadet aufwachen, Edgar würde auf dem Fensterbrett sitzen, und die Sonne würde aufgegangen sein über Rom und einem neuen warmen Tag voller Politik, Tourismus und was sonst noch alles vierundzwanzig Stunden später bis in alle Ewigkeit vergessen sein würde. Er schaute sich kurz um und sah das Gitterfenster jetzt von innen in dem Dämmerlicht, das durch die ebenerdigen Fenster über die Heilige Treppe nach oben drang.

»Halt die Taschenlampe ruhig«, befahl Quinten flüsternd.

Die Eingangstür zur Kapelle wurde vermutlich noch regelmäßig benutzt, aber die Schlösser der vergitterten Türen vor dem Altar waren seit 1905 nicht mehr geöffnet worden. Sie hatten noch gut zehn Minuten für die erste Phase, aber er brauchte sich zur Ruhe nicht zu zwingen, er war die Ruhe selbst. Er hatte erkannt, daß die beiden unteren Hängeschlösser, die nicht größer als eine Hand waren, ganz konventionell gebaut und nur gegen Gewalt, nicht aber gegen Überlegung beständig waren: aus den fünf einfachen Dietrichen, die er bei einem Schmied hinter dem Pantheon hatte anfertigen lassen, zog er gleich den richtigen. Ohne große Anstrengung sprangen die Schlösser auf, die offenbar in den Tagen Grisars gereinigt worden waren, und das gleiche würde wohl auch für das

monströse Schiebehängeschloß gelten. Zum ersten Mal sah er es
jetzt von nahem. Er lächelte und dachte: So ein Engel. Es verrie-
gelte eine schwere Eisenstange, die über die gesamte Breite das
Öffnen der Gittertüren unmöglich machte. Einige Minuten später,
nach einem leichten Schlag mit dem Gummihammer, hatte auch
dieses Exemplar kapituliert.

Mit einer kleinen Plastikpumpe spritzte er rasch noch etwas Öl
in die vier Scharniere, steckte das Werkzeug in den Rucksack und
stellte ihn neben den Altar.

»Hilf mir mal«, flüsterte er.

Onno legte den Stock auf den päpstlichen Gebetsstuhl, und
dann schoben sie die Stange vorsichtig aus den beiden Ringen und
legten sie behutsam auf die ausgetretene Marmorstufe, auf der über
tausend Jahre hinweg die Päpste täglich die Messe gelesen hatten.

Quinten sah auf die Uhr.

»Fünf nach halb elf. Es ist Zeit.«

Nachdem Quinten die Schlösser der Eingangstür provisorisch
wieder eingehängt hatte, ging er in die Kapelle zurück, legte sich
auf eine Chorbank gegenüber dem Altar und spürte sofort, wie er
in den Schlaf sank –

Die rotbraune Wand, auf Leseabstand vor seinen Augen, ist in
der Mitte etwas dunkler, so daß sie aussieht wie ein Tunnel. Kurz
darauf kringelt sich dort ein kleines violettes Knäuel, ein rotieren-
des Wollknäuel, das nicht größer ist als eine Murmel; dann wird es
für einen Augenblick zu der akkurat gezeichneten Schnauze eines
Affen, ist ebenfalls ganz klein und sofort wieder verschwunden,
während zugleich ein kleiner Strudel auftaucht, der sich rasch zu
einem kleinen Monstermaul mit scharfen Zähnen entwickelt und
wieder so exakt radiert ist. Auch im Halbschlaf ist er voll bei Bewußtsein, gebannt beobachtet er das, was sich da vor seinen Augen
entrollt: wie es sich verflüchtigt und von einem Fisch ersetzt wird,
von einem Frauengesicht mit wirrem Haar, einem komischen
Schwein, einer Katze, einem Topf, einem Mann mit zerfurchter
Stirn und einem Bart, alles jedesmal haarscharf wie auf einem Bild.

Woher kommt das alles? Er phantasiert nicht, er hat diese Dinge so
noch nie zuvor gesehen und keine Ahnung, was als nächstes erscheinen wird. Gab es sie schon, bevor er sie sah? Gibt es sie noch,
wenn er sie nicht mehr sieht? Sie erinnern ihn an Gemälde von
Hieronymus Bosch, der sich also auch nichts ausgedacht, sondern
alles nur genau gemerkt hat. Aber dann verändert es sich. Die
Wand, die etwa fünfunddreißig Zentimeter von ihm entfernt ist,
wird allmählich durchsichtig, so wie er das einmal mit Max und
Sophia beim Holland Festival gesehen hat, bei einer Oper von
Mozart, *Die Zauberflöte*, als ein von vorne beleuchtetes transpa-
rentes Tuch, das die gesamte Bühne einnahm, langsam von hinten
beleuchtet wurde, wodurch sich allmählich ein enormer Raum mit
perspektivischen Dekors à la Bibiena entfaltete –.

Auch Onno war nicht mehr in den Beichtstuhl zurückgegangen;
mit Quinten auf der einen und dem Stock auf der anderen Seite
starrte er in das Dunkel und lauschte mit gestreckten Beinen und
im Nacken verschränkten Händen den Geräuschen. Ein leises
Summen umgab das Gebäude, der Samstagabendverkehr, weit entfernt hörte er die Sirene eines Krankenwagens oder eines Polizei-
autos. Die Römer gingen aus. Die Restaurants und Cafés und
Theater waren voll, rundherum pulsierte die Stadt – und sie saßen
hier, machten Pause in ihrem metaphysischen *Commando Raid*
auf der Jagd nach den Gesetzestafeln, die nicht nur keinen mehr interessierten, sondern von denen die meisten Menschen im Leben
nicht gehört hatten. Er sah zu Quinten, der tief atmete und nun seinerseits in die vierte Schlafphase hinabsank, während die Passionisten-Patres langsam in traumreichere Regionen aufstiegen. Onno
seufzte tief. Er würde das Geräusch der klickenden Schlösser sein
ganzes Leben lang nicht mehr vergessen. Wenn jemand irgendwann einmal behaupten würde, dies oder jenes sei unmöglich, er
würde dieses *Klick!* hören und ihm frei ins Gesicht lachen.

Ab und zu nickte er minutenlang ein. Im Konvent wurde eine
Toilettenspülung betätigt, es war kurz nach elf, es schien, als ob die
Schlafphasentheorie wahr wäre. Er dachte an die rigide Art und
Weise, wie Quinten sein Schema bis auf die Minute genau darauf

abgestimmt hatte, als ginge es dabei um Mathematik und nicht um Psychologie. Von wem hatte er diese Exaktheit? Von ihm jedenfalls nicht. Er war zutiefst davon überzeugt, daß außer der Mathematik gar nichts stimmte, und sogar dort, im Herzen der Mathematik, schien etwas nicht ganz in Ordnung zu sein. Alles war immer nur ein großes Durcheinander. Vielleicht hatte Quinten diesen beeindruckenden Hang zum Exakten von Ada, aus der Musik, die ja in gewisser Weise hörbare Mathematik war. Nur ließen seine technischen Triumphe über all die Schlösser seine Erwartungen natürlich noch größer werden: um so härter würde ihn nachher die Enttäuschung treffen. Nichts da mit Gesetzestafeln im Altar. Leere. Staub. Vielleicht ein kurzer Brief von Grisar, mit schönen Grüßen aus dem Jahr 1905 –.

Quinten schlug die Augen auf, ließ die Daumen knacken und setzte sich auf. Zehn nach halb zwölf. Von draußen war das Stampfen lauter Musik zu hören, die aus einem parkenden Auto mit geöffneter Tür zu kommen schien. Sein Vater schlief auf der nächsten Bank; vornübergebeugt und den Kopf auf den verschränkten Armen atmete er tief röchelnd durch den Mund. Quinten rüttelte ihn an der Schulter.

»Aufwachen!«

Stöhnend richtete sich Onno auf.

»Sind wir noch immer hier?«

Kurz darauf stolperte er mit einem Gefühl hinter Quinten her, erst jetzt zu träumen. An der Tür drehte sich Quinten um und flüsterte:

»Hast du den Koffer dabei?«

Den Koffer! Ohne ein Wort ging Onno zum Beichtstuhl, um ihn zu holen. Quinten hatte inzwischen das Schloß von der Eingangstür entfernt, und in der Kapelle hatte das Öl seine Arbeit getan:

Geräuschlos öffneten sich die Gittertore des Altars.

Nun wurden zwei Bronzetüren sichtbar, die auf der oberen Hälfte Bilder von Petrus und Paulus zeigten. Auch an diesen Türen befand sich wieder ein Schloß mit einem schweren Bügel. Zum ersten Mal konnte Quinten es genauer untersuchen. Es schien ein ausgefallenes Exemplar zu sein, aber zu seiner Erleichterung sah er, daß es ein klassisches Schlüsselschloß war. Als es keinem seiner Dietriche gehorchte, suchte er aus dem Rucksack einen Sperrhaken heraus und steckte ihn ins Schlüsselloch. Nach einigem Probieren drückte er damit auf den Rastenhaken, so daß der Schlußstift gegen die Rahmenzungen der Rasten gedrückt wurde; dann hob er mit einem zweiten Haken behutsam die Rasten, bis der Stift in die Verbindungsrillen trat und der Schaft zu verschieben war. Er zog den Bügel nach vorne aus dem Schloß und aus den vier Bronzeringen heraus und legte ihn neben die drei anderen auf die Stufe.

»Das wär's«, flüsterte er und sah auf die Uhr. »Noch zwei Minuten. Auf geht's.«

Mit beiden Händen zog er die Türen auf.

Aus der Abbildung im Buch von Grisar erkannte auch Onno den gemusterten Reliquienschrein aus Zypressenholz sofort wieder. Obwohl er mehr als elfhundert Jahre alt war, sah er so neu aus, als sei er erst vor kurzem vom Schreiner geliefert worden. Auf der oberen Zierleiste war auf lateinisch vermerkt, der Schrank stamme von Leo III., unwürdiger Diener Gottes, doch der Text wurde von einem Holzschild unterbrochen, auf dem in goldenen Buchstaben stand:

SCA
SCO   RV

Eine reichlich legasthenische Abkürzung von *Sancta Sanctorum*. Wie man sehen konnte, war die Aufschrift später angebracht worden: als die Reliquien aus der Lateranbasilika hierhergebracht worden waren und die Kapelle ihren Namen bekommen hatte.

Weil sich die Gesetzestafeln von diesem Zeitpunkt an in dem Schrein befunden hatten? Onno sah Quinten an. Quinten untersuchte die vier viereckigen, mit Ornamenten geschmückten Türchen, die wie Gepäckschließfächer am Bahnhof aussahen. Jedes Türchen hatte einen Ring, um es zu öffnen. Alles war auch hier wieder mit Schlössern gesichert, aber er sah sofort, daß sie nicht

verriegelt waren. Er schürzte die Lippen und zog die linke obere
Tür auf. Der Silberbeschlag des Acheiropoèton auf dem Altar fun-
kelte, als Onno mit seiner Taschenlampe hineinleuchtete. Das Fach
war leer. Quinten zog die rechte Tür auf: leer. Die linke untere Tür,
die rechte untere Tür: alles leer.

Quinten sah auf die Uhr. Fünf vor zwölf. Er stand auf und sagte:
»Wir müssen gehen.«

Als er Anstalten machte, die Kapelle zu verlassen, flüsterte
Onno:

»Willst du nicht aufräumen? Wir können das doch nicht so
zurücklassen!«

»In einer halben Stunde kommen wir wieder.«

Onno erstarrte.

»Wozu? Quinten! Sie sind nicht da! Du hast dich geirrt. Bisher
ist alles gutgegangen, aber laß uns jetzt Schluß machen.«

Quinten legte einen Finger auf die Lippen, und Onno wurde
abermals klar, daß er nichts weiter vorzubringen hatte.

Als sie zum zweiten Mal in der Kapelle des heiligen Lorenz wieder
im Dunkeln nebeneinander auf einer Bank lagen, dachte Onno an
die Unordnung, die sie angerichtet hatten: geknackte Schlösser, offenstehende Türen, herumliegendes Werkzeug. Angenommen, ein
schlafloser Passionist würde sein Brevier zur Hand nehmen, betend durch das Gebäude gehen und dann das Chaos im Heiligtum
sehen! Aber mehr noch quälte ihn die Frage, wie er Quinten dann
Beistand leisten konnte. Aus Gründen, die ihm ein Rätsel waren,
hatte der Junge so viel Kraft in dieses Abenteuer investiert, daß er
offenbar nicht akzeptieren konnte, daß alles umsonst gewesen war.
Wie konnte er ihm beibringen, daß das nun mal so war im Leben?
Wenn man siebzehn war, glaubte man, die Welt bestehe aus derselben Substanz wie die eigenen Theorien, so daß man jederzeit
Zugriff auf sie hatte und sie den eigenen Vorstellungen entspre-
chend formen konnte. Aber jeder bekam eines Tages die bittere
Wahrheit zu spüren, daß es so nicht funktionierte; die Welt war die
Suppe und das Denken meistens eine Gabel: zu einer sättigenden

Mahlzeit führte das selten. Heute jedenfalls hatte auch für Quinten die Stunde der Einsicht geschlagen – auf eine andere Weise als für die meisten Jungen, fürwahr, aber es lief doch auf das gleiche hinaus.

»Quinten?«

»Ja?«

»Was willst du jetzt noch?«

»Noch einmal gründlich nachsehen.«

»Wir haben doch gründlich nachgesehen.«

»Aber immer noch nicht gründlicher als Grisar. Oder als Flavius Josephus.«

Onno seufzte gelassen. Sofort biß er wieder auf Granit. Seine weisen Lektionen konnte er sich sparen; es war, als hätte der Vater Freuds seinen Sohn davon zu überzeugen versucht, daß es kein Unterbewußtsein gab, und es war noch nicht heraus, ob es eines gab. Zugleich war er aber auch nicht unzufrieden: Quinten hatte noch eine Art ungetrübtes Selbstvertrauen, das er selbst längst verloren hatte – wenn er es überhaupt jemals besessen hatte, und auch dessen war er sich nicht mehr ganz sicher. Es war sinnlos zu versuchen, ihn von seiner fixen Idee abzubringen, er mußte den Kelch tatsächlich bis zur Neige leeren. Außerdem würde er sonst für den Rest seines Lebens zu hören bekommen, daß die Tafeln vielleicht doch in diesem vermaledeiten Altar lagen.

Indes stiegen die Patres auf ihren asketischen Pritschen für kurze Zeit auf in die zweite Schlafphase, um dann wieder in die vierte hinabzusteigen. Um Viertel nach zwölf nahm Quinten die Taschenlampe und sagte:

»Es ist soweit.«

Sie hatten inzwischen beide das Gefühl, in der Kapelle, in der sie immer wieder ein und aus gingen, zu Hause zu sein. Quinten ging in die Hocke, lehnte die Lampe gegen eine Marmorstufe, stützte die Ellbogen auf die Knie, legte die Hände auf die Wangen und betrachtete konzentriert den Schrein. Innerhalb von zehn Minuten mußte es passiert sein.

Daß die vier Fächer leer waren, hatte ihn nicht gewundert, denn

das wußte er. Wo konnten zwei flache Steine sonst noch versteckt
sein? Eigentlich nur *hinter* der Schatztruhe. Auf der Rückseite war
der Altar an die Wand gebaut, also konnte man von der Seite nicht
herankommen. Aber der Schrein *mußte* herausgenommen werden
können: er war ja auch hineingesetzt worden. In der Mitte der unteren Leiste fiel ihm ein Ring auf, der offenbar zu diesem Zweck
dort angebracht war, um das ganze Ding nach vorne zu ziehen,
aber auch das war unmöglich, weil die Marmorpfeiler des Altars
den Schrein an den Seiten blockierten. Das bedeutete, daß der
Schrein nicht in den Altar geschoben, sondern der Altar um den
Schrein herumgebaut worden war. Und das war bereits um 800
passiert, obwohl die Gesetzestafeln erst vier Jahrhunderte später
aus der Basilika hierhergebracht worden waren. Mit anderen Worten: Hinter dem Schrein konnten sie nicht sein. Also? Also mußten sie darunter liegen.

Der Schrein lag nicht auf dem Boden auf, es war ein schmaler
Spalt zu sehen. Er stand offenbar auf Füßen, die durch die Pfeiler
verdeckt wurden. Quinten legte sich auf den Bauch, die Wange auf
der Stufe, und leuchtete mit der Taschenlampe darunter. Hatte Grisar das auch getan? Welchen Grund hätte er dazu gehabt? Es lag
alles mögliche darunter, das schwer zu unterscheiden war, Scherben, irgendwelche Stücke, Brocken, vielleicht die Reste von Mau-
rerarbeiten. Auf beiden Seiten ruhte der Schrein auf flachen Steinen.

Quinten starrte sie an und spürte, wie das Blut aus seinem Gesicht wich. Aus dem Rucksack nahm er einen langen Dietrich und
legte den Haken um die Rückseite eines Steins; mit der flachen
Hand, die gerade in den Spalt hineinpaßte, half er nach und versuchte, ihn zu bewegen. Knirschend zog er ihn auf dem Steinstaub
nach vorne. Er stützte gar nichts!

»Papa –«, flüsterte er tonlos. »Ich hab sie.«

61
Die Flucht

Als Onno den länglichen, grauen, fast schwarzen Stein aus dem Spalt zum Vorschein kommen sah, erinnerte er sich für einen kurzen Moment, wie er sich als kleiner Junge manchmal hinter den Briefkastenschlitz gestellt hatte, wenn es Zeit für den Postboten war, wie sich die Klappe plötzlich öffnete und die Post wie aus dem Nichts hereinfiel.

Er begann zu beben.

»Du bist wahnsinnig!« flüsterte er, obwohl es ihm vorkam, als schrie er. »Das ist unmöglich! Zeig her!«

»Nicht jetzt«, sagte Quinten bestimmt. »Gib mir den Koffer.«

»Zeig, ob etwas draufsteht!«

»Nachher. Beeil dich.«

Mit zitternden Fingern gab Onno ihm den Koffer, und Quinten ließ die Schlösser aufschnappen. Der Stein war leichter, als er gedacht hatte, aber dennoch fast so schwer wie eine Gehwegplatte; vorsichtig bettete er ihn zwischen die Zeitungen, die er zu Hause hineingelegt hatte – Corriere della Sera, La Stampa, Herald Tribune. Als Onno auch den zweiten Stein zum Vorschein kommen sah, drehte er fast durch. Undenkbar, daß das die Gesetzestafeln des Moses waren! Das Allerundenkbarste! Es waren einfach zwei alte Bodenplatten, und Quinten sah nur, was er sehen wollte, und machte so den anschließenden Katzenjammer nur noch größer!

Quinten ließ die Kofferschlösser erneut klicken, suchte sein Werkzeug zusammen und steckte es in den Rucksack. Während er ihn in der Hand hielt, ließ er den Blick kurz über den Schrein schweifen, öffnete dann das rechte obere Türchen und legte ihn in das Fach.

»Für den ehrlichen Finder«, sagte er und machte das Türchen wieder zu. »In tausend Jahren.«

Dann schloß er auch die Bronzetüren, nahm den großen Riegel von den Stufen, schob ihn durch die Ringe und drückte ihn mit

einem lauten Klicken ins Schloß. Dann wurde die Gittertür geschlossen, zweimaliges Klicken der Hängeschlösser, und damit
war auch das wieder verriegelt. Zusammen mit Onno schob er die
Eisenstangen durch die Ringe und hängte das große Schiebehängeschloß daran. Als er die Teile mit aller Kraft ineinanderdrückte,
verursachte das einen durchdringenden, lauten Schlag, als schlüge
jemand mit einem Hammer auf einen Amboß. Onno horchte, ob
es jemand gehört hatte, aber Quinten gab ihm den Koffer und
stupste ihn in den Rücken.

»Sofort weg hier, bevor jemand kommt.«

Sie liefen durch den schmalen Gang zur Kapelle des heiligen Lorenz, wo Quinten die Eingangstür hinter sich schloß und wieder
die beiden Schlösser davorhängte, was wiederum zwei laute
Schläge verursachte.

»So«, sagte er und horchte. »Jetzt kann uns nicht mehr allzuviel
passieren.«

Mit der linken Hand zeigte Onno auf den Koffer in seiner rechten.

»Wenn in diesem Koffer tatsächlich die Zehn Gebote sind, was
Gott verhüten möge, dann kann uns mehr passieren, als du in dei-
nen kühnsten Träumen zu vermuten gewagt hast, mein Freund.
Das wäre explosiver als eine Atombombe.«

»Aber nur, wenn du den Mund nicht halten kannst. Niemand
wird es je erfahren.«

Was wußte sein Vater denn schon von seinen kühnsten Träumen?
Nur dank seines Traumes von der Burg hatte er die Gesetzestafeln
aus *der Mitte der Welt* geholt – womit er sozusagen den Stachel aus
dem SOMNIUM QUINTI gezogen hatte. Der Stachel befand
sich jetzt im Koffer.

Als im Konvent alles ruhig blieb, setzten sie sich wieder auf die
Bank gegenüber dem Altar. Sie mußten den nächsten Morgen abwarten, dann war Sonntag, es würde voll werden. Ihr Plan war,
eine viertel oder halbe Stunde nach Öffnung des Sancta Sanctorum
einfach zu gehen; keinem Pater würde auffallen, daß sie gingen,
ohne gekommen zu sein, wenn sie gingen, mußten sie schließlich

auch gekommen sein. Aber daß er die ganze Nacht in Unsicherheit über den Inhalt des Koffers verbringen sollte, war für Onno unerträglich.

»Ich muß die Steine jetzt sehen, Quinten«, flüsterte er, »sonst drehe ich noch durch.«

»Dann drehst du eben durch. Angenommen, es kommt jemand und sieht, wie wir mit einer Taschenlampe Steine betrachten! Wir hatten doch abgemacht, daß wir als überfromme Pilger hier sind. Wenn jemand kommt, knien wir uns hin und beten. Die Taschenlampe muß übrigens auch noch verschwinden. Aber wo? Warum habe ich nicht daran gedacht?«

»Gibt es wirklich etwas, an das du nicht gedacht hast?« fragte Onno mit leichtem Spott in der Stimme, aber gleich darauf sah er sich im Dunkeln unsicher um. »Ich habe übrigens auch die ganze Zeit das Gefühl, daß ich etwas vergessen habe.«

»Was denn?«

»Ich weiß nicht –« Plötzlich spürte Onno, wie er erstarrte. »Mein Stock! Quinten! Ich habe meinen Stock in der Kapelle liegenlassen. In der Eile, als wir die Eisenstange –«

Quinten war schon aufgestanden, hatte die Taschenlampe gepackt und rannte unhörbar zum Gitterfenster am Kopf der Heiligen Treppe. Er leuchtete hinein. Wie in stiller Anbetung lag der Stock seines Vaters auf dem päpstlichen Gebetsstuhl vor dem Altar: die Spitze auf dem Kniehocker, der Griff auf dem Seidenkissen mit den Quasten. Nicht mehr rückgängig zu machen. Die Taschenlampe hatte nun auch ihren Zweck erfüllt, und auf dem Rückweg versteckte er sie hinter einem Beichtstuhl.

»Ja«, sagte er, als er wieder neben Onno saß. »So ist das nun wohl. Das ändert unseren ganzen Plan.«

»Quinten –«

»Laß nur, es ist meine Schuld, ich habe dich gehetzt, und es hat keinen Sinn, noch darüber zu reden. Wir müssen jetzt auf jeden Fall verschwunden sein, ehe es jemand entdeckt.«

Onno fühlte, wie ein Schweißtropfen von der Achsel herunterrann.

»Und wie willst du hier herauskommen? Wir sitzen wie die Ratten in der Falle.«

Quinten überlegte kurz.

»Es gibt nur eine Möglichkeit. Wann sind die Gezeiten – wie hießen sie noch?«

»Die Metten. Meistens gegen vier Uhr.«

»Dann gehen wir einfach in die andere Kapelle und sagen, wir wären eingeschlafen, ob wir bitte hinausdürften.«

»Und wenn sie fragen, was in dem Koffer ist?«

»Weshalb sollten sie? Hier gibt es nichts zu stehlen. Und wenn schon? Zwei schmutzige Steine.«

»Laß uns beten, daß es tatsächlich nur zwei schmutzige Steine sind«, flüsterte Onno. »Aber damit sind wir noch lange nicht aus dem Schneider. Morgen früh entdeckt ein Pater plötzlich meinen Stock im Sancta Sanctorum – und dann? Was geschieht dann? Am Öl an den Scharnieren sieht die Polizei sofort, daß wir auch am Altar gewesen sind. Sie öffnet ihn und findet deinen Rucksack. Ansonsten ist er leer – aber wer weiß schon auf Anhieb, daß er bereits seit achtzig Jahren leer ist? Die Patres vielleicht, aber die haben mit Rücksicht auf den Ruf ihrer Kapelle keinerlei Interesse daran, daß das bekannt wird. Sie liefern unsere Personenbeschreibung, und morgen abend erscheinen die Phantomzeichnungen unserer Gesichter zusammen mit einer Nahaufnahme von meinem Stock im vatikanischen Fernsehen. Vater und Sohn: Heiligenschänder. Zehn Millionen Lire Belohnung. Und was tut Mauro dann? Signor Enrico aus Tirol! Und Nordholt? Der versteht plötzlich, warum ich dieses Buch ausgeliehen habe, und er hat meine Adresse im Institut. Er hat mit mir noch ein Hühnchen zu rupfen, aber vermutlich wird er sicherheitshalber zuerst die Botschaft um Rat fragen. Nach Rücksprache mit Den Haag werden sie ihm dort wohl raten, sich vorläufig erst mal im Hintergrund zu halten.«

»Und ich werde vom Schmied wiedererkannt, bei dem ich die Sachen habe anfertigen lassen. Er hat mich ohnehin schon so komisch angeschaut.«

Onno wandte ihm den Kopf zu.

»Ich kann dein Gesicht nicht richtig sehen, aber es sieht aus, als würdest du lachen.«

»Das stimmt.«

»Was gibt es jetzt bloß in Gottes Namen zu lachen!«

»Ich weiß nicht – vielleicht die Aussicht auf die Reise.«

»Die Reise? Welche Reise?«

»Unsere Reise natürlich. Schon mal was von religiöser Volkswut gehört? Wir können uns wohl kaum noch auf der Straße zeigen, hier, in der Höhle des Löwen. Bevor das Sancta Sanctorum morgen öffnet, müssen wir aus dem Land sein – egal wo.«

Da der heilige Benedikt von Nursia begriffen hatte, daß die Träumerei im paradoxalen Schlaf den Mönch allzuleicht in die Netze der fleischlichen Versuchung verstricken konnte und er deshalb mindestens einmal pro Nacht durch die Disteln und Dornen des Gebets drastisch unterbrochen werden mußte, begann der Konvent gegen vier Uhr zum Leben zu erwachen. Gerumpel, in der Kapelle von San Silvestro ging das Licht an, dessen Widerschein auch Onno und Quinten aus ihrer Finsternis erlöste. Erleichtert, daß es endlich soweit war, setzten sie sich aufrecht hin. Immer wieder und in immer längeren Abständen hatten sie besprochen, was sie nachher tun mußten, wohin sie fliehen sollten, aber Quinten meinte, das werde sich von ganz allein ergeben, und Onno hatte schließlich eingesehen, daß es besser wäre, damit aufzuhören, denn es sei wie mit dem Schachspielen: man denke oft sehr lange über einen guten Zug nach, und wenn man ihn schließlich gefunden und ausgeführt habe, wisse man im selben Augenblick, daß es der falsche gewesen sei. Das sei nun einmal der grundsätzliche Unterschied zwischen Denken und Tun. Quinten hatte geschwiegen. Seine Erfahrung war anders. Wenn er überlegt hatte und dann etwas tat, war das bisher nie falsch, sondern immer richtig gewesen; daß der Dekalog jetzt in dem Flugzeugkoffer war, war der beste Beweis dafür. Und bald würde sich alles klären. Über die Tafeln und was damit geschehen sollte, hatten sie nicht mehr gesprochen.

Als in der Stadt allmählich auch in den letzten Nachtklubs die Musik abgeschaltet wurde, füllte sich das Gebäude wieder mit der archaischen, gregorianischen Einstimmigkeit. Während Quinten zuhörte, kam ihm zu Bewußtsein, daß alte Kunstwerke auch immer alte Dinge waren: alte Backsteine, alter Marmor, alte Farbe – alte Musik war jedoch zugleich auch immer neu, denn sie kam aus lebenden Kehlen. Ansonsten galt das nur noch für alte Geschichten. Weil Musik und Geschichten nicht im Raum, sondern nur in der Zeit existierten.

»Wir sind jetzt aufgewacht«, sagte er, flüsterte zum ersten Mal nicht mehr und räkelte sich stöhnend. »Wir sehen überrascht, wo wir sind. Im Sancta Sanctorum! Ja, so was! Wie ist denn das möglich! Wir müssen wohl eingeschlafen sein. Komm, wir gehen.«

»Wir werden müssen«, seufzte Onno.

»Du wirst das Wort führen. Und gib mir den Koffer, sonst vergißt du ihn noch.«

Während sie durch die hintere Kapelle gingen, wo es schon heller und der Gesang lauter war, fühlte sich Onno wie ein Amateurschauspieler, der im Royal Shakespeare Theatre in der Rolle des King Lear auf die Bühne muß. Sie bogen um die Ecke und blieben stehen.

In den Chorbänken drehte sich ein Dutzend alter Gesichter über schwarzen Kutten in ihre Richtung, und die Wiederauferstehungsnocturne erstarb auf ihren Lippen. Niemand zeigte ein Zeichen des Erschreckens, nur milde Verwunderung; beim Anblick von Quinten erschien hier und da ein Lächeln. Quinten begriff, daß er jetzt mit dieser Waffe kämpfen mußte. Mit der freien Hand rieb er sich die Augen und wollte ein Gähnen vortäuschen, gähnte aber sofort richtig: Die Stille füllte sich mit dem langen, rührenden Gähnen eines strahlenden Jungen.

»Vergebt uns, Fratres«, sagte Onno auf italienisch, »daß wir euch bei eurer Nachtwache stören. Mein Sohn und ich sind gestern eingeschlafen. Den ganzen Tag sind wir durch eure wunderschöne Stadt gegangen und haben uns todmüde kurz in einen Beichtstuhl gesetzt, um uns auszuruhen. Und gerade –«

Mit verschränkten Händen, gebeugt, den Kopf schief auf dem Rumpf, kam ein Greis nach vorne, der sich mit schwacher Stimme als Padre Agostino, der Prior, vorstellte. Er nahm die Hände kurz auseinander, verschränkte sie wieder und sagte:

»Gelobt sei Jesus Christus. Möchtet ihr vielleicht etwas essen? Eine Tasse Kaffee?«

Onno war aus dem Konzept gebracht und sah ihn an. So viel fromme Einfachheit und Güte machten ihn wehrlos. Die Brüder waren bestohlen worden, hoffentlich nur um zwei wertlose Steine, und nie würde ihnen etwas fehlen; aber in wenigen Stunden schon würden sie entdecken, daß sie von zwei Einbrechern belogen worden waren, die ihre heilige Kapelle entweiht hatten. Er wollte nichts lieber als eine Tasse Kaffee, aber er hatte das Gefühl, eine richtige Todsünde zu begehen, wenn er das annähme; außerdem mußten sie zusehen, daß sie so schnell wie möglich wegkamen. Deshalb erwiderte er höflich, sie wollten nicht länger zur Last fallen, woraufhin der Prior eine resignierende Geste machte, seine linke Hand kurz über Quintens Kopf schweben ließ und ihn mit der rechten segnete. Als Onno seine Hand zum Abschied ausstreckte, wich der Prior erschrocken zurück und starrte sie an, als würde er mit einem Messer bedroht. Ein Pater führte sie zur Tür des Konvents, und die anderen Patres drehten die Köpfe lächelnd und nickend mit.

In dem weißgekalkten Klostergang, wo ein Porträt des Papstes hing, erklärte der Pater mit entschuldigender Geste:

»Nehmt es dem Bruder Prior nicht übel. Man darf ihn nicht berühren. Padre Agostino denkt seit einigen Monaten, er sei aus Butter.«

Kurz darauf verließen sie den Pilgerort durch den Lieferanteneingang.

Sie atmeten tief die Nachtluft ein und gingen auf den Platz. Am Obelisken drehte sich Quinten um und warf einen letzten Blick auf das Gebäude, wie um Abschied zu nehmen.

»Jetzt ist es nicht mehr der heiligste Ort der Welt«, sagte er.

Die Vorstellung, daß jetzt also er selbst der heiligste Ort sein sollte, war so schockierend, daß Onno nicht wußte, was er sagen sollte. Er hob die Hand und hielt ein Taxi an; damit zählte auch der Fahrer zu der Gruppe, die sie demnächst erkennen würde, aber bis dahin würden sie längst im Ausland sein. Er gab seine Adresse an, Quinten nahm den Koffer auf den Schoß, und während sie schweigend ihre Freiheit genossen, rasten sie zum Kolosseum und über die weite Via dei Fiori Imperiali zur Piazza Venezia. Als sie quietschend in die Kurve gingen, rief Onno plötzlich:

»Aus Butter! Wie kommt er in Gottes Namen darauf!«

»Findest du das so komisch?«

»Du etwa nicht?«

»Gar nicht. Eher logisch.«

»Natürlich«, sagte Onno mit hochgezogenen Augenbrauen, »typisch für dich, so etwas zu verstehen. Erklär mir bitte, warum das nicht senil, sondern logisch ist.«

»Weil Christus sagte, er sei aus Brot.«

Onno antwortete nicht. Er sah hinaus auf die verlassenen Bürgersteige des düsteren Corso Vittorio Emanuele. Wie funktionierte das Gehirn dieses Jungen bloß? War er eigentlich ein Mensch? Der Prior, der sich also selbst auf Christus geschmiert hatte zu einem Butterbrot – in welchem Kopf konnte so etwas gedacht werden? In welcher Welt lebte er? Stimmte es am Ende sogar, was er sagte? Hatte für jemanden wie den alten Padre die Theologie auch eine psychologische Dimension, von der die Psychologie keine Ahnung hatte?

Auf dem Innenhof an der Via del Pellegrino waren alle Fenster noch dunkel. Leise stiegen sie die Treppen hinauf, und als sie in seinem Zimmer waren, sagte Onno:

»Und jetzt will ich sie sofort sehen.«

Quinten sah auf seine Mickymaus.

»Dazu haben wir keine Zeit, du mußt deine Sachen zusammensuchen. Was nimmst du mit?«

»Nichts. Nur meinen Paß und ein paar Kleider.«

»Und die ganzen Notizen?«

»Die haben ausgedient. Ich werde dem Vermieter einen Zettel hinlegen, daß ich für einige Wochen verreist bin. Die Miete ist zwei Monate im voraus bezahlt; wenn ich dann nicht wieder da bin, wird er schon dafür sorgen, daß die Sachen aufgeräumt werden.«

»Aber beeil dich, in einigen Stunden müssen wir raus sein aus Italien.«

»Fünf Minuten!«

»Dann koche ich schnell noch einen Kaffee.«

»Nichts auf der Welt brauche ich jetzt mehr! Und bereite dich auf die größte Enttäuschung deines Lebens vor, Quinten.« Onno nahm den Koffer und legte ihn auf den Tisch vor dem Fenster. »Ist etwas Idiotischeres noch möglich? Dank meiner Dummheit müssen wir jetzt außer Landes – und weswegen? Wegen nichts!« Er versuchte die Schlösser zu öffnen. »Wie funktionieren die Dinger?«

Mit einem Kaffeefilter in der Hand kam Quinten aus der provisorischen Küche, ließ die Schlösser aufschnappen und ging gleich wieder zurück. Er war Onno ein absolutes Rätsel. Alles hatte der Junge getan, um in den Besitz dieser Steine zu kommen, und jetzt, da er sie hatte, war er einerseits überzeugt davon, daß es die Gesetzestafeln waren, andererseits schienen sie ihn vollkommen gleichgültig zu lassen. Er öffnete den Deckel, zog die Schreibtischlampe herunter, setzte seine Lesebrille auf und faltete die Zeitungen auseinander.

Auf den ersten Blick sah er, daß das alles nicht so einfach war: Die Oberfläche der Steine war von allen Seiten mit einem grauen Kuchen überzogen, der aus geronnener Zeit zu bestehen schien. War etwas darunter? Mit dem Daumennagel kratzte er daran, löste aber nur ein paar Bröckchen der körnigen Substanz. Das war Arbeit für ein archäologisches Labor, aber wie er Quinten verstanden hatte, würden die Steine nie dorthin kommen. Sie hatten ungefähr die Abmessungen, die Rabbi Berechiah angegeben hatte, ohne sie je gesehen zu haben. Mit zusammengepreßten Lippen lehnte er sich zurück. War es tatsächlich denkbar, daß diese Dinger hier die

Vorlage für all jene Abbildungen waren, die in jeder Synagoge über der Bundeslade zu sehen waren? Die Gesetzestafeln: Symbol der jüdischen Religion, wie es die Menora für den jüdischen Staat und der *Magen David* – der ›Schild des David‹ – für den Zionismus war. War es wirklich denkbar, daß diese Steine, die jetzt hier auf dem Tisch lagen, jemals in der Bundeslade gelegen hatten, jahrelang durch die Wüste geschleppt, jahrhundertelang im Allerheiligsten der drei Tempel aufbewahrt und dann von Titus –? War es denkbar, daß Quinten doch recht hatte? Verbarg sich Moses' Handschrift unter dieser Kruste? Die Zeichen, die vor viertausend Jahren als Ergebnis irgendeiner Inspiration in den Stein gekratzt worden waren? Plötzlich begann sein Herz zu pochen. Die ältesten bekannten Inschriften in kanaanitischer Schrift stammten aus der Zeit etwa tausend vor Christus; die Schrift von Moses würde also noch um etwa tausend Jahre älter sein. Zweifellos würde sie Ähnlichkeit mit den ägyptischen Hieroglyphen haben – hatte vielleicht auch der Diskos von Phaistos etwas damit zu tun? Die Schrift stammte aus derselben Zeit! Es gab ein Zeichen, das eine gewisse Ähnlichkeit mit einer Sänfte hatte – war das vielleicht die Bundeslade? Wie gering die Chance auch war, daß Quinten recht hatte, es mußte unwiderlegbar festgestellt werden, daß es nicht so war! Aber wie? Was hatte er vor?

Als er ein krachendes Geräusch in seinem Nacken hörte, sah er sich erschrocken um. Quinten hatte eine Schere in der Hand und hielt mit der anderen lachend seinen Zopf hoch. Sie hatten diese Metamorphose beschlossen, damit sich im Falle einer Personenbeschreibung am Flughafen niemand an sie erinnern würde – um anschließend zu erzählen, wohin sie abgereist waren. Quinten zog das Gummiband vom Zopf, wobei einige graue Haare darin hängenblieben, nahm dann sein eigenes Haar von hinten zusammen und band das Gummi darum. Im selben Augenblick sah Onno einen Jungen sich in einen Mann verwandeln, wie bei einem Szenenwechsel im Film, wenn die Rolle eines jungen Schauspielers von einem älteren übernommen wurde. Er konnte sich nicht erinnern, je Quintens Ohren gesehen zu haben.

»Trink deinen Kaffee«, sagte Quinten. »Aber halt den Kopf ruhig.«

Wie ein Friseur hielt er den Kamm mit den Zinken nach oben in der linken Hand und machte mit der rechten ab und zu ein paar schnelle Schnitte in die Luft. Nach jedem Schnitt entsprach sein Vater mehr der Erinnerung, die er von ihm hatte: innerhalb von fünf Minuten war der Penner zum größten Teil dem Machthaber gewichen, der ihn auf Groot Rechteren manchmal mit dem Auto abgeholt hatte. Während des Schneidens sah er ab und zu über Onnos Schulter auf die Gesetzestafeln wie der Friseur auf die Illustrierte auf dem Schoß des Kunden.

»So, deinen Bart mußt du dir selbst stutzen«, sagte er und klopfte sich die Haare von den Kleidern.

Als Onno zum Waschbecken ging, um sich zu rasieren, beugte sich Quinten über die eine Ecke eines der Steine, wo ihm eine kleine, glänzende Stelle aufgefallen war. Er befeuchtete die Spitze seines Mittelfingers und rieb daran, worauf sich eine tiefblaue Glut zeigte. Er richtete sich auf. Die beiden Steine waren aus Saphir. Es waren Edelsteine. Da ein Gramm fünftausend Gulden kostete, lagen hier also Steine für rund hundert Millionen, vielleicht sogar eine Milliarde. Es schien ihm besser, seinem Vater nichts zu sagen. Er überlegte kurz und nahm dann aus seinem Reiserucksack den beigefarbenen Umschlag mit der Aufschrift SOMNIUM QUINTI, den er die ganzen Wochen über nicht geöffnet hatte, da er nicht mehr von der Burg träumte und es den Grundrissen nichts hinzuzufügen gab. Er legte ihn zu den Steinen und schloß den Koffer.

Als sie gegen sechs in einem Taxi durch die Porta San Paolo und an der Pyramide von Cestius vorbei aus der Stadt fuhren, wurde es hell. Onno trug wieder seinen grauen Anzug, in dem er vor vier Jahren aus Holland gekommen war; mit Wohlbehagen genoß er die kühle Luft an seinen Wangen und im Nacken. Wie konnte sich ein Mensch nur so zuwachsen lassen! Er erinnerte sich an ein Gespräch, das er vor langer Zeit auf dem Kongreß in Havanna mit einem Mann geführt hatte, der zehn Jahre in einem stalinistischen

Arbeitslager gesessen hatte. Es ging um die Bärte von Fidel Castro und seinen Freunden, und er, Onno, hatte gesagt, er werde sich nur dann einen Bart stehenlassen, wenn er ins Gefängnis käme. Woraufhin der andere ihn eine Weile schweigend angesehen und schließlich gesagt hatte: »Wenn du ins Gefängnis kommst, rasierst du dich viermal am Tag.«

Der Himmel begann sich rot zu färben, als ob hinter dem Horizont langsam die Klappe eines Ofens geöffnet würde. Es war Sonntag, es gab nur wenig Verkehr.

»Und wenn das nächstbeste Flugzeug nun nach Simbabwe geht?« fragte Onno.

»Dann fliegen wir eben nach Simbabwe. Geld genug haben wir.«

»Es geht nicht ums Geld, und übrigens lade ich dich ein. Aber wir haben doch wohl Zeit genug, um uns etwas auszusuchen? Ich würde lieber nach San Francisco fliegen als nach Simbabwe. Warum muß es mit aller Gewalt vom Zufall abhängen?«

»Ich weiß es nicht«, sagte Quinten ungeduldig. »Es ist eben so.«

»Und wenn wir dann in Simbabwe sind – was dann?«

Quinten zuckte die Schultern und sah hinaus. In der Ferne die Kuppel des Petersdoms war schon fast verschwunden. Hier und da standen große, postmoderne Gebäude in der Landschaft, wie er sie im Katalog von Herrn Themaat gesehen hatte. Er wußte es tatsächlich nicht. Er wußte nur, daß er von jetzt an nicht mehr eingreifen durfte. Von jetzt an mußte alles durch die Umstände gelenkt werden.

Als sie am Flughafen Leonardo da Vinci aus dem Taxi stiegen, stand die Sonne über dem Land und übergoß die Maschinen auf den Stellflächen plötzlich mit blendendem Gold, das sich kurz darauf in Silber verwandelte. Es herrschte bereits reger Betrieb. In der lauten Abfertigungshalle sagte Onno, während er den Koffer auf Rädern hinter sich herzog:

»Sieh mal: lauter Diebe, die sich mit ihrer Beute aus dem Staub machen.«

Quinten trug den Koffer mit den Steinen und seinen Rucksack. Vor der großen Tafel mit den Abflugzeiten blieben sie stehen und

informierten sich über die Flugziele der nächsten Stunden: Buenos
Aires, Frankfurt, Santo Domingo, London, Kairo, Wien, Nikosia,
New York, Singapur, Sydney, Amsterdam –

»Und wenn es nun Amsterdam wird?« fragte Onno.

»Dann wird es eben Amsterdam.«

Hinter dem Tresen, an dem die Last-Minute-Tickets verkauft
wurden, saß eine junge Frau, die ein Namensschild trug: *Angiolina*. Offenbar kam sie aus dem tiefsten Süden, ihr Haar war
schwärzer als schwarz, auf der Oberlippe hing ein dunkler Schatten. Onno sagte, sie hätten in einer Laune beschlossen, für ein paar
Tage zu verreisen, und nun wollten sie gerne buchen.

»Natürlich«, sagte sie und rückte ihren Seidenschal zurecht, den
sie nach Quintens Meinung falsch herum trug. Sie nahm einen
Kugelschreiber. »Wohin möchten Sie?«

»Das dürfen Sie sagen. Wir möchten mit der nächstmöglichen
Maschine fliegen, in der noch Platz ist.«

»So würde ich auch gerne leben«, sagte sie mit einem Gesicht,
dem abzulesen war, daß sie sich über nichts mehr wunderte. Sie
warf einen Blick auf die Uhr und sah auf den Monitor. »Wien
klappt nicht mehr. Das nächste ist dann Kairo oder Santo Domingo. Oder vielleicht kriegen Sie noch die englische Chartermaschine um acht Uhr nach Nikosia.«

»Zweimal Nikosia einfach«, sagte Onno schnell, bevor es doch
noch Santo Domingo wurde.

»Nikosia?« wiederholte Quinten. »Wo liegt das denn?«

»Auf Zypern. Schöne Insel. Da gibt es viel zu sehen.«

»Ihre Pässe, bitte.« Während sie die Tickets ausfüllte, fragte sie:
»Möchten Sie auch eine Gepäckversicherung?«

Mit einem Lachen sah Onno zu Quinten.

»Brauchen wir eine Gepäckversicherung, Quinten?«

»Mit Sicherheit nicht.«

»Wir verlassen uns auf unseren guten Stern, Angiolina.«

Sie nickte.

»Um zwölf Uhr zwanzig Ortszeit gibt es eine kurze Zwischenlandung in Tel Aviv.«

Onno sah wieder zu Quinten, der seinen Blick schweigend erwiderte, wandte sich zu Angiolina und sagte:

»Dann machen Sie bitte zweimal Tel Aviv daraus.«

62
Dorthin

»Wir bringen sie also zurück«, sagte Quinten, nachdem er seine Bordkarte bekommen hatte.

Onno antwortete nicht. Er ahnte, daß noch nicht alles vorbei war. Der Eincheckschalter befand sich am anderen Ende der Abfertigungshalle und war mit Sperrgittern versehen. Carabinieri mit Maschinenpistolen und kugelsicheren Westen schlenderten jeweils zu zweit über den Marmor, Männer in Zivil lehnten hier und da an den Pfeilern. Draußen stand ein Panzerwagen der Polizei auf dem Gehsteig. Am Schalter herrschte großes Gedränge: hauptsächlich ältere Urlauber, die nach Zypern wollten und ihrer bunten Kleidung nach offenbar zusammengehörten; die Reisenden nach Tel Aviv waren durch ihren abwesenden Gesichtsausdruck zu erkennen. Nachdem sie durch die Absperrung gegangen waren, wurde jeder an einer Reihe eiserner Tische einzeln befragt.

»Laß uns hier hinsetzen, bis wir dran sind«, sagte Onno. »Ich bin allmählich todmüde, und ohne Stock kann ich mich kaum noch auf den Beinen halten.«

Besorgt sah Quinten ihn an. Erst jetzt wurde ihm klar, daß er nicht einen Moment Rücksicht auf den Gesundheitszustand seines Vaters genommen hatte.

»Vielleicht solltest du dich erst ein paar Tage ausruhen.«

»Gute Idee! Israel scheint mir das richtige Land dazu. Hast du dir denn schon mal überlegt, was wir sagen, wenn wir den Koffer öffnen müssen?«

»Nein.«

»Regelt sich alles von selbst, nicht wahr?«

»Ja.«

»Also, wenn sie dich fragen, was das für Steine sind, sagen wir: Die Gesetzestafeln von Moses.«

»Ja, warum nicht? Keiner wird uns glauben, und dann müssen wir nicht lügen.«

»Aber wenn sie sich ausgelacht haben, werden sie noch einmal fragen.« Seufzend sah Onno ihn an. »Es sieht so aus, als hätten wir die Wahl zwischen Gefängnis und Irrenanstalt.« Die Vorstellung, daß die Steine womöglich tatsächlich das waren, wofür Quinten sie hielt, kam ihm inzwischen wieder vollkommen idiotisch vor.

»Hast du eine bessere Idee?« fragte Quinten.

»Ich habe immer eine bessere Idee. Weißt du, was wir sagen? Daß es Kunst ist. Kreationen eines modernen Künstlers. Das wagt keiner zu bezweifeln, denn die bildende Kunst hat es verstanden, sich so unverletzlich zu machen wie – sagen wir mal –, wie Siegfried. Nicht einmal die Polizei kann dagegen etwas sagen.«

Quinten sah zu den patrouillierenden Polizisten.

»Sieh dir das an: an allen Tresen ist es ruhig, nur hier geht es zu wie im Krieg. Was ist das bloß mit den Juden?«

Onno nickte.

»Nach all den Jahrtausenden beginnt ihre Existenz immer deutlicher die Züge eines Gottesbeweises anzunehmen.«

Die Bemerkung erinnerte Quinten an Frau Korvinus. Am Tag nach Max' Tod, erzählte er, habe er Nederkoorn im Flur zu ihr sagen hören, wenn es nach ihm ginge, könnten ruhig alle Juden auf diese Weise vom All aus gesteinigt werden, worauf sie geantwortet hatte, sie würden eben noch immer dafür bestraft, weil sie Christus gekreuzigt hätten.

»Nur gut, daß du aus dem Schloß heraus bist«, sagte Onno mit verzogener Miene. Da er sich nicht sicher war, wie diese antisemitische Bemerkung bei Quinten angekommen war, hielt er sofort dagegen. »Nicht die Juden haben Christus gekreuzigt, Quinten, sondern die Römer. Die Kreuzigung war eine römische Strafe

für Schwerverbrecher. Der orthodoxe Herr dort mit dem Bart
und dem schwarzen Hut auf dem Hinterkopf – wenn du jetzt
zu mir sagst ›Bring ihn um‹, und ich bringe ihn um, bist etwa
du dann sein Mörder, aber ich nicht? Ich brauche doch nicht zu
tun, was du sagst? Wenn ich nun vollkommen in deiner Gewalt
wäre, wäre das etwas anderes, aber ich bin es nicht. Du kannst
ja vieles sagen. Die Juden riefen ›Kreuziget ihn‹, und Pilatus tat
es. Er hätte doch da oben an der Heiligen Treppe auf seinem
Standpunkt beharren und sagen können: ›Haut ab, kommt überhaupt nicht in Frage, er ist unschuldig!‹ Er war doch schließlich
der Chef! Aber er war verantwortlich für Ruhe und Ordnung
im besetzten Gebiet und wollte keinen Ärger mit dem Kaiser hier
in Rom, alles verständlich, so läuft das in der Politik – aber
warum mußten später die Nachfahren dieser Schreihälse verfolgt
und ausgerottet werden, und nicht die der tatsächlichen Mörder,
also die Italiener? Petrus und Paulus wurden von den Römern
gekreuzigt, ohne daß die Juden darum gebeten hatten. Aber
nicht nur brauchte das italienische Volk nicht in die Gaskammern,
bis vor kurzem waren sogar die Stellvertreter Christi auf Erden
fast ausnahmslos italienische Nachfahren der Römer. Und die
Päpste haben ihren Sitz immer noch in Rom, wie die römischen
Kaiser. Eigenartig, nicht wahr? Man könnte fast sagen: Gottes
Wege sind ironisch. Ich dachte früher auch, der Judenhaß habe
ausschließlich etwas mit Christus zu tun, aber das stimmt nicht:
es gab ihn schon lange vor Christus, und es werden immer wieder neue Gründe dafür erdacht: daß die Juden reich und protzig
sind, daß sie arm und schmutzig sind, daß sie die Fäden des pluto-
kratischen Großkapitalismus in der Hand haben, daß sie Revolutionäre sind und den Kommunismus auf dem Gewissen haben,
daß sie kein Vaterland haben, daß sie ihr Vaterland auf Kosten
anderer neu errichten – alles ist recht, wenn es nur schlecht ist.
Daß es sich widerspricht, spielt keine Rolle, der Haß ist das
entscheidende. Und daß es diesen Haß immer gegeben hat, ist für
Antisemiten ein Beweis dafür, daß er doch auf irgend etwas beruhen muß.«

Auf dem Weg zur Startbahn drehte ein fahrendes Flugzeug ihnen das Heck zu und gab für einige Sekunden einen ohrenbetäubenden Lärm von sich. Quinten wartete kurz.

»Und worauf beruht er?«

Onno legte die Hand auf den Koffer, den Quinten auf dem Schoß hatte.

»Darauf. Zumindest, wenn sich das darin befindet, was du meinst. Auf der Tatsache, daß der Gott der Juden sein Volk geheiligt hat durch einen Vertrag, dessen sich kein anderes Volk rühmen kann. Offenbar ist das für viele Menschen ein unerträglicher Gedanke. Gib den Koffer übrigens besser mir, ich werde reden, wenn es nötig ist.« Er stand auf. »Und denk dran, du hast keine Ahnung, du darfst nur mit.«

An zwei Tischen, die einige Meter auseinander standen, wurden sie von Sicherheitsbeamten befragt, Quinten auf englisch, Onno auf italienisch. Ob der Koffer und der Rucksack ihr Eigentum seien. Ob sie ihr Gepäck selbst gepackt hätten. Ob sie es seit dem Einpacken aus dem Auge verloren hätten. Ob jemand ihnen etwas mitgegeben habe. Auf die Frage, was er in Israel wolle, antwortete Quinten, er leiste seinem Vater, der die heiligen Stätten besuchen wolle, Gesellschaft, während Onno sagte:

»Geschäftlich.«

»Welche Art von Geschäften?«

»Mit mäßigem Erfolg versuche ich, meine Brötchen als Kunsthändler zu verdienen.«

Der Beamte sah sich die beiden Koffer von allen Seiten an, klebte rote Aufkleber darauf, gab Onno Ticket und Paß zurück und ließ ihn mit einer kurzen Handbewegung durch.

»Wenn wir den Koffer aufgeben«, sagte Onno, als sie als letzte in der Reihe am Schalter standen, »zerbrechen die Steine vielleicht, er wird bei der Abfertigung herumgeworfen. Aber wenn wir ihn als Handgepäck mitnehmen, müssen wir ihn fast sicher öffnen. Also, was machen wir?«

»Handgepäck.«

»Natürlich«, nickte Onno und konnte sich nicht verkneifen, mit einem Lachen hinzuzufügen: »Die ersten beiden sind schließlich auch zerbrochen.«

Auch hinter der Paßkontrolle, im vollen Warteraum ihres Ausgangs, standen wieder schwerbewaffnete Polizisten und viele Personen, deren Funktion nicht sofort klar war. Vor dem Bildschirm eines Durchleuchtungsgeräts saß vornübergebeugt eine dicke Frau in blauer Uniform, während ein blondes Mädchen mit verschränkten Armen hinter ihr stand und zusah. Onno legte den Koffer aufs Band, er verschwand hinter einer Gummiklappe ins Innere des Geräts. Kurz darauf hielt das Band an. Vielleicht kommt er nie wieder heraus, dachte Quinten – das Röntgenbild würde langsam unscharf und verschwände vom Bildschirm; auch nachdem die Maschine bis zur letzten Schraube auseinandergenommen worden wäre, würde nichts von dem Koffer wiedergefunden werden.

Als er nach einer halben Minute auf der anderen Seite wieder auftauchte, kam das Mädchen nach vorne und bat Onno mit einem messerscharfen Lächeln, den Koffer zu öffnen. An ihrem Akzent hörte er sofort, daß sie keine Italienerin, sondern Israelin war. Quinten half mit den Schlössern, und zu seiner Verwunderung sah Onno obenauf einen Umschlag des *Westerbork Synthese Radio Teleskop* mit dem Spiegel als Logo liegen. Das Mädchen legte den Umschlag beiseite und faltete die Zeitungen auseinander.

»Was ist denn um Himmels willen das?« Mit gespreizten Fingern zog sie ihre Hände zurück und sah angewidert auf die grauen Steine, hob einen hoch und fragte: »Was ist das für Zeug? Es ist leichter, als es aussieht. Lava?«

»Vielleicht irgendeine Art Kunststoff«, sagte Onno mehr schlecht als recht auf althebräisch. »Moderne Kunst auf jeden Fall. Eine Kreation eines vielversprechenden Deutschen: Anselm Buchwald. Eine atmosphärische Evokation der Gralssage.«

Sie sah hoch und sagte auf iwrith:

»Mir kommt es eher wie eine atmosphärische Evokation des Dritten Reiches vor.«

»Wer weiß, vielleicht läuft das ja auf dasselbe hinaus.«

Sie sah ihn mit ihren grünen Augen forschend an.

»Sie sprechen Hebräisch wie Jeremia.«

»Sagen Sie lieber: wie Hiob«, sagte Onno mit gespielter Trauer. »Der Herr hat gegeben, der Herr hat genommen: gelobt sei der Name des Herrn!«

Nachdem sie abgefertigt waren, fragte er Quinten, was in dem Umschlag sei.

»Geheim«, sagte Quinten unwirsch.

Onno schüttelte den Kopf.

»Du solltest wirklich keine weiteren Risiken eingehen. Als hätten wir nicht schon genug Probleme.«

»So«, sagte Quinten mit einem Lachen, als sie abgehoben hatten, »jetzt sind wir weg.«

»Hoffentlich warten sie in Tel Aviv nicht schon auf uns«, sagte Onno mit bedrückter Miene. »Es ist jetzt Viertel nach acht. Die Patres haben meinen Stock vermutlich schon entdeckt, und wenn nicht, wird es innerhalb der nächsten Stunde passieren, Padre Agostino wird vor Schreck zu Gorgonzola, und in zwei Stunden gibt Angiolina eine genaue Personenbeschreibung von diesem merkwürdigen Vater und seinem Sohn, die mit der nächstbesten Maschine abreisen wollten, und von der israelischen Beamtin erfahren sie, daß das Pärchen etwas sehr Merkwürdiges dabeihatte«, sagte er und zeigte hinauf zum Gepäckfach. »In drei Stunden, wenn wir landen, liegt am Flughafen bereits ein Abschiebeantrag, und mit derselben Maschine werden wir unter Bewachung über Zypern zurück nach Rom geschickt, wo wir bis zu unserem Tod in einem Keller der Engelsburg mit Ketten rasseln und von Ratten angefressen dahinvegetieren werden.«

»Dann würden sie im Heiligen Land etwas ganz Besonderes verpassen«, sagte Quinten. »Außerdem vergißt du den Zeitunterschied.«

Fragend sah Onno ihn an.

»Wieso vergesse ich den Zeitunterschied?«

»In Israel ist es doch eine Stunde später als in Italien?«

»Na und?«

»In dieser Stunde haben wir also nicht existiert. Aber wenn man eine Stunde lang nicht existiert hat, kann einen meiner Meinung nach niemand mehr finden.«

Gelassen sah Onno zu, wie Quinten seine Mickymaus-Uhr um eine Stunde verstellte, verschränkte dann die Arme und sah an ihm vorbei aus dem Fenster. Die Maschine ließ die Erde kippen und kam nach einem weiten Bogen bei Ostia über das Meer, das im Streiflicht der Morgensonne wie alternde Haut aussah. In Gegenwart von Quintens Unverwundbarkeit fühlte er sich wie ein Vogel, der mit dem Schnabel einen Safe zu knacken versucht. Er mußte sich ihm ausliefern, so wie Quinten sich selbst – ja, was eigentlich? – ausgeliefert hatte. Wovon er selbst vermutlich nichts wußte.

»Weißt du denn mittlerweile schon, was du in Israel vorhast?«

»Das werden wir schon sehen.« Quinten wußte es wirklich nicht. Er wußte nur, daß alles von selbst in Ordnung kommen würde.

»Aus einem meiner vorigen Leben kenne ich dort einen Kollegen«, versuchte es Onno noch ein letztes Mal ohne viel Hoffnung, »der uns ein ganzes Stück weiterhelfen könnte – vorausgesetzt, er lebt noch. Sie haben dort hervorragende Labors, in denen sie die Steine reinigen können; was das anbelangt, ist kein Land so gut ausgestattet wie Israel. Alle Israelis sind Archäologen, jede Tonscherbe, die sie finden, ist ein politisches Argument zur Rechtfertigung ihres Staates.«

»Und was ist mit dem Dritten Weltkrieg?«

»Es müßte natürlich alles absolut geheimgehalten werden.«

»Und dieser Kollege – wie heißt er?«

»Das ist mir entfallen. Nein: Landau. Mordechai Landau.«

»Wenn der sieht, daß er die authentischen Zehn Gebote vor sich hat, würde er den Mund halten?«

Onno seufzte tief.

»Er würde unverzüglich den Ministerpräsidenten anrufen.«

»Na bitte.«

Onno schwieg. Es war klar: er würde nie sicher sein, daß die beiden Steine *nicht* die von Moses waren. Quinten würde sie vielleicht in einer der Höhlen am Toten Meer verstecken, bei Qumran, die alle schon Dutzende von Malen durchsucht worden waren und in denen keiner mehr suchen würde; oder er würde sie irgendwo vergraben, in der Negevwüste, an einem Platz, den auch er nicht wiederfinden würde. Israel war klein, mit dem Bus war man innerhalb einer Stunde überall, sogar in der Sinaiwüste. Dort könnte er sie auf den Berg Horeb zurückbringen und nach Ägypten weiterfahren, womit sich der biblische Kreis geschlossen hätte. Dann könnte er sich schließlich in die Königskammer der Cheopspyramide einschließen lassen, durch deren heiße, stickige Gänge er sich schon einmal bei einem offiziellen Besuch hindurchgequält hatte, und sich in den leeren, schwarzen Sarkophag legen; den Pyramidioten zufolge herrschten dort ja übernatürliche Kräfte, die ihn wie Henoch von der Erde tragen würden. Onno löste den Sicherheitsgurt und kippte die Rückenlehne nach hinten. Er mußte sich damit abfinden, daß die ganze Episode den Charakter eines Traumes annahm, über den er nicht einmal reden könnte, ohne für verrückt gehalten zu werden.

Das Frühstück, das sie vorgesetzt bekamen, schien von derselben Substanz zu sein wie das Plastikbesteck, mit dem sie es essen sollten. Quinten half seinem Vater beim Öffnen der durchsichtigen Verpackungen, nicht weil er das nicht auch selbst schaffen würde, sondern weil er es einfach nicht können wollte und ihn eine Art Raserei zu übermannen drohte, bei der er sogar mit bloßen Zähnen ins Plastik biß, was nur mit einer Niederlage für die Zähne enden konnte.

»Diese Art von Essen ist das Ende der menschlichen Kultur«, schimpfte er, während er den Körper hinter dem heruntergeklappten Tischchen zu drehen versuchte.

»Aber wir fliegen immerhin«, sagte Quinten mit vollem Mund.

Als sich ihre übersichtlich geordneten Tabletts in widerliche Abfallhaufen verwandelt hatten, die lächelnd in Stahlwagen geschoben wurden, drückte er seine Stirn ans Fenster. Raum. Welt. Wie unregelmäßige, graubraune Fettflecke trieben die ersten griechi-

schen Inseln im Meer, und über seinem Kopf lagen die Zehn Gebote auf ihrem Heimweg in der Ablage: es war, als hätte er von
Geburt an auf diese Situation hingelebt. Was konnte jetzt noch
kommen? Natürlich würde noch etwas kommen – aber dann? Einfach weiterleben? Zurück in die Niederlande und achtzig Jahre alt
werden? An dieses Abenteuer zurückdenken wie an einen Vorfall
aus ferner Vergangenheit, ein unbekanntes Ereignis aus dem vorigen Jahrhundert? Plötzlich überkam ihn das Gefühl, daß dies vielleicht seine letzten Tage auf Erden waren, aber es beunruhigte ihn
nicht. Vielleicht hatte jeder etwas ganz Bestimmtes zu tun, womit
sein Leben dann erfüllt war. Das konnte auch etwas ganz Unwichtiges sein, oder scheinbar Unwichtiges, zum Beispiel jemandem zu
helfen, ohne daß derjenige es wußte. Eigentlich sollte jeder seine
Vergangenheit daraufhin befragen und im Zweifelsfalle etwas in
dieser Richtung tun.

In der Tiefe sah er einen hauchfeinen weißen Kometen im blauen
Wasser: ein Schiff, das zu klein war, um zu erkennen, daß es in die
entgegengesetzte Richtung unterwegs war. Waren die Gesetzestafeln, die Menora und die anderen Gerätschaften aus dem Tempel
auf diesem Weg von Titus nach Rom gebracht worden, oder waren
sie über Land gekommen? Erst als er es Onno schon gefragt hatte,
sah er, daß er ihn aufgeweckt hatte.

»Entschuldige.«

»Nicht eine Minute Ruhe gönnst du mir«, klagte Onno und
lockerte die Krawatte. »Wie die Beute transportiert wurde? Keine
Ahnung. Ich würde es sicherheitshalber auf dem Landweg machen. Eigentlich finde ich, daß du solche Sachen mittlerweile wissen solltest. Aber du studierst ja nicht, du machst nur.«

»Reicht das etwa nicht?«

»Und ob! Aber du hast recht, studieren kann jeder, dafür gibt es
Leute wie mich. Als ich auf meine bescheidene Art in der Politik war, wußte ich darüber weniger als die Politologen, die ihrerseits zwar mehr wußten als Hitler und Stalin zusammen, aber
nicht einen Funken Macht hatten und auch nie haben würden. Du
gehst immerhin einen Schritt weiter. Du bist unverrückbar davon

überzeugt, im gegenwärtigen Augenblick die Gesetzestafeln nach Israel zurückzubringen, aber wenn du mich fragst, weißt du nicht einmal, wie dein vermeintlicher Verfasser auf dem Berg im Sinai seine Eingebung bekam. Das hast du wahrscheinlich nie gelesen.«

»Nein«, sagte Quinten und dachte: Es sind keine Steine, sondern Saphirtafeln. »Wie war das denn?«

»So wie sich das gehört. In einer vulkanischen Inszenierung aus Donner und Blitz, Rauch, Erdbeben und erschallenden Posaunen, und dazu die Stimme Jahwes sichtbar in einer dunklen Wolke.«

»Sichtbar? Eine sichtbare Stimme?«

»Ja, Philo zufolge war das das eigentliche Wunder. Jahwe sprach sichtbare Worte, in Buchstaben aus Licht, die auf nichts geschrieben waren. Das Aufschreiben war dann Moses' Sache. Die sichtbare Stimme Gottes, sagte Moses später, war das größte Wunder seit der Erschaffung des Menschen.«

Quinten spürte, daß Onno ihn weiterhin von der Seite ansah. Vermutlich würde er gleich fragen, ob er, Quinten, noch immer der Meinung sei, tatsächlich die Tafeln zu besitzen, aber ihn hatte offenbar der Mut verlassen. Quinten erwiderte seinen Blick und sagte:

»Jetzt ist die Francis Bacon also das Sancta Sanctorum.«

»Die Francis Bacon?«

»Hast du es beim Einsteigen nicht gesehen? So heißt unser Flugzeug.«

Als sie den Peloponnes überflogen, wurde auch Quinten schläfrig. Mit schweren Lidern nahm er eine dicke schwarze Fliege wahr, die auf der Fensterscheibe saß. So schnell war sie noch nie geflogen, ohne zu fliegen, wie sollte sie jetzt nur wieder nach Hause kommen? Da ihm das Tier eklig war, verscheuchte er es mit der Hand, es setzte sich einige Reihen weiter auf die Schulter des orthodoxen Herren, der seinen Hut aufgelassen hatte. Langsam fielen seine Augen zu, während sich das Dröhnen der Motoren in mächtige Harmonien riesiger Orchester verwandelte –

Die Stimme des Kapitäns riß ihn aus dem Schlaf. Auf englisch wurden sie darauf hingewiesen, daß auf der rechten Seite jetzt Kreta lag. Quinten sah ein düsteres violettes Gebirge, Onno öffnete seine Augen nicht.

»Papa. Kreta.«

»Will ich nicht sehen«, sagte Onno mit abgewandtem Kopf und noch immer geschlossenen Augen. »Ich hasse Kreta.«

Einige Minuten später wurde das Motorengeräusch plötzlich schwächer, und in den Ohren spürte Quinten, daß die Maschine im Landeanflug war. Ganz kurz öffnete sein Vater ein Auge, schloß es wieder und sagte:

»*Luhot ha'eduth* riechen den Stall.«

»Was heißt denn das nun schon wieder?«

»›Die Tafeln des Testimoniums‹. Auch eine Bezeichnung für den Pakt.«

Mit einem Ruck wandte Quinten den Kopf ab und sah mit geweiteten Augen durch das Flugzeug, ohne etwas zu sehen. Ihm war, als ob dieses Wort, *Testimonium*, tief in seinem Innern verborgen gewesen sei wie ein geschliffener, funkelnder Diamant in der blauen Erde.

In Lod, am Flughafen Ben Gurion, wimmelte es von Polizisten und bewaffneten Sicherheitskräften. Onno fühlte sich an Havanna vor achtzehn Jahren erinnert, als all diese Männer noch mit Rasseln in ihren Wiegen gelegen hatten; aber niemand hatte es auf sie abgesehen. Die Zypern-Urlauber, die nach der Landung applaudiert hatten, waren in der Maschine zurückgeblieben. An langen Tischen wurde das Gepäck erneut kontrolliert, zum dritten Mal wurde verglichen, ob sie Ähnlichkeit mit ihren Paßbildern hatten, und auch der Koffer mußte wieder geöffnet und noch einmal Parsifal zu Hilfe gerufen werden. Neben ihnen stand der orthodoxe Jude und warf einen kurzen, desinteressierten Blick auf die Steine.

»Wenn der wüßte«, sagte Quinten.

»Vorsicht«, mahnte Onno leise. »Auch im Ausland ist nicht ausgeschlossen, daß dich jemand verstehen kann. Vor allem in Israel.« Als sie endlich die Erlaubnis der Einreise bekommen und Geld abgehoben hatten – Schekel, die der Israel-Broschüre der Luft-

fahrtgesellschaft zufolge auch schon in alttestamentarischen Zeiten
Zahlungsmittel waren –, fragte er: »Und jetzt?«

»Ja, was wohl? Jetzt gehen wir hinaus.«

Es war fast ein Uhr, und auf dem Platz vor der Ankunftshalle
hing eine flirrende Hitze, die Menschen hatten kaum noch Schatten an den Füßen. Durch das Chaos von Autos und Bussen gingen
sie zu einem niedrigen weißen Büro für Touristeninformation und
Hotelreservierungen.

»Was ich jetzt wirklich dringend brauche«, sagte Onno, »ist ein
zivilisiertes Bad. Ist dir eigentlich klar, daß wir seit vierundzwanzig Stunden nicht mehr aus den Kleidern gekommen sind? Fühlst
du dich nicht schmuddelig?«

»Es geht.«

»*Sherut?*« rief ein Mann mit einem Kippa auf dem Kopf, der am
Gehsteig hastig Koffer in einen kleinen Bus lud. »*Yerushalayim?*«

Es seien noch zwei Plätze in seinem Pendelbus nach Jerusalem
frei, und Onno hatte bald begriffen, daß sie nun einsteigen mußten. Auf der hintersten Bank setzten sie sich neben eine grauhaa-
rige Dame, die l'Express las; alle anderen waren intellektuell aussehende Männer, Amerikaner in kurzärmeligen Hemden, manche
mit Fliege. Nachdem der Fahrer den Motor angelassen hatte,
drehte er sich um und fragte, in welche Hotels die geschätzten
Herrschaften denn wollten. Die Dame fuhr zum King David, die
Amerikaner mußten ins Hilton. Als Onno nicht gleich antwortete,
fragte er ungeduldig:

»Auch Hilton?«

Onno machte eine Geste, daß es in Gottes Namen das Hilton
sein sollte, und kurz darauf fuhren sie in die dürren, mit Steinen
übersäten Hügel.

Auf der dreiviertelstündigen Fahrt sprachen sie nicht. Auch
Onno war noch nie in Israel gewesen, aber er hatte den Eindruck, der Landschaft die metaphysische Gewalt, die hier seit
vier Jahrtausenden gewütet hatte und immer noch wütete, ansehen zu können. Zugleich wußte er, daß dieser romantische Gedanke aus dem entstanden war, was er von der Geschichte wußte

– aus Bibellesungen seines Vaters und des Pfarrers und all den
süßlichen Konfirmandenbildchen mit brechenden Wolken, die
Fächer heiliger Strahlenkränze durchließen; auch für ihn war Israel immer ›das Gelobte Land‹ gewesen, es jedoch unter diesen
Umständen zu sehen, war das Unglaublichste von allem: in Begleitung seines Sohnes, der einen Koffer auf dem Schoß hatte, in
dem sich angeblich die Gesetzestafeln des Moses befanden. Es
war, als ob das versengende Licht, das von keiner einzigen niederländischen Wolke getrübt wurde, die Zeit zusammenrollen ließ
wie ein Insekt in einer Flamme. Allmählich wurden die Hügel
höher und blühten hier und dort, und im Straßengraben der
vierspurigen Straße lagen ab und zu Wracks zerschossener Laster
und Panzerwagen, die von einer rostbraunen Mennige konser-
viert wurden. Der Fahrer meldete, sie stammten aus den Kriegen
von 1948 und 1967, aber für Onno hätten sie auch von den
Kreuzfahrern, den Römern oder den Babyloniern herrühren
können –

Der Turm des Jerusalem Hilton, dessen Balkongeländer allesamt
mit der israelischen Fahne bespannt waren, stand im westlichen
Teil der Stadt in einem neuen, gesichtslosen Stadtviertel – daß es
hier irgendwann einmal anders ausgesehen hatte, bewiesen die
Ausgrabungen nebenan. In der kühlen, weitläufigen Hotelhalle,
die von kleinen Geschäften gesäumt wurde, meldeten sich die
Amerikaner bei freundlichen Damen an einem Tisch mit Fähnchen
und Unterlagen an; eine Tafel auf einem Esel hieß die Teilnehmer
der internationalen Konferenz zur Bewässerung des Negev herzlich willkommen. Am Tresen legte Onno die Pässe vor und bat um
zwei Einzelzimmer. Vielleicht weil der Mann an der Rezeption
sah, daß es niederländische Pässe waren, verwies er ihn auf englisch
zum Tisch der Wasserbauexperten.

»Nein, wir gehören nicht dazu.«

»Warum nicht?« fragte Quinten.

»In Gottes Namen!« sagte Onno und hob die Arme. »Nicht
schon wieder! Du bist wie Max!«

»Wieso?«

»Das erzähle ich dir später.«

Aber ansonsten sei nichts frei, alle Hotels seien ausgebucht; zur Zeit fänden in Jerusalem vier oder fünf Kongresse statt. Nur in der Altstadt sei vielleicht noch etwas zu bekommen, aber dort lasse die Sicherheit zu wünschen übrig. Als Onno sagte, daß sie sich nicht so schnell fürchteten und irgendwo unterkommen mußten, telefonierte der Mann ein paarmal und notierte dann Name und Adresse eines Hotels.

Nachdem sie in der Bar etwas gegessen hatten – wobei Quinten ein Glas Milch zu seinem Schinkenbrötchen verweigert wurde –, brachte ein Taxi sie in den Ostteil der Stadt. Am Ende einer breiten Einkaufsstraße, in der sich der Verkehr staute, ging es langsam bergab, und kurz darauf erschienen oben, auf der anderen Seite eines bewachsenen Tals, das eher wie eine Rinne aussah, die massiven Mauern des alten Jerusalem. Dahinter, in einer Sturzflut aus Sonnenlicht, unzählige Türme und in deren Mitte eine goldene und eine silberne Kuppel.

Quinten beugte sich tief über seinen Koffer, um durch die Windschutzscheibe besser sehen zu können.

»Schau mal«, sagte er leise. »Da ist es. Es existiert wirklich.«

Obwohl der Araber auf seinem Kamel derselben Ordnung angehörte wie die schwere, sandgelbe Stadtmauer, an der er entlangritt, hupte der Fahrer ihn beiseite, fuhr durch das Jaffator und hielt auf einem kleinen Platz. Kurz darauf standen sie im Gewühl von Touristen, palästinensischen Händlern, römisch-katholischen Mönchen und Nonnen, griechisch-orthodoxen, armenischen und koptischen Priestern in exotischen Gewändern, frommen Juden in Kaftanen und Militärpatrouillen aus Jungen und Mädchen, die mit Uzzis und Kalaschnikows behängt waren. Läutende Kirchenglokken und das Geschrei der Kaufleute vermischten sich zu einem Lärm, der die beiden dumpfen Schläge, mit der in der Ferne ein Düsenjäger die Schallmauer durchbrach, mühelos in sich aufnahm.

Das Hotel Raphael, das vermutlich in keinem Reiseführer er-

wähnt war, lag unansehnlich eingeklemmt zwischen einer Geld-
wechselstube und einem Gemischtwarenhändler, der seine Kisten
und Säcke mit Kräutern auf der Straße ausgestellt hatte wie die Pa-
lette von Carpaccio: Zinnoberrot, Rostbraun, Terra di Siena,
Kornblumenblau, Olivgrün, Safrangelb. Die Rezeption bestand
aus einem einfachen Holztresen in einem schmalen Gang, der am
Ende nach einigen Steinstufen in das überging, was offenbar die
Hotelhalle beziehungsweise der Frühstücksraum war; ein Mann
Mitte Sechzig hing in einem Stuhl mit gerissener Plastiklehne und
sah fern. Auf dem Gerät stand eine V-förmige Zimmerantenne. Er
legte die Zigarette in den Aschenbecher und erhob sich.

»Quist?« fragte er mit einem melancholischen Lächeln. »Shalom.« Und dann auf englisch: »Mein Kollege hat Sie angekündigt.«
Er reichte ihnen die Hand und stellte sich als Menachem Aron vor.

Er hatte es sich nicht leichtgemacht. Auf dem Kopf trug er eine
Perücke aus dickem und zu gleichmäßig kastanienbraunem Haar,
unter dem sein eigenes rötlich-grau zum Vorschein kam; außerdem hatte er ein hellblaues Kippa auf dem Kopf, was in diesem Fall
liturgisch vielleicht nicht unbedingt erforderlich war – es sei denn,
überlegte Onno, er rechnete damit, daß Gott vielleicht nicht sah,
daß er eine Perücke trug. Aron legte zwei Formulare auf den Tresen und fragte, wie viele Nächte sie blieben.

Schweigend sah Onno Quinten an.

»Zwei?« fragte Quinten. »Drei?«

»Ich sage nichts. Es ist dein Unternehmen, das mußt du entscheiden.«

»Also zwei.« Das sollte reichen.

»Die Dusche ist auf dem Gang«, sagte Aron, während er ihnen
die Zimmerschlüssel aushändigte.

»Ich weiß nicht, was du jetzt vorhast«, sagte Onno, »aber ich
gehe gleich ins Bett, ich kann nicht mehr.« Er zeigte auf den Koffer.
»Was meinst du – sollen wir fragen, ob er einen Safe hat?«

Aron verschwand durch eine Tür hinter dem Tresen und kam
kurz darauf mit einer schmalen Eisenlade wieder, in der gerade
eine Brieftasche Platz fand. Als sie ihm erklärt hatten, das es sich

um Größeres handelte, bat er Quinten, ihm zu folgen. In einem unordentlichen kleinen Büro, das auch für die Lagerung von Leergut benutzt wurde, sah ein Mädchen von ihrer Schreibmaschine auf und nickte Quinten mit einem Blick zu, der ihn leicht verunsicherte. Ihr schwarzes Haar war so kurz geschnitten wie das seiner Mutter. In der Ecke stand ein mannshoher grüner Safe aus längst vergangenen Zeiten; das Firmenschild auf der Mitte der Tür war aus schwerem Kupfer: *Kromer*. Er hatte sofort gesehen, daß das Ungetüm ein altmodisches Buchstabenschloß besaß, das nirgends mehr verwendet wurde. Aron kniete sich auf den gefliesten Boden und drehte den Knopf viermal hin und her, so daß die Kombination für den Gast unsichtbar blieb. Als die kolossale Stahltür, die mindestens fünfundzwanzig Zentimeter dick war, langsam aufschwenkte, sah Quinten, daß darin leicht Platz für hundert Gebote war.

»Schwer«, sagte der Hotelbesitzer, während er den Koffer ins untere Regal legte, fragte jedoch nicht weiter. Nachdem er die Tür mit einem dröhnenden Schlag geschlossen hatte, drehte er den Knopf zweimal mit der flachen Hand. »Recht so?«

»Ja.«

Das Mädchen drehte sich um und fragte etwas auf iwrith, vielleicht nur, um Quinten mit der weißen Locke im Zopf noch einmal sehen zu können. Aber Aron wachte gut über seine Tochter und bedeutete Quinten, wieder zum Tresen zu gehen.

Dort war inzwischen etwas passiert. Mit offenem Mund stand Onno auf der Schwelle des Aufenthaltsraumes und sah in den Fernseher. Mit einer energischen Geste in Hüfthöhe bedeutete er Quinten, ruhig zu sein. Auf dem Bildschirm war eine aufgebrachte, betende und singende Menschenmenge auf einem Platz zu sehen, die meisten kniend, mit offenen Armen, die Gesichter ekstatisch zum Himmel erhoben, dazwischen Pizzabuden. Den hebräischen Kommentar konnte Quinten nicht verstehen. Als die Kamera schwenkte, sah er plötzlich, wo sich die Szene abspielte: am Sancta Sanctorum! Die überfüllte Heilige Treppe, die Kapelle, durch ein Gitter eine Nahaufnahme vom Stock seines Vaters auf dem päpst-

lichen Gebetsstuhl gegenüber dem Altar! Kurz darauf eine alte
Frau, die aufgeregt gestikulierte und mit sich überschlagender
Stimme losredete. Er verstand nur das Wort »Miracolo«. Dann
sprach mit hebräischen Untertiteln ein bedächtig formulierender
Pater – jedoch nicht der aus Butter –, und der israelische Nachrich-
tensprecher schloß das Thema mit einem ironischen Blick in die
Kamera ab.

Sprachlos ließ sich Onno in einen Stuhl fallen.

»Erzähl!« sagte Quinten. »Was ist passiert?«

»Ich werde verrückt. Heute morgen wurde mein Stock entdeckt
– von der alten Frau. Wie an jedem Sonntag bestieg sie als erste die
Heilige Treppe und verständigte die Passionisten. Als sie ihre er-
staunten Mienen sah, begann sie zu schreien, ein Wunder sei geschehen. Innerhalb von einer Stunde hatte sich die Nachricht in der
Stadt verbreitet, und von allen Seiten kamen die Menschen herbei-
geströmt. Und was meinst du? Sie glauben, daß mein Stock der Stab
des Moses ist, mit dem er Wasser aus dem Felsen geschlagen hat.
Der Beweis ist der Griff in Form eines Schlangenkopfes: am Hofe
des Pharao hat Moses seinen Stab einmal auf den Boden geworfen,
und er verwandelte sich in eine Schlange. Außerdem behaupten sie,
die Schlange aus dem Paradies bete jetzt den Acheiropoèton im
päpstlichen Allerheiligsten an, und das deute auf das Ende der Erb-
sünde und auf die Wiederkunft Christi hin. Im Augenblick scheinen sämtliche Zufahrtswege nach Rom blockiert zu sein.«

Es dauerte einen Moment, bis Quinten erwiderte:

»Aber die Patres wissen doch, daß es dein Stock ist?«

»Die belassen es offenbar dabei«, sagte Onno. »Sie haben nicht
gut aufgepaßt, und es liegt nicht in ihrem Interesse, daß das bekannt wird. Außerdem finden sie die Aufwertung ihrer Kapelle
natürlich grandios.«

»Und wenn Mauro deinen Stock wiedererkennt?«

»Der wagt nicht, etwas zu sagen. Vielleicht läßt er sich ein
Schweigegeld geben. Jetzt kann keiner mehr zurück.«

»Und warum hatte vorhin nicht der Prior das Wort? Es könnte
doch noch viel mehr los sein!«

»Vielleicht wird Padre Agostino demnächst heiliggesprochen. Schutzheiliger der milchverarbeitenden Industrie.«

»Und wer war der Geistliche zum Schluß?«

»Kardinal Sartolli, der Erzbischof von San Giovanni in Laterano. Er beschränkt sich wie immer auf diplomatische Äußerungen. Er sagte, die Kirche freue sich über die Frömmigkeit des Volkes, jetzt müsse aber erst einmal die offizielle Reaktion des Vatikan abgewartet werden.« Onno schaute zu ihm auf. »Quinten! Was haben wir bloß angerichtet!«

Quinten erwiderte einen Moment lang seinen Blick – und fiel plötzlich wie vom Blitz getroffen zu Boden vor Lachen.

63
Die Mitte der Mitte

»Ich habe dich noch nie so lachen sehen«, sagte Onno am nächsten Morgen beim Frühstück, nachdem er Quinten aus dem Ha'aretz die letzten Nachrichten über die Situation in Rom vorgelesen hatte: Aus aller Welt strömten inzwischen Pilger zum Sancta Sanctorum, die Piazza San Giovanni in Laterano sei für jeglichen Verkehr gesperrt, und der Heilige Stuhl und das Oberrabbinat in Jerusalem enthielten sich jedes Kommentars.

»Das ist doch zum Verrücktwerden vor Lachen! All die betenden Menschen, wo ausgerechnet jetzt nichts Anbetungswürdiges mehr da ist! Nur dein komischer Spazierstock.«

Onno faltete die Zeitung zusammen.

»Gut. Wir haben die Zehn Gebote also gegen meinen Spazierstock eingetauscht, und du bringst sie zurück.« Über den Rand seiner Lesebrille sah er Quinten an. »Oder sind die beiden Steine vielleicht so etwas Ähnliches wie der Stab des Moses?«

»Wie kommst du denn darauf?« sagte Quinten empört.

Onno nickte und löffelte schweigend sein Ei aus.

»Aber ich nehme an, daß der Safe des Hotels Raphael nicht ihr letzter Bestimmungsort ist.«

»Natürlich nicht.«

»Ich habe nicht besonders gut geschlafen, wie du dir vielleicht vorstellen kannst, und ich habe versucht, mich in dich hineinzuversetzen – ich weiß, daß das unmöglich ist, aber warum sollte man nicht auch das Unmögliche versuchen –, und ich glaube, daß du sie genau dort hinbringen wirst, wo Titus sie seinerzeit abgeholt hat. Oder liege ich da falsch?«

»Keine Ahnung«, sagte Quinten. Er hatte noch nicht darüber nachgedacht – es würde sich schon irgendwie ergeben –, aber vielleicht war das wirklich eine gute Idee.

»Das wäre also die Stelle, an der der Tempel von Herodes gestanden hat.«

»Aber«, ergänzte Quinten, »dann wohl da, wo das Allerheiligste gelegen hat.«

Seufzend wischte Onno sich den Mund ab.

»Natürlich, man kann nicht genau genug sein. Dann ist also wieder Lernen angesagt. Ich hätte nicht gedacht, daß ich deinetwegen soviel mitbekommen würde.« Mit einem unerträglich quietschenden Geräusch schob er den Stuhl zurück und stand auf. »Ob wir die Szenerie einmal in Augenschein nehmen sollten?«

Quinten wunderte sich über die Initiative, die sein Vater plötzlich an den Tag legte. Es schien, als hätte er es eilig; vielleicht fand er es angebracht, nach dem, was jetzt in Rom ablief, allmählich einen Punkt hinter die ganze Angelegenheit zu setzen. Aber auch er war neugierig auf die Stelle, an der die Tempel gestanden hatten. Im Türrahmen zeigte Aron ihnen eine schmale Straße: immer geradeaus, dann kämen sie direkt zum Tempelberg Moriah, ein Spaziergang von zehn Minuten.

Nach der kühlen Nacht nahm die Hitze wieder zu. Die überfüllte Straße, die mit trocknender Wäsche beflaggt war wie alle Gassen im Mittelmeerraum, war der Anfang vom Suk: eine un-

unterbrochene Reihe winziger Geschäfte mit Andenken, Töpfer-
waren, bunten Stoffen, glänzendem Zuckerwerk, undefinierbaren
Werkstätten, Kupferschmieden, einem Friseur, aber vor allem
schreienden Kaufleuten, die den Touristen ihre Ware aufzuschwat-
zen versuchten. Alle zehn Meter drängten sich Männer mit Kopftüchern als Fremdenführer auf; wenn sie hörten, woher sie kamen,
riefen sie ausnahmslos auf niederländisch:

»Allemachtig achtentachtig!«

Onno blieb bei einem Laden mit Spazierstöcken mit primitiver
Holzschnitzerei stehen.

»Wenn ich diesen nähme –«, sagte er und zeigte auf einen Schlangenkopf. »Das wäre doch erst recht den Teufel versuchen.«

»Damit wäre ich in Jerusalem lieber vorsichtig.«

»Vierzig Schekel«, sagte der Händler und zog den Stock heraus.

Da Onno alle Stöcke gleich häßlich fand, schüttelte er den Kopf
und ging weiter. Aber der Mann folgte ihnen, und nach einigen
Schritten war der Preis auf dreißig Schekel gesunken, dann auf
fünfundzwanzig, auf zwanzig.

»Wart's ab«, sagte Onno, »gleich kriegen wir ihn umsonst.«

»Wenn wir einfach weitergehen, werden wir automatisch Million-
näre«, fügte Quinten hinzu und dachte kurz an den Hotelbesitzer,
der keine Ahnung hatte, daß sich sein Safe vorübergehend in die
Bundeslade verwandelt hatte und Saphir für eine Milliarde Gulden
enthielt.

Für zehn Schekel kaufte Onno einen schweren Stock mit unbe-
arbeitetem Griff, fast einen Knüppel, den der Kaufmann ihm
dienstbeflissen aus der Werkstatt holte. Erleichtert, wieder eine
Stütze zu haben, ging er weiter. Der Spaziergang hatte nun schon
eine Viertelstunde gedauert, aber ein Tempelberg war immer noch
nicht zu sehen. Bald wurde die Straße von Bögen überspannt, und
sie gelangten in den Schatten eines überfüllten, labyrinthischen
Basars, in dem keine Rede mehr von geradeaus sein konnte. Als
Quinten an einer Straßenecke nachsah, las er:

»Via Dolorosa.«

»Ach, das ist hier! Der Kreuzweg unseres Herrn und Heilands.«

Mit dem Stock zeigte Onno auf ein Relief über einer Kirchentür. »Das ist die Stelle der vierten Station, wo Jesus seiner Mutter begegnete. Aber«, sagte er und sah sich nach links und rechts um, »das bedeutet, daß am Ende dieser Route Golgotha ist, auf dem dann die Grabeskirche gebaut wurde; und am Anfang muß Pilatus' Burg Antonia stehen, wo die Heilige Treppe herstammt. Also müssen wir in diese Richtung, denn die Festung stand meines Wissens auch auf dem Tempelberg.«

Im gleichen Moment zog ihn Quinten plötzlich am Arm in ein Schmuckgeschäft.

»Was ist?«

»Da ist Tante Trees.«

Hinter einem Mann mit einem zusammengeklappten Sonnenschirm über dem Kopf ging sie inmitten einer Gruppe weißhaariger Damen vorbei, die sich alle so ähnlich sahen wie ihre geblümten Kleider. Gebückt folgte ihr Onno mit den Augen. Er verspürte so etwas wie Rührung.

»Die ist aber alt geworden«, sagte er leise, »dieser Hausdrachen. Aber immer noch so fromm. Sie steckt bestimmt gleich ihre Hand in das Loch, in dem das Kreuz Christi gestanden hat.«

»Oder hättest du ihr begegnen wollen?« fragte Quinten. »Sie hätte dich jetzt mit Sicherheit auch erkannt.«

»Ich weiß nicht so recht.« Stöhnend richtete er sich auf. »Ich habe keine Ahnung, was ich mit meinem Leben anfangen soll, aber ich kann auch nicht einfach weiterhin so tun, als wäre alles noch so wie früher. Dafür hast du gründlich gesorgt.«

Untertänig hielt ihnen der Verkäufer eine – wahrscheinlich unechte – Silberkette mit einem kleinen Davidstern hin. Onno sah in die Augen des kleinen Arabers, der ein Kippa aus feiner weißer Spitze trug.

»Das müssen wir wohl kaufen«, sagte er.

Er bezahlte den unsinnig hohen Preis, der verlangt wurde, und legte Quinten die Kette um den Hals. Quinten fühlte kurz daran und fragte:

»Darf man das denn tragen, wenn man kein Jude ist?«

»Nur, wenn dein Vater es dir geschenkt hat. Das steht bestimmt irgendwo im Talmud.«

Einige Häuser weiter kauften sie an einem Kiosk einen Stadtplan, der sie schnell auf den Weg zurück ins jüdische Viertel brachte. Der Übergang war an einer Art Grenze, die von Soldaten gebildet wurde, die auf beiden Seiten der Straße gelangweilt herumstanden. Als sie eine breite Treppe hinuntergingen, kamen sie kurz darauf wieder an einer Gruppe Soldaten vorbei; sie saßen auf Stühlen entspannt neben Funkgeräten mit langen Antennen im Schatten und hatten automatische Gewehre schußbereit auf dem Schoß.

»Gott und die Gewalt«, sagte Onno, »so ist das hier seit viertausend Jahren.«

Die Treppe machte einen rechten Winkel – und sie blieben stehen.

Die Situation erinnerte Quinten einen Moment lang an Venedig, als er aus dem Wirrwarr der Gassen auf die Piazza San Marco kam. Dort herrschten die Kunst, die Schönheit, der Wind, das Meer und schwebende Leichtigkeit, aber das hier, das war etwas anderes: es war nicht schön, es war erschlagend. Er hatte das Gefühl, als sei die Szene, die er sah, nicht nur dort, wo sie war, sondern auch in ihm wie der Kern in einer Frucht – wie gestern im Flugzeug das Wort *Testimonium*. Heiß wie ein Ofen tat sich ein großer Platz vor ihnen auf: voller Stimmengesumm, Trommelschlagen und exotischer, hoher trällernder Laute; er wurde auf der gegenüberliegenden Seite von der massigen gelben Klagemauer abgeschlossen. Sie trennte nicht wie eine Stadtmauer zwei Gebiete, sondern hatte eher den Charakter einer Felswand. Über dem Gelände erstrahlten die goldene und die silberne Kuppel, die er bereits vom Taxi aus gesehen hatte, und von dort war auch das elektronisch verstärkte Jammern eines Muezzin zu hören. In dieser Stadt lagen die Religionen nicht nur nebeneinander, hier waren sie aufeinandergeschichtet.

»Diese Mauer«, sagte Onno, »ist das einzige, was vom Tempelkomplex des Herodes übrig ist. Er hat dort oben auf dem Plateau gestanden. Soweit ich weiß, heißt sie nicht deswegen ›Klagemauer‹,

weil dort seit Jahrhunderten die Judenverfolgungen beklagt werden, Auschwitz und die Gaskammern, sondern die Verwüstung
des Tempels durch die Römer. Sie beten dort übrigens auch – das
wird dich interessieren –«, er warf einen unbehaglichen Blick auf
Quinten, »für seinen Wiederaufbau und die Rückkehr des Messias.«

Quinten sah nach oben. Hier und da saß ein Soldat mit einem
Gewehr auf der Mauer.

»Wie kommen wir dorthin?«

Schwindlig begann Onno die letzten Stufen hinabzugehen.

»Jetzt, wo ich einmal in Jerusalem bin, möchte ich mich zuerst
hier unten ein bißchen umsehen. Ist dir eigentlich klar, was dies
alles für *mich* bedeutet? Meine ganze Jugend über ist mir dieser
Hokuspokus eingetrichtert worden. Meine Schwester läuft hier
auch nicht von ungefähr herum.«

Die Stimmung am Fuß der Mauer war eher festlich als klagend.
Sperrgitter reservierten einen Teil des Platzes für Männer und
einen kleineren für Frauen; beim Eintreten in das Männerareal
bekamen sie ein Kippa aus Papier – vielleicht in Gefängnissen von
Palästinensern gefaltet – und mischten sich eine halbe Stunde lang
ins religiöse Getümmel. Über die ganze Breite der Mauer, in deren
Ritzen Unkraut wuchs, standen die Gläubigen mit dem Gesicht zu
den kolossalen Steinblöcken. Die beiden unteren Reihen hatten
sich von den Händen und Lippen, die über zwei Jahrtausende hinweg daraufgedrückt worden waren, braun verfärbt. Orthodoxe
Juden in wadenlangen Hosen mit runden Hüten und Schläfenlok-
ken verausgabten sich, während sie in Büchern lasen, in merkwürdig zuckenden Bewegungen wie Gliederpuppen; alte Männer mit
grauen Bärten saßen, ebenfalls lesend, mit dem Gesicht zur Mauer
auf Stühlen da. Als Quinten darauf zu achten begann, sah er, daß
sich alles um das Lesen zu drehen schien. Die Ritzen zwischen den
Steinen waren mit zahllosen zusammengefalteten Zetteln wie zu-
zementiert, auf denen Wünsche geschrieben standen.

»So ist es«, sagte Onno, »du befindest dich hier in der Welt des
Buches. Ich selbst stamme auch daraus. Vielleicht solltest du froh

sein, daß dir das alles erspart geblieben ist, vielleicht aber auch nicht.«

Hier und da standen Tische mit Büchern, in denen manchmal geblättert wurde; ab und zu nahm jemand ein Exemplar zur Mauer mit. Durch einen Steinbogen auf der linken Seite des Platzes machte Quinten einige Schritte in einen dunklen Raum, der ihn an seine Burg erinnerte und in dem noch viel mehr Bücher in Regalen standen. Plötzlich erschien aus dem Inneren eine kleine, ungeordnete Prozession: Männer in Gebetskleidung mit Tüchern über den Köpfen trugen eine aufgeklappte Holzkiste ins Licht. Sie enthielt zwei große Schriftrollen.

»Da hast du es, das ›jüdische Gesetz‹«, sagte Onno mit ironischem Nachdruck und sah Quinten von der Seite an. »Das ist die Thora.«

Quinten hörte den Unterton in seiner Stimme, ignorierte ihn aber. Die Rollen wurden unterwegs geküßt und berührt und dann zum Frauenareal gebracht, aus dem wieder diese hohen Trällerlaute aufstiegen. Es handelte sich um die Initiation eines etwa zwölfjährigen Knaben; Männer mit weißen Kippas und schwarzen Bärten wickelten ein geheimnisvolles Band um seinen nackten linken Arm, und auf seiner Stirn wurde ein merkwürdiger, siencefictionartiger Würfel befestigt, während ein patriarchalisch wirkender Rabbiner in einem goldfarbenen Talar aus der mitgebrachten Thora las. Ausgelassene Frauen und Mädchen warfen Bonbons über die Umzäunung.

»Was befindet sich in dem Würfel?«

»Text. Gebote.«

Quinten war eifersüchtig. Ihm hatte man nie soviel Aufmerksamkeit gewidmet. Warum diesem Jungen und nicht ihm? Nur weil er jüdisch war, und er selbst nicht? Dafür hatte er ganz allein etwas entdeckt, von dem der Junge und all die Leute hier nie zu träumen gewagt hatten!

»Wollen wir hinaufgehen?«

Auf der rechten Seite der Mauer führte ein asphaltierter Weg in einem leichten Bogen nach oben; vorbei an einer endlosen Reihe fotografierender und filmender Touristen gelangten sie zu einem Tor, wo Polizisten mit Maschinenpistolen über der Schulter alle Taschen durchsuchten. Größeres Gepäck mußte zurückgelassen werden.

»Siehst du, wie das hier läuft?« fragte Onno leise, während sie warteten, bis sie an der Reihe waren. »Auf allen Seiten steile Mauern mit schwerbewachten Toren. Unten ist der heiligste Ort der Juden, und hier oben ist seit mehr als tausend Jahren der dritte heilige Ort des Islam, wenn ich mich nicht irre, nach Mekka und Medina. Die Situation hier ist eine Art religiöse Atombombe: Wenn das aufeinanderprallt, wird die kritische Masse überschritten, und dann explodiert die ganze Welt. Die Israelis haben das vollkommen richtig verstanden, du wirst da nie durchkommen mit deinen Steinen, auch wenn niemand weiß, für was du sie in deinem grenzenlosen Optimismus hältst. Dieses sogenannte ›Zurückbringen‹ kannst du vergessen, denn hier hast du es nicht mit ein paar schläfrigen alten Patres aus Butter zu tun. Wenn du nicht Nebukadnezar oder Titus heißt, wirst du dir etwas anderes einfallen lassen müssen.«

Ungeduldig zuckte Quinten die Schultern.

»Ich werd's schon sehen.«

Er fühlte sich angespannt. Im Tor stand ein Tisch, an dem Frauen mit zu nackten Beinen knöchellange graue Röcke überziehen mußten; als er auf der anderen Seite aus dem Schatten des Torbogens trat, blieb er betroffen stehen und blickte über das ausgedehnte stille Tempelplateau. Die Atmosphäre der Abwesenheit erinnerte ihn für einen Moment an seine Wiese bei Groot Rechteren mit der rotbraunen Kuh, den beiden Erlen und den drei Findlingen. Hier waren nicht nur viel weniger Menschen als unten auf dem Platz, die Stille hatte auch einen merkwürdigen, wie abwartenden Charakter, wie die Sekunden, die zwischen Blitz und Donner verstrichen – oder war es nur die Erschöpfung an der Vergangenheit, an allem, was sich auf diesem Platz durch die Jahrhunderte hindurch an Religion, Mord und Verwüstung abgespielt hatte? Hundert Meter weiter lag nicht ganz in der Mitte auf einer erhöhten Terrasse eine breite Moschee in blendendblauen und

-grünen Farben: ein achteckiger Unterbau, gekrönt von einer goldenen Kuppel, die wie eine zweite Sonne vom wolkenlosen Himmel eingefaßt war. Auf der Spitze obenauf eine Mondsichel. In den Zypressen und Olivenbäumen, die hier überall aus dem Schatten der Kuppel ragten, tschilpten die Vögel; eine Seite der Terrasse bot eine weite Aussicht auf einen bewachsenen, mit Kirchen, Klöstern, Kapellen und Friedhöfen bedeckten Hügel.

Quinten warf einen Blick auf den Stadtplan und zeigte auf den Hang.

»Das ist der Ölberg.«

»Mein Gott«, sagte Onno, »auch das noch. Du hattest recht: alles existiert wirklich.«

Zögernd kam ein alter magerer Herr auf sie zu, der einen grauen Anzug, weißes Hemd und eine Krawatte trug; auf seiner Wange war ein winziger Wattebausch. Er räusperte sich kurz hinter vorgehaltener Hand, als hätte er lange nicht gesprochen, und sagte dann mit heiserer Stimme auf englisch:

»Mein Name ist Ibrahim, ich bin Dichter und wohne seit dreiundsechzig Jahren in Jerusalem. Mit mir erfahren Sie in einer Stunde mehr als ohne mich in einer Woche.«

Onno mußte lachen.

»Da wir keine Touristen sind, sind Sie genau derjenige, den wir brauchen.«

Ibrahim ging sofort an die Arbeit. Er drehte sich halb um und zeigte auf die große Moschee mit der silbernen Kuppel, in deren unmittelbarer Nähe sie sich befanden und die Quinten noch nicht aufgefallen war. Davor stand eine Gruppe arabischer Schulmädchen mit weißen Kopftüchern und mit Kleidern über ihren langen Hosen.

»Al-Aqsa«, sagte er.

»›Entferntester Punkt‹«, nickte Onno.

Verdutzt sah Ibrahim ihn an.

»Das wissen Sie?«

»Aber nicht, weshalb es so heißt. Entferntester Punkt wovon? Vom anderen Ende der Welt?«

»Der entfernteste Punkt, den der Prophet jemals erreicht hat. Eines Nachts schlief er bei der Kaaba in Mekka –«

»Was ist das?« fragte Quinten Onno unwillkürlich.

»Der heiligste Ort des Islam, aber erheblich älter als der Islam selbst. Ein großer Würfel mit einem schwarzen Stein: vermutlich ein Meteorit.«

»– als ein Pferd mit dem Gesicht einer Frau und dem Schwanz eines Pfaus ihn blitzschnell nach Jerusalem brachte. Unten an der Klagemauer band er es an und kam dann auf demselben Weg wie Sie hier herauf und unternahm seine nächtliche Reise zum Himmel.«

»Wir nehmen an, daß er das geträumt hat?« fragte Onno behutsam.

»Es gibt Gelehrte, die das annehmen«, nickte Ibrahim. »Es gibt aber auch Gelehrte, die annehmen, daß er zwar leiblich hierherkam, seine Himmelsreise jedoch eine Vision war.«

»Und Sie als Dichter, was nehmen Sie an?«

»Daß es natürlich keinen Unterschied zwischen Traum und Tat gibt«, sagte Ibrahim mit einem Lächeln. »Die Träume eines Dichters sind seine Taten.«

»Bravo, Herr Ibrahim!«

»Ist Mohammed genau von dieser Stelle aus aufgestiegen?« fragte Quinten und deutete mit dem Kopf auf die Moschee.

Ibrahim zeigte auf das Gebäude mit der goldenen Kuppel.

»Von dieser Stelle. Nicht aufgestiegen übrigens, sondern geklettert, auf einer Leiter aus Licht. Und er ist dort auch wieder heruntergekommen, und ehe es Tag wurde, hatte al-Buraq ihn wieder nach Mekka gebracht.«

»Der Blitz?« fragte Onno. »Auf einem Pferd hin und auf dem Blitz wieder zurück?«

»So hieß das Pferd: der Blitz.« Ibrahim machte eine einladende Geste. »Sollen wir die Moschee besichtigen? Dieses gotische Portal ist vor neunhundert Jahren von Kreuzfahrern angebaut worden; sie haben vorübergehend eine Kirche daraus gemacht, die sie Templum Salomonis nannten.«

Quinten warf einen desinteressierten Blick auf die Spitzbögen. »Und die jüdischen Tempel – wo haben die gestanden?«

Ibrahim zeigte wieder auf die goldene Kuppel.

»Dort.«

»Auch dort?« fragte Quinten mit hochgezogenen Augenbrauen.

Mit dunklen Augen sah Ibrahim ihn an und räusperte sich wieder.

»Dort ist alles.«

»Das ist viel, Herr Ibrahim«, sagte Onno.

»Sie wissen doch, was die Juden zu sagen pflegen: Juden übertreiben immer, Araber lügen immer – urteilen Sie selbst. Die Moschee findet offenbar nicht Ihr Interesse.«

An einem tief eingelassenen Becken für rituelle Waschungen und steinernen Liegestühlen vorbei gingen sie zu einer breiten Treppe, die etwa vier Meter zu einer Terrasse hinaufführte; am Ende der Treppe befand sich eine einzeln stehende Arkadenreihe aus vier verwitterten Bögen. Quinten kam der Kuppelbau immer abweisender vor, je näher sie kamen, wie ein Leuchtturm, der nur aus der Ferne gesehen werden will. Die untere Hälfte der Basis, die mit weißem Marmor verkleidet war, ging in bunte Fliesenornamente über und wurde am Dachsims von Koranversen in dekorativer arabischer Schrift verziert. Ibrahim erzählte, der Dom werde meistens für eine Moschee gehalten, sei jedoch ein Schrein, der im siebten Jahrhundert vom Kalifen Abd al-Malik gebaut worden sei – aber, dachte Quinten, als er sich am Eingang die Schuhe auszog, dann immerhin nach dem Entwurf eines christlichen Architekten, denn das Achteck des Unterbaus kam ihm nicht sehr mohammedanisch vor. Es hatte die Form der Taufkapellen, wie er sie in Florenz und Rom gesehen hatte; von Herrn Themaats Vorträgen wußte er, daß das mit dem ›achten Tag‹ zusammenhing: der Auferstehung Christi, die auch hier irgendwo in der Nähe stattgefunden hatte. Aber über dieses Gebäude hatte Herr Themaat ihm nie etwas erzählt.

In Strümpfen ging er auf den Teppichen hinein. Nach einigen Schritten blieb er stehen. Sein Atem stockte. Konnte es wahr sein, was er sah?

Ein Stein. In der Mitte des dämmrigen Raumes, innerhalb des Säu-
lenkreises, der die Kuppel trug, und umzäunt von einer Holzbalu-
strade, befand sich ein riesiger Fels, mannshoch, mit einer skur-
rilen Oberfläche. Während er den Stein betrachtete, spürte er die
Blicke seines Vaters, erwiderte sie jedoch nicht. Der leicht trapez-
förmige Stein war goldgelb wie ganz Jerusalem; offenbar war es
die Spitze des Tempelbergs. Wie schwer konnte etwas sein? Während der letzten drei Wochen war alles immer noch schwerer geworden: nach Venedigs Leichtigkeit die düsteren Fassaden von
Florenz, dann die versunkenen römischen Ruinen, vorhin die
enormen Quader der Klagemauer, und jetzt stand er Auge in Auge
mit dem Allerschwersten: dem Gestein der Erde – aber zugleich,
hatte Max ihm einmal erzählt, schwebte sie doch eigentlich schwerelos in einer Bahn um die Sonne.

Es war heilig hier – oder wurde dieses Gefühl nur dadurch verursacht, daß der Ort präsentiert wurde wie ein Edelstein in einer
Goldfassung? Konnte man auf diese Weise nicht aus allem etwas
Heiliges machen? Warum waren hier nicht mehr als zwei oder drei
Touristen? In der breiten Galerie auf der anderen Seite des Arka-
denkreises saßen hier und da mit abgewandten Gesichtern und in
langen weißen Gewändern, die auch den Kopf einhüllten, arabi-
sche Frauen auf dem Boden.

An einer Ecke der Balustrade war eine Empore in der Form eines
Turms, in der drei Barthaare des Propheten verwahrt wurden, wie
Ibrahim erzählte. Dann zeigte er auf eine Vertiefung im Stein und
sagte:

»Das hier ist sein Fußabdruck, als er sich für seine Nachtreise
abstieß. Und hier«, fuhr er fort und deutete auf einige breite Rillen
an der Seite, »sehen Sie die Fingerabdrücke des Erzengels, der den
Felsen zurückhielt, denn der wollte mit in den Himmel. Das war
Gabriel, wie Sie ihn nennen, der dem Propheten den Koran diktiert hat.«

Quinten ließ die Blicke über den Stein wandern.

»Und hier«, fragte er, »standen hier auch die Tempel von Salomo, Zerubbabel und Herodes?«

»Das nimmt man an.«

»Aber das kann doch ganz leicht festgestellt werden. Warum fangen die Juden hier in der Nähe nicht an, ein bißchen zu graben?«

Ibrahim legte die Stirn in ironische Falten.

»Weil unsere religiösen Autoritäten es nicht gerne sehen, daß die Juden hier in der Nähe ein bißchen graben.«

»Und das tun sie dann auch nicht?«

»Bisher nicht.«

»Man könnte es bis zu einem gewissen Grad sogar aus dem Neuen Testament beweisen«, sagte Onno auf niederländisch. »Erinnerst du dich an den Text in der Kuppel des Petersdoms: ›Du bist Petrus, und auf diesen Felsen werde ich meine Kirche bauen‹? Christus sagte das also vermutlich mit ganz bestimmten Betonungen: ›Du bist Petrus, und auf *diesen* Felsen werde *ich* meinen Tempel bauen‹. Das heißt«, er zeigte auf den Felsen, »im Unterschied zu dem Tempel auf diesem Felsen.«

Ibrahim wartete höflich, bis Onno fertig war. Quinten bemerkte, daß es ihm unangenehm war, ausgeschlossen zu werden, und während sie langsam im Uhrzeigersinn weitergingen, fragte er ihn:

»War hier das Allerheiligste?«

»Manche meinen das. Anderen zufolge war dies die Stelle des Brandopferaltars.« Er wies auf einen Lichtschein, der auf der anderen Seite aus dem Felsen kam. »Dort ist ein Loch im Stein, das in eine Höhle mündet; vielleicht floß durch dieses Loch das Blut der Opfertiere ab. In diesem Fall hätte das Allerheiligste weiter westlich gelegen.«

Quinten tastete unter sein Hemd nach dem Kompaß, wobei er zuerst seinen neuen Davidstern fühlte. Der Eingang, durch den sie hereingekommen waren, lag genau nach Süden, in einer Linie zur Al-Aqsa-Moschee, die auf Mekka ausgerichtet war. Westen war also in Richtung der Klagemauer, Osten in Richtung des Ölbergs. Auch in diese Richtung hatte der Bau Portale.

»Aber«, sagte er, während sie weitergingen, »Mohammed kam

für seine Himmelsreise doch bestimmt nicht an diesen Ort, weil hier die jüdischen Tempel gestanden haben?«

»Nein«, sagte Ibrahim lächelnd. »So liegen die Dinge noch immer nicht.«

»Aber warum dann?«

»Aus einem Grund, der in Zusammenhang mit dem Bau der jüdischen Tempel an diesem Ort steht.«

»Und der wäre?« fragte Onno. Es war, als übertrüge sich die inquisitorische Weise, wie Quinten wieder einmal alles ganz genau wissen wollte, auch auf ihn.

Leicht verwundert sah Ibrahim vom einen zum anderen.

»Das ist ja fast ein Kreuzverhör.«

»In der Tat«, sagte Onno dezidiert.

»Es gibt eine Fülle von Überlieferungen über diesen Ort«, sagte Ibrahim förmlich. »Reichen Ihnen vier? Die erste ist, daß König David auf diesem Felsen einen Engel stehen sah, der kurz davor war, Jerusalem zu vernichten. Als die Gefahr gebannt war, baute er hier einen Altar. Salomo, sein Sohn, errichtete hier daraufhin den ersten Tempel.«

»Und die zweite Überlieferung?«

»Die besagt, daß wiederum tausend Jahre zuvor der Erzvater Jakob hier von der Leiter träumte, an der die Engel auf und nieder stiegen.«

Onno hob einen Arm und rezitierte:

»›Und er fürchtete sich und sprach: Wie heilig ist diese Stätte! Hier ist nichts anderes als Gottes Haus, und hier ist die Pforte des Himmels.‹ Das war in unserer Sprache«, fügte er auf englisch hinzu.

»Schön«, sagte Ibrahim. »Hat Ähnlichkeit mit dem Arabischen. Genauso guttural.«

»Stimmt. Ihre Kollegen werden nicht müde, ›Allemachtig achtentachtig‹ zu sagen.«

Ibrahim sah ihn vorwurfsvoll an.

»Das sind nicht meine Kollegen«, sagte er mit einer Stimme, die plötzlich noch eine Idee heiserer klang.

Im selben Augenblick tat Onno seine Bemerkung leid. Vielleicht war Ibrahim tatsächlich ein Dichter, der als Fremdenführer seine Brötchen verdiente, und nicht ein Fremdenführer, der in seiner Freizeit gräßliche Gedichte schrieb.

Inzwischen waren sie um die nach Norden gelegene Schmalseite des Felsen gegangen, wo ebenfalls überall weißgekleidete Frauen saßen. Jeder Schritt und jedes Wort ließen Quinten weniger an der Tatsache zweifeln, daß hier das Allerheiligste gelegen hatte.

»Und warum«, fragte er, »schlief Jakob gerade hier?«

Ibrahim strich kurz mit der Hand über sein dünnes graues Haar.

»Weil hier noch früher noch etwas anderes geschehen ist. Hier ist nämlich außerdem die Stelle, an der sein Vater, Isaak, von seinem Großvater, Abraham, geopfert werden sollte.«

»Ach ja, warum auch nicht?« sagte Onno, wieder auf niederländisch.

»Aber im letzten Augenblick wurde er von einem Erzengel davon abgehalten.«

»Gabriel?« fragte Quinten.

Ibrahim machte eine zweifelnde Geste.

»Michael, wenn ich mich recht entsinne. Damals war der Fels in gewisser Weise also auch ein Altar: für Menschenopfer. Das war der Grund, weshalb der Prophet ausgerechnet hierherkam – oder besser: weshalb Gabriel ihn auf seinem Pferd ausgerechnet hierherbrachte. Als er ankam, wurde er an dieser Stelle von Abraham, Moses und Jesus begrüßt.«

»Ja«, sagte Onno, »wir glauben natürlich alles, was Sie sagen, aufs Wort, denn so sind wir nun mal. Aber so langsam bin ich doch gespannt auf die vierte Überlieferung, denn ich erkenne eine Steigerung in dem, was Sie sie uns da erzählen, Herr Ibrahim.« Er stockte kurz. »Was hört mein Ohr plötzlich aus meinem eigenen Mund? Ibrahim? Sind Sie nach Abraham benannt worden?«

Ibrahim machte eine leichte Verbeugung.

»Mein Vater hat mir diese Ehre angetan.«

Auf der Ostseite, wo der Stein niedriger war und eine Frau in Weiß mit dem Rücken zu ihnen betend in einer Nische saß wie ein Nachtfalter, blieb er stehen. »Jerusalem ist der jüdische Mittelpunkt der Welt«, sagte er und streckte den Arm aus, »aber schon von alters her war dieser Fels für die Juden die Mitte der Mitte.«

»Die Mitte der Mitte?« wiederholte Quinten mit großen Augen.

»Dieser Felsen«, sagte Ibrahim feierlich, »trug nicht nur die Tempel, den Juden zufolge ist er der Grundstein des gesamten Weltgebäudes. Hier hat die Schöpfung des Himmels und der Erde begonnen – von dieser Stelle aus wurde Licht.«

Der Big Bang, dachte Onno, schade, daß Max den greifbaren Beweis dieser Theorie nicht mehr erleben durfte – die Religion als religiöse Hintergrundstrahlung... Beunruhigt warf er einen Blick auf Quinten. Irgend etwas brütete in diesem Kopf, aber was immer es auch sein mochte, er, Onno, hatte von dieser Art Kriminalistik genug.

Ibrahim richtete sich jetzt nur noch an Quinten, vielleicht weil er den skeptischen Ausdruck auf Onnos Gesicht gesehen hatte.

»In diesem Stein kommen Himmel, Hölle und Unterwelt zusammen. Solange Gott hier gedient wird, hält der Stein die vernichtenden Wasser der Unterwelt zurück, die in den Tagen Noahs losgebrochen sind.«

»Aber es wird ihm hier doch gar nicht mehr gedient.«

»Nicht in der Art der Juden.«

Quinten seufzte tief. Jetzt stand absolut fest, daß hier das Allerheiligste gewesen war. Er war plötzlich noch einen Schritt weitergekommen als in *die Mitte der Welt* – er hatte seinen Traum eingeholt. Hier, in der Mitte der Mitte, hatte die Bundeslade gestanden, und später hatten auf diesem Felsen die Gesetzestafeln gelegen. Am liebsten wäre er hinaufgeklettert, um nachzusehen, ob Jeremia irgendwo eine Aussparung gemacht hatte, um sie dort hineinzulegen. Und im selben Augenblick sah er die Stelle, ganz nah, am Rande des Felsens, wo die weiße Frau betete: eine rechteckige Vertiefung von zwanzig auf fünfzig Zentimeter, in die die Tafeln genau hineinpaßten.

Ibrahim sah, wie er die Stelle fixierte:

»Das ist der Fußabdruck von Idris, dem biblischen Henoch.«

»Papa –«, sagte Quinten und zeigte darauf, ohne etwas zu sagen. Onno hatte sofort begriffen und verdrehte verzweifelt die Augen.

»Wann hörst du endlich einmal auf mit diesem himmelschreienden Unsinn, Quinten? Haben wir uns nicht schon genug Schwierigkeiten aufgehalst?« Plötzlich wurde er wütend. »Sieh doch endlich ein, daß du nur ollen Trödel aus Rom mitgebracht hast, ein Paar alte Dachziegel, und diese Vertiefung ist eher noch der Fußabdruck von Henoch als das, wofür du es jetzt hältst. Schuhgröße achtundachtzig!«

»Vielleicht ist es beides.«

»Quatsch, Quatsch, totaler Quatsch! Und jetzt will ich sofort weg hier, ich habe es satt. Wir gehen«, sagte er zu Ibrahim.

»Möchten Sie nicht auch noch die Höhle, die Quelle der Seelen –«

»Wir gehen.«

Onnos Ausfall ließ Quinten kalt. Er hatte die Gesetzestafeln in seinem Besitz, und sie hatten jahrhundertelang in diesem Loch gelegen, in der absoluten Finsternis des Debir, vollkommen unauffällig, ganz an der Seite. Als sie durch das östliche Portal hinaus in die Hitze und das blendende Licht auf den weißen Marmorplatten der Tempelterrasse traten, sagte er:

»Ich habe wirklich nicht vor, sie dorthin zurückzulegen.«

»Das würde dir auch nicht gelingen.«

»Das weiß ich nicht, aber dann würden sie am nächsten Tag von den Arabern gefunden, und das wäre vielleicht eine noch größere Katastrophe, als wenn sie die Juden in die Hände bekämen.«

»Es ist deine Sache, was du damit machst, ich will auf jeden Fall kein Wort mehr davon hören. Und ich wäre an deiner Stelle vorsichtig. Wenn du gerne von vor Wut schäumenden Muselmanen ermordet werden willst, dann mußt du hier etwas unternehmen. Du spielst mit dem Feuer, mein Freund!«

Ibrahim, der sich höflich im Hintergrund gehalten hatte, nahm seine Tätigkeit wieder auf und zeigte auf eine kleine silberne Kuppel, die unmittelbar vor dem Portal stand und von Gerüsten und einem Bretterzaun umgeben war. Das sei der Kettendom, so benannt nach einer Silberkette, die König David dort hineingehängt habe: ein Geschenk des Engels Gabriel; wenn man lüge, während man sie festhalte, falle ein Glied herunter. Onno hörte nicht mehr zu. Es interessierte ihn nicht mehr, aber Quinten warf einen kurzen Blick durch einen Spalt hinein. Der übernatürliche Lügendetektor war eine Miniaturausgabe des Felsendoms, jedoch rundum offen; der Boden war mit Scherben, kaputten Steinen, Felsbrokken, Werkzeug, zerdellten Dosen, Plastikflaschen und Lumpen übersät; in der Mitte stand eine elektrische Steinsäge. Niemand arbeitete. Nördlich der Felskuppel befanden sich einige weitere kleine Gebäude, aber auch er war nun der Meinung, jetzt genug gesehen zu haben. Er ging zu Onno, der oben auf der Osttreppe der Tempelterrasse im Schatten der Arkaden stand und über den Ölberg schaute.

Ibrahim war unermüdlich.

»Dort«, sagte er im Ton eines stolzen Besitzers und zeigte auf den Fuß des Hügels, »ist der Garten Gethsemane, wo Jesus Christus –«

»Ich weiß, ich weiß.«

»Da hinten ist das Grab seiner Mutter, und dort auf dem Gipfel – sehen Sie die kleine Kuppel? Dort ist er in den Himmel aufgefahren.«

Onno fühlte sich schwindlig und stützte sich schwer auf seinen Stock.

»Hoffentlich«, sagte er zu Quinten, »haben sie hier in Jerusalem irgendeinen Funktionär, der den vertikalen Verkehr regelt, um Staus zu verhindern.«

Quinten lachte, er war froh, daß der Wutanfall seines Vaters vorüber war, stellte aber Ibrahim gleich wieder die nächste Frage:

»Wissen Sie auch, wo das Lager von Titus war?«

Ibrahim drehte sich zur nördlichen Flanke des Ölbergs.

»Irgendwo dort. Die Eroberer von Jerusalem sind immer von Norden gekommen.«

Quinten sah sich um und entfaltete den Stadtplan. Das bedeutete, daß die Gesetzestafeln, die Menora und die anderen Gerätschaften auf demselben Weg aus dem Tempel getragen worden waren, hier die Treppe hinunter und dann durch das Kidrontal auf die gegenüberliegende Seite. In der Stadtmauer auf der Ostseite fiel ihm zwischen den Bäumen ein fremdartiges Torgebäude auf: es schien tief in die Erde eingesunken, hatte ein doppeltes Schiff und war gekrönt von zwei niedrigen Türmen mit flachen Kuppeln; die beiden Durchgänge waren zugemauert. Auf der Frontseite mit den Zinnen standen israelische Soldaten mit grünen Baretten.

»Was ist das für ein Tor?«

»Ah!« sagte Ibrahim und hob beide Hände. »Das Goldene Tor! Den Juden zufolge ist es das Tor, durch das Gott einst in ihren Tempel gekommen ist, um dort den Thron zu besteigen. Es muß geschlossen bleiben bis zur Rückkehr des Messias am Ende der Zeiten. Darum möchte jeder fromme Jude am liebsten dort am Hang des Ölbergs beerdigt werden.«

Mit dem Stock zeigte Onno auf die Soldaten auf dem Dach.

»Der Messias wird unverzüglich abgeknallt.«

Auf Ibrahims Gesicht zeigte sich ein schiefes Lächeln.

»Nicht nur das, der Messias hat noch ein zweites Problem. Auf der anderen Seite der Mauer befinden sich Moslemgräber, und die sind unrein, er darf nicht darübergehen.«

»So eine Gemeinheit«, sagte Quinten, »die dort anzulegen.«

»Da siehst du es mal wieder«, lachte Onno, »hier gehen sie über Leichen – oder gerade nicht, wie soll man das sagen?«

»Für die Christen«, fügte Ibrahim hinzu, »ist das Goldene Tor ein Symbol der Jungfrau Maria, durch die Jesus zur Welt kam, und die vor, während und nach seiner Geburt Jungfrau blieb: geschlossen, um es einmal so auszudrücken.«

Diese Bemerkung verunsicherte Quinten. Er warf einen scheuen Blick auf das geheimnisvolle Tor und dachte an seine Mutter; um sich Haltung zu geben, betrachtete er den Stadtplan, den er noch aufgeschlagen in Händen hielt. Plötzlich fiel ihm auf, daß der ganze Tempelplatz und die erhöhte Terrasse mit dem Felsendom die Form eines Trapezes hatten. Er wies seinen Vater darauf hin.

»Was ist denn daran so besonders?«

»Na, daß der Stein von vorhin auch ein Trapez ist.«

»Ja«, sagte Onno, »das ist dann wohl so.«

Quinten wußte auch nicht, was er davon halten sollte. Hatte der Felsen Modell für die Terrasse und den Platz gestanden? Auch die Piazza San Marco in Venedig hatte die Form eines Trapezes, das hatte ihm besonders gut gefallen. Hatten alle trapezförmigen Dinge durch diese Form etwas miteinander zu tun? Die Kugel, der Kreis, das Achteck, das Quadrat, die Ellipse, das Rechteck, das Dreieck, der Würfel, die Pyramide – all die Figuren, mit denen Herr Themaat ihn vertraut gemacht hatte, was war ihre eigentliche Botschaft? Was waren sie eigentlich? Gab es sie irgendwo in Reinform? Vielleicht dort, woher auch die Musik kam? Er schaute wieder auf die Karte und bemerkte, daß genau in der Mitte des Tempelplatzes nicht der Felsendom, sondern der Kettendom stand.

»Um ganz ehrlich zu sein«, sagte Onno, während er seine Blicke über den Ölberg, den Berg Skopus und den Berg Zion schweifen ließ, »macht mich die ganze Metaphysik hier allmählich krank. Es wird übrigens viel zu heiß. Was würdest du davon halten, wenn wir den Bus nehmen und im Westen, in der Neustadt, etwas trinken? Dort kann uns nichts passieren, glaube ich.« Er drehte sich um. »Wo ist unser Dichter geblieben? Wir müssen ihn noch bezahlen.«

»Da geht er.«

Sie sahen gerade noch, wie Ibrahim mit den Händen auf dem Rücken, den Kopf ein wenig geneigt wie ein englischer Gentleman, über die Nordtreppe der Tempelterrasse verschwand.

64
Chawah Lawan?

An einer belebten Kreuzung stiegen sie aus und überquerten die Straße; in einer Einkaufspassage wurde in einem schattigen Straßencafé gerade ein Tisch frei.

»So«, sagte Onno und rieb sich den linken Oberschenkel, »hier können wir uns endlich normal unterhalten.«

Die Priester und Orthodoxen waren aus dem Straßenbild verschwunden, sogar die Touristen hatten einkaufenden Frauen, Arbeitern und Schülergruppen Platz gemacht. Obwohl nicht ein einziger Araber zu sehen war, saßen auf dem Rand eines Pflanzenkübels männliche und weibliche Soldaten in voller Bewaffnung.

»Wie kommt es«, fragte Quinten, »daß dieser Ibrahim soviel über die biblischen Figuren wußte? Die Mohammedaner haben doch den Koran?«

Onno sah ihn einige Sekunden lang an.

»Ist es das, was du unter ›sich normal unterhalten‹ verstehst?«

»Was ist daran denn so anormal? Es ist doch einfach eine Frage? Und das gibt es doch alles!«

»Gut, ich werde dir antworten«, sagte Onno ruhig. »Die Bibel und der Koran sind zu einem großen Teil deckungsgleich. Dem Islam zufolge besitzt Allah im Himmel die Originalausgabe der Heiligen Schrift; die Thora und die Evangelien sind tendenziöse Editionen und Fälschungen davon; nur der Koran ist eine korrekte Kopie.« Nickend sah er Quinten an. »Ja, man muß sich nur trauen, den Großvater und Vater zum Sohn und Enkel auszurufen. – So.

Und könnten wir nun vielleicht einmal das Thema wechseln? Oder hast du gar kein Organ mehr für die alltägliche Wirklichkeit?«

»Das hier *ist* für mich die alltägliche Wirklichkeit.«

»Das befürchte ich auch. Aber hast du nie das Gefühl, daß das für andere Leute auf die Dauer manchmal ganz schön ermüdend sein kann?«

»Vom Nachdenken und Lernen wird man doch wohl nicht müde? Ich werde nur müde, wenn ich mich langweile.«

»Zugegeben«, sagte Onno, »Langeweile hat in deiner Gegenwart wenig Chancen.« Er sah sich um. »Du hast natürlich recht, es existiert alles, aber nicht alles existiert auf dieselbe Weise. Hast du eigentlich schon mal den Gesprächen anderer Leute zugehört? Hier an diesem Ort kannst du sie jetzt nicht verstehen, aber Menschen unterhalten sich meistens über Menschen über ihre Verwandten und Bekannten, oder über Menschen – bei der Arbeit, Menschen in der Politik und im Sport, und meistens über sich.«

»Und wenn *ich* jetzt mal todmüde würde von diesem Geschwätz? Wenn sie sich über Dinge unterhalten, geht es fast immer um Dinge, die man besitzen kann, wie Autos oder Geld. Ich rede nie über Menschen, und auch nicht über mich, und auch nicht darüber, was ich besitze.«

»Nein, du redest über Trapeze, über heilige Steine – und dann geht es dir nicht um die Steine, sondern um ihre Heiligkeit, um das, was sie bedeuten. Dir geht es nur um Bedeutungen und Zusammenhänge. Ich gebe zu, daß du das vielleicht mir zu verdanken hast, denn das Konkrete ist auch nicht gerade meine Stärke; aber so abstrakt wie bei dir geht es bei mir dann doch nicht zu. Hast du dir den Felsen vorhin eigentlich richtig angesehen? Weißt du, aus was für einem Gestein er ist? Granit? Kalkstein?«

»Warum sollte ich ihn mir richtig anschauen, wenn er nichts bedeutet? Es gibt so viele Felsen.«

»Merkst du eigentlich gar nicht, was du da sagst? Wenn ein Fels etwas bedeutet, hast du es nicht nötig, ihn genau anzuschauen, und wenn er nichts bedeutet, erst recht nicht. Du brauchst also nie etwas genau anzuschauen. Bist du eigentlich von dieser Welt?«

Quinten antwortete nicht. Niemand wußte, wer er war – auch er selbst nicht. Und was war »diese Welt«? Die bolzenden Jungen in Westerbork, die waren von dieser Welt, aber das Gefühl, das sie hatten, wenn sie ein Tor schossen, hatte er nur, wenn ihm etwas Interessantes einfiel. All die Menschen hier, die sich wie die beiden weißhaarigen Damen am Nebentisch über andere Menschen oder über Dinge unterhielten, die man besitzen konnte, damit hatte er nichts zu tun. Sollte er deshalb vielleicht ins Kloster? Passionist werden? Sich an der Klagemauer ein schwarzes Band um den Arm wickeln lassen? Er dachte an seinen eigenen Besitz, an die beiden Gesetzestafeln, von denen er immerhin wußte, daß sie aus Saphir waren – das *Testimonium*, das zugleich auch wieder nicht sein Besitz war und das er heute oder spätestens morgen irgendwie aus der Hand geben würde. Danach hatte er hier nichts mehr zu suchen, auch nicht in einem Kloster. Gestern, in der Francis Bacon –

Seine Gedanken wurden von einem Mädchen unterbrochen, das die Bestellung aufnehmen wollte. Er zeigte auf den Nachbartisch, an dem die alte Dame, die mit dem Rücken zu ihm saß, ein orangefarbenes Getränk vor sich stehen hatte.

»Was ist das?«

»Möhrensaft.«

»Möhrensaft? Habe ich noch nie getrunken.«

»Nehmen wir«, sagte Onno. »Möchtest du etwas essen? Wie spät ist es?«

»Viertel vor zwölf. Ich habe keinen Appetit.«

Nachdem Onno sich eine Tasse Kaffee bestellt hatte, fragte er:

»Wollen wir nachher zum Postamt gehen und Oma Sophia anrufen? Das hatten wir uns im Sancta Sanctorum vorgenommen.«

»Und willst du ihr dann alles erzählen?«

»Ach was! Das würde vermutlich nur einen Kurzschluß in der Telefonzentrale verursachen. Nur ein Lebenszeichen geben. Ich weiß ja nicht, was du noch alles vorhast, aber es wird wohl darauf hinauslaufen, daß wir auch mal wieder zurück in die Niederlande fahren.«

»Ja?« fragte Quinten. »Und dann?«

Onno seufzte.

»Keine Ahnung. Als ich vorhin Tante Trees in der Via Dolorosa sah, war das für mich ein Zeichen, daß sich die Welt wieder auf mich zubewegt. Aber was soll ich da? Für dich ist das kein Problem, du bist siebzehn, dir stehen noch alle Möglichkeiten offen; aber ich habe keinen einzigen Bezugspunkt mehr. Ich bin eigentlich nur noch eine Art wandelnder Turm von Babel. Was fängt so jemand an? In unserer Verwandtschaft werden sie alle uralt, aber ich kann doch nicht noch vierzig Jahre lang in der Welt herumirren.«

Er hatte den Stock zwischen die gespreizten Beine gestellt, die Hände ruhten auf dem Griff; er stützte das Kinn darauf und beobachtete die Passanten. Quinten kam Onnos Einstellung viel zu senil vor, und er fragte ihn:

»Warum fängst du nicht etwas ganz Neues an?«

»Etwas ganz Neues – dann nenn mir mal was ganz Neues.«

»Oder etwas ganz Altes«, sagte Quinten. »Was wolltest du als kleiner Junge werden?«

Onno legte die Wange auf die Hände und sah Quinten nachdenklich an.

»Was wollte ich als kleiner Junge werden –«

»Ja. Das allererste, das du werden wolltest.«

»Das allererste, das ich werden wollte«, wiederholte Onno mit einem singenden Ton in der Stimme wie bei einer Litanei. Er hob den Kopf. »Puppendoktor.«

»Puppendoktor?« wiederholte Quinten nun seinerseits. »Was ist denn das?«

»Das ist jemand, der kaputte Puppen repariert.« Seit fast einem halben Jahrhundert hatte Onno nicht mehr daran gedacht, aber jetzt, da er es sagte, begriff er plötzlich, daß das etwas mit seiner Mutter zu tun hatte, die ihn jahrelang als Mädchen ausstaffierte.

»Na bitte«, sagte Quinten, »dann wirst du eben Puppendoktor!«

Im selben Augenblick sah Onno sich in einem kleinen Laden in einer engen Seitengasse der Amsterdamer Innenstadt, wie er, umgeben von Regalen mit Hunderten rosa glänzender Puppen, kaputte Augen reparierte und neue Mama-Stimmen einbaute.

»Ich werde mal darüber nachdenken«, sagte er. »Was hat Lazarus getan, nachdem er von den Toten erweckt wurde?«

»Steht das nicht in der Bibel?«

»Ich glaube nicht. Ich kann mich vage an eine Legende erinnern, die besagt, daß er nach Marseille ging und dort der erste Bischof wurde.«

»Vielleicht ist er den Leuten ständig mit seinen Erfahrungen mit dem Tod auf die Nerven gegangen.«

»Dann würden wir sicher etwas darüber wissen. Wenn du mich fragst, hat er nie darüber gesprochen.« Er wandte Quinten den Kopf zu. »Sowenig wie ich jemals über eine bestimmte Erfahrung sprechen werde.« Als Quinten nicht reagierte, sagte er: »Auf jeden Fall brauchen wir in Amsterdam ein Dach über dem Kopf. Die ersten paar Wochen können wir in einem Hotel wohnen, aber dann muß ich etwas mieten oder kaufen. Ich werde nachher gleich Hans Giltay anrufen. Der wird sich auch wundern.«

Quinten wußte, daß er nicht mitgehen würde, aber das konnte er nicht sagen. Nicht weil er es nicht wollte, sondern weil es einfach nicht passieren würde. Was sollte er antworten, wenn sein Vater ihn nach dem Grund fragte? Er wußte es nicht.

»Tante Dol hat gesagt, daß deine Sachen in Rotterdam im Hafen gelagert sind.«

»Davon will ich nichts mehr haben«, sagte Onno sofort, während zugleich die dunkelbraune, mit den schönen Goldschnitzereien geschmückte Kampferkiste vor seinen Augen erschien, in der seit siebzehn Jahren Adas Kleider lagen.

»Mamas Cello«, sagte Quinten, »steht jetzt in meinem Zimmer auf Groot Rechteren.«

Onno nickte und schwieg.

Das Mädchen kam mit der Bestellung, Quinten nahm einen Schluck von seinem Möhrensaft, und zu seiner Verwunderung schmeckte er tatsächlich nach Möhren – oder besser: er schmeckte den Möhrengeschmack, ohne mit lautem Knacken in eine Möhre gebissen zu haben. Er wollte es seinem Vater sagen, sah dann aber, daß auch er verwundert schien.

»Schau dir das an«, sagte Onno und zeigte auf das dunkelbraune Plätzchen aus Mandeln und gebranntem Zucker, das neben dem Kaffee auf der Untertasse lag. »Ein Mandelkeks! Weißt du noch? Die es immer bei Oma To gab. Die im Mund so krachen.« Behut-

sam nahm er das runde braune Plätzchen zwischen die Finger, hob
es mit zwei Händen hoch wie ein Priester die Hostie, und es lag
ihm auf den Lippen zu sagen: »Mutter! Hoc est enim corpus
tuum!«, aber er rief nur begeistert: »Ein Mandelkeks!«

Doch die Verwunderung griff noch weiter um sich. Am Nachbartisch waren die beiden alten Damen gerade dabei zu gehen; die
eine wartete bereits auf der Straße, die andere – in einem rahm-
weißen Kleid mit halblangen Ärmeln – bezahlte und wandte kurz
ihren Kopf um.

»Ein ›Mandelkeks‹«, sagte sie mit starkem hebräischem Akzent
auf niederländisch, »das Wort habe ich schon lange nicht mehr gehört.«

Quinten sah sie nicht direkt an, seine Aufmerksamkeit wurde
von der blauen Nummer auf ihrem faltigen Unterarm gefesselt:
31415. Als auch sie gegangen war, öffnete Onno den Mund, um etwas zu sagen, aber Quinten kam ihm zuvor:

»Hast du die Nummer auf ihrem Arm gesehen? Ich dachte immer, daß sich nur der Pöbel tätowieren läßt.«

Einige Sekunden lang sah Onno Quinten starr in die Augen.

»Hatte sie eine Nummer auf dem Arm?« fragte er, als könne er
nicht glauben, was er gehört hatte.

»Drei eins vier eins fünf. Was ist mit dir? Du schaust so komisch.«

Onno begann zu zittern, wobei er das Gefühl hatte, daß das Zittern aus seinem Stuhl kam, aus der Erde, wie bei einem beginnen-
den Erdbeben. Er ließ Quintens Blick nicht los.

»Was ist denn, Papa?« fragte Quinten beunruhigt. »Warum sagst
du nichts?«

Was er gesehen und was Quinten nicht gesehen hatte, war die
Farbe ihrer Augen – dieses unbeschreibliche Lapislazuli, das er in
seinem ganzen Leben nur einmal bei einem Menschen gesehen
hatte: bei Quinten. Er hatte ihm sagen wollen, daß sie dieselben
Augen habe wie er, aber als Quinten von der Tätowierung sprach,
von dieser Auschwitznummer, verursachte das in seinem Kopf sofort einen Kurzschluß. Sah er Gespenster? Er wollte nicht denken,
was er dachte, es war zu schrecklich, aber nicht zu übersehen, er

versuchte, es zu verdrängen, es zu packen und zu zertrampeln wie eine Hornisse; aber es war da und wich nicht aus. Er mußte darüber nachdenken, es kaputtdenken, jetzt sofort, aber nicht mit Quinten in seiner Nähe, er mußte allein sein. Nie durfte Quinten erfahren, um was es ging. Mit Schwung stand er auf und klammerte sich an seinen Stuhl.

»Ich will weg, ich gehe ins Hotel. Bleib ruhig hier, ich sehe dich nachher.«

Quinten stand ebenfalls auf.

»Es ist doch nichts mit deinem Kopf? Soll ich einen Arzt rufen?«

»Es ist nichts mit meinem Kopf – das heißt – frag bitte nichts mehr.«

»Ich gehe mit dir.«

Quinten bezahlte bei dem Mädchen, das gerade den Tisch der beiden Damen abräumte, und nahm Onno am Arm. Am Ende der Einkaufspassage hielt er ein Taxi an und half ihm beim Einsteigen. Während der kurzen Fahrt sprachen sie nicht; er spürte, daß sein Vater einen Kampf führte, den er nicht verstand. Hatte er wieder einen leichten Schlaganfall gehabt und wollte es nicht wahrhaben? Auf jeden Fall durfte er ihn nicht allein lassen. Entlang der Altstadtmauer fuhren sie wieder zum Jaffator und stiegen an dem Platz aus, der ihnen so vertraut war, als würden sie schon seit Wochen hier wohnen.

»Führer gefällig? Führer gefällig? Woher kommen Sie?«

Aron kam aus dem kleinen Büro und legte die Schlüssel auf den Tisch mit einem Gesicht, das zu sagen schien, daß nichts auf der Welt ihn noch wunderte, da alles nun einmal so war, wie es war, und immer so sein würde, wie es sein würde. Über winklige Treppen, die von verwahrlosten Gängen mit ein paar Stufen nach oben und unten unterbrochen wurden, erreichten sie ihre rückwärtigen Zimmer im dritten Stock. Quinten schloß Onnos Tür auf und gab ihm den Schlüssel.

»Ich bin nebenan«, sagte er. »Wenn du mich brauchst, ruf mich einfach.«

»Du brauchst meinetwegen nicht im Hotel zu bleiben. Geh ruhig in die Stadt, es gibt genug zu sehen. Bis nachher.«

»Ruh dich ein bißchen aus.«

Als Onno schon im Zimmer stand, drehte er sich noch einmal um, und sie sahen einander an, als ob jeder noch auf ein Wort des anderen wartete.

Im Zimmer legte sich Onno sofort aufs Bett, warf den Stock neben sich auf den Boden, schloß die Augen und faltete die Hände über der Brust. Kaum lag er so aufgebahrt da, kamen seine Gedanken wieder in Fahrt.

Er sah sie wieder vor sich, wie sie sich zu ihm umwandte. »Ein ›Mandelkeks‹ – das Wort habe ich schon lange nicht mehr gehört.« Diese einzigartigen Augen – 31 415 – wie alt war sie? Ende Siebzig? Fast achtzig? War das Undenkbare tatsächlich denkbar? Hatte er Max' Mutter gesehen? Eva Weiß? Konnte es wahr sein, daß sie noch lebte? Er versuchte, sich an ihr Hochzeitsfoto zu erinnern, das in Max' ›Ehrenregal‹ auf Groot Rechteren auf dem Kaminsims gestanden hatte. Es war aus den zwanziger Jahren und also schwarzweiß gewesen, doch er erinnerte sich nur, daß Max die Augen seines Vaters und den Mund seiner Mutter gehabt hatte. Auch Nr. 31 415 hatte eine ausgeprägte Nase, aber das war in dieser Gegend nichts Besonderes, weder bei den Juden noch bei den Arabern; ihr Mund hatte vielleicht die Maxsche Sinnlichkeit bewahrt. Wenn es stimmte, dann mußte er auch die – unvorstellbare – Konsequenz akzeptieren. Dann war Quinten nicht sein Sohn, sondern der Sohn von Max. Dann hatte Ada ihn mit Max betrogen. Dann hatte Max ihre Freundschaft verraten. Er widerte sich selbst an. Was waren das für Hirngespinste? Angenommen, Max' Mutter hätte Auschwitz überlebt, dann wäre sie doch sofort in die Niederlande zurückgekommen, um ihren Sohn ausfindig zu machen, und über das Rote Kreuz hätte sie ihn im Nu bei dieser Pflegefamilie gefunden! Aber das waren Katholiken – war es denkbar, daß es ihnen in diesen wirren Zeiten gelungen war, Max irgendwie zurückzuhalten, weil er sonst jüdisch erzogen worden und seine

Seele der Ewigkeit verlorengegangen wäre? So etwas war vorgekommen, in einem Fall sogar mit der Entführung in ein Kloster.
Nein, er erinnerte sich, wie Max ihm erzählt hatte, daß er sich vor
dem Essen nicht einmal hatte bekreuzigen müssen. Eine andere
Möglichkeit war, daß die Deutschen ihr erzählt hatten, ihr Sohn sei
in ein Vernichtungslager deportiert worden, genau wie ihre Eltern.
In den Niederlanden hatte sie sich dann erkundigt, ob sie überlebt
hatten, und abschlägigen Bescheid erhalten. Aber ihr Sohn war nur
deshalb nicht zurückgekehrt, weil er nie deportiert worden war.
Vielleicht hätte sie das beim staatlichen Institut für Kriegsdokumentation herausfinden können, die Administration lag während
des Krieges in den Händen des Jüdischen Rates; da sie jedoch
jahrelang in der Überzeugung gelebt hatte, daß auch er nach Polen
gebracht worden war, kam sie gar nicht auf die Idee. Somit hatte sie
in den Niederlanden nichts mehr zu suchen gehabt und war nach
Israel emigriert. Aber, Moment mal, Max' Pflegeeltern hatten sich
ihrerseits doch sicher erkundigt, ob seine Mutter zurückgekehrt
war, und hatten offenbar ein Nein zu hören bekommen! Wie war
das möglich? Alles war jederzeit möglich. Vielleicht hatten sie sich
nach *Eva Delius* erkundigt, während Max' Mutter sich als *Eva
Weiß* hatte registrieren lassen, weil sie das Wort ›Delius‹ nicht mehr
über die Lippen brachte. Wenn das so war, mußte es bei der Kriegs-
dokumentationsstelle noch in Erfahrung zu bringen sein. Und
dennoch: es konnte alles auch ganz anders gewesen sein, mit Logik
war die Wirklichkeit nicht zu rekonstruieren; er mußte einfach versuchen dahinterzukommen, ob diese Frau von vorhin Eva Weiß gewesen war. Das sollte doch wohl möglich sein, so groß war Israel
nicht. Aber wenn sie es tatsächlich war, dann hatte sie ihren Namen
vermutlich hebräisiert und hieß jetzt Chawah Lawan. Außerdem
war sie 1945 noch keine vierzig Jahre alt gewesen; eine so attraktive
Frau mit so auffallend schönen Augen hatte auf jeden Fall wieder
geheiratet, und inzwischen war sie vielleicht verwitwet und trug
einen anderen Namen. Er mußte also sofort zum Standesamt und
zum Holocaustmuseum Yad Vashem, wo all die Millionen von
Toten dokumentiert waren; vielleicht hatten sie dort auch die deut-

sche Nummernregistratur aus Auschwitz. Aber er blieb liegen, er blieb in seinem heißen kleinen Zimmer ohne Klimaanlage liegen. Hatte sie noch ein Kind bekommen? Wahrscheinlich nicht. Ihr einziger Sohn war nun tatsächlich tot – hatte sie vorhin neben ihrem einzigen Enkel gesessen? Hatte Quinten neben seiner Großmutter gesessen? Er ertappte sich dabei, wie er sich an diese Spekulationen klammerte, um das Wichtigste zu umgehen. Mit geschlossenen Augen runzelte er die Brauen. War Max dazu imstande gewesen? Natürlich, Max war zu allem imstande; für Frauen hätte er sogar Gott verraten. Aber Ada? Er dachte an die Nacht in Havanna vor fast achtzehn Jahren, als nach ihrer Berechnung Quinten gezeugt worden war. Abends spät ihr Schemen in der Tür seines Hotelzimmers – woher kam sie? Er machte die Augen auf. Verdammt, da war es! Sie war mit Max am Strand gewesen, ohne ihn, und er betrog sie gerade mit María, der revolutionären Witwe – das heißt: er hatte sich von ihr verführen lassen, so wie Ada ihn in derselben Nacht verführt hatte, was völlig gegen ihre passive Natur war! Er setzte sich auf, ein Fetzen der Matthäuspassion tauchte in ihm auf, in der Ada mitgespielt hatte: *»Was dürfen wir weiter Zeugnis...?«* Hatte sie mit Max eine Art Wiederholungsübung veranstaltet, eine etwas zu aktiv ausgefallene Nostalgie, von der sie sich bei ihm reinwaschen wollte, sich aber in Wirklichkeit mit María besudelt? Max war in diesem Fall der Stärkere gewesen. Sie konnte nicht schwanger werden, sie nahm die Pille, aber sein Samen war ebenso unverfroren wie er selbst und hatte darauf keine Rücksicht genommen. Das erklärte eigentlich alles! Monatelang mußte er in der Angst gelebt haben, daß das Kind ihm ähnlich sehen würde, und sein Angebot, es aufzuziehen, war nicht einfach ein Freundschaftsdienst gewesen, sondern eine Buße – und insofern eben doch wieder ein Freundschaftsdienst. Damit hatte er ihm, Onno, ein Schuldgefühl aufgeladen, weil er seinen eigenen Sohn nicht großzog, der vielleicht gar nicht sein leiblicher war und den er dann später vollkommen im Stich gelassen hatte! Mit abgewandtem Kopf sah er aus dem Fenster in den blauen Himmel, in dem das unsichtbare Geräusch von Kirchenglocken und gurrenden Tauben hing. Was nun?

Wenn das alles stimmte, war die alte Dame Eva Weiß. Vielleicht stimmte es aber auch nicht. Hatte Max gewußt, daß Quinten sein Sohn war? Quinten sah keinem von ihnen ähnlich, aber vielleicht hatte Max dennoch irgendeine Ähnlichkeit entdeckt? Wußte Sophia vielleicht auch Bescheid? Die beiden hatten doch etwas miteinander gehabt! Oder vielleicht hatte Sophia etwas entdeckt, etwas Unauffälliges, eine seltsame Kleinigkeit, aber nie mit ihm darüber gesprochen. Und da sie auch vor ihm, Onno, nie ein Wort darüber verloren hatte, würde sie das auch jetzt nicht tun. Zumal dieses Wissen niemandem etwas nützte, Quinten am allerwenigsten. Jahrelang hatte er seinen Vater gesucht und ihm vielleicht jeden Abend bei Tisch gegenübergesessen, und der hatte die ganze Zeit auch tatsächlich als sein Vater fungiert. Die einzige, die Freude an alldem haben würde, war Chawah Lawan. Die Nachricht, daß ihr Sohn nicht mit neun Jahren vergast, sondern ein führender Astronom geworden war, der unlängst erst im Alter von einundfünfzig Jahren gestorben war, würde sie vermutlich in eine seltsame Stimmung aus Freude und Verzweiflung stürzen; vielleicht hatte sie die Meldung seines phantastischen Todes ja sogar hier in der Zeitung gelesen, aber ohne seinen Namen, nur mit dem Hinweis auf einen »niederländischen Astronomen in Westerbork«, denn unbedingt berühmt war er nicht gewesen. Aber wenn sie die Nachricht überlebte, würde sie danach in die Augen ihres Enkels blicken wie in einen Spiegel. Er konnte die Wahrheit nur herausfinden, indem er die Identität dieser Frau mit der Nummer 31415 feststellte – und vielleicht war das heutzutage auch auf medizinischem Wege möglich. Er hatte jahrelang keine Zeitungen gelesen, aber es würde ihn nicht wundern, wenn die ganze DNS-Forschung mittlerweile zu zuverlässigen Tests geführt hätte. Aber dann würde auch Quinten Blut oder Speichel hergeben müssen, und schon das hätte eine vergiftende Wirkung auf ihn, auch wenn nach diesem Test herauskäme, daß er, Onno, eindeutig der Vater war. Und außerdem: Wollte er es wirklich wissen? Nach der Katastrophe mit Ada, Helgas Tod und seinen politischen und wissenschaftlichen Niederlagen hätte er dann schlußendlich auch keinen Sohn mehr.

War es in diesem Fall nicht besser, die Augen der Jerusalemer Dame aus seiner Erinnerung zu verbannen? Was war die Wahrheit? Wenn er nichts unternahm, würde nie jemand sonst auf diese unselige Idee kommen und alles würde so bleiben wie bisher: Quinten behielte den Vater, den er gesucht und gefunden hatte, und er selbst hatte einen Sohn, und zwar so, wie Max ihn all die Zeit über gehabt hatte: seinen und doch nicht seinen –

Er schwenkte die Beine vom Bett herunter, nahm seinen Stock und stand auf. Quinten machte sich sicher immer noch Sorgen. Er würde ihm sagen, daß er auf dem Tempelberg vielleicht einen leichten Sonnenstich bekommen habe, aber jetzt sei alles wieder in Ordnung.

65
Der Gesetzesnehmer

Nachdem Quinten Onno auf sein Zimmer gebracht hatte, war er auf sein eigenes nebenan gegangen. Auch an seinem Türpfosten befand sich ein weißes Röhrchen, eine Mesusa, das seinem Vater zufolge ein zusammengerolltes Stück Pergament mit Geboten aus der Thora enthielt. Er berührte es kurz, schloß die Tür hinter sich und legte mechanisch die kleine Kette davor.

Im Zimmer war es stickig und heiß. Er zog sich aus, warf seine Kleider aufs Bett, legte die Uhr und den Kompaß auf das Waschbecken und machte sich frisch. Das Fenster stand offen, aber niemand konnte ihn sehen; auf der Rückseite des Hotels lag ein Innenhof, der auf drei Seiten von viel niedrigeren Gebäuden eingefaßt war. Ohne sich abzutrocknen schlang er sich ein Handtuch um die Hüften, kniete sich vor dem Fenster auf den Boden und verschränkte die Arme auf der Fensterbank. Schläfrig ließ er seine Blicke über die Altstadt schweifen, aus der das bronzene Läuten der Kirchenglocken heraufstieg; der Tempelberg lag hell auf der anderen Seite. Auf dem Dach gurrten die Tauben. Ein Blick auf den vibrierenden Kompaß zeigte ihm, daß das Fenster nach Nordwesten ging. Ihm war bewußt, daß jenseits der sanften Hügel in der Ferne, weit hinter dem Meer, der Türkei, dem Balkan, Österreich, Deutschland – das Bett seiner Mutter stand. Dort hatte sich mit Sicherheit nichts geändert, er war ja kaum vier Wochen weg von zu Hause. Wirklich? Waren es keine vier Jahre? Oder vierzig? Wie es Sophia wohl ging? Sie glaubte natürlich, daß er noch immer in Italien durch Kirchen und Museen irrte. Lebte Herr Themaat noch, von dem er soviel gelernt hatte? Wenn der wüßte, was er inzwischen getrieben hatte! Was er wohl gesagt hätte? »Gut gemacht, Kuku, *you did it again!*« Und Piet Keller? Ohne ihn wäre das Ganze gar nicht möglich gewesen. Wohnte Herr Spier noch in Wales, in dem Ort mit all den wirren Buchstaben? Und Clara und Marius Proctor, und Verdonkschot mit seinem Etienne, und Rutger samt seinem riesigen Vorhang – wo waren sie alle? Gab es Groot Rechteren noch, oder war das Schloß inzwischen voll von Schurken in schwarzen Stiefeln? Theo Kern war bestimmt noch da, mit seinen violetten Füßen. Er dachte auch kurz an Max, aber irgendwie anders. Obwohl er sein Leben lang mit ihm unter einem Dach gelebt hatte, konnte er ihn sich aus irgendeinem Grund nicht mehr genau vorstellen. Vergessen hatte er nichts – eine seiner ältesten Erinnerungen war, wie Max ihn vor dem Flügel auf den Schoß nahm und ihn allerlei Akkorde hören ließ –, aber es war, als spielte sich alles unter Wasser ab: sichtbar und ganz nah, aber trotzdem in einem anderen Element. Vielleicht war dieses Wasser der Krieg, der ihn immer irgendwie begleitet hatte. In groben Zügen kannte er Max' Schicksal, etwas aus einer anderen, unvorstellbaren Welt, zu der er keinerlei Beziehung hatte; auch mit der Verwandtschaft seines Vaters verband ihn wenig, aber es war letztendlich eben doch auch seine Verwandtschaft. Juden und Judenmörder – diese grausame Ehe war ihm so fremd wie die Geschichte der Azteken, auch wenn er jetzt im Hotelsafe das jüdische Gesetz verwahrte. Das hatte nichts mit der Tatsache zu tun, daß er selbst zu einem

zweiunddreißigstel Jude war, wie er entdeckt hatte, denn das waren ohnehin kaum mehr als drei Prozent, sondern mit seinem
Traum von der Burg. Max hingegen war zu fünfzig Prozent jüdisch; ob er jemals in Israel gewesen war? War er jemals durch die
Straßen Jerusalems gegangen? Ein- bis zweimal im Jahr hatte er
seine Koffer gepackt und war zu einer Konferenz gefahren, bis
nach Amerika, Japan und Australien war er gereist, aber Quinten
konnte sich nicht erinnern, je etwas über Israel gehört zu haben.
Vielleicht waren sie hier in der Astronomie nicht so bewandert.

Max, Sophia, seine Mutter, sein Vater – ihm war, als nehme er
Abschied. Er ließ das Kinn müde auf die Arme sinken und schaute
über die trockenen, sonnenbeschienenen Hügel, die hinter der tiefer gelegenen Neuen Stadt bis zum Horizont reichten. Es schien,
als ob das Wellenmuster, das die blutgetränkte Erde vom blauen
Himmel abhob, nicht durch geologische Kräfte, sondern durch die
beseelte Hand eines Zeichners entstanden war. Er war nun trokken, die sengende Hitze, die über Stadt und Land hing, hüllte ihn
wieder ein – und plötzlich hebt er verwundert den Kopf. Es ist kein
Geräusch mehr zu hören. Die Kirchtürme schweigen, vielleicht
weil irgendeine heilige Stunde verstrichen oder angebrochen ist;
aber auch aus den Fenstern ringsum dringt kein Laut mehr. Sogar
das Gurren der Tauben ist verstummt. Als ob die Welt in einen tiefen Schlaf gesunken ist – Häuser, Landschaft und Himmel. Was ist
plötzlich los? Schläft sein Vater nebenan jetzt auch? Nirgends
bewegt sich mehr etwas, auch das Flimmern auf den Dächern hat
aufgehört. Er hat das Gefühl, als schaute er nicht in die Wirklichkeit, sondern auf ein altmodisches, gemaltes Panorama, ähnlich
dem Panorama Mesdag in Den Haag, das er einmal mit Tante
Dol besucht hat; in dieser Dünenlandschaft herrschte auch eine so
atemlose Stille wie jetzt hier. Alles, was er sieht, existiert, und zugleich existiert es nicht. – Nur mit ihm hat sich etwas verändert, er
hört seinen Puls und das Sausen des Blutes in den Ohren.

Aber dann geschieht doch etwas. In der blauen Himmelskuppel
erscheint plötzlich ein kleiner schwarzer Punkt, als ob ein Loch
entstünde – nicht weit über dem Horizont, in Richtung Tel Aviv.

Der Punkt bewegt sich ein bißchen auf und ab und wird langsam größer. Und augenblicklich scheint er viel näher zu sein, wie etwas, das sich tatsächlich nähert: es nimmt Gestalt an und dehnt sich in der Breite zu einem schwarzen Strich aus, dessen Enden sich getragen auf und ab bewegen. Ist es ein Vogel? Aber ein großer. Schlagartig springt Quinten hoch und sperrt seine Augen auf. Edgar! Es ist Edgar! Er ist schon über dem steilen Tal und bewegt sich direkt auf das Hotel zu. Ist es denkbar, daß er Onnos Spur von Italien aus bis hierher gefolgt ist? Das ist doch nicht möglich! Aber wer versteht schon die Vögel, niemand weiß, wie sie imstande sind, ihren Weg manchmal um die halbe Welt zu finden. Als Edgar über der Stadtmauer ist, unterbricht er seine Flügelschläge und geht mit voller Spannbreite in einen eleganten Sturzflug über. Kurz darauf landet er mit nach vorne gestreckten Krallen auf der Fensterbank, schüttelt sein Gefieder, legt die Flügel zusammen, dreht sich einmal um die eigene Achse, hebt den Schwanz, läßt etwas Kot fallen und sieht ihn mit einem Auge an.

»Du wirst nebenan erwartet«, sagt Quinten und macht einen Schritt zurück. »Nächstes Fenster.«

Zugleich wundert er sich über seine Stimme. Sonst hört er sie immer von zwei Seiten: durch die Ohren und von innen heraus, aber jetzt bleiben seine Worte tief in seiner Brust hängen, und er hat das Gefühl, als wären seine Ohren verschlossen. Auch Edgars Ankunft hat in vollkommener Stille stattgefunden. Selbst wenn der Vogel seine Worte gehört hätte, verstanden hätte er sie nicht; auf jeden Fall kümmert er sich nicht darum. Mit einem flatternden Sprung hüpft er auf den Boden und tappt dann geziert zur Tür.

»Natürlich«, sagt Quinten, »wie du willst. Über den Gang geht's auch. Das wird eine Überraschung für Papa sein.«

Aber als er über die Schwelle tritt, hält er inne. Es gibt keinen Gang mehr. Die gegenüberliegende Wand hat einer Balustrade mit amphorenförmigen Geländersäulen Platz gemacht, und dahinter öffnet sich ein unabsehbarer Raum mit Treppen und Bogengängen. Er dreht sich um. Nicht nur die Tür zum Zimmer seines Vaters ist verschwunden, auch die zu seinem eigenen, die ganze Wand ist

weg: auch auf der Seite, in der Ferne, oben und unten endlose
Fluchten von Säulengängen, Nischen, Portalen, Gewölben –. Er
steht auf einer von Karyatiden getragenen schmalen Laufbrücke,
die einem gemeißelten Fenstersims mit einem Tympanon ent-
springt und in einiger Entfernung in den Schatten eines hohen Portikus taucht. Mit einem tiefen Seufzer schaut er sich um. In all ihrer
süßen Glückseligkeit und warm wie sein eigener Körper, um-
schließt ihn endlich wieder die Burg. Immer wieder hat er an sie gedacht, in Venedig, in Florenz, in Rom, in Jerusalem, aber jetzt, wo
er wieder hier ist, erinnert sie ihn an etwas anderes: sie ist, was sie
ist, wie auch die Sonne niemand anderes braucht, um gesehen zu
werden. Doch ist es kein Sonnenlicht, das ihn umgibt, auch kein
einfaches Mondlicht, eher so wie das »aschgraue Licht« unmittelbar vor oder nach Neumond auf der Mondoberfläche neben der
dünnen Sichel, das manchmal nicht aschgrau wirkt, sondern eher
wie Marmor; es wird, hatte Max ihm an einem Winterabend auf
dem Balkon seines Schlafzimmers erzählt, durch von der Erde
reflektiertes Sonnenlicht verursacht, und es ist um so klarer, je
bewölkter diese Seite der Erde ist.

Edgar hüpft unruhig auf der Balustrade auf und ab und schaut
mit geneigtem Kopf nach unten oder nach oben oder beides; er
spreizt die Flügel und taucht ab, steigt auf, schwebt über eine
Reihe massiver Verstrebungen, verschwindet in der Ferne hinter
den Pfeilern eines Backsteinbogens, schwenkt in die Tiefe um eine
kolossale Säule mit einem ausgeprägten Kapitell; auf dem milch-
weißen Schacht stehen untereinander die Buchstaben XDX. Es
ist, als ob die Spur seines Erkundungsfluges wie ein schwarzes
Band im Raum hängenbleibt. Als er genug gesehen hat, läßt er sich
am Ende der Laufbrücke nieder, wendet den Kopf um hundertachtzig Grad nach hinten, zupft mit dem Schnabel im Gefieder und
streckt mit gespreizten Schwungfedern einen Flügel aus. Quinten
hat den Eindruck, daß der Vogel auf diese Weise die Zeit totschlägt
– daß der Vogel auf ihn wartet. Als er bei ihm ist, hüpft und flattert
er ihm als eine Art Fremdenführer voran. Die Kolonnade endet an
einer breiten, von Skulpturen flankierten Marmortreppe, die hinab-

führt in ein kompliziertes Gebilde blinder Arkaden und schmaler, manchmal überdachter Gassen, die in eine Reihe pontifikaler Säle münden. Sobald diese ihrerseits in eine Flucht von überwältigenden, durch Pilaster voneinander getrennten Fassaden übergehen, die in Ornamenten nur so schwelgen, hat Quinten jegliches Zeit- und Orientierungsgefühl verloren. Aber das braucht er jetzt nicht mehr. Am liebsten würde er hier, in diesem totenstillen, verzückten Weltgebäude, das nur für ihn gemacht wurde, für immer hinter Edgar herlaufen. An einer Wendeltreppe, die sich um die gemauerten Blöcke eines meterdicken Pfeilers windet, entdeckt Edgar plötzlich einen Trick: Mit Krallen und Schnabel klemmt er sich an dem runden Geländer fest und rutscht ausgelassen in einer Spirale nach unten; das Gleichgewicht hält er mit den Flügeln. Lachend und immer zwei Stufen auf einmal nehmend, versucht Quinten mitzuhalten. Nach fünf Umdrehungen ist er unten, bleibt schwindlig stehen und schaut sich suchend um. Wo ist Edgar geblieben? Ist er verspielt? Hat er sich versteckt?

Erschrocken erkennt Quinten, wo er sich befindet, aber er hat keine Angst. Nein, es ist kein Traum. Alles andere ist ein Traum, Israel, Italien, die Niederlande – die Burg ist das einzige, das tatsächlich existiert. Ihm gegenüber und etwa sieben Meter entfernt steht die doppelte, rautenförmige und mit Eisenstäben beschlagene Tür der Mitte der Welt weit offen; das schwere verrostete Schiebehängeschloß liegt am Boden. Schwarz wie die Rückseite eines Spiegels hockt Edgar wie ein Wächter auf der Schwelle und schaut ihm unverwandt in die Augen auf eine Weise, die nichts mehr mit Verspieltheit zu tun hat. Als er langsam näher kommt, entdeckt er hinter ihm den grünen Safe aus dem Hotel.

Edgar dreht sich um, fliegt mit einigen kurzen Flügelschlägen darauf zu und wetzt seinen Schnabel daran – aber auch ohne diese Geste begreift Quinten, was er zu tun hat. Mit einem leichten Schauder steigt er über die Schwelle. Der Raum hat die Form eines Würfels, ist etwa zehn Meter lang, breit und hoch, und obwohl die Mauern keine Öffnungen haben, herrscht hier dasselbe Dämmerlicht wie überall sonst. Und es gibt nichts anderes als den Safe in

der Mitte. Am Zahlenschloß kniet er nieder, über die Kombination
braucht er nicht nachzudenken – es gibt nur eine, die in Betracht
kommt; J, H, W, H. Er öffnet die gewaltige Tür und nimmt aus
dem unteren Fach den Koffer. Als er die Schlösser hat aufschnappen lassen und den Deckel geöffnet hat, ist das erste, das er sieht,
der beigefarbene Umschlag mit der Aufschrift SOMNIUM
QUINTI. Zärtlich nimmt er ihn in die Hand. Das hier ist also der
Ort, um die Grundrisse nachzuarbeiten, aber das wäre dann etwa
so, als zählte ein Mathematiker ein komplexes Ergebnis an den Fingern nach. Er faltet die Zeitungen auseinander, hebt die grauen
Tafeln heraus und legt sie behutsam nebeneinander auf den Stein-
boden. Dann legt er den Umschlag zurück in den Koffer, schiebt
diesen wieder an seinen Platz, schließt die Safetür und dreht mit
der flachen Hand zweimal den Zahlenknopf. Ohne daß er weiß,
was weiter geschieht, nimmt er die beiden schweren Steine und
steht auf, was für Edgar das Zeichen ist, sich auf seine Schulter zu
setzen.

Aber als er über die Schwelle tritt, verändert sich wieder alles.
Erschrocken bleibt er stehen, Edgar ist direkt neben seinem Ohr,
und er spürt die ledrigen Krallen mit den harten Nägeln auf der
Haut. Die Steinmassen um ihn herum verlieren allmählich ihre
Substanz: es ist, als ob sie sich in Holz verwandelten – und dann in
bemaltes Leinen, und dann in Brüsseler Spitze, durch die er hin-
durchschauen kann – alles pulverisiert und verflüchtigt sich, Tageslicht dringt ein, und kurz darauf ist von der Burg nur noch einen
Moment lang ein zitterndes Nachbild übrig – aber gerade das gibt
ihm plötzlich eine Vorstellung ihrer Dimensionen: ein Areal, mindestens tausend Kilometer in Richtung Osten bis nach Bagdad,
tausend Kilometer westwärts bis nach Libyen, tausend Kilometer
nordwärts bis zum Schwarzen Meer und tausend Kilometer nach
Süden bis Medina, und noch einmal zweitausend Kilometer hinauf
bis zum äußersten Bereich der Atmosphäre –. Mit Edgar und den
beiden Tafeln steht er mit einem Mal draußen in der Sonne und
erkennt sofort, wo er ist: im Kidrontal.

Ihm gegenüber glänzt in der Höhe über der Tempelmauer die

goldene Kuppel des Felsendoms; hinter ihm ist der Ölberg. Der Weg, den er in der Burg zurückgelegt hat, muß etwa ebenso lang sein wie der vom Hotel hierher. Er fühlt sich unbehaglich, weil er nur ein Handtuch um die Lenden trägt, aber die Welt ist noch immer so still und reglos wie vorhin. Steht die Sonne am Firmament auch so still? Das ist nicht möglich, denn sonst würde alles verbrennen – um das zu verstehen, braucht er keinen Max. Ist vielleicht zwischen vorhin und jetzt keine Zeit verstrichen? Aber wenn das hier kein Traum ist, was ist dann ›jetzt‹? Sein Blick fällt auf das Goldene Tor, das ein Stück aus der Mauer hervorragt. Die Soldaten auf dem Dach sind verschwunden, die beiden hohen Durchgänge offen. Muß er jetzt durch dieses Tor und die Zehn Gebote auf den Felsen zurücklegen? Seinem Vater hat er gesagt, daß er das nicht vorhat, weil sie niemandem in die Hände fallen dürfen. Auf der Seite des Tempelbergs ist das Tor ohnehin zugemauert. Trotzdem gibt es keine andere Möglichkeit, als in diese Richtung zu gehen: er wird schon sehen. Nach einigen Schritten bleibt er stehen. Die unebene Erde ist mit Steinen übersät, die seine nackten Füße malträtieren, vor allem, weil er jetzt, mit den Steintafeln unterm Arm, viel schwerer ist. Suchend sieht er sich um, ob er vielleicht ein paar alte Lumpen oder Palmblätter finden kann, am besten wäre natürlich ein Paar Schuhe. Dann sieht er in den Augenwinkeln plötzlich eine Bewegung. Aus der Ferne galoppiert von Norden her ein weißes Pferd mit wehender Mähne und wallendem Schweif an der Mauer entlang auf ihn zu. Mit offenem Mund schaut Quinten der Erscheinung in der erstarrten Landschaft zu. Unmittelbar vor ihm geht der Schimmel auf die Hinterbeine und nickt schäumend mit dem Kopf, als wolle er etwas bestätigen. Und im selben Augenblick weiß Quinten, was es ist.

»Deep Thought Sunstar!«

Da zerbricht etwas in ihm. Schluchzend will er dem Tier die Arme um den Hals schlingen, aber die beiden Steine hindern ihn daran; als er ihm einen Kuß auf die Nüstern drückt, kniet es nieder wie ein Kamel. Quinten steigt auf und setzt sich auf den verschwitzten Rücken, Edgar hält sich mit dem Schnabel an Quintens

Zopf fest; mit schnellen, kurzen Bewegungen erhebt sich Deep
Thought Sunstar und macht sich auf zum Goldenen Tor. Mit nacktem Oberkörper, den Raben auf der Schulter, die Steine in den
Händen, schaut Quinten lächelnd über die märchenhaften Hügel
und die sich nähernde Tempelmauer. Titus sollte ihn jetzt sehen,
und der Papst, und der Oberrabiner! Vorsichtig sucht Deep
Thought Sunstar einen Weg zwischen den Gräbern hindurch und
geht am Tor wieder in die Knie. Als Quinten abgestiegen ist, steht
das Pferd sofort wieder auf und trabt zurück zum Tal; auch Edgar
spreizt die Flügel, versetzt Quinten damit einen Klaps auf den
Kopf und fliegt hinter dem Pferd her. Traurig sieht Quinten sie
kleiner werden: der Schimmel im Galopp, der Rabe über ihm, der
eine so weiß wie der andere schwarz –. Als sie verschwunden sind,
herrscht überall wieder die alte Reglosigkeit.

Mit einem Seufzer dreht er sich um und geht in das Torgebäude.
Auch die andere Seite ist jetzt offen. Mit einem feierlichen Gefühl
durchquert er den dämmrigen Raum, in dem hier und da einige
Säulen stehen; es scheint, als würde ein leichtes Rauschen dazwi-
schenhängen, etwas wie Meeresrauschen in einer Muschel. Draußen fängt ihn die Sonne wieder auf. Langsam steigt er die Stufen
empor, die zum Tempelplateau führen. Dort bleibt er stehen und
schaut sich um. Das Gelände ist etwa genauso groß wie in Westerbork. Keine Menschenseele zu sehen. Alles ist nur für ihn da, die
ganze Welt ist jetzt nur für ihn da und wartet auf ihn. Über den
Rasen kommt er zur breiten Treppe der Tempelterrasse. Die Arkadenreihe, die sie von oben abschließt, hat hier fünf Bögen; unter
dem mittleren bleibt er wieder stehen. Direkt vor ihm befindet sich
der kleine Kettendom, unmittelbar dahinter der goldene Felsendom: ein Kind mit seinem Vater. Die Restaurierungsarbeiten an
dem kleinen Heiligtum sind inzwischen abgeschlossen, durch den
rundherum offenen Raum kann er das dunkle Innere des Felsendoms sehen. Er holt tief Luft und geht langsam auf das schwarze
Loch zu, ohne die Augen davon abzuwenden.

Als er den Mittelpunkt des Kettendoms überschreitet und umringt ist von der doppelten Säulenreihe, ist es soweit: – ich nehme

ihm die Sache aus der Hand. Plötzlich hört er ein leises Knistern und bleibt stehen. Verwundert sieht er sich um, aber das Geräusch ist ganz in der Nähe. Es scheint fast, als würde es aus den Steintafeln kommen. Er stützt sie auf die Hüften, und erstaunt nimmt er wahr, was geschieht. Es ist, als würde die graue Kruste zu leben beginnen, sich bewegen, schmelzen, etwas will sich darunter hervordrängen, sich befreien; kurz darauf erkennt er auf der gesamten Oberfläche kleine, glasig durchscheinende Wesen, sie lösen sich aus dem Kuchen Tausender von Jahren, springen ab und schwärmen um ihn herum. Buchstaben! Es sind Buchstaben! Buchstaben aus Licht! Im selben Augenblick sind die Saphirtafeln so schwer geworden, daß er sie nicht mehr halten kann – während ihm auch das Handtuch von den Hüften rutscht, entwischen sie ihm und zerspringen auf dem Marmorboden geräuschlos in tausend Splitter. Aber das ist ihm gleichgültig, er will die Buchstaben haben, sie dürfen nicht entkommen! Die zehn Worte! Du stiehlst nicht! Du mordest nicht! Mit beiden Händen versucht er sie zu erwischen, aber der Schwarm fährt in die Kuppel auf, zum grünen, fünfblättrigen Kleeblatt am höchsten Punkt, fliegt dort ausgelassen umher wie Schmetterlinge, taucht ab, flattert zum Felsendom und verschwindet im schwarzen Eingang. Verzweifelt rennt er ihnen nach.

Drinnen, im Halbdunkel, tanzen die Buchstaben über dem heiligen Felsen leuchtend auf und ab. Was soll er um Himmels willen tun? Plötzlich spürt er, daß Blicke auf ihn gerichtet sind. Die weißgekleidete Frau, die in der Nische gebetet hat, hat sich umgedreht und sieht ihn mit glänzenden Rehaugen an. Das Tuch ist ihr vom Kopf gerutscht, das Gesicht ist von einem Viereck aus schwarzem Haar eingerahmt. Er erstarrt. Ist das alles also doch ein Traum?

»Mama!« ruft er – aber kein Laut dringt aus seinem Mund.

Wo er steht, sitzen auch noch die anderen Frauen in der Galerie und sehen ihn mit den gleichen Augen an – mit einem Sprung ist er auf dem Felsen: rundherum überall Adas! Alle Frauen sind seine Mutter! Langsam öffnet er die Arme, legt den Kopf in den Nacken und sieht die Arabesken auf der Innenseite der Kuppel: ein Netzwerk unzähliger, ineinander verflochtener Achten – und im selben

Augenblick hüllt Moses' Buchstabenschwarm seinen nackten Körper mit einem so grenzenlosen, blendenden Licht ein, daß er darin versinkt wie der Schein einer Kerze in dem der Sonne –

Onno klopfte an Quintens Tür. Als auch nach dem zweiten Mal keine Antwort kam, öffnete er sie leise, aber nach etwa zehn Zentimetern wurde sie von einer Kette festgehalten. Durch den Spalt konnte er einen Teil des Waschbeckens sehen, auf dem Quintens Uhr und sein Kompaß lagen.

»Quinten!« fragte er. »Schläfst du?« Wieder keine Antwort. Er bückte sich und versuchte, durchs Schlüsselloch zu schauen, aber es war nichts zu sehen. Dann rief er laut: »Quinten!« und schlug dreimal mit dem Stock gegen die Tür.

Nichts geschah. War etwas passiert? Quinten mußte im Zimmer sein, von außen konnte die Kette nicht vorgelegt werden. Irgend etwas stimmte nicht! Onno spürte, wie ihm das Blut zu Kopf stieg.

Er plazierte den Stock wie einen Hebel in den Türspalt und zog mit aller Kraft, bis die Kette aus der Rille flog und die Tür gegen die Wand knallte. Niemand. Auf dem Bett lagen die Kleider, die Quinten am Vormittag angehabt hatte, auch seine Unterhose war da. Entsetzt sah Onno das offene Fenster. Was, um Himmels willen, war passiert? Hatte sich Quinten vielleicht dieselben Gedanken über diese Frau 31415 gemacht wie er und in einer Anwandlung von geistiger Umnachtung – aber das hätte er doch gehört! Mit wenigen Schritten war er bei der Fensterbank, auf der hier und da Vogelkot war, und schaute hinunter. Im Innenhof war eine Frau dabei, einen Berg Leinzeug in große Wäschesäcke zu stopfen; auf einer Steinbank las eine schlanke Frau mit rötlichen Haaren ein Buch und schob dabei mechanisch ihren Kinderwagen hin und her. Er sah nach links und nach rechts und an der Außenmauer nach oben – nirgends eine Feuerleiter oder ein Regenrohr, woran er hätte hinaufklettern können. Und warum sollte er wohl nackt hinausklettern? Onno schaute noch im Wandschrank und unter dem Bett nach, dann blieb er wankend in der Mitte des Zimmers stehen. Er mußte jetzt genau überlegen. Wenn Quinten nicht hier war und wenn er nicht durch die Tür hinausgegangen sein konnte und auch nicht durchs Fenster, dann blieb nur eine einzige Schlußfolgerung: Es war etwas geschehen, was schlicht und einfach nicht möglich war.

Daß es darauf hinauslief, daß Quinten eines Tages etwas Unmögliches tun würde, hatte er seit dem Tag der Geburt gewußt. Daß er tatsächlich die Gesetzestafeln aus dem Sancta Sanctorum geholt haben sollte, war ja um Haaresbreite nicht unmöglich, aber mit seinem Verschwinden aus diesem Zimmer war nun gerade das ganz und gar Unmögliche eingetreten. Und das, obwohl das Unmögliche doch unmöglich war! Onno dachte an die Steine, die Quinten gestern in den Safe gelegt hatte: Hatte das etwas miteinander zu tun? Bewies das Unmögliche das fast Unmögliche?

Er schaute sich noch einmal um, als ob Quinten vielleicht doch plötzlich wieder erschienen sein könnte, und ging hinunter. An der Rezeption und in der Hotelhalle war niemand zu sehen, er drückte auf den Knopf der altmodischen Klingel, die auf dem Tresen stand. Kurz darauf kam aus der Tür hinter dem Tresen das Mädchen mit dem kurzgeschnittenen schwarzen Haar.

»Shalom.«

»Mein Sohn«, sagte Onno, während er sich im selben Augenblick über dieses Wort wunderte, »hat hier gestern einen Koffer in den Safe gelegt. Haben Sie ihn in der letzten Stunde vielleicht herausgenommen?«

»Ich habe Ihren Sohn heute leider noch nicht gesehen.«

»Und Herr Aron?«

»Mein Vater ist heute morgen schon in aller Frühe nach Bethlehem abgereist, um meine kranke Großmutter zu besuchen. Der Safe ist seit gestern nicht mehr geöffnet worden. Wenn Sie möchten, können Sie sich bitte selbst überzeugen.«

Er folgte ihr in das kleine Büro, wo sie sich am Safe niederkniete und das Buchstabenschloß betätigte. Sie öffnete die Tür und zeigte auf den Koffer, der im unteren Fach lag. Onno starrte ihn einige Sekunden an und sagte dann:

»Darf ich ihn kurz haben?«

Sie händigte ihm den Koffer aus, aber im gleichen Moment, als er ihn nahm, war es, als wollte der Koffer in die Luft fliegen, als würde er ihn an die Decke werfen, so leicht war er. Die Steine waren weg!

»Was machen Sie denn?« fragte das Mädchen lachend.

»Mir ist schwindlig«, sagte Onno und suchte nach einem Halt. Rasch gab sie ihm einen Stuhl, und mit dem Koffer auf dem Schoß setzte er sich hin. Auch das war unmöglich. Ebensowenig wie Quinten aus seinem Zimmer konnten die Steine aus dem Safe verschwunden sein. Obwohl er wußte, daß es sinnlos war, fragte er: »Kennt noch jemand außer Ihnen die Kombination des Schlosses?«

Erschrocken sah sie ihn an.

»Nur mein Vater und ich. Glauben Sie, daß etwas nicht stimmt?«

Onno schüttelte den Kopf. Mit bebenden Fingern und wider besseres Wissen begann er an den Schlössern zu fummeln, woraufhin sie ihm zur Hand ging und sie aufschnappen ließ. Auf dem Umschlag, den er gestern bei der Kontrolle auf dem Flughafen in Rom gesehen hatte, las er nun: SOMNIUM QUINTI. Quintens Traum? Ein Abschiedsbrief, den er schon vorher geschrieben hatte? Er nahm die Papiere heraus, aber es waren ausschließlich architektonische Skizzen und labyrinthische Grundrisse, die hier und da mit Bildunterschriften wie *Laufbrücke, Weltmitte, Wendeltreppe* versehen waren. Die einzige Erklärung des nicht zu Erklärenden. Plötzlich griff er sich mit beiden Händen an den Kopf. Er konnte nicht mehr darüber nachdenken! Quinten war vielleicht nicht sein Sohn, oder vielleicht doch, aber jetzt war er weg, für immer weg, vom Erdboden verschwunden, niemand wußte, wohin. Er war von ihm verlassen worden, wie er ihn selbst einmal verlassen hatte, aber er würde Quinten – anders als Quinten ihn – nie wiederfinden. Jetzt war er wirklich in der Lage, in die er sich vor vier Jahren willentlich gebracht hatte: Er hatte niemanden mehr.

»Ist alles in Ordnung mit Ihnen?«

»Nein«, sagte er und suchte hektisch in seiner Brusttasche,

»überhaupt nicht – ich muß –« Mit zitternden Händen begann er in einem Notizbuch zu blättern. »Kann ich hier telefonieren?«

»Selbstverständlich.« Das Mädchen nahm den Koffer von seinem Schoß und zeigte ihm das Telefon auf dem kleinen Tisch neben der Schreibmaschine. »Ein Ortsgespräch?«

»Ein Auslandsgespräch.«

»Dann schalte ich kurz den Zähler ein.« Sie drückte auf den Knopf eines schwarzen Apparates an der Wand, schloß den Safe und sagte: »Ich werde Sie allein lassen.«

»Sophia Brons.«

»Hier Onno.«

»Wer?«

»Onno. Onno Quist.«

»Onno? Höre ich richtig? Bist du das, Onno?«

»Ja.«

»Das kann doch nicht wahr sein. Sag das noch mal.«

»Sie sprechen mit Onno, Ihrem Schwiegersohn.«

»Onno! Ist das denn die Möglichkeit! Ich wußte, daß du eines Tages wiederauftauchen würdest! Von wo rufst du an? Bist du in den Niederlanden?«

»Ich rufe aus Jerusalem an.«

»Jerusalem! Hast du die ganze Zeit in Jerusalem gesteckt?«

»Nein. Ich weiß, daß ich viel zu erklären habe, und das werde ich auch tun, aber ich rufe jetzt an, weil –«

»Es ist unglaublich, daß du ausgerechnet jetzt anrufst – als hättest du es gespürt –«

»Was gespürt?«

»Onno –«

»Was ist denn los?«

»Bereite dich auf einen Schock vor, Onno. Ich komme gerade von Adas Einäscherung. Ich habe den Mantel noch an – Onno, bist du noch dran?«

»Entschuldigen Sie bitte, mir schwirrt der Kopf, es ist alles – Ada ist gerade eingeäschert worden?«

»Wahrscheinlich wird jetzt gerade ihre Asche in die Urne gefüllt. Wir brauchen nicht um sie zu trauern, es hätte schon viel früher passieren müssen.«

»Ja.«

»Das arme Kind – aber jetzt ist alles vorbei. Nach mehr als siebzehn Jahren – es ist doch himmelschreiend.«

»Ja.«

»Du möchtest sicher Quinten sprechen, aber er ist nicht da. Ich war vorhin die einzige. Er ist seit einigen Wochen in Italien, aber er hat noch nichts von sich hören lassen. Er hat inzwischen Geburtstag gehabt, aber ich habe keine Ahnung, wo er steckt. Er weiß noch nichts.«

»Mutter – deshalb rufe ich an. Wegen Quinten.«

»Wegen Quinten? Wie meinst du das?«

»Wir sind uns begegnet. Zufällig. In Rom.«

»Ihr habt euch getroffen? Das meinst du doch nicht im Ernst! Wann? Warum weiß ich davon nichts? Hat er sich nicht riesig gefreut? Und was macht ihr jetzt in Jerusalem?«

»Inzwischen ist eine Menge passiert, ich kann Ihnen das jetzt nicht alles erklären, es ist übrigens auch nicht zu erklären, aber –«

»Aber? Warum sagst du nichts? Ist etwas mit Quinten?«

»Ja.«

»Was denn? Onno! In Gottes Namen. Doch nicht auch tot?«

»Ich weiß es nicht. Er ist verschwunden.«

»Verschwunden? Hast du die Polizei verständigt?«

»Das hat keinen Zweck.«

»Woher willst du das wissen? Seit wann ist er verschwunden?«

»Seit einer Stunde.«

»Seit einer Stunde? Sagst du ›seit einer Stunde‹? Bist du vielleicht mit den Nerven am Ende, Onno?«

»Das auch. Ich weiß, daß es idiotisch klingt, aber –«

»Hör bitte auf. Wenn er seit einer Stunde verschwunden ist, kommt er in einer Stunde auch wieder zurück. Ich kenne ihn doch, den Jungen, als Kleinkind war er auch immer weg. Nimm eine Beruhigungstablette, oder versuch zu schlafen. Du mußt verzeihen, mir steht der Kopf jetzt nach anderen Dingen. Ich muß dir etwas sagen, das du wissen mußt, das aber sonst niemand wissen darf.«

»Ich kann Sie kaum noch verstehen.«

»Ich muß leise reden, ich werde neuerdings möglicherweise von dem Pack hier im Schloß belauscht. Aber ich ziehe bald in Westerbork bei jemandem ein, bei einer früheren Freundin von Max. Du hast gehört, was alles passiert ist?«

»Ja.«

»Hör mir gut zu, Onno. Fragst du dich nicht, warum Ada so plötzlich gestorben ist?«

»Sie meinen – «

»Genau das meine ich. In deinem Abschiedsbrief hast du geschrieben, daß Ada Fleisch meines Fleisches sei und daß ich die Entscheidung über sie hätte. Es ging ihr zuletzt so schlecht, daß man es einfach nicht mehr mit ansehen konnte. Ihre Nieren funktionierten nicht mehr, sie hatte Gebärmutterkrebs mit Metastasen, ich werde dir die Einzelheiten ersparen. Ihr Haar war ganz weiß. Aber es war nicht die Art von Krankenhaus, in dem Entscheidungen getroffen wurden; ich mußte es selbst tun.«

»Wie?«

»Mit einer Überdosis Insulin. Das habe ich ihr letzten Samstag während der Besuchszeit gegeben, etwa gegen halb acht, unter dem Laken, in ihren linken Oberschenkel. Keiner hat etwas bemerkt. Erst gestern morgen wurde entdeckt, daß sie gestorben war. Der Tod muß nachts etwa um halb eins eingetreten sein, das sagten sie jedenfalls, als sie mich anriefen. Das heißt: soweit der Tod nicht schon vor Jahr und Tag eingetreten ist. Mittags sah ich sie im Leichenschauhaus. Ich mußte an ein Rehkitz denken, so klein war sie geworden.«

»Und heute ist sie schon eingeäschert worden? Heute ist doch erst Montag. Ging das nicht sehr schnell?«

»Das ist natürlich jedem aufgefallen. Ich habe deinen Anwalt Giltay angerufen, der sagte, daß es nach dem Bestattungsgesetz einen Mindestzeitraum von sechsunddreißig Stunden gebe. Daran

haben sie sich im Krankenhaus genau gehalten. Ich glaube, daß sie
Verdacht geschöpft haben, wie auch Giltay übrigens. Vielleicht
haben sie bei der Leichenbeschau das kleine Loch in ihrem Oberschenkel entdeckt und wollten den Beweis, daß bei ihnen möglicherweise etwas Undurchsichtiges passiert ist, so bald wie möglich
aus der Welt schaffen. Heute stand ein kleiner Bericht in der Zeitung, Frau Q. sei nach siebzehn Jahren eines natürlichen Todes gestorben.«

»Warte mal – das ist – das ist doch nicht möglich – ich muß es
aufschreiben. Am Samstagabend haben Sie ihr die Injektion verab-
reicht? Da war es halb acht. In dieser Nacht um halb eins ist sie gestorben. Morgens wurde sie ins Leichenschauhaus gebracht, und
dort hat sie bis gestern gelegen. Heute morgen wurde sie in den
Sarg gelegt und zum Krematorium gebracht. Dort ist sie vor einer
Stunde eingeäschert worden.«

»Ja. Was ist denn so wichtig an diesen Zeiten?«

»Was – wie kann – ich –«

»Onno? Hallo! Onno? Hörst du mich? Bist du noch dran?«

»Irgend etwas in meinem Kopf geht schief, Sophia, ich spüre es –
ich kann nicht mehr schreiben – meine ganz linke Seite – vor anderthalb Jahren habe ich –«

»Lieber Himmel, Onno! Wo bist du?«

»Hotel Raphael –«

»Laß sofort einen Arzt rufen. Ich nehme das nächste Flugzeug.
Ich komme euch holen.«

Epilog

Das reicht jetzt! Man muß auch wissen, wann man aufhören muß. Denk an das Wort von Goethe: »In der Beschränkung zeigt sich erst der Meister.«

Aber sicherheitshalber hat er auch gesagt: »Daß Du nicht enden kannst, das macht Dich groß.«

Ja, so sind sie, die Schriftsteller. Immer auf zwei Hochzeiten tanzen. Du hast deinen Auftrag ausgeführt, und ich habe sechshundertsechsundsechzig Fragen zu deinen Machenschaften, aber die werde ich jetzt nicht mehr stellen. Die Hauptsache ist, daß wir gerade noch rechtzeitig das Testimonium zurückbekommen haben. Wo ist unser Mann jetzt?

Ins Licht zurückgekehrt.

Du kannst mittlerweile ruhig sagen: in die Dämmerung. Und was ist mit den Scherben der beiden Tafeln passiert?

Sie sind von der städtischen Müllabfuhr von Jerusalem abgeholt und zusammen mit all dem anderen Schutt aus dem Kettendom zu einer Mülldeponie gefahren worden.

Das Testimonium selbst ist übrigens auch ein Chaos. Es sieht aus wie ein umgestürzter Setzkasten.

Wenn Sie schon in irdischen Bildern sprechen wollen, so wählen Sie besser modernere: wie gelöschte *Software.*

Das ist der Sprachgebrauch einer Welt, die uns nun gerade nichts mehr angeht. Die Saphirtafeln des Gesetzes waren dann wohl die Hardware?

Sozusagen.

Ja, seit Bacon spricht der Teufel Englisch. Das wird die Weltsprache. Wir wollen uns deshalb aufs Lateinische beschränken: consummatum est. *Es ist vollbracht. Ich bin am Ende meiner Kräfte. Wir haben ausgedient. Die Welt hat ausgedient. Die Menschheit hat ausgedient – nur Luzifer nicht. Was wir nie für möglich gehalten haben, ist geschehen: Die Zeit hat Zugriff auf uns bekommen. Die Zeit – das war Luzifers geheime Waffe. Das einzige, das uns*

*nach mehr als dreitausend Jahren blieb, war die Rücknahme der
zehn Worte. Eine machtlose Geste natürlich: wie ein betrogenes
Mädchen, das ihren Verlobungsring zurückbekommt. Schaler
Trost, symbolische Handlung, melancholischer Abschied. Der Dekalog war auf Erden der entscheidende Dreh- und Angelpunkt: der
Vertrag des Chefs mit der Menschheit, abgeschlossen mit ihrem
Verwalter, dem jüdischen Volk, vertreten von seinem Führer Moses
in der Rolle des Notars. Von jetzt an hat Luzifer freie Hand. Laß
ihn die Menschendinge doch holen, es ist mir inzwischen eigentlich
ziemlich egal.*

Vielleicht erscheint auf der Erde jemand, der alles wieder ins Lot
bringt.

*Der müßte dann doch wieder von hier kommen, aber von hier
kann nichts mehr kommen. In Moskau hat seit kurzem eine aufgeklärte Person das Sagen, im Positiven der größte Mann aus dem
zwanzigsten Jahrhundert der Menschen, so groß wie der, dessen
Namen ich nicht nenne, im Negativen; innerhalb von fünf Jahren
wird die Berliner Mauer abgerissen, Rußland wird seine Kolonien
verlieren, die ganze Welt wird jubeln vor Glück, weil eine neue
Zeit angebrochen ist – und dann wird in den befreiten Gebieten
erneut der größte, blutrünstige Schwachsinn ausbrechen, es wird
Völkerwanderungen geben, in Sarajevo werden wieder Schüsse fallen, und beim Herannahen des dritten Jahrtausends wird dieses
widerliche zwanzigste Jahrhundert wegen des durchschlagenden
Erfolges in die Wiederholung gehen.*

Ich kann es nicht glauben.

*Du wirst schon lernen, es zu glauben. Und das sind alles alte
Hüte, die Politik, das bedeutet gar nichts. Entstehung und Untergang von Weltreichen hat es immer gegeben. Die Politik ist die
Kräuselung der Wellen im Sturm, der nicht den geringsten Einfluß
auf die Wellen hat, denn die kommen von ganz woanders her, die
kommen vom Mond. Zu den alten Katastrophen kommen jetzt
auch die vernichtenden Flutwellen der neuen: mit ihrer baconia-
nischen Beherrschung der Natur werden sich die Menschen eines
Tages nuklear verheizen, verbrennen durch das Loch, das sie in die*

*Ozonschicht geschlagen haben, sich im sauren Regen auflösen,
braten im Treibhauseffekt, einander erdrücken, sich selbst an der
Doppelhelix der DNS erhängen, ersticken in ihrem eigenen Müll:
in Satans Scheiße, denn dieses Biest hat seinen Pakt nicht aus Liebe
zur Menschheit geschlossen, sondern aus Haß gegen uns. Die Hölle
wird auf der Erde losbrechen, und die Menschen werden vielleicht
irgendwann einmal an die gute alte Zeit zurückdenken, als sie noch
auf uns gehört haben – aber vermutlich nicht einmal mehr das.
Nicht einmal mehr tragisch wird es sein, nur noch miserabel. Es ist
hoffnungslos. Vergiß es.*

Und wenn sie wüßten, was wir getan haben, würde sie das nicht
zur Umkehr bewegen? Dafür könnte ich sorgen. Es gibt noch
einen einzigen Menschen auf Erden, der Bescheid weiß.

*Das hast du schon einmal vorgeschlagen. Mach dir doch nichts
vor. Wenn sie es wissen, wird kein Schwein es glauben. Die Nachricht wird hier und da erwähnt werden; vielleicht werden ein paar
tausend Rechtschaffene, ein paar hundert Theologen und zehn
Archäologen sich darüber aufregen, aber dann wird es von der unaufhörlichen Sturzflut neuer Nachrichten überschwemmt, und
einige Monate später wird es vergessen sein. Nein, hör auf, es ist
vorbei. Finis comoediae.*

Wir könnten es doch versuchen!

*Nein, nicht einmal dieses Wissen gönne ich unseren verräteri-
schen Sprößlingen noch.*

Verstehe ich Sie recht? Befindet sich Onno Quist in Gefahr,
wenn er es weitererzählt?

*Das sollte vermieden werden. Wirf ihm in diesem Fall halt auch
einen Stein an den Kopf, wie Max Delius. Moment mal –. Ich werde
gerufen. Ich muß über deine Geschichte Rechenschaft ablegen.*

Lassen Sie uns dann etwas ausdenken, wir müssen kämpfen bis
zuletzt – noch ist es möglich! Lieber scheitern, als die Hände in
den Schoß legen! Können wir nicht den Pakt suchen, den Luzifer
mit Bacon geschlossen hat?

*Die Zeiten sind vorbei. Du gehst in Rente. Danke für alles, auch
im Namen des Chefs. Adieu.*

Dann werde ich es eben allein versuchen! Hören Sie mich? Ich lasse das nicht so einfach auf sich beruhen! Was bilden die sich eigentlich ein! Was meinen die eigentlich, wer sie sind, diese Emporkömmlinge! Antworten Sie!

Inhalt

Erster Teil
Der Anfang vom Anfang
7

Vierter Teil
Das Ende vom Ende
645

»Erinnerungsbilder großer

Intensität und Dichte« *Neue Zürcher Zeitung*

Neun eindringliche Moment-
aufnahmen aus Mulischs Kinder-
und Jugendzeit. Mit dieser
Geschichte aus Selbstbildnissen
ist dem großen Erzähler der
Entwicklungsroman eines Kindes,
eines Heranwachsenden, eines
jungen Mannes gelungen. Er legt
damit Rechenschaft ab von
unserem Jahrhundert und von
seinem eigenen Werdegang.
Das faszinierende Zeugnis einer
bewegten Epoche.
»Im mythisch-magischen Selbst-
schöpfungsprozeß ist auf diese
Weise ein imponierendes literarisches Selbstbildnis entstanden.«
Frankfurter Rundschau

Aus dem Niederländischen von Ira Wilhelm
192 Seiten. Gebunden

Harry Mulisch, geboren am 29. Juli 1927 in Haarlem, ist der Sohn eines ehemaligen Offiziers aus Österreich-Ungarn und einer Jüdin aus Frankfurt; seine später geschiedenen Eltern sprachen deutsch miteinander. Als Autor begann Mulisch mit einer Reihe von Sachbüchern. Später schrieb er Romane und Erzählungen, Gedichte, Dramen und Opernlibretti, Essays, Manifeste und philosophische Werke. Harry Mulisch lebt heute in Amsterdam.
Im Rowohlt Taschenbuch Verlag sind folgende Titel lieferbar:

Harry Mulisch (Seitentitel)

Das Attentat *Roman* (rororo 12130)
Dieser politische Roman wurde in einundzwanzig Sprachen übersetzt und machte Harry Mulisch weltberühmt.
Die Verfilmung von Fons Rademaker wurde mit einem «Oscar» ausgezeichnet.

Augenstern *Roman* (rororo 12782)
Ein achtzehnjähriger Tankstellengehilfe wird zum «Augenstern» einer reichen alten Dame, die auf Capri ein großes Haus führt. Doch das stilvolle Luxusleben im Palazzo bricht für den plötzlichen Dandy, der eigentlich Schriftsteller werden will, jäh wieder zusammen.

Vorfall *Fünf Erzählungen* (rororo 13364)
«Ein Glücksfall in der Gegenwartsliteratur.» *Stern*

Höchste Zeit *Roman* (rororo 12508)
«Mulischs meisterhafter Roman von Theaterzauber, Intrigen, bedrohlichen Raufhändeln und Liebesgeschichten ist phantasiereich, witzig und tiefsinnig.» *Neue Zürcher Zeitung*

Die Entdeckung des Himmels *Roman* (rororo 13476)

Selbstporträt mit Turban (rororo 13887)
«Ich betrachte meinen Lebenslauf als einen Quell der Einsicht, einen *fons vitae*, und so sollte jeder zu seiner Vergangenheit stehen.» *Harry Mulisch*

rororo Literatur (Seitentitel)

Ein Gesamtverzeichnis aller lieferbaren Titel der *Rowohlt Verlage*, *Wunderlich* und *Wunderlich Taschenbuch* finden Sie in der *Rowohlt Revue*. Vierteljährlich neu. Kostenlos in Ihrer Buchhandlung.
Rowohlt im Internet: www.rowohlt.de

Heinrich Maria Ledig-Rowohlt
hatte eine Schwäche für
Bücher, «die sich ohne Mühe
so weglesen». So fanden sich
in seinem Verlag neben den
zahlreichen literarischen Entdeckungen auch Perlen der
vergnüglichen und entspann-
ten, aber auch der gefühlvol-
len Lektüre. Kein Wunder,
daß die Leser seinem Spür-
sinn vertrauten und so
manchem dieser Werke zu
Bestseller-Ehren verhalfen.
Ausgewählte Taschenbücher
zum Jubiläum:

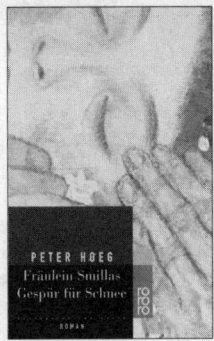

Paul Auster
Die New York-Trilogie *Roman*
(rororo 22501)

T. Coraghessan Boyle
Wassermusik *Roman*
(rororo 22505)

Simone de Beauvoir
**Memoiren einer Tochter aus
gutem Hause**
(rororo 22507)

Wolfgang Borchert
Das Gesamtwerk
(rororo 22509)

Rita Mae Brown
Jacke wie Hose *Roman*
(rororo 22513)

Hans Fallada
Kleiner Mann – was nun?
Roman
(rororo 22510)

Peter Høeg
**Fräulein Smillas Gespür für
Schnee** *Roman*
(rororo 22502)

Elke Heidenreich
Kolonien der Liebe
Erzählungen
(rororo 22514)

John Irving
Garp und wie er die Welt sah
Roman
(rororo 22504)

Klaus Mann
Mephisto *Roman*
(rororo 22512)

Harry Mulisch
Die Entdeckung des Himmels
Roman
(rororo 22503)

Robert Musil
**Die Verwirrung des Zöglings
Törleß**
(rororo 22511)

Rosamunde Pilcher
September *Roman*
(rororo 22515)

Jean-Paul Sartre
Der Ekel *Roman*
(rororo 22508)

Carola Stern
Der Text meines Herzens *Das
Leben der Rahel
Varnhagen*
(rororo 22506)

Julian Barnes
Flauberts Papagei *Roman*
(rororo 22133)
«Dieses Buch gehört zur
Gattung der Glücksfälle.»
Süddeutsche Zeitung

Denis Belloc
Suzanne *Roman*
(rororo 13797)
«Suzanne» ist die Geschichte
von Bellocs Mutter: Das
Schicksal eines Armeleute-
kinds in schlechten Zeiten.
«Denis Belloc ist der
Shootingstar der französi-
schen Literatur.» *Tempo*

Andre Dubus
Sie leben jetzt in Texas *Short
Stories*
(rororo 13925)
«Seine Geschichten sind
bewegend und tief empfun-
den.» *John Irving*

Michael Frayn
Sonnenlandung *Roman*
(rororo 13920)
«Spritziges, fesselndes, zum
Nachdenken anregendes Le-
sefutter. Kaum ein Roman
macht so viel Spaß wie dieser.» *The Times*

Peter Høeg
**Der Plan von der Abschaffung
des Dunkels** *Roman*
(rororo 13790)
«Eine ungeheuer spannende
Geschichte.» *Die Zeit*
**Fräulein Smillas Gespür für
Schnee** *Roman*
(rororo 13599)
Fräulein Smilla verfolgt die
Spuren eines Mörders bis ins
Eismeer Grönlands. «Eine
aberwitzige Verbindung von
Thriller und hoher Litera-
tur.» *Der Spiegel*

Stewart O'Nan
Engel im Schnee *Roman*
(rororo 22363)
«Stewart O'Nans spannen-
des Erzählwerk ist zum
Heulen traurig und voller
Schönheit, seine Sprache
genau und von bestechendem
Charme. Die literarische
Szene ist um einen exzellen-
ten Erzähler reicher gewor-
den.» *Der Spiegel*

Daniel Douglas Wissmann
Dillingers Luftschiff *Roman*
(rororo 13923)
«Dillingers Luftschiff» ist
eine romantische Liebesge-
schichte und zugleich eine
verrückte Komödie voll
schrägem Witz, unbeküm-
mert um die Grenzen
zwischen Literatur und
Unterhaltung.

Tobias Wolff
Das Blaue vom Himmel *Roman
einer Jugend in Amerika*
(rororo 22254)
«Wunderbar komisch –
zugleich tieftraurig und auf
sehr subtile Weise mora-
lisch.» *Newsweek*